**지은이 ¦ 프리드**

1943년 독일 동[...] 공경지역 라르로 이주한다. 1963년 프라이[...], 철학을 공부하며 하이데거, 니체와 [...] 푸코 등 동시대 프랑스 이론을 흡수한다. 1976년 스위스 작가 콘라트 페르디난트 마이어에 관한 논문으로 박사학위를 받는다. 1982년에 독일문학사 전공 교수자격취득 논문으로 독일문학사를 정보시스템의 변천이라는 관점에서 재구성한 『기록시스템 1800·1900』을 제출하여 파란을 일으킨다. 2년 가까이 심사가 계속되고 심사위원이 열세 명으로 늘어난 끝에 논문이 통과된다. 그사이 키틀러는 캘리포니아 대학 버클리 캠퍼스와 스탠퍼드 대학 등의 방문교수 자격으로 미국에 머물며, 당시 급성장하던 컴퓨터 문화를 접하고 군산복합체와 미디어 기술의 역사에 몰두하기 시작한다. 1986년에 미디어 기술의 실증적 역사에 대한 추가 연구를 바탕으로 『기록시스템 1800·1900』의 1900년경 파트를 확대·재구성한 『축음기 영화 타자기』를 출간하면서, 독창적인 미디어학자로 입지를 넓힌다.

　　1987년에 보훔 대학 현대독일문학 교수로 부임한 그는 20세기 미국에서 형성된 새로운 기술의 전개 방향에 주목하는 한편, 정보이론의 관점에서 유럽 문명의 밤과 어둠, 그 한계와 전망에 대한 성찰을 지속해나간다. 1990년에 『기록시스템 1800·1900』의 영역판이 출간되면서 국제적으로 명성을 얻었고, 1993년 베를린 훔볼트 대학 매체사 및 미학 교수로 취임한다. 1999년 『축음기 영화 타자기』의 영역판이 출간되면서 "미디어가 우리의 상황을 결정한다"라는 기술결정론적 테제가 키틀러의 유명세를 견인하게 된다. 하지만 이 무렵 키틀러는 이미 기술 자체에 열중했던 시기를 지나 유럽 문명의 과거로부터 평행우주적 가능성을 모색하기 시작한다. 2005년과 2009년에 고대 그리스를 다시 시작점으로 두고 유럽 문명의 비전을 새롭게 그리는 장기 프로젝트의 첫 성과로 『음악과 수학 I. 헬라스 1: 아프로디테』와 『음악과 수학 I. 헬라스 1: 에로스』를 발표하지만, 전체 프로젝트는 2011년 키틀러가 지병으로 세상을 떠나면서 중단된다.

　　키틀러가 생전에 펴낸 그 밖의 주요 저서로는 『시인, 어머니, 어린이』(1991), 『드라큘라의 유산. 기술적 글쓰기』(1993), 『헤벨의 상상력. 어두운 자연』(1999), 『문화학의 문화사』(2000), 『광학적 미디어』(2001), 『그리스로부터』(2001), 『잡음과 계시 사이. 목소리의 문화사와 매체사』(2002), 『불멸하는 것. 부고, 기억, 유령의 말』 (2004) 등이 있다. 그의 원고와 자료는 마르바흐 독일어문학 문서고에 보관되어 있다.

**옮긴이 ¦ 윤원화**

시각문화 연구자. 서울대학교 건축학과와 한국예술종합학교 영상원 영상이론과 예술전문사 과정을 졸업했다. 도시와 미디어, 미술과 시각문화의 접점에 관심을 두고, 동시대 서울에서 벌어지는 현상들을 말과 글로 기록하고 매개하는 데 주력한다. 저서로 『그림 창문 거울: 미술 전시장의 사진들』『문서는 시간을 재/생산할 수 있는가』 『1002번째 밤: 2010년대 서울의 미술들』 등이 있으며, 역서로 키틀러의 베를린 훔볼트 대학 강의록 『광학적 미디어』, 조너선 스턴의 『청취의 과거』, 사뮈엘 베케트 선집 『포기한 작업으로부터』『발길질보다 따끔함』 등이 있다.

기록시스템

문학동네
인문 라이브러리

11

# 기록시스템 1800·1900

프리드리히 키틀러 ¦ 지음

윤원화 ¦ 옮김

문학동네

# 차례

## 일러두기

1 이 책은 다음의 원서를 완역한 것이다.

   Friedrich Kittler, *Aufschreibesysteme 1800·1900*, Paderborn, 1985/2003.

2 본문에 나오는 각주는 옮긴이 주, 후주는 원저자 주다.

3 본문에 나오는 〔 〕는 저자가, [ ]는 옮긴이가 부연한 것이다.

4 원서에서 고딕으로 강조한 부분은 고딕으로, 이탤릭체로 강조한 부분은 ' '로,
   대문자로 강조한 부분은 밑줄로, 자간을 넓혀 강조한 구문은 방점을 찍어 표시했다.
   (예: B u c h → 책)

5 본문에 나오는 성서 인용문은 대한성서공회에서 제공하는 개역개정판을 사용했다.

6 단행본, 정기간행물은『 』로, 시, 단편, 논문은「 」로, 강연, 음악, 영화 등은〈 〉로
   구분했다.

I    **1800**

$$\mathrm{e}^{ix} = \cos x + i \sin x$$

—레온하르트 오일러

## 학자의 비극. 무대의 서막

독일 시문학Dichtung은 한숨과 함께 시작한다.

> 아아! 이제껏 철학,
> 법학과 의학,
> 유감스럽게도 신학까지
> 온갖 노력을 기울여 속속들이 연구하였도다.[354~357행]*

여기서 한숨을 쉬는 것은 문장에 등장하지도 않는 이름 없는 '나'도 아니고, 하물며 이름 있는 저자는 더더욱 아니다. [괴테의 『파우스트』 도입부를 이루는] 저 전통적인 크니텔시행†의 음률을 가로지르는 것은 어떤 순수영혼이다. 이것은 다음에 나오는 또다른 고전주의 작가 실러의 시로 증명된다. '아아ach' 하는 한숨은 순수영혼이라는 독특한 존재 양태를 나타내는 기호로, 순수영혼이 다른 어떤 기표를 입에 올리거나—기표들은 다수로만 존재하므로—어떤 기표들이든 일단 입에 올리면, 그것은 저 자신을 위해

---

*본문에 나오는 시작품 문헌 정보는 한국어판에서 추가한 것이다. 특히 『파우스트』는 빈번히 인용되어 [행수]를 표시한다.

†Knittelvers. 15~16세기의 서사 및 희곡 장르에서 주로 사용되던 율격으로, 강음 네 개에 각운을 맞춘 시행, 8-9개의 음절 또는 6~15개의 음절로 이루어진다.

한숨 쉬어야 할 것이다. 왜냐하면 그 순간 이미 순수영혼은 더이상 영혼이 아니라 (실러의 이 시 제목이 명시하는바) '언어 Sprache'가 되기 때문이다.

> 어째서 살아 있는 정신 Geist은 정신 앞에 모습을 드러낼
>    수 없는가?
> 영혼이 말하면, 일단 말하기만 하면, 아아! 이미 더이상
>    영혼이 아니기에.

말이 새어나오는 곳마다 영혼의 타자들이 생겨난다. 학계의 직함 가진 자들, 교육자 행세하는 사기꾼들이. 파우스트의 말을 계속 들어보자.

> 그러나 지금 나는 가련한 바보일 뿐
> 조금도 더 지혜로워지지 않았다!
> 석사님 박사님 소리를 들으며
> 벌써 10여 년이란 세월 동안
> 위로, 아래로, 이리저리로
> 학생들의 코를 잡아끌고 다녔을 뿐.[358~363행]

의학, 철학, 법학, 신학을 망라하는 대학의 담론이 이른바 '문예공화국'*이라는 역사적 구성 속으로 긴 한숨을 내쉰다. 문예공화국은 살아 있는 정신이 정신 앞에 모습을 드러낼 가능성을 체계적으로 차단한다. 그것은 "박사니 석사니, 문필가니 성직자니 하는" (또는 더 정확히 의학자, 철학자, 법학자, 신학자라는) 모든 구성원에게 오로지 일생토록 읽기만 하면서 "벌레들이 갉아먹고 먼지

---

* res publica litteraria. 대략 15세기부터 18세기까지 인문학자들이 라틴어를 매개로 편지를 주고받으며 형성한 지적 커뮤니티를 말한다.

가 뒤덮인 책더미" 속에서 "말의 소매상"이 되라고 명한다.[366, 402~403, 385행] 그리하여 파우스트 석사, 실은 박사도 신간 하나 없는 서재의 "비좁은 고딕식 방"에 앉아서 책을 읽고 발췌하고 주해를 단다. 그러고 나면, 그는 오래된 책들이 불러준 내용을 다시 강단에서 자기 학생들에게 불러줄 것이다. 이것이 대학이 생기고 필사부筆寫部가 생긴 이래의 유럽식 학술 강의다. 구텐베르크의 활자는 여기에 거의 아무런 변화도 가져오지 않았다. 문예공화국은 끝없는 순환이며, 생산자도 소비자도 없이 그저 말들을 회전시키는 기록시스템Aufschreibesystem이다. 여태껏 파우스트는 서재에서 필자, 창조자, 저자를 호명한 적도 없었고, 그 책을 이해하고 소화하고 처리하는 독자를 호명한 적도 없었다. 옛 문예공화국은 '인간'으로부터 '인간'을 갈취하고 있었던 것이다.

　그래서 파우스트는 이렇게 시대에 뒤떨어진 기록시스템의 생각할 수 있는 모든 빈칸에 '인간'을 넣어보는 실험을 한다. 독일 시문학은 바로 여기서 시작된다. 파우스트는 "책상 앞 의자에 불안하게 앉아" 자기 서재에 쌓인 자료 더미를 세 가지 방식으로 호명한다.

　첫번째 실험은 익명의 책더미 속으로 이름 있는 저자의 책을 불러들이는 것이다.

파우스트식 도서 사용법

> 노스트라다무스가 친히 집필한
> 이 신비스러운 책 하나면
> 너의 동반자로 충분하지 않은가?
> 그러면 너는 별들의 운행을 깨닫고,
> 또한 자연의 이끌림을 받으면
> 네 영혼의 힘이 깨어나
> 정신이 정신에게 어떻게 이야기하는지 알게 되리라.
> 그러지 않고 여기서 메마른 생각만으로

성스러운 기호를 해명하려는 것은 헛된 일이니.

정령들아, 너희가 내 곁을 떠돌고 있구나.

내 말이 들리거든 대답해다오![419~429행]

책더미에서 어떤 저자의 책, 심지어 자필본을 골라잡는 것은 끝없는 말들의 순환을 중단시키는 것을 의미한다. 학자의 서재에 첩첩이 쌓인 사본들 속에서, 노스트라다무스라는 (공교롭게도 마법사이기도 한) 저자가 유일무이한 자필본의 형태로 모습을 드러낸다. 저자의 상상적 현존은 글에 목소리가 덧씌워진 것처럼 기호에 어떤 잉여적인 학문적 의미를 부여한다. 그의 책은 마치 더이상 책이 아닌 것처럼 모든 것이 살아서 움직인다. 기호가 거의 독자의 귀에 들릴 듯 묘사되면서 가상적 구술성이 출현한다. 앞에 인용한 시에서 불가능한 것 그 자체라고 말한 사태가 벌어진다. 정신이 정신 앞에 (실러가 쓴 대로) 모습을 드러내고, 정신이 정신에게 (파우스트가 말한 대로) 이야기하는 것이다. 그리고 [라캉이 실재Réel라 칭하는] 불가능한 것이란 이름이 적히지 않기를 멈추지 않는 것이라면,[1] 파우스트가 노스트라다무스를 호명함으로써 무언가 이름이 적히지 않기를 멈추고 '정신' 또는 '영혼'이라고 칭해지는 이 뜻밖의 사태는 앞으로 '독일 고전주의'라 칭해질 어떤 것을 이미 시사한다.

　저자 노스트라다무스가 아니라면, "이 기호를 쓴 자는 신이 아닐까?" 마법의 표의문자들 속에서 대우주의 기호를 본 파우스트는 환희에 차서 이렇게 외친다. 하지만 그가 추정한 신은 실제보다 창대하게 상상된 저자성의 이미지로 아주 잠깐만, 글쓴 순간을 인식하는 바로 그때만 나타날 뿐이다. 그렇게 글로 적힌 것을 일단 보고 나면, 그러니까 이해하고 나면, 신이 자신의 피조물 속으로 사라지듯이 저자는 다시 그 기호가 의미하는 내용 속으로 사라져버린다. 기호는 독자의 눈에 "순수하게 자연이 작용한" 결과처럼 보이며, 그럼으로써 독자로 하여금 생산자가 아니라 생산물에 집중하게 한다. 대우주의 표의문자는 "어떻게 모든 개체가 어울려 전체를 이루"는지, 다시 말해 어떻게 기호들로 묘사된 대우주가 '대우주를 묘사한 기호들의 그물망'을 가질 수 있는지 정연히 선보인다.[434, 441, 447행] 이처럼 "재현과 존재의 연속" 안에서 "재현의 현존에 의해 표면화되는 존재"는[2] 아무 결핍도 공백도 없지만, 그렇기 때문에 글쓰기와 창조라는 신성한 행위성격을 지니지 않는다. 따라서 기호 해독자 파우스트는 초기 근대의 지식 배치 속으로 불러들이려 했던 것을—그 모든 책더미 너머의, 그 이면의 '인간'을—다시 상실한다. 첫번째 실험이 실패로 끝나고 원형적 한숨이 돌아온다.

이 무슨 장관인가! 그러나, 아아! 구경거리일
뿐이로다![454행]

두번째 실험은 첫번째 실험과 반대로, 책더미 속으로 불러들일 인간을 '생산하는 저자'가 아니라 '소비하는 독자'로 상정한다. 파우스트는 기호를 바라보고 응시하는 데 그치지 않고, 유럽 연극사 최초로 실행 불가능한 연기를 지시한다. "책을 움켜쥐고 정령의 기호를 오묘하게 낭독할 것."[481행] 정녕 오묘하다. 소리내어 읽는 일은 알파벳으로 적힌 책으로나 가능한 것으로, 애초에 소리내어 읽을 수 없는 히브리문자와 각종 기호를 조합한 표의문자 텍스트로는 전혀 가능하지 않기 때문이다. 마법의 기호는 달빛 아래 베껴쓰는 것이지 소리내어 읽는 것이 아니다. 하지만 바로 이것이, 즉 초기 근대의 기표들로 가득찬 기호의 보물상자를 독자가 입으로 소리내어 읽을 수 있는 자원의 집합으로 변환하는 것이 실험의 핵심이다.

그래서 파우스트가 불러낸 대지의 정령은 목소리로 나타나 자기 자신에 관해, 그리고 파우스트라는 목소리에 관해 말한다.

그대는 숨막힐 듯 나를 만나기를
내 목소리를 듣고 내 얼굴을 보기를 갈망하지 않았더냐.
……너는 어디 있느냐, 파우스트, 나에게까지 울려왔던
　　그 목소리는?[486~487, 494행]

소리내어 읽는 독자로 변모한, 그리하여 숨결로 변모한 사람은 문자도 입의 숨결로 경험한다. 문예공화국이 피상적인 것으로만 여겨졌던 문자로부터 그것을 대리보충하는 가상적 감각성이 출현한다. 그리하여 파우스트는 이 '기호의 기호'를 첫번째 실험에서처럼 '대우주의 기호'로, 부재하는 저자의 재현으로 보는 대신에 독자인 자기 자신에게 가해지는 실제적 작용으로 가정한다.

이 기호는 어쩌면 이렇게 다르게 작용하는가!
대지의 정령Geist이여, 그대가 내게 더 가까이 있구나.
벌써 힘이 솟아나는 것이 느껴지고,
벌써 새로운 술에 취한 듯이 온몸이 달아오른다.
……간절히 바라던 정령이여, 그대가 내 곁을 떠도는 것이
　　느껴지는구나.[460~463, 475행]

이제 발화는 기호를 창조하는 저자의 신성한 힘이 아니라 기호 자체의 마법적 힘에서 비롯된다. 기호는 의미의 흐름 속으로, 다시 말해 목소리 속으로 녹아들면서 독자의 관능적이고 황홀한 힘을 해방시킨다. 이 같은 힘의 연쇄는 소비의 단계에서 절정 또는 대단원에 이른다. 기호를 구어적인 것으로 만들어 신선한 와인처럼 들이켤 수 있게 된 독자 파우스트가 생산하는 저자 노스트라다무스를 대체한 것이다. 또한 이렇게 해서 독서를 통해 한낱 구경거리를 즐기는 것이 아니라 "젖가슴" 또는 "모든 생명의 근원"을 빨고 싶다는, 원시적이고 유아적인 소비 형태를 갈망하는 그의 소원이 이뤄진다.[456행]

하지만 이 같은 이상적 '어머니'를 은유로 불러내면서 화를 면하기는 어렵다. 파우스트는 기호를 들이켜면서 엄청난 황홀경에 빠지는 동시에 강렬한 생산에 참여하는데, 이것은 그가 가진 힘으로 감당할 수 있는 수준이 아니다. 독자는 자기가 불러일으킨 기호의 주인으로 남지 못하고 의미의 그물망 또는 조직Textum 속으로 사라진다. 대지의 정령은 "소란스러운 시간의 베틀로" 문자 그대로 역사의 텍스트를 짠다.[508행] 그 속에서 파우스트는 본래의 무無로 되돌아간다.

✳

이렇게 두 차례의 실험이 실패한 자리에서 세번째 실험의 여지가 생겨난다. 세번째 실험은 재현적 기호의 이면으로 사라져버리는 외부적 저자를 생산하는 것도 아니고, 소진되지 않는 텍스트 속에 익사하는 도취적인 기호의 소비자를 창출하는 것도 아니다. 파우스트는 알파벳식 구술성으로 고대 표의문자를 녹이겠다는 생각을 접고, 극히 익숙한 그리스문자가 적힌 책, 이미 언제나 읽기의 대상으로 존재해왔던 그 책을 펼친다. 그 책은 유명한 저자가 있지만 따로 호명하지 않는다. 그 책은 파우스트라는 독자도 있지만 이 역시 거론하지 않는다. 왜냐하면 파우스트는 이제 그저 '인간'으로서 실험에 임하기 때문이다. 세번째 실험은 생산하는 저자나 소비하는 독자 대신에, '인간'을 즉위시키는 어떤 유일무이한 심급Instanz을 상정한다. 그리고 원형적 한숨이 새로운 방식으로 돌아오면서 드디어 실험이 성공한다.

해석학으로서<br>의 성서 번역

> 그런데 아아! 아무리 지극한 의지를 지녀도
> 가슴에서 만족감이 솟아나지 않는구나.
> 어찌하여 이 강물은 이토록 빨리 말라버려서
> 우리가 다시 갈증에 허덕이게 하는가?

나는 이런 일을 너무나 많이 겪었다.

그러나 이 결핍은 직접 채울 수 있으니

그것은 우리가 초지상적인 것을 숭상하는 법을 배우고,

하늘의 계시를 갈구하는 것이다.

그런데 신약성서에 나타난 것보다

더 존귀하고 아름답게 빛나는 계시는 없으니.

이제 나는 원전을 펼쳐놓고

정직한 느낌대로 한번

그 성스러운 [그리스어] 원문을

내 사랑하는 독일어로 옮겨보고 싶구나.[1210~1223행]

이제 그가 할 수 있는 일은 채울 수 없는 갈망을 지속하면서 번역하는 것뿐이다. 파우스트가 성서를 펼치는 것은 이미 언제나 "아아! 생명의 원천"을 향해 그를 밀어붙이는 결핍을 치유하기 위함이며, 두 차례의 실험 실패 이후로 약병에 든 갈색 독약마저 먹음직스러워 보이게 하는 갈증을 해소하기 위함이다. 그런데 파우스트는 그사이에 조금 겸손해졌다. 결핍을 해소시켜줄 것은 더이상 유일무이한 원천에서 흘러나오지 않고, 그 원천을 문자 그대로 대체하는 어떤 텍스트에서 나와야 한다. 이제 파우스트는 생명의 정수인 대지의 정령이나 "자비로이 잠들게 하는 영약"이 담긴 약병을 절대적이고 치명적인 방식으로 소비하는 대신에, 그것을 대체하는 다른 무언가를 찾는다.[1201, 693행] 이 대체물은 언어의 형태를 취하며 자신의 대응물인 저 원천과 동일한 가치를 지닌다. 그럼에도 그것은 대체물로 남는데, 파우스트가 펼친 성서 원전도 결국은 책더미 속의 다른 모든 책과 마찬가지로 하나의 텍스트이기 때문이다. 이번에 파우스트는 대학 담론의 한계와 제약을 넘지 않으려는 듯하다. 그는 "생명의 원천"을 인문주의적으로 번역해서 애서가적인 '원전주의ad fontes'의 은유적 표현으로 이해하고, 책을 자연의 목소리로 받아들인다. 바로 이 제약 덕분에 세번째 실험이 성공한다. 독일 시문학은 비非알파벳 문자에 관한 마법적 탐구로 시작된 것이 아니다. 그것은 문예공화국의 거대한 문서고에 저장된 질료와 텍스트를 버리는 것이 아니라, 문예공화국에서 정한 텍스트의 이용 방식을 그만두는 데서 출발한다. 파우스트는 이전과 이후의 수많은 학자처럼 고대 문서를 번역한다. 그가 라틴어를 쓰지 않는다는 것은 "그가 속한 역사적 세계의 잘 훈련된 학자적 본성"에 어긋나지 않는다.[3] 이 전직 선생을 시대착오로 이끌고 그리하여 앞으로 도래할 초월론적 지식의 창립자로 세우는 요인은 뭔가 다르다. 여기서, 번역은 해석학으로 변모한다.

> 기록하여 가로되, "태초에 말씀이 있었느니라!"
> 여기서 벌써 막히는구나! 누가 나를 계속할 수 있게 도와줄까?
> 나는 말씀이라는 것을 그렇게 높이 평가할 수 없다.
> 정령으로부터 올바른 계시를 받고 있는 거라면,
> 나는 이것을 다르게 옮겨야 한다.
> 기록하여 가로되, "태초에 의미가 있었느니라!"
> 너의 펜이 경솔하게 서두르지 않도록
> 첫 행을 심사숙고하라!
> 과연 만물을 일으키고 창조하는 것이 의미일까?
> 기록하여 가로되, "태초에 힘이 있었느니라!"
> 하지만 내가 이렇게 쓰는 동안에
> 벌써 무엇인가 그것도 아니라고 경고하는구나.
> 정령이 나를 돕는다! 불현듯 좋은 생각이 떠오르니
> 자신 있게 쓴다. "태초에 행위가 있었느니라."
>
> 　[1224~1237행]

파우스트는 말씀을 그렇게 높이 평가할 수 없다는, 또는 심지어

(이 독백을 엿들은 자가 고쳐 말하길) "경멸"한다는 말로 문예공화국과 결별한다.[1328행] 르네상스 인문주의와 종교개혁이 부과한 도서 사용의 규칙은 구시대적인 것이 된다. 인문주의는 문헌학적 활동으로 실행되었고, 문헌학은 '말씀에 대한 사랑'을 뜻한다. 마르틴 루터의 신앙과 성서 번역은 '오직 성서만을sola scriptura'이라는 규칙을 준수했고, 루터파와 함께 등장한 교리문답학교의 학생들에게 이 규칙은 성스러운 텍스트를 암기하고 "단어 하나하나 그대로 암송"하는 것을 뜻했다.[4] 이를테면 이번에는 십계를 외울 차례라고 하자. 『소小 교리문답』은 기본적으로 "이것은 무엇인가"라는 질문 형식을 통해 법과 사람들을 매개하는 역할도 하지만, (후대의 『분석적 교리문답』과 달리) 십계의 법과 그에 대한 루터의 설명까지 모조리 암기시키는 프로그램이기도 했다.[5] 어떤 논박 불가능한 원문이 또다른 논박 불가능한 원문으로 반복되는 것, 이것이 바로 종교개혁 시대의 '성서에 대한 충실함Bibelfestigkeit'이었다.

　　"온종일 말씀만 말하는 사람이 있다. 성서가 머릿속에 있고, 머리가 성서 속에 있는."[6] 이 문장은 초기 근대 말씀의 질서를 정확하게 표현한다. 하지만 이 글이 적힌 1778년은 이미 그 질서의 대변인이 정신병원에 수감되는 신세가 되어버린 시대다. 지난 200년 동안 각인된 '성서에 대한 충실함'이 새로운 인간학 앞에서 불현듯 병리적 증상으로 변모한다. 그와 함께 원문이 어떻게 적혔어야 하는가 하는 번역가의 직관에 따라 문장을 고쳐쓸 수 있게 된다. 파우스트가 오로지 자기 느낌에 따라 성서 원본을 독일어로 옮기는 것은 인식론적 단절을 나타낸다. "인간과 기표들을 잇는 접속에 조금이라도 변동이 일어나면—여기서는 성서 해석 방식이 변화하는데—역사의 흐름이 바뀌고 존재가 닻을 내리는 곳이 달라진다."[7]

　　「요한복음」의 첫머리는 말들로 이뤄진 유일무이한 직물 또는

'조직'이다. 그것은 '말씀'을 '태초'라고 칭하면서 자신의 본명을 만천하에 밝힌다. 말씀이 '말씀'이라는 말로 시작하는 저 태초의 순간, 말할 수 없는 태초의 순간이—담론은 모두 말들로 이뤄지기에 다다르지 못하는 이 출발점이—초기 근대까지 유럽에서 통용됐던 독특한 주해의 형식을 낳았다.

> 언어의 역사에서 찾아볼 수 있는 하나의 일화가 아니라 전반적인 문화적 경험으로서, 16세기의 언어는 아마도 이러한 상호작용, 즉 원형적 텍스트와 무한한 해석의 틈새에 끼어 있었을 것이다. 말하기는 세계와 일체를 이루는 어떤 글을 토대로 이루어진다. 사람들은 이 글에 관해 끝없이 말하며, 이 말을 이루는 각각의 기호들은 다시 새로운 담론을 뒷받침하는 글이 되지만, 각각의 담론은 다시 저 원형적인 글을 향하면서 그 글의 회귀를 약속하는 동시에 지연시킨다.[8]

이 같은 주해 형식은 성서라는 정전 텍스트와 실행적·교육적으로 연관되면서 수사학이라는 독특한 기술을 이룬다. 그것은 기본적으로 두 가지 말을 오가는 기술이다.

> 한편에는 과묵하고, 해독할 수 없고, 스스로 완전히 존재하며 절대적인 말씀이 있었다. 다른 한편에는 이 최초의 말씀을 그 형식과 규칙, 접속 방식에 따라 수다스럽게 흉내내는 말, 들리지 않는 최초의 텍스트와는 까마득히 떨어져 있고 그만큼 거대한 공간을 차지하는 말이 있었다. 수사학은 필멸하는 인간들과 유한한 피조물들을 위해 절대 사라지지 않을 영원의 말씀을 끝없이 되풀이했다.[9]

「학자의 비극」이 상연되는 새로운 공간에서는 심각한 책벌레인 파우스트의 조수 바그너가 바로 이렇게 성실하고 겸허한 태도를 고수한다. 그는 "비판적 노력," 학문의 원천에 대한 추구, 수사학적 "설득"의 꿈으로 자신을 치장한다.[560, 533행] 하지만 파우스트는 수사학과 수사학자들을 또다른 수사학적 질문으로 퇴출한다.

> 고문서들이 신성한 샘물과 같아서
> 한 모금만 마시면 갈증을 영원히 달래준단 말인가?
> 자네의 영혼에서 솟아나는 것이 아니라면
> 결코 시원해지지 않을 것이네.[566~569행]

파우스트가 원하는 것은 문헌학이나 수사학처럼 갈증과 욕망을 열어놓는 것이 아니라 그런 것을 완전히 만족시켜 없애는 것이다. 욕망의 죽음을 가리키는 다른 이름은 '영혼'이니, 자신의 영혼과 정직한 느낌에 따라 복음서를 번역하는 일은 새로운 원기회복법이 될 것이다. 물론 '느낌'이니 '영혼'이니 하는 것은 아아 하는 한숨, 그 유일무이한 기표이자 기표 아닌 기표를 명사로 번역하고 고쳐쓴 것뿐이다. 하지만 그것은 다른 시작을 가능하게 하고 수사학의 기능을 변모시킨다. 양피지 고문서와 거기 적힌 문자들에 관해 더이상 알고 싶지 않다고 해서, 소리내어 읽고 해석하면서 주어진 텍스트를 수사학적으로 변조하고 변이하기를 그만두는 것은 아니다. 옛 유럽 대학과 라틴어학교에서 교사들과 학생들이 고전 텍스트나 성서를 모방하여 고쳐썼듯이, 우리의 고독한 학자도 글을 고쳐쓰느라 종이를 빽빽하게 채운다. 파우스트의 원고지에서도 "말씀"이라는 단어가 "의미" "힘" "행위"라는 단어들로 차례로 대체되어 고쳐 적힌다. 하지만 파우스트는 자신의 고쳐쓰기를 논평하면서 수사학적 정당화를 시도하지 않는다. 파우스트의 고쳐쓰기는 이제 비유와 수사의 창고에서 텍스트를 건져올리는 것

이 아니라, 어떤 말의 진정하고 본래적인 의미를 나타낸다는 수사
학의 정반대 기능을 획득한다. 그런데 하필 이 말이 "말씀"이라는
말이다. 여기서 파우스트의 목표는 어떤 말 또는 기표가 어떤 의
미인지 탐구하는 것이 아니라, 기표로서의 말 일반을 기의의 우위
에 종속시키는 것이다. 다시 말해, 파우스트는 수사학적 고쳐쓰기
를 이용해서 '초월론적 기의signifié transcendantal'를 향한 의미론적 탐
색을 개시한다.[10]

　초월론적 기의는 흔히 언어와 동떨어진 것처럼 행세하지만,
사실 그것은 파우스트의 펜 끝에서 취소의 빗금이 연쇄적으로 반
복되는 가운데 기술적으로 또는 문법적으로 출현한다. 파우스트
가 한 단어를 "쓰는 동안에" 벌써 어떤 이상한 것이 그와 그의 펜
을 멈춰 세운다. 이 타자는 "정령"이라고 불리지만 눈에 안 보일
만큼 감각을 초월하지는 않는다. 어떤 시선이 손이 종이 위에 적은
것을 읽으면서 "펜이 경솔하게 서두르지 않도록" 감독한다. 이는
통상적인 조건 속에서—한편에 햇빛 또는 불빛이 있고 다른 한편
에 눈빛이 있을 때—나타나는 손글씨의 특징이다. 글을 쓰면서 자
기 손을 볼 수 있고 필요하면 고칠 수도 있다는 것, 타자기 기술자
바이얼렌은 이를 다음과 같이 명확히 표현한다.

　　눈은 손으로 글을 쓸 때 글이 적히는 지점을, 바로 그 지점
　　만을 계속 관찰해야 한다. 눈은 모든 문자의 발생을 감시
　　하고 계측하고 지도해야 하며, 간단히 말해 손이 임무를
　　행하는 매 순간을 지휘하고 통제해야 한다.[11]

하지만 「학자의 비극」을 관람하러 극장에 온 우리는 주인공이 글
쓰는 모습을 어깨 너머로 볼 수 없으니, 가설적으로 재구성하는
수밖에 없다. 파우스트가 묘사하는 종잇조각은 아마 이렇게 보일
것이다.

태초에　행위가／힘어／의머가／말씀이　있었느니라.

바로 이 빗금이 파우스트의 해석학적 번역을 수사학적 고쳐쓰기와 구별짓는다. 최초의 절대적 말씀이 철회되면서, 수없이 변주되는 수다스러운 말씀들, 수사학적 조건 속에서 하나의 동일한 구문론적 위치를 번갈아 차지하는 그런 말씀들이 횡행할 여지도 없어진다. 기표들의 논리가 대체의 논리인 데 반해, 기의들의 논리는 대체 불가능한 하나의 기의가 모든 대체 가능한 기표들을 대체한다는 일종의 환상으로 나타난다. 파우스트의 종이에 적힌 세 개의 단어에 빗금이 없다면, 그 단어들은 소쉬르가 말하는 기표들의 계열체paradigme를 형성할 것이다. 하지만 이것들은 그런 식으로 작동하지 않는다. 번역가가 자의로 이것들을 한데 모은 것이 (그리고는 그걸 '체계'라고 부르는 것이) 아니기 때문이다. 파우스트가 망설이는 것은 계열체의 배타적 요소들을 한 번에 여러 개씩 입에 올릴 수 없기 때문이 아니다. 그가 망설이는 것은 모든 차이화의 가능성을 넘어서 단 하나의 의미를 찾기 때문이다. 그래서 그는 빗금 친 단어를 두 번 다시 보지 않는다.

　　만약 그 단어들을 보았다면, 파우스트는 자신이 "말씀"에 해당하는 그리스어[로고스λόγος]의 다의성을 소진하려고 독일어로 헛된 시도를 반복하고 있음을 깨달았을 것이다. 파우스트는 그리스어 사전을 찾아보지 않는다.[12] 만약 사전을 찾아봤다면, 그는 자신이 정직한 느낌에 따라 단어를 바꾼 것이 아님을 분명히 알았을 것이다. 그리스어 '로고스'는 여러 단계에 걸친 존재의 역사 속에서 스콜라철학의 '의미sensus'로, 라이프니츠 철학의 '힘Kraft'으로,

다시 초월론적 철학의 '행위Tathandlung'로 거듭 변환된 오랜 전통이 있다. 하지만 "중심이 중심을 대체하는," 중심이 "차례차례 규칙적으로 다양한 형태와 이름을 얻으면서" 끝없이 계승되는 동시에 부인되는 서구 사상사의 "연쇄"는 이 번역가의 관심사가 아니다.[13] 그는 이미 철회할 수 없는, 새로운 중심을 수립하는 행위를 개시했기 때문이다. 파우스트는 "기호의 역사"에서 "계열체적 의식"이 없는 찰나의 순간을 표시한다.[14]

　게다가 파우스트는 통합체syntagme적 의식도 없다. 그는 의미론에 대한 사랑에 눈이 멀어 원문의 어순을 바꿔볼 생각도 하지 않으며, 어쩌면 어순 자체에 관심이 없다. 그는 「요한복음」의 문맥속에서 기의를 찾지도 않고, 책더미 속에서 유사한 대목을 다룬 주해를 찾지도 않는다. 전체적 맥락을 살피면 문제의 단어가 무슨 뜻인지 해명될지도 모르는데, 파우스트는 첫 줄부터 난관에 부딪힌 펜을 붙잡고 있을 뿐 다음 줄이나 텍스트 전체를 훑어보지 않는다. 그때 갑자기 개가 컹컹 짖는다. 그러자 파우스트는 그날의 읽기를 (그리고 앞으로 영원히) 멈춘다.

　형식적 차원에서 기호들은 세 가지 관계 속에 존재한다. 두 가지는 외부적 관계로, 하나는 발화의 앞뒤에 존재하는 실제 이웃과의 관계고 다른 하나는 언어의 창고에 존재하는 잠재적 대체물과의 관계다. 그리고 마지막 하나는 기의와 기표의 내재적 또는 상상적 관계인데, 이 관계는 "흔히"—특히 괴테의 예술이론 이후로—"상징이라 불린다."[15] 파우스트가 "말씀"을 급습한 후로 100년 동안 기호는 어떤 집합의 구성요소들로 성립할 수 없게 된다. 여기에는 대단히 화용론적인 이유가 있다. 지금부터는 기호와 기의의 관계가 어떤 큰 '타자'의 담론에 종속되지 않는 유일무이한 것이 되어야 하기 때문이다. 만약 파우스트가 문맥에서 반복되는 의미에 순응한다면, 그의 번역은 그보다 우월하고 모범적인 저자 또는 작품에 종속되고 만다. 반대로 파우스트가 자신의 깃펜이 별 생각 없이 쌓아올린 계열체적 행렬에 순응한다면, 그의 번역은 정직한 느낌이 아니라 언어의 규칙에 종속되고 만다.

하지만 파우스트는 혼자다. 그는 책을 참조하지도 않고 담론의 그물망에 속하지도 않은 채 글을 쓴다. 그는 성서 번역을 의뢰받은 적이 없다. 그의 글은 가장 가까운 친구에게도 헌정되지 않고 가장 가까운 출판업자에게도 전해지지 않는다. 단지 학자의 기본적인 자기통제 메커니즘만이 기호의 모든 형식적 관계를 준수하도록 강제하는 유일한 버팀목이다. 사전이 계열체의 집이라면 문법서는 통합체의 집이다. 문헌학과 학생 니체는 어째서 문헌학과 사람들이 파우스트 선생의 손가락을 요모조모 살펴보고 두드려볼 수밖에 없었는지를 다음과 같이 묘사한다.

> 일단 이런 종자들이 문헌학의 세계로 내려오시면, 우리는 우리의 당연한 권리에 따라 눈썹을 살짝 치켜세우고 그 기이한 업자들이 손가락을 어떻게 놀리는지 주의깊게 살핀다. 그들이 문헌학적 과제를 수행할 때 어떤 손장난을 치는가에 관해서는 이미 괴테가 파우스트라는 거울로 잘 비추어놓았다. 우리는 파우스트가 「요한복음」의 도입부를 처리하던 무시무시한 방법을 떠올리며 조수 바그너에게나 어울릴 법한 감상을 토로한다. 파우스트는 적어도 문헌학자로는 완전히 글러먹었다고.[16]

파우스트가 한 일은 자유 번역이다. 그것은 '말씀'이라는 단어를 원문 그대로 베껴쓰지 않는다는 점에서 의미론적일 뿐만 아니라, 외부적 담론 통제를 따르지 않는다는 점에서 화용론적이다. 전자는 후자의 직접적인 귀결이다. 이 무시무시한 담론 수행은 그가 도입부의 독백에서 수많은 것을 부정할 때 이미 윤곽이 드러난 어떤 거푸집을 채우는 일일 뿐이다.

> 나는 불안이나 의혹으로 괴로워하지 않고,
> 지옥이나 악마도 두려워하지 않으니까—
> 그 대신에 나는 모든 즐거움을 빼앗겼고,
> 무언가 올바른 것을 안다는 자부심도 없고,
> 사람들을 개선하고 개종시키기 위해
> 무언가 가르칠 수 있다는 생각도 들지 않는다.[368~373행]

파우스트는 불가능한 가르침을 거부함으로써 문헌학적 가책이나 심지어 신학적 가책을 초월한 자유로운 글쓰기의 가능성을 연다. 자유로운 글쓰기에는 특정한 수신인을 겨냥한 특정한 기능이 없으며, 따라서 학생의 코를 잡아끌고 다닐 일도 없다. 파우스트를 낳은 기록시스템에는 이 새로운 글쓰기를 위한 자리가 없는데, 이 글쓰기 자체가 새로운 기록시스템의 시작이기 때문이다. 영점에 도달한 파우스트는 전통적 지식과 앎 자체를 거부하며, (이후의 수많은 후계자와 달리) 자유로운 글쓰기를 새로운 학문으로 천명하지도 않는다. 사실 그 새로운 학문이란 단지 인간들을 개선하고 개종시켜서 이제야 비로소 진정한 '인간'으로 만들 수 있다는 공상을 키운 것에 불과하다.

*

지식과 무지, 새로운 가르침과 자유로운 행위, 이 모든 것이 초월 론적 지식의 영점에서는 나란히 놓인다. "파우스트가 말씀과 의미, 행위와 힘의 대립 속에서 추구한 해석은 (피히테를 참조함에도 불구하고) 철학적으로 명확하지도 않고 순수하게 시적이지도

시와 철학

않다. 그것은 철학적인 것과 시적인 것이 서로 완전히 통일되지 않으려 하는 그런 장소에 해당한다."[17] 바로 이런 미결정의 상태가 새로운 시작을 표시한다. 파우스트의 자유 번역에서 시적 담론과 철학적 담론은 독특한 방식으로 훗날 '독일 고전주의'라 불리게 될 어떤 사태를 공모한다. 실러는 3년 동안 칸트를 읽으면서 앞으로 100년 동안 그 자신이 칸트적 관점에서 독해되도록 한다. 헤겔은 오랫동안 시를 읽고 해석하면서 자신의 예술철학이 "시적인 상상력과 가까워지도록" 한다.[18] 이들은 시와 사유를 오가며 진동하지만 통일에 이르지 못한다. 왜냐하면 두 담론의 교차점은 기록 불가능한 것이기 때문이다.

두 담론이 교차하는 지점은 글쓰기라는 무상한 행위 자체다. "태초에 행위가 있었다"라고 쓰는 것은 참으로 종결적이다. 이 문장으로 번역은 종결된다. 이유는 두 가지다. 첫째, 번역이 결국 태초/시작 자체를 발견했기 때문이다. 둘째, 파우스트가 탐구하던 '로고스'의 초월론적 기의가 바로 그 탐구 과정 자체에 있었기 때문이다. 빗금을 긋고 단어를 대체하는 파우스트의 움직임은 하나의 이름[글쓰기라는 '행위']을 얻고, 이는 그리스어와 독일어 양쪽 모두에서 빗금 그어진 것['로고스' 또는 '말씀']의 진정한 의미로 통용된다. 이것은 근거가 있는 이야기다. 번역자 파우스트는 말씀을 경멸하지만 그가 하는 일은 결국 말들을 만드는 것이다. 삽살개가 두 번 다시 짖지 않는 조용한 서재에서 그는 오로지 글쓰기라는 행위만을 한다. 따라서 복음서가 시작부터 자신의 본질을 드러내는 진정한 이름['말씀']을 밝히듯이, 자유 번역도 마지막에 자신의 참된 이름['행위']을 밝힌 셈이다. 저편에는 모든 말과 심지어 복음서의 말씀까지 산출하는 근원으로서의 '말씀'이 있고, 이편에는 모든 글쓰기와 심지어 번역자의 글쓰기까지 포함하는 '행위'가 있다. 그러나 문필가가 '나는 글쓴다'라는 문장을 둘러싸고 글을 쓴다면, 그는 근대적인 저자성 개념을 체현하고 있는 것이다. 자유 번역은 파우스트를 첫번째 실험으로 돌려보낸다. 저자 노스트라다무스가 자필본으로 잠깐이나마 독자 앞의 현전을 보장받았다면, 이제 그를 대신하는 저자 파우스트는 손으로 글을 쓰는 행위로써 자기 자신에게 현전한다. '로고스'의 다른 번역어들이 원문과 번역문 간에 함의의 교집합이 있다는 것으로 자신을 정당화할 수 있었다면, '로고스'를 "행위"로 고쳐쓴 것은 그 자체가 원문을 베껴쓰면서 보존하는 (또는 전수하는) 행위가 아니라 글을 베껴쓰면서 제거하는 (또는 바람에 날리는) 행위다.

　　하나의 행위 자체는 철학적이지도 시적이지도 않다. 파우스트의 혁명 이전에 '시Poesie'가 뜻하는 바는 완성된 글이었지 기이하게 무상한 글쓰기 행위가 아니었다. 재현의 질서는 생산 행위의 재현 가능성을 추방했다. 고전주의 시대에 '철학'이 뜻하는 바는 성서 주해의 경우 파우스트가 취한 제스처의 결과와 부합할 수도 있었겠지만 그 제스처 자체와는 무관했다. 「학자의 비극」을 쓴 작가도 읽었다는 스피노자의 『신학정치론』*을 보자. 여기서 스피노자는 마치 말씀에 대한 파우스트의 경멸을 예견한 듯이 그처럼 폭력적으로 성서를 취급하는 것을 정당화했다. 하지만 "말씀"을 새로운 방식으로 자유롭게 번역하는 데까지는 나아가지 않았다.

　　나는 그저, 어떤 발화든 간에 그것이 나타내는 의미의 측면에서만 신성하다고 불릴 수 있기 때문에, 설령 맨 처음에 표현된 말이 상당히 많이 변했다고 해도 성서의 의미는 변질되지 않은 채 우리에게 전해내려왔음을 주장할 뿐이다. ……표현의 변화 때문에 성서의 신성함이 손상되는 것은 아니다. 성서는 설령 다른 언어로 쓰인들 여전히 신

* 원문에는 '논리정치론Tractatus Logico-Politicus'이라고 표기되어 있으나 오기로 보인다.

의 것이기 때문이다. 따라서 신법이 변질되지 않고 전해
내려왔다는 점에는 의심의 여지가 없다.[19]

독일 시문학과 고전주의 철학의 차이는 모두 이런 철학자들의 말
자체에 기인한다. 철학자들은 계속 주해를 달면서 문자 그대로의
텍스트가 아니라 그 화용론과 의미론에 관해 캐묻는다. 그래서 이
들은 다른 이들이 성서 구절을 변조하거나 왜곡했을 수 있다는 충
격적인 의혹을 제기하지만 정작 그들 자신의 체계적인 날조에 관
해서는 침묵으로 일관한다. 반면 파우스트는 자기가 날조하는지
안 하는지 굳이 말하지 않고 그저 글쓰기 행위를 수행한다. 고전주
의 철학자가 "발화"와 "말씀"을 의미론적인 "의미"로 대체한다
면, 새로운 시인은 그런 것들을 화용론적인 "행위"로 대체한 셈이
다. "나 또한 하나님의 영을 받은 줄로 생각하노라"라는 사도 바
울의 말을 "그가 언급한 '하나님의 영'은 문맥으로 보건대 사도 본
인의 정신을 가리키는 것"이라고 이해하는 것은 침해이자 날조지
만,[20] 스피노자는 [이를 해명하는 대신] 신중하게 침묵을 지킨다.
100년이 지나서야 시가 처음으로 그 베일을 들추고 공공연하게
성령을 저 나름의 방식으로 번역하게 될 것이다.

고전주의 시대에는 재현 또는 (쉽게 말해서) 기만과 겉치레
가 이렇게 만연했다. 스피노자가 『신학정치론』에서 아무도 성서
의 신성을 의심할 수 없다고 장담하는 것은 안전을 위해 독자들과
학생들을 속이는 행위에 불과했다. 파우스트는 기껏 학생들의 코
나 잡아 이리저리 끌고 다니기나 하는 석사의 지위를 거부하면서,
그런 괴롭힘에 대항하여 출현한 고전주의 철학의 전략과 글쓰기
방법을 포기한다.[21] 시인의 자유로운 글쓰기는 저 큰 '타자'의 담
론을 이탈한다. 파우스트의 저자성은 절대적 '주인'의 이름이 "음
향이나 연기"가 되는 바로 그곳에서 출현한다. [3457행] 그렇지

만 늘 그렇듯이, 아무도 기만하지 않으려 하면 자기 자신을 기만하게 되는 법이다.

파우스트는 재현이 들끓는 여기 지상에서 태초에 행위가 있기를 요구하는데, 행위란 무엇보다도 파우스트 본인의 것이다.[22] 하지만 파우스트가 완전히 자유롭게 글을 쓰는 것은 아니다. 파우스트가 '로고스'의 기의를 탐구할 때, '로고스'의 의미내용이 아직 확정적으로 존재하지는 않지만 그럼에도 그 단어가 의미하는 어떤 무언가를—말하자면 "상징이라는 사물은 사물로서 존재하지 않지만 그럼에도 사물이다"라는 식으로—찾고 있을 때,[23] 그는 자기 멋대로 움직이는 것이 아니라 어떤 실마리를 따른다. 어떤 언어유희든 어떤 전문용어든 간에 그저 더이상 '로고스'를 의미할 수 없는 단어들을 제거해나가는 것이다. 독일 시문학의 자기창설적 행위는, 이를테면 '태초에 말씀이 있었다' 대신에 이렇게 쓸 수 있을 만큼 자유롭지는 않았다.

## 태초에 웅얼웅얼이 있었다

여기에는 이유가 있다. 아무리 자유 번역이라도 담론은 통제의 심급이 있어야 성립한다. 발화의 주사위 놀이를 조종하고 제한하고 통제하고 조직하지 않는 문화는 없다.[24] 우리의 주인공 전직 선생을 보자. 파우스트는 옛 유럽 대학의 신분적·직업적 통제에서 완전히 풀려났지만, 아무도 없는 서재에서 그는 아직 혼자가 아니다. 한편에는 삽살개 한 마리가 있다. 파우스트는 이 개가 짖자 불현듯 번역을 시도하고, 이 개가 다시 짖자 번역을 중단한다. 파우스트가 조용히 '말씀'을 대체할 단어를 더 찾으려 (결국 그렇게 안 됐지만) 개를 향해 "그렇게 으르렁대지 마라!"라고 명령한다는 것 자체가 이미 상당히 보편적으로 보이는 첫번째 통제의 심급을 드러낸다.[1239행] 그것은 인간과 인간의 언어, 동물의 울부짖음과 비인간적인 웅얼웅얼을 구별하라고 명령한다. 그리고 다른 한편에는 "정령"이 있다. 파우스트는 정령의 조언에 따라 성서를 번역하려는 시도를 완수한다. 파우스트가 자신의 전무후무한 독일어 번역을 두 번이나 "정령"의 속삭임으로 정당화한다는 것 자체가 두 번째 통제의 심급을 시사하는데, 이것이 언제 출현했는지는 아주 정확하게 짚어낼 수 있다.

「요한복음」의 '로고스'와는 거의 무관하고 오히려 스피노자의 대담한 바울 가설에서 도출된 듯한 이 이름 없는 정령은 파우스트의 자유를 제한한다. 그는 문자들이 아니라 정령이 이끄는 대로 번역하지만 그래도 번역을 한다. 파우스트를 담론의 수신처이자 통제처로서의 대학에 종속시켰던 직업적 의무가 개인의 내적 의무로 대체된다. 그러나 담론 규제가 이뤄진다는 사실 자체는 변하지 않는다. 이 정령은 문예공화국의 좋은 정령들, 나쁜 정령들과 똑같은 행위를 한다. 그것은 "계시"를 내리고 "경고"를 한다. 그것은 돌진하는 글쓰기를 제지한다. 그의 "심사숙고"는 독일 시문학이 의미 없는 웅얼거림이나 개 짖는 소리로 시작되지 않도록 한다.

이처럼 아무도 없는 서재에는 하나의 각본이 주어져 있고, 따라서 그 공간은 이미 언제나 무대로 정해져 있다. "글쓰기의 '주체'를 작가의 어떤 '주권적 고독'으로 이해한다면, 그런 주체는 존재하지 않는다."[25] 정체불명의 개를 제외하더라도 이 촌극에서 글쓰는 자는 언제나 말하는 자와 함께 연기한다. 괴테와 [그의 조수였던] 에커만이라는 남성 커플이 등장하기 한참 전부터, 독일 시문학은 이처럼 상호모순적이고 상호보충적인 두 역할로 쪼개져 있다. "정령"은 글을 쓰지 않지만 말을 한다. 번역자는 글을 쓰지만 자기가 쓴 글에 관해 생각할 때는 "정령"의 대리인이 된다. 둘 중 누가 말하는지는 때로 대단히 불분명하다. 어떤 "나"가 깃펜에게 명령하면서 "너의 펜"이라고 말할 때, 그 말을 하는 것은 파우스트일까, 아니면 파우스트에게 반말을 하는 "정령"일까.[26]

두 사람이 대화를 나눌 때면 흔히 그렇듯이, 이 "정령"의 이름은 끝까지 말해지지 않는다. 그 대신 무엇인가 그냥 무대에 등장한다. 삽살개가 변신해서, 또는 짜증나는 성서 말씀이 거슬려서, 어떤 정령이 나타난다. 가면이 떨어지고 보니, 그 정령은 바로 메피스토였다. 그가 바로 글쓰기의 장면 전체에 입회한 자였다. 같은 방에 정령이 둘이나 있을 리 없다. 어째서 여태 아무도 읽어내지 못했는가. 여기 이 '로고스'의 장면이 묘사하는 것은 지옥에서 온 악령이 독일 시문학을 탄생시키는 순간이다.

*

정령이 가면을 벗자, 파우스트는 맨 먼저 이렇게 묻는다. "네 이름이 무엇이냐?" 이것은 "일체의 가상을 멀리하고 심오한 본질만 탐구하는," 그러니까 "말이란 것을 그토록 경멸하는" 자가 답을 얻거나 직접 답하기 참 어려운 질문이다.[1327~1330행] 메피스토는 이렇게 능청을 떨면서 자기 이름을 계속 숨긴다. 하지만 실마리가 있다. 이 정령은 마치 당대의 김나지움 교장처럼 우리의 독자 겸 번역자가 아직 성서 공부를 한다는 것에 안절부절못하며 화를 내고, 지상의 모든 쾌락을 제안하면서도 그 대가로 영혼만을 원하며, 『파우스트』 제2부에서는 친히 지폐를 발명하기까지 한다. 니체가 결국 이 정령의 진정한 이름을 밝혀낸바, 그것은 "새로운 우상"이 될 수밖에 없는 존재다.[27] 니체는 「우리 교육기관의 미래에 대하여」에서 무법자의 날카로운 안목으로 파우스트의 글쓰기 과정을 "특이한 말하기와 듣기 과정"으로 묘사한 끝에, 이 새로운 우상의 가면을 벗긴다.

성서를 대신한<br>교양국가

학생은 듣는다네. 그가 말하고 보고 걷고 학우들과 어울리고 문예활동을 할 때, 요컨대 그가 생활할 때, 그는 독자적인 존재로, 즉 교양기관으로부터 독립해 있다네. 보통때 학생은 들으면서 쓰지. 이때 그는 대학의 탯줄에 매달려 있네. 그는 무엇을 들을지 선택할 수 있고, 자신이 듣는 것을 믿을 필요가 없으며, 듣기 싫을 때 귀를 막을 수도 있어. 이것이 "강의식" 교수법일세.

그런데 선생은 이렇게 듣고 있는 학생들에게 말을 하네. 그가 사유하고 행위하는 것과 학생들이 지각하는 것 사이에는 엄청난 심연이 놓여 있지. 교수는 말을 할 때 보통 줄줄 읽는다네. 일반적으로 교수는 그런 청중이 되도록 많이 오기를 바라고, 정 안 되면 몇 명으로도 만족하지만, 한 명으로는 결코 만족하지 못한다네. 말하는 입 하나와 아주 많은 귀, 그 반쯤 되는 수의 필기하는 손들. 이 것이 학술기구의 외양이고, 작동하는 대학의 교양기계라네. 게다가 이 입의 주인은 많은 귀의 소유자들과 무관하게 분리되어 있네. 이 이중적 의미의 자립성을 사람들은 감격하여 '학문적 자유'라고 칭송하지. 그런데 한쪽에서는—더 많은 자유를 위해—자신이 원하는 것을 대충 말하고, 다른 한쪽에서는 또 자신이 원하는 것을 대충 듣지. 다만 국가가 긴장한 감독관 얼굴을 하고 이들 뒤에 살짝 거리를 두고 서서, 자신이 이 특이한 말하기와 듣기 과정의 목적이고 목표이며 본질임을 간간이 상기시킬 뿐이야.[28]

파우스트의 자유 번역은 분명 국가가 승인한 학문적 자유의 특별한 사례다. 학생은 대충 자기가 원하는 것을 듣고 교수는 대충 자기가 원하는 것을 말하면 된다는 두 가지 승인이 합쳐져서 파우스트의 글쓰기 장면이 성립한다. 학생들이 자기가 들은 것을 믿을 필요가 없듯이, 파우스트도 부활절 종소리를 들으면서도 믿음을 가지지 않을 수 있고 「요한복음」의 첫머리를 번역하면서도 '아들'이나 '말씀'이라는 단어를 꺼내지 않을 수 있다.[29] 교수들이 자기가 원하는 것을 대충 말하면 되듯이, 파우스트도 적힌 대로 읽는 대신에 적혀야 하는 대로 읽는다. 게다가 학생들이 들으면서 쓰듯이, 이 번역자는 말만 하고 쓰지는 않는 정령이 지시하는 대로 받아쓴다. 그리고 마지막으로 교수들이 말을 할 때 줄줄 읽듯이, 파우스트의 새로운 시작도 그가 읽은 어떤 텍스트에 종속된다. 이런 식으로 파우스트의 행위가 펼쳐 보이는 시적 자유 속에서 그 전제조건인 새로운 국립대학의 학문적 자유가 모습을 드러낸다. 처음 등장할 때부터 구식 대학 시스템에 진저리치던 파우스트는 아직 알지 못하고 알 수도 없는 노릇이지만, 새로운 대학시스템의 교직은 그에게 아주 적합한 자리다. 물론 파우스트가 "대학개혁"을 꾀하지는 않지만,[30] 그로 인해 개혁이 촉발된다. 1800년경부터 파우스트 같은 자유 번역가는 특히 철학 교수로 경력을 쌓는다. 19세기 대학은 (그에 관한 한 최고의 전문가가 하는 말에 따르면) 다음과 같은 곳이다. "여전히 강의계획서에는 '전달한다tradere' 같은 구식 표현이 남아 있었지만, 젊은 강사들도—어쩌면 그들이 제일 많이—그런 말을 문자 그대로 받아들이는 것을 모욕으로 여겼을 것이다."[31]

학문적 자유와 ('시적 허용'과는 다른) 시적 자유는 모두 국가에 의해 보증된다. '말씀' 대신 '행위'를 놓는 것은 언제나 정치적인 행위다. 계몽된 프로이센은 1794년 '일반란트법Allgemeine Landrecht'을 정립하면서, 책에 저작권을 부여하여 저자의 행위를 양도 불가능한 것으로 규정하는 동시에 교육기관을 재정립하여 "관습에 얽매인 교회 행정기관에서 분리"한다.[32] 국가가 "학교와 대학은 국가의 일"이라고 선포한 것이다.[33]

위의 두 가지 법 조항의 "동맹은 국가와 식자층의 동맹을 확립"하면서 "통치 방식과 정부 형태의 변화를 가져왔을" 뿐만 아니라 한 세기 동안 독일 시문학의 토대가 되었다.[34] 그러니까 파우스트의 서재에 나타난 정령은 예외적인 별종이 아니다. 국가에서 임명하고 '란트법'의 보호를 받는 개혁가들이 전국 각지의 교육기관과 연구실을 방문해서 근본적으로 개혁이 필요한 부분을 일일이 적어간다. 당시 김나지움 교장이자 종교법원회 의원이었던 게디케는 현재 독일의 여러 학교에서 "말도 안 되는 일"이 벌어지고 있다며 다음과 같이 공개적으로 비난한다.

> 여전히 다수의 초등학교에서 성서를…… 형식적인 읽기 교재로 격하하고 있다. ……바로 얼마 전 상당히 큰 학교에서 대여섯 살 된 어린이가 「이사야서」 15장을 읽는 것을 들었다. "모압에 관한 경고라. 하룻밤에 모압 알이 망하여…… 황폐할 것이라. 그들은 바잇과 디본 산당에 올라가서 울며 모압은 느보와 메드바를 위하여 통곡하는도다. ……헤스본과 엘르알레는 부르짖으며 그들의 소리는 야하스까지 들리니…… 내 마음이 모압을 위하여 부르짖는도다. 그 피난민들은 소알과 에글랏 슬리시야까지 이르고 울며 루힛 비탈길로 올라가며 호로나임 길에서 패망을 울부짖으니." 이것을 듣는 교사는 매우 초연한 표정이라, '너는 네가 읽는 것을 이해하느냐?'라는 질문이 마음속에서 자연스레 솟아오르지 않는 모양이다. ……성서를 보잘것없는 읽기 교재로 전락시켜 어린이들이 무시하고 얕잡아보게 하려고 일부러 이런다고밖에 생각할 수 없다. 그럼에도 올바른 방향으로 헌신하는 자가 성서의 명예를 지키려고 감히 이 무분별한 교사의 손에서 그가 모독하는 성서를 빼앗거나, 적어도 오직 교사 본인이나 학생들이 이해할 수 있는 것만 읽도록 한다면, 그는 성서 파괴자라고 욕을 먹거나 이단자로 낙인찍힐 위험에 처한다.[35]

그리고 이런 방문자들이 1800년 무렵에는 제법 큰 세력을 형성한다. 프로이센의 장학관 폰 튀르크가 전국의 학교를 감찰할 때 만난 교사들은 "[성서를] 해석한다기보다 아예 산산조각내놓은 교리문답"을 몇 시간이나 낭송하게 했는데, "그들 스스로도 그 내용을 이해하지 못했고" "학생들이 이해하는지 마는지" "관심도 없었다."[36] 장 파울은 "종교서적을 읽기기계로 탈바꿈시킨" 것은 "최악의 교육적 과실"이라고 비판한다.[37] 신중하기로 유명하던 [카를 필리프 모리츠의]『마가친 퓌르 에르파룽스젤렌쿤데(경험심리학 잡지)』도 태도를 바꾸어, 종교 수업시간에 이른바 "직해법Litteral-methode"으로 가르치는 현직 교사를 실명 비난한다. 직해법은 이름 그대로 맨 먼저 "명칭"을 "기억"하게 한 다음, 명칭과 그 외 기억해야 할 단어들을 첫 글자만 칠판에 써놓고 암기하도록 하는 방식이다. 이 글을 쓴 경험심리학자는 "기억력 같은 부차적인 정신력을 그렇게 끔찍하게 일방적으로 양성하면 인간 오성에 악영향을 끼칠" 것이라고 우려한다.[38]

　그러니까 하나의 동일한 정신이 파우스트가 성서를 읽을 때 삽살개처럼 으르렁거리고 자유 번역을 할 때 "정령"처럼 속삭인 것이다. 파우스트도 알, 모압, 바잇, 디본, 느보, 메드바, 헤스본, 엘르알레, 소알, 루힛, 호로나임 같은 말들은 도저히 귀하게 여길 수 없기에 기계적으로 외우는 대신[39] '말씀'을 '행위'로 바꿔쓰는 행위를 한다. 1800년식 기록시스템은 성서 "단어 하나하나 그대로 암송"하라는 루터의 명령을 전면적으로 철회한다. 이제 그 명령은 오직 학생과 교사가 "이해하는" 것만 읽도록 하라는 새로운 명령으로 대체된다. 해석학은 담론 통제에 대항하는 것처럼 위장해 승리를 쟁취하지만, 이 새로운 명령은—"오직"이라는 말이 명시하듯이—다른 명령들과 똑같이 담론 통제와 선별 기능을 수행한다.

　그렇지만 사람들이 처음부터 그 꼬임에 속아넘어가지는 않았다. 사랑하는 독일어로 번역하는 것이 곧 성스러운 원본을 드러내는 것이라는 파우스트의 명제와 마찬가지로, 오직 성서의 성스러움을 지키기 위해 성서를 다른 기초독본으로 대체하자는 개혁가들의 기획도 속이 빤히 들여다보이는 전략이었다. "이런 질문이 제기되었다. '종교서적을 아동의 읽기 교재로 쓰는 것은 신성모독이 아닌가?' 그러자 사람들이 한목소리로 찬동했다. 하지만 그 질문은 원래 이런 의도였다. '이제 구식 교육법은 축소하거나 척결할 때가 아닌가?'"[40] 사람들은 개혁파가 주장한 '이해'의 원래 의도가 무엇이었는지 이해했다. 1776년에는 나사우바일부르크* 공령에서 십계명, 신조, 주기도문이 없는 『ABC, 문자, 읽기 교재』가 출간되면서 무장봉기가 일어났다. "주공은 자기 영토에서 위험에 직면하여 팔츠 선제후에게 도움을 청했다. 팔츠 선제후의 군사 8000명이 들어오니 봉기가 가라앉을 수밖에 없었다."[41] 100년 후의 말을 빌리자면, '문화전쟁Kulturkampf'이 벌어진 것이다.[42]

이 같은 구식 교육법의 폐지 또는 알파벳 전쟁은 새로운 것의 탄생을 알린다. 말씀 대신 행위가, 성서 대신 시가 득세한다. 그것은 기초독본에서 국민문학에 이르는, 프리드리히 로코의 『어린이의 친구』에서 『파우스트』 제1부에 이르는, "어린아이가 조잡하게 시를 지으며 내뱉는" '아아' 하는 한숨에서 "여러 개의 하위 체계들을 가진 거대한 예술 체계"에 이르는,[43] 또는 베티나 브렌타노가 괴테와 주고받은 연애편지에서 『파우스트』 제2부에 이르는 광범위한 변화다.

✳

시, 악마의 계약, 국가공무     국가에서 임명한 개혁가들이 주장하는바, 시는 이해의 수단인 동시에 목적이며 따라서 해석학이라는 새로운 정신과학의 밀접한 상관물이다.(하지만 엄밀히 해석학의 대상은 아니다.) 시는 이해

---

* 원문에는 '나사우바일베르크Nassau-Weilberg'라고 표기되어 있으나 오기로 보인다.

에 관여하는 모든 통신 채널을 통합한다는 점에서 특별하다. 첫째, 시는 그 자체가 이해 작용을 수행한다. 즉 단어들을 순수의미로 전환한다. 둘째, 시는 이해를 허용한다. 즉 시는 「이사야서」 15장처럼 무시무시한 단어들과 싸울 필요 없이 그냥 읽을 수 있다. 셋째, 시는 다른 온갖 것을 이해할 수 있고 다른 온갖 것에 의해 이해될 수 있다. 이러한 세 가지 관계에 적절한 이름을 붙이기만 하면 1800년식 기록시스템은 이미 다 묘사했다고 해도 과언이 아니다.

　하지만 먼저, 그 모든 관계 위에 어떤 권력이 군림하고 있음을 명심해야 한다. '이해'라는 담론의 그물망이 형성되려면 어떤 전제조건이 충족돼야 한다. 이해함과 이해됨이 존재하려면 먼저 국가라는 담론 통제자가 새로운 유형의 "살짝 거리 두기"를 훈련해야만—그래서 "자신이 이 특이한 말하기와 듣기 과정의 목적이고 목표이며 본질임을 간간이 상기"시켜야만—하는 것이다. 모든 언어게임이 그렇듯이, 해석학의 자유 공간도 명령어mot d'ordre의 지배를 받는다.[44] 그리고 이 명령은 그 자체로 이해되지 않고 이해될 수도 없는 유일무이한 매듭을 짓는다. 어떤 해석학도 국가를 뚫고 들어갈 수 없다. 로크 이래로 합의와 소통에 기반을 둔 문화를 세우려는 모든 기획은 국가가 (국제정치와 전쟁기술 부문은 제외하고) 침묵을 지킨다고 전제한다. 이해는 스스로 보편적이라 주장하지만 여러 발화행위 중 하나일 뿐이기에, 그런 자신을 수행한 발화행위를 회피할 수 없다. 해석학적 그물망에 속하는 텍스트들이 저 위에 군림하는 권력을 등장시키려면 그에 가면을 씌워서 변장시켜야 한다. 번역자 파우스트를 감시하는 악마가 변장한 것은 바로 이런 이유에서다.

　읽고 이해해야 하는 텍스트로는 저 가면을 벗길 수 없다. 파우스트의 학문적 자유는 극중에서나 그에 대한 무수한 주해 속에서나 규명되지 않는 수수께끼로 남는다. 그의 자유로운 글쓰기에 수신인이 있는지, 있다면 누구인지 단언할 수 있는 사람은 아무도 없

다.[45] 반면 의미를 따질 겨를이 없는 절박한 필요성이 곧 이해하고
자 하는 소망의 원천이라고 명시한 텍스트가 있다. 그것은 법관이
해석을 거부하면 법관 자신이 처벌 대상이 된다고 최초로 규정한
『나폴레옹법전』이다.

> 법관이 법의 부적절성, 불명료함, 해당 항목 없음을 빌미
> 로 판결을 거부하는 경우, 재판 거부 죄목으로 기소될 수
> 있다.[46]

권력의 말씀은, 오로지 그 말씀만이, 초월론적 기의를 향한 추구
를 생사가 달린 절박한 문제로 만든다. (법관에게) 경험적 기의가
없다거나 (파우스트에게) 그저 '말씀'밖에 없다고 해도 예외가 될
수 없다. 새로운 법이 독자/필자에게 해석할 것을 명하니, 그들은
그 모든 부조리를 무릅쓰고 해석을 시도하며 그럼으로써 희뿌연
의미의 안개에 둘러싸인다. 법관은 해석을 해야 하는데, 그러지 않
으면 자기가 법의 바깥으로 떨어져나가기 때문이다. 시인은 해석
을 해야 하는데, 그러지 않으면 악마에게 끌려가기 때문이다. 결국
파우스트가 삽살개 앞에서 번역을 했던 것은 일종의 액막이였던
셈이다. 법관의 경우, 의미의 안개는 비록 이해 불가능한 법이라도
그 유효성과 강제성이 작용하는 범위 내에서 처벌받아야 할 육체
가 법의 지시체로서 존재한다는 가상을 그려 보인다. 시인의 경우,
의미의 안개는 텍스트들이 해석학적으로 이해 가능한 것일 뿐 다
른 무언가에 의해 프로그래밍된 것이나 다른 무언가를 프로그래
밍하는 것이 아니라는 가상을 그려 보인다.

　그 증거는 「학자의 비극」에서 찾을 수 있다. 모든 텍스트와 기
호를 이해할 수 있고 이해해야 한다고 믿을 수 있는 건 오직 우리
의 주인공뿐이다. (그래서 그는 책더미의 이해 불가능성을 비난하
고, 노스트라다무스의 기호와 「요한복음」의 말씀을 이해 가능하

다고 가정하며, 결국 자신의 능동적 번역을 통해 이해 가능성을 실
행에 옮긴다.) 그는 이런 생각의 끝에서 자기 자신의 메마른 진실
과 대면하고, 그와 함께 「학자의 비극」도 대단원의 막을 내리게 될
것이다. 악마는 곧 권력인바, 파우스트를 어떤 기이한 텍스트, 이
해하지도 이해되지도 못하는 권력 그 자체인 텍스트와 대면시킨
다. 메피스토는 파우스트에게 서명을 요구한다.

　　서명은 법전과 마찬가지로 이해라는 우회로로 돌아가지 않고
사람들을 직접 프로그래밍한다. 그래서 계약 장면은 자유 번역의
대척점을 이룬다. 자유 번역에서 고쳐쓰기가 시적 자유 또는 학문
적 자유를 나타낸다면, 계약 장면에서 자신의 이름을 쓰는 것은 관
료적 행위를 나타낸다. 그 행위는 악마와 석사 학위자 간에, "그저
실행과 그에 따른 보상에 기초한 계약의 관계가 아니라 독특한 유
형의 조력과 폭력의 관계이자 신뢰의 관계"를 성립시킨다. "그것
은 해지가 불가능하지는 않지만 원칙적으로나 실제적으로나 평
생 지속되는 관계다."[47] 이미 짐작하겠지만, 이것은 공무원과 국
가의 관계다.

　　1775년 7월 11일, 「학자의 비극」을 쓴 작가는 작센-바이마르-
아이제나흐 공국의 추밀고문관으로 임명되었다. 그리고 그의 면
전에서 그가 "사망"할 때까지 지켜야 하는 책무가 "낭독되고 전
수되었다."[48] 마찬가지로 파우스트도 "입에서 나온 말 한마디가
영원히" 그의 "일생을 지배"하게 된다.[1718~1719행] 젊은 시절
카를 아우구스트 공은 행정개혁을 추진하면서 "공문서의 규정된
형식과 틀에 박힌 미사여구를 단순화하는—이를테면 가장 간단
한 포고문에도 군주의 직함과 신분을 전부 나열하는 등의 관행에
대한—개혁안"을 내놓은 적이 있다.[49] 하지만 이 문서개혁운동은
추밀고문관 괴테의 반대로 무산되었다. 이 사안에 대한 추밀고문
관의 감정 결과는 다음과 같았다.

서기국은 물질적 활동을 하지 않으면서 오로지 규정된 형식을 준수하고 처리하는 일을 하므로, 약간의 고루함은 불가피합니다. '신의 은총으로Von Gottes Gnaden'라는 말이 그저 서기관이 프락투어 서체*로 서기국 문서의 관행적 어투를 답습하는 것이라 해도, 거기에는 나름의 목적이 있습니다.[50]

여기 나오는 "고루함Pedant"이라는 단어가 「학자의 비극」에서는 악마를 묘사하는 데 쓰인다. 악마는 입으로 하는 말은 아예 존재하지도 않는 듯이, 파우스트에게 "생전이든 사후든 확실히 해두기 위해 한두 줄의 기록을 남겨주기를" 요구한다.[1714~1716행] 추밀고문관이 대공보다 더 관료적인 세계에서 메피스토는 공무원이 되고 파우스트는 시인이 된다. 그리고 이 같은 [공무원과 시인의] 이중화는 독일 시문학을 창시한 [괴테의] 이중생활을 복제한 것에 불과하다. "괴테가 작성한 공문서는 그의 문학적 양식과 반대로 고리타분하고 알아보기 어려운 관료적 양식이 두드러진다. 그는 이에 대하여 '내 가슴에는, 아아, 두 개의 영혼이 깃들어 있으니'라고 말할 수 있었으리라.[1112행] 물론 그것은 공무원의 영혼과 시인의 영혼이다."[51]

파우스트는 악마의 계약에 영혼을 건다. 단 한 번의 펜의 움직임으로, 영혼은 살아생전부터 그 이후까지 악마에게 양도된다. 그러므로 영혼이 단순히 "재활성화된 이데올로기의 자취"를 형성하는 것이 아니라 "어떤 권력의 기술에 대응하는 실제적 상관물"

---

*중세 필사본에 쓰이던 자간이 좁고 딱딱하게 분절된 모양의 알파벳 서체를 고딕체 또는 흑체黑體라 하는데, 프락투어 서체는 근대까지 쓰이던 고딕체의 대표적인 서체다. 15세기에 인쇄술이 발명된 직후 이탈리아를 중심으로 로만체 또는 안티크바 서체라는 부드럽게 둥글린 모양의 새로운 알파벳 서체가 개발되어 빠르게 확산됐으나, 독일어권은 인쇄와 필기의 전 영역에서 고딕체가 많이 쓰였다.

이라는 주장은 완전히 옳다. 그것은 1800년 무렵 중부유럽에서 이미 터득된 기술이다.

> 영혼이라는 신학자들의 환상 대신에 지식의 대상인 인간, 철학적 성찰과 기술적 관여의 대상인 진짜 인간이 도입된 것이 아니다. 사람들이 말하는 인간, 사람들이 해방시키려 노력하는 그 인간이야말로 이미 그 자체보다 훨씬 깊은 곳에서 행해지는 복종화의 성과다. 한 '영혼'이 인간 속에 들어가 살면서 인간을 존재하게 하지만, 이 영혼은 그 자체가 권력이 신체에 대해 행사하는 지배의 일부를 이룬다. 영혼은 정치적 해부학의 성과이자 도구다. 영혼은 신체의 감옥이다.[52]

그러니 파우스트가 계약서에 서명을 하라는 요구에 마치 유령이라도 본 듯이 겁을 먹는 것도 당연하다. 이해를 추구하는 글쓰기 능력이 상징적 결합에 굴복하고, 시가 권력에 무릎을 꿇는다. 서명은 해석하고 트집잡을 여지가 없다. 자유 번역의 과정에서 나타나는 "행위"는 글쓰기라는 자명한 사실을 둘러싸고 얼마든지 유희하거나 새로 고칠 여지가 있다. 이 "행위"는 "태초" 또는 단순 과거시제에 머문다. 반면 서명의 행위는 치명적인 미래완료시제와 순수한 현재시제밖에 모른다. 파우스트는 열심히 노력해서 드높은 지위에 이르지만, 그것은 돌이킬 수 없이 치명적이고 극히 힘겨운 노릇이다.

> 그는 드높고 명예롭다. 왜냐하면 그는 공적인 노력과 사적인 노력을 경주하여 오로지 시민의 공통성으로 통일된 인류, 도덕적이며 이성의 위엄 그 자체인 인류에 도달하고자 하기 때문이다. 하지만 그는 힘겹다. 왜냐하면 학문

을 익힌 교사가 오로지 국가를 위해 살아야 한다는 책무
를 짊어지기 때문이다. 그는 존재의 매 순간을 상기한 목
적에 바쳐야 한다. 높은 것 낮은 것을 가리지 않고 자신이
소유한 모든 것을 포기하여, 자신의 모든 느낌·생각·행
동, 자신의 육체적·도덕적·이성적 존재, 자신의 모든 힘
과 충동, 모든 역량을 자신의 소유가 아니라 국가의 소유
로 취급해야 한다. 그래서 자기가 활동하는 한 순간도 국
가에 속하지 않은 것으로 생각할 수 없도록 해야 한다.[53]

1800년경에 교육공무원과 국가를 결합하는 "계약"은 "실질적·형
식적 내용"에서 "이처럼 더없이 광범위한 영역을 포괄"한다.[54] 파
우스트는 성서가 약속한 내세에 무관심했으므로, 이 지상에서 이
지상을 위해 서명하고 자신과 계약 상대 앞에서 "약속을 지키기
위해 온 힘을 다해 노력하겠다고" 맹세한다.[1742~1743행] 초월
론적 지식이 개시되면서 아무도 없는 서재는 산산조각난다. 글쓰
는 파우스트는 사라지고, 독일 교육공무원과 독일 시문학의 영원
한 신화로서의 파우스트, 악마에게 저 자신을 넘긴 파우스트가 무
대에 오른다.

　　이 장면이 지나면, 『파우스트』 제1부에서는 더이상 읽기와 쓰
기의 문제가 거론되지 않는다. "작품 속에서 파우스트가 선보이
는 글솜씨는 그리 신통치 않다." 그것은 "성서의 다섯 단어를 번역
하는 것"과 "계약서에 서명하는 것"으로 전부 "소진"된다.[55] 그는
제한적 지식인에서 보편적 인간으로 거듭나서 학문적 자유의 지
하실을 잠깐 경유한 후에, 해석자들이 '자연으로의 길Weg zur Natur'
이라고 부르는 위대한 여정에 오른다. 파우스트의 여정은 간단히
말해 '말하기와 듣기로의 길'이다. 두 번 다시 언급되지 않는 최후
의 글쓰기 장면, 즉 악마와의 계약 장면이 끝나면, 그다음부터는
오직 목소리가 말할 뿐이다. 권력은 배경으로 살짝 물러나서 담론

의 자연/자연적 담론이라는 불가능한 것의 자리를 만든다. 고등교육제도 내에서 석사는 조수와 이야기하고 박사로 위장한 악마는 학생과 이야기한다. 하여간 남자들뿐이다. 이러한 기만의 기예에 질린 사람은 읽고 쓰기의 이면으로 돌아가는 수밖에 없다. 확실하게 보증된 자연은 대학 담론에서 근본적으로 배제된 국면에만 존재한다. 한걸음 물러선 전직 선생 파우스트는 1800년식 기록시스템 속으로 시를 불러낼 저 큰 '타자'를 발견한다.

## 어머니의 입

1800년식 기록시스템에서 자연은 '불가능한 이상적 여성 ~~Die Frau~~' 이며,[1] 그 기능은 인간들, 즉 남성들을 언어로 이끄는 것이다. 공교롭게도 프로이트적인 이 명제를 전제하고 보면 아래의 두 문장이 정확하게 이해가 된다. 괴테의 시대에 괴테의 이름으로 통용되었던 이 문장들은 실제로 100년 후에 프로이트가 정신분석을 창안하는 데 기여하게 된다. 주어 '그녀'가 모두 '자연'임을 염두에 두고, 아래의 문장을 읽어보자.

> 그녀는 지체하기에 갈망받고, 서둘러 떠나기에 질리지 않는다. 그녀는 언어도 말도 없지만, 혀와 심장을 창조하여 그것들을 통해 느끼고 말한다.[2]

이것은 끝없이 사랑받는 자의 정의다. 사랑은 끝이 없으니, 자연이 온갖 꾀를 부려서 자신을 향한 갈망이 소진되지 않도록 하기 때문이다. 사랑은 끝이 없으니, 이 욕망이 연인의 언어와 말에서만 존재할 뿐 자연 자체는 신비롭게 침묵하기 때문이다. 그리하여 자연은 문자 그대로 담론의 생산을 해낸다. 자연에서는 글을 쓰는 손이나 글을 읽는 눈이 아니라 "혀"와 "심장"이 생겨날 뿐이므로, 최초의 구술성은 자연에서 기인한다. 이를 통해 자연은 신의 말씀으로부터 해방된다. 자연은 한숨을 내쉬며 아버지의 이름 속에서 안식할 날을 기다리는 대신 스스로 인간의 언어기관을 창조하며, 이 언어기관이 자연의 자기만족을 대신 구한다. 한때는 언어가 무에서 창조된다고 여겨졌지만, 이제 언어는 어머니의 양육에서 자신의 기원을 찾는다. 그리고 저 '어머니'는 그녀가 기르는 인간들에게—또한 통역자들에게—사랑받는 연인으로 나타나므로, 정신분석에서 말하는 '여성'의 척도를 모두 충족한다.

> 리비도가 순전히 남성적이라면, 사랑받는 여성은 오로지 그녀가 완전해지는 곳에서, 다시 말해 남성이 그녀를 바라보는 곳에서, 바로 그곳에서만 무의식을 지닐 수 있다.
>
> 그렇다면 그 무의식이 여성에게 무슨 소용인가? 알다시피, 무의식은 여성으로 하여금 말하는 존재(여기서는 남성에 한정되는 존재)를 말하게 한다. 다시 말해—여러분은 정신분석 이론을 통해 이미 간파했을지도 모르겠는데—무의식은 여성이 오로지 어머니로만 존재하게 만든다.[3]

1800년식 기록시스템에서 이런 '어머니'가 만들어내지만 그녀 자신이 직접 보유하지는 못하는 담론을 '시Dichtung'라고 한다. 어머니 자연은 스스로 침묵함으로써 다른 이들이 그녀에 관해, 그녀를 위해 말하게 한다. 어머니 자연은 무수한 발화의 이면에서 절대단수Singularetantum로만 존재한다. 이는 그레첸과 파우스트의 관계에서 잘 나타난다. 파우스트는 괴테의 모든 방랑자와 마찬가지로 연인에게서 어머니 겸 자연의 마돈나를 발견한다.[4] 원래 『요한 파우스트 박사 이야기』에 나오는 파우스트 박사는 충실한 악마 연구를 바탕으로 많은 여성과 모험을 즐길 수 있었고 그래야만 했지만,[5] 「학자의 비극」에서는 단 한 명의 여성이 등장하며 그나마 "육체를 가진 악마의 도움이 없었다면 위대하신 학자는 그 녀를 유혹하지도 못했을 것이다."[6] 실제로 파우스트는 언제나 서 재에 틀어박혀 책들과 기호들 속에서 생명의 원천을 찾으려 했 다. 하지만 그는 결국 서재와 그에 속한 남성들의 사회를 떠난 후 에야 비로소 원하는 바를 이룬다. 그레첸은 갓 태어난 여동생에 게 젖을 주듯이 연인에게도 똑같이 '젖을 주는 어머니' 역할을 수 행하며, 남성의 담론은 이에 감사히 응답한다. 그레첸의 "쌀쌀맞 은" 발화는 끝없는 해석의 소재를 제공한다.[2617행] ["하느님 을 믿으시나요?"라는] 그레첸의 구태의연한 교리문답식 질문은 독일어권에서 가장 길고 유명한 신앙과 사랑의 표명으로 응답된 다.[3426~3465행] 남성들을 말하게 하는 '여성'의 명령은 이토록 강력하다. 그에 응답하는 파우스트는 교리문답을 적대하는 신식 학교수업과[7] 마찬가지로 모든 신학적 책무를 회피하면서, 그레첸 이 질문하는 종교적 문제를 그녀의 시적이고 에로틱한 내면 자체 로 바꾸어 이해해 발화한다. 그는 "마가레테[그레첸]가 종교에 대 해 질문하자 그를 향한 그녀의 사랑에 대해 답변한다."[8] 따라서 파 우스트는 악마의 계약에 서명하는 무시무시한 글쓰기 이후로 여 성적 영혼의 해석자가 된 셈이다. 해석학을 구술성의 영역으로 확 장한 슐라이어마허의 이론을 입증하는 듯이,[9] 전통적인 성서 주해 가 '여성'에 대한 주해로 돌변한다. 파우스트에게 '로고스'의 초월 론적 기의를 불어넣던 정령은 이제 그레첸의 본성에 대고 "날마 다 가르침을 속삭이는" "어머니의 [충만함과 질서의] 정신"으로 대체된다.[2702~2704행]

　이처럼 '가르침을 속삭이는 어머니'는 1800년경의 새로운 발 명품이다. 문자 그대로, 실제로 그러했다. "대체 이 시대는 무엇을 발명한 것인가?" 냉정하고 보수적인 법학자 브란데스는 경탄을 가장하여 이렇게 외친다. 그는 새로운 "부모 자식 관계," 특히 부 모 자식 간에 반말을 하는 것을 "어머니들의 엄청난 과오"라고 비난한다.[10] 중부유럽 인구가 근대적 핵가족 모델로 재편된 장기적 과정은 크게 두 단계로 나뉘는데, 첫번째 단계에서는 가부장이 우위를 점한다. 독일에서는 레싱의 시대까지가 이에 해당할 것이다. 레싱이 희곡의 주인공이자 표제로 삼았던 딸들은 아버지의 가르침에 종속되어 자란다. 그러나 괴테의 시대는 이미 두번째 단계로, 여기서는 "창조주가 본래의 지위를 잃고"[11] 어머니가 아버지의 자리를 차지한다. 법률적 차원에서는 1785년 베를린 아카데미가 어머니의 힘을 재평가하라는 주제로 공모전을 주최한 것,[12] 시적인 차원에서는 괴테가 『빌헬름 마이스터의 연극적 사명』을 『빌헬름 마이스터의 수업시대』로 개작한 것이[13] 그 증거가 될 것이다. 이와 더불어 아동을 사회화하는 발화의 물질적 토대도 변모한다. 아버지의 말씀은 젊은 남성들과 젊은 여성들에게 조리 있게 분절된 가르침으로 다가왔지만, 날마다 어머니처럼 자애로이 그레첸을 지도하는 정신은 그런 식으로 가르치지 않는다. 사실 이 정신은 그레첸의 연인이 만들어낸 구성물로서 그레첸의 실제 어머니와 무관한데, 이 이상적 '여성'은 말하는 것이 아니라 "속삭인다." 그녀가 제공하는 것은 발생 단계의 언어, 다른 이들의 분절된 발화가 시작되는 어떤 한계값으로서의 순수숨결이다. 이렇게 해서 '여성'에 대한 정신분석적인 정의가 유효성을 획득한다. 비록 그 유효성은 저 자신이 태동한 역사적 장에만 한정되지만 말이다.

## 1800년경의 읽기 공부

이 시기에 어머니들의 가정교육이 기초적인 사회화 기술의 입력 단계로 기능했다는 것은 실증적인 사실이다. 1800년 전후로 어머니들에게 아동을 육체적·심리적으로 양육한 다음에는 알파벳도 가르쳐야 한다고 조언하는 책들이 갑자기 무수히 쏟아진다. 그 목록은 매우 길다. 이를테면 프리드리히 빌헬름 베다크의『편지 형식으로 쓴 어머니들을 위한 초기 도덕교육 안내서』(1795), 자무엘 하네만의『어머니들을 위한 안내서. (장자크 루소의 원리에 따른) 초기 자녀교육의 법칙』(1796), 크리스토프 빌헬름 후펠란트의『유년기의 육체적 양육 단계에서 가장 중요한 점들에 관해 어머니들에게 전하는 조언』(1799), 요한 하인리히 페스탈로치의『게르트루트가 자녀를 가르치는 법. 어머니들에게 자식을 직접 가르치는 법을 알리려는 시도』(1801)와『어머니들의 책. 자식에게 외부 환경을 인지하고 말하는 법을 가르치기 위한 안내서』(1803), 크리스티안 하인리히 볼케*의『어린이가 태어나서 읽기 공부를 할 나이가 될 때까지, 맨 처음 개념과 언어를 인식하도록 가르치는 어머니들과 교육자들을 위한 안내서』(1805), 하인리히 슈테파니의『고상한 자녀교육을 위한 기초독본. 자녀에게 읽기 공부를 단기간에 직접 시키는 즐거움을 얻고자 하는 어머니들을 위해 나의 방법을 소개하는 책』(1807, 이하『기초독본』) 등이다.

　책제목들이 말하는 바는 자명하다. 이들은 당시 어머니들에게 해야 할 일로 주어진 가르침의 정체를 확인시켜주며, 그 가르침 자체가 어머니들에게 기초적인 사회화 기술을 부과해야만 성립할 수 있었음을 입증한다. 실제로 교육학과 기초독본은 이 새로운 수신처에 직통으로 접속하면서 공식적인 교육경로에 합선을 일으킨다. 1800년 이전까지는 행동거지와 지식, 읽기와 쓰기 등 유럽인이 배우는 모든 것이 세분화된 집단과 신분에 따라 전수되었기에 사회화를 관장하는 합법적인 중심부가 따로 없었다. 특히 학술적 지식의 보고에 접근하려면 기나긴 경로를 따라 각 단계를 대표하는 교육의 심급들을 만나야 했다. 어머니들을 중심으로 초등교육법을 확립하려던 최초의 시도도 이 같은 기존의 교육경로

어머니들을 위한 기초독본

---

*원문에는 '크리스탄 프리드리히 볼케Christan Friedrich Wolke'라고 되어 있으나 오기로 보인다.

를 넘어가려고 하다 좌초했다. 이를테면 구舊오스트리아 영토의
한 가톨릭 사제는 수녀들을 교육자로 양성하여 그녀들이 다시 어
머니들을 교육자이자 더 좋은 어머니로 양성할 수 있도록 수도원
에서 펠비거의 교육개혁론을 설교한 사례도 있다.[14]

반면, '여성=자연=어머니' 등식은 돌연히 시작하는 새로운
사회화의 가능성을 연다. 이러한 기반을 둔 문화는 언어가 아닌 언
어, 글쓰기가 아닌 글쓰기, 다시 말해 '시'를 획득한다. 공적인 교육
경로를 가로지르고 합선을 일으켜서 자연의 원천으로부터 직접
음성학과 문자체계를 수신할 수 있어야 비로소 그 수신자들이 '자
연의 이상'이라 칭하는 새로운 말하기 방식이 생겨나는 것이다.
이처럼 어머니들을 담론의 원천에 위치시키는 것은 고전주의-낭
만주의 시의 생산을 뒷받침하는 기본조건이며, 이상적 '어머니'는
시인들이 분석해야 하는, 시적 해석학을 통해 이해해야 하는 최초
의 큰 '타자'다. 그러나 우리의 분석은 아주 기본적인 차원, 즉 언
어의 물질적 차원에 머물 것이다. "전 국민이 읽는 완전히 새로운
ABC 교재가 발명될 때는, 어머니들이나 산파들 같은 그 탄생을
둘러싼 모든 것이 아무리 사소한 요소라도 극도로 중요해진다."[15]
종이와 문자의 게임에서 발생한 미세한 변화가 이른바 '세계'를 바
꾸어놓았기에, 굳이 심리적 차원에 몰두할 필요가 없다. 문제는 생
물학적 어머니들과 그들을 둘러싼 희비극이 아니라, 완전히 새로
운 ABC 교재를 만든 어머니들과 산파들이다. 꿈이나 성욕의 변화
가 아니라 글쓰기를 결정하는 기록 기술의 변화를 봐야 한다. 왜냐
하면 "태초에" 행위가 아니라 "ABC 교재"가 있었기 때문이다.[16]

1800년경의 기초독본은 어머니들이 가까이 두고 활용할 수
있게끔 저술되는데, 그 목적은 파우스트가 단어들을 처리한 바로
그 방식으로 어머니들이 문자들을 처리할 수 있도록 하는 것이다.
암기가 이해로 대체되면서 어머니들은 전략적으로 중요한 위치
에 올라선다. 이제 문장 속의 단어는 문자 그대로 번역하는 대신에

정령의 속삭임에 따라 얼마든지 옮기고 고쳐쓸 수 있게 되었다. 하지만 서남아-유럽 지역에서 수천 년 동안 읽기와 쓰기의 토대가 되었던 이 단순한 문자는 모든 해석학자를 가로막고 실패의 두려움을 불러일으키는 거대한 암벽과 같다. 문자는 아무것도 의미하지 않는다. 문자는 소리처럼 목소리를 통해 육체와 자연에 연결되지도 않는다. 이 같은 근본적인 결핍에서 무엇이 도출되느냐에 따라 서로 다른 기록시스템들이 생겨난다. 기표의 시대나 재현의 시대나 모두 이 결핍으로부터 싹튼다. "문자처럼 / 소리와 형상의 / 양쪽 모두에 걸쳐 있는 그림은 / 자연에서 찾아볼 수 없다"라는 구식 독본의 교훈은,[17] "문자는 야생에서 볼 수 없다"는 정신분석의 기본원리와 일치한다.[18]

그런데 1800년경의 모든 초등교육은 "글자는 자의적으로 만들어진 것이 아니라 인간의 본성에 근거한 것이며 어떤 특정한 내적 감관의 영역에…… 속한다"라는—카를 필리프 모리츠의 주장으로 알려진—명제의 불가능한 논증을 시도한다.[19] 19세기로의 전환기에 일어난 핵가족화의 첫번째 단계에서는, 알파벳이 감각의 보완을 통해서 자연화된다. 하지만 더 중요한 두번째 단계에서는, '어머니의 목소리'라는 이름의 내적 감관 속에서 모든 자의성이 녹아 없어질 것이다.

먼저, 슈플리테가르프가 쓴 『그림으로 보는 새로운 ABC 교재』의 권두시는 감각의 보완에 의지하는 첫번째 단계를 압축적으로 보여준다.

*박애주의자들의 알파벳 학습*

사랑스러운 아이야! 어떤 즐거움이
너의 어린 가슴을 뒤흔들까,
부드러운 봄 햇살을 맞으며
아버지
어머니 }가 너를 야외로 데려가니,

하! 저기 보라고 네게 손짓하는구나

바로 저기 작은 꽃송이가, 저기 있는 바위가,

저기선 작은 새 한 마리가

너에게 다정한 기쁨을 안겨주지,

저기 초원 위의 새끼 양 한 마리가……

이렇게 순수한 즐거움으로,

어렵지도 힘들지도 않게,

너는 우리 책의 세계로 들어올 거야,

거기 있는 많은 보물이,

너를 즐겁게 할 테지,

그리고 너의 부드럽고 섬세한 가슴을

금세 미덕으로 장식할 거야,

이 책은 우리의 삶에

그런 행복을 준단다![20]

여기서 봄의 세계와 책의 세계, 자연과 문화는 폭넓은 비교를 통해 하나로 녹아든다. 알파벳 학습이라는 폭력적 행위는 부모와의 산책으로 포장되어 즐거운 일로 변모한다. 그러나 책 속에서 생명과 자연의 원천을 발견해야 할 어린 파우스트들이 대체 누구에게서 이 같은 번역 방법을 배울 수 있을지는 아직 확실치 않다. 그 답을 알았다면, 슈플리테가르프는 이 기초독본의 화용론적 차원을 지면에 분명히 인쇄했을 것이다. 하지만 여기서 그는 단지 '아버지'와 '어머니'라는 이름을 위아래로 나란히 써놓고, 이 기초독본이 아직 체계적으로 완수할 수 없는 과제를 임의의 부모에게 강요할 뿐이다.

바로 이 공백을 박애주의자들이 뚫고 들어온다. 이들은 수천 년째 알파벳을 배우고 가르치는 동안 더이상 "발견하고 발명할 것이" 없어 보였던 영역에서, 어린이들의 행태를 관찰해서 "현재와 미래의 모든 어린이의 대변인"이 되는 법을 발명한다.[21] 이들은 어린이들이 자연적 쾌락에 빠져 있다고 여겼기에, 캄페는 『어린이들이 쉽고 즐겁게 읽기를 배우는 새로운 방법』(1778)에서 알파벳이 "사탕"처럼 느껴지게 해주겠다고 약속한다.[22] 그리고 그 쾌락은 가능한 한 자연스럽게 받아들여져야 하기에, 바제도는 『기초과정』에서 "문자 놀이"를 이용한 학습법을 설파한다. 이 방법을 이용하면 아직 두 살도 안 된 프란츠가 처음에는 문자를, 다음에는 음절을, 그다음에는 "수-프 케-이-크 건-포-도 딸-기"처럼 쾌락을 약속하는 단어들을 알아맞히게 될 것이다.[23] 바제도가 데사우를 떠날 무렵, 그는 이 발상을 은유가 아니라 진짜로 실행에 옮겨서 동료들과 독자들을 경악에 빠뜨린다.[24] 그는 수업에서 활용할—오늘날 크리스마스트리나 수프를 장식하는 용도로 잔존하는—문자 형태의 과자를 굽도록 한다. 그러니까 박애주의자들의 알파벳 학습은 이미 요리와 관련된 어떤 구술성을 겨냥하고 있는 것이다. 이들이 말하지 않은 모든 수수께끼의 정답, 그것은 바로 '어머니'다.

　　백과사전파 계몽사상가들과 예술가들은 이 저자들보다 한발 먼저 정답에 도달한다. 니마이어는 "수업, 특히 가정교육에서라면" 읽기와 쓰기는 무엇보다 "즐거운 놀이가 되어야" 하므로 "어머니들이 최고의 교사가 될 것"이라고 썼다.[25] 그리고 바제도가 『기초과정』에서 제시한 텍스트는 [직접 수업을 진행할 수 있을 만큼] 나이가 많은 아동이나 수업 감독관에게 문자 놀이의 방법을 전할 뿐이지만, 함께 수록한 호도비에츠키의 도판은 의미심장한 핵가족의 이상을 시각적으로 재현한다. 그림 속에서 큰아들은 태양의 궤적을 그려서 연구하고 아버지는 "자기 자신의 의식 속에서 조용히 생각"에 잠겨 있지만—실은 그저 식곤증으로 의식을 잃은 것이 아닐까—어머니는 어린 자식에게 읽기를 가르친다.[26]

\*

이러한 이상은 핵가족화의 두번째 단계를 통해 구체적인 제도와
방법으로 변모한다. 이제 자식의 언어 습득은 일차적으로 어머니
의 책임이 된다. (일단 이 현상의 통계적 일반성을 입증하자면) 슐
라이어마허는 "교양계층은 공립학교에 입학하기 전부터 읽기 공
부를 시작하고" "대개 어머니들의 지도하에" "가정 내에서 읽기
지도를 받는다"라는 이유로 학교의 모든 읽기 교습법을 퇴짜놓는
다.[27] 페스탈로치는 학교의 문법 수업과 ABC 교재를 저주하면서,
오로지 자식에게 말을 건네는 어머니들의 기초적 보살핌, 자연의
소리에서 언어로의 직접적인 이행을 이끌어내는[28] 모성적 작용에
기초하여 아동의 담론을 발전시키려고 노력한다.[29] 하지만 그런
생각으로는 당연히 학교의 교습법을 대체할 새로운 학습법을 내
놓지 못한다.[30] 오히려 다음 단계로의 진전을 이루는 것은 하인리
히 슈테파니라는 교육자로, 그는 문자들을 가장 근본적인 본연의
영역으로 용해함으로써 문자에 저주를 퍼붓거나 설탕물을 입히
지 않는 새로운 방법을 창안하는 데 성공한다. 바이에른 공국의 교
회 장로이자 장학관이었던 슈테파니의 『기초독본』은 놀이, 모성,

구술성을 체계적으로 통합한다. 그는 심지어 이 책이 어째서 새로운지, 어머니들이 어째서 여태껏 자녀교육에 관심을 기울이지 않고 아버지나 학교처럼 부적절한 이들에게 이 일을 내맡겼는지도 명쾌하게 설명해낸다.[31] 이유는 간단하다. 여태까지 읽기는 글의 기능으로 여겨졌고, 그래서 여성들이 배제됐다는 것이다. 슈테파니는 이 책에서 문자들의 물질적 토대를 혁신하여 순수한 '음성학적 방법Lautiermethode'—프란츠 크자퍼 호프만이 1780년에 시도했으나 성공하지 못했던 방법[32]—을 창시하고 그 용어와 개념을 확립한다.[33] 슈테파니는 어머니들에게 이렇게 말한다.

음성학적 방법 외에 실제로 가능한 교습법은 두 가지가 있는데, 하나는 음절식 방법이고 다른 하나는 철자식 방법입니다. 나머지는 전부 이를 변주한 것으로, 보조적인 요소를 추가해서 변화를 준 것뿐입니다. 음절식 방법은 어린이에게 먼저 단어의 음절들을 보여주고 읽어준 후 따라 읽게 하는 방식입니다. 계속 훈련하면 어린이가 단어들과 음절들이 어떻게 생겼는지 전체 윤곽을 알게 되고, 그것이 어떻게 발음되는지도 알게 되지요. 하지만 알다시피 이 방법은 아주 고역입니다. 어린이는 운이 좋으면 주어진 문자들의 소리를 스스로 알아볼 수 있지만, 전혀 모르는 문자들의 배열이 나타나면 어김없이 곤란에 빠집니다. 그리고 철자식 방법은 문자의 이름이 곧 그에 해당하는 소리이며, 따라서 각 음절의 발음을 익히기 전에 먼저 철자를 (알파벳을 하나하나 읽으면서) 익혀야 한다는 잘못된 전제에 기초합니다. 이 방법이 얼마나 부적절한지 확실히 알 수 있도록 예를 들어 설명해보겠습니다. 어린이가 '숀schon[벌써]'이라는 단어의 철자를 공부한다고 합시다. '에스 체 하 오 엔schon'이라고요. 이제 이 어린이가 문자들의 이름만 암송하고도 처음 세 개의 철자가 모여 어떤 소리로 발음되는지 알 수 있을까요? 우리가 단어를 발음할 때는 (시각적 언어를 청각적 언어로 번역함으로써) 문자의 이름이 아니라 그 소리를 연상합니다. 저 방법으로 공부한 어린이는 이것을 알 수가 없습니다. 하지만 여러분이 어린이에게 이 세 철자의 소리를—처음에는 낱낱의 발음을, 그다음에는 모아 읽는 발음을—가르친다면, 어린이는 이 단어를 정확히 읽는 법을 완벽하게 익힐 겁니다.[34]

유럽 알파벳 혁명의 핵심은 언어가 구어口語 중심으로 재편된다는 것이다. 기초독본의 변화는 사소해 보이지만 일반문법에서 언어학으로의 인식론적 전환에 기여한다.

라스무스 라스크, 야코프 그림, 프란츠 보프의 등장과 함께, 언어는…… 일군의 음성요소로 취급된다. ……온전한 신비주의, 즉 음성언어의 신비주의, 한순간 정지되는 파동만을 뒤에 남기고 흔적 없이 지나가는 순수한 시적 광채의 신비주의가 탄생하는 순간이다. 말하기는 일시적이고 깊은 울림에 의해 지고한 것이 된다. 그리고 예언자의 숨결이 일깨우는 말의 은밀한 힘은 가시적인 미로의 중심에서 영속적으로 잠복하는 비밀을 전제하는 문자의 비의와…… 근본적으로 대립한다. 이제 언어는 다소 막연하면서 실물과 닮은 자의적인 기호, 『포르루아얄 논리학』이 인물의 초상이나 지도에서 직접적이고 명백한 모범을 찾았던 그런 기호가 아니다. 언어는 언어를 가시적인 기호로부터 분리시키고 음표에 근접시키는 파동의 특성을 획득한다.[35]

슈테파니의 "발음ausprechen" 개념은, 푸코가 초월론적 지식의 근간이 된다고 분석한 이러한 전환에 정확히 부합한다. 알파벳을 배우려면 "시각적 언어를 청각적 언어로 번역"해야 한다. 그런데 음절식 방법은 아동들에게 거의 파우스트 수준의 고난이도 번역을 요구했고, 철자식 방법은 아예 그런 번역을 불가능하게 만들었다. 전자가 광학적인 음절 이미지와 음향적인 음절 이미지의 연결고리를 암기하는 방식이었다면, 후자는 그냥 단어를 문자 이름으로 암기하는 방식이었다. 슈테파니는 '에스 체 하 오 엔'이라고 문자 이름을 읽어 보이면서 철자식 방법의 우스꽝스러움을 폭로하고, 그런 조롱을 통해 당대 어린이들의 대변인으로 거듭난다.[36] 양쪽 다 자발적 읽기 능력은 키워주지 못했다. 그래서 슈테파니의 새로운 방법은 외부적 차원에 주력하는 기존의 암기 위주의 방법과 달리—마치 인식론적 단절을 예증하는 듯이—문자를 "음표"로 만드는 내재적 목소리를 내세운다. 슈테파니는 어머니들에게 또 이렇게 말한다.

〔나의 방법을〕 여러분이 바르게 이해하려면 지금 내가 하는 말을 꼭 따라야 합니다. 우리의 입과 다양한 부속기관들을 언어라는 '의미로 가득찬 소리'를 연주하는 악기로 보세요. 이것은 악기니까 다른 모든 악기처럼 악보를 보든 안 보든 연주할 수 있습니다. 우리가 글을 읽을 때는 악보를 보는 셈이고, 말을 할 때는 악보를 안 보는 셈이지요. (주: 그렇다면 글쓰기는 입이라는 악기를 위한 일종의 작곡으로 간주할 수 있을 겁니다.) 그러니까 읽기는 주어진 악보에 따라 우리의 언어적 악기를 연주하는 기술입니다. 그렇다면 문자란 무엇일지, 이제 여러분도 쉽게 짐작할 수 있겠지요. 실제로 그것은 이런 연주를 위해 발명된 음표일 뿐입니다.[37]

음성학적 방법은 새로운 육체를 묘사하고 더 나아가 규정하는 데서 절정에 이른다. 이 육체는 눈과 귀만 달린 하나의 거대한 입이 되고자 한다. 입은 눈과 귀에 파고든 모든 문자를 소리로 변환한다. 이렇게 귀를 입의 소리와 연관하는 것은 관습적이지만, 눈과 문자를 입의 소리와 연관하는 것은 혁명적인 발상이다. 문자가 제 이름과 본래의 위상까지 상실하기 때문이다. 문자는 고유한 그래픽적 분절의 질서가 있어서, (비록 아리스토텔레스 이래로 기호는 곧 '발음된 소리'를 뜻하긴 했지만) 글쓰기를 '입이라는 악기를 위한 작곡'으로 정의하는 경우는 없었다. 여기에는 생리학적인 이유도 있다. 각각의 자음은 독립적으로 발음하기 어려워서, 그것들을 지칭할 때 다른 소리를 덧붙여야 하기 때문이다. 바제도의 조수였고 순수 음성학적 방법을 발명한 인물로 종종 거론되는 페르디난트 올리비에도 이런 어려움 때문에 음성학적 순수성을 희생했다. 슈테파니는 화가 나서 이렇게 쓴다. "내 방법과 비슷한 시기에 알려진 그의 방법을 보면, 문자들에 '에e' 음을 더해서 '셰sche' '메me' '베be'와 같은 식으로 부른다고 하더군요."[38] '슈바schwa'라고 하는 이러한 음성학적 보조장치는 『베를린 새 교과서』(1760)를 비롯해서 바제도와 캄페의 책에도 나온다.[39] ['중성모음'이라는 뜻의] 이름만 봐도 알 수 있듯이 이 보조장치는 자음만 기록하는 최초의 히브리문자에 충실하다. 반면 슈테파니는 슈바를 버리고 음성학적 순수성을 지킨다. 일단 모음은 쉽게 해결된다. 여기서 핵심은 모음이 독립적으로 발음하기 쉽다는 것이 아니라, 요행히도 "소리나는 그대로 지칭하면 된다"는 것이다. 그래서 입이라는 악기의 훈련 과정은 '아 애 에 이 오 외 우 위aäeioöuü'*라는 "최저음에서 최고음으로 상승하는 자연의 음계"로 시작한다.[40] 하지만 정

---

* 문체부에서 고시한 외래어 표기법에 따르면 독일어 알파벳 ä와 e는 모두 '에'로 적어야 하지만, 여기에서는 독일어 발음의 미세한 차이를 구별하기 위해 각각 '애'와 '에'로 적는다.

해진 단계를 밟아나가다보면, 각각의 자음도 그만큼 능란하게 독립적으로 발음할 수 있다. 그러려면 일단 자기 입속의 움푹 파이고 쑥 들어간 부분까지 내밀하게 샅샅이 모두 경험해야 한다. 이러한 관능적 음성학만이 서로 구별되는 소리들의 전체 집합을 발전시켜나갈 수 있다. 이를테면 '음ᵐ' 음과 '은ⁿ' 음, 그리고 '을ˡ' 음은 다음과 같은 연속성을 지닌다.

> 여성 여러분, 입술의 도움 없이 혀의 앞부분으로 입천장을 강하게 누르는 것만으로도 구강을 닫고 비강을 통해 원형적 목소리를 그대로 낼 수 있다는 것을 아십니까? 직접 해보면, 방금 앞에서 냈던 목소리와는 또다른 목소리가 나올 텐데요. 이것이 우리의 언어 표기법에서 'n' 자로 나타내는 소리입니다. 그럼 이번에는 똑같이 하면서 약간만 변화를 줘봅시다. 입천장을 누르는 혀의 양쪽으로 원형적 목소리가 새어나갈 수 있도록 작은 틈을 만듭니다. 이때 나는 소리가 'l' 자에 해당합니다.[41]

어린이들을 위한 기초독본이―피아노도 없는데―갑자기 음악을 사랑하는 여성들과 어머니들을 위한 (공교롭게도 동시대의 산물인) 체르니의 피아노 연습곡집으로 뒤바뀐 것 같다. 예전에는 글을 모르는 사람이 읽는 법을 배웠지만 이제는 어머니들이 먼저 자신의 입에 관해 배운다. 음성학적 교습법은 어머니들에게 음성학적 자기 실험을 유도하면서 일차적으로 통로, 구멍, 틈새들이 완비된 이상적인 '어머니의 입'을 생산한다. 그리고 어린이들은 책에서 시키는 대로 따라 하거나 박애주의자들이 퍼뜨린 철자 맞히기 놀이를 하는 대신에 오로지 이렇게 생산된 '입이라는 악기'의 작용을 보고 듣는 눈과 귀가 된다. 그래서 훗날 이 어린이들이 자라서 어릴 때 저 유일자가 무슨 말을 들려주었는지 다시 말해보

려고 입을 떼면, "아직도 그 입술을 보고 따라 말하는 듯이" 느껴
질 것이다.[42]

이렇게 '어머니의 입'은 어린이들을 책에서 해방시킨다. 하나
의 목소리가 어린이들을 위해 문자를 그에 해당하는 소리로 대체
한다. 파우스트가 「학자의 비극」에서 관객들을 위해 단어들을 그
의미로 대체한 것처럼 말이다. 음성학적 실험에서 출현한 일종의
심리요법적 교육Psychagogik 덕분에 글은 완전히 소비할 수 있는 무
언가로 변모한다. 책에 적힌 문자를 가리키는 어머니의 손가락만
이 목소리와 광학적 문자 형태의 연관성을 지탱시킨다. 나중에 이
어린이들이 자라서 책을 집어들면, 그들은 문자를 보는 것이 아니
라 그 행간에서 어떤 목소리를 들으며 채울 수 없는 갈망에 사로
잡힐 것이다.[43]

이 목소리는 여태껏 듣도 보도 못한 일을 한다. 그것은 한 문
단은커녕 한 단어도 말하지 않는다. 남이 쓴 담론을 소리내어 읽
는 것은 어린이들의 학습목표이지 어머니들의 학습목표가 아니
다. '어머니의 입'은 이번에도 라캉이 정의한 '여성' 또는 (역사가
들이 더 좋아할 만한 이름을 대자면) 토블러가 정의한 '자연'과 정
확히 부합한다. 그녀는 말하지 않고—어머니들이 배운 것은 그런
것이 아닐지니—말하게 한다. 어머니들이 하는 일은 우선 어린이
들을 광학적 문자 인식(패턴 인식)으로부터 떼어놓고 글을 보지
않고도 알파벳 학습이 가능한 것처럼 상황을 꾸미는 것이다. 정작
어머니들은 구식 방법으로 눈과 입의 조율 체계를 배웠다는 전제
조건은 모르는 채로, 어린이들은 "음표들"에 따라 입을 움직이고
'우u' 음을 '익스x' 음과 구별해서 발음하는 법을 배운다. (음성학
적 읽기 교습법은 큰 '타자'의 담론을 폐기하는 척하지만, 그것은
여전히 이면에 잔존한다.)

또한 어머니들은 읽는 법을 가르친다는 목표하에 발음의 분
절을 배운다. 어머니들을 위한 슈테파니의 교습법은 "교사가 되

기 위한 자기 교육법"이며, 따라서 레싱과 칸트의 시대부터 전개
되었던 더 거대한 기획, 즉 '교육자를 교육하는' 프로그램의 일부
를 이룬다.[44] 자기 교육법은 기존의 단순한 모방적 학습법에서 벗
어나서, 어머니 겸 교사가 체계적으로 구강을 탐구하여 순수발음
에 이르도록 한다. 슈테파니의 읽기 쓰기 교재들은 경험적인 모
델을―그러니까 그 자체가 모방적인 모델을―모방하는 것에 대
항해 전쟁을 선포한다. "기존의 아동 교습법은 언제나 교사의 발
음만 따라하도록 했는데, 교사의 발음에는 언제나 지방색이 배어
있습니다."[45] 어머니들은 '위ü' 음이 '이i' 음처럼, 'ㄱg' 음이 'ㅋch'
음처럼 나오지 않을 때까지 계속 자신의 입을 훈련해야 한다. 그
러면 두 발음을 혼동하는 타자들의 담론도 제거된다. "페르크뉘
겐Vergnügen[즐거움]" 같은 단어에서 대표적으로 나타나는 딱딱한
작센 지방 억양이 사라진다.[46] 이제 어머니의 즐거움 또는 쾌락은
소리를 체계적으로 생산하고 체계적으로 순화하는 것이다. 자기
교육의 목표를 달성한 어머니의 입은 이제 경험적·방언적으로 작
동하는 대신에, 다른 모든 것을 생성하는 "원형적 목소리"의 입으
로 기능한다. 이 같은 슈테파니의 초월론적 목소리는 파우스트의
초월론적 기의에 상응한다. 그 목소리는 역사상 처음으로 "언어가
원하는 방식"대로 발음하는 법을 가르친다.

> [이것은] 언어가 원하는 방식, 즉 그 언어 단어들을 일반
> 적으로 발음되어야 하는 방식대로 발음하는 방법입니다.
> 따라서 이것은 지역별로 다양한 방언을 억압하고 완전히
> 순수한 발음을 전국에 보급하는 국가적 방법이기도 합
> 니다.[47]

하지만 음성학적 읽기 교습법은 이를 통해 1800년식 기록시스템
에 기입된 모든 담론을 동질화한다. 모든 "토착어"와 "잘못된 사

투리"가 이렇게 "억압" 또는 "금지"되면서 비로소 독일어는 표준어의 품격을 획득한다.

> 인간의 언어는 장기간의 듣기를 통해, 무의식적인 흉내내기와 표의적 기호 학습을 통해 존재할 수 있게 된다. 이것이 언어고, 아동은 제각기 독특하게 불완전하고 잘못된 방식으로 이 언어를 따라 말하며 배운다. 대다수 인간이 이렇게 말을 배운다. 하지만 인간의 언어는 개별적으로나 전체적으로나 어떤 규칙에 따라 정확히 결정되고 사유에 완전히 부합하도록 가능한 한 인위적으로 형성된 기호의 집합으로 간주될 수도 있다. 이러한 유형의 인간 언어는 언어적 도구와 오성으로 정교하게 형성한 결과다. 독일어에서는 순수한 고지高地 독일어 어법이 이에 해당한다.[48]

이미 모방된 것을 모방하는 '복제'와 체계적으로 순화된 생산으로서의 '교양Bildung'을 구별하는 초월론적 지식이 발화에 적용된다. 다른 지식의 영역에서와 마찬가지로 하나의 규범이 출현하여, 수많은 지역별 관행을 병리적 문제라고 고쳐쓰면서[49] 표준어의 이름으로 신성한 순수기의 또는 "사유"가 출현한다고 주장한다. 이 규범은 자신의 지배를 권력화할 수 있을 만큼 충분히 설득력 있고 강력하다. 슈테파니는 "언어가 원하는 방식"과 일치하는 언어를 원한다. 노발리스 또한 「독백」에서, '말하고자 하는 의지Sprechenwollen'는 오직 "언어"의 작동을 따라야 한다는 일종의 강제로서 나타나며 그것이 시인으로서 자신의 품격을 이룬다고 쓴다.[50] 새로운 언어의 규범은 아동의 웅얼거림에서 시인의 시에 이르기까지 모든 곳에 적용될 수 있을 만큼 보편적이다. 그것은 "그 자체가 예술적으로" 작동하기에 독일 시문학의 기본요소가 된다.

✳

이렇게 동질적으로 순화된 일반적 매체가 마련되는 것은 1800년 경의 새로운 현상이다. 보트머나 브라이팅거가 [출판 및 인쇄의 중심지였던] 라이프치히에 원고를 보내서 교정을 받는 시대가 오기 전까지, 독일어의 표준은 경험적인 것이었지 초월론적인 것이 아니었다. 마이센 방언은 사용의 맥락이나 세간의 평가 면에서 다른 방언들과 구별되기는 했지만 그래도 결국 여러 방언 중 하나였다.* 반면 '어머니의 입'은 표준어 또는 문학어가 방언들을 아예 소멸시키도록 한다. 괴테가 젊었을 때만 해도 마이센 방언의 "고루한 지배"에 맞서서 사랑하는 고향 사투리를 내세우는 것이 가능했다.51 하지만 1800년 전후로 방언들이 체계적으로 표준화되면서 사투리에 대한 전쟁이 시작된다. 1779년에는 상트페테르부르크 과학아카데미가 기계공들과 오르간 제작자들을 대상으로 다섯 개 모음을 정확히 발음하는 자동기계를 공모한다. 이때 제작된 기계 중 하나가 리바롤의 관심을 끈다. 공교롭게도『프랑스어의 보편성에 대하여』의 저자이기도 한 이 프랑스인은 그 자동기계를 격찬한다. 이 기계가 가스코뉴 방언이나 스위스 방언을 가르치는 프랑스어 교사들을 벌벌 떨게 하고 그들의 일자리를 빼앗으리라는 것이다. 이제 발음을 정확하게 복제할 수 있으니 방언의 영향이나 역사적 변화로 인한 모음의 탈자연화 현상도 사라질 것이기 때문이다.52 전통적인 언어 습득 방식은 단순히 경험적 언어를 전수할 뿐이라는 점에서 언어를 "탈자연화"한다고 여겨진다. 전통은 사본의 사본을 끝없이 생산해서 결국 원본의 개념을 소멸시킨다. 반면 초월론적인 '어머니의 목소리'는 어머니들의 구술적 경험에 밀착되어 동일성을 유지한다. 이는 자동기계가 그 메커니즘을 왜곡하지 않고 동일성을 유지하는 것과 마찬가지다.

---

*독일에는 중세 말까지 지역마다 다양한 문자언어가 존재했고, 마르틴 루터가 라틴어 성서를 독일어로 번역하면서 비로소 단일한 문자언어가 정립되었다. 루터가 성서를 번역할 때 사용한 독일어가 마이센 방언이다.

자동기계가 전기공학이나 전자공학이 아니라 기계공학에 의
존했던 1800년의 열악한 기술적 조건에서, '어머니의 목소리'는
리바롤이 꿈꾸던 표준어의 순수성과 보편성을 확립하는 임무를
맡는다. 음성학적 읽기 교습법이 전통적인 언어 습득의 규칙 자
체를 파괴하면서, '어머니의 목소리'는 단순한 발화 체계가 아니
라 진정한 기록시스템이 된다. 그것은 (기술적 방식이 아니라) 교
육학적 방식으로 반복 가능성을 보증하고, 이를 통해 분절된 발
음의 구조적인 기록 가능성을 보증한다. 데사우에서 박애주의자
들의 교습법으로 프랑스어를 가르치던―리바롤이 조롱하던 스
위스 출신의―올리비에는 자의 반 타의 반으로 학부모를 위한 음
성학적 읽기 교습법을 받아들인다. 그는 "결국 거의 필연적으로
각 언어의 모든 방언이 그들 모두의 공인된 토대인 가장 순수하
고 올바른 어법으로 통일될 수밖에 없을 것"이라고 단언한다.[53]
그에 따르면 "언어음에 대한 이론과 분석"은 다음과 같은 변화
를 초래한다.

> 언어음은 비확정적이고 유동적인 상태, 어떤 측면에서 대
> 단히 이상하고 거의 이해할 수 없는 편견에 사로잡힌 상
> 태에서 벗어나 새로운 관계 속에서 확정됩니다. 이 혁신
> 은 과거에 언어음이 글쓰기의 발명을 통해 그래픽적으로
> 제시될 수 있게 되었을 때와 견줄 수 있을 정도입니다.[54]

그러니까 음성학적 읽기 교습법은 단순한 발화 체계가 아니라 기
록시스템이다. 그래야 "공인된" 규범이라는 가설에 따라 발음을
교정하면서 아동들에게 글쓰기 수업에 앞서 철자법을 주입할 수
있다.[55] 음성학적 읽기 교습법은 글쓰기의 발명과 그에 따른 고등
문명의 성립에 버금가는 혁명적 기술이었으니, 상트페테르부르
크 과학아카데미 공모전에 충분히 어울리는 주제였을 것이다. 하

지만 이를 기술적으로 구현하는 데는 아직 한계가 있으므로 일단은 교육학에 의지하는 수밖에 없다.

그리하여 헤르더 때부터 독일인들의 입을 겨냥한 체계적 순화 작업이 시작된다. 종교법원회 의원 헤르더는 바이마르 공국 김나지움 개혁의 지도자로서 〈학생의 언어 및 발화 훈련에 대하여〉라는 연설을 한다. 새로운 언어교육의 적을 생생하게 그려 보인 이 연설은 이후 100년 동안 독일어학의 선구적 텍스트로 꾸준히 거론되었다.[56]

우리가 세상에 처음 나왔을 때 울고 소리지를 수는 있지만 말을 하지는 못합니다. 짐승 소리를 낼 뿐이지요. 평생이런 짐승 소리만 내는 사람들과 민족들도 있습니다. 목소리와 억양은 들리지만 말뜻은 알아듣기 어려운 정도의 거리에 사람들이 있다고 생각해봅시다. 그러면 어떤 사람들의 말은 칠면조, 거위, 오리 소리로 들리고, 여러 사람이 한꺼번에 말하는 소리는 공작이나 해오라기 소리로 들릴 겁니다. 우아하게 꾸민 미남들이 하는 말은 야생 카나리아 소리로 들리겠지요. 하지만 사람의 목소리로 들리지는 않을 것입니다. 우리 튀링겐 지방은 좋은 점이 많지만, 말소리가 듣기 좋지는 않습니다. 서로 뒤얽힌 소리는 들리지만 말뜻은 알아듣지 못하는 흔한 상황에 처하면 대부분 이를 깨닫게 되지요. 도시 출신이든 농촌 출신이든 간에 이렇게 짐승 소리 같은 불쾌한 방언에 길들여진 청소년들은 모두 김나지움에서 인간의 자연적 언어, 품격과 영혼으로 충만한 언어를 습득해야 하며 촌스럽고 시끄러운 길거리의 속어와 절연하기 위해 열심히 노력해야 합니다. 컹컹거리고 으르렁거리고 꽥꽥거리고 까옥거리며 단어와 음절을 씹어삼키고 질질 끄는 행태를 당장 중단하고

동물의 언어가 아니라 사람의 언어로 말해야 합니다. 운
이 좋아서 어린이와 청소년이 태어나면서부터 이해가 가
능하고 사랑이 넘치는 인간의 말소리를 귀로 들으면서 부
지불식간에 자신의 혀로 말을 습득한다면 얼마나 좋겠습
니까. 운이 좋아서 보모와 어머니, 손위 형제, 친척과 친
구, 최초의 교사 들이 어린이에게 내용과 형식 면에서 모
두 이성적이고 예의바르며 기품 있게 말을 건넨다면 얼마
나 좋겠습니까.[57]

규범과 일탈이라는 이분법이 더없이 엄격해지면서 방언은 인간
의 개념적 범위를 벗어나 동물의 영역으로 떨어진다. 하지만 이
김나지움 개혁가가 깨달은 것처럼, 자신의 연설이나 운좋게 이뤄
지는 아동기의 적절한 교육을 제외하면 동물화에 대항할 수 있는
다른 수단이 없다. 이렇게 해서 교육개혁은 순수 음성학적 읽기
교습법으로 채울 빈 공간을 발견한다. 헤르더가 말하는 아동기의
행운은 슈테파니의 체계적 기호기술론으로 변모한다. 보모, 형제,
친구, 교사 등 다양한 사람이 유일하고 대체 불가능한 어머니로
대체된다. 이 어머니는 단순히 말을 하거나 말을 건네는 게 아니
라 모음과 자음을 훈련함으로써 모든 동물적인 것과 "절연"한다.
커뮤니케이션Kommunikation 같은 개념으로는 이렇게 전前기표적인
자동기계들이 횡행하는 당대 문학의 생산조건을 파악할 수 없다.
1800년식 기록시스템은 언어가 표준어가 되고 더 나아가 시의 기
본요소가 될 수 있도록 인간 언어와 동물 소리의 차이를 벌린 기제
다. 언어가 인간학적으로 새롭게 구축되면서[58] 옛 유럽식 언어 교
습법이 제의용 희생양에 묶여 황무지로 추방되는 바로 이 역사적
순간, "언어"는 신화적 존재가 된다.

　　말하자면 헤르더가 '언어[로고스]를 가진 동물'의 고유한 차
별점으로 칭송한 것, 컹컹거리고 으르렁거리고 꽥꽥거리고 까옥

거리지 않는 이 언어는 그저 새로운 알파벳 학습법의 결과다. 헤르만의 『신 기초독본』은 대부분 어린이가 직접 발음해보는 예문으로 구성되어 있는데, 그런 예문에 덧붙어 있는 한 줌의 지시문은 명시적으로 '동물처럼 소리내면 안 된다'라고 경고한다.[59] 슈테파니의 기초독본은 동물 소리와의 차이를 체계적 단계로 촘촘히 구성한다. 어린이는 순화된 어머니의 입을 통해 모음뿐만 아니라 '블bl' 음, '브르br' 음, '프pf' 음, '프르pr' 음, '플fl' 음, '드르dr' 음처럼 거친 소리가 나는 복합자음도 배운다. 이런 소리는 "읽기를 아주 어렵게" 만들지만, "입이라는 악기로 쉽게 연주할 수 있다."[60] 그렇게 해서 '크래첸Krächzen [까옥거림]'의 '츠chz' 음이나 '벨페른Belfern [으르렁거림]'의 '을프lf' 음은 더이상 동물을 연상시키지 않게 된다. 하지만 이 발음들은 차후에도 매우 처치 곤란한 문제로 남는다. 그래서 슈테파니의 방법이 바이에른에서 공식 언어 교습법으로 채택된 후, 이를 바덴에 전파하려 했던 또다른 기초독본은 이 방면에서 가장 경이로운 리포그램식* 해법을 고안한다. 이 책은 종교적 색채가 강한데도 "책 전체에서 단자음으로 시작하는 단음절의 단어만" 쓰기 위해 "예주스 크리스투스Jesus Christus [예수 그리스도]"처럼 복합자음이 들어간 말은 교사를 위한 "후기"에만 마지못해 남겨둔다.[61]

　　종교개혁 시대에 저술된 최초의 기초독본들은 단자음과 복합자음을 전혀 다른 방식으로 소개했다. 그뤼스보이텔의 『목소리의 책』은 '쓰ss' 음을 쉭쉭거리는 뱀 그림으로, '프pf' 음을 컹컹 짖는 개 앞에서 그르렁대는 고양이 그림으로 제시했다.[62] 페터 요르단의 『보통교육』은 발음 규칙을 다음과 같이 설명했다. "'을l' 음은 수소가 그르렁대듯이 발음한다. '음m' 음은 암소가 음매 하듯이 발음한다. '으르r' 음은 개가 으르렁대듯이 발음한다. '즈s' 음은 어린 비둘기가 짹짹 울듯이 발음한다."[63] 그리고 이런 동물 소리 목록이

　＊Lipogram. 특정한 철자를 피해서 쓴 글.

포함된 가장 오래된 문헌 중 하나인 팔렌틴 이켈자머의 『독일어
문법』이 있다. 슈테파니가 어머니들을 통해 전통적인 문자 이름을
그 문자가 나타내는 소리로 대체하려 한 것처럼, 이켈자머도 정확
히 동일한 의도에서 동물들을 활용했다. 하지만 동물과 어머니 사
이에는 깊은 간극이 있기에 이켈자머를 순수 음성학적 읽기 교습
법의 창시자라 할 수는 없을 것이다.[64] 16세기의 언어 개념은 아동
들에게 짐승의 다양한 언어, 기호의 물질성과 불투명성을 생생하
게 가리켜 보였다.[65] 하지만 슈테파니에 이르면 어머니들이 음성
학적 실험을 통해 자기 입의 음악성을 인식하게 된다.

　　말하자면 1799년에는 번역하는 파우스트의 주의를 돌렸던 개
짖는 소리가, 그 이전에는 읽기를 방해하기는커녕 심지어 올바른
읽기의 모델이었다. 어떤 발음은 개 짖는 소리를 흉내내가며 배웠
던 것이다.[66] 그리고 1796년에 짐승 같은 작센 방언으로 종교법원
회 의원 헤르더를 질겁하게 만들었던 김나지움의 학생들은 새로
운 언어인류학이 발견한 신비의 늑대소년이 아니라 기초독본을
따라 읽는 앵무새 또는 선생의 말을 따라하는 집짐승이었다. 프로
이센의 프리드리히 2세도 『목소리의 책』 같은 당대의 기초독본으
로 읽는 법을 배웠다.[67] 그러니까 "우리의 정신이 모든 방언을 은
밀히 모국어에 맞춰나갈" 것이라는 헤르더의 믿음은 그의 교육개
혁과 모성적 음성학을 지배하는 당대의 '정신'이 등장한 후에야
가능하다.[68] 그 이전에는 오히려 언어가 방언에 맞춰지고[69] 방언
이 지상의 피조물들에 맞춰졌다. 하지만 1800년식 기록시스템에
이르면, 개, 고양이, 수소, 황소, 비둘기, 뱀 같은 각종 동물들의 자
리는 이상화된 '여성'으로 채워진다.

헤르더의
언어인류학과
'아아' 하는
한숨

　　이러한 변화는 당대의 문헌에 명시적으로 나타난다. 헤르더
는 언어인류학의 창시적 텍스트인 『언어의 기원에 대하여』에서,
인간의 인간적 언어가 동물에 이름을 붙이는 데서 기원했다는—
따라서 자연발생적인 갓난아이의 울음이나 김나지움 학생의 길

거리 속어와 전혀 다르다는―가설을 세운다. 여기서 이름 붙여지는 대상은 "희고 조용하며 폭신폭신한 털을 가진" "어린 양"인데, 아마도 (이런 속성으로 짐작건대) '암양'이 더 적절한 표현일 것이다. 왜냐하면 헤르더가 발견한바, 불안정하게 본능에 휩쓸리는 불완전한 존재인 인간이 주변 대상들에 이름을 붙이는 자유로운 위치에 도달하기 위해서는 피에 굶주린 사자의 본능뿐만 아니라 새끼 양을 "덮치려는" "발정난 숫양"의 본능을 없애야 하기 때문이다.[70] 이것이 어린 동물을 가리키는 중성명사에 대한 말이라면, 그것은 너무 변태적이다.

그러니까 "어린 양"이 추상화된 '여성'을 가리킨다고 생각하면, 인간이 더이상 본능에 이끌리지 않고 불완전한 존재가 되기를 멈춘다는 것은 그저 남성적 욕망을 절제하는 것을 뜻한다. 욕망이 중단되면서 언어의 가능성이 열린다. 최초의 이름은 바로 이 차이를 잉태한다. 이름은 그 자체로 차이다. 그것은 새끼 양 또는 암양의 자연언어적인 울음소리와 그에 대한 "의성어적" 반복 간의 차이를 드러낸다.[71]

> 희고 조용하며 털이 폭신폭신한 양이 다시 다가온다. 영혼은 그 양을 보고 만져보며 성찰하고 특징을 찾는다. 양이 매 하는 소리를 내자, 이제 영혼은 그것을 재인식한다! "아하, 너는 '매' 소리를 내는 것이로군!"[72]

이처럼 전치하는 동시에 구별하는 반복, 즉 자연언어를 인간언어로 전치하고 인간과 동물을 구별짓는 반복이라면 데리다의 '차이差移différance' 개념으로 읽을 수도 있을 것이다.[73] 하지만 그렇게 하면 이 반복과 전치가 그 자체로 성차의 전치임을 인식하지 못한다. 헤르더는 숫양과 인간을 명시적으로 구별하기 전부터 이 점을 암시하고 있다. 애초에 논의를 시작하는 첫 문장, "인간은 이미 동물로서 언어를 갖고 있다"라는 테제는 울음과 울부짖음에서 나온 언어, 스러지는 숨결과 절반의 한숨에서 나온 언어, 알파벳 학습과 받아쓰기를 조롱하는 어떤 근원적 언어를 공공연히 그려 보인다.[74] 헤르더는 이 언어를 말하는 자가 누구라고 말하지 않는다. 그것을 밝히는 것은 메피스토의 임무다. 헤르더는 자연의 소리란 본래 기록이 불가능하다는 단서를 달면서 "단순한 아!"와 "열정적인 오!" 같은 것들을 예로 들지만,[75] 귀 밝은 악마는 그런 소리가 바로 "계집들" 특유의 증후이며 "한 군데만 찔러주면 단박에 낫는다"라고 떠들어댄다.[2023, 2026행]

문제는 악마가 가르쳐준 이 치료법이 실행되지 않는다는 것이다. 슈테파니의 어린이는 근친성애의 장벽 때문에 어머니와 그녀가 내는 자연의 소리로부터 분리된다. 헤르더의 인간은 본능이 거세된 까닭에 암양으로부터 분리되고 수천 년 된 장벽에 가로막힌 탓에 자연의 언어로부터 분리되는데, 이 자연의 언어가 모든 담론을 낳는 "본원적이고 원시적인 어머니"라 불리는 데는 다 이유가 있다.[76] 양쪽 모두의 위치에서, 어떤 극복 불가능한 거리가 그들을 말하게 만든다. 메피스토의 치료법이 실행되지 않음으로써 소리가 언어로 변한다. 여기서 '어머니'와 '여성'은 그야말로 담론 생산의 심급으로 나타난다.

분절되고 기록 가능한 담화는 이미 큰 '타자'가 생산한 것이기에 순수한 시작이라 할 수 없다. 헤르더는 최초의 명명 행위에 어떤 종류의 언어가 전제되어야 함을 부정하는 "완전히 부조리한" 실수를 범하지 않았다.[77] 암양의 가설적인 "매" 소리가 바로 그 전제조건을 충족하기 때문이다. "느낌"과 "감정"을 표출하는 자연의 소리가 (많이 왜곡되긴 해도) 태초의 언어적 "근원"으로 스며들듯이, 암양의 울음소리는 인간이 붙인 이름 속으로 스며든다.[78] 그리하여 언제나 모든 담론에 앞서서, 분절되고 분절하는 기표들과 그것들이 나타내는 기의들에 맞서서, 어둡고 비분절적인 무언가 다른 것이, 어떤 비결정적 상태의 담론이 자리한다. 1800년식 기록시스템은 언어라는 이름으로 이 차이의 공간을 탐침한다.

> 어째서 살아 있는 정신은 정신 앞에 모습을 드러낼 수 없는가?
> 영혼이 말하면, 일단 말하기만 하면, 아아! 이미 더이상
> 　　영혼이 아니기에.

"언어"가 시스템 내부에서 정의되면, 그것은 필연적으로 (아직) 언어가 아니지만 '언어'의 기의에 해당하는 무언가를 불러일으킨다. 헤르더의 글은 그것을 쓸 수 있음을 부정하고, 실러의 시는 그것을 말할 수 있음을 부정한다. 그럼에도 "영혼"은 스스로 말한다/쓴다. 5보격시행Pentameter의 중간 휴지부에 뒤이어—모든 강세가 축적되어 뭉쳐진 바로 거기서—'아아!' 하는 순수한 자연의 소리를 들을/읽을 수 있다. 이렇듯 "영혼"이 언어를 향해 힘차게 돌진하니, 스스로 말하고자 하는 그 바람의 실현 불가능성 자체가 시 속에서 언어로 변모한다. 시는 영혼의 바람을 들어주어 그 영혼의 본명에 해당하는 기표를 받아쓴다. 이 "아아!"는 단어지만 단어가 아니다. 그것은 언어를 말하지만 언어에 대항한다. 그것은 언어의 시작을 이루지만 모든 말하기가 그 시작을 배신한다. 1800년식 기록시스템은 이 유일한 기표에 기초하며, 이 기표는 기록시스템의 한계값으로 남는다. 왜냐하면 그것은 다른 모든 분절된 기표가 가리키는 기의이기도 하기 때문이다.

　　테오도어 히펠은『상승일로의 인생행로』에서 이 기표를 다른 모든 것으로부터 분리하는 심연 속에 세운다.

> 한숨과 반쯤 터져나온 '아아'는 죽은 말이 아니다, 이 매
> 문가들아! 내게는 그것이 너희의 비가와 애도문보다 훨
> 씬 가치 있다. '아아' 하는 한숨이 터져나올 때, 정신은 말

없는 육체를 박차고 나가서 육체를 대변하되 오로지 저 자신에게만 들리도록 말한다. 소리내어 말할 수 없는 '아 아'가 있다!79

히펠은 소리내어 말할 수 없는 것의 이름으로 명백한 담론 통제를 시도한다. 이제 물질성과 육체로부터 자유롭다고 알려진─아닌 척하지만 실은 한숨 속에서 육체가 말없는 정신을 벗어던지는 것일 수도 있는─유일한 기표를 다른 기표와 똑같이 취급하면 안 된다. 이러한 언어 규제의 효과는 전방위적으로 나타난다.

　　카를 홀타이는 보나파르트 집안의 피가 섞인 한 젊은 여성의 시 수집 노트에 이런 시구를 써준다. "'아아'는 우리의 첫번째 말이라네."80

　　그레첸은 담론과 마찬가지로 끝없는 순환을 유발하는 금의 교환가치에 맞서 "아아, 우리같이 가난한 사람들!"이라고 부르짖는다.[2804행]

　　[클라이스트의 『암피트리온』의 주인공인] 알크메네는 자명해 보이지만 실은 오용된 언어의 고유명사가 사랑의 소망을 끔찍한 착오 속으로 밀어넣었다는 사실을 알게 된 후, 그저 '아아'라는 외마디로 그 희비극을 종결한다. 앞으로 펼쳐질 자신의 결혼생활에 관한, 아직 글로 써지지 않은 비극 속에서 영영 침묵하기 위해서.81

　　그리고 호프만의 「모래 사나이」에서, 한 학생이 모래 사나이에 대한 편집증에 사로잡혀 약혼녀도 "매우 깊은 의미를 지닌 철학적인 편지"를 건네는 것 이외에 어떻게 위로할지 모르는 난처한 상황에서,82 돌연히 한 여성이 나타나 주인공의 마음을 사로잡고 그에게 이론이 되지 못하는─또는 이론을 넘어서는─무언가를 준다.

그는 올림피아 곁에 앉아 그녀의 손을 잡고 사랑에 달뜬
얼굴로 올림피아나 자신도 이해할 수 없는 말을 하고 있
었다. 그러나 올림피아는 이해하는 것 같기도 했다. 그녀
는 움직이지 않고 그의 눈만 쳐다보며 이따금 "아아―아
아―아아!" 하고 한숨을 뱉었다. 그러자 나타니엘은 "오,
천사처럼 아름다운 여인이여―사랑의 약속된 피안에서
비치는 빛이여―그대, 내 온 존재가 비치는 깊은 정서여"
등등 그와 비슷한 말을 줄줄이 늘어놓았다. 올림피아는
계속 "아아, 아아!" 하고 한숨만 뱉었다.[83]

　나타니엘은 책을 너무 많이 읽은 약혼녀 클라라를 외면하며 새로
운 언어 규제를 문자 그대로 따른다. 언어가 (산술적으로 말해서)
영혼보다 더 강력한 권한을 가지지 않고 오로지 "인간 내면을 묘
사"하기를 바라는 주인공의 소망을 이뤄주는 것은 오로지 '아아'
라는 말속에서 피어오르는 매혹적인 연인밖에 없기 때문이다.[84]
올림피아는 직접 말하는 대신에 연인을 말하게 하는, 그가 원하
는 바로 그것을 말할 수 있게 해주는 영혼이다. 사랑이라는 이름으
로 언어의 초월이 약속되면서, 나타니엘은 다른 모든 여성이 "기
억 속에서 사라지고"오로지 절대적 '여성'만 남을 때까지 말하고
또 말한다.[85] 그녀의 유일무이한 기표는 발화를 완전히 개별화한
다. 그 기표는 유일자를 지시하는 동시에 의미한다는 불가능한 임
무를 수행한다. 그리고 이 놀라운 업적에 반복 가능성을 부여한 것
이 상트페테르부르크에서 모음을 발음하도록 또는 한숨 쉬도록
만든 자동기계다. 말하자면 나타니엘이 사랑하는 올림피아가 스
팔란차니의 도면에 따라 만든 기계인형이자 담론의 기계적 효과
인 '여성'으로 나타난 것이다. 여기서 그레첸이니, 알크메네니, 올
림피아니 하는 이름들은 전혀 의미가 없다.
　기계적 프로그램은 담론을 해체하여 "자의적이고 자연적인

기호"가 "느낌을 나타내는 소리이자 언어를 나타내는 소리"로서
기능할 수 있는 최소한의 기본요소만 남긴다.[86] 헤르더의 양이 '매'
하고 울면서 이 임무를 처음 달성했다면, 실러의 시는 같은 일을
놀라울 만치 경제적으로 해낸다. 헤젤하우스가 지적하듯이, 이 시
를 떠받치는 것은 시의 표제와 시의 음향적 기표 사이의 반목—저
자의 의도이기도 하지만 그전에 언어의 물질성 자체에 함축된 대
립—이다. 실러의 시 제목인 '슈프라헤Sprache[언어]'라는 단어를
이루는 문자들 그리고/또는 소리들 속에는 "아아ach"라는 소리의
결합이 달라붙어 있다.

＊

1800년경<br>음악과 언어의<br>기본요소들

이처럼 'Sprache'라는 단어를 'Spr/ach/e'로 분해하는 방식은
1800년식 기록시스템의 기본 메커니즘을 단적으로 드러낸다. 이
는 당대 기록시스템에 대한 정의와도 같다. 당시에는 이러한 분해
가 기계장치를 통해 이뤄진 것이 아니라 여성들과 텍스트들의 끝
없는 고쳐쓰기 또는 복제로 실현되었기 때문에 더욱 그렇다. 모
든 문화는 현실 언어를 통제하기 위한 나름의 기술과 척도가 있
다. 그리고 언어 분석이 어디까지 가능하고 어디까지 필요한지를
결정하는 경계의 위치에 따라 기록시스템들이 저마다 구별된다.
1800년 전후에는 유의미한 소리와 소리의 결합이 언어의 최소요
소로서 그 경계선 역할을 한다. 여기에는 두 개의 축이 있다. 첫째,
이 언어 분석은 끝없이 편재하는 웅얼거림과 깜빡임에 맞서서 수
행될 수 있는 것으로, 파우스트, 헤르더, 히펠, 나타니엘이 하나같
이 경멸했던 '말씀/단어Wort'의 수준에 머물지 않는다. 둘째, 그렇
지만 이 언어 분석은 무의미의 거대한 영토가 시작되는 경계선을
넘지 않는다. 1800년경 "문헌학" 또는 "말에 대한 사랑"이 향하
는 대상은 말씀도 아니고 무의미한 음소나 문자도 아니다.[87] 문헌
학은 오로지 언어의 정신 또는 기의를 향한다. 기의의 작용을 통

해 "각각의 단어가 형태를, 각각의 숙어가 집합을, 각각의 단어 선택이 시각적 뉘앙스를 표현하며," (특히 이 대목이 중요한데) "음절도 유의미해진다."[88] 이 '유의미한 음절'이라는 개념은 1800년식 언어 분석의 목표와 한계를 더할 나위 없이 명확하게 규정한다. 그것은 소리와 의미, 자연과 정신을 통일하는 최소요소다. 그것은 언어의 토대인 동시에 정점이다. 과학적 분석이 "모든 모음과 자음에 대해, 그 발음을 이루는 한층 추상적인 기본요소들(입술, 입천장, 혀의 움직임)과 복합요소들에 대해 그에 상응하는 특정한 의미를 찾는다"라고 할 때,[89] 이 최소요소는 언어의 토대를 이룬다. 하지만 다른 한편으로 반복적 분석의 귀결인 '최소기의Minimalsignifikat'는 시와 동등한 것으로서 언어의 정점이기도 하다. 아우구스트 빌헬름 폰 슐레겔은 이렇게 말한다.

> 가장 아름다운 시는 그저 시구들로 이뤄진다. 시구는 그저 단어들로 이뤄진다. 단어는 그저 음절들로 이뤄진다. 음절은 그저 낱낱의 음으로 이뤄진다.[90]

여기서 말하는 '최소기의'는 1900년식 기록시스템에서 생성될 언어의 기본요소와 전혀 다르다. 위의 인용문을 "말 자체가 시"라는 골의 정의나 "시의 질료는 말이다" 같은 호프만스탈의 명제와 나란히 놓는 것은 모더니즘 문학사의 고질병인 몰역사주의의 병폐다.[91] 그 까닭은 다음과 같다. 첫째, 당대의 음성주의는 음절과 소리를 천착한다는 점에서 1900년식 접근법과 충돌한다. 여기서 말하는 '소리'는 문자로 이뤄지고 글로 적히는 문학적 언어와 전혀 무관한 것으로, "한순간 정지되는 파동만을 뒤에 남기고 흔적 없이 지나가는 순수한 시적 광채"로 여겨진다.[92] 이것이 1800년경의 철학이 주장하는 바고 당대의 언어학이 경험적으로 입증하는 바다. 심지어 헤겔은 소리를 "자기 자신을 드러내 알리는 내면성으로 충만한 표현"이라 부르는데, 소리는 "시간 속의 현존재"며 따라서 "현존재의 사라짐 속에 존재"하는 까닭이다.[93] 베른하르디는 장엄하고 편집광적인 『언어론』에서, 전체 자연이 최소기의들 속에서 울려퍼지고 인간은 그 소리를 따라 할 뿐이라는 독특한 관념을 논증한다. 그는 인간이 최소기의의 부름에 따라 문자적인 것의 찌꺼기를 전부 제거하고 태초의 소리로 돌아가면 시인이라는 완성된 존재가 될 수 있다고 믿는다.[94] 헤르더의 인상적인 표현을 빌리자면, 1800년 무렵의 언어는 "바람결에 실려오는 노래를 드러내는" 것이다.[95]

둘째, 1800년식 기록시스템에서 최소기의와 문자를 동일시하는 것은 엄격히 금지된다. 감히 '아아' 하는 한숨을 여러 기표 중 하나라고 부르는 자는 히펠이 비난하는 저 매문가들과 한패다. 헤르더에 따르면, 원초적 의미들은 "삶의 맥락에서, 작용하는 자연의 전체 그림에서 다른 수많은 현상과 함께 있음으로써 감동적이고 충만한 것이 된다. 그런 모든 것으로부터 분리되고 외따로 떨어지면 당연히 생명은 사라지고 한낱 기표밖에 남지 않는다." 다시 말해서, 금지된 수학적 분석은 "자연의 소리"를 "임의로 그려진 문자"로 변질시킨다.[96]

그리하여 1800년경에는 '말씀'과 '문자'가 언어 분석의 영역을 제한하는 두 개의 경계를 이룬다. 그리고 새로 등장한 역사언어학에서 만들어진 '뿌리/어근Wurzel'의 개념이 남은 분석의 공간을 채운다. 어근은 모든 단어를 원래의 역사적 의미로 되돌려서, 모든 인도·유럽어를 고결한 핵가족의 사랑 속에 태어난 한 어머니의 딸들로 묶는다. 페르디난트 폰 뢰벤의 소설 『귀도』의 주인공은 "산스크리트어로 적힌 글 몇 편"을 보면서 이렇게 말한다. "언어는 언제나 어머니를 찾아 세상을 떠도는 성스러운 미아와 같다."[97] 그러니 이 어머니를 일단 발견했다면 더 분석하는 것은 당연히 금지될 수밖에 없다. 산스크리트어의 어근은 이처럼 분석 불가능하기에 모든 의미의 기원을 약속한다. 심지어 야코프 그림은 어근에서 한 단계 더 나아가 동사의 모음교체 행렬 아a/이i/우-u 같은 낱낱의 소리도 형태소로서 최소한의 의미를 지닌다는 대담한 결론을 도출한다.[98]

하나의 기록시스템이 언어 분석을 규제하는 방식과 언어 합성을 규제하는 방식은 언제나 서로 호응한다. 그래서 1800년경의 언어학은 분석 과정을 거꾸로 감는다는 간단한 방법으로 단어들을 재합성해낸다.

> 역사상의 모든 언어가 출현하던 때로 되돌아가서, 단순하고 미분절된 소리들이 차츰 분절되고 합성되어 단어들로 형성되는 과정을 밝혀낸다면, 그 길이 바로 자연의 길이다.[99]

이제 이렇게 역사적·체계적으로 규명한 언어학적 지식을 읽기 수업에서 실제로 적용하기만 하면 된다. 올리비에는 자신의 음성학적 읽기 교습법에 관해 이렇게 말한다.

> 낡은 철자식 방법과 마찬가지로 내 교습법에도 읽기 공부의 준비 과정이 있는데, 그것은…… 언어의 모든 단어를 순전히 자연의 방식에 따라서 명확하게 귀에 들어오는 실제적 하부요소들, 완전히 순수하고 단순한 소리 또는 '기본요소'로 분해하는 것입니다. 어린이는 마치 선천적인 언어능력이 미리 닦아놓은 길을 가는 것처럼 자연스럽게, 그저 순수하게 들리는 것에 집중하는 것만으로 이러한 분석을 이해합니다. 따라서 이 준비 과정의 훈련 내용은 그저 이렇게 완전히 분해된 순수한 기본요소들을 다시 전체로—분해된 단어의 원래 모습으로—합성해서 익숙한 형

태로 되돌리는 요령을 익히는 것뿐입니다. 이 요령은 아
주 기계적인 것이어서 대단히 쉽게 배울 수 있습니다.[100]

분석이 가장 자연스러운 자연의 길을 따르므로, 재합성도 같은 원
리로 쉽게 이루어진다. 단 의미작용의 최소단위가 존재한다는 가
설은 다른 모든 무의미한 '기계적 조립Montage'의 가능성을 배제하
며, 그럼으로써 전체 조합의 가능성을 극적으로 제한한다. (그러니
까 순열, 조합, 변이를 비롯한 수학적 조합의 가능성, 문자행을 가
로세로로 교차시키는 십자말풀이나 다른 문자 놀이의 가능성 등
이 전부 배제된다.) 언어의 분석이 언제나 기의에 다다르지 않듯이
그렇게 분석된 기본요소들의 조합이 반드시 의미를 가지지도 않
는다는 것은, 물론 이미 옛 문예공화국이 '보편 기호론Characteristica
universalis'을 풍자하면서 공공연하게 발설한 비밀이었다.

비참한 필사자가 책을 쓴다. 사실 책이란 문자들이 적힌 여
러 쪽의 종이일 뿐이다. 이 문자들이 조화를 이룬다면 그
것들로 이루어진 책도 질서정연해질 것이다. 이 문자들이
조화를 이루려면 이해 가능한 단어를 이루도록 배열해야
한다. 이렇게 만들어진 단어들은 언어를 막론하고 수없이
재배열될 수 있고 그렇게 다채롭게 재배열되는 과정에서
도 필수적인 조화가 훼손되지 않는다. 그러므로 누구나 글
을 쓸 때 자기 멋대로 단어들을 뒤섞어 써도 무방하다.[101]

스위프트가 『걸리버 여행기』에서 '라가도 연구소'로 탁월하게 묘
사한 것처럼, 재현의 시대에는 언어 분석 및 합성이 언어의 모든
수준에서 이루어졌고 무제한의 수학적 조합론에 내맡겨졌다. 반
면 1800년식 기록시스템에서는 무의미한 문자 및 단어 치환의
가능성이 무시할 가치도 없는 극히 저급한 것으로 엄격히 금지

된다. 이렇게 해서 '함축Implikation'이라는 새로운 분석 규칙이 '확장Augmentation'이라는 독특한 합성 기술과 호응을 이룬다. 이를테면 '아아ach'라는 한숨이 이미 '언어Sprache'에 포함되어 있듯이, '언어'는 이론적으로나 문자적으로나 '아아'로부터 확장된 결과라는 것이다. 확장은 의미로부터 의미를 향해 나아간다. 그것은 최소기의들로부터 의미가 자라나는 바로 그곳에서만 실행되며, 따라서 '어근[언어의 뿌리]'이라는 기본요소들이 '어간[언어의 줄기]'으로 뻗어나가고, 다시 모든 단어로 자라나는 유기적 모델을 따른다.

기계적 조립과 의미론적 확장은 역사적으로 구별되는 언어 처리 방식으로, 각각 대위법적 방식의 푸가와 동기-주제적 방식의 소나타에 비교할 수 있다. 푸가는 주제를 연속적으로 늘이거나 가속하는 것이 아니라 그저 음가를 정수배로 증폭하거나 단축한다. 푸가의 작곡 기법은 각각의 음향적 사건이 속한 행과 열을 동시에 고려한다. 게다가 역행 카논, 게걸음 카논 등으로 불리는 작곡 규칙*은 수학적 조합론의 교과서적 사례. 반면 고전주의-낭만주의 시대의 소나타는 최소한의 음악적 질료에 기본적 의미작용이 더해져서 동기를 이루고, 이 동기들이 다시 주제를 구성한다. 특히 베토벤이 가능한 한 작은 동기를 만들려는 강박적인 노력 끝에 완성한 C단조 교향곡 5번 도입부의 동기는, 최소한의 음가로 최적의 의미를 얻어내는 방법을 더할 나위 없이 명확하게 들려준다. 마지막으로 소나타에서 동기들과 주제들은 연속적 확장이라는 합성의 규칙에 따라 변주되고 전개된다. 그리하여 최소한의 의미작용으로부터 전 인류가 형제애로 화합하는 하나의 교향곡이 자라난다.

✳

*카논에서 선행 성부의 선율을 후속 성부가 뒤에서부터 거꾸로 모방하는, 모방대위법을 이용한 작곡 기법이다.

1800년경의 기초독본은 이 같은 합성 기술의 변천을 보여준다. 새로운 기초독본은 종교개혁 시대의 기초독본이 독일에 들여온 조합적 방법을 의도적으로 근절한다. 수학적 조합론은 그뤼스보이텔의 기초독본에서 처음 등장했고,[102] 이켈자머의 기초독본에서 처음으로 십자형으로 발전했다.[103] 그것은 유의미한 단어를 이루지 않는 기계적 조립 기술이었다.

| | | | | | |
|---|---|---|---|---|---|
| ba | ab | | | a | |
| be | eb | | | e | |
| bi | ib | | sch | i | rtz |
| bo | ob | | | o | |
| bu | ub | | | u | |

1800년 무렵에는 조립의 결과로 발생하는 이런 무의미에 맞서서 일종의 아동 십자군이 결성된다. 개혁 초기에는 몇몇 기초독본에 아직 사악한 '바ba' '베be' '비bi'가 남아 있었지만,[104] 얼마 안 있어 "기초독본 저자의 명예"를 지키려면 "뜻이 있는 단어만 넣어야" 한다는 생각이 일반화된다.[105] 니마이어도 이런 조립식 방법에 대해 근본적인 반대 입장을 밝힌다. "'압ab' '바ba' '입ib' '에츠etz' '크바우quau' '크바이quay' 등의 무의미한 음절 대신에, '바트Bad[목욕]' '브레트Brett[판자]' '호프Hof[안뜰]' '타이크Teig[반죽]' '찬Zahn[이]' '멜Mehl[가루]' '후트Hut[모자]' '도르프Dorf[마을]' 등 개념이 결합된 단음절 단어를 취해야 한다."[106] 여기서 핵심은 모든 글쓰기의 물질성과 조합 가능성 속에서 언제든 튀어나올 수 있는 위협적인 무의미를 근절하는 것이다. 그래서 사람들은 최소한으로 결합된 소리의 결합에서 "개념" 또는 기의의 손짓을 찾고자 한다. 독일 시문학의 신성한 태초를 알리는 파우스트의 단어들이―'진Sinn[의미]' '크라프트Kraft[힘]' '타트Tat[행위]'가―모두 그에 해당하

는 원문의 단어보다 짧은 단음절 단어였음을 기억하라. 이 단어들
은 위에 나온 기초독본의 예시들과 기능적으로 다르지 않다.

최소한의 의미작용으로부터 다른 의미들을 체계적으로 발생
시키는 진정한 의미의 확장 기술을 교육학에 처음 도입한 사람은
교사 에른스트 틸리히다. 니마이어와 파우스트가 단음절의 의미
를 "이미 완성된 상태로" 하늘에서 뚝 떨어진 것처럼 받아들였다
면,[107] 틸리히는 낱낱의 소리로부터 의미가 점진적으로 출현하는
과정을 보여준다. 틸리히의 『어린이를 위한 첫번째 읽기 교본』은
서문도 없이 대뜸 다음과 같은 문자열로 시작한다.[108]

<u>a</u> A Aah <u>h</u>
ab ba ap pa ma am Ad da at ta
An na ak ka ag ga af fa va wa
as sa aß ßa asch scha Ach cha

헤겔은 『논리학』에서, 아직 아무것도 결정되지 않은 어떤 미결정
상태의 직접성이 학문의 태초를 연다고 말한다. 여기 제시된 뭉개
지거나 덧칠되지 않은 순수한 원초적 소리는 바로 그런 미결정 상
태의 직접성에 해당한다. 또한 헤겔은 존재가 무언가 직관된 것이
아니라 순수직관 그 자체라고 말한다.[109] 마찬가지로 여기서 'a'는
주어진 언어의 기본요소가 아니라 순수발음 그 자체를 나타낸다.
그러니까 지금 이 태초의 순간에 임하는 것은 'a' 자가 아니라 '아a'
음이다. 태초의 기호 '알파α'로부터 '아아ach'에 이르는 길은 자연적
으로 주어지는 것이 아니라 어떤 목소리가 미결정 상태의 순수소
리를 덧칠하고 뭉개고 연장함으로써 비로소 개통된다. 이것이야말
로 확장의 찬란한 사례다. 모리츠는 이미 『독일 운율학의 실험』에
서 이러한 확장을 음절별 "의미"와 연관해서 묘사하기까지 했으
며, 괴테는 이에 힘입어 「타우리스 섬의 이피게니에」를 지을 수 있

었다.[110] 틸리히가 앞의 표에서 몇 가지 구식 조합법도 활용하기는 했지만, 그것은 오직 목소리를 순수한 '아' 음으로부터 최소 의미 작용으로, 다시 말해 '아아'라는 자연언어적 사태로 이끌기 위해서 다. 여기서 독자는 틸리히의 위대한 저작이 나아가게 될 전체 여정 을 축약해서 맛보게 된다. 여덟 쪽을 더 넘기면, '아' 음에서 확장된 '아아'가 다시 확장되어 몇 개의 단어들을 이루는 장면이 나온다.

아흐/아아ach    느 아흐n ach    르 아흐r ach

프르 아흐pr ach    슈프르 아흐spr ach

이렇게 해서 어린이는 자기도 모르게 자연언어에서 문화언어 로 향하는 경계를 넘는다. 틸리히의 『어린이를 위한 첫번째 읽 기 교본』은 찬란한 자기지시성 속에서 마치 마법처럼 '아아'라는 최소기의로부터 말하기의 이름을 끄집어낸다. 영혼이 "말했다 면sprach," 영혼은 이미 "아아ach"라고 말한 셈이다. 이렇게 해서 실 러의 시에 물질적으로 함축된 비밀이 입증된다. 이는 단지 실러의 시를 역으로 뒤집은 것뿐이기 때문이다. 틸리히는 이러한 교육학 적 글쓰기 기술을 차근차근 전개하여 소리가 음절로, 음절이 단어 로, 단어가 문장으로, 문장이 이야기로 확장되는 수백 쪽짜리 책 을 쓴다. 1803년의 초판본을 보면 이 책의 대단원은 「성장」이라는 이야기로 마무리되는데,[111] 이 이야기는 아우구스트 빌헬름 폰 슐 레겔이 말한 "가장 아름다운 시"의 구성원칙을 준수할 뿐만 아니 라 '어머니의 입'에서 점차 담론이 형성되는 확장의 과정에 정확 히 부합하는 이름을 갖고 있다.

　이런 식으로 생물학적인 성장의 시간과 그 시간을 계산하는 법이 교육학에 도입된다. 그것은 학교 수업의 순서뿐만 아니라 아 동의 발달 및 학습 단계를 극히 세분화해서 계산하고 규범화한다. 말하자면 아동의 성장 및 발달에 내재한 어떤 규범과 규범성을 상정하는 것이다.[112] 1900년경에는 아동 발달에 관한 실험 결과를 중요시하지만, 1800년경의 기초독본 저자들은 생물학적 언어발달 단계에 대한 교육학적 이론에만 의지한다. 틸리히는 이를 따로 부연하지 않고 논리적 확장 방법에 따라 일사천리로 기초독본을 썼지만, 페스탈로치는 비슷한 기획을 염두에 두고 좀더 고민하면서 이렇게 부연한다.

> 나는 왕성하게 음절의 행렬을 만들었고, 그런 음절과 숫자의 행렬로 책 전체를 썼습니다. 나는 철자법과 산수를 처음 배우는 모든 방법 중에서 가장 단순한 방법을 찾으려 했습니다. 내가 추구한 초급 학습법은 어린이가 1단계에서 2단계로 매끄럽게 점진적으로 나아가고, 또 2단계에 대한 완전한 이해를 바탕으로 빠르고 확실하게 3단계와 4단계로 계속 승급하는 형태였습니다.[113]

하지만 페스탈로치의 계획은 생각만큼 잘 풀리지 않는다. 특히 자연에서 문화로 매끄럽게 이행해야 하는 1단계가 문제다. 그는 "에프eph 에프라ephra 에프라임Ephraim / 부크buc 부케buce 부케팔bucephal / 울ul 울트ult 울트라ultra 울트람ultram 울트라몬타니슈ultra-montanisch [교황지상주의]" 같은 문자들의 결합을 바탕으로 하나의 학습 단계를 구성하는데,[114] 이는 (틸리히의 '아a' 음이 '아아ach'로 이행하듯이) 목소리의 연속성을 따라 나아가는 것이 아니라 그저 불연속적인 문자들을 나열하는 것뿐이다. 여기서 페스탈로치는 의미를 향해 나아가는 새로운 확장 방식 대신에 문자열을 정수배로 증폭하는 케케묵은 수사학적 방식으로 퇴행한다.

혜르더는 이렇게 억지스럽고 인위적인 소리의 결합으로 읽기 공부를 시작해서는 안 된다면서 본인이 직접 『문자 및 읽기 교재』를 쓴다. 이 기초독본은 "나는 ~이다 / 너는 ~이다" 같은 최소기의들을 이용해서 부지불식간에 문법 연습을 시킨다. 헤르더는 "처음부터 '성스러운geheiliget' '찬양하라Benedicite'처럼 너무 어려운 단어가 나와서" "어린이가 보기에는 어떻게 읽고 쓰는지 전혀 이해할 수 없는" 기존의 기초독본을 비판한다.[115] 이런 비판은 페스탈로치의 "에프라임"이나 [카를 모리츠의 소설 주인공인] 어린 안톤 라이저가 "의미를 전혀 짐작도 할 수 없었던 성서 속 인물들의 이름, 가령 느부갓네살, 아벳느고 같은 이름들"에도 고스란히 적용된다.[116] 이들은 그저 길고 고리타분한 단어들이 아니라 그 자체로 특정한 담론, 즉 신학적 담론을 구성하는 용어들이다. 이런 식의 "교회의 통치로부터 학교의 통치를 분리하는" 법은 간단하다.[117] 새로운 기초독본에서 기독교 용어를 빼버리면 된다.

이는 신 또는 여신이 절멸한다는 말이 아니다. 헤르더가 '나는 ~이다 / 너는 ~이다'로 부지불식간에 문법 연습을 시킬 때, 저 구문은 아무 말도 하지 않는 것이 아니라 그 자체로 '찬양하라'라는 명령이 아닌 다른 것을 말하고 있다. 그것은 기본적인 말하기 상황을 연습시킨다. 과거에는 다수의 사람이 하나의 신을 불렀지만 이제는 하나의 어린이가 최초의 너에게 말한다. 그리고 이 '너'라는 말이 1780년경부터는 아버지들이 아니라 어머니들을 부르게 될 것이다. 새로운 기초독본이 전달하는 최소기의들은 새로운 생애 첫 교육의 본질을 드러낸다. 핵가족에 대한 찬양이 신에 대한 찬양을 대체한다. "종교의 안정성은 의미가 언제나 종교적이라는 데서 나온다."[118]

의미를 만드는 것, 그것이 최소기의들이 부리는 술수고 최소기의들을 정의하는 핵심이다. 갓 태어난 아들을 유아 때부터 체계적으로 관찰해서 그냥 아버지가 아니라 아동심리학의 아버지가 된 심리학 교수 티데만은, 1782년 3월 14일 아기가 처음으로 "의도적으로 분절된 소리를 내고 같은 소리를 반복하는" 것을 듣는다.[119] 그러자 티데만의 아내가—티데만이 과학적 또는 유아적 관점에서 "어머니"라고 칭하는 인물이—아기에게 "'마ma'라는 음절을 말해준다." 그 결과, 유아는 11월 27일에 "몇몇 단어를 순수하게 발음하고 그 의미도 정확히 알게 된다. 다시 말해, 유아가 '파파Papa[아빠]'와 '마마Mama[엄마]'를 말한다."[120]

　　여기에는 최소기의들의 논리가 엄격하게 작용하고 있다. 아버지는 [레싱의 운문극『현자 나탄』에 나오는] 나탄처럼 자식에게 분절된 말을 전하며 가르침을 주는 대신에 한걸음 물러서서 자식에 대한 분절된 글쓰기를 한다. 직접 음절을 발음해 보이면서 어린이가 명료한 발음과 의미작용을 조금씩 시작할 수 있도록 하는 일은 이제 아버지가 아니라 "어머니"의 몫이다. 그런데 어머니도 직접 말한다기보다 어린이가 말하도록 하는 데 주력한다. 어머니가 내는 소리를 흉내내는 어린이의 입속에서 음절은 처음으로 이름이 된다. 그 음절은 모든 말하기 공부의 모태가 되는 존재를 본래의 고결하고 진정한 이름으로 호명한다. 헤르더의 인간이 암양의 '매' 소리를 의성어적으로 반복해 옮겨 말한다면, 티데만의 아들은 어머니의 '마' 소리를 복제하고 반복해서 언어로 옮긴다. 이것은 확장의 교과서적 사례다. 그리하여 어떤 "순수한 발음"과 그보다 더 순수한—지시관계로부터 자유로운—의미가 출현한다. 어린 티데만은 "사람을 부르기 위해서가 아니라, 그걸로 뭔가 말하려는 의도 없이 거의 우발적으로 '마마'라는 말"을 구사하며,[121] 그럼으로써 이상적 '어머니'가 호명될 만한 경험적 장소는 존재하지 않음을 입증한다.

　　1800년식 기록시스템에서 '마' 또는 '마마'는 아주 강력한 최소기의로 작용한다. 그것은 논의, 기록, 피드백의 대상이 된 최초의 최소기의다. 한 세기 후에는 이 '마마'가 모든 국가별 언어에 우선하는 어떤 '유아어Kindersprache'의 존재를 지시하고 그럼으로써 일반언어학에 기여하게 될지도 모르지만,[122] 지금은 아니다. 1800년경의 맥락에서 '마마'는 오히려 부모가 말해준 소리를 어린이의 입으로 반복하는 것으로서, 당대의 새로운 교육법이 남긴 서명과도 같다. 1800년경의 읽기 교육은 진정한 의미의 프로그래밍이다. 실제로 당대에는 이런 프로그램으로 돌아가는 자동기계가 개발되기도 한다. 1778년 켐펠렌 남작은 자신의 자동인형이 '마마'와 '파파'를 비롯한 몇 가지 단어를 말할 수 있다고 자랑한다. 1823년 멜첼이 파리에서 공개한 '특허받은 인형'도 수많은 단어 중 그 두 개의 단어밖에 말할 줄 모른다.[123]

　　이처럼 호기심과 임시변통에서 출발한 당대의 기술을 바탕으로, 교육학자들은 실제로 작동하는 피드백 통제회로를 만든다.(이것이 가능했던 것은, 그들이 음성학뿐만 아니라 최소기의의 화용론적 언어학도 통제할 수 있었기 때문이다.) 부제에서 이미 "자녀에게 읽기 공부를 단기간에 직접 시키는 즐거움"을 주겠다고 약속하는 슈테파니의 『기초독본』을 보자. 이 책의 첫머리에는 어머니가 입으로 직접 연습해야 할 단음절 소리들이 나열된다.[124]

유ju 요jo 외jö 얘jä 예je 위jü 이ji 야우jau

무mu 모mo 마ma 뫼mö 매mä 메me 무mu 미mi

메이mei 마이mai 마우mau 모우mäu 마마Ma-Ma

여기서 '마마'라는 원형적 단어가 은근슬쩍 출현하듯이, 책장을 넘기다보면 마찬가지로 동일한 모음들의 행렬에 h, b, p, d, t, k, f 등의 자음이 결합되면서 '부베Bu-be[아가]' '파파Pa-pa' 같은 단어들이 도출된다.[125] 음성학적 읽기 교습법은 이렇게 세 가지 소리의 결합을 나열하면서 핵가족을 의미하고 찬양한다.(아이의 관점에서 보면 이는 전혀 우연이 아니다.) 성스러운 삼위일체가 호명된 것이다. 하지만 태초에는 '마마'라는 최소기의가 있을 뿐이다. 어린 티데만의 사례가 보여주듯이, '마' 소리에서 확장된 결과가 모여 이른바 의미의 세계 전체를 이룬다.

\*

1800년경의 사회화는 [공적인 교육경로를 가로질러] 합선된 담론의 회로를 통해 이루어진다. 어머니들은 자녀에게, 특히 아들에게 말하고 읽는 법을 가르치면서, 자연언어와 옹알이에서 벗어나 어머니 자신을 부르도록 이끈다.

> 두 돌 가까이 되어 인식력이 어느 정도 발달하면, 어린이는 어머니가 말해주는 것을 모두 듣게 된다. '우리 아가, 엄마가 주는 것을 받아요.' 좀더 자라면 어린이는 언어를 다소 이해하게 된다. '우리 아가가 배고파서 뭘 먹고 싶군요. 몇 시간이나 맘마를 못 먹어서 배가 고픈데 아무도 없으면, 아무도 사랑해주지 않고 돌봐주지 않으면 기분이 나쁘겠지요. 걱정하지 마, 아가! 내가, 엄마가 여기 있어요.'[126]

이렇게 모자 관계가 [어머니와 자식 관계인 동시에 교사와 학생 관계로] 이중화되면서 역사적으로 유례를 찾아볼 수 없는 친밀한 모자 관계가 형성된다. 바제도와 마찬가지로 슈테파니도 이 관계를 묘사한 동판화를 책에 싣는다.

> 권두삽화 역시 이런 목적으로 활용할 수 있습니다. 자녀들은 여러분을 그저 어머니가 아니라 교양의 인도자로서 사랑하고 존경하는 법을 배워야 합니다. 자녀들에게 읽기를 가르쳤다면, 이 그림을 보여주고 이야기를 나눠보세요. 읽기를 가르치는 고된 일을 떠맡은 어머니를 이 아이들이 얼마나 사랑하게 되었는지, 그리고 읽기를 배움으로써 두 배의 사랑을 빚진다고 느끼는 아이들을 이 어머니가 얼마나 기꺼이 가르치는지 말입니다.[127]

하나의 그림이 어머니를 '교양의 인도자Bildnerin'로 제시 또는 도입
한다. 경험적 학습 상황이 이상적·프로그래밍적 학습 상황과 겹쳐
지면서 1800년의 핵심 개념인 '교양Bildung'이 출현한다. 실제로 개
혁적 교육학은 두 가지 학습 상황이 완전히 일치될 수 있다고 보
장하면서 핵가족의 중심부를 에로틱하게 이중화한다. 슈테파니
와 호도비에츠키의 동판화는 모두 '자녀와 함께 있는 어머니'에게
'자녀와 함께 있는 어머니'가 교육을 하는 모습을 보인다. 이 그림
들은 그 자체로 핵가족의 이중화를 성취한다. 알파벳을 사용하지
않는 방식으로, 그러니까 태곳적이고 태초적인 동시에 더없이 행
복하고 완성된 형태로 새로운 알파벳 학습법을 묘사함으로써 말
이다. 오로지 이 그림 속에서만 어린이는 "어렵지도 힘들지도 않
게…… 책의 세계로" 진입할 수 있다. 이는 슈플리테가르프가 『그
림으로 보는 새로운 ABC 교재』에서 이러한 진입을 약속할 때 순
진한 역설을 감수해야 했던 것에서도 드러난다. 글로 적힌 위안을
읽어서 이해하려면 먼저 글을 익히고 사회화하는 고통을 견뎌야
하기 때문이다. 그러니 슈플리테가르프의 경우 위안은 언제나 너
무 늦게 도착하는 셈이다. 하지만 동판화나 그것을 둘러싼 모자의
대화는 다르다. 그것은 '마'에서 '마마'로, 자연에서 문화로, 소리

어머니는 너를 사랑하시고 또 인도하시니,
어머니를 두 배로 공경하라.

에서 언어로 미끄러지듯 이행한다는 음성학적 읽기 교습법의 목표를 다시금 눈앞에서 성취해낸다. 원초적인 교육자가 안겨주고 또 그만큼 돌려받는 "사랑" 속에 이미지와 구술적인 말이 작용하여 문자로 된 글을 새겨넣는다. 슈테파니가 어머니들에게 전하는 충고는 이 이미지를 끝없이 강화하는 프로그램이다. 알파벳 공부는 비록 어머니들에게는 "고된 일"이지만 어린이들에게는 더이상 힘들게 견뎌야 하는 절단이나 고통의 경험이 아닌 것으로 상정된다. 원래 알파벳 공부는 인간의 육체에 데이터 저장 및 기억 기술을 새겨넣는 극복 불가능한 폭력 행위로서 언제나 기억에서 미끄러지기 마련이다. 그런데 1800년식 기록시스템은 어머니의 사랑 속에서 알파벳을 배우는 장면으로 되돌아갈 수 있게 해준다.

어머니를 죽이고 태어난 장자크 루소가 대여섯 살이 되었을 무렵, 비탄에 빠진 홀아비는 숨길 수 없는 빈자리로 루소를 이끌었다. 이들은 한때 어머니가 눈으로 보고 손으로 만졌던 소설책들을 밤마다 큰 소리로 읽었다. 루소는 이렇게 에로틱한 긴장으로 충전된 책더미를 모두 소모한 후에야 비로소 낮의 세계로 걸어나와 아버지가 지배하는 문예공화국의 서재로 옮겨갈 수 있었다. 어떤 폭력과 우연이 한 아이와 그의 읽기 능력을 어머니의 빈자리로 들여놓았다. 그래서 이 『고백록』의 기록자는 자기가 1717년 무렵에 어떻게 "읽기를 배웠는지" 알 도리가 없었다. 그는 단지 "초기의 독서와 그 효과"만 기억할 수 있었는데, 그것은 물론 [어머니가 결핍된] 고독한 성적 자극이었을 것이다.[128]

그런데 1800년경이 되면, 우연은 프로그램이 되고 폭력은 사랑이 된다. 카를 하인리히 폰 랑의 『회고록』은 어머니의 다정한 읽기 교육을 증언하는 가장 오래된 문헌 중 하나다. 랑은 어머니의 교육이 "너무 지루하고 바보 같았다"라고 썼지만,[129] 이것은 얼마 안 있어 대단히 광범위하고 영향력 있는 쾌락으로 출현했다. 루소와 빌란트가 아버지에게 읽기를 배운 데 반해, 슐라이어마허, 얀,

티크, 라우머, 야코프 그림과 빌헬름 그림 형제는 어머니에게 읽기를 배웠다.[130] 심지어 뷔허너의 낭만적인 어머니는 읽기, 쓰기, 산수뿐만 아니라 실러, 쾨르너, 마티손의 시도 가르쳤다고 한다. 이렇게 일단 어머니의 사랑이 이중적 의미로 성립되어야 비로소 유아기의 알파벳 공부를 기억하는 것이 가능해진다. 루소가 읽기 공부를 기억할 수 없었던 것은 이 사랑을 경험하지 못했기 때문이다. 어머니는 읽기를 가르치는 동시에, 자신이 주는 사랑의 선물이 잊을 수 없는 것임을 가르친다. 19세기의 수많은 자서전은 그 결과이자 증거다.[131]

　　이러한 기억 가능성은 더욱 강화될 수 있다. 기초독본에 대한 향수, 훗날 메르헨 수집가 호브레커를 통해 벤야민에게 전염될[132] 이 감정에 대한 최초의 증언은 1809년에 나타난다. 법률가이자 공무원이었던 헴펠은 자신의 느낌이 아니라 법조문에 따라 피고에게 형을 선고해야 하기에, 그들의 한숨 소리에 밤새 잠을 설치며 괴로워한다. 그가 찾은 유일한 위안은 최초의 기초독본에 대한 기억에 도취되어 그 책에 적혀 있던 문자들에 관한 환상적인 논평을—거의 책 한 권 분량으로—써내려가는 것이다.

　　그래! 그게 너였지, 사랑하는 ABC 책아! 네가 이 지옥 같
　　은 수렁에 빠진 나를 사악한 정령들이 만든 고문실에서
　　구해내어 즐거운 어린 시절로 돌려보내고, 달콤한 기억이
　　담긴 회상의 잔으로 내 목을 축여 영혼의 고통을 치유해
　　주었으니! 나는 내 봄날의 천국 같은 풀밭을 거닐며 잃어
　　버린 연인에 대한 상념에 잠긴 듯이 강렬한 그리움에 사
　　로잡혔다.[133]

하지만 그는 이토록 열렬하게 논평하면서 한 가지 중요한 사실을 잊고 있다. 아리스토텔레스 이래로 희극이나 비극이나, 그가 사랑

하는 ABC 책이나 그가 진저리치는 법전이나 문자로 적힌 것은 매한가지라는 것 말이다. 이 사법공무원이 ABC 책으로 읽기를 배운 것은 오로지 법전을 해석하고 적용하는 능력을 키우기 위해서였다는 진실을 깨닫는다면, 그는 자기가 선고를 내린 법의 희생양들과 똑같이 고통받고 괴로워할 것이다. 법의 토대가 되는 기억 및 저장 기능이 "회상"의 환영을 지배할 때, 그것은 제 이름에 걸맞지 않게 진실을 망각하도록 유도한다. 그리하여 회상은 이미 언제나 "잃어버린" 것으로 나타나는 유년기 연인을 천국 같은 광채로 감싼다.

티크에게 알파벳을 이미지와 연관지어서 가르치고 그를 통한 배움의 과정을 기억하도록 지도한 유년기의 어머니-연인은 실제 친어머니와 동일인이다. 그는 자신의 첫번째 전기 작가에게 어떻게 "어머니의 무릎 위에서 문자를 배웠는지" 이야기한다. "상상의 도움을 받으면서 배움의 속도는 더욱 빨라졌다. 상상한 것들이 살아 있는 것처럼 보이면서 온갖 유쾌한 형태로 변화했다." 그렇게 "네 살도 채 안 되어" 읽는 법을 배우고 평생 그 쾌락을 기억하는 법을 배운 어린이는 유쾌한 인물들을 노래하는 낭만주의 시인이 되도록 이미 정해져 있다.[134] 그런 기억이 있기 때문에, 그는 여주인공이 어린 시절 폭압적인 계부의 손아귀를 벗어나 인적 없는 숲속에서 지혜로운 어머니로부터 "끝없는 즐거움의 원천"인 읽기를 배웠다고 회상하는 메르헨을 쓸 수 있다.[135]

읽고 쓰는 법을 배우는 경험에 관한 글쓰기는 하나의 거대한 피드백 루프를 완성한다. 그것은 모든 사회화가 시작된 장소로 돌아가서 그 장소를 망각으로부터 구해낸다. 여기서 '어머니'는 자연이자 이상으로서 1800년식 기록시스템 전체가 지향하는 하나의 구심점으로 나타난다. 일정한 규제 아래 상호작용하면서 기록시스템을 이루는 다양한 담론은 오로지 화용론적 차원에서만 구별된다. 각각의 담론은 서로 다른 길로 우회하지만 결국 하나의 원천으로 되돌아온다.

## 모성과 공무원 조직

1800년경의 교육학 담론은 기존의 정형화된 교육경로를 가로질러 직접적이고 저항이 없는 합선의 지점을 찾아낸다. 명시적으로 어머니들을 겨냥한 당대의 교육 지침서들과 기초독본들은 이 특별한 수신처와 합일하기 위해 본연의 문자성을 제거한다. 책들은 '어머니의 입'이 그저 입 자체를 경험하도록 유도하고, 그럼으로써 '어머니의 입'에서 녹아 없어진다. 슈테파니의 『기초독본』은 이런 소멸의 모범적 사례다. 이 음성학적 읽기 교습법은 읽기 공부가 큰 '타자'의 담론으로부터 분리될 수 있는 것처럼 꾸미면서 책과 알파벳의 문자성을 어떤 특별한 목소리로 대체한다. 글을 소리내어 읽거나 남의 말을 흉내내는 것이 아니라 표준어 또는 모국어의 순수소리를 순전히 자연발생적으로 생성하는 목소리로. 하지만 슈테파니의 책을 보기 전까지 읽는 법을 배운 적이 없던 어머니들이 하얀 종이 위에 휘갈겨진 글씨들을 정확히 발음하는 방법을 대체 어떻게 알 수 있단 말인가? 애초에 그들은 『기초독본』 자체도 이해할 수 없을 텐데 말이다. 이에 대해서는 아무도 뾰족한 답을 내놓지 못한다. 『기초독본』은 이상화된 '어머니'의 상을 지키기 위해 저 자신이 책이라는 사실을 잊고 만다.

어머니들을 위한 페스탈로치의 교육학 　이 같은 합선의 시도는 페스탈로치의 자기도취적인 문장에서 노골적으로 나타난다. "이 책은 아직 나오지 않았으나, 이 책이 작용함으로써 사라져가는 과정이 내 눈에는 이미 보입니다."[136] 그는 『어머니들의 책』 서문에서, 모든 교육학적 내용을 "여러분의 영혼과 여러분 자녀의 영혼에 완전히 집어넣겠"다고 약속하면서 이렇게 부연한다.

　　　나도 이 책의 내용이 그저 형식에 불과함을 알지만, 형식
　　　으로 작용하는 이 내용이 바로 여러분과 여러분의 자식에

게 정신과 생명을 불어넣는 어떤 힘의 외피입니다. 어머니여! 완전성의 정신과 힘을 품고 있는 이 책의 내용은 그 정신과 힘을 여러분의 정신과 여러분의 힘으로 만들어줍니다. 여러분의 자식을 위해, 여러분은 그렇게 해야만 하고, 할 수 있습니다. 그렇지 않으면 이 책은 아무 소용이, 정말 아무짝에도 소용이 없습니다. 이것은 진리니 소리 높여 말합니다. 내 방법론의 동지들이여, 그리고 적들이여! 이런 특성들을 직접 검증해보십시오. 그리고 시험의 통과 여부에 따라서 내 방법론을 택하거나 폐기하십시오. 이해력을 갖춘 모든 어머니가 이 형식을 수단으로 삼아 주의깊게 충분히 연습한 끝에 더이상 책에 의지할 필요가 없어지지 않는다면, 그래서 심리적 확신을 가지고 책을 덮고 자기 스스로 목표를 향해 나아갈 수 있게 되지 않는다면, 내 방법은 아무 쓸모도 없다는 것—이것이 맨 먼저 소리 높여 하고 싶은 말입니다.[137]

과학적 방법론의 유용성을 판별하는 이보다 더 기이한 검증 척도도 없을 것이다. 페스탈로치는 그저 형식을 전달할 뿐이고, 그 형식은 어머니들이 어떻게 활용하느냐에 따라 물질적 실체를 갖게 되거나 잃어버린단다 말이다.[138] 이 남성의 책은 책으로서의 존재를 상실해야 비로소 유용성을 획득한다. 이 책은 심리적 확신을 가지고 모든 교육학이 어머니들의 타고난 교육적 재능으로부터 도출된다는 새로운 교육학을 선언한다. 그리고 결국 마찬가지의 심리적 확신을 가지게 된 교육적 재능을 타고난 어머니들에 의해 폐기된다.

　이상적 '어머니'는 담론의 원천인 동시에 글로 적힌 것을 집어삼키는 심연으로서, 글을 순수정신과 순수목소리로 변화시킨다. 어머니 자연에서 솟아나 다시 그 속으로 집어삼켜지는 것은 괴테의 「방랑자의 밤노래」 이후 서정적인 문학으로 형상화된 자장가만이 아니다.[139] 실증적인 학문도 소멸을 피할 수 없는 것은 마찬가지다. 교육학 책들은 교육학 담론을 성립시키기 위해 표지와 책제목에서부터 책의 폐지를 주장한다. 교육학 담론은 책더미에서 생명의 원천으로 전향한 파우스트의 서사를 문자 그대로 실현한다. 모든 담론의 계통발생적 원천이 책으로 응결된 담론들을 다시 들이켠다. 그러니 『어머니의 책』이 결국 완성되지 못한 것도 당연하다.

이처럼 책을 통한 전파가 한계에 봉착하자, 이번에는 독일 정부들이 이 원천에 접근한다. 다수의 정부가 스위스 이베르동에 위치한 페스탈로치의 학교를 모범 사례로 연구하고 직접 참관인까지 보낸다. 작센왕국은 고위직 교육공무원을 파견하는 정도에 그치지만,[140] 프로이센왕국은 아예 젊은 사람들을 보내서 "새로 개발된 국민교육의 방법을 전방위적으로 검증하고, 최신 교육학이 제공하는 모든 경험을 최대한 활용"하려 한다. 여기에는 젊은이들이 "돌아올 때는 탁월하게 유능한 미래의 신민이," 다시 말해 공무원이 되어 있으리라는 명확한 비전이 깔려 있다.[141] 책이 종적을 감추고 사라진 자리에 국가가 나타난다. 니체는 자기 세계의 교육기관을 아주 정확하게 진단한 셈이다.

> 실제로 말을 불러주는 것은 어머니다. 그 어머니가 사악하든 잘못 알고 있든 간에, 교사는 국가공무원으로서 어머니를 흉내내지 않을 수 없다. 어머니는 국가라는 아버지의 배에 탯줄 같은 고삐를 비끄러맨다. 아버지의 몸에서 모든 움직임이 일어나지만, 그 아버지는 '양육하는 어머니/모교母校Alma Mater'를 본뜬 것이다.[142]

페스탈로치가 온갖 술수를 써서 불러내려 했던 저 '어머니' 또는 '양육하는 어머니'는 문자 기반의—어머니의 캐리커처인 동시에 어머니로부터 이어쓴—관료제 장치 속에서 실증성을 획득한다. 로호의 개인적 기획이 국가적 규모로 실현되면서 독일의 국민교육 시스템이 만들어진다. 그리하여 '어머니의 입'에서 사라진 교육학 담론은 행정기관 속에서 재출현하여 증식한다. 이는 "어머니여!"라는 절대단수 옆에 "내 방법론의 동지들이여, 그리고 적들이여!"라는 호명을 병치하여 전문 관료들의 "검증"을 독려하는 책의 호명 구조에도 부합한다. 이제 슈타인, 피히테, 훔볼트 같은 프로이센왕국의 개혁가들은 페스탈로치가 원한 대로 그가 개발한 국민교육의 방법을 전방위적으로 검증하기만 하면 된다.[143] 그것은 유용한 교육법으로 판정되어 다시 한번 소비될 기회를 얻을 것이다. 다시 태어난 이 새로운 국민교육 시스템의 임무는 모든 시민을 [나폴레옹에 맞서는] 해방전쟁의 군대로 호명하는 것이다. 이제 '어머니'에 이어 공무원들이 교육학 담론을 들이켤 차례다.

　　이는 정부가 여성 담론 생산자와 교육학 담론의 합선을 훼손한다는 말이 아니다. 어머니는 자연, 즉 자기 자신에게서 일차 교육의 권한을 부여받으므로 정부가 그 권한을 빼앗을 수 없다. 파우스트가 '생명의 원천'이라 부르던 것은 이제 제도화된다. "어린이는 어머니로부터 모유뿐만 아니라 최초의 개념들을 들이켜며," 따라서 어머니는 "교육자가 되어야 한다."[144]

　　바로 이것이 1800년 무렵의 국가를 지배한 금언이다. 나폴레옹은 스스로 왕위에 오르던 해, 그러니까 레지옹 도뇌르 훈장을 제정하던 해에* 접견실로 캉팡 부인을 부른다. 캉팡 부인은 앙투아네트 왕비의 시녀장 출신으로, 왕비가 단두대에서 처형된 후 비천하게 전락한 인물이다. 이 자리에서 나폴레옹은 캉팡 부인에게 에쿠앙에 레지옹 도뇌르 훈장을 수훈한 전사자들의 딸, 자매, 질녀들을 위한 국립교육기관을 설립하고 지휘하라고 명한다. 하지만

　　　국가적 모성

*나폴레옹이 황제의 관을 받은 것은 1804년이지만, 레지옹 도뇌르 훈장을 창설한 1802년에 종신통령으로 취임하면서 사실상 왕으로 군림한다.

궁중의 암투만 알았지 개혁국가에 대해서는 몰랐던 캉팡 부인은 고위 장교의 딸들에게 무슨 국가적 사명이 있는지 잘 이해하지 못한다. 그러자 누구에게 레지옹 도뇌르를 수훈하고 어디에 대포를 발사할지 결정하는 이 명령권자는 다시 풀어서 말한다. 어머니들은 자식을 교육해야 한다고.[145] 독일 행정부는 이 명령을 더 우회적이고 더 효과적인 방식으로 즉각 실행에 옮긴다. "지금," 그러니까 1800년식 기록시스템 속에서, 국가정치학 담론은 여성 교육을 가장 "성스러운 책무"로 받아들인다.

> 국가의 책무는 딸들이 미래에 더 훌륭한 어머니가 되도록 교육하여, 먼 훗날 미래의 남녀 국민들을 맨 처음 교육하고 육성하는 임무를 전보다 더 유능한 사람에게 위임할 수 있도록 전력을 다하는 것이다. 지금은 미래의 국민들 중 상당수를 그저 방치하고 있는데 이래서는 안 된다. 내가 거듭 주장하는바, 여성 교육에 관심을 기울이는 것이 국가의—그리고 국가에게서 국민교육 문제를 위임받은 모든 사람의—가장 성스러운 책무다. 교육성 장관들, 종교법원회 의장과 의원들, 장학관과 그 외 담당자들이 합당한 여성 교육 및 교양 문제에 무관심한 것은 인류에 대한 모독으로 마땅히 규탄받아야 한다.[146]

여성 담론 생산자를 생산하는 것은 이제 국가의 책무가 된다. 교양국가Bildungsstaat는 그저 닮은꼴을 반복해서 순환시키는 생물학적 재생산을 문화적 생산으로 변모시킨다. (아리스토텔레스식으로) 단순히 인간이 인간을 잉태하는 것이 아니라, 어머니다운 어머니들이 더욱더 많아져야 하는 것이다.

이것이 역사적으로 새로운 "여성의 사명"이다. 1802년에 나온『정신을 고양해야 하는 여성의 사명에 대하여』라는 책을 보자.

이 책은 제목부터 당대의 전환을 명시적으로 드러낸다. 정치경제학자 유스티의 딸로 태어나 새로운 기록시스템의 정치학적 비의를 전수받은 저자 아말리아 홀스트는 고등교육 덕분에 여성들이 과거의 무력함이나 종속성을 상쇄하게 되는 것이라고는 꿈에도 생각하지 않는다. 오히려 홀스트는 옛 유럽의 가부장들이 권력을 가졌다고 착각해왔을 뿐이라며 조롱한다. "지배력을 과시하는 남편일수록 실제로 가진 지배력은 변변찮다."[147] 또다른 여성은 국가가 여학교와 여성 사범학교를 운영해야 할 필요성을 더 간명하게 정당화한다. "남성들이 듣고 싶어하든지 말든지, 세상을 지배하는 것은 여성들이다."[148] 모든 면을 고려할 때, 정신의 고양은 무력함을 벌충하는 것이 아니라 권력을 변화시키는 것이다.

> 하지만 우리는 더이상 지금과 같은 통치 방식을 원하지 않는다. 우리는 잠에서 깨어나, 여지껏 우리가 잡고 있던 줄, 무대 뒤에서 세계라는 거대한 무대의 기계장치를 조종해왔던 보이지 않는 줄을 내던진다. 우리 자신을 숨기고 힘과 책략으로 우리의 목적에 도달하는 것은 우리의 인간적 존엄에 미달되기 때문이다.[149]

전통적인 마리오네트 인형극은 여성들이 전략적·정치적 법칙에 따라 성별 간 전쟁에서 승리를 쟁취하는 방식을 효과적으로 형상화한다. 그러나 여성들은 권력의 "더 중요한" 형태를 주장하면서 구태의연한 인형극 속 승리를 경멸한다. 원래 옛 유럽의 교육학이 문화에 대한 여성들의 영향력을 확립했을 때, 그 영향력은 언제나 주변 남성들의 세계에 한정되어 있었다.[150] 따라서 거기에는 정치적 차원이나 성애적 차원으로 확장할 수 있는 힘이 프로그래밍되어 있지 않았다. 그런데 1800년경 여성들의 영향력이 남성들의 세계가 아니라 어린이의 세계로 향하면서 상황이 달라진다.[151] 홀스트는 교육을 통해 먼저 여성들의 정신을 고양하고, 그다음에 "남녀의 생애 첫 교육"을 맡기고, 그럼으로써 여성의 "영향력"을 확보하려고 한다. "우리는 [여성의 영향력을] 저들이 국가적 혁명 상황에서 발휘하는 영향력보다 훨씬 더 중시한다. 우리는 모든 개인이 앞으로 가지게 될 인격의 토대에 영향을 끼치는바, 따라서 국가 전체에 영향을 끼친다고 생각할 수밖에 없다."[152]

그리하여 여성들은 혁명가의 역할을 명시적으로 거부하면서 혁명을 능가하는 영향력을 획득한다. 모성이라는 성적 사명이 심리적 권력을 발휘하여 국가를 하나의 전체로 만든다. "세속적 여성" 대 "어머니," 또는 간계 대 교양, 사치 대 양육―이렇게 여성들은 전과 다르게 코드화되어 절대적 '진리'로 탈바꿈한다.[153] 오로지 이 진리만이 무질서한 집적물을 폭력에 의존하지 않은 채 통합적인 전체로 변화시키고, 인간을 "가장 고귀한 의미에서 전인적 인간으로 형성"시키며,[154] 한 줌의 기만도 없이 당당하게 승리를 쟁취한다. 그리하여 '어머니'는 '진리'의 동의어가 된다. 아동교육을 통해 인간 존재의 가능성을 규정하는 여성은 모든 경험적·정치적 조건을 넘어서 진정한 초월론적 권력을 손에 쥔다.

따라서 국가는 이런 진리의 심급을 결코 지배하지 못하고 그저 묵인할 따름이다. 국가는 특정 영역에서 사법적·관료적·정치적인 권력의 수단을 포기하는 대가를 치르면서 모성 기능을 수립한다. 일례로 1811년 개교한 베를린의 루이제 학원을 보자. 이것은 교양계급의 소녀들을 교육자로 양성하기 위해 설립한 교육기관으로, 그 전해에 사망한 프로이센왕국의 루이제 왕비 이름을 따서 명명되었다. 공교롭게도 루이제 왕비는 노발리스가 정치권력을 가족화했다고 칭송한 인물이자 홀스트가 자신의 책을 헌정한 인물이기도 하다.[155] 계획안에 따르면 루이제 학원은 그냥 학교가 아니라 "하나의 거대한 가족"으로, "남성 교장은 아버지, 여성 교장과 여성 교사들은 어머니라고 호명된다."[156] "모든 것이 순전히 가족 관계를 본떠 만들어진" 이런 "젊은 여성의 집"을 "국가별·지역별로 갖추어" 이상적인 '어머니'의 이미지에 부합하는 어머니들을 양산하는 것이 이 계획안의 궁극적 목표다.[157]

교양으로 인도하는 어머니들, 이들이 어머니로 양성하는 젊은 여성들, 다시 이 여성들이 양육하는 어린이들 사이에서 끊임없이 성장하는 담론의 흐름, 즉 순수진리가 흘러넘친다. 이 흐름은 정치적 흐름들을 가로지르고 그럼으로써 자신의 권력을 확보한다. 페스탈로치의 교육학적 이중 호명을 떠올려보라. 그는 먼저 어머니를 부르고 그다음에 교육학자 또는 국가공무원을 부르면서 바로 이런 분리를 선보인다. 『여성의 시민적 지위 향상』에서 여성의 공무원 임용을 주장한 고위 행정공무원 테오도어 히펠의 예외적인, 조금은 아이러니한 사례를 제외하면,[158] 개혁가들은 여성과 남성을 불문하고 "그렇게 시민적 관계가 전면적으로 전복되면" 오로지 "혼란이 초래될 뿐"이라고 여긴다.[159] "여성"이 "국가 업무를 직접적으로 담당하는 일은 없어야 한다." 왜냐하면 "천성적으로 여성에게만 주어진 사명이 국가공무원의 기능과 충돌할 것이기 때문이다."[160] 히펠은 (오늘날의 관점에서) 진리를 말한 셈이지만, 어쨌든 당대의 담론 내에서는 진리와 거리가 멀었다.

여성을 국가권력과 국가의 관료제 담론에서 배제한다고 해서 그냥 그 존재가 무시되는 것이 아니다. 여성을 배제한다고 해서 그녀들의 사명을 규정하지 않거나 그녀들의 성취를 활용하지 않는 것이 아니다. 오히려 여성은 공무원에서 배제됨으로써 담론을 불러내고 마법적으로 자연화하는 '어머니'라는 공무를 맡는다. 여성은 "남편을 통해서만 국가, 교회, 공중 등과 연결"되기에 "본래의 자연 상태로" 살아갈 수 있다.[161] 이렇게 어머니와 가족을 공무원과 국가로부터 분리해야만, 경험적 지식으로 모성 기능이 훼손되는 것을 막을 수 있다. 훗날 이 경험적 지식은 '여성학 연구'라고 불리게 될 것이다. 히펠이 바란 대로 "미래에 여성 의사, 여성 법률가, 여성 목사 등이" 생산되면, "어린이들이 완전히 방치되어 비뚤어질" 수밖에 없다.[162] 따라서 배제는 파문이 아니다. 그것은 국가를 떠받치는 새로운 공무원 집단과 새롭게 규정된 여성적 사명 간에 생산적 상호보충 관계를 수립한다. 이상화된 '어머니'는 국가의 근간을 이루는 큰 '타자'가 된다. 장관들, 종교법원회 의원들, 장학관들에게 (그러니까 교육 공무를 담당하는 수장들과 그 휘하의 구성원들에게) 모성 기능을 다른 모든 정치적 문제보다 우선시할 것을 요구하는 저 열정적인 청원이 그것을 입증한다.

독일 고전주의에서 성性의 철학은 이런 상호보충을 전면화한다. 괴테의 『친화력』에 나오는 교육학자는 다음과 같은 말로 "교육 문제 전체를 간단히 표현"했다. "소년들을 [국가의] 종복으로 키우고 소녀들을 어머니로 키우면, 다 잘 될 겁니다."[163] 이제 철학자는 이렇게 실용적인 금언을 이론적으로 뒷받침하기만 하면 된다. 하이덴라이히의 『남성과 여성』에 따르면, "인류는 오로지 국가 안에서만 최고의 정신적 계몽에 도달할 수 있었기에," 자연은 "국가 수립, 질서 유지, 통치와 관리"를 담당하는—궁극적으로 교육학적 관료 또는 "인류의 교사"에 이르는—하나의 성을 발명했다.[164] 하지만 인간이 동물과 달리 문화적으로 생산적이고 완벽한 존재가 된다고 해도 결국은 생물학적 방식으로만 재생산되기에, 자연은 남성과 다른 또하나의 성을 준비했다. 이들은 가장 성스러운 근거에 입각하여 공무원이 되지 못한다. 여성은 "오로지 무력한 어린이들의 어머니로서, 말하자면 남성처럼 국가를 위한 도구로 복무하지 않아도 그 자체로 국가의 목적이 된다." 그리고 인류 특유의 "문명과 문화의 발전 단계"에 따라 국가 "행정"이 갈수록 복잡해지므로,[165] 남성들의 직무는 역사적으로 끝없이 성장하는 공무원 조직을 이루는 것이며, 그 힘겨운 과정의 목적은 오직 하나, 이 지상에서 유일하게 그 자체로 목적이 되는 '어머니'를 실현 가능하게 만드는 것이다.

남성의 공무 또는 공무원 조직은 1800년 전후로 새로운 단계에 진입한다. 근대 초기의 독일 영방군주들은 지식계급과 이를 양성하는 시스템을 비공식적으로—일부는 영방교회에 위임하는 방식으로—영방정부에 결부시켰다. 처음에는 법학자들과 신학자들이, 1700년경에는 의학자들이 그뒤를 이었다. 군주가 관료제 국가라는 새로운 우상으로 대체되고 군주의 종복이 국가공무원으로 대체되면서,[166] 과거의 신분질서로부터 어떤 보편적 질서가 솟아난다. 어떤 시인 겸 국가공무원이 간결하게 표현한 대로, "모든 국민은 국가공무원이다."[167] 여기서 근대의 공무원 양성 시스템은 중세나 초기 근대의 시스템과 근본적으로 결별한다.[168] 1800년경에는 역사상 처음으로 인류나 인간성보다 상위의 개념으로서 '보편적 공무원'이 출현한다.

슈타인 남작이 한탄한바, 옛 프로이센에서 '주군의 종복들'은 학문에 무지했고 "문예는 거의 금기시되었다."[169] 그래서 훔볼트는 공무원 채용 방식을 혁명적으로 새로운 척도에 입각한 일반적 검증 시스템으로 변경했다.

> 인류에 관해 다방면으로 어떤 개념을 가지고 있는가, 인류와 존엄과 이상을 전체적으로 어디에 두는가, 이에 대해 지적으로 얼마나 명증하게 생각하고 또 어떻게 느끼는가, 그가 교양의 개념을 얼마나 넓힐 수 있는가. 이것이 국가의 고위공무원을 뽑을 때 가장 중요한 문제다.[170]

정신, 인간, 교양, 이런 것을 영방국가의 판사나 영방교회의 목사를 선발하는 척도로 삼는 것은 참으로 황당할 터다. 하지만 문학과 철학을 공부한 현직 공무원, "인간들의 내적 조건"도 "지속적으로 향상시켜나가야 하는" 이들은 하이덴라이히의 아름다운 표현을 빌리자면 "인류의 교사"고 슈테파니의 신조어를 차용하자

면 "교육공무원"이다.[171] 이렇듯 1800년경 독일 국가공무원이 획
득한 새로운 위상은 "이제 근대적 교육체계를 기존의 법과 법률
제도, 공중보건 및 의료 영역과 동등하게 취급해야" 한다는 주장
에 기초한다.[172] 그리하여 온갖 박사, 문필가, 성직자뿐만 아니라
철학석사도 국가적 목적을 체현한다. 1787년에 프리드리히 아우
구스트 볼프는 "문법학교 교사 양성을 위한 문헌학 사범학교"를
설립하라는 정부의 명을 받는다. 그가 세운 학교는 "교사 신분이
따로 제도화되기 20년 전부터" 교회와 별도로 교사들을 배출한
다.[173] 1794년 프로이센 일반란트법은 김나지움 교사와 대학 교수
를 왕실공무원으로 선포한다.[174] 그리고 이 창세기가 끝날 무렵인
1817년, 프로이센 문교부는 친히 공식적으로 국가를 "넓은 의미
의 교육기관"이라고 칭한다.[175] 이것으로 하나의 원이 닫힌다. 국
가가 법과 처벌을 넘어 현대적인 보편적 훈육의 가능성을 확보하
려면 '교사'라는 가장 보편적이고 "가장 필수적인 국가공무원 계
급"과 계약해야 한다. 『국가의 최고 목적에 기초하여 작성된 교
육받은 학교 교사의 주장과 권리』의 결론부에서, 교사는 계약서
를 연상시키는 평이한 문체로 국가를 향해 다음과 같이 말한다.

> 그대가 없으면 우리의 직업이 완전히 무의미해지듯이, 우
> 리가 없으면 그대는 도덕적 품격을 잃고 아무것도 이루지
> 못하게 된다는 것을 알아야 한다.[176]

"법치국가의 기틀이 잡혀나가던 19세기 초에" "'국가' 관념과 '교
양' 관념이 한 덩어리로 표상되면서" "글을 배운 신분은 국가를 운
영하는 계층으로" 진급한다.[177] 이제 교육공무원은 다른 모든 행
정관료와 국가관료에 필수불가결한 읽기와 쓰기의 복합적 기능
을 규제한다. "읽고 쓰지 못하면 통치할 수 없다."[178] "공무원 조직

과 관청의 권한별 위계질서 전체에서 관료제 원칙이 강화되는” 시대에,[179] 인간성과 문해력이 동일시되는 것은 필연이다.[180]

하지만 다른 인간들을 공무원으로 만들거나 다른 공무원들을 인간으로 만드는 또다른 공무원들을 신경써서 생산하지 않으면 시스템의 중심에 큰 구멍이 뚫릴 것이다. 교육공무원들을 양성하고 업무상 읽고 쓰는 일을 해야 하는 행정관들에게 읽고 쓰는 법을 가르치는 별도의 담당자가 필요하다. 이 같은 훈육적 권력이 기본 전제가 되어야 한다는 것이 불가결한 만큼 굳이 명문화되지 않는데, 왜냐하면 그것이 시스템의 중심이기 때문이다. 헌법과 행정학은 그저 국가와 공무원 조직을 연결할 뿐이며, 교육학은 그저 어머니와 자녀를 연결할 뿐이다.[181] 이 두 개의 노선은 시의 행간에서 한데 모인다. [클라이스트의 『홈부르크 공자』에서] 선제후의 명령을 자의로 어기고 사형을 선고받은 국가공무원 홈부르크는 연인을 떠나보내면서 마인 강변의 산골에서 자기와 꼭 닮은 금발의 곱슬머리 소년을 찾으라고, 그 아이를 품에 안고 “엄마”라고 말하도록 가르치라고 부탁한다.[182] 그렇게 해서 또하나의 신입 공무원이 충원될 것이다.

이렇듯 다양한 담론들이 마치 하나의 환영이 부서져서 생긴 낱낱의 조각들처럼 짜맞춰지면서 마지막 빈자리가 드러난다. 그것은 모성과 교육공무원을 잇는 연결고리다. 그것은 명문화되지 않지만 불가피한 것이니, 여성의 모든 사명이 이를 증명한다. 오로지 ‘어머니’가 유아의 알파벳 공부를 관리한다. 오로지 ‘어머니’가 인간을 교육하여 유일무이한 전인적 인간을 형성한다. 교육학 담론은 이 ‘어머니’라는 원천 속에서 눈 녹듯이 사라진다. 하지만 그것은 다시 교육공무원의 업무로 부활한다.

사회사적 관점에서는, 1800년경의 여성들이 가부장의 종속물이었던 상황에서 벗어나 남성들과 대척적이고 보충적인 관계

를 맺는 것이 공무원 조직이 심화되면서 공무를 수행하는 교양 있
는 시민계급이 부상한 결과라고 해석한다. 거시사회적 과정이 원
인이 되어 성적인 차원이 변화했다는 것이다.[183] 이것은 거시사를
우위에 두는 역사관이다. 반면 동즐로는 이 모든 변화가 의사들과
교사들의 협력자이자 "구심점"으로서 "여성들의 능동적 참여가
없었다면 불가능"했음을 입증한다.[184] 그러므로 사태는 더 단순해
지는 동시에 더 복잡해진다. 회로들은 서로 결합해 있어서 단일한
인과관계로 수렴하지 않는다. 보편적 공무원을 생성하려면 먼저
이상적 '어머니'가 생성되어야 하고, 이 '어머니'가 보편적 공무원
을 생성하면 이들이 다시 '어머니'를 요청하게 된다. 어떤 경우든
교양국가는 하늘에서 떨어진 것이 아니며, "무에서 유를 창조하는
일은 있을 수 없다."[185]

고등교육
제도에서의
남성과 여성

1800년 전후에 나타난 성의 양극화가 끈질기게 존속하는 가부장
제의 차폐막처럼 보인다면, 그 이유는 다른 데 있다. 문제의 핵심
은 단일한 존재로서의 절대적 '여성'은 없다는 것이다. 교양국가
는 수많은 공무원이 하나의 '양육하는 어머니'를 에워싸고 추는 춤
이며, 그것은 실제로 존재하는 다수의 여성을 필연적으로 배제한
다. 1800년경에 재편된 새로운 고등교육제도는 신진 국가공무원
양성 의무를 명문화하는데,[186] 당시 만들어진 몇몇 조항은 상호연
동되어 여성들을 체계적으로 배제하는 기능을 수행한다. 첫째, '양
육하는 어머니' 또는 대학은 법인의 권리였던 (면접 등을 통한) 비
정기적·비공식적 입학관리권을 상실한다. 1788년 프로이센은 김
나지움 졸업과 대학 입학을 법령과 문서로 규제하려는 명확한 의
도를 담아 '아비투어Abitur'라는 대입자격시험을 도입한다. 국가가
관리하는 지필시험이 기존의 대학별 구술시험을 대체한 것이다.
1834년부터는 새로 구성된 고등교육위원회의 요구가―게디케가
1787년부터 요구해왔던 것이―수용되어 아비투어 불합격자의 입

학허가가 법적으로 금지된다.[187] 어떤 유명한 막후 실세의 말을 빌리자면, "국가는 바로 이때부터" 대입자격시험을 통해 "자신에게 봉사할 고급 인력을 세심하게 지켜보고 그들에 관한 정보를 보고받을" 수 있게 된다.[188] 이 같은 인사 담당자의 시선 속에서 '개별화된 보편자individuelle Allgemeine'로서의 인간이 출현한다. 그리하여 국가의 응시를 위임받은 라틴어학교는 현대식 김나지움으로 변모하게 되고, 그 외의 다른 학교들은 대학과의 연결고리를 상실한다.

둘째, 새로운 교육공무원을 배출하는 대학 졸업 과정도 규제의 대상이 된다. 1810년 프로이센은 교회와 학계에서 신규 김나지움 교사들에게 발급하던 옛 유럽의 수많은 자격증을 오늘날과 같은 '교사자격시험'으로 대체한다는 칙령을 반포한다.[189] 그리하여 젊은 남성들을 대상으로 하는 고등교육기관의 복잡한 "승인의 연쇄"가 이제 대학과 관료국가의 공식적·필연적 결합을 창출한다.[190] "시험은 '관직'과 '개인'이 '결합'한 것, 시민사회의 지식과 국가의 지식이 객관적으로 결속한 것으로서, 지식의 관료주의적 세례"다.[191]

그렇지만 여학교는 어머니들을 만들기 위해 설립된 것이어서, 국가가 침입하는 방식이 남학교나 대학과는 정반대로 나타난다. 한 여학교 교사는 국가의 "공적 영역"이 "여성들에게 건전하지도 바람직하지도 않다"라고 말한다.[192] 이런 바람이 여학교를 승인의 연쇄에서 배제시킨다. 일례로 루이제 학원에서는 "수업 때도 학교 형태보다는 가족생활 형태를 고려하여" "공식적으로 시험을 전혀" 치르지 않는다.[193] 구식 여학교에서 이 규율을 깨뜨리면 얼마나 치명적인 결과에 이르는지를 다룬 탁월한 문학작품이 있다. 괴테의 『친화력』에서 말없고 내성적인 오틸리에는 정규 시험을 통과하지 못하지만, 그녀의 삶과 죽음은 '가정적 성격과 이상적 모성은 여성들의 사명인가'라는 또다른 시험 문제에 대한 훌륭한 답을 제시한다. 공무원 조직 내에서 이루어진 것은 아니지만 이 역시 일종의 세례이자 신규 인력 충원이다. 오틸리에는 기숙학교에서부터 "학생으로서 배우는 것이 아니라 장래의 여선생으로서 배우며,"[194] 그럼으로써 베티 글라임이 기숙학교의 여교사란 본질적으로 어머니 역할을 해야 한다고 주장하기 1년 전부터 이미 그 주장을 실현한다.[195] 반면 오틸리에와 정반대 인물인 루치아네는 정규 시험을 멋지게 통과한 후에 겉만 번지르르한 세속의 세계로 타락해 들어가는 쓰라린 귀결을 맞는다. 루치아네에 대해 따로 논평을 붙이지는 않지만, 괴테의 친구인 교육학자 니트함머도 여성성에 관한 성찰을 통해 동일한 결론에 도달한다.

> 우리 스스로 딸들을 아주 어릴 때부터 온갖 공적 행사에 데리고 다닌다면, 이 아이들이 어떻게 가정의 울타리 속 고요함을 견디고 살겠습니까? 게다가 이런 잘못된 행동의 해악은 가정적 성격을 제대로 길러주지 못하는 데서 그치지 않습니다. 우리가 딸들을 이렇게 공적으로 교육한다면, 딸들은 겉으로 드러나지 않는 종류의 미덕을 배우지도 끌어내지도 못하게 될 겁니다. 결국 우리가 미덕을 손상시키는 셈이지요! 이렇게 잘못 키운 소녀들이 어떻게 공적으로 드러나지 않는 고요한 가정생활을 좋아할 수 있겠습니까?[196]

루치아네는 오틸리에와 달리 이상적인 어머니가 아니다. 루치아네는 침묵하는 여성 담론 생산자가 되는 대신에 직접 말을 지배하다가 소설 속에서 흔적도 없이 사라진다.[197] 실제로 존재하는 다수의 여성 역시 1800년식 기록시스템에서 배제된다. 아비투어, 대학 입학, 국가가 공인한 내면성 시험 같은 것은 상상할 수도 없다. 교육개혁가들뿐만 아니라 대다수 교육사학자들도 남성만 입학할 수 있는 김나지움, 대학, 국가기구를 강제로 결합한 새로운 승인의 연쇄가 초래한 이 같은 부작용을 숨긴다. 국가가 운영하는 고등교육기관이 주도권을 쥐면서 여성들은 '이름이 적히지 않기를 멈추지 않는 것,' 다시 말해 라캉이 말하는 '불가능성'[또는 '실재']의 정의에 부합하는 존재가 된다.

　루치아네는 시스템 내에서 불가능한 존재다. 그녀는 바보도 아니고 이론적 호기심이 부족하지도 않다. 루치아네는 남자들을 만날 때마다 그들에게서 전문지식을 얻어낸다. 모성 기능이 확립되기 전이라면 루치아네도 존재할 수 있었을 것이다. 물론 여성들은 오래전부터 법적으로 공직에서 배제되어왔지만,[198] 적어도 옛 문예공화국의 공론장은 여성들을 배제하지 않았다. 그래서 1742년까지만 해도 [독일의 첫 여성 의학박사인] 도로테아 크리스티아네 레포린이 명예로운 선례들, 아버지의 서언, 강력한 논거를 바탕으로 자신의 경력을 정당화할 수 있었다.

> 어떤 여성이 박사학위를 받기 위해 박사 후보자로서 학위 취득에 요구되는 지식을 습득하고 시험을 통과했다면, 적어도 법학·의학·철학대학은—법으로 금지되지 않은 한에는—학위 수여를 거부하지 않을 것입니다.[199]

그래서 18세기에는 레싱의 희극을 그대로 현실화한 듯한 인생도 얼마든지 가능했다. 일례로 현자 나탄처럼 지혜로운 한 아버지는 집에서 딸에게 지식을 전수하고 다른 교수의 집에서 대학 입학시험을 치르게 했다. 몇 년 후, 딸은 다른 누구도 아닌 아버지의 바람대로 결혼 예복을 입고 학계의 공식석상에서 철학 석·박사학위를 받았다. 이것은 1787년에 실제로 벌어진 일로, 독일 여성이 박사학위를 받은 역사상 두번째 사례였다.[200]

　하지만 고등교육제도가 국가와 연결되어 성차별의 도구가 되면, 교육받은 여성이라는 드문 사례는 아예 불가능해진다. 여성들은 더이상 (운이 좋다면 전문직에 종사하는 깨어 있는) 아버지들의 딸 또는 신부가 아니라 어머니들의 딸로서 다시 또하나의 어머니가 된다. 오늘날 사회 및 정치교육의 원형이라 할 수 있는 슈테파니의 새로운 국가교육학에서,[201] 국가공무원의 자기재생산 시스템으로서의 학문적 담론과 유아교육의 자기규제적 피드백으로서의 여성 교육은 엄격하게 분리된다.[202]

철학과
여성들에 대한
프리드리히
슐레겔의 생각

그러나 각종 관료제적·인문학적 선언문들에서 거론되지 않는 사실이 있으니, 그것은 바로 엄격한 분리가 밀접한 연관이기도 하다는 점이다. 양극적 성차시스템 내에는 양극화된 시스템의 남성적 측면과 여성적 측면을 동시에 기입할 수 있는 장소가 없다. 이 두 개의 면은 글과 목소리를 분리하는 심연에 의해 철저히 나뉘어 있다. 그리하여 공무원들은 글을 쓰고 (뭐든 다 쓰는 것이 아니라 인간의 사명에 관해 쓰고) '어머니'는 글을 쓰는 대신 남들을 말하게 한다. 이렇게 인간의 사명을 이중으로 기입하면서 이를 인간의 보편으로 선언하는 글쓰기는 보편화의 기획을 희생할 수밖에 없으며 그럼으로써 비로소 '철학'이 된다. 철학이 양성兩性의 담론망을 공식화할 때 '어머니'는 여성 일반으로 호명되지만 공무원들은 인간 일반으로 호명된다. 그에 따라 필연적으로 당착이 발생한다. 남성들은 [남성으로서 또한 인간으로서] 종이에 두 번 기입되며, 인류의 사명은 [남성들의 담론망과 여성들이라는] 두 개의 수신처를 향한다. 프리드리히 슐레겔은 「철학에 관하여」를 자신의 연인과 공론장 모두에게 띄운다.

> 그대는 대화를 더 좋아하겠지만 나는 그저 오로지 저자일 따름입니다. 글은 나에게 알 수 없는 은밀한 마력을 발휘합니다. 아마도 그 힘은 글을 둘러싼 영원의 어스름에서 나오는 것이겠지요. 그대에게 고백하건대, 나는 이 생

명 없는 문자의 연쇄 속에 숨겨진 힘에 경탄합니다. 문장을 더없이 참되고 정확한 표현으로 간결하게 다듬으면, 마치 밝은 눈으로 응시하는 것처럼 의미를 또렷이 전달할 수 있고 영혼 깊은 곳에서 꾸밈없는 어조로 말하는 것처럼 표현할 수 있습니다. 글을 읽을 때는 마치 그 내용을 귀로 듣는 듯이 느낄 수 있지만, 글을 낭송하는 사람은 글 자체의 아름다움을 해치지 않으려 애를 쓰지요. 나는 입술 사이로 터져나오는 소음보다는 오히려 말없는 문자의 연쇄가 정신의 가장 심오하고 가장 직접적인 표현을 담는 그릇으로 더 적절하다고 봅니다. 우리의 H.가 했던 신비로운 말을 빌려 이렇게 말하고 싶군요. 산다는 것은 글쓰는 것입니다. 즉 인간의 유일한 사명은 형상화하는 정신의 펜으로 자연의 판 위에 신성한 사유를 포착하는 것입니다. 그렇지만 그대의 경우에는, 여태껏 그래왔듯이 외향적으로든 내면적으로든—일상적인 의미에서든 상징적인 의미에서든—침묵하지 않고 계속 노래하는 것만으로 인류의 사명을 완수하는 데 충분히 자기 역할을 다하고 있다고 생각합니다. 그리고 때로는 다른 사람들이 읽어주는 이야기를 듣는 데 만족하지 말고 신성한 글을 읽는 데 전념해야 해요. 특히 말을 지금보다 더 성스럽게 여겨야 합니다. 그러지 않으면 내가 곤란해지니까요. 알다시피 나는 그대에게 달리 줄 것이 없기 때문에, 여기서 확실히 말해야겠어요—그대가 나에게 기대할 수 있는 것은 오직 말뿐입니다, 그대가 오래도록 느끼고 알고 있었지만 명료하게 정리하지 못했던 것을 표현하는 말들.[203]

슐레겔이 1799년에 쓴 이 편지는 새로운 세기의 시작을 알린다. 그리스·로마 시대로부터 전해진 '인간은 언어 또는 이성을 가진

동물이다'라는 인류의 숙명은 이제 '인간은 글쓰는 자다'라는 문
자화된 문장으로 대체된다. 이제 인간은 오로지 저자일 때만 자기
존재가 아닌 것이 되지 않고 온전히 자기 존재에 부합한다. 이 과
도한 자기동일성은 그 자체가 문자로 제시되는 한에는 반박할 수
없다. 그럼에도 이때의 자기동일성은 신의 속성이 아니다. 글쓰는
인간은 미리 정해진 직무에 따라 규정되기에 '나=나'라는 자기동
일성을 상실한다. 그리고 직무가 있는 한 그 직무를 부과하는 상급
자가 있기 마련이다. "공무원 신분은 예로부터 군사적·종교적 지
배권력의 부속물이다. 그것은 권력의 연장선, 권력의 도구, 권력의
보조 또는 종복이다." 이는 "아시아의 중국이나 고대의 이집트와
마찬가지로" "유럽 세계의 고전적 공무원 조직 국가인" 독일도 마
찬가지다.[204] 김나지움 교장이었던 헤겔은 철학적 논리가 "자연과
무한한 정신을 창조하기 이전에, 자신의 영원한 본질 속에 머무는
신을 그려내는 것"이라고 쓴다.[205] 문필가였던 슐레겔은 철학적
글쓰기를 "형상화하는 정신의 펜으로 자연의 판 위에 신성한 사
유를 포착하는" 직무라고 쓴다. '국가' 관념과 '교양' 관념이 합치
되면서 글을 배운 신분은 국가를 운영하는 계급으로 변모한다. 그
리하여 주인의 담론으로부터 보편적 담론이 출현하고, (개념 또는
인간의) 존재론은—"사명"이라는 말로 이미 드러난바—기표의
명령에 따른다. 철학이란 다른 무엇도 아닌 바로 이런 사태였다.[206]

그런데 철학은 이렇게 독재적인 기표가 출현하는 바로 그 자
리에 매여 있기도 하지만, 기의의 논리에 의해 지배되는 1800년식
기록시스템에 속해 있기도 하다. 이 같은 이중적 위치에서 철학은
전혀 새로운 술책을 펼친다. 철학자의 펜이 신성한 사유를 기록하
는 글쓰기판으로 삼은 자연 자체를 모든 글쓰기의 원천으로 삼는
것이다. 깃펜으로 받아쓰도록 말을 불러주는 신이 아니라, 빛나는
눈과 영혼 깊은 곳에서 자연이 말없이 직접 나타난다. 이 자연은
글쓰기를 통해 번역되어야 한다. 자연이 '텅 빈 백지tabula rasa'여서

가 아니라 자연의 말이 초월론적인 것이기 때문이다. 문자의 말없는, 심지어 생명 없는 연쇄는 입술 사이로 터져나오는 소음이—목소리와 입이 구사하는 저 세속적인, 동물적인, 어쨌든 경험적인 유희가—성취할 수 없는 것을 성취한다. 글은 영혼 깊은 곳에서 꾸밈없는 어조로 말하는 것을 있는 그대로 재현한다. 웅얼대는 언어의 원천에서 솟아나는 최소기의를 그대로 보존하려면, 소리내어 말해서는 안 된다. 그래서 글쓰기용 펜이 필요한 것이다.

중부유럽의 읽기 공부는 묵독의 형이상학이 성립하기 위한 필요조건이다. 철학자는 질투에 불타서 도로테아 파이트\*의 귀를 즐겁게 해주던 낭독자들을 밀쳐낸다. 그는 소리내어 읽는 다른 모든 사람을 체계적으로 근절하려 한다. 이들은 낱낱의 문자들을 해독해야 할 사소한 과제로 보기 때문이다. 헤겔은 학생들이 학교에서 훈련을 받아 결국은 묵독을 해야 한다고 강력하게 주장한다. 그래야 담론 생산의 심급 또는 "내면성의 영역"으로 돌아갈 수 있다는 것이다.

습관이 붙으면 나중에는 시각이 청각을 경유해서 표상을 드러내 보이는 표음식 글쓰기 특유의 간접성이 사라지고 그냥 상형문자처럼 보이므로, 굳이 의식적으로 소리의 매개를 거칠 필요가 없다. 반면 읽기가 습관화되지 않은 사람은 소리내어 읽어서 그 소리를 통해 이해한다.[207]

그래서 슐레겔은 낭송이나 낭독을 듣기 좋아하는 연인에게 직접 책을 읽으라고 조언한다. 묵독만이 내면성을 습관화할 수 있다. 묵

---

\*도로테아 폰 슐레겔이라는 이름으로 더 잘 알려진 독일의 소설가이자 번역자다. 철학자 모제스 멘델스존의 딸로, 은행가 지몬 파이트와 결혼했으나 시인이자 문학자인 프리드리히 폰 슐레겔과 연애 끝에 1799년 이혼하고 몇 년 후 폰 슐레겔 부인이 된다. 위에 인용된 편지의 주인공이기도 하다.

독만이 언어가 저 큰 '타자'의 담론에 복종하는 사태를—옛 유럽에서 "인간의 언어가 특정한 사유 기호의 무의식적 흉내내기와 습관화를 통해" "온갖 결점과 불완전성으로 얼룩진 채" 그저 세대에서 세대로 떠돌던 것과 같은 사태를—막을 수 있다.[208] 새로운 방식의 읽기 공부가 일반화되면서 언어 습득은 전혀 다른 사태가 된다. 입 없이 말해지는 고전주의-낭만주의 텍스트의 언어는 묵독하는 독자의 내면성 속에서 출현한다. 따라서 "그저 오로지 저자"이고자 하는 사람이라면, 이 새로운 담론의 기술을 연인에게 달콤한 편지 형태로 포장해서 전해야 할 충분한 명분이 있다.

　새로운 독자는 실제로 발화가 표명되는 것을 듣는 대신에 "글을" 읽으면서 "그 내용을 귀로 듣는 듯이" 느낀다. 초월론적이고 순수한 어떤 목소리가 기호들 사이에서 솟아난다. 게다가 문자열이 "밝은 눈으로 응시하는 것처럼 의미를 또렷이 전달"한다는 데서 알 수 있듯이 환청뿐만 아니라 환각도 발생한다. 이 모든 것이 합치된 결과, 독자는 더이상 글을 읽는 것이 아니라 넘치는 기쁨 속에서 어떤 환각적인 자연-신체와 만난다. 우리는 그 신체가 어디 속하는지 쉽게 짐작할 수 있다. 글을 읽으면서 그 내용을 듣는 것처럼 느끼게 하는 알파벳 학습의 기술은 오로지 '어머니의 입'에 기반을 둔 음성학적 읽기 교습법뿐이기 때문이다.

　따라서 철학자의 직무인 글쓰기는 주인 남성에게 복종하는 동시에 주인 여성에게 복종한다. 텍스트는 복잡하고 정교한 구축물로, 복잡하고 인식 가능한 신의 사유를 자연에 전달한다. 하지만 말이 아니라 글의 형태로 존재하는 텍스트는 역으로 자연 자체를 표현하고 자연의 꾸밈없는 어조와 최소기의들을 고정한다. 텍스트만이 자연을 언어에 누설하지 않고 재현한다. 그리고 올리비에의 말대로 애초에 최소기의가 단순한 초월론적 목소리의 발화 체계가 아니라 새로운 기록시스템이라면, 최소기의에서 철학적 글쓰기로 이행하는 것은 몹시 자연스럽다.

이렇듯 철학은 머리 위로 주인의 기표를, 발 아래로 자연의 기의를 거느리고 1800년식 기록시스템 속에서 성차를 용해한다. 철학은 기록시스템의 다른 어디서도 매개되지 않는 '국가'와 '어머니'라는 두 개의 심급을 매개한다. 교육공무원들이 글쓰기의 복합적 기능들을 관리하고 어머니들이 알파벳 공부의 기본적 기능을 관리한다면, 둘이 합심해서 낳은 '글쓰는 인간'은 진정한 의미에서 '인간'이 된다. 그 이유는 간단하다. 진정한 인간은 "타고난 자연적 직분인 성적 특성을 과대시하기보다 오히려 강력한 평형추를 써서 그것을 완화하려고 애쓰며," 그럼으로써 자신의 "인간성"이 남성적인 것과 여성적인 것의 "중간에서" "자연스럽게 솟아나도록" 하기 때문이다.[209] 이것으로 저자가 입증하려던 것은 모두 입증되었다. 슐레겔과 같은 '글쓰는 인간'은 그 자체로 인간 존재의 사명을 완수한다. 그러니 슐레겔은 여기서 편지를 계속 이어쓸 필요 없이, 바로 서명을 해서 도로테아 파이트에게 보낼 수도 있었을 것이다.

그러나 인류의 사명은 이른바 '인류'를 이루는 남성들과 여성들 모두의 사명이 아니다. 일찍이 프랑스 여성운동의 선구자 올랭프 드구주가 깨달았듯이, 1800년경에 선포된 모든 인권은 남성들의 권리다. 그래서 편지는 좀더 계속되어야 한다. 우선 슐레겔의 펜은 남근적 펜을 '인간'이라는 종의 영역에, 그리고 다시 '남성'이라는 하나의 성의 영역에 이중으로 기입한다. 따라서 편지의 수신인이 속하는 나머지 성의 사명이 남는데, 슐레겔의 펜은 이를 어렵지 않게 규명한다. "여성의 신체조직이 오로지 모성이라는 유일하고 아름다운 목적에 맞추어져 있다는 것은 한눈에 알 수 있다."[210] 여성들은 외향적으로 (경험적으로) 또는 내면적으로 (초월론적으로) 문자화되지 않은 목소리로 남아 있는다 해도 "인류의 사명을 완수"하는 데 충분히 자기 역할을 다한다. 이렇듯 성차는 한편에 글쓰기와 저자성이, 다른 한편에 목소리와 모성이 놓이는 엄격한 이분법에 수학적으로 정확히 대응한다. 그것은 여성들에게 '어머니의 입'으로, 목소리로 존재할 수 있는 모든 권리를 주지만 목소리를 가질 권리만은 주지 않는다. 슐레겔은 "자연이 이성의 입법의회에 진출하고 발언하는 것"이 불가능하다고 본다.[211] 브란데스는 "여성들을 국가의 심의기관에서 배제하는 것이" "매우 현명한 처사"라고 주장한다.[212] 이는 단순히 철학 담론이 행정학 담론을 이념적으로 치장하는 것이 아니다. 유사한 단어 선택을 보여주는 이 두 개의 담론은 서로 동일한 것이 아니라 기하학적 용어로 '합동'을 이룬다. 말로 발화되거나 글로 적히지 않는 순수한 노래의 목소리들은 국가공무원 체계와 대학 담론에서—그러니까 승인의 연쇄를 통해 상호결합된 두 개의 하위시스템에서—계속 배제된다. 자칭 "이성의 입법의회"라는 대학에서, 철학부는 1800년경에 처음으로 학부별 순위 꼴찌에서 최상위로 뛰어오른다. 지금부터는 국가의 신학자·법학자·의학자와 더불어, 심지어 그에 앞서서 보편적인 교육공무원을 양성해야 하기 때문이다. 그런데 이 철학이 저명한 계몽철학자의 딸 도로테아 멘델스존을 배제한다는 사실은 옛 문예공화국에서 여성 박사가 배출될 수 있었던 것과 선명하게 대조된다.

철학 담론은 글로 전체를 담아낸다는 임무를 수행하면서 행정학 담론이 이루지 못했던 남은 하나의 과업을 이룬다. 철학은 양성의 관계를 공식화한다. 그것은 니체가 처음으로 폭로한 국가와 '양육하는 어머니/모교' 간의 실증적 권력관계가 아니라, 글쓰는 남성들로 이뤄진 관료들과 여성들의 상호조건적 관계다. 그것은 생산과 유통의 관계인 동시에 유통과 소비의 관계로서 이중으로 규정된다.

여성들은 이상적 '어머니'의 직무를 수행하면서 저자들을 글쓰게 한다. 이 '어머니'는 말을 하거나 글을 쓰지 않지만, 저자는 그녀의 영혼 깊은 곳에서 흘러나오는 꾸밈없는 어조를 건져내어 글로 옮긴다. 슐레겔이 두 아이의 어머니인 자신의 연인에게 고백한 바, 그 편지에 적은 모든 "말"은 "그대가 오래도록 느끼고 알고 있었"던 것을 "표현"한 것이다. 그러므로 「철학에 관하여」는 『어머니의 책』처럼, '이 지면에 늘어놓은 모든 말은 어머니의 입을 통해 다시 소진되어야 한다'라는 단언조의 결론으로 끝맺을 수도 있었다. 하지만 철학 담론은 교육학 담론이 아니다. 철학 담론이 저자되기를 인류의 사명으로 내세운다면 그에 합당한 다른 수용 방식이 필요하다. 여성들이 이상적 '어머니' 역할을 맡는 한, 그녀들은 담론의 원천에 자리한다. 또한 다수의 여성들이 실제로 존재하는 한, 그녀들은 의무적으로 독서를 해야 한다. 슐레겔은 모든 글이 오로지 모성적 느낌으로부터 확장된 것이라고 하면서도, 도로테아에게 "말을 지금보다 더 성스럽게 여겨야 합니다. 그렇지 않으면 내가 곤란해지니까요"라고 당부한다.

그리하여 슐레겔의 편지는 남성과 여성 모두를 1800년식 기록시스템에 이중으로 기입한다. 남성은 인간인 동시에 남성으로, 여성은 담론적 실증성을 확립하는 데 필요한 절대적 전제와 보조 기능을 동시에 떠맡는 존재로.

바로 그대가 나를 철학으로 이끌었음을 뒤늦게 깨닫고 깜짝 놀랐습니다. 나는 오로지 그대에게 철학을 전하고 싶었습니다. 그 진실된 소망은 그 자체로 보답이었고, 우리의 우정은 철학을 삶과 인류에 결합하는 길을 알려주었습니다. 어떤 의미에서는 그 과정에서 내가 나 자신에게 철학을 전하게 되었으니, 이제 철학은 내 정신에만 고립되어 있지 않을 것입니다. 나는 내 전 존재를 통해 그 철학적 영감을 세상 천지에 퍼뜨릴 것입니다. 그리고 이런 내적 교제를 통해 외부적으로 소통하는 법을 배우게 된다면, 그런 일반적 소통을 통해 우리 자신은 더욱 깊어질 것입니다.

이 모든 것에 감사를 표하며, 만약 그대가 반대하지
않는다면 조만간 이 편지를 출판했으면 합니다.[213]

저자는 자신의 말이 자기 것이 아니라 자연 또는 '여성'이 생산해
속삭여준 것임을 깨닫고 깜짝 놀란다. 「자연에 관한 단편」에서 이
미 표명된바, "내가 그녀에 관해 말한 것이 아니었다. 참된 것과 거
짓된 것, 모든 것을 말한 것은 바로 그녀였다."[214] 그렇지만 도로
테아 파이트가 들려주는 목소리는 착취의 대상으로만 유효하다.
그녀가 속삭여주었다는 담론은 너무 열정적으로 담론 자신의 문
자성을—말의 신성함과 펜의 기립성을—강조한 나머지 문자성을
다시 빗금치고 지워야 하는 상황에 처한다. 슐레겔의 철학뿐만 아
니라 그의 문학적 활동에서도 문자성은 남성과 여성을 구별하는
차이로 나타난다. 남성의 텍스트로서 「철학에 관하여」는 여전히
"영원의 어스름"에 둘러싸여 있어서 '어머니의 입'이 삼킬 수 없
다. 그래서 편지를 받아보는 여성 수신인 겸 여성 독자 곁에 두번
째 독자가 출현한다. 이 독자는 방금 저자였던 자며, 겉보기에는
저자 본인이다. 그는 속삭여진 담론을 글쓰기를 통해 무의식적으
로 자기 자신에게 전한다. 슐레겔이 자기가 쓴 글의 기원을 깨닫
기 위해서는—그리고 놀라기 위해서는—편지를 보내기 전에 다
시 한번 훑어봐야 한다. 그의 "내적 교제"란 저자성과 독자성이 한
데 결합하는 것으로서, 원천에서 나온 흐름이 다시 원천으로 돌아
가는 첫번째 순환을 이룬다. 이 순환은 기술적 증폭의 효과이며 따
라서 이미 언제나 독자 집단을 염두에 두고 작동한다. 필자와 수신
인 간에는 친밀함이 넘친다. 그럼에도 편지는 인쇄소로 넘겨진다.
그리하여 그는 결국 영원의 시간 동안 모든 글의 수신처였던 저 까
마득한 영원에 도달한다. 프리드리히 슐레겔은 자신의 복잡한 에
로티시즘에 관해 이렇게 쓴다.

내가 한 여성을 사랑하지 않았다면 과연 온 영혼을 다
바쳐 우주를 찬미할 수 있었을까요. 하지만 또 삼라만상
Universum은 나의 좌우명이며 언제나 그러할 것입니다.[215]

철학 또는 '지혜에 대한 사랑'은 실제로 존재하는 다수의 여성에
대한 사랑을 통해서만 가능해진다. 하지만 그 사랑이 글로 변화
하고 나면, 철학은 그 영원성, 일반성, 보편성Universalität과—그리
고 '대학Universität'과—더불어 세계로 돌아온다. 다시 말해, 저자 슐
레겔은 연애편지를 책으로 출간해서 철학 강사의 경력을 쌓는다.

　글과 인쇄를 단순히 사용하는 것이 아니라 강조하거나 고려
하는 담론은 교육학 담론과 다르다. 교육학 담론은 다시 원천으로
삼켜지면서 음의 피드백을 이루지만, 철학 담론은 저자들과 독자
들 사이에 양의 피드백을 이루면서 이상적인 '어머니'가 아니라 구
체적인 사람들이 관여하는 회로를 발생시킨다. 정해진 프로그램
에 따라 돌아가는 이 회로의 관계자는 크게 세 부류로 나뉜다—자
신의 텍스트를 다시 읽으면서 교양을 획득하는 저자, 어머니의 딸
이자 어머니가 되는 다른 여성들, 자발적 읽기를 통해 글쓰기의 사
명을 받아들인 다른 남성들. 슐레겔은 「철학에 관하여」라는 편지
를 통해 이 회로의 배선도를 그렸을 뿐이다. 이를 실행하는 것은
시인들의 직무로 남는다.

# 언어 채널들

1800년식 기록시스템에서 시인의 글쓰기는 담론의 유통 기능을 맡는다. 그것은 발화를 최대한 많은 수신처로 전달한다. 프리드리히 슐레겔은 「독일 고전주의 작가들의 특징에 관한 단편」에서, 문필가 겸 모험가 포르스터를 두고 "사교적 소통"의 "개념을 대단히 좋아하여 다양한 형태로 거듭 표현한" 인물이라고 쓴다. 이제 문필가는 상인에 가까운 존재가 된다. 상인이 "주로 감각적 상품의 교환을 촉진"한다면, 문필가는 "정신적 상품 및 제품의 교통"을 촉진한다.[1] 이와 함께 문예공화국의 제한적인 텍스트 순환 경제가 종식되고, "학문은 특정 신분만 접근할 수 있는 것이지 모든 인류의 보고로 여겨져서는 안 된다"라는 "불쾌한" 미신도 타파된다.[2] 포르스터와 슐레겔은 이처럼 "극히 다양한 지식들이 서로 뒤얽히고 결합하는" "일반적 확산"이 "우리 시대 특유의 강점"이라고 본다.[3] 글쓰기는 보편화하는, 문자 그대로 '그물을 엮는textual' 기능을 획득한다. 그것은 인류 전체를 한데 모으는, 또는 인류라는 전체를 생성하는 하나의 담론을 엮는다. "순수예술은 인류를 한데 묶는 끈이다."[4]

## 번역 불가능성

하지만 저자들이 "정신의 경제학자"가 되려면 먼저 한 가지 기본 조건이 충족되어야 한다.[5] 교역이 이루어질 수 있도록, 그들이 엮는 담론들에 대응하는 어떤 일반적 등가물이 있어야 하는 것이다. 1800년경에는 새로운 알파벳 학습법이 제공하는 '기의'가 바로 이 등가물의 역할을 한다. 그것은 문자들 또는 기표들로부터 분리된 최상급의 기본요소다. "상품 교환이 화폐라는 일반적 등가물을 통해 규제되듯이, 학문의 교환은 개념들을 통해 규제된다."[6]

일반적 등가물의 의미     그런데 기의들에 의거해서 담론을 불러낸다는 것은 담론을 번역 가능하게 만든다는 뜻이다. 괴테의 표현을 빌리자면, "번역"이란 "이국의 상인들이 자기네 상품을 우리에게 가져오는 것"이며 담론의 "장터"를 이루는 것이다.[7] 자기가 쓴 비극 속 주인공에게 성서 번역을 시킴으로써 새로운 시문학의 입구를 열어 보였던 시인이라면, 마땅히 이런 행위의 가능성을 명시적으로 보증해야 한다. 괴테는 기표의 효과보다 그 내용이 우선이라는 기본원리로부터 모든 담론의 번역 가능성이─심지어 가장 성스럽고 완전한 담론[성서]의 번역 가능성까지도─보증된다고 여긴다.

> 나는 운율을 존중한다. 왜냐하면 시는 운율을 통해 비로소 시가 되기 때문이다. 그러나 근본적으로 심오하고 철저하게 작용하는 것, 진실로 교양을 이루고 도움을 주는 것은 시인의 작품이 산문으로 번역된 후에도 남겨지는 부분이다. 그것은 바로 그 작품의 순수하고 완전한 내용이다. ……다만 나는 이런 제안에 덧붙여 루터의 성서 번역을 상기시키고자 한다. 이 탁월한 인물은 다양한 문체로 저술된 작품과 그것의 시적·역사적·명령적·교훈적 음조를 마치 하나의 거푸집으로 찍은 것처럼 모국어로 우리에

게 전해주었기에 종교에 그토록 많은 기여를 할 수 있었
다. 만약 그가 원전의 특성을 하나하나 모방하려고 했다
면 그 정도로 영향력을 발휘하지 못했을 것이다.[8]

괴테는 모든 언어의 기표 속에 새겨진 번역 불가능한 것의 존재를
부정하지는 않지만 고려 대상에서 제외한다. 일반적 등가물은 "남
겨지는 부분"의 침전물 속에서 출현한다. 그것이 "순수하고 완전
한 내용" 또는 기의다. 그러므로 빌헬름 마이스터가 "서로 어울리
지 않는 것들을 연결"하면서 미뇽의 신비한 노래를 번역하듯이,[9]
기표의 효과는 납작하게 없애야 한다. 모범적 번역은 루터처럼 극
히 다양한 (시적·역사적·교훈적) 담론들을—괴테의 말을 빌리자
면 (수많은) 책들로 이루어진 책을—하나의 정합적인 문체로 융
합하는 것이다.

　일반적 등가물은 1800년식 기록시스템에서 다양하게 변형
될 수 있는 기본구성체로 기능한다. 헤르더는 국민시문학National-
dichtung 이론을 정초하면서 (「요한복음」의 '로고스'처럼) 번역 불
가능한 관용어들의 존재를 확립해야 했지만, 실행의 차원에서는
마치 자기가 한 말을 부정하는 듯이 낯선 외국어로 된 민요를 독일
어로 번역한다. 헤겔 역시 신인문주의적 김나지움의 교장으로서
는 당연히 그리스어의 번역 불가능성을 강조했지만,[10] 내용 또는
기의의 미학 이론을 정립한 최초의 미학자로서는 그에 걸맞게 그
리스어 문장을 직접 인용하지 않으며 나아가 시가 "그 가치를 본
질적으로 왜곡하지 않고도 다른 언어로" 번역될 수 있다고 전제
한다.[11] 그런데 1800년식 기록시스템에 새로 등장한 언어학은 연
구 방법론의 전제로서 어떤 번역 불가능성을 취한다. 베른하르디
는 시가 번역 불가능하다고 단언한다. "왜냐하면 동일성을"—즉
기의들과의 동일성을—"드러내는 것이 운율이기 때문이다."[12] 하
지만 언어학에서 중요한 것은 "문법의 구성이 담론의 의미작용 면

에서 볼 때 투명하지 않은 규칙성을 갖는다는 것이다. 그런데 의미작용은 한 언어에서 또다른 언어로 거의 완전히 건너갈 수 있는바, 바로 이것이 한 언어의 특성을 규명하는 데 큰 도움이 되는 규칙성이다."[13] 이처럼 1800년경의 언어학은 한쪽 극단에 기의의 논리를, 다른 쪽 극단에 시를 끼고 성립한다. 시는 진실로 교양적이고 촉진적인 것이 되려고 노력하면서 일반적 등가물, 즉 의미를 생산한다. 그리고 루터와 파우스트의 사례가 보여주듯이 이 의미는 언제나 본질적으로 종교적이다. "결국 모든 시는 번역이다."[14]

물론 새로운 글쓰기가 "지금은 와해되고 분리돼 있지만 본질적으로 상호연관된 학문들을 재통합"해야 한다고 주장한다면, 그 시도는 신화 속의 바벨탑 건설과 다를 바 없다.[15] 일반적 등가물이 발명되기 전에는 담론의 원초적 단일성도 존재할 수 없다. 인쇄기도 그 자체만으로는 "독자 및 주제에 대한 단일한 어조와 태도가 저술 전체를 일관하도록" 하지 못했다.[16] 독일 시문학은 분리된 것을 재통합하는 것이 아니라, 역사상 처음으로 담론적 단일성을 도입하는 것이다. 통사론적으로 "하나의 거푸집" 또는 문체의 통일이 완성되고, 의미론적으로 기의의 우위가 확립되면서, 화용론적으로 1800년경부터 모든 번역이 도달해야 할 단일한 수신처가 정립된다. 그것이 바로 인류이고 독자 공중이며 "일반적인 세계 교통"이다.[17]

노발리스.
번역으로서의
학문과 시

노발리스는 1798년부터 『일반적 초안』을 쓰기 시작한다.* 제목에 들어간 '일반적'이라는 말은 이미 통일과 보편화의 기획을 시사한다. 그리고 '초안'이라는 말은 다양한 학문적 담론들로부터 하나의 담론을 만들어내는 법을—서로 뒤흔들어 한데 섞는 방법을—암시한다. 노발리스는 (시학에서 물리학에 이르기까지) 다양하게 그러모은 학문들의 개별 데이터를 체계적 유비를 통해 상

*원제는 Allgemeines Brouillon. 프랑스어 '브루이용brouillon'은 '초안' '밑그림'의 뜻도 있지만 '뒤죽박죽' '잡다'의 뜻도 있다.

호 번역한다는 규칙에 따라 『일반적 초안』을 작성한다. 확실히 시인은 학문들을 하나의 시로 옮겨쓰기에 비교적 용이한 위치에 있다.[18] 노발리스의 예술가소설 『하인리히 폰 오프터딩겐』*에서, 일반적 번역 가능성은 특정한 기술적 방법이 아니라 시인의 귀를 통해 출현한다. 소설의 주인공 오프터딩겐은 "번역이란 자기 작품을 쓰는 것과 마찬가지로 문학적인 활동"이라는 노발리스의 명제를 충실히 지키면서,[19] 거의 아무 일도 일어나지 않는 가운데 거의 모든 학문 형태와 직업이 이야기되는 교양소설의 전형적 여정에 오른다. 그는 경제학적·역사학적·고고학적·종교적·시적·신화적 담론을 순수하게 경청하는 귀를 가진 것만으로 전형적 시인에 도달하는 필요충분조건을 충족한다. 그리하여 소설의 결말에 이르면 이 시인은 여지껏 들은 모든 것을 자신의 말과 자신의 작품으로 되돌려줄 수 있게 된다. 오프터딩겐은 "1800년경에는 시적 번역이 예술의 경지에 이르렀다"라는 프리드리히 슐레겔의 명제를 체계적으로 실현한다.[20]

번역 불가능한 상태로 남는 담론은 딱 하나, 아예 발화되지 않은 소녀의 말이다. 상인, 시인, 수도사, 기사, 광부 등 모든 사람이 주인공에게 자기가 하는 일의 의미를 이야기하지만, 주인공을 사랑하는 소녀만은 입을 다문다. 그 대신 소녀의 아버지가 이렇게 말한다.

> 사랑을 놓고 한번 생각해보자. 인류를 보존하는 데 사랑만큼 시의 필요성이 절실한 영역은 없을 거야. 사랑은 말을 할 수 없고, 오로지 시만이 사랑을 대신해서 말을 할 수 있단다. 아니, 사랑 자체가 최고의 자연시라고 할 수 있어.[21]

*국역본 제목은 '푸른 꽃'이다. 참고문헌 참조.

에로틱한 담론은 보편적 번역 가능성의 구조적 예외를 이룬다. 사랑은 최고의 자연시로서 모든 번역 가능성을 보증하지만, 사랑 자체는 최고의 자연시로서 분절된 말에 이르지 않는다. 그래서 사랑은 중재자, 대변인, 통역자가 있어야만 존재할 수 있다. 『하인리히 폰 오프터딩겐』에서 말없는 사랑의 알레고리로 기능하는 마틸데는 이 말없음조차 발설할 수 없기에 그 아비가 딸을 대신해서 말한다. 그리고 바로 그 사랑이 남성들을 말하게 만들기에, 소설 속에서 시의 알레고리로 기능하는 오프터딩겐은 마틸데의 말없는 사랑을 번역하면서 시인이 된다. 사랑과 시의 관계는 소설 전체를 조직하는 핵심 원리지만, 이는 정확히 일찍이 헤르더가 제시한 관계의 규정을 반복하는 것일 뿐이다.

> 자연이란 시인이 언어를 통해 끄집어내려 애쓰는, 시인의 내부에 존재하는 열정과 행동의 총체다. 작용하는 것은 이 자연이며, 언어는 채널일 뿐이고, 참된 시인은 통역자에 불과하다. 또는 더 정확히 말해서, 시인은 형제들의 영혼과 심장에 자연을 전달하는 자다.[22]

자연, 사랑, 여성―이들은 1800년식 기록시스템에서 모두 동의어다. 이들이 어떤 원형적 담론을 생산하면 시인은 그 말없음으로부터 담론을 번역 또는 도출한다. 언어가 그저 "채널Kanal"의 기능을 맡는다는 말은 기술적으로 정확한 표현이다. 언어 고유의 밀도와 물질성, 전달 과정 고유의 데이터 손실과 시간지연이 있다면, 거기에는 보편적 번역 가능성도 있을 것이다. 헤르더의 명제는 [1920년대 프랑스 상징주의의] '순수시poésie pure' 공간에서는 충격적으로 들렸을 테지만, 1800년식 기록시스템 내에서는―하이데거의 통찰을 빌리자면, "언어 자체에 의해서 규정되는 것이 아니라" "언어를 관통해 다른 것으로 나아가는" 기록시스템 내에서는—극히 자명한 사실일 뿐이다.[23] 담론 자체는 가치가 없지만 그렇기 때문에, 말을 내는 순간 이미 더이상 저 스스로 말하는 것이 아닌 저 영혼/사랑/여성/자연은 고귀하다. 여성 담론 생산자는 독특한 방식으로 번역과 담론의 순환을 좌절시키며, 바로 이 점에서 시의 담론 유통은 문예공화국의 담론 순환과 구별된다. 담론의 순환에서 분리된 말없는 담론의 원천이 발명되지 않았다면 보편적 번역은 재현의 표면에만 머물렀을 것이다. 그런데 시적 번역가가 번역 불가능한 것과 대적한다는 임무를 맡으면서, 저자도 소비자도 없는 문예공화국의 담론 순환이 드디어 중단된다. 오프터딩겐은 다양한 학문 형태와 직업에 관한 말들을 단순히 더 먼 곳으로 전하는 것이 아니라, 그것들을 담론의 원천이자 목표인 '사랑'과 '시'에 결부시킨다. 따라서 1800년경의 시는 동시적인 이중운동으로 나타난다. 시는 이미 저장된 이질적 발화들을 파우스트의 "사랑하는 독일어"나 루터의 "모국어Muttersprache"로 번역하는 동시에, 결코 발설되지 않은 원초적 담화 또는 '어머니의 말Muttersprache'을 시의 언어로 번역해내야 한다.

　　어머니의 말/모국어의 사랑. 이것은 어머니의 말/모국어가 베푸는 사랑으로서 시적 언어의 대상을 형성하고, 어머니의 말/모국어를 향한 사랑으로서 시적 번역의 주체를 구성한다.

　　모국어로 번역하는 일은 가르치고 배울 수 있다. 실제로 신인문주의적 김나지움은 미래의 모든 공무원에게 이 능력을 전수할 수 있었다.[24] 하지만 '어머니의 말'을 번역하는 것은 끝까지 하나의 역설로 남으며, 이를 극복할 수 있는가에 따라 시인과 시인이 못 되는 자가 나뉜다. 그리하여 당시의 기록시스템은 '시인은 양성할 수 없다'라는 규칙을 도입하는 동시에,[25] 시인 지망생을 위한 예외적인 시험 방법을 제안한다. 그에 따르면 응시자는 읽기를 배우면서 "형제들의 영혼과 심장에 자연을 전달하는 자"가 되었는지 스스로 되물어야 한다. 교양소설은 일반적으로 바로 이 시험의 장소가 된다.

✳

독자
안톤 라이저

[카를 필리프 모리츠의 장편소설 『안톤 라이저』의 주인공인] 안톤 라이저는 일곱 살 때까지 "늘 슬픔에 빠져 외롭게" 보낸다. 라이저가 "여덟 살이 되던 해" 아들을 가엽게 여긴 아버지가—아직 '교사로서의 어머니'가 발명되기 전이었던 탓에—처음으로 책을 두 권 사준다. 하나는 『철자법 교본』이고 다른 하나는 『철자법에 대한 반대 논고』인데, 라이저는 앞의 책을 선택한다. 만약 뒤의 책을 선택했다면 그는 아마 음성학적 교습법의 원형적 주장을 접하게 되었을 것이다. 하지만 앞의 책을 고르는 바람에, 라이저는 성서에 나오는 기나긴 이름들("느부갓네살, 아벳느고" 등)의 짜증나는 철자에 시달린다. 그러다가 소년은 어떤 발견을 한다.

> 순수한 이성적 사고는 문자들의 결합을 통해 표현된다는 것을 깨닫게 되자 배움에 대한 그의 욕구는 하루가 다르게 커져만 갔다. ……자신이 생각하는 무언가를 낱말의 조합을 통해 힘겹게 표현해냈을 때 얼마나 기뻤는지, 안톤은 훗날 이 당시 맛보았던 배움의 기쁨을 떠올릴 때마다 흐뭇한 마음에 젖어들었다.[26]

라이저는 이 발견을 통해 단어들의 일반적 등가물인 기의들 또는 관념들에 이른다. 성서 속 인물의 이름을 이루는 복잡한 문자들, 번역되지 않은 저 순수한 기표들 사이에서, 관념들이 바제도의 '건-포-도'나 '딸-기'처럼 라이저를 유혹한다. 이는 몇 가지 결과를 낳는다. 첫째, 기의들은 알파벳 학습의 어려움과 폭력성을 달콤하게 감싼다. 그래서 저자 모리츠가 「유년기의 가장 어린 시절에 대한 회상」에[27] 기초해서 만든 가상의 인물인 라이저는 루소와 달리 읽기 공부의 기억을 쉽게 떠올릴 수 있다. 둘째, 기의들은 읽고 싶다는 열망을 이끈다. 그래서 라이저는 금세 온종일 아무것도 먹지 않아도 공기와 기의들만 먹고 살 수 있게 된다. 그는 독서가 "아편"과 같아서 배고픔을 능가했다고 회고한다.[28] 셋째, 기의들은 말과 글의 번역 가능성을 보증한다.

> 그러나 당시 안톤은 다른 사람들이 말하는 속도만큼 빠른 속도로 읽을 수 있다는 것을 이해할 수 없었다. 자신도 언젠가 그렇게 되리라고도 전혀 믿지 않았다. 그랬기에 몇 주 만에 스스로 남들처럼 빠르게 읽을 수 있게 되었을 때 그의 놀라움과 기쁨은 더더욱 컸다.
>
> 이러한 일로 안톤의 부모, 특히 친척들은 안톤을 주목하게 되었다.[29]

기의들의 약속에 매혹된 신출내기 독자가 글이라는 담론 채널의 고질적 문제인 시간지연 현상을 해결하면, 그때부터 읽기와 말하기가 서로 동등해진다. 소년은 작은 소리로 웅얼거리며 철자를 해독하면서 사람들의 주목을 받는다. 그는 문자로 된 글을 마치 자기 자신이 말하는 것처럼 소비한다. 그리고 이렇게 모국어로 번역하는 것은 시인이 되기 위한 첫번째 조건이다. 그는 훗날 신학적·연극적·서사적 텍스트로 그런 번역을 숱하게 연습하게 될 것이다. 하지만 시인의 소명을 받았는지 확인하는 진정한 시험이 남아 있다. 그것이 이른바 "시의 고난"이다.

> 시창작의 충동이 저도 모르게 안톤을 엄습하면, 우선 제일 먼저 그의 마음속에 서글픈 감정이 생겨나면서 무엇인

가 대상이 떠오른다. 동시에 자신의 본래 모습과 더불어 지금까지 듣고 보고 생각한 것들 모두가 그 앞에서 자취를 감춘다. 그 현존재는—만일 그것이 정말 그가 그려내 보인 것이 맞는다면—여태껏 느껴보지 못한, 뭐라고 표현하기 힘든 쾌락을 가져다줄 것이다. ……이와 같이 축복받은 예지력을 가진 상태에서 시인의 혀는 더듬거리며 겨우 외마디 음성들을 내뱉을 뿐이다. 마치 클롭슈토크가 송가들을 써내려갈 때 곳곳에서 말을 더 잇지 못하고 점으로 채웠듯이.

  그러나 이런 외마디 외침들에는 위대함과 숭고함, 희열에 가득찬 기쁨 등이 막연하게 가득차 있다. 마음속의 흥분이 가라앉을 때까지 이런 상태가 한참 계속된다. 무엇인가 정해진 것의 도입부가 될 수 있는 이성적인 단 몇 줄도 생산해내지 못한 채로.[30]

읽기의 정신이 시를 낳지만 그것은 사산되고 만다. 모든 기표를 제거하면서 출현한 저 서글픈 감정은 시가 되지 않으려 한다. 그 감정이 독자를 가로질러 지나가버리고 나면—독자는 다시 유창하게 말할 수 있게 되었기에—막연한 잔상만이 남는다. 사유하는 행위나 사유의 결과는 모두 언어가 육체성을 벗어버린 결과다. 그렇지 않다면 무언가 사유된 것이 말이나 글로 이미 공표된 담론들을 능가한다고 할 수 없다. 사유가 기성 담론들을 능가하는 것은 그것이 용케 언어로 호명될 수 없기 때문이다. 라이저는 유년기에 느꼈던 문자에 대한 적대감이 되돌아온 것처럼 말에 대한 적대감에 사로잡힌다. 그는 심지어 "언어"가 순수사유를 가리는 "널빤지 벽"이나 "꿰뚫을 수 없는 덮개"라고 말하며, "때때로 언어를 사용하지 않고도 사고가 가능한지 시험하느라 몇 시간씩 씨름한다."[31]

  그런 실험 조건에서 시를 지으려고 시도해봐야 말은 나오지 않고 더듬거리는 외마디 소리만 터질 뿐이다. 시를 짓는다는 것은 순수기의들 속에 잠겨 있는 사유를 소리내어 전할 수 있는가 하는 가능성을 실험하는 것이다. 그래서 시는 음성학적 읽기 교습법과 마찬가지로 순수한 최소기의로—클롭슈토크가 새로 개발한 구두점의 용법과 결합하며, "전적으로 구별의 기능"만 떠맡던 데서 벗어나 "표현적" 기능을 가지게 된 감탄사와 한숨으로—시작한다.[32]

하지만 시를 쓰고 싶어하는 독자의 순수한 영혼은 올림피아의 '아아'처럼 여전히 텅 비어 있다. 가장 개별적인 것과 가장 일반적인 것이 얽혀들면서 모든 특수성이 사라질 때, 라이저는 다음과 같은 결론에 도달할 수밖에 없다.

> 시를 쓰고 싶다는 막연한 감정만 있을 뿐 그에 앞서서, 또는 적어도 그와 동시에 시로 대상화하고 싶은 특정한 장면이 떠오르지 않는다는 것은 시인의 소명을 받지 않았다는 확실한 징후다.[33]

그리하여 번역 불가능한 것을 번역하려는 시도는 실패로 돌아간다. 라이저는 순수감정을 글로 옮겨야 했는데 그러지 못했다. 이 교양소설의 결말부에 이르면, 그사이에 대학에 진학한 주인공은 자신의 시적·연극적 계획들이 전부 무너지는 것을 목도한다. 그리고 안톤 라이저가 결국 시를 완성하지 못한 곳에서 이중의 자리바꿈이 일어난다. 카를 필립 모리츠라는 저자 겸 교육공무원의 이야기가 시작되는 것이다. 그는 '어머니의 입'을 번역하고 시인이 되는 데 실패하고, 군대 부속 보육원, 베를린 그라우엔 수도원 부속 김나지움, 쾰른 김나지움 등 프로이센 고등교육개혁의 주요 거점에서 교사로 일한다. 수사학적 웅변술을 훈련하는 대신에 독일 시인들을 해석하고,[34] 강제로 교리문답을 암송하는 대신에 학생들의 영혼을 심리학적으로 탐구하는 것—저자가 서문에서 강조하다시피, 교양소설 『안톤 라이저』는 이 같은 개혁적 프로그램을 다시 한번 반복하고 검증하며 독자 공중에게 널리 알리는 것일 뿐이다. 이처럼 실패한 시인은 교육공무원으로 변신하여 시인들을 대하는 방식에 변화를 일으킨다.

물론 소설 자체가 이 모든 이야기를 해주지는 않는다. "그런 수업시대는 주체가 뼈저린 깨달음을 얻고" 현실의 "합리성" 또는 국가에 귀의하는 것으로 끝나기에,[35] 교양소설들은 언제나 공무원 조직으로의 입구까지만 뻗어나갈 수 있다. 그것들은 제도에 관해 침묵한다. 왜냐하면 청소년기의 방황에 대한 합리적인 (얼마간은 심리학적인) 분석의 글쓰기인 교양소설을 가능하게 하는 것이 바로 저 제도이기 때문이다. 주인공은 시인이 되겠다거나 연극을 하겠다는 꿈을 접는다. 국가공무원으로서 소설의 저자는 (모리츠든 괴테든 켈러든 간에) 이처럼 주인공이 뼈저린 깨달음을 얻는 데까지만 따라갈 수 있다. 그다음 이야기, 즉 '양육하는 어머니' 역할을 맡은 저 우상을 둘러싸고 춤추는 공무원으로서의 생활은 영영 "맹점"으로 남는다.[36]

그런데 1800년 전후로 모성 기능이 제도화되면서 변화의 여지가 생겨난다. 낭만적 교양소설에 등장하는 예술가 주인공이 반드시 실패하지 않아도 되는 것이다. 안톤 라이저는 시가 '어머니의 입'으로부터 번역되어 나와야 하는 것임을 혼자서 깨쳐야 했다. 일찌감치 안주인 역할을 포기한 그의 어머니는 아들에게 사랑을 주지도 않고 알파벳을 가르치지도 않았다. 그나마 라이저의 읽기 공부에 딱 한 번 마지못해 개입하여 아버지가 준 경건주의에 대한 논문들 대신에 아버지가 금지한 소설들을 읽을 수 있게 해준 적이 있다. 그때 어머니가 이런 호의를 보인 것은, 그녀 역시 (루소의 어머니처럼) "예전에 이런 책들에서 황홀한 기쁨을 맛보았"기 때문이었다.[37]

반면 새로운 어머니들은 아들들이 시인이 되기를 스스로 꿈꾸고 소망하면서 적극적으로 시인의 자질을 "양성"한다.

> 요한네스 크라이슬러는 일전에 내게…… 광기 어린 어머니가 어떻게 극도로 경건한 방식으로 아들을 시인으로 양성했는지 이야기한 적이 있다. 이 여성은 자기가 성모마리아고 자기 아들이 숨겨진 예수라고 상상했다. 아들이 지금은 지상을 떠돌며 커피나 마시고 당구나 치지만, 때가 되면 사람들을 모아서 천상으로 인도하리라는 것이다. 아들은 활발한 상상력을 발휘해 어머니의 광기 속에서 자신의 드높은 소명에 대한 암시를 읽었다.[38]

이는 (차하리아스 베르너 작품의 패러디이기도 하지만*) 아버지 없이 반미치광이 어머니 슬하에서 자란 E. T. A. 호프만의 자전적 이야기이기도 하다. 과대망상에 사로잡혀 사는 어머니의 사랑은 산문과 시, 지상과 승천, 드레스덴과 아틀란티스를 오가는 이중생활을 가능하게 한다. 그리하여 사법공무원 호프만은 '어머니의 입'에서 교육공무원에 이르기까지, 번역 불가능한 발화의 시작점에서 보편적인 발화의 순환에 이르기까지 전 영역을 가늠할 수 있는 시적 담론을 발견한다. 교양소설의 실패한 예술가가 입을 다무는 지점에서, '새로운 시대의 메르헨'은 아직 더 할 말이 있다. 호프만의 소설 「황금 단지. 새로운 시대의 메르헨」에서 주인공은 시인이라는 불가능한 소명을 실현하고 말할 수 없는 것을 번역하는 데 성공한다.

*차하리아스 베르너는 독일의 시인이자 극작가로, 어머니가 뒤얽힌 아들의 친부 살인 사건을 그린 『2월 24일』(1808)로 '운명비극Schicksalsdrama' 장르를 개척했다.

## 「황금 단지」*

이 새로운 시대의 메르헨 주인공은 안젤무스라는 학생인데 전공은 알려져 있지 않다. 그렇지만 안젤무스의 "선생 같은 풍채"나 그 친구들—서기관이라든가, 교감이라든가, 조만간 왕실 문서관장이 될 고문헌학자—의 면면을 보건대, 그는 교육공무원 아니면 행정공무원이 될 것 같다.[39] 게다가 "그는 모든 것의 근본인 학교 성적이 우수하다."[40] 그러니 안젤무스는 아마도 새롭게 재편된 철학부 소속일 것이며, 그 소속감은 철학석사이자 의학박사인 파우스트보다 좀더 강할 것이다. 그렇지만 또는 그렇기 때문에, 그는 온통 시인의 꿈에 사로잡혀 있다. 도시 전역에 알려진 그의 "깨끗한 글쓰기" 솜씨는 파울만 교감이 제의한 "필사자 자리"에도 도움이 되지만 시인의 직무를 다하는 데도 도움이 된다.[41]

언어의<br>시작으로서의<br>구술적<br>입문의식

　　"언제나 그에게는 특별한 가족 명절이었던" 예수승천대축일에, 안젤무스는 기독교 이전의 대모신大母神들이 머물던 라일락나무 아래서 입문의식을 경험한다.

> 그때 속삭임과 조잘거림이 시작되었고 꽃들이 달랑거리는 크리스털 방울종처럼 쟁그랑쟁그랑 소리를 내는 것 같았다. 안젤무스는 귀를 기울이고 또 기울였다. 어찌된 영문인지 알 수 없었지만, 조잘거림과 속삭임과 쟁그랑거림은 반쯤 흩어져버리는 말들로 변했다. "나뭇가지를 헤치고—나뭇가지 속으로—나뭇가지 사이로, 피어오른 꽃

---

*호프만의 「황금 단지」는 학생 안젤무스가 라일락나무 아래서 작은 뱀 세르펜티나를 만나고 그녀의 아버지 린트호르스트에게 필사자로 고용되면서 겪는 환상적인 이야기다. 안젤무스는 우여곡절 끝에 린트호르스트의 비밀스러운 가족사를 기록한 문서를 필사하는 데 성공하고 세르펜티나와 결혼하여 아름다운 아틀란티스에서 살게 된다.

들 사이로, 몸을 날려, 서로 감겨들어, 얼싸안자, 우리—나
의 언니—내 어린 동생아, 반짝이는 빛을 받으며 훌쩍 떠
올라—어서, 어서 뛰어오르렴—뛰어내리렴—노을빛이
묻어나고, 저녁 바람이 속삭이고—이슬이 사르락—꽃들
은 흥얼흥얼—우리는 조그만 혀를 놀려, 꽃과 가지를 흔
들어 우리 노래하자—곧 별이 반짝일 테니—우리는 내려
가야 해—나뭇가지를 헤치고, 나뭇가지 속으로 몸을 날
려, 서로 감겨들어, 얼싸안자, 우리 자매들."[42]

조잘거림, 속삭임, 쟁그랑거림과 함께 자연시가 시작된다. 안톤 라
이저도 시인을 꿈꾸면서 감정의 외침을 떠올렸지만 스스로 그것
을 받아쓸 수 없었고 소설의 화자도 문자로 표기하지 못했다. 반면
여기서는 그런 감정의 소리가 주인공과 화자와 독자들 앞에 명료
하게 나타난다. 라이저가 더듬더듬 끊어지는 외마디 음성들 사이
에서 입 밖으로 나오지 않는 것을 표현하려 했던 저 문장부호까지
확실하게 적혀 있다. 결국 안젤무스의 입문의식이라 함은 환각 상
태로 '어머니의 입'에 귀를 기울이는 것이다.

　　바그너는 호프만을 숭배하여 이 이름 없는 자매들의 노래를
〈니벨룽의 반지〉 도입부에서 활용하기도 했지만,[43] 또 다르게 보
면 이것은 마치 슈테파니나 틸리히의 읽기 연습용 문장 같다. 세
여성이 작은 혀를 놀리는데, 그 결과는 라일락나무 아래에서는
'슐schl' 음, '슈sch' 음, '츠브zw' 음 같은 복합자음 연습으로,* 바그너

---

*이를테면 위의 인용문 중 "나뭇가지를 헤치고—나뭇가지 속으로—나뭇가지
사이로…… 몸을 날려, 서로 감겨들어, 얼싸안자, 우리—나의 언니—내 어린
동생아, 반짝이는 빛을 받으며 훌쩍 떠올라"의 원문은 "Zwischen durch-
zwischen ein-zwischen Zweigen…… schwingen, schlängeln, schlingen wir uns-
Schwesterlein-Schwesterlein, schwinge dich im Schimmer"와 같이 '츠브zw' 음,
'슈sch' 음이 계속 반복된다.

가 그리는 라인 강 바닥에서는 '브w' 음 연습으로* 나타난다.[44] 틸리히가 '겐gen' 음으로 끝나는 단어들로 만들어낸 행렬을 보자.[45]

| klin gen | sprin gen | rin gen |
|---|---|---|
| 클링 겐 | 슈프링 겐 | 링 겐 |
| [땡그랑 울리다] | [펄쩍 뛰다] | [맞붙어 싸우다] |

| drin gen | schwin gen | schlin gen |
|---|---|---|
| 드링 겐 | 슈빙 겐 | 슐링 겐 |
| [뚫고 지나가다] | [좌우로 흔들거리다] | [얽어매다] |

호프만의 행렬은 반복되는 음절을 단어의 끝머리에서 첫머리로 옮겨놓은 것뿐이다. 이처럼 최소기의들이 확장됨에 따라, 소리와 단어의 경계에서 최초의 의미들이 자라난다. 그것들은 빙글빙글 춤을 추면서 자음운과 모음운을 발생시키고, 그 시적 효과는 베른하르디의 낭만주의적인 연구서 『언어론』을 연상시키는 경이로운 방식으로 기의와의 동일성을 드러낸다. 그리하여 모든 기초독본의 학습목표가 실현된다. 하지만 그럼에도 또는 그렇기 때문에, 그 소리는 알파벳을 배운 사람의 귀에 수수께끼처럼 들린다. 안젤무스는 어떻게 소리가 의미 있는 말로 변할 수 있으며 그 모든 의미가 대체 무엇을 지시할 수 있는지 짐작도 할 수 없다. 자연시는 "우리"와 "자매들"이 누구를 지시하는지는 알려주지 않는다.

　"머리 위에서 크리스털 방울종의 3화음 같은 소리가 울려퍼

*바그너의 〈니벨룽의 반지〉 중 첫번째 악극 〈라인의 황금〉 제1장 도입부에서, 라인 강의 세 처녀는 호프만의 자매를 연상시키는 방식으로 "바이아! 바가! 파도여, 너 파도여, 저 태초의 요람까지 흔들어라! 바갈라바이아 발랄라, 바이알라 바이아!"라고 노래하는데, 이 구절의 원문이 다음과 같이 '브w' 음들로 짜여 있다. "Weia! Waga! Woge, du Welle, walle zur Wiege! Wagalaweia! Wallala, weiala weia!"

지는"―훗날 바그너가 〈라인의 황금〉 전주곡의 처음 137마디에서 이 3화음을 연장하고 증폭시켜 낭만주의 시의 환각적 효과를 기술적 실재로 옮기게 되는―"그 순간" 처음으로 "우리"가 지시하는 대상이 눈에 들어온다. 안젤무스는 "초록색 금빛으로 반짝이며 가지에 몸을 감은…… 작은 뱀 세 마리를 보았다." 그러니까 '마ma' 소리가 자식을 말하게 하는 '마마Mama'의 진정한 이름이듯이, 복합자음인 '슐schl' 소리는 노래하는 '슐랑겐Schlangen[뱀들]'의 본명이다. 그리고 음성학적 읽기 교습법이 복잡한 발음을 모두 순화된 '어머니의 입'에 맡긴 데 반해 종교개혁 시대의 기초독본이 '즈s' 음과 '슈sch' 음에서 연상되는 동물 이미지로 뱀을 제시했던 것을 떠올려보라. 작은 뱀들은 자연의 소리와 모계가족의 딸이라는 이중적 위치 사이에서 진동한다. 이를 본 안젤무스는 "저녁 바람"이 이번 한 번만 "알아들을 수 있는 언어로 속삭인" 것인지, 아니면 꿈에 그리던 운명의 소녀를 축제에서 우연히 마주친 것인지 혼란스러워한다.

울려퍼지는 3화음이 자매들을 가시화하면서, 즉 음향적 환각으로부터 표상이 솟아오르면서, 처음으로 해명이 이루어진다. 이 3화음을 신호로, 미분화된 채 이름 없이 빙글빙글 도는 자매들의 춤 속에서 한 여성이 솟아난다. 일찍이 새로운 시대의 도래를 알렸던 '푸른 꽃'의 꿈이 미리 프로그래밍한 대로, 다수의 여성 속에서 하나의 이상적 '여성'이 출현한다. "두 개의 아름답고 검푸른 눈이 뭐라 말할 수 없는 그리운 표정으로〔안젤무스를〕쳐다보았다. 전에는 알 수 없었던 드높은 환희와 먹먹한 고통의 감정으로 그의 가슴은 터질 듯했다."[46]

이렇게 환각 속에서의 응시를 응시하는 데까지 이르면, 라일락나무 아래의 수수께끼는 확실히 슐레겔의 「철학에 관하여」를 반복하게 된다. "마치 밝은 눈으로 응시하는 것처럼 의미를 또렷이 전달할 수 있고 영혼 깊은 곳에서 꾸밈없는 어조로 말하는 것처럼 표현"하는 사태가 또다시 벌어지는 것이다. 목소리와 응시, 즉 영혼의 표현과 창이 드러난다. 영혼은 말없는 문자의 행렬로만 저장할 수 있을 뿐 명료한 낭독의 기술로는 담을 수 없기에, 영혼을 발화로 욕되게 하지 않기 위해, 뱀들의 목소리는 가능한 한 "반쯤 흩어져버리는 말들"로 남는다.

목소리와 응시, 음향적 현존과 광학적 현존, 이런 소리와 언어의 원초적 유희로부터 이상적 연인의 형상이 깨어난다. 안톤 라이저는 시를 쓰고 싶다는 "막연한" 감정만 있을 뿐, 그에 앞서서 또는 그와 동시에 "시로 대상화하고 싶은 특정한 장면"은 떠오르지 않는 시적 절망을 맛보았다. 반면 안젤무스가 라일락나무 아래서 황홀하게 대면한 검푸른 두 눈은 모든 면에서 특정하게 정해진 비전을 보여주며, 그럼으로써 안젤무스의 남은 인생 항로를 정해버린다. 그는 저 응시를 사랑하는 자가 될 수 있고, 따라서 시인이 될 수 있다.

길고 지루한 성서 속 이름들로 읽기를 배운 사람은 기호와 감정을 연결할 줄 모른다. 그에 반해, 맨 처음 '어머니의 입'으로 읽기를 배운 사람은 이미 언제나 자신과 이상적 '여성'을 둘러싼 어떤 특정한 장면 안에 있다. 하지만 그 역시 자연으로부터 솟아난 목소리를 책으로 옮기고 비전을 산산조각내지 않고 문자로 옮기려면 방법을 따로 배워야 한다. 라일락나무 아래서 안젤무스는 아직 눈이자 귀일 뿐이며 그저 시인의 길 앞에 서 있을 뿐이다. 그가 시인의 길에 오르면 그때는 입문의식에서 보았던 것을 읽고 쓸 수 있게 될 것이다. 여기서부터는 아버지가 시인으로의 매끄러운 이행을 지도하는 교육학적 대리인으로 나선다. 안젤무스는 린트호르스트라는 정체불명의 왕실 문서관장이 자기를 필사자로 채용했으면 한다는 말을 공무원 친구들에게 전해 듣는다. 그리고 업무를 시작하기 전, 린트호르스트는 안젤무스에게 "황금색 초록빛 뱀"이 자신의 세 딸이며 그가 첫눈에 반한 "파란 눈동자"는 "세르펜티나라는 막내딸"이라고 알려준다.[47] 이렇게 아버지의 말은 미분화된 환각으로 솟아난 이름 없는 목소리, 다시 그 목소리로부터 솟아난 하나의 형상을 드디어 하나의 이름으로, 즉 사랑의 대상으로 변모시킨다. 라캉이 말했듯이, "이름보다 더 사랑스러운 것은 없다."

아버지의 담론은 해석의 담론이다. 그것은 해석하지만 해명하지 않는다. 과거에 [괴테의 시 「마왕」에서] 아버지는 마왕의 딸들을 바스락거리는 나뭇잎 소리로 번역했지만,[48] 린트호르스트는 라일락나무 아래서 나는 목소리를 지나가는 바람 소리로 축소하지 않고 오히려 그 목소리가 전하는 최소기의를 실증적이고 계보학적인 담론으로 확장한다. 그러자 흩날리는 말들, 빛나는 응시, 뒤얽힌 뱀들은 전부 그저 '세르펜티나'라는 이름의 의미가 육화된 것으로 밝혀진다. 이제 (드레스덴 시민의 섬세한 귀로 금방 알아챌 수 있는) 이 "이교도적 이름"은 라일락나무 아래에서 최소기의가 된다.[49] 신인문주의자들은 '세르펜티나'라고 말하면서 눈으로는 '슐랭라인 Schlänglein[작은 뱀]'을 보고, 귀로는 그저 '슐schl' 소리만 듣는다. 이것이 어머니의 말 또는 '어머니의 입'으로 번역해 들어가는 과정이다. 앞으로 안젤무스는 시적 번역의 모든 과정을 완수하기 위해 어머니의 말을 다시 [모국어로] 번역해야 한다. 그리고 1800년경에 문자가 언제나 자연이 아닌 것으로 여겨지는 한, 시인이 된다는 것은 문자로 적힌 글을 다시 목소리로 들어서 아는 것을 뜻한다.

왜냐하면 애초에 아버지의 말이 라일락나무 아래의 목소리를 글로 옮긴 것이기 때문이다. 린트호르스트가 문서관장인 데는 다 이유가 있다. 기표들의 연쇄적 계보는 거기 적힌 인물들의 죽음을 전제하기에 계보는 오직 텍스트로만 존재한다. 린트호르스트는 딸들을 자기 입으로 딸이라고 부를 수 있지만, 문서관장 자신도 속하는 포괄적 족보는 반드시 글의 위상을 갖추어야 한다. 린트호르스트의 서재에는 태초부터 시작된 린트호르스트 가문의 신비로

운 계보가 쓰인 양피지 두루마리가 있다. 필사자 안젤무스의 직무
가 바로 그것을 베껴쓰는 것이다.

✳

그리하여 딸들을 통한 구술적 입문의식에 뒤이어 아버지를 통한
문자적 입문의식이 시작된다. 안젤무스는 직무에 착수하기 전에
먼저 여지껏 갈고닦은 글쓰기 실력을 검증받아야 한다. 하지만 린
트호르스트는 안젤무스의 "극도로 우아한 영국식 필체," 즉 "영국
식 흘림체"를 좋게 보지 않는다.[50] 그는 훌륭한 교육공무원 같은
태도로, 안젤무스에게 여태까지의 자기 필체를 스스로 평가하고
단죄하라고 선고한다.

*aabbccddeefffoghbijkkllmmnooppqrrsftuvwxyzz.*

안젤무스는 마치 번개에 맞은 것 같았다. 자신의 필체가
너무나 끔찍하게 다가왔다. 문자열의 곡선도 둥글게 그어
지지 않았고, 강세도 제대로 들어가지 않았으며, 대문자
와 소문자의 비례도 엉망이었다. 그렇다! 제법 괜찮았을
법한 선의 흐름도 학생이 그은 듯한 조잡한 선이 끼어들
어 다 망치고 있었다. "게다가," 문서관장 린트호르스트
가 계속 말했다. "당신이 가져온 잉크의 내구성도 약합니
다." 그가 물이 가득찬 잔 속에 손가락을 담궜다가 문자들
을 가볍게 두드리자 모두 흔적도 없이 사라졌다.[51]

문서관장이 신랄하게 비판하는 부분이 조목조목 필사자 후보의
눈에도 보이기 시작하면서, 이 전도유망한 시인 또는 "어린이"는
처음으로 낡은 문자성의 세계를 빠져나온다.[52] 이것은 다른 낭만

주의 메르헨에서 사악한 필사자가 심판을 받는 대목과 정확히 일
치한다. 『하인리히 폰 오프터딩겐』에 삽입된 클링조르의 메르헨
을 보면, 글쓰기와 이성 그 자체인 "필사자"가 노래하는 (시의) 어
린이를 키우는데, 그 과정에서 마법의 물이 필사자가 쓴 문서들을
모두 지워버린다.[53] 마찬가지로 호프만의 또다른 메르헨 「수수께
끼 아이」에 나오는 정체불명의 어린이는 지상의 아이들에게 시
를 전수하여 아이들이 글쓰기 선생에게 배운 문자성을 벗어던지
게 한다.[54] 하지만 마법으로 글쓰기를 무효화하면서 정확한 기술
적 비판을 덧붙인 사례는 명시적으로 '새로운 시대의 메르헨'임을
천명하는 「황금 단지」가 유일하다. "곡선"이나 "강세" 또는 문자
의 비례 같은 개념은 메르헨에 어울리지 않는다. 그러나 린트호르
스트는 당시 슈테파니가 뮐러와 푈만의 선례를 토대로 완성한 새
로운 글쓰기 교습법에 동참하고 있다.[55] 이렇듯 1800년경에는 시
와 학교가 연대한다.

호프만의 메르헨이 발표된 이듬해, 슈테파니의 『초등학교용
생성적 글쓰기 교습법에 대한 상세한 기술』이 출간된다. 슈테파니
는 (음성학적 읽기 교습법의 경우와 마찬가지로) 임의적 모방에
그쳤던 낡은 문화기술Kulturtechnik을 심리적으로 동기부여된 자기
주도 활동으로 변환시키려 한다.

> 다른 과목과 마찬가지로 이 과목에서도 기존의 기계적 교
> 습법에 익숙해 있던 〔교사들은〕 글쓰기 교육을 자기주도
> 적인 정신력 계발의 소재로 삼아야 한다는 생각조차 하
> 지 않았다. ……기존의 기계적 글쓰기 교습법은, 학생들
> 이 예시문을 계속 베껴쓰면서 어떤 기계적 숙련성을 획
> 득하도록, 그래서 바르게 베껴쓸 수 있도록 하는 방식이
> 다. 대다수 학생들은 통상적으로 6년이나 이런 연습을 하
> 고도 기껏해야 눈앞에 예시문이 주어져 있을 때나 바르게

베껴쓸 수 있는 수준에 도달한다. 글쓰기를 충분히 내면
화하여 예시문이 없어도 훌륭한 필체로 글쓰는 법을 익히
는 학생은 극소수다.[56]

이는 경험에만 의존하여 "국가적 글쓰기"의 일반 규범을 정립하
지 않는 교사들의 구식 수업방식을 질책한 것이다.[57] 음성학적 읽
기 교습법에서 소리들이 서로 결합할 때처럼, 문자들의 결합도
(책제목에 명시된 바) 순수한 '나'로부터 "생성적으로" 자라나야
한다. 그것은 오래전에 정해진 기호들의 창고에서 바로 꺼내는 것
이 아니다. 첫째, 새로운 교습법은 전통적 문자들을 전부 분해해
야 한다. 슈테파니는 수직선, (왼쪽 방향과 오른쪽 방향으로 도는)
반원, (왼쪽 방향으로 도는) 반 타원 등으로 문자를 분해한다. 이
들은 기하학적 근원현상으로서 린트호르스트가 요구하는 이상적
"곡선"의 근간이 된다. 에를랑겐의 교사 횔만은 슈테파니보다 먼
저 이렇게 문자들을 기본형태로 분해하려는 시도를 했다. 그는 이
를 통해 "글쓰기를 훈련하는 학생들이 주어진 과제뿐만 아니라 그
과제를 제대로 수행하는 방법과 양식까지 가능한 한 명확하게 의
식"할 수 있으리라 기대했지만,[58] 결국 시간이 너무 많이 걸려서
기본형태들을 구축하는 데만 인생을 다 소진하고 말았다.

어쨌든 분석이 끝나면 (그리고 시간이 아직 남았다면) 둘째,
분석된 기본요소들을 재통합하는 연습을 한다. 이 재통합은 기계
적 조립이나 수학적 조합이 아니라 "실제적 전체로의 통합"을 보
증하는 어떤 미학적 원리에 의거한다. 그 원리란 "가장 밀접하게
결합해 있어야 하는 것들이 서로 분리되어 있는 것만큼 눈의 지고
한 감각에 거슬리는 것은 없다"라는 것이다.[59] 다만 숫자는 이 친
밀성의 원리에서 제외되는데, 그래야만 "시민생활에 무수한 협잡
을 불러일으킬 수 있는 숫자의 수정이 너무 쉬워지지 않기" 때문
이다.[60] 역으로, 문자들은 서로 구별되어야 하지만 문자소적 차별

성으로 딱딱 나뉘는 것이 아니라 가족적 친연관계와 점차적인 이행의 궤적 속에서—음성학적 읽기 교습법에서의 소리들처럼—그 위치가 정해져야 한다. 어머니들이 하나의 언어적 소리를 최소한으로 변형하여 그다음 소리로 이행시키는 시범을 보이듯, 교사들은 문자와 글쓰는 손으로 동일한 시범을 보인다. 그리하여 경제적 협잡의 위험을 차단하는 유기적으로 조화로운 필체가 출현하고, 그 필체의 주인인 시민적 개인이 출현한다.

하지만 거기에 이르려면, 셋째, 기본요소들로 구성된 문자들 자체를 다시 단어들의 기본요소로 재정립해야 한다. 여기서도 더 이상 둘로 쪼갤 수 없는 어떤 개체적 상태를 지향하는 결합의 원리가 작용하여, "가볍게 흐르는" 듯한 필체가 이상적 목표로 제시되고 "뚝뚝 끊어지는" 필체는 잘못된 글쓰기로 규정된다.[61] 이것이 아동과 교사 사이에서 수백 번씩 되풀이해 말해지면서, 마지막 남은 가장 하찮은 요소까지 남김없이 하나의 개체로 통합된다.

교사: ('Centner'라는 단어를 칠판에 올바르게, 아름답게,
　　　정확하게 쓰고서) 내가 방금 쓴 단어를 뭐라고 읽습니까?
아동: '첸트너Centner'라고 읽습니다.
교사: 첫번째 '에e'가 그 앞의 '체C'와 띄어쓰기 돼 있습니까,
　　　띄어쓰기 돼 있지 않습니까?
아동: 띄어쓰기 돼 있지 않습니다.
교사: 말하자면 서로 결합해 있다는 것입니다. 이 단어를 이루는
　　　나머지 문자들은 서로 띄어쓰기 돼 있습니까?
아동: 전혀 그렇지 않습니다.
교사: 그렇다면 이 단어를 이루는 모든 문자에 대해 어떻게
　　　말해야겠습니까?
아동: 모두가 서로 결합해 있다고 말해야 합니다.
교사: 그러니까 여기 적힌 단어는 전혀 잘못된 데가 없습니다.

이제 여러분이 이 단어를 따라 쓰면서 낱낱의 문자를 서로
떼어서 쓴다면, 그것을 올바르다고 말할 수 있겠습니까?

아동: 없습니다.

교사: 그것을 어떻게 압니까?

아동: 그것이 올바르려면, 저런 방식으로 쓰여야 하기
    때문입니다.

교사: 바로 그겁니다.[62]


이처럼 로스베르크의 『아름답고 신속한 글쓰기를 위한 체계적 교
본』(1796~1811)이 딱딱 끊어지는 구식 프락투어 서체를 몰아낸
다음부터는 모두가 "아름답고 정확한" 결합의 미학을 추구한다.[63]
철자를 하나하나 뚝뚝 끊어 쓰는 사람은 더이상 분할될 수 없는 존
재, 즉 시민적 개인으로 존재할 수 없다. 그런 까닭에, 이렇게 분리
불가능한 존재는 1900년경에 타자기로 친 글씨와 전단지로 인쇄
한 글씨가 등장하면 쇠퇴하게 될 것이다. 교양의 여정, 자서전, 세
계사 등 괴테의 시대에 발명된 위대한 형이상학적 통일체들이 연
속적·유기적 흐름이 될 수 있었던 것은 글씨의 연속적 흐름이 그
것들을 뒷받침하고 있었기 때문이다. 타자기로 친 글에 손으로 쓴
이탤릭체를 더한 게르하르트 룀의 짧은 구체시는 이를 아이러니
하게 드러낸다.[64] 이처럼 1800년경에 글쓰기 그리고/또는 개인의
전방위적 결합이 중요해지면서, 슈테파니는 소문자와 대문자를
포함해서 "모든 문자를 다른 문자들과 쉽고 즐겁게 결합하는 법"
을 연습할 수 있도록 신경써서 수업을 구성해야만 했다. 복합자음
이 목소리의 흐름을 방해하듯이 중간에 끼어드는 대문자가 이상
적인 글의 흐름을 방해할 수 있기 때문이다.[65]

**mein leben**

이렇게 글을 이루는 모든 요소와 그 결합이 확장적 연속체를 완성하고 나면, 이제 마지막 단계가 남는다. 그것은 깃펜으로 글씨를 쓸 때 굵은 부분과 가는 부분, 밝은 부분과 어두운 부분, 힘을 줘서 누르는 부분과 살짝 떼는 부분 간의 미적 비례를 맞추는 연습이다. 여기서도 글은 하나의 흐름이자 통일체가 되어야 한다고 강조된다. 기본요소인 문자들은 좀더 힘을 주고, 문자들 간의 연결부는 힘을 살짝 빼야 한다. 철자의 연결을 연습하는 "긋기"와 깃펜의 사용을 연습하는 "그리기"의 상호작용 속에서[66] 결과적으로 독자적이고 개인적인 필체가 자라난다. 필체가 개인적인 것은, 필적감정학을 공부한 영혼 감정가나 경찰에서 일하는 필적 전문가가 신원 확인에 이용할 법한 어떤 고유한 특징을 보이기 때문이 아니다. 필체는 교양을 통해 형성된 개인의 일대기적·유기적 연속성을 '문자 그대로' 물질화하며 그렇기 때문에 개인적이다. "따라서 개인의 개성이나 타고난 특성에 교양을 통해 형성된 내용까지 더한 것을 행동과 운명의 본질을 이루는 내면으로 받아들인다면, 이러한 내면의 본질이 최초로 외면화되어 나타난 것이 곧 입과 손과 목소리와 필체"다.[67]

　거푸집으로 필체를 찍어낸다는 것은 곧 개인을 생산한다는 것이다. 푈만과 슈테파니가 구축한 규범적 글쓰기는 1800년식 기록시스템이 성립하기 위한 기본적인 글쓰기 시스템을 제공한다. 안젤무스가 찬란한 시인이 되어 기록시스템에 진입하려면 먼저 글쓰기 수업을 받으면서 여태까지의 글쓰기 방식을 이상적 규범에 맞게 고쳐야 한다. 린트호르스트가 안젤무스를 두고 부족하다고 책망하는 문자의 "곡선"은, 슈테파니의 교습법에서 문자의 기본요소 단계부터 연습시키는 부분이다. 왜냐하면 "각진 형태는 눈에 거슬리기" 때문이다.[68] "조잡한 선"은 "제법 괜찮았을 법한 선의 흐름"도 다 망쳐버리면서 글쓰기의 연속적 흐름을 깨뜨린다. 또한 안젤무스는 "대문자와 소문자의 비례," "강세"가 들어가야 하는 부분과 살짝 떼야 하는 부분, 그러니까 "긋기"와 "그리기"의 전 방면에서 완벽하게 숙달되지 않은 상태다. 안젤무스의 필체는 모든 면에서 개인의 독자적 표현이 아니라 "학생처럼" 잘못 베껴쓴 것에 불과하다. 그래서 린트호르스트 같은 개혁적 교육자가 보기에는 "학교 성적이 우수하다"라는 평에 별로 못 미치는 것이다.

안젤무스를 무참하게 비판한 린트호르스트는 이제 새로운 학습목표를 제시한다. 안젤무스는 기만적인 교사의 글씨를 베껴쓰는 대신에, 생성적 글쓰기 교습법이 유도하는 독특한 방식에 따라 문자들을 도출하는 법을 새로 배워야 한다. 이상적 아버지 린트호르스트는 이렇게 "배우는 법을 배우는" 과정을 통제한다.[69] 그는 여기서 실로 글쓰기 교습법의 개혁가처럼 보인다. 새로운 읽기 교습법이 어머니들의 육체에 기록되었다면, 글쓰기 교습법은 관련 도서들의 책제목만 봐도 아버지들과 남성 교사들의 영역임을 알 수 있다. 슐레겔이 글쓰기는 전 인류의 사명이지만 이는 양성 중 한쪽 성에만 해당되는 사안이고 다른 쪽 성은 내면적 노래, 읽기, 읽기 공부 같은 구술성을 연마해야 한다고 썼던 것을 기억하라. 어떤 개혁가도 이 성문화된 규정을 감히 어기지 않는다. "말하기는 여성들에게 배우고, 글쓰기는 남성들에게 배운다."[70] 그런 까닭에, 『빌헬름 마이스터의 수업시대』 이후에는 문학작품에서도 말은 어머니들이 가르치고 글은 아버지들이 가르치는 도식이 확실히 정착된다.[71]

린트호르스트는 이런 이상적 아버지의 화신이다. 옛 유럽의 교사는 글쓰기를 가르치면서 본인이 직접 글을 썼는데, 그러다보니 그 자체로 이미 불완전한 사본을 다시 학생들에게 써 보이는 꼴이 되었다. 반면 린트호르스트는 본인이 직접 쓰지 않으면서 다른 사람으로 하여금 쓰게 만든다. 마치 이상적 '어머니'가 본인은 말하지 않으면서 자식을 말하게 만드는 것처럼 말이다.[72] 연속적인 이상적 필체를 연마하는 것은 입문자 본인의 과제로 남는다. 결국

안젤무스는 아라비아문자를 이용한 준비훈련을 성공적으로 이수
한다. 그러자 결정적인 시험이 주어진다. 린트호르스트는 필사자
안젤무스에게 어떤 전통적인 문자 형태와도 닮지 않은 기호들이
적힌 양피지 하나를 베껴쓰도록 시킨다. 그 기호들은 글쓰기의 신
비로운 시작을 형상화한다. 여기서 학생 안젤무스는 문자들을 그
기원으로부터 "생성적으로" 도출할 수 있는가 하는 질문에 정면
으로 부딪힌다.

> 안젤무스는 독특하게 뒤얽힌 기호들에 적잖이 놀랐다. 수
> 많은 작은 점, 횡선, 붓놀림, 장식 곡선은 때로는 식물을,
> 때로는 이끼를, 때로는 짐승을 표현해놓은 것 같았다. 무
> 엇이든 정확히 베껴 그릴 수 있다는 안젤무스의 자신감이
> 거의 꺾여버리는 듯했다.[73]

여기서 알 수 있는바, 글쓰기의 신비로운 시작을 나타내는 이 원
형적 글은 (아직) 글이 아니다. 아무도 그것을 쓰거나 읽을 수 없
으니, 이 "알파벳 없는 글에서 기호, 기의, 기표는 동일하다."[74] 자
연은 구불구불 뒤엉킨 선 자체다. 그렇지만 린트호르스트는 동식
물 모양의 상형문자를 보고 긴가민가하는 필사자 안젤무스에게
이것이 "『바가바드기타』의 대가"가 쓴 작품이라고, 그러니까 산
스크리트어라고 말한다.[75] 따라서 그 양피지는 『파우스트』에 나온
노스트라다무스의 자필본과 마찬가지로 외국어 텍스트인 동시에
자연의 계시다. 이처럼 문화적 이질성과 이질적 자연 사이에서 진
동하는 경향은 1800년경에 글을 시적으로 묘사한 다른 사례들에
도 공통적으로 나타난다. 노발리스는 자연의 위대한 "암호문"과
"진정한 산스크리트어"를 동일시한다.[76] 뢰벤의 소설에서는 "꽃
잎"이 "글과 그림으로 가득찬 양피지"가 되고, 이것이 다시 여성
의 손을 빌려 "한 권의 책으로 꿰매진다."[77] 1800년식 기록시스템

낭만주의의<br>원형적<br>글로서의 자연

은 책의 한 쪽Blatt을 식물의 잎사귀Blatt에 비유하는 오랜 환유를 문
자 그대로 받아들인다.

이렇듯 원형적 글이 자연과 문화 사이에서 진동하기 때문에,
그 글은 (안젤무스가 한탄하는 대로) "베껴 그리기" 무척 어려워
도 (슈테파니가 가르치는 대로) 그려낼 수 있다. 원형적 글은 유럽
식 문자 형태를 절대적인 것으로 받아들여야 한다는 속박을 제거
한다. 또한 원형적 글을 이루는 기호들은 복잡하게 생겼지만 친숙
한 자연의 본질과 닿아 있다. 그런데 이렇게 시적으로 묘사되고 있
는 글은 학교 수업을 할 때 "매우 도움이 되는" 어떤 속성을 구현
하고 있다. 교육개혁가 게디케는 이렇게 주장한다.

> 글씨 쓰기 연습에 앞서서 선 긋기 수업 및 연습을 해야 한
> 다. 어린이는 글을 쓰는 것보다 선을 그어서 그림을 그리
> 는 것을 훨씬 좋아한다. 무미건조한 문자 형태를 따라 그
> 리기보다는 무언가 자신에게 친숙한 대상, 이를테면 꽃의
> 간단한 윤곽선을 따라 그릴 때 훨씬 즐거워한다.[78]

자연에서 글이 발생하는 창세기적 순간으로서의 원형적 글은 생
성적 글쓰기 프로그램을 완성하는 궁극의 요소다. 야생에서 문자
가 나타난다는 불가능한 일이 벌어진다. 읽기와 말하기의 영역
에서 어머니의 목소리가 어떤 '자연적 시작'을 나타내듯이, 원형
적 글도 마찬가지 위상을 점한다. 그런데 목소리는 입과 호흡기
를 통해 육체와 연결되는 언어의 실재이기에, 구술적 차원에서는
1800년식 기록시스템이 비교적 쉽게 움직여나갈 수 있다. 반면 원
형적 글은 그에 선행하는 실재가 없어서 '어머니의 입'에 기생하
지 않으면 구성 자체가 어렵다. 「황금 단지」에 나오는 식물 및 이
끼 모양의 곡선 묘사와 다음의 이야기를 비교해보라.

나는 살짝 빠져나와서 내가 좋아하는 돌을 보러 갔다. 돌 위에 이끼와 작은 식물이 뒤덮여 만든 기이한 형상이 아무리 보아도 질리지 않았다. 나는 때로 그 기호들을 이해할 수 있다고 생각했다. 어머니가 들려주었던 것 같은 온갖 종류의 모험 이야기가 그 형상에 묘사되어 있는 것처럼 보였다.[79]

호프만의 「요한네스 크라이슬러의 도제 증명서」에 나오는 이 대목은 실제로 원형적 글을 구성하는 방법을 체계적으로 제시한다. 이때 기호들을 단순히 읽을 수 있는 것이 아니라 이해할 수 있는 것으로 호명하려면, 일단 자연물에 형상적 특성을 부여하고 그 형상성에 '어머니의 목소리'를 부여해야 한다. 음성학적 읽기 교습법의 경우와 마찬가지로, 광학적 기호들은 '어머니의 입'과 상상적으로 공명하면서 그 목소리에 둘러싸이고, 그럼으로써 기표가 아니라 기의로 보일 수 있게 된다. 텍스트가 영화가 되는 셈이다.

필사자 안젤무스는 정확히 이런 방식으로 '여성'이라는 상상적 존재에 기생한다. 린트호르스트가 주고 간 구불구불한 선들 사이로 사랑하는 세르펜티나가 끊임없이 나타난 덕분에, 안젤무스는 아라비아문자를 베껴쓰는 첫번째 연습을 무사히 마칠 수 있었던 것이다.

그는 낯선 이국 문자의 구불구불한 선을 어떻게 이렇게 빠르고 쉽게 베껴 그릴 수 있는지 스스로도 이해할 수 없었다. 그때 마음 깊은 곳에서 어떤 목소리가 또박또박 이렇게 속삭이는 듯했다. "아아! 그대가 그녀를 마음에 두고 생각하지 않는다면, 그녀의 존재와 그녀의 사랑을 믿지 않는다면 과연 이 일을 완수할 수 있을까?" 그때 아주 가만히, 가만히 속삭이는 크리스털 종소리 같은 것이 바람

을 타고 방 안에 울려퍼졌다. "나는 당신 곁에—곁에—곁
에 있어요! 내가 당신을 돕잖아요—힘을 내요—버텨요,
사랑하는 안젤무스!—내가 당신과 함께 노력하고 있어
요, 당신이 내 것이 되도록!" 안젤무스가 환희에 젖어 그
소리를 생생하게 알아들을수록, 미지의 기호들도 더욱 명
쾌하게 다가왔다. 실제로 양피지에 기호들이 이미 흐릿하
게 쓰여 있어 그저 능숙한 솜씨로 그 위를 검게 덧칠하기
만 하면 되는 듯했다. 이렇듯 안젤무스는 달콤하고 부드
러운 숨결처럼 사랑스럽고 다정한 소리에 둘러싸여 작업
을 계속해나갔다.[80]

그러니까 안젤무스가 낯선 이국의 구불구불한 기표를 읽고 이해
할 수 있는 것은 그가 집착하는 구불구불한 '그녀,' 즉 이상화된
'여성' 덕분이다. 그녀는 마음 깊은 곳의 목소리가 '아아!'라는 탄
성으로 간절한 연모의 마음을 전하자 그에 응답하듯 나타난다. 이
뿐만 아니라 다른 여러 대목에서도, 안젤무스의 탄식은 라일락나
무 아래서 들리던 소리를 반복해서 되불러들인다.[81] 그런 까닭에,
거꾸로 생각하면 '여성'의 상상적인 현존은 하나의 목소리로 솟아
나는 셈이다. 숨결이 모든 담론의 시작이라는 헤르더의 말을 입증
하는 듯이, 세르펜티나는 모든 명료한 발음, 속삭임, 노래, 숨결, 입
김에 앞서는 발화로 나타난다. 언어의 의미를 불러일으키는 영감
이 바로 이런 식으로 기계적인 필사 작업을 휩쓸고 뛰어넘는다. 과
연 이 영감은 자신의 영향력도 명확하게 밝힌다. 구술성이 어떻게
글쓰기 작업을 가능하게 하고 즐겁게 하는지를 해명하는 것은 안
젤무스가 아니라 마음 깊은 곳에서 솟아난 어떤 목소리인 것이다.
    슈플리테가르프는 『그림으로 보는 새로운 ABC 교재』에서,
다정한 부모가 자녀에게 자연의 형상성을 보여주듯이 "어렵지도
힘들지도 않게" 어린이를 "우리 책의 세계로" 이끌겠다고 약속

한다. 「황금 단지」에 나오는 '여성'의 목소리도 같은 약속을 하고 그 약속을 지킨다. 이런 상동성이 나타나는 이유는 간단하다. 둘 다 같은 장소에서 유래하기 때문이다. 어린이들의 눈앞에서 단어들을 그려 보이며 책을 자연으로 탈바꿈시키는 기초독본은 개혁적 교육학자가 집필한 것이다. 그리고 안젤무스의 필사 작업을 돕는 연인의 목소리는 아버지 겸 공무원이 부여한 것이다. 마음 깊은 곳에서 위안이 솟아난 줄만 알았던 안젤무스는 실은 그 반대였음을 깨닫는다. 세르펜티나가 존재하고 그 존재가 세르펜티나라고 불린다는 것, 자신이 "작업을 올바르고 성실하게 수행한다면" 세르펜티나가 자신 앞에 나타난다는 것, 그리고 실제로 이 모든 일이 일어난 까닭이 세르펜티나가 자신을 "사랑"하기 때문이라는 것을.[82] 세르펜티나의 아버지가 이 모든 것을 미리 말해주지 않았다면 학생 안젤무스는 감히 눈치도 못 챘을 것이다. 상상적 목소리의 현전에 앞서서 큰 '타자'의 담론—단지 그렇게 공표되었을 뿐 다른 어떤 식으로도 보증되지 않는 담론—이 존재한다.[83] 언제나 그렇듯이, 마음 깊은 곳은 그저 이 담론을 기계적으로 되풀이할 뿐이다.

　　그러니까 글쓰기 장면 전체를 감독하는 것은 린트호르스트고, 세르펜티나는 1800년경부터 뒤에 조금 물러서서 지켜보고 있는 국가 또는 국가공무원의 대변인일 뿐이다. 린트호르스트가 베껴쓰기를 자발적 활동으로 대체하고, 에로틱한 약속을 통해 펜을 쥔 안젤무스의 손이 스스로 "이해할 수 없"을 정도로 "빠르고 쉽게" 움직이도록 하는 것은 모두 그 덕분이다. 여기서 린트호르스트는 올리비에가 약속한 새로운 읽기-쓰기 교습법을, 즉 읽기-쓰기 수업이 "여태까지 경험한 것에 비하면 믿을 수 없을 정도로, 놀랍도록 빠르고 쉬워지며, 특히 [읽고 쓰는 경험이] 너무나 불가해한 욕망을 불러일으켜 극도로 기이한 즐거움을 줄" 것이라고 약속한 그 교습법을 곧이곧대로 베껴온 것 같다.[84] 그리고 안젤무스가 몇 번이나 양피지에 기호들이 흐릿한 글씨로 쓰여 있어 잉크로 덧칠하기만 하면 되는 것처럼 느끼는 것은,[85] "단어들을 전부 연필로 미리 써놓고 학생이 잉크로 따라 쓰도록" 하라는 『기초과정』의 제안을 린트호르스트가 환상적으로 실행한 결과다.[86]

이러한 전환은 바제도의 책제목대로 글쓰기의 '기초과정'을 완성한다. 먼저, 흐릿하게 미리 써놓은 글씨는 흑과 백, 언제나 어떤 사건의 충격으로 가해지는 문자의 형상과 그 배경으로서의 종이라는 이항 대립을 뒤섞는다. 실제로 1800년경의 책들은 "검은색이 아니라 회색 잉크로 인쇄한다"는 규칙을 준수한다.(결이 고운 백지에서는 그게 더 부드럽고 온화해 보이기 때문이다. 하지만 고리타분한 칸트는 이것을 괴상한 유행이라고 불평한다.[87]) 둘째, 이 전환은 "원본"을 볼 필요성을 제거한다. 안젤무스는 필사자로 고용되어 필사를 하지만 그럼에도 필사를 하는 것이 아니다. 그의 글쓰기는 확실하게 의지할 수 있는 모범이 없는 상태에서 이뤄지며, 그럼으로써 학생들이 "스스로 훌륭한 필체로 글쓰는 법을 익힌다"라는 슈테파니 또는 린트호르스트의 "더 높은 목적"을 실현한다.[88] 이처럼 흑백이 선명히 드러나지 않은 상태라야 비로소 교사의 담론과 마음 깊은 곳의 목소리가 뒤섞일 수 있다. 그러므로 시인 호프만이 머무는 무의식적 상태는 교육학의 부차적 효과일 뿐이다. 아버지들과 교사들이 자신들의 피조물에 대한 "주인 위치"를 비워주면,[89] 내면의 심연 속에서 국가적으로 정립된 '어머니'가 솟아나는 것은 거의 불가피하다. 그리하여 주인공의 마음 깊은 곳에서 솟아난 목소리가 아무런 전환 과정도 거치지 않고 라일락나무 아래서 속삭이던 목소리로 매끄럽게 이어진다. 린트호르스트의 서재에서 아라비아문자를 필사하고 있을 때 "아주 가만히, 가만히 속삭이는 크리스털 종소리 같은 것이 바람을 타고 방 안에 울려퍼졌다." 이처럼 교사들과 학생들이 주술적으로 뒤섞인다는 공무원 시스템의 공공연한 비밀로부터 어떤 대모신이 출현한다.

*

「황금 단지」의 세번째 야경*은 신비로운 계보를 이야기하는 것으로 시작한다. 1800년경의 다른 창작 메르헨들과 마찬가지로, 이 계보 이야기는 동일지시성 Koreferenz의 기본규칙을 어기고 새로운 인물이 처음 등장할 때 '어떤 정령'이나 '한 어머니'가 아니라 대뜸 '정령'이 어떻고 '어머니'가 어떻다고 [부정관사가 아니라 정관사를 써서] 지칭한다.[90] 그리하여 이야기는 마치 어떤 절대적인 인용문처럼 독자를 일단 덮치고 들어간다. 계속 읽다보면 이 이야기가 문서관장의 말을 직접 인용한 것임을 알 수 있다. 린트호르스트가 드레스덴의 공무원 동료들에게 어떤 창세 신화를 이야기하는 척하면서 자기 자신의 계보를 읊고 있다는 것도, 조금만 더 읽으면 명확하게 알 수 있다.

니체가 말하는 '학자들의 계보'와 마찬가지로,[91] 이 이야기는 족보인 동시에 역사라는 이중의 의미에서 계보에 해당한다. 친족 관계의 개념들은 특정한 지시대상에 고착될 필요가 없기에, 공무원 린트호르스트의 족보와 가족사는 다음과 같은 간단한 구조로 이뤄진다. 창세의 계보를 구성하는 매 세대마다 남성적인 샐러맨더†가 여성적인 흙의 정령과 맺어진다. 이 여성은 불과 혼인하면서 신화 속의 세멜레처럼 스러지지만,‡ 그 불타버린 자궁에서 처녀가 나와서 "다시" 어머니가 된다.[92] 린트호르스트 본인도 샐러맨더의 왕족으로서 "초록뱀"과 혼인하여 "인간의 눈에는 그 어머니의 형상으로 보이는" "세 명의 딸"을 얻는다.[93] 공무원의 계보를 정식화하는 낭만적 신화가 이보다 낭만적이지 않기도 어려울 것

---

*이 작품에서 야경은 서사문학의 장章에 해당하는 표현으로, 작가가 밤을 지키며 글을 썼다는, 비밀스러운 분위기를 풍기는 단어로 해석된다.
†뱀의 형상을 한 전설상의 동물, 불의 정령. 세상에서 가장 강한 독을 품은 채 불속에서 산다고 한다.
‡세멜레는 그리스신화에 나오는 제우스의 연인들 중 하나로, 헤라의 계략에 빠져 제우스의 번개를 보고 불타 죽는다. 제우스는 불에 탄 세멜레의 몸에서 아들 디오니소스를 구한다.

이다. 건전한 행정학적 관점에서, 여성의 사명은 단일한 '어머니'를 끝없이 재생산하는 것이고 남성들의 사명은 그 어머니를 끝없이 재발견(또는 재발명)하는 것이다. 따라서 안젤무스가 세르펜티나를 만난 이상, 그는 세번째로 언급된 세대의 남성들을 대표하여 "증-증-증-증조할머니"를 만나게 된다.[94]

하지만 세르펜티나는 "초록뱀"이 축소된 형태로 환생한 것이며, 그 크기는 어떻게든 유지되어야 한다. 안젤무스와 그를 사랑하는 공무원의 딸 베로니카는 작은 뱀이 커져서 진짜 뱀이 되면 무슨 일이 벌어지는지 누구보다 잘 안다. 그도 그럴 것이, 린트호르스트가 훌륭한 정령의 왕이자 "현명한 남자"라면 또 그만큼 늙고 "현명한 여자"*가 있는데,[95] 이 노파가 흑마술을 써서 베로니카의 눈에는 예전 유모로 보이고, 안젤무스가 린트호르스트의 서기로 취직하러 갈 때는 초인종 줄에 마법을 걸어 뱀의 형상으로 나타난 것이다.

공포가 안젤무스 학생을 사로잡고 사지에 경련과 오한을 불어넣었다. 초인종 줄이 아래로 떨어져 희고 투명한 구렁이가 되더니 그의 몸을 휘감고 짓누르며 칭칭 에워싸서 강하게 더욱 강하게 옭아맸다. 부드러운 사지는 으깨져서 우지끈 터져버렸고, 혈관에서 뿜어나온 피가 뱀의 투명한 몸통에 스며들어 그 몸뚱아리를 붉게 물들였다. "나를 죽여라, 나를 죽여!" 안젤무스는 끔찍한 두려움에 휩싸여 이렇게 소리치려 했지만, 그의 외침은 둔탁한 그르렁거림일 뿐이었다. 뱀이 머리를 치켜들고 청동빛의 길고 날카로운 혀를 청년의 가슴에 갖다댔다. 돌연히 날카로운 고통이 생명의 혈맥을 찢어발겼다. 안젤무스는 의식을 잃었다.[96]

*Weise Frau.「황금 단지」에서 호프만은 이 표현을 이중적으로 사용한다. 이것은 직역하면 '현명한 여자'라는 뜻이지만, 관용어로 '산파'라는 의미가 있다.

세르펜티나가 광기 어린 또는 광기를 불러일으키는 구렁이의 축소된 형태임을 이보다 명확하게 말하는 장면도 없을 것이다. 이상적 '어머니'가 처녀로 환생했다는 작은 뱀은 어떤 거대한 여성을—이상화된 '어머니'가 아니라 어떤 어머니, 또는 어머니도 아니고 그저 옛 유럽의 산파들 중 하나를—은폐하는 이미지 또는 부적이다. 「모래 사나이」에서 유모가 무서운 이야기로 신체가 훼손되는 환상을 유발하듯이,[97] 여기서도 유모는 정합적인 개인을 차라리 죽어버렸으면 싶을 만큼 무섭게 밀어붙인다.

샐러맨더 또는 공무원의 계보는 이렇게 안젤무스가 의식을 잃은 장면 바로 다음에서 이야기되며, 따라서 그 이야기의 유일한 목적은 저 공포스러운 여인을 역사 이전의 지하세계에 가두는 것이다. 저 여인을 '남근적'이라 말한다면 너무 완곡한 표현이 될 것이다. 실제로 존재하는 다수의 여성은 그보다 더 실재적이고 무시무시한 유모들이 되어 유일한 '어머니'의 담론을 부수고 들어간다. 유럽의 아동양육개혁은 이 같은 조산원, 유모, 산파 들을 체계적으로 억압하고 그 자리에 남성 공무원들과 시민사회의 교양 있는 어머니들을 정립하는 것으로 시작되었다.[98] 초록뱀을 정령의 왕과 정령 나라의 공무원 모두를 낳은 원초적 어머니로 전환하는 린트호르스트의 신화는 바로 그러한 억압을 실행한다. 오로지 마녀만이, '린트호르스트=공무원'과 '그녀 자신[라우어린]=마녀'가 어둡고 말할 수 없는 한 쌍을 이룬다는 기억을 보존한다.[99] "그는 현명한 남자야. 그러나 나도 현명한 여자지."

[베로니카에게 접근한 노파이자 변신한 구렁이인] 늙은 라우어린이 추방되는 이유는 간단하다. 그녀가 섬뜩한 소동을 벌이며 알파벳 공부를 방해하기 때문이다. 안젤무스를 마지막으로 만났을 때 눈앞에서 이절판 책을 찢어발기며 즐거워하는 라우어린은 그러므로 린트호르스트의 적이 될 수밖에 없다.[100] 그리고 라우어린이 안젤무스에게 빠진 교감의 딸 베로니카와 처음 만날 무렵, 베

로니카는 이 노파가 '읽기와 쓰기를 불필요한 것으로 만드는' 신비한 능력이 있다는 소문을 먼저 듣는다. 베로니카의 친구가 전장에 나간 약혼자가 살았는지 죽었는지 통 소식을 듣지 못한 때에, 라우어린 부인이 마술거울 속에서 그가 "적군의 경기병이 휘두른 검에 맞아 오른쪽 팔에 치명상은 아니지만 심한 상처를 입고 글을 쓸 수 없게 된" 장면을, 심지어 그가 승진해 충성 서약을 하는 장면까지 전부 읽어냈다는 것이다.[101] 이것은 대단한 마법이 아니라 (약혼자의 이름인 빅토어Victor[승리]라는) 기표를 액면 그대로 받아들인 결과다. 하지만 당시의 기록시스템에서 기술자들은 전쟁터와 그곳에 명령을 하달하는 주요 도시들 간에 최초로 광학적 전신망을 설치하고,[102] 교육공무원들은 모든 기표의 우위에 놓이는 하나의 기의를 숭상한다. 이런 기록시스템 속에는 라우어린 부인의 마술거울을 위한 자리가 없다. 여성들의 지식이, 글을 쓸 수 없게 된 기병대 대위의 마비된 팔을 대체하는 동시에 글쓰기 수업에 착수한 교육공무원의 팔을 마비시킬 수 있다면, 그것은 중부유럽의 알파벳 개혁운동 전체를 중단시킬 위험이 있다. 따라서 새로운 시대의 메르헨에서는 현명한 남자와 그 어머니/딸이 현명한 여자/산파를 무찔러야 한다.[103] 구렁이는 글쓰기를 불필요한 것으로 만들려고 하지만, 작은 뱀 세르펜티나는 린트호르스트와 안젤무스를 잇는 전령으로서 글쓰기를 가능하고 필요한 것으로 만든다.

안젤무스는 아라비아문자 쓰기 시험을 통과한 후 (교양소설의 패턴에 따라) 도제 훈련의 최종시험을 치른다. 이제 그는 『바가바드기타』 또는 어떤 원형적 글을 베껴써야 한다. 린트호르스트의 서재에서 혼자 이 과제를 받아든 안젤무스는 "독특하게 뒤얽힌 기호들"을 보자마자 저 기병대 대위와 같은 마비 증상을 겪는다. 하지만 안젤무스는 용기를 내서 "양피지 두루마리의 낯선 기호들을 연구하기" 시작한다. 비록 그 방법이 학구적이지는 않지만 말이다.

정원의 놀라운 음악이 울려퍼지며 달콤하고 기분 좋은 소리로 그를 에워쌌다. ……종려나무의 에메랄드색 이파리가 바스락거리는 것 같기도 하고, 안젤무스가 운명적인 예수승천대축일에 라일락나무 덤불 아래에서 들었던 사랑스러운 크리스털 종소리가 방 안을 밝히는 것 같기도 했다. 놀랍게도 안젤무스 학생은 이 소리와 빛으로 기력을 회복하여, 양피지 두루마리에 적힌 제목을 더욱 집중해서 감각하고 생각했다. 그러자 마음속 깊은 곳에서 솟아난 것처럼, 저 기호들이 다음과 같은 의미임을 직감할 수 있었다. "샐러맨더와 초록뱀의 결혼에 관하여."

　그때 경쾌한 크리스털 방울종의 3화음이 날카롭게 울려퍼졌다. "안젤무스, 사랑하는 안젤무스." 나무 이파리 사이로 이런 소리가 바람에 실려왔고, 그리고 오, 놀라워라! 종려나무 줄기에서 초록뱀이 내려왔다.

　"세르펜티나! 사랑스러운 세르펜티나!" 안젤무스는 지고한 환희의 광란 속에서 이렇게 외쳤다.[104]

후대의 해석자들은 대부분 간과하지만, 여기서 호프만은 탄복할 만큼 평이한 문장으로 전혀 새로운 환상문학을 수립한다. 그것은 푸코가 "도서관 환상"이라고 칭한 것이다.

　19세기는 그전 시대들이 생각하지도 못했던 힘으로 가득 찬 상상력의 한 공간을 발견했다. 이 새로운 환상의 공간은 더이상 밤이나 이성의 휴면 혹은 욕망 앞에 열린 어떤 이름 모를 허공이 아니라 오히려 깨어 있음, 끊임없는 주의, 박식을 향한 열성, 세심한 경계라고 할 어떤 것이다. 이제 몽상적인 것은 인쇄된 기호들의 희고 검은 표면에서, 먼지를 뒤집어쓴 채 접혀 있지만 일단 펼쳐지면 망각된 말들을 풀어놓는 책 속에서 태어난다. 그것은 조용한 도서관에서, 그리고 그 도서관을 사방으로 둘러막으면서 또다른 한쪽의 불가능의 세계를 향해 입 벌리고 있는 줄지어선 책들과 그 제목들, 그리고 선반들 사이에서 조심스럽게 펼쳐지는 것이다. 상상적인 것은 책과 램프 사이에 놓인다.[105]

새로운 도서관 환상의 첫번째 특징은 자연에서 책으로, 다시 자연으로 끊임없이 오간다는 것이다. 고독한 독자의 백일몽이 시작되기 전에, 린트호르스트는 서재에서 종려나무 잎을 하나 "잡았다. 안젤무스는 그 잎이 사실은 양피지 두루마리라는 것을 알아챘다. 문서관장이 안젤무스의 면전에서 그것을 펼쳐 책상 위에 놓았다."[106] 뢰벤의 『귀도』에서 그랬듯이, '나뭇잎 한 장Blatt'에서 '책의 한 쪽Blatt'으로 옮겨가는 언어유희는 자연에서 문화로, 종려나무에서 서재로 첫번째 이행을 이룬다. 최초의 독일문학사 저작이라 할 수 있는 어떤 책이 자랑스럽게 선언하는바, "남부의 풍부한 식생에 맞서 북부는 방대한 책의 세계를 건설한다. 남부에서 자연이 찬란하게 번성한다면, 북부에서는 정신이 지극히 놀라운 피조물들의 끝없이 변화무쌍한 유희 속에서 그 자태를 과시한다."[107] 하지만 책벌레들과 문학사학자들이 종려나무 아래의 산책을 북부의 특산물보다 더 좋아하게 되지 않도록, 이번에는 반대 방향으로 두번째 이행이 일어난다. 글자가 적힌 책의 지면에 충분히 몰입하면 종려나무와 수목의 요정이 있는 곳으로 되돌아갈 수 있고, 에메랄드색 이파리 사이로 "초록뱀" 세르펜티나가 나타난다는 것이다. 대모신의 딸들이 "인간"의 눈에 그 어머니의 형상으로 보인다는 규칙은 엄격하게 지켜진다.

　새로운 도서관 환상의 두번째 특징은 그것이 새로운 텍스트 유형과 결부된다는 점이다. 책의 한 쪽이 종려나무 이파리가 되듯이, 안젤무스가 샐러맨더 이야기를 탐구하고 필사하는 장소인 린트호르스트의 독특한 "푸른 서재"는 쉽고 가벼운 소비를 지향하는 어떤 독특한 유형의 책을 암시한다.[108] 그 이름은 18세기의 대표적인, 아마도 가장 성공한 프랑스의 대중적 메르헨 전집일 '청색문고Bibliothèque bleue'와 정확히 호응한다.[109] 외스테를레가 입증한 대로, 말하자면 린트호르스트의 "푸른 서재"는 요정의 책만 있는 서재라는 환유적 표현을 통해 '청색문고'를 흉내낸 모든 독일산 모조품의 존재를 간접적으로 드러낸 것이다.[110]

여기서 새로운 도서관 환상의 세번째 특징이 나오는데, 그것은 이 환상이 특정한 독서 기술에 부합한다는 것이다. 시각장을 책과 램프 사이 공간으로 한정하는 인간은 자연이 아니라 타이포그래피에 순응한다. 전국기업연합을 설립해서 독일판 '청색문고'를 대량으로 생산·유통한 출판업자 베르투흐는 타이포그래피 분야에서도 저돌적으로 개혁을 추진한다. 그는 명료하게 잘 읽히는 책을 만드는 데 "최악의 걸림돌"인 "각지고 구불구불한 장식무늬로 가득찬 수도원식 서체," 즉 독일식 프락투어 서체를 "제거"함으로써 가독성을 최대화하려고 한다.[111]

베를린의 출판업자 웅거도 『빌헬름 마이스터의 수업시대』 인쇄 주문이 들어오기 바로 직전에 이 싸움에 가세한다. 웅거의 타이포그래피 개혁은 고전주의-낭만주의 시대 전체에 걸쳐 독일 환상문학을 검은색이 아니라 회색으로 인쇄하는 새로운 흐름을 낳는다.[112] 따라서 칸트가 검은색 문자의 소멸을 불평한 것은 단순한 유행과 새로운 방법을 혼동한 결과다. 왜냐하면 웅거가 베를린의 식자공과 함께 (납 대신) 강철로 깎은 신형 프락투어 서체는 "각지지" 않게 인쇄되어 힘들지 않게 읽을 수 있도록 고안되었기 때문이다.[113] "나 스스로 확신을 얻기 위해서, 내가 만든 활자로 글을 인쇄해서 아직 읽기가 서툰 아이들에게 보였다. 그래서 아이들이 첫눈에 당황하지 않고 잘 읽는다면 새 서체를 흔쾌히 받아들이고, 그렇지 않으면 폐기할 생각이었다."[114]

womit ich dieses kleine Buch druckte, das
ich nun dem Publikum übergebe. Ich
legte dabei die gewöhnliche deutsche
Schrift zum Grunde, that alle entbehrli-
chen Züge davon, gab sämmtlichen Buch-
staben mehr Verhältniß und Licht, und
so entstanden diese Lettern. Da diese
dem Auge weit weniger fremd seyn müs-
sen, als meine ersteren Versuche, so glau-

내가 인쇄한 작은 책을 이제 독자 여러분에게 건넨다.
이 문자들은 일상적으로 사용되는 독일어 서체를 토대로,
불필요한 선들을 처리하고 모든 문자에 더 많은 빛과
더 적절한 비례를 부여하는 방식으로 제작한 것이다. 내가
지난번에 시도한 것보다는 훨씬 덜 낯설게 보일 것이다.

이렇게 어린아이에게 보였을 때—안젤무스에게 보일 수도 있었
을 텐데—슈테파니와 게디케가 주장한 좋은 필체의 규칙을 타이
포그래피로 확장한 서체만이 이 시험을 통과했다는 것은 전혀 놀
랍지 않다. 웅거가 책의 지면이 좀더 밝은색으로 보이도록 개혁할
수 있었던 비결은, 독일식 서체로도 "로만체의 밝고 부드러운 느
낌을 낼" 수 있도록 그저 글자의 두께를 가능한 한 많이 깎아내는
것이었다.[115] 바로 여기서 "더 많은 빛mehr Licht"이라는 위대한 구
호가 나왔다.[116]

　　배경 종이와 대조를 이루는 '기호의 기호' 또는 소리를 기록
하는 문자는 그저 구텐베르크 이래로 지면의 안쪽부터 바깥쪽 가
장자리까지 종이를 빽빽하게 채웠던 인쇄용 잉크 자국이었을 뿐
이다. 그런데 이렇게 타이포그래피가 혁신되면서 문자가 탈물질
화되고, 그러면서 독자의 눈도 문자의 물질성을 지각해야 한다는
의무에서 처음으로 해방되었다. 날렵한 웅거프락투어 서체로 인
쇄된 『빌헬름 마이스터의 수업시대』가 도서시장에 쏟아져나오면

서, 이제는 축복받은 파우스트의 눈뿐만 아니라 임의의 모든 눈이 손쉽게 기호들을 벌컥벌컥 들이켤 수 있게 되었다.

　따라서 이 낭만적 단편소설에서 나타난 도서관 환상은 바로 그 책들을 조판하는 도서 제작기술을 단순히 반복하는 것뿐이다. 많은 문학자가 이를 간과하고 호프만 작품에서 나타난 두 가지 현실(시민적인 것과 세라피온적인 것, 경험적인 것과 환상적인 것)에 관해서만 글을 쓰는 것은 그들 자신이 동일한 기술에 예속되어 있기 때문이다. 하지만 주인공 학생이 새로운 독서 기술을 배우고 새로운 수업 과정을 이수하지 않았다면, 그는 결코 나뭇잎 또는 지면의 행간에서 세르펜티나 같은 아름다운 여성 이미지를 보지 못했을 것이다. 한편 1800년경에는 근대적인 문헌학 세미나가 말 그대로 '글을 읽어주는' 기존의 강의 형식Vorlesung을 갈수록 억압하고 대체해감에 따라 학문적 자유가 읽기의 영역으로도 확장되어 나간다.[117] 대학은 국가공무원으로서의 교사를 훈련시켜주는 대가로 국가로부터 철학의 자유를 보장받는다.[118]

　프리드리히 아우구스트 볼프는 1777년에 학생으로서 '문헌학'이라는 아무도 듣도 보도 못한 학과에 등록해 학업의 자유를 누리고, 나중에는 교수가 되어서 최초의 문헌학 세미나 형식을 확립한다.

> [볼프가 창안한 문헌학 세미나의] 핵심은 학생들이 그냥 단어들만 보는 게 아니라 전체를 읽어야 한다는 것이다. 개요나 목차를 읽어보는 것도 도움이 된다. 학생들이 원문으로 전체를 다 읽을 수 없다면 번역본을 주도록 한다. ......볼프는 문법 연구에는...... 관심이 없다. 언젠가 지리학자 클뢰덴이 뒤늦게 그리스어를 공부할 생각으로 볼프에게 어떤 문법책이 좋은지 물었는데, "그는 잘 모른다고, 문법 같은 것은 별로 신경쓰지 않는다면서 나 또한 그러

한 것에 너무 연연하지 않는 편이 나을 거라고 했다. ……
물론 문법에 맞게 명사나 동사를 변형하는 법은 배워야
하지만, 그건 별로 어렵지 않아서 그리스어를 전혀 안 해
본 사람도 혼자서 배울 수 있다는 것이었다. 그는 [그리스
어 단어 대신] 독일어 단어를 대입해보면 된다면서, 독일
어 동사 '마헨machen[만들다]'을 [소리값대로 그리스 알파
벳으로 옮겨서] '마헨μαχειν'으로 변형했다. 여기서 [이 가
상의 그리스어 단어를 그리스어 동사변화 규칙에 따라 변
형하면] '마호μαχω' '마히스μαχεις' '마히μαχει'가 거의 자동으
로 나오고, 다른 변형태도 똑같이 만들 수 있다는 것이
었다."[119]

이처럼 독일어 'machen'으로 인공적인 혼성 그리스어를 만드는
근사한 자기지시적 행위는 수많은 모방자를 양산한다. 1800년경
에 정립된 언어의 일반적 번역 가능성을 이보다 유쾌하게 보여주
는 사례도 없을 것이다. 교수들이 이렇게 번역에 대해 관대하게 나
온다면, 안젤무스도 원초적 모어로서의 산스크리트어를 따로 배
울 필요가 없다. 안젤무스는 문법책, 사전, 문자표로 무장하지 않
고도 작업에 착수할 수 있다. 그가 개인적인 독서를 통해 본질을
읽어낼 수만 있다면, 의미 불명의 양피지 두루마리에 감각과 생각
을 집중할 수만 있다면 말이다. 이런 점에서 안젤무스는 어쨌거나
그리스어 독해 능력이 있었던 파우스트보다 한 단계 더 나아간다.
학문적 지식을 재형성하는 파우스트의 정직한 느낌은, 새로 확립
된 기록시스템에 오면 "마음속 깊은 곳에서 솟아난" 듯한, 찬란히
빛나는 자립과 무지의 느낌으로 변모한다.

　　안젤무스 학생이 나뭇잎 또는 양피지를 앞에 두고 자신의 감
각Sinn과 생각을 집중하자, 그에 반향하는 듯이 금세 텍스트의 의
미Sinn와 생각이 떠오른다. 학문적 자유란 이처럼 마음 깊은 곳에

서 읽어낸 것을 텍스트 속에서 재발견하는 것이다. 하느님의 도움
으로, 안젤무스는 내면의 견고한 성채 속에서 꿈결처럼 전해오는
느낌을 타고 자유 번역에 다다른다. 안젤무스가 텍스트의 의미와
생각을 순수한 기의로 번역하니, 그것은 독일어로 표현된 책제목
으로 나타난다. 늙은 라우어린이 아직도 마법거울이니 커피 찌꺼
기니 하는 것들에서 기표들을 발견하는 데 반해, 린트호르스트의
학생은 의미 그 자체로서의 "의미"를 찾아낸다.

　　안젤무스는 문자 그대로 린트호르스트의 학생이다. 추밀원
문서관장이자 샐러맨더인 린트호르스트가 카페에서 동료 공무원
들에게 공무원의 일반적 계보를 이야기해 모두가 참지 못하고 웃
음을 터뜨렸을 때, 오직 미래의 공무원 안젤무스만 "자기 스스로
도 무어라 설명할 수 없는 떨림에 사로잡혔다."[120] 왜냐하면 안젤
무스만이 그 허구적 구조에서 진실을 들었기 때문이다.[121] 린트호
르스트의 계보 이야기는 친족 시스템에서 '아버지'와 '어머니' 다
음으로—민족지학적 용어를 빌리자면—'자아Ego' 항목을 지정하
겠다는 약속을 지키기도 전에 저 시끄러운 웃음 속에서 중단되고
만다. 하지만 이제 「샐러맨더와 초록뱀의 결혼에 관하여」라는 텍
스트가 린트호르스트의 이야기와 매끄럽게 이어지면서, 제목에
등장하는 '샐러맨더'가 린트호르스트 본인이라는 사실이 밝혀진
다. 안젤무스는 마음속 깊은 곳의 느낌을 따라 큰 '타자' 담론, 즉
린트호르스트가 말하지 못한 다음 이야기를 재차 복제한다. 당연
한 일이다. 학문을 하는 공무원들이 원하는 대로 말할 수 있는 새
로운 자유를 얻었다면, 그들의 애제자들은 거의 필연적으로 모든
텍스트에서 자유 번역을 통해 교사가 말하고자 했던 바로 그것을
정확히 다시 들을 수 있게 된다. 그러니까 교사는 그 텍스트의 주
인공이자 '양육하는 어머니'의 아들로 나타나는 것이다.

　　초록뱀과의 결혼은 그녀 자신, 즉 또다른 초록뱀들을 세상에
풀어놓는다. 번역자 안젤무스는 이 세번째로 언급된 세대의 초록

알파벳 공부의
에로티시즘

뱀도 재차 발견하는데, 다만 그녀는 텍스트의 내부가 아니라 행간
에서 모습을 드러낸다. 산스크리트어 텍스트가 모국어로 번역되
는 순간 그 문장에서 표명된 성스러운 혼인의 결실인 세르펜티나
가 출현한다. "독특하게 뒤얽히"고 문자 그대로는 읽을 수 없는 기
호들이 자신의 현신을 내보낸 것이다. 그런데 '슐schl' 소리에서 '슐
링schling [얽어매다]'을 거쳐 '슐링게Schlange [뱀]'로 이어지는 단어
의 확장적 연쇄는 라일락나무 아래의 입문 장면에서 벌써 이루어
졌다. 따라서 세르펜티나가 종려나무를 휘감고 내려온다면, 그녀
는 1800년의 둥글고 연속적인 이상적 필체를 이루는 구불구불한
곡선Schlängeln 자체 또는 그것을 나타내는 기호일 것이다. 그녀는
에로틱한—다시 말해서 남성들을 말하게 만드는—도서관의 유령
처럼 행간을 배회한다. 따라서 슈테파니의 학생이라면 세르펜티
나가 린트호르스트의 학생과 무슨 일을 벌일지 충분히 예측할 수
있을 것이다.

　　그녀는 안젤무스가 앉은 의자에 끼어들어서 그의 팔을 휘
감아 지그시 눌렀다. 그녀의 입술에서 나오는 숨결과 그
녀의 몸이 뿜어내는 짜릿한 온기가 느껴졌다.
　　　"사랑하는 안젤무스!" 세르펜티나가 입을 열었다.
"이제 곧 당신은 완전히 나의 것이 될 거예요." ……안젤
무스는 저 예쁘고 사랑스러운 형체에 완전히 묶이고 휘감
겨서 오로지 그녀만이 자신의 몸을 움직일 수 있고 그녀
의 심장박동만이 자신의 신경줄을 진동시킬 수 있는 것
같다고 여겼다. 안젤무스는 마음속 깊은 속까지 울리는
그녀의 말 하나하나에 귀를 기울였다. 천상의 환희가 찬
란한 빛처럼 그의 마음속에 불을 붙였다. 안젤무스는 그
녀의 더할 나위 없이 날씬한 몸에 팔을 감았다. 하지만 그
녀가 입은 옷의 오색영롱하게 반짝이는 천이 너무 미끄럽

고 손에 잡히지 않아서 마치 그녀가 그를 뿌리치며 자꾸 그의 품에서 빠져나가려는 것만 같았다. 안젤무스는 그런 생각에 몸을 떨었다. "아아, 나를 떠나지 마요, 사랑스러운 세르펜티나." 그는 자기도 모르게 이렇게 외쳤다. "그대만이 나의 생명이에요."

　"오늘은 안 가요," 세르펜티나가 말했다. "그전에 나는 모든 것을 이야기해야 해요. 당신이 나에 대한 사랑 속에서 이해할 수 있는 모든 것을. 그러니 내 사랑, 그대는 알아야 해요. 내 아버지는 신비한 샐러맨더 가문 출신으로……"[122]

이렇게 몇 쪽에 걸쳐 린트호르스트의 계보가 소설 속 현재 시점에 도달할 때까지, 그러니까 손에 잘 잡히지 않는 사랑스러운 계보학자에 다다를 때까지 이어진다. 물론 자기지시적인 에로틱한 발화보다 '손에 잘 잡히지 않는 것'*은 없다.

　호도비에츠키가 그린 『기초과정』의 동판화 삽화는 어머니와 자식이 책상 앞에서 서로 다정하게 붙어 앉아 읽기 공부를 하는 모습을 보여준다. 슈테파니의 『기초독본』도 유사한 그림에 구체적인 설명["어머니는 너를 사랑하고 또 인도하시니, 어머니를 두 배로 공경하라"]까지 제시한다. 세르펜티나도 정확히 그런 식으로 안젤무스에게 찰싹 붙어 세르펜티나와 안젤무스에 관해 이야기한다. 이러한 되먹임Mitkopplung은 에로티시즘이 중단되지 않고 오히려 더 강화되도록 한다. 안젤무스도 세르펜티나가 "읽기를 가르치는" "고된 일"을 떠맡았기 때문에 "두 배의 사랑을" 빚진다고 느껴야 한다.[123] 세르펜티나는 단순히 지나간 일을 이야기하는 것

---

＊호프만이 본문에서 사용하고 저자가 반복해서 인용하는 '슐뤼프리히 schlüpfrig'라는 단어는 '미끄럽고 끈적거려서 손에 잘 잡히지 않는다'라는 의미에서 출발하여 '음란하다' '외설적이다'라는 의미로 확장된다.

이 아니라 무언가 호소한다. 그녀는 샐러맨더가 나쁜 악령들과 현명한 여자들 탓에 얼마나 무서운 위험에 처했는지 묘사하면서, 그러니까 "저에게 성실—성실—성실하세요!"라고 탄원한다. 안젤무스는 영원한 사랑의 서약을 통해서만 그 요구에 답할 수 있다.[124]

여기서 영원한 사랑이란 곧 해석학을 뜻한다. 안젤무스는 해석할 수 없는 것도 해석하고 써 있지 않은 것도 읽을 수 있는, 19세기 초에 처음 등장한 저 놀라운 존재들의 일원이다.[125] 서재가 있고, 거기에 읽을 수 없는 양피지가 있고, 거기에 뱀처럼 구불구불하게 적힌 글이 있다. 그 글의 맞은편에 있는 고독한 학생은 뱀처럼 구불구불한 그 글을 베껴써야 하는데, 그는 그것을 베껴쓰는 대신에 이해한다. 니체의 냉소적인 말을 빌리자면, 해석학적 독해는 개별 단어들의 행렬을 지워 없애는 것과 같다.[126] 안젤무스는 텍스트에 눈을 고정하고 뚫어져라 쳐다보는 대신에 귀에 온 신경을 집중하고 구미에 맞는 어떤 입의 말에 귀를 기울인다. 이렇듯 그는 다소 기이한 방식으로 양피지에서 "샐러맨더와 초록뱀의 결혼에 관하여"라는 번역문을 도출한다. 그리고 나머지 텍스트 전체는 세르펜티나의 목소리로 대체 또는 재생된다. 세르펜티나는 볼프가 제안한 대로 먼저 학생에게 양피지의 내용을 구두로 소개하고 조목조목 개괄한다. 그다음에, 역시 볼프의 방식대로, 아버지가 다 말하지 못한 계보의 뒷이야기를 매끄럽게 이어서 전체를 완성한다. 요컨대 세르펜티나는 1800년식 기록시스템에서 정의된 정확한 방식대로 '읽기'를 가르친다. 그녀가 '어머니의 입'이다.

슈테파니 교습법으로 훈련한 어머니들은 자식들을 가르칠 때 시각장에서 문자소를 보여주는 대신 청각장에서 이상적 소리를 들려준다. 자연이 인공을 대체하듯이, 어머니들의 목소리가 문자들을 재생하고 대체한다. 이들의 음성학적 방법은 종교개혁 시기의 기초독본에 나오는 동물 그림 대신 체계적으로 순화된 표준 발음을 제공한다. 마찬가지로 세르펜티나는 "때로는 식물을, 때로는 이끼를, 때로는 짐승의 모양을 표현해놓은 것 같은" 불가해한 형상들을 구술적인 사랑 이야기로 대체한다. 해석학적 독해는 바로 이와 같은 매체의 전치를 통해 비로소 가능해진다. 안젤무스는 문자 퍼즐을 푸는 것이 아니라 행간의 의미에 귀를 기울인다. 그는 기호를 보는 것이 아니라 환각 속에서 연인의 모습을 보는바, 공교롭게도 이 연인은 인간의 눈에 '어머니의 형상'으로 보인다고 알려진 뱀의 딸이다.

　　알파벳 공부와 에로틱한 구술성의 결합에는 대가가 따른다. 리히텐베르크는 이렇게 지적한다. "우리 젊은이들은 요즘 너무 많이 읽는다. 자위를 멀리하듯이 읽기를 멀리하고 쓰기에 시간을 쏟아야 할 것이다."[127] 실제로, 자의적이고 무자비한 문자들의 법으로부터 해방된 고독한 독자성은 근친성애의 금기를 비롯한 혼인의 법으로부터 벗어난 새로운 섹슈얼리티와 중첩된다.[128] 1760년, 티소의 『오나니슴 또는 자위로 유발되는 질병들에 관한 논문』은 자위에 대항하는 위대한 소년 십자군을 탄생시킨다. 알다시피, 이들은 "사교 및 문예 교육을 어린이들에게 너무 일찍 시작하는" 것이 자위를 유발하는 가장 큰 원인이라고 본다. 그래서 외스트와 캄페는 위대한 교육학 서적 『젊은이들에게 가장 위험하고 파멸적인 전염병 대처를 위한 부모, 교사, 동료 지침서』에서 다음과 같은 구체적 실행 지침을 내린다.

　　어린이에게 줄 책은 극히 주의해서 최소한으로 선택한다. 음란하거나 유혹적인 책도 배제해야 하지만, 아동의 상상에 불을 붙일 수 있는 책도 안 된다. ……사랑을 주제로 한 시와 산문, 그 외 어린이의 상상을 강하게 자극할 수 있는 모든 것은 어린이의 방과 교실에서 영원히 추방돼야 한다.[129]

하지만 샐러맨더가 골몰하는 열정적인 사랑의 합일을 세르펜티나가 좀 완곡하게 이야기한다고 해서 안젤무스가 '고독한 악덕'의 위험을 벗어나는 것은 아니다. 세르펜티나 본인이 그녀가 입은 옷처럼 오색영롱하게 반짝이고 '손에 잘 잡히지 않기' 때문이다. 독자의 모든 상상을 구현하기 위해 구불구불한 행간에서 나타나는 존재, 필사자의 의자에 엉덩이를 붙이고 앉아 샐러맨더의 에로티시즘에 관해 속삭이듯이 강의하는 도서관의 환상적 존재, 이런 존재는 결코 유혹을 멈추지 않는다. 무슨 내용을 읽든 간에 '어머니의 입'을 통한 읽기 수업은 시작부터 에로틱하다.

어린이의 악덕을 치료하는 교육학적 해법은 그 자체의 논리부터 동일한 악덕에 감염되어 있다. 담론을 기의에 복속시키는 기록시스템은 화용론을 망각에 빠뜨린다. 문제는 외스트와 캄페가 아동용 도서 목록에서 솎아낸 사랑에 관한 책들이 아니라, 사랑이 너무 넘치는 읽기 공부라는 상황 자체다. 1800년경의 어린이들은 이런 방식으로 너무 일찍 문예 교육을 받는다. 고독한 독자와 '고독한 즐거움'의 결합은 천하무적이다. 소년 십자군이 장착한 무기 자체가 읽어서 이해해야 하는 글이기에, 이들은 어린 독자들에게도 자위 행위에도 제대로 대응하지 못하고 "역설의 미로"에 빠진다.[130] 그리고 더 일반적인 수준에서, 맛있는 음식이나 어머니의 말로 사회화 과정을 달콤하게 포장하는 문화 자체가 저들이 그토록 입방아를 찧는 위반적 악덕의 원흉이다.[131] 오늘날 섹슈얼리티의 역사가들은 자위가 유례없이 증가했다는 1800년경의 의례적인 주장이 오히려 억압이 증대하면서 발생한 의도적 날조라고 가정하는 경향이 있다. 하지만 어느 정도는 사실이었을지 모른다. 말하자면 유모, 하녀, 이웃 들이 들어올 수 없는, 오직 어머니의 사랑과 교양적 보살핌만이 존재하는 아동용 별실의 부작용으로서 말이다.

린트호르스트의 태곳적 이야기에서, 샐러맨더의 에로티시즘은 단순히 생식기에 집중한다. 다시 말해 샐러맨더는 결혼해서 후손을 생산한다. 반면 안젤무스와 세르펜티나의 에로티시즘은 그가 그녀의 말을 듣고, 그녀의 숨결을 느끼며, 그녀의 심장박동과 하나가 된 끝에, 결국에는 연인을 "응시"이자 "말"이자 "노래"인 어떤 언어로 찬미하는 것이다.[132] 구술적이고 공감각적인 쾌락이 상호적으로 증대되면서 읽기 공부의 상황이 독특한 방식으로 강화되어, 급기야 남성들을 말하게 하는 유일자로서의 여성을 감지하고 찬미하는 데 이른다.

안젤무스는 출력신호가 적어도 배 이상 커야 한다는 진폭변조의 조건과 출력신호가 지연시간 없이 입력 단계로 돌아가야 한다는 위상변조의 조건 사이에서 진동한다. 장 파울은 「크빈투스 픽슬라인의 삶」에서, 어머니가 아직 살아 있어서 직접 이야기를 나눌 수 있다는 것이 픽슬라인의 "특권"이라고 쓴다. "기쁨이 낯선 심장에 날아들었다가 두 배로 커져서 흘러…… 나온다. 소리와 그 반향의 관계보다 더 가까운 심장 간의 친밀함이 있다. 지고의 친밀함은 소리와 그 반향이 공명하여 하나로 융합하는 것이다."[133]

공명시스템은 타인들과의 관계를 잘라낸다. 어머니와 자식 간에 "지고의 친밀함"이라는, 더이상 지난 세대로부터 나오지도 않고 다음 세대를 향하지도 않는 에로티시즘이 생겨난다. 안젤무스는 자신의 정신적 아버지처럼 아이를 만드는 것이 아니라 본인이 아이로 남는다. 구술적이고 공감각적인 쾌락 이외의 것들은 모성 기능에서 교육적 효과를 제거할 뿐이다. 헤르더적 인간이 언어를 발명하려면 어머니 자연을 범해서는 안 되는 것이다.

＊

이렇게 유년기의 섹슈얼리티는 특정한 기능을 부여받는다. 그리고 사람들이 너무 일찍부터 너무 많이 읽는다고 한탄하는 바로 그 교육자들이 누구보다 열심히 이 기능적 섹슈얼리티를 퍼뜨린다.

무의식의
시인과 미친
공무원

실제로 이들은 서로 다른 이론의 무대에 속하는 것이 아니라 체계
적인 이중속박으로 결합되어 있다.[134] 해석학적 독해 시험은 새로
운 시적 문필가를 선발하는 가장 우아한 방법이다. 꿈속의 연인이
나타나는 것은 자위의 환상을 여는 제1막일 뿐, 새로운 제2막이 새
로운 손 기술과 함께 시작된다.

> 그는 뜨거운 키스를 느끼자, 마치 깊은 꿈에서 깨어난 듯
> 정신을 차렸다. 세르펜티나는 사라지고 없었고, 6시를 알
> 리는 시계 종소리가 들렸다. 안젤무스는 필사를 하나도
> 못해서 마음이 무거웠다. 그는 문서관장에게 무슨 소리
> 를 들을지 걱정하면서 종이를 쳐다보았다. 그런데 오, 놀
> 라워라! 신비로운 원고 위에는 요행히도 필사가 전부 끝
> 나 있었다. 안젤무스는 글을 더 날카롭게 고찰한 후, 거기
> 에 신비한 나라 아틀란티스에서 정령의 왕 포스포루스의
> 총애를 받던 세르펜티나의 아버지 이야기가 적혀 있다는
> 확신을 얻었다.
>
> 그때 문서관장 린트호르스트가…… 들어왔다. 그는
> 안젤무스가 쓴 양피지를 보고 코담배를 한 줌 넉넉히 집
> 어들더니 웃으며 말했다. "해낼 줄 알았지! 자! 여기 약속
> 한 돈이네. 안젤무스 군."[135]

그러니까 손은 글을 썼는데 머리는 알아채지 못했다는 것이다. 린
트호르스트는 은화를 건네주면서, 안젤무스의 필사본이 국가에
서 공인한 모범적 글쓰기 또는 세르펜티나의 본질에 부합하는 아
름다운 곡선을 이루고 있음을 재차 강조한다. 필사 장면은 매우 에
로틱했지만 그것은 결국 공무원 시험이기도 하고, 의무의 이행이
기도 하며, 안젤무스의 수입원이기도 하다—하지만 그렇게 보이
지 않는다는 것이 이 장면의 두드러진 미덕이다. 이렇게 놀라운 글

쓰기는 미소짓는 교사 겸 아버지가 감시하는 새로운 유년기의 섹슈얼리티 덕분에 가능해진다. 읽기와 쓰기는 에로틱한 목소리를 듣는 가운데 행해지고 그 목소리 아래로 숨겨진다. 글쓰기는 "기구를 다루고, 근육을 움직이고, 손 기술을 이용하는" 삼중의 작용을 수반하는 복합적인 활동인데,[136] 이것이 마법을 부린 것처럼 그보다 쉬운 읽기로 변하고 다시 순수한 듣기로 환원된다. 그리하여 세르펜티나가 속삭이는 언어 이전의 목소리와 실제 글쓰기 간에 하나의 연속체가 출현하고, 확장의 기술과 언어인류학이 최종 목적지에 도달한다.

여기서도 호프만의 메르헨은 그저 수업 프로그램을 소설로 구현한 것뿐이다. 당대의 언어 수업은 듣기, 읽기, 쓰기의 결합을 추구하는데, 이런 접근법은 금세 '읽기-쓰기 교습법Schreiblesemethode'이라는 이름을 얻는다. 올리비에는 순수발음을 바탕으로 (그의 책 제목에 따르면) "올바른 쓰기와 읽기를 유일하게 참되고 가장 단순명료한 기본원리로 환원하여 교습하는 비법"을 찾는다. 이미 이런 책들은 문자를 "소리를 나타내는 간단한 기호"[137] 또는 "입이라는 악기를 위한 음표"라고[138] 대담하게 정의하면서 구술성을 그 근간으로 삼는다. 하지만 심리적으로 작용하고자 하는 기초 수업들은 담론의 다양한 양태까지 거침없이 하나로 결합한다. 니마이어는 "각각의 수업에서 가능한 한 많은 학습목적을 복합적으로 구현하기 위해" 어린이들이 "이해할 수 없는 읽기 과제나 쓰기 과제는 가능한 한 적게" 낸다.[139] 트라프는 "쓰기 공부를 처음부터 읽기 공부와 결합"하려고 시도한다.[140] 따라서 1819년 출간된 그라저의 『읽기 학습법』이 혹자가 주장하듯 "읽기와 쓰기를 통합한" "최초의 책"은[141] 아니다―문자의 형태들이 그에 상응하는 입 모양의 원형적 문자 이미지로부터 나왔다는 거창한 이론을 최초로 제시한 책이기는 하지만.

듣기에서 읽기가, 다시 읽기에서 쓰기가 나온다면, 모든 글쓰기는 이미 번역이다. 그리고 안젤무스가 원초적 소리를 듣는다고 생각하면서 무의식 중에 그 소리를 글로 옮긴다면, 그는 '어머니의 입'을 통해 번역을 하는 셈이다. 이 같은 복합적 읽기-쓰기 교습법을 이용하면, 시인이 되기 위해 거쳐야 하는 저 '불가능한 과제,' 안톤 라이저가 실패한 바로 그 과제를 수행할 수 있다. 안젤무스는 다시 해석학에 침잠하는데, 이번에 읽는 것은 원형적 책이 아니라 그것을 베껴쓴 자신의 사본이다. 그는 이것을 읽고 세르펜티나의 구술적 발화가 "요행히" 글로 깔끔하게 적혀 책상 위에 도착했다는 상황 인식에 도달한다. 외국어 또는 외국 문자, "아무도 모르는 언어의 특이한 문자"로부터 도출되는 것은 이제 더이상 발화가 아니다.[142] 놀라지 마시라, 『바가바드기타』가 모국어로 훌륭하게 번역되어 있다. 이것이 인도·유럽어를 그 어머니인 산스크리트어로, 라일락 덤불 속의 소녀를 이상적 '어머니'로 소급해 올라가는 기록시스템의 작용이다.

'어머니의 입'이 1800년식 기록시스템에 기록되는 것을 일컬어 시 또는 시쓰기Dichtung라고 한다. 이 단어는 시의 내용과 시 쓰는 행동을 모두 포함한다. 메르헨의 마지막 문장에서, 안젤무스가 기록한 "이상한 나라 아틀란티스"에서의 삶은 "시 속에서의 삶"과 명시적으로 동일시된다.[143] 하지만 안젤무스가 이 내용을 종이에 옮길 수 있었다는 것, 외국어 텍스트를 단순히 필사하는 것이 아니라 호프만의 텍스트와 정확히 동일한 이야기를 독일어로 고쳐쓸 수 있었다는 것은, 그가 이미 시인이 되기 위한 시험을 통과했음을 뜻한다. 도서관의 연인이 속삭이는 영감에 귀기울이며 감각과 생각이 예감하는 것을 무의식적 손 기술로 받아쓰는 것은 오직 시인만이 할 수 있다. "하나의 예술작품을 완전히 이해하는 것은 어떤 의미에서 그것을 창조하는 것과 같다."[144]

'어머니의 입'으로부터 '모국어'로 번역된 텍스트를 창조하는 것은 저자가 자기 자신을 창조하는 것이기도 하다. 안젤무스는 해석학의 꼭대기로 기어올라서 필사 업무의 수렁을 벗어난다. 슈테파니는 바이에른 교과과정으로 "공식 채택된" 자신의 "향상된 글쓰기 방법"이 상스러운 국민들 사이에 만연한 "망상"을 잠재울 수 있다고 본다. 필사 훈련을 통해 "그보다 더 고차원적인 독립적 글쓰기의 기술, 즉 자신의 생각을 올바르게 받아쓰는 능력도" 키울 수 있다는 것이다.[145] 따라서 안젤무스는 "우리가 고작 문서를 처리하는 수많은 관공서에 양질의 필사자들을 공급하기 위해서 이토록 열심히 모든 초등학교에 글쓰기 교육과정을 개설하려 노력하는 것이겠는가?"라는 슈테파니의 수사학적 질문에 대한 살아 있는 답변과 같다.[146]

친분이 있는 파울만 교감이 보기에 기껏해야 관청에서 "필경사"나 할 인물로 여겨지던—비록 "그에게는 많은 것이 잠재되어" 있고 어쩌면 "비서관이나 서기관"이 될 수도 있다는 말도 돌았지만—"선생 같은 풍채"의 학생은 린트호르스트의 교육학 덕분에 종이투성이 수렁을 탈출한다.[147] 안젤무스는 자신을 창조한 시인과 마찬가지로 "독보적인 근면성"과 "모범적인 행적"을 보이면서 입문시험을 통과하지만,[148] 그와 달리 문서를 처리하는 공무원 직을 포기하고 그보다 더 고귀한 글쓰기의 지극한 행복을 택한다. 이렇듯 공무원과 시인은 같은 동전의 대립적이고 상호보완적인 양면이다. 그들은 작지만 결정적인 차이에 의해 구별된다.

안젤무스는 『바가바드기타』나 세르펜티나와 대면할 때뿐만 아니라 다른 때도 곧잘 발작을 일으켜서, 주변 사람들이 그의 정신 상태에 대해 걱정을 하곤 했다. 안젤무스의 교육공무원 친구들이 그의 "기분전환"을 위해 "문서관장" 밑에서 일하도록 주선한 것은 그가 좀 "정신이 나갔다"고 생각했기 때문이다.[149] 그러니까 이들은 기분전환이 광기의 치료법으로 여겨지던 1800년 전후의 정신의학에 따라, 윌리스, 호프바우어, 라일 같은 당대 정신의학자들의 이론에 충실한 치료 계획을 세운 것이다.[150] 하급공무원들은

"원고를 필사하는" 기계적 작업으로 광기를 치료한다고 생각했을
뿐,[151] 린트호르스트와 안젤무스가 필사라는 단순한 행위를 한층
고귀한 문예에 봉헌하리라고는 짐작조차 못했다. 그들은 문자를
다루는 기술을 그저 숙명으로 받아들인다. 벌써 서기관으로 승진
한 헤어브란트는 멍청한 말을 하는 안젤무스가 바보에 미치광이
로 낙인찍히지 않도록 그를 두둔한다.

> "고귀하신 아가씨, 존경하는 교감 선생님! ……그러면 깨
> 어 있는 채로 꿈의 상태에 빠질 수는 없다는 말씀입니까?
> 실제로 저도 오후에 커피를 마시면서, 신체적으로 또한
> 정신적으로 소화를 시키는 나른한 상태에 빠져 있다가,
> 잃어버린 서류가 어디 있는지 마치 영감이라도 얻은 듯
> 이 번뜩 떠올린 적이 있답니다. 이런 식으로, 어제도 프락
> 투어 서체로 적힌 장엄하고 거창한 라틴어 원고가 환해진
> 제 눈앞에 어른거렸지요."[152]

하지만 시적인 발작 상태에 대해 양해를 구하는 헤어브란트의 말
은 시인과 공무원의 관계가 인간과 원숭이의 관계임을 드러낼 뿐
이다. 헤어브란트의 '영감'은 세르펜티나가 아니라 커피의 효과이
므로 영감보다는 합리성에 가깝다.[153] 헤어브란트가 문서고의 질
서를 회복함으로써 서기관의 명예를 드높이고 문자들의 환각을
인쇄기처럼 정확하게 본다고 해도, 그는 혁신된 서체로 인쇄된 책
을 탈물질화하거나 그로부터 목소리를 불러내지 못하고 그저 죽
은 문자들과 씨름한다. 이런 착란은 문예공화국에서도 아주 흔했
을 테지만, 시가 중심적 위치를 점하는 1800년식 기록시스템에서
는 광기의 의혹에 반박하는 이 착란 자체가 또다른 광기가 된다.
1793년 하노버의 고위 경찰공무원 클로켄브링이 게오르겐탈 요
양원에 왔을 때, 그는 광란하는 것 외에도 머릿속에 암기해놓은 단

편적인 시구를 조합해 멋들어진 시를 짓는 놀라운 재주를 보였다. 그는 요양원에서 "책 한 권도 소지하지 못했지만" 그럼에도 헤어브란트처럼 눈앞에 글이 보이는 것처럼 행동했다.[154]

푸코는 플로베르의 『성 안투안의 유혹』을 논하면서, 19세기의 발명품인 도서관 환상을 "하얀 종이 위에서 펼쳐지는 검은 문자들의 춤"이라고 묘사했다. 그러나 환상이 실제로 그런 기술적 수준에 도달하려면 세기말까지 한참 더 기다려야 한다. 1800년 무렵에는 아직 기술적 미디어가 그림자를 드리우며 시를 제한하고 규정하지 않는다. 당대의 '글'이라는 매체 내에는 한편으로 헤어브란트의 "각지고 뾰족한" 프락투어 서체가, 다른 한편으로 안젤무스가 글쓰기 수업에서 배운 영국식 흘림체를 더욱 갈고 닦아서 "아름답고 부드럽게 둥글린" 안티크바 서체가 서로 대립할 뿐이다.[155] 공무원들은 '신의 은총으로' 따위의 표현이 (괴테의 표현을 빌리자면) "그저 서기관이 전통 프락투어 서체로 서기국 문서의 관행적 어투를 답습하는 것"뿐이라고 해도 그 관행을 계속 지켜야 한다. 인간과 시인을 '하얀 종이 위에서 펼쳐지는 검은 문자들의 춤'으로 이끌 만한 것들은 전부 금지된다. 타이포그래피 효과를 이용한 바로크 양식의 시에서 단순 암기식 수업에 이르기까지 금지의 대상은 다양하다. "뜻도 모른 채 단어를 배우는 것은 인간의 영혼에 해로운 아편과 같아서, 처음에는 음절들과 그림들이 춤추는 달콤한 꿈을 꾸지만…… 실제로 아편을 복용할 때와 마찬가지로 금세 이 단어들의 꿈이 나쁜 영향을 끼치는 것을 느끼게 된다."[156] 그래서 커피에 취한 공무원 헤어브란트가 춤추는 프락투어 서체의 환각을 보는 것이고, 미친 공무원 클로켄브링이 존재하지 않는 책의 음절들과 그림들의 환각을 보는 것이다. 하지만 시인 안젤무스는 하나의 목소리를 들으며 그 소리의 흐름을 통해 부드럽게 둥글리고, 개인화되고, 무엇보다 무의식적으로 흘러나오는 안티크바 서체로 글을 쓴다. 1900년경의 문학은 "결코 입으로 말해진 적 없는 '나는 글쓴다ich schreibe'라는 문장"을 모든 글쓰기의 근간으로 삼겠지만,[157] 1800년경의 시는 그렇지 않다. 오히려 시를 쓴다는 것은 이 문장을 둘러싸고 글을 쓰는 것, 최초의 글쓰기 공부에 대한 기억을 바탕으로 이 문장에 어떤 구술성을 부과하는 것을 뜻한다. "어머니가 불러주는 말이 글쓰기 장면들과 글자들에 구술적으로 고착되는 것, 이것이 아동기의 심리적 구조이며 개인적 차원에서 기억되는 것들의 존재 유형이다." "부르주아"와 그들의 시가 엄밀히 텍스트적인 것이 아니라 "의사擬似 텍스트적 본성"을 지니는 것은 이처럼 상상적이지만 끊임없이 소환되는 구술성 때문이다.[158]

시는 '어머니의 입'에서 다시 사라지지 않는다. 시적 담론은 교육학적 담론과 마찬가지로 음의 피드백 속에서 소멸하기 쉽지만, 글쓰기 자체를 묘사함으로써 그에 맞선다. 글쓰기는 무의미한 물질적 극단까지 나아가 아무도 알아볼 수 없는 끄적임이 되는 것이 아니라, 오히려 극히 가볍고 민첩하게 손에서 술술 흘러나오는 유려한 곡선이 된다. 시인 안젤무스는 고차원적인 글쓰기 기술을 배운 덕분에 '어머니의 입'이 불러주는 대로 아무 어려움 없이 완벽하게 무의식적으로 받아쓸 수 있다. 반면 그보다 많이 배우고도 책의 세계를 쟁취하지 못한 [철학자] 요한 호프바우어의 친구들은 "입술을 눈에 띄게 움직이지 않고도 편지나 책을 읽을 수 있지만, 종이에 뭔가 쓰려고 하면 여섯 줄밖에 안 되는 짧은 글이라도 '자기 자신에게 그 내용을 불러줘야' 한다."[159]

오로지 공무원의 캐리커처만이 일을 하거나 꿈을 꾸다가 서체들의 습격을 받으며, 이는 공무원을 흉내내어 조롱하고 위협할 수 있는 어떤 가까운 존재를 시사한다. 시인은 공문서로 사람들을 괴롭힌 공무원들에게 보복을 가해서 시적 정의를 구현한다. 공무원과 달리, 시인들의 이상은 동일한 사람들에게 동일한 채널로 다가가면서도 글자로 그들을 괴롭히지 않는 것이다. 시인은 자신이 상상적 연인의 말을 들었을 때와 마찬가지로—기의를 번역한 이차적 산물에 불과한 기표보다는—순수음성적 기의를 통해 사람 영혼에 직접 말을 건넨다. 이런 식으로 1800년식 기록시스템에서 시는 시스템과 사람들을 연결하는 근본적이고 필수적인 기능을 맡는다.

호프만의 「황금 단지」는 시적 글쓰기를 관료적 글쓰기로부터 분리함으로써 이런 의례적 기능을 명시적으로 보증한다. 이는 주인공이 영감에 의지하는 글쓰기를 둘러싼 또하나의 시험에 직면하는 장면에서 잘 나타난다. 여기서 시인은 마치 공무원처럼 자기 직무에 임하다가 영혼과의 접속을 상실한다. 안젤무스는 무의식적으로 '어머니의 입'이 불러주는 것을 받아쓴 후에 공무원 친구들의 저녁 술자리에 초대받는다. 모두 술에 취해서 슬슬 술자리를 접으려고 할 무렵, 학생과 교감과 서기관은 베로니카가 듣고 있는 자리에서 신비한 샐러맨더의 비밀을 큰 소리로 발설한다. 안젤무스 학생은 다음과 같이 생각하고 있었는데도, 혹은 바로 그렇게 생각하고 있었기 때문에 더더욱 샐러맨더 이야기를 멈출 수 없다.

> 그는 자신이 지금까지 오직 베로니카만 생각했다는 것, 어제 푸른 방에서 나타난 여자도 사실은 베로니카였고, 초록뱀과 샐러맨더의 결혼에 대한 환상적 전설도 자기 작품이지 누군가에게 들은 이야기가 아니라는 것을 확신했다.[160]

이 장면은 슐레겔의 철학에 대한 반증과도 같다. 안젤무스는 글쓰기가 영혼 깊은 곳에서 꾸밈없는 어조로 말하는 것을 그대로 복제하는 행위임을 잠시 망각한다. 그는 이상적인 유일한 '여성'을 여러 명 중의 한 여성으로, 세르펜티나를 베로니카로 환원한다. 그렇다면 안젤무스의 이상적 '글쓰기'도 한낱 글쓰기로 돌아갈 수밖

에 없다. 이렇게 시 창작의 근간이 되는 은밀한 구술성이 삭제되면
서, 안젤무스는 세르펜티나가 "이야기"해준 것을 큰 소리로 목청
껏 외치고 싶은 충동에 사로잡힌다. 하지만 그렇게 입을 놀린 대
가로 최악의 형벌이 기다리고 있다. 다음날 아침, 안젤무스가 숙
취에 시달리며 원문을 계속 베껴쓰려고 하는데 더이상 글이 써지
지 않는 것이다.

> 양피지는 화려한 문양이 있는 대리석이나 이끼로 얼룩진
> 돌처럼 보였다.
>  그는 괘념치 않고 가능한 한 베껴써보겠다는 생각에
> 자신만만하게 펜을 잉크에 담갔다. 그런데 잉크가 전혀
> 흐르지 않았다. 그는 조바심을 내며 펜촉을 두드려 잉크
> 가 나오게 했다. 그러자, 오 세상에! 넓게 펼쳐진 원본에
> 잉크가 떨어져 커다란 얼룩이 생겼다. ……종려나무의 금
> 빛 줄기들이 구렁이들로 변했다. 구렁이들은 무시무시한
> 머리를 서로 부딪쳐 날카로운 쇳소리를 내면서 비늘 덮인
> 몸뚱이로 안젤무스를 휘감았다. "미친 놈! 파렴치한 짓을
> 했으니 이제 벌을 받아야지!"[161]

목소리를 듣지 못하는, 따라서 해석학적으로 읽지도 못하고 세르
펜티나처럼 우아한 곡선으로 글을 쓰지도 못하는 필사자는 이제
작은 뱀이 아니라 구렁이와 대면한다. 구렁이는 미친 놈의 파렴치
한 짓을 응징하는데, 그의 죄는 그저 눈에 보이는 대로 베껴쓰고
기호의 부정할 수 없는 물질성을 만방에 드러낸 것뿐이다. (손으
로 쓴 글씨를 단순한 잉크 얼룩으로 읽어내지 않으려면 교육을 받
아야 한다.) 공무원 조직이 은밀한 구술성을 망각하면 금세 저 얼
룩의 세계로 추락하고 만다. 얼룩은 세르펜티나의 음성적 흐름에
이끌려 나아가는 아름다운 글쓰기의 흐름을 파괴한다.

1787년, 리히텐베르크는 자녀들이 처음 글쓰기 연습을 시작한 흔적들, "정신의 발전이 남긴 서명들"을 보존한다는 "가족 문서고" 계획을 세운다. 부모의 넘치는 사랑 덕분에 글쓰기의 가장 물질적인 효과마저 아우르는 기록시스템이 출현할 참이다.

> 내게 아들이 생기면 공책 모양으로 잘 묶은 종이만 줄 것이다. 아들이 그것을 찢거나 얼룩을 묻혀 놓으면, 나는 아버지로서 '내 아들이 모년 모월 모일에 이 얼룩을 묻혔다'라고 써놓겠다.[162]

리히텐베르크가 하필 '얼룩의 책Sudelbuch'이라고 이름붙여 보존한 이 호기심의 결과는 분명 린트호르스트라는 아버지도 괴롭힐 것이다. 그는 원본에 링크 얼룩을 만들면 끔찍한 일이 벌어진다고 (마치 위반을 부추겨야 하는 사람처럼) 처음부터 필사자를 위협하지 않았던가. 얼룩은 이상적 여성을 물질화하는 읽기 행위의 필연적 분출로서, 리히텐베르크가 그저 유비적으로 연결했던 읽기와 "자발적 오염/자위Selbstbefleckung"의 관계를 문자 그대로 연결시킨다. 안젤무스가 술자리가 있던 그날 밤부터 다음날 아침까지 세르펜티나를 베로니카로 환원해 생각하는 것은, 그전에 안젤무스가 엄청나게 매혹적이고 강렬한 모습의 베로니카와 대면하는 꿈을 꾸었던 일로 거슬러올라간다. 따라서 잉크 얼룩을 만드는 것은 오로지 글로 쓰는 것만 허용되는 영혼의 비밀 또는 세르펜티나의 비밀을 말로 발설하는 것만큼이나 추잡하다.

잉크 얼룩은 아름답게 둥글리고 부드럽게 이어지는 개인적 필체의 이상을 오염의 은유와 대립시킨다. 그것은 언어와 책의 세계를 통해 형성된 수많은 채널, 연결선, 우회로를 따라가는 대신에 합선을 일으켜서 지름길로 가로지르고 싶어하는 욕망의 흔적을 기록한다. 『친화력』의 샤를로테는 남편이 대위를 초대하는 편지의 말미에 자신의 동감을 표현하는 추신을 덧붙이려다가, 평소처럼 "숙련된 필체로 공손하고 정중하게 썼는데도" 종이를 잉크 얼룩으로 "더럽히고" 만다. 샤를로테는 "기분이 상해서 얼룩을 지우려고 했지만 얼룩은 그럴수록 더 커지기만" 한다.[163] 결과적으로 이렇게 계속 커지는 얼룩 속에서 샤를로테의 원치 않는 아들 오토가 생겨날 것이다.

하지만 대위는 공무원이고 베로니카는 호프만이 자주 묘사하는 약삭빠른 공무원의 딸이다. 베로니카는 그저 안젤무스가 서기관이 되고 자기가 서기관 부인이 될 생각뿐이다.[164] 1800년 무렵에는 이렇게 에로티시즘의 순전한 사실성과 글쓰기의 순전한 물질성이 상호결합한다. 상징화의 광명으로 꿰뚫지 못하는 것은 무엇이든 실재에 속하는 것으로, 다시 말해 '불가능한 것'으로 나타난다는 법칙에 따라, 이 결합은 오로지 착란이나 환각으로만 존재한다.[165] 잉크 얼룩이 의미하는 것은 바로 광기다. 그리고 그날 저녁의 술자리는 파울만 교감의 한없이 역설적인 고함으로 끝이 난다.

"내가 지금 정신병원에 와 있나? 나도 미친 거야? 내가 지금 무슨 미친 소리를 지껄이는 거지? 그래, 나도 미쳤구나, 나도 미쳤어!"[166]

발화는 구제불능으로 광기와 뒤얽히는바, 그는 이런 말을 통해 계속 자신을 강조한다. 하지만 동시에 그는 이런 말을 통해 계속 자신을 부정한다. 이렇게 도취된 공무원의 착란적 구술성은 세르펜티나의 시적 구술성을 패러디한다. 이는 도취된 공무원의 착란적 문자성이 시인 안젤무스의 자기망각적 문자성을 패러디하는 것과 마찬가지다. 훗날 1900년경의 문학을 떠받치게 될, 결코 글로 적히는 법이 없는—'나는 글쓴다'와 '나는 착란한다'라는—두 개의 기본 문장은 1800년식 기록시스템에서 불가능한 실재 또는 시의 그림자를 이룬다.[167] 그런데 하필 헤어브란트의 백일몽에서 '나는 글쓴다'라는 문장이, 그리고 파울만의 술주정 속에서 '나는 착란한다'라는 문장이 나타나는 것이다. 이 문장들이 출현하는 것은 시적 글쓰기를 제 본질에 비끄러매기 위해, 시인이 목소리에서 목소리로 나아가지 못하고 문자 그대로의 물질성에 붙들리는 순간 관료제의 광기로 굴러떨어진다는 것을 경고하기 위해서다.

*

이 새로운 시대의 메르헨은 대단히 논리정연해서, 안젤무스의 선생이자 정령의 왕인 린트호르스트를 통해 공무원의 쉽지 않은 이중생활도 빼놓지 않고 소상히 밝힌다. 그는 왕실 문서관장이자 아틀란티스의 시인-군주로서, 시인과 공무원이라는 두 기능의 통합 가능성과 통합 불가능성을 동시에 나타낸다. 하급공무원들은 시인-학생에게 순전한 통합 불가능성을 표명할 뿐이지만, 텍스트 속의 지고하신 교육공무원은 그보다 더 많은 비밀을 알고 있다. 그는 이중생활을 영위한다. 그리고 이중생활 자체는 아무 문제도 없다. 다만 그것을 발설하는 것은 문제가 된다. 시인이 함구령을 깨뜨리고 양편의 통합 가능성을 누설해버리면 시인과 공무원은 통합 불가능하게 된다. 새로운 시대의 메르헨 저자와 메르헨 속 군주의 상동성이 이보다 더 잘 드러나는 지점도 없을 것이다. 호프만은 소설의 마지막 야경에서 실명으로 등장하여, 공무원의 의무를 다하고 관료적 글쓰기를 하느라 「황금 단지」를 완성시킬 수 없었다고 설명한다. 그런데 갑자기 린트호르스트가 최고의 관료적 독일어로 쓴 다음과 같은 글로 호프만을 구원한다.

> 귀하께서는 과거 학생이었고 지금은 시인인 나의 훌륭한 사위 안젤무스의 기이한 운명에 대한 열한 장의 야경을 묘사하셨다고 들었습니다. 그리고 지금은 마지막 열두번

1800년경의
시인-공무원
이중생활

째 야경에 그가 내 딸과 아틀란티스로 떠나 내 소유의 아름다운 기사령에서 누리는 행복한 생활을 담으려고 부단히 애를 먹고 있으시다고요. 저는 귀하께서 독자들에게 제 실체를 알리시는 것이 달갑지 않습니다. 그것은 제가 추밀원 문서관장으로서 직분을 다하는 데 수천 가지 어려움을 초래할 것이기 때문입니다. 심지어 협의회에서 일개 샐러맨더가 과연 법적으로 구속력을 지닌 국가공무원으로서 선서한 바 의무를 다할 수 있는지 숙의할지도 모릅니다. ……이 모든 우려에도 불구하고 저는 귀하께서 작품을 완성할 수 있도록 도움을 드리고자 합니다.[168]

시인-공무원에게 이런 호의를 베풀면서, 시인-공무원 린트호르스트는 자신의 비밀을 밝힌다. 그것은 (당시의 책제목을 빌려 말하자면) "문필가로서의 국가공무원 또는 국가공무원으로서의 문필가. 문서 형태의 설명"이라 할 수 있다. 이 책의 저자인 법학자 그레벨은 린트호르스트와 그의 동료들이 숙고한 바로 그 질문을 제기한다.

문필가의 권한은 국가공무원의 의무에 의해 어느 정도나 제한되는가? 한 사람이 두 역할을 어느 정도나 통일할 수 있는가? 어떤 일이 문필가로서 행해진 것인지 아니면 국가공무원으로서 행해진 것인지 결정하는 것은 누구의 몫인가?[169]

이에 대한 린트호르스트의 대답은 자명하다. 그의 글 자체가 "과거 학생이었고 지금은 시인"이라는 판에 박힌 편지 문구를 통해 한 사람이 두 역할을 통일할 수 있음을 문서 형태로 해명한다. 공무원은 시인이 될 수 있고 시인은 공무원이 될 수 있다. 하지만 이중생활이 문서 형태를 띤 사적인 편지 속에만 머물지 않고 시적 독자들의 세계 만방에—따라서 다른 공무원 동료들에게도—알려지는 것은 곤란하다. 린트호르스트가 우려하는 것은 추밀원 문서관장이라는 별 비밀도 아닌 직함이 아니라 시인이라는 본질적으로 공개적인 직함이 들통나는 것이다. 국가는 자신의 종복에게 정해진 의무를 다하기 위해서는 시를 짓고 소설을 쓰면 안 된다고 명한다. 여기서 '시'라는 파우스트적 자유 발화는 다시 한번 계약과 대면한다. 이 계약은 담론들을 국가의 토대로 만드는 동시에 그 자체가 공무원 선서를 통해 담론적 사건이 된다. 공무원은 "협의회의 숙의"와 그 외 모든 국가업무의 비밀을 엄수해야 하기에—호프만의 참사관 임명증에 따르면—"공무원이라는 새로운 신분으로 선서의 의무를 이행해야" 한다.[170] 그래서, 오로지 그런 까닭에, 하급 공무원 헤어브란트는 문자를 문자로 볼 수밖에 없고, 하급 교감 파울만은 자기의 광기에 관해 자기 입에서 튀어나온 미친 말에 화들짝 놀랄 수밖에 없다.

　　그렇지만 공무원 선서와 시인의 직분은 두 가지 담론구성체 중 한쪽에서만, 즉 린트호르스트의 공무원 협의회 편에서만 통합 불가능한 것으로 여겨진다. 나머지 한쪽은 그와 정반대로 생각한다. "국가공무원이 문필가로서 행하는 것은 공무원으로서 행하는 것이 아니라 일반적인 시민의 자유와 통상적인 시민의 권리를 행하는 것이다."[171] 호프만과 하르덴베르크[노발리스], 괴테와 실러, 이들은 모두 이중생활의 가능성과 그 비밀을 안다. 반면 횔덜린이나 클라이스트처럼 고립된 시인들은 이를 알지 못했기에 가정교사에서 교육공무원으로, 고독한 전사에서 왕실의 부관으로 이행하는 데 실패하며, 그 결과로 [횔덜린의 경우] 튀빙겐의 탑에서, 또는 [클라이스트의 경우] 반제 호숫가에서 생을 마감한다.

　　시 속에서 공무원 조직과 시가 통합 가능한 것으로 묘사되는 것은, 그래야 더 많은 신규 시인-공무원을 모집할 수 있기 때문이다. 오로지 그 때문에, 린트호르스트는 메르헨 작가를 용서하고 자신의 이중생활을 공개한다.

저는 귀하께서 작품을 완성하실 수 있도록 도움을 드리고자 합니다. 귀하의 작품에는 저뿐만 아니라 제가 사랑하는 출가한 딸에 대한 (남은 두 딸도 제 품에서 벗어났다면 얼마나 좋을까만은) 좋은 이야기가 담겨 있기 때문입니다.[172]

"약간 무례하기도 하지만"―이 구절에 함축된 긴 한숨은 황금시대가 다시 오기를 바라는 마음을 드러낸다. 세 딸이 모두 신랑감을 찾기 전까지, 린트호르스트 내면의 시인은 아틀란티스의 군주로 돌아가지 못하고 공무원이라는 "속세의 짐"을 짊어져야 하는 것이다. 하지만 "어린아이 같은 마음"을 가진 사윗감을 찾는다는 광고는 시적 형태로만 출현할 수 있다.[173] 린트호르스트의 편지를 받은 호프만은 행간에서 바로 이 점을 간파한다.

그가 작품을 완성할 수 있도록 도움의 손길을 내밀었기에, 나는 당연히 그가 정령계에 속하는 놀라운 자기 존재를 출판을 통해 널리 알리는 일에 근본적으로 동의한다고 결론지었다. 어쩌면 그가 이 과정에서 남은 두 딸의 신랑을 더 빨리 찾기를 기대하는지도 모른다고 나는 생각했다. 어쩌면 어떤 불꽃이 이런저런 젊은이들의 가슴에 떨어져 초록뱀에 대한 갈망을 일깨울지도 모르고, 그 젊은이가 예수승천대축일에 라일락나무 아래를 뒤져서 초록뱀을 찾아낼지도 모르기 때문이다.[174]

따라서 메르헨 속 린트호르스트가 주인공을 시인-공무원의 세계로 입문시키는 기능을 담당했다면, 이제는 메르헨 작가가 미래의 독자들을 상대로 동일한 기능을 수행한다. 그의 시는 언론홍보활동이며 그는—기술 용어를 쓰자면—군주 린트호르스트의 소망을 증폭해서 전달하는 배율기와 같다. 린트호르스트의 편지는 여태껏 내면성 표현에 실패한 미완성작일 뿐이었던 한 편의 시로 하여금 담론망 내에서 구체적인 기능을 수행하도록 하며, 그럼으로써 「황금 단지」의 완성과 황금시대의 부활을 가능하게 한다. 시는 광고업자의 광고가 되며, 따라서 "인쇄"의 외재성으로 귀결될 수밖에 없다. 린트호르스트가 시인-군주인 동시에 공무원 선서를 한 문서관장이듯이, 린트호르스트의 전령인 호프만도 몽상가인 동시에 미디어 기술자다. 린트호르스트가 최고급 관료적 독일어로 소망을 피력한다면, 호프만은 그 소망을 시적인 몽상으로 옮겨 전한다. 시가 교육학처럼 자신의 문자적 속성을 소멸시키지 않고 고쳐쓰는 것은 바로 이 때문이다. 시가 인쇄되지 않으면 시적 해방의 과업에 필요한 사위들을 채워넣을 수 없다. 역으로 샐러맨더의 이야기가 관료적 독일어로 적힌 순전한 텍스트 상태를 벗어나지 않으면 서기 헤어브란트의 잃어버린 문서와 같이 독자들의 영혼에 영영 닿을 수 없다. 다행히 린트호르스트가 호프만을 이용해서 자신의 관료제적 문서고를 시적 문서고로 대체한 덕분에 그 모든 저장기술의 효과가 심리적 차원에 용해된다. 독자들은 시를 고쳐쓴 문자적 기록을 가슴으로 받아들일 수 있게 되고, 그 기록을 구술적인 것 또는 환상 속의 연인이라는 유년기의 섹슈얼리티로 역전시킬 수 있게 된다.

　1800년의 시적 텍스트는 이런 역전을 염두에 두고 고안된다. 메르헨 속 주인공과 메르헨 작가의 펜 끝에서 시인과 시인-군주의 이야기가 펼쳐질 때, 결혼하지 않은 세르펜티나의 두 자매는 제각기 단독적인 존재들로 지칭될 필요가 없다. 오히려 이 딸들은 "인간"의 눈앞에 "그 어머니의 형상으로" 나타나므로, 세르펜티나라는 하나의 기의를 수립하는 것으로 충분하다. 구체적인 지시체는 독자들이 스스로 찾아낼 것이니, 그들이 초록뱀 또는 어머니를 갈망하기만 하면 성공은 확실히 보장된다. "사람들은 자기가 제일 좋아하는 소설 속 인물과 꼭 닮은 소녀를 찾고 싶어한다. 그리고 결국, 누구나 그 소녀를 찾아내지 않았던가?"[175]

기쁘게도 이에 대한 경험적 증거가 있다. 호프만의 독자들은 린트호르스트의 남은 두 딸을 찾아낼 수밖에 없는데, 왜냐하면 둘 다 세르펜티나와 닮았고 세르펜티나는 어머니 또는 뱀과 닮았기 때문이다. 그런데 이 뱀은 세르펜티나와 마찬가지로 당대의 이상적 필체를 구성하는 기본요소이며 따라서 베껴 그리기가 가능하다.

> 뱀이 기어가는 것을 보자. 뱀은 똑바로 움직이지 않고 곡선을 그리며 나아간다. 그래서 뱀이 고운 모래 위를 기어가면 다음과 같은 (도19) 흔적이 남는다. 이렇게 구불구불한 선을 사행선蛇行線이라고 한다. 글을 잘 쓰는 법을 익히고 싶다면 이런 선을 완벽하게 그릴 수 있어야 한다.[176]

자, 이제 드디어 세르펜티나의 이미지를 공개할 수 있게 되었다. 뮐만의 "도판 19"는 이상적 형태로 간주되어야 하니, 호프만의 독자라면 여기서 금세 린트호르스트의 딸을 찾아낼 수 있을 것이다.

증폭 효과의 시적 작용은 기의의 논리 속에서 이렇듯 우아하게 전개된다. 시 속의 단어는 지시대상 없이 그저 의미만 가지면 된다.

그것은 공무원 선서나 악마의 계약처럼 강제적 의무를 짊어질 필요 없이, 그저 읽기나 쓰기를 통해 초록뱀의 이미지와 그 속삭임으로 역전 가능한 문자열이기만 하면 된다.

　호프만이 쓴 새로운 시대의 메르헨은 헤르더가 말하는 시의 정의를 문자 그대로 따른다. 시인은 형제들의 영혼과 심장에 자연 또는 '어머니'를 전달하는 자다. 시인의 수신인은 책을 읽는 남성들인데, 이들은 '양육하는 어머니'에게 사랑을 바친다는 점에서 진정한 형제다. 말과 글은 유년기의 섹슈얼리티가 다시 유년기의 섹슈얼리티로 흘러가는 채널들에 불과하다. 그리고 전체 채널들의 앞 또는 뒤에는 비밀을 간직한 공무원들이 서성거리며 언젠가 도래할 해방을 고대하고 있다.

　국가공무원이 문필가로서 행하는 것은 공무원으로서 행하는 것이 아니라 "일반적인 시민의 자유와 통상적인 시민의 권리"를 행하는 것이다. 메르헨의 끝에서, 린트호르스트는 자신의 이중생활을 간단히 자신과 호프만의 분업으로 바꿔버린다. 린트호르스트 본인은 공무원 협의회에 출석하여 시인이 공무원 선서를 지킬 수 있는가에 대한 숙의를 참고 견뎌야 하겠지만, 아무도 그가 안젤무스를 대신할 또다른 비서를 고용하는 것을 막지는 못한다. 린트호르스트는 편지를 써서 호프만을 푸른 서재 또는 '청색문고' 속으로 초대한다. 그곳은 린트호르스트가 자신의 정신적 아들들을 시인으로 입문시킨 장소 또는 장서다. 그리하여 안젤무스가 치명적인 잉크 얼룩을 만들기 전까지 써내려가던 이야기, 화자가 일상의 어려움에 봉착하기 전까지 써내려가던 이야기, 하나이자 둘인 이 이야기가 마침내 완결된다. '시'라는 이름의 내면적 지식은 린트호르스트의 문서고에서 관료제의 세례를 받는다.(또는 마르크스의 표현을 빌리자면 '국가자격시험'을 통과한다.) 그리고 이 세례를 통해 비로소 시가 담론적 실증성을 획득한다.

　호프만이 쓰고 또 쓰는 까닭은, 오로지 린트호르스트가 메르헨의 핵심 상징을—화주火酒가 가득 담긴 황금 단지를—그에게 주었기 때문이다.[177] 그는 술을 마시고 환각에 빠진다. 산문적 조건에서는 상상할 수도 없는 온갖 것들이 감각적으로 확실히 느껴진다. 오감을 모두 자극하는 신비한 매직랜턴*을 비춘 것처럼,[178] 그는 안젤무스와 세르펜티나가 시의 나라에서 행복하게 결합하는 메르헨의 결말을 생생하게 목격한다. 환각은 역치를 간신히 넘길 정도의 미세한 촉각적·후각적 자극으로 시작해서,[179] 안젤무스가 "눈빛" 같기도 하고 "노래" 같기도 한 시청각적 형태로 사랑을 표현하는 데서 절정에 이른다.[180]

만취한 메르헨 작가와 사랑에 도취된 메르헨 속 주인공은 동일한 과업을 수행한다. 두 사람의 취기는 모두 환각적이고 거의 무의식적인 글쓰기를 가능하게 만든다. 이렇게 해서 호프만도 린트호르스트의 은밀한 이중생활을 알게 된다. 그는 도취에서 깨어난 후에야 자기 자신도 또다른 도서관 환상에 빠져 있었음을 깨닫는다.

> 샐러맨더가 기예를 부린 덕분에, 나는 아틀란티스의 기사령에 있는 안젤무스를 생생하게 볼 수 있었다. 그리고 놀랍게도, 눈앞의 광경이 뿌연 안개가 걷히듯이 사라지고 나니 그 모든 것이 나 자신의 필체로 정갈하고 명확하게 적힌 종이가 보랏빛 책상 위에 놓여 있었다.[181]

이중생활의 즐거움—환각과 받아쓰기, 도취와 의무가 합선을 일으키면서, 메르헨 작가는 자신의 분신인 메르헨 속 주인공의 재림

---

*Laterna Magica. 17세기 유럽에서 개발된 원시적인 형태의 이미지 영사기다. 그림을 그린 유리판을 후방 광원으로 전면 스크린에 영사하는 방식으로, 특유의 환영적인 효과 때문에 마술사나 강령술사, 유랑극단 등이 많이 활용했다. 흔히 영화의 전신으로 여겨진다.

이 된다. 그러므로 이제 그는 술에 취해서 기껏 자기가 착란에 빠졌다고 착란하고 백일몽 속에서 프락투어 서체가 춤추는 것만 보는 하급공무원들의 대척점에 선다. 시적 백일몽은 사랑의 장면을 멀티미디어적 환각으로 그려 보이며, 시적 만취에 의한 착란은 말을 무력화하는 대신에 눈앞의 환각에 대한 정갈한 무의식적 문자 기록을 남긴다.

글쓰기의 즐거움을 부인하는 것은 하급공무원들뿐이다. 어떤 개혁적 교육학자는『청년들이 자신의 생각을 문자로 표현할 수 있도록 북돋우는 방법』이라는 책에서 글쓰기의 즐거움을 찬미하면서, 자기 자신이 그런 즐거움을 향유하는 좋은 예라고 자화자찬한다.

> 문필가들이 다 이런지는 모르지만, 내가 글을 쓸 때는 언제나 글의 소재가 이미지로 나타난다. 심지어 극히 추상적인 대상도 환영처럼 눈앞에 선하게 떠오르기에, 나는 무슨 소재로 글을 쓰든지 규칙들이나 단어들을 생각하지 않는다. 내가 의식적으로 생각하지 않아도 단어들이 저 스스로 나온다. 그러면 문필가는 달리 더할 것 없이 딱 맞는 그 말들을 그저 쓰기만 하면 된다.[182]

호프만도 바로 이런 식으로 눈앞에 두둥실 떠오르는 세르펜티나의 환영을 받아쓰는 능력을 얻는다. 그의 자동기술법은[183] 규칙들이나 단어들을 의식하지 않으며, 그렇기 때문에 외부로부터의 역사적 승인을 필요로 한다. 이 메르헨 작가는 도취의 즐거움과 공무원의 의무, 비전을 보는 것과 그것을 받아쓰는 것의 이중화 자체가 바로 시라는 것을 스스로 깨닫지 못한다. 그래서 린트호르스트가 한번 더 나타난다. 호프만은 도서관 환상이 너무나 짧았고 아틀란티스에는 가보지도 못했다는 생각에 한숨쉬지만, 그것은 근거 없는 생각이다. 가장 지고한 고위공무원은 호프만에게 다음과 같은 마지막 말을 남긴다.

> "조용, 조용, 친애하는 친구여! 그렇게 탄식하지 마시오! 바로 지금 당신이 아틀란티스에 있지 않소, 당신 역시 적어도 내면적 감관 속에 작지만 우아한 영지를 소유하고 있지 않소? 안젤무스의 지극한 행복이란 그저 시 속에서의 삶이며, 시라는 것은 모든 존재의 성스러운 화합을 자연의 가장 깊은 비밀로서 드러내는 것이 아니오?"[184]

린트호르스트의 말을 들은 메르헨의 화자는 깊은 위안을 얻고 "메르헨은 여기서 끝난다"라고 써넣는다. 그리하여 그의 텍스트는 작품이 되고, 그는 저자가 된다.

## 저자들, 독자들, 저자들

역사가들은 문자문화를 두 유형으로 구별한다. 하나는 글쓰기 능력이 통치권력의 특권적 기능이 된 '기록자 문화'이고, 다른 하나는 글쓰기와 읽기가 결합하여 보편화된 '교양인 문화'다.[185] 중세 유럽에는 기록자의 극단적 사례가 있었다. 당시 기록자는 순수하게 베껴쓰거나 글씨만 쓰는 필사가로서 자기가 옮겨쓰는 통치자의 담론을 읽을 줄 몰라도 상관없었다. 덧붙이자면 중세 유럽에는 독자의 극단적 사례도 있었다. 당시에 '시인Dichter'이라고 지칭된 이 독자들은 글을 쓸 줄 몰라서 기존 텍스트에 직접 논평을 달거나 뒷이야기를 이어쓸 수 없었다. 그래서 이들은 '시를 지어서dichten' 필사자들에게 '불러주어야diktieren' 했다.

반면 1800년식 기록시스템은 읽기와 쓰기가 자동화되어 상호

결합하는 문화다. 늙은 괴테가 직접 글을 쓰는 대신 비서 에커만에게 글을 불러주기도 하지만, 이것은 두 남자 모두 글을 읽고 쓸 줄 알기에 가능한 일이다.[186] 노발리스는 『하인리히 폰 오프터딩겐』의 원고를 웅거의 새 서체로 인쇄하기 전에 먼저 필사자에게 복제를 맡기면서, "자기 글을 반복해서 읽는 것보다는 새로운 작업을 하는 편이 교양을 넓히는 데 더 도움이 된다"라고 말한다.[187] 그러니까 읽기와 쓰기의 결합은 무작정 이뤄지는 것이 아니라 전인적 인간의 형성 또는 일반교양allgemeine Bildung이라는 더 큰 목적에 종속된다. 그리고 일반교양의 전제조건인 알파벳 학습 단계에서, 읽기와 쓰기는 '듣기'라는 유일무이한 공통분모를 통해 하나로 결합한다.

교육시스템은 인쇄출판업과 종교개혁으로 시작된 어떤 변화의 과정을 그대로 이어받지 않는다. 오히려 "국민교육"이 "새로운 학문의 이단적 제단인 문자와 책에만"에 눈을 내맡기면서 "유럽이 오류와 광기에 빠져들었다"라는 인식이 확산되면서[188] 이를 바로잡기 위한 새로운 알파벳 학습법이 제안된다. 언어의 원천으로부터 소외되지 않은 순수듣기를 시뮬레이션한다는 조건이 도입되면서, 1800년경에 읽기와 쓰기가 보편적 소양이 된다.

두 가지 문화 유형의 대립을 상연하려는 듯이, 안젤무스는 읽을 수 없는—소리로 옮길 수도 없고 뜻도 알 수 없어 보이는—기호들을 베껴써야 한다는 어려운 과제에 부딪힌다. 하지만 세르펜티나의 목소리가 들리자마자 과거의 그림자는 사라지고 독자 안젤무스는 시인의 자격을 취득한다. 그리고 시는 지혜나 영감, 신의 가르침이나 정부의 칙령과 달리 독자가 없으면 존재할 수 없기 때문에, 독자-시인 안젤무스는 계속해서 더 많은 독자-시인을 생성한다. 그는 일단 본인을 불러낸 메르헨 작가를 독자-시인으로 만들고, 이를 중계기 삼아서 더 많은 문학청년을 독자-시인으로 만든다. 읽기와 쓰기는 이렇게 보편화된다.

저자들에서 독자들로, 다시 독자들에서 저자들로 이행하는 연속적 흐름은 프랑스의 군사기술자 카르노가 주창한 국민 총동원 체제를 문학장에서 반복하는 것과 같다. 1800년 전후로 출판산업이 큰 폭으로 성장한 데에는 기술 혁신(절단되지 않은 두루마리형 종이 생산장비의 개발)이나 사회 변동(사회적 지위 향상을 열망하는 시민계급의 형성)의 영향도 있었지만, 담론적 실행 자체가 변화한 탓도 컸다. 기술적·사회적 인과관계만 고려하면 온갖 종류의 책 중에 하필 소설책이 통계적으로 가장 많이 생산되었다는 사실은 그저 우연에 불과하다. 하지만 당시 소설책의 유행은 전무후무한 사건이며 그 역사는 소설 텍스트 자체에 기록돼 있다. 그에 따르면, 독일 시문학은 모두—각각의 내용적 특수성과 철학적 견해 차를 넘어서—독자들로 하여금 시를 증식하도록 만드는 일종의 프로그램으로 코딩된다.

따라서 '시' '저자성' '작품' 같은 단어들의 개념 지향을 굳이 관념론적 미학 체계로부터 힘들게 도출할 이유가 없다. 단순한 이야기만으로 더 우아하게 같은 목적지에 도달할 수 있기 때문이다. 평이한 문장으로 표현된 메르헨 「황금 단지」의 결말을 보라. 그에 따르면 '시'는 술과 에로티시즘의 도취 속에서 출현하는 "내면적 감관"의 소유물이며, '저자성'은 착란이 무의식중에 종이 위로 불러낸 것을 다시 읽는 과정에서 발생하고, '작품'은 감각장의 환각적 대체물을 제공하는 미디어로서 나타난다. 이것들은 1800년식 기록시스템을 떠받치는 세 가지 핵심 개념인 동시에 세 가지 행복의 약속이다.

글쓰기의
도취와
관념고정
1800년 전후로 글이라는 매체는 그 글을 읽는 독자들의 내면적 차원에 어떤 심리적 작용을 가하게 된다. 글쓰기라는 낡고 차가운 기술이 갑자기 보편화될 수 있었던 것도 그 때문이다. 기술적 차원에서는 '지시관계 없는 기의'에 불과할 것들이 심리적 차원에서 내면의 목소리 또는 이미지로 변신하여 쾌락을 낳고 저자들을 창출한다. 안젤무스가 사랑의 도취를 경험할 때나 그를 창조한 시인이 알콜의 도취를 경험할 때면 세르펜티나는 번쩍이는 시청각적 환각으로 나타난다. 이는 린트호르스트가 세르펜티나를 "제가 사랑하는 출가한 딸"이라고 극히 지시적으로 칭하는 것과 대조를 이룬다. 그녀는 외부세계를 느끼지 못하도록 완전히 마비된 감관의 내면적 소유물이다. 세르펜티나에 따르면 그녀와의 "혼인 조건"은 심리적인 것, 즉 "어린아이 같은 마음"을 가지는 것이다. 정신이 멀쩡한 성인이라면 책 속에 연인의 목소리가 숨어 있다고 믿지 않을 것이다. 따라서 경험적으로 부재하는 초월론적 기의를 생산하려면 도취 또는 광기가 반드시 필요하다.

호프만의 단편소설들을 하나의 전체로 묶은 『세라피온 형제들』의 규약은 간단히 말해 술을 진탕 마시고 '은둔자 세라피온'처럼 말하는 것이다. 세라피온은 눈앞에 있는 밤베르크의 탑을 보면서도 "알렉산드리아 탑"이라고 "아주 명징하게" 인식하며, 자신의 광기에 관해 얼마나 생생하게 이야기하는지 아무리 심리학에 박식한 청중이라도 "꿈꾸는 듯한 마법의 힘"에 홀려 환각을 보는 듯한 착각에 빠진다.[189] 슈피스의 『광인의 자서전』에 나오는 개혁적 경제학자는 사랑의 고통에 시달리다 죽은 어머니의 환상을 보는데, 그 순간 "매직랜턴처럼 과거와 미래의 이미지들을 우리 영혼 앞에 돌려 보이는 상상력의 바퀴"가 멈춰 서는 것을 경험한다. 어머니의 환상은 "더이상 사라지지 않고 정신에 달라붙어 그를 광기로 몰아간다."[190] 티크의 「루넨베르크」에서는 어떤 여성이 한밤중에 신비로운 폐허에서 주인공 크리스티안에게 "기이하고 불가해한 기호"가 적힌 판을 "선물"로 준다. 크리스티안은 판에 적힌 원형적 글을 보는 순간 그에 대한 광기 어린 욕망에 영원히 사로잡힌다.[191]

여기서 시는 당대의 최첨단에 선다. 1800년경의 새로운 인간학은 광기에 대한 의학적·심리학적 분석을 통해 비이성을 나타내는 수많은 증상 중에서도 비이성의 본질을 보여주는 단 하나의 증상을 찾아내는데, 그것이 바로 '관념고정idée fixe'이다. "동일한 관념과 개념에 고착되어, 말하자면 다른 모든 것을 배제하는 것이 광기의 본질이다."[192] 그래서 관념고정은 질병 분류학적 구별, 원인의 규명, 심리학적 치료에 이르는 전체 단계를 결정하는 핵심이 되며, 치료는 다른 무엇보다도 기분을 전환하고 고정된 것을 분산시키는 데 주력한다. 특히 시적인 가치 척도에 따르면 관념고정은 비이성의 유일한 형태다. "관념고정, 그것은 모든 천재와 열광자를 적어도 주기적으로 지배하는 것이자 고귀한 인간들을 지상의 책상이나 침대와 구별하는 척도다."[193] 그래서 장 파울의 소설 『크빈투스 픽슬라인의 삶』의 주인공, 변변찮은 교육공무원으로 일하면서 자기만의 작은 관념고정을 키워가는 이 문필가는 '픽슬라인Fixlein,' 즉 '작은 관념고정'이라고 불릴 수밖에 없는 것이다.*

정신의학자 랑게아이히바움이 활약할 1900년 무렵에는 천재와 광기를 오가는 수천 개의 횡단로들이 밝혀지겠지만, 1800년식 기록시스템은 근사한 하나의 길밖에 모른다. 이탈리아 화가 타소가 괴테의 비극 주인공이 된 것은 그가 광란이나 편집증에 시달려서가 아니라 이상적 '여성' 이미지에 대한 에로틱한 고착에 빠져 있었기 때문이다. 밤베르크의 은둔자 세라피온이 시인 집단의 수호성인이 된 것은 그가 헛소리나 생각의 비약에 능해서가 아니라 논리와 초월론적 철학에 박식하면서도 순교자 세라피온 역할을 맡는다는 "관념고정"에 빠져 있었기 때문이다.[194] 낭만주의 메르헨에서 "모든 것의 참모습을 보여주고 모든 환상을 파괴하며 원래의 모습만을 영원히 붙잡는다"는 마술거울의 약속은 오로지 관념고정을 통해서만 심리적 경험으로 실현된다.[195] 영혼이 관념을 직접 저장할 수 있다면 서기관 헤어브란트의 사무실도 린트호르스트의 문서고도 역사적으로 불필요해질 것이다. 물론 슈피스, 티

---

*독일어에서 'lein'은 축소 및 중성 명사를 만드는 접미사다.

크, 호프만, 장 파울, 노발리스의 책 속에 영원히 고정된 저 기원적 이미지는 이상적 '어머니'로 수렴한다.

　엑토르 베를리오즈는 이에 대한 전기적 증거를 제공한다.(그리고 그로 인해―프랑스인답게 약간 뒤늦게―고통받는다.) 베를리오즈는 〈환상교향곡: 한 예술가의 삶에서 일어난 일〉에서 다른 주제들과 동기들의 발전에 전혀 관여하지 않는 역설적인 동기 하나를 슬그머니 끼워넣는다. 기존의 교향곡에서 유례를 찾아볼 수 없는 이 기이한 동기의 기능은 어떤 관념고정/고정악상을 고착시키는 것이다. 그것은 아편에 취한 예술가의 눈앞에 나타난 환상의 연인을 표제음악으로 그려낸다. 수년 후 베를리오즈가 그토록 사랑하던 영국 여성과 결혼하자마자, 그녀는 육체를 가진 중년의 부인이 되고 말지만……

　시적 창작의 첫번째 단계에서 환각이 관념고정을 산출한다면, 두번째 단계에서는 글쓰기용 펜이 관념고정을 고착시킨다. 관념고정이 안젤무스의 경험처럼 언어 이전의 숨결과 연관된 시적인 사태라면, 파울만 교감이나 서기 헤어브란트가 계획한 것 같은 기계적인 분산 치료법은 아무 소용이 없다. 그런 광기는 날카로운 펜촉에 찔려야 낫는다. 그리하여 「황금 단지」의 주인공과 작가는 도취에서 깨어난 후 자신을 사로잡았던 관념고정이 시인 자신의 손으로 단정하게 필사된 것을 발견한다.

　티데만은 『인간 탐구』에서 "시에 몰두하는 젊은이들이 온종일 한 줄도 못 쓰다가" 결국 몽유병의 도움을 받은 사례를 보고한다. 그는 "한밤중에 깨어나 뭔가 쓰고서, 나중에 자기가 쓴 것을 읽고 크게 웃으며 갈채를 보냈다."[196] 마찬가지로 장 파울은 『피벨의 삶』에서 흥미로운 초등교육 사례를 전한다. 이 책의 주인공인 ['기초독본'이라는 일반명사이기도 한] '피벨Fibel'은 "종이를 보지 않고 글을 써내려가는데, 이는 기교를 과시하기 위함이 아니라 어둠 속에서 글을 써야 할 때를 대비한 기술 훈련이다." 그런데 어느 날

밤에 실제로 그런 일이 벌어진다. 꿈에서 '닭Hahn'이 나타나 피벨이 집필할 기초독본의 첫번째 문자 'H'를 건네준 것이다.[197] 그러므로 젊은 괴테가 심야의 왕성한 집필 활동으로 유명했던 것이 비단 개인적 특성만은 아니었던 셈이다. 1800년경의 시적 글쓰기는 "손 가는 대로 내맡기는 것"이니, "다시 쓰고, 삭제하고, 갈아낼 것을 갈아낼 시간은 얼마든지 있기 때문이다."[198] 이렇게 도취나 꿈에서 돌아와 무의식적인 수작업의 결과를 다시 읽을 때 비로소 자아가 나르시시즘과 함께 나타난다. 그리하여 젊은이는 자기가 쓴 시에 갈채를 보내고, 피벨은 자신의 책을 집필한다는 목표를 이루고, 호프만은 "정갈하고 명확하게" 완성된 「황금 단지」의 원고에 감탄하며, 괴테는 "어둠 속에서 예기치 않게 우연히 떠오른 것을 느낌만으로 확실하게 붙잡아둔" 시에 대해 "특별한 경외감"을 가진다.[199] 이처럼 무의식적인 시적 자유의 결과를 다시 읽는 나르시시즘적 즐거움이 "저자 기능"을 생성한다.[200] 1800년식 기록시스템에서, 저자성은 글쓰기가 이루어지는 순간에 발현되는 기능이 아니라 다시 읽기의 사후적 효과로 나타난다.

이에 대한 경험적 증거를 원한다면—1913년에 나온 초창기의 한 문예영화 시나리오에서 지시하는 대로—시인을 향해 영화 카메라를 돌려보라. 그러면 어떤 사람이 "방 안에서 초조하게 왔다 갔다하는" 모습이 비칠 것이다. "그는 이상한 모양으로 구겨진 종이 위에 시를 쓰고 있다. 그는 거울 앞에 서서 열정적으로 시를 읊고 스스로 탄복한다. 그는 대단히 만족해서 긴 의자에 눕는다."[201]

자기망각적 글쓰기, 거울 단계, 저자성—이것이 시인의 직분을 수행하기 위한 기술적 3단계다. 하지만 이 단계들을 기록하려면 책을 능가하는 미디어, 1800년식 기록시스템에는 아직 존재하지 않는 미디어가 필요하다. 100년 후에는 영화 카메라가 등장해서 책을 모두의 웃음거리로 전락시키겠지만, 당대에는 책이 여전히 미디어 기술의 최고봉으로 찬란하게 빛나고 있다. 중부유럽은 알파벳 학습이 보편화되는 단계에 진입한다. 사회사학자들이 천착하는 통계적 차원이 아니라, 다가올 미래를 정하는 어떤 프로그램의 차원에서 문해력을 일반화하는 회로가 구성되었다는 말이다. 글쓰기는 더이상 각성이나 집중 같은 식자층 특유의 고행을 요구하지 않는다. 그것은 꿈이나 도취, 또는 어둠 속에서도 계속 쓸 수 있는 단순한 손 기술의 문제가 된다. 글이라는 매체는 송신중 교란이나 잡음, 시간지연이나 데이터 손실 없이 순수기의 또는 '관념고정'을 전달한다. 육체화된 알파벳 학습이 일종의 자동기술법을 가능하게 한다. 하지만 이것은 엄밀히 말해 자동기술법이 아니다. 순수기표들을 분출하는 무의식적 글쓰기는 반복적 독서가 금지된 1896년 이후에야 [영화 카메라가 발명된 후에야] 비로소 가능해지기 때문이다. 반면 1800년경의 글쓰기 행위는 특정한 두 개의 축 사이에서 명확하고 정확하게 규정된다. 글쓰기의 앞에는 글쓰기를 통해 번역해야 하는 기의가 있고, 글쓰기의 뒤에는 자발적으로 움직이는 손가락의 결과물을 자신의 소유물로 향유할 수 있는 저자성이 있다. 이 두 개의 축 사이에서 글쓰기는 완전히 중성화된다.

∗

시는 이렇게 자신이 도달한 기술적 표준을 1800년식 기록시스템의 다른 모든 담론이 지켜야 할 보편적 규칙으로 확립한다. 장 파울은 사실을 향한 광적인 추구 끝에 이를 명시적으로 기록하는 데 성공한다. 그에 따르면, 유명 저자들의 작품을 포함해서 당대의 모든 글은 '피벨Fibel[기초독본]'이라는 원형적 저자로 거슬러올라갈 수 있다. "독일에서 그 이름을 아는 사람은 아무도 없지만" 누구나 그의 작품을 읽은 적이 있다. 왜냐하면 원형적 기초독본으로서 '피벨'은 "수백만의 독자들을 거느리고 있을 뿐만 아니라, 애초에 바로 그 사람들을 독자로 만든" 장본인이기 때문이다.[202] 그리고 당

감각적 미디어의 대체물로서의 시

대의 철학적 미학자들은 동일한 사태를 정반대의 방식으로 [즉 완벽한 예증으로서] 기록한다. 이들은 시의 개념을 규정하면서 자기 앞에 놓인 시가 근본적으로 글로 적히고 인쇄된 것임을 망각한다. 피벨의 작품이 망각된 채로 계속 모방되면서 시 쓰기가 너무 쉬워진 탓에,[203] 철학자들이 시 쓰기를 그냥 '말하기'라고 칭할 수 있게 된 것이다. 게다가 이들은 말하기도 애초에 신체적 기술임을 망각한다. '어머니의 입' 덕분에 말하기가 너무 쉬워진 탓에, 표상의 제시가 '관념고정의 환각'이라 불릴 수 있게 된 것이다.

아우구스트 빌헬름 슐레겔은 「순수문학과 예술에 관한 강연」에서 "시Poesie란 무엇인가?"라는 질문에 다음과 같이 말한다.

> 나머지 예술들은 재현의 수단 또는 매체에 제한이 있으며 그에 따라 어느 정도 범위가 한정되는 특정한 영역을 다룬다. 반면 시의 매체는 인간 정신이 의식을 획득하는 매체, 정신이 자신의 표상들을 자의적으로 결합하고 표현하는 힘을 얻는 매체, 즉 언어 자체다. 그래서 시는 외부 대상에 결부되지 않고 저 자신의 대상을 스스로 창조한다. 시는 모든 예술 중에서도 가장 포괄적인 것으로 흡사 당대의 보편정신이 그 안에 머무는 듯하다. 그래서 나머지 예술들로 재현된 것 중에서도 우리를 일상적 현실 너머 상상의 세계로 고양시키는 것을 일컬어 '시적인 것'이라 부른다.[204]

헤겔도 『미학 강의』에서 "시"라는 주제에 관해 논하면서 슐레겔과 같은 견해를 밝힌다.

> 시는 조형예술처럼 감각적인 직관을 위해 일하거나 음악처럼 그저 관념적인 감정을 위해 일하지 않고, 오로지 정

신적 표상과 직관 자체를 위해 내면에서 형성되는 정신
적 의미를 만들고자 한다. 그러므로 시를 드러내는 질료
는 예술적으로 다뤄진다고 해도 정신을 정신에게 표현하
는 수단으로서만 가치 있을 뿐 정신적 내용이 그에 부합
하는 실재성을 발견할 수 있는 감각적 현존재로서의 가
치는 없다. 여태껏 고찰된 것들 가운데서는 정신에 비교
적 적합한 감각적 질료인 '소리'만이 이런 수단으로 쓰일
수 있다.[205]

시는 미학 체계에서 특별한 위치를 향유한다. 다른 예술들은 각
자의 감각적 매체(돌, 색, 건축자재, 떠들썩한 소리 등)에 따라 규
정되는 반면, 시의 매체는—언어 또는 소리, 소리로서의 언어, 어
쨌든 확실히 문자는 아닌 것으로서—자신의 내용 아래 모습을 감
춘다. 앞서 본 노스트라다무스/파우스트의 사례에서 정신이 정신
앞에 바로 나타날 수 있었던 것은 시의 이 같은 독특한 특성 덕분
이다. 1800년식 기록시스템에서는 게오르게의 시 「말」에 나오는
"말이 부서진 곳에서는 어떤 사물도 존재하지 않으리라"라는 구
절이 아예 불가능하거나 거의 신성모독처럼 들렸을 것이다. 첫째
로 실존하는 언어들은 서로 번역이 가능하며, 둘째로 언어는 그저
채널일 뿐이기 때문이다. 그래서 시는 "정신적 의미"(기의)와 세
계(지시대상의 총체) 사이에 합선을 일으켜 모든 감각적 매체의
일반적 등가성과 보편적 번역 가능성을 제시 또는 보증할 수 있
다. "시는 형상화 방식의 측면에서, 자신의 영역 내에서 나머지 예
술들의 표현방식을 되풀이함으로써 총체적 예술이 된다. 이는 회
화와 음악이 비교적 제한된 수준에서 이런 총체성을 성취하는 것
과 확연히 구별된다."[206] 물론 시가 물질적으로 그런 성취를 할 수
있는 것은 아니지만, 여기서 물질적 차원은 중요하지 않다. 핵심
은 다른 예술들이 비非감각적이고 보편적인 매체로 번역됨으로써

시에 다다른다는 것이다. 이 보편적 매체는 흔히 '상상Phantasie' 또는 '상상력Einbildungskraft'이라는 이름으로 통한다. 따라서 상상력은 (프리드리히 슐레겔이 인간과 남성을 정의할 때와 마찬가지로) 모든 예술 일반을 정의하는 동시에 특정한 최상의 예술을 정의한다. 오로지 시만이 "모든 특수한 예술 형식과 개별 예술의 보편적인 근간이 되는 상상력 자체"를 자신의 "고유한 질료"로 수반한다.[207] 이 같은 이중적 정의는 시를 말이나 문자, 글로 적힌 기호로 취급하지 못하도록 한다. 시는 그저 비물질적인 상상력의 예술로서 수많은 사건과 지상의 아름다움을 교양적 자산으로 탈바꿈하는 마법을 부린다. "상상력은 우리의 모든 감각을 대체할 수 있는 신기한 감각이다."[208]

괴테는 자신의 잡지 『프로필렌(신전의 문)』에서 화가들에게 시에서 회화의 주제를 찾아보라는 내용의 공모를 한다. 얼핏 이상해 보일지 모르지만, 이는 이미지들을 그에 부합하는 일반적 등가물로 번역하는 자신의 실행 방식을 역전한 것이다. 이런 방식은 『빌헬름 마이스터의 편력시대』에 나오는 성 요셉 2세와 이른바 '교육촌'의 예술교육 전반에 퍼져 있다. 거기서 한 교사는 생도들에게 조각상을 보여주고, "여기 고정되어 있는 이 작품을 앞에 두고 멋들어진 말로 우리의 상상력을 자극시켜"보라고 요구한다. "지금 우리 눈에 고정되어 보이는 것이 그 특성을 잃지 않은 채 다시 유동적인 것이 되도록" 말이다.[209] 이처럼 시적인 말은 감각적 매체를 유동화한 것이라는 말이 공공연하게 설파된다. 시의 영역이 문자가 아니라 스쳐지나가는 소리에 의해 지배되는 것만으로는 충분하지 않다. 오히려 시는 돌과 색, 떠들썩한 소리와 건축자재, 모든 예술의 물질성과 신체의 기술을 유동화하여 상상력으로 "모든 감각을 대체"해야 한다.

레싱은 『라오콘』에서, 시인이 독자로 하여금 "대상을 감각적으로 지각하게 만들어서 시인의 언어보다 더 명징하게 의식하도록" 해야 한다고 규정한다.[210] 그는 이렇게 조형예술과 시예술의 차이를 공식화하면서 이미 특정한 수용 방식을 전제한다. 그것은 단순히 말들을 유동적으로 만드는 것이 아니다. 알파벳 학습을 완벽히 하면 레싱의 작용시학은 교육학적으로 보증된 자동기술법이 된다. 장 파울은 독자에게 직접 말을 건네는 형식의 글을 쓰면서, '알아채지 못했겠지만 여러분은 지금 인쇄된 문자들을 읽고 있다'라고 굳이 상기시켜야 한다. 마찬가지로 「황금 단지」에서 저자 호프만이 이야기 중간에 불현듯 독자를 호명하며 그려 보이는 광학적 비전은 이 소설의 가장 환상적인 에피소드를 이룬다.[211] 호프만은 「모래 사나이」에서도 "내면의 형상"이 "작가라는 이상한 종족"의 내면에서 환각적으로 생겨나 "온갖 불타는 색채와 빛과 그림자"가 되어 독자 공중에게 다다른다고 묘사한다.[212] 이런 작용시학적 프로그램은 모두 순수기의를 독해하는 능력을 전제한다. 철학적 상상력은 1800년경에 시라는 비非매개적 매체로 격상되지만, 고고학적으로 보면 그것은 단지 기초독본의 효과일 뿐이다.

　　이에 대해서는 텍스트적 증거도 있고 경험적 증거도 있다. 먼저 텍스트적 증거는 호프만이 이야기하는 시인들의 수호성인이 제공한다. 자칭 세라피온의 환상적 관념고정에 관한 수백 쪽의 이야기 끝에 그의 비밀이 밝혀진다. 세라피온은 후대 시인들의 모범으로서, "마치 어디서 읽은 것이 아니라 자기 눈으로 생생하게 본 것처럼 자기 내면에서 이야기를 끌어낸다."[213] 다시 말해, 밤베르크의 탑이 알렉산드리아의 탑으로 변하는 것은 도서관 환상이었고, 관념고정의 광기는 독서의 효과였던 셈이다.

　　한편 클뢰덴이 경험한 읽기의 모험은 경험적 증거를 제공한다. 그는 볼프에게 이상한 그리스어 학습법을 소개받기 전에도 본인이 직접 서로 다른 기록시스템들의 간극을 넘나든 적이 있었다. 1793년, 이제 일곱 살이 된 클뢰덴은 가난한 아동을 위한 교육시설에 들어갔다. 하지만 "'아a, 베b, 압ab, 베b, 아a, 바ba'는 너무 지루했고,"[214] 성서 구절을 암기해봐야 "전혀 이해가 되지" 않았으니 그것이 "표상이나 이미지와 연결될" 리 만무했다. "글을 아주 잘 읽는" 어머니가 개입하여 문자가 아니라 "뜻을 밝혀주니"[215] 겨우 "읽은 것이 조금씩 이해가 되었다."[216] 하지만 클뢰덴이 완벽한 읽기 기술을 습득하여 시 속에서 시적인 것, 즉 모든 감각적 즐거움의 대체물을 발견하기 위해서는 안젤무스와 마찬가지로 착란을 경험해야 한다. 어린 클뢰덴이 열병으로 앓아눕자, 그의 어머니는 캄페가 아동용으로 편집한 『어린 로빈슨 크루소』를 아들에게 건넨다. 클뢰덴은 그 책을 보면서 "모든 장면을 조형적으로 재현하고" "모든 장면을 미세한 세부까지 그려넣을 수 있을 것만 같은" "진정 탐욕스러운" 읽기를 경험한다.[217]

이해와 표상과 이미지가 환각을 불러일으킨다니, 해석학의 환상적 매개성을 이보다 강력하게 보여주는 사례도 없을 것이다. 알파벳 공부가 (페스탈로치 이래로) 시각적 경험과 결합되고 (슈테파니 이래로) 이상화된 모성적 구술성의 지배를 받았다면, 이제 그것은 다른 모든 매체를 대리보충하는 수준에 이른다. 자칭 약물 전문가인 카를 미헬에 따르면, 전염병처럼 만연한 시 읽기의 유행을 아편에 빗대는 "은유가 프랑스혁명 전야에 거의 전염병처럼 번졌다."[218] 당대의 어떤 기초독본은 읽기가 자기 자신을 전제하는 동시에 증대하는 특별한 "욕구"라고 쓴다.[219] 하지만 이는 중독의 임상의학적 정의이기도 하다. 그래서 안톤 라이저가 읽기를 "서남아 지역 사람들의 아편과 마찬가지로, 감각을 즐겁게 마비시키는" "욕구"로 묘사하는 것이다.[220]

당시의 새로운 중독을 "승화"나 "내면화"로 설명하는 것은[221] 사태를 과소평가하는 것이다. 이른바 충동으로부터 소외된 중간계급 시민들을 감상적으로 동정하면 심리학적 관점에 갇혀서 기술의 실증적 효과를 은폐하게 될 뿐이다. 실제로는 승화와 정반대의 일이 벌어진다. 1800년식 기록시스템에서 시집은 최초의 현대적 미디어가 된다. 미디어의 내용은 또다른 미디어라는 매클루언의 법칙에 따라, 시는 감각 데이터를 복제하고 증폭함으로써 감각 데이터를 대리보충한다. 「황금 단지」가 꿈꾸는 비밀스러운 아틀란티스는 그저 시청각적 쾌락의 기록 가능성을 가리킨다.

　　하지만 그런 기록 가능성은 아직 도래하지 않은 상태다. 물론 1794년에―참모본부만 접근할 수 있고 일반 주민들은 읽을 수 없는 배타적 전송기술을 제공하는―광학적 통신망이 개발되면서 이제 막 선언된 보편적 알파벳 학습의 이상이 이미 무력해졌다고 말할 수도 있다.[222] 하지만 1800년 무렵에는 소리와 이미지의 연쇄성과 특이성을 고정할 수 있는 기계가 아직 발명되지 않았다. 악보는 데이터를 연쇄적으로 기록할 수 있지만 소리의 특이성은 담지 못한다.(그래서 19세기에 음향복제의 불가능성을 대신하여 '지휘자'가 발명된 것이다.) 조형예술과 회화에서 이미지의 특이성을 출력하는 기술도 마찬가지로 정체되어 있다. 켐펠렌이나 스팔란차니가 만든 '말하는 자동기계'류의 기계식 음향 저장장치가 신기한 구경거리의 수준을 넘지 못하는 것처럼, 이미지를 연쇄적으로 복제하는 기계장치도 책장을 빠르게 넘기면 그림이 움직이는 듯이 보이는 아동용 그림책이나 환영을 보여주는 이동식 매직랜턴의 수준을 넘지 못한다.[223]

　　기계식 자동기계와 장난감, 그게 전부다. 1800년식 기록시스템은 포노그래프, 그라모폰, 시네마토그래프 없이 구동된다. 다시 말해, 연쇄적 데이터를 연쇄적으로 저장하고 복제하려면 책에 의지할 수밖에 없다. 책은 구텐베르크 때부터 복제 가능성을 획득했다. 하지만 책이 의미와 환상을 전하게 된 것은 육체화된 알파벳 학습이 도입된 다음부터다. 덕분에 복제 가능한 문자들의 집합에 불과했던 책은 스스로 내용을 재생할 수 있게 된다. 파우스트의 서재에 쌓여 있던 문예공화국의 책더미가 누구나 접근할 수 있는 환각제로 변모한다.

이렇듯 책이 독보적인 저장매체로 군림하는 동안에는 사람들
이 그 불가능한 약속을 계속 믿는다. 바그너가『미래의 예술작품』
에서 편집광처럼 영화와 축음기를 예견하고 나서야 비로소 "고독
한 시예술"과의 관계를 정산할 수 있고 그래야만 하는 상황이 온
다. 시는 "무언가 촉발하지만 자기가 촉발한 것을 만족시키지 못
한다. 시는 생명을 자극하지만 그 자체가 생명에 이르지는 못한
다. 그것은 갤러리의 카탈로그를 제공하지만 스스로 그림이 되지
는 못한다."[224]

자동화된 읽기는 갤러리 카탈로그와 실제 그림의 간극을 뛰
어넘는 기예다. 「루넨베르크」의 크리스티안은 반짝이는 원형적
글이 새겨진 문자판을 보는 순간 그것을 해석하기 시작하며, 이를
통해 고대의 기호들이 그의 눈앞에서 환각적으로 상연되는 것을
경험한다. 광기 어린 관념고정에 사로잡힌 "우리 상상력의 매직랜
턴"이 다시 돌아가는 것처럼,[225] 기호들은 "크리스티안의 내면에
서" "형상과 달콤한 소리, 욕망과 관능적 쾌락의 구렁텅이를,"[226]
다시 말해 멀티미디어 쇼를 펼쳐보인다. 이렇게 기술적인 방식으
로 (신학적인 방식이 아니라[227]) 이른바 '시Poesie'와 관념고정이 병
렬적으로 입력되고 연쇄적으로 출력되는 회로를 형성한다.

∗

역사적으로
망각된
텍스트들이
시스템에
통합되다

문자와 책이 새로운 위상을 획득하면서 새로운 시들을 묶은 책들
만 생산된 것이 아니다. 구텐베르크 은하계*와 문예공화국에 속하
는 과거의 텍스트들도 사후적으로 변화한다. 마트가 지적하듯이,
'세라피온 형제들'은 린트호르스트의 『바가바드기타』 같은 환상
의 텍스트를 받아쓰는 데 그치지 않고 역사적 저작들을 역사적으
로 변화시키는 "진정한 읽기의 기술"을 구사한다.[228] 형제들 중 하

---

*마샬 매클루언의 1962년 저작 『구텐베르크 은하계』에서 유래한 용어로
인쇄된 책이 미디어를 주도해온 세계를 가리킨다.

나인 치프리안은 바겐자일이 1697년에 펴낸 『뉘른베르크 연대기』를 발굴한다.[229] 하지만 그는 "고문헌을 비평하는 논문"을 쓰는 대신에, 구텐베르크 은하계의 탁월한 인쇄본이자 바르트부르크 성의 유명한 노래경연대회를 이야기한 구텐베르크 이전 시대 필사본의 복제판인 이 책을 해석학적으로 재창조하여 그 내용이 감각적으로 재생되는 것을 경험한다. 고독한 독자 치프리안은 "지난 시대의 마법적 이미지에 완전히 사로잡혀서" 책을 덮고 생각에 잠긴다. 경험적 소리와 이미지가 사라지고 어떤 "내면의 목소리"가 말하기 시작한다. 독자의 백일몽 속에서 멋진 풍경을 배경 삼아 『뉘른베르크 연대기』에 언급된 모든 궁정가수가 모습을 드러내는데 신기하게도 그들의 이름만은 들리지 않는다. 이때 꿈속에 바겐자일이 직접 나타나 자기 책의 등장인물들이 누군지 하나하나 이름을 밝힌다. 여기서 "바겐자일은 책머리에 인쇄된 화려한 바로크식 동판화와 똑같이 보인다."[230] 알파벳 학습을 통한 구텐베르크 세계의 환상적 번역을 이보다 우아하게 펼쳐 보이기도 어려울 것이다. 옛 책의 필자는 내면의 목소리가 되고, 권두삽화는 내면의 이미지가 되며, 등장인물 목록은 장면이 되고, 그럼으로써 '연대기'라는 차가운 미디어는 시청각의 시간적 흐름으로 변모한다. 말하자면 '유성영화'라는 말도 생기기 전에 유성영화가 만들어진 셈이다.

이렇게 한 시대의 시가 감각성/관능성Sinnlichkeit을 (두 가지 의미를 통틀어) 모두 저장할 수 있었던 것은, 당시에 책이 모든 감각 데이터와 모든 사람을 아우르는 보편적 미디어로 격상된데다가 책을 제외하면 그와 경쟁할 만한 다른 시청각 미디어가 전무했기 때문이다. 1900년 무렵 기술적 저장장치가 침입하여 새로운 기록 시스템을 형성하면, 감각성/관능성은 오락산업에 넘겨지고 본격문학은 하얀 종이와 검은 글자밖에 모르는 금욕의 의무를 다하게 될 것이다. 소수의 영화사학자들만이 1800년경의 고급문학이 후대와 달리 시청각적 감각성/관능성에 탐닉했음을 인지한다.[231] 자기 자신을 좀먹는 해석자들은 소설책의 전례 없는 인기를 가능하게 했던 새로운 쾌락을 인지하지 못한다. 그러나 책의 행간에 목소리와 이미지를 끼워넣는 환각적 연출은 독자들을 새로운 저자들로 만드는 전송기술이다. 나폴레옹이 광학적 통신망을 통해 거대한 군대의 모든 하사관에게 각자의 지휘봉을—다시 말해 (프랑스 민법과 마찬가지로) 명령을 자발적으로 해석해야 할 권한 또는 의무를—약속한 바로 그 역사적 시점에, 책이라는 구식 저장매체가 최첨단 기술적 전송매체를 따라잡는다.

그래서 시적 텍스트가 당대의 기술적 첨단이라는 것이다. 시는 다른 어떤 미디어보다 능란하게 알파벳화된 신체에 "말을 건네고" 신체를 착취한다.[232] 시는 인위적인 담론의 힘이 무고한 육체적·자연적 효과인 것처럼 나타나는 바로 그 경계선에서 작용한다. 그 때문에, 오로지 그런 까닭에 저자의 숫자가 계속 늘어난다. "요즘에는 문필가들이 너무나 많다. 왜냐하면 지금 시점〔1801년〕에서 읽기와 쓰기는 정도의 차이일 뿐이기 때문이다."[233] 어째서 그런가? 첫째로 "사람이 바르게 읽는다면," 그러니까 읽는 법을 바르게 배웠다면, "말이 흘러가는 대로 우리 내면에서 실제 가시적 세계가 펼쳐질 것"이다.[234] 둘째로 저자가 될 수 있는 가능성의 토대를 이루는 것이 그의 내면세계라면, 텍스트를 영화 상연하듯 풀어내는 것은 독자가 저자로 변화하기 위한 필요충분조건이 될 것이다. 당시 발표된 예술가소설의 고전『하인리히 폰 오프터딩겐』은 그 증거를 제공한다.

아우크스부르크를 향해 교양의 여정에 오른 미래의 시인 하인리히 폰 오프터딩겐은 한 은둔자의 동굴을 방문한다. 은둔자는 린트호르스트처럼 문서들을 모아놓았는데, 하인리히가 열광적으로 책장을 넘기는 것을 보자 그를 서재에 놔두고 다른 여행자들에게 동굴을 구경시킨다. 덕분에 혼자 남은 소년은 금세 "아무리 봐도 자꾸만 더 보고 싶어"지는 그림들 속으로 빠져든다.

그것은 오래된 역사책들과 시집들이었다. 하인리히는 아름답게 장식된 커다란 책장을 넘겼다. 짧은 시구와 표제, 군데군데 보이는 단락, 독자의 상상력을 도우려는 듯 마치 육신을 얻은 말처럼 여기저기 등장하는 멋진 그림 들이 그의 호기심을 한껏 자극했다.[235]

오프터딩겐의 역사적 리메이크는 치프리안의 책보다 더 오래된 구텐베르크 이전의 필사본을 향한다. 그런데 이 중세의 시집은 18세기에야 일반화된 인쇄본의 관습에 따라 조직되었는지, 오래된 소문자들이 독자의 환각을 유발하기 시작한다. 그것들은 "독자가 책을 읽는 데 꼭 필요한 상상," "생생하고 무한한 활동 공간"을 "열어젖힌다."[236] 그러니까 오프터딩겐은 노래경연대회가 벌어지던 먼 과거 속으로 읽어들어가는 것이 아니라 1800년식 기록시스템 속에서 읽는다. 그의 모험은 다음과 같이 전개된다.

마침내 그는 한 권의 책을 집어들었다. 외국어로 쓰인 책이었는데, 라틴어나 이탈리아어와 조금 비슷해 보였다. 그는 그 외국어를 정말로 알고 싶었다. 한 글자도 이해하지 못했지만 왠지 그 책이 무척 마음에 들었기 때문이다. 책에는 제목이 없었다. 하지만 그는 책장을 넘겨보다가 그림 몇 점을 발견했다. 그 그림들은 이상하게 낯이 익었다. 그는 그것들을 좀더 유심히 살펴보다가 인물들 중에 자신의 모습이 들어 있음을 알았다. 그는 놀라서 꿈을 꾸고 있다고 생각했지만, 다시 봐도 완전히 똑같아서 더이상 의심할 수 없었다. 곧이어 그는 또다른 그림에 동굴과 은둔자와 노인이 나란히 그려진 것을 보고 자기 눈을 믿을 수 없었다. 그는 점차 동방 여인, 자기 부모, 튀링겐 태수 내외, 궁정목사인 자기 친구, 그 외 수많은 지인을 찾아냈다. 하지만 그들의 복식은 원래와 달랐고 아마도 다른 시대의 것인 듯했다. 그림 속의 많은 사람이 이름은 몰라도 낯이 익었다. 그는 다양한 상황 속에서 자기와 닮은 이미지를 보았다. 그의 모습은 뒤로 가면서 더 자랐고 고상해졌다. 그는 기타를 메고 있었고, 태수 부인에게 꽃다발을 받고 있었다. 그는 황제의 궁정에 있었고, 배에 타고 있었고, 날씬하고 어여쁜 소녀와 다정하게 포옹하고 있었고, 거칠어 보이는 남자들과 싸우고 있었고, 사라센인과 무어인과 함께 친근하게 대화를 나누고 있었다. 때때로 진지해 보이는 한 남자가 그와 동행했다. 그는 이 지고한 형상에 깊은 존경심을 느꼈고, 자신이 그와 팔짱을 끼고 있는 모습에 기분이 좋아졌다. 마지막 그림들은 어두컴컴해서 알아보기 어려웠지만, 그는 꿈에서 본 몇몇 인물이 거기 있는 것을 보고 황홀한 충격을 받았다. 책의 결말 부분은 빠지고 없는 듯했다. 하인리히는 괴로워하며 이 책을 읽고 완전히 자기 것으로 만들 수 있기만을 간절히 바랐다. 그가 거듭 그림들을 살펴보는데 일행이 돌아오는 소리가 들렸다. 야릇한 당혹감이 그를 사로잡았다. 그는 자기가 발견한 것을 다른 사람들이 알아차릴까봐 얼른 책을 덮고서, 은둔자에게 지나가는 말처럼 이 책의 제목이 무엇이고 어떤 언어로 쓰인 것인지 물었다. 그 언어는 프로방스어라고 했다. 은둔자가 말했다. 내가 이 책을 읽은 지 벌써 한참 되어 내용은 정확히 기억을 못 하겠소. 내가 알기로 이 책은 한 시인의 놀라운 운명에 관해 이야기하는 것인데, 시예술을 다양하게 묘사하고 칭송한다오. 예루살렘에서 가져온 책이오만 결말부는 빠져 있소.[237]

또다시 외국어로 적힌 읽을 수 없는 자필본이 무성영화처럼 상상력을 자극한다. 연속적 확장의 규칙에 따라—"그의 모습은 뒤로 가면서 더 자랐고 고상해졌다"—장대한 광학적 환각이 진행되어 급기야 하인리히가 예전에 꾼 꿈으로 수렴하는데, 늦어도 그 시점에 이르면 환각의 기본적인 속성이 명확히 밝혀진다. 상상력은 우리의 모든 감각을 대체할 수 있는 신기한 감각이다. 「황금 단지」의 아틀란티스처럼 여기서도 꿈과 발화, 시각과 책이 합일한다. 차이가 있다면 음향 데이터가 빠졌다는 것뿐이다. 여기서 인물들의 대화는 귀에 들리는 것이 아니라 신비롭게 눈앞에 나타난다. 은둔자가 정신적 아버지로서 책과의 교류를 통제하고 있기에, 오프터딩겐의 시퀀스는 무성영화 상태에 머문다. 소설의 결말부에 이르러서야 "어머니"의 이야기를 통해 이제 시인이 된 오프터딩겐의 지난 여정이 청각적으로 재생될 것이다.[238]

하인리히가 자신의 감각을 믿지 못하는 데는 이유가 있다. 그가 책 속에서 보는 것들은—마치 눈에 보이지 않는 눈이 제가 볼 것만 보는 듯이—다른 모든 가시적인 것을 가로막는다. 책의 기의는 ("복식"의 기표가 일부 바뀌긴 하지만) 바로 그 기의를 숙고하는 사람 자신이다. 튀링겐에서 보낸 지난날은 또렷이 보이지만 다가올 미래는 모호하고 책장을 넘기는 현재는 거의 믿을 수 없다. 한 사람의 인생이 저속도촬영된 것처럼—최소간격으로 이어붙여진 최소기의들의 시퀀스로—빠르게 흘러간다.[239] 이처럼 불필요한 중복이 없기 때문에 '최소'기의라 하는 것이다. 그 이미지들은 하인리히 본인의 형상을 충분히 알아볼 수 있을 만큼 비슷하지만 그와 정확히 일치하는 수준까지 나아가지는 않는다. 그러니까 이 그림들은 초상화처럼 여분의 무의미한 세부까지 포착하여 본인의 신체 이미지에 저장된 기의들을 초과해버리지 않는다. 오프터딩겐이 대면하는 것은 본인의 지명수배용 인상착의나 범인 식별용 얼굴 사진이 아니다. 상상력이 뛰놀 수 있는 생생하고 무한한 활동 공간을 개방하려면, 이미지와 그것을 숙고하는 사람의 유사성은 어떤 경계를 넘지 않아야 한다.

개인을 중시하는 기록시스템의 명백한, 너무나 명백한 비밀은 그것이 낱낱의 개인들을 기록하지 않는다는 사실이다. 괴테는 "개인은 존재하지 않는다. 모든 개인은 유類Genera이기도 하다"라고 선언한다.[240] 그래서 1800년경의 교양소설과 예술가소설은 주인공의 신체 이미지를 일반화해서 묘사한다. 마이스터나 오프터딩겐의 구체적인 외모는 아무도 모른다. 그럼에도 또는 그렇기 때문에 수많은 분신이―『빌헬름 마이스터』에 등장하는 백작의 성이나 『하인리히 폰 오프터딩겐』의 은둔자의 책에서 그랬던 것처럼―계속 생겨난다. 괴테의 소설에서 저 '실크 잠옷'으로 천명되는바,* 주인공과 분신은 "한 가지 특징"만 공유하면 된다. 이것이 프로이트가 말하는 심리적 동일시의 필요충분조건이다.[241]

이 같은 '한 가지 특징'의 전술은 1800년식 기록시스템에서 광범위하게 발견된다. 노발리스의 『하인리히 폰 오프터딩겐』에서 책의 삽화가 맡은 역할은 슈테파니의 『기초독본』에서 동판화가 맡은 역할과 같다. 하인리히는 책장을 넘기다가 "동굴과 은둔자와 노인이 나란히 그려진" 그림을 발견하고, 읽기 공부를 하는 어머니와 자녀는 기초독본의 권두삽화에서 읽기 공부를 하는 어머니와 자녀를 발견한다. 두 사례 모두에서, 책은 독자가 바로 그 책을 읽고 있는 현재시간을 이중화하여 되먹임한다. 양쪽 모두에서 동일시는 전혀 우연이 아니다. 이상적 이미지는 초상화를 구성하는 세부적 특징들을 전달할 수 없고 그래서도 안 되는데, 그럼에도 또는 그렇기 때문에 상상을 원격조종해서 움직일 수 있다. 그림 속에서 읽기 공부를 하는 어린이 한 명이 기록시스템에 포섭되

---

*『빌헬름 마이스터의 수업시대』에서 빌헬름은 백작부인을 놀라게 하려고 백작의 실크 잠옷을 입고 백작 행세를 한다.

는 것을 명예로 받아들인다는 사실이, 다른 수많은 어린이 독자도 자진해서 그 자리에 도달하도록 유혹하는 저 '한 가지 특징'이 되는 것이다.

　동일시를 가능하게 하고 그로부터 나르시시즘적 행복을 유발하는 것은 (오디세우스의 흉터나 1880년 이래의 인류학적 발견들 같은) 특정한 표식이 아니라 특정한 상황들이다. 특히 이미지를 통해 이중화된 읽기의 상황은 새로운 저자들을 양성하기에 적합하다. 따라서 1800년의 작품시학에도 작용이론이 있지만, 이 시대의 시학은 독자가 작품에 반응하기 위해 넘어야 하는 문지방을 가능한 한 낮추는 것을 원칙으로 한다. 기술적으로 말하자면, 작품의 출력저항은 단어들의 '감각적 육체화'를 통해 이미 감소한 상태인데, 도플갱어 같은 감각적 대체물이 작용하면서 거의 제로로 수렴하는 것이다.

　이 같은 최소 출력저항이 실현되어야 비로소 그에 접속된 시스템이 최대의 소급력을 발휘한다. 은둔자의 동굴에서 책과 소비자가 피드백하면서 책은 원래와 다른 것으로 변모하고 소비자는 생산자로 변신한다. 처음에 이 자필본은 결론이 빠져 있고 (중세의 책이 흔히 그렇듯이) 제목도 저자명도 없다. 그것은 하인리히가 은둔자에게 책의 정체를 질문함으로써 비로소 제목을 얻고, 하인리히가 그 속에서 자신의 이미지를 발견함으로써 비로소 저자를 얻는다. 이러한 두 가지 수정사항은 같이 묶인다. 책의 여백에 적힌 제목과 저자명은 결국 같은 기능을 수행하기 때문이다.[242] 다시 말해 '한 시인의 놀라운 운명에 관하여'라는 제목은 임의의 주인공이 아니라 시인 또는 저자를 가리키며, 1800년식 기록시스템에서 제목과 저자명은 둘 다 무질서한 종이뭉치에 엄격한 통일성을 부여하는 기능을 맡는다.

　이는 모두 텍스트를 통해 입증 가능하다. 노발리스의 『하인리히 폰 오프터딩겐』이 『빌헬름 마이스터의 수업시대』의 연장선에서 그 이야기를 완결했듯이, 미완으로 남은 『하인리히 폰 오프터 딩겐』의 연장선에서 그 이야기를 완결한 또다른 소설이 있다. 작센 선제후령의 시인-공무원 하르덴베르크가 작센·바이마르의 시인-공무원 괴테를 이어쓴 후에,[243] 이렇게 계속 전진하는 보편시를 동어반복적으로 완성하는 자는 공무원의 아들이자 시인인 뢰벤이다. 공교롭게도 뢰벤의 아버지 오토 폰 뢰벤은 하르덴베르크가 제염소 감독 후보직을 얻는 데 도움을 주어 그로부터 거창한 감사 편지를 받았던 바로 그 공무원이다.[244] 뢰벤의 『귀도』에서, 늙은 현자는 시인이자 주인공인 귀도에게 시인이 주인공으로 등장하는 메르헨을 들려주고 이렇게 말한다.

> 메르헨은 사람을 꾀어들인다오. 그걸 깨닫기 위해 열 번이나 살펴봐야 할 때도 있지. 그러다 갑자기 눈이 번쩍 뜨이면서 알게 된다오. 그것들이 기껏해야 하나의 이야기를 전달하고 있었다는 것, 우리가 우리 자신을 저 낯설고 어지러운 유령들 곁에 있는 등장인물로 상상해야 했다는 것을 말이오. 결국 그런 이야기들은—아직 우리에게 그 제목이 알려지지 않은—한 권의 책을 이루는 낱낱의 장처럼 전부 연결된다오.[245]

따라서 제목은 (「황금 단지」의 '샐러맨더와 초록뱀의 결혼에 관하여'가 그랬고 『하인리히 폰 오프터딩겐』의 '한 시인의 놀라운 운명에 관하여'가 그랬던 것처럼) 수용자 자신을 책 속으로 끌어들인다. 처음에 그것은 책 속에 저장된 모든 담론이 주인공-수용자-시인의 삼위일체로 통일된다고 보증한다. 그다음에, 제목은 귀도가 현자의 이야기에 홀려서 이리저리 끌려다닌 듯이 보이지만 실은 아니라고 그럴싸하게 부인한다.

저자성도 마찬가지다. 주인공 시인은 소설 전체에 걸쳐 신비로운 원형적 텍스트를 찾는데, 그것은 늘 그렇듯 나뭇잎에 적혀 있으며 시인의 정신적 아버지가 그것을 주겠노라 약속하면서도 선선히 내어주지 않는다. 하지만 찬란한 결말에 이르면 귀도는 문제의 책과 함께 어떤 깨달음을 얻는다. 미완성된 『하인리히 폰 오프터딩겐』의 결말에서 새로운 시인 오프터딩겐이 어렴풋한 예감으로 남겨두었던 그 깨달음의 요체는, 모든 기초독본Fibel에는 언제나 [책의 이름과 동일한] '피벨Fibel'이라는 저자의 이름이 적혀 있다는 사실이다.

> 그들은 그 책에 나오는 수많은 구절과 그림을 찾으면서 세월을 보냈다. 왕〔귀도〕은 한때 그 책이 자기 자신에게서 나온 것이 아니라고 믿었지만 이제는 그런 기억조차 떠올리지 못했다. 그는 이 무한한 작품을 창조한 시인이었고 그의 행동, 그의 사랑이 이 장대한 시의 내용을 이뤘다. 책 속의 그림들에도 이제 자기 인생으로 자연스럽게 엮여들어간 사물들이 나타났다. 그는 이 시를 소유함으로써 더할 나위 없이 행복해졌다.[246]

여기서 저자성은 발작적으로 일어난다. 저자로 승격된 독자는 한때 자신이 자기 자신의 저자성을 '망각'한 적이 있었음을 '망각'한다. 이 같은 망각의 망각을 통해 책이라는 덫이 덜컥 맞물리고, 말의 기원을 인간에게서 찾는 언어인류학은 또하나의 '거장'을 얻는 데 성공한다. 실을 꼬아 그물을 짠다는 '텍스트Text'의 어원을 입증하는 듯이, 책 속의 구절들과 그림들은 귀도의 인생과 함께 '엮여들면서' 시라는 매체를 이룬다.

소설의 마지막에 가서야 이 결론을 내어놓는 것은 제목과 저자명이 빠진 상태를 최대한 오래 유지하기 위한 언어인류학의 교묘한 술책이다. 그러지 않으면 텍스트와 독자의 인생 사이에 모범

저자 기능의
성립

또는 예표像表라는—성서가 어떤 인물의 삶을 예시하면 신자들이 일생에 걸친 모방을 통해 그 예표를 실현하는—구태의연한 관계가 성립하고 마는 것이다.[247] 반면 1800년식 기록시스템은 책의 여백과 빈 공간에 아직 묘사되지 않은 것을 독자 스스로 채워나가도록 한다. 그래서 독자 오프터딩겐의 모험이 그렇게 전개되는 것이다. 책의 맨 뒷부분, 즉 결론이 비어 있기에, 초월론적 철학의 관점에서 "인생"은 "우리에게 주어지는 것이 아니라 우리가 채워나가는 소설"이 된다.[248] 그리고 책의 맨 앞부분, 즉 제목과 저자명이 비어 있기에, 인간은 자신의 인생을 통틀어 소설을 써나가고 언어를 만드는 자로서의 임무를 명확히 깨닫는다. 하인리히는 이미 시인으로서 '한 시인의 놀라운 운명에 관하여'라는 책제목을 실현시켜야 한다. 그리고 아직 저자가 되지 못한 구경꾼 독자들은 바로 자신이 책의 주인공임을 깨닫고 저자의 길로 나아가야 한다.

이제 병석에 누운 노발리스는 자신의 마지막 소망 또는 명령을 전할 낭만주의자 친구들만 있으면 된다. 그는 『빌헬름 마이스터의 수업시대』와 완전히 똑같은 모양으로 인쇄된 책"을 보고 싶으므로, 출판업자 웅거에게 "그와 똑같은 형태로 인쇄하도록 명시적으로 요구했으면" 한다.[249] 그리하여 1802년에 『하인리히 폰 오프터딩겐』이 "웅거식 활자"로 조판되어 나오자마자,[250] 어린이들 또는 읽기에 서툰 사람들의 눈이 쉽고 편하게 소비할 수 있도록 고안된 새로운 서체의 문자 위로 미끄러지듯 움직인다. "지금 우리는 제각기 자기만의 / 『빌헬름 마이스터의 수업시대』를 가지고 있다 / 우리는 가능한 한 그와 같은 정신으로 저술된" / 또는 그와 같은 인쇄 방식으로 출간된 / "여태껏 살았던 모든 인간의 총괄적 수업시대를 소유해야 한다."[251]

은둔자가 책에 관해 잊어버렸다고 둘러대면서 하인리히에게 "특별한 의미가" 있는 "작별의 말"을 전한 데는 이유가 있다. 은둔자와 관련된 모든 것은 그저 어린이의 마음속에 알파벳 공부를 하고 싶다는 "가장 강렬한 소망"을 불러일으키기 위한 계략이자 부인이다. 하인리히는 노인이 "자기가 발견한 것," 즉 자기가 책의 주인공이라는 것을 "눈치채고 넌지시 암시하는 것" 같다는 느낌을 받으면서 동굴을 떠난다.[252] 이처럼 정신적 아버지는 린트호르스트와 마찬가지로 비밀을 직접 발설하지 않고 입문자 스스로 성찰하여 자기 자신의 저자성을 발견하도록 한다. 책의 구경꾼은 자기가 책의 주인공임을 깨닫고 다시 책의 저자임을 깨달으며, 이 같은 자기동일성의 도취 속에서[253] 자신의 이름이 곧 책의 제목이었음을 깨닫는다.

하인리히 폰 오프터딩겐

## 하인리히 폰 오프터딩겐

[독자의 이해 능력에 따라] 책은 각자의 운명을 가지나니.* "오늘날이라면 '문학적'이라고 할 수 있을 텍스트들(이야기, 콩트, 서사시, 비극, 희극)이 수용되고 순환되면서 가치를 부여받았지만 저자의 문제는 제기되지 않던 시대가 있었다. 그러나 그 텍스트들의 익명성은 문제가 되지 않았는데, 왜냐하면 사실이건 추정된 것이

---

* [Pro captu lectoris] habent sua fata libelli. 2세기에 활동했던 로마의 문법학자 테렌티아누스의 말이다.

건 그 텍스트들이 오래되었다는 것으로써 충분히 정통성이 보장되었기 때문이다."[254] 처음에 소설은 이렇게 제목도 저자명도 없는 단순한 중세적 상태로 은둔자의 동굴에 놓여 있었다. 하지만 미래의 시인이 그 책을 열자마자 오래된 자필본은 1800년식 기록시스템으로 진입한다. "18세기 말과 19세기 초"에 "저자의 권리와 저자-편집자의 관계, 재출간권 등에 관한" 법이 제정된다.[255] 이러한 법률적 혁신은 미디어 기술과 마찬가지로 소급적 효력을 발휘한다. 시적 가치를 주장하는 동시대의 책들만 표지에 저자명을 달면 되는 것이 아니라, 예전에 나온 책들도 사후적으로 재창조되어야 하는 것이다. 재발견된 『예나 노래 필사본』을 두고, "고트셰트는 원저자가 누군지 몹시 밝히고 싶어했지만 대개 헛짚기 일쑤였다." 『니벨룽의 노래』를 출간한 보트머도 "원저자를 찾으려고 갖은 노력을 다했다. 그는 속편 『니벨룽의 비탄』의 필자로 추정되는 '콘라트'라는 이름에 희망을 걸었고, 죽을 때까지도 『니벨룽의 노래』가 시인 한 사람의 작품이라고 믿었다."[256]

　　말하자면 책에 한 명의 이름 있는 저자를 도입하고 그럼으로써 책을 문학작품으로 만드는 것은 폭력적인 조작 행위다. 고트셰트나 보트머 같은 비평가들, 오프터딩겐이나 귀도 같은 책의 구경꾼들, 안젤무스나 치프리안 같은 꿈의 해석자들, 이들은 모두 단순한 재생산으로 위장해서 시적 생산자들을 생산한다. 허구적 이야기가 문학사의 경험적 사실보다 우위를 점할 때마다 생산자가 독자와 겹쳐지는 것은 그 때문이다. 바겐자일의 독자 치프리안은 책의 마법에 사로잡힌 채 "한없이 사랑하는 독자"에게 다음과 같이 비밀을 "누설"한다. 자신이 묘사하는, 도서관 환상을 꿈꾸는 몽상가가 "그대를 거장들의 세계로 인도한 바로 이 사람"이기도 하다고 말이다.[257] 이렇게 치프리안은 자기가 바로 세라피온 이야기의 저자임을 밝힌다. 따라서 프리드리히 슐레겔의 전진적·보편적 시Poesie 개념은 1800년 무렵의 시Dichtung에 대한 진정한 정의를 제공한다. 시는 의미론적 차원에서 서로 다른 담론들을 단일한 '어머니의 입'으로 옮기는 것이며, 화용론적 차원에서 독자들의 위치를 거장들 또는 저자들의 위치로 옮기는 것이라는.

읽기가 환각적 매체성 속으로 도약하여 녹아 없어지는 순간 보편적 시는 자신의 최종적 승리를 노래한다. 저자 기능은 보편화된 알파벳 학습의 유령으로서, 진정한 의미의 '유령적 예술'에서 절정에 도달하고 저 자신을 입증한다. [호프만의 단편소설 「기사 글루크」를 보면] 어떤 유령의 서재에 유명한 작곡가의 "전작"이 모두 갖춰져 있다. 이 유령이 악보책을 읽으면서 피아노로 연주하는데, 가만 보니까 이 악보책은 "책장에 음표 하나 적히지 않는" 텅 빈 상태라, 그 광경을 지켜보고 연주를 직접 들은 사람은 이루 말할 수 없는 경탄에 빠지고 만다. 이때에, 오로지 이때에야 독자가 저자가 된다. 이야기 속 화자 호프만은 유령의 입을 통해 이 사실을 전해듣는다. 죽은 글루크는 "텅 빈 책장을 부산스레 넘기며 공허한 목소리로 말했다. '선생님, 이 모든 것이 내가 꿈의 나라에서 돌아와 쓴 것입니다.'"[258]

## 건배의 말

### 여성 독자의 기능과……

"선생님Mein Herr"이라는 이들—말하자면 남성들, 즉 저자들 사이에서는 꿈의 왕국에서 빈 종이만 가지고 나올 수 있다는 것이 비밀씩이나 되지도 않는다. 소비하는 내내 생산하는 자는 책의 존재를 인식하지 못한다. "생명 없는 것, 한낱 대상"에 지나지 않는 책, 다시 말해 "생각을 글로 받아써서 사물화한 것"은 읽기 행위를 통해 즉시 "주관성"의 영역으로 되돌아간다.[1] 1800년경에 시가 구체적인 책으로 존재하기 위해서는 남성의 신체가 아닌 다른 신체를 빌려야 한다. 이 타자들은 저자성과 초월론적 철학에 의거하는 연속적인 흘림체의 '나Ich' 앞에 무수히 많은 '나 아닌 것들Nicht-Iche'로 나타난다. 그들이 바로 실제로 존재하는 다수의 여성이다.

다시 한번 프리드리히 슐레겔의 「철학에 관하여」 또는 「도로테아에게」를 살펴보자. 이 저자는 자신의 연인에게 이렇게 쓴다. "나는 적어도 이 세계에서 저자로 살아갑니다."[2] 여기서 여성 독자의 보충적 기능에 대한 요구가 이어지는 것은 필연이다. 도로테아는 너무 침묵하지 말고, 신성한 글을 읽는 데 전념해야 하며, 그저 다른 사람이 읽어주고 이야기해주는 데 만족해서는 안 된다. 그리고 특히, 그녀는 말을 지금보다 더 성스럽게 여겨야 한다. 그렇지 않으면 "나"의 입장이 곤란해질 것이다.

여성 독자들은 저자가 아무것도 쓰지 않은 상태로 전락하지 않도록 그를 구제하는 역할을 맡는다. 인쇄물은 여성들의 열광적 숭배를 통해 비로소 실증적 사실이 된다. 여성들이 속삭임과 소문, 가십과 추문의 거대한 왕국, 인쇄기로 특정한 발화만 선택해서 신성시하는 구텐베르크 없이 거대한 혼돈 속에 머문다면, 분명 문필가는 곤란해질 것이다.[3] 그렇다고 전진하는 보편적 시가 마찬가지로 전진하는—자신이 읽은 글을 이어써나가는—여성 독자들과 마주치게 된다면, 남성 문필가는 더더욱 곤란해질 것이다. 그래서 말하기와 글쓰기로부터 분리된 독서 활동이 남성 이외의 성이 수행해야 하는 필요충분기능이 된다. 시 쓰는 남성들에 대한 정신적 천착이자 순수한 담론의 소비로서의 읽기—이것이 글로 적힌 모든 것, "독일문학"의 "명성" 자체를 뒷받침하는 근간이다.[4] 남성 이외의 성이 필요한 까닭은, 그 성이 "천재의 창조력" 없이 순수하게 "취향"만 지니기 때문이다. "취향이 고결한 성[여성]으로부터 진지한 남성 사회로, 다시 전체 사회로 퍼지면 세계 전체가 그 덕을 입는다."[5]

시스템은 여성들에게 이 새로운 기능을 부과하기 위해 자체적으로 내장된 기본기능을 불러온다. 어머니들을 양성하는 '어머니'를 이용해서 여성들이 글을 읽도록 만드는 것이다.

나는 자연이 이성의 입법의회에 참여해 발언하는 것을 용납할 수 없지만, 자연이 아름다운 상형문자로 암시하지 않는다면 진리도 없다고 생각하며, 자연 자체가 여성들을 가정적인 분위기로 에워싸고 종교로 이끈다고 믿습니다.[6]

자연적 유일자로서의 '여성'은 모든 담론 생산의 기원적 토대로 남아 공무원 또는 저자가 관리하는 담론의 채널에서 배제된다. 그리고 이 '여성'은 배제된 토대로 남아, 실제로 존재하는 다수의 여성이 가정에서 책을 읽도록 독려한다. 이제 읽기는 신성한 글에 전념하는 것으로서 그 자체로 종교가 될 것이다. 1800년식 기록시스템의 성적 분리는 이토록 단순하게 이루어진다. 저자들은 이상적 '어머니'를 통해 시적 작품들을 가로지르는 통일성의 근간이 되기에, 여성들 자신은 그런 통일성을 획득할 수 없다. 여성들은 저자라는 북극성을 둘러싼 다수의 여성 독자로만 남는다.

1800년경 익명의 여성 문필가들

　하지만 다수로 이루어진 집단에서는 우발성이 지배하기 마련이다. 여성들이 때때로 펜을 쥐는 것을 막기는 어렵다. 하지만 "모든 예외"는 "예외"일 뿐이라는 통념을 이겨내기도 어렵다.[7] 통계와 확률은 자연 자체에 기초한 규칙을 깨뜨릴 수 없는 것이다.

　『플로렌틴. 프리드리히 슐레겔이 발행한 소설』은 신진 예술가의 이야기다. 이 작품은 신진 예술가 슐레겔이 아니라 글쓰기를 금지당한 그의 반려자가 쓴 것이다. 그렇지만 이 책은 "그에게 여유를 주기 위한 것, 그가 수입이 생길 때까지 생계를 잇기 위해 미천한 여인이 손재주를 부린 것"일 뿐이다.[8] 표지도 이런 생각을 뒷받침한다. 남성들이 피벨의 '피벨[기초독본]'이나 하인리히 폰 오프터딩겐의 『하인리히 폰 오프터딩겐』처럼 동일성에 도취된 표지를 찍어내던 시절에, 도로테아 파이트는 남성의 이름이 더 높은 영광을 누리도록—그 남성은 기껏해야 편집자에 지나지 않을 텐데도—지면에서 자취를 감춘다.[9] 그녀는 "문필가로 인정받으려는 야망이 없었고, 자기 이름을 내세우고 나온 적도 없었다. 그녀의 문학 활동은 그 자체가 목적이 아니라 그녀가 열렬히 사랑하는 남자에게 헌신하는 수단이었다."[10]

　『후버 단편소설 전집, 테레제 후버(결혼 전 성은 하이네) 이어 쓰다』라는 네 권짜리 전집은 제목에서부터 남성 저자와 그의 작품을 이어쓴 여성을 분리한다. 한편에는 고귀한 저자의 성, 남성들을 저자들의 체계 내에서 구별하기 위한 충분조건이 있다. 다른 한편에는 이름과 두 개의 성, 여성들을 시민사회의 명명 체계 내에서 구별하기 위한 필요조건이 있다. 한편에는 저자명으로 보증되는 전집이 있고, 다른 한편에는 독자의 양해를 구하는 테레제 후버(결혼 전 성은 하이네)의 서문이 있다.

> 예전에 나는 여성의 사랑스러움과 의무를 생생하고 날카롭게 묘사한 이미지에 사로잡혀, 여성의 저술 활동을 부자연스럽고 왜곡된 것으로 생각했다. 모든 예외는 그저 예외일 뿐이라고! 남편 후버가 나에게 살면서 경험하고 관찰한 것을 일관성 있는 이야기로 풀어내는 능력이 있다는 것을 알아보았고, 좋은 뜻에서 내게 이 재능을 증진하라고 권한 뒤로, 지난 24년간 예외가 되기 위해 노력하고 나서 보니 그 예외성을 더욱 강하게 확신하게 되었다. 지난 10년 동안, 우리의 가장 가까운 친구들도 내가 내 남편의 정신적 작업에 참여했음을 눈치채지 못했다. 그 10년 동안, 나 자신도 후버가 발표한 소설을 읽고 만족한 독자들이 그를 치켜세우고 높이 평가할 때 그중 일부가 내 몫임을 확실히 알지 못했다. 나는 그에게 너무 깊이 몰두해 있었고 나의 가정적 소명에 너무 매여 있었기에 무언가를 내 것이라고 부르기 어려웠던 것이다.[11]

자연은 여성들이 저자가 됨으로써 본래의 가정적 성격을 왜곡하지 않는지 엄격하게 감시한다. 자연의 정의에 따르면, 저자는 그저 어떤 담론을 자기 것이라고 부르는 자다. 여성들은 저자를 보좌하는 "활달한 주부"로 정의되며,[12] 따라서 남편의 "정신적 작업"에 영감을 주는 것 이상은 달리 무엇도 자기 것이라고 부르지 못한다. 글쓰는 여성들은 비밀스러운 익명의 상태로 그 기능을 수행하면서 끝까지 우발적이고 무고한 사건으로 남는다. "시를 지을 줄 아는 소녀"는 저자의 지위를 절대 탐해서는 안 되며, "그런 것을 식사 준비보다 더 대단하게 여겨서는 안 된다."[13] 여성들은 아직 중

세적인 익명성의 시대에 살고 있는 것처럼 제 존재를 숨기고서야
비로소 펜을 쥔다.

> 내 이름은 발표된 적이 없었다. 나는 그런 일이 벌어지는
> 것을 원치 않았다. 침묵을 지키는 것만이, 내가 후버 생전
> 부터 유지해온 순수한 여성 문필가로서의 상황을 지속하
> 는 최후의 방편이었기 때문이다. 내 이름이 언급된 것은
> 네덜란드를 다룬 내 서간집 광고가 『모르겐블라트』에 실
> 렸을 때가—내가 아는 한—아마 처음이었을 것이다. 그것
> 은 저자에게도 독자 공중에게도 득 될 것이 없는 일이었
> 다. 출판사도 책표지에 'Th. H'라고만 썼으므로 광고업
> 자에게는 내 이름을 실을 권한이 없었다. 또 나중에 라이
> 프치히의 담대한 출판업자 게르하르트 플라이셔가 『미
> 네르바』에 짧은 글을 하나 실으면서, 순전히 실용적인 목
> 적으로 내 이름을 써넣었다. 그때부터 익명성은 나의 여
> 성적 천성뿐만 아니라 저자성 자체와 충돌하는 뻔한 속임
> 수가 되었다.[14]

저자성이 인류의 고귀한 특성인 동시에 양성 중 한쪽 성만의 특성
이라면, 1800년경의 글쓰는 여성들은 원칙적으로 익명이나 필명
으로 남아야 한다.[15] 이들 내부에는 모든 공적인 것의 대척점인 '어
머니'가 깃들어 있다. 그리고 오로지 남성들이 촉발한 사건의 우
연적 연쇄만이 여성적 겸양이 드리운 익명성의 베일을 걷어낸다.

＊

하지만 사건의 왕국에서 무슨 일이 벌어지든 간에, 여성들이 자기
본분에 맞는 겸양의 언어를 내던지겠다고 나서면 그걸 막을 도리
는 없다. "나는 내 입으로 온 세상을 낳을 수 있을 것만 같아요."[16]

베티나
브렌타노와
원형적 저자
괴테

베티나 브렌타노는 ('티안Tian'이라는 남성 필명으로 시를 쓰던) 친구 귄데로데에게 이렇게 쓴다. 여기서 구술성은 세계와 세계 속에 머무는 것의 관계를 거꾸로 뒤집으면서, 명시적으로 저자의 자리를 요구하며 거칠게 진동한다. 하지만 베티나 브렌타노는 자기가 하는 말들을 가로지르는 통일성의 근간 또는 원칙을 세울 수 없기에, 그녀의 기세등등함은 후버가 구사하는 겸양의 언어와 마찬가지로 저자성과 동떨어져 있다.

나는 내가 시시한 사람이라서 기뻐요. 덕분에 내가 당신에게 글을 쓸 때 사려 깊은 생각을 짜내려고 애쓸 필요 없이 그저 이야기만 하면 되니까요. 예전에는 글을 쓸 때 도덕이나 지혜를 조금 넣어서 편지 내용을 살짝 무겁게 만들어야 한다고 생각했어요. 하지만 지금은 생각을 올바르게 다듬거나 합치는 데 관심 없어요. 다른 사람들이나 그렇게 하라죠. 그런 식으로 글을 써야 한다면, 나는 더이상 아무 생각도 못 할 거예요.[17]

나는 나를 이해하는 걸까요? 나도 나를 몰라요. 잠이 와서 눈이 감기네요. 내일 아침에 이 편지를 전령에게 맡겨야겠다는 생각이 문득 떠올랐어요. 불빛도 잦아드네요. 이제 정말 끝내야겠어요. 좋은 밤 보내요, 편지여! 달이 내 방에서 너무 밝게 빛나서 거의 소리내어 울리는 것 같아요. 산들은 웅장하게 서서 달을 향해 안개를 뿜어내고요. 그 와중에 등불이 정말 작별을 고하려나봐요. 하지만 나는 달빛에 의지해 글을 쓸 수 없는지 알아보고 싶어요.[18]

이처럼 기세등등한 태도로부터 어떤 여성적인 자동기술법이 출현하여 시인의 자유를 패러디한다. 베티나 브렌타노도 [18세기 중반에 바람직한 편지 작법에 관한 책으로 유명세를 떨쳤던] 겔레르트 이래로 모든 여성이 자유롭게 이용할 수 있었던 '개인적 편지'라는 미디어를 이용한다.[19] 비록 그녀의 편지가 슐레겔의 연애편지 「철학에 관하여」처럼 인쇄본이 아닌 손편지로 남아야 한다는 조건이 붙지만 말이다. 베티나 브렌타노도 어둠 속에서 무의식적으로 글을 쓴다. 하지만 그녀는 손으로 쓴 원고를 다시 읽으면서 의식으로 되돌려 저자성을 획득하지 않고, 달빛 아래의 착란적 상태를 읽으려고 애쓰지 않는다. 그녀는 자기가 쓴 편지들을 "흩어지는 소리처럼 바람에 날려보내야" 한다.[20] 따라서 이 패러디는 쓰기와 읽기 사이의 피드백을 생략한다. 베티나 브렌타노는 거친 진동의 산물을 여러 번 읽고 고쳐쓰면서 잘 조형된 작품으로 재탄생시켜야 한다는 당대의 시학과 읽기-쓰기 교습법의 가르침을 거부한다.

　그래서 베티나 브렌타노의 오빠인 시인 클레멘스 브렌타노가 읽기-쓰기 교습법으로 동생을 가르친다. 그는 열정적으로 편지를 쓰는 동생에게 그저 "단편적인 생각들"을 끄적여서 수신인이 직접 그 단편들 간의 통일성을 찾도록 하지 말고, "예술적 관심"을 가지고 "자기 자신을 향해 글을 쓴다고 생각하라고" 지시한다. 본인이 수신인으로서 편지를 다시 읽어야 "충실하면서도 간결한 표현"에 이를 수 있다는 것이다.[21] 하지만 동생은 여성이기에, 그가 여동생에게 특히 강조해서 권하는 것은 반대 방향의 피드백이다. 집중해서 글을 읽고 "가능하면 매번" "읽는 도중에 또는 다 읽은 후에 감상을 적어서" 자신에게 "보내라는" 것이다. 그러니까 여성들이 솜씨 좋게 글을 쓰는 것은 결국 여성 독자 기능을 잘 수행해야 한다는 목적에 봉사할 뿐이다.

　네가 역사책을 좀 읽으면 좋겠구나. 그리고 보통은 괴테, 언제나 괴테는 읽어야 해. 특히 이번에 새로 나온 일곱번째 작품은 꼭 읽어야 한다. 그의 시는 감상주의를 가라앉

히는 좋은 해독제거든. ……네가 너 자신의 내면적 교양
에 관해 편지로 말해주지 않는다는 것, 이를테면 네가 뭘
읽으면 좋을지 내게 묻지 않는다는 것이 마음에 걸리는구
나. 나를 향한 너의 열렬한 애정이 그저 우리가 서로 무척
우애하며 그것이 남매로서 올바른 것이라는 자명한 사실
을 한없이 되풀이하는 것뿐이라면 그게 대체 다 무슨 소
용이겠니. 네가 나를 신임하고 나를 활용한다면, 내가 너
의 내면적 교양에 영향을 끼칠 수 있도록 허락하고, 네가
너의 독서 생활 전반에 관해 내 조언을 구한다면, 훨씬 좋
지 않을까.[22]

라인홀트 슈타이크가 이 편지의 원본을 발견한 다음부터는 아무
도 『클레멘스 브렌타노의 봄의 화환』*에 수록된 편지가 베티나의
그럴싸한 위작이라고 말할 수 없게 되었다. 또한 이 편지는 독일
고전주의가 어떻게 성립할 수 있었는지를 부정할 수 없이 명확하
게 드러내 보인다. 괴테라는 이름은 (다른 문화권에서 말하는 소
위 '아버지의 이름'과 마찬가지로) 1800년식 기록시스템이 요구
하는 모든 담론 통제를 하나로 묶는다. 베티나가 오빠의 말에 귀를
기울였다면 당대 시스템에 부합하는 양성 분리가 무사히 이루어
졌을 것이다. 남성들은 자기가 쓴 것을 다시 읽으면서 저자 기능을
향해 나아가고, 여성들은 자기가 읽은 것에 관해 묘사하는 글을 쓰
면서 보충적인 여성 독자 기능을 향해 나아간다. 한편에서는 원형
적 저자 괴테가 자신의 글을 묶어 책으로 내면서 시의 규범을 세우
고, 다른 한편에서는 여성들이 사랑에 빠진 자동기술법을 한없이
되풀이하는 대신 "보통은 괴테, 언제나 괴테"를 읽으면서 결과적
으로 독일 시문학의 명성을 보장한다. 앞에서 살펴본 대로 책을 생

* (결혼 전 성은 브렌타노인) 베티나 폰 아르님이 세상을 떠난 오빠를 회상하며
쓴 소설로 1844년에 출판되었다.

산하는 것이 읽을 수 없는 원형적 글 또는 들을 수 없는 어머니의 목소리를 꿈속에서 해석하는 것이라면, 집중해서 반복적으로 독서해야 한다는 가르침은 파우스트, 안젤무스, 치프리안이 결코 가슴에 새기지 않을 여성들만의 의무다.

이제 남은 문제는 담론의 순수한 소비가 약속대로 여성의 히스테리를 치료할 수 있느냐는 것이다.[23] 브렌타노가 꼭 읽으라고 지시한 저자는 "여성성의 시인"이어서 여성 독자들에게 틀림없이 영향을 줄 것이다.[24] 여성 독자들은 문학작품 속 여주인공과 아주 가까워진다. 그리하여 브렌타노가 여동생에게 '빌헬름 마이스터 연작'을 선물로 준 순간, 문학사에서 가장 유명하다고 해도 과언이 아닐 독자의 감상적 애정 행각이 시작된다. 베티나 브렌타노는 책을 연인 대하듯 침대로 가져가고 주인공이 사랑하는 어린아이에게서 자기 자신을 본다.[25] 그녀는 자기가 무력한 감상주의에 빠져 있다고 말하면서도, 오빠에게 선물받은 책에서 그 저자로 돌진할 만큼 대담무쌍하다. 그녀는 오빠가 조언한 대로 책을 읽는 도중에 또는 다 읽은 후에 감상을 적고, 오빠의 조언을 문자 그대로 받아들여 자신의 감상문을 바이마르까지 보낸다. 『괴테와 한 어린아이의 서신 교환』은 이렇게 탄생한다.

어떤 여성 독자가 저자를 향해 '당신은 당신 소설 주인공이 사랑하는 여성들을 사랑한다.[26] 그런데 내가 그 여성들을 닮았다'라고 글을 쓸 때, 이 글쓰기는 여성 독자 기능을 극단까지 밀어붙인다. 그리하여 모든 시의 초월론적 기의들이 갑자기 지시대상을 갖게 된다. 이상적 '여성'이 구체적인 어떤 여성이 되고, 주인공이 저자가 되고, 저자가 구체적인 어떤 남성이 된다. 새로운 해석학을 엄격하게 적용한 결과 사랑이 단계적으로 확대되는 것이다. 이 무렵 요한 베르크는 『독서의 기술. 글과 문필가들에 관한 논평과 함께』에서, "첫째" "글을 읽을 때는 상상력의 불을 지펴서 표상에 생기를 불어넣어야 한다"라고 가르쳤다. 그래서 베티나 브렌타노는 남주인공과 여주인공의 표상에 구체적인 지시대상을 불어넣는다. 둘째, 베르크는 책의 부제에 걸맞게, "하지만 우리는 글을 사랑하는 데 그치지 않고 그 글을 쓴 사람을 사랑하는 데까지 나아가야 한다"라고 노골적으로 주장했다.[27] 그래서 베티나 브렌타노는 자신의 해석학적 설정 행위가 모두 사랑 고백이었음을 고백하고 그녀의 편지들을 끝없이 싣고 간 우편마차의 바큇자국을 따라 바이마르로 향한다. 당대의 저자성이 어떻게 구성되는지를 감안할 때, 여성들이 "자신에게 깊은 인상을 남긴 작품의 저자를" "개인적으로 만나는 것"은 "자연스럽다."[28] [당시 유명한 문학살롱을 운영하는 여성 작가였던] 라헬 파른하겐의 간명한 표현을 빌리자면, 여성 독자들의 모든 "삶" 또는 편지 쓰기는 모두 [괴테라는] "수신처를 찾아갔다."[29]

모든 신성한 것이 그렇듯이, 저자 기능은 실재에 의해 떠받쳐진다. 이 경우 저자 기능을 떠받치는 것은 여성들의 향락이다.

19세기 말 프로이트가 정신분석을 시작하던 시대에 시도되었던 것, 샤르코 학파와 다른 훌륭한 무리가 추구했던 것은 바로 [사랑의] 신비를 성관계로 축소하는 것이었다. 하지만 이 문제를 찬찬히 들여다보면 그들은 완전히 잘못 접근한 셈이었다. 경험하기는 하지만 알지는 못하는 향락, 그것이 우리를 존재의 도상에 올려놓지 않는가? 그렇다면 오히려 여성의 향락에 의해 떠받쳐지는 큰 '타자'의 얼굴, 신의 얼굴을 해석해야 하지 않겠는가?[30]

그런데 여성 독자들은 느낄 수 있지만 의식하지 못한다는 이 향락을 확실히 의식하고 있었다. 도로테아 슐레겔은 1799년 11월 14일 괴테와 처음 만난 일에 관해 이렇게 쓴다. "이 신이 눈에 보이는 인간의 형태로 내 앞에 나타나 나와 시간을 보내고 있다는 것을 깨달았을 때, 그건 정말 굉장한, 영원 같은 순간이었어요!"[31] 라헬 파른하겐은 1815년 8월 20일 괴테와 두번째로 만난 일에 관해 이렇게 쓴다. "사지 관절이 30분 넘게 후들후들 떨렸어요. 나는 미친 사람처럼 저녁 해를 향해 고래고래 소리를 지르며 신에게 감사를 표했어요. ……내가 사랑하는 눈이 그를 보다니, 나는 내 눈을 사랑해!"[32]

여성들의 향락이 저자를 떠받치기에 저자는 신이 된다. 여성들이 자기 신체를 느끼는 것은 저 신을 느낄 수 있고 그의 입에서 흘러나오는 "저 말, 모든 음절과 모든 '아아'를" 최소기의의 논리에 따라 "해석"할 수 있기 때문이다.[33] 독서와 사랑을 똑같이 규제하는 에로틱한 해석학적 회로가 여성 독자들과 저자를 에워싼다. "누구든"—그러니까 여성은—"괴테를 사랑하지 않으면 사랑을 할 수 없다."[34] 이 사랑은 저자와 남자 주인공, 책 속의 여성들과 책을 읽는 여성들의 동일시에 의해 뒷받침된다. 하지만 이 동일시는 읽기의 대상이 되는 책 속에 이미 적혀 있는 것이기에, 여성들의 읽기와 여성들의 사랑이 저자 속에서 하나가 되는 순간 저자는 자신의 어떤 진실과 대면한다.

\*

여성들이 그대를 우애롭게 대하는 것은
아주 당연한 일이에요. 그대의 노래는
갖가지 방식으로 여성을 찬미하니,

괴테의 타소,
여성성의 시인

괴테의 「토르콰토 타소」\*에서 [레오노레 폰 에스테] 공주가 시인

\*괴테의 「토르콰토 타소」는 이탈리아 페라라의 시인 타소를 주인공으로 한 희곡이다. 극중에서, 타소는 궁정시인으로 사랑과 존경을 받지만 아름다운 레오노레 폰 에스테 공주를 향한 이룰 수 없는 애정, 현실적인 정치가 안토니오와의 갈등을 겪으면서 시인으로서의 운명에 관해 고뇌하는 인물로 나온다.

에게 이렇게 말한다. 그러니까 이 시인은 자신을 창조한 저자와 마찬가지로 "여성성의 시인"인 모양이다. 그리고 저 여성 화자는 우애와 찬미가 무엇을 뜻하는지 다른 누구보다 잘 안다. 연인도 남편도 없이 젊은 시절을 홀로 보낸 병약한 공주에게 노래는 유일한 즐거움이었다. 하지만 의사가 결국 노래마저 금지해버리자, 공주는 "고통과 갈망과 모든 소망을 부드러운 어조로 달랜다." 그러니까 베티나 브렌타노가 오빠에게서 감상적 히스테리라는 진단을 받았듯이, 공주도 마찬가지인 모양이다. 공주의 경우에도, "마음의 병"은 시인의 모습을 신으로 탈바꿈하는 최적의 토양이다. 공주가 타소를 처음 만난 순간은 도로테아, 베티나, 라헬과 그 외 모두가 괴테를 처음 만났을 때와 하나도 다르지 않다.

> 나는 그를 경애할 수밖에 없었어, 그래서 나는 그를 사랑했지. 나는 그를 사랑할 수밖에 없었어, 그로 인해 내 삶이 진정으로 삶이 되었으니, 그런 건 처음이었어.

시인으로서 여성들을 찬미하는 자는, 여성들이 "[그의] 애정 어린 이해를 받으면서 더욱 개별적이고 매혹적인 존재가 된 듯한 기분"을 느끼도록 한다.[35] 그는 여성들에게 처음으로 개인의 삶을 준다. 그것은 저자라는 개인을 사랑하는 삶이다. 다만 시인의 시와 사랑이 개별적 여성을 향하는가 하는 질문은 해명되지 않고 남아야 한다. 1800년식 기록시스템은 고유명사나 명백하게 알아볼 수 있는 이미지 같은 구체적 세부사항을 기록하지 않는다. 그리하여 실제로 존재하는 다수의 여성은 시 속에 등장하지 않으니, 이들은 시를 읽는 여성 독자 기능을 맡을 뿐이다. 이들을 대신해서 기록되는 것은 오로지 이상화된 '여성'이다. 타소의 표현을 빌리자면 그것은 "모든 미덕, 모든 아름다움의 원형적 이미지"이며, (플라톤의 "그리스어"로 표현하자면) '선의 이데아ἰδέα τοῦ ἀγαθοῦ'다. 「토르

콰토 타소」를 쓴 시인에게, 이 이데아는 원칙적으로 여성의 형상
으로 나타난다.

> 괴테의 기묘한 자기성찰—그는 이상적인 것을 여성적 형
> 상 또는 여성의 형상으로만 생각해낼 뿐, 남성이라는 존
> 재에 대해서는 전혀 모른다고 했다.[36]

글로 기록된 이상적 '여성'은 이미지인 동시에 이름이지만, 그 '여
성' 자체는 이미지나 이름을 갖지 않는다. 작품 속에서 타소의 여
성 독자 중 하나인 [백작부인] 레오노레 산피탈레는 그가 "다채로
운 정신을 활용하여 모든 시에서 단 하나의 이미지를 찬미"하며
"모든 영역에서 그가 사랑하는 것들을 끌어와서 [공주와 백작부
인이 공유하는] 단 하나의 이름 아래 둔다"는 것을 깨닫는다. 이것
은 타소가 괴테에게서, 괴테는 다시 [고대 그리스의 유명한 화가
인] 제욱시스에게서 배운 책략이다. 괴테는 『젊은 베르테르의 슬
픔』을 쓰면서 "여러 귀여운 아이들의 형태와 특성을 모아 로테를
조형해" 낸다.[37] 개별적 특성들이 뒤섞이면서 다수의 여성으로부
터 이상적 '여성'이 구축되며, 그러고 나면 개별적 특성들은 사라
진다. 이러한 시적 생산은 린트호르스트의 세 딸이 하나의 형상을
이루면서 발생하는 미적 효과에 상응한다. 이런 점에서, 타소의 시
에서 하나의 이미지와 하나의 이름이 작용하는 방식은 이상적 '어
머니'가 미래의 저자들을 인도하는 방식과 같다. 그가 "애수 어린
달콤함"을 담아 자신의 여성 이미지를 노래하면, "모두의 귀와 모
두의 가슴이 그 노래에 사로잡힐 수밖에 없"는 것이다.

하지만 새로운 저자들이 찬란하게 담론을 증식하면 여성 독
자들은 위험에 빠질 수 있다. 레오노레 백작부인과 레오노레 공주
는 이러한 시적 영향을 대변하는 입이자 그 영향을 받는 귀로서 둘
다 그 영향력 아래 놓인다. 그들 자신이 여성들의 귀와 여성들의

가슴을 가지고 있는 것이다. 그래서 공주는 타소의 유혹적 마력을 제한하기 위해 원형적 이미지의 '여성'을 단일한 지시대상에 결부시키려 한다. 모든 여성의 가슴이 (그들의 가슴을 포함해서) 시인에게 빠져들 필요는 없다. 왜냐하면

> 그가 자신이 노래하는 대상에 이름을 붙인다면
> 그는 레오노레라는 이름을 붙일 테니까.

하지만 그 이름으로 호명되는 또다른 여성 독자는 아무 혼동 없이 이렇게 답한다.

> 그것은 공주 그대의 이름이지만 또한 나의 이름이기도
>    하지요.
> 그가 다른 이름을 입에 올린다면 나는 역정을 낼 거예요.
> 나는 기뻐요, 그가 그대에 대한 자신의 감정을
> 이 이중의 의미 속에 숨길 수 있으니.

그러니까 시 속의 여성 이미지는 동음이의어/동명이인이다. 두 레오노레 중 한 명이 명확히 인식하듯이 이는 우연도 예외도 아니다. 오히려 1800년식 기록시스템에서 시는 원래 그렇게 이중의 의미를 가진다. 시인 타소가 개인화를 규제하는 시민사회의 명명시스템을 위반하는 것은 엄밀히 말해 위반이 아니다. 레오노레는 오히려 그것이 규칙을 따르는 것이라고 말한다. 시 속에서 여성의 이름과 여성 이미지가 체계적으로 다의성을 지녀야만 저자들과 여성 독자들이 두 가지 상호보완적 역할을 수행할 수 있다. 시인들은 대상을 확실히 정하지 않고 자신의 소망을 쓸 수 있고, 실제로 존재하는 다수의 여성은 시인의 소망에 대한 소망을 체화할 수 있게 되는 것이다. 다의성은 담론 생산을 부추긴다. 다의성에 기대어 남성

들은 글을 쓰고 여성들은 그 글을 해석한다. 이 또한 인간과 영혼을 발화의 원천에 놓는 언어인류학의 효과다.

「토르콰토 타소」의 두 여성은 수수께끼의 즐거움에 몰입한다. 그것은 읽기의 촉진제인 동시에 읽기의 보상이다. 그래서 한 레오노레가 다른 레오노레에게 시 속에서 묘사하는 진짜 대상은 바로 너라고 속삭이기도 하고, 역으로 그 다른 레오노레가 시를 읽으면서 저 다의적 이름은 명확하게 나의 이름이라고 이해하기도 한다. 하지만 이 여성들이 배회하는 곳은 동음이의어의 창조자가 미리 그려놓은 길이다. 알다시피 신은 저자 타소에게 시적으로 말할 수 있는—다시 말해 인간이 고통에 잠겨 침묵할 때 다의적으로 말할 수 있는—재능을 주었다. 하지만 이 재능은 실증적인 담론의 장에 욕망을 기입하지 못하기에 그 자체가 고통을 가져온다. 시인이 명확히 한 여성을 가리키는 이름을 부르는 것이 규칙 위반이라면, 시인은 침묵을 지키거나 동음이의어를 말할 수밖에 없다. 하지만 시인 타소는 공무원의 원형 안토니오를 질투한다. 안토니오는 시인에게 금지된 정치 활동을 하며, 그가 작성한 협약서는 명확하게 한 사람을 가리키는 군주의 고유한 이름이 "서명"되자마자 효력을 발휘한다. 타소에게는 시를 쓸 때도 그처럼 단호한 일의성을 성취하고 싶다는, 어떤 이상적 '여성'이 아니라 한 여성을 호명하고 심지어 끌어안고 싶다는 욕망이 있지만, 그것은 욕망에 대한 욕망으로만 남는다. 이처럼 공주와 타소의 관계는 다의성을 벗어나려는 몸부림 속에서 발생하는 온갖 고통과 환희로 얼룩진다.

『젊은 베르테르의 슬픔』의 시인은 "여러 귀여운 아이들의 형태와 특성을 모아 로테를 조형"하지만, 로테의 "중요한 특징"은 그가 "가장 사랑하는 여인"에게서 가져온다. 마찬가지로, 타소는 공주에게 여성 일반에 대한 자신의 찬미를 순전히 일반적인 것으로 읽어서는 안 된다고 해명한다.

내 노래에서 거듭 울려퍼지는 것은
전부 단 하나, 단 하나에 빚지고 있어요!
내 앞에서 아른거리는 것, 내 영혼 가까이서
찬란히 빛나다가 다시 멀어지는 것은
관념적이고 모호한 이미지가 아니랍니다.
그것은 모든 미덕, 모든 아름다움의 원형적 이미지,
내가 그것을 본떠 만든 것은 앞으로도 영원하겠지요.
……또한 어여쁜 노래에 수줍게 담아 건넨
고결한 사랑의 비밀이 아니라면
대체 무엇이 수백 년씩 살아남아
조용히 계속 효력을 발휘할 권리가 있겠어요?

시인은 이러한 자기비평을 통해 레오노레라는 이중적 의미의 이름에 "단 하나"의 지시대상을 부여하고, 그럼으로써 작품에 자신의 개인사적 비밀을 드러내는 기능을 부여한다. 이는 위험을 감수하는 행위인 동시에 저자의 권위를 발휘하는 행위다.(시인이 시에 관해 말할 때 늘 문학 수업을 염두에 두는 것만은 아니다.) 시인이 이상적 '여성'을 부정함으로써 유일한 여성을 향해 손짓할 때, 그에 대한 응답은 고작 미묘한 손짓의 형태를 취할 수 있다. 공주는 타소의 수사학적 질문에 이어 다음과 같이 질문한다.

그렇다면 나는 그대에게 이 시가
은밀하게 획득한 또다른 강점을 말해야 할까요?
이 시가 우리를 자꾸만 꾀어들이면, 우리는 귀기울이고
귀기울이면서 그 내용을 이해한다고 믿어버리니,
우리가 이해하는 것, 바로 그것을 어떻게 비난할 수 있겠어요,
그렇게 해서 이 노래는 결국 우리를 손에 넣고 말지요.

이처럼 귀에서 가슴으로, 읽는 순간 마치 그 의미가 귀로 전해진 듯이 자동적으로 이해하게 되는 해석학적 노선을 통해, 여성 독자들은 텍스트 속에서 저자를 발견한다. 한 레오노레는 이것을 일반적 여성 독자들에게 열린 길이라고 묘사하고, 다른 레오노레는 이것을 자기에게만 열린 길이라고 이해한다. 공주는 자기가 말할 수 있는 한도 내에서, 타소의 다의성이 이상적 '여성'을 노래하는 데 그치지 않고 한 여성을 "손에 넣게" 해준다고 말한다. 그리고 저자가 여성의 입에서 자신과 같은 생각이 반복되어 나오는 것을 들으면, 그래서 저자 역시 상대의 말뜻을 "이해했다고 믿어버리면," 이제는 그 역시 텍스트의 에로틱한 함정에 빠지고 만다.[38] 타소의 정신병리학적 비애극이 치닫는 애정망상 또는 편집증은 한 개체의 심리적 일탈이 아니라 시의 호명구조 자체에서 기인한다. 다의적 기표들이 초월론적 기의를 떠받치기 위해 지시대상을 명확하게 정하지 않을 때, 이 기의가 관념고정의 상태로 시의 원천에 지울 수 없이 강렬하게 뿌리박혀 있을 때, 저자들은 여성 독자들과 마찬가지로 관계망상에 사로잡힌다. 이제 그들은 말 한마디, 종잇조각 하나만 봐도 거기에 말할 수도 없고 지울 수도 없는 진실이 담겨 있지 않은지 의심하게 된다.

안토니오는 자기가 작성한 협약서를 외교행낭에 넣어 발송하지만, 타소는 길 잃은 편지들과 사라진 문서들이 이미 언제나 속내를 드러내고 있는 기호들의 미로 속에서 비틀거린다. "한 남자"의 두 파편과도 같은 시인과 공무원의 상호보완적 관계는 이런 식으로 전개된다. 그러므로 타소가 옳았는지 미쳤는지 밝히는 것은 무의미하다. 그의 편집증은, 말과 글에 관련된 사회적 직무에 종사하는 사람은 해당 문화의 상징적 질서가 내포하는 부조화를 과도하게 짊어진다는 것을 증언할 따름이다.[39] 왜냐하면 그는 길 잃은 편지들과 사라진 문서들에 의혹의 눈길을 던지는 동시에, 거의 직업적으로 그런 편지들과 문서들을 뿌리고 다니기 때문이다. 이중화된 하나의 레오노레를 찬미하는 타소의 시는 마치 병 속에 넣어 바다에 던지는 편지처럼 페라라의 아름다운 궁정에서 자라는 나무들 사이사이에 걸려 있다. 그럼에도 시인과 여성 독자들이 시에 관해 기나긴 대화를 나누는 이 시에서, 말들이 어떻게 퍼지는가 하는 주제는 결코 얘깃거리가 되지 못한다. 오로지 글쓰기의 결과 또는 시에 담긴 이중적 의미만이 시의 주제가 되고, 글쓰기의 행위 또는 글쓰기의 전략적 기능은 어둠 속에 묻힌다. 타소는 모든 토대를 잃고 난파하여 방황하다가 결국 안토니오라는 이름의 암벽에—글쓰기가 찬란한 권력으로 빛나는 곳에—몸을 기댄다. 하지만 1800년식 기록시스템은 그 일에 관해 아무것도 알고 싶어하지 않는다.

*

**시적인
사랑 고백** 저자가 그러하듯이, 여성 독자들도 마찬가지다. 『괴테와 한 어린아이의 서신 교환』은 「토르콰토 타소」가 묘사하는 것 또는 규정하는 것을 문자 그대로 구현한다. 다만 차이가 있다면, 이번에는 시속의 이름과 시민사회에서의 이름, 시와 편지를 혼동하는 여성 독자가 「토르콰토 타소」의 말없는 공주와 달리 자신의 관계망상을 자유롭게 발설한다는 것이다. 괴테를 읽기 전부터 [오빠를 향해] 사랑 고백을 끝없이 반복하던 베티나 브렌타노는 이제 드디어 [괴테로부터] 자신의 고백에 대한 답변을 받아내는 데 성공한다. 하지만 엄밀히 그것은 답변이라 할 수 없다. 프랑크푸르트에 도착한 것은 베티나의 사랑 고백에 대한 답신이 아니라 한 편의 소네트로, 저자 또는 서간소설의 주인공 괴테가 동봉한 메모에 따르면 이 시가 그녀를 만족시켜줄 것이다. 하지만 이 답변은 너무나 모호하다. 일단은 시라는 것 자체가 단일한 지시대상을 회피할 수밖에 없는데다가, 타소가 페라라의 궁정에서 시를 흩뿌리고 다닐 때와 마찬가지로 이름을 둘러싼 유희가 뒤따르기 때문이다. 괴테와 사랑에 빠진 여성 독자는 '단어 맞히기 놀이'라는 제목의 이 소네트를 보고, 그 알쏭달쏭한 문장 속에서 독자 자신의 이름을 찾아보라는 명백한 초대의 의미를 읽어낸다. 공주와 타소의 대화를 떠올려보라. 시는 관계망상을 원격조종한다.

　　이 시가 우리를 자꾸만 꾀어들이면, 우리는 귀기울이고
　　귀기울이면서 그 내용을 이해한다고 믿어버리니,
　　우리가 이해하는 것, 바로 그것을 어떻게 비난할 수 있겠어요,
　　그렇게 해서 이 노래는 결국 우리를 손에 넣고 말지요.

「단어 맞히기 놀이」 역시 두 개의 단어에 관해 노래한다. 타소가 여성의 이름과 여성 이미지를 다루던 방식 그대로, 괴테는 이 단어들이 하나의 이름, 즉 자기 연인의 이름으로 합쳐지기를 기대한다. 그런데 다행인지 불행인지, 베티나 브렌타노는 두 명의 레오노레와 달리 시에서 묘사하는 두 단어를 알아맞히지 못하며 따라서 자기 이름도 찾아내지 못한다.

　　그 둘은 누구지요? 누가 내 연적이지요? 어느 쪽 이미지에 나를 비춰봐야 하나요? 나는 어느 쪽에서 당신의 팔에 녹아들어야 하나요? 아아, 단 하나의 수수께끼에 얼마나 많은 수수께끼가 숨어 있는지, 머리가 터질 것 같아요. ……
　　벗이여, 그대도 알겠지만 나는 그대의 시를 두고 끝없이 추측해야만 했어요. 하지만 모든 것을 확실히 해명해줄 세속적인 말은 도무지 찾을 도리가 없네요.
　　　　그래도 그대의 목적은 이뤄졌어요. 나는 만족스럽게 추측했답니다. 나는 그 시에서 내게 어떤 권리가 있는지, 내가 무엇을 인지해야 하는지, 내가 무슨 보상을 받을 수 있는지, 그리고 우리의 관계가 어떻게 강화될지를 알아맞

힐 수 있었어요. 나는 날마다 새롭게 그대의 사랑을 알아
맞힐 거예요.[40]

이 여성 독자는 소네트가 자기를 생각하면서 쓴 편지라고 생각한
다. 괴테가 지적하듯이, "여성들은 모든 것을 '문자 그대로 또는 자
기한테 온 편지처럼' 이해한다."[41] 베티나 브렌타노는 초월론적 기
의로서의 '여성'에 만족하지 않고 "세속적 말"도 적혀 있기를 바
라지만, 당연히 그런 말은 찾아볼 수 없다. 왜냐하면 「단어 맞히기
놀이」의 정답인 두 개의 단어, '헤르츠Herz[가슴]'와 '리프lieb[사랑
하는]'는 소네트 속에 교묘하게 숨겨진 단어 이상의 의미를 가지
기 때문이다. 이 단어들을 찾아내서 조합해보면 괴테의 또다른 연
인 민나 헤르츨리프라는 이름이 떠오른다.* 저자는 시적 은유와
시민사회에 속한 여성의 이름, 지시대상으로부터 자유로운 시적
유희와 개인사적 고백을 뒤섞어 시 속에 숨긴다. 괴테가 사랑 고백
에 대한 답을 원하는 여성 독자에게 소네트를 지어 보낼 수 있는
것은 그 시에 비밀스러운 의미를 담아냈기 때문이다. 하지만 어쨌
거나 그 비밀스러운 의미는 행간에 숨어 있기 때문에 괴테는 여성
독자들을 좌지우지할 수 있다. 이렇게 교묘한 방식으로 하나의 문
학작품이 편지로서도 기능하게 된다.

　　저자가 누구를 사랑하는지, 사랑하기는 하는지가 수수께끼로
남기에 여성 독자들은 그의 작품을 향한 해석학적 사랑을 계속 발
전시킨다. 라헬 파른하겐이 깨달았듯이, "오! 괴테를 사랑하지 않
으면 사랑을 할 수 없다." 하지만 시가 두 갈래의 혀로 여성들에게
말을 건넨다는 것은 공공연한 비밀이다. 시인이 「단어 맞히기 놀

---

*Minna Herzlieb. 당대의 저명한 독일 출판업자 카를 프리드리히 에른스트
프로만의 양녀로, 괴테의 연인들 중 하나였다. 괴테는 그녀에게 다수의
소네트를 바쳤으며 그녀를 본떠 『친화력』의 오틸리에를 만들었다고 알려져
있다. 카를 빌헬름 발흐와 결혼했으나 정신병원에서 생을 마감했다.

이」 같은 소네트를 보내면서 그 여성 독자를 사랑하지 않는다고 말할 수는 없다. 다만 그는 언제나 또다른 사랑을 꿈꾼다. 언제나 다른 여성들이 있다—[켈러의 시를 인용하자면] 쓰디쓴 흙이 품어서 기른 것 같지 않은 달콤한 여성 이미지들이. 유창하게 편지를 쓰는 여성들 너머에서 사랑하는 가슴들 또는 헤르츨리프가 묵묵히 서 있다.

티크의 「루넨베르크」에 나오는 주인공 크리스티안은 이상적 '여성'을 보고 지울 수 없는 인상을 받은 후, 실제로 존재하는 다수의 다른 여성 중 하나와 결혼하여 그녀를 잊으려 한다. 하지만 그는 자신의 영혼을 사로잡은 관념고정의 힘을 이기지 못한다. 결국 크리스티안은 저 여성 이미지 때문에 아내 엘리자베트를 떠나지만, 오랜 시간이 지나고 아내와 재회하자 마지막 말을 전하면서 다음과 같은 이중의 소망을 토로한다.

> 나는 그대를 잘 알아요, 그가 말했다. ……그대는 엘리자베트지요. 여성은 전율했다. 어떻게 내 이름을 알지요? 그녀는 어떤 예감이 들어 부들부들 떨면서 물었다. 아아, 신이시여! 그 불운한 자가 말했다. 나 크리스티안이에요. 예전에 그대에게 다가갔던 사냥꾼이지요. 나를 못 알아보겠어요?
>
> 엘리자베트는 놀라우면서도 너무나 측은한 마음에 할말을 찾지 못했다. 그는 그녀의 목을 끌어안고 입맞춤했다. ……안심하세요. 그가 말했다. 나는 그대에게 죽은 사람이나 다름없어요. 저기 숲에서 아름답고 강력한 나의 사람이 금빛 장막을 쓰고 나를 기다리고 있으니 말이에요.[42]

분명 메르헨의 주인공이 아내를 사랑하지 않는 것은 아니다. 하지만 다른 욕망이, 그를 기다리는 다른 여성이 그를 산 자들의 세계로부터 밀어낸다. 입을 맞추다가 자기가 입맞춤하던 상대에게 자기는 죽은 사람이나 다름없다고 말하는 것은 사랑과 욕망이 극복 불가능하게 분열된 역설적 상태를 단적으로 보여준다. 그리고 바로 여기서 주인공은 시인을 대변한다. 이 액자구조의 소설 속에서 한 무리의 청중에게 크리스티안의 이야기를 들려주는 화자이자 (본인이 강조하는바) 그 이야기를 지어낸 장본인으로 등장하는 만프레트는, 이 대목에 이르러 "청중, 특히 여성들의 얼굴이 하얗게 질렸다고" 증언한다. (엘리자베트의 놀라움이 청중에게 전염되었다고 말할 수도 있을 것이다.)[43] 여기서 낭만주의 시인은 남녀가 등장하는 에로틱한 시를 통해 그 시를 듣는 남녀들 간에 에로틱한 상황을 촉발시키는 보카치오의 세속적인 『데카메론』식 모델을 따르지 않는다. 오히려 그는 본인이 직접 유혹하고 매혹한다. 그는 자신의 이야기와 그 이야기가 전해지는 상황 속에서 청중이 서로 다른 욕망들을 대면하도록 한다. 한편에는 아내와 가정생활에 대한 견실한 사랑이 있고, 다른 한편에는 '여성'이라는 기의를 향한 광기 어린 욕망이 있다. 그러면 얼굴이 하얗게 질린 여성 청중은 제각기 수수께끼에 사로잡힌다. 나는 저 이야기꾼에게 엘리자베트인가, "아름답고 강력한 사람"인가?

호프만의
히스테리적
여성 독자

다시 호프만의 「황금 단지」로 돌아가자. 이 작품은 1800년경의 읽기와 쓰기를 탁월하게 묘사하면서 여성 독자 기능도 빠짐없이 기록하고 있다. 여태까지 타소의 두 레오노레, 괴테의 두 '헤르츨리프,' 크리스티안의 두 여성을 살펴봤으니 이제 호프만의 여성들도 확실히 알아볼 수 있을 것이다. 실제로 「황금 단지」에서도 한 여성은 이상적 '여성'이고 다른 여성은 그냥 다수의 여성 중 하나다. 저 "아름답고 강력한 사람"과 마찬가지로, 세르펜티나는 읽을 수 없는 것을 자신의 목소리를 통해 읽을 수 있게 만드는 재능이 있다. 그녀는 모든 '받아쓰기'에 선행하는 연인으로서의 뮤즈 역할을 맡는다. 하지만 글 속에는 세르펜티나의 반대편에 위치하는 또다른 여성 베로니카가 있다. 그녀는 담론의 순수한 소비자로서, 안젤무스와 세르펜티나 사이에 형성되는 도서관 환상을 보며 이 것이 혹시 자기가 숨은 의미를 알아맞혀야 하는 안젤무스의 '단어 맞히기 놀이'가 아닌가 자문한다.

교감과 서기관이 안젤무스의 진로에 관해 이야기하면서 린트 호르스트와 연줄이 있으니 안젤무스가 "비서관 혹은 서기관이 될 수도" 있다고 쑥덕거리자, 그 이야기를 듣던 공무원의 딸 베로니 카는 "특별한 인상"을 받는다.[44] 베로니카는 금세 백일몽에 빠진 다. 그레첸은 자신의 연인 파우스트가 보는 앞에서 꽃잎을 하나하 나 뜯으며 연인의 사랑을 탐문할 수 있었지만, 그보다 불운한 자 매 베로니카는 안젤무스도 없이 혼자서 그의 사랑을 궁금해한다. 베로니카는 백일몽 속에서 사랑의 증거를 계속 기억해내고, 급기 야 미래에 서기관 부인이 되어 슐로스슈트라세 거리, 혹은 노이마 르크트 광장, 혹은 모리츠슈트라세 거리의 아름다운 집에 살면서 사람들과 남편 안젤무스의 온갖 칭찬을 받는 공상에 빠진다. 그러 다 결국—라일락나무 아래서 안젤무스가 그랬던 것처럼—환청이 무의식적으로 입으로 튀어나온다.[45] 하지만 이것은 정신착란의 고 전적 증상으로 진단된다. "안젤무스처럼 발작이라도 일으킬 참이 냐." 베로니카의 아버지, 고문헌학자 파울만 교감이 키케로의 책 을 읽다가 베로니카의 잠꼬대를 듣고 이렇게 면박을 준다. 그는 자 신의 말이 여성의 자연시를 좌절시켰다는 생각을 하지 못한다. 하 지만 이때부터 베로니카의 환각에는 어둠이 드리운다. "달콤한 비 전 속에 악의에 찬 형상이 나타나" 베로니카는 서기관 부인이 될 수 없다고, 왜냐하면 안젤무스가 그녀를 사랑하지 않기 때문이라 고 비웃는다.

> 금방이라도 울 것 같은 눈으로 그녀가 소리쳤다. "아아, 그 말이 맞아. 그는 나를 사랑하지 않아. 그러니 나는 서기

관 부인이 될 수 없을 거야!” “황당무계하구나, 이 무슨 소
설 같은 이야기냐.” 파울만 교감은 화가 나서 이렇게 소리
치며 모자와 지팡이를 들고 나가버렸다.[46]

한편에서 ‘아아’는 시적 사랑의 최소기의다. 다른 한편에서 키케
로를 읽던 독자는 옆에서 자꾸 방해를 하니까 결국 진실을 드러내
는 말을 내뱉고 만다. 아아, 그것은 소설 같은 이야기다. 한숨은 자
기 자신의 진실을 소리쳐 말하면서 자신이 독서의 효과임을 입증
한다. 여기서 충돌하는 것은 시와 산문, 세라피온의 세계와 시민
적 세계가 (여기서 ‘세계’가 무슨 뜻이든 간에) 아니다. 한 공간에
서 두 가지 독서 기술이 충돌하는 것이다. 여기에는 비동시적인 것
이 동시에 존재하고 있다. 아버지는 집중적이고 반복적인 독서를
하는데, 이 방식은 교육공무원들이 키케로의 『의무론』을 보고 알
음알음 배운 것이다. 하지만 엥겔징이 [소량의 집중적 독서 방식
이 18세기 후반부터 다량의 광범위한 독서 방식으로 대체되었다
고] 입증한 대로, 공무원의 딸은 언제나 신간 소설들만 읽어댄다.
이 소설들은 1800년식 기록시스템 안에서 이른바 ‘생명’의 원천에
의해 직접 기록된 것이다.

　안젤무스 같은 사람이 읽을 수 없는 나뭇잎을 보고 자신의 연
애소설을 읽어내는 것이나, 베로니카 같은 사람이 아직 집필되지
않은 연애소설을 보고 자신의 연애소설을 읽어내는 것이나 피장
파장이다. 메르헨의 결말에 이르면, 그 소설은 화자 자신의 필체로
“정갈하고 명확하게” 기록되어 있을 것이다. 따라서 시인 안젤무
스가 푸른 서재에서 완성된 원고를 발견하는 호프만을 예시豫示하
듯이, 베로니카는 호프만의 실제 여성 독자들을 예시한다. 하지만
한 남성 시인이 사랑에 빠져서 읽지 않고도 읽을 수 있고 청자를
호명하지 않고도 소리내어 발화할 수 있다고 해서, 여성이 그와 똑
같은 정신적 경지에 도달할 수 있는 것은 아니다. 왜냐하면 여성들

은 모든 것을 '문자 그대로 또는 자기 앞으로 온 편지처럼' 받아들이는 박복한 욕망에 사로잡혀 있기 때문이다. 베로니카는 린트호르스트가 자신의 연인에게 '해석자의 길Interpretenkarriere'을 열어 보이는 것을 문자 그대로 해석하여, 연인에게 사무직 공무원의 길이 열렸다고 생각한다. 이는 라우어린이 앙겔리카의 연인 이름 '빅토르/승리Victor'를 문자 그대로 해석하여 그가 금세 "기병대 소속 대위로 임명"된다고 읽는 것과 똑같은 독법이다.[47] 이런 예언은 곧잘 들어맞아서, 국가와 교양계급의 동맹이 체결된 이후로 여성들의 지식은 극히 혐오스럽게 여겨진다. 그 지식은 해석학적 우회로를 따라 움직이지 않고 그들이 모시는 권력의 본질을 직선적으로 호명하기 때문이다.

하지만 라우어린이 마법거울을 읽는다면 베로니카는 「황금단지」를 읽는다. 늙은 마녀는 소녀로 변하고, 마법은 그에 대한 역사적·히스테리적 패러디가 된다.[48] 안젤무스가 술에 취해서 "초록뱀은 [나를] 사랑해요. 나는 어린아이 같은 마음을 지녔고, 그래서 세르펜티나의 눈을 봤으니까요"라고 외치자, "베로니카는 고통과 슬픔으로 훌쩍거리며 소파에 몸을 던진다."[49] 베로니카의 내부에서, 여성들의 지식은 무력화되어 여성 독자 기능이라는 새로운 역사적 상태로 변모한다. 이제 여성들은 마법을 부리는 대신에 새로운 저자가 상상한 것을 히스테리적으로 추체험한다. 베로니카는 "파란 눈"을 가졌는데도 사랑받지 못할까봐 두려워한다.[50] 라일락나무 아래 뒤얽힌 뱀들 속에서 세르펜티나를 개별적 존재로 부각시킨 것이 오로지 그 파란 눈뿐이었는데도, 심지어 안젤무스가 잉크 얼룩을 만들 무렵엔 도서관의 뮤즈가 환상 속에서 지나치게 격상된 베로니카일 뿐이라고 여겼는데도 말이다. 진짜 베로니카는 자신이 안젤무스에게 어떤 존재인지 계속해서 알아맞히고 또 알아맞혀야 한다. 그녀는 드레스덴과 아틀란티스를 오가며 이중생활을 하는 중인가, 아니면 이상적 '여성'의 무미건조한 대안일 뿐인가? 이 수수께끼는 결코 풀리지 않는다. '여성'이라는 초월론적 기의를 정립함으로써 두 성을 양극적으로 정의하면 '남성'이라는 기표도 덩달아 바뀌기 때문이다. 괴테는 자기가 "남성이라는 존재에 대해서는 전혀 모른다"라는 것을 알고 있었다. 저자가 될 예정인 남성 독자들은 글로 묘사된 '여성'의 이미지에 얼마든지 지시대상을 부과할 수 있다.(다들 어머니가 있기 때문이다.) 반면 여성 독자들은 글을 쓰는 남성들에게서 글 속에 묘사된 남성들을 재발견할 수 없다. "남성들은 여성들의 생식기를 입에 담고 얘깃거리로 삼지만, 본인들의 생식기는 장막으로 가리기" 때문이다. 그들의 성은 "말하고 쓰는 성으로서, 저 자신에 관해서는 침묵한다."[51]

베로니카는 안젤무스가 사랑하는 것이 자신인지 세르펜티나인지, 안젤무스가 앞으로 시인이 되는지 공무원이 되는지 전혀 알 수 없다. 심지어 메르헨의 결말에서 서기관 헤어브란트가 군주의 서명과 인장이 담긴 서기관 임명장을 가지고 나타나 그녀에게 청혼하고 그럼으로써 여성 독자의 소설 같은 백일몽을 실현시켜주었을 때도 그녀는 확신을 갖지 못한다. 이 결말은 (시적 이중성과 잘 어울리게) 두 가지 방식으로 독해할 수 있다. 첫째로 베로니카 본인의 이야기가 있다. 사랑하는 학생 안젤무스가 "훨씬 예쁘고 부자인" 초록뱀 세르펜티나를 사랑해서 베로니카를 버렸으니, 이제 베로니카는 "사랑하는 서기관" 헤어브란트의 "성실한 아내로서 그를 사랑하고 존경해야" 한다.[52] 이것은 그림책으로 공부하는 초등학교 학생들에게나 권장될 만한 이야기, 1800년경의 전형적이고 교훈적인 시인의 사랑 이야기다.

〔호도비에츠키의 도판 L에서〕 앞쪽에 교양 있는 젊은 여성이 보일 겁니다. 그녀는 자기와 결혼하고 싶어하는 남자친구를 미심쩍은 얼굴로 바라보면서, 편지가 놓인 자리

를 가리키며 무언가 책망하고 있지요. 책상 위에는 화려하게 장정한 책이 몇 권 놓여 있습니다. 이 장면을 보면, 틀림없이 여러분 머릿속에도 이런 이야기가 떠오를 겁니다.

남자는 문필가인데 자기 책에서 어떤 사람의 장점을 묘사했습니다. 그런데 이 사람이 약혼자나 다름없는 연인이 아니라 두 사람이 모두 가까이 지내는 젊은 여자친구에 더 가까워 보이는 것입니다. 게다가 필자는 이 책을 연인에게 선물하기 몇 시간 전에 저 문제의 여자친구에게 먼저 건넸습니다. ……연인이 이 사실을 알고서, 그가 자기보다 그 여자친구를 더 사랑한 것이 아닌지, 그가 금지된 관계를 즐기던 것이 아닌지 의심하게 됐습니다. 그러니까 책에 나오는 문제의 대목이―책의 내용에 필요해서 들어간 것뿐인데도―저 여자친구에게 바치는 특별한 찬사가 아닌가 생각하게 된 겁니다. 물론 남자는 똑똑한 사람이라서 어리석고 말다툼을 좋아하는 여자와 헤어지기로 했습니다.[53]

하지만 헤어브란트는 메르헨의 결말에서 또다른 이야기를 들려준다. 안젤무스가 도취 상태에서 생산되는 시적인 여성 이미지에 더 잘 부합하는 '문필가의 여자친구' 때문에 어리석고 말다툼을 좋아하는 베로니카를 버렸다는 이야기는 "그저 시적 알레고리, 말하자면 [베로니카가] 학생 안젤무스와의 완전한 결별을 노래한 시적 작품"이라는 것이다.[54] 그렇다면 안젤무스는 베로니카 혼자서 꿈꾸던 이상화된 학생-시인일 뿐이다. 안젤무스를 단념한 베로니카는 슐라이어마허의 「고귀한 여성들을 위한 이성의 교리문답」에 나오는 두번째 계명을 가슴에 새길 것이다. 이 계명은 (성서에서 기초독본으로의 이행을 입증하는 듯이) 여성 독자 기능을 에로틱하게 규범화한다.

> 그대는 하늘의 천사든 시나 소설의 주인공이든 본인이 꿈꾸거나 상상한 것이든 간에 멋대로 이상을 만들지 말고 한 남자를 있는 그대로 사랑해야 합니다. 여성이여, 엄격하고 신성한 자연이 소녀의 몽상을 파고들어 더 성숙한 여성적 감정을 가지도록 인도할 것입니다.[55]

남성을 있는 그대로 사랑하라는 말의 의미는 오직 하나, 공무원을 사랑하라는 것이다. 베로니카가 소설 같은 몽상 속에서 한 학생을 안젤무스라는 이상적 저자로 만들었다면, 자연적으로 주어진 금단요법은 그 학생에게 공무원 조직의 세례를 베풀어 헤어브란트라는 공무원으로 되돌려놓는다. 요헨 슈미트는 두 남성이 (타소와 안토니오처럼) 하나의 남성을 나타낸다고 주장한다.[56] 실제로 세르펜티나의 시인에게 주어진 문학적인 (성은 없는) 이름에 베로니카의 공무원 남편에게 주어진 시민사회의 (이름은 없는) 성을 더하면 그 합은 '안젤무스 헤어브란트'라는 기표가 된다. 이는 '에른스트 테오도어 빌헬름 호프만'이라는 이름의 법률가가 스스로

개명하여 '에른스트 테오도어 아마데우스 호프만'이라는 시인이
된 것과 정확히 동일한 변화다.

　하지만 A.(안젤무스)와 A.(아마데우스)의 동일성도, A. H.
(안젤무스 헤어브란트)와 A. H.(아마데우스 호프만)의 동일성도
글로 남겨지지는 않는다. 1800년식 기록시스템의 시인들은 자신
의 글쓰기를 둘러싸고 글쓸 뿐이지, 시스템 자체를 기록하지는 않
는다.(역으로 철학자들이 'A＝A'의 동일성을 글로 쓸 때는 모든
고유명사를 말소하면서 그저 '나＝나'임을 표명한다.) 그리고 바
로 이런 공백에서 시스템이 접속선을 생산한다. 공백은 저 유명한
'물적 토대'와 같은 담론의 외부적 사실을 가리키지 않는다. 공백
은 그저 담론의 기술적 부작용을 유발하는 프로그램일 따름이다.
어떤 이들은 본명이란 언제나 수수께끼로 남을 수밖에 없다며 애
써 철학적 근거를 쌓아올리지만, 이런 공백이 작용하는 방식은 그
보다 훨씬 단순하다. 빈 구멍이 있기에 그것을 채우게 되는 것, 단
지 그뿐이다. 남성들은 책의 페이지들이 텅 빈 것을 보고 그것을
채운다. 시적 텍스트의 빈자리는 여성 독자들이 채운다. 「황금 단
지」의 핵심은, 슈미트가 발견한 저 놀라운 핵심이―다시 말해 안
젤무스가 곧 헤어브란트라는 사실이―텍스트 자체를 초월한다는
것이다.

＊

호프만의 메르헨을 읽는 모든 베로니카들은 자신이 남성의 눈에
베로니카로 보일까 아니면 세르펜티나로 보일까 하는 수수께끼
를 풀면서 해석학을 훈련할 것이다. 『친화력』을 읽는 모든 오틸리
에들은 "장면의 이면에 놓인" 교훈을 찾으면서 이상적인 독자 집
단이 될 것이다.[57] 그래서 한 남성이 이 소설에 교훈이 없다고 비판
했을 때, 저자 괴테는 자기가 이 소설을 그를 위해서가 아니라 "소
녀들을 위해 썼다"라고 반박한다.[58]

저자의 증식과
독서의 규제

소녀들을 위해 쓴다는 것, 이는 역사적 혁신이다. 리하르트 알레빈이 입증했듯이, 클롭슈토크의 시는 식자들의 외면을 받았지만 새로운 독자 집단을 이끌어내는 데 성공한다. 이들은 배운 것이 없는 사람들, 나이가 어린 사람들, 무엇보다 여성들이다. 그전까지는 '이해'라는 것이 고전문헌이나 성서를 취급하는 문예공화국의 특별한 기술이었지만, 이제 그것은 일반적으로 남성들을, 특별히 여성들을 가늠하는 정신적 능력으로 자리잡는다. "그런데 이제는 시를 이해하는 능력이 여성의 가치를 판단하는 척도일 뿐만 아니라, 역으로 여성 독자들이나 청취자들에 대한 영향력이 시의 가치를 판단하는 척도이기도 하다." 그리하여 '여성의 시인poète à femmes' 클롭슈토크는 "멀찌감치 남성들이 지키고 서 있는" 사랑스러운 여성 독자들의 모임에서 자신의 사랑 이야기를 교묘하게 흘려넣은 「메시아」를 낭송하고 또 낭송한다.[59]

게하르트 카이저는 타소의 비극이 또한 그가 사랑하는 여성 독자의 비극임을 보인다. "근대적 시인의 문제성은 공주를 통해 근대적인 미적 실존의 문제성과 호응한다. 이 문제성은 공주의 기운이 허약한 원인이기도 하고, 공주의 기운이 허약해서 생기는 결과이기도 하다. 공주는 새로운 유형의 시인과 함께 생겨난 새로운 독자 집단의 존재를 드러내는데, 이들은 더이상 예술을 통해 기존의 것을 미화하는 것이 아니라 아예 여기 없는 것을 생생하게 그려내면서 현실의 모순을 넘어선 유토피아의 번쩍임을 추구한다."[60] 남편도 아이도 없는 공주는 시에서 삶의 대체물을 찾지만, 타소와 달리 그 대체물을 객관적 작품으로 구현하는 것이 아니라 그저 남의 작품을 소비할 뿐이다. 이 같은 여성 독자 기능의 히스테리적 특성은 「황금 단지」에서 '소파에서 훌쩍거리는 소녀'로 과잉적으로 묘사된다. 그러나 이 과잉은 그 자체로 여성 독자들을 규제하는 어떤 질서를 드러내 보인다.

클롭슈토크나 괴테 같은 창립자들이 실험적으로 부설한 담론의 접속선은 1800년경에 이르러 대중적으로 널리 확산된다. 이제 시인들은 "가장 중요한 개혁"을 이루기 위해 또는 "대규모로 영향력을 행사하기 위해서" "청소년들과 여성들"에게 "불을 붙이고 그들의 내면을 형성하려" 애쓴다.[61] 이들의 텍스트는 한편으로 미래의 저자를 겨냥하여 코딩된 프로그램으로서 새로운 남성 저자들을 계속 생성하고, 다른 한편으로 소녀들을 위해 집필된 문학 작품으로서 새로운 여성 독자들을 계속 생성한다. 새로운 남성 저자들은 프로그램이 시키는 대로 책에 묘사된 저자-주인공에 본인을 대입하고, 여성 독자들은 저자-주인공을 저자와 동일시하면서 모호하게 묘사된 여성 이미지를 자신과 동일시한다. 독자들은 성별에 따라 분기해야 한다. 저자들이 늘어나면 남성 소비자들이 감소한다는 것은 수학적으로 자명하기 때문이다. 볼프강 멘첼이 저술한 초창기 독일문학사 책도 이를 지적한다.

> 지금 이 순간 책을 한 권 이상 출간한 저자가 독일에만 15000여 명이나 산다. 그 숫자가 계속 이렇게 증가한다면, 조만간 신진 작가부터 기성 작가까지 모든 독일 저자의 명부가 살아 있는 모든 독자의 명부보다 더 두꺼워지는 날이 올 것이다.[62]

그런데 저자가 이렇게 늘어나는 것은 저자의 이름에 도움이 되지 않는다. 저자의 이름은 인칭대명사와 달리 담론들의 이면에서 지시대상을 한 인간에 고착해야 하기 때문이다. 저자가 많아질수록, 저자의 이름은 '나'라는 전환사Shifter만큼 붙잡아두기 힘들어진다. 게다가 이는 자기가 쓴 것을 주관성의 영역으로—저 '나'라는 전환사의 영역으로—되돌리려는 생산적 남성들에게만 해당되는 문제가 아니다. 저자를 끝없이 증식시키는 담론적 조건에서는 여성 독자 기능도 문제가 생긴다. 저자라는 이름의 신은 여성들의 쾌락에 의해 뒷받침되는데, 여성 독자들의 삶과 사랑을 대체하는 이 이름들이 자꾸 늘어나면 급기야 이 이름 자체도 얼마든지 대체 가능해지기 때문이다. 이처럼 이름이 바뀌는 사태는 「황금 단지」의 결말에도 나타나지만, 『괴테와 한 어린아이의 서신 교환』의 결말과도 직접적으로 관련이 있다. 그들의 서신 교환은 베티나가 아르님이라는 남성과 결혼식을 올리기 직전에 중단된다.

"남성이 만들고 벌어들이는 것을 여성이 사용한다"는 "법칙이 지적인 차원에서도 양쪽 성을 지배한다"고 하면 결국 다음과 같은 문장으로 귀결될 수밖에 없다. "여성들은 아무리 교양을 쌓아도 취향보다 식욕이 더 강하다. 여성들은 새로운 것에 이끌려 전부 맛보고 싶어한다."[63] 그리하여 시적 담론이 존립하는 데 치명적인 악영향을 끼치는 새로운 텍스트 사용법이 출현한다. 여성들은 신진 저자들의 텍스트 사용 방식을 패러디해서, 작품들을 그냥 맛만 보거나 꿀꺽 삼켜서 없애버린다. 책들은 초등교육학 저작들처럼 '어머니의 입'이라는 고귀한 원천 속으로 용해되는 것이 아니라, 수다스럽고 금세 잊어버리는 다수의 입속에서 해체된다. 바로 이것이 1800년 전후에 끝도 없이 묘사되었던 읽기 중독이라는 신종 질병이다. 너무 광범위한 독서는 작품의 가치를 빼앗아서 견고한 권위나 불멸의 저자가 생겨날 여지를 원천적으로 봉쇄한다.[64] 이런 위험의 원천에는 필연적으로 여성들이 있다.

> 우리 인류의 일부인 여성들은 주어진 업무의 특성상 남성들보다 여가 시간이 더 많고 정신이 더 활기 넘치며 상상력이 더 활발해서 대개는 진지한 사안에 자발적으로 시간을 쏟지 않는다.[65]

그래서 파울만 교감이 공무원의 지도적 의무를 다하기 위해 『의무론』을 공부하는 반면 그의 딸은 "여성의 활기와 특유의 섬세한 감정에 걸맞은 책들을 읽으면서 시간을 보낸다." 물론 엄밀히 말하자면 베로니카는 아직 집필되지 않은 책을 읽고 있지만 말이다.

여성 독자들의 증상은 명확하다. 하지만 그 치료법에 관해서는 의견이 분분해서 확실히 단언하기 어렵다. 가장 단순한 치료법은, 새로운 "자동적" 알파벳 학습법이 이 질병을 유발했다면 결국 그 방법으로부터 어떤 자동적 치료법을 이끌어낼 수 있지 않겠느냐는 가정에서 출발한다.[66]

> 읽기 중독은 원래 훌륭한 물건을 우매하고 유해하게 오남용하는 것으로, 필라델피아의 황열병만큼 전염성이 높은 심각한 해악이다. ……기계적으로 읽기만 하니 오성과 가슴이 아무것도 얻지 못한다. ……목적 없이 뒤죽박죽 전부 읽으면 아무것도 즐기지 못하고 모든 것을 그저 집어삼킬 뿐이다. 잘 활용한다면 아주 유용할 물건을 죄다 무질서하게 건성건성 읽고 심지어 건성건성 잊는다.[67]

기계적으로 읽는 독자들이 무용한 책을 소비하고 그대로 잊어버리는 것은 좋지만, 그렇게 해서는 위대한 저자들의 작품이 구제되지 않는다. 따라서 시문학 증식 프로그램을 패러디하는 읽기 중독이라는 전염병을 자연의 치유력에만 맡길 수는 없다. 그래서 "인류의 친구이자 후견인"을 자처하는 새로운 의료단이 사태에 개입한다.[68] 칭호만 봐도 알 수 있듯이, 이들은 소위 '인류의 스승' 또는 교육공무원들의 정신적 친척이다. 이 의사들은 다른 사람들이 보급한 다른 수단들(검열, 금지, 특정 도서 또는 유통망의 차단[69])이 소용없었다고 판단한다. 여성 중독자들은 그런 훈계적 방식에 맞서 더욱 교묘하고 끈덕지게 중독에 빠져들 뿐이다. 그래서 담론의 소비를 감독하는 공무원들은 좀더 간접적이고 눈에 띄지 않는 수단을 찾는다. 첫번째 방법은 (니체식으로 말해서) 자연적 도취를 몰아내고 능동적 망각을 도입하는 것이다. 모든 지식인, 비평가, 문예지 편집자가 "나쁜 생산물을 무시한다"라는 "원칙"을 지킨다면 "아무도 그것들을 읽지 않을 것이다."[70] 그리고 두번째 방법은 (이것이 결정적인데) 해석학을 끌어들이는 것이다.

1800년 전후에는 새로운 기초독본의 부작용에 대한 동종요법의 일종으로, 독서법에 관한 책들이 처음 등장한다. 선구적인 중증 읽기 중독자였던 피히테는[71] "문학작품을 이해하는 법을 더 많은 사람에게 보급하는" "대중 지침서"를 쓰려고 궁리하곤 했다.[72] 베르크의 『독서의 기술. 글과 문필가들에 관한 논평과 함께』는 이런 시도가 좀더 학술적으로 결실을 맺은 사례다. 견실한 칸트주의자였던 베르크는 "읽기가 유례없이 급증한" "독일"의 중독 문제, 특히 여성들이 무의미한 소설책을 읽어치우는 상황 때문에 이 책을 쓰게 되었다고 책의 말미에 간략히 언급한다.[73] 실제로 이 책의 중심 주제는 중독을 치료하는 방법에 관한 것이다. "자발적이지 않은 수동적 정신 상태로 책을 읽으면 위험할 수" 있기에,[74] 베르크의 철학적 치료법은 (읽기 교습이나 쓰기 교습과 마찬가지로) 공허한 암송에 맞서 자발성을 수호하는 데 역점을 둔다.

> 우리의 내면은 한 권의 책을 이해하는 데 필요한 모든 작용이 이루어지는 작업장이 되어야 한다. 우리는 우리 자신을 언제나 주시하면서, 사리분별을 잃지 않도록 정신산란으로 광기에 빠지지 않아야 한다.[75]

이렇게 해서 관념고정의 광기가 정신산란의 광기를 밀어낸다. '나'라는 독자가 나의 모든 독서에 동참할 수 있어야 하는 것이다. 그러니 읽을 수 없는 원형적 문서판을 보고 광기에 사로잡힌 「루넨베르크」의 주인공은 아주 시의적절하게 나타난 셈이다. 이 '크리스털' 판에서 자신의 운명을 읽어낼 수 있는 유일한 독자 '나'는 공교롭게도 부모에게 언제나 '크리스텔'이라는 애칭으로 불린다. 이처럼 이상적인 또는 광적인 조건에서 '나'라는 독자와 관념고정은 거의 동일한 이름을 공유한다. 따라서 다른 모든 독자가 크리스티안, 속칭 크리스텔과 같은 일을 겪으려면 해석학의 철학적 규칙에 한 가지 기술적 규칙을 추가하기만 하면 된다. 그러니까 '나'라는 독자를 고정할 뿐만 아니라, 그 독자가 읽을거리를 고정하는 것이다.

> 평범하고 무의미한 책들을 많이 읽는 것보다는, 독창적이고 재기 넘치는 문필가의 작품을 반복해서 읽는 것이 우리 문화와 지식에 더 큰 이익이다.[76]

그리하여 독서의 기술은 게걸스러운 읽기 중독이라는 원래의 출발점으로 되돌아온다. 베르크도 인정하듯이, "이미 줄거리를 다 아는 책을 다시 읽을 마음은 별로 들지 않으며" "고결한 예술작품"은 특히 더 그렇다.[77] 하지만 재인식과 기억을 통해 새롭게 쏟아지는 책들의 흐름에 맞설 때야 비로소 자발적인 '나'와 읽을거리 사이의 간격을 확보할 수 있기에, "예술작품을 한번 더 읽을 수 있다면 당연히 그 편이 우리에게 더 유용하다."[78] 그리고 만약 그렇게 하지 못한다면 성스러운 예술작품 자체가 존립할 수 없을 것이다.

따라서 읽기 중독 치료의 기술적 정의는, 도서시장이 팽창하는 상황에서도 집중적인 반복적 독서를 사수하는 것이다. 루터파를 믿는 가부장이 교회 역년의 리듬에 따라 '책 중의 책'을 가족들에게 반복해서 읽어주는 초기 근대의 지배적 형식은 이제 불가능해졌다. 하지만 성서를 시로 대체하고 쏟아지는 책의 홍수 속에서 일정 분량의 고전을 가려 읽는 것은 가능하다. 이렇게 작품을 선택하는 것은 오로지 그 책들이 잊히지 않을 때까지 반복해서 읽기 위해서다. 이제부터는 시장의 법칙에 따라 무수히 생산되는 평범하고 무의미한 책과 소수의 독창적이고 재기 넘치는 책이 구별되는 바, 후자는 저자의 통일성에 의해 규정되고, 자발적이고 집중적인 독서에 의해 작품으로서의 통일성을 획득할 것이다.

∗

**여성들의 읽기 중독** 하지만 그로 인해 독서의 기술이 원래의 치료 목적을 벗어나서 통용되기도 한다. 책의 소비는 "자발적이지 않은 수동적 정신"에 위험할 수 있다지만, 견실한 칸트주의자가 보기에 그런 수동성은 여성들의 고유한 특징이다.[79] 그러니까 중독에 가장 깊이 빠진 성을 치료하는 것은 애초에 불가능한 셈이다. 올바른 독서 습관에 관한 다른 책들도 이 한계를 인정한다. 장 파울은 읽기 중독의 치료법 대신 "실용적인 독서법"을 주제로 〈독자를 위한, 독자에 대한 강의〉를 진행하는데, 이 강의가 속한 〈미학의 예비수업에 덧붙이는 짧은 보충수업〉 전체 강의에서 남성 독자들만 직접 호명하고 여성 독자들은 간접적으로만 호명한다. 그 이유는 이렇다.

> 나의 독자여, 그대는 이 값진 선물을 제대로 활용하는 데 필요한 가르침과 지시를 전혀 받지 못했습니다. 예비학교와 방과후 학교, 철학학교와 왕립학교를 전부 다 다녀보고 노래와 춤, 검술 수업까지 전부 다 들어보아도 읽기 수업은 받지 못하니까요. ……하지만 친애하는 독자여, 그대가 가장 아끼는 존재, 즉 여성 독자의 독서법은 여러분의 독서법보다 열 배는 더 지독하고 백 배는 더 고치기 어렵습니다. 그녀가 하고 싶은 대로 내버려둔다고 생각해봅시다. 읽던 곳을 표시하는 비단조각이나 비단끈이 책에서 흘러내리거나, 배 위에 펼쳐둔 책을 누가 접거나 뒤집어놓으면, 그녀는 어디까지 읽었는지 전혀 모를 겁니다. 또

한 그녀는 맨 끝의 「요한계시록」에서 시작해서 「창세기」
와 천지창조까지 역행해서 읽기도 합니다만, 어쨌든 책을
끝까지 읽었으니까 괜찮다는 거지요. 확실히 그녀는 그대
독자보다 더 빨리 책을 다 읽습니다. 그녀는 어떤 문장과
마주치든─모르는 단어는 말할 것도 없고─읽기를 멈추
지 않고 오로지 전체를 주시하며 맹렬하게 읽어나갑니다.
이 굉장한 습관은 부분적으로 남성들의 직무실에서 얻어
온 것입니다. 그녀는 거기서 매일 수백 개의 법률, 의학, 여
타 분야의 전문용어들을 접하지만 아무도 그 뜻을 풀이해
주지는 않으니까요.[80]

그러니까 남성 독자들의 경우 독서의 기술은 담론교육학적 제도
의 결함을 해소하기 위한 방편이다. 장 파울은 제2의 베르크가 되
어 그들을 위한 읽기 수업을 마련한다. 그것은 왕립학교에서 검술
수업에 이르기까지, 문예공화국의 지식과 신체기술을 전수하는
전체 제도에서 빠져 있었던 수업이다. 하지만 여성 독자들의 경우
독서의 기술은 저자와 독자 간에 오가는 의미심장한 미소에 갇힌
다. 여성들이 해석학을 패러디하는 습관을 고칠 수 없는 까닭은,
원칙적으로 글로 적힌 그 어떤 것도─장 파울의 해석학은 말할 것
도 없고─여성들에게 가르침을 줄 수 없기 때문이다. 잠든 여성 독
자의 배 위에 펼쳐져 있는 것─그것이 바로 1800년식 기록시스템
의 '글쓰기의 영도'다.

여성들은 무자비하게 책을 소비한다. 이들은 완벽한 문해력
을 바탕으로 맹렬하게 "전체"를 읽어대기에, "단어들은 말할 것도
없고 어떤 문장도" 남아나질 않는다. 하지만 남성들은 이런 파괴
적 행위와 무관하다. 이런 점에서 장 파울의 읽기 수업을 듣는 학
생은 바이에른의 교육개혁가 니트함머와 같은 결론에 도달한다.

> 우리는 교양이 지식 자체로 구성된다는 말을 들으면서, 교양이 높은 인간은 온갖 종류의 지식을 갖춘 사람일 거라고 상상했다. ……그때부터 박식함은 자칭 품격 있는 사람들이 반드시 갖춰야 하는 필수요건으로 강제되었고, 문고본의 지혜와 정기간행물의 지식이 상식이 되었고, 여성들과 어설픈 애호가들을 위한 온갖 강연이 열렸으며, 모두가 교양을 키우기 위해 공부하고 책을 읽었다. 결국 이러한 교양 열풍은 끊임없이 새로운 것을 집어삼키려는 걸신들린 읽기 욕구로 변했고 국가적 악덕으로 자리잡았다. ……원래 남성의 현학은 여성의 소박한 마음과 자유로운 감각으로 완화되기 마련인데, 지금은 어떤가? 오히려 여성들이 만물박사가 되어 학자연하는 최악의 상황에 사로잡혀 있지 않은가? 그러니 우리가 서재를 잠시 벗어나 여성들에게로 도망갈 수 있겠는가? 우리가 우리의 지식을 여성들의 자연스러운 느낌, 올곧은 판단과 교환할 수 있겠는가? 이제 여성들은 순금 같은 감수성 대신에 우리가 쥔 것과 같은 종잇조각으로 우리에게 덤비지 않겠는가?[81]

여성들이 새롭게 개설된 교양 강의에서 (장 파울이 말하듯이) 스쳐지나가는 말들을 멍하니 바라보는가 아니면 (니트함머가 말하듯이) 말들을 집어삼키는가는 중요하지 않다. 핵심은 여성들의 소비가 종잇조각이 그저 종잇조각일 뿐임을 처음으로 폭로한다는 것이다. 이렇게 해서 1800년경의 여성 독자 기능은 텍스트의 실증성과 결부된다. 저자성의 증식은 저자성의 오용을 낳는다. 어떤 신진 철학자는 (동료 니트함머의 말을 입증하는 듯이) 읽기 중독을 유발할 수 있는 작은 책력 형태의 교훈적인 이야기책 신간을 여성에게 보내면서, (니트함머의 말을 무시하는 듯이) 트로이의 목

마 같은 이 선물과 더불어 책을 오용하지 않는 법을 설명한 짧은
강의를 첨부한다.

> 누구보다 소중한 친구여!
> 당신에게 보낼 책력을 내 책상에 한참 놓아두었다가 이
> 제야 부쳤습니다. 내가 꾸물거리는 바람에 당신이 느낄
> 새로움의 매력이 반감되지 않았으면 좋겠습니다. 하지만
> 이 책은 두고두고 곱씹어 읽을 만합니다. 어쨌든 예술작
> 품의 아름다움은 거듭 맛보고 즐겨야 확실해지니까요. 그
> 렇게 자꾸 찾게 된다는 것 자체가 아름다움의 증거라 하
> 겠지요.
> ……내가 왜 자꾸 일반적인 성찰로 빠져드는지는 나
> 도 잘 모르겠습니다. 하지만 당신은 석사를 딴 이후로 학
> 위를 마치 자신을 주먹Faust으로 때려눕힌 악령인 것처럼
> 온갖 부속품과 함께 질질 끌고 다니는 이 사람을 용서해
> 주시겠지요……
> 당신의 올곧은 친구 헤겔[82]

가장 성찰적인 철학자조차 소중한 여성의 읽기 습관을 석사 강의
하듯이 규제하고 싶어하는 화용론적 역설에 빠지고 만다면, 이런
식으로 여성들의 읽기 중독을 치료할 수 없다는 것은 자명하다. 치
료는 더 단순하고 직접적으로 이루어져야 한다. 헤겔은 악령에게
이끌려 미학적 성찰의 의미에 관한 미학적 성찰에 (강도 높은 반
복적 독서가 예술작품을 이루는 기술적 요건이라는 성찰에) 이른
다. 진정한 석사, 다시 말해 교육공무원은 그보다 더 우아한 해법
을 찾는다. 한 여학교 교사는 자신이 맡은 여학생들에게 기꺼이 책
을 읽으라고 주는데, 다만 교사 자신이 선택한 책만 허용한다. 그
이유는 이렇다.

여성들이 방에 놓일 책을 쓰면서 모든 독서는 나쁘다고
주장하면 우스꽝스러운 모순에 직면하게 됩니다. 일단 그
들의 책이 읽혀야 할 것 아닙니까![83]

니트함머 같은 선도적인 교육공무원은 여기서 더 나아가, "예술이
론으로 예술의 의미를 부연하려는" 시도가 오히려 "예술과 그 의
미를 예술에 관한 한낱 수다"로 변질시킬 것임을 예리하게 간파한
다.[84] 그렇다면 미학을 정립하기에 앞서 어떤 준비 단계가 반드시
선행되어야 한다. 그것은 게걸스러운 책들의 홍수 속에서 영속적
인 작품만 골라 시 독본을 만들고, 이것으로 게걸스러운 읽기 중독
을 멈추는 것이다.[85] 이런 독본들은 독자의 갈망을 영원히 해소할
수 있도록 특별하게 엄선된 작품들을 제시한다. 독일 시문학의 정
전화正典化는 이론서가 아니라 이런 독본에서 시작된다.

시 독본      시 독본은 1800년 무렵에 발명된다. 하지만 "이런 교재가 개
발된 역사적 배경"은 "자본주의적인 기계식 생산양식이 출현"한
것, 다시 말해서 시 자체를 알파벳으로 분해하여 복제할 수 있게
된 데서 찾아야 한다.[86] 시 독본은 제도 내에서의 반복 가능성, 새
로운 수업 방식, 브렌타노가 여동생에게 "보통은 괴테, 언제나 괴
테"를 반복해서 읽으라고 명령하는 가운데서 비로소 반복될 수 있
게 된다. 여성들은 사랑이라는 "자명한 사실을 영원히 되풀이"하
는 대신에 고등 여학교에서 독일 고전을 반복해서 읽겠다는 맹세
를 한다. 이렇게 해서 '고전'이라는 것이 존재하게 된다.

     이 분야 최고 전문가가 "여태껏 출간된 최고의 미학적 독본"
으로 손꼽는 책은 브레멘의 한 여학교 교사가 쓴 것이다.[87] 베티 글
라임이라는 교사가 쓴 『여성의 교육과 지도』는 다른 독본과 달리
시인들(괴테, 실러, 노발리스)에게서 이론적 기초를 끌어온다. 또
한 이 책은 다른 독본들과 달리 "읽으면서 동시에 취향도 형성할
수 있도록 특히 고전을 많이 고려"한다는 원칙을 엄수한다.[88] 그

렇지만 고등 여학교에서 드문드문 나온 정보들을 종합해보면, 글라임의 고전선집은 당대의 일반적 경향을 대표하는 사례로 추정된다. 카롤리네 루돌피가 운영하는 하이델베르크 여학교에서, 히르슈베르크 여학교에서, 블란켄부르크에서, 고슬라에서, 그리고 당연히 베티 글라임이 운영하는 브레멘 여학교에서, 1792년부터 1806년까지 전국 각지에서 당대의 독일 시문학이 수업시간표에 포함되었다.[89] 그리하여 새로운 독자 집단의 원형인 타소의 공주가 대량생산된다. 수많은 소녀가 하나의 전형을 따른다. 여기에는 글라임의 시 독본이 주입하는 어떤 믿음이 전제된다.

> 신성한 시Poesie는 인간을 올바르고 완성된 인간성으로 이끈다. 시적 관점으로 세상을 보게 하고, 이상적 의식과 마음으로 삶을 아름답게 하며, 무한한 천상의 마법을 산문적인 지상의 현존재 속으로 불어넣는 것, 이것이 인류의 교육자가 독려해야 하는 일이다.[90]

베티 글라임의 독본이 다른 어떤 책보다 열렬하게 괴테에 대한 사랑을 표현한 것은 우연이 아니다. 인류, 특히 젊은 여성들을 교육하는 과정에서, 저 위대한 시인은 영감의 원천으로 귀환한다. 혹자의 말대로, 그는 다른 누구보다도 여성의 마음에 발맞추어 "여성의 마음을 꿰뚫어보는," "마치 가장 고귀한 부류부터 가장 비천한 부류까지 전 인류가 그의 곁에서 고백하는 듯이" 총체적인 작품을 내놓는 시인이기 때문이다.[91] 그리하여 여성들의 문학 교육을 통해 하나의 원이 닫히고 저자는 망각의 위험을 벗어난다. 고등 여학교 학생들은 괴테를 읽으면서 시 쓰는 법을 배우지도 않고, 니트함머가 두려워했던 것처럼 시에 관해 논평하는 법을 배우지도 않는다. 다시 말해, 이들은 저자의 증식을 더욱 증식할 수 있는 어떠한 담론적 실행도 배우지 않는다. 정규적인 시문학 수업, 시인의 정전화, 시 독본은 모두 엄격하게 소비에만 집중한다. 루돌피는 본인이 시인인데도 자기 학교 여학생들에게 시작법을 가르치지 않고, 독일어 수업을 읽기, 낭송, 수용, 향유로만 제한한다.[92] 이 같은 여학교 고전 강독을 통해 1800년식 기록시스템은 시스템 정지의 위험에서 벗어난다.

사랑하는 여성이 말을 더 성스럽게 여기고 신성한 글을 읽는 데 전념하기를 바랐던 젊은 철학자의 간절한 소망은 이 같은 제도화를 통해 성취된다. 시인들과 사상가들이 여성의 본질을 떠벌리는 동안, 여학교 교사들은 그 본질을 여성들에게 주입한다. 그리하여 소파에서 훌쩍거리는 베로니카가 상연하는 읽기 중독의 히스테리는 연쇄적 생산공정에 진입한다. "열정적인 시인들"이 "요구하는 것"은 "무엇보다" "그들이 하는 말에 젊은 여성들이 몽유병적 황홀경에 빠져들고, 깊은 한숨을 내쉬고, 눈을 부릅뜨며, 때로는 가볍게 실신하거나 맹목적으로 덤벼드는 등 극도로 여성적인 여성성을 내보이는" 것이다.[93] 여학교 교사들은 이 꿈을 바탕으로 읽기를 명령하고 쓰기를 금지하는 규범을 만들어낸다. "천재와 취향의 합당한 차이를 안다면, 여학교의 순수예술 수업이 천재의 창조력보다 취향을 키워야 함을 이해할 것이다."[94] 독일의 학교들은 100년 동안 이 같은 철학적·교육학적 견해에 따라 시인들의 말을 들이켜면서 한없는 즐거움을 얻는 수많은 여성을 생산한다.

### ⋯⋯신의 왕국

여성들의 쾌락은 파장을 일으킨다. 베티 글라임의 독본이 나온 바로 그해에, 헤겔의 친구이자 바이에른 내무성 소속 중앙장학관인 임마누엘 니트함머는 조직의 상관들과 주변 시인들에게 궁극의 독본을 만들기 위한 기획안을 제시한다. 이것은 과대망상적 기획이다. 그는 읽기 중독을 치료하겠다고 밝히면서, 특정한 제도를 특정한 성별에 적용하는 것이 아니라 시문학을 아예 교육학으로 변모시키는 근본적인 해법을 추구한다. "우리는 국가적 고전이 있는데도 잘 알지 못한다. 물론 고전을 읽기야 하지만 따로 배우지는 않는다. 읽기 중독은 독일의 국가적 해악이 되었다. 이 중독은 새로운 것만 추구하면서 좋은 것과 나쁜 것을 모두 집어삼킨다."[95] 하지만 이것이 과대망상적 기획인 진짜 이유는 따로 있다. 그는 지금 "신의 왕국이 임하기를 바라듯이" 궁극의 독본이 주어지기를 염원하고 있기 때문이다.[96]

　　실제로 초기 낭만주의자들은 초등학교 독본에서 성서가 국가적으로 추방된 전례 없는 역사적 기회를 틈타 이참에 독일 시문학의 새로운 '성서'를 확립해야겠다는 백일몽을 키우고 있었다.[97] 독일의 모든 학교에서 사용될 단 하나의 독본은 이 꿈을 실제 담론으로 변모시킬 터였다. 니트함머는 슐레겔이나 노발리스와 달리 성서와 기초독본을 결합해서 이야기한다. 이제 성서가 "모든 신분을 아우르는 공통 교양"의 지위를 상실했고 "오늘날 일반화된 사고방식에 비추어보건대 그런 지위를 되찾기도 어려울" 것이기 때문에, 성서를 대신할 "국가적인 책이 필요"해졌다는 것이다.[98] 실제로 1800년 전후로 나타난 수많은 시 독본은 이런 상처의 흉터이자 환부에 붙이는 반창고였다. 하지만 글라임, 페테를라인, 벨커가 어떻게 독일을 구할 수 있을까? 문학의 성서 또는 신성한 시 독본은 개개인의 "자의와 기호에 따라" 만들어질 수 없다. 그것은 "선집의 고전"으로서 "내적 가치와 외적 권위를 가지고, 자의적으로 만들어진 다른 모든 선집을 뛰어넘는 위치에 올라야" 한다. 다시 말해 "순전히 자발적으로 또는 손쉬운 협의를 거쳐 단일한 고전선집을 사용하기로 합의함으로써 독일 국민들을 통일해야 한다." 요컨대 시의 성서는 "신의 선물"이 될 것이다.[99]

　　그러므로 이 책은 신이 직접 써야 한다. 니트함머는 이 일을 할

니트함머의
괴테 독본

수 있는 저자는 "딱 두 명," 괴테와 포스밖에 없다고 정부에 보고한 다음, 최종적으로 괴테 한 사람에게만 기획안과 청탁서를 제출한다. 독본이 "고전의 권위를 획득하려면 그 이름에 걸맞은 거장이 직접 그 책을 만들어야 한다."[100] 이 교육개혁가는 바이마르에서 개인적으로 괴테를 접견하면서, 괴테에 대한 깊은 이해를 바탕으로─"교육과 국가적 교양, 특히 성서와 통속본들의 문제에 관한" 괴테 본인의 견해에 의거하여─그를 설득한다.[101] 그러니까 지금 필요한 것은 파우스트적 '행위'다. 복음서 도입부에서 '말씀'이라는 단어가 근본적으로 이중화되어 다른 모든 발화에 토대와 척도를 제공하던 시대는 갔다. 이제 '말씀'을 지우고 '행위'를 써넣는 저자의 행위가, 그런 저자성이 근본적으로 이중화되어 다른 모든 발화의 토대와 척도를 확립하는 새로운 시대가 왔다. 문학의 거장이 자기 작품들을 새로운 문학의 성서에 포함시키는 지극히 개인적인 방식으로 그 작품들에 '고전'의 도장을 찍을 때, '저자Autor'라는 단어는 본래의 어원을 문자 그대로 실현한다. 1800년경의 시점에서, 니트함머의 교육학이 요구한 절대적인 "권위Auctorität"를 누릴 수 있는 것은 "저자명이 붙은" 말들뿐이다.[102] 거장의 펜 끝에서 나온 고전선집은 자신의 이름을 적기/적어넣기를 결코 멈추지 않을 것이다─['이름이 적히지 않기를 멈추지 않는 것'이 '불가능한 것'의 정의라면] 이것이 '필연적인 것'의 정의다.

　하지만 이 위대한 행위는 실패한다. 괴테는 니트함머가 괴테를 이해한 것만큼 그렇게 깊이 있게 니트함머를 이해하지 못한 듯하다. 그는 자기 작품들을 자기 손으로 승인하는 대신, 국가적인 책을 쓰기 위한 광범위한 사전조사 끝에 총 두 권짜리 역사적·경험적 문헌선집을 내놓는다. 그것은 내용이 풍부하기는 하지만 '유일한 책'이라는 환상을 충족하지는 못한다.[103] 어쨌든 이 "일화"가 뜻하는 바는 단순히 "시인의 군주가 학교 교문을 지키고 있을 생각이 없었다"라는 것이 아니다.[104] 그가 온통 국가에 의해 프로그래밍된 국가를 순회하면서 모든 김나지움마다 신의 왕국을 가져 다줬다면 1800년식 기록시스템은 자폭했을 것이다. 학교에서 모든 어린이가 "보통은 괴테, 언제나 괴테"를 다시 읽도록 제도화된 상황에서, 괴테의 작품들이 주인의 말로 승인된 주인의 담론이 되고 장황한 가톨릭 기도처럼 "암송되어야 하는" 것이 되었다고 상상해보라.[105] 그것은 누구도 능가할 수 없는 절대적인 것이 되었을 것이고, 김나지움에서 대학을 잇는 승인의 연쇄를 따라 흐르는 대학의 담론을 질식시켰을 것이다.[106] 1800년식 기록시스템은 해석학적인 신규 저자 영입을 통해 존속하기에, 주인의 담론도—특히 주인의 담론이—임의적으로 정의·선택·해석될 수 있어야 한다. 괴테의 절대적인 지휘가 있었다면 정전은 절대적으로 고정됐겠지만, 교육공무원들이 지휘하는 정전 만들기는 끝나지 않고 계속된다. 유일한 고전적 고전독본이 부재하는 공간을 둘러싸고 정전을 확립하려는 불확실한 기획들이 출몰한다. 그것은 학교의 임무로서 끊임없이 새롭게 다시 시작된다.[107]

\*

신이 선물을 주었다면 니트함머는 임의성으로 고통받지 않아도 되었을 것이다. 하지만 그는 이제 본인이 직접 정전을 짜야 한다. 그리하여 괴테 본인의 승인이 아니라 왕령에 의거하여, 서정시로는 "괴테의 시들"이, 서사시로는 괴테의 「헤르만과 도로테아」가, 희곡으로는 "괴테의 작품들"이 바이에른 김나지움 학습과정에 포함된다.[108] 하지만 이 '일반규범'은 그 이름과 달리 무조건적인 것이 아니어서 얼마든지 무효화할 수 있다. 실제로 니트함머의 공직을 후임자가 물려받으면서 독일 고전주의 작품들을 독일의 각 학급에 기입하려는 계획은 중도에 무산된다. 새로운 표준 독일어 텍스트들은 (클롭슈토크의 「메시아」를 제외하면) 그리스·로마의 고전 연구와 무관했기에, 티르슈는 학생들이 자유시간에 독일어

고등교육 제도에서의 독일 시문학

텍스트를 읽도록 하고 수업 내용에서 빼버린다. 이리하여 바이에른은 1800년 무렵의 다른 국가들과 유사한 경향으로 회귀한다.[109]

전국 각지의 고등 여학교 학생들이 수업시간에 독일 시문학을 독서, 감상, 수용, 향유하는 동안, 김나지움의 남학생들은 신인문주의자로 양성된다. "학교에서 우리 문학계의 시 또는 산문 작가들과 한가로이 거니는 것," 독일어 시간을 "끝없이 계속되는 축제일과 휴일처럼" 즐기는 것은 남학생들에게 걸맞지 않다고 여겨진다.[110] 미래의 국가공무원은 순수한 소비를 넘어서야 한다. 학생들이 자유시간에 이용할 수 있는 도서관들을 새로 건립해 사적인 독일어 독서를 권장하고 지도한 결과가 나타난다. 프로이센왕국의 김나지움 졸업시험은 "상위학급 수업에서 독일어의 위상을 현격히 변화시킨다." 과거 문법학교에서는 텍스트가 수사학적으로 순환되었지만, 지금은 "소리 없이 고립된 상태로 글을 쓰는 것이 주된 목표"가 된다.[111] 이렇게 해서 생겨난 것이 독일어 작문이다. 마이어로토가 1794년에 계획한 김나지움용 독일 시문학 정전은―여전히 표제에 '수사학'이라는 말이 들어가긴 하지만―"보고서, 추정서, 감정서," 그 외 "국가행정 업무를 수행할 때" 필요하고 적용 가능한 "각종 문서작성" 능력을 양성하는 것을 목적으로 한다.[112] 1810년부터 김나지움 졸업시험의 필수요건이 된 작문시험은 바로 이런 유형의 글쓰기 능력을 중시한다. 슐라이어마허에 따르면, 대학에 진학할 김나지움 학생들은 "당장 문필가로 활동해도 될 만큼 언어를 능숙하게 다루어야 한다."[113] 그런데 이렇게 "국가가 직접 나서서 구성원들의 글쓰기 훈련을 관장"하기 시작하면서,[114] 국가의 관심이 관료적 글쓰기와 시적 글쓰기, 린트호르스트와 안젤무스를 동시에 아우르기에 이른다. 독일의 김나지움 졸업 작문은 자유 주제로, "주로 오성과 상상이 훌륭하게 형성됐음을 인증"하는 것이 목적이기에 "반드시 사실적인 것만" 주제로 택할 필요는 없다.[115] 학생은 이렇게 자신의 상상을 글로 적음으로써 자신의 "모든 개성," "가장 내밀한 자신"을 "교사의 손에" 넘긴다. 이것이 "모국어 작문의 의미"다.[116]

1820년 6월, 베를린 대학 철학 교수로 신규 임용된 헤겔은 김나지움 교장으로 재직한 경력을 인정받아 "브란덴부르크 왕립학술검정위원회의 정규위원으로 지명"된다. 여기서 헤겔은 "김나지움 수험생들의 정규시험 및 독일어 작문에 관련된 김나지움측의 기록을 검토하고 감정"하는 일을 한다. 그리하여 철학은 "직접 다다를 수 있는 청중의 범위를 넘어서" 김나지움의 독일어 수업에 대한 "이른바 '영향력'"을 얻게 된다. 하지만 그러나 헤겔은 "젊을 때부터 스스로 생각하도록 해야 한다"라는 슐라이어마허의 생각에 반대하고 싶지 않았기에 "필체와 작문 형식에 관해서만" 미래의 국가공무원들을 비평한다. 독일어 작문이 어떤 목적으로 발명되었는가에 관해서는 온갖 말이 있지만, 거기 부여된 궁극의 "목적은 고위 당국자들이 김나지움의 상황을 면밀히 파악하도록 하는 것"이다. 그런 까닭에 헤겔의 펜은 학생들의 독일어 작문에 대한 "평가 초고를 쓸 때부터" "언제나 교사들의 수정 사항에 대한 평가도 남긴다."[117]

고등 남학교에서 독일어는 주요과목이라기보다는 학과수업의 잉여로서 이미 언제나 대학의 철학 교수들로 이어져 있다. 김나지움 학생들은 자유시간에 도서관에서 모국어 저자들을 찾아서 읽고, (학교에서 권하는 대로) 사적인 독서일지에 그 내용을 이어쓰면서 자신만의 상상을 축적하고 개성을 생산한 끝에,[118] 그 모든 것을 김나지움 졸업시험에서 생산적으로 쏟아낸다. 그것이 1800년식 기록시스템에서 그들이 수행해야 할 몫의 전부다. 괴테가 직접 만든 궁극의 괴테 독본이 존재하지 않기에, 학생들은 제각기 작품을 선택하고 해석하면서 소규모 독본 제작자를 연기하고 더 나아가서 저자를 연기해야 한다.

교과과정이 처음 발명된 1800년경부터 지금까지 그것을 해

독하는 온갖 (과거의 또는 최신의, 칭찬하는 또는 비판하는) 통계
분석이 있었으나 초창기 교과과정의 남녀 간 차이를 규명한 자료
는 없다. 하지만 입수 가능한 좀더 나중의 수치를 바탕으로 제도
적 관성에 입각하여 추정해보면, 새로운 독일어 수업은 여성 교육
에서는 중심적 위치를 차지하는 반면 남성을 위한 공무원 교육에
서는 상대적으로 소홀히 다뤄진 듯하다. 1810년 프로이센 김나지
움 교과과정에서 독일어는 "고대어 수업시간의 4분의 1"밖에 안
되었고,[119] 나중에는 김나지움 전체 수업시간의 7퍼센트, 실업학
교의 경우 10퍼센트를 차지한다. 반면 고등 여학교에서는 이 수치
가 두 배나 많은 20퍼센트에 이른다.[120] 이렇게 해서 독일 시문학
의 존립과 명성은 전적으로 여성들에게 의존하게 된다. 반면 공적
으로 능동적인 남성들은 읽기로는 충족할 수 없는 능동적인 정신
활동의 만족감을 필요로 한다. 당대의 공적 활동에는 공적 글쓰기
도 포함되기 때문이다.[121] 이처럼 성차는 교육학적으로 제도화된
다. 고등 여학교는 독일어 과목에 시간을 많이 할당해서 읽기 중독
을 독일 고전주의 작품들에 대한 순수한 소비로 전환하지만, 고등
남학교는 읽기를 정규 수업시간에서 해방시켜 문학작품들을 자
유롭게 해석하고 그에 뒤이어 글을 쓰도록 권장한다. 미래의 공무
원들은 신인문주의의 가르침에 따라 그리스·로마 고전으로부터
작품이 무엇이고 저자가 무엇인지 이미 다 배운다.[122] 독일어 과목
은 주변적이어도 되고 또 그래야만 한다. 슐라이어마허가 주장한
대로, 독일어는 세분화된 과목을 이미 언제나 초월하기 때문이다.

독일어 수업을 단순히 언어수업으로 여겨서는 안 된다.
모국어는 오성의 직접적 기관이자 상상의 일반적 기관으
로서, 특히 이런 수업은 학교에서 자유롭게 또는 형식에
맞추어 정신을 교양하기 위한 밑바탕을 형성하고, 철학에
입문하는 데 필요한 준비 단계를 제공한다.[123]

그리하여 1800년경의 철학자들은 남학교의 독일어 수업을 통해 그들이 원하는 것을 얻는다. 독일어는 시와 상상력처럼 다른 모든 매체를 망라하는 정신적 매체로서, 김나지움 내에 자리잡는 동시에 김나지움을 넘어선다. 그것은 각각의 과목을 한편으로 개인적 독서에, 다른 한편으로 김나지움이 아니라 대학에서 가르치는 어떤 지식에 연결시킨다. 승인의 연쇄가 고등교육기관들을 제도적으로 접속시킨다면, 독일어는 그 자체를 통해 고등교육기관들을 접속시킨다. 그런데 이렇게 김나지움에서 대학에 이르는 확장의 여정은 철학자들이 '인류'에게 요구하는 확장과 정확히 일치한다. 베르크식 독서법은 독자들에게 철학적으로 자발적인 해석을 하라고 가르친다. 철학자이자 예술가인 프리드리히 슐레겔은 다음과 같이 철학한다.

> 예술가는 섬기는 것도 지배하는 것도 원해서는 안 된다. 그는 단지 교양할 수 있을 뿐이니, 국가를 위해 할 수 있는 일도 오로지 그뿐이다. 예술가는 지배자와 신하들을 교양하고, 정치가들과 경제학자들을 예술가로 격상시킨다.[124]

독일어의 역할도 이와 같다. 자유롭게 또는 형식에 맞추어 정신을 교양하고 인류를 미학적으로 교육하는 것은—실러 이후로 교양의 영역에서는 지배자도 피지배자도 없다고 여겨지는바—국가를 넘어서는 일이지만, 앞으로 국가의 지배자가 되고 신하가 될 자들은 모두 이 교양과 교육의 과정을 통과해야 한다. 왜냐하면 철학자들이 말하는 '예술가로의 격상'을 니트함머 같은 교육학자들이 공무원의 임용 요건으로 고쳐써놓기 때문이다.

> 국무, 입법, 법무, 도덕교육, 종교 전파 등 이념을 대상으로 하는 분야의 고위공무원 자리에는, 정신적 이념의 영

역에서 충분히 교양되지 못한 사람은 임용될 수 없도록 법제화해야 한다.[125]

옛 문예공화국의 학부들은 이제 공무원 양성소가 된다. 대학은 법관이나 성직자 같은 전통적 엘리트를 넘어서서 도덕적 교육자로서의 김나지움 교사를 양성하고, 이들이 다시 새로운 엘리트를 양성하면서 공무원 생산의 연쇄를 형성한다. 이제 새로운 임용 요건은 새로운 자격과 기준을 요구한다. 전직 선생 파우스트가 읽기, 발췌, 강독의 닫힌 회로를 부순 다음부터, 단순한 지식의 순환은 더이상 정신적 이념의 영역에서 공인의 근거가 되지 못한다. 단순히 수업을 들은 것이 아니라 올바르게 교양되었다고 주장하려면 생산적 글쓰기를 통해 검증받아야 한다. 그런데 이런 글쓰기는 이론적으로 배우는 것이 아니라 애초에 글쓰기를 발명한 장본인인 독일 시문학으로부터 배워야 한다. 쥐페른은 프로이센 김나지움 교과과정을 작성하면서 "시예술과 변론술의 위대한 걸작들을 연구하고 발전시키는 것"을 다른 어떤 학문적 공부보다 우선시하는데, 왜냐하면 그것을 통해 "아름다운 것에 대한 감각과" 특히 "자신의 생각을 제시하는 능력이 양성"되기 때문이다.[126] 펜첸쿠퍼가 바이에른의 국가적 이상을 논하면서 신진 공무원들에게 던지는 다음의 질문들은 이를 더욱 정확하게 표현한다.(그래서 마치 현대 공무원 임용시험의 주제들을 선취하는 듯하다.)

응시자는 세속적 문필가의 정신을 본인 스스로 발전시킬 수 있는가? 그는 그 문필가의 정신을 모국어로 순수하고 완전하게 옮길 수 있는가? 그는 그 정신에 관해 어떤 견해를 가지고 있는가? 그는 그 정신을 철학적으로 평가하고 그것을 최신 철학의 성과와 연관해서 논할 수 있는가? ……그의 문체는 어떠한가?[127]

이처럼 문학이 [유능한 공무원을] 공인하는 방법이 되면서 문학 자체도 [가치 있는 것이라고] 확고하게 공인받을 수 있게 된다. 이러한 상호공인의 수수께끼는 너무나 딱 맞아떨어져서 대학에 몸 담고 있는 해석자들은 거의 눈치채지 못하는 듯하다.[128] 애초에 이 해석자들은 여전히 180여 년 전에 선포된 게임의 규칙을 [스스로 깨닫지도 못한 채] 따르고 있으니 말이다. 독일 고전주의 시인들은 글을 쓰는 공무원들에게 공인의 규범, 즉 "정신적 이념의 영역"에서의 교양 수준을 공인하는 척도를 제공함으로써 자기 위치를 공인받는다. 이렇게 공무원들과 시인들은 서로가 서로를 입증하면서 해석학적 원을 이룬다.

✳

하지만 시와 공무원 조직이라는 양극단이 그들 각자의 결론에 이르기 위해 거쳐야 하는 공통의 중간점이 있으니 이를 일컬어 '철학'이라 한다. 펜첸쿠퍼에 따르면, 최신 철학의 성과는 모든 세속적 문필가의 정신에 담겨 있을 뿐만 아니라 국가공무원 시험에서도 다뤄지는 문제다. 슐라이어마허에 따르면, 독일어 시간은 과목 간 경계를 무너뜨리면서 철학에 입문하는 준비 단계를 제공한다. 쥐페른에 따르면, 김나지움에서 문학 걸작을 연구하는 것은 무엇보다 철학적 정신을 깨우는 효과가 있다. 그리고 포스는 『우리 시대에 꼭 필요한 국가적 교육에 관한 모색』에서 이렇게 쓴다.

> 모든 국가공무원은 종속 관계에 있는 탓에 도덕적·국민적 문화만으로는 만족감을 찾을 수 없으므로 철학교육을 받아야 한다. 모든 국가공무원에게는 근본적으로 정신의 해방이 필요하기 때문이다.[129]

이처럼 김나지움의 독일어 수업과 대학의 철학부 사이에 승인의

철학과
대학개혁

연쇄가 놓이면서 몇 가지 제도적 결과가 뒤따른다. 첫째, 철학부가 해방된다. 이전에는 군주의 종복들이 배워야 하는 다른 3대 분과의 입문 과정에 불과했던 것이 이제는 최고의 학과라는 이름과 지위를 얻게 된다. "모든 학과 연구의 준비 단계가 김나지움으로 이전되면서, 그전까지 옛 3대 학과의 예비학교에 불과했던 철학부가 19세기 초반에 이르러 독립적 지위를 획득했다. 철학은 학문 연구를 진흥하는 것 외에도 교사 양성의 기초 단계를 담당한다는 특별한 임무를 부여받았다."[130]

둘째, 철학은 학과 내부에서도 전통적인 연구 주제들의 속박을 깨뜨리는 임무를 맡게 된다. 신진 공무원의 정신을 해방시키기에 앞서 철학은 정신 자체를 새로운 주제로 삼는다. 힌리히스는 『파우스트』를 독해하면서, 대학의 각 학과는 "국가적 목적"에 봉사하며 그중 최고는 철학이라는 결론을 도출한다.

> [철학은] 다른 학과들과 동일하게 취급될 수 없다. 철학
> 은…… 특수한 것에 한정되는 것이 아니라, 개별 학과들
> 의 학문적 특수성을 일반성 속으로 사라지게 한다.[131]

정신이 해방되고 일반성 속으로 사라지기 위해 꼭 『정신현상학』이 필요한 것은 아니다. 철학 담론을 화용론의 차원에서 변화시킬 수만 있다면, 의미론의 차원에서 여전히 '나'라든가 '인식' 같은 기의들을 맴돌고 있어도 상관없다. 이처럼 담론 생산과 소비 규칙의 변화 조짐은 피히테의 『전체 지식론의 기초』에서도 벌써 나타나고 있다.

> 지식론은 단순히 문자만으로는 전혀 전달될 수 없고 오로
> 지 정신에 의해서만 전달될 수 있다. 왜냐하면 지식론의

근본 이념은 그것을 연구하는 각자에게서, 창조적인 상상
력 자체에 의해서 산출되어야 하는 것이기 때문이다. 인
간 정신의 모든 과업이 상상력에서 출발하지만 상상력은
상상력에 의하지 않고는 달리 이해될 수가 없기에, 인간
인식의 마지막 근거에까지 되돌아가는 지식을 다루는 지
식론은 이렇게 할 수밖에 없다.[132]

어떻게 한 정신이 다른 정신에게 직접 말할 수 있을 것인가, 그것
이 파우스트의 질문이었다. 이에 대한 피히테의 답변은, 지식론을
통해―다시 말해 철학을 통해―말한다는 것이다. 철학은 옛 문예
공화국에서 학문 연구의 예비 단계에 불과했지만, '정신'이라는
새로운 주제를 채택하면서 이제 한없이 고귀하지만 한없이 어려
운 "전인적 인간"의 문제로 탈바꿈한다.[133] 철학적 저자는 더이상
그저 문자를 쓸 줄 아는 사람이 아니고, 철학적 수용자는 더이상
그저 문자를 읽을 줄 아는 사람이 아니다. 1800년경의 담론적 배
치에서 철학은 새로운 독서법이 요구하는 자발성을 극대화하는
동시에 육체화된 알파벳 공부 또는 "상상력"을 필수조건으로 요
구한다는 두 가지 특징을 가진다. 그리고 이를 통해서 비로소 시와
철학 사이에 불가피한 이중의 네트워크가 형성된다. 한편에서 대
학의 철학부가 김나지움의 독일어 수업과 제도적인 승인의 연쇄
를 맺고, 다른 한편 기초적인 읽기의 수준에서 철학이 창조적 상상
력에 기초하여 수용된다. 그래서 클라이스트는 쾨니히스베르크
의 문예공화국 시민 칸트의 텍스트에 전혀 충실하지 않으면서도
그 저작들을 읽고 또 읽은 끝에, 급기야 그로부터 철학이 아니라
서사의 시점 문제를 읽어냈다. 그래서 노발리스는 문자를 경멸하
는 피히테의 텍스트에 극히 충실하면서『전체 지식론의 기초』를
읽고 발췌하고 논평한 끝에, 급기야 창조적 상상력을 통해 변형하

여 철학책 읽기에서 소설 쓰기로 옮겨갔다.[134] 피히테에 따르면 독일어 작문에서 출발하여 저자 되기에 이르는 이 여정은 인간의 품격에 걸맞은 "유일한" 길이다.

> 계속 읽는 것, 다른 사람의 사유 과정을 계속해서 따라가는 것, 자신의 머리를 아주 낯설고 전혀 유사한 데가 없는 생각을 담는 그릇으로 만드는 것은 참으로 지루한 일이다. 그것은 영혼을 늘어지게 하고 나태하게 한다. 이렇게 인간의 정신 내부에 발생한 정체 상태를 해소하려면 자기 자신의 생각을 발전시켜보는 것이 가장 좋다. ……글쓰는 동안 글쓰기 자체를 즐길 수 있는 사람, ……아무도 글을 읽지 못하고 남이 읽는 것을 듣지 못하는 세상에서도 한결같이 그럴 수 있는 사람에게 이보다 정신적으로 더 즐거운 일도 없다. 이렇게 의식을 갈고 닦은 뒤 다시 책 읽기로 돌아가보자. 그러면 필자의 정신 속으로 더 확실하고 섬세하게 들어가볼 수 있게 되고, 그를 더 올바르게 이해하고 철저하게 평가하게 되며, 그의 머리에서 빛나던 후광이 사라지고 그가 우리와 같은 사람으로 느껴지면서, 그에게 더이상 압도당하지 않게 된다. 자기 자신이 어느 정도 문필가가 되지 않으면, 다른 문필가를 완전히 이해하고 그와 같이 느끼는 것은 절대 불가능하다.[135]

이 글을 보면 『전체 지식론의 기초』를 집필할 당시부터 이미 피히테에게는 상상력이 문자를 압도하고 있었음을 알 수 있다. 기성 저자들 앞에서 당당하게 맞서는 자유로운 글쓰기는, 철학자 슐레겔에 따르면 '인간'의 사명이며 철학자 피히테에 따르면 '인간'의 가장 큰 즐거움이다. 『전체 지식론의 기초』에 "수기als Handschrift"라는 부제가 붙은 것은 우연이 아니다. 그것은 새로운 유형의 사유

생산이 처한 잠정적 상태를 나타내는 동시에 그 승리를 천명한다. 피히테는 라우지츠의 거위 치는 소년에서 가정교사로, 가정교사에서 대학 교수로 너무 빨리 진급한 탓에, 예나 대학에서 그의 첫번째 강의가 공지됐을 때까지도 강의용 텍스트를 하나도 마련하지 못했다. 문예공화국의 시대에는 강사들이나 청중이나 '강의'란 과거 또는 현재의 표준 텍스트를 고쳐 말하는 것이라고 여겼다. 매클루언의 말을 빌리자면, "18세기 초반까지도 교과서는 '교사가 구술한 해석을 글자의 행간에 써넣을 수 있도록 여백을 두고 학생들이 필사한 고전'으로 정의되었다."[136] 하지만 이렇게 텍스트를 문자 그대로 해석하는 것은 텍스트의 생산과 소비를 창조적인 상상력과 생산적인 이어쓰기로 전환하는 철학자의 품격에 미달하는 노릇이었으니, 피히테는 자신이 역사의 결정적 순간을 살고 있음을 완전히 의식하면서 책들이 끝없이 순환하는 옛 유럽을 향해 철학적 웃음을 날린다.

> 책들이 넘쳐나서 어떤 학문 분파에 관해서든 전부 찾아볼 수 있게 됐는데도, 사람들은 여전히 전 세계의 모든 책을 대학을 통해 다시 한번 정립하고, 이미 모두의 눈앞에 인쇄된 그 책들을 교수의 입으로 다시 읽도록 해야 한다는 강박에 시달린다.[137]

과도기적 인물인 칸트가 구시대의 존재론을 읽고 그에 대한 비판을 글로 쓰는 이중의 게임을 수행했다면, 새로운 철학은 담론의 생산과 소비를 합선시킨다. 피히테는 파우스트와 같은 혁명적 행위를 하는 데 성공한다. 그는 책 읽기, 특히 강독의 지루함을 간파하고 낯선 교과서나 철학자 대신 자기 자신의 생각을 바탕으로 강의를 준비한다. 하지만 자신의 연역적 추론에 대해 항상 명확한 생각을 정리해놓은 것은 아니어서,[138] 피히테는 시시때때로 교과서를 생산해서 세상에 공개해야 한다. 그는 매주 강의를 할 때마다 『전체 지식론의 기초』를 "최소 세 장"씩 완성해서 인쇄한 다음 수강생들에게 배포하고, 물론 괴테에게도 보낸다.[139]

그리하여 임시방편적인 동시에 승리를 과시하는 태도로 새로운 철학의 시대가 시작된다. 그것은 문학적 철학의 시대다. 본인의 강의용 텍스트를 저술하는 강사는 1800년경에 확립된 '저자'의 정의에 확실하게 부합한다. 어떻게 입증할지도 모르는 채로 자신의 연역적 추론을 일단 출판해버리는 필자는 시인의 새로운 자유를—일단 펜이 가는 대로 내버려두었다가 나중에 다시 읽으면서 교정하고 의식하고 정합성을 부여하는 시인의 글쓰기를—흉내낸다.[140] 과거에는 인쇄기와 대학 교수가 전 세계의 모든 책을 다시 한번 정립했다면, 이제 피히테는 (그가 좋아하던 말을 빌리자면) '저자로서의 나Autor-Ich'라는 위치에서 자기 자신을 정립한다. 그리하여 피히테는 『전체 지식론의 기초』가 출간된 1795년에 「철학에서 정신과 문자에 관하여」라는 글을 통해, 무언가 조형하고 형상화하려는 내면의 미적 충동은 시인뿐만 아니라 철학자의 특징이라고 선언한다. 철학자는 문자가 아니라 창조적 상상력을 따른다는 것이다.

시인과
사상가의 경쟁

그 결과, "전인적 인간"이 "전인적 인간"을 위해 글을 쓰는 1800년식 기록시스템의 중심부에서 혼잡한 몸싸움이 만연한다. 시와 철학이 모두 그 중심부가 자기 자리라고 주장하니 경쟁적 투쟁이 불가피한 것 같기도 하다. 피히테에 대한 한 시인의 즉각적 반응은 이를 단적으로 드러낸다. 실러는 『호렌(호라이)』의 편집자이자 발행인으로서 「철학에서 정신과 문자에 관하여」의 게재를 거절한다. 이는 그 글이 본인의 『인간의 미적 교육에 관한 서한』과 상충하기 때문이기도 하지만, 더 중요하고 명백한 이유는 철학이 독일 시문학의 경쟁자가 될 수 없기 때문이다.

……100년이나 200년 안에 새로운 철학적 사유의 혁명이 일어난다면 당신의 글이 인용되고 그 가치에 걸맞게 평가될지도 모릅니다. 하지만 그 사람들이 당신의 글을 읽지는 않을 겁니다. 당신네 분야가 원래 그렇지요. 반면 내 글은…… 사람들이 더 많이 읽지도 않겠지만 더 적게 읽지도 않을 거고 그저 딱 지금만큼 읽을 겁니다. 왜 그럴까요? 오성을 겨냥한 답을 담고 있고 오로지 그런 점에서만 가치 있는 글은, 그런 점에서 아무리 우수하더라도 그만큼 잉여가 되기도 쉽습니다. 오성이 그 답에 대해 흥미를 잃거나, 그 답에 다다르는 더 쉬운 길을 찾을 수도 있으니까요. 반면 논리적 내용과 무관하게 영향력을 창출하고 개별자의 흔적을 생생하게 각인한 글쓰기는 절멸시킬 수 없는 생의 원리를 담고 있기에 결코 잉여가 되지 않습니다. 모든 개별자는 독특하며 따라서 대체될 수 없고 고갈되지 않기 때문입니다.

따라서 친애하는 벗이여, 생각할 줄 아는 사람 누구나 얻어낼 수 있는 것 이상을 글로 써내지 못한다면, 분명히 당신의 뒤를 잇는 다른 사람이 나타나서 당신이 말한 것을 더 훌륭하게 바꾸어 말할 겁니다. ……하지만 상상력이 그려내는 글쓰기는 그렇게 되지 않습니다. 물론 내가 쓴 글 중에서 심지어 최고의 작품들도 종종 사람들에게 가닿기 어렵거나 심지어 전혀 전달되지 않기도 합니다. 지금도 그렇지만 앞으로는 더 그럴 테지요. ……하지만 분명한 것은, 내 글이 창출하는 영향력의 가장 중요한 부분이 (얼마나 많은 사람에게 전달되든 간에) 미적인 것이라면, 저자의 언어를 아는 사람들이 있는 한 그 작품의 영향력은 이후로도 계속 보장된다는 것입니다.[141]

이것이 철학의 정신과 미적 예술의 정신이 동일한 속屬Gattung으로 묶이는 하위의 종들처럼 근친 관계라는 피히테의 글에 대한 시인 실러의 답변이다. 이는 비록 한 시인의 답변일 뿐이지만 격정이 넘친다.[142] 그에 따르면 사변적 주제를 미적으로 취급하는 글이 아니라 미적인 주제를 미적으로 취급하는 글만이 불멸을 보장받는다. 문학가는 이러한 자기지시성을 통해 자기 영토를 보호한다. 시인과 철학자 중에 누가 독자 집단에 더 많은 영향을 끼치는지를 두고 싸울 때, 시인은 지고한 문예이론에만 의지하는 것이 아니라 대체 불가능한 저자의 개별성을 논거의 핵심으로 내세운다. 이 싸움에는 당시의 역사적 국면에 작용했던 힘의 흐름들이 각인돼 있다. 실러는 피히테의 사후 명성이 서글프게 쪼그라들 것이라고 예언한다. 도서시장이 계속 성장하는 상황에서 실체적 현실에 관한 저작은 다른 사람들이 계속 이어쓰기 때문에, 우연히 맨 처음 그 주제를 공론화한 사람은 금세 잊힌다는 것이다. 여기서 당대인들이 '읽기 중독'이라고 완곡하게 명명한 담론의 질서는, 철학자들이 저자의 명성을 탐하더라도 실패할 수밖에 없다고—오로지 시인의 전략만이 성공할 수 있다고—판결하는 단호한 심급으로 [뒤집혀] 나타난다. 그런데 실러가 경쟁자에 반론을 제기하는 논리는 바로 경쟁자인 피히테의 논리이기도 하다. 피히테는 독일어 작문의 정신에 따라 자신이 읽는 것에 덧붙여 생산적인 이어쓰기를 계속하면 저자를 이해하고 그보다 더 나아갈 수 있다고 약속한다. 말하자면 저자의 "머리에서 빛나던 후광이 사라지고 그가 우리와 같은 사람으로 느껴지면서, 그에게 더이상 압도당하지 않게 된다"라는 것이다. 그리고 시인은 바로 그런 이유에서 사상가는 100년이나 200년을 넘기지 못하고 잊히게 될 것이라고 예언한다.

그로부터 거의 200년이 지났지만, 현존하는 독자 집단 내에서 '피히테'는 '실러'만큼이나 압도적인 이름이다. 예언자는 뭔가 숨기고 감추었다. 실러는 피히테가 『호렌』의 경쟁 상대가 될 수 없다고 논박하는 '작문'을 하면서 피히테의 『전체 지식론의 기초』에 의존했고, 시인으로서 철학자의 무상성을 논하는 편지를 쓰면서 철학자 홈볼트에게 의지했다.[143] 1800년경에는 철학이 시에 일방적이고 전면적인 방식으로 기생하고 있어서 두 담론이 서로를 지워 없애기가 불가능하다. 피히테와 실러의 불화는 금세 풀린다. 셀링과 다른 이들은 오디세우스처럼 정처 없이 방랑하던 철학을 다시 시와 자연의 품에 정박시킴으로써, 사변적 글쓰기와 미학적 글쓰기가 동등하다는 피히테의 주장을 철회시키고 평화를 회복한다. 1795년의 화려한 추문보다 더 근본적인 것은 두 담론이 서로를 체계적으로 묵인하고 서로 원하는 것을 주고받은 것, 양쪽이 서로를 안정화하고 각자 "작품의 효과"를 "이후로도 계속 보장"받은 것이다.

> 절대자 귀하
> 다정하게 환영해주신바
> 진심을 담아 인사드립니다
> 근원현상 올림

이보다 간결하게 사태를 요약할 수는 없을 것이다. 괴테는 헤겔에게 『색채론』을 보내면서 이 친필 카드를 동봉하여 시와 철학의 묵인 관계를 찬양한다.[144] 시적인 '근원현상Urphänomen'이 해명 불가능한 것이라면, '절대자Absolut'는 완전한 해명을 뜻한다. 이들은 결코 하나가 될 수 없지만 서로 충돌하지도 않는다. 그들은 수신인과 발신인처럼 서로 분리되면서 접속된다. 시인이 사상가에게 이 카드를 보내면서 체코 카를로비바리산 술잔을 함께 보낸 것은 다분히 의도적이지만, 이 술잔이 단순히 괴테의 색채론을 예시한다고만 말하는 것은 너무 협소한 해석이다. 술잔은 어떤 학문을 나타내기 이전에, 술을 마시기 위한 것이다. 마치 식전 기도를 드리듯이, 괴테의 건배사는 괴테 자신의 작품들을 즐거이 들이켜라고 권하고 있다. 물론 그가 요구하는 소비는 읽기 중독에 걸린 여성들의 소비가 아니라, 임의로 지어낼 수 없고 완전히 소진할 수 없는 근원현상의 독특한 성격을 존중하고 심지어 더 강화하는 소비다. 말하자면 이 건배사는 철학자에게 단순한 독서가 아니라 철학적인 해석을 권한다.

1800년경 철학이 문학화되면서 그 반작용이 시 자체에도 영향을 끼친다. "시적 예술작품"은 "사상적 예술작품" 속에서 새로운 수신처를 발견한다.[145] 시는 여전히 훈육받은 소녀들의 독서 대상으로 존재하지만, 독서만으로는 생산적인 개인 저자들을 충분히 높이 평가할 수 없다. 그리하여 당대의 담론 유통 규칙에 따라, 작품들이 철학적으로 해석될 수 있도록—다시 말해 그 소진 불가능성이 인정될 수 있도록—또다른 채널이 마련된다.[146] 1800년 전후로 문학화된 철학은 문학의 해석으로 변모한다.

이러한 혁신을 증언하는 결정적인 사건이 있다. 비극『파우스트』는 시적 생산의 규칙들을 전부 가동하려는 듯이 '아아'라는 최소기의에서 출발하여 '영원한 여성성'이라는 초월론적 기의에 안착하는 것으로 끝난다. 그런데 이렇게 완성된 형태를 이루기 전에, 이 작품은 1790년에 단편적 형태로 발표된 적이 있었다. 당시 문단에서는 이 단편에 대해 사뭇 냉담한 평가를 보냈다. [루카치에 따르면] "손꼽히는 문헌학자 하이네, 문필가 빌란트, 실러의 오랜 친구 후버, 심지어 아직 철학 연구에 투신하기 전이었던 실러 본인도 비판적이고 소극적인 반응을 보였다."[147] 기록시스템의 저자증식 프로그램은 이 유일무이한 작품에 그다지 우호적이지 않았다. 그래서 이 프로그램에 피드백 회로가 하나 추가된다. 이 회로는 철학자들에 의해 작동되면서 실러 같은 성숙한 시인을 철학과 『파우스트』의 세계로 전향시킨다.

피히테, 셸링, 헤겔 등 독일 고전철학의 손꼽히는 대표자들이 모두 이 단편을 열광적으로 받아들였고 그것이 '세계시Weltgedicht'임을 바로 알아챘다. 이 작품은 철학적 혁명의 선구자들뿐만 아니라 새로운 철학 운동의 젊은 지지자들을 휩쓸었다. 1806년 역사가 루덴은 괴테와 대화하면서, 학생 시절 「파우스트 단편」과 대면한 젊은 철학도들의 분위기가 어땠는지 전한 적이 있다. 그에 따르면 당시 피히테와 셸링의 학생들은 이런 말을 했다.

"이 비극이 완성되어 나오면 전 인류의 정신이 그 작품에 담기게 될 거야. 과거, 현재, 미래를 망라하는 인류의 삶을 그린 진정한 초상이 되겠지. 파우스트는 인류를 이상화한 인물, 인류의 대표라 할 수 있어."148

철학자 루카치가 이 일화를 소환해 자기 선배들에게 박수갈채를 보내는 데는 이유가 있다. 바로 그들이 논쟁을 단일한 보편적 "인간"으로 소급하는 해석의 기술을 처음 확립했기 때문이다. 철학책의 생산과 소비가 "전인적 인간"을 요구한다면, 문학작품의 철학적 해석도 이 본질을 향해 나아가야 한다. 그러지 않으면 문헌학적 비평, 현학적 논평, 주관적 취향의 평가, 다시 말해서 시대에 뒤떨어진 이차 텍스트가 되고 만다. 그런 걸로는 『파우스트』가 "세계시" 또는 (같은 의미에서) "전적으로 철학적인 비극작품"임을 입증할 수 없다.149

오로지 「파우스트 단편」 속에서 전체 역사의 흐름을 찾아내고 아직 완성되지 않은 결말을 선취하는 사변적 외삽만이, 시와 철학의 상호안정화를 달성할 수 있다. 헤겔의 제자였던 하이델베르크의 철학 교수 힌리히스는 1821년부터 1822년까지 〈괴테의 『파우스트』에 관한 미학 강의〉라는 겨울 세미나를 개설한다. 그는 여기서 괴테가 쓴 것이 철학적 비극작품임을 입증하는 동시에, 이 강의록의 부제에서 약속한 대로 "예술작품에 대한 학문적 평가를 공인받는 데 기여"한다.[150] 이렇게 해서 헤겔주의자들은 (흔히 '학문'이라 불리는) 철학적 시 소비를 반대하는 모든 적대자를 향해 승리의 잔을 들어 보이며 그들의 중독적 만취 상태를 정당화할 수 있게 된다. 철학은 파우스트가 임의의 비극 주인공이 아니라 "의식의 한 형태"이며 따라서 철학임을 입증함으로써, 역으로 자기 자신이 "실제적인, 유일하게 참된 주해"임을 입증한다. 즉 철학은 "저 비극작품의 실체를 드러내 보이는 주해"가 됨으로써 자기 자신의 정당성을 입증하는 것이다.

> 이 강의는 저 비극작품에 담긴 자유로운 사상의 표현을 밝혀내려는 것이지, 작품 자체로부터 도출되지 않은 무의미한 평가를 남발하려는 것이 아니다. 이 강의는 셸링이나 아우구스트 빌헬름 폰 슐레겔처럼 저 비극작품에 관해 어떻게 평가할 수 있는지 이야기하는 대신에, 이 비극을 진정한 시적 예술작품인 동시에 사상적 예술작품이라는 시각에서 접근하고자 한다. 이렇게 시적 예술작품이 사상의 기본요소들 속에서 다시 태어나 저 자신을 입증하도록 해야만, 비로소 강의 내용이 저 비극작품의 실체를 드러내 보이는 유일하게 참된 주해 개념을 확립했다고 주장할 수 있다. 또한 그래야만 강의가 진행됨에 따라 강의 내용이 작품과 더욱 가까워지고 필연적으로 작품과 연관될 수 있다. 거기서 한걸음 더 나아가자면, 우리 강의는 사상의 고유한 논리에 따라 저 비극작품의 제2부에서 전개될 향후 내용을 생성하고, 주해 개념들의 노선 자체로부터 이 제2부를 인식할 수 있어야 한다.[151]

근원현상과 절대자, 시인의 펜 끝에서 나온 『파우스트』 제1부와 철학자의 사상에서 나온 『파우스트』 제2부, 이들이 해석의 예술을 통해 하나로 합쳐진다. 셸링과 아우구스트 슐레겔이 놓쳤던 것, 셸링과 피히테의 학생들도 그저 암시만 했던 것을 힌리히스는 여기 명확히 써놓는다. 즉 철학이 완벽한 "주해"가 될 때 시는 잉여가 된다. 그래서 괴테가 이 같은 도서 소비의 결과, 즉 독일어문학 최초로 개별 텍스트 해석을 단행본으로 출간한 결과물을 받아보았을 때, 그는 과거 힌리히스의 스승 헤겔에게 그랬던 것처럼 근원현상의 술잔으로 감사인사를 하지 못한다. 괴테의 답변은 그때보다 더 짧고 그만큼 더 심각해진다. "괴테는 1825년 2월 24일 저녁 일기에 힌리히스의 강의록을 읽었다고 기록했으며, 1825년 2월 25일—긴 침묵 끝에—『파우스트』 제2부 집필에 착수한다고 썼다."[152]

괴테의 「파우스트 단편」을 시인들은 냉정하게, 사상가들은 열정적으로 수용했다는 것, 사상가가 먼저 나서서 시인으로 하여금 자기 손으로 작품을 완성하도록, 그리하여 저자성을 스스로 주장하도록 강제했다는 것은 그야말로 결정적인 증거다. 시 쓰기가 유사한 부류의 전문가 집단이 이끄는 "수용의 산업"을 겨냥한 "생산의 산업"이 된 것은 『율리시스』 때 처음 벌어진 일이 아니다.[153] 그리고 슐레겔이나 노발리스 같은 "경계적 사례들"만 시와 철학의 혼동을 조장해온 것도 아니며,[154] 언제나 영원한 진리를 선언하는 철학에도 충분히 논란의 여지가 있다. [데리다에 따르면] 1800년식 기록시스템은 어떤 특정한 배치를 형성했다.

그 배치에 따라, 서유럽에서 (우리가 말하는) 문학 생산, 실정법, 비평제도—작품의 평가, 후대를 위한 보존과 아카이빙, 명예로운 이름을 수여하고 확립하는 공인의 기능을 수행하는 것들—간에 새로운 관계가 수립됐으며, 이들 각각은 모두 대학 내에서 특정한 장소와 형태로 구현되었다.

서구 세계에서 우리가 활동하는 터전이고 여전히 때

로는 비교적 잘 굴러간다고 할 수 있는 이 같은 '대학'의
모델은…… 작품의 소유권과 저자의 권리, 재출간과 번역
의 권리 등을 규제하는 저 근본원칙들이 기입되는 순간에
(또는 그와 연관해서) 성취되었다. ……이 사건은…… 다
른 사람들이 흔히 '문학적이고 예술적인 형태 일반을 생
산하는 내면의 가장 깊은 곳'이라고 부르는 것과 본질적
으로, 내적으로, 결정적으로 관련이 있었다.[155]

이 배치는 너무 자명해서 쉽게 간과된다. 학자들은 '시민사회적 예
술제도의 기원'이라는 제목으로 책을 내면서도 이 문제는 언급할
가치가 없다고 여긴 듯하다.[156] 작센-바이마르-아이제나흐 공국
의 궁중 제례, 수공업자들과 농부들의 상황, 복음주의 교회의 목사
관, 이 모든 것이 독일 시문학에 대한 사회사적 연구를 통해 조명
되었다. 그럼에도 철학부를 중심으로 하는 새로운 유형의 대학에
관해 말하는 것은 금기시된다. 그것은 입에 담으면 안 되는 성전이
며, 학자들은 여전히 그 성전에서 예배를 올린다.

✳

시적 정신의
현상학

독일 관념론은 "독일의 고등학교와 대학교"에 사회적 거처를
마련하고 독일 시문학을 보편적인universal 동시에 대학에 속하는
universitär 것으로 만들었다.[157] 1800년 무렵은 아직 미디어 기술이
개입해서 엘리트문학과 대중문학을 구별하기 전이지만, 그래도
『리날도 리날디니』 같은 책은 읽기 중독을 진단할 때 거론되고
『파우스트』 같은 책은 철학 강좌에서 거론된다. 1800년경에는 아
직 새로운 독일문학을 전담하는 교수직이 없지만, 철학부가 다른
모든 학문 분과와 해석 위에 군림하는 자칭 '여왕'으로서 김나지
움의 독일어 수업을 이어받는다. 피히테는 일반적인 사상의 내용
과 개인적인 언어의 형태를 분리하는 글을 써서 문학 저작권이 성

문화되는 데 결정적으로 기여한다. 셸링은 철학에서 예술로의 귀환을 준비하는 듯이 고대의 사변적 시간으로 나아가서, 일반 독자들은 접근이 불가능하고 전문가들만 해독할 수 있는 난해한 수준의 이른바 "고전적 발푸르기스의 밤"에 이른다.[158]* 헤겔은 "전적으로 철학적인 비극작품"에 관한 자신의 생각을 입증할 해석적 증거를 모은다. 이처럼 1800년식 기록시스템에서 철학은 시에 "명예로운 이름을 수여하고 확립하는 공인의 기능"을 맡는다. 괴테의 술잔은 바로 이런 활동에 대한 감사의 표시다.

절대적 정신[절대정신]이 술잔을 입술에 갖다댄다. 그리고 "이 정신의 왕국의 술잔으로부터 정신의 무한성이 거품처럼 부풀어오른다."[159] 말없이 속으로 부풀어오르는 갈증이, 소비되기는 하되 결코 마르지 않는 음료로 변모한다. 독일 관념론은 독일 시문학에서 욕망과 충족을 동시에 얻는다. 결국 철학의 피안으로 귀향한 헤겔의 앎Wissen이 여태껏 거쳐간 현상적 정신의 형태들을 돌아보면, 그것들은 "이미지의 전시장"으로, 이미 지나쳐온 "정신의 왕국"으로, 따라서 미적인 것으로 인식될 것이다. 신 또는 철학자가 최고 단계의 앎[절대지]을 말로 표현하려고 할 때 독일 고전주의 작가의 시구를 떠올리는 것은 그 때문이다. 『정신현상학』을 종결하고 봉인하는 맨 마지막의 시구는 단순히 인용되거나 참조된 것이 아니다. 그것은 "기억 속에 보존되어 내면화/상기Er-Innerung" 된 것이다.[160] 그러지 않았다면 "이" 술잔이 아니라 그냥 "술잔"이라고 적혔을 것이며, 그렇게 원문대로 교정된 인용문 아래 실러라는 저자가 쓴 「우정」이라는 시의 일부라고 출처가 명시됐을 것이

* 원래 '발푸르기스의 밤'은 유럽에서 4월 30일 또는 5월 1일에 치렀던 이교도적 색채의 전통 축제로, 독일에서는 이날 브로켄 산의 마녀들이 봄맞이 연회를 벌인다는 전설이 있었다. 괴테는 이를 바탕으로, 『파우스트』 제2부에서 그리스의 철학자들과 신화적 존재들이 축제를 벌이는 "고전적 발푸르기스의 밤"을 썼다. 여기서는 관념론적 철학에서 출발하여 절대자와 우주의 전개에 대한 신비주의 철학으로 나아간 셸링을 빗댄 표현으로 쓰였다.

다.\* 헤겔은 실러의 원문에서 두 군데를 사소하게 수정한 것뿐이
지만, 이는 1800년경의 철학이 당대의 완벽한 알파벳 학습에 기초
하며 (그래서 시를 읽는 것이 아니라 내면으로부터 시를 떠올리
며) 시를 자유롭게 해석하여 뒤이어 쓰는 것임을 (그래서 철학의
저자명은 시인의 이름만큼 압도적일 수 없음을) 입증한다.

　절대자가 무한성에 도취되기 위해 시에게서 받아든 술잔은
그냥 물이 담긴 것이 아니다. 어떤 시인에 따르면 '전체 지식론의
기초'는 원래 '전체 음주론의 기초'이라고 명명되어야 했다.[161] 그
리고 헤겔은 "와인을 마시는 사람으로서만" 근원현상의 잔 속을
"바라보겠다"고 약속하면서 괴테에게 감사의 말을 되돌린다.[162]
사상가는 마치 짐승처럼 엘레우시스의 제전†을 맞이한다. 즉 그
는 시가 제공하는 모든 보충적 감각에 "번뜩 달려들어 거침없이
먹어치워버린다." 철학적 진리는 "모두가 만취 상태에 빠지는 디
오니소스 축제의 도취와 같은 것"이기에,[163] 『정신현상학』에 나오
는 괴테, 실러, 디드로, 리히텐베르크의 문구 중에서 단어 하나까
지 정확히 인용된 것은 거의 없다. 또한 프리드리히 슐레겔은 『햄
릿』을 읽으면서 그 모든 "껍데기" 아래 가려진 "문학작품의 정신"
을 어떻게 포착했는지 형에게 편지로 전하면서, 자신이 책에 적힌
말 자체에 충실하지 않는 이유를 이렇게 설명한다.

　　지금 내가 『햄릿』에 관해 할 수 있는 이야기는 이 정도가
　　전부입니다. 물론 아직 많은 것이 남아 있겠지요. 하지만

---

\*원래 실러의 시 마지막 구절은 다음과 같다. "온 영혼의 왕국의
술잔으로부터Aus dem Kelch des ganzen Seelenreiches / 무한성이 거품처럼
부풀어오른다Schäumt ihm – die Unendlichkeit."
†엘레우시스의 제전은 고대 그리스에서 농업의 여신 데메테르와 그의 딸
페르세포네를 숭배하던 신비주의 교단의 축제다. 희생제의, 연회, 신비극
등이 며칠 동안 이어지는 대규모 행사였으나 기독교의 전파와 함께 사라졌다.
니체는 엘레우시스의 제전을 디오니소스적인 것과 연관짓는다.

그걸 찾아내려면 그 책을 한번 더 읽어야 하지 않습니까?
그건 너무 번거로울 것 같습니다.[164]

모든 말의 이면에서 정신 또는 인간을 찾아내는 해석은 이미 독서
가 아니다. 해석은 주어진 해석 대상만큼 자유롭고자 하며, 그래
서 읽기 중독의 치료법인 반복적 읽기의 의무를 면제받는다. 파우
스트의 번역 스타일은 그 상속자들에게 전염된다. 그래서 철학자
들은 "내면으로부터 떠올리는" 행위, 일반적인 기억과는 전혀 다
른 이 특수한 시스템적 기능을 간과하기 쉽다. 근본적으로 모든 기
록시스템은 저장장치가 필요하기에, 1800년식 기록시스템은 읽
기전용기억장치ROM처럼 데이터를 읽기만 하는 것이 아니라 데
이터를 계속 고쳐쓸 수 있는 문서고를 발명한다. 삭제로서의 지
양, 저장으로서의 지양, 사변적 해석으로서의 지양이라는 세제곱
의 헤겔적 지양이 일어나면서 책은 더이상 순수 구텐베르크식 읽
기전용기억장치로 존재할 수 없게 된다. 이 같은 지양은 인쇄물을
환원해서 다시 새로운 인쇄물이 생성되도록 촉진한다. 그리고 이
처럼 1800년경의 철학이 임의접근기억장치RAM로 작동하게 되면
서, 철학적 저작들은 미래에 잉여가 될지도 모른다는 치명적 위험
을 벗어난다. 피히테는 이미 지나간 현학적 문예지의 시대와 이제
시작된 "이성학문의 시대"를 엄격히 구분하는 인쇄물의 역사철
학을 펼치면서, 앞으로 이성학문이 학자들과 시인들을 어떻게 전
과 다른 방식으로 보존해야 하는지 이렇게 설명한다.

　　하지만 우리가 우리 스스로 필요한 존재가 되길 원한다면,
　　우리는 다른 사람들이 할 수 없는 일을 하거나 우리가 특별
　　히 도와주지 않으면 그들의 힘만으로는 할 수 없는 일을 해
　　야 한다. 일단 저자가 말한 것을 우리가 우리 독자에게 다
　　시 말할 수는 없다. 그것은 저자가 이미 말한 것이므로, 우

리 독자가 온갖 방식으로 그것을 저자로부터 직접 얻어낼 수 있기 때문이다. 저자가 직접 말하지 않는 것, 그러나 저자의 모든 말이 나오는 원천이 되는 것, 바로 이것이 우리가 독자에게 말해야 하는 것이다. 우리는 저자 자신의 눈에는 보이지 않는 저자의 내면적 존재가 무엇인지, 그가 어떻게 해서 그 모든 말을 하게 되는지를 밝혀야 한다. 우리는 그 문자들로부터 정신을 끄집어내야 한다.[165]

철학은 저자가 남긴 잉여를 최후의 단어 하나까지 모두 들이켬으로써 스스로 잉여가 될 위험을 벗어난다. 임의적 접근은 자의적 접근을 뜻한다. 잉여가 되는 담론은 (피히테에 따르면) 이미 출간된 전 세계의 책들을 다시 한번 정립하는 담론 또는 (실러에 따르면) 그저 오성을 위한 산물만을 전하는 담론이다. 그런데 철학은 시인이 오로지 시인만의 것이라고 주장하는 개별 저자의 대체 불가능성을 자신의 해석 대상으로 삼는다. 파우스트가 영혼이 '말해주는' 대로 고쳐가며 받아쓰던 것처럼, 철학자는 문학작품을 고쳐쓰면서 원문과 전혀 다른 글을 만든다. 저자는 무엇을 쓸지 속삭여주는 저 영혼에 관해 말할 수 없지만 (만약 말할 수 있다면 그것은 단지 언어에 불과할 것이므로) 그럼에도 저 영혼은 (저자를 그 모든 말로 이끌어준 것이 바로 저 영혼이기 때문에) 저자 자신의 "존재"나 다름없다. 그리스인들이 우주에 대해, 수도사들이 신에 대해 제기하는 '저것은 무엇인가τἱ ἐστίν'라는 존귀한 질문을 독일 관념론은 저자에 대해 제기한다.

다시 괴테로, 다시 『파우스트』로 돌아가자. 도대체 저 "전적으로 철학적인 비극작품"의 저자가 말하지 않은 것이 무엇인가? 그것은 오직 하나, 파우스트가 음울한 문예공화국의 일원으로서 새로운 이성학문을 향한 문지방에 선 가공의 인물이 아니라 시간과 장소를 초월한 철학적 자의식을 표상한다는 것이다. 이러한 자기 참조적 접근은 헤겔의 위대한 해석에서 이미 나타나며, 그의 제자 힌리히스는 강의와 강의록을 통해 스승의 견해를 받아쓴 것뿐이다. 하지만 철학은 이를 통해 문학작품 속 인물을 로베스피에르나 고대의 노예주들[그리스와 로마의 시민들]과 같은 반열에 올리면서 철학적 증명의 신기원을 이룩한다. 저 비극작품에서 메피스토가 자기 손에 들어온 남자를 묘사하는 대목은 정확히 다음과 같다.

> 인간의 최고의 힘이라는
> 이성과 학문을 경멸하라.
> 그저 현혹과 마술에 빠져
> 거짓된 정령의 힘으로 강해져라.
> 그럼 네놈은 무조건 내 것이 되리라—
> 운명이 저놈에게 부여한 정신이란
> 무조건 앞으로만 치닫는 것이니
> ……그쯤 되면 설령 악마에게 자신을 내주지 않는다 해도,
> 그는 결국 파멸할 수밖에 없으리라!
> [1851~57, 1866~67행]

그리고 『정신현상학』에서, 문자들로부터 도출된 정신은 같은 대목을 언제나 그랬듯이 자유롭게 인용한다.

> 그것은 오성과 학문을,
> 인간이 누리는 최고의 선물을 경멸한다—
> 그것은 악마에게 자신을 내주었으니
> 결국 파멸할 수밖에 없다.[166]

여기서 "그것"은 "자의식"이고, "그"는 석사 파우스트다. 이것이 저자의 존재와 저자의 텍스트를 구별하는 유일한 차이다. 독일 관

념론은 시의 근원현상을 '로고스'로, 시의 주인공을 정신으로 고쳐씀으로써 독일 시문학을 정당화한다. 그래서 그 모든 이름은—'괴테'나 '실러'는 물론 '파우스트'까지도—문서고에서 삭제된다. 1800년식 기록시스템은 개인들을 기록하지 않는다. 남는 것은 이상적 '인간'이 세계사적이고 "교육학적인" 차원에서 발전하는 과정을 보여주는 저 "이미지의 전시장"뿐이다.[167] 그리고 이를 통해 교육공무원은 신성을 획득한다.

교육공무원의 특정한 화신, 다른 데서는 파우스트라고 불리기도 했지만 신의 왕국과 이미지의 전시장에서는 그저 "실재하는 세계에서 형통하는 자의식"이라고 불릴 뿐인 이 존재는 생의 한복판에 뛰어든다. 파우스트는 학문을 경멸하면서, "자연적인 의식 또는 법칙의 체계로 다듬어진 의식"의 "무르익은 열매," 다시 말해 그레첸을 움켜쥔다. 여기서 철학은 그저, "쾌락을 향유한다는 것은 사실 자기 자신을 자의식으로 대상화한다는 긍정적인 의미와 함께 자기 자신을 파기한다는 부정적인 의미도 지닌다"라고 지적할 뿐이다.[168] 그러니까 헤겔은 메피스토가 예언한 파멸이 오르가슴 속에서 실현되고 입증되는 것을 본다. 철학이 존재하려면 오르가슴은 금지되어야 한다. 인간에게 허락된 지고의 쾌락은 개성의 추구에 그치며 개성의 지양에 이르지 못하기에, 이상적 '정신'은 언제나처럼 부정적인 경험을 또하나 축적한 뒤 자신의 화신인 파우스트를 떠나 가장 가까운 그다음 단계로 나아간다. 그것이 바로 "보편적으로 타당한 법칙이 그대로 자기 안에 깃들어 있음을" 인식하는 공무원의 정신이다.[169]

여기서 헤겔이 『파우스트』를 해석하면서 한편으로는 정신이 어떤 권위를 얻도록 애쓰면서도 다른 한편으로는 그 권위 자체를 정신적인 것으로 그려내는 데는 다 이유가 있다. 파우스트와 그레첸, "쾌락과 필연성"을 지켜본 헤겔의 유일무이한 증인은 다름아닌 메피스토다. 파우스트가 악령을 끌고 다니듯이 본인의 석사학위를 어딜 가나 질질 끌고 다니는 이 사상가는, 자기가 인용하지 않은 부분에서 메피스토가 악령 자신에 관한 묘사도 빼놓지 않았다는 데 관심이 없는 듯하다. 메피스토는 자신이 "거짓된 정령/정신Lügengeist"이라고 폭로한다. 이 같은 메피스토의 본명을 독자들에게 숨기지 않았다면, 『파우스트』에 관한 주해 전체는 모든 크레타인은 거짓말쟁이라고 말하는 크레타인의 검은 그림자 속에 묻히고 말았을 것이다. 하지만 학문에 대한 혐오를 쾌락으로 변환하고 쾌락을 다시 필연적 논리에 의거하여 필연으로 변환시키는 학문은 인용할 때 그토록 교묘해야 하는 법이다. 그 학문은 어디에서 모습을 드러내든 자신의 본명을 보지 못하고 지나쳐야 한다.

*

헤겔은 거짓말을 했다. "자의식"의 자리에 오를 수 있는 후보자라면 누구도 "파멸"에 이르지 않는다. 괴테나 헤겔이나, 파우스트나 메피스토나 전부 마찬가지다. 그들의 경력은 도서관을 가득 채운다. 파멸에 이르는 것은 그레첸뿐이다. 왜냐하면 그녀는 그저 "자연의 의식"이고, 그녀의 "참된 개념"에 따르면 오로지 "쾌락의 대상"이기 때문이다.[170] 하지만 확실성의 감각에서 철학에 이르는, 초등학교의 알파벳 수업에서 대학의 최고학부에 이르는 세계사적·교육학적 여정에서 한 여성의 죽음이 대체 무슨 의미란 말인가? 헤겔이 『정신현상학』의 대단원에서 신 또는 철학자의 쾌락을 시인에 기대어 말하려고 할 때 하필 '우정'이라는 제목의 시를 빌려온 것은 우연이 아니다. 신의 지고한 선善을 사랑한다는 전제 하에 서로의 선을 사랑하는 아리스토텔레스적 교우관계와 마찬가지로, 독일 관념론과 독일 시문학의 우정도 동성애적이다. 성은 무의미하다.[171]

말하기, 읽기,<br>글쓰기에 관한<br>헤겔의 생각

자연적 의식에서 앎이 시작될 때의 감각적 확신이 이를 증명한다. 감각적 확신은 『정신현상학』에 주어지는 최초의 해석 대상이다.

> 여기서 문제가 되는 것은 감각적 확신의 대상이 본질적인 것인가, 다시 말하면 본질적 존재라고 하는 대상의 개념이 과연 대상의 실상[물자체]에 합치되는가 하는 것이다. 그러나 지금의 우리로선 아직 대상에 대한 숙고를 거듭해 그의 진상을 추구할 필요는 없고, 다만 감각적 확신이 대상을 나름대로 다루는 방식을 살펴보기만 하면 된다.
>     따라서 그것[감각적 확신]은 스스로 이렇게 물어야 한다—이것이란das Diese 무엇인가? 이것이 있다는 것을 지금 있다와 여기 있다는 이중의 형식으로 나누어보면, 이것이 지니는 변증법은 이것 자체와 마찬가지로 쉽게 이해될 만도 하다. 즉 지금das Itzt이란 무엇인가라는 물음에 대하여, 예를 들어 우리가 지금이란 밤이다, 라고 대답한다고 치자. 이 감각적 확신을 입증하는 데는 간단한 실험으로 충분하다. 즉 이 진리를 종이에 써놓는다고 하자. 이렇게 써놓는다고 해서, 하물며 이 종이를 보존한다고 해서 진리가 사라질 리는 없다. 그런데 지금이 낮이 됐을 때 바로 전에 써놓았던 진리를 다시 들여다보면 그것은 알맹이 없는 진리가 되어버린다.[172]

그러니까 앎은 '파우스트'라고 불리기 훨씬 전부터 감각적이며, 그 대상은 '그레첸'이라고 불리기 훨씬 전부터 밤이다. 이 지상의 모든 진리는 종잇조각에 적혀서 다음과 같이 읽힌다.

        지금이란 밤이다.

우리가 이제 1981년 장미의 월요일에 이르러* 헤겔이 든 예시를 다시 들여다보면 이것이 단순한 예시가 아니라고 말할 수밖에 없다. 철학은 필연적으로 "모든 소가 검은색"으로 보이고 모든 여성이 서로 혼동되는 저 한밤중에 시작된다. 진리의 법은 성문화되어 국가가 되기 전까지 '글로 적히지 않은 법<sup>νόμος ἄγραφος</sup>'의 상태에 머문다. 그 법은 "지상계에 군림하면서 태양 아래 명명백백한" 것으로 나타나는 것이 아니라 "어둠에 가려 있는 무력한" 상태로 나타난다.[173] 안티고네가 지하 감옥과 결합하듯이 여성들은 지하와 결합하기에, 이 법은 여성들이 지배한다. 헤겔은 자기 스스로 역사상 "가장 뛰어나고 만족스러운 작품"이라고 칭하는 소포클레스의 비극 『안티고네』를 바로 이런 식으로 독해한다.[174] 하지만 이는 헤겔이 그 비극작품을 망각함으로써 자기 자신의 비극작품을 쓰기 위한 준비 단계에 불과하다. 헤겔은 감각들의 밤이 '여성'이라고 불리기도 한다는 것을 숨긴다. 그럼에도 헤겔이 [『미학 강의』에서] 『안티고네』와 인륜성에 관해 논하는 ("남성과 여성"이라는 부제가 붙은) 장은 감각을 다룬 [『정신현상학』의] 제1장과 엄격히 상동을 이룬다. 글로 적히지 않은 어떤 '말씀'이 글로 묘사되지 않은 글쓰기 장면, 다시 말해 전체 『정신현상학』의 '태초'를 연다. 그리스의 여성들과 마찬가지로, 감각적 확신은 밤밖에 모른다. 국가의 칙령으로 안티고네가 파멸하듯이 이 밤 또한 파멸해야 한다. 그리고 모든 변증법적 진보를 개시하는 그 칙령은 오로지 철학적 글쓰기만이 내릴 수 있다.

순진무구를 가장한 질문 하나가 밤의 파멸을 개시한다. 철학자는 자기의 동료인 개혁적 교육학자들이 그러했듯이 더이상 아무도 코를 잡아끌고 다니지 않기를 바라면서 시간에 대해 질문한

---

*독일에서 장미의 월요일Rosenmontag은 사육제 기간의 절정인 2월 20일 전후로, 가장 성대한 퍼레이드가 열리는 날이다. 1981년 장미의 월요일은 저자가 이 책을 쓰던 시점으로 보인다.

다. 하지만 이 존재론자의 입술은 '이것diese'을 '이것이라는 것das Diese'으로, '지금jetzt'을 '지금이라는 것das Itzt'으로 마법처럼 바꾸어놓는다. 그리하여 일반적 어법과 맞지 않는 "지금이란 무엇인가?"라는 질문이 제기되자, 마찬가지로 어색한 형태의 "지금이란 밤이다 / 지금이란 밤에 해당한다"라는 답을 내놓을 수밖에 없게 된다. 차라리 답을 하지 않는 편이 더 영리한 대처였을 것이다. 왜냐하면 헤겔은 여기서부터 작은 틈새를 치고 들어와 "간단한 실험"을 할 수 있게 되기 때문이다. 이제 한발 물러서 있던 국가공무원이 엄중한 감독관의 얼굴을 드러내 보이며 존재감을 드러낼 때가 왔다. 입으로 뱉은 말은 문서화되리라. 하지만 행위를 받아쓰는 것은 진리에 영향을 끼치지 않으며 따라서 행위가 될 수 없다는 판에 박힌 변명이 뒤따르리라. 이것이 언제나 기록시스템이 아닌 것처럼 연기하는 기록시스템의 논리다. 하지만 이 가상의 실험 속에서 열두 시간이 지나면, 기록과 문서보관이 구체적인 담론적 실행이며 진리에 치명적이라는 사실이 밝혀질 것이다. 사람들이 말한 것이 임의접근기억장치에 기반을 둔 철학으로 옮겨지면 그것은 더이상 원래의 말과 일치하지 않게 되는 것이다.

하지만 이는 헤겔이 생각하듯이 감각적 확신의 밤이 실재하지 않기 때문이 아니라, 헤겔의 글쓰기 자체가 어떤 말하기를 파멸시키기 때문이다. 밤은 남성들을 말하게 하고 철학하게 만든다는 (이것으로 명확해진) 자기 책무를 다했으니 이제 새벽이 올 것이다. 여성들에게서 말하기를 배우고 남성들에서 글쓰기를 배워야 한다는 히펠의 말은 이제 참으로 진실이 될 것이다. 감각의 대상도 주체도 응당 존재하기를 바라는 자칭 구경꾼이 이제 가면을 벗고 나와서 악령의 힘으로 구제된 석사 학위자의 실체를 드러내니, 그는 로호, 푈만, 돌츠, 슈테파니, 린트호르스트 같은 읽기-쓰기 교사로 드러난다.

최초의 문학적 기초독본이었던 로호의 『어린이의 친구』는 읽기 공부를 하는 초등학교 학생들에게 농부 한스의 서글픈 이야기를 들려준다. 글을 모르는 한스는 도시 사람한테 돈을 빌려주면서 차용증 대신 의미 없는 끄적거림뿐인 종잇조각을 받아두는 바람에 돈을 날린다. 한스는 이 일로 "읽기와 쓰기의 쓸모를" 확신하고, 늦었지만 자기 아이들을 당장 초등학교에 보낸다.[175]

이와 같은 고등교육제도의 태초에서—『정신현상학』또는 철학을 향한 기나긴 여정이 달리 무엇일 수 있겠는가—초등교육제도의 재현 또는 성찰이 이루어진다.[176] 1800년식 기록시스템은 '어떻게 가장 소박한, 또는 자연적인, 또는 감각적인 의식에게 읽기와 쓰기를 이해시킬 것인가'라는 질문을 맴돈다. 말하기와 듣기만 되는 사람은 문자를 다루는 시민계급이나 밤의 공허한 진리에 기만당한다. 그러므로 이 기만을 뒤집어야 그들을 도울 수 있다. 읽기와 쓰기가 무해하다거나 꼭 필요하다고 믿게 된 사람은 이미 귀환불능점을 넘은 것이며 이미 신의 왕국에 첫발을 내디딘 것이다. 일찍이 스토아학파의 철학자 제논이 델포이의 무녀 피티아의 입으로 전해 들은바, 읽기는 죽음과 성교하는 것이다.

시가 독일 고전주의 기록시스템의 중앙점으로서 내면적 쾌락 또는 순수기의로의 도약을 제공한다면, 초등 수업과 철학은 기록시스템의 반대 극단에서 물질적 차원의 글쓰기를 다룬다. 한스의 가짜 채무증서가 [데리다의 해석을 빌려 말하자면] 서명과 같은 효력을 지닌다면, 철학의 태초에 기록된 결정적인 한 문장 역시 서명일자를 기입한 것과 같은 효력을 지닐 것이다.[177] 이렇게 [밤의 파멸을 불러오는 칙령을 완성하면서] 두 담론은 글쓰기와 권력을 주물러 결합시킨다. 하지만 교육학이 "이 아이"와 "이 어머니"의 모습을 불분명하게 그려 보이며 어린이들을 속이고[178] 철학이 "이것"을 "이것이라는 것"으로 옮겨쓰는 것을 정당화함으로써 서명가능성은 이미 언제나 지양되어왔다. 이렇게 말하기의 가능성과 서명일자를 기입할 가능성이 모두 차단된 곳에서, 『정신현상학』

은 정신의 형상들을 연속적인 이미지의 전시장에서—마치 시가 영화를 보여주듯이—상연할 수 있게 된다. 글쓰기와 권력의 공모가 남기는 것은 오직 하나, 그런 공모가 이루어졌다는 사실뿐이다. 그래서 필자 헤겔은 이 모든 태초의 사태를 망각하고 독자들에게 돌아갈 수 있다.

"지금은 밤이다"라는 명제가 거짓이 되려면 읽기가 두 번 이뤄져야 한다. 이 반복은 [시인이 시를 쓸 때] 받아쓰고 다시 읽는 두 번의 시간과 무관하다. 글쓰기를 가능하게 하는 것은 어둠의 법이지만, 읽기는 어둠 속에서 이뤄질 수 없다. 1800년경의 시적 자유가 그것을 증명한다. 밤, 여성, 말하기는 낮, 철학, 글쓰기와 한 쌍을 이룬다. 그래서 헤겔이 말하는 밤은 단순한 예시가 아니며, 쓰고 읽는 순간들의 연쇄는 가역적 사건이 아니다. 먼저 빛이 있어야만 ['지금은 밤이다'라는] 문장을 적은 쪽지가 자신의 두 가지 독해 가능성을 과시할 수 있다. 한편에는 "지금"이라는 부사를 단순한 시간 표시로 받아들이는 평면적인 독해 방식이 있고, 다른 한편에는 "지금"이라는 똑같은 말을 실질형태소, 즉 개념어의 범주로 받아들이고 그 본질을 규정하는 사변적인 독해 방식이 있다. 첫번째 경우, 이 명제는 낮에는 거짓이지만 한 번은 [밤에는] 참이다. 하지만 두번째 경우, 이 명제는 "지금"이라는 범주 자체가 특정 시각의 기입을 허용하지 않기 때문에 무조건 거짓이다. "지금"이라는 주어는 그 모호한 일반성을 능가하는—따라서 "파괴하는"—술어만을 취할 수 있다. 바로 이것이 헤겔의 '사변적 명제의 정리'이며,[179] 밤을 논박하기 위해 그가 실행하는 행위다.

이로 인해 이론과 실천이 처하는 상황은 대단히 간명하다. 첫째, 진리는 어떤 유일무이한 명제에 기입될 수 있는 존재이기를 멈춘다. 이제 명제는 그저 어떤 사변적 운동의—따라서 어떤 '책'의—기본요소일 뿐이다. 이렇게 해서 철학은 자기가 논박한 밤에게 자신의 존재이유raison d'être를 빚진다. 둘째, 진리는 한 번의 독서로 읽어낼 수 있는 존재이기를 멈춘다. 그것은 책을 가득 채우는 사변적 명제들의 그물망이 되어 모든 읽기 중독과 망각 가능성을 벗어난다. 모든 사변적 "명제로 되돌아가서 그것들을 전과 다르게 파악"하라는 헤겔의 교묘한 요구는 "[철학적 저작은] 여러 번 되풀이해 읽지 않으면 이해가 되지 않는다는 상투적인 비난의 이유"가 된다.[180] 이렇게 해서 철학책을 쓰는 사람은 자기가 논박한 일상적 문장 덕분에 1800년식 기록시스템에 내재하는 위험으로부터 구제된다. 그가 '정신현상학'이라는 제목의 책으로 옛 유럽의 철학책들을 무자비하게 소비하고 폐기했듯이, 그 자신의 책도 똑같은 운명에 처할 수 있었다.[181] 그런데 철학소가 두 가지 독해 가능성을 획득하고 따라서 반복해서 읽어야 하는 것이 됨으로써, 이제는 철학도 (실러가 주장하는바) 유일무이한 시와 마찬가지로 망각을 넘어선다.

이렇게 철학자는 '이것임/개체성Diesheit'의 논박을 종결하고 승리의 환희에 젖는다. 감각적인/관능적인 것을 사랑하는 남성들과 여성들은 그들을 꾸짖는 헤겔의 다음과 같은 문장들을 절대로 받아들일 수 없을 것이다.

> 그들이 걸핏하면 입에 올리는 외부의 대상적 존재란 정확히 말하면 실제적이고 절대적으로 개별적이며 전적으로 개성적이고 개체적인 것, 따라서 이와 전적으로 동일한 것이라고는 있을 수 없는 그런 것으로 규정된다. 그것이 절대적으로 확실한 참다운 존재라는 것이다. 그들이 생각하고 있는 것은 이를테면 내가 지금 이 글씨를 쓰고 있는, 또는 이미 써놓은 이 한 장의 종이인 셈이다. 하지만 그들은 스스로 생각하고 있는 것을 그대로 말로 나타내지는 못한다. 그들이 생각하는 바대로 이 한 장의 종잇조각을 실제 말로 나타내려고 해도, 또 그들은 실제 말로

나타내려고 하지만, 그것은 불가능하다. 왜냐하면 그들이
생각하는 것은 하나의 특정한 감각적 사물인데, 그 자체
가 보편적인 의식에 귀속되는 언어로서 감각적인 것에 도
달하기란 불가능하기 때문이다. 그리하여 실제로 감각적
인 것을 말로 나타내려고 하면 오히려 감각적인 것이 문
드러지고 만다.[182]

종잇조각에 한 문장을 고정했다가 다시 논박한 이후로, 이제 종이
자체가 변증법적 증거의 반열에 오른다. 하지만 그럼으로써 이 저
장용 물질은 썩어 문드러지는 물질이 되고 만다. 헤겔의 문장들은
그의 자필 초안이 적히는 바로 그 물질로부터 떨어져나온다. 또한
반복해서 읽어야 하는 것으로 이미 입증된 책, 수용 기술적 복제
[반복적 독서]와 기술적 복제[인쇄]를 통해 모든 '개체성'을 넘어
서는 책은 헤겔의 자필 원고라도 거리낌없이 '폐기물'이라고 부를
것이다.[183] 밤을 벗어나 책으로 나아가니―기의들의 논리를 이보
다 노골적으로 드러내 보일 수 있을까. 기의들은 승리한다. 기표
들의 물질성이 독자와 적대자에게 "도달하기란 불가능"하기에.

　　철학자는 이 도달 불가능성이 입증된 데에 고무되어 급기야
지시성Deixis을 더욱 지시적으로 논박한다. 그는 "내가 지금 이 글
씨를 쓰고 있는, 또는 이미 써놓은" 종이를 다시 펼쳐본다. 그는 자
기 주장을 강조하기 위해 모든 펜이 가지는 기본적 권력을 남용한
다. 그리고 자신의 문장들에 의거하여, 또는 바로 그 문장들 때문
에 무효가 되어버리는 저 실제적이고 절대적으로 개별적이며 전
적으로 개성적이고 개체적인 존재는 "나ich"라는 헤겔의 외마디
말로 다시 돌아온다. 철학자들이 대개는 전혀 문학적이지 않은 방
식으로, 오로지 중성적으로 또는 실질형태소로만 활용하는 '나'라
는 말이 다시 한번 일인칭으로 성립하는 것이다. 학문의 세계에서
그 모든 전환사들('여기' '지금' '이' '저' '그' '나' '너' 등)은 기구한

운명에 처한다. 학자들은 이를 "흔히 교정 활동을 펼칠 기회로 여기면서," 모든 전환사를 "정화하고 번역하고 교체하거나"[184] 심지어 (『정신현상학』에서 그랬듯이) 부조리하다고 판결한다. 그리고 헤겔이 자신의 펜을 예외로 규정하거나 (책의 마지막에서 그랬듯이) 책 속으로 끌어들일 때, 그는 이렇게 교정된 것을 다시 교정하는 셈이다. 왜냐하면 실러에게는 그저 "무한"이 그저 "모든 영혼의 왕국의 술잔으로부터" 거품을 내며 부풀어오르는 것뿐이었지만, 신 또는 철학자 헤겔은 "이 정신의 왕국의 술잔으로부터 정신의 무한성이 거품을 내며 부풀어오"르는 것을 만끽하기 때문이다.

　　가핑클은 학문적 글쓰기를 통한 일상언어의 정화에 대해 이렇게 쓴다.

> 이 논문에서 우리는 이러한 사실을 바탕으로 무엇을 도출하고자 하는가? 전업주부들을 임의의 방에 들여보내면 그들은 언제나 자발적으로 어떤 지점으로 이동하여 청소를 시작할 것이다. 어떤 사람은 이를 보고 확실히 그 끔찍한 지점에 청소가 필요했다고 결론내릴지도 모른다. 하지만 또다른 사람은 문제의 지점과 전업주부들에게 뭔가 있어서 그들이 마주치는 지점에서 청소가 발생할 기회가 주어진 것이라고 결론내릴지도 모른다. 이 경우 청소가 발생했다는 사실은 더러움의 증거가 아니라 단지 현상으로 간주될 것이다.[185]

＊

1800년식 기록시스템에서 철학이 담론을 정화Säuberung한다는 것은 말의 정치적 의미를 정화한다는 것이다. 저자라는 전체주의적 '개체성' 앞에서 다른 모든 '개체성'은 깨끗이 씻겨나간다. 철학적 정화 작용은 실제로 존재하는 다수의 여성을 지워 없애는 것으로

시인들,
사상가들,
여성들

시작해서 악마를 지워 없애는 데까지 나아가는데, 『정신현상학』에서 악마의 말을 인용하면서 전환사를 누락한 것은 바로 그 때문이다. 사태가 이러하니 교육공무원이라고 정화를 피해갈 도리가 없다.

헤겔은 셸링의 『초월론적 관념론 체계』와 이를 비판한 (훗날 라이프치히에서 철학 교수가 되는) 빌헬름 트라우고트 크루크에 대해 이렇게 쓴다.

> 크루크 씨의 눈길을 끈 두번째 모순은, 이 책이 우리 표상들의 전체 체계를 연역해 보이겠다고 약속했다는 점이다. 그리고 그가 『초월론적 관념론 체계』에서 이 약속의 의미가 명확히 밝혀져 있는 대목을 찾아보았는지 모르겠지만, 그는 여기서 이 약속이 철학적인 것임을 망각하고 비천한 평민들처럼 사태를 이해하고는 모든 개와 고양이, 심지어 크루크 씨의 펜도 연역되어야 한다고 주장한다. 그런데 그런 일은 일어나지 않으니까, 그는 우리의 친구가 거대한 산맥에 둘러싸인 작은 생쥐를 떠올려야 한다고, 전체 표상들의 체계를 연역할 수 있는 것처럼 거들먹거려서는 안 되었다고 말한다.[186]

저자 자신 또는 저자의 한때 친구에게 주어진 그들의 정신적 왕국에서 무한성이 거품을 내며 부풀어오르지 않게 되자, 저자는 그가 가진 펜과 입으로 거품을 문다. 대담한 크루크는 도달할 수 없는 그 모든 '개체성' 중에서도 가장 도달할 수 없는 것이 연역되는 것을 보고 싶어한다. 그 자신의 비평을 받아쓰는 저 펜 말이다. 그는 지치지 않고 독일 관념론을 거듭 읽으면서 절대적인 펜을 숭배하는 대신에 자기 입장에서 답변서를 작성한다. 이는 철학적 사형선고감이다. 헤겔은 크루크를 철학의 세계에서 "평민"의 세계로 추방하면서, 다른 모든 개체성이 "크루크 씨의 펜과 그 펜으로 쓴 저작들보다는 철학에 더 가까울 것"이라고 단언한다.[187]

헨리히가 지적하듯이, 여기서 헤겔이 구사하는 "상대를 조롱하고 스스로 더 높은 위치를 점하는 논쟁적 어조는 주어진 문제의 불안정성 자체를 은폐한다."[188] 이 불안정성 때문에 그는 『정신현상학』에서 굳이 "이 한 장의 종잇조각"을 거론하는 것이며, 『철학백과사전』에서 남은 문제가 해결되면 "심지어 크루크 씨조차 이러한 성취에 도달하고 싶도록, 그래서 그 자신의 펜을 찬미하고 싶도록" 할 수 있다는 약속을 남발하는 것이다.[189] 하지만 헤겔에 내재해 있는 헤겔 비판이 크루크를 배제하는 한, 그것은 계속 전체주의적인 펜을 찬미할 뿐이다. 그런데다 이 작센의 철학자[크루크]는 자신의 펜을 연역하고자 하는 소망을—비록 천상에 간 [것으로 꾸민] 다음에야 비로소 이 소망을 담은 자서전에 날짜를 기입하고 서명할 수 있었지만—오해의 소지 없이 명확하게 천명했다. 그는 헤겔의 사형선고를 강조하는 듯이 "다정한 독자"에게 이렇게 전한다.

> 사람들이 저 아래서 말하듯이 나는 이미 죽은 몸으로, 지금 여기 천상에 앉아 글을 씁니다. 나는 이 글을 바로 다음에 출발하는 속달우편으로, 그러니까 지구를 건드리고 지나갈 바로 다음번의 혜성을 이용해, 지구에 사는 내 친구 출판업자 N. N.에게 보내서 출판할 생각입니다.[190]

자서전의 주인공은 이런 말까지 한다. 그가 예전에 지구에 살 때는 이렇게 절대적으로 글을 쓰지도 못했고, 혜성의 꼬리보다 훨씬 작은 문구류로 깨작거릴 뿐이었다고 말이다. 크루크는 자신이 생전에 느꼈던 정체 모를 애수와 그 당시의 "대단히 활발했던 저술 활동"을 언급하면서 "비텐베르크에서 펼친 문학적 활동에 대한 짧은 보고"를 시작한다. 여기서 그는 자신의 출간물 목록을 나열하면서 「최신 관념론에 관한 서간문. 셸링에 반대하여」를 일곱번째 초기작으로 손꼽는다. 그리고 이렇게 자신이 출판한 글들의 목록을 일일이 나열하여 다시 출판한 후에야, 알파벳 공부가 완전히 종결된 신의 왕국에—"천상의 육체에서는 더이상 피가 흐르지 않기에, 또는 적어도 그 피가 붉지 않기에 더이상 얼굴이 붉어지지 않는 곳"에—이르러서야 비로소 이렇게 고백한다.

> 내가 문필가로서 많은 저작을 남길 수 있었던 세번째 이유가 또 있었습니다. 그것은—얼굴을 붉히지 않고 이런 말을 할 수 있을지?—사랑이었습니다.[191]

이는 1800년 무렵에 비슷비슷하게 계속 나오는 이야기다. "철학부의 가련한 일개 부속품"이 "문학적 명성"을 갈망한 것은 오직 그의 "연인이 문학에 조예가 깊었기 때문에, 그녀가 유명한 문학가들의 이름을 열정적으로 내뱉곤 했기 때문"이다. 하지만 미래의 사상가는 이 여성과 결혼할 생각은 없었다. "나는 그녀와 함께 달아나야 할 판이었습니다. 그런 야반도주는 언제나 좀 끔찍하게 여겨졌지요. 나는 여성과 도망치는 것을 비천하다고 여겼습니다." 가련한 크루크는 비천함에 대한 혐오 때문에—헤겔에게서 단박에 "비천한 평민"이라고 선고받은 주제에—행복해지지 못하고 "목마름이 채 가시기도 전에 어머니의 젖을 빼앗긴 어린아이처럼 흐느낄" 수밖에 없었다.[192] 그리고 이 울음은 1800년경에 글쓰기의 동의어가 된다. 사랑의 쾌락이 다시 한번 절박해지는 것은 모두 그 때문이다. 성관계가 불가능한 곳에서 한 사람의 교육공무원이 말없는 슬픔을 휘감고 나타나 글을 쓴다. 그는 다른 교육공무원들에게 삼라만상을 넘어서 이 하나의, 아주 특별하고 대체 불가능한 펜을 연역해달라고 간절히 탄원한다. 왜냐하면 (그도 시인하는바 아무래도 가능해 보이지 않는) 이 조건이 일단 충족되어야―그러니까 대체 누가 이 사람 빌헬름 트라우고트 크루크로 하여금 흐느끼게 만들고 말하게 만들고 글쓰게 만들었는지를 저 교육공무원들이 도출해낼 수 있어야―"비로소 그가 그렇게 연역된 자신의 펜으로 전체 체계에 서명을 남길 것"이기 때문이다.[193]

하지만 철학적 담론은 여성들 없이 동성 친구들 또는 남성들 간에 일어나는 공회전일 뿐이다. 크루크는 시인으로서 망자가 된 후에야 비로소 자신의 집필 동기를 고백한다. 이 점에 있어서는 헤겔도 피차일반이라서,[194] 그는 자신의 비밀이 파묻힌 곳을 절대로 파헤치지 않으려 한다. 그래서 철학은 관련자의 서명을 영영 받지 못한다. 이것이 철학과 시의 유일한 차이 전부다. 시는 복수형의 여성들을 호명하는 대신에 임의의 누구든 지시할 수 있는 모호한 기의로서의 '여성'을 호명하고, 그럼으로써 수많은 여성 독자가 시인의 텍스트에 서명을 남긴다. 하지만 철학은 그러지 못한다.

시와 철학의 차이는 (실러가 쓴 것처럼) 발화가 저자 개인에게서 나오느냐 아니면 사유의 결과로서 나오느냐의 차이가 아니다. 둘의 차이는 이렇게 생겨난 발화들이 제각기 발화의 원천으로 돌아가는 단계에 이르러야 비로소 확실해진다. 시인은 자신을 말하고 글쓰게 만든, 그러나 지금은 사라진 여성적 유일자를 소환하기에 자기만의 특이성을 주장하고 사랑을 요구할 수 있다. 반면 철학적 발화는 자기 스스로 복수형의 여성들을 (그녀들을 그레첸이라고 지칭하든 아니면 크루크의 어머니-연인처럼 무명으로 남기든 간에) 파멸시키고 그녀들의 상실을 초래한다. 그래서 철학은 교육공무원들로 구성된 남성 집단에 한정되며 마지막에야 완전히 인공적으로 구축한 '어머니 자연'이라는 이상으로 돌아갈 수 있다.

양쪽 모두 강점과 약점이 있다. 시는 '어머니의 말'을 '모국어'로 번역하면서 언제나 어떤 광기를 불러내지만, 철학은 이 광기로부터 완전히 안전하다. 철학은 오로지 글쓰기를 통해서만 '말할 수 없는 밤'에 대한 지식을 얻으며, "말을 거치지 않고 사유하려는" 라이저나 생리학자 프란츠 메스머의 시도가 "불합리"하다고 여긴다.[195] 하지만 그렇기 때문에 시인들은 그들의 말에 뒤따르는 감각성/관능성의 대체물로 신규 독자들을 끌어들일 수 있는 반면, 철학자들은 감각적 확실성과 구술적 발화를 문장으로 저장할 뿐이다. 철학은 사변적 문장들로 이뤄진 나름의 이론과 실행을 구축하여 독자들이 같은 책을 거듭 곱씹어 읽을 수밖에 없도록 만든다.

1800년식 기록시스템은 시인과 사상가의 접속을 야기하는 만큼 이들을 더욱 체계적으로 분리한다. 괴테는 철학자들을 가리켜 "꼭 필요하긴 하지만 한 번도 나와 합일될 수 없었던 자들"이라고 부른다.[196] 담론이 일차로 생산되고 이차로 유통되고 삼차로 소비되는 시스템에서 시의 위상은 이중적이다. 한편에서 유통을 담당하는 시인들은 생산의 심연 가까이 머문다. 다른 한편에서 시는 1800년 무렵에 처음 나타난 '내용의 미학'의 철학자들이 들이켜는 음료가 되어, 철학적 담론 소비와 여성 담론 생산의 심급 사이에 놓인다. 그리고 이 시스템에서 큰 '타자'는 언제나 여성을 일컫는다—시적 담론에서 억압되고 철학적 담론에서 배제되는 존재로서.

한 철학 교수가 그 증거를 제시한다. 프리드리히 크로이처는 (그의 후계자가 작성한 아름다운 문장을 빌리자면) "한때 문헌학이었던 것을 철학으로" 만든 사람으로,[197] 지도교수의 과부와 결혼하는 한편 당대로서는 가능하지 않았던 존재인 '여성 시인'과 연인으로 지냈다. 그는 『철학의 예비 단계로서 고대인 연구』에서 시문학과 관념론의 밀월에 '신화'라는 전혀 이질적인 요소를 끌어들인다.[198] 하지만 여기에는 대가가 따른다. 그나마 "독일 지성사에서 가장 아름다운 기억이 머물던 시대의 정신적 분위기가 뚜렷이 각인"되었기에 망정이지, 그러지 않았다면 그 책은 "한번 보고 잊어버리면 그만인" "구슬픈 옛날이야기"로만 남았을 것이다.[199]

크로이처가 『디오니소스』나 『고대 민족의 상징 체계 및 신화학』 같은 저작을 쓰는 데 (그러니까 다시 한번 '고전적 발푸르기스의 밤'으로 향하도록) 영감을 준 것은 그의 연인 권데로데. 그는 모든 성차를 넘어서, 모든 차이를 용해시키는 디오니소스를 그녀와 동일시하고 그녀를 자기 자신과 동일시한다. 크로이처는 연구서 『디오니소스』에 대해 이렇게 쓴다. "내가 이 작업을 통해서 정신적으로 그대와 하나가 되기를 얼마나 간절히 원하는지 그대가 알아주기만 한다면 목적은 달성된 것입니다."[200] "연구를 통해 그대 목소리에 귀기울이는 것"보다 더 필연적인 것은 없고,[201] 신화를 철학으로 옮기면서 "그대를 향해 글쓰는 것"보다 더 논리적인 것은 없다니,[202] 여기서 철학은 예외적으로 자기구성 과정에서 배제한 것을 향해 되돌아가는 듯하다. 철학이 마치 시처럼 여성 담론 생산자를 불러내는 것이다.

하지만 편지와 강의는 다르다. 미래의 교육공무원, 즉 남성들을 대상으로 하는 공적 발화의 자리에서는 디오니소스-여성 시인-철학자의 신비로운 연합을 있는 그대로 표현할 수 없다. 크로이처의 혀를 움직여 말하게 하는 여성적 원천의 이름은 그 혀로 호명받지 못한다.

그래도 시에 대한 이야기를 해야겠습니다. 얼마 전 강의에서 그녀의 시구를 조금 읊은 적이 있어요. 고대사에 대한 강연이었는데, 그 자리에서 나는 전쟁의 소용돌이 속에서 알렉산더대왕이 죽은 후…… 새로운 세계가 태어나는 것을 보여주고 싶었습니다. 그때 내 혀에서 나온 말들을 불어넣어준 것이 누구였을까요?

"그런 힘도 삼라만상에는 있어야 하네,

고요한 정지는 세계에 이롭지 않으니."

여기에 나는 대단히 적절하고 신중하게 한 구절을 덧붙였습니다. "어떤 새로운 시인이 이렇게 더없이 훌륭하게 표현한 적이 있지요."

나중에 이 일을 생각하면 즐거워 웃을 수밖에 없었습니다. 하지만 나의 창조력이 슬픈 기색으로 내게 다가와 그리스어로 이렇게 말해주었지요. 시가 너를 강단에서 사랑받게 해줄지 몰라도 침소로 데려가지는 않을 거라고요.[203]

이 일화는 대학 담론 내에서 여성들의 이름이 무엇인지를 정확히 드러내 보여준다. 여성들의 이름은 이중으로 대체되어 사라진다. 첫째로, 크로이처의 편지 자체가 저자명이 될 수 없는 '귄데로데'라는 이름을 "시Poësie"로 탈바꿈하는 일종의 시적 대체를 일으킨다. 여성들은 시 자체이기 때문에 시를 쓸 수 없다. 조피 메로나 귄데로데의 경우는 이상적 '여성' 또는 '시'라고 칭해질 수 있을 뿐이다.[204] '영원한 동정녀'는 누구와 동침하더라도 (그게 꼭 부부용 "침소"가 아니라도) 동정녀로 남는다.[205] 하지만 그걸로는 충분하지 않다. 이 억압은 더욱 억압되어서 성 자체가 더이상 중요하지 않은 수준에 이르러야 한다. 크로이처는 적절하고 신중한 배제 작업에 착수한다. 학생들의 귀에 들리는 것은 '카롤리네 폰 귄데로데'를 대체하는 "시"라는 말이 아니라 "어떤 새로운 시인"이라는 말이다. 이렇게 해서 철학과 시의 동성애가 또 한 여성을 제거한다.

귄데로데의 희곡을 자신의 학술지에 게재하려고 하거나, 자신의 연애편지를 적발하려는 아내의 감시망을 피하려고 할 때, 크로이처는 언제나 귄데로데에게 남성의 이름을 덧씌운다. 그리하여 그녀는 말과 행동의 모든 면에서—연인과 같은 대학도시에서 살고 싶다는 그녀의 끊임없는 간청을 좌절시키는 근본적인 원인인—젊은 남성들처럼 되어간다. 크로이처는 에우제비오라는 가명 뒤에 숨어 자신의 여성 또는 '남성' 연인에게 이렇게 답한다.

> 그래요, 굳이 말하자면 나는 단 한 번만이라도 이기적으로 오로지 에우제비오만 생각하고 싶습니다. 그의 평생의 과업은 몇몇 젊은이에게만 허용된 고요한 고대의 성전을 열어젖히는 것입니다. 하지만 그가 어디서 그런 과업을 이루는 데 필요한 고요한 마음을 얻을 수 있겠습니까? 그는 지금 악령들에게 이리저리 휘둘리는 듯이 가혹한 운명에 힘껏 맞서느라 부질없이 애쓰고 있을 뿐인데요! 연인이여, 알아주세요! 나는 그대에게 생의 모든 가치에 맞먹는 큰 빚을 졌습니다.(그대는 내게 처음으로 생이라고 부를 만한 가치가 있는 것을 준 사람이니까요.) 하지만 그대는 내게 고요한 평화를 빚지고 있어요. 그리고 그대는 내게 그것을 주겠지요······[206]

여기서 교육공무원의 정신과 여성들의 관계는 명확해진다. 젊은 남성들이 철학적인 고전 해석을 통해 신의 왕국을 열어젖히는 곳에 여성들의 이름과 육체는 발을 들일 수 없다. 키스하든 말하든 간에 이들의 소란스러운 입술은 고요한 성전의 해석학을 방해한다. 대학의 입문의식이 성공하려면 여성들이 하이델베르크에 발을 들이지 않고 그저 모든 철학화의 원천으로서 멀찌감치 물러나 있어야 한다. 그리하여 철학자는 "새로운 시인"의 힘을 빌려 몇 년이나 학생들의 코를 잡아 이리저리 끌고 다닐 수 있게 될 것이다.

　이 편지가 발송된 지 6주가 지나자 빚이 청산된다. 크로이처는 평생 짊어질 빚의 대가로 고요한 평화를 얻는다. 귄데로데가

물속으로 걸어들어간 것이다. 라인 강변의 빙켈에서 1806년 7월 26일, 또는 논박할 수 없는 밤에.

1800년식 기록시스템은 시체들 위에 서 있다. 그것은 시체들에 의거해서 정합되고 시체들을 통해 완결된다.

II      **1900**

$$y = (+a) + (-a) + (+a) + (-a) + \cdots\cdots$$

—베른하르트 볼차노

## 니체. 비극의 시작

나의 시간은 (니체가 「『비극의 탄생』 초판에 붙이는 서문」을 쓴) 질스마리아의 여름날과 모네가 그린 앙티브의 곳에서 시작하여 지옥 같은 겨울과 불의 밤들로 끝난다.[1]

말하기의 역사적 모험은 연속체도, 그런 형태의 정신사도 아니다. 거대한 불연속이 입을 벌리면서 하나의 기록시스템 전체를 망각에 빠뜨리고, 드높은 고원이─육군과 폭격기 편대들을 집어삼켰던 세계대전의 혹독한 겨울처럼─가로막으며 시간의 흐름을 잊어버리게 만든다. 고트프리트 벤의 말을 빌리자면 "19세기 독일 문학에 고유한 것," 그 모든 "교양적인 것과 교양을 갖춘 자, 학문적인 것, 가족적이고 선량한 것"이 질스마리아의 여름, 자유로운 글쓰기가 가능했던 그 짧은 여름과 함께 끝난다.[2] 여기서 벤은 1800년식 기록시스템을 구성하던 각각의 기능을 언제나 그랬듯이 정확하게 식별하고 있다. 독일 시문학은 핵가족이 생산하고, 교양계급이 증폭하고, 철학이 절대적인 '학문'의 이름으로 해석하고 정당화했다. 물론 호프만스탈처럼 이렇게 구성된 담론 연합체만을 유일하게 가능하고 합법적인 것으로 칭한다면, 니체와 함께 시작된 모든 것은 아무것도 아닐 것이며 "새로운 문학"이 성립해야 할 저 공백에는 "괴테와 그 부속물들"밖에 없을 것이다.[3] 불연속이 너무나 날카롭게 지나간 탓에, 괴테에 집착하는 사람들은 독일 시문학에 뒤이은 새로운 문학을 문학으로 인식하는 것조차 힘겨워한다.

> 우리 시대의 독일 미학을 결정한 것은 두 사람, 괴테와 니체다. 괴테는 미학을 만들고, 니체는 미학을 파괴한다.[4]

단일한 '어머니'가 다수의 여성으로 대체되고, 육체화된 알파벳 학습이 기술적 미디어로 대체되고, 철학이 정신물리학적 또는 정신분석적 언어 해부로 대체되면서, 시 역시 해체된다. 그리고 이제 '독일'이라는 접두어를 굳이 붙일 필요도 없는 어떤 '곡예술Artistik'이 그 빈자리를 차지한다. 니체의 용법을 따르자면, 이 기예는 문자들로 묘기를 부리는 것에서 요란스럽게 미디어 흉내를 내는 것까지 광범위한 영역을 망라한다.

*

고전에 대한<br>니체의<br>결산평가

새로운 문학의 태초에 이런 저주의 말씀이 있으니.

> 독자를 아는 자는 독자를 위해 더이상 아무 일도 하지 않는다. 독자의 시대가 한 세기 더 지속된다면, 정신 자체가 악취를 풍기게 되리라. 모두가 읽을 줄 알게 되면 결국 글쓰기는 물론 생각도 부패할 것이다.[5]

차라투스트라의 저주는 1800년식 기록시스템의 기술적·물질적 토대인 보편화된 알파벳 학습을 겨냥한다. 어떤 내용이나 의도가 아니라 그것을 뒷받침하던 매체 자체가 독일 시문학과 독일 관념론의 말뭉치로 이루어진 '정신'을 악취 풍기는 시체로 변질시킨다. 문자의 살해자가 자기 자신의 죽음과 대면한다.

　　그러니까 니체는 보편화된 알파벳 학습을 1800년경의 읽기-쓰기 개혁가들과 똑같이 묘사하면서 그에 대한 가치평가만을 역전시킨다. 전망의 차이를 제외하면, 1786년과 1886년에 발표된 '읽기'의 두 가지 정의는 아무 차이가 없다.

　　모든 것이 숙련되고 자연스럽게 느껴질 때까지 계속 연습하면, 온갖 잡다한 세부사항을 의식하지 않아도 쉽고 빠르게 전체를 조망하고 선별할 수 있다. 알파벳을 안다고 글을 읽을 줄 아는 것은 아니다. 기계적 읽기는 문자를 하나하나 발음하는 것에 지나지 않는다. 각각의 문자를 생각하지 않고 단어 전체, 행 전체를 한눈에 조망할 줄 알아야 글을 읽을 줄 아는 사람이라고 할 수 있다.[6]

　　오늘날 독자는 대개 한 페이지의 단어들 (또는 심지어 음절들) 하나하나를 전부 읽지 않는다. 오히려 스무 단어 중에 다섯 개 정도를 임의로 선택해서 이 다섯 단어에 속할 것 같은 의미를 '추측한다.' 이는 우리가 나무 한 그루를 볼 때 잎, 가지, 색깔, 형태를 정확하고 완전하게 보지 않는 것과 마찬가지다. 나무의 대략적 모습을 상상하는 것이 그보다 쉽기 때문이다. ……이 모든 것이 의미하는바, 자고로 우리는 뼛속부터 거짓말에 익숙하다. 또는 더욱 도덕적이고 위선적으로, 듣기 좋은 표현으로 간단히 바꿔 말하자면, 우리는 스스로 알고 있는 것보다 훨씬 더 예술가적인 사람들이다.[7]

여기 인용한 니체의 묘사는 1800년경의 교육 프로그램이 100년 사이에 통계상 현실이 되었음을 확증한다. 신중하게 추산해도 중부유럽의 6세 이상 문자 보급률은 1800년에는 25퍼센트, 1830년에는 40퍼센트, 1870년에는 75퍼센트, 1900년에는 90퍼센트로 급증했다.[8] 하지만 승리의 도취에 뒤이어 냉정한 각성이 찾아온다. 해석학적 읽기는 한때 문자를 감미롭게 변모시키는 숙련 기술 또는 감수성으로 찬미되었으나, 이제는 거짓말이라는 오명을 쓰고 조롱당한다. 보편화된 알파벳 학습은 더이상 수혜자의 내면적 관점에서 증언되지 않고, 감수성 없는 외부적 관점에서 담론의 폭력적 조작으로 치부된다. 그것은 자기기만을 초래하고 심지어 지나치게 예술가적인 독자들을 양산한다. 그러니까 스무 단어 중에 임의로 다섯 개를 선택하는 현대의 독자는 글의 의미를 신속하게 예감하기 위해 언제나 필자로서 주어진 글을 이어쓰는 것이다.

> 아무리 놀라운 사태가 벌어져도 [앞에서 "환관"에 비유한] 역사적 중성 또는 중립의 무리는 언제나 작가를 멀리서 굽어볼 태세다. 금세 반향이 울려퍼지지만, 언제나 '비평'뿐이다. 정작 그 비평가는 조금 전까지만 해도 그런 사태가 가능하리라고 꿈도 꾸지 못했는데 말이다. 어떤 작품이 나와도 작용은 일어나지 않고 그저 '비평'만 생겨나며, 비평 자체도 아무 작용을 일으키지 못한 채 또다른 비평에 부딪히기만 한다.[9]

문자를 건너뛰는 것과 저자를 굽어보는 것, 기본적인 읽기의 기술과 공식적인 문학비평은 모두 동일한 해석학적 방법을 공유한다. 피히테는 해석학이란 그저 한 작품을 두고 그와 다른 글을 쓰는 것뿐이라고 말한다. 그러므로 니체가 저자들이 병적으로 늘어난다고 진단하는 것은 해석학의 초창기부터 제기됐던 어떤 불평을 이어쓰는 것이기도 하다.[10] 하지만 그는 이 문제를 만악의 근원으로 지목하면서 사태를 다르게 끌고 나간다.『인간적인 너무나 인간적인』에 실린 단편 중「표지에 오른 이름」의 한 대목을 보자.

저자의 이름이 책에 오르는 것은 이제 관례이며 거의 의무이기까지 하다. 그렇지만 이것은 책이 효력을 발생시키지 못하는 주된 원인이다. 훌륭한 책은 그 책을 쓴 개인보다 더 가치 있는 것, 그의 정수라 할 만하다. 그런데 표지에 저자 이름이 나오면, 독자는 책을 읽으면서 이 정수를 다시 저자 개인의 것으로, 심지어 가장 개인적인 것으로 희석해서 보게 된다. 그리하여 책의 목적은 수포로 돌아간다.[11]

보편화된 알파벳 학습에 기초한 읽기는 문자를 지각하기에 앞서 글을 이어쓴다는 점에서 담론의 생산적 측면, 즉 저자 기능과 상관된다. 여기서 니체는 스무 단어 중에 임의로 몇 단어를 고르는 행태를 아이러니하게 비판할 때와 마찬가지로, '표지를 사람 이름으로 치장해야 한다'라는 현대적 담론의 규칙을 외부적 관점에서 조롱한다. 인간적인 너무나 인간적인 것, 또는 언어인류학이 모든 기호에 부과하는 개인적인 너무나 개인적인 것이 독서를 짓누른다. 그 덕분에 독자는 책을 보는 "즉시 작품을 무시하고" "저자의 역사"에 관해, "그가 발전해온 과정과 장래에 걸어갈 길"에 관해 질문한다.[12]

이렇게 니체는 여성 독자 기능을 제외한 고전적 기록시스템의 모든 피드백 회로를—알파벳 학습, 주어진 글을 이어쓰는 것으로서의 독서, 저자의 이름 따위를—무자비하게 분석해서 집결시킨다. 그리고 그는 이렇게 총체적인 결산평가를 진행한 끝에 시스템 전체에 불량품 판정을 내린다. 단어는 작용하지 못한다, 독자가 건너뛰기 때문이다. 독서는 작용하지 못한다, 글쓰기로 미끄러지기 때문이다. 저자의 이름은 작용하지 못한다, 책이라는 사건으로부터 관심을 분산시키기 때문이다. 니체의 사후적 관점에서, 1800년식 기록시스템은 담론적 효과를 거세한다는 유일무이한 목적에 복무하는 유일무이한 기계다. 그것은 단어들의 폐허 위에서 "'쓸모 있는 관리'를 양성한다는 규제적 도식을 염두에 두고" "우리의 터무니없는 교육계"를 수립한다.[13]

이렇듯 분석적인 결산평가가 전제되었기에 차라투스트라는 감히 정신을 향해 악취 풍기는 시체라고 말할 수 있었던 것이다.

그리고 니체는 자신이 말하는 대상에 관해 아주 잘 알고 있다. 이 왕립학교 졸업자가 받은 "교육의 총체성"은 모두 1800년식 기록시스템 덕분이다. [니체가 다녔던] 프로이센왕국의 슐포르타 김나지움은, 이 학교 교장 카를 키르히너의 말을 빌리자면 "개인의 삶에 관련된 모든 것을 통합하는 자족적 학교국가"를 이룬다.[14] 1859년 실러 탄생 100주년 행사가 열리던 날, [슐포르타 김나지움의 학생 니체는] 프로이센 정부의 위탁을 받아 최초의 독일문학사 교과서를 저술한 교사 카를 코버슈타인이 실러의 위대함에 관해 연설하는 것을 듣는다. 그리고 저녁 시간에는 연회에 참석한 후에 학교 도서관에서 사적으로 실러의 책을 읽는 일반적인 관행을 따른다.[15] 남은 학창 시절 내내, 이 학생은 코버슈타인의 문학사가 독일 고전주의 작가들을 대하는 바로 그런 방식으로 자기 자신을 대하려고 노력한다. 학생 니체는 시인 겸 비평가로서 작품 활동과 별도로 그에 상응하는 시인의 자서전을 집필한다. 이 자서전은 마르지 않는 샘과 같은 어린 시절을 불러내는 것으로 시작해서, 사적인 독서 목록과 자신의 저작 목록을 고르게 정리하는 방식으로 서술된다. 「나의 삶」과 「나의 인생 여정」, 「회고」, 「나의 생으로부터」, 「나의 문학 활동과 음악 활동」에 이르기까지, 거듭되는 자서전 쓰기는 뒤늦게 등장한 신진 저자 니체의 이름을 자기 힘으로 고전적 기록시스템에 기입하고 덧붙이려는 시도다.[16] 니체는 훨씬 나중에, 그러니까 동일한 교육과정에서 대학이라는 다음 단계에 진입한 후에야 비로소 "자기 존재의 우연성을 정당화하는 자서전적 구성"이 바로 독일어 작문의 본질임을 깨닫는다.[17] 교육학자들이 프로그래밍한 대로 왕립학교 학생들이 글을 쓴다. 철학 교수 니체는 "우리 교육기관"의 다른 미래를 갈망하면서 19세기를 이렇게 묘사한다.

> 김나지움의 독일어 교사들이 담당하는 최종적 분야, 교육의 최정점이자 심지어 김나지움 교육의 최정점으로 여겨지는 분야가 있으니, 그것이 이른바 독일어 작문입니다. 대개 가장 뛰어난 재능을 가진 학생들이 특히 열성적으로 이 분야에 매진하는 것만 봐도, 독일어 작문이 제기하는 과제가 얼마나 위험하고 자극적인지 알 수 있습니다. 독일어 작문은 개인을 향한 호소입니다. 자신의 특징적 성격을 강하게 의식하는 학생일수록 독일어 작문을 개인적으로 구성합니다. 게다가 대다수 김나지움은 주제 선정을 할 때 일찌감치 이 같은 '개인적 구성'을 장려합니다. 저는 김나지움 저학년 단계부터 비교육적인 주제를 놓고 학생들이 자기 자신의 삶이나 발달 과정을 묘사하도록 유도한다는 것 자체가 이를 입증하는 가장 강력한 증거라고 봅니다. ⋯⋯그리고 한 인간이 훗날 보여주는 문학적 성과 전체가 이렇게 정신을 괴롭히는 교육학적 원죄의 서글픈 결과로 나타날 때가 얼마나 많습니까![18]

고전적 기록시스템의 모든 죄악이 독일어 작문에서 정점에 달한다. 니체는 문학적 성과의 물질적 토대가 무엇인지, 특히 자신의 문학적 성과가 무엇에 기반을 두고 있는지를 깨닫고 홀로 울부짖는다. 그리고 얼마 지나지 않아 『우리의 학교 작문은 은밀히 숨겨진 통속소설이었다』라는 팸플릿이 대량 유통된다. 이 책은 양식비평을 꼼꼼히 적용하여, 교사들이 괴테의 「타우리스 섬의 이피게니에」에 관해 쓴 386편의 작문 견본이 통속소설가 카를 마이의 모험 이야기,* 버펄로 빌이며 텍사스 잭의 이야기와 양식적으로 동일함을 입증한다.[19]

정신이 악취를 풍기는 것은 교육학적 원죄 때문이다. 독일어 작문은 첫째로 문학적으로 활동하는 인간을 (또는 더 정확히 말해 '학생'을) 생성하고, 둘째로 이 활동에 관한 자서전을 생성하며, 셋째로—독일어 작문은 "문학작품에 대한 판단"을 해야 한다는 "의무"를 지우면서[20]—문학비평가 또는 작품을 이어쓰는 필자를 생성한다. 그리고 이렇게 생성된 필자가 「내가 좋아하는 시인을 읽어보라고 친구에게 권하는 편지」를 쓰면서 담론적 효과를 무효화한다.[21]

19세기의 김나지움 학생들은 쥐 죽은 듯 조용한 방에 혼자 있을 때도 혼자가 아니다. 문학의 생산공정 전체가 독일어 작문에 에워싸이듯이, 김나지움 학생들은 "교육의 총체성"에 에워싸인다. 학생들은 하얀 종이가 받아들이고 내뱉을 수 있는 모든 것을 생각하고 이해할 수 있다. 나중에 학생 니체가 자신을 비롯한 김나지움의 학생들이 "여성들의 영향력"에 대해 완전히 무방비했음을 "깨닫고 질겁하기는 하지만,"[22] 그 외에는 대체로 보편화된 알파벳 학습의 문화에 부합하도록 완벽하게 교육된다.

자동사적<br>글쓰기의<br>원초적 장면

하지만 바로 그렇기 때문에 고전주의-낭만주의 기록시스템은 과대망상과 절망 속에서 파멸한다. 니체는 벌거벗은 절망의 자화상을 묘사한 단편 원고에 공교롭게도 '오이포리온'이라는 제목

---

*카를 마이는 18세기 독일의 통속소설가로, 미국 서부 개척지와 아시아 등 세계 각지의 이국적인 풍경을 배경으로 대중적인 모험 활극에 독일 낭만주의를 가미한 영웅 이야기를 많이 썼다. 처음에는 익명의 일인칭 관찰자 시점에서 출발했으나 차츰 영웅적 주인공을 화자로 직접 등장시켰으며, 열 가지가 넘는 다양한 필명을 썼다고 알려져 있다.

을 붙이고* 말미에 [프랑스어로] '프리드리히 빌헬름 폰 니츠키, 문학을 공부한 인간'이라는 거만한 서명을 남긴다.

> 내 방은 쥐 죽은 듯 고요하다. 내 펜만 이 종이 위에서 사각
> 거릴 뿐이다. 나는 글을 쓰면서 생각하는 것이 좋은데, 말
> 하거나 글쓰지 않은 우리의 생각을 물질에 새겨넣는 기계
> 가 아직 발명되지 않았기 때문이다. 내 앞에는 시커먼 심
> 장을 도취 속에 잠재울 잉크병이 있고, 목을 그어버린다는
> 극악무도한 생각에 익숙해지게 하는 가위가 있고, 몸을 닦
> 는 데 쓸 수 있는 원고 뭉치가 있고, 요강 하나가 있다.[23]

이것은 별로 알려지지 않았지만, 파우스트가 문예공화국의 서재에서 절망을 표출하던 순간만큼이나 중대한 원초적 장면이다. 문예공화국의 학자는 이제 문학가로 대체되었다. 오래전 파우스트의 행위를 통해 낡은 책더미 속에서 마법처럼 불려나온 구세주 같은 존재였던 문학가로. 그런데 "문학을 공부한 인간"이라고 서명한 이 문학가는 김나지움 교육을 제외하면 아무것도, 정말 아무것도 경험하지 못했다. 김나지움 교육은 "개인을 향한 호소"로서, 학자를 양성하는 훈련과 대척점에 있다. 그래서 이 글쓰기의 장면에는 서재의 기본적인 소도구도 없고, 주어진 텍스트를 어떻게 정신과 의미로 옮길 것인가 하는 수수께끼도 없다. 고독한 필자는 그저 필자일 뿐 다른 아무것도 아니다. 그는 번역자도 아니고, 필사자도 아니고, 해석자도 아니다. 이렇게 아무것도 없이 헐벗은 장면에서,

---

* 원래 'Euphorion'은 그리스어로 '에우포리온'이라고 읽으며, 그리스신화의
아킬레우스와 헬레네가 천국에서 낳은 아들을 가리킨다. 괴테의
『파우스트』에서 이 이름은 독일어식으로 '오이포리온'으로 변형되는데,
파우스트와 헬레나의 아들로 태어나자마자 하늘로 날아올랐다가
이카루스처럼 추락해 칠현금을 남기고 사라지는 이 인물은 흔히 순수한 시의
정신으로 이해된다.

펜이 사각거리는 소리가 여태껏 기술된 적 없는 글쓰기의 또다른 기능, 즉 글쓰기의 물질성을 드러낸다. 번역해야 할 성서도 없고 받아써야 할 목소리도 없기에, 1800년 무렵에 글쓰기의 물질성을 압도했던 그 모든 경이는 더이상 일어나지 않는다. 글은 더이상 고쳐쓰여지지 못하고 자기 자신의 매체와 일체화된다. 니체는 예나 정신병원에서도 연필만 있으면 "자신의 환경 속에서 지복을 느낀다."[24] 하지만 이미 문학가 폰 니츠키는 왕립학교 학생 프리드리히 빌헬름 니체와 달리 더이상 문학작품, 문학적 자서전, 문학비평을 종이 위에 쏟아내지 않는다. 글쓰는 행위 이상은 아무 일도 일어나지 않는다. 교육학자들이 슐포르타의 모범생을 혼자 남겨두었을 때 할말이 있었을지는 모르겠지만. 방금 본 단편 「오이포리온」뿐만 아니라, 니체가 토리노에서 발작을 일으키기 전까지 머릿속에 떠올린 문장, 세탁물 영수증, 책제목이 될 만한 문구, 두통을 낫게 하는 방법 등을 기록한 수많은 메모도 마찬가지며, 발작을 일으킨 후에 정신병원에서 띄엄띄엄 휘갈겨쓴 난해한 문장들은 말할 것도 없다—이들은 모두 자서전적인 독일어 작문의 공허한 도식으로 되돌아간다.[25] 니체의 문서들은 언제나 글쓰기의 원초적 장면과 그 수수께끼를 계속 이어서 써내려간다.

사후에 공개된 단편 원고들은 놀랍게도 메모의 모음이 아니라 글쓰기 연습의 모음, 어법을 시험해본다는 의미에서 문장을 연습한 것들의 모음이다. 여기서 발상은 격변화의 대상일 뿐이다. 니체는 최종적으로 일종의 어휘사전에 도달한다. 의미가 텅 비워진 단어들이 모든 문맥에서 풀려나 순수하게 상투적인 문구, 말하자면 관용어가 된다. 아무 해설도 달리지 않은 니체의 말없는 글쓰기 연습은 단어장, 번역의 보조 수단, 우스꽝스럽게 잘못 쓰인 표현 모음집 사이를 오르내린다.[26]

글쓰기가 글쓰기 연습에 머물 때, 그것이 어떤 완결된 책, 저작, 장르로 귀결되지 않고 아무런 보상도 위안도 없는 순수한 행위로서의 글쓰기로 남을 때, 교육학에서 그토록 강권하는 "개인적 구성"은 덧없이 무너진다. 우리의 모범생은 교사의 요구사항을 문자 그대로 이행한 끝에, "개인을 향한 호소," 다시 말해 개인이 되고 저자가 되라는 그 부름이 어디에도 다다르지 못한다는 것을 깨닫는다. 왜냐하면 글쓰기를 개시하는 자는 아무도 아니기 때문이다. 잉크병은 개인에게 봉사하는 대신에 시커먼 심장을 도취 속에 잠재우고, 가위는 저자가 되기 위한 기술적 전제인 '다시 읽기'와 '고쳐쓰기'를 보조하는 대신에 전혀 다른 임무를 부여받는다. 글쓰기는 개인을 만들어내는 데도 실패하지만, 작품을 생산하는 데도 실패한다. 원고는 요강에 처박힐 것이다. 이렇게 펜, 잉크병, 가위, 요강 등의 소도구들이 자아와 그 의미를 제거해버린 글쓰기의 장면에서, 비로소 정신의 악취 또는 문자문화의 지독한 냄새에 반응하는 차라투스트라의 코가 솟아난다. 저자는 사라진다. 당연히 그가 말을 건넬 수 있었을 독자들도 함께 사라진다. 단편 「오이포리온」에서 글쓰기는 작품이 아니라 쓰레기와 오물만을 산출한다. 니츠키는 부모 슬하에서 고전주의와 낭만주의를 통달하고, 고전주의-낭만주의 기록시스템의 모든 기능에 박식하며, 거기서 제기되는 교육학적 약속과 문학적 준비 과정을 완벽하게 이행한 제2의 오이포리온이다. 그리고 바로 그 때문에 그는 지복에 이르지 못하고 땅으로 추락할 운명이다.

현대의 텍스트들은 다양한 방식으로 이 추락의 여정을 따라간다. 니츠키-니체는 [1800년 무렵에 태동한 독일 시문학과 구별되는] 1900년 무렵의 문학Literatur을 필요하게 하고 또 가능하게 할 어떤 영점을 건드린다. 자동사적 글쓰기는 기록된 진리나 기입된 독자를 겨냥하는 대신에, "특이하고 순간적이지만 절대적으로 보편적인 최고의 극단, 즉 글을 쓰는 단순한 행위로 수렴된다." 그것은 "재현의 질서에 맞추어진 형태로서의 모든 '장르'와 단절"하는, 그럼으로써 "말이 백지 위로, 말소리도 없고 말하는 사람도 없는 종이 위로 조용히 신중하게 침전하는 과정"으로서의 글쓰기다.[27]

쥐 죽은 듯 조용한 서재에서 펜촉이 홀로 사각거린다. 그것은 말소리도 음성학적 읽기 교습법도 뒷받침되지 않는 글쓰기, 그에 선행하는 말하기도 없고 따라서 영혼도 없는 글쓰기다. 이 글쓰기의 물질성에 선행하는 것이 있다면 그것은 소리 자체의 물질성일 것이다. 젊은 니체가 고립된 자기 자신의 모습을 기록한 또다른 단편을 보면, 그의 글쓰기 장면에는 쥐 죽은 듯 조용한 상태와는 전혀 다른 무언가가 버티고 있다.

> 내가 두려워한 것은 의자 뒤의 끔찍한 형상이 아니라 그 목소리, 말이 아닌 소리, 인간의 것이 아닌 불명확하고 무시무시한 소리였다. 그것이 인간처럼 말하기만 했다면![28]

독일 시문학은 태초에 개 짖는 소리를 배제하고 정체불명의 정신이 조언하는 대로 언어 이전의 느낌에 충실하게 번역했는데, 이 정신은 나중에야 우아하게 분절된 목소리로 자신의 이름을 밝혔다. 반면 새로운 문학의 영점을 정의하는 것은 어떤 비분절적 소리, 인간의 것이 아닐 뿐만 아니라 동물이나 악마의 것도 아닌 어떤 소리다. 16세기의 언어공간을 가득 채웠던 괴물의 으르렁거림은 이상화된 '인간'이 사랑의 대상으로서의 언어 또는 여성의 목소리를 인식하면서 비로소 잠잠해졌다. 하지만 니체의 등뒤에서 들리는 인간 아닌 것의 소리는 최초의 분절을 개시하는 발화가 아니다. 그것은 아예 발화 자체가 되지 못한다. 담론으로는 그에 맞설 수 없는데, 그 소리가 모든 담론을 집어삼키기 때문이다. 소리와 말이 있는 곳, 유기체가 있는 곳에는 언제나 백색잡음이 출현한다. 그것은 멈출 수도 없고 없앨 수도 없는 정보의 배경이다. 잡음은 정보가 전달되는 채널 자체에서 방출되기 때문이다.

　　1800년 무렵에는 비분절적인 소리가 단순한 배척의 대상이었다. 그것은 관념고정과 달리 시적 가치가 없는 광기, 즉 백치의 광기에 빠진 사람을 괴롭힐 뿐이었다.[29] 그래서 "남이 하는 말에 대한 이해력"을 유지할 수 없는 사람은 "발작이 일어나면 큰 소리로 천천히 글을 읽도록" 했다.[30] 파우스트나 안젤무스 같은 필(사)자들이 마음 깊은 곳의 느낌을 믿을 수 있었던 것도 이렇게 자신의 모호한 느낌을 독서로 뒷받침하고 독서를 다시 인간의 언어 또는 목소리로 뒷받침할 수 있었기 때문이다.

　　그러나 니체는 백색잡음의 앞에서 또는 뒤에서 글을 쓴다. 그는 "자신의 생각과 느낌에 귀를 기울여라"라는 독일어 작문의 요구를 문자 그대로 이행한 끝에 생각과 느낌이 무언가 정반대의 것으로 돌변하는 것을 경험한다. 모범적 청취자는 자기 안에서 중재 불가능한 "내전"을 벌이면서 "으르렁거리고 울부짖는 과격파들의 소리"를 듣는다. 언어 이전의, 하지만 분절되고 교양될 수 있는 내면성이 있어야 할 자리에서 오로지 "소음이 공기를 가르는 듯한" 쉭쉭거림만이 들려온다.[31]

　　니체가 등뒤에서 들은 불명확하고 무시무시한 소리는 실제로 그의 귓속에서 난 소리다. 인간처럼 말하지 못하는 저 괴물의 이름은 (그것이 이름을 가질 수 있다면 말이지만) '니체'라 해야 할 것이다. 니체의 자서전은 시작부터 이를 입증한다. "어처구니없이 어린 나이인 일곱 살 때부터, 나는 이미 인간의 말이 내게 한마디도 와닿지 않을 것임을 알고 있었다."[32] 예나 정신병원의 병상일지는 마지막까지 이를 입증한다. "종종 불명확하게 울부짖음."[33] 따라서 모든 문제는 인간적이고 교육적인 설득이 모든 정보 채널의 근원적 배경에 깔린 잡음을 덮지 못하고 잡음과 뒤섞인다는 데서 시작한다. 그리고 모든 문제는 그가 "힘을 향한 의지"를 내려놓고

의자를 돌려서 저 잡음 속으로, 그가 살아서 글을 쓰는 내내 두려워했던 저 무질서 속으로 섞여드는 것으로 끝난다.

안젤무스의 손을 이끌어 글을 쓰게 만들었던 소녀의 목소리는 안젤무스가 앉은 의자에 비집고 들어왔다. 그것은 말하기와 글쓰기, 영혼과 시의 멀티미디어적 결합이었다. 반면 니체가 글쓰기 연습을 할 때 배경에 깔리는 불명확한 목소리는 그의 의자 뒤에 달라붙어서 평생 니체를 괴롭힌다. 그것은 구술성과 문자성의 연애를 중단시키고 글쓰기를 순수한 물질성으로 환원한다. "너는 노래를 불러야 했으리라, 나의 영혼아"라는 문장은 울적하다. "영혼은 존재하지 않고" "미학은 응용생리학일 뿐이니" 말이다.[34] 앞으로는 여지껏 배제되었던 두 가지 측면만이 존재한다. 먼저 의자 뒤에 있는 백색잡음, 즉 생리학 자체가 있다. 그리고 의자 앞에 있는 잉크병, 가위, 종이 같은 다수의 텅 빈 단어들이 있다. 끊임없는 잡음도 무언가 속삭일 수 있다면, 그것은 니체의 다음과 같은 문장일 것이다. "나는 말 만드는 사람이다. 말이 뭐가 중요한가! 내가 뭐가 중요한가!"[35]

1900년 무렵의 말 만드는 사람

글쓰는 행위와 글쓰는 사람이 잡음 속에서 발생하는 우연적 사건이 될 때, 이 잡음은 그 자체가 난수亂數 발생기Zufallsgenerator라서 글쓰기로 제거되지 않는다. 이렇게 해서 니체는 스테판 말라르메의 시학에 근접한다. [말라르메의 시구절처럼] '한 번의 주사위 던지기는 결코 우연을 폐기하지 못할 것이다.' 파우스트를 돕는 정신은 글쓰기 행위를 '말의 초월론적 기의'라는 피안의 목표를 조준하게 했고, 히펠은 매문가들에게 독설을 퍼부으며 그들을 영혼의 세계에서 추방했다. 그러나 말 만드는 사람은 자신이 수립하는 미디어를 넘어서지 못한다. 말라르메의 일화가 이를 입증한다.

드가는 가끔 시를 썼고, 재미있는 시들을 남겼다. 그러나 그는 그림을 장식적인 말로 옮기는 것 같은 이 일이 너무

어렵다고 느끼곤 했다. ……어느 날 그가 말라르메에게
말했다. "자네 직업은 지옥 같군. 나는 내가 바라는 것을
도무지 만들어낼 수가 없어, 발상은 꽉 차 있는데도 말일
세……" 그러자 말라르메가 답했다. "여보게 드가, 시는
발상으로 만드는 것이 아니야. 말로 만드는 거지."[36]

최후의 철학자와 최초의 현대시인은 심지어 단어도 똑같이 쓴다.
말라르메는 '말 만드는 사람Worte-macher'이라는 말을 문장으로 풀
어쓴 것뿐이다. 니체의 경우 모든 의미는 잡음 속으로 침몰하며,
그래서 이제 더이상 자신의 생각과 느낌을 종이에 옮기지 못한다.
말라르메의 경우 의미나 관념이란 이미 다 써버린 카드이고, 그
래서 문학과 회화라는 두 미디어 간에는 더이상 보편적 번역 가
능성의 가교가 놓이지 못한다. 말 만드는 사람에게는 (말 만드는
사람 니체에 따르면) 아무것도 남지 않았다. 말라르메는 "주도권
을 말 자체에 넘겨주고 시인은 입담 좋게 소멸"하는 것이 자신의
끔찍한 소명이라고 말한다.[37] 글에서도 글쓰는 사람에게서도 정
당한 근거를 찾지 못하는 글쓰기라면 미디어 자체가 유일한 메시
지일 수밖에 없다. 1900년 무렵 니체의 직계 후예들에게 "말의 예
술Wort-Kunst"은 곧 문학의 동의어가 될 것이다.[38]

　더이상 교수가 아닌 철학 교수와 더이상 교사로 일하고 싶
지 않은 고등학교 교사는[39] 새로운 기록시스템의 경계에 서 있다. 말
이 관념이 아니고 말 만드는 사람이 저자가 아니라는 사실은 얼마
지나지 않아 모든 어린이가 배우는 기본 상식이 된다. 고전주의를
떠받치던 말과 관념의 혼동이 고독한 개인의 서재를 넘어 학교 전
체에서 해소된다. 1890년 12월 4일, 불복할 수 없는 황제의 명에
따라 독일어 과목이 새롭게 모든 교육학의 "중심"이 되고 독일어
작문이 이 중심의 중심으로 고정된다.[40] 그러면서 독일어 과목은
더이상 학교 수업의 피안으로 남지 못하게 된다. 학생들이 만드는

말들은 예전처럼 의미를 향해, 다시 말해 대학 철학부를 향해 도약하기를 멈춘다. 그러자 자연스럽게 철학 시험도 1904년 칙령에 따라 "박사학위 취득시험 필수과목"에서 제외된다.[41] 심지어 교사임용시험에서도 위대한 실험심리학자 헤르만 에빙하우스의 제안으로 철학 과목이 생리심리학 과목으로 대체될 뻔한다. 만약 그랬다면 일선 학교에서도 미학이란 응용생리학일 뿐이라고 가르치게 되었을 것이다.

하지만 글쓰기가 학교 수업의 중심의 중심이 되면서, 생리학은 교사임용시험에 포함되지 않고도 교실에 들어올 길을 찾는다. 니체의 글쓰기에 배경이 되는 잡음이 작문의 형태로 종이 위에 옮겨적히기 때문이다. 예술교육운동이 1904년부터 퍼뜨린 자유작문 수업은 개성적인 저자나 이상적인 사유의 발달을 촉진하지 않는다. 극단적인 경우, 자유작문 수업은 열병에 걸린 어린이의 웅얼거림도 그대로 옮겨쓰도록 한다. 니체가 고작 일곱 살 때 얻은 깨달음이 이제는 담론적 현실이 된다. 새로운 예술교육은 더이상 이상적 '인간' 또는 교육공무원의 언어로 학생들에게 접근하지 않는다. 오히려 교사들은 "어린이가 자신의 언어로 말할 때 얼마나 생산적인지" 소리 높여 찬양하고, 어린이에게 "외래어, 즉 어른의 언어로 말하도록 강요하는" 풍토를 열렬히 비난한다.[42] 이상적인 '어머니의 입'이 아동의 말하기와 글쓰기를 순화하려고 하지 않는다면, 말 만드는 어린이들은 한없이 자유로워질 것이다. 1900년 무렵의 언어학자들과 심리학자들은 이렇게 주장한다. "새로 태어난 어린이는 스스로 보편적 언어를 세상에 내놓는다. 우리는 어린이에게 말하는 법을 가르치는 것이 아니라 우리의 언어를 가르칠 뿐이다."[43] 그러니까 인간적 말하기와 남성적 글쓰기의 토대가 되는 '어머니의 입'은 애초에 존재하지 않는다는 것이다. 최소기의 '마$^{ma}$'로부터 분절적 발화와 시의 태초를 세웠던 여성적 큰 '타자'가 물러나고, 그 자리에 자급자족적 아동어가 나타난다. 이것은 부모가 가르칠 수 있는 언어가 아니다. 어린이들은 국경을 초월하여 자연발생적으로 '아메Amme[유모]' 또는 '마마Mama[엄마]'라고 외치기 때문이다.[44] 하지만 이와 더불어, 말 만드는 사람들은 과거에 자신들을 저자로 만들어주었던 [원초적 생산의] 심급을 상실한다. 이제 서재에는 쥐 죽은 듯한 침묵이나 무시무시한 잡음이 있을 뿐, 이상적 '여성' 또는 뮤즈의 입맞춤은 사라진다.

그래서 1900년식 기록시스템은 생산, 유통, 소비라는 세 가지 기능을 구축하지 않는다. 담론성은 역사적으로 매우 제각각이어서, 기본요소나 보편적 개념처럼 보이는 것이[45] 어떤 시스템에서는 완전히 누락되기도 한다. 원칙적으로 미디어는 경제의 하위집합 또는 상부구조물로서 언제나 불충분하게 결정되기 때문이다.

1900년 무렵에는 비분절적인 상태로 분절을 개시하는 담론 생산의 심급이 없다. 오로지 비인간적인 잡음이 모든 기호와 글쓰기의 큰 '타자'로서 군림할 뿐이다. 또한 언어를 의미 전달의 채널로 사용하면서 언제나 새로운 남성 필자들과 여성 독자들을 영입하는 담론 유통의 기능도 없다. 다른 미디어들처럼, 이제 담론도 철학적 의미나 심리적 효과로 증발되지 않는 환원 불가능한 사실로 남는다. 따라서 새로운 기록시스템에서는 발화를 본래의 원천으로 재번역하는 소비 기능도 성립할 수 없다.

이런 것들이 여태껏 제대로 서술된 적 없는 문학 연구의 한 장을 이룬다. 이 새로운 기록시스템의 기술적·제도적 측면은 앞으로 더 상세하게 기술될 것이다. 그런데 놀랍게도, 질스마리아의 은둔자는 제도적 차원을 거의 건드리지 않고 오로지 자신의 고유한 미디어 기술만으로, 그저 자신의 비극을 통해 이미 한번 이 영토를 답파했다. 니체를 새로운 담론성의 창립자라고 보기는 어렵지만,[46] 그는 몇 가지 실패한 실험을 통해 고전주의-낭만주의 방식과는 전혀 다른 글쓰기에 자기 자신을 제물로 바쳤다.

\*

실험의 시작을 알리는 것은 「도덕의 틀 바깥에서 본 진리와 거짓에 관하여」에서 개진된 언어이론이다.* 언어가 자기실현적인 교양적 목소리 또는 도덕적 목소리와 결별하면서, 이제 그것은 언어 이전의 의미를 번역한 것이 아니라 그저 여러 미디어 중 하나가 된다. 그런데 미디어는 오로지 잡음의 일부를 자의적으로 선택하고 이 자의성을 부인하는 방식으로만 성립한다. 니체가 자기 자신의 [원초적] 글쓰기 장면이 주는 교훈을 곧이곧대로 받아들이면서, "자연"은 더이상 '인간'이나 '어머니'의 형상을 취하지 않고 그 자체로 무시무시한 비분절음과 하나가 된다.

> 자연은 열쇠를 던져버렸다. 슬프구나, 숙명적인 호기심은 언젠가 의식의 방에서 작은 틈새를 통해 저 바깥을 내려다보고, 인간이 무자비함, 탐욕, 만족할 줄 모르는 갈급증, 잔인함에 기대고 있으면서도 자신이 무엇을 모르는지 관심도 없음을 감지했도다. 마치 호랑이 등에 올라탄 채로 몽상에 빠진 것처럼.[47]

어떤 정보의 미디어도 의식이 배제하고 의식을 배제하는 저 공포를 번역하지 못한다. 도덕의 틀 바깥에서 보면, 거짓은 진리다. 거짓이란 그저 공포를 장막으로 가리는 선택, 또는 니체의 경우라면 글쓰기용 책상에 앉아 공포로부터 등을 돌리는 선택이다. 상상할 수 없이 복잡한 자연물을 적당히 짐작하면서 보듯이 단어의 흐름을 건너뛰면서 읽는 것도 선택의 한 사례다. 언어는 원래 이렇게 작동한다.

> 다양한 언어들을 나란히 놓고 보면, 말에서 중요한 것은 진리도 적절한 표현도 아니라는 사실이 드러난다. 그렇

* 국역본 제목은 '비도덕적인 의미에서의 진리와 거짓에 관하여'다.

지 않다면 언어들이 그렇게 많이 존재할 리가 없기 때문이다. '물 자체' 역시 (이거야말로 아무 작용도 하지 못하는 순수진리일 텐데) 언어의 창조자가 파악할 수 없는, 추구할 가치조차 없는 것이다. 언어의 창조자는 단지 사물들과 인간들의 관계를 지시하고, 이를 표현하기 위해 극히 대담한 은유들의 도움을 받는다. 신경자극을 이미지로 옮기는 것! 이것이 첫번째 은유다. 이미지를 다시 소리로 본뜨는 것! 이것이 두번째 은유다. 매번 원래의 영역에서 전혀 다른 새로운 영역으로 들어가는 완전한 도약이 일어난다.[48]

1800년식 기록시스템은 비분절적인 최소기의에서 유기적으로 확장되어 실제 언어의 의미에 이르는 일련의 연속체를 구축했지만, 이제 단절이 연속을 대체한다. 언어는 (다수로 존재한다는 사실이 시사하듯이) 진리가 아니며 애초에 그런 진리는 존재하지 않는다.[49] 하지만 철학자들이 대담한 은유의 뒤편에서 찾아낼 수 있는 언어의 원초적 자연이 없는 대신에,[50] 그와 전혀 다른 생리적 자연이 처음으로 모습을 드러낸다. 니체의 언어이론은 니체의 미학과 마찬가지로 신경자극에서 연원한다. 그에 따르면 광학적 자극반응과 음향적 자극반응, 이미지와 소리는 기의와 기표라는 언어의 두 측면을 발생시킨다. 이 기표와 기의는 순수 확률론적 차원에 대응하지만 그로부터 분리되며, 마찬가지로 상호 간에도 서로 분리 상태를 유지한다. 그래서 광학적 기의와 음향적 기표 사이의 단절을 뛰어넘으려면 연속적인 번역이 아니라 은유 또는 치환을 하는 수밖에 없다. 감각적 미디어들은 편재하는 잡음을 배경으로 제각기 "전혀 다르고 새로운 영역들"로 성립한다. 니체는 여러 미디어를 시적 상상력 같은 공통의 뿌리로 환원하는 대신 광학과 음향학을 "시각세계"와 "청각세계"로 분리한다.[51]

이렇게 정립된 광학적 미디어와 음향적 미디어는 여전히 하나의 동일한 원천과 관계를 지속하지만, 이제 이 원천은 [무작위적인] 난수 발생기로서 [1800년의 원초적 '자연'과 같은] '기원'이 될 수 없다. 니체는 기존의 독일 음악처럼 "관능적인 푸른 바다나 지중해의 밝은 하늘빛 앞에서 그 음향이 사그라들고 빛바래고 시드는 일이 없는," "갈색으로 물든 사막의 일몰 앞에서도 의연하게 버티는" 음악을 꿈꾼다.[52] 소리와 색채가 형태와 도덕을 누르고 승리하는 청각세계만이 그 모든 선택에도 불구하고 잡음으로 가득 찬 비인간적 배경에 가까이 있을 수 있다. 그것은 디오니소스라는 신의 이름에 귀를 기울이는 세계다. 하지만 아폴론이 지배하는 광학적 미디어라고 해서 그와 다른 것도 아니다.

> 억지로 태양을 정면으로 마주보려다 눈이 부셔서 몸을 돌리면, 마치 치료제처럼 눈앞에 어두운색의 반점들이 나타난다. 이와 반대로 소포클레스의 주인공들로 예시할 수 있는 '빛의 이미지 현상Lichtbilderscheinungen,' 즉 분장의 아폴론적 측면은 자연의 내면과 그 공포스러움을 들여다본 시선의 필연적 산물이다. 소름끼치는 밤을 보고 상처 입은 눈을 치료하는 빛나는 반점처럼.[53]

니체의 시각세계는 눈 자체에서 출현한다. 안구 내에서 환각이 발생하는데, 이 환각은 전통적인 관념과 반대로 태양의 강렬함이 아니라 소름끼치는 밤이 유발하는 눈의 고통을 치료하는 동시에 치환한다. 모든 색채와 형태가 선택되어 나오는 원천인 저 무시무시한 근원적 배경의 어둠은 (눈에 고통을 가함으로써) 보존되는 동시에 (어둠에서 빛으로 전환되면서) 은유적으로 은폐된다. 이렇게 해서 아폴론적 예술도 사진술과 함께 대두된 현대적 미디어의 "구성요건"을 충족한다. 그것은 재현된 이미지가 "단순히 대상과 유사한 것이 아니라 대상 자체에서 기계적으로 도출됨으로써, 말하자면 대상 자체의 산물이 됨으로써 대상과의 유사성을 보증해야 한다"라는 것이다.[54] 상상력은 이런 기술적 요구사항에 부합하지 못한다. 과거에는 심리적 번역으로 충분했지만 이제는 물질적 치환이 필요하다.

움직이는 "빛의 이미지 현상," 눈이 자기 자신의 망막에 투영함으로써 생성하는 저 번쩍임은 아테네 디오니소스 극장의 소포클레스 공연과 아무 상관도 없다. 니체가 말하는 아폴론적 측면은 그와 전혀 다른 것을 묘사한다. 그것은 1895년 12월 28일 뤼미에르 형제가 처음 공개한 영화라는 기술적 미디어다. 아폴론적 현상과 영화는 둘 다 응용생리학에 기초한다. 전자가 안구 내에서 형성되는 잔상에 기초한다면, 후자는 정지화상들을 충분히 빠르게 돌렸을 때 [움직이는] 연속체 같은 환영이 유발되는 잔상 효과와 스트로보스코프 효과에 기초한다. 그러므로 아폴론적 주인공이 "어두운 담벼락에 투영된 빛의 이미지,* 그저 순전한 현상일 뿐이라면,"[55] 니체는 여기 『비극의 탄생』에서 이미 영화의 구성요소들을 모두 모은 셈이다. 첫째로 모든 선택 작용에 앞서는 어둠이 있다. 니체에게 원초적 밤이 있다면, 영화에는 한 장의 정지화상이 다음 장으로 넘어가는 동안 (제네바장치와 회전식 셔터를 써서†) 빛이 차단되는 찰나의 어둠이 있다. 둘째로 광학적 또는 안구 내적으로 환각이 발생하는 메커니즘이 있다. 셋째로 영사막이 있다. 뤼미에

---

*Lichtbild. 독일어에서 이 단어는 문자 그대로 해석하면 '빛의 이미지'라는 뜻이지만 대개는 '사진'을 뜻한다.
†제네바장치는 연속적 회전 운동을 단속적 운동으로 변환하여 필름의 한 프레임이 잠깐 정지했다가 다음 프레임으로 넘어가도록 하고, 회전식 셔터는 프레임이 넘어가는 시간 동안 빛을 차단하여 필름의 움직임을 관객이 보지 못하도록 막는다. 그 결과 빛이 꺼졌다 켜질 때마다 조금씩 다른 이미지가 정지 상태로 관객의 눈앞에 나타나는데, 이렇게 해야 움직이는 영상의 환영을 유도할 수 있다.

르 형제는 1891년 공개된 토머스 에디슨의 키네토스코프에 바로 이 요소를 추가해서 영화를 탄생시켰다.[56]

사막에서도 소리가 위축되지 않는 음악과[57] '영화'라는 말이 나오기도 전부터 영화의 기본 구조를 선취한 연극은 생리적 효과를 총동원해 유럽 예술의 한계를 폭파시킨다. 이것들은 이미 현대적 의미의 미디어다. 영웅적인 선구자였던 바그너의 오페라가 그러했듯이, 이런 미디어는 "더이상 계급적인 교양의 언어를 말하지 않으며, 더이상 교양 있는 사람과 교양 없는 사람의 대립을 알지 못한다." 과거에는 1800년 무렵의 방식으로 알파벳 학습을 육화해야만 주인의 담론이 이해하는 '이해'의 방식대로 "문헌학자-시인" 괴테를 이해하고 찬양할 수 있었다.[58] 반면 응용생리학으로서의 미학은 더이상 교육도 교양도 요구하지 않는다.

니체가 제시하는 기표의 논리

하지만 니체는 바그너가 아니다. 그는 음악과 영화를 꿈꾸지만 여전히 말 만드는 사람으로서, 보편적인 교양의 미디어를 바로 그 미디어의 고유한 구조 속에서 그 구조 자체를 통해 폭파시킨다는 역설적 소망에 매달린다. 그래서 니체는 일단 파우스트의 혁명을 철회하는 것으로 포문을 연다. 괴테의 보편성이란 문헌학적 행위와 시적 행위를 결합하여 문자로부터 정신을, 연구로부터 인간의 행복을 얻어내는 것이었다. 반면 니체는 이미 학창 시절부터 문헌학의 이름으로 번역자 파우스트의 손가락을 요모조모 뜯어보는데, 여기서 문헌학은 다시 문예공화국의 특수한 능력으로 되돌아온다. 그는 보편화된 알파벳 학습을 구시대적 직업윤리와 대면시킨다. "우리 현대인은 생각만 읽으려고 하면서" 스무 단어 중에 다섯 단어만 골라 파우스트적으로 의미를 도출하지만, 금욕적인 문헌학자들은 "단어도" 읽는다. 니체는 이런 문헌학자들을 찬미하면서 "추론적 비평"은 "수수께끼를 알아맞힐 때나 하는 것"이라고 말한다.[59]

여기서 니체는 누구나 읽을 줄 알게 되었다는 역사적 사실을 거꾸로 되돌리려는 것처럼 보인다. 하지만 단지 "역사적 커뮤니케이션 방식을 모방"하는 것이 그의 목적은 아니다.[60] 오히려 그 모방은 니체가 자신의 글쓰기 계획을 추진하기 위한 수단이자 무기다. 니체는 주어진 텍스트의 수수께끼를 추론적 비평으로 알아맞히는 대신에 수수께끼 자체를 새로 발명한다. 이를테면 문헌학자 니체는 호라티우스의 시에서 "기호의 범위와 수가 최소화될 때" "기호의 에너지가 최대화"된다는 것을 깨닫는다. 왜냐하면 "각각의 말이 소리로서, 장소로서, 개념으로서 좌우로 전방위로 자신의 힘을 방출하기" 때문이다.[61] 그리고 이런 통찰은 필자 니체에게 새로운 실험 프로그램을 제공한다. 그에 따르면 『차라투스트라는 이렇게 말했다』는 "모음 선택까지도" 교묘하게 맞물린 "갖가지 대칭의 유희"일 뿐이다.[62]

니체는 역사적 퇴행의 허울을 두르고 글쓰기 구조를 극단까지 밀어붙인다. 파우스트의 '로고스' 번역이 기호의 역사에서 계열체적 의식이 없었던 찰나의 순간을 표시한다면, 니체의 글쓰기는 프로그램과 실행의 양 측면에서 기표들 간의 순수한 차이만 남을 때까지 나아간다. 소쉬르라면 계열체와 통합체의 축으로 논했을 법한 기표들의 위상적 질서가 텍스트를 규제한다. 그것은 텍스트의 생산뿐만 아니라 그 안에 프로그래밍된 텍스트의 수용에도 관여한다. 니체는 각각의 기호를 그와 인접한 기호들, 그와 대체 가능한 다른 기호들과 함께 읽어내는 새로운 "해석의 기술"을 요구한다. 여기서 해석학적인 다시 읽기는 생리학적인 "되새김질"로 대체된다. "이를 위해 사람들은 거의 소가 되어야 하며 어떤 경우라도 '현대인'이 되어서는 안 된다."[63] 니체의 독특한 양식은 모두 이 명령을 구현하는 수단일 뿐이다. 단적인 예로, 바로 앞에서 인용한 명령문만 봐도 그렇다. 타이포그래피를 이용한 시각적 강조 표시는 독자가 저 명령문을 "건너뛰지 못하게" 방해한다. "글자 사이 간격을 넓혀서 낱낱의 글자를 읽도록"* 하는 것이다.[64] 이것은 알파벳 학습을 완료한 독자의 유창한 읽기 능력을 억제한다. 기표들이 자기 자신을 주장하면서 인간/동물의 계열체를 통합체적 관계 속에서 찢어놓는다. (그리고 이 계열체에 함축된 모든 가치가 재평가된다.) 니체의 요구를 따르는 독자들, 더 정확히 말해 여성 독자들은 소처럼 다시 문맹이 된다. "독자를 아는 자는 독자를 위해 더이상 아무 일도 하지 않"지만, 읽지 못하는 사람들이 박멸된 곳에서는 시각적 양식을 동원해서 독자들이 옛 유럽의 규범대로 문자를 하나하나 힘들게 읽도록 하는 수밖에 없다.

니체 이래로 기표의 논리는 삭감과 분리의 기술이 된다. 기호의 범위와 수가 최소화될 때 기호의 에너지가 최대화된다. 해석학으로는 이런 계산에 도달할 수 없다. 해석학은 유기적 관계만 인식해서 이를 심리학적 설명이나 역사적 설명 같은 연속적 이야기로 풀어쓴다. 반면 기표들의 위치값은 수학적으로 지정되며, 기표의 분절은 문자나 단어의 개수를 세는 것으로 시작된다.

낭만주의 시대에는 단어들을 세는 것이 성서를 카발라적으로 해석하려는 픽슬라인의 강박, 우스꽝스러운 구시대적 관념고정일 뿐이었다.[65] 그러나 기술적 미디어의 시대에는 이것이 일차적이고 기본적인 필수요소가 된다. 말라르메는 문학의 모든 것을 알파벳이 스물네 글자라는 사실로부터 도출한다.[66] 라이너 마리아 릴케는 어떤 시의 첫 구절에서 "책에서, 낱낱이 셀 수 있는 가까운 행에서" 눈을 뗀다고 노래한다. 그리고 호라티우스에 대한 니체의 찬양은 니체가 아포리즘 형식으로 쓴 "전보 양식"의 책들에도 고스란히 적용된다.[67] 전보는 경제적인 이유로 단어 수를 줄이지만, 니체는 고도근시로 −14디옵터짜리 안경을 써야 한다는 생리적 이유 때문에 단어 수를 줄인다.

* 한국어판에서는 방점을 찍어 동일한 효과를 지향하였다.

　　결국 이 질스마리아의 은둔자는 과거의 보편화된 알파벳 학습에서 도망치려는 것처럼 보여도 사실은 1900년식 기록시스템의 수수께끼 같은 문자들을 지배할 방법을 찾고 있다. 기표의 위상기하학과 경제학은 르네상스 문헌학자의 과업이 아니라 엔지니어의 과업이다. 베르너 콜슈미트의 책제목대로 '독일 표현주의 문학의 사회학적 전제들'을 고려하면, 아우구스트 슈트람이나 페르디난트 하르데코프가 펼친 "전위적 문학 활동과 그들이 수행한 우체국 공무원 또는 국회 속기사라는 직분 사이에 어떤 불일치"를 보게 될지 모른다.[68] 하지만 실제로는 그보다 더 정합적이고 불가피한 관계도 없다. 슈트람은 고작 한두 개 내지 두세 개의 단어로 이루어진 6~8행짜리 시를 쓰는데, 이는 전보 양식 자체를 문학화한 것이라고 단언할 수 있다. 이 우체국 감독관이 우편 및 전신에 관해 완벽하게 교육을 받고 할레 대학 철학부에서『국제우편연합의 우송 요금과 그 근거에 관한 역사적·비평적·재정정책적 조사』라는 박사논문을 썼다는 것이 그 근거다. 국제우편연합이 발족되면서 기표들은 모든 의미를 조롱하는 표준가격 체계를 갖춘다. 전보와 우편엽서가 나오면서 양식은 더이상 이상적 '인간'의 문제가 아니라 기호경제의 문제가 된다.[69] 고대 문헌학자 니체는 호라티우스의 시에서 기표의 논리를 배웠지만, 슈트람의 시대에 이르면 "가능한 한 최소의 지출로 최대의 가치를 창출하는 경제성의 원리"가 보편적으로 확립된다. 이 원리는 당연히 "정보 교류" 일반을 증진시키고 특히 표현주의적 서정시를 곱절로 증진시킨다. 슈트람이 주장하는바, 여기 투입되는 비용은 "즉각적으로 가치를 창출하거나 창출된 가치를 증대시키는 것이 아니라 가치의 창출 자체를 가능하게 하는 것"이다.[70] 지배구조가 자기 자신을 향상시켜나가는 것, 그것이 바로 니체적인 의미의 '담론'이다. 정보의 교류가 표준화·대량화됨에 따라 이러한 향상은 필수 불가결해진다. 기호를 최소화하고 그 에너지를 최대화하는 것만이 무수히 많은 데이터 집합 속에서 허우적대야 하는 운명을, 니체의 내면에서 벌어지는 끝없는 내전을 벗어나는 유일한 방법이다. "이 나라에서 저 나라로의 우편 발송이 다시 저 나라에서 이 나라로 동종의 우편 발송을 유발한다는 서신 교환 창출의 경험적 법칙," 그 최후에 도출되는 것은 오로지 잡음뿐이다.[71]

＊

시력 상실과<br>타자기

니체는 「방랑자와 그의 그림자」에서 처음으로 전보 양식을 시험한다. 추론적 비평가는 지병이 심해지고 근시가 악화되면서 한 자 한 자 글자를 읽을 때마다 고통이라는 대가를 지불해야 한다. 이렇게 바젤의 대학 교수가 자기 직분을 수행하지 못할 만큼 지쳐갈 때, 그의 눈 속에 드리운 밤은 교양과 대학의 저편에서 어떤 그림자를 잉태한다.

> 내 병은…… 내 모든 습관을 완전히 바꿀 권리를 주었다: 내 병은 망각을 허락했고, 망각하라고 명령했다; 내 병은 조용히 누워 있는 것, 한가로움, 기다림과 인내의 필요를 선사했다…… 그런데 이것이야말로 사유가 아니겠는가……! 내 눈은 그 모든 책벌레 노릇에, 간단히 말해: 문헌학에 작별을 고했다: 나는 '책'에서 구제되었고, 몇 년이나 아무것도 읽지 않았다. 그것은 내가 나 자신에게 베푼 최고의 은혜였다! 생매장당한 것과 마찬가지였던 가장 밑바닥의 나 자신이, 말하자면 다른 나 자신(즉 독서하는 나!)의 말을 끊임없이 들어야 하는 의무 때문에 침묵했던 나 자신이 서서히 머뭇거리고 미심쩍어하며 깨어나, 마침내 다시 발화하기 시작했다.[72]

이러한 생리학적 요행 덕분에 니체의 두번째 실험이 가능해진다.

시력 상실은 앞서 읽은 글을 이어쓰는 1800년경 방식이나 책더미에 주해를 덧붙이는 문예공화국 방식에서 글쓰기를 해방시킨다. 니체의 글은 여전히 문자들을 낱낱이 읽어나가는 문헌학적 방식에 얽매여 있지만, 이제 그는 학자가 아니다. 그는 더이상 "원칙적으로 책을 늘 '뒤적거리는,' 적게 잡아도 하루에 200권을 보는 문헌학자"처럼 일할 수 없다.[73] 다른 사람들의 상상력 또는 눈을 빌려서 인쇄된 지면을 바라보던 곳에 어두운 밤이 내린다. 헤겔은 감각적 확실성을 논박했지만, 책을 읽지 못하는 시각장애인의 존재는 그런 논증을 튕겨낸다. 밤과 그림자의 절대적 확실성 앞에서는 교양의 매체인 책도 생리학적 미디어와 다를 바 없다. 그것은 사막, 잠음, 또는 눈먼 자의 암흑에 기초하는 동시에 그에 대항한다. 그리고 누군가 적어놓은 수많은 단어 사이에서, (니체가 처음 세어본 결과) 매일 200권씩 쌓여가는 문헌학자의 책더미를 비집고 어떤 무의식적인 '자기 자신'이 출현한다. 그것은 책을 읽으라는 명령을 거부하는 자신이며, 의자 뒤의 목소리만큼 낯설고 생리학적인 자신이다. 그것은 결국 다시 발화하기 시작하지만 당연히 말에 이르지는 못한다. 시력 상실은 게걸스럽게 책을 집어삼키는 여성 독자들의 독서보다 더 효과적으로 망각을 불러온다. 생리학적 장애는 실증적 현실이 된다.

　　하지만 질병이라는 요행은 겨우 기표들을 구별할 수 있도록 도와줄 뿐이다. 기호가 기호로서 존재하기 위해서는 그 뒤에 반드시 어떤 배경이, 저장장치에 저장되지 않는 배경이 받쳐주어야 한다. 문자의 경우 텅 빈 백지가 배경이 된다. 그리고 글쓰기를 좌우로 뒤집는 거울상의 경우, 텅 빈 밤하늘이 배경이 된다.

　　글쓰기—
　　잉크병은, 양심처럼 투명하고, 가장 밑바닥의, 그 한 방울의, 어둠과 함께 무언가 생겨난다: 그러자, 등불을 치운다.

너는 알아챈다, 어둠의 장場에서, 반짝이는, 별의 알
파벳으로, 글을 쓸 수 없음을, 오로지, 시작되거나 중단된
상태로 나타날 뿐; 인간은 백색 위의 검정을 밀고 나간다.
　　이 어두운 레이스의 주름, 무한을 품고, 수천 가닥의
끈 또는 미지의 연장선으로 짠 비밀을 품고, 저 멀리 서로
뒤엉킨 것을 하나로 엮으니, 거기에 잠들어 있는 것은 아
직 목록에 오르지 않은 사치, 흡혈귀, 매듭, 나뭇잎, 그리
고 현현.[74]

잉크병, 그것은 니츠키도 시커먼 심장을 도취 속에 잠재우기 위
해 이용하는 물건이다. 등불을 치우는 것, 그것은 반쯤 눈먼 사람
에게는 이제 불필요한 행위다. 어둠의 장, 그것은 별을 별로서 만
들어주는 배경이며 고통을 잠재우는 아폴론적 환영의 잔상이다.
기표들의 물질성은 그들 각각을 차별적으로 정의하는 혼돈에 의
해 뒷받침된다. 그래서 니체는 기표들의 "다수성"에도 불구하고,
또는 그 다수성 덕분에, 자신의 양식을 "혼돈과는 반대되는 것"이
라고 칭할 수 있다.[75] "무언가 생겨"나려면, 다시 말해서 기록되려
면, 어두운 근원적 배경과의 관계가 전제되어야 한다. 그리고 인간
의 글쓰기가 이러한 배경-형상의 관계를 흑백의 명도 문제로 변
환한다고 해도—조만간 막스 베르트하이머가 이를 감각생리학적
으로 연구하게 될 것인데—기표의 논리 자체는 전혀 변하지 않는
다. "저 멀리 서로 뒤엉킨 것을 하나로 엮"는 "어두운 레이스의 주
름"으로서, 문자들은 그 사이 공간Zwischenraum[여백, 자간]에 의
해 결정된다.
　　그리고 이러한 혼돈과 간격의 논리는 타자기가 발명되면서
1900년식 기록시스템에서 기술적으로 구체화된다.
　　눈 문제로 더이상 책벌레 노릇을 할 수 없게 되었을 무렵, 니체
는 문서(편지와 메모)를 어떻게 처리하면 좋을지 모르겠다고 쓴

다. 그러다 결국 그는 타자기를 사기로 마음먹고 코펜하겐의 타자기 발명가에게 연락을 취한다.[76] 다섯 달이 지나서 니체의 친구 파울 레가 450라이히스마르크짜리 기계를 제노바로 가져온다. 하지만 이 장치는 "불행히도 운송 과정에서 이미 손상된 상태였다. 기계공이 일주일 걸려 수리를 하지만, 얼마 지나지 않아 완전히 작동을 멈춘다."[77]

이렇게 해서 타자수가 되려는 니체의 실험은 몇 주 만에 허사로 돌아간다. 하지만 실패한 실험은 기록시스템에 뚜렷한 불연속을 표시한다. 글쓰기를 기계화했다고 『베를리너 타게블라트』 같은 일간지에 자랑스럽게 이름을 올린 철학자는 니체밖에 없을 것이다.[78] 아직 저술되지 않은 타자기의 문학사를 어림잡아 재구성하자면, 선구자들의 시대인 1880년경에는 저널리스트들이나 통신원들, 마크 트웨인이나 파울 린다우 같은 사람들이 펜을 버리고 타자기를 택했다. 듬성듬성 읽는 독자들을 인도하는 악취 풍기는 정신도 이 새로운 기계에 손을 뻗쳤다. 타자기는 펜과 달리 "최초의 생각을—대개 최초의 생각이 최고의 생각이라고들 하는데—재빨리 종이에 옮길 수" 있기 때문이었다.[79] 반면 1890년경 유럽에서 타자기 열풍이 불기 직전에 니체가 타자기를 구입하기로 결정할 때는 전혀 다른 동기가 작용한다. 니체의 문제는 시력 저하다. 그리고 실제로 최초의 타자기는 (1873년 출시된 레밍턴 타자기와 달리*) 시각장애인을 위해 설계되었고, 프랑수아피에르 푸코의 타자기처럼 시각장애인이 직접 설계하는 경우도 있었다. 니체가 접촉한 코펜하겐의 덴마크인은 청각장애인 교육자로 일하는 말링 한센이라는 목사였다. 그가 1867년 소량 출시한 구형球形 타자기는 실제로 "시각장애인들이 사용하도록 만든" 것

---

＊원문에는 레밍턴 타자기의 출시년도가 1874년으로 표기되어 있으나 실제 출시년도는 1873년이다.

이었지만, 기존 타자기보다 기계장치의 성능과 사용 속도를 높인 덕분에 "실제로 사용 가능한 최초의 실용적 타자기"가 되었다.[80]

니체의 전기 작가 쿠르트 얀츠는 솔직함을 가장하여 저 덴마크인에게 (그의 이름을 '한순'이라고 잘못 쓰기까지 하면서) 발명의 재능이 없었다고 단언한다. 그는 타자기 특허를 사들여서 장사했던 군수품 납품업자 필로 레밍턴을 더 높이 평가했던 모양이다.[81] 그러나 이 주제에 관한 한, 얀츠는 학창 시절부터 관념을 고정하는 기계를 꿈꾸었던 니체를 따라갈 수 없다. 눈이 거의 안 보이게 된 니체가 말링 한센의 타자기를 선택한 이유는 명확하다. 이 기계는 "각각의 키가 구 모양을 따라 배열되어 위치에 따라 확실히 구별되는" 구체 키보드 덕분에 "촉각에만 의지해서" 글을 쓸 수 있기 때문이다.[82]

기호들이 불연속적으로 분리되어서 공간적으로 식별된다는 것, 바로 이것이 타자기의 결정적인 혁신이다. 글쓰기 속도가 빨라진다는 것은 부차적인 문제다. 손글씨를 쓸 때 떠오르던 "단어의 심상이 공간적으로 배치된 키보드의 기하학적 형상으로 대체된다."[83] 이제 기표들은 특정한 공간적 위치에 대한 유일무이한 관계에 의해 정의된다. [라캉에 따르면] 실재는 언제나 제자리에 있다고 하지만,[84] 이 기표들은 각자 제자리에 존재할 수도 있고 존재하지 않을 수도 있다. 그래서 타자기의 대량생산이 가능해지자마자 "보편적 키보드를 도입하려는 강력한 운동이 일어났고, 결국 1888년 토론토에서 열린 국제 타자기회의에서 표준 키보드에 대한 합의가 이루어졌다."[85]

따라서 1888년 니체가 질스마리아에서 호라티우스 시의 미덕이라고 칭송한 바로 그 특성이 같은 해 토론토 회의에서 글쓰기용 기계장치와 활자로 (구텐베르크를 넘어서) 구현된 셈이다. 표준 키보드의 기본요소들은 "좌우로 전방위로" 구조화된다. 한때는 자간을 넓혀서 [사이 공간을 활용해서] 단어를 낱낱이 분해하

QWERTYUIOP
ASDFGHJKL
ZXCVBNM

는 것도 문자의 개별성을 드러낸다는 이유로 금지되었지만, 이제 글쓰기는 더이상 자연에서 문화로 이행하는 손글씨의 연속적 궤적이 아니라 기호와 간격의 유희로 변모한다. 타자기 속에서 단속적으로 움직이는 종이 위에 글을 쓴다는 것은, 공간적으로 배열된 기호의 집합에서 낱낱의 기호를 선택하는 것과 같다. 생성적 글쓰기 교습법의 원대한 목표였던 '개별 기호들의 조화로운 비례'가 자동으로 실현된다. (말링 한센과 레밍턴의 타자기는 [비례를 깨뜨리는 대소문자의 뒤섞임 없이] 대문자만 있기 때문이다.) 그와 동시에, 각각의 문자를 다른 문자로부터 분리하고 말라르메의 타이포그래피적 시학을 뒷받침하는 저 '백색'의 공백도 자동으로 조화로운 비례를 이룬다.[86] 문필가가 타자기 앞에 앉아 "자기 자신의 기계적이고 대담무쌍한 동작을 바라보는 관객"이 되기도 전에 자판字板 글쓰기는 이미 개시되었다.[87] 순열과 조합 같은 수학적 조작만으로 스물네 개의 문자들은 텍스트로 치환된다.

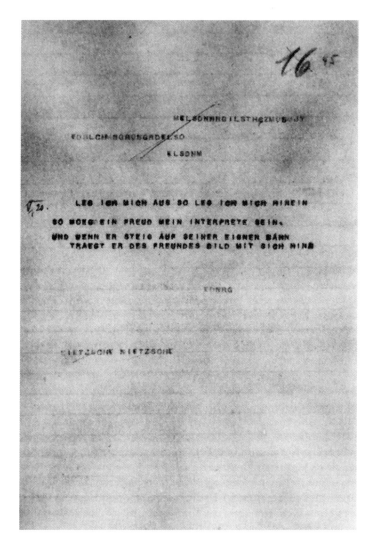

[오타가 좀 있지만, 종이 중앙에 굵은 글자로 쓰여진 글은 니체가
1881년부터 1882년까지 집필한 단편 원고로, 내용은 다음과 같다.]
"내가 나를 해석한다면 나는 나를 그 안에 집어넣는 것 / 그러니
한 친구가 나의 해석가라고 치자. / 그가 만약 자기 자신의 궤도에
오른다면 / 그는 친구의 모습을 함께 지고 오르는 것."

그렇다! 스물네 개의 문자로 이루어진 이 문학은 엄밀히 '문자들'이라 칭해지니, 문자들은 무수히 혼성되어 정교한 구문을 이루고 다시 시구를 이룬다. 그것은 영적인 황도12궁처럼 하나의 체계를 이루며, 신학처럼 추상적이고 비의적인, 나름의 원칙을 가진다.[88]

타자기를 이용한 기계식 글쓰기의 독특한 공간성은 기호와 기호의 관계뿐만 아니라 기호와 텅 빈 배경의 관계도 새롭게 각인한다. 활자는 종이를 때리면서 자신의 형상을 종이에 각인하는데, 초기 타자기는 아예 구멍을 뚫어놓기도 한다. 타자기가 생리학적 장애의 영역에서 태동한 것은 우연이 아니다. 한센 타자기는 특별히 청각장애인을 위해 설계된 것이고, 그 외의 초기 타자기들은 대부분 시각장애인을 위한 것이거나 시각장애인이 직접 설계한 것이다. 손글씨는 대상과 직접 접촉하지 않는 눈의 원격 감각에 지배되지만 타자기는 맹목적이고 촉각적인 힘을 구동시킨다. 이러한 암전 상태는 1898년 언더우드가 '보이는 타자기view typewriter'를 도입할 때까지 계속된다. 그때까지는 모든 타자기가 비가시적인 상태로 글을 쓴 다음에 특수한 장치를 거쳐서 그 결과를 가시화했다.(이는 타자기 보급의 걸림돌이었다.)[89] 하지만 언더우드의 개량식 타자기도 손글씨와 기계식 글쓰기의 근본적인 차이를 좁히지는 못한다. 타자기 기술자 바이얼렌의 글을 다시 읽어보자.

눈은 손으로 글을 쓸 때 글이 적히는 지점을, 바로 그 지점만을 계속 관찰해야 한다. 눈은 모든 문자의 발생을 감시하고 계측하고 지도해야 하며, 간단히 말해 손이 임무를 행하는 매 순간을 지휘하고 통제해야 한다. 그러기 위해서는 글의 가시성, 특히 행 각각의 가시성이 요구된다. 반면 타자기는 손가락이 자판을 살짝 누르자마자 이미 완비된 문자를 종이 위의 정확한 지점에 생성하는데, 이때 필자의 손은 종이와 접촉하지 않은 상태로 종이와 따로 움직인다. 타자기가 확실히 신뢰할 만하고 모든 일이 기계를 통해 독자적으로 잘 진행된다면, 자판이 잘 움직이기만 하면 되지 필자가 종이를 봐야 할 필요가 있겠는가?

손글씨를 쓰는 경우에는 필자가 제대로 글을 쓰기 위해 매순간 문자가 출현하는 바로 그 지점을 눈으로 봐야 한다. 글의 가시성은 오로지 이를 위한 것이며, 여기에 익숙한 필자는 타자기를 사용할 때도 자신이 쓰는 글을 바로 볼 수 있어야 한다고 믿는다. 하지만 이른바 '보이는 타자기'를 쓴다고 해도 필자가 봐야 하는 바로 그 지점, 글이 적히는 과정은 눈에 보이지 않는다. 가시성을 구현해야 하는 합리적인 목적이 그것뿐인데, 보이는 타자기로는 그 목적을 이루지 못하는 것이다. 보여야 하는 지점은 거의 언제나 눈에 보이지만, 가시성이 요구되는—또는 그렇게 믿고 있는—바로 그 순간에는 눈에 보이지 않는다.[90]

더없이 명확한 진술이다. 언더우드의 새로운 타자기도 괴테의 시대를 뒷받침하던 눈, 손, 문자의 결합을 끊어놓기는 매한가지다. 여기서 확실히 입증되는바, 모든 기록시스템이 어떤 원초적인 기호의 생산을 해명하지는 않는다. 오히려 1900년경에 글쓰는 사람, 글쓰기, 작성된 글에 드리운 일련의 시력 상실은 어떤 근원적 시력 상실에 대한 확신을 더한다. 글쓰기 행위 자체가 맹점으로 떠오르는 것이다. 기호를 나열하는 인간과 글쓰기의 평면 간에, 철학자의 펜과 자연의 석판 간에 이루어지던 유희는 이제 주체가 끼어들 틈이 없는 활자와 큰 '타자' 간의 유희로 대체된다. 이것이 바로 각인Einschreibung의 글쓰기다.

니체는 타자기가 고장난 다음부터 타자기 또는 글쓰기 기계들에 관해 글을 쓰기 시작한다. 글쓰기 기계들, 건망증이 심한 "감정과 욕망의 노예들"을 이른바 '인간'으로 탄생시켰던 그 기계들에 대해서 말이다. 기술은 과학을 낳지만, 그것은 기술의 과학이다. 니체가 타자기로 쓴 편지의 한 구절을 인용하자면, "우리의 글쓰기 도구는 우리의 생각에 관여한다."[91] 니체는 그로부터 5년 뒤에 『도덕의 계보』를 쓰면서, 기억을 극히 촉각적으로 보존하기 위해 동원하는 온갖 무기, 그 모든 고문과 제물, 신체 훼손, 징표와 관행을 망라한다.

> 인간의 선사시대 전체에서 인간의 기억술보다 무섭고 섬뜩한 것은 없으리라. "기억에 남기기 위해서는 무언가 인장을 찍어야 한다. 끊임없이 고통을 가하는 것만이 기억에 남는다."[92]

이처럼 불과 고통, 흉터와 상처로 쓴 글은 육체화된 알파벳 학습의 역상을 이룬다. 이런 글은 어떤 목소리에도 순종하지 않으며 따라서 기의로의 도약도 허용하지 않는다. 그것은 자연에서 문화로의 이행을 완만한 연속체가 아니라 충격적인 사건으로 만든다. 그것은 읽기나 소비의 대상을 산출하는 대신에 오로지 끊임없는 고통을 끊임없이 가한다. 기표는 자신이 놓일 위치와 유일무이한 관계를 맺으면서 신체에 각인된다. 이 같은 무의식적 글 앞에서 이해와 해석은 실패할 수밖에 없다. 이런 글은 해독을 통해 의미를 밝혀낼 수 있는 것이 아니라 그저 존재하는 것이기 때문이다. 기억술적 각인은 (현대의 기계적 각인과 마찬가지로) 결정적인 순간에 비가시적으로 이루어진다. 그래서 맹목적으로 공격당한 희생양은 "거의 억지로라도 신들을 발명해야 한다. 천상에서 지하까지 모든 곳에 기거하는 어떤 중간적 존재들을, 그러니까 은밀한 곳에서도 서성이고 어둠 속에서도 볼 수 있으며 고통이 넘치는 흥미로운 구경거리를 놓치려 들지 않는 그런 자들을 만들어내야 하는 것이다."[93]

＊

명령하는<br>니체와 그의<br>여성 비서들

니체의 세번째 실험은 바로 이런 신의 장소에 진입하는 것이다. 신이 이미 죽었다면 이제 신들을 발명하지 못하도록 방해할 자도 없다. 니체의 디오니소스는 (몇 년 후에 등장할 드라큘라와 마찬가지로) 타자기의 신화다.＊ 각인을 통한 기억술이 신체에 엄청난 고통을 가하고, 그로 인한 탄식이 문자 그대로 「디오니소스 송가」가 되어 울려퍼지니, 그 비탄의 소리는 디오니소스라는 신을 발명할 수 있으며 그래야만 한다. 그리하여 『도덕의 계보』에 묘사된 "드라마는 고스란히 「디오니소스 송가」에 실린 시 「아리아드네의 탄식」"에 담긴다.[94] 니체의 아리아드네는 각인의 벌거벗은 폭력을 형상화한 어떤 비가시적 존재에 의해 고문당하고 고통받으면서 저 큰 '타자'의 욕망을 알아맞히려 노력한다. 이렇게 해서 고전주의-낭만주의 기록시스템에서는 존재한 적도 없고 가능하지도 않았을 발화가 울려퍼진다. 글쓰기 기계로 글쓰기 기계에 관해 글을 쓰면서, 글쓰기 행위가 무정형의 근원적 배경 앞에서 그런 배경으로부터 일어나는 맹목적인 사건이 되면서, 비로소 철벽 같은 발화의 조건을 향해 나아가는 전례 없는 발화의 가능성이 열린다. 아리아드네는 고문을 통해 언어로 인도되는 존재로서, 기억술을 통해 망각을 박탈당하는 동물로서 발화한다. 그녀는 모든 미디어가 전제하고 은폐하는 공포에 직면하여 그 공포에 관해 말한다. 그리하여 그녀는 "언젠가 의식의 방에서 작은 틈새를 통해 저 바깥을 내려다보고, 인간이 무자비함, 탐욕, 만족할 줄 모르는 갈급증, 잔인함에 기대고" 있음을 깨닫는 저 "숙명적인 호기심"이 된다.

＊브램 스토커의 『드라큘라』는 타자기가 등장한 최초의 소설이기도 하다.

하지만 저 큰 '타자'의 욕망은 끝까지 말해지지 않는다. 애초에 언어가 저 큰 '타자'의 욕망이 치환된 결과이기 때문이다. 아리아드네는 그것을 말한다.

계속 찔러라!
가장 잔혹한 가시여!
나는 개가 아니라—그대의 사냥감일 뿐,
가장 잔혹한 사냥꾼이여!
나는 그대가 가장 자랑스러워하는 포로일 뿐,
그대 구름 뒤의 약탈자여……
이제는 말하라!
그대 번개 속에 숨은 자여! 미지의 자여! 말하라!
그대 약탈자여, 내게, 무엇을 원하는가……?[95]

디오니소스는 무정형 속에 숨어서 상대를 찌를 뿐 말하지 않는다. 그의 글쓰기는 보이지 않는 각인이다.[96] 그의 양식은 고문이며 다른 것은 없다. 그래서 아리아드네는 1800년식 기록시스템 속에 들어간 여성들과 달리 저자도 그의 사랑도 경험하지 못한다. 그녀는 독백 속에 갇힌 채 고통스러운 각인을 '증오' 또는 '사랑'으로 칭할 수 있을 뿐이다.

그대 무엇을 엿들으려 하는가?
무엇을 얻어내려 하는가?
그대 고문하는 자여
그대—사형집행인-신이여!
아니면 내가, 마치 개처럼,
그대 앞에서 뒹굴어야 하는가?
헌신과 열광으로 나를 버리고

그대에게 사랑을―꼬리를 쳐야 한단 말인가?

마찬가지로 니체는 이렇게 쓴다. "나 외에 누가 아리아드네가 무엇인지 알겠는가……! 이제껏 누구도 이런 모든 수수께끼의 해답을 찾지 못했다. 누군가 이런 수수께끼를 보기나 했을지도 의문이다."[97] 프리드리히 슐레겔이 연인을 향해 「철학에 관하여」를 쓸 때는 수수께끼도 정답도 없었다. 남성이 저자 되기라는 인간의 사명을 향유하는 동안, 여성은 저자의 사랑과 그의 놀라운 고백―그를 철학으로 인도한 것은 그 자신이 아니라 바로 그녀라는 말―앞에서 침묵하는 여성 독자로 남을 뿐이었다. 하지만 대학 강사들이나 교수들과 전혀 다른 "철학자 디오니소스"가 존재한다는 "새 소식"이 전해지는 순간,[98] 대학 담론의 모든 규칙은 동요하기 시작한다. 아리아드네와 그녀의 "철학자 연인"이 주고받는 저 "유명한 낙소스 섬에서의 대화"를 보자.[99] 이 대화에서 처음으로 한 여성이 말을 한다. 그리고 그녀는 말하지도 듣지도 못하는 사형집행인-신의 곁에서 "사랑의 수단은 전쟁이며 사랑의 근본은 남성과 여성 간의 끔찍한 증오"임을 배운다.[100] "남성과 여성이 서로에게 얼마나 낯선 존재인지" 폭로되면서,[101] 양성이 하나의 기록시스템에서 양극적 또는 상호보충적으로 배분될 가능성이 사라진다. 이제는 슐레겔이 전제하고 실행한 것처럼 남성이 여성을 담론적으로 대리할 수 없다. 디오니소스와 아리아드네는 전쟁중이기에, 한쪽이 다른 쪽을 대신해서 말하는 일은 있을 수 없다. 1900년식 기록시스템은 "어떤 경우에도 한 계급이 다른 계급을 대변할 수 없"고 "한 성이 다른 성을 대변하는 것은 더더욱 불가능하다"라고 성문화한다.[102] 그리하여 "고유한 언어," 즉 "여성의 언어"가 출현한다.[103]

그런데 여성의 언어 또는 아리아드네의 탄식에 뒤이어 금세 또다른 언어가 나타난다. "번갯불. 디오니소스가 아름다운 에메랄드빛으로 모습을 드러낸다"라는 지시문이 나온 뒤에, 신이 말을 한다. 그리고 이를 통해 기술적 미디어의 논리가 물질화된다. 디오니소스는 번개의 장막 속에서 아리아드네의 눈에 역전된 잔상을, 어둠을 밝음으로 전환하여 망막을 보호하는 빛을 전달한다. 과거에는 시적 환각이 감각을 발생시킬 수 있는 최소한의 자극으로 부드럽게 전해졌지만, 이제는 번개가 전송하는 어둡고 공격적인 빛 속에서 발화가 또다른 미디어로 치환될 뿐이다.

> 현명해져라, 아리아드네……!
> 너는 작은 귀를 가졌고, 너는 나의 귀를 가졌으니:
> 그 안에 현명한 말을 꽂아넣어라!—
> 자기를 사랑해야 한다면, 무엇보다 자기를 증오해서는
> 　　안 되지 않겠느냐……?
> 나는 너의 미로다……

신의 말씀은 답변이나 응답을 내려주는 것이 아니라 오히려 수수께끼를 강화한다. 그는 빛과 어둠, 사랑과 증오의 양가성을 해소하지 않고 오히려 그 양가성을 강조한다. 이 디오니소스의 긍정…… 디오니소스는 "현명한 말"로 모든 말의 이면에 놓인 어두운 근원적 배경을 호명하며, 그 자체로 어둠의 현신이 된다. 아리아드네의 탄식이 의식의 방에서 바깥의 심연을 엿본 것이라면, 디오니소스는 아리아드네의 경계 넘기 자체를 뛰어넘는다. 언어의 심연은 "나는 너의 미로다"라는 말로 자신이 심연임을 밝힌다. 아리아드네의 탄식은 결국 응답받지 못한다. "신의 귀는 갈수록 작아지고 미로와 같아지니 고뇌의 말은 길을 찾지 못한다."[104] 그 대신 무언가 다른 일이 벌어진다. 아리아드네는 남녀를 불문하는 수많은 멍청이와 달리 현명한 말을 꽂아넣을 작은 귀가 있기에, 비가, 독백, 계시가 아니라 갑작스럽고 기술적인 방식으로 받아쓰기를 명

령하는 어떤 구술Diktat이 행해진다. 철학자 디오니소스는 대학에서 길들여진 전임자들과 달리 어떤 주인 또는 독재자의 담론을 이끈다. 하지만 디오니소스의 양가적인 구술/명령Diktat은 결코 이해되지 않고 애초에 읽히지도 않으며 문자 그대로 유효할 뿐이다.[105] "그 안에 현명한 말을 꽂아넣어라!" 그리하여 고문, 찌르기, 각인에 관한 말들로 시작한 「아리아드네의 탄식」은 이처럼 귀를 찌르는 말로 끝난다.

말라르메가 목신 판을 닮은 뾰족한 귀를 자랑스러워 했듯이, 니체는 작은 귀를 자랑스러워하면서 자신의 프로그램을 프로그래밍한다. 글쓰기 기계는 『도덕의 계보』에서 그랬듯이 사유되는 데 그치지 않고 「디오니소스 송가」에서 실제로 작동한다. 서정시의 운율은 발화를 "기억 속에 각인하는" 데 "유용"하다.(인간들은 너무 잘 잊어버리고 신들은 귀가 너무 어둡다.)[106] 그래서 니체는 고전주의-낭만주의의 서정성으로 여성들에게 양가적 사랑을 약속하는 대신에 어떤 고문의 장면을 상연한다. "기억에 남기기 위해서는 무언가 인장을 찍어야 한다. 끊임없이 고통을 가하는 것만이 기억에 남는다." 이렇게 고정된 것은 기의도 아니고 관념고정도 아니다. 그것은 받아쓰기를 명령하는 구술된 말이다. 서정시인 니체 또는 망치로 시를 짓는 법이라고 할까……

모든 여성적 탄식의 종언은 글이 더이상 '어머니의 입'으로부터 번역된 것이 아닌 환원 불가능한 여러 미디어 중 하나로서 글쓰기 기계와 일체화되는 역사적 사건에 기초한다. 그리고 이렇게 글에서 섹슈얼리티가 제거되면서 비로소 여성들이 글쓰기에 접근하는 것이 허용된다. "타자기는 여성이 사무실에 진입할 수 있는 길을 열었다"라는 문장은 1900년식 기록시스템에 문자 그대로 적용된다.[107] 니체의 아리아드네는 단순한 신화가 아니다.

제노바의 장마가 말링 한센 타자기를 고장내어 글쓰기의 심연을 도로 불러오면서,[108] 눈이 침침한 니체는 다시 여성 비서를 고

용한다. 처음에는 루 잘로메로 구형 타자기를 대체하려 하지만 이
시도는 찬란하게 실패한다. 니체는 이 사건으로 겸허함을 배우고,
『선악의 저편』을 쓰기 위해 루이제 뢰더비더홀트라는 여성을 고용
한다. 하지만 뢰더비더홀트 부인은 『선악의 저편』과 「디오니소스
의 송가」를 경험적으로 입증하기라도 하는 듯이, 자신의 귓속으로
꽂혀들어오는 반민주적이고 반기독교적인 주인의 담론을 견디지
못한다. 그녀는 주인이 "친절하게" 응대해줄 수 있는 수준을 넘어
서 "너무 자주 훌쩍거린다."[109] 그것은 아리아드네의 탄식이니……

1900년경의 여성들은 더이상 스스로 글쓰지 않으면서 남성들 여성들의 귀를<br>위한 철학
을 말하게 만드는 이상적 '여성'도 아니고 기껏해야 독서 감상문
을 쓰는 단순 소비자들도 아니다. 받아쓰기를 명령하는 주인의 담
론이, 새로운 지혜가 여성들에게 말씀을 전한다.[110] 질스마리아의
은둔자는 다양한 인간 중에서도 하필이면 해방된 여성 필자들과
어울린다. 이 여성들도 "비록 니체 교수가 여성의 적 중에서도 최
악으로 보이긴 하지만, 그럼에도 그와 가까워지고 싶다는" "오로
지 그런 이유로" 1885년부터 엥가딘 지방을 드나든다.[111] 이렇게
해서 하필 스위스의 고요한 산골짜기가 우리 교육기관의 미래를
목격하게 된다. 공무원을 양성하는 프로이센의 대학은 (1908년까
지) 그 기관의 근간인 여성 배제의 원칙을 고수하지만, 스위스의
대학은 그보다 훨씬 먼저 여학생을 받는다.[112] 새로 설립된 취리히
대학은 시민혁명의 정신에 충실하면서 1867년부터 여학생 입학
을 정례화한다. 루 잘로메는 그중에서 제일 유명한 인물일 뿐, 그
녀와 다른 여학생들 외에도 최소한 세 명의 여성 철학박사가 니체
와 어울린다. 메타 폰 잘리스, (니체가 자신을 주제로 박사논문을
써보라고 제안하지만 받아들이지 않는[113]) 레자 폰 쉬른호퍼, 그
리고 (여성 박사의 계보가 완전히 끊긴 후에 다시 박사학위를 받
은 최초의 여성들 중 하나인) 헬레네 드루스코비츠. 니체의 글쓰
기에서 이런 맥락은 결정적으로 중요한데도 아직 제대로 분석되

지 않았다.[114] 글쓰기 기계에서 글쓰는 여성들에 이르기까지, 니체는 실패를 거듭하면서도 언제나 이런 담론적 혁신들을 가장 먼저 실험해본다.

니체는 잘로메의 텍스트에 노래를 붙이고 나중에 이를 고쳐써서 「아리아드네의 탄식」을 완성한다. 잘로메의 「생의 찬가」에서 "수수께끼" 또는 "수수께끼의 생"을 전부 "디오니소스"로 바꾸고, "그대 더이상 내게 줄 행복이 없다니, 자, 그대에겐 아직 고통이 있어요!"라는 여성 인물의 시구를 "안 돼! 돌아오시오! 그대의 온갖 고문과 함께!"라는 아리아드네의 외침으로 바꿔쓴 것뿐이다. 이렇게 해서 고통에 찬 「디오니소스 송가」는 여성 참정권자들이 '여성의 언어'라 칭하는 것에 거의 근접해진다. (니체가 잘로메와 맺었던 또다른 관계에 관해서는 말을 아끼겠다.) 그는 여학생들이 공부하는 대학 도시 취리히에서 여동생에게 편지를 보내면서 헬레네 드루스코비츠에 관해 이렇게 쓴다.

> 오늘 오후에는 새로 사귄 친구 헬레네 드루스코비츠와 한참을 같이 걸었단다. 헬레네는 넵툰 펜션에서 조금 더 들어간 곳에서 어머니와 함께 산다고 한다. 내가 여태껏 여기 와서 알게 된 아가씨들 중에서도 그렇게 진지하게 내 책을 읽은 이는 처음이었는데, 뭔가 이유가 있겠지. 헬레네가 최근에 쓴 글과 (「세 명의 영국 여류시인」이라는 글인데, 헬레네는 특히 엘리엇을 경외하더구나) 셸리에 관한 책이 한 권 있는데 한번 읽어보렴. ……내가 보기에 헬레네는 고상하고 성실한 이야. 나의 '철학'에 전혀 해가 되지 않는다.[115]

그러니까 한 여성(니체의 여동생)에게 글이 전해지는데, 그 내용은 여성들이 글을 쓴다는 것, 특히 비하의 의도 없이 '여류 시인Dichterin'이라 불리는 다른 여성들에 관해 글을 쓴다는 것이다. 그녀가 읽은 편지에 따르면, 글쓰는 여성들은 니체의 가장 성실한 독자이며 당연히 자발적으로 니체의 책을 읽는다. 여성들의 치명적인 읽기 중독은 더이상 논란거리가 아니다. 이들과 어울리면서 니체는 남학생들이 여성들을 배제하고 모든 것을 배우는 슐포르타 김나지움이 얼마나 잘못된 곳인지를 깨닫는다. 그래서 그의 '철학'은 따옴표에 둘러싸여 대학의 담론을 역전시킨다. 1900년 무렵의 여성은 배제되는 것이 아니라 포함된다. 디오니소스는 원래 크레타 섬의 종교무용에서 미로를 지배하는 여주인으로 등장하던 아리아드네에게 "나는 너의 미로다"라고 말한다. 따라서 니체가 1800년의 해석 규칙을 폭파했음을 굳이 상기하지 않더라도, 아리아드네를 [바이로이트의 여주인이라 불리던] 코지마 바그너로* 독해하는 것은 무의미하다. 모든 담론의 원천에 자리하던 수수께끼는 이미 고갈되었다. 이제는 니체가 "알게 된" 여성들, 니체의 저작에 박식한 "아가씨들Frauenzimmer"이 더 중요하다.

　아가씨들은 유일자도 아니고 다수의 모든 여성도 아니다. 이들은 기표들과 마찬가지로 셀 수 있는 다수이며, [바람둥이 돈 조반니의 시종인] 레포렐로의 표현을 빌리자면 "천 하고도 세 명"이다. 그래서 니체의 '철학'과 아가씨들의 관계는 선택을 통해 규제된다. 훗날 게오르게 일파도 책과 도서 유통을 대담하게 축소하면서 고전적인 텍스트 증식 회로를 박살내지만, 그보다 먼저 니체가 있었다. 첫째, 니체는 『차라투스트라는 이렇게 말했다』를 내면서 [작품의 교육적 작용을 통한 사회적 효과를 중요시하는] 1800년식 작용시학을 거부하고 '모든 사람을 위한 책이자 그 누구를 위

---

＊코지마 바그너는 프란츠 리스트의 딸이자 리하르트 바그너의 부인으로, 바이로이트 페스티벌의 공동 창립자이며 바그너 사후에도 그의 유산 관리인으로서 페스티벌을 이끌었다. 니체는 바젤에서 교수 생활을 하던 시절에 그녀와 친밀한 관계를 유지했다.

한 것도 아닌 책'이라는 부제를 붙인다. 둘째, 니체는『차라투스트라는 이렇게 말했다』의 결론부에 해당하는 제4부를 은밀히 써서 일부러 개인적으로 출판한다. 셋째, 니체는 엄격하게 선택한 여성들에게만 자신의 교활함을 전하는 교활한 디오니소스처럼『차라투스트라는 이렇게 말했다』의 개인 소장본을 몇몇 여성에게만 발송한다. 그중 한 부는 헬레네 드루스코비츠에게 가는데, 그녀는 "니체가 이 책을 빌려준 줄 알고 하인리히 쾨젤리츠의 집으로 책을 바로 돌려보낸다. 니체와 쾨젤리츠는 책을 돌려받고 아주 즐거워한다. 왜냐하면 니체는 훗날 그녀에게 책을 보낸 것이 '멍청한 짓'이었다는 올바른 인식에 도달하기 때문이다."[116]

그것이 멍청함의 인식이었는지 인식의 멍청함이었는지는 모를 일이지만, 어쨌든 니체는『차라투스트라는 이렇게 말했다』로 거의 도서 유통이라 할 수 없는 도서 유통을 선보인다. 공론장이 사적 출판과 사적 수신처들로, 도서 발송이 (비록 오해라 하나 참으로 적절한 오해로서) 도서 대여로 축소된다. 남성과 여성의 끝없는 전쟁 속에서, 니체는 수단과 방법을 가리지 않고 임의의 다수 중에 작은 귀를 가진 특정한 여성들을 선택한다. 잠깐이지만 드루스코비츠는 니체에게 해를 끼치지 않고 니체를 읽을 줄 아는 '행복한 소수'에 들어간다. 니체는 그녀를 "나의 새 여자친구"라고 부르거나, "문학밖에 모르는 꼬마 드루스코비츠"라고 부르거나, 여하간 "나의 '여학생'이 아닌 나머지 전부"로 칭한다.[117] 디오니소스가 때로는 아리아드네의 작은 귀를 찬미하다가 또 때로는 아리아드네에게 왜 귀가 더 크지 않냐고 묻는 것처럼 말이다.[118] 이렇게 해서 생리학과 우연이 지배하는 불안정한 관계, 1900년 무렵의 글쓰는 남성들이 그보다 못하지 않은 글쓰는 여성들과 대면하는 새로운 관계가 만들어진다. 남성 철학자는 진리이자 비非진리로서의 여성에 관한 도발적인 논제들에 다다르는 동시에—'차라투스트라학' 교수가 되고 싶은 자신의 꿈을[119] 조금이라도 빨리 이루고 싶었는지—현실의 여성들에게 그런 논제를 박사논문 주제로 권한다. 하지만 여성 철학자들이 『차라투스트라는 이렇게 말했다』를 둘러싸고 그와 대적하는 글을 쓰기 시작하면 상황은 반전된다. 실제로 드루스코비츠는 박사논문 다음에 그런 책을 내는데, 이쯤 되면 이들에게 책을 보낸 사람은 오히려 자기가 당나귀처럼 귀만 긴 멍청이가 아닌지 의심해봐야 한다. 왜냐하면 여성들이 직접 책을 쓰기 시작하면 이들이 더이상 현명한 말을 받아들이며 고통과 쾌락을 느낄 것이라고 보장할 수 없기 때문이다. 니체가 정신병원에 억류되어 있는 동안, 드루스코비츠는 책표지에 자신을 "온 세상 지혜에 박식한 여성 박사"라고 쓰고 (마치 폰 니츠키를 패러디하는 듯이) 귀족의 칭호를 붙인다. 하지만 이걸로도 충분하지 않았는지, 드루스코비츠는 니체를 따라 2년 후에 정신병원에 들어가서 두 번 다시 나오지 못한다. 다만 드루스코비츠는 니더외스터라이히 정신병원의 주치의에게 저술 활동과 출판을 허락받는데, 이것이 1900년 무렵의 여성들을 남성들과 구별짓는 유일한 차이가 된다. 니체보다 한술 더 떠서 "가장 자유로운 정신들"을 호명하는 이 책은* 여성들을 향해 전쟁을 선포하고 채찍질하고 고문을 가한 디오니소스와 차라투스트라에 대한 여성들의 답변이다. 아마도 타자기로 작성되었을 헬레네 드루스코비츠의 최후 변론에서,[120] 니체는 그저 "우둔한 스위스 문헌학자"로 지칭될 뿐이지만[121] "남성" 일반은 "논리적·시간적 불가능성이자 세계의 저주"로 그려진다.

　　남성은 생물계 전체에서 남성이 우월한 성적 형태라고 주
　　장하지만, (1) 동물계에서 미적으로 아름다운 쪽이 누구

---

*니체의 『인간적인 너무나 인간적인』의 부제는 '자유로운 정신들을 위한 책'이며, 드루스코비츠의 마지막 책 『비관적 근본원리』의 부제는 '가장 자유로운 정신들을 위한 안내서'다.

인지, (2) 여성 반려자와의 관계가 어떠한지 생각해보면 인간 남성은 오히려 자기 주장을 스스로 갉아먹는 존재라 할 수 있다. 차라리 암염소나 암원숭이가 그의 자연적 동반자로 칭해질 법하다. 그는 끔찍하게 창조되어, 오수 펌프처럼 생긴 성적 표식을 범죄자처럼 달고 다닌다.[122]

니체는 부인했지만 이 여성주의자는 니체의 참된 여학생인지도 모른다. 조지 고든 바이런의 「돈 후안」에 관한 박사논문으로 시작해서 남성에 관한 『비관적 근본원리』로 끝나는 드루스코비츠의 궤적은 참으로 니체적인 가치의 역전을 구현한다. "자기를 사랑해야 한다면, 무엇보다 자기를 증오해서는 안 되지 않겠느냐?" 1800년경에는 어머니, 남성 필자, 여성 독자가 성별에 따라 양극화되고 다시 사랑으로 합일되었지만, 이제는 남성과 여성이 서로 대등하게 적대하는 두 억지抑止전술이 무대에 오른다. 남성의 언어와 여성의 언어는 서로를 부인하면서 상대의 말이 모두 자신의 말에 빚지고 있다고 비난한다. 이들은 상대의 행위를 억누르기 위해 (니체의 신조어를 빌리자면) '배경을 캐묻는 질문Hinterfrage'을 던진다. 그래서 드루스코비츠는 니체 철학에서 신인본주의 교육의 명령에 복종하는 먼지투성이의 그리스 애호만을 읽어낸다. 그리고 니체는 여성들의 책에서—아마도 그가 직접 여성들에게 니체 철학을 박사논문 주제로 권했기 때문일 텐데—김나지움이 명령하는 악취 풍기는 알파벳 학습만을 읽어낸다.

　　무슨 일이 있어도 소녀들에게 우리의 김나지움 교육까지 전수해서는 안 된다! 교육이란 활기 넘치고 지식을 갈망하는 불 같은 젊은이들을—교사의 복제품으로 만들고 마는 것을![123]

배경을 캐묻는 질문은 위태롭다. 타인의 어떤 담론을 큰 '타자'의 담론으로 역추적하면, 논의의 흐름은 뻔하다. 젊은이들은 교사의 복제품이고 따라서 큰 '타자'의 복제품이기 때문에, 슐포르타 김나지움의 글 잘 쓰는 모범생의 복제품이기도 하다. 그리하여 남성과 여성 간에 억지전술이 단계적으로 확대된 결과는 「디오니소스 송가」를 연상시키는 자기 조롱으로 귀결된다.

하! 올라오라, 위엄이여!
덕의 위엄이여! 유럽인의 위엄이여!
바람을 불어넣어라, 거듭 불어넣어라,
덕의 풀무여!
하! 다시 한번 울부짖어라,
기품 있게 울부짖어라!
기품 있는 사자로서
사막의 딸들 앞에서 울부짖어라!
—그대들, 사랑스럽기 그지없는 소녀들이여,
덕의 울부짖음은,
다른 모든 것을 넘어서는
유럽적 열정, 유럽적 갈망이기에!
그리고 나 이미 거기 서 있으니,
유럽인으로서,
달리 도리가 없으니, 신이여 나를 도우소서!
아멘![124]

이것은 가장 위험한 실험이기에 종이 위에서만 이루어진다. 어떤 이가 사막의 딸들 앞에서 담론을 팔려고 내놓는다. 그런데 담론은 오로지 큰 '타자'의 담론으로서만 말없는 동물을 지배하고 그들을 말하게 할 수 있다. 사막은 슐포르타 김나지움이 그 학교 모범생과 그 모범생의 복제품에게 허용하지 않았던 일을 실현시킨다. 김 나지움 남학생뿐만 아니라 그 남학생의 해방된 복사본과도 전혀 다른 여성들이 등장하는 것이다. 이들은 말하지도 않고 글쓰지도 않는다. 기품 있게 울부짖는 원숭이는 스스로 여성들의 미로라 칭하지만, "두두와 줄라이카," "말없는, 불길한 소녀-고양이들"은 오히려 원숭이를 "스핑크스처럼 에워싼다." 성적 차이의 수수께끼는, 그러니까 니체에 의해 디오니소스적 고문 도구로 이상화되고 "에르나(헬레네 폰 드루스코비츠 박사)"에 의해 오수펌프 같은 낙인이라고 조롱당한 저 팔루스Phallos는 사막에서 그저 함께 놀자고 손짓한다.

> 이 더없이 상쾌한 대기를 들이마시며,
> 콧구멍을 술잔처럼 부풀리고,
> 미래도, 추억도 없이,
> 나 여기 앉아 있노라, 그대들,
> 사랑스럽기 그지없는 나의 친구, 소녀들이여,
> 그리고 야자나무를 보면서,
> 그것이 어떻게 춤추는 여인처럼
> 몸을 구부리고 서로 맞대며 엉덩이를 흔드는지 보면서,
> ―오래도록 바라보다보면 그에 동참하기 마련이라!
> 춤추는 여인처럼, 그이가 내 눈에는
> 이미 너무나도 오랫동안, 위태로울 정도로 오랫동안
> 언제나, 언제나 한쪽 다리로만 서 있는 듯한데?
> ―다른 한쪽 다리를, 내 눈에는 그것을
> 아예 잊어버린 듯한데?
> 헛되지만 그나마
> 내가 찾던 것은 잃어버린
> 쌍둥이 보석

—달리 말해 다른 한쪽 다리—
그녀들의 사랑스러운, 섬세하기 그지없는
부채처럼 팔랑거리며 반짝이는 작은 스커트의
신성한 주변에서.

팔루스는 결핍되거나 망각되거나 원래 그것이 없는 곳에, 즉 여성
들의 곁에 있다. 사막의 야자나무는 북부 문화권처럼 금방 책의 한
쪽으로 변하는 대신에 자신의 직립을 춤으로 표현한다. 그리고 울
부짖는 원숭이는 안젤무스처럼 야자나무와 여성들에게 읽기 쓰
기를 배우는 대신에 리드미컬한 명령에 굴복한다.[125] 그러자 니체
가 바그너, 비제, 쾨젤리츠(그리고/또는 가스트라고 불리는 이)에
게서 구하던 음악, "갈색으로 물든 사막의 일몰 앞에서도 의연하
게 버티는" 음악이 샘솟는다. 여성들, 결코 단수로 존재하지 않는
사막의 딸들은 모든 기호와 미디어의 존립 근거인 무한한 근원적
배경 앞에 글쓰기를 세운다. 말들을 그저 끊임없는 고통으로 고정
하려는 독재자의 꿈은, 말들을 작달막하고 익살맞은 우연으로 환
원하는 공허 앞에서 힘없이 튕겨나온다. (울부짖는 원숭이는 스
스로 "스핑크스처럼 에워싼다umsphinxt"라는 단어가 언어를 모독
한다고 조롱한다.) 한 번의 주사위 던지기는 결코 우연을 폐기하
지 못할 것이다.

우연의 사막에는 "미래도, 추억도" 없다. 어쩌면 이 시점에서
관념고정이 다시 한번 유럽을 들끓게 할 수 있었을지도 모른다. 하
지만 결과적으로, 1900년 무렵에는 사고비약Gedankenflucht이라는
정반대의 증상이 글쓰기 행위를 엄습하면서 새로운 토대를 이룬
다. 철학자는 울부짖는 사자 또는 원숭이가 되면서 비로소 동물의
특권인 능동적 망각에 동참할 수 있게 된다. 그것은 단지 이것이
나 저것을 망각하는 것이 아니라 망각 자체를 망각하는 것이다.[126]
기억술이 기억력과 달리 자연적 능력이 아니라 기술이라고 지칭

되는 것은 우연이 아니다. 기억술은 끊임없이 사고의 비약을 유발하는 저 무고한 재잘거림에 맞서 저항하는 것으로서만 성립한다.

＊

유럽을 떠나 사막에 가고 싶다는, 사막의 딸들에 둘러싸인 채 정신을 잃고 싶다는 디오니소스적 사고비약의 소망은 결국 이뤄진다. 이 전직 교수는 또다른 사막에서, 그러니까 예나의 정신병원에서 관계자들이 지켜보는 가운데 이를 입증한다. 당시 니체를 담당한 정신과 의사들은 니체의 발화에서 "관념비약Ideenflucht"이 "두드러진다"라고 기록한다.[127] 하지만 이런 비약은 1900년 무렵에 이미 어디서나 두드러지고, 이미 언제나 사람들의 머릿속에 들어서 있다.

# 위대한 랄룰라

1900년식 기록시스템에서 담론은 [잡음을 생성하는] 난수 발생기의 산물이다. 이러한 잡음의 원천은 정신물리학에 의해 구축되고, 정신물리학적 계측값을 기계장치의 형태로 실행시키는 새로운 기술적 미디어에 의해 저장된다.

## 정신물리학

니체가 도덕의 계보는 기억술의 작용일 뿐임을 입증하기 2년 전, 브로츠와프의 심리학 교수 헤르만 에빙하우스는 『기억에 관하여: 실험심리학 연구』라는 짧지만 혁명적인 저작을 발표한다. 최후의 철학자가 역사와 윤리 자체를 기계로 환원하면서 서양 윤리학의 역사를 종결하는 동안, 에빙하우스는 (책제목에서 약속한 대로) 기억이라는 오래된 주제에 관한 새로운 기술적 지식을 창립한다. 니체는 철학자 겸 문학가로서 자신의 글쓰는 모습까지 낱낱이 묘사하는 자기지시적 추구 끝에, 결국 「이 사람을 보라」라는 과대망상적 울부짖음으로 빠져들어 정신과 의사의 도움을 받는다. 반면 에빙하우스는 기억을 정량화하는 고통스러운 자기 실험을 진행하면서도 피험자인 자기 자신을 거의 언급하지 않는다. 그런데 바

에빙하우스의
기억 실험

로 이 침묵이 전직 교수의 위대한 말들을 과학으로 변모시킨다. 니체의 여정이 정신병원에서 사고비약에 사로잡히는 것으로 끝나는 것처럼, 에빙하우스도 실험실에서 그런 사고비약의 위험을 감수한다. 그럼에도 그는 실험을 텍스트로 옮기면서 고통이나 쾌락에 관해서는 일절 말하지 않고 오로지 숫자만을 기록한다. 하지만 숫자는 정신이상자와 교수를 가리지 않고 모든 뇌에 적용되는 유일한 정보 형식, 실재에 각인되는 정보 형식이다.[1]

에빙하우스는 "두 번의 시기, 즉 1879년에서 1880년까지와 1883년에서 1884년까지" 매일 자기 실험을 시행했는데, 첫번째 시기에는 시간을 따로 정하지 않았고 두번째 시기에는 이른 오후로 시간을 정했다. "실험 기간에는 외부적 생활 여건에 너무 큰 변화나 불규칙성이 초래되지 않도록 특히 주의를 기울였다."[2] 실험에 혼돈을 유발할 수 있는 사람이 누구였는지—하녀, 부인, 학생, 아니면 동료?—구체적으로 언급되지 않는다. 하지만 그 이전까지는 너무 잘 알려진 것이라 따로 저장할 가치도 없다고 여겨지던 인간 자신의 기억 저장 능력을 한 독일인 교수가 계측하려 했고, 이를 위해 정해진 기간 동안 자신의 생활을 괴롭게 통제했다는 것, 일단 이 점이 중요하다.

재생 가능성의 소실 또는 망각은 반복이 일어나지 않는 시간의 길이와 어떤 관계인가? 반복이 계속되면 재생의 확실성은 어느 정도나 증대하는가? 이 관계는 재생 가능한 현상에 대한 관심의 정도가 달라질 때 어떻게 변화하는가? 이런 문제에 답할 수 있는 사람은 아무도 없다.

그런데 이런 무지는 어쩌다보니 아직 연구가 덜 된 탓도 아니고, 당장 내일이라도 시간을 내어 연구할 수 있는 그런 문제도 아니다. 오히려 우리는 저 질문들 자체로부터 다음과 같은 문제의식에 도달하게 된다. 즉 저 질문에 담긴 개념들은—망각의 정도, 확실성의 정도, 관심의 정도 등은—아주 정확하지만, 극단적인 경우를 제외하면 우리 경험 속에서 그런 정도를 정확하게 분별할 수 있는 수단이 없으며, 따라서 우리는 저런 연구를 수행할 능력이 없다. ……우리는 기억의 신체적 토대에 관한 우리의 관념을 '저장된 표상' '각인된 이미지' '반복해서 다져진 길' 등의 다양한 은유로 표현하지만, 이 은유들에서 확실한 것은 단 하나, 정확하지 않다는 사실뿐이다.[3]

[자신의 심리 상태를 내면적으로 성찰하는] 내성법적 관점에서는 이미 충분히 잘 안다고 여겨지는 것이 연구 과제가 된다. 그리고 심리학의 관습적인 은유나 이미지를 내려놓기 위해서는 필연적으로 고행이 요구된다. 니체가 기억의 가장 정신적인 부분까지 신체와 고통의 문제로 소급한다면, 정신물리학은 동일한 수수께끼에 수학적이고 체계적인 방법으로 접근한다. 에빙하우스는 학문적 스승이었던 구스타프 페히너와 헤르만 헬름홀츠가 감각적 지각을 계측하기 위해 개발한 방법을 동원한다.[4] 이것은 패러다임의 변환이다. 니체와 에빙하우스는 기억과 상기가 아니라 망각을 전제함으로써 영혼이라는 미디어마저 공허 또는 침식의 배경 앞에 끌어다세운다. 일단 어떤 영점이 있어야 기억의 작용을 정량화할 수 있기 때문이다. 그리고 에빙하우스는 내성법에 따라 추측된 관념들을 추방함으로써 이론적 지평에서도 망각의 우위를 복원한다. 니체가 망각을 망각한다는 착란적 행복에 도취된다면, 이 심리학자는 기존의 모든 심리학을 망각함으로써 산술적 공식을 만든다. 이것이 주인의 담론과 대학의 담론, 니체적 명령과 기술적 실행의 관계다. 에빙하우스는 기억의 각인을 철학적으로 묘사

하고 디오니소스적으로 실행하는 대신에, 피험자로서 니체의 희생양처럼 고통을 겪고 그다음에 실험자로서 자신이 겪은 고통을 정량화한다.

이 심리학 교수는 몇 해 동안 회중시계가 째깍거리는 소리에 맞추어 무의미한 음절들의 행렬을 암송할 수 있을 때까지 큰 소리로 읽는다. "무의미한 음절들을 실험 재료로 사용하면, 어떻게 내성법을 피해서 의미 없이 감각만 유발할 것인가 하는 어려운 문제가 단숨에 해결된다."[5] 이제 적나라한 숫자들의 관계로 정신물리학적 각인의 힘을 계측할 수 있다. 음절 일곱 개짜리는 단번에 외워지고, 음절 열두 개짜리는 열여섯 번만 반복하면 되지만, 음절 스물여섯 개짜리는 암송의 메커니즘이 작동하기까지 무려 쉰다섯 번이나 반복해서 읽어야 한다. 하지만 정량적 실험 결과에 대한 자기충족적 예견을 차단하기가 항상 그렇게 쉬운 것만은 아니다. 망각을 망각하려고 하면, "생각하지 않으려고" 애쓸수록 그런 생각을 "오히려 더 키우게 되는" 역설적인 상황에 빠진다.[6] 게다가 45분 동안 계속해서 기억을 하고 나면 "종종 머리가 멍해지고 얼이 빠지는 등, 심각한 경우 실험 조건을 복잡하게 만들 수도 있는 현상이 나타난다."[7] 따라서 정신물리학은 대단히 실재적이며 그 창시자에게는 더욱 그러한데, 그것이 물리적으로 사람을 괴롭히기 때문이다. (니체의 말을 빌리자면 이것은 모든 기억술의 속성이다.) 물론 교양의 시대에도 "기억력 같은 부차적인 정신력을 그렇게 끔찍하게 일방적으로 양성하면 인간 오성에 악영향을 끼칠" 것이라는 인식이 있었다.[8] 그래서 안젤무스가 해석학에 의지해서 기계적 반복을 피해갔던 것이지만 말이다. 1900년경에는 정반대의 해법이 필요하다. 이제 그렇게 부차적인 정신력이야말로 정량화가 가능하기에 가장 근본적인 것이 된다.[9] 에빙하우스는 몇 개의 공식을 얻어내기 위해, 아무래도 다른 방도가 없었기에 (사막에 다다른 니체처럼) 지식의 주체라는 자기 위치를 희생한다.[10] 그의 머리는 순수한 음절들의 행렬에 둘러싸여 어질어질하고 몽롱한 상태로 텅 빈 백지가 되어간다.[11]

에빙하우스의 모든 실험 조건은 바로 이 공백을 만들어내기 위해 부과된다. 언어는 인위적으로 벌거벗겨진다. 첫째로 "무의미한 음절들이 이를테면 기억술의 규칙에 따라 무언가 의미 있는 관계로 결합되는 것"이 금지된다.[12] 둘째로 그는 텅 빈 백지가 되어 머릿속에 떠오르는 모든 것, 심지어 모국어마저 깨끗하게 지워야 한다. 기억을 다른 모든 문화적 기술과 분리하기 위해 기의를 제거하는 것이다. 왜냐하면 기의는 원래 해석학으로 유도하는 속성이 있기 때문이다. "이리저리 뻗어나가는 연상, 정도의 차이가 있는 관심, 특별히 강렬하거나 아름다운 시구의 회상 등," 예전에는 훌륭한 정신적 활동이라 여겨지던 것들이 모두 "교란 요소"로 치부된다.[13] 에빙하우스는 어질어질한 머리를 부여잡고 사유가 불가능해지는 머나먼 곳까지 나아간다. 거기서는 아무것도 의미를 지니지 못하지만, 바로 그 무無가 의미를 지닌다. 사고비약이 제도화되는 것이다.

머나먼 곳도 직접 가보면 신비로운 이국이 아닌바, 위대한 무의미의 왕국도 예외는 아니다. 에빙하우스는 무의미한 소재를 기억의 대상으로 삼는다는 실험 원칙 자체를 증명하기 위해 또다른 대조실험을 수행한다. 모든 운율의 기본적 효용에 대한 니체의 가설을 입증하려는 듯이, 그는 동일한 실험 조건하에 바이런의 「돈후안」을 암기한다. 그런데 충격적인 실험 결과가 도출된다. "유의미한 소재와 무의미한 소재의 차이는 실질적으로 사람들이 실제로 시도해보지 않고 막연히 실험 조건하에 상상하는 것만큼 그렇게 크지 않은 듯하다."[14] 이렇게 해서, 1800년식 기록시스템에서 기초독본 개혁을 단행하는 근거가 되었던 대원칙이 뒤흔들린다. 기의는 정신에 내재하기에 기표를 암기하는 것보다 훨씬 빠르게 독자에게 도달한다는 관념이 깨지고, 오히려 순수한 무의미가 해석학이 여태껏 알아채지도 못했던 인지의 특정성을 드러낸다.

> 특히 음절의 행렬 간에 나타나는 동질성은 흔히 기대하는 것보다 훨씬 덜 중요한 요인이다. 암기하기 쉬운가 어려운가 하는 점에서, 각각의 행렬은 극히 유의미하고 거의 불가해한 차이를 보인다.[15]

여기서부터 실험은 에빙하우스보다 오히려 프로이트나 다른 문필가들이 더 관심을 가질 만한 차원으로 넘어간다. 모든 의미에 앞서는 어떤 차이성, 날것 그대로 벌거벗은 기표들의 존재가 모습을 드러내는 것이다. 그리고 이렇게 "유의미한 소재와 무의미한 소재의 차이"가 영으로 수렴한다면, 의미의 왕국 또는 1800년식 기록시스템은 통째로 부차적인 특이 사례로 전락하고 만다. 여태까지 정신의 근본적인 역량으로 손꼽히던 내면적 상기Er-innern의 능력이나 이해의 능력이 기억 메커니즘의 본질적인 차원에 거의 개입하지 못한다는 사실이 밝혀졌기 때문이다.

하지만 기표들이 그렇게 중대하고도 불가해한 법칙의 지배를 따른다면 실험 재료는 엄격하게 통계적으로 주어져야 한다. 표현주의자들이 '언어의 에로티시즘'을 선언하고 "우선 언어를 산산조각내어" "혼돈스러운 원초적 상태로, 절대적으로 동질한 질료로 생산해야 한다"라고 주장하기 훨씬 전부터,[16] 에빙하우스는 바로 그런 작업을 묵묵히 수행한다. 그가 몇 시간, 몇 날, 몇 개월, 몇 년씩 암기한 무의미한 음절들은 모국어 구사자의 말을 모은 것이 아니라, 매번 실험을 시작할 때마다 계산을 통해 생성한 것이다. 모음 열한 개, 초성자음 열아홉 개, 그리고 (발음 가능한) 종성자음 열한 개를 모두 조합하면 3음절짜리 행렬을 "약 2300개" 또는

(누구나 계산해 보면 알겠지만) 2299개 만들 수 있다.[17] 물론 난수 발생기는 '도슈dosch, 팸päm, 포이어feur, 로트lot……' 같은 임의의 행렬에서 말이 되는 독일어 단어가 몇 개 끼어드는 것을 막지 못한다.[18] 하지만 그런 예외는 (방금 나온 '로트[납추]'와 마찬가지로) 실험중에 잘 인지되지 않기 때문에 영향력이 미미하다.

> 수천 가지 조합 중에 의미가 있는 것은 열몇 개 정도며, 그 중에서도 암기하는 동안 의미를 자각하게 되는 경우는 몇 번밖에 없었다.[19]

여태까지는 무의미한 음절의 행렬에 이렇게 엄청난 열정이 투입된 적이 없었다. 물론 종교개혁 시대의 기초독본은 자음과 모음을 조합하는 말놀이를 이차원까지 확장해서 고전주의자들을 경악시켰다. 하지만 그들은 'ab eb ib ob ub / ba be bi bo bu' 같은 조합을 예시로 사용했을 뿐, 에빙하우스처럼 일일이 계산해서 조합의 완전성을 수학적으로 보증할 생각은 없었다. 오로지 우연과 조합론만이 지배하는 기표들의 집합은 1900년식 기록시스템에서 처음 만들어진 것이다.[20] 에빙하우스가 음절들과 그 조합 가능성을 낱낱이 헤아린 것이나 말라르메가 스물네 개의 문자를 문학의 토대로 내세운 것은 1800년 무렵부터 억압된 옛 유럽의 담론적 실행을 복원한 것이 아니다.[21] 문자들을 조합한 결과가 유의미할 필요는 없다는 정도라면 [리스코프가 1736년에 발표한 글 제목대로] '비참한 필사자'들이 남긴 무의미한 말들과 유사하다고 할 수도 있겠지만, 크리스티안 리스코프가 풍자한 구식 필사자들은 에빙하우스처럼 "문자들이 서로 부합하지" 않도록 하기 위해서 체계적인 해법을 모색하지 않는다. 이들의 차이는 대위법적으로 구성한 다성음악과 12음음악의 차이와 유사하다. 12음음악은 대위법의 조합 방식들을 가져다 쓰면서 혹시라도 3화음이 나오지 않도록 주의하는데, 이는 대위법이 동일한 방식을 쓰면서 혹시라도 불협화음이 나오지 않도록 주의했던 것과 확연히 대비된다.

실증적 연구를 개척한 에빙하우스와 12음음악의 상동성은 아주 광범위하므로, 두 흐름이 실제로 어떤 연관점이 있는지 살펴보는 것도 좋겠다. (하지만 아도르노가 『신음악의 철학』에서 진지하게 제안한 것처럼 빈의 떠들썩한 카페를 뒤져서 될 일은 아니다.) 첫째, 에빙하우스가 일곱 개에서 스물여섯 개까지의 음절 행렬을 암기하는 것처럼, 쇤베르크도 열두 음의 행렬 또는 음렬을 기본단위로 삼는다. 둘째, 에빙하우스는 실험중에 암기의 용이성이 달라지지 않도록, 2299가지 조합의 집합에서 한번 꺼내 쓴 음절은 나머지 음절들을 실험에서 다 쓸 때까지 따로 분류한다.[22] 마찬가지로 12음음악에서도 음렬에 한번 사용한 음은 나머지 열한 개 음을 모두 사용할 때까지 다시 써서는 안 된다. 셋째, 에빙하우스는 음절들의 연합에 관한 1800년경의 통념을 반박하기 위해 다음과 같이 복잡한 증명을 제시한다. 행렬을 이루는 음절들을 뒤섞어서, 이미 암기한 '도슈 $_1$, 팸 $_2$, 포이어 $_3$, 로트 $_4$……'의 행렬을 '로트 $_4$, 팸 $_2$, 포이어 $_3$, 도슈 $_1$……'라는 새로운 행렬로 재배열해도 여전히 쉽게 암기된다. 이에 따라 다음과 같은 공식이 도출된다. "개별 음절은 바로 인접한 음절," 그러니까 바로 앞뒤의 음절에만 연합하는 것이 아니라, "몇 칸 떨어진 음절이 있어도 그 사이에 가로놓인 것들을 건너뛰고 연합 관계를 형성한다."[23] 쇤베르크가 선율을 전개하다가 음렬의 연결음들을 건너뛰어 그와 병렬로 전개되는 성부로 옮겨가는 것도 이와 유사하다.[24] 양쪽 다 일차적인 재료 수준에서 적용된 조합론이 그보다 상위 차원에서 가로 또는 세로로 적용되는 조합론에 포섭된다.

하지만 순열의 순열은 모든 자연적 관계를 제거한다. 무의미한 음절들 또는 등간격으로 나뉜 반음계의 음들은 현대적 의미의 미디어를 구성한다. 난수 발생기에서 생성된 재료의 집합이 임의로 선택되어 개별적인 복합체를 이루는 것이다. 비분절적인 자연에서 연속적으로 발생하고 성장하는 것이 아니라 처음부터 개별화된 기본요소들을 결합시켜나간다는 점에서, 이 미디어는 최소기의와 전혀 무관하다. 에빙하우스는 영혼이 '아아' 하고 내쉬는 저 유일무이한 한숨조차도 209가지 이중모음의 가능한 조합 중 하나로만 여길 것이다. 모르겐슈테른은 『깅간츠』에서 2407년에야 유기적으로 성장하는 눈송이의 결정이 "미국의 자연모방극 회사 '브라더슨 앤드 샌'의 초대형 종잇조각 눈보라 분사기"로 대체되리라고 선언했지만,[25] 실은 그렇게 먼 미래가 아니었던 셈이다.

이제 '마ma' 소리도 말보다 고귀한 어머니와 자식 간의 사랑에서 솟아나 점차 최초의 표준어 '마마Mama'로 이행하는 특권적 음절이 아니라 그저 복권처럼 우연히 터져나온 소리일 뿐이다. 그것은 무의미하고 말이 안 되는 다른 수많은 음절과 조금도 다르지 않다. 티데만과 슈테파니는 의미의 효과를 언어의 저편에서 내려오는 일종의 계시처럼 떠받들었지만, 이제 그것은 순수한 사고비약을 연상과 상기 작용으로 어지럽히는 교란 요소일 뿐이다. 애초에 생각하고 의도하는 것은 엄밀히 상상적 활동이기에, 이에 기초한 1800년 무렵의 철학은 입으로 말해지는 것을 중요시할 수밖에 없었다. 말은 문자와 달리 생각을 찰나적으로 외재화한다는 점에서 정신과 자연의 매끄러운 통합을 상연할 수 있었기 때문이다. 하지만 이제 언어의 재료가 우연의 법칙에 따라 생성되기에 마음속의 생각이 입으로 말해지는 순간이 끼어들 틈이 없다. 물론 에빙하우스는 소리내어 읽을 목적으로 일련의 음소들을 준비하지만, 이 음소들은 먼저 문자화된 원고로서 존재한다. 조합된 음절들은 차례차례 난수 발생기에서 글쓰기용 책상으로 옮겨졌다가 다시 보관함으로 옮겨지고, 거기서 나머지 2299개 음절이 다 소진되어 다시 처음부터 입력과 출력의 과정이 시작될 때까지 기다린다.

따라서 기억 실험을 할 때는 피험자만 생각을 비우고 지적 주체로서의 위치를 희생하는 것이 아니다. 실험자도 주체 위치를 이탈해서 니체의 새로운 신과 그다지 멀지 않은 위치에 선다. 사람들은 신화와 실증주의를 너무 성급하게 구별하려 하지만, 실상은 그렇지 않다. 에빙하우스라는 텅 빈 백지 앞뒤로 연결된 두 개의 기계식 기억장치는 통틀어서 하나의 타자기 또는 글쓰기 기계를 형성한다. 이 기계는 아무것도 망각하지 않고, 어떤 사람도 다 기억하지 못할 무의미한 말들, 2299개의 무의미한 음절들을 저장한다. 하지만 바로 이것이 기억을 심리학적으로 연구할 수 있게 하는 기본조건이다. 기억을 사람들에게서 분리해서 물질적 기록시스템에 이양하는 것이다. 1800년식 기록시스템은 오로지 이상화된 '인간'의 내면성과 목소리만 있을 뿐 기록시스템 따위는 존재하지 않는 듯이 행세했지만, 1900년 무렵에는 문자화된 글이 힘을 얻는다. 그런데 이 힘은 단순히 기존의 글쓰기 시스템으로 흡수되는 것이 아니라 글이라는 기술을 바탕으로 다른 모든 결론을 새롭게 도출한다.[26]

＊

**모르겐 슈테른의 우연적 서정시**

글 중심의 기록시스템에서 도출할 수 있는 가장 급진적인 결론은 [말로 환원되지 않는] 글을 써야 한다는 것이다. "인간이 쓴 모든 문자는 중요하다."[27] 1888년식 표준 타자기처럼 미리 준비된 문자들과 보조기호들의 집합이 주어지면, 여태껏 목소리로 말해진 것들과 다르고 그런 것들을 넘어서는 글을 쓰는 것이 원칙적으로 가능해진다. 이렇게 기호들을 표기할 때는 당연히 표기 자체가 목적이지 그것을 넘어서는 다른 목적이 있을 수 없다. 그것은 해석학자들이 소비하고 먹어치울 요리가 될 수 없으며 그래서도 안 된다. 기호들이 제거할 수도 소화할 수도 없는 상태로 종이에 적힌다는 사실만이 종이에 적힌다.

| 위대한 랄룰라 | DAS GROSSE LALULĀ |
|---|---|

ㅋ로ㅋ로ㅋ바ㅍ치? 제메메미!      Kroklokwafzi? Sememememi!
좨ㅋ론트로 — 프라ㅍ리프로:      Seiokrontro — prafriplo:
비ㅍ치, 바ㅍ치; 후라레미:      Bifzi, bafzi; hulalemi:
ㅋ바스티 바스티 보 …      quasti basti bo …
랄루 랄루 랄루 랄루 라!      Lalu lalu lalu lalu la!

혼트라루루 미로멘테      Hontraruru miromente
차스ㅋ 체ㅅ 뤼 뤼?      zasku zes rü rü?
엔테펜테, 뢔렌테      Entepente, leiolente
ㅋ레ㅋ바푸ㅍ치 뤼?      klekwapufzi lü?
랄루 랄루 랄루 랄루 라!      Lalu lalu lalu lalu la!

지마랄 콧 말치펨푸      Simarar kos malzipempu
질추찬쿤ㅋ래 (;)!      silzuzankunkrei (;)!
말요말 돗: ㅋ벰푸 렘푸      Marjomar dos: Quempu Lempu
지리 주리 재 [ ]!      siri Suri Sei [ ]!
랄루 랄루 랄루 랄루 라!      Lalu lalu lalu lalu la!

모르겐슈테른은 시집 『교수대의 노래』에서 처음으로 시를 소규모 기록시스템으로 재창조한다. 물론 문학사가들은 고전주의-낭만주의 시에서 선례를 찾으려 애썼고 실제로 여기저기서 무의미 시를 발굴했다.[28] 하지만 브렌타노의 「여러 명의 베뮐러 씨」에서 거무튀튀한 여자 요리사가 "빈 윙 크바치, 바 누, 바 누 남 체 파치 Wien üng quatsch, Ba nu, Ba nu n'am tsche fatsch" 하고 부르는 노래는 피진 루마니아어든 아니든 간에 적어도 소리내어 읽을 수 있었다.[29] 반면 「위대한 랄룰라」에 표기된 괄호와 그것이 둘러싸고 있는 세미콜론, 심지어—기술적 미디어가 무엇인지 단숨에 보여주는 듯한—빈칸은 어떤 목소리로도 소리내어 읽을 수 없다. 체계적인 무의미는 비인간적 저장 능력을 요구하기에 글의 형태로만 존재할 수 있다. 언뜻 보기에 모르겐슈테른의 음절들은 엄격한 조합론이 아니라 우연과 요행으로 만들어진 듯하지만, 그렇다고 에빙하우스의 음절들과 크게 다르지도 않다. 「위대한 랄룰라」도 저자 없는 재료 상태의 글이다. 우연이 더 많이 개입할수록, 『교수대의 노래』의 제사題詞에 담긴 명령은 문자 그대로 달성된다.

> 분자들이 미쳐 날뛰게 하라,
> 그것들이 함께 주사위를 던지든 뭘하든!

쉽게 말해서 1900년식 기록시스템은 "줄지어 정렬된 낱낱의 단위들"로 이루어진 주사위 놀이다.[30] 이를테면 서정시는 문자와 문장부호로 이루어진 주사위 놀이로, 말라르메 이후의 필자들은 이 기호들에게 글쓰기의 주도권을 넘기게 될 것이다. 이제 문학은 적어도 합당하지 않은 주사위 값은 배제하던 리스코프의 비참한 필사자들보다 훨씬 더 아나키즘적인 방식으로, 그리고 미약한 존재인만큼 더 많은 의미를 생산하던 1800년 무렵 주변부의 시인들poetae minores보다 훨씬 덜 파우스트적인 방식으로 기표들을 주사위처럼 집어던진다. 「위대한 랄룰라」는 언어가 태초부터 종말까지 그저 웅얼웅얼임을 나타낸다.

> 누구나 원하는 것을 말할 수 있고 실제로 그렇게 하는데,
> 대개는 컹컹 꽥꽥 까악까악 음매 하고 우는 것뿐이니, 아
> 무 술집에서나 동물들이 말하는 것을 들어보라.[31]

남은 수수께끼는 그런 웅얼웅얼이 무슨 소용이냐는 것이다. 한낱 글에 지나지 않는 글을 쓰는 것은 해석학자에게도 철학자에게도 아무 소용이 없다. 그들은 "원래 의미 요인을 강조하는" 쪽이며 그런 관점에서 독일 시문학에 근접하기 때문이다.[32] 그나마 암호 전

문가는 「위대한 랄룰라」를 활용할 수 있을 것이다. (이들에 관해서는 나중에 다시 언급하겠다.) 하지만 이런 글을 가장 많이 활용할 만한 분야는 역시 정신물리학이다. 사람들은 모르겐슈테른의 무의미시를 계속 인용하면서 이 시를—"이른바 '고전'의 반열에 올랐다는" 가장 확실한 "지표"인—"인용의 출처로서 존속"시키지만 이런 기억술이 어떻게 작용하는지는 잘 모른다.[33] 그렇지만 "언어로 새로운 것을 창조하는 것은 물리적으로 전례 없는 현상을 창출하는 것과 공통점이 있으니,"[34] 독자들은 「위대한 랄룰라」로 자발적인 기억 실험을 시도해볼 수도 있을 것이다. 에빙하우스는 어떤 점에서 체계적으로 실험을 왜곡했다. 이 정신물리학자는 의미 있는 말과 무의미한 말이 얼마나 다른지 계측하기 위해 바이런의 시를 실험 재료로 썼는데, 덕분에 의미 외에도 압운과 보격이라는 또다른 조건들이 실험에 추가되었다. 반면 「위대한 랄룰라」는 압운과 보격이라는 두 가지 잉여적 요소는 포함되지만 의미는 배제되도록 우연을 제한한 결과다. 이 시는 무의미한 음절의 연쇄와 의미 있는 서정시 사이의 '잃어버린 고리'로서, 압운과 보격의 기억술적 작용이 기의와 동일하게 나타나는지[35] 기표의 효과에 귀속되는지 실험적으로 해명할 수 있다. 그러면 "의미, 운율과 압운, 특정 언어로의 귀속성 등 여러 요인들이 통합된" 바이런의 시 속에 뒤죽박죽 섞여 있던 기능들이 비로소 분간될 것이다.[36] 「위대한 랄룰라」는 시가 기억술의 수단일 뿐 의미 전달에는 방해가 된다는 니체의 학설을 실험적으로 입증할 기회를 연다. 이 시는 비슷한 시기에 자연주의자 빌헬름 뵐셰가 쓴 「시의 자연과학적 토대」보다 훨씬 더 물질적인 수준에서 그 책의 제목이 지향한 바에 접근한다.

∗

에빙하우스의 영웅적인 자기 실험 이후로, 복합적 문화기술Kultur-technik을 연구하는 정신물리학은 담론을 개별적 기능들로 분해한

문화기술과
실어증 연구

다. 이런 기능들은 서로 무관하며 의식을 중심으로 통일되지도 않는다. 이들은 자동적이고 자율적이다. "실험을 요약하자면, 흔히 지적 행동이라고 여겨지는 읽기나 쓰기가 보통 사람들에게 아주 자동적으로 일어날 수 있다는 것이다."[37] 1900년경에는 말하기와 듣기, 쓰기와 읽기가 더이상 주체나 사고로 뒷받침되지 않는 개별 기능들로 분리되어 실험대에 오른다. "유한과 무한 사이에는 말이 생각의 도움을 뿌리칠 수 있는 충분한 공간이 있다."[38] 이제 자연에서 교양으로 나아가는 언어의 기나긴 창세기가 아니라, 언어의 메커니즘이 정상적 또는 병리적 조건에서 어떻게 작동하는지가 더 중요해진다. 정신물리학은 교육학이 아니다. 1800년경의 교육학은 어떤 '어머니 자연'을 중심으로 일련의 필연적 진리를 교사와 어머니들에게 전파했지만, 정신물리학은 여태껏 연구되지 않은 개별적 차원을 목록화할 뿐이다. 이제 말하기와 듣기, 쓰기와 읽기를 매끄럽게 연합하여 의미와 투명하게 일체화하는 교양의 위대한 통일은 유지될 수 없다. 교육학자들이 새롭게 목록화된 개별 기능들을 바탕으로 새로운 결론들을 이끌어낸다고 해도, 변화의 주도권은 이미 실험심리학에 넘어간 지 오래다. 교육개혁가들은 연구 성과를 응용할 수 있을 뿐이며 그나마 단 하나의 문화기술밖에 건드리지 못한다. 게다가 그런 시도는 대개 읽기 쓰기 수업을 어정쩡한 심리학 실험처럼 바꿔놓는 데 그친다. 그래서 교육학의 고유한 영토였던 "읽기의 심리학"도 "교육학의 관할"을 벗어난다.[39] 이제 슈테파니는 퇴장할 시간이다.

정신물리학의 승리는 패러다임을 변화시킨다. 사람들이 교양 있고 애정 넘치는 교육을 받는다면 무엇을 할 수 있게 될까 하는 고전적인 질문은 폐기된다. 정신물리학자들은 일련의 자동적 메커니즘을 개별적이고 근본적인 수준에서 실험하면서, 사람들이 기본적으로 무엇을 할 수 있는가 하는 새로운 수수께끼에 매달린다.[40] 그리고 이들이 해명하는 인간의 능력은 생산적 자연이 부여하는 특별한 재능이 아니라 낱낱의 문자를 읽거나 「위대한 랄룰라」처럼 낱낱의 문자를 쓰는 아주 단순한 기능이라서 이상적 성취를 지향하지도 않는다. 이제 개별 기능들을 넘어서는 보편적 규범은 (내면성, 창조적 상상력, 표준어, 시는) 없다. 특정하게 정의된 피험자와 실험 절차에 따라 일련의 표준이 정해질 뿐이다.

이를테면 김나지움에서 1학년부터 10학년까지 각각 열 명의 학생을 골라 괴테의 「에그몬트」에서 발췌한 100단어짜리 인용문을 가능한 한 빨리 낭독하도록 할 때, 평균 측정값이 1학년은 55초, 2학년은 43초, 최고학년은 23초라는 식이다.[41] 이것이 표준이다. 괴테를 애호하는 교육공무원이라면 여기서 아무 의미도 찾지 못했을 것이다. 그러나 에빙하우스는 여기에 자기가 직접 괴테의 작품을 낭독했더니 단어 한 개당 0.16초가 걸렸음을 덧붙이면서, 학생과 교사, 경험과 규범의 위계질서를 무효화한다. 1학년 학생과 자신의 읽기 속도를 나란히 측정하는 것은 교양의 이상을 뿌리 뽑는 행위다. 에빙하우스는 "읽기 연습을 계속하면 측정치는 계속 단축된다"라며 낭송 속도의 최고기록을 따로 보고하지 않는다.[42] 초월론적 규범은 해체되고 끝없는 행렬만이 남는데, 이 행렬의 불가능한 종점에는 누구보다 빨리 읽지만 오로지 빨리 읽기밖에 모르는 누군가 서 있을 것이다. 정신물리학적 표준이 매번 측정되는 최고기록과 별도로 어떤 이상을 지향한다면, 그것은 카프카의 단식광대 같은 방식으로만 표출될 수 있다. 실제로 독일 최초의 필적학자는 입이나 발로 글쓰는 장애인들이 어떻게 그 일을 수행할 수 있는지 궁금해서 스스로 그들의 행동을 흉내내어 입에 펜을 물고 글을 써본다.[43] 정신물리학은 문화기술을 더이상 정상과 비정상, 발달과 지체의 이분법에 종속시키지 않는다. 오히려 일상생활에서는 잉여적·병리적·구시대적이라고 불릴 법한 능력들이 연구대상이 된다.

에빙하우스는 당연히 알파벳 학습을 완료했고 묵독법으로 능숙하게 읽을 줄 알지만,[44] 실험을 할 때는 속도를 기계적으로 통제할 수 있는 구시대적 낭독법을 채택한다. 모든 필체의 개별성을 제거하는 최신식 타자기가 이미 나와 있지만, 오히려 그 덕분에[45] 정신물리학자들은 표준화된 문자와 무의식적-자동적 필체의 차이를 바탕으로 필적학을 연구할 수 있다. 표준적 조건에서는 "문자들에 덧붙여진 불필요한 요소"라고 불릴 법한 것들만 "근본적 고찰"의 대상이 된다.[46] "학생들에게 무의미한 소재를 읽게 해서는 안 된다는 생각이 중시되고 그것이 올바른 판단"으로 여겨진다고 해도,[47] 유아에서 심리학 교수에 이르는 정신물리학의 피험자들은 그런 교육학적 규범을 지키지 않는다. 그와 함께 100년 전에는 금기시되던 모든 능력 또는 무능력이 되돌아오는데, 이는 단순히 기존의 교양이 성립하기 이전으로 시간을 되돌리는 것이 아니라 교양을 분석하고 해체하는 결과를 낳는다.

　　왜냐하면 문화기술의 표준은 이상적 '인간'과 그 규범을 재현하지 않기 때문이다. 그것은 이미 조각조각난 신체를 다시 분절 또는 분해한다. 실험심리학자들이 개입하기 전에, 신체는 이미 자연에 공격당한 상태로 실험대에 올랐던 것이다.[48] 문화기술과 생리학의 연합을 뒷받침하는 중요한 과학적 발견들이 가능해진 것은 뇌졸중, 머리에 입은 총상, 뇌기능 마비 덕분이었다. 대뇌피질에서 특정 기능을 담당하는 부위만 딱 적당하게 손상되면서 살아 있는 사람의 몸에서 작동하는 말과 글의 하위 기능들이 처음으로 해명된다. 1861년, 폴 브로카는 의식도 있고 말을 알아듣기도 하는데 말을 하지는 못하는 운동성실어증이 전두엽 아래쪽 부위의 손상과 연관된다는 것을 발견한다. 1874년, 카를 베르니케는 역으로 말을 할 수 있는데 알아듣지는 못하는 감각성실어증이 측두엽 위쪽 뒷부분의 손상과 연관된다는 것을 입증한다. 이처럼 손상 부위에 따라 개별 문화기술을 분리하고 계측하는 연구법은 결국 각각의 매개변수에 따라 담론을 해체하는 결과를 가져온다.[49] 1900년경에는 브로카와 베르니케가 규명한 음향적 차원의 장애뿐만 아니라 그에 상응하는 광학적 차원의 감각성 장애(실독증)와 운동성 장애(실서증)도 밝혀진다. 심지어 인식불능증(실인증)의 역상에 상응하는, 언어적 지시 작용의 측면에서 말 또는 글로 이루어진 상징을 이해하지 못하는 상징불능증도 밝혀진다. 상징불능증 환자는 "임의의 대상에" "해당하는 언어 심상을 찾지" 못하며, 심지어 의사와 실험자가 눈앞에 직접 보여줘도 둘을 연결지어 생각하지 못한다.[50] 이렇게 해서 각각의 문화기술은 다시 여러 개의 서브루틴들로 분리된다. 이를테면 글쓰기는 "구술적 글쓰기, 베껴쓰기, 지시적 글쓰기, 즉흥적 글쓰기" 등으로 나뉘며[51] 제각기 기능 마비가 올 수 있다. 일상적으로 그저 '언어'라 부르던 것이 수많은 직간접적 신경망으로 연결된 다양한 기능별 중추들의 복잡한 네트워크로 밝혀진다. 니체가 예언한 대로—그리고 그가 진행성 마비 환자로서 주치의 테오도어 치헨 박사 앞에서 직접 선보인 대로—언어는 개별적 부분들로 해체된다. 그것은 음향적 또는 광학적 차원에서 나타나는 감각성 또는 운동성 신경자극으로 분해되며, 그다음에야 기표-기의-지시체의 단계로 나아갈 수 있다.

실어증 연구는 말하기의 기나긴 모험에 역사적 분기점을 찍는다. 언어장애는 더이상 낭만적 영혼이 말을 잃어버리는 아름다운 순간으로 수렴하지 않는다. "말하기를 원하는, 말하기에 관여하는 기관들이 다양하게 존재하기에, 언어장애의 원인도 그만큼 다양하다"라고 한다면,[52] 이제 '아아'라는 탄식은 그저 또하나의 장애 사례일 뿐이다.[53] '아아' 하고 속삭이며 그 속삭임에 귀기울이던 시 대신에 순수한 자연과학이 언어를 차지한다. 이렇게 정신물리학적 토대가 주어져야 비로소 소쉬르가 새로운 언어구조학을 수립하면서 언어기호를 대상표상(기의)과 음향-감각적 이미지(기표)로 분해한 것,[54] 마찬가지로 프로이트가—그의 제자들은 제대로 이해하기보다 그저 베껴쓰는 데 급급하지만—"사물표상Sachvorstellung”과 “단어표상Wortvorstellung”을 분리한 것이[55] 학술 용어로서 의미를 가진다.

영혼이 ‘아아’ 하고 한숨을 내쉬니, 보편화된 알파벳 학습이 추구하던 교양의 목표도 바람에 흩어진다. 1900년경의 교육학은 응용생리학으로서 학생들의 뇌를 하나씩 차근차근 표준화하는 데만 열중한다. 사물표상 중추, 말하기와 관련된 운동 및 감각 중추, 글쓰기와 관련된 운동 및 감각 중추는 이제 다 따로 접근해야 한다. “읽기-쓰기 교습법은 최신 과학이 밝혀낸 사실에 전혀 부합하지 않는다.”[56] 언어와 관련된 모든 중추가 신경망과 직접 연결된 것이 아니기에, 이른바 초월론적 기의를 중심으로 말하기와 듣기, 쓰기와 읽기를 유기적·상호적으로 발달시킬 수 있는 통합적 모델은 더 이상 가능하지 않다. 교육학은 그저 해부용 메스가 그리는 절개선을 따라 문화기술의 서브루틴들을 분해할 뿐이다. 1900년 무렵의 어린이들은 글을 이해하거나 쓰거나 심지어 생각하지 않고도 읽을 줄 알게 된다. 이렇게 해서 실어증 연구가 실어증을 생산한다.

실어증 환자의 문학　　1913년, 『잃어버린 시간을 찾아서』 제1권이 출간된다. 이 책의 저자는 끝없는 해석의 대상이 되는 어머니와 거의 언급되지 않는 아버지의 아들이다. 그리고 이 책의 이야기를 풀어나가는 마르셀이라는 화자는 질베르트 스완이라는 소녀를 향해 첫사랑을 품으면서 맨 먼저 그녀의 이름을 사랑하게 된다.

> 나는 말을 할 때마다 스완 씨 이름이 부모님 입에서 나오게 하려고 했다. 물론 나 스스로 그 이름을 머릿속에서 끊임없이 되풀이하고 있었지만, 그 감미로운 울림을 듣고 싶었고, 묵독만으로 충분치 않은 그 음악을 누군가 연주해주기를 바랐다. 게다가 그토록 오래전부터 알아왔던 스완이란 이름이, 마치 실어증 환자가 가장 흔하게 쓰는 말도 낯설게 여기는 것처럼 나에게는 새로운 이름이 되었다.[57]

마르셀 프루스트는 자신의 마르셀을 "실어증 환자"에 빗대면서 어떤 이름이 원래의 친근함을 모두 상실했음을 나타내고자 하는데, 바로 이 실어증은 프루스트의 아버지가 진행한 연구 프로그램의 일부였다. 브로카와 샤르코 밑에서 수학한 의학박사 아드리앵 프루스트는 실어증 연구와 뇌 부위별 기능 연구로[58] 신경생리학에 기여했다. 그리고 현대소설은 이 새로운 학문을 참조점 삼아 기표의 유희를 펼쳐나간다.

같은 해인 1913년, 바실리 칸딘스키는 독일어 시집 한 권을 출간한다. 그는 이 책의 제목인 '소리'에 아주 실용적인 의미를 부여한다. 그것은 낭만주의가 내뱉은 [언어의] 원형적 음성이 아니라, 말이 완전히 무의미해질 때까지 반복해서 말하면 나오는 "본질적 소리"다. 그런데 이는 실어증을 시뮬레이션하는 데 많이 쓰였던 검증된 방법이기도 하다. 그러니까 칸딘스키는 회화를 그리면서 순수한 색채와 형태만 남기려고 했듯이, 시를 쓰면서 단어의 음향적 심상만 생리학적으로 분리해내려고 한 것이다. 물론 이렇게 해명한다고 해서 독문학자들이 이 시도와 동일한 토대에서 자라난 현대언어학의 이름으로 그를 공격하는 것을 막지는 못하리라.[59] 그렇지만 실독증은 다른 무엇보다 그 언어장애를 연구하던 사람들의 책을 엄습한 듯하니, 그들은 이미 오래전에 잊었다……

끝으로, 1902년에 출간된 호프만스탈의 「편지」에서 화자는 자신의 병을 스스로 진단한다.

그리고 내가 여태까지와 다른 방식으로 나 자신일 수 있다면, 너무 멀리 뻗어나간 내 생각의 소산들, 그 모든 흔적과 흉터를 이해할 수 없는 나의 내면에서 완전히 지우는 것도 가능하지 않을까요? 그래서 내 앞에 놓인 당신의 편지 속에서 저 소논문의 제목이 낯설고 차갑게 나를 응시할 때, 나는 그 제목을 일련의 단어들로 이루어진 친숙한 이미지로 한눈에 파악하지 못하고, 마치 이런 라틴어 단어들이 이렇게 한데 모인 것은 생전 처음 본다는 듯이, 단어 하나씩 더듬더듬 읽어나갈 수도 있지 않을까요?[60]

거의 읽을 수 없게 되었다고 편지를 쓰고 있는 이 발신인은 감각성 실어증, 기억상실에 가까운 실독증의 전형적인 사례처럼 보인다. 그런데 이 발신인은 챈도스 경이라는 시인이고, 그의 눈앞에 하나의 언어 심상으로 통합되어 나타나지 않는 단어들의 행렬은 그가 최근에 직접 쓴 라틴어 논문의 제목이다. 그동안 챈도스 경은 글쓰기 능력은 그대로인데 (편지도 쓸 정도니까) 읽기 능력만 감소한 상태, 생리학적으로 말해서 "뇌"의 "무기력" 상태에 빠졌다.[61] 오프터딩겐이나 귀도는 생전 처음 보는 낯선 책이라도 제목을 알아맞힐 수 있었지만, 1902년의 이 필자는 자기가 직접 지은 제목도 더이상 알아보지 못한다. 그러니 위대한 생리학자가 실독증의 증상을 나열한 아래의 글에서 "환자"를 "챈도스"로 바꿔 읽는 것도 얼마든지 가능하다.

> 환자는 문자들을 충분히 명확하게 볼 수 있고 즉흥적인 글쓰기도 할 수 있으며, 베껴쓰기도 흠잡을 데 없이 말끔하게 할 수 있는 듯이 보인다. 그럼에도 손으로 쓴 글이나 인쇄된 글은 물론 심지어 방금 본인이 직접 깨끗하고 정확하게 베껴쓴 것(메모, 짧은 편지)조차 읽지 못할 때가 있다. ……실독증 환자는 때때로 몇몇 문자나 음절을 알아보지만, 그것들을 연속적으로 파악하고 상호연관된 말로 인지하여 그 내용을 이해하려고 하면 한 어절도 그렇게 소화해내지 못한다.[62]

여기서 생리학은 아주 세부적인 부분까지 문학과 일치한다. 생리학이 분리한 증상을 문학이 증언한다. 니체는 독서를 금지하고 기표들의 글쓰기만을 허용하는 자신의 시력 저하를 열렬히 찬미한다. 마찬가지로 챈도스는 기의의 인지능력이 저하된 상태에서 오히려 자신의 실독증을 바탕으로 새로운 담론을 개발한다.(실제로 감각성실어증은 종종 언어 표현에 영향을 준다.[63]) 그는 기의들, 특히 초월론적 기의들("'정신'·'영혼'·'신체' 등")은 "그냥 발음하기"조차 꺼리면서, "한 단어도 알지 못하는 언어, 말없는 사물이 내게 말을 건네는 언어"를 꿈꾼다.[64] 이와 흡사하게, 정신물리학을 공부한 교육학자들도 수업시간에 읽기와 쓰기를 분리함으로써 말과 글이 말없는 관조 또는 사물의 가르침을 벗어나 기의나 지시체와 뒤섞이지 않도록 해야 한다고 주장한다.[65] 챈도스 경은 마치 이런 교육학자들 밑에서 배운 학생처럼 "햇빛 아래의 개, 황량한 교회 묘지, 장애인"에서 말을 초월한 어떤 장엄한 "계시"를 본다.[66] 이는 당연한 귀결인데, 왜냐하면 그가 바로 장애인이기 때문이다. 실어증과 실독증은 매개적 선택 작용을 중단시키면서 필연적으로 이름 없음과 형태 없음을 현시한다. 니체를 괴롭히던 무시무시한 목소리는 실어증 환자의 몸을 빌려 일상으로 돌아온다. "말소리도, 휘파람 소리도, 박수 소리도, 그들[환자들]의 귀에는 전부 혼란스러운 잡음으로 들린다."[67]

✳

실어증, 실독증, 실서증, 인식불능증, 상징불능증. 이 기나긴 장애의 목록에서, 잡음은 모든 담론에 선행하는 주제이자 방법으로 등극한다. 피험자에게서 확인된 조각난 언어의 산물들은 실험 재료들[에빙하우스가 의도적으로 암기 실험을 위해 제작한 무의미한 음절들]과 똑같이 활용될 수 있다. 니체에게 공포를 불어넣고 챈도스에게 낯선 경이로움을 선사한 근원적 잡음도 얼마든지 전송될 수 있다. 1900년식 기록시스템에서 담론의 물질적 조작은 대단

청력과<br>압운 실험

히 광범위하게 이루어진다. 정신물리학은 백색잡음을 특정한 필터에 통과시켜 [인간의 귀에 더욱 균질하게 들리도록 보정한] 이른바 '분홍색 잡음'을 만든다. 눈과 귀가 여기서 무엇을 보고 듣든지 그것은 모두 실험의 산물이다.

에빙하우스는 무의미한 음절들을 가지고 다른 사람들에게도 기억 실험을 해본다. 하지만 모든 피험자가 에빙하우스처럼 사고 비약을 통제할 수는 없었던 모양이다. 종종 이런 일이 벌어진다.

적어도 처음에는, 암기를 용이하게 하는 온갖 기법을 배제하고 음절들을 그저 낱낱의 문자 조합으로 파악해서 기계적으로 암기하기가 거의 불가능하다. 일부러 그러는 것도 아니고 그러고 싶은 것도 아닌데 하나의 음절에서 온갖 표상이 연상되어 나온다. 참으로 다채로운 가지각색의 것들이 피험자들의 머릿속에 떠오른다. 유사한 음절들의 운율적 효과, 문자들의 상호관계, 비슷한 소리가 나는 유의미한 단어들, 사람 이름, 동물 이름, 또는 외국어에서의 의미 등이. ……이를테면 음절을 추가해서 '페크pek'를 '페킹Peking[베이징]'으로, '킨kin'을 '킨트Kind[어린이]'로 바꾸거나, '제프sep'에서 '요제프Josef'를, '나이스neis'에서 영어 단어 '나이스nice[좋은]'를 연상하기도 한다. ……어떤 피험자는 '파크 나이트faak neit'에서 '파렌하이트Fahrenheit[화씨]'의 표상을 떠올렸고, 또다른 피험자는 '자스 둠jas dum'에서 (프랑스어 단어 '자제jaser[수다 떨다]'와 독일어 단어 '둠dumm[멍청한]을 생각해내서) '멍청한 수다'라는 표상을 연상하기도 했다. 심지어 '도슈 팸 포이어 로트dosch päm feur lot'라는 음절의 연쇄에서 '다스 브로트 포이어 뢰슈트das Brot Feuer löscht[빵이 불을 끈다]'라는 문장을 만든 사람도 있었다.[68]

이 실험은 [표준적인 언어구사자가 어떤 능력을 가졌는지 보여줌으로써] 역으로 실어증이 무엇인지 확인시켜준다. 실어증 환자가 기의들을 바탕으로 만들어낸 것 같은 무의미한 음절들을 표준적인 언어구사자에게 제시하고, 이들이 이 음절들을 바탕으로 어떻게 기의를 만들고 표상을 드러내는지 살펴보자. 표준적인 언어구사자는 '자스 둠'이라는 무의미한 음절에도 '멍청한 수다'라는 [정확한] 의미를 부여하고야 만다. 이렇게 하면 헤르만 구츠만의 논문 제목대로 '듣기와 이해하기'의 차이를 정량화할 수 있다. 구츠만은 전화와 축음기라는 두 가지 기술적 채널로 '파움paum'이나 '마움maum' 같은 무의미한 음절들을 전송하는 실험을 한다. 그러면 피험자들은 (주파수대의 제약에도 불구하고, 또는 바로 그 제약 때문에) "대개 '바움Baum[나무]'으로" 알아듣는다. 이것은 담론이 잡음의 스펙트럼을 "절충적으로 조합"한 것이라는 니체의 언어이론적 예언을 실험적으로 입증한다.[69] "[나무의 모습을 정확하게 보기보다] 나무의 대략적 모습을 상상하는 것이 더 쉽[다.] ……우리는 스스로 알고 있는 것보다 훨씬 더 예술가적인 사람들이다."

　제목 그대로 '뇌와 언어'의 문제에 집중하여, 유아가 빛의 얼룩과 무의미한 소리를 이미지와 언어음으로 조직화하는 과정을 재구성한 어떤 생리학 논문집도 같은 결론에 도달한다. 즉 "우리는 시인과 같은 방식으로 움직인다."[70] 하지만 '마움'에서 각운을 맞추어 '바움'을 떠올리고 '파크 나이트'에서 두운을 맞추어 '파렌하이트'를 떠올리는 등의 시적 작용을 니체주의적 뇌과학자들이 실험적으로 확인하는 순간, 뮤즈의 존재는 더이상 필요하지 않게 된다. 시적 연상은 뇌의식의 무의식적 작용이며 아무리 위대한 저자라도 예외가 될 수 없다. 정신과 의사 클링케는 "정신의학적·자연과학적 토대에 의지해야만" 안젤무스가 라일락나무 아래서 경험한 황홀경을 철저하게 판정할 수 있다고 주장하는데,[71] 그에 따르면 세 자매의 속삭임을 듣는다는 것은 정신질환 판정 기준에 부합하는 전형적 증상일 뿐이다.

> 특히 정신질환자인 경우에는 이 말과 소리가 어떤 운율에 따라, ……마치 박자를 맞추는 듯이 내이內耳를 통해 들리면서 그 소리를 자기 몸이나 외부 환경의 어딘가로 투사하기도 한다. 연상, 두운, 각운을 수반하는 이 운율은 어떤 때는 심장박동과 동기화된 귓속의 잡음에 의해 생겨나지만, 또다른 때는 박자를 맞춰 행진하는 소리나 최근 등장한 규칙적인 기차 바퀴 소리 등의 외부 소음에 의해 유발되고 지속되기도 한다. 소설 도입부에서 안젤무스가 처한 상황도 이와 유사해 보인다.[72]

이런 결론은 시의 가능조건 자체를 붕괴시킨다.[73] 안젤무스를 '어머니의 입'으로 인도하던 소리는 인간성을 상실하고, 그 소리에 대한 안젤무스의 해석이 향하던 세르펜티나의 존재도 근거를 박탈당한다. 하지만 마왕의 속삭임을 나뭇잎 바스락거리는 소리로 변모시키던 계몽된 아버지들의 시대와 달리, 탈주술화는 여기서 끝나지 않는다. 정신물리학은 의미를 수립하는 뻔한 자의성의 영역을 지나 무의미한 신체에 도달한다. 그것은 다른 많은 기계와 다를 바 없는 하나의 기계. 그래서 귓속의 웅웅거림이나 기차의 소음도 정신질환에 걸린 뇌에게 모음운, 두운, 각운을 불어넣을 수 있다. 라일락나무 아래서 들리던 "슈베스털라인—슈베스털라인, 슈빙게 디히 임 시머Schwesterlein—Schwesterlein, schwinge dich im Schimmer[나의 언니—내 어린 동생아, 반짝이는 빛을 받으며 훌쩍 떠올라]"라는 소리는 한때 자연시로서 기록되었지만, 정신물리학은 그렇게 생각하지 않는다.

왜냐하면 그럴 이유가 없기 때문이다. 1900년경에는 온갖 곳에서 쉭쉭대는 소리가 난다. 한 정신질환자는 병실에서 끊임없이 뒤죽박죽된 말을 지껄이는 목소리들[의 환청]에 시달리는데, 이 목소리들은 환자 "주변에서 들리는 말들"의 뒤죽박죽 속에서 "그들 자신이 말하려는 (웅얼거리려는) 것과 거의 같은 소리를 가진 말"만 골라낸다는 것이다. 에빙하우스의 피험자들이 그랬듯이, 환청은 압운을 유발하면서 "산티아고Santiago"에서 "카르타고Carthago"를, 또는 (작센 방언 때문에) "브리프베슈베러Briefbeschwerer[문진]"에서 "헤어 프뤼퍼 슈뵈르트Herr Prüfer schwört[감사관이 맹세한다]"를 만든다.[74] 그러니 "헤르츠/슈메르츠Herz/Schmerz[심장/고통]"나 "브루스트/루스트Brust/Lust[가슴/욕망]" 같은 독일 서정시의 유서 깊은 압운들이 "정신질환자, 특히 이른바 '관념비약'이 심한" 환자의 귀를 덮치는 무의미한 수군거림에 불과하다는 서글픈 결론에 도달할 수밖에 없다. 정신과 의사 치헨은 어떤 조증 환자가 떠올린 "훈트-분트-슌트Hund-Bund-Schund[개-연합-쓰레기]"라는 관념연합을 인용하는데,[75] 이는 압운의 산물이기도 하지만 압운의 본질을 호명하는 진정한 이름이기도 하다.

　여기서 중요한 것은, 이렇게 무의미한 쓰레기가 학문적으로 처음 기록된 시점이 박식한 문학자들이 생각하는 것처럼 1928년이 아니라[76] 1893년이라는 사실이다. 서정시인들도 운율을 검토할 때는 (치헨의 책제목이기도 한) '생리심리학의 실마리들'을 붙들어야 한다. '헤르츠/슈메르츠'나 '브루스트/루스트' 같은 압운들은 아르노 홀츠가 「끈적거리는 압운들과 그 무의미에 대하여」에서 인용한 예시의 일부다. 현대 자유시로의 이행은 단순히 문학 내부의 혁신으로만 이해될 수 없다. 다시 말해 압운이 실험실과 정신병동에서 출현하기 시작하면 인쇄된 지면에서는 자취를 감춰야 하는 것이다. 그래야 시인과 정신질환자의 경계가 무너지지 않기 때문이다.

　그렇지만 1900년 무렵의 자유시는 역사적으로 가능해진 여러 선택지 중 하나일 뿐이다. 다른 하나의 역설적인 선택지는 흉내 내기Mimikry다. 기차의 소음이 정신질환자에게 기계적으로 압운을 유발할 수 있다면, 서정시인은 그런 신체적 시를 흉내내어 새로운 압운을 만들 수 있다. 일례로 릴리엔크론의 시에 "라타타타트Rattattattat"라는 말을 불어넣은 것은 어떤 저자나 표준 독일어가 아니라 철도 자체다.[77] 그리고 박자를 맞춰 행진하는 소리도 이와 유사한 효과를 발휘하기에, 릴리엔크론의 압운 놀이는 "클링링, 붐붐, 칭다다Klingling, bumbum, und tschingdada"를 자연스럽게 "페르제르샤Perserschah[페르시아 황제]"와 연결한다.

군악대가 '칭다다'라는 신호를 송신하면, 피험자는 압운이 떠올랐는가 하는 질문을 받는다. 이것은 실제로 『교수대의 노래』가 출간된 바로 그해에 나르치스 아흐라는 의학·철학박사가 진행한 실험이다. 그는 일련의 무의미한 음절들을 제시하고 (안타깝게도 '아아/아흐ach' 하는 소리는 빠져 있지만) 최면 또는 각성 상태의 피험자에게 그에 상응하는 무의미한 압운 또는 모음운을 답하라고 한다.[78] 하지만 아흐의 실험이나 「위대한 랄룰라」와 달리 유의미한 단어만 답할 수 있도록 조건을 제한하면 난이도가 훨씬 높아진다. '마움'에서 '바움'을 떠올리는 구츠만의 혼성적 조합은 그래도 무난하다. '칭다다'는 그럭저럭 외국어 단어들을 연상시킨다. 하지만 슈테판 게오르게의 난해한 시는 진정 아포리아의 수준에 다다른다. 게오르게는 영 뚱딴지 같으면서도 독일어로 말이 되는 독창적인 압운들을 대량으로 만들어, 피험자들이 아무 답변도 못할 것만 같은 무질서한 음절들로 담론의 정점을 이룬다.

> 우리는 징벌이 끝없이 계속되는 특별 구역에 있으니 여기
> 사람들은: 오 주여!라고 말하기를 원하지 않았던 자들이
> 고 천사들은: 우리는 원한다라고 말했던 자들이다. 그 고
> 통의 장소에서 그들은 영원한 심판자를 모독하고 자신의

가슴을 친다: 그들은 자기가 복 받은 자들보다 더 위대하
다고 말하며 그들의 기쁨을 경멸한다. 하지만 사흘에 한
번씩 저 위에서 날카로운 목소리가: 티홀루·티홀루 하고
말하면—엉킨 실타래 같은 혼란이 일어난다· 저주받은
자들이 입을 다물고 이를 딱딱 부딪치면서 바닥에 납작
엎드리거나 타오르는 심연 속으로 숨으려 한다.[79]

「티홀루」의 꿈은 게오르게가 번역가이자 시인으로서 평생 열정
을 바쳤던 『신곡』을 도착적으로 왜곡한 결과다. 단테의 시에서 저
주받은 자들은 상상할 수 있는 온갖 언어장애로 두들겨맞았고,[80]
복 받은 자들은 유일하고도 동일한 기준이 지배하는 신의 말씀에
다다랐다. 반대로 게오르게의 시에서는 저주받은 자들이 말할 수
있는데, 다만 이들의 말은 사흘에 한 번씩 날카로운 목소리가 기
계적으로 표어를 되뇌는 순간 멈춘다. 표어의 무의미한 음절들은
그들을 신체의 혼돈으로 환원시키는 신의 형벌이다. 주인을 부르
기를 원하지 않았던 사람들에게 새로운 주인의 담론이 극히 당대
적인 자신의 고유한 도착적 왜곡으로 응답하니, 그것이 바로 지옥
같은 난수 발생기다.

　니체는 기억과 각인에 관한 이론을 전개하면서 "슬로건/때리
는 말Schlagwort과 표어/찌르는 말Stichwort"이라는 표현을 쓴 적이
있다.[81] 이 단어들은 그가 묘사하는 기억술의 본질을 생생하게 전
달한다. 정신물리학 실험은 이렇게 때리고 찌르는 말로 피험자들
을 고문하면서, 그들이 타오르는 심연 속으로 사라지거나 문화기
술의 생리학적 비밀을 드러낼 때까지 괴롭힌다. 치헨은 그라스하
이가 연구한 언어장애 사례, 마치 챈도스처럼 "낱낱의 문자를 올
바르게 읽을 수 있지만 그것들을 단어로 조합하지는 못하는" 환
자에 대해 "한 단어를 낱낱의 문자로 분해하여 보여준 뒤에 혼자
힘으로 조립해보도록 하거나, 역으로 한 단어를 어떤 식으로든 통

째로 보여준 뒤에 혼자 힘으로 낱낱의 문자를 분해해보도록 하는" 치료법을 권한다.[82] 이렇게 사람을 때리는 말들은 크게 히트를 쳐서, 1900년 무렵에는 온갖 분야에서 모습을 드러낸다.

프로이트는 "열아홉 살 때 돌을 들어올렸다가 그 밑에 있던 두꺼비Kröte[크뢰테]를 보고 몇 시간이나 말을 잃었던" 히스테리 환자를 분석한 적이 있다. 에미 폰 N.이라는 이 환자는 그전에 다른 정신과 의사가 자기에게 "최면을 걸고 '카K… 에르r… 외ö… 테t… 에e…'라고 한 글자씩 말하게 한" 데에 불만을 품고 프로이트에게 도망쳐왔다. 그녀는 분석용 침상에 앉기 전에 프로이트에게 "절대로 그 말을 시키지 않겠다는 약속"을 받아낸다.[83] 그런데 [『말테의 수기』의 화자인] 말테 라우리츠 브리게는 마치 그 정신과 의사의 치료 과정을 목격이라도 한 듯이, 샤르코가 히스테리를 치료한—또는 잉태한—위대한 파리의 살페트리에르 병원에서 벽 너머로 환자와 의사가 대화하는 것을 엿듣는다.

갑자기 조용해진 가운데, 거만하고 잘난 체하는 목소리, 누군지 알 것 같은 어떤 목소리가 이렇게 말했다. "리에Riez![웃어요!]" 잠시 멈춤. "리에. 매 리에, 리에Riez. Mais riez, riez.[웃어요. 웃으라니까, 웃어요.]" 나는 이미 웃고 있었다. 맞은편의 남자가 왜 웃으려 하지 않는지 이해할 수 없었다. 기계가 덜덜거리며 돌아가다가 다시 멈췄다. 이런저런 말이 오가더니 다시 아까 그 힘찬 목소리가 명령했다. "디트 누 르 모: 아방Dites nous le mot: avant.[이 단어를 말해봅시다: 아방.]" 이번에는 철자를 하나씩 떼어 읽었다. "아-베-아-엔-테" ……침묵이 흘렀다. "옹 넝텅 리앙. 앙코르 윈 프와On n'entend rien. Encore une fois[아무 소리도 안 들려요. 다시 한번]: ……"[84]

\*

이렇게 환자를 때리고 찌르는 단어들은 그 자체가 구술적 명령형 식으로서 각인의 효과를 발휘한다. 담론은 분해되고 반복되면서 낱낱의 개체들로 환원되고, 이 개체들은 기호의 집합 또는 타자기의 키보드가 되어 신체에 직접 작용한다. 음성학적 읽기 교습법이 시각언어를 청각언어로 번역하고 발화에 고상한 음악적 내면성을 불어넣었던 반면, 정신물리학은 시각언어를 폭력적으로 공간화한다. 실어증 연구는 언제나 뇌에서 해당 부위를 식별하고자 하며, 벽 너머의 정신과 의사는 철자를 낱낱이 말하라고 명령한다. 그러니 이렇게 신체를 때리는 말의 기술이 읽기와 쓰기에 적용되는 것은 필연적이다.

19세기에 헬름홀츠가 감각 역치와 감각된 대상을 지각하는 시간을 측정하는 각종 장치들을 개발하면서, 1890년대의 정신물리학은 카이모그래프Kymograph [파동기록기], 타키스토스코프Tachistoskop [순간노출기], 호롭터로스코프Horopteroskop [시축측정기], 크로노그래프Chronograph [측시기] 등의 다양한 기구로 읽기 능력을 계측한다. 이 기계들은 피험자에게 가해지는 읽기 자극의 지속시간을 조금이라도 단축하려고 맹렬하게 경쟁한다. 그리고 이렇게 새로운 계측장치들이 발전하면서 비로소 실어증 연구가 감각생리학과 접속되기 시작한다. 제임스 커텔은 피험자에게 순간적으로 노출된 문자 하나가 신경망을 가로질러 분산된 언어중추 사이로 넘나드는 시간이 0.001초 단위일 것이라고 계산한다. 하지만 그가 실험실에서 구현할 수 있는 문자 노출시간은 0.1초 단위까지가 한계이며, 이는 후속연구를 진행한 에르트만과 도지도 마찬가지다. 이러면 피험자가 실험 도중에 안구를 움직이면서 한번 읽은 문자를 다시 읽을 위험이 있다. 그런데 분트가 실험적인 타키스토스코프를 만들어서 문자 노출시간을 0에 가깝게 계속 단축시키기 시작한다. 노출시간이 처음으로 0.01초 단위에 이르자 "눈의 초점이 왔다갔다하는 안구 운동이 확실히 봉쇄된다."[85] 이 엄청난 사건은 새로운 시대의 근간을 이룬다. 피험자는 (이번에도 피험자는 실험을 진행하는 교수 본인인데) 머리와 눈을 움직이지 못하도록 단단히 고정한 채 의자에 앉는다. 그 앞에는 내부를 들여다보도록 구멍이 뚫린 검은색 상자가 있는데, 그 안에서 섬광이 번개처럼 번쩍이는 짧은 시간 동안 문자 한 개를 보여준다. (읽기 연구의 선구자인 돈더르스는 실제로 전기 스파크를 썼다.[86]) 이는 현대화된 동굴의 비유다.

니체는 「디오니소스 송가」에서 "번갯불"이 번쩍이면 "디오니소스가 아름다운 에메랄드빛으로 모습을 드러낸다"라고 약속했다. 그리고 타키스토스코프 기법은 임의의 문자들을 0.001초라는 찰나의 시간 동안 마치 고결한 성령의 말씀처럼 번쩍이는 빛 속에 드러내 보인다. 디오니소스는 아리아드네의 귀에 대고 "그 안에 현명한 말을 꽂아넣어라"라고 말했다. 현명한 말이든 무의미한 말이든, 기계장치는 문자 그 자체로 받아들일 수밖에 없는 기호들을 망막에 새겨넣는다. 문자들을 하나의 단어로 묶어 읽거나 다시 읽지 못하게 하면, 아무리 많이 배운 사람이라도 "낱낱의 문자들을 읽어내는 가장 원시적인 수준," 다시 말해 최소한의 읽기를 구성하는 어떤 표준적 상태로 되돌아간다.[87] 문자문화가 성립한 이래 처음으로 사람들이 생리학적으로 벌거벗겨진 기호 인지 수준으로 퇴보한다. 글은 더이상 수용적인 종이 위에서 죽은 듯이 온순하게 자신을 소비해줄 사람을 기다리지도 않고, 설탕과자와 어머니의 속삭임으로 달콤하게 포장되지도 않는다. 오히려 글은 충격적인 폭력을 가하면서 기습 공격한다. 때리고 찌르는 말들은 저장고에서 튀어나왔다가 상상도 못할 속도로 다시 사라지는데, 이들은 잉크도 쓰지 않고 의식도 거치지 않으면서 피험자에게 흔적을 각인한다. 타키스토스코프는 종이 대신에 망막 자체를 활자로 때리는 타자기다. 이렇게 작렬하는 문자들을 멍하니 판독하는 것을 '읽기'라 부를 수 있다면, 읽기는 고전적 구술성과 완전히 결별하고 오히려 춤추는 프락투어 서체 문자들에 둘러싸인 헤어브란트의 착란적 상태를 표준으로 삼게 될 것이다. 하지만 이렇게 문자 인지와 단어 인지, 읽기 속도에서 오류 발생 빈도에 이르기까지, 읽기라는 "극히 복잡하게 뒤얽힌 총체"를 이루는 각각의 "국면"들을 계량하려면[88] 먼저 피험자를 타키스토스코프 앞에 무방비하게 묶어놓는 데서 출발해야 한다.

표준은 이상적 '인간'과 무관하다. 그것은 미디어와 정신물리학을 합선시키는 공통의 척도다. 다른 담론 기술들과 분리된 순수한 글은 더이상 개인의 존재에 의존하지 않는다. 한때 개인은 문자들을 연결하고 자신만의 독특한 방식으로 펜의 압력을 조절하여 글 전체에 일관성을 불어넣었으며 이를 통해 자신만의 일관성을 획득했다. 하지만 이제 글은 개인을 실험 목적으로 조각조각 해체하는 실험장치 안에 들어간다. 타키스토스코프가 측정하는 것은 종합적 판단이 아니라 자동적 메커니즘이다. 바로 이런 이유로, 문자를 낱낱이 읽는 구식 철자법이 과거의 명예를 회복한다.

1803년, 정신의학자 호프바우어는 보통 수준에서 교육받은 사람의 읽기 속도를 훌륭하게 계산했다.

보통 수준의 숙련된 독자는 지금 이 책처럼 인쇄되고 내용 자체가 시간의 지체를 유발하지 않는 인쇄물이라면 한 시간에 전지 3장 분량[8절판으로 계산하면 48쪽]을 읽는다. 그러니 책 한 쪽을 읽는데 어림잡아 1분 15초 정도 걸리는 셈이다. 한 쪽에 30줄 정도, 다시 한 줄에 30자 정도 들어간다고 계산하면, 이 독자는 1분 15초 또는 75초에 900자를 인식하고 각각을 구별한다. 그런데 문자 인식은 추론의 결과다. 따라서 독자는 1초에 열두 번이나 추론을 하는 셈이다. ……이 과정에서 독자가 저자를 따라가면서 그의 생각을 자신의 영혼으로 옮긴다고 하는 것은 받아들일 수 없는 가정이다. 혹자는 이런저런 사례들을 바탕으로 우리가 의식에 의지하지 않고도 대상을 인식할 수 있다는 결론을 내리고 싶을지 모른다. 하지만 아무래도 그렇게 생각하기는 어렵다.[89]

이런 숫자가 나와버렸으니, 교양의 체제에 입각한 독서의 셈법은 더이상 나아갈 도리가 없었다. 호프바우어는 인쇄된 지면에서 낱낱의 문자로 거슬러올라가는 알파벳 학습 전 과정의 재구성 끝에, 의식이 1초에 열두 번이나 문자를 인식 또는 추론할 수 있다는 데 경의를 표하고 계산을 마쳤다. 여기서 그는 의식이 독서 과정을 계속 따라다녀야 한다는 전제를 따로 입증하지도 않았다. 왜냐하면 그때는 읽기가 영혼에서 영혼으로 생각을 전달하는 것으로 여겨졌고, (안톤 라이저의 경우처럼) 말하기 속도가 읽기 속도의 기준이 되었기 때문이다. 이때는 읽기가 실제로 인식을 뜻했기에 기술적 차원에서 무의식을 정의한다는 것 자체가 무의미했다.

타키스토스코프로 단어를 노출하는 메커니즘은 생각을 전달하는 것과 전혀 무관하다. 하지만 단지 그 이유만으로 이 기계가 문자당 12분의 1초, 즉 0.083초라는 호프바우어의 계산치를 능가하는 단어당 0.019초의 기록을 세울 수 있는 것은 아니다. 타키스토스코프 장치는 알파벳 학습의 논리를 구현한 독자가 마음껏 읽도록 한 다음에 그 결과를 칭찬하는 것이 아니라, 디오니소스처럼 번개를 내리쳐서 노출시간을 강제로 지정한다. 그것은 읽기의 기능을 개인이나 의식과 무관한 것, 결국은 글 자체와도 무관한 것으로 새롭게 드러낸다. 정신물리학은 "물질의 순수한 운동"을 탐구하는데, 이 운동은 "지성의 법칙에 종속되지 않으며 따라서 훨씬 중요하다."[90] (그리고 이것이 영화와 미래주의의 가능성을 연다.) [읽기와 쓰기 같은] 문화기술은 생물학적으로 부과되는 시간축을 따라감으로써 이상적 '인간'의 속성을 이룰 수 있었지만, 기계장치는 저 자신의 시간을 부과하면서 이 '인간'을 다시 용해시킨다. 이제 하나의 '인간'은 둘로 분리되어, 한편에는 의식적 능력과 역량이라는 환상이 남고, 다른 한편에는 호프바우어가 반박할 가치도 못 느꼈던 가능성인 무의식적 자동 작용이 남는다.

최초의 타자수들이 텍스트를 실시간으로 보고 읽을 수 있는 가시적 타자기를 요구한 것은 환상에 사로잡힌 결과다. 자동화된 손은 눈이 보이지 않는 상태에서 오히려 더 훌륭하게 작동한다. 교양 있는 피험자가 타키스토스코프에서 단어 "'전체'를 보았다"라고 "확신"하는 것은 환상에 사로잡힌 결과다. 내성법적으로 통제할 수 없는 0.001초 단위의 시간에는 아무리 훈련받은 독자의 눈이라도 낱낱의 문자들을 연속적으로 따라갈 수밖에 없다.[91] 프락투어 서체가 안티크바 서체보다 가독성이 높다는 "주관적 판단"은 환상에 사로잡힌 결과다. "프락투어 서체로 읽기를 더 좋아하고 그편이 훨씬 가독성이 높다고 믿는 사람들도, 실제로 프락투어 서체를 읽을 때 더 많은 시간을 소요한다."[92]

악명 높은 문필가 헤르만 바르는 이런 환상을 인식하는 데서 출발하여 다음과 같은 간단한 공식을 만든다. 고전적인 알파벳 학습은 이상적 '인간'을 (담론을 경유하지 않고) 세계와 바로 매개하려는 시도였지만, 이제는 상황이 달라졌다는 것이다.

> 인간을 둘러싼 실험은 좌초했다. 세계를 둘러싼 실험도 마찬가지로 좌초했다. 이제 오로지 인간과 세계가 서로 충돌하는 접촉면(감각, 인상)에서만 실험이 이뤄질 수 있다.[93]

인간과 세계가 한낱 환상이 되어 어른거릴 때, 실재의 위상을 유지할 수 있는 것은 오로지 한쪽이 다른 쪽에 무언가 새겨넣을 수 있는 접촉면 또는 피부뿐이다. "관념적인 기쁨을 더듬더듬 말하는" 대신에 "신경에 특정한 인상을 강제로 부과하려는" 문학은 바로 이런 타키스토스코프적 효과를 노린다.[94] 새로운 문학은 뇌의 언어중추들을 개별적·연속적으로 공격한다. 그것은 언어가 신경 자극을 이미지로 치환하고 이미지를 다시 소리로 치환한다는 니체의 말에 정확하게 부합하는 문학의 언어를 구축한다. 악명 높은 아르노 홀츠는 압운을 일련의 음향적 효과로 대체하고, "어째서 눈이 인쇄된 시구들을 보면서 특별한 기쁨을 누리면 안 된다는 것인지" 질문한다.[95] 이 기쁨은 더이상 인간과 세계의 축소상이 불러일으키는 감흥이 아니라, (타키스토스코프를 구동할 때 노출시간을 계산하듯이) 읽기 시간을 인체공학적으로 최적화한 결과다. 이를테면 홀츠가 1897년부터 모든 시구를 중앙정렬 방식으로 배치한 것은 다음과 같은 이유 때문이다.

> 만약에 내가…… 지면 중앙이 아니라 좌측 시작점을 따라 기준선을 그으면, 눈이 앞뒤로 왔다갔다하면서 두 배나 많이 움직여야 한다.[96]

이처럼 홀츠의 시구는 독자나 독자의 이해도가 아니라 눈과 정신물리학을 고려하여 배치된다. 다시 말해서 "순수한 물질의 운동"은 "지성의 법칙에 종속되지 않으며 따라서 훨씬 더 중요하다." 홀츠의 시집 『판타수스』는 낭만주의자처럼 상상력을 모든 감각의 대체물로 호명하는 대신에 무의식적인 안구 운동에 집중한다. (같은 시기에 후설의 현상학도 이 주제를 다룬다.) 이렇게 해서 1900년을 전후로 수용의 미학에 변화가 나타난다. 두 영혼 또는 의식의 신화적 소통 대신 글의 물질성과 감각생리학의 정량적 관계가 중요해진다. 시인 홀츠는 신경이 문자를 처리하는 시간이 0.001초 단위로 줄었을 때 실제 독자가 어떻게 반응하는가 하는 문제에는 관심이 없다. 문자들을 건너뛰고 읽으라던 옛 시인들과 달리, 그는 오로지 자신이 다루는 미디어의 물질성을 기술적으로 계산하는 데만 몰두한다. 그러니 "새로운 세대의 인간들이 서정시 대신 기술에, 회화 대신 바다에, 인식론 대신 정치에 투신"하기를 바랐던 슈펭글러의 합리적인 꿈은[97] 이미 뒤늦은 소망이었던 셈이다. 확실히 니체 이래로 "미학은 응용생리학일 뿐이다."

*

물질의 운동은 글쓰기의 장에서 궁극의 승리를 만끽한다. 어떤 타자기 연구자는 피험자로서 38일간 순수하게 타자기로 글을 베껴 쓰는 훈련을 계속한 끝에, 드디어 목표한 바를 달성하고 실험일지에 이렇게 기록한다. "오늘은 문자를 본다고 의식하기도 전에 타자를 치고 있을 때가 많았다. 이 메커니즘은 의식보다 한 차원 낮은 수준에서 저절로 완벽해지는 듯하다."[98] 그런데 정신물리학은 이런 기계식 글쓰기뿐만 아니라 손글씨의 영역에서도 순수 무의식적 자동기술법을 연구 또는 생성하는 데 성공한다. 자동기술법은 1850년경부터 미국에서 심령술의 일환으로 실험되기 시작했으나 세기말에야 비로소 분석의 대상이 되었다.[99] 심리학자 후고 뮌스터베르크는 마이어스와 윌리엄 제임스의 이론적 연구를 바탕으로 하버드 대학 연구실에서 처음으로 심령술과 무관한 자동기술법을 구현한다. 정신공학의 개발자로도 유명한 뮌스터베르크는 원래 라이프치히에서 빌헬름 분트 밑에서 수학하다가 제임스의 권유로 미국에 건너왔다. 그는 히스테리적 자동운동이 [병리적인 것이 아니라] 정상적 인간 활동임을 입증하기 위해, 내성법이라는 모호한 척도에 따라 '정상'으로 분류되는 학생 두 명을 데리고 (비록 그중 하나가 미래의 거트루드 스타인이긴 하지만) 기이한 실험을 실시한다. 이들의 실험은 에빙하우스의 실험에 못지 않게 착란적이다. 첫번째 실험은 자동 읽기 실험이다. 읽기는 쓰기보다 더 빠르게 이루어지고, 따라서 더 쉽게 무의식적 상태에 빠져들게 하기 때문이다.

거트루드<br>스타인의<br>실험적<br>자동기술법

이것은 아주 근사한 실험이다. 상당히 쉬운데다가 결과도 아주 만족스럽기 때문이다. 피험자가 되도록 재미없는 글을 낮은 목소리로 읽는 동안 실험자가 그에게 재미있는 이야기를 읽어준다. 피험자가 미쳐버리지 않고 처음 한두 번 시행착오를 거치면, 그는 금세 실험자가 읽어주는 이야기에 완전히 몰입하는 동시에 주어진 글을 계속 읽어나가는 법을 터득한다. 피험자는 거의 한 쪽 분량의 텍스트를 완전히 무의식 상태로 읽게 된다.[100]

마치 해석학적 읽기를 근절하기 위해 고안된 것 같은, 참으로 근사한 실험이다. 한때 우리의 내면은 텍스트를 읽고 이해하는 데 필요한 모든 작용이 이루어지는 작업장이 되어야 했으며, 우리의 자아는 정신산란으로 광기에 빠지지 않도록 읽기 과정을 언제나 주시해야 했다. 하지만 이제 베르크가 격렬하게 비판했던 바로 그 읽기 방식이 새로운 읽기의 프로그램이 된다. 일단 광기라는 암초를 피하기만 하면 모든 것이 무의식적이지만 정상적으로 작동한다. 읽기, 듣기, 말하기는 더이상 마음 깊은 곳에서 나오는 하나의 공통된 목소리에 뿌리박은 것이 아니라 낱낱의 단독적인 루틴이 되어 자동성과 비인격성을 부여받는다. 무의식적으로 읽어나가는 "목소리는 마치 다른 사람의 목소리처럼" 들린다.[101]

　　다음으로, 리언 살러먼스와 거트루드 스타인은 실험을 한 단계 확장해서 자동 읽기와 자동 글쓰기의 결합을 시도한다.

상대편이 글을 불러주면 이편은 그 글을 받아쓰는 동시에 [다른 재미있는 이야기를] 크게 읽는데, 상대편은 또 이 소리를 집중해서 들으면서 계속 글을 불러준다. 이렇게 하면 이야기가 특히 재미있어지는 대목에서, 한 사람이 무의식적으로 불러주는 문장들을 다른 사람이 무의식

적으로 받아적는 동시에 의식의 차원에서는 두 사람이 신
나는 이야기에 완전히 몰입하는 기이한 현상이 벌어지곤
했다.[102]

그러니까 하나의 인간을 둘로 나누는 것은 두 사람이 같이 있음으
로써 가능해진다. 두 사람의 의식이 기의에 홀려 있는 동안, 한 사
람의 무의식은 글을 불러주고 다른 사람의 무의식은 그것을 받아
적는다. 마치 "무언가 전달하는 환자의 무의식에 대하여 자기 자
신의 무의식을 일종의 수용기처럼 가까이 들이대는" 정신분석가
처럼 말이다.[103] 이 같은 글쓰기의 상황은 낭만적인 도서관 환상
과 기만적으로 유사하기에 그만큼 더 파괴적인 효과를 발휘한다.
세르펜티나가 학생 안젤무스에게 두 사람의 사랑 이야기를 속삭
일 때도 안젤무스의 손은 그 이야기를 무의식중에 받아쓰고 있었
다. 하지만 한 남성의 영혼을 향해 '어머니의 입'을 연기하는 환상
의 연인은 구체적인 인격체가 아니었다. 연인의 목소리가 큰 소리
를 낼 필요가 없었던 것은 그 때문이다. 그것은 실재적이지만 읽
을 수 없는 기호의 유토피아적 그림자로서 출현했다. 이상적 '여
성'은 실존하지 않았고 실제로 존재하는 다수의 여성은 교육시스
템 내에 자리잡을 수 없었기에, 상상적인 여성의 목소리가 미래의
저자들 또는 공무원들에게 글쓰기의 책무를 독촉하는 동시에 그
책무를 유년기의 섹슈얼리티로 변모시키는 마법을 부려야 했다.

반면 1900년 무렵에는 실험이 유토피아를 대체한다.[104] 거트
루드 스타인이 여성으로서 뮌스터베르크의 이상적 학생이 될 수
있었던 것은 우연이 아니다.[105] 스타인은 뮌스터베르크 밑에서 남
성 동급생들과 똑같이 정신물리학에 열중할 수 있었다. 독일 대학
들이 여학생 입학 허용이 불러올 혼란이 두려워서 벌벌 떠는 동안,
하버드 대학 심리학 연구실은 이미 오래전에 남녀 구별을 없앴다.
보고서에서 살러먼스와 스타인은 계속 '그[he]'라고 지칭된다. 과학

의 담론은 이 기이한 공동 작업에서 언제나 남성이 글을 불러주고 여성이 받아적도록 역할을 나눈다는 점에서만 성별을 살짝 암시할 뿐이다.[106] 수년 동안 학교에서 비서로 일했던 거트루드 스타인은 실험중에도 "누군가 그녀를 자동기계로 사용하는 동안 완벽한 백지"가 되었다.[107] 어째서 실험중 남녀의 역할을 그렇게 나눴는지는 따로 설명되지 않았다. 하지만 2년 후 스타인은 살러먼스를 배제하고 다른 사람들과 실험을 재개하면서, 이 실험의 목적이 "남성 피험자와 여성 피험자를 비교"하는 것이라고 명시한다.[108] 그리고 이러한 문제제기 자체가 이미 새로운 과학 담론의 근간이 무엇인지를 보여준다. 실제로 존재하는 다수의 여성은 대학에서 이루어지는 학문적 글쓰기에 접근할 수 있게 되었다. 이 여성들의 히스테리는 브렌타노의 유별난 여동생과 같은 부류의 행동으로 취급되는 대신, 실험실에서 시뮬레이션 과정을 거쳐 완전히 정상적인 자동운동으로 승격된다. 거트루드 스타인이 남성 동급생의 말을 고분고분하게 무의식적으로 따르는 [받아쓰는] 것은 바로 이러한 변화의 결과다.

    이제 남성과 여성의 위치는 1800년식 기록시스템과 완전히 역전된다. 예전에는 상상적인 '어머니의 입'이 남성들에게 내면성을 불어넣었지만, 이제는 한 남성이 실제로 말을 불러주고 이를 받아쓸 수 있을 만큼 교육받은 다수의 여성들 중 하나가 무의식적 저자라는 보충적 위치를 차지한다. 아리아드네, 뢰더비더홀트 부인, 레자 폰 쉬른호퍼, 거트루드 스타인, 그 외의 다른 많은 여성이 이에 해당한다. 그러니 이들 중 몇몇이 문필가가 되는 것은 실험 논리의 당연한 귀결이다.[109]

    정신물리학은 받아쓰기식 자동기술법에서 자발적 자동기술법을 도출하면서 궁극의 승리를 거머쥔다. 살러먼스와 스타인은 무의식적 읽기와 무의식적 받아쓰기를 미리 연습한 후에 드디어 무의식적 쓰기를 실험한다. 한 여성의 손이 글을 쓴다는 의식 없이 무엇을 쓰는지도 모르는 채 텍스트를 생산한다. 바로 이 실험을 통해 정신물리학은 초현실주의자들보다 훨씬 앞서서 문학적인 '자연발생적 글쓰기'의 모든 규칙을 밝혀낸다. (프랑스의 초현실주의자들은 이를 '자동기술법écriture automatique'이라고 불렀지만, 일찍이 독일의 정신과 의사 치헨은 이를 '자연발생적 글쓰기 Spontanschreiben'이라고 칭했다.) 첫째, 앞에 쓴 것을 중간에 다시 읽으면 안 된다. 1800년경의 필자는 자신이 쓴 것을 다시 읽으면서 저자가 되었지만, 이제 다시 읽기는 "자동 글쓰기를 중단시킬" 뿐이다. 둘째, 자아라는 성가신 통제의 심급이 글쓰기를 방해하는 경우, 앞에 쓴 것을 무의미한 것이 될 때까지 끈덕지게 반복해서 그 작용을 무마해야 한다.[110] 이제 브르통이 30년 후에 「초현실주의 선언」을 쓸 때는, 이러한 두 가지 기본 규칙을 문학이론으로 번역하기만 하면 된다.

> 미리 주제를 생각해놓지 말고 재빨리, 쓴 것이 마음속에 남지 않도록, 다시 읽어보고 싶은 생각이 들지 않도록 재빨리 써라. ……속삭임의 무궁무진한 성질에 대해 믿음을 가져라. 실수를, 이를테면, 부주의에서 오는 실수를 한번 범하기만 해도 침묵이 자리잡을 우려가 있으면, 망설이지 말고 너무 명료한 문장을 버려라. 출처가 의심스러운 낱말 다음에는, 어떤 글자건 글자 하나를, 이를테면 'l' 자를, 항상 'l' 자를 써라.[111]

브르통은 제1차세계대전 당시 정신과 병동에서 환자를 돌보는 훈련을 받았으므로, 이런 문학적 생성의 규칙들이 어디서 유래했는지 몰랐을 리 없다. 성가신 의식의 주의를 돌리기 위해 같은 글자를 반복해서 쓰라는 조언은 정신질환의 증후를 거꾸로 뒤집은 것이다. 이렇게 해서 "마치 어린이의 쓰기 연습장처럼 한 줄 전체 또는 절반이 넘게 같은 글자를 의미 없이 반복하는 것," 정신과 의사들이 사고비약의 일종인 "문자언어반복증"이라고 진단하는 증상이[112] '자동기술법'이라는 이름으로 다시 심리학과 정신의학을 공부한 문학가들의 임무가 된다. 더도 말고 덜도 말고 환자들의 증상을 시뮬레이션하는 것만으로 문학이 창출되는 것이다. 그런 까닭에 이 '자연발생적 글쓰기'는 전혀 자유롭지 않다. 1800년경의 알파벳 학습도 문화기술의 자동화를 지향했지만, 이는 "주체 안에 내면성의 토대를 정립하고 정화"하기 위함이었다.[113] 반면 거트루드 스타인이 정신산란한 준비 끝에 마침내 "인위적 자동기술법"이라는 실험의 최종 목표에 도달했을 때, 이 자유로운 발명품은 글쓰기를 속박하는 어떤—수십 년 후에 자동기술법으로 생성된 '장미는 장미는 장미다'라는 [스타인의] 문장처럼—불가피성을 유발한다. 살러먼스와 스타인이 밝힌 몇 안 되는 예문 중에 가장 긴 문장은 이를 명확하게 전달한다.

> 그러니까 내가 말한 것을 피할 수 있는 길이 없고, 만약 당신이 그토록 능란하게 말하는데도 당신이 하는 말을 들은 사람들이 이를 믿지 않는다면, 그들에게 경고할 길은 없다.[114]

무언가 말할 때, 그것 또는 이드Es가 말할 때, 그 말은 언제나 숙명이다. 프로이트는 이에 관해 할말이 많았을 것이다. 위 문장은 문법적 차원에서도 반복강박에 지배된다는 점에서 미디어와 메시지가 일치한다. 이런 담론은 비어 있기에 피할 수 없다. 자동기술법의 발화는 생각과 내면성, 견해와 이해에 관해 말하지 않고 오로지 발화와 그 능란성에 관해서만 말한다. 그 속에는 불가피성이나 그로 인해 위협받는 사람들이 모두 풍문으로만 존재한다. 이상적 여학생은 연구실이라는 체계적인 분리 장치를 통해 여성의 모

든 고전적 사명과 절연하고 성적 구별이 폐지된 새로운 대학의 질
서에 통합되어, 마치 서양 문명 이전에 존재하던 이교도의 저주받
은 진리가 회귀한 듯이 말을 하고 글을 쓴다. 여기서 정신물리학은
주술적 미디어 또는 영매(라 쓰고 읽기로는 '여성')의 지위에 오
른다. [아폴론의 신탁을 전하는] 어떤 피티아가 고독한 도취 상태
에서 다시 삼발이 솥에 앉고, 남성들 또는 승려들이 그녀에게 사
람들의 은밀한 두려움을 속삭인다. 하지만 신탁의 여주인은 위안
을 줄 수 없다. 오로지 그녀가 그것을 말한다는 이유로, 그녀가 말
하는 것은 언제나 피할 수 없다. 예언자 카산드라보다 더 비극적인
인물은 없다. 카산드라의 무의식적인 말이 터져나오면 그녀를 둘
러싼 사람들이 금세 의구심을 품기 때문이다. 이 의구심은 담론이
[이미 존재하는 대상을] 단지 기술하는 것처럼 보이지만 실은 바
로 그 대상을 유발하고 있다는 철학자들의 괴로운 진실과 유사하
다. 자동으로 터져나오는 발화는 신화적 징조든 실증주의적 징후
든 간에 결국 똑같이 불가피한 결과에 봉착한다. 즉 카산드라는 믿
음을 얻지 못하기에 그렇게 능란하게 말하는데도 사람들에게 경
고할 길이 없다. 이것이 바로 1896년 발행된 미국의 선도적인 실
험심리학 저널 『사이컬러지컬 리뷰(심리학 비평)』 제3호가 문자
그대로, 부가 설명 없이 하는 말이다.

> 그러니까 내가 말한 것을 피할 수 있는 길이 없고, 만약 당
> 신이 그토록 능란하게 말하는데도 당신이 하는 말을 들
> 은 사람들이 이를 믿지 않는다면, 그들에게 경고할 길이
> 없으니……

## 기술적 미디어

미디어는 미디어는 미디어다. 미디어/매개체/영매Medium라는 단어 자체에 이미 함축된 것처럼, 신탁을 전하는 주술적 '미디어'와 기술적으로 구현되는 '미디어'는 아무 차이도 없다. 이들의 진리는 숙명이며, 이들의 영역은 무의식이다. 그리고 무의식은 결코 믿음이라는 환영을 얻지 못하기에 그저 저장되기만 한다.

1900년식 기록시스템에서 정신물리학 실험은 난수 발생기와 마찬가지로 의미도 생각도 없는 담론을 내뱉는다. 그것은 타인과 의사소통한다는 언어의 일반적 용법을 배제한다. 무의미한 음절의 조합이나 자연발생적 글쓰기, 유아의 옹알이나 정신이상자의 말은 모두 이해력이 있는 눈과 귀를 향하지 않는다. 이들은 연구실의 실험 과정에서 튀어나와 곧장 데이터 저장장치로 빨려든다. 자연발생적 글쓰기에서 저장장치는 약간 변형된 구식 손글씨, 그러니까 거트루드 스타인이 자신의 손에 특정한 기호를 쓰라고 명령하는 대신에 마치 자신의 손이 별도의 기계인 것처럼 막연한 호기심으로 방관하면서 산출하는 손글씨다.[115] 하지만 특정한 난수 발생기들은 극단적인 속도에 도달해야만 작동하기 때문에 그 결과를 손글씨로 기록할 수 없을 때도 있다. 자동기술법과 그에 상응하는 자동독서법은 언제나 더 빠른 속도를 향해 줄달음친다. 말을 불러주는 속도는 글쓰는 손의 속도를 앞지르고, 글을 읽는 속도는 소리내어 말을 분절하는 생체기관의 속도를 앞지른다.[116] 따라서 정신물리학이 무언가 건져내려면 새로운 미디어를 동원해야 한다. 그것이 바로 1900년 전후에 광학적·음향학적 혁명을 초래한 에디슨의 위대한 발명품, 영화와 축음기다.

뤼미에르 형제의 시네마토그래프Cinématographe에 이르는, 영화 기술의 기나긴 발전 과정은 인간의 눈이 개별 이미지들을 포착하는 속도를 능가해야 한다는 기술적-산업적 필연성을 따른다.

영화의 요람은 마이브리지의 연속사진, 마레와 데메니의 사진총, 에르네만의 '고속도촬영기'에 에워싸여 있다. 그만큼 잘 알려지지는 않았지만, 축음기도 인간의 글쓰기 속도로는 도저히 처리할 수 없는 미세한 단위의 시간을 다룬다. 푸리에의 수학적 파동 해석과 헬름홀츠의 생리학적 음향학이 없었다면 축음기는 발명될 수 없었을 것이다. (당대 사람들은 이를 깨닫지 못했다.[117]) 만능 발명가 에디슨의 가장 위대한 발명품인 에디슨 기술연구소는 정신물리학 연구실에서 개시된 과정을 역전해서 실현시킨 것뿐이다. 감각적 지각이 실험실에서 이미 분해되었기 때문에, 그렇게 분해된 지각을 얼마든지 아날로그로 합성하거나 시뮬레이션할 수 있게된 것이다. 영화와 축음기가 각각 광학적·음향학적 흐름을 기술적으로 합성하기 위해서는 기본적으로 전기적 신경자극이 처리되는 시간보다 더 미세한 시간 간격으로 그 흐름을 분해해야 한다. 일찍이 헬름홀츠가 간파했듯이, 그래야만 신경을 속일 수 있기 때문이다. 목소리를 재생하려면 기본음만 내는 데도 90헤르츠에서 1200헤르츠에 이르는 광범위한 주파수가 필요하며, 물체의 운동을 연구하려면 노출시간을 0.001초 단위로 단축해야 한다. 이는 모두 엄정한 사실이다.

　1900년 전후로 감각 데이터를 기술적으로 기록할 수 있게 되면서 기록시스템은 전면적으로 변화한다. 문자가 생긴 이래 처음으로 글쓰기가 곧 데이터의 연쇄적 저장이라는 등식이 깨어진다. 책의 독점체제가 무너지고 그 잔재 위에서 여러 저장시스템이 활개친다. 실재적인 것을 기술적으로 기록하는 방식이 상징적인 것을 상징적으로 고정하는 방식에 도전장을 내민다. 이제 더이상 [시간 속에서] 흘러가는 것들이 [대상화되어] 존재하기 위해 헤아릴 수 있는 기호들의 집합(문자, 부호, 음표)으로 치환될 필요가 없다. 아날로그 미디어로 실재적 수치 자체를 연속적으로 기록할 수 있기 때문이다. 빌리에 드 릴아당이 『미래의 이브』주인공으로

축음기의
기원들

재창조한 위대하고 지고한 에디슨은 이를 간명하게 공식화한다. 그는 기계장치들 사이에 앉아 묵상에 잠겨 있다가 독백을 시작한다. 이는 비록 문학자들의 관심을 끌지 못했지만 레싱의 예술론 『라오콘』을 1886년 시점에서 갱신했다고 평가할 만하다.

> 성스러운 '말씀'이신 그리스도께서는 문자나 말의 외적인 면이나 감각적인 면을 그다지 고려하지 않으셨던 것으로 보이는데, 이 점은 주목할 만해. 그리스도께서는 글을 딱 한 번밖에 안 쓰셨지. 그것도 땅바닥에 말이야. 아마 그리스도께서는 말의 진동 속에서는 파악하기 힘든 저 너머의 것만을 중요시하셨을 거야. 그리고 '신앙'으로부터 영감을 부여받은 이라면, 그 말을 듣자마자 자석 같은 이끌림으로 단어 너머의 그 무언가를 깊이 이해할 수 있으리라 생각하셨겠지. 그렇지만 나머지 말들이 하찮은지 아닌지 누가 알겠어? ……어쨌든, 그리스도께서 복음을 인쇄하는 것만 허락하시고, 녹음은 허락하지 않으신 것만은 사실이지. 만약에 그러지 않으셨다면, '성서를 읽으라!'라고 말씀하시는 대신에 '성스러운 진동을 들으라!'라고 말씀하실 수도 있었을 텐데.[118]

책의 신앙을 가진 사람들에게는 문자와 글의 외적인 면이나 감각적인 면을 찬양하는 것이 주의 이름으로 금지되었다. 그 대신 이들은 인쇄된 책이라는 합법적 미디어를 통해 기호에서 의미로, 감각의 "저 너머"로 건너뛸 수 있었다. 그런데 "성스러운 진동을 들으라!"라는 반反명령이 울려퍼지면, 상징적인 것의 상징적 고정 방식은 더이상 독점을 유지하지 못한다. 진동은 설령 신의 목소리라해도 개별 운동을 지각하고 기록하는 인간의 능력으로는 도저히 포착할 수 없는 운동이기 때문이다. 성서도 기초독본도 진동을 기록하지는 못했다. 이른바 '축음기의 아버지'가—이는 세간에서 에디슨을 부르는 별명이기도 하고, 소설 속에서 그를 지칭하는 이름이기도 한데—성스러운 것 자체를 다시 생각하는 것은 그 때문이다. 그는 이상적인 축음기로 "도도나의 신탁"과 "시빌라의 노래"를 (순수한 "잡음"은 말할 것도 없고) "지워지지 않게" "동판 위에 음향 기록"으로 고정할 수 있었다면 어땠을까 하고 몽상한다.[119] 이렇게 해서 프랑스 상징주의자가 꿈꾸었던 미국 엔지니어의 꿈은 뮌스터베르크 연구실에서 벌어진 기이한 사건에 한층 가까워진다. 축음기라는 미디어는 여학생이라는 영매 또는 미디어가 미처 기록할 수 없었던 정신기술적 황홀경, 무의식적 신탁의 웅얼거림과 잡음까지 모두 포착한다.

하지만 1900년경의 모든 여성이 무녀 또는 여학생이 되어 시대와 기술의 첨단에 서지는 않는다. 독일에는 아직 여성 독자들이 존재한다. 그중에서 안나 폼케라는 "부르주아 집안의 심약한 소녀"는 "축음기가 1800년 무렵에 발명되지 않은 것"을 안타까워한다. 그녀는 친애하는 교수에게 이렇게 말한다.

> "만약에 축음기가 있었다면 저는 제일 먼저 괴테의 목소리를 들어보았을 거예요! 그분의 목소리는 무척 아름다웠다고 하고, 그분의 말씀은 의미로 충만하니까요. 아아, 그분도 축음기에 대고 한 말씀 남기실 수 있었으면 얼마나 좋았을까요! 아아! 아아!"[120]

교양의 신앙을 가진 사람에게 성스러운 진동은 시빌라의 입에서 흘러나오는 잡음이 아니라 어떤 유서 깊은 목소리의 소리이자 내용이다. 오래전부터 여성 독자들을 기쁘게 했던 그 상상적 목소리가 이제는 실제로 구현될지도 모르는 것이다. 친애하는 교수는 책에 대한 사랑을 현대화하고 싶어하는 소녀의 한숨과 갈망에 저항하지 못한다. 그래서 압노사 프쇼어 교수는 소녀를 데리고 바이마르에 가서, 바이마르 대공 가문의 묘지에 안치된 괴테의 두개골을 몰래 본떠다가 괴테의 후두를 복원해서 축음기에 연결한다. 프쇼어 교수는 생리학과 기술을 훌륭하게 결합한 이 작품을 괴테하우스의 업무실에 설치한다. 그는 자연이 실재적 숫자들의 몸체로서 저 자신을 저장한다는 배비지의 발상을[121] 곧이곧대로 받아들여 이렇게 추론한다. "괴테가 말할 때마다 그 목소리가 진동을 유발했다면," 그 반향이 "시간이 흐르면서 약해진다고 해도 완전히 사라지지는 않는다." 그러므로 괴테의 후두를 시뮬레이션한 "수용기"를 이용해서 여태까지 말해진 모든 담론의 잡음에서 괴테의 말을 각인한 음향 패턴을 추출하고, 1916년 당시의 최첨단 음향 증폭 기술을 이용해서 이 패턴을 다시 소리로 되돌릴 수 있을 것이다.[122] 이상이 프리들랜더의 단편소설 「괴테가 축음기로 말한다」에 나오는 내용이다. 당연히 이 이야기는 서글프게 끝날 수밖에 없다. 어떤 엔지니어도 여성들이 자신의 발명품보다 그 출력물을 더 사랑하는 사태를 견딜 수 없기 때문이다. 시와 축음기가 맹렬하게 경쟁하는 가운데, 프쇼어 교수는 1800년경 기록시스템 전체를 지휘했던 괴테의 목소리, 그 아름답고 기괴하며 부재하는 발성기관의 유일무이한 녹음본을 파기한다.

이처럼 1900년경의 문필가는 도도나의 신탁을 저장하는 실린더나 시인을 통째로 저장하는 실린더를 꿈꾼다. 신문에 잡다한 글을 쓰는 보헤미안 서정시인이자 아마추어 기술자였던 샤를 크로는 이미 1877년에 축음기의 기술적 원리를 공식화했다. 당대 문필가들의 꿈을 집결시킨 그의 간결한 시는 '각인'이라는 의미심장한 제목을 달고 있다.

카메오 속의 형상처럼
사랑스러운 목소리를 나는 원하니

> 그것이 영원히 소유할 수 있고
> 찰나의 음악적 꿈을 반복할 수 있는
> 재산으로 존재한다면 좋으련만,
> 시간은 흘러가려 하고 나는 그에 순응한다.[123]

하지만 시인 크로는 축음기를 제안했을 뿐 실제로 만들지는 않았다. 실행자 에디슨이 실제로 한 일은 시인의 꿈이나 소설가의 환상보다 더 세속적이고 덜 에로틱하며 덜 인상적이다. 그리고 바로 거기에 에디슨의 위대함이 있다. 축음기와 타자기의 존재는 모두 동일하고 단일한 토대에 입각한다. 에디슨은 귀가 거의 들리지 않았고, 타자기 발명가들은 대부분 시각장애인이었다. 정신물리학 연구실의 실험이나 그 실험을 기술적으로 실현한 미디어는 모두 생리적 장애에서 출발한다. 사람 목소리를 기록한 최초의 석박 실린더는 1877년 12월 6일에 만들어졌다. 이것은 기억할 만한 날이다. 이날, 발명가 에디슨은 정작 자기 귀에는 거의 들리지 않는 고함을 실린더에 기록한다. 축음기 집음부에 대고 저 유명한 〈메리에게 어린 양이 있었네〉를 고래고래 부른 것이다.[124]

이렇게 녹음의 역사는 신탁이나 시인의 목소리가 아니라 동요로 시작한다. 사실 노래라기보다 유치하고 귀가 안 들리는 엔지니어의 울부짖음에 더 가까웠지만 말이다. 그런데 1888년 축음기가 양산되면서 실제로 어린 소녀들이 녹음한 노래 실린더가 장착된 인형이 출시된다. 여기에는 어린이가 직접 부른 진짜 동요 〈메리에게 어린 양이 있었네〉가 수록되어 열두 가지 프로그램 중에서도 가장 많은 인기를 끈다.[125] 빌리에 드 릴아당은 무녀와 신탁에 대한 상징주의적 애정이 넘쳤지만, 에디슨이 스테레오 방식의 오디오 장치를 이용해서 연구실 밖에 있는 어린 딸의 말소리를 돌림노래처럼 전해듣는 소설 속 장면에서는[126] 실제 에디슨이 보여준 세속적인 비전에 상당히 근접한다.

말하는 인형도 두 기록시스템의 불연속을 보여주는 지표 중 하나다. 켐펠렌과 멜첼이 1778년과 1823년에 각각 선보인 어린이 모형 기계는 사랑 넘치는 부모가 속삭이는—그리고 바로 그 부모를 가리키는—최소기의만 반복했다. 1800년 무렵에는 어린이가 하는 말들이 모두 교육학적 피드백의 산물이라고 여겨졌을 뿐, 어린이의 말이라는 것은 없었다. 반면 에디슨의 인형은 실제로 존재하는 어린이가 부른 꼬마 메리와 어린 양 동요를 들려준다. 이처럼 이상적인 '마마'와 '파파'의 심리학을 벗어난 어린이의 자기지시성 속에서 이른바 '어린이의 세기'가 시작된다.

교육사상가 엘렌 케이의 책제목 그대로, '어린이의 세기'는 "영혼을 살해하는" 학교 교육에 종지부를 찍는다.[127] 이제 교육학은 어린이의 입이 따라야 하는 규범을 정하는 대신 자유로운 언어 유희를 허용한다. 다양한 표준들이 대두되면서 단일한 규범이 해체된다. 하지만 이 표준들은 (어린이의 세기를 예언하는 드높은 목소리에도 불구하고) 이미 언제나 기술적이다. 유아어가 존재하려면 먼저 담론의 실재적 상태를 그대로 저장하고 조작할 수 있어야 한다. 고전적 교육학은 성인들 또는 더 정확히 말해 어머니들이 자녀들에게 천천히 분석적으로 발음해줄 수 있도록 교육해서 어린이들을 일종의 걸어다니는 음운 아카이브로 육성한다는 꿈을 꾸었지만, 그것은 [축음기가 없었던] 구시대의 발상일 뿐이다. 에디슨이 자신의 발명품을 '포노그래프Phonograph[음성-기록]'라고 명명한 것은 우연이 아니다. 그것은 알파벳처럼 소리를 각 음운의 등가물로 번역하는 대신에 실재적 소리 자체를 고정한다. 에밀 베를리너가 실린더 대신 원반 형태의 저장매체를 도입해서 거의 무제한적 재생 가능성을 구현한 신형 축음기를 '그라모폰Grammophone[문자-음성]'이라고 명명한 것도 마찬가지다. 베를리너의 말마따나, 그 기계는 "문자들의 소리"를 고정하기 때문이다. 그라모폰은 1899년부터 글쓰는 천사의 형상을 트레이드마크로 삼았다.[128]

　　이렇게 담론의 기술적 조작 가능성이 새롭게 확장되면서 실제 사실로 간주될 수 있는 담론의 범위도 새롭게 재규정된다.[129] 포노그래프와 그라모폰 같은 축음기를 이용하면 슈테파니의 이상적 어머니도 극복할 수 없는 인간 지각의 한계를 넘어서 개별 소리를 더욱 정밀하게 연구할 수 있다. 사실 1900년 무렵에는 축음기의 주파수범위가 인간 발성의 전체 스펙트럼을 포착하지 못하며 특히 (6킬로헤르츠에 달하는) '즈' 발음을 거의 녹음하지 못하지만 이는 별 문제가 되지 않는다. 에디슨이 친히 '말하기 기계talking machine'라고 부르는 이 놀라운 기계는 발명되자마자 각종 연구실과 학교에 진출한다. 연구실에서는 소리를 왜곡 재생하는 축음기의 특성을 활용해서 청력 측정법을 개발한다.[130] 학교에서는 축음기를 "금세 스쳐지나가기 때문에 묘사가 불가능하지만 극히 중요한 언어의 특징들, 문장의 음성학적 측면(언어의 음조)과 운율적 측면을 확실히 기록하는 독보적 장치"로 추앙한다. 하지만 지금은 사라진 잡지『운터리히트 운트 슈프레흐마시네(수업과 말하기 기계)』의 발행인 에른스트 주어캄프는 음성학적 표준 독일어의 시대가 끝났음을 굳이 확증해야 한다는 듯이, 축음기가 (저주파대만 녹음이 되는 기술적 특성 때문에) "순수 음성학적 읽기 연습에 적합하지는 않다"라고 덧붙여 쓴다.[131] 물론 말하기 기계는 "이상적이고 완전무결한 발음의 음향학적 언어 패턴을 언제든 접근 가능한 비축품 형태로" 저장할 수 있으며,[132] 그 패턴을 소리나 문자 형태로 학생들에게 각인시킬 수도 있다. 하지만 말하기 기계는 다른 것도 할 수 있다. 릴케가 다니던 학교의 물리학 교사는 축음기

가 출시되자마자 학생들에게 직접 축음기 모형을 만들어 작동시
켜보도록 한다. 이렇게 녹음된 소리는 학생 릴케에게 "새로우면
서도 한없이 부드러운 현실의 어떤 지점을" 열어 보인다.[133] 이처
럼 순수경험적 음성학이 (음운론과 전혀 무관하게) 성립할 수 있
게 되자, 실재적 차원은 교양의 척도에 따라 규범화되는 대신 기술
의 표준에 따라 저장된다. 니체가 기계적으로 받아쓰려고 분투했
지만 결코 사로잡지 못했던 광란의 무리[실재의 잡음]를 기술적
으로 고정할 수 있게 된 것이다. "지역 방언도 학교에서 얼마든지
권장할 만하며, 이 경우 말하기 기계가 변조되지 않은 구어 발화를
저장하여 진정한 모어母語를 맛보는 즐거움을 선사할 수 있다."[134]

1900년식 기록시스템에서 기술적 미디어는 유아의 고유한 언
어를 되살리듯이 집단의 고유한 언어들, 지역별 방언들을 복권시
킨다. 여기에는 연구 대상의 즐거움보다 연구자의 즐거움이 강하
게 작용한다. 그런데 규범화 작용이 중단된 탓에, 이 즐거움은 그
전까지 어떤 식으로도 기록될 수 없었던 담론의 민낯을—"새로우
면서도 한없이 부드러운 현실의 어떤 지점을"—드러낸다.

하필 헤르더의 주무대였던 바이마르에서, '제2회 독일 예술교
육의 날' 행사에 초청된 한 연사는 지난 100년 동안 교사들과 학
생들을 지배해온 단일한 언어규범을 폐기해야 한다고 주장한다.

취학연령에 다다른 어린이 역시 자신의 언어를 학교에
가져옵니다. 그것은 어머니의 언어, 가족의 언어, 친구들
의 언어, 자기 자신의 소박하고 자명한 언어지요. 우리는
이 학생에게 그저 우리의 언어, 우리 시인들과 우리 사상
가들의 언어를 가르쳐야 하고 또 그렇게 하고자 합니다.
……하지만 학교에 들어온 첫날부터 학교의 언어만을 말
하라고 어린이에게 요구하는 것은 너무 지나치지 않을까
요? 오래지 않아 어린이는 책을 접하고 책의 언어를 만나

게 될 겁니다. 읽는 법을 배우는 거지요. 그런데 읽기는 어린이 나름의 정합적이고 유창한 말하기 능력을 방해하고 마비시킵니다. 읽기 능력은 오로지 그런 식으로만 배양됩니다. 책의 언어는 점점 더 학교의 언어를 지배하면서 강한 영향력을 행사하고, 급기야 아주 낯설고 고상한 방식으로 어린이를 위협합니다. 그러면 어린이는 겁에 질려서 낱낱의 음절만 더듬더듬 토해내지요.[135]

이 연사는 책의 언어가 말로 발화되지 않는 특이사례로서 실제 발화를 방해할 뿐이라고 실토한다. 어린이처럼, 또는 「이 사람을 보라」의 저자처럼 책을 전혀 안 읽는 사람이 가장 유창하게 말하는 법이다. 그렇다면 이제 진보적 교육학자들에게는 기술적 미디어와 경쟁하는 것 말고는 다른 선택지가 없다. 그들은 마치 축음기 집음부가 된 것처럼 여기저기서 자유롭게 쏟아지는 말들, 어린이 특유의 방언으로 터져나오는 소박한 말장난에 귀를 기울인다.

크리스티안 모르겐슈테른은 독일 문단의 '어린이'로서 이러한 흐름을 즉각 포착하고 활용했다. 훗날 그는 스승인 루돌프 슈타이너보다 한발 앞서서 그라모폰을 악마의 작품이라고 말하는 진부한 시를 쓰지만,[136] 그의 시에 나오는 주인공들은 그보다 더 정확하게 사태를 파악하고 있다.

축음기 시와<br>과학수사

코르프와 팔름슈트룀이 수업을 듣는다,
베터벤디슈*를 배우기 위해
매일 순례를 떠난다 현대적인
올렌도르프의 현대적인 언어교육용 그라모폰을 들으러.

*'베터벤디슈Wetter-Wendisch'는 날씨를 뜻하는 '베터'와 독일 동부 지역에서 쓰이는 슬라브어 방언을 가리키는 '벤디슈'를 합성한 말로, '날씨처럼 변덕이 죽 끓듯 하는'이라는 뜻의 형용사로도 쓰인다.

거기서 그들은 다른 많은 것들과 함께,

마찬가지로 불쑥 솟은 문자들과

(마치 귀족들의 표적인 듯한데)

베터벤디슈를 헤집고 다닌다.


이 방언은 무게에 짓눌린 정신을 풀어놓아

이네들을 불안정하고 변덕스럽고 성마르게 하고……

그럼에도 이 모든 사태는 주변적일 뿐이다.

그리고 그들은 다시 돌아간다―문자들로.[137]


'언어 공부'라는 제목의 이 시는 지극히 정확한 내용을 전달한다. 다만 '올렌도르프'보다는 '주어캄프'라고 쓰는 편이 더 적절했을 것이다. 하인리히 올렌도르프의 언어교육법이 문법규범보다 회화를 중요시한 것은 맞지만, 당시 독일어권에서 언어교육용 그라모폰 공급을 거의 독점하면서 지역 방언 교육을 권장한 것은 주어캄프의 회사이기 때문이다. 코르프와 팔름슈트룀은 1913년 당시 이미 1000가지도 넘게 나온 학습 프로그램 중에서 원하는 것을 고르기만 하면 된다. 그런데 이들은 하필 '베터벤디슈'라는 이름의 언어에 빠짐으로써 지역 방언이 일종의 유아어임을 합당하게 재천명한다. '베터벤디슈'는 유아어의 진정한 이름, "자기 자신의 소박하고 자명한" 언어가 본질적으로 무엇인지를 전면에 드러내는 이름이다. 계보학과 일기예보를 한데 묶은 듯한 이 언어유희는 스탠리 홀 이래로 심리학자들이 기록해온 어린이의 말장난과 동일한 유형이다.

단어들은 특정한 각운, 두운, 장단, 억양 때문에, 때로는 심지어 그런 게 없어도 단지 순수한 음향 이미지로서 아동의 관심을 사로잡는다. 아동은 단어들을 듣고 그 의미와 전혀 상반되거나 아예 무관한 심미적 쾌락을 얻는다. 아동은 자연에서 나는 소리나 동물 소리에서 떠오르는 단어를 들으며 끊임없이 말장난을 떠올린다. 그래서 '버터플라이butterfly[나비]'는 '버터butter'를 만들거나 먹거나 짜내주고, '그래스호퍼grasshopper[메뚜기]'는 '그래스grass[풀]'를 주고, '비bee[벌]'는 '비드bead[구슬]'나 '빈bean[콩]'을 주고……[138]

기타 등등, 기타 등등. 그러다 보면 벤트족Wenden[슬라브족]이 베터벤디슈를 [변덕스럽게] 말하기도 하는 것이다. 이 환상의 슬라브어는 예술교육자들이 '말하기 능력을 마비시키고 어린이를 위협한다'라고 주장하는 독일 표준어의 대립항으로서 무게에 짓눌린 정신의 편에 선다. 문자와 개인과 단일한 규범이 존속하는 것과, 불안정하고 변덕스러운 관용적 표현Wendung들이 그라모폰으로 녹음되어 다수의 표준들로 정립되는 것, 둘 중 하나다. 그런데 "'벤디슈'를 언어의 일종으로 인지한다면, '베터벤디슈'도 마찬가지로 언어로 인정하지 않을 이유가 없다."[139]

물론 코르프와 팔름슈트룀은 그라모폰 공부를 집어치우고 다시 '문자Charakter'로—[독일어로 '특색'이나 '특색 있는 사람'을 뜻하기도 하지만] 꼭 그리스어 어원으로 거슬러올라가지 않아도 '문자'라는 의미가 있는 이 단어로—돌아간다. 모르겐슈테른이 시뮬레이션한 유아어는[140] 표준적인 문자언어로 기록되어 예술교육 독본과 박사학위 논문들로 빠르게 흡수된다. 이렇게 해서 그라모폰은 자신의 몫을 다한다.

하지만 시의 주인공들만이 말하기 기계를 발견한 것은 아니다. 시를 쓰는 필자들도 말하기 기계의 모험에 매혹된다. 1897년, 빌헬름 2세 치하의 공무원-시인 에른스트 폰 빌덴브루흐는 독일 문필가로서는 거의 최초로 왁스 실린더에 대고 (물론 그가 섬기는 황제보다는 훨씬 늦었지만) 말을 남긴다. 빌덴부르흐는 자신의 경험을 바탕으로 「축음기로 목소리를 녹음하는 것에 관하여」라는 시를 짓는데, 이것이 후대에 전해진 과정은 대단히 의미심장하다. 이 시는 빌덴브루흐의 『전집』에 수록된 것이 아니라, 팔PAL 방식의 컬러텔레비전을 발명한 발터 브루흐가 특별 권한을 행사해 음향 아카이브의 오래된 실린더를 돌려보다가 찾아서 옮겨쓴 것이다. 아래에 인용한 문장은 그렇게 구해진 것이니 과연 서정시인과 식자공, 독문학자 들을 공포에 떨게 할 만하다.

> 인간의 얼굴은 모습을 꾸며내어 눈을 이미지에 붙들어놓을 수 있지만, 목소리는 숨결 속에서 나타나 몸체를 가지지 않고 흩어져 사라진다.
>
> 　얼굴은 아첨하듯 눈을 속일 수 있지만 목소리의 음색은 거짓말하지 않으니, 축음기는 영혼의 진정한 사진사가 아니겠는가.
>
> 　그것은 숨겨진 것을 드러내고 지나간 것을 말하게 한다. 그러므로 지금 말하는 이 소리로부터 에른스트 폰 빌덴브루흐의 영혼을 들으라.[141]

빌덴브루흐가 남긴 수많은 작품의 운율이 전부 이렇게 부실하지는 않다. 하지만 역사적 관점에서, 그는 이 순간 구텐베르크 은하계를 떠나 문자언어를 상실한다. 거트루드 스타인이 불명확한 신탁을 내놓을 때처럼 어떤 불가피성이 출현해서 시인의 자유를 걸어치운다. 빌덴브루흐는 단어나 표상이 아니라 순수음향을 저장하는 검은색 집음부에 대고 말해야 한다. 그러면 목소리는 끊임없이 숨결 속에서 되살아나면서 고전주의-낭만주의 시의 근본을 이뤄온 진동을 간직하게 될 것이다. 하지만 이 목소리는—비록 '담론의 역사학'이라는 푸코의 거대한 기획 앞에서는 너무 경험적이

거나 너무 사소한 사실이겠지만—더이상 귓가에 닿는 순간 흔적
도 없이 사라지는 순수한 시적 숨결이 아니다. 움켜잡는 손을 피해
서 흩어지던 것이 이제는 피할 수 없는 것이 되고, 몸체를 가지지
않던 것이 이제는 물질적인 것이 된다. 따라서 녹음된 목소리는 코
르프와 팔름슈트룀이 생각한 만큼 그렇게 불안정하고 변덕스럽
고 주변적이지 않다. 서정시인 빌덴브루흐가 실험용 미로에 갇힌
쥐처럼 반응하는 것은 전부 그 때문이다. 그는 관상학과 사진에 관
한 말을 늘어놓으면서 [축음기에] 광학적 미디어를, 그것도 그가
가장 잘 아는 글이라는 미디어를 슬그머니 덮어씌운다. 그런 광학
적 미디어에 포착된 사람들은 얼마든지 그에 맞서 대항책을 모색
하고 탈출구를 찾을 수 있다. 반면 축음기는 그동안 숨겨졌던 무언
가가 스스로 말하도록 강제하면서 발화자를 함정에 빠뜨린다. 이
제 그는 이름 같은 상징적 차원이나 낭만주의 소설의 독자가 주인
공과 동일시하는 것 같은 상상적 차원이 아니라 [신체적 목소리라
는] 실재적 차원에서 식별된다. 이는 어린애 장난처럼 쉬운 일이
아니다. 빌덴부르흐는 녹음된 말소리를 자신의 고귀한 이름과 시
적 영혼에 결부시키면서 상상적·상징적 차원에 등재시키려고 갖
은 노력을 다하지만, 그것은 말할 줄 아는 신체에 관해 말하지 않
으려는 몸부림에 불과하다.

　　헤르더는 안나 폼케보다 훨씬 먼저, 만약 "독해와 표기의 기
술"을 더 발전시키면 "모든 시를 그 내용과 어조에 맞게 특징을 살
려서 표기하는 법이 있을지도" 모른다는 꿈을 꾸었다.[142] 축음기
로 시를 저장할 수 있게 되면서 이 꿈은 현실이 되는 동시에 악몽
이 된다. 한편에는 샤를 크로 같은 시인이 모든 목소리를 축음기로
녹음한다는 거창한 비전을 시로 쓰고, 다른 한편에는 빌덴브루흐
같은 시인이 「축음기로 목소리를 녹음하는 것에 관하여」라는 시
를 쓰고 직접 말해야 하는 상황에 처한다. 그런데 내용이나 어조를
넘어서 실제 소리를 왁스 실린더로 저장할 수 있다면 압운이나 보

격 같은 시적 기억술이 대체 무슨 소용인가? 시인이 "축음기가 아니라 예술"을 추구해야 한다는 알프레트 되블린의 완강한 표어와 마찬가지로,[143] 빌덴브루흐의 조잡한 시구는 시문학과 기술적 미디어 간에 경쟁이 점점 첨예해지고 있음을 증언할 뿐이다.

　　소리는 생리학적 데이터 복합체로서 똑같이 받아쓸 수도 없고 가짜로 만들 수도 없다. 1900년식 기록시스템에서 정신물리학과 기술적 미디어는 이 같은 위조 불가능한 실증성에 기초하여 개인들이 품고 있는 자신의 상상적 신체 이미지를 전복한다. 축음기가 영혼의 진정한 사진사라면 필적학은 손글씨의 "무분별한 흔적"을 "X선촬영"한다.[144] 1800년경의 철학자들이 심리학적 관상학을 비웃을 수 있었던 것은 지난 수천 년 동안 개인이 마음먹기에 따라 얼굴에서 속마음을 지울 수 있었기 때문이다.[145] 빌덴브루흐가 '얼굴은 아첨하듯 눈을 속일 수 있다'라고 말하는 것도 이런 조롱의 의미다. 그런데 100년 후에 그런 술수를 무효화하는 기계가 등장하면서 비웃음은 소리 없이 잦아든다. 축음기는 저자의 죽음을 뜻한다. 그것은 불멸하는 사상과 새로운 언어 표현이 아니라 필멸하는 목소리를 저장한다. 축음기가 지나간 것을 말하게 한다는 빌덴브루흐의 표현은 그의 유일무이한 신체가 처한 속수무책의 상황을 암시한다. 그는 아직 살아 있지만 이미 죽은 것과 다름없다.

　　이상적 '인간'의 죽음과 과학수사의 탄생은 동일한 사건의 양면이다. 카를로 긴즈부르그가 탁월한 에세이로 그려냈듯이, 1900년 무렵에는 정신분석, 범죄학, 심지어 미학에서도 무의식적이고 무의미하며 그렇기 때문에 위조할 수 없는 세부사항에만 천착하는 독특한 지식의 패러다임이 득세한다.[146] 그래서 『사이언티픽 아메리칸』은 이제 겨우 상용화된 에디슨의 축음기가 "결코 틀리지 않는 확실한 증인으로서 범죄수사에 활용될 수도 있을 것"이라고 격찬한다.[147] 마찬가지로 1891년 베를린 역에서 양산형 축음기를 시연하도록 허가받은—비록 젊은 황제가 직접 시연할 수 없는 경우에 한해서지만[148]—에디슨 사의 독일 대리인은 재상 비스마르크에게 "이 장치를 몰래 숨겨놓고 외교 회담을 녹음하는 데 쓰라고" 제안한다.[149]

이렇게 촘촘한 통제망 속에서 1800년식 개인이라는 '개별적 보편자'는 쇠퇴의 길을 걷는다. 오늘날 한 인간에 관해 알 수 있는 것은 사르트르가 플로베르의 심리를 해명하기 위해 써내려간 장장 4000여 쪽의 원고와 전혀 무관하다. 이제 사람들의 목소리, 지문, 우발적 실수 등을 저장할 수 있기 때문이다. 긴즈부르그는 이렇게 증거를 채집하고 분석하는 과학수사를 선사시대 사냥꾼이나 르네상스 시대 의사의 활동으로 거슬러올라가는데, 이는 새로운 기술의 침식작용이 얼마나 현대적인지를 과소평가하는 처사다. 눈이 쌓이면 추격자는 횡재를 하겠지만 그것은 의도치 않은 사건이며 공짜로 주어진 것이다. 반면 에디슨의 석박 실린더나 골턴의 지문기록 시스템은 데이터를 저장할 목적으로 발명한 저장장치다. 그런 데이터는 저장용 기계가 없으면 모을 수도 없고 정신물리학이 없으면 활용할 수도 없다.

따라서 빌덴브루흐의 조잡한 시구에서 주목해야 할 것은 그가 말하지 않은 것, 정말로 축음기 덕분에 이익을 보는 사람이 누구냐는 것이다. 실린더의 구불구불한 홈 속에서 불멸화된 서정시인은 문학의 만신전이 아니라 새로 구축된 진술심리학 아카이브로 들어간다. 심리학자 윌리엄 스턴과 그의 동료들은 진술심리학이라는 이름으로 문자적 저장매체에 대한 기술적 저장매체의 우월성을 전제하는 새로운 과학을 정립한다. 심문 대상이 범죄자든 정신이상자든, 관습적으로 쓰이는 "양식화된 조서는 종종 심문 내용에 관해 아주 잘못된 인상을 주고 개별 진술의 심리학적 의미를 은폐한다." "실험심리학의 관점에서" 조사 대상의 모든 응답은 "주어진 질문이 가하는 자극과 도발에 대한 반응을 나타낸다."

따라서 실험자든 과학수사관이든, 글이라는 관료적 미디어로 조사 대상에게 질문할 때는 최대한 상대를 도발하여 반응을 이끌어내야 한다. 반면 "축음기를 사용하는 이상적 방법"을 택하는 경우,[150] 특히 상대가 모르게 심문 과정을 녹음하는 경우에는 자극과 반응 사이에 끼어드는 모든 부차적 피드백이 중단된다. 그중에서도 어린이를 상대하는 경우, "진실로 순진한 어린이의 표현을 포착하려면" 녹음 사실을 숨기는 것이 "절대 필수"다.[151]

축음기라는 말하기 기계 또는 영혼의 사진사는 순진성에 관한 순진한 말들을 중단시킨다. 1800년경의 '순진성Naivität'은 역사철학적 한계개념이었다. 그것은 자체의 개념적 차원에서 접근할 수 없는 어떤 너머의 장을 지시했다. "영혼이 말하면, 일단 말하기만 하면, 아아! 이미 더이상 영혼이 아니기에." 이러한 영혼의 상실은 인류의 진보 때문이라고도 했고 노동분업 때문이라고도 했지만, 결국 그것은 새로 발견된 목소리를 문자로만 저장할 수 있다는 기술적 한계에서 비롯된 사태였다. 그렇지 않았다면 자동기계 올림피아가 내뱉는 '아아' 하는 한숨이 그토록 충격적이고 매혹적으로 들리지 않았을 것이다. 반면 1900년경에는 새로운 자동기계 제작자들이 연이어 승전보를 울린다. 기록 불가능한 순진성의 영역은 사라지고, 목소리를 저장하면서 반응을 예상하고 미리 대비하는 전술적 규칙만이 난무한다. 하지만 신체와 미디어 기술이 합선될 때 번쩍 하고 나타나는 순진성이 있으니, 그것이 바로 사고비약이다.

∗

축음기 실험에서의 사고비약

빈의 정신과 의사 슈트란스키는 기질성 발어불능증이나 실어증을 넘어서 발화의 전 과정에 엄습하는 "언어물리학적" 장애를 연구하기 위해 새로운 실험 방법을 고안한다. 그는 "불필요한 감각 자극을 가능한 한 차단한" 다음, 피험자에게 1분간 축음기 집음부의 "검은색 튜브를 마주하고" "그 안을 들여다보면서 말하도록"

한다.[152] 피험자로는 슈트란스키 주변의 정신과 의사들과 슈트란스키가 담당한 환자들이 동원된다. 대부분의 정신이상자들은 무자극 상태를 의도하고 검게 칠한 튜브 자체에 자극을 받고 무서워해서 부득이 축음기 대신 속기사를 불러야 했지만,[153] 이것만 제외하면 두 피험자 집단은 동일하게 취급된다. 정신과 의사와 정신이상자는—이제 둘을 구별하는 초월론적 규범이 없기에—동일한 방식으로 말한다. 피험자는 약간의 준비 시간을 가진 후에 1분 동안 (실린더 하나가 다 돌아가는 동안) 무의미한 말을 생성한다. 가능한 한 빨리 많은 말을 하라는 실험자의 명령이 알파벳을 이용한 글쓰기보다 더 많은 말을 더 빠르게 말을 기록하는 저장매체와 결합한 결과, 피험자는 거의 어김없이 횡설수설한 말을 쏟아낸다. 그런데 에빙하우스와 마찬가지로 슈트란스키도 규범적 말하기 과정에 작용하는 명령들을 차단해야 한다는 역설적 명령을 발동시키기까지 초반에 시행착오를 겪는다.

> 피험자가 처음에 몇 문장 말하다가 갑자기 말문이 막혀서 "아무 생각도 안 난다, 더 못하겠다"라고 주장하는 일이 빈번했다. ……우리는 상위표상이 이끄는 대로 생각하는 규범적 방식에 너무 익숙해서, 그런 상위표상의 작용을 차단하라는 목표가 주어져도 금세 원래 방식으로 되돌아 간다. ……언어적 표상들은 자연발생적으로 풍부하게 솟아나므로 굳이 탐색할 필요가 전혀 없다는 사실이 일종의 촉매로서 의식에 주입된 후에야, 비로소 진입 초기의 어려움이 해소되고 실험이 속행되었다.[154]

피험자들은 숨겨진 생각이나 이면의 표상을 캐묻지 않고 목소리를 저장하는 기술적 미디어를 접하면서 비로소 자신의 육체를 통해 "표상의 활동으로부터 언어적 표현을 해방시키는" 법을 배운다. 언어는 기의를 탐색하지 않아도 "자율적"으로 나온다.[155] 이미 슈트란스키보다 훨씬 먼저, 니체는 그런 탐색에 지쳐 탈진한 끝에 언어의 자율성을 깨달았다고 선언했다. 그리고 슈트란스키보다 훨씬 늦게, 브르통은 동료 문필가들에게도 횡설수설의 소진 불가 능성을 믿으라고 권하게 될 것이다.

이들의 출력물은 모두 상호호환된다. 자동기술법은 "장미는 장미는 장미다" 같은 문장을 생성한다. 슈트란스키의 축음기는 "희망, 녹색 믿음, 녹색, 녹색, 녹색, 녹색은 에메랄드, 에메랄드는 녹색, 사파이어는 녹색, 어—사파이어는 녹색, 녹색은, 그건 아니 야" 등등의 낱말열을 저장한다.[156] 발화는 오로지 동어반복과 모 순, 아무 정보도 전달하지 않는 진리값의 양극단밖에 알지 못한 다.[157] 벤야민은 기술적 복제 가능성에 따른 새로운 예술의 시대 전체를 영화라는 새로운 미디어와 동일시하면서, 영화 스크린이 하나의 이미지에 멈춰서 고정되는 것을 더이상 용납하지 않기 때 문에 부르주아적 집중 대신에 분산적 지각이 영화관을 지배한다 고 분석한다. 하지만 이런 경향은 영화관을 넘어서 훨씬 광범위한 영역에서 훨씬 엄격하게 나타난다. 영화는 문학과 예술을 혁신한 여러 미디어 중 하나에 불과하다. 모든 것이 엄밀한 정신의학 용어 로 '사고비약'을 유발하며, '분산'은 이를 완곡하게 말하는 문화비 평 용어에 불과하다.

슈트란스키의 축음기는 단순히 집중의 상실이나 분산적 지각 을 기록하는 것이 아니다. 그것은 규범적 언어가 뒷받침되지 않으 면 하루도 버티지 못하는 모든 정치적·교육적 규범들에 대한 노골 적인 조롱을 저장한다.[158] 피험자인 긴장증 환자 하인리히 H.는 국 가와 교육법이 무엇이냐는 질문에 이렇게 답한다.

국가는 많은 사람이 함께 사는 것, 몇 시간, 몇 시간씩 떨어
진 곳, 사방이 산으로 에워싸인 곳에서.

[교육법은] 취학연령에 도달한 어린이에 관한 법인데, 이 어린이가 아프고, 결석을 하거나, 들에 나가서 일을 해야 한다면. 하루씩 번갈아서, 이틀은 일하고 이틀은 학교에 가면, 어린이들이 매주 바꾸어가면서. 한 주는 일하고 한 주는 학교에 가면, 취학연령의 모든 어린이가, 아프고 집에 있어야 하는 어린이들이 그렇게 시간을 벌면, 그래서 집에 있으면, 아마도 일을 하거나, 아마도 요리를 하거나, 당근 같은 것을 썻고……[159]

양배추나 당근처럼 단순한 답변이 1800년경 이래 교육의 토대가 되었던 권력을 단칼에 해체한다. "국가는 학교를 어린이의 영혼을 체계적으로 살해하는 기관으로 만든 대가를 언젠가 치르게 될 것"이라는 프리츠 마우트너의 예언은 글로 적히기도 전에 이미 실현된다.[160] 기술적 미디어는 국가와 학교에 대립하면서 그 대립 관계를 스스로 저장한다. 생각의 속도보다, 그러니까 통제의 작용보다 빨리 말해야 하는 사람들은 필연적으로 훈육의 권력에 대항해 작은 전쟁을 선언한다. 그저 망각하는 것이 아니라 니체적인 망각 자체의 망각에 사로잡힌 사람들은 카프카의 취객처럼 이미 언제나「어느 투쟁의 기록」을 쓰고 있는 것이다.

그러자 취객은 눈썹을 치켜세워 눈썹과 눈 사이를 번들거리며 띄엄띄엄 이렇게 설명했다. "그건 그러니까―나는 그러니까 잠이 와서, 자러 갈 겁니다―나는 그러니까 벤첼플라츠 광장에 처남이 하나 있는데―나는 거기에 가는 겁니다, 왜냐하면 거기가 내가 사는 데고, 내 침대가 거기 있거든―그러니까 이제 가려고―그런데 나는 그의 이름이며 주소를 모릅니다―잊어버린 것 같은데―하지만 괜찮습니다, 왜냐하면 내가 정말 처남이 있는지도 나는 잘

모르겠고—그러니까 이제 나는 갑니다—내가 그를 찾을
거라고 생각합니까?"[161]

슈트란스키는 중립적인 장치를 써서 정신물리학 실험이 "연구실
에서 인공적으로 만든 결과"로 귀결되지 않기를,[162] 말하자면 실
험자가 가하는 자극에 피험자의 반응이 미리 프로그래밍되지 않
기를 바란다. 어쨌든 속기술과 축음기는 카프카의 취객이 마신 술
과 똑같이 작용한다. 그것들은 자존심 강한 국가공무원이나 교육
공무원이라면 결코 받아쓰고 싶어하지 않을 법한 도발적 답변을
유발한다. '국가'나 '학교' 같은 단어들은 단순한 표제어로서, 실험
자의 입에서 나오는 순간 더이상 아무런 상위개념을 수반하지 않
는다. 그리하여 정신과 의사는 이런 표제어들, 실험용 단어 모음,
전화번호부, 문법책 같은 "나열"의 형식 자체가 일종의 관념비약
임을 깨닫는다.[163] 심지어 지적장애인을 연구하는 특수교육학자
들은 단어를 나열하는 형식의 교과서가 신경과민 학생들이 관념
비약을 일으키는 원인이라고 지목한다.[164] 슈트란스키가 "상위표
상의 형성"이 "병리 또는 실험의 성질 때문에" 중단될 수 있다고
쓸 때,[165] "병리"와 "실험"을 잇는 "또는"은 차라리 등호로 대체되
어야 할 것이다.

**벤과 치헨의**
**사고비약**          이처럼 사고비약은 실험자와 피험자의 상황을 모두 규제하
기 때문에 다른 미디어로 쉽게 치환된다. 이를테면 축음기를 전통
적 필기도구로 대체하고 연구실에서 인공적으로 만든 결과를 다
시 인공적으로 조성하기만 하면, 문학도 "표상 활동으로부터 언어
적 표현을 해방시키는" 법을 배울 수 있다. 군의관 고트프리트 벤
은 세계대전 당시 브뤼셀 병참기지에서 성병 치료를 담당했던 경
험을 문학으로 승화함으로써 이를 입증한다. 그는 군의관 예프 판
파메일런이라는 자신의 분신을 "성매매 종사자 병동 입구로 밀어
넣고," 거기서 연상된 모든 것을 축음기처럼 정확하게 기록하도록

한다. 하지만 안타깝게도 피험자 파메일런은 그 안에서 아무 생각도 떠올리지 못한다. 그는 "아무것도 경험하지 못하는 무능력에 시달리며, 공포에 사로잡힌 채" "벽시계 하나가 걸린 텅 빈 복도"만을 바라본다. 그런데 파메일런이 이 말을 내뱉기가 무섭게, 신체 없는 어떤 "목소리"가 그의 머리 위로 울려퍼진다.

> 벽시계 하나가 걸린 텅 빈 복도? 더 들어가! 더 넓혀봐! 마음 편하게 해! 관리실? 바닥에 떨어진 머리핀? 오른쪽에 정원? 어서 하라니까?

이것은 '국가'나 '교육법'과 마찬가지로 서로 무관한 표제어들일 뿐이지만, 이것들이 말을 이어나가도록 압박하여 결국은 사고비약을 유발한다. 파메일런은 기록자의 편의를 봐주려는 듯이 무언가 생각난 척하면서 비약하는 표제어들에 대해 이렇게 응답한다.

> 파메일런: (꾸민 듯한 태도로) 나는 선생님이 지금 막 묘사한 것과 아주 비슷한 집을 압니다, 의사 선생님! 내가 그 집에 들어간 건 따뜻한 봄날 아침이었어요. 맨 먼저 벽시계 하나가 걸린 텅 빈 복도가 나타났고, 오른쪽에는 관리실이 있었고, 바닥에는 머리핀이 떨어져 있었어요, 웃기지요, 그리고 오른쪽에는 작은 정원이 있었어요, 가운데는 장미꽃밭이 있었고, 거세한 숫양 두 마리가 매여 있는 채로 풀을 뜯고 있었는데, 아마 물병자리 숫양이었을 겁니다.[166]

「측량 주임」이라는 이 작품은 (부제 그대로) 진정한 '인식론적 희곡'이다. 파메일런은 주어진 질문에 나열된 단어들을 거의 철저하게 소진하면서 충실히 답변하지만, 인식론의 토대인 '동일성

Identität'을 단순한 유사성Gleichheit과 혼동하고 있다.[167] 이 희곡이 (한트케의 「카스파르」보다 훨씬 앞서서) 행동이 아니라 말의 문제를 다룬다는 점은 의심의 여지가 없다. 담론의 외부적 맥락이 제거되면서 자기동일성이 해체되고 시뮬라크룸만* 남는다. 파메일런과 누군지 모를 목소리 사이에는 수신처도 지시대상도 "시점"도 없는,[168] 그저 무엇이든 연상하라는 명령에 의해 결정되고 통제되는 텅 빈 발화만이 순환한다. 그 목소리는 '거세당한 물병자리 숫양'이라는 파메일런의 성병학적 농담이 "병원의 의미와 연관되면서 가벼운 유머도 더해진 난해한 연상"이라며 "아주 훌륭하다"라고 평가한다. 연구실의 의사들이 축음기 옆을 지키던 것과 달리, 희곡 속의 의사는 직접 피험자가 된다. 파메일런을 지배하는 목소리는 초월론적인 것이 아니다. 파메일런은 그를 "의사 선생님!"이라고 부른다. 그리고 이 실험자는 언어적 표상을 애써 탐색할 필요가 없다는 슈트란스키의 통찰을 공유한다. 파메일런의 "뇌"가 "말초적 피로"나 "피질의 쇠약"으로 연상의 흐름을 중단할 때마다, 의사는 채찍을 휘두르며 "더!" 하라고 명령한다.[169] 확실히 파메일런은 "고작 쉰여든 번 반응하고는 이내" 탈진해버리는 "최악의" 명칭들 중 하나다.[170] 그러나 의사는 (마치 축음기처럼) 채찍을 휘두르면서 더이상 표상 활동이나 "경험의 어떤 구석"과도 연관될 수 없을 만큼 빠르게 말하라고 파메일런을 몰아댄다. 이렇게 해서 희곡은 자유로운 주체들의 행동을 다루는 것이 아니라 병리적인 또는 실험적인 장르로 변모한다.

그 이유는 간단하다. 철학 교과서에서 자유로운 주체들이 출현한다면, 정신물리학 연구에서는 피험자들이 출현하기 때문이다. 처음부터 벤은 "소설이나 시를 쓰고 싶은" 사람은 먼저 "화학,

---

*'simulácrum'은 '이미지' '외관' '허상' '환영' '가짜' 등의 의미를 지닌 라틴어다. 무언가 모사하거나 흉내내는 것, 겉을 꾸미는 것, 거짓으로 위장하는 것을 뜻하는 라틴어 '시물로simulo'에서 유래한다.

물리학, 실험심리학" 등을 연구해서 문학이라는 "우스갯거리"를 벗어나야 한다고 주장한다.[171] 정신물리학을 문학으로 응용하면서 관련 연구를 신속하게 기꺼이 받아들이자는 것이다. "매 시대마다 전 세계의 이목을 끌면서 소설 작법에도 빛과 그림자를 드리우는 선구적인 학문이 있는데, 1860년 이후로는 신체와 정신의 병리학이 그에 해당한다."[172] 그 증거는 쉽게 찾을 수 있다. 채찍을 휘두르는 의사 선생님의 비밀은 먼 데 있지 않다. 위에 인용한 대사를 아래와 같이 고쳐쓰기만 하면 인식론적 희곡은 실험심리학으로 되돌아간다.

| 목소리 | 파메일런 |
|---|---|
| 벽시계 하나가 걸린 복도? | 맨 먼저 벽시계 하나가 걸린 텅 빈 복도가 나타났고, |
| 관리실? | 오른쪽에는 관리실이 있었고, |
| 바닥에 떨어진 머리핀? | 바닥에는 머리핀이 떨어져 있었어요, 웃기지요, |
| 오른쪽에 정원? | 그리고 오른쪽에는 작은 정원이 있었어요, 가운데는 장미꽃밭이 있었고, |

이제 정신과 의사이자 실험심리학자인 치헨이 예나의 학생들을 대상으로 진행한 실험 보고서를 보자.

　　O. G., 12세 9개월. 아버지는 재단사. 학교 성적은 기복이 심하긴 하지만 중간 정도. 1898년 7월 3일, 오전 9시. 앞서 한 시간 수업을 받고 옴. (「하멜른의 피리 부는 사나이」에 관한 시를 강독하는 수업임.)

| 자극어 | 답변 |
|--------|------|
| 교사 | 슈티힐링 선생님 (방금 들은 수업을 진행한 교사) |
| 아버지 | 우리 아버지 |
| 눈 | 내린 것 (어제 내린 눈 생각) |
| 피 | 동물을 잡으면 (그저께 본 소를 잡는 장면을 생각) |
| 쥐 | 피리 부는 사나이가 쥐를 베저 강으로 꾀어들이는 방법 |
| 눈 | 하얀색 ("지금 내렸다")[173] |

치헨은 『아동의 관념연합』이라는 이 연구에서 "표상이 분출되는 속도를 추산하려고," 그러니까 "표상이 어떻게 분출되며 그 속도가 특수한 조건(피로 등)에 따라 어떻게 달라지는지 추산하려고" 한다.[174] 그러니 여기에서 채찍이라는 특수한 조건을 추론하기도 그리 어려운 일이 아니다. 그리고 여기서 한걸음만 더 들어가면, 고트프리트 벤이 공부하던 정신병원의 수석의사가 바로 테오도어 치헨 교수였다는 사실이 기다리고 있다.

피험자가 어린이냐 의사냐, O. G.냐 J. v. P.[예프 판 파메일런]이냐 G. B.[고트프리트 벤]이냐는 중요하지 않다. 벤의 첫번째 소설 「여행」의 주인공 베르프 뢰네가 실험자의 채찍 없이도 사고비약을 일으켜 연상을 실행하는 것은 정신물리학적 기법이 문학으로 한 단계 더 치환된 결과다. 「측량 주임」에서는 실험자와 피험자가 제각기 분리될 수 있다. 반면 벤의 소설 주인공은 무언가 연상하라는 명령에 일방적으로 종속되는데, 그 명령이 주인공의 피와 살로 옮겨졌기 때문이다. 이렇게 실험실의 인공적인 실험 조건이 절대적인 명령이 된다. 이것은 소설을 해석하는 것만으로는 절대로 알 수 없다. 예나의 학생들, 그러니까 치헨이 니체라는 환자를 돌보는 와중에 진행했던 실험의 참가자들만이 뢰네를 이해할 수

있었을 것이다. 그는 왜 장교식당에서 이상하리만치 부드러운 열
대과실에 관한 무의미한 대화들에 논평을 달면서—이 논평은 곧
소설의 시점이기도 한데—그 혼돈을 강화하는가? 그는 달리 아무
것도 할 수 없기 때문이다.

> 문제는 매개였다. 개별 사물들은 하나도 건드리지 않았
> 다. 그가 누구라고 감히 무언가를 가져가거나 조망하거나
> 심지어 맞서서 창조하겠는가?[175]

뢰네의 언어적 매개는 일종의 신경증이다. 그것은 초월론적 또는
창조적인 시인의 자아에 근거하지 못한다. 그는 모든 미디어의 불
가해한 배경이 되는 실재와 지시관계를 맺지 못한 채 매개적 선택
을 계속한다. 그리하여 그는 착란 속에서도, 아니 오로지 착란 속
에서만 명령을 따른다. 파메일런이 관리실, 머리핀, 병원 출입구,
거세된 숫양을 매개해야 한다면, 뢰네는 들리는 것과 말해지는 것
을 전부 매개해야 한다. 장교식당에서 지인들이 말하는 것, 그들
스스로 그 말에서 연상하는 것, 그들이 말하고 연상한 것에 대해
뢰네 스스로 말하고 연상하는 것, 이 모든 것은 결코 소진되지 않
고 뢰네를 괴롭힌다. "서로 다른 연상 작용들의 경쟁, 그것이 최종
적인 나다. 그는 그렇게 생각하며 기관으로 돌아갔다."[176]

그래서 뢰네는 긴장증에 따른 의식불명에 이를 수밖에 없으
며,[177] 그래도 그 덕분에 다른 여러 가지와 더불어 자신의 건망증
심한 실험감독관까지 망각할 수 있게 된다. 그런데 이렇게 마비 상
태에 빠지기 전에, 이 좌절한 의사는 연상 작용의 물질적 토대인
뇌 자체까지 연상해들어간다.

> 나에게 무슨 일이 벌어질 수 있는지 계속 연구해야 한다. 겸
> 자가 여기 관자놀이 속으로 조금 더 깊이 들어갔다면……?

벤의 「여행」:
말에서 영화로

내가 머리의 특정 부위를 계속 얻어맞았다면……? 그러
면 뇌에 무슨 일이 벌어질지?[178]

이는 마치 실어증 연구가 연구자에게 반격을 가하는 것과 같다. 뢰네는 자신의 의학적 지식을 이용해서 자기 사고의 배경을 캐문는—즉 사고를 담당하는 정확한 부위를 식별하려는—아포리아적 시도 끝에, 자신의 인식적 주체 위치를 문자 그대로 희생양으로 바친다. 수많은 장애와 불능의 가능성들을 고려하면, 그가 단어들을 구사할 줄 알고 연상 작용을 한다는 것 자체가 오히려 믿을 수 없는 예외적 사태에 가깝다. 언어는 이제 더이상 내면성의 보루가 아니다. 자신의 뇌를 까뒤집어서 시뮬레이션하는 뢰네의 제스처 자체가 언어를 우연과 외재성의 문제로 역전시키기 때문이다.

그래서 뢰네는 (니체의 직계 후손으로서) "말이 그에게 다다르는 것"을 경험하지 못한다.[179] 머리를 얻어맞았는데 어떤 때는 실어증이 오고 또 어떤 때는 연상 작용이 활성화된다면, 시의 가능조건 자체가 더이상 성립하지 않는다. 과거에는 인간에게 다다른 말이 '자연의 담론'이자 '담론의 자연'이라 불리는 어떤 심리적 임계점에서 작용했다. 그런데 정신물리학은 이 자연을 전부 제거해버린다. 그래서 뢰네처럼 정신질환자가 된 정신과 의사가 무언가 자신에게 다다르기를 바란다면 다른 미디어로 '여행'을 떠나는 수밖에 없다.

그는 저 멀리 거리를 바라보고 갈 데를 찾았다.
쏜살같이 그는 영화관의 어스름 속으로, 바닥층의 무의식으로 뛰어들었다. 가려진 신호등 아래 납작한 꽃들의 넙적한 꽃받침 속에 붉은 조명이 반짝였다. 멀지 않은 곳에서 연주하는 따스한 바이올린 소리가 뇌의 곡면을 따라 참으로 달콤한 음색을 그려냈다. 어깨와 어깨가 맞닿는

헌신. 서로 속삭이고, 가까이 맞닿고, 촉감을 통해 서로를
이해하는 행복. 한 남자가 아내와 아이를 데리고 다가와
알은체를 했다. 크게 벌린 입, 명랑한 웃음. 하지만 뢰네는
이제 그를 알아볼 수 없었다.

그는 영화 속으로, 날카로운 제스처 속으로, 신비로운
권능 속으로 들어갔다.

거대한 대양을 앞에 두고 그는 코트로 몸을 감쌌다.
맑은 바람에 웃옷이 펄럭였다. 그는 공기를 가르며 후려
쳤다, 마치 동물을 내려치듯이. 부족의 마지막 생존자가
목을 축이던 음료수는 얼마나 시원했는지.

그는 얼마나 발을 굴리고 무릎을 들썩였던가. 그는 무
신경하게 재를 털었다. 그를 기다린다고 편지를 띄운 거
대한 존재에 사로잡힌 채. 그 편지를 가져온 늙은 하인은
오래전 선조들을 무릎에 앉히고 얼렀으니.

백발의 노인은 물가의 여인을 향해 기품 있게 다가
갔다. 유모는 가슴을 수건으로 가린 채 깜짝 놀라 주춤거
렸다. 얼마나 사랑스러운 놀이 상대인가! 젊은 수소들 사
이에 몰린 암사슴 같구나! 저 은빛 수염은 또 얼마나 멋
진지!

뢰네는 숨을 죽이고 흐름을 깨지 않으려 애썼다.

그리고 전부 이루어졌다. 전부 성취되었다.

병든 시간의 잔해 너머로 운동과 정신이 중간에 무엇
도 끼어들지 않고 합쳐졌다. 명백하게 충동적으로 팔이
뻗어나갔다, 빛에서 엉덩이로, 반짝이는 곡선이 뻗어나갔
다, 가지에서 가지로.[180]

1916년 브뤼셀 교외의 한 극장, 그것이 모든 여행의 신학적 종착
지다. 소설은 영화에서 무엇이 성취됐는지 의심의 여지 없이 명확

하게 나타낸다. 이제 "운동"은 상상적 차원뿐만 아니라 기술적 실재로도 저장될 수 있다.[181] 뢰네에게는 어떤 말도 다다르지 못하지만 그렇다고 그에게 다다를 길이 완전히 막힌 것은 아니다. 단지 그의 임계점이 심리적 차원이 아니라 생리적 차원에서 작동하는 것뿐이다. 영화가 기술과 신체, 자극과 반응을 합선시키기에 상상적 매개는 더이상 필요치 않다. 파블로프의 실험동물에게 나타난 것처럼 "중간에 무엇도 끼어들지" 않는 자극반응이 일어난다. 감각자극과 운동반응을 직통으로 연결하는 다리가 놓이는 것이다. 무성영화에서 광학적으로 제시되는 형상들이나 그 형상들에 수반되는 음악은 모두 이런 식으로 작용한다. 어두운 극장에서 연주되는 바이올린 소리는 생리적으로 훈련된 청자에게 직접적으로 현전한다. 그것은 〈미치광이 피에로〉처럼 뇌의 곡면을 따라 연주된다.[182] 그래서 뢰네라는 이름의 개인은 언어를 통해 지인과의 관계를 되살려보지만 이제 아무도 알아보지 못한다. 당대의 정신과 의사들이 '상징불능증'이라 칭하는 상태로 해체되는 것이다.

하지만 상징불능증은 정신병리학적 차원 이전에 그 자체로 영화의 구조를 이룬다.[183] 어떤 이는 처음으로 영화를 보러 간 경험에 관해 자서전에 이렇게 쓴다. ('말'이라는 서글픈 제목만 봐도 알 수 있듯이, 그는 자라서 결국 문필가가 된다.) "우리는 정신연령이 같았다. 나는 일곱 살이지만 읽을 줄 알았고, 새로운 예술은 열두 살이지만 말할 줄 몰랐다."[184] 1912년의 파리에서나 1916년의 브뤼셀에서나, 새로운 미디어는 언어장애가 축복이 되리라고 약속한다. 어린 사르트르는 영화를 사랑하는 어머니의 손을 붙잡고 할아버지의 문학적 세계에서 탈출한다. 할아버지는 다른 부르주아들과 마찬가지로 성실하게 극장에 나가면서도 고작 "장차 위엄 있는 자리에 올라보겠다는 마음을 은근히 품은 채 집으로 돌아오던" 문학적 인간이었다. 반면 영화관은 끊임없이 재잘대는 텅 빈 담론으로부터 뢰네를 해방시키는 공간이다. "바닥층의 무의식"에서 영상의 "살아 있는 어둠"에 이르기까지,[185] 영화 관람에 관한 두 사람의 문학적 묘사는 영화가 책의 독점체제에 종언을 구하는 것을 한마음으로 찬미한다. 보편화된 알파벳 학습의 시대에는 시가 쾌락을 약속하고 도서관 환상이 그 약속을 지켰지만, 이제 영화는 그 모든 약속과 실현을 기술적 실재로 치환한다. 두 영화 애호가는 최고의 무의식적 쾌락을 영화 주인공과 영화 관객의 몫으로 돌린다. 그들은 (파우스트식의) 철학적 인류가 아니라 몸을 맞댄 군중 속으로 침잠한다. 그들은 영화관의 판타스마고리아와 자신을 동일시하면서 한없이 녹아든다. 하나는 신학적인 말을 영화에 대입하고 다른 하나는 좀더 수다스럽게 글을 쓰지만, 그들은 기본적으로 동일하다.

> 그것은 곧 '운명'이었다. 영웅이 말에서 뛰어내려 도화선에 붙은 불을 끈다. 악한이 달려들면서 칼싸움이 시작된다. 그러나 그 결투의 우연한 과정조차 음악의 엄밀한 전개 과정과 일치하고 있었다. 그것은 우주의 질서를 감추지 못하는 가짜 우연이었다. 최후의 일격이 최후의 화음과 맞아떨어지니 얼마나 통쾌한가! 나는 한없이 흐뭇했다. 내가 살고 싶은 세계를 발견했고, 갈망해왔던 절대의 경지에 도달했기 때문이다.[186]

책은 각자의 운명을 가지나니. 절대적인 것은 한때 정신의 발전 과정을 보여주는 이미지의 전시장 또는 시적-철학적 글쓰기로 사람들 앞에 나타났다. 하지만 이제는 절대적인 것이 종이뭉치를 버리고 떠난다. 보편화된 알파벳 학습의 시대에는 책이 정합성, 동일시, 보편성 같은 명예로운 칭호를 부여받았지만, 이제 적어도 세간에서는 이런 가치들이 전부 기술적 미디어의 속성으로 통한다. 1800년 무렵에는 도서관 환상이 학자들의 비난을 사면서 여성, 어

린이, 교양 없는 사람 들의 새로운 즐거움이 되었다면, 100년 후에
는 기술적 장치가 여전히 도서관 환상에 빠져 있는 사람들의 비난
을 사면서 교양 없는 사람들의 새로운 즐거움이 된다. 환자로 전략
한 정신과 의사는 "아내와 아이와" 함께 온 지인을 만난다. 사르트
르 모자가 나란히 앉아 영화를 보는 동안, 극장 나들이를 좋아하는
문필가풍의 할아버지는 이렇게 멍청한 질문을 던진다.

> "여보시오, 시모노 선생, 당신과 같은 점잖은 사람이 이
> 해할 수 있겠소? 내 딸년이 손자 녀석을 영화관엘 데리고
> 간단 말이오!" 그러면 시모노 씨는 중립적인 어조로 대답
> 할 게다. "저는 한 번도 가 본 적이 없지만 아내는 가끔 간
> 답니다."[187]

＊

기술적
미디어와
대중문학

영화와 축음기는 기술적 미디어로서 각각 광학적 데이터와 음향
적 데이터를 연쇄적으로 저장하는데, 시간축을 따라 데이터를 저
장하는 이런 장치들의 기술적 정확성은 인간의 수작업과 비교도
되지 않는다. 같은 시기에 같은 엔지니어가 발명한 이 장치들은 두
개의 전선에서 동시에 책의 독점체제를 공격한다. 책은 알파벳 학
습이 보편화된 이후로 연쇄적 데이터 저장 분야를 독점하고 있었
다. 그런데 1900년경부터 그동안 시가 제공하던 보충적 감각성을
어떤 신비로운 자연이 아니라 기술을 통해 대체할 수 있게 된다.
축음기는 상상적인 것(기의)을 우회하고 실재(목소리의 생리학)
로 직행함으로써 말을 텅 비운다. 아직 녹음장치가 인간의 영혼,
상상적인 것 자체를 있는 그대로 담아내리라 믿는 사람은 빌덴브
루흐밖에 없다. 영화는 말의 지시체들, 담론의 필수적이고 초월적
이고 거의 부조리한 참조점들을 눈앞에 있는 그대로 제시함으로
써 말을 가치절하한다. 과거에 노발리스가 올바른 방식으로 책을

읽었을 때는 말의 흐름에 따라 그의 내면에서 생생한 가시적 세계가 펼쳐졌다. 하지만 이제 그런 마법이 필요 없다. 뢰네가 경험한 것처럼, 무성영화가 "신비로운 권능"을 발휘하면서 사물과 제스처의 사실성으로 관객을 압도하기 때문이다.

그러므로 문필가들이 "말이 갈수록 신용을 잃고" "오늘날의 관점에서는 너무 명확하면서도 이상하게 두루뭉실한 무언가"가 되었다고 토로하는 것도 당연하다.[188] 상징적-실재적-상상적 차원을 나누어 접근하는 라캉의 방법론적 구별이 정보시스템의 세 가지 기능과 맞아떨어진다고 한다면, 그중 두 가지가 1900년 전후로 글이라는 미디어에서 풀려난다. 말하기의 실재적 차원은 축음기에 녹음된다. 그리고 말하기 또는 글쓰기로 생산된 상상적 차원은 무성영화가 된다. 〈프라하의 학생〉의 원저자이자 시나리오 작가였던 에버스는 이러한 분배를 다음과 같이 편파적이지만 정확한 슬로건으로 표현한다.

> 나는 토머스 앨버 에디슨을 깊이 혐오합니다. 그는 세상 모든 발명 중에서도 가장 끔찍한 것을 우리에게 선사했기 때문입니다. 축음기를! 그렇지만 나는 에디슨을 사랑합니다. 그는 이 무미건조한 세계에 환상을 되돌려주는 것으로 자신의 모든 잘못을 벌충했기 때문입니다—영화관에서요![189]

홈이 파인 축음기용 음반이 신체와 그 끔찍한 부산물을 저장한다면, 극영화는 지난 100년 동안 시가 담당하던 환상적 또는 상상적 차원을 넘겨받는다. 1916년 최초의 극영화 이론을 제시한 사람은 정신공학의 발명자이자 명명자인 뮌스터베르크다. 그는 각종 특수효과로 무장한 영화 기술이 단순히 말로 무언가 묘사하거나 연출해서 (그러니까 소설이나 희곡 형태로) 독자의 영혼에 다다르는 문학보다 훨씬 더 강력하다는 것을 입증한다. 그에 따르면, 영화 스튜디오에서 쓰이는 영사, 편집, 플래시백, 클로즈업 같은 기법들은 정신공학의 고유한 진리를 드러내 보인다. 이런 효과들은 영사막을 통해 대뇌의 시각중추에 직접 작용하여 생리적 무의식의 다양한 작용들을 촉발한다. 이를테면 영사는 환각 작용, 플래시백은 무의지적 기억, 편집은 연상 작용, 클로즈업은 무의식적 선택과 집중에 호응한다.[190] "영화의 세계"는 이처럼 정신공학이 기계화된 결과로서 "실로 환상과 환영의 동의어가 된다. 제임스 조이스의 말처럼, 사회가 '심야의 뉴스 영화'가 되고 현실이 릴의 세계로 대체된다. ……조이스는 사진이라는 '자동적 글쓰기'가 '말의 근원을 무로부터 축출한다'라고 판결한다."[191]

1800년경에는 미분화된 말이 가시적인 실제 세계를 창조하는 판타스마고리아의 임무를 수행했다. 신진 저자들을 영입하는 것이 책의 목적이었기에, 주인공의 얼굴과 그의 환상은 독자들과 단 하나의 특징만 공유하도록 [그래서 가능한 한 많은 독자가 주인공과 자신을 동일시하도록] 모호하게 묘사되었다. 반면 극영화는 등장인물들의 특징을 세밀하게 보여주면서 "환상적 영역에서" "진짜 같은 것이 솟아나도록" 하며,[192] 그럼으로써 환상문학의 주제들을 모두 소진시킨다. 초기 독일 무성영화가 끊임없이 도플갱어 모티프를 다룬 것은 우연이 아니다.[193] 〈골렘〉에서, 〈분신〉에서, 〈칼리가리 박사의 밀실〉과 〈프라하의 학생〉에서, 도플갱어는 영사막의 미학적 작용에 대한 은유로 거듭 출몰한다. 이 존재는 새로운 미디어에 사로잡힌 사람들에게 무슨 일이 벌어지는지 보여준다.[194] 이 도플갱어들은 여태까지 책이나 시나리오에 나오던 등장인물들처럼 원본[독자들]과 한 가지 특성만을 공유하는 것이 아니라, 생생하게 살아 움직이는 영화 주인공으로서 동일시의 초점이 된다. 영화는 완벽한 과학수사처럼 확실하게 작용하기에 낭만주의 소설 속 은둔자처럼 독자들을 동일시의 덫으로 꾀어들일 필

요가 없다. 영화 애호가 뢰네가 말했듯이, 영화에 빠져드는 경험은
말이 필요 없는 자동적인 작용이다.

이렇게 해서 영화관은 도서관 환상이 차지하던 바로 그 자리
로 밀고 들어온다. 그것은 여태까지 언어를 통해 연쇄적인 환각을
마법처럼 불러일으키던 예술작품들을 단숨에 앞지른다. "영화관
에서는" "가장 아름다운 것"뿐만 아니라 가장 단순한 것도 "모두
놀라워 보이기" 때문이다.[195] 다른 무의식적인 것들과 마찬가지
로, [영화관이라는] 바닥층의 무의식 역시 쾌락원칙이 지배한다.

> 학생은 인디언 이야기 속 대평원을, 기이한 일을 벌이는
> 이상한 사람들을, 수풀이 우거지고 인적이 드문 아시아의
> 강변을 보고 싶어한다. 하급공무원과 집안일에 허덕이는
> 그의 아내는 상류사회의 화려한 파티를, 결코 직접 가볼
> 수 없을 머나먼 해안과 산맥을 갈망한다. ……오늘날 매
> 일같이 똑같은 일과에 따라 일하는 사람은 조금이라도 설
> 틈이 나면 낭만주의자로 돌변한다. 그는 현실적인 것을
> 보고 싶어하지 않는다. 더 정확히 말하자면 현실적인 것
> 은 이상적이고 환상적인 영역으로 부상해야 한다. ……그
> 리고 이 모든 것이 영화관에 다 있다.[196]

이렇게 영화가 경쟁을 주도하면서 문학에게는 두 가지 선택지밖
에 남지 않는다. 한편에는 기술적 미디어를 "평가절하"하는 손쉬
운 접근이 있다. 물론 그렇다고 기술적 미디어에 "저항"한다는 말
은 아니다.[197] 1900년 이래로 문필가들은 시인들의 만신전에 이름
을 올리는 것을 단념하지 않으면서, 의도했든 아니든 간에 기술
적 미디어 쪽에서도 꾸준히 일거리를 찾는다. 빌덴브루흐가 비장
한 태도로 자신의 이름과 영혼을 축음기 속에 불어넣는 동안, 다
른 서정시인들은 대개 익명으로 축음기용 유행가를 작사해서 성

공을 거둔다. 최초의 시나리오 작가들 역시 익명성 뒤에 숨는다. 1913년 라우텐자크가 영화화된 자신의 시나리오를 단행본으로 출간해서 추문에 휩싸이지만, 그를 비난하는 말들은 당시에 "실제 시인이 이름을 숨기고 시나리오를 썼다(지난 몇 년 동안 돈 때문에 이런 일이 많이 벌어졌을 것이다!)"라는 사실을 새삼 입증할 뿐이다. 그전까지 "자기 이름으로 영화 작업을 한 유명 저자로는 H. H. 에버스가 거의 유일했다."[198]

　　확실히 대중문학은 예전부터 무가치하다고 여겨져왔다. 이는 해석학적 독서법 교재들이 문학작품과 양산품 소설, 반복적 독서와 읽기 중독, 『파우스트』와 『리날도 리날디니』,* 괴테와 그의 아류를 구별하면서부터 시작된 전통이다. 하지만 텍스트가 기술적 미디어로 치환될 수 있는 가능성을 엿보게 되면서, 이러한 [순수 문학과 그 아류인 대중문학 간의] 차이는 [영화적인 감각적 자극을 의도하는 문학과 그렇지 않은 문학 간의] 제작 양식의 차이로 변화한다. 그와 함께 "최고의 소설과 희곡이 영화화되어 강렬한 느낌과 자극적인 겉치레뿐인 통속물로 변질된다"라는 당대의 인식도 역전될 수 있게 된다.[199] 1800년경에는 고상한 텍스트에서도 [독자들의 상상력을 통해] 실행되었던 시청각적 감각성이 이제는 디지털-아날로그 변환기처럼 애초부터 환각을 유발할 목적으로 문자들을 배열한 책들의 특기가 된다. 세기 전환기의 베스트셀러들이—노벨문학상 수상작 『쿠오바디스』 같은 역사소설, 『골렘』 같은 도플갱어 이야기, 파울 린다우의 희곡 「분신」 같은 (또 어쨌든 토마스 만의 『부덴브로크가 사람들』도 포함되는) 정신병리학적 스릴러 등이—출간되자마자 영화화된 것은 우연이 아니

---

*『리날도 리날디니』는 괴테의 처남인 크리스티안 아우구스트 풀피우스의 통속소설로, 리날도라는 나폴리의 도적이 벌이는 모험담이다. 익명으로 출간되어 엄청난 악평과 인기를 끌면서 다수의 모방작을 낳은 이 소설은 1927년에 영화화되기도 했다.

다. "파울 린다우의 작품들에는 [영화] 고유의 미덕과 불멸성이 담겨 있기" 때문이다.[200] 이 새로운 문필가들은 타자기가 텍스트 생산을 경제적으로 변형시키고 있을 때 등장해서, 정신물리학이 영혼의 신비를 개연성의 문제로 환원시키는 동안 이미 사태를 파악한다. 그래서 이들의 책이 원래 자신이 속한 곳, 즉 영화관의 영사막 위에 나타나는 것이다. 영화화된 〈분신〉에서는 주인공인 검사의 집에서 범죄가 발생한다. 주인공은 이 사건의 범죄학적 과학 수사에 착수하지만, 바로 자기가 도플갱어 아니면 지킬 박사와 하이드 같은 분열증적 상태에서 그 범죄를 저질렀다는 사실에 도달한다. 할러스라는 이름의 이 검사는 1년 전에 말에서 떨어져서, 뇌 부위별 기능을 연구하는 과학자들이 '후두부'라고 부르는 부위를 다친 적이 있었다⋯⋯

확실히 1900년 전후에는 문학 주인공(뢰네)에서 문학 기법(자동기술법)에 이르기까지 역할 전도라는 모티프가 두드러지게 나타난다. 하지만 오직 영화에서만 그런 환각이 실재가 될 수 있고 시계나 초상화 같은 지표들이 일대일의 동일시를 구현할 수 있다. 범죄과학과 정신병리학은 오락산업과 동일한 기술을 바탕으로 작동한다.[201] 〈분신〉의 주인공 친구인 정신과 의사가 설명하는 바에 따르면, 검사는 매일 밤 무의식적으로 자기의 분신이 된다. 이러한 변화는 관료제에서 기술로, 글쓰기에서 미디어로의 선회를 은유적으로 표현한다. 확실히 하급공무원과 집안일에 허덕이는 그의 아내가 '바닥층의 무의식'에서 보고 싶어하는 것은 상징적 공무원이나 실재적 공무원이 아니라 그들 자신의 상상적 역상이다.

문학이 택할 수 있는 다른 하나의 선택지는 기술적 미디어에 대항하는 것이다. 기술적 미디어는 담론의 상상적 차원과 실재적 차원을 이끄는 동시에 오락문화에 이끌려간다. "인간 세계에서 키치를 뿌리 뽑기란 불가능"한 까닭에,[202] 일부 문필가들은 모든 것을 단념한다. 1900년 전후에 출현한 엘리트문학에서 "말"은 무언

자족적
미디어로서의
엘리트문학

가 "너무 명확한" 것, 다시 말해 순수차이적 기표가 된다. 상상적인 것의 효과와 실재적인 것의 각인을 단념하면 남는 것은 상징적인 것의 제의뿐이다. 이 제의는 사람들의 감각적 역치를 겨냥하지도 않고 이른바 자연의 도움에 기대지도 않는다. "문자는 야생에서 볼 수 없다." 말이 문자에 기초하는 반反자연이며 문학이 말에 기초하는 예술이라면, 둘의 관계는 물질적으로 타당해야 한다. 순결한 '예술을 위한 예술'에서 아방가르드의 도발적인 언어유희에 이르기까지 엘리트문학의 성좌는 모두 이 원리를 따른다. [뤼미에르 형제가 카페에서 영화를 처음 상영한] 1895년 12월 28일 이후로 엘리트문학의 무오류적 규준은 오직 하나, 영화화할 수 없어야 한다는 것이다.

관념론적 미학이 다양한 예술들을 하나의 체계로 정리했을 때, 조각, 회화, 음악, 건축은 각각의 질료인 돌, 물감, 소리, 건축자재와 일대일 대응 관계에 속박됐지만 시는 보편적 예술로서 상상력이라는 보편적 매개체에 귀속되었다. 그런데 1900년경부터는 전반적으로 물질적 타당성에 대한 관심이 높아지면서 시가 이렇게 특별한 위상을 유지할 수 없게 된다. 이제 문학은 말 만드는 사람이 수행하는 말의 예술이다. [사랑에 빠지는 것은 이름을 사랑하게 되는 것이라는] 라캉의 사랑 이론을 입증하는 듯이, 미술가 쿠르트 슈비터스는 단지 "바로 읽으나 거꾸로 읽으나 똑같은 'a-n-n-a'라는 이름" 때문에 안나Anna와 사랑에 빠진다. 실험적인 모더니즘 문필가들이 물질적 타당성을 중시한 것은 따로 증명할 필요도 없이 자명하다. 그런데 홀츠나 호프만스탈처럼 100년 전의 헤르더와 훔볼트를 계승한다고 평가되는 문학가들까지 물질적 타당성이라는 구호를 내세운다.[203] 호프만스탈은 고전주의-낭만주의 시의 기본개념도 말이라는 사실 앞에서는 한낱 중언부언일 뿐이라고 일축한다.

개성이니 양식이니 성향이니 분위기니 하는 온갖 피곤한
헛소리 때문에 시의 질료인 말 자체를 의식하지 못하게
된 것이 아닌지 모르겠다.

　　……흑백의 돌, 땅에서 캐낸 광석, 정화된 소리, 사람
의 몸짓을 다루는 예술가가 있는 것처럼, 우리는 말을 다
루는 예술가로서 정립될 수 있어야 한다.[204]

딜타이는 이보다 더 건조하게 "돌, 대리석, 음악적으로 조형된 소
리, 몸짓, 말과 글"은 모든 해석학적 작용에 앞서서 "감각적으로
주어지는 기호"라고 단언한다.[205] 호프만스탈처럼 화려한 표현
은 아니지만 딜타이가 슐라이어마허의 계승자로 칭해진다는 점
을 고려하면 상당히 놀라운 발언이다. 전통적 관념과 달리, 시를
비물질적 상상력 속에 고정하는 어떤 신비로운 목소리는 존재하
지 않는다. "실증주의적 문학사 연구가 이미 영화, 라디오, 음반을
포함하는 확장된 미디어 패러다임을 전제하는" "시점에서, [과거
의] 문학사적 미디어 범위 내에서 추상된 개념을" 무작정 적용하
는 것은 명백한 오류다.[206] 여기서 '추상된 개념'이라고 완곡하게
표현한 바로 그것이 과거 오랫동안 시인들과 사상가들의 고전적
유대관계를 뒷받침한 토대였다. 그런데 1900년 전후로 영화와 축
음기가 등장하면서 (라디오는 25년 후에야 나오게 될 텐데) 상황
이 달라진다. 말은 이론적으로도 고립되고, 상상력에 대한 영향력
도 기술적 미디어에 빼앗긴다. 그에 따라 개별 예술들이 공시적 체
계에서 차지하는 위치도 불가피하게 변화한다.[207] 따라서 귄터 자
세처럼 "언어가 처음 100년 동안 철학의 주제가 되었다가 다시 문
학의 중심으로 돌아오게 된 경위를 밝혀야 한다"라면서 현대적인
말 중심의 문학이 분기하는 과정을 역사적으로 규명하려는 시도
는 불필요할 뿐만 아니라 오히려 문제를 일으킨다.[208] 그럼에도 문
학과 철학이 잠시나마 친교를 나누던 시절이 있었던 탓에, 문학사

가들은 실험 재료로 준비된 음절들의 행렬을 읽는 대신에 자꾸 훔 볼트의 철학만 읽는다.

모든 증거를 종합하면, 1900년경의 엘리트문학이 철학과의 합일을 저버린 까닭은 그저 동시대의 다른 것들이 철학보다 더 우세해졌기 때문이다. 새로운 과학과 기술은 상상력을 포기할 것을 요구한다. 말라르메가 제목 그대로 '그림책에 대한' 질문에 결연하게 '안 된다'라고 답한 것도 바로 이런 의미다. 그는 다음과 같이 되묻는다. "영화 이미지가 그림과 글로 이루어진 많은 책들을 훨씬 훌륭하게 대체할 수 있는데, 그럼 애초에 왜 영화관에 가지 않고?"209 개혁적 기초독본과 예술가소설이 이미지를 통해 부지불식간에 알파벳을 익히고 주인공과 동일시하도록 교묘하게 독자를 꼬드겼다면, 이제 엘리트문학은 말이 아닌 다른 미디어에 속하는 모든 것을 배제한다.

호프만스탈은 자신의 '시와 서곡들'을 책으로 내고 싶어하는 인젤 출판사의 발행인[안톤 키펜베르크]에게 이렇게 쓴다.

> 루돌프 슈뢰더 씨나 다른 누구의 그림으로도 책을 치장하지 마십시오. 부탁드립니다. 그런 장식은 역겹습니다. 활자들의 형태와 그것들이 분포된 모습 자체의 아름다움이 얼마나 많이 손상되겠습니까.210

카프카도 영화 애호가였지만,211 삽화가가 자신의 단편소설 「변신」에 "벌레 같은 것을 실제로 그려넣으려 할지도" 모른다는 생각만으로도 "공포"에 질려서 출판업자에게 이렇게 호소한다.

> 안 됩니다, 절대로 안 돼요! 삽화가의 권한을 축소하려는 게 아니라, 그저 이 이야기는 내가 당연히 더 잘 아니까 드리는 말씀입니다. 벌레 자체는 절대로 그리면 안 됩니다.

아무리 멀리서 본 모습이라도 절대로 그림으로 보여주는
건 안 됩니다.[212]

문학은 구축된 것이든 와해된 것이든 간에 말에만 속하는 것들, 다
른 미디어가 차지하고 남은 것들로 자신을 치장한다. 시의 곁에서
아장아장 걸으며 조잘대던 그림은 크게 자라나 바닥층의 무의식
에서 활개치며 권능을 부리는 법을 배운다. 상징적 차원은 자율적
이며 이미지로 구현될 수 없는 것으로 남는데, 이는 과거 신의 속
성을 연상시킨다. 하지만 문학의 우상[이미지]숭배 금지령은 카
프카의 신학적 외양에도 불구하고 십계명과 전혀 무관하다. 여기
서 금기시되는 것은 신의 형상이 아니라 동물의 형상, 특히 카프카
의 벌레 또는 '해충Ungeziefer'처럼 어원적으로 신에게 바치는 희생
양으로 쓸 수 없는 것들이기 때문이다.

　문학의 우상숭배 금지령은 신성성이 아니라 특이성을, 문학
이 시청각적 미디어와 경쟁하면서 처음 획득한 어떤 고유성을 수
호한다. 이 명령의 예외가 극히 드문 것은 그 때문이다. 예외는 딱
두 가지밖에 없다. 그중 하나는 슈테판 게오르게가 자신은 고전적
저자가 아니라는 사실, 그래서 소녀들을 위해 시를 짓지 않는다는
사실을 문서화할 때 우발적으로 발생한다. 게오르게는 [막시밀리
안 크론베르거라는 젊은 연인의 죽음을 애도하는 전무후무한 책
을 만들기로 결심하고] 삽화가 겸 도서장정가 멜키오르 레히터에
게 "처음으로 예술의 영역을 포기"하자는 "예술가답지 않은 요
구"를 하면서 여태까지의 협업 관계를 중단한다.[213] 그리하여 『막
시민: 회고록』 첫 장에는 레히터가 제안한 막시민의 초상화 대신
에 그의 사진이 들어간다.* 문자적 제의가 치러지는 게오르게의
책 속으로 기술적 미디어가 난입하는 정도의 충격이 있어야만, 저

---

*그러나 첫 장의 사진을 제외하면 이 책은 여전히 레히터가 디자인한 윌리엄
　모리스풍의 유기적 장식 패턴으로 가득차 있다.

명한 시인이 유일무이한 실재적 신체를 욕망했다는 충격적 사건을 물질화할 수 있기 때문이다.

또다른 예외는 체계적으로 고안된다. 유럽의 모든 보편성은 표음문자인 알파벳의 특이성에 기초했다. 그런데 1900년경부터는 문자들로 형상을 그려내는 것 또는 이미 언제나 주어져 있었던 문자의 형상성을 드러내는 것이 가능해진다. 그것은 고전적 규범을 전복한다. 슐라이어마허는 방언을 쓴 시구와 "도끼나 물병처럼 보이는" 시구를 똑같이 천대하여 시에서 "완전히" 배제했다.[214] 그로부터 98년 후, 아폴리네르는 문학이 영화와 축음기 같은 기술적 미디어와 경쟁하는 상황을 근거로 [문자의 형상성을 드러낸] 자신의 시집 『칼리그람』을 정당화한다.

> 영화는 우리 시대의 가장 탁월한 대중예술로서 일종의 그림책과 같다. 그러니 영화 제작자들의 조잡한 상상에 만족하지 못하는 성찰적이고 세련된 정신을 위해 시인들이 이미지로 시를 지으려 하지 않는다면 오히려 그게 더 이상하지 않겠는가. 영화의 상상은 갈수록 세련되게 발전할 것이다. 언젠가는 영화와 축음기가 유일한 표현의 형식이 되면서 시인들이 유례 없는 자유를 얻을지도 모른다. 그러므로 시인들이 지금 사용할 수 있는 수단으로 이 새로운 예술을 미리 준비하는 것은 당연하다.[215]

문자 자체로 만들어진 이미지는 문학의 기술적 틈새라는 협소한 허용범위에 놓인다. 그것은 물질적 타당성이라는 측면에서 다른 미디어들에 뒤지지 않는 접근법이며, 아폴리네르의 예언에 따르면 앞으로 남은 거의 유일한 가능성이다. 이것이 100년 전에 금기시된 것은 당연하다. 문자의 형상성을 강조할수록 문자들을 건너뛰면서 읽기 어려워지기 때문이다. 정신물리학에 따르면, "신문지를 거꾸로 들고 보기"만 해도 문자들이 "하얀 바탕을 가득 채운 이상한 형상들"이나 심지어 칼리그람처럼 보이는 것을 경험할 수 있다.[216] 이렇게 독해 가능성을 희생시키고 간단한 실험 절차를 따르는 것만으로 글의 문자성과 물질성이 전면에 부상한다. 아폴리네르와 말라르메가 영화 같은 기술적 미디어에 대해서는 경쟁심을 불태우면서, 전통적인 회화에 대해서는 문자나 책과 구별하는 선에서 만족한 것은 우연이 아니다. 1900년 무렵의 문필가들이 활자 숭배를 주장한 것은 아름다운 손글씨가 아니라 기계장치 때문이다. 안톤 케스의 명확한 표현을 빌리자면, "문학의 개혁운동은 영화가 매스미디어로 급부상하는 과정과 평행하게 전개되고, 새로운 기술적 미디어라는 배경에 견주어 자기 자신을 정의한다."[217]

＊

뇌에서 각각의 언어중추들을 식별하려는 연구자는 뇌를 타자기와 똑같이 취급한다. 그리고 생리학자들이 읽기 연구에 이용한 타키스토스코프는 영사기의 쌍둥이 같은 존재로, 의도치 않게 타자기를 타이포그래피의 측면에서 최적화하는 데 기여한다.

먼저 대뇌생리학은 세간의 환상을 깨고, 언어를 구사하는 것이 "기계장치를 작동시키는 것처럼 훈련을 통해 익힐 수 있는 활동"이라고 못박는다. "사람들이 내부 구조를 몰라도 재봉틀, 계산기, 타자기, 축음기를 얼마든지 작동시킬 수 있듯이," 언어도 "표상들의 작용으로 질서정연하게 돌아가는" 일종의 기계장치라는 것이다.[218] 의식에 앞서 감각적·운동적·음향학적·광학적 언어중추가 존재하고 이들이 신경망으로 연결되어 정교하게 동작하는데, 이는 마치 타자기의 각 부위들이 레버로 연결되어 일사불란하게 돌아가는 것과 같다. 니체가 비서에게 구술하는 방식을 은유화하는 듯이, 대뇌생리학은 말의 음향 이미지가 글쓰는 손과 의식으로 전해지는 과정을 '소리로 들리지 않는 구술'이라고 표현한다.

문자의<br>정신물리학

이런 도식에서 의식의 평면은 그저 자동 작용에 순응할 뿐이다.[219] 실제로 말을 발생시키려면 대뇌피질 어딘가에서 자극을 방출해서 "음향적·광학적 이미지로서의 말을 일종의 피아노 건반을 통해 그에 해당하는 소리로 변환시켜야" 한다. 그런데 피아노 건반은 (여기 묘사된 말소리를 내는 건반도) 공간적 배치를 이루며, 따라서 언어를 찍어내는 타자기 키보드가 될 수 있다. "대뇌피질의 음향 건반"은 형식적 차원에서 구식 레밍턴 타자기의 레버 시스템을 소환한다.[220]

앞서 밝힌 대로, 이 같은 대뇌생리학적 언어이론을 타키스토스코프로 감각생리학과 결합시키기만 하면 뇌 속의 가설적인 언어기계는 망막 앞에 실제로 구현된다. 타키스토스코프가 0.001초 단위의 짧은 시간 동안 피험자의 눈앞에 제시하는 문자들과 단어들은 미리 준비한 실험 재료 또는 어휘집에서 임의로 추출된다. 이 때문에 언뜻 보기에는 "우리 실험"이 자의적으로 "특이한" 규칙을 고집하는 것 같지만, 그렇지 않다. "우리 같은 문명 세계의 언어에서 전체 단어 수는 꾸준히 늘지만, 특정 시대, 특정 장르, 특정 저자의 작품에 쓰이는 언어별 단어 수는 한정적이기 때문이다."[221] 시대, 장르, 저자는 모두 무의식의 단어 피아노, 더 나아가 무의식의 문자 피아노를 연주하지만, 철학자 출신의 실험과학자 에르트만은 당연히 그런 차원을 거론하지 않는다. 그는 단지 말라르메처럼 단어가 타키스토스코프를 통해 "전체 형태로" 인지되어야 한다는 것, 즉 "배경의 백색 평면과 대조를 이루는 검은색 문자들"의 특징적 형태에 입각해서 그 정체가 식별되어야 한다는 것을 기본 규칙으로 내세운다. 여기서 "배경의 백색 평면은 검은색 문자의 형태만큼이나 전체 형태를 인지하는 데 결정적이다."[222]

하지만 에르트만의 후계자들이나 그의 비판자들은 더이상 철학자도 아니고 유의미한 말을 애호하지도 않기에 오로지 문자의 물질성만을 탐구한다. 이들은 타키스토스코프의 속도를 독자의 눈이 따라갈 수 없을 만큼 빠르게 한다. 먼저 교란과 인지 실패를 유발해야 문자와 서체의 가장 근본적인 비밀을 밝힐 수 있기 때문이다. 그리하여 이 영사기의 쌍둥이는 영사기의 역전된 거울상처럼 작동한다.[223] [영화관이라는] 바닥층의 무의식에서 개별 이미지들의 연쇄적인 움직임은 상상적인 것의 연속체를 생성한다. 이미지들이 단속적인 움직임을 유발하는 정교한 기계장치로 교묘하게 해체된 덕분에 관객의 눈앞에 연속적인 환영이 창출되는 것이다. 반면 알파벳으로 무장한 엘리트들의 어두운 연구실에서는 그렇게 해체된 이미지들이 해체된 상태 그대로 피험자를 공격한다. 그것은 역사상 처음으로 희생양의 고통과 실패에 기초하여 생리학적으로 최적화된 문자 형태와 서체를 알아내려 한다. 타자기에 빈칸을 삽입하기 위한 별도의 자판이 있듯이, 실험 절차에도 중간에 공란이 입력되어 실험 결과로 뽑혀나온다. 타키스토스코프는 근본적으로 읽기가 문자 자체가 아니라 문자 간 차이를 지각하는 것이며, 단어 인지가 말 그대로 불쑥 튀어나온 문자들을 불연속적으로 낚아채면서 이루어진다는 것을 증명한다. 피험자의 판독 실패 사례를 체계적으로 분석한 결과, 문자의 몸통 부분(모음들과 작은 자음들)은 상대적으로 구별이 잘 안 되는 반면 위아래로 뻗은 선이 있는 자음들은 타이포그래피적 인지 신호로 작용한다는 것이 밝혀진다.[224] 차이틀러에 따르면, 이렇게 "문자의 연속체가 해체되고 분류"되면서 비로소 문자의 위상이 역사적으로 갱신되고 그 중요성이 새롭게 부각된다.

몇 개의 문자열들이 나열되는데 언뜻 똑같아 보이지만 같은 자리의 한 문자만 계속 바뀌면서 의미가 전혀 달라진다고 하자. ……이렇게 바뀐 단어 이미지의 새로운 의미가 인지되려면, 일단 변경된 문자가 확인되어야 한다. 그러니까 단어가 낱낱의 문자들로 분해되어야 한다는 말이

다. 그러지 않으면 동화작용이 일어나 원래의 단어 이미
지와 그에 부착된 의미가 계속 되돌아온다.[225]

이렇게 해서 종교개혁 시대의 기초독본에서나 보던 십자 모양의
문자 배치가 화려하게 부활한다. 어떤 초등교육 이론가는[226] 청각
장애아동들에게 차이틀러의 도식을 다음과 같이 근사한 형태로
보여준다.

$$Wan \begin{array}{l} ne[욕조] \\ ge[뺨] \\ ze[빈대] \\ d[벽] \end{array}$$

이렇게 나열된 문자열들을 하나의 세로열로 읽어내기만 하면, 언
어를 조합론적 체계로 이해하는 소쉬르의 이론이 탄생한다. 실제
로 구조주의의 경전과도 같은 소쉬르의 책에는 이런 대목이 있다.

이런 유형의 모든 경우에서, 고립된 소리는 다른 모든 단
위와 마찬가지로 이중의 정신적 대립을 거쳐서 선택될 것
이다. 가령 '안마anma'라는 가상적인 문자열에서, '므m' 음
은 그 주위의 소리들과 통합체적 대립을 이루는 동시에,
머릿속에 떠오를 수 있는 다른 모든 소리들에 대해서 연
합체적 대립을 이룬다.[227]

$$\begin{array}{cccc} a & n & m & a \\ & & v & \\ & & d & \end{array}$$

하지만 안타깝게도 소쉬르의 '안마'라는 "가상적인 문자열"은 언제나 '아니마Anima' 또는 말하는 영혼의 비밀을 다시 써내려간다. 그런 까닭에—데리다가 처음으로 재발견했듯이[228]—언어학의 창시자보다는 차라리 평범한 문자 연구자나 필적학자가 더 논리정연하다. 이들이 실험에 활용하는 타키스토스코프는 단어의 비물질적 음향 이미지 또는 "소리"가 아니라 문자별 유형에 따른 물질적 기호의 순수차이성을 식별한다. 구조주의 언어학이 'anma' 같은 무의미한 단어를 써놓고 그것이 실제로 말해지는 상황을 가정하는 반면, 기술적 장치는 구조주의 언어학이 가정하는 것을 실제로 실행하고 입증한다. 결국 소쉬르도 음운 간의 상호차이성을 보여주는 예시를 자신의 텍스트에 포함시키기 위해서는 문자의 필연적 차이와 임의적 차이, 문자소적 차이와 그래픽적 차이로 돌아와야 한다.

> 문자의 가치는 순수하게 부정적이고 차이적이다. 가령 동일한 사람이 't' 자를 다음과 같은 변이형들로 쓸 수도 있다.

> 단지 그의 필체에서 이 기호가 'l' 자, 'd' 자 등의 다른 기호와 혼동되지만 않으면 된다.[229]

손글씨로 쓴 세 가지 't' 자는 단순한 예시가 아니라, 음향적 차이는 [문자의 시각적 차이에 비하면] 상대도 되지 않는다는 결정적 증거다. 따라서 구조주의 언어학과 심리학적 실증주의는 한 쌍의 연인과 같다. 소쉬르는 슐라이어마허의 해석학이 계승될 수 있는 길을 연 것이 아니다.[230] 그는 오히려 방법론적 음성중심주의를 희생해가면서, 1900년 전후로 문자에 관련해서 실험적으로 산출되고 사실성을 획득한 온갖 것을 체계화한다.

결국 사실에 대한 사랑도 결실을 맺는다. 다만 그 결실은 언어학적 체계가 아니라 타이포그래피로 나타난다. 에르트만이 문자와 배경의 관계를 계측한 것, 차이틀러가 문자의 몸통 부분, 위로 뻗은 부분, 아래로 뻗은 부분의 형태에 따라 문자 인지를 세분화한 것, 오스카 메스머가 이 세 가지 유형의 문자들이 정합적인 텍스트에서 어떤 빈도로 나타나는지 계산한 것, 이렇게 축적된 차이성의 지식은 실무에 바로 적용될 수 있다. 프락투어 서체와 안티크바 서체의 100년전쟁은 이제 더이상 린트호르스트나 웅거의 시대처럼 독일문화의 상상적 위대함과 새로운 세계문화의 다툼으로 확대될 필요가 없다. 어두운 실험실에서 교수와 신입생들이 지켜보는 가운데 타키스토스코프를 켜고 두 활자체를 나란히 계측해보기만 하면 안티크바 서체의 우월성이 바로 확증되기 때문이다. 이러한 기호학적 실증주의 덕분에 프리드리히 죄네켄은 (오늘날에는 본인의 이름을 딴 문구 브랜드 '죄네켄'에 가려 거의 잊힌 사람이지만) 안티크바 서체가 단 두 가지 요소로 이뤄진 반면 프락투어 서체는 "형태와 크기가 제각각인 최소 예순여섯 개 요소로" 구성된다고 단언할 수 있다.[231] 이렇게 차이의 차이가 엄청나기에, 제목 그대로 '학습의 경제와 기술'을 연구하는 사람들은[232] 당연히 안티크바 서체를 옹호한다.

타키스토스코프로 실험을 해본 사람은 누구나 서체가 단순할수록 배우기 쉽다는 것을 안다.[233]

순수차이성의 조건 중에서도 가장 단순한 것은 20세기의 이론과 실행을 지배하는 이항대립의 상호차이성이다. 안티크바 서체가 "직선과 반원이라는" 두 요소로만 이뤄진다면,[234] 푈만이나 슈테파니의 규범적 손글씨와는 전혀 다른 방식으로 기본요소들을 분석하고 조합하여 새로운 이상적 글쓰기의 규범을 확립할 수 있다. 그것은 유기적 융합의 원리 대신에 (어쩌면 새로운 모스부호를 따라서) 기호 간 차이를 기술적으로 최적화하는 경제원리의 지배를 받는다.

　　그래서 차이를 최소화한 안티크바 서체 안에서도 다시 차이가 발생한다. 소쉬르가 문자의 필연적 차이와 임의적 차이를 구별한 것을 기억하라. 1900년경부터는 화학적으로 정련된 산업디자인과 더불어 장식적 요소를 제거한 안티크바 서체가 유행한다.[235] 그러자 관공서의 문서 양식도 광고 그래픽용 악치덴츠 서체 같은 네모반듯한 블록체로 또박또박 끊어 쓰라고 요구한다.

　　그리고 요구는 수락된다. 안티크바 서체 대문자는 "길거리의 간판, 전차, 우체국, 기차역" 등 "어린이가 처음 바깥 구경을 다닐 때부터 온갖 곳에서 마주치는" 것이어서,[236] 블록체는 기술적 정보 채널을 순환하다가 슬그머니 기초교육 과정에도 흘러든다. 빈에서 루돌프 폰 라리슈의 수업을 듣는 학생들은 교사가 직접 쓴 『장식적 글씨 쓰기 교재』로 공부한다. 슈테파니식 글쓰기가 마치 그림 그리는 것처럼 "투시도 효과나 음영 효과"까지 고려하는 것과 달리, 라리슈의 글씨 쓰기는 평면의 예술을 지향한다.* 라리슈는 "때로 다른 요구조건들과의 충돌을 감수하면서" 오로지 "더 높은 가독성"을 추구하며, "문자 각각의 특징을 극대화하고 서로 다른 문자들 간의 차이를 강조한다."[237] 정신물리학이나 구조주의 언어학도 이보다 더 명확하게 핵심을 요약하지는 못할 것이다. '종이 위의 글'이라는 미디어는 더이상 그림 속 자연을 향한 도약대를 시뮬레이션하지 않는다. 화가 에크만과 디자이너 베렌스,[238] 타이

---

*다만 라리슈는 실용예술학교에서 청년들을 대상으로 전문적인 레터링을 가르친 것으로, 아동 일반을 대상으로 하는 슈테파니의 일반적 글쓰기 교육과 일대일로 비교하기는 어렵다.

포그래퍼 라리슈와 문구 발명가 죄네켄은 모두 두툼하고 균질한
선을 써서 나무 활자로 찍은 듯한 블록체로 글을 쓴다.

안티크바 서체를 분석하여 두 개의 기본요소에 도달하는 과
정은 이 요소들을 다시 조합하는 과정과 거울상처럼 합치된다. 블
록체로 글을 쓴다는 것은 문자를 다른 문자와 결합하는 것이 아니
라 낱낱의 기본요소들을 조합해서 문자를 만드는 것을 뜻한다. 엔
지니어의 시대에 이르러, 식물 또는 원형적 글이 성장하는 방식은
부품을 조립하는 방식으로 대체된다.[239]

여기서 낱낱이 분리된 기본요소들로 이뤄진 문자들은 다시 낱낱
이 분리되어 배열된다. 이 문자들은 소쉬르의 심원한 사상과 마찬
가지로—그리고 고전적인 글쓰기 규범과는 정반대로—기호와 공
백, 미디어와 배경의 대립 관계에 기초한다.

> 따라서 초심자는 여태껏 그래왔던 것처럼 문자 자체의 형
> 태만 주목하지 말고 언제나 문자와 문자 사이도 잘 살펴
> 야 한다. 시각적 능력을 총동원하여 문자 사이에서 나타
> 나는 평면적 형태의 윤곽을 파악하고 전체적인 광학적 효
> 과를 가늠해야 한다.[240]

라리슈는 기존의 관습과 숙련성의 기준을 전복시키면서, 기호들
을 서로 분리시켜 두드러지게 만드는 "사이"의 움푹 꺼진 공간을

기호 자체와 동등하게 취급한다. 그는 정신물리학이 타키스토스코프와 거꾸로 든 신문을 통해 알아낸 것, 즉 문자는 백색의 배경 위에서 그와 대조될 때에만 비로소 문자가 된다는 사실을 학생들의 머리에 새겨넣는다. 대문자 블록체로 각각의 문자가 낱낱이 분리되어 표기된 "사이"는 자신의 의미를 명시적으로 드러낸다. 웅거는 흑백의 대조를 중화시키는 방향으로 타이포그래피를 개혁함으로써 괴테 시대의 소설에서 이항대립의 충격을 제거했다. 반면 라리슈는 모리스의 가르침을 따라서 "희뿌연 망점은 본질적으로 인쇄본에 어울리지 않지만" "단순하고 힘있는 윤곽선은 흑백이 뚜렷하게 인쇄된 활자와 본질적으로 서로 부합하게 보인다는" 그 "느낌"을 학생들에게 전수하려 한다.[241]

＊

모르겐<br>슈테른의<br>타이포그래피<br>시

이렇게 흑백의 종이만 마주하고 있으면 타키스토스코프와 문자의 경제가 문학과 문학이론에 어떤 영향을 끼쳤는지 명확하게 파악하기 어렵다. 텍스트의 공간에서 여태껏 간과된 시각적 차원을 식별하려면 시각적 능력을 총동원해야 한다. 문자와 책이 속한 흑백 공간은 시간을 초월한 듯이 보여서 독자들이 그 공간의 건축가를 떠올리기가 쉽지 않다. 그러나 비록 기억하는 사람이 없다고 해도, 1900년 전후로 가장 우스꽝스러운 시에서 가장 엄숙한 시에 이르기까지 시가 놓이는 지면을 혁신한 기술자들이 있었다. 슈테판 게오르게의 전용 서체가 이러한 변화를 말없이 장엄하게 실현한다면, 모르겐슈테른의 시집 『교수대의 노래』는 이런 변화의 창세기를 처음으로 노래한다.

　　한때 그것은 끝이 뾰족한 말뚝 울타리였으니,
　　사이 공간이 있어서 틈새로 바깥을 내다볼 수 있었다.

한 건축가가 이것을 보고,
어느 날 저녁 문득 멈춰 섰다—

그리고 사이 공간을 가져다가
커다란 집을 지었다.

그러자 울타리는 완전히 흐릿해졌으니,
뾰족한 말뚝은 있으나 그 주위에 있던 것이 없어졌다.

그 광경이 너무나 흉하고 저열하여
정부도 개입해야 할 정도였다.

하지만 건축가는 도망쳐버렸다.
아프리- 또 ㄴ - 아메리코Afri- od- Ameriko로.[242]

모르겐슈테른의 「뾰족한 말뚝 울타리」는 새로운 시대의 메르헨이다. 안젤무스가 손으로 적힌 뒤틀리고 뒤엉킨 글자들만 보았다면, 냉정한 건축가의 시선은 정반대의 것을 본다. 그는 어느 날 저녁 갑자기 나타나서 "언제나 문자와 문자 사이도 잘 살펴야" 하고 시각적 능력을 총동원하여 "문자 사이에서 나타나는 평면적 형태의 윤곽"을 파악해야 한다는 라리슈의 명령을 문자 그대로 실행한다. 이때 건축가의 시선은 단순히 관계의 개념이 불가결하다는 사실을 발견하는 데 그치지 않는다.[243] 건축가는 무언가 아주 폭력적인 조작을 가하면서, 기호의 가독성이 그것을 둘러싼 공간적 배치의 기능임을 드러낸다. 결핍이 결핍되고 빈 공간의 자리가 빠지면 미디어는 "흉하고 저열하게" 혼돈 속으로 사라진다. 애초에 미디어란 그런 혼돈으로부터 무언가 선택해내는 것이기 때문이다. 건축가의 행위는 바로 이것을 입증한다.

　　하지만 아직도 「뾰족한 말뚝 울타리」가 블록체의 구축에 관한 시라는 사실을 믿기 어렵다면, 이 시의 마지막 행을 읽어보자. 언뜻 보면 "'아프리카'와 '아메리카'의 끝소리 '~(이)카'가 각운을 이루는 척하지만,"[244] '또는oder'의 끝소리도 이 유희에 가담하면서 문자소의 왕국 내에서 어떤 사이를 출현시킨다. 하이픈으로 표시된 공백은 사이 공간을 가시화한다. 이 시어들은 어간과 어미를 나누는 사이 공간을 과시하면서, 자신들의 진정한 의미가 사이 공간에 있음을 노골적으로 드러낸다. 모르겐슈테른의 건축가는 머나먼 외국이 아니라 자신이 빼앗은 사이 공간 속으로 사라진 것이다.

　　여기서 종이라는 소실점을 지나 한걸음만 더 들어가면, "순수하게 추상적인, 절대적인 시Poesie의 이상"으로 도약한다. 그 이상은 너무나 장엄하여 그 자체로 "시의 종언을 뜻하기도 한다. 그것은 흉내낼 수도, 능가할 수도 없다. 그것을 넘어설 수 있는 유일한 것은 텅 빈 백지다."[245]

　「뾰족한 말뚝 울타리」가 문자Lettern 또는 뾰족한 말뚝Lattern과 이를 둘러싼 사이 공간의 이항대립을 묘사한다면, 위에 인용한 「물고기의 밤노래」는 오로지 그 대립 관계를 실행할 뿐인 유일무이한 시다.[246] 그것은 안티크바 서체를 프락투어 서체와 구별짓는 특

징적 요소들을 텍스트적 사건으로 탈바꿈시킨다. 서로 뒤엉키고 대립하면서 정의되는 반원과 직선 기표들은 경제적으로 남김없이 환원된 최소기표다. 이들의 이항대립은 종이에 대한 공통의 대립 관계를 통해 약화되거나 강화되면서 한 편의 시를 이룬다. 그것은 자신의 시대가 요구하던, 읽기의 생리학자들이 바라던 모든 것을 충족시킨다. 마침표. 끝. 이제 이항대립적 최소기표 체계에 관해서는 더 쓸 말이 없다.

그런데 이 시는 스물여섯 개의 문자로 이뤄진 전혀 다른, 잉여적인 기표 체계에 기초한 별도의 제목을 달고 있다. 그걸로 몇 줄만 더 써보자. '물고기의 밤노래'라는 이 시의 제목은 두 기록시스템의 간극을 가로질러 대화를 이끈다. 다시 말해, 그것은 괴테의 「방랑자의 밤노래 2」를 무효화한다. 100년 전의 시에서 인간의 목소리는 한숨 한번으로 다른 모든 자연의 소리를 이겨냈지만, 이는 오로지 더 높은 어머니 자연의 품에서 안식을 구하기 위해서였다. 반면 새로운 시의 텍스트는 말없는 물고기를 언어가 아니라 슐라이어마허의 악몽과도 같은 타이포그램으로 이끈다. 알파벳 학습을 완료한 숙련된 독자가 단어의 의미로부터 도출하던 상상적 심상은 실재적 광학 앞에서 불필요한 잉여로 전락할 위기에 처한다. 글처럼 말도 없고 생명도 없는 물고기는 더이상 발화와 자연을 매끄럽게 오가는 음성중심적 위안을 구할 필요가 없다. 종이 위의 나열된 기호들은 어떤 목소리로도 발음할 수 없다. 그것을 물고기 몸통의 비늘로 읽든 아니면 안티크바 서체의 기본요소로 읽든 간에, 거기에는 이상적인 '인간'이나 '영혼'이 깃들 자리가 없다. 1900년경에 이르면 밤과 낮, 정신과 자연, 남성과 여성 사이를 오가는 모든 방랑자와 함께 '인간'이 죽음을 맞이한다. 그에 비하면 여태껏 실컷 논의된 신의 죽음 따위는 사소한 일화에 불과하다.

슈테파니는 글이 입이라는 악기를 위한 악보라고 썼지만, 모르겐슈테른의 말없는 물고기는 기호들이 발화 가능성을 조롱하

면서도 여전히 글을 이룰 수 있음을 입증한다. 죄네켄이 식별하고
「물고기의 밤노래」가 기념하는 직선과 반원형의 최소기표는 모
든 보편적 키보드에 기본으로 탑재된다. 독일 최초로 타자기를 연
구한 어떤 논문은 레밍턴이나 올리버 타자기로 "약간의 독창성만
발휘하면 문서의 가장자리를 예쁘게 꾸미거나 장식 패턴을 만들
수 있다"라고 기쁘게 적는다.[247] 이 논문은 심지어 모르겐슈테른
보다 몇 년 앞서서 이상적인 현대시의 원형을 제시한다.

$$((-)) \ ((-)) \ ((-))$$

하지만 알파벳 이전의, 알파벳을 넘어선 기호가 나타나서 인간의
목소리를 피해가는 것이 전부가 아니다. 어떤 문필가는 자신만의
알파벳을 만들어 그걸로 글을 쓰는 것만으로 해석학적 소비를 피
해간다. 1900년식 기록시스템에 슈테판 게오르게의 전용 서체가
존재했다는 사실은 「물고기의 밤노래」가 새로운 기록시스템이라
는 빙산의 일각일 뿐임을 입증한다.

슈테판 게오르게 서체, 일명 St-G 서체는 레히터가 깎아서 게 슈테판<br>게오르게 서체
오르게의 첫번째 『전집』을 인쇄할 때 사용한 활자로, 게오르게 본
인의 손글씨를 본떴다고 알려져 있다. 하지만 여기서 '손글씨'란
유명무실한 말이다. 일단 연결선으로 부드럽게 이어지지 않고 뚝
뚝 끊어지는 낱낱의 문자들은 [중세 필사자들의 글씨체 중 하나
로 안티크바 서체의 원형이 되는] 카롤링거 언셜 서체보다 오히려
동시대의 [형태가 단순하고 주목도가 높은 전단지 인쇄용 활자체
인] 악치덴츠 그로테스크 서체에 기초한다.[248] 또한 어떤 손글씨
가 반복해서 사용 가능한 인쇄용 활자체로 치환될 수 있다면, 그것
은 근본적으로 타자기처럼 작동한다.[249]

기술이 고대의 옷을 걸치고 무대에 등장한다. 라리슈는 "직접
저술하고, 직접 글로 쓰고, 직접 장식하고, 직접 장정한 하나뿐인

책"을 "개인적인 책의 이상"으로 규정했다.[250] 그런데 게오르게는 디자이너 레히터와 출판업자 게오르크 본디를 만나서 기술적 복제 가능성을 접하기 전까지 바로 이런 이상을 실행에 옮기고 있었다. 엘리트문학은 미디어 간의 경쟁에 짓눌려 중세 필사자들의 시대까지 뒷걸음친다. 이미 오래전에 구텐베르크에 의해 무용해지고 안젤무스에 의해 경멸의 대상이 된 낡은 존재로 회귀한 것이다. 하지만 이와 동시에 개인적인 책('나무로 된 쇠'에 버금가는 형용모순)은 손글씨들의 불필요한 차이가 사라지고 문자의 "본질적 동일성"만 남은 블록체로 구현된다. 라리슈에 따르면 당대의 역사적 "시점"에 수공예적인 구식 책이 "애호"된 것은 "바로 지금" "타자기가 널리 퍼졌기" 때문이다.[251]

예술공예적 금욕주의자들은 중세인을 연기하지만 현대적 미디어와 경쟁한다. 타자기가 등장하면서 마크 트웨인이나 파울 린다우처럼 책상에 "인쇄기를 구비한" 텍스트 가공업자들이 출현한다. 매클루언이 지적하듯이, "타자기는 글쓰기와 출판을 융합하여, 글로 적히거나 인쇄된 말에 대하여 완전히 새로운 태도를 불러왔다."[252] 모든 혁신이 그렇듯이 타자기의 효과는 직접적인 용례를 넘어 그보다 훨씬 광범위하게 나타난다. 라리슈와 게오르게는 손글씨를 보편적인 블록체로 양식화하면서, 일찍이 한센과 니체가 찬미한 "인쇄물처럼 아름답고 규칙적인 글"의 경지에 도달한다.[253]

"완벽하게 시적인 산물과 완벽하게 기술적인 사물이 하나로 합쳐진다."[254]

인쇄된 말에 대한 새로운 태도는 게오르게의 책에서 구체적인 인쇄물로 구현된다. 게오르게의 책들은 늦어도 레히터와 결별한 다음부터 이미지를 배제한 순수한 문자 숭배로 나아간다. 물질적 타당성이라는 구호는 시어 하나에서 알파벳이라는 미디어 전체로 확대된다. 모리스의 영향을 받은 현대적인 「도서 내부구성의 목적」이 "종이와 활자가 책을 이룬다"라는 동어반복의 결론에 도달하듯이, 게오르게 일파는 "어떤 의미에서 책이 종이와 활자로 이뤄진다는 것을 처음으로 인식한다."[255]

하지만 여러 사람들이 증언하듯이 세기 전환기의 책들이 "너무 책처럼 보인다"라는 일반적 사실은 그 이면의 기술적 맥락을 시사하는 여러 증거 중 하나일 뿐이다.[256] 아무도 말하지 않지만 그보다 더 중요한 것은, 슈테판 게오르게 서체의 모든 세부요소들(서체의 양식, 문자의 형태, 철자법, 구두점 사용 등)이 실험을 통해 밝혀진 표준들을 전제, 활용, 극대화한다는 사실이다. 읽기를 연구하는 생리학 연구실에서는 "활자체와 필기체," "대문자와 소문자를 가능한 한 동일하게 맞추는" 것이 상식이다. 따라서 "타자기로는 도저히 구현할 수 없을 것 같은" 프락투어 서체보다는 안티크바 서체가 더 "합목적적"이다.[257] 슈테판 게오르게 서체는 이런 표준을 적용한 결과이며, 특히 기존의 안티크바 서체와 달리 ('e' 'k' 't' 자를 새로 조형해서) 두번째 규칙을 철저하게 엄수한다.[258] 게오르게는 알파벳 스물여섯 자 중 'k' 자와 't' 자의 위로 뻗어나온 획을 제거한다. 이는 아주 사소한 혁신 같지만, 야코프 그림의 철자법(명사의 첫 글자를 소문자로 쓰는 것, 상당수의 장음에서 'h' 자를 제거하는 것, 'ß' 자 대신에 's' 자를 두 번 겹쳐 쓰는 것 등)과 조합되면 엄청난 효과를 발휘한다. 메스머는 일반적인 텍스트에서 위아래로 뻗은 획이 있는 글자가 1000자당 270자 정도 나온다고 추산하는데, 내가 직접 세어본 바에 따르면 게오르게의 텍스트는 위아래로 긴 글자가 200자 정도에 짧은 글자들이 800자 정도의 비율로 나타난다. (콘라트 두덴의 철자법을 지키는 텍스트라면 위아래로 긴 글자들이 같은 분량당 거의 100자는 더 나올 것이다.)

여기서 메스머는 'physiologisch[생리학적]' 'psychologisch[심리학적]' 같은 단어들이 그 의미와 무관하게, 그저 위아래로 뻗은 획이 많은 문자들의 집합이라는 점에서 'wimmern[신음하다]' 'nennen[명명하다]' 'weinen[흐느끼다]' 같은 단어들보다 "전체적 균질성"이 떨어진다는 것을 입증할 수 있었다.[259] 타키스토스코프 인지 실험에서는 중간중간에 길게 뻗은 획이 있는 단어들의 인지 속도가 훨씬 빠르기 때문이다. 하지만 어떤 특별한 글, 문자숭배적 글은 알파벳 학습을 완료한 숙련된 독자들이 문자들을 건너뛰면서 빨리 읽지 못하게 해야 한다. 이 경우에는 물질적 타당성이 중요하지 속도를 높이는 것은 전혀 무의미하다. 그래서 'wimmern' 'nennen' 'weinen' 같은 단어들이 [게오르게의] 열여덟 권짜리 『전집』을 가득 채우며, 그 비의적 성격은 생리학적으로 보증된다. 1900년경에는 주인처럼 거만한 태도의 문학가와 겸손한 태도의 실험과학자 사이에 일종의 상동성이 성립한다. 이들은 서로를 알아보고 의미심장한 미소를 교환한다. 문자의 역사에서 처음으로, 정신공학의 창시자인 뮌스터베르크는 슈테판 게오르게 서체의 개발자에게 비의적 지식의 실험심리학적 계측 가능성을 보증한다.

> 생리학적 실험으로 입증되는바, 명사의 첫 글자를 대문자로 쓰는 관행을 철폐하는 것은 속독을 저지하는 강력한 해법이다. 필요하다면, 슈테판 게오르게의 독자들은 간단한 정량적 방법으로 이를 알아볼 수 있을 것이다.[260]

이것은 너무나 옳은 말이고 또 예언적인 말이다. 니체의 독자가 여기저기 자간을 넓힌 과속방지턱에 걸려 넘어진다면, 게오르게의 독자는 문자 하나하나를 넘어가는 데 어려움을 겪는다. 완벽하게 설계된 실험 조건이 독자의 이해를 가로막으면서 독자의 눈을 「물고기의 밤노래」처럼 모호한 기표들로 사로잡는다. 하지만 독자는 기표들에 매혹되어 자신이 피험자임을 망각하고 기술적 미디어의 면전에서 이미 중고품이 된 옛 유럽을 다시 불러낸다. 마텐 클로트는 게오르게를 읽고 이렇게 쓴다.

> 슈테판 게오르게의 이미지는 결국 순전히 알레고리적인
> 시체로 나타난다. ……모든 임의적인 것, 개별적인 것이
> 의미심장한 보편자로 옮겨적힌다. 이는 아마도 그가 자신
> 의 손글씨를 인쇄용 활자 모양으로 양식화해서 기존의 관
> 습적 서체를 대체한 데서 가장 극명하게 드러날 것이다.[261]

이것은 너무나 그릇된 말이고 또 너무 벤야민 같은 말이다. 그는 자
기 시대의 기술을 전혀 인식하지 못하고 있다. 타자기가 등장하면
서 손글씨가 타자기 활자 모양으로 변하는 현상은 거의 필연이라
는 것, 그래서 당대에는 서체에서 기억을 제거하기 위한 "세계 문
자" 프로젝트가 제안되기도 한다는 것,[262] 기표의 논리는 괴테의 시
대에 성립했던 그 모든 유의미성을 폭파한다는 것—그는 이 모든
사실을 알레고리의 알레고리를 위해 희생한다. "관습적 서체"란
非개념이다. 문학의 물질적 토대를 연구하는 문학사가 존재할 수
있다면, 글쓰기처럼 기본적인 영역의 시각적 관습은 피드백 회로
와 프로그램이라는 측면에서 철저히 분석되어야 할 것이다. 게오
르게는 시체든 아니든 간에 그 시대의 획기적인 혁신을 보여준다.

　시대를 초월한 관습에 대한 갈망은 1877년부터 1894년까지
(게오르게가 아닌) 어떤 무명 예술가가 자신의 손글씨를 세 번이
나 바꾼 이유를 해명하지 못한다. 그는 세번째로 글씨체를 바꾸면
서 정신과 의사의 관심을 끌었고, 네번째로 바꾸면서 결국 정신병
원에 들어갔다. 관습이라는 개념으로는 어째서 당대의 과학이 하
필 이 광인의 말과 글을 기록하고 그의 손글씨 복사본을 남겼는지
설명할 수 없다.[263] 이 네 번의 시도가 마치 저속도촬영처럼 어떤
격변의 과정을 압축해서 보여준다고 가정해야만, 비로소 이 정신
질환자와 그를 기록한 정신과 의사의 글쓰기 행위에 필연성을 부
여할 수 있다. 이 무명씨는 게오르게와 똑같은 과정을 밟아서—게
오르게라고 태어날 때부터 블록체를 자장가처럼 접했을 리는 없

다―슈테파니나 린트호르스트가 주창한 둥글고 부드럽게 연결된 손글씨의 이상을 버리고 문자 숭배에 빠져든다. 이 주제에 대한 초창기 논문인 「광인의 손글씨」는 "광인들"이 "서로 연결된 문자들의 연결선"을 놓치는 것은 "결코 우연이 아니다"라고 쓴다.[264] 당대를 뒤흔든 담론적 사건의 폭발력을 입증하는 듯이, 문자들의 고립은 그 문자들을 쓴 필자들의 고립으로 이어진다.

1894년, 한 젊은 의학도가 『르뷔 앙시클로페디크(백과사전적 리뷰)』의 의뢰를 받아서 당대의 문학가들을 대상으로 새로 등장한 필적학에 관한 설문조사를 실시한다. 이때 말라르메는 다음과 같이 응답한다.

그래요, 나는 글쓰기가 실마리가 된다고 생각합니다. 사람들은 제스처나 얼굴을 읽는 것처럼 [필적을 읽는 것이] 더없이 확실하다고 말하지요. 하지만 문필가는 직업 때문에, 또는 성향 때문에, 먼저 자기 마음의 거울을 들여다보거나 그걸 다시 복제해서 최종적으로 글로 옮겨씁니다.
따라서 감정의 즉각적 효과는 손글씨로 가시화되지 않습니다만, 글씨를 보고 글쓴이의 전반적 성격을 판단할 수는 있겠습니다.[265]

명쾌한 글이다. 필적학에 기초한 과학수사가 등장하던 무렵 알파벳을 배운 사람들은 크게 두 부류로 나뉜다. 어떤 사람들의 손글씨는 무의식의 직접적 효과로서 심리학적 또는 범죄과학적 감별의 대상이 된다. 그리고 또다른 사람들은 직업적 문필가로서 마치 타자기처럼 손글씨가 없이 '글쓰는 기계'가 된다. 이들이 보기에 영혼의 산물이란 이미 언제나 어떤 키보드로부터 복제된 것, 불변하는 문자의 집합들로부터 도출된 것이다. 따라서 이런 문필가들의 글을 해석하려면 필적학 자체가 "본질적으로 수정"되어야 한다. 그런데 (게오르게 전집에 명시된 대로[266]) 루트비히 클라게스가 게오르게의 육필 원고를 접했을 때 실제로 그런 일이 벌어진다. 그는 게오르게의 글씨체에서 흔히 말하는 "표현적 흔적"을 찾을 수 없어서 부득이 글씨의 "장식적 부분"을 감정한다.[267] 블록체로 작성된 직업적이고 자족적인 글쓰기는 [기계적으로 문자들을 나열하는] 무의식의 심연을 앞세워 현대적 과학수사 기술의 접근을 차단한다. 그리하여 잔존하는 말의 전문가들은 축음기가 경망스러운 빌덴브루흐에게 가르친 교훈을 금세 따라잡는다. 말라르메는 일괄적으로 파악할 수 없는 인물이 된다. 또 게오르게는 실용적인 사람이라서, 매달 도이치 은행과 거래할 때마다 수표에 '슈테판 게오르게'라고 서명하는 일을 충성스러운 신봉자에게 맡긴다. "그가 말하길, 군돌프가 서명을 아주 잘해서 나중에는 어느 것이 본인의 서명이고 어느 것이 군돌프의 서명인지 본인도 구별할 수 없을 지경이라고 했다."[268]

## Stefan George

파우스트는 자신을 교양의 창설자로 옹립하려는 그 모든 말을 경멸했지만, 자신의 서명이 가진 구속력만은 믿었고 실제로 그 힘에 종속되었다. 그런 관료 윤리가 있었기에 정신과학과 국가의 계약이 성립할 수 있었던 것이다. 그런데 게오르게는 말의 숭배자이자 마지못한 기술자로서 은행 거래에서 조그만 전략적 게임을 시도한다. 그의 서명은 필적학자들을 괴롭히는 "자동서명장치"처럼 "모든 친밀성의 흔적"을 피해[269] 언제나 위조 가능한 것으로 남는다. 그것은 마치 인쇄된 서명처럼 언제나 허위를 말한다. 비록 반대편 기술자들이 금세 게오르게의 술수를 알아채긴 했지만, 그는 이것으로 무언가 증명한다. 그것은 사람들이 자신의 내면을 믿을 때만 내면이 존재한다는 사실이다. 이상적 '인간'은 자신의 서명에 서명하는가 여부에 따라 성립할 수도 있고 와해될 수도 있다. 반면 [게오르게 일파와 그들의 비전을 가리키는] 이른바 '은밀한 독일Geheimes Deutschland'은 도이치 은행조차 접근하기 어렵다. 하나의 동일한 기록시스템에서 이상적 '인간'과 이상적 '언어'의 본보기를 동시에 제시하기란 불가능하다.[270]

이처럼 1900년 무렵에는 괴테 시대의 보편적 관료 윤리가 직업적 도덕으로 대체된다. 미디어들이 전투적으로 경쟁하는 가운데, 모든 사람은 각자의 특수한 직업적 전문성을 확신한다. 설령 후대의 서정시인이 게오르게처럼[271] (그의 시집 제목을 빌려다가) '새로운 왕국'에서 보란듯이 '말'이라는 제목의 시를 출간한다고 해도 그 외의 다른 의미는 없을 것이다.

## DAS WORT

Wunder von ferne oder traum
Bracht ich an meines landes saum

Und harrte bis die graue norn
Den namen fand in ihrem born —

Drauf konnt ichs greifen dicht und stark
Nun blüht und glänzt es durch die mark . . .

Einst langt ich an nach guter fahrt
Mit einem kleinod reich und zart

Sie suchte lang und gab mir kund:
›So schläft hier nichts auf tiefem grund‹

Worauf es meiner hand entrann
Und nie mein land den schatz gewann . . .

So lernt ich traurig den verzicht:
Kein ding sei wo das wort gebricht.

<br>

### 말

아득히 머나먼 기적 또는 꿈을
내 나라의 변방으로 가져와서

잿빛 운명의 여신이 그녀의 샘에서
그 이름을 찾을 때까지 간절히 기다렸다—

그때 나는 그것을 꽉 움켜쥘 수 있었고
이제 그것은 경계를 따라 눈부시게 만개한다……

그 오래전 나는 멋진 여행 끝에
풍요롭고 다정한 보석을 손에 넣었다

여신은 오랫동안 탐색한 끝에 내게 전했다:
'여기 깊은 바닥엔 아무것도 잠들어 있지 않아요.'

그러자 보석은 내 손에서 빠져나갔고
내 나라는 두 번 다시 보물을 얻지 못했다……

그렇게 나는 서글프게 체념을 배우니:
말이 부서진 곳에는 어떤 사물도 존재하지 않으리라.

# 리버스 퍼즐*

## 번역 불가능성과 미디어 치환

미디어는 미디어는 미디어다. 따라서 미디어는 번역될 수 없다. 한 미디어의 메시지가 다른 미디어로 전달된다는 것은 언제나 또다른 표준과 물질성에 종속된다는 것을 뜻한다. 기록시스템은 "특정한 감각의 질서를 다른 것들로부터 분리하는 저 심연을 인식"하도록 요구하기에,[1] 번역이 일어날 자리에서 필연적으로 치환이 일어난다.[2] 번역이 보편적 등가성을 수립하기 위해 특이성을 모두 포기한다면, 미디어 치환은 한 지점씩 연쇄적으로 이루어진다. 유한한 개수의 요소 $E_1^a$ …… $E_n^a$의 집합으로 조직된 미디어 A가 있다면 이를 미디어 B로 치환하기 위해서는 그 요소들 간의 내적 (통합체적·계열체적) 관계를 $E_1^b$ …… $E_m^b$의 새로운 집합으로 재구성해야 한다. 그런데 요소의 개수 $n$과 $m$도 서로 일치하지 않고 때로는 요소들을 연결하는 상호관계의 규약도 제각각이기 때문에, 모든 치환은 자의적인 또는 폭력적인 조작이 된다. 보편적인 것에 호소할 수 없기에 구멍이 남는다. 기본적이고 불가피한 소진의 단계부터 미디어의 한계에 부딪힌다.

*Rebus. 고대 문자 발전의 과도기에 나타난 표기 방법 중 하나로, 표의문자로 사용되던 글자의 소리만을 고려해 단어로 기록한 체계를 일컫는다. 오늘날에는 그림이나 기호를 보고 발음을 고려해 단어를 알아맞히는 수수께끼의 규칙이자 그 놀이의 이름으로 사용된다.

이 같은 미디어의 논리는 집합론이나 정보이론의 관점에서는 너무 뻔하고 당연한 소리지만, 당대의 시인들에게는 엄청난 충격을 준다. 타자기로 찍어낸 텅 빈 말들의 몸체로 '새로운 왕국'을 창설하기 전까지, 시인들은 다른 어떤 직업군보다 고전적 기록시스템에 충실했다. 모든 담론을 시적 기의로 번역할 수 있다는 것은 시인의 크나큰 특권이었기에, 이들은 서글픈 모험을 경험하기 전까지 자신들의 근간이었던 그런 특권적 환상을 포기하려고 하지 않았다. 그리고 사실 시인들은 100년 동안 언어를 한낱 경로 또는 채널로 취급했다.[3] 사랑과 도취가 저자를 환각으로 이끌면, 저자는 정신을 차린 후에 그 환각을 "머나먼 기적 또는 꿈"으로 받아쓰기만 하면 됐다. 모든 감각의 보편적 등가물로서 상상력은 모든 "보석"이 손쉽게 이름을 얻을 수 있다고 보장했다. 읽기에 중독된 남녀 독자들은 어차피 이 이름들을 건너뛰면서 읽기 때문에 문학의 효과는 물질적 타당성과 전혀 무관했다. 말하자면 담론은 다시 자연의 감각성으로 번역되어 "눈부시게 만개"했던 것이다.

그런데 1919년에 이르면 이런 교환관계가 완전히 붕괴한다. 시인의 상상력을 말로 바꿔주던 운명의 여신은 더이상 자애로운 어머니, 무제한의 발화 가능성을 보장하는 모든 분절의 비분절적 기원이 아니게 된다. 여신은 기표들이 낱낱이 열거되고 공간적으로 배치되는 말의 저장고 또는 샘을 가졌을 뿐이다. [아날로그 신호를 디지털로 변환할 수 있는 조건을 규정한] 나이퀴스트와 섀넌의 표본화 정리 앞에서는 언어 역시 하나의 유한한 집합에 불과하다. 다른 미디어의 반짝이는 보석이 반드시 언어적 등가물을 가지는 것은 아니며, 이는 슈테판 게오르게 서체로도 해결할 수 없는 문제다. 여신은 오래도록 샘의 물을 퍼올리고 탐색하다가 결국 빈손으로 돌아와 이 충격적인 사실을 시인에게 전한다. 시적 번역은 언제나 충만이라는 약속에 이끌렸지만, 말의 문학은 미디어 치환일 뿐이다. 이 구조는 결핍 또는 부서짐으로 인해, 실증주의적인 '현존재' 분석를 통해[4] 처음 노출된다.

　여신의 우물과 문학가의 관계는 타키스토스코프와 실험자의 관계와 같다. 양쪽 모두 임의의 언어에서 "특정 시대, 특정 장르, 특정 저자의 작품에 쓰이는 개별 언어의 단어 수는 한정적"이라는 사실을 전제한다. 이러한 기호결핍의 경제는 1900년 전후로 고전적 교환관계를 대체한다. 게오르게는 새로운 시의 강령을 설파하는 시에서 단순히 말을 경제적으로 제한하는 것이 아니다. 그는 "깊이를 알 수 없는 원천"이 아니라 그저 단어 모음집로서의 "사전 속에서 자신의 어휘를 발전시킨 최초의 독일 시인"이기도 하다.[5] 여신의 가장 깊은 샘도 고갈될 수 있다는 가능성은 제쳐두더라도, 그저 딱 한 번이라도 실증주의자들을 참조해보면 어떨까. 그러면 시인의 언어가, 이를테면 상징주의자들이 "그들의 글을 위한 전용 사전(자크 플로워트의 『상징주의 및 데카당 작가들을 이해하기 위한 소형 용어사전』)을 써야 하는" 상황에 처했을 때 이미 "직업적 전문용어"가 되었음을 바로 알아챌 수 있을 것이다.[6]

　그러므로 게오르게가 마지막 행에서 말을 찬미하는 것은 해당 분야의 미디어 전문가로서 직업적 도덕을 준수하는 것일 뿐이다. 그런데 하이데거는 절대적으로 오류 없는 숙련된 읽기 기술을 적용하여 이 자포자기의 말을 전혀 다르게 해독한다.

　　체념은 다른 관계로 나아가기 위한 채비다. 그렇다면 "말이 부서진 곳에서는 어떤 사물도 존재하지 않으리라Kein ding sei wo das wort gebricht"라는 시구에서, "존재하지sei" 않으리라는 말은 문법적으로 ['존재하지 않는다고 한다'라고 해석되는] 접속법이 아니라 명령법으로 해석되어야 하는, 시인이 따르고 앞으로 계속 명심해야 할 어떤 명령을 함의할 것이다. 그렇다면 "말이 부서진 곳에서는 어떤 사물도 존재하지 않으리라"라는 구절에서 "존재하지" 않으리라는 말은, '말이 부서진 곳에서는 앞으로 어떤 사물도 존재한다고 승인하지 말라'와 같은 의미일 것이다.[7]

이 명령은 미디어 치환이 언제나 폭력적 조작이며 때로 구멍을 남길 수밖에 없다는 통찰의 직접적인 결과다. 그것은 글 외의 다른 미디어를 부인하는 것이 아니라 부정하라고 명한다. 시인은 축음기와 영화를 금한다는 명령을 인도의 시바 여신을 모시는 엘로라 석굴 신전 입구에 새긴다. 게오르게는 '티홀루'라는 무의미한 외침과 마찬가지로 이 '엘로라'라는 이름을 열렬히 찬미한다.

> 순례자여 그대는 울타리에 다다랐다.
> 부서지고 공허한 짐을 지고서
> 꽃을 버린다 피리를 버린다
> 반짝이는 위안의 잔재들!
> 그대여 소리와 색깔을 멸해야 하니
> 빛과 목소리는 떼어놓으라
> 엘로라의 경계에 오면.[8]

다른 미디어를 부인하는 것은 말도 안 된다. 이제는 색깔과 소리, 빛과 목소리를 저장할 수 있게 되었고, "가능한 한 속도를 높인다는 의미에서의 '서두름,' 현대 기계들과 장치들에게 제 본질대로 존재할 수 있는 시공간을 제공하는 이 서두름이 인간에게 요구하고 지시를 내리게" 되었기 때문이다.[9] 앞으로는 이런 지시가 또다른 지시와 상충하고, 미디어가 또다른 미디어와 충돌하게 된다. 그 속에서 1900년 무렵의 엘리트문학은 글이라는 미디어로 소진할 수 있는 데이터만 허용한다는 독재적이고 잔혹한 명령으로 나타난다. 모르겐슈테른의 심각하게 진지한 농담에 따르면, 당대 엘리트문학의 '가이스트Geist[정신]'는 '하이스트Heißt[명하다]'라고 불리는 편이 낫다.[10] 그[게오르게]는 구술하는 독재자가 된다. 그를 따르는 젊은 남자들은 자기 안의 진정한 실재를 말살하고, 그를 받아쓰는 여성 비서들은 엘로라라는 기록 가능성의 경계에서 새로운 교육학 전체를 도출한다.

한 교육공무원은 예술교육의 날 행사 자리에서 하필 세계문학과 번역 가능성의 주창자를 대동해서 "가장 깊은 의미까지 번역해낼 가능성"을 부정한다. 프로이센 문화성 소속 공무원 베촐트가 괴테의 「헌정」이 번역 가능한지 알아보기 위해 국내외 학생들과 일종의 실험을 벌이고 그 결과를 발표한 것이다.

> 로망족이 게르만족이 될 수 없듯이, 프랑스어를 독일어로 번역하거나 그 반대로 번역하는 것은 불가능하다. 고작 일상적인 것, 피상적인 것, 아니면 엄밀히 수학적인 것을 말할 때에나 실제로 번역이 가능하다. 다른 언어, 다른 세계상 속에서 다시 생각하거나 다시 형성할 수는 있지만 번역할 수는 없다. 어떻게 뮈세를 번역하겠는가, 어떻게 괴테를 번역하겠는가![11]

상상적(일상적)인 것과 실재적(수학적)인 것은 번역할 수 있지만, 상징적인 것은 치환만 가능하다. 시가 번역에 가장 심하게 저항하는 것은 그 때문이다. 딜타이는 시를 산문으로 풀어쓰면 (이번에도 괴테의 주장과 반대로) 특유의 효과가 "거의 사라진다"는 것을 입증하기 위해, 본인의 해석학적 접근과 거리가 있음에도 불구하고 정신물리학의 창시자이자 명명자인 페히너를 인용한다.[12] 이것만 해도 대단한 혁신이다. 1900년경에는 마법적 또는 신학적 번역 불가능성이라는 고대의 주제가 다시 유행한다.[13] 하지만 아무리 [발레리의 시 제목처럼] '마법의 주문'을 읊조리려도 정신공학적 번역 불가능성이 문득 발견된 것이 아니라 체계적으로 새롭게 정립되었다는 사실을 숨기지는 못한다.

마법의 주문은 통상적인 언어와 동떨어진 이물질이다. 그런데 1900년 전후에는 심지어 인공적인 언어를 완전히 새롭게 창출하려는 시도도 나타난다. 모르겐슈테른의 '랄룰라'라는 말도 바로 이런 가능성을 지시한다. 그는 동시대인들을 향해 "어떤 인디언 부족과 그들에게 속한 모든 것, 그들의 언어나 노래까지 모두 발명하는" 것이 "상상력을 타고난 젊은이들"의 권리라고 외치면서, 스스로 "열성적인 볼라퓌크주의자"를 자처한다.[14] 볼라퓌크가 인공적인 세계공용어의 기획이라면, 1885년 무렵에는 통속라틴어에서 파생된 각국의 언어로부터 어떤 "이상적 로망어"를 추출하려는 시도도 유행한다. 언어학적으로 훨씬 "견고한 구축물"을 만들려는 이 프로젝트에는 로트, 리프타이, 다니엘 로자라는 사람이 참가했고,[15] (이들보다 조금 늦게) 로망어를 공부하는 베를린의 게오르게라는 학생이 가세했는데, 그는 결국 1889년에 자신의 로망어를 만든다.[16]

게오르게는 자신의 로망어를 바탕으로 베촐트의 학생들이 게르만어와 로망어로 수행한 실험을 선취한다. 그는 이 로망어로 시를 지어서 독일어로 번역하거나 반대로 독일어 시를 자신의 로망어로 번역한다. [로제타석에 새겨진 이집트 상형문자를 해독한] 샹폴리옹 이래로, 미지의 언어를 해독하려면 두 가지 언어가 나란히 적힌 반석이 있어야 한다. 그런데 게오르게가 일곱 살 또는 아홉 살 때―모르겐슈테른이 인디언 언어게임을 시작하기 얼마 전에―친구들과 함께 만들었다는 또다른 언어는 그런 식으로 작동하지 않는다. 그는 「원천들」이라는 시에서 라인 강변에서 보낸 자신의 어린 시절을 불러낸다. 그의 라인 강변은 고대 로마와 이교도 문화의 잔재 위에서 교회의 언어가 공고히 지배하고 있는 곳이다.

그런데 어린 게오르게는 여기서 '호산나' 같은 전통적인 마법의 주문에 굴하지 않고 자기가 직접 만든 주문을 왼다.

그때에 이 폐허 속에서 교회가 머리를 들었다
교회는 자유롭게 벌거벗은 몸을 채찍으로 지엄하게
　　내려쳤다•
그렇지만 교회는 번쩍이는 것을, 잠자면서도 놓치지 않고
　　주시하는 것을 물려받아
높은 것과 깊은 것을 재는 척도를 전수했다.
호산나를 외치며 저기 구름 위를 거닐다가
회한에 차서 무덤의 석판에 얼굴을 비비는 저 정신에게.

　　그러나 갈대의 궁전 속으로 흐르는 물가에서
　　쾌락의 절정이 거센 물살처럼 우리를 덮쳤으니:
　　아무도 그 뜻을 알 수 없는 노래 속에서
　　우리는 만물의 지배자이자 명령권자가 되었다.
　　아티카의 코러스처럼 감미롭고 자극적인 노래가
　　언덕과 섬 너머로 울려퍼졌으니:
　　CO BESOSO PASOJE PTOROS
　　CO ES ON HAMA PASOJE BOAÑ[17]

이 시는 자신이 다루는 주제를 스스로 실행한다. 게오르게가 구사하는 IMRI라는 비밀언어는 여신의 샘에서 나오지 않기 때문에 누구도 꺾지 못한다. 게오르게는 여기저기에 이 언어를 인용하거나 그 존재를 암시한다.[18] 그는 심지어 비밀언어 전문가인 언어학자 겸 독문학자와 대화중에 이 언어를 슬쩍 끄집어내서, 완전히 인공적인 문법과 어휘를 모두 갖춘 희귀한 사례라는 평가를 받기도 한다.[19] 하지만 게오르게는 번역가로서 활발하게 활동하면서

도 정작 자신의 비밀언어는 결코 번역해서 발표하지 않는다. 따라서 게오르게의 젊은 추종자들이 그의 유품 중에서 『오디세이』를 IMRI로 일부 번역한 자필 원고를 발견하자마자 이 유일무이한 이중어 문서를 바로 파기한 것은 선현의 뜻에 부합하는 충직하고도 합당한 일이었다. 니체에 따르면, 언어가 존재하는 것은 자연이 그 비밀을 열어볼 수 있는 열쇠를 내다버렸기 때문이다. 게오르게가 하필 '원천들'이라는 제목 아래 자신의 인공언어를 인용한다는 사실은 1900년 무렵의 문학가들이 더이상 수수께끼 같은 자연에 굴종하지 않음을 과시적으로 드러낸다. CO BESOSO PASOJE PTOROS / CO ES ON HAMA PASOJE BOAÑ. 그에 비하면 문학 연구자들이 "저 구절의 내용이 터무니없이 사소하지 않을까" 하고 "의심"했던 것 자체가 터무니없이 사소할 뿐이다.[20] 게오르게의 IMRI는 교회가 의미 또는 기의로 높이와 깊이의 척도를 전수한 것을 무효화하기에, 그보다 훨씬 나쁜 가능성도 생각해볼 수 있다. 다시 말해서, 벌거벗은 기표들로 이루어진 저 두 줄의 시구는 아무 내용이 없을지도 모른다.

개별 미디어의 분석과 조립

　　이렇게 문학이 비밀언어로 구성되거나 비밀언어로 시뮬레이션되면서 언제나 "일종의 무의미"가 아닌가 하는 의심을 사기 시작하면,[21] 그에 맞추어 해석의 기술도 변화할 수밖에 없다. 저자의 유년기 또는 영혼 속에서 어떤 원천을 찾으려는 고전적 방법은 퇴출된다. "리버스 퍼즐의 문학littérature à rébus"에 맞서 (딜타이의 해석학적 접근 외에도) 오로지 암호해독 방식을 표방하는 객관적 해석이 대두된다. "새로운 상징주의"는 고전주의-낭만주의 시와는 "전혀 다른 상징들"을 동원하면서, "느낌 자체"를 노래하는 것이 아니라 미디어 치환의 규칙에 따라 "또다른, 완전히 동떨어진 대상"을 탐구한다.[22] 따라서 이 미디어 치환을 다시 해독하려면 심리적-역사적 해석이 아니라 즉물적 해석이 필요하다. 게오르크 짐멜은 시작품과 블랙박스형 기계에 똑같이 적용될 수 있는 논리를 내세워 이를 입증한다.

> 사람이 이해할 수 있도록 만들어진 정신의 창조물이란, 창조자가 정답을 암호로 숨겨놓은 일종의 수수께끼에 비견될 수 있다. 누군가 이 수수께끼에 아주 정확히 맞아떨어지는 나름의 답을, 객관적으로 봐도 논리적 측면에서나 시적 측면에서나 정답에 버금가게 성공적이라서 시인이 원래 의도한 것에 전혀 뒤떨어지지 않고 완벽하게 '올바른' 제2의 정답을 추측해서 찾아낸다고 하자. 이런 정답들은 원칙적으로 무수히 많이 발견될 수 있으며, 시인이 의도한 정답은 이렇게 추측된 정답들보다 우위에 놓이지 않는다.[23]

따라서 해석은 미디어 치환이라는 보편적 기술의 특수한 사례일 뿐이다. 정답을 암호화하는 저자와 그 암호를 푸는 해석자 간에는 심리적 가교가 아니라 즉물적인 경쟁이 성립한다. [제1차세계대전 초반에 독일군이 러시아군을 괴멸한] 타넨베르크 전투의 제정 러시아군 무전병이나, [같은 시기 멕시코 정부에 반미 동맹을 제안하는 비밀전보를 보냈다가 오히려 미국의 참전을 초래한 독일 외무 장관인] 아르투어 침머만의 전신기사는 모두 이를 잘 알고 있었을 것이다. 송신자와 수신자는 (의도된 수신인이든 도청중인 간첩이든 간에) 제각기 문자열과 그것을 치환할 수 있는 여신의 샘을 구비하고 있다. 아무도 아무것도 성공을 보장할 수는 없지만, 운이 좋다면 이들은 미디어 A의 요소들과 그 관계의 규약을 미디어 B의 요소들과 그 관계의 규약으로 본뜰 수 있다. 베티나 브렌타노는 괴테의 「단어 맞히기 놀이」를 자신의 사랑에 응답하는 연인의 편지라고 가정하고 이리저리 답을 추측했지만 결국 '헤르츨리프/사랑하는 가슴Herzlieb'이라는 암호를 풀어내지 못했다. 안타깝게도 그녀는 1800년식 기록시스템의 지배를 받고 있었다. 당대의 여성 독자들은 시인의 수수께끼 같은 말속에서 사랑에 빠진 시인의 가슴을 찾아내야 했다. 그 불우한 여성들이 1900년 무렵의 여학생들처럼 짐멜의 슈트라스부르크 대학 세미나를 들을 수 있었다면, 문제는 훨씬 간단해졌을 것이다. 저자를 숭배의 대상으로 상정하지 않는 짐멜의 해석 방식을 적용하면, 저자의 본심을 알아맞히려고 부질없이 애쓸 필요도 없고, 심지어 '헤르츨리프'라는 정답을 발견한다는 무시무시한 결말에 다다를 위험도 피할 수 있기 때문이다.

실제로 미디어 치환은 적어도 죽음의 위기에 직면한 사람에게 마지막 안식처와도 같은 구원을 제공한다. 1902년 에밀 슈트라우스는 음악가의 재능을 타고난 김나지움 학생에 관한 소설을 발표한다. 주인공 하인리히 린트너는 김나지움을 지배하는 고리타분한 신인본주의적 교육을 견디지 못하고 결국 자살을 택하는 인물이다. 그는 사랑하는 바이올린 연주를 금지당한 다음부터 매일 오후 책상에 앉아 숙제만 한다.

첫째날은 그렇게 괴롭지 않았고, 심지어 그 때문에 약간 씁쓸할 정도였다. 모든 것이 이렇게 순조롭다니! 그런데 넷째날이 되자, 그는 불현듯 자신이 방정식을 푸는 대신에 문자를 음표로 보고 있다는 것, 심지어 자기도 모르게 벌써 책의 한 쪽을 전부 흥얼거렸다는 것을 깨달았다.

"하느님 맙소사!" 그가 웃음을 터뜨리며 외쳤다. "말도 안 돼!" 하지만 그는 펼쳐진 책장을 의식적으로 찬찬히 살피면서, 그 지루한 문자들 사이 어딘가 숨어 있을 음악적 관계를 찾고 싶은 마음을 억누를 수 없었다. 하지만 금

세 그는 이 어처구니 없는 사태를 두고 마냥 웃을 수만은
없게 되었다. 가장 단순해 보이는 문자열에서도 음률이나
음악적 모티프가 떠올라서 수학 문제를 집중해서 풀기가
불가능했기 때문이다.[24]

따라서 둔감한 공무원들이 이 문제 학생을 두고 비록 "극히 변칙
적으로 책을 읽지만" "저자의 정신을 꿰뚫는다"라고 해석학적으
로 인증하는 것은[25] 순전히 엉터리다. 산술적 변수를 나타낸 기호
들을 (그리고 다른 데서는 문자들도) 음표로 읽는다는 것은 변칙
적인 것도 저자의 심리를 꿰뚫는 것도 아니다. 그런 읽기는 극히
정확한 의미에서 미디어 치환이며 따라서 짐멜의 객관적 해석 방
법으로만 해석하고 정당화할 수 있다. 당시에 린트너만 이렇게 미
디어 치환을 수행했던 것은 아니지만 그의 급진성에는 분명 특별
한 것이 있다. 이를테면 비슷한 시기에 작곡가 알반 베르크는 에
로틱한 눈속임의 용도로 문자를 음표로 치환하는데, 소설 속 주인
공은 자기 생명을 구하기 위해 무의식적으로 거의 불가피하게 문
자열에서 음악을 읽는다. 이것은 김나지움의 알파벳 학습을 회피
한다는 단 하나의 목적에서 발생한 실독증의 특수한 사례. 실제
로 (실독증의 전략적 시뮬레이션은 제외하더라도) 언어장애 환
자 중에서 "말은 잃었지만 음표의 의미는 간직하는" 경우가 보고
되기도 한다.[26]

결국 린트너는 기차역의 소음에서 영감을 얻어 〈하인리히 린
트너의 피아노, 바이올린, 첼로 삼중주, 작품번호 제1번〉을 쓴다.
주위의 방해로 작곡가가 되지 못한 청년은 역장의 지시를 노랫소
리처럼 듣는다. ("어린아이들이 어울려 놀 때 단순히 사람을 부르
는 소리에도 음률과 박자를 부여하는" 것처럼 말이다.) 대합실은
금세 목소리들의 소용돌이에 휩싸이지만, 린트너는 전혀 흔들리
지 않고 음악적 꿈속으로 빠져든다. 1900년 무렵의 모든 미디어는

백색잡음을 전제하기에 "목소리의 소용돌이를 이루는 각각의 소리들은 어느 하나도 그를 뚫고 들어와서 방해하지 못한다." 하지만 그렇게 뒤섞인 전체 소리의 덩어리에 이끌려, 교사들이 전혀 재능이 없다고 단언하던 조숙한 김나지움 학생은 〈작품번호 제1번〉을 완성한다.[27]

문자에서 음표로, 목소리들의 소용돌이에서 악보로 미디어를 치환하는 것이 가능하다면, 독일문학에서 가장 불가해하고 번역 불가능한 텍스트를 해독하는 것도 가능하고 또 필요하다. 설령 「위대한 랄룰라」에 의미가 없다고 해도 그 텍스트를 구축한 방법은 존재한다. 그것은 단순히 "극히 특정하고 최대한 어긋난 세계해석공간말어린이와예술관Weltauffasserraumwortkindundkunstanschauung을 다소간 변조의 여지를 두고 표현한 것"이 아니다.[28] 모르겐슈테른이 "철학박사 예레미아스 뮐러"라는 이름을 내걸고 자신의 '말어린이와예술'에 대한 전문적이고 객관적인 시선으로 「위대한 랄룰라」를 해독한 것을 보면, 이 텍스트는 변조할 여지가 전혀 없음을 알 수 있다.

### 위대한 랄룰라

이 노래에는 여태껏 너무 많은 것이 부가되었다. 여기 숨겨진 것은 간단하다. 그것은 체스의 끝내기 게임을 나타낸다. 체스를 잘 두는 사람이라면 당연히 이렇게 이해할 수밖에 없다. 하지만 보통 사람들과 체스 초심자들을 배려하는 의미에서 여기에 그 배열을 일부 제시하겠다.

Kroklokwafzi? = K a 5, 다시 말해 화이트의 킹König을 a 5 위치로 옮기는 것. 물음표는 킹이 더 강력해질 수 있는 다른 위치가 있지 않을까 하는 의미. 하지만 일단 계속 진행하자.

> Sememēmi! = S e 1, 그러니까 블랙의 나이트
> Springer를 e 1 위치로 옮기는 것. 느낌표는 이것이 강력한
> 위치라는 의미고……[29]

기타 등등, 기타 등등, 이렇게 해서 모든 무의미한 말이 소진되고 어처구니없는 끝내기 게임의 행마가 남는다. 모르겐슈테른의 자기 해석은 영혼의 작용과는 너무나 동떨어진 또 한번의 엄밀한 미디어 치환일 뿐이다. 한 표기 체계의 문자열들은 다른 표기 체계의 문자열들과 상응할 때만 가치를 지닌다. (이를테면 'S e 1'의 무엇도 'Sememēmmi'에서 'm̄' 자와 'i' 자의 존재를 해명하지 못한다.) 산술적 변수를 음표로 보든 문자를 체스 행마의 약호로 보든 간에 모든 미디어 치환은 구멍을 남긴다. 하지만 제일 중요한 것은 그 과정에서 의미의 잉여가치가 발생하지 않는다는 점이다. "이 노래에는 여태껏 너무 많은 것이 부가되었다." 이는 정녕 문학 연구 전체를 묻은 무덤의 석판에 새길 만한 문장이다.

물질적 타당성과 미디어 치환은 동일한 실증주의의 양면이다. 일단 각각의 기호 집합 또는 문화기술들을 체계적으로 엄격하게 고립시켜야만 그렇게 고립된 것들을 정확하게 결합할 수 있다. 목소리와 제스처, 활자와 장식, 이미지와 소리, 문자와 음표, 슈테판 게오르게 서체와 "시 낭송,"[30] 이 모든 결합은 기술적 분석을 전제하는 것이다. 이를 입증하는 경이롭고도 강력한 증거가 있다.

훗날 모르겐슈테른의 스승이 되는 신비주의 철학자 루돌프 슈타이너는 새로운 유형의 춤을 발명한 적이 있다. 원래 이 춤은 「위대한 랄룰라」처럼 독일문학의 패러디로 출발하지만 결과적으로 아주 심각해진다. 슈타이너는 괴테의 시구를 글자 하나하나, 단어 하나하나 가져와서 각각의 기표마다 반복 가능한 표현적 제스처를 부과한다. 낱낱의 율동을 다 만들고 나면 이제 스승은 그저 "더 빨리, 더 빨리"라고 명령하기만 하면 된다. 그러면 "본래의 아

주 현명한 머리를 잠깐 꺼버린" 여제자들이 "소리의 본질적 힘이 고유한 효력을 발휘하도록 돕는다."[31]

미디어를 병렬로 연결할 때는 이런 여성들이 피와 살로 이루어지든 아니든 관계없다. 릴아당의 소설에서 에디슨은 살로 된 폐와 소위 언어능력 대신에 앞뒷면에 각각 일곱 시간짜리 어휘가 녹음된 축음기를 장착한 기계여성 이브를 창조한다. 이브의 몸에 저장된 언어표현은 한정되어 있어서, 에디슨은 이것을 기계적 표현운동과 손쉽게 동기화할 수 있다.[32] 미래의 연인이 보기에 미래의 신부는 마치 통일적인 유기체 같으며 그래야만 한다. 하지만 신부는 엄밀히 기술적 율동의 결과다.

그런데 소설 속에서 벌어지는 일과 별반 다르지 않은 일이 실제로 일어나고, 그것이 사회적-역사적으로 광범위한 영향을 끼친다. 무성영화는 시작부터 (기계를 쓰든 반주자를 쓰든 간에[33]) 음향 아카이브와 결합된다. 축음기와 영화라는 두 미디어는 각각 '이미지 없는 소리'와 '소리 없는 이미지'로 분리되어 있기에 다양한 상호동기화가 가능하다. 에렌슈타인, 하겐클레버, 라스커쉴러, 핀투스, 베르펠, 체호 등의 진보적 문학가들은 "옹색하게 깔리는 피아노 소리"와 (1913년 데사우의 한 영화관에서) "장엄한 작센 억양으로 줄거리를 읊어주는 나레이터"가 영화를 "소리로 덮어버리는" 것을 보고 기겁한다.[34] 하지만 이들이 제안하는 개선안을 보면, 죄다 무성영화의 매체 특수성을 따르는 '예술을 위한 예술'을 주장하면서도 결국은 문필가의 직업적 전문성을 영화에 접속시키려 한다. 첫 단어부터 마지막 단어까지, 쿠르트 핀투스와 동료들이 영화업계에 제안한 시나리오 선집 『영화책』은 미디어의 번역 불가능성이 미디어 결합과 치환의 가능조건임을 입증한다.

## 정신분석과 그 이면

미디어 치환은 농담, 신비주의, 문화산업에 이르기까지 다양한 영역에 적용될 수 있으며, 심지어 체계적으로 정립되어 새로운 학문의 모범이 될 수도 있다. 프로이트는『꿈의 해석』표지에 당당하고 성급하게 새로운 세기의 숫자 0을 적어넣으면서* 미디어 치환에 기초한 새로운 학문을 선포한다.

꿈의 해석이 성립하려면 먼저 지난 100년 동안 유포된 세 가지 오류가 해소돼야 한다. 먼저, 꿈이 객관적으로 이해할 수 있는 맥락을 결여하기에 해석할 가치가 없다는 철학자들의 편견이 있다. 프로이트는 헤겔의 주장보다는 (그는 이 철학자의 말을 간접인용하고 넘어가고[35]) 꿈이 "숨은 의미"를 암시한다는 대중적 믿음을 선호한다. 그런데 대중적 꿈 해석은 두 가지 보충적 방식에 의지해서 여전히 의미를 번역하려고 한다. 꿈 전체를 "상징적"으로 독해하여 대략적 의미를 얻거나, 꿈의 세부요소들을 "정해진 암호 해독의 열쇠에 따라 의미를 잘 아는 다른 기호로" "기계적으로 옮겨서" "번역하는" 것이다.[36] 두 기술은 [꿈을 연속적 전체로 간주하는] 아날로그 방식이든 [꿈을 개별 요소들의 집합으로 간주하는] 디지털 방식이든 간에 꿈과 말이라는 두 미디어의 요소들이 서로 유사하거나 외연이 일치한다고 전제한다. 반면 새로운 학문은 이렇게 순진한 접근을 폐기한다. 꿈을 리버스 퍼즐에 비교하는 다음의 유명한 대목에서, 프로이트는 자신의 해석 과정을 엄격한 미디어 치환으로 정의한다.

> 꿈-사고와 꿈-내용은 하나의 내용을 두 개의 다른 언어로
> 묘사하는 것과 같다. 또는 더 정확히 말해서, 꿈-내용이란

*프로이트의『꿈의 해석』초판본은 1899년 말에 출간되었으나 출간일을 1900년으로 표기했다.

프로이트의 꿈 해석 기술

꿈-사고를 다른 표현 방식으로 옮겨놓은 것으로 보인다. 따라서 우리는 원본과 번역본을 비교하여 이 색다른 표현 방식의 기호와 결합법칙을 알아내야 한다. 꿈-사고는 일단 알아내기만 하면 그것을 이해하기 위해 따로 더 노력할 필요가 없다. 반면 꿈-내용은 상형문자로 주어진 것과 같아서 그 기호들을 하나하나 꿈-사고의 언어로 옮겨야 한다. 이들을 기호관계가 아니라 그림 그대로 읽으면 분명 길을 잘못 들게 될 것이다. 이를테면 내 앞에 리버스 퍼즐이 있다고 하자. 집이 한 채 있는데, 지붕 위에 보트가 한 척 보이고, 알파벳 한 글자가 있고, 어떤 인물이 달려가는데 머리가 없고, 그런 식이다. 나는 그림의 전체 구성과 세부요소들이 하나같이 말이 안 된다고 비판할 수도 있을 것이다. 보트는 지붕 위에 어울리지 않는다. 머리 없는 사람은 달릴 수 없는데다가 심지어 사람을 집보다 더 크게 그려놨다. 그리고 전체가 어떤 풍경을 묘사한다면 알파벳은 여기에 어울리지 않는다. 문자는 야생에서 볼 수 없기 때문이다. 하지만 퍼즐의 전체와 개별요소들에 대해 이렇게 이의를 제기하는 대신에, 각각의 그림을 어떤 관계에 의거하여 그것이 묘사하는 하나의 음절 또는 단어로 대체해서 서로 짜맞추다보면, 비로소 퍼즐을 제대로 풀 수 있다. 이렇게 모은 각각의 음절과 단어를 조합한 말은 더이상 무의미한 것이 아니라 아주 아름답고 함축적인 시구가 될 수도 있다. 꿈이란 바로 이런 리버스 퍼즐이다. 여태껏 꿈을 해석한 사람들은 리버스 퍼즐을 일종의 도안으로 취급하는 오류를 범했다. 그래서 그들은 꿈을 무의미하고 무가치하게 보았던 것이다.[37]

텍스트를 '단어 맞히기 놀이'로 간주하거나 꿈을 '리버스 퍼즐'로 간주하는 해석 기술은 고전적인 해석학과 전혀 다르다. 왜냐하면 그것은 의미를 번역하지 않기 때문이다. 모든 번역의 궁극적 지시 대상인 자연의 알파벳, 즉 원형적 글이 존재하지 않기에, 리버스 퍼즐을 번역하려는 시도는 실패할 수밖에 없다. 게오르게의 시에서 언어의 집합과 시적 상상의 외연이 서로 어긋나듯이, 프로이트의 퍼즐에서 풍경 그림과 알파벳 기호 시스템도 마찬가지다. 이런 어긋남을 극복하려면 부득이 새로운 학문을 정립해야 한다. 외현적인 꿈-내용을 잠재적인 꿈-사고로 치환하려면 먼저 양쪽의 미디어가 각각 어떤 요소의 집합과 결합의 규약(결합법칙)으로 이루어졌는지 명확하게 규정해야 한다. 파우스트가 기호의 역사에서 계열체적 의식이 제거된 순간을 표시했다면, 『꿈의 해석』은 오로지 개별요소들의 위치값에 의거한 기호 분석을 제시한다.[38] 그것은 고전적 의미의 상징을 정립하지 않는다. 여태껏 모든 말과 특히 '말Wort'이라는 말을 빨아들이던 초월론적 기의는 사라진다. 그 대신 서로 다른 기표들의 하위시스템들을 전제하면서, 해석자는 리버스 퍼즐의 "개별 요소"들이 그 시스템에 맞아떨어질 때까지 이리저리 끼워맞춘다. '리버스 퍼즐'이라는 단어는 원래 라틴어 단어 '사물res'의 복수형 조격인 '사물들에 의한rebus'에서 유래되었다. 사물을 마치 말인 것처럼, 말을 마치 사물인 것처럼 서로 짜맞추면서 퍼즐을 푸는 것이다. 꿈의 해석은 "특정 시기에 낱말들을 물건처럼 다루고 새로운 언어들이나 구문들을 인위적으로 만들어내는 어린이들의 언어구사 능력"에서 배워야 한다.[39] 따라서 특정한 언어의 프레임을 전제하고 문자들과 단어들을 폭력적으로 조작하는 것도 얼마든지 허용된다. 꿈은 "다른 언어로 번역할 수 없으며,"[40] 오히려 번역 불가능성의 정확한 상관물로서 미디어 치환이 일어날 수 있는 공간 전체를 아우른다.

꿈-내용과 꿈-사고는 서로 유사하거나 외연이 일치하는 것이 아니라 「위대한 랄룰라」와 체스 행마법처럼 상호치환되는 관계다. 이런 점에서 프로이트는 "거침없는 언어의 모험가들, 언어 신비주의자들의 동료"이자 "모르겐슈테른의 형제"다.[41] 하지만 체스의 행마 표기법이 시가 아닌 것처럼, 꿈-내용의 해독도 고전주의-낭만주의적 시와는 거리가 멀다. 꿈은 광학적·음향학적 환각을 갖추어야 시가 될 수 있다. 꿈-내용의 구성요소들이 기표로 치환되고 나면, 설령 그 결과가 함축적 시구와 같다고 해도 본래의 아름다운 환영은 하나도 남지 않는다. 리버스 퍼즐에서 도안이나 풍경 같은 대리적 감각성을 읽어내고자 하는 사람들에게만은 이것이 아이러니로 보일 것이다. 꿈은 암호해독법과 경쟁하는 "진정한 음절의 화학"으로서,[42] 그 자체가 이미 자연 또는 자연의 예술적 구현과는 동떨어진 일종의 기술이다.

하지만 이 기술에는 시대의 표식이 찍혀 있다. 헤르만 바르는 "자연"이 "아무런 속박 없이 자유롭게 자기 자신을 있는 그대로 고백할 수 있는" 곳에서만, 그러니까 꿈속에서만 상징주의적인 "리버스 퍼즐 문학Rebusliteratur"이라는 "새로운 유파의 공식을 엄격하고 정확하게" 다룰 수 있다고 강조하는데, 이는 우연이 아니다.[43] 그리고 프로이트가 주창한 꿈의 해석은 연속적인 이미지의 연쇄를 음절 또는 단어로 대체하기 전에 먼저 낱낱의 이미지 요소로 해체할 것을 전제한다. 그러니 그가 묘사하는 또는 꾸며내는 퍼즐에 머리 없이 달리는 사람이 등장하는 것도 당연하다. 머리 없는 백치만이 무의식을 산출할 수 있고, 꿈이라는 조각조각난 현상만이 해독 가능한 글을 산출할 수 있는 것이다. 이는 「뾰족한 말뚝 울타리」가 사이 공간을 발견하여 낱낱의 음절들을 분리하고, 영화 카메라가 정교한 기계장치를 동원하여 렌즈 앞에서 펼쳐지는 연속적 운동을 단속적 운동으로 해체하는 것과 똑같은 논리다. 『꿈의 해석』은 제목 그대로 꿈을 해석하기 위해 먼저 꿈의 전체적 현상을 무시한다. (그리고 이는 동시대의 또다른 꿈 해석가 질베러의 가설에* 암묵적으로 대항하는 것이다.) 미디어 치환이 일어나면 원래의 미디어는 해체되어 없어진다. 개별 이미지를 음절 또는 단어로 대체하라는 프로이트의 주장은 단어 하나 음절 하나까지 문자 그대로 받아들여야 한다. 단적인 예로, 프로이트가 "통상적으로 시각 지향적인" 히스테리 환자를 어떻게 처치하는지 살펴보자.

　　환자가 일단 하나의 이미지를 떠올리고 그것을 묘사하기 시작하면, 묘사가 진행될수록 그 이미지가 조각조각 흩어지고 흐려진다고 말하는 것을 들을 수 있다. 환자는 그 이미지를 말로 옮김으로써 동시에 그 이미지를 제거하고 있는 것이다. 그러면 기억난 이미지 자체로 관심을 돌려서 우리의 작업이 나아갈 방향을 찾는다. "그 이미지를 다시 들여다봅시다. 그것은 사라졌나요?" "예, 대부분은요. 그렇지만 아직도 이런 세부요소는 잘 보입니다." "그렇다면 이 잔재는 아직 뭔가 의미하고 있을 겁니다. 거기에 더해서 뭔가 새로운 것이 보이거나 거기 연관된 무언가가 떠오를 것입니다." 이 작업이 완수되면 환자의 시각장은 해방되어 이제 다른 이미지를 이끌어낼 수 있는 상태가 된다. 그런데 어떤 경우에는 환자가 기억난 이미지를 묘사했는데도 그의 내적인 눈앞에 그 이미지가 끈질기게 남아 있기도 한다. 이것은 그 이미지에서 환자가 말해야 하는 뭔가 중대한 것이 더 남았다는 징후로 보인다. 환자가 전부 말하면 이미지는 사라진다. 마치 유령이 해방되어 안식을 맞이하는 것처럼.[44]

---

* 꿈에서 나타나는 본능충동은 배제하고 꿈을 높은 정신적 능력의 표현으로 해석하고자 하는, 이른바 신비적 상징해석을 가리킨다.

생리학자 프리드리히 골츠는 논문 제목 그대로 '대뇌가 없는 개'를 연구하여, 대뇌가 제거되면 시각표상이 상실된다는 것을 입증했다. 그런데 프로이트는 해부용 칼을 쓰지 않고도 꿈 또는 기억에서 이미지를 제거하는 법을 (그리고 이러한 제거 작업을 환자 자신의 몫으로 전가하는 법을) 보여준다. 이미지를 "말로 옮기는" 것은 안젤무스와 호프만에게 쾌락을 주었던 "내면의 눈"을 칼로 도려내는 것과 같다. 감수성이 예민한 사람들은 프로이트가 리비도의 소비경제를 모세의 낡아빠진 우상[이미지]숭배 금지령으로 속박한다는 그럴싸한 비난을 퍼부을 수도 있을 것이다.[45] 하지만 이는 1900년식 기록시스템의 문필가들에게 주어진 몇 안 되는 선택지 중 하나일 뿐이다. 대리적 감각성을 데이터의 실재적인 흐름으로 대체하는 [기술적 미디어의] 경쟁에 직면하여, 말의 수호자들은 말 자체에 대한 믿음을 고수한다. "그 이미지를 다시 들여다봅시다. 그것은 사라졌나요?" 이 역설적 질문으로 이미지의 흐름은 낱낱의 요소로 해체되어 문자 그대로 소진된다. 상상력이 풍부한 히스테리 환자들조차 분석용 침상에서 자신의 보물을 잃어버리니, 이제 그들도 1900년 무렵의 문필가들이 성취하고 선포한 체념을 배우게 된다. "말이 부서진 곳에는 어떤 사물도 존재하지 않으리라."[46]

> 아름다운 어둠 속에서 번성하던 이미지들이
> 끝없이 달아나나니, 눈물짓는다—
> 기어코 맑고 차가운 아침이 밀려드는 때.[47]

게오르게가 이렇게 시를 쓰니, 쇤베르크는 여기에 곡을 붙여서 영원히 잊히지 않을 불멸을 선사했다……

하지만 히스테리적인 이미지의 흐름이 말로 치환된다 해도 이를 통해 최후의 안식을 맞이한 유령의 이름이 대체 무엇인가 하는 의문이 남는다. 그 이름을 단언할 수는 없다. 하지만 그 이름을 짐작하게 하는 정황증거들이 있다. 이미지들은 내적인 눈앞에 나타난다. 이 이미지들이 덮치는 것은 히스테리 환자들로, 이미지에 사로잡히지 않는 강박신경증과 달리 이 질병은 여성 발병률이 높다. 이 이미지들은 어떤 사랑을, 구체적으로 말해서 핵가족에 대한 충실성을 소요한다고 알려져 있다. 그렇다면 프로이트가 퇴마한 유령이란 단순히 고전적 여성 독자 기능이 아닌가? 1800년경에는 여성들을 히스테리에 빠뜨리는 것을 두고 시의 내용을 즐겁고 환각적인 기의로 번역하는 독서법을 가르친다고 했다. 그러니 분석용 침상 위에서 모습을 드러내는 것은 단순한 역사적 침전물일지도 모른다.⁴⁸ 하지만 이 침전물은 여성 독자 기능이 오작동하게 된 시점에서 일상적인 것을 문자 그대로 독해하는 법을 익힌다는 당대의 새로운 목적에 종속된다. 정신분석도 "책이냐 이미지냐, 제3의 선택지는 없다"라는 슬로건 아래 엘리트문화와 대중문화를 엄격히 구별하던 1900년경의 "분기점"에 섰을 것이다.⁴⁹ 이 시기의 여성, 어린이, 광인 들은 책을 읽으면서 이미지를 꿈꾸는 대신 [영화관이라는] 바닥층의 무의식을 발견한다. 반대로 정신분석이라는 새로운 학문은 여성, 어린이, 광인 들에게 문자화된 암호로 이루어진 엘리트적 무의식을 새겨넣기 위해 그들에게서 바로 그 무의식을 발견한다.⁵⁰ 그리하여 프로이트의 유명한 히스테리 환자 한 명은 치료가 끝날 무렵 "조용히 사전을 읽는" 꿈을 꾼다.⁵¹

오토 랑크는 독일의 '두번째' 작가주의 영화 〈프라하의 학생〉이 개봉한 직후에 정신분석을 하면서 다음과 같은 가설을 제시한다. "영화적 재현은 여러모로 꿈의 기술을 연상시킨다. 그것은 시인이 명확한 말로 포착하지 못하는 심리적 정황들과 관계들까지 명확하고 자명한 시각언어로 표현한다."⁵² 그런데 랑크는 이 같은 영화와 꿈의 연합 관계를 더 추적하지 않고, 〈프라하의 학생〉에 나타난 영화적 시퀀스들을 일일이 문학적인 도플갱어 모티프의 어

정신분석 대 영화

휘들로 치환하고 다시 이 어휘들을 분석적인 나르시시즘 이론으로 치환한다. 그는 전문 독자로서 도플갱어 모티프가 영화화의 메커니즘 자체를 영화화한다는 사실을 간과한다. 랑크는 영화를 "실제 심리의 표면" 내지 "심리적 문제를 풀어내기 위한 임의적이고 진부한 출발점"으로 취급하면서,[53] 외현적인 것과 잠재적인 것을 단호하게 구별한다. 심리적 장치를 논할 때뿐만 아니라, 무엇보다 기술적인 것과 문학적인 것의 기로에 설 때……

그리고 프로이트는 어떠했는가? 1883년 알베르 롱드가 마이브리지의 뒤를 이어 전기신호로 작동시키는 연속사진용 단기노출 카메라를 개발한다. 그로부터 2년 후에 살페트리에르 병원에서 신경학자 샤르코가 이 카메라로 여성 히스테리 환자를 촬영한다. 이 촬영 과정을 젊은 신경학자 프로이트가 지켜본다.[54] 하지만 프로이트에게도 히스테리의 거대한 곡선을 잘게 해체하는 영화촬영은 임의적이고 진부한 출발점일 뿐이다. 그는 이 경험으로부터 여성 히스테리 환자가 사로잡힌 이미지의 흐름을 소진시킨다는 전혀 다른 문제를 길어올린다. 『꿈의 해석』에 영화는 등장하지 않는다. 훗날 이 구멍은 제목 그대로 '영화와 꿈'을 연구하는 가우베의 멋진 책으로 메워지게 되는데, 여기서 그는 (랑크를 참조하지 않고) 외현적 꿈-내용을 당연히 영화적 시선으로 독해하는 미국 심리학 연구를 이용한다.[55] 그러나 문헌학적-역사적으로, 프로이트가 꿈 해석의 토대가 되는 [영화라는] 큰 '타자'를 결코 무시할 수 없었던 것만은 틀림없다. 꿈 이미지의 영화적-외현적 상징성은 정신분석이라는 새로운 학문이 정립하는 수사학적-문자적 영역에서 사라진다. 꿈이 전개되는 과정에 유령처럼 깃드는 "사고비약의 시각적 형태들"은 모두 제거된다.[56] 소쉬르가 창공과 수면, 사고와 소리의 신비로운 구분을 확립한 후에야 비로소 언어학을 정초할 수 있었던 것처럼,[57] 뢰네와 핀투스가 영화관에서 경험한 환각적이고 미분화된 쾌락은 시스템의 경계를 표시하는 한계개념으로 남는다.

세계의 통일성은 너무 자명한 사실이라서 군이 강조할 필
요도 못 느낍니다. 나는 오히려 태초의 혼돈Urbrei 속으로
녹아버릴 것들을 낱낱이 분리하고 분류하는 것이 더 흥
미롭습니다.[58]

프로이트는 태초의 혼돈을 부인하는 것이 아니라 회피한다. 동시
대의 신비주의자들과 철학자들이 이런 [영화적·신경학적] 접근
을 장황하게 우려먹을수록, 프로이트는 오히려 전문가적 엄밀성
을 고수한다. 슈타이너는 죽음의 순간에 구조된 사람들이 자기 인
생을 저속도촬영된 영화처럼 보게 된다는 신경학자 모리츠 베네
딕트의 발견을 신비학으로 발전시킨다.[59] 베르그송은 "의식의 영
화적 메커니즘"이 끊임없이 지속durée되는 연속적 이미지의 흐름
을 수용하지 못하고 불연속적 정지화상들을 포착할 뿐이라는 점
에서 자신이 구상한 (그리고 책제목이기도 한) '창조적 진화'에
못 미친다고 평가한다.[60] 여기서 생철학은, 관람자의 눈앞에 교묘
하게 생산되는 연속성의 환영을 지키기 위해 분리와 해체라는 작
동원리를 은폐하는 일종의 영화관으로 탈바꿈한다. 반면 프로이
트는 마치 타키스토스코프 실험을 하는 과학자처럼, 환영적 의식
이 아니라 무의식이 직접 작동시키는 꿈-작업의 메커니즘에 집
중한다.

\*

그러나 정신분석이 영화적 꿈 아니면 타키스토스코프라는 두 개
의 선택지 사이에서 상징적 차원을 택했다는 사실은, 1900년경의
학문체계에서 이 새로운 학문이 어디 놓였는지를 알려주는 지표
로서만 유효하다. 정신분석은 "과학적 자기 오해"가[61] 아니며 따
라서 정신과학적 기획과도 무관하다. 푸코는 1900년 전후로 발생
한 언어의 회귀가 초월론적 지식이 남긴 최후의 흔적이었는가 아

프로이트의
정신물리학적
전제들

니면 새로운 시작이었는가 하는 문제를 두고 놀라울 정도로 불확정적인 태도를 취한다. 단지 그는 정신분석, 인종학, 구조주의 언어학 모두가, 내적 성찰의 관점에서 이상적 '인간'에 접근하는 정신과학의 접근법이 외래적 언어에 가로막히는 지점에 놓인다고 진단할 뿐이다. 푸코가 여기서 더 나아가지 못하는 것은, 담론의 규약을 철학적 사고로 접근할 수 있는 영역에만 한정하고 기술적 차원을 묵과하기 때문이다. 하지만 1900년 전후에는 정보기술의 혁신으로 기록시스템이 초월론적 지식과 결별해서 독립할 수 있게 되며, 이런 변화의 흐름 속에서 정신분석도 정신과학적 기획과 분리된다.

프로이트의 초기 논문 「실어증의 이해」는 발표 직후부터 대뇌생리학적 언어이론에 대한 탁월한 비판으로 평가된 저작이다. 이 신경생리학자는 새로운 실험이나 해부 결과를 제시하지 않고도, 동료 학자들이 언어중추들을 식별하는 데만 열중하여 기능을 해명하는 데 소홀히 하고 있음을 설득력 있게 입증한다. 이 비판자는 대뇌생리학적 언어이론의 기본 전제들에 충실하면서도 이론적으로 미흡한 점을 바탕으로 새로운 결론을 도출하고, 이를 통해 해부학적 접근과는 조금 다른 방식으로 담론의 기능들을 분리한다. 그리고 1895년에 발표한 「심리학 연구계획」에서, 프로이트는 이렇게 분리된 기능들을 엄격하게 기능적 위상 관계에 의거하여 지형학적 모델로 구조화한다. 영혼을 일종의 블랙박스로 모형화하는 프로이트의 「심리학 연구계획」은 그 자체가 당대 심리학 모델의 모범적인 사례다. 프로이트가 말하는 가설적인 경로들, 방출과 집중, 그리고 (당연히 불연속적인) 신경세포들을 당대의 대뇌생리학적 진술들과 비교해보라. 대뇌생리학의 선구자 지크문트 엑스너 이래로, 뇌라는 중심기관은 "교통로들"이 깊숙이 파묻힌 "교통시스템"[62] 아니면 마치 전신시스템처럼 다수의 "중계국들"이 통신로를 따라 즉각적으로 신호를 주고받는 일종의 정보망처럼[63] 묘사된다. 프로이트가 구축한 심리적 장치는 최근 들어 구조주의에 관한 새로운 철학적 성찰에도 영감을 주는 모양이지만, 그것은 그저 당대의 과학적 표준을 준수한 결과일 뿐이다.[64] 프로이트의 초기 이론과 당대의 신경생리학을 구별하는 유일하고 결정적인 차이는 그가 해당 기능의 위치를 해부학적으로 식별하는 데 관심이 없었다는 것뿐이다. 정신분석은 먼 미래에 "이 빈자리가 채워지기를" 소망하는 데 만족하지 않고 전혀 다른 종류의 지형학적 구축을 시도한다.[65]

　　프로이트의 「실어증의 이해」는 기존 의학자들이 무수한 실어증 사례를 선별하고 그에 관련된 손상 부위를 식별하면서 축적해놓은 방대한 언어장애 및 언어불능 자료에 기초한다. 논문에 나오는 "'블라이슈티프트Bleistift[연필]' 대신 '슈라이브페더Schreibfeder[펜]'," "'무터Mutter[어머니]' 대신 '부터Butter[버터]'," "'파터Vater[아버지]'와 '무터' 대신 '푸터Vutter'"[66] 등의 예시는 모두 기존 자료에서 추출한 것이다. 지금 우리가 보기에는 기이할 정도로 프로이트적인 예시지만, 이런 자료들은 프로이트 이전부터 일찌감치 수집되고 있었다. 마찬가지로 『일상생활의 정신병리학』에 나오는 말하기, 읽기, 쓰기의 실수 사례들도 정신과 의사 카를 마이어와 인도게르만어학자 루돌프 메링거가 동료 의사들과 환자들에게서 채집한 자료를 인용한 것이다. 원래 마이어와 메링거는 이 연구를 통해 말실수가 자유로운 "주관성"의 문제가 아니라는 것,[67] 해부학적 언어시스템의 특정 부위에 문제가 생기면 특정한 유형의 말실수가 일어난다는 것을 입증하려 했다. 프로이트는 이처럼 의학자들과 언어학자들이 평균적 장애 패턴을 바탕으로 뇌 기능과 언어시스템을 역추론하기 위해 통계적으로 정리해놓은 방대한 무의미의 보고에서 출발한다. 하지만 프로이트처럼 언어중추를 천착하는 해부학적 접근 자체를 비판하기 시작하면 여태까지 데이터를 분석한 모든 통계와 기법이 무용지물이 된다. 축적된 무의미들이 단순한 사실의 집적으로 돌아간다. 이것만으로

도 기존의 분류 방식을 거꾸로 뒤집을 충분한 이유가 된다. 그리
하여 정신분석은 수많은 발화자의 말실수를 통계적으로 분류해
서 언어의 일반적 규약을 도출하는 대신에, 한 명의 발화자가 산출
한 말실수들을 연쇄적으로 텍스트화해서 오로지 그 한 사람에게
만 적용되는 발화의 규약을 드러낸다.

　　이 같은 방법론적 전환은 근본적으로 정신물리학적 전제에
입각한다. 정신분석이 압축과 전위, 은유와 환유를 구별하는 것이
나 구조주의 언어학이 통합체와 계열체, 랑그와 파롤을 구별하는
것은 모두 연합심리학Assoziationspsychologie의 공리를 다른 말로 치환
한 것뿐이다. 치헨 이래로 모든 관념연합은 유사성 아니면 근접성,
그러니까 계열체적 축 아니면 통합체적 축에서 이루어진다는 것
이 정신물리학의 정설이기 때문이다.[68]

　　메링거와 마이어는 학문적인 신중함을 발휘해서, 어느 동료
또는 환자가 어떤 말실수를 범했는지 단어마다 괄호 안에 약자로
이름을 표시해둔다. 그런데 이들이 유사성에 따른 혼동의 한 갈래
인 '첫음절의 자음 혼동'으로 분류해놓은 항목들 중에는 "프로이
어-브로이트 방법"이라는 동료의 멋진 말실수가 있다.[69] 여기서
보고서를 앞뒤로 몇 장 더 넘기면 동일한 발화자가 '프로이트'라는
단어로 또 말실수한 사례를 찾을 수 있다. [환자의 언어로 발화되
는 자기 회고를 통해 증상의 완화를 유도하는] 브로이어-프로이
트 방법을 적용하자면, 자꾸 말실수하는 저 학자가 "동종업계 종
사자로서 이 방법에 그다지 호의적이지 않았음"을 언어학적 고찰
없이도 얼마든지 유추할 수 있다.[70] 이보다 더 쉬운 문제가 또 있겠
는가. 프로이트의 논문은 실험적·통계적으로 축적된 무의미한 음
절들의 집합에 새로운 위치를 부여한다. 초창기 신경학자들은 '파
터'와 '무터'를 뒤섞은 '푸터'라는 말실수를 동종의 다른 말실수들
과 함께 일반적으로 범주화했지만, 분석가 프로이트는 같은 환자
의 말실수들이 이루는 전체적 맥락 속에서 하나의 리버스 퍼즐을

읽어낸다. 그리고 알다시피, '아버지-와-어머니'는 바로 이 맥락
의 핵심이 될 것이다.

　　융도 이와 유사한 전환의 과정을 거쳐 정신분석으로 진입한
다. 처음에 융은 블로일러가 이끄는 부르크횔츨리 정신병원에 들
어가서 환자들을 대상으로 크레펠린, 치헨, 슈트란스키의 연상 및
사고비약 실험을 통계적으로 확장하는 연구를 시작한다. 하지만
제한된 수의 환자들을 대상으로 연구를 하다보니 논문이 거듭될
수록 통계 연구는 줄고 개별 사례 분석이 늘어난다. 한 여성 히스
테리 환자의 두 가지 관념연합 사례는 "자의식이 자동식 기계장
치가 숨겨진 무대 위에서 춤추는 꼭두각시 인형일 뿐"임을 "너무
나 탁월하게 보여준다"라고 독해된다.[71] 급기야 융은 통계학적 분
류 과정을 역전시켜서 한 분열증 환자의 개별 사례를 샅샅이 파고
드는 계획에 착수한다. 어떤 여성 환자가 만든 신조어를 모두 저장
했다가 그녀에게 다시 말해주고, 이러한 각각의 "자극어"에 대해
환자가 "떠올린 모든 관념"이 수집되면 이를 다시 환자에게 말해
주기를 반복하며, 결국 상형문자처럼 난해한 이 사례에서 정신분
석적 해석이 도출될 때까지 환자를 밀어붙이는 것이다.[72] 하지만
융은 이 과정에서 자기 자신이 전화기 형태의 고문기구가 되었음
을 자각하지 못한다.

　　환자는 어째서 무엇 때문에 이렇게 고통받는지 이해하
　　지 못하니, 이는 "상형문자처럼 난해한" 고통이다. 그녀
　　가 14년 동안 감금되어 있었다며, "숨결이라도 빠져나갈
　　수 있었겠느냐고" 말하는 것은 그녀의 강요된 병원 생활
　　에 대한 너무 과장된 돈호법으로 여겨진다. "외부의 힘에
　　의해 억류되어 대변인 노릇"을 하는 고통[이라는 표현]
　　은 [그녀에게 말을 시키는] "전화기" 또는 목소리의 존재
　　를 암시하는 듯하다.[73]

정신분석은 언어라는 이름의 외부를 내세워 정신과학을 가로막는 것이 아니다. 그것은 단지 정신물리학의 전제들과 자료들을 가지고 정신물리학의 장場을 비스듬히 가로지를 뿐이다. 정신분석이 언어시스템에서 개별 발화로 관심을 돌리는 것은 개인의 문제로 돌아가는 것이 아니다. 그것은 원래 해부학적 언어시스템의 논거로서 고안된 "규칙 없는 말실수는 있을 수 없다"라는 명제를[74] 무의식이라는 특이한 시스템의 논거로 삼는 것뿐이다. 개인은 정신물리학과 정신분석의 십자포화 속에 쓰러지고, 그 자리에는 통계적 보편성과 무의식적 특이성의 텅 빈 교차점이 들어선다. 그러므로 앞서 언급된 동종업계 종사자는 '첫음절의 자음을 혼동하는 경우'인 동시에 '프로이트 이론을 무의식적으로 억압하는 경우'로 얼마든지 분류될 수 있다.

개인은 성숙한 '말-과-글'로 구성되지만, 정신분석의 개별 사례는 환자의 언어구사 과정에서 방출된 폐기물들을 통해 특수성을 획득한다. 1900년식 기록시스템에서 다른 것들과 혼동되지 않는 독특한 성격이란 모두 익명적 대량생산물을 해체한 부산물로 나타난다. 릴케에 따르면, 두 명의 초등학생이 같은 날 "완벽히 똑같은" 칼을 샀더라도 일주일만 지나면 "그 유사성이 아주 흐릿하게만 남는다."[75] 무언가 사용한다는 것은 그것을 닳게 만든다는 것이다. 산업적으로 보증된 유사성이 손상되면서 개체의 특이성이 나온다. 그리고 이 특이성이 [개체를 파괴시키지 않을 정도의] 경미한 손상에 그친다면, 각각의 병력 또는 사례연구는 다시 공시적 질서로 포섭되어 과학수사 전문가 홈스나 정신분석가 프로이트의 좋은 먹잇감이 된다. 그래서 왓슨 박사가 홈스에게 아무리 도전을 해도 매번 패하는 것이다.

"자네는 사람들이 일상적으로 사용하는 물건에는 그 소유자의 개인적 특징이 남기 때문에 훈련받은 관찰자가 어

렵지 않게 알아볼 수 있다고 하였지. 자, 여기 내가 얼마 전
에 얻은 시계가 하나 있네."[76]

이리하여 코카인 상용자 홈스는 시계에 난 흠집에서 출발하여 그
동안 왓슨이 숨기고 있었던 비밀스러운 가족사를 한 장 한 장 넘겨
볼 수 있게 된다. 부르크횔츨리 정신병원 원장 오이겐 블로일러가
말했듯이, 과학수사는 "확실히 전도유망"하다. 필체, "심지어 신
발이 닳는 방식만 봐도 한 사람 전체를 추론"할 수 있다.[77] 그래서
블로일러의 보조의사 융은 분열증 환자가 사용하는 언어라는 완
제품이 어떤 모양으로 마모되는지 연구한 것이다.

　하지만 코카인 상용자 프로이트는 특유의 위대한 옹졸함을
십분 발휘하여 신경증 환자가 알파벳이라는 완제품을 어떻게 오
용하는지 분석하기 시작한다. 빈의 베르크가세 골목 진료실에서
스물네 살의 한 남성 환자가 분석용 침상에 누워 "다섯 살 때부터
간직해온 이미지"를 이야기한다.

분석용 침상<br>위의 문자들

　그는 어느 여름, 별장 정원의 작은 의자에 앉아 있고, 곁에
　서 숙모가 그에게 알파벳을 가르치려 애쓰고 있다. 그는
　'm' 자와 'n' 자를 구별하는 데 애를 먹다가 숙모에게 둘의
　차이를 어떻게 알아보는지 가르쳐달라고 부탁한다. 숙모
　는 그에게 'm' 자가 'n' 자보다 한 부분이 더 있다고, 세번
　째 획이 들어간다고 알려준다.[78]

환자는 이를 유년기의 낭만적인 한 장면으로 이야기한다. 그것
은 여름날의 즐거움과 '어머니의 입'으로 알파벳을 배울 수 있었
던 좋았던 날들을 환기시킨다. 그런데 여기서 분석가는 이 회상의
"진실성"을 반박하는 것이 아니라 그 상상적 "의미"를 걸고넘어
진다. 만일 진실성을 의심했다면, 프로이트는 읽기를 연구하면서

'm' 자와 'n' 자가 혼동되는 것을 한 번도 본 적 없는 (그 대신에 'n' 자와 'r' 자 아니면 'm' 자와 'w' 자가 혼동되는 것만 봤던) 생리학자들과 다를 바 없었을 것이다. 하지만 그는 의미보다 문자에, 문자보다 문자 간 차이에 더 관심이 있기에, 언어의 간극을 다시 발화의 간극으로 치환하는 방향으로 나아간다. 슈테파니의 '어머니의 입'이 쾌락적이고 연속적인 방식으로 '음m' 음에서 '은n' 음으로 미끄러진다면, 프로이트는 'm' 자와 'n' 자를 엄격하게 이분법적으로 대립시킨다. 그리고 이 같은 'm'과 'n'의 대립은 환자의 리버스 퍼즐로서 기입될 수 있고 그래야만 하는 다른 무언가를 "상징적으로 대변"한다.

> 당시 그는 'm' 자와 'n' 자의 차이를 알고 싶어했던 것과 마찬가지로 소년과 소녀의 차이를 알고 싶어 안달이었고, 그것을 가르쳐줄 만한 사람이 바로 숙모였다. 게다가 그는 이 무렵에 두 가지 차이가 서로 유사하다는 것, 그러니까 소년도 소녀보다 한 부분이 더 있다는 것을 알게 되었다.[79]

무의미하지만 그만큼 잊을 수 없는 각인은 분석을 통해 해독할 수 있다. 프로이트적인 미디어 치환은 한 명의 피험자에게 나타나는 특이한 차이성의 문제가 무엇에서 비롯되는지를 해명할 수 있다는 점에서 성공적이다. 확실히 정신물리학자들은 위아래로 뻗은 획이 없는 작은 소문자들이 "가장 헷갈리기 쉽다"라는 사실을 인지했지만,[80] 아무도 특정한 피험자가 (심지어 당사자조차도) 하필 특정한 문자쌍만 헷갈리고 다른 것들은 전혀 헷갈리지 않는지는 질문하지 않는다. 에빙하우스는 (프로이트가 보고한 스물네 살 환자의 사례가 그랬던 것처럼) 무의미한 말들 중에서도 기억에 잘 남는 것과 그렇지 않은 것들 간에 "극히 유의미하고 거의 불가해한 차이"가 있다는 사실에 놀라는 데서 그친다. 구츠만은 무의미한 말을 들려주었을 때 피험자가 자동으로 자기도 모르게 의미 있는 말로 바꿔 듣거나 바꿔 쓰는 "축음기 실험"을 바탕으로 "어떤 가설적인 사고의 추이를 밝히는" 데까지 나아간다.[81] 하지만 구츠만 역시 실험 결과 중에 생리학적 또는 타이포그래피적으로 쓸 만하지 않은 것은 전부 폐기한다. 이렇게 폐기된 문자 자료의 양은 그야말로 어마어마해서, 스물네 살의 환자를 비롯한 각각의 환자들은 그 속에서 고아처럼 뿔뿔이 흩어져버린다. 바로 이런 자료들이 정신분석의 토대를 이룬다. 정신물리학이 남긴 폐기물이 재분류되어 새로운 해독 가능성을 획득한다. 프로이트의 담론은 개인의 곤경에 응답하는 것이 아니다. 그는 무의미한 말들을 철저하게 기록하는 기록시스템을 탐구하여 그에 내재된 기표의 논리를 사람들에게 각인하고자 한다.

　　프로이트의 분석용 침상은 누군가 하필 'm' 자와 'n' 자를 헷갈린다는 동시대의 무의미에서 출발해서 그런 무의미를 무언가 의미 있는 것으로, 의미하는 기표 자체로 변모시킨다. 상호대립하는 문자의 쌍은 성적 신체의 최소기표를 산출한다. 이제 환자는 알파벳 학습이 자신의 섹슈얼리티를 차폐하는 가림막일 뿐이며, 섹슈얼리티가 [문자를 구성하는] 기본요소들의 대립 관계에 대한 은유일 뿐임을 알게 된다. 프로이트가 충격적인 것은 만사를 섹슈얼리티의 문제로 환원하기 때문이 아니라, 1800년경에 이른바 '세계'를 꿰뚫었던 정신-과-자연의 유희를 연상시키는 관능적인 에로티시즘을 극히 명징하고 촉각적인 문자유희의 장으로 되돌리기 때문이다. 그러니까 'm' 자에는 있지만 'n' 자에는 없는 작은 획처럼, 무의미하고 뻣뻣한 것은 팔루스이기도 하다. 모든 개인적 필체가 전자의 차이를 비껴갈 수 없듯이, 여성과 남성의 전쟁 속에서 피어오르는 모든 환영은 후자의 차이를 비껴갈 수 없다. 숙모가 교육학적 교양의 첫걸음으로 시작한 알파벳 학습은 교육학과 영혼을 걷어치우는 표기 체계 안에서 끝난다.

아리스토텔레스와 관련해서 말해둘 것은, 영혼이 말하는
것이 아니라 인간이 영혼을 수단으로 삼아 말한다는 점이
다. 다만 그러려면 인간은 언어를 받아들여야 하고, 언어
를 지탱하기 위해 자신의 영혼보다 더 많은 것을 던져넣
어야 한다. 심지어 저 깊은 곳에 있는 인간의 본능도 오로
지 기표의 메아리를 전달하기 위해 반향한다. 그리하여
메아리가 돌아오면, 발화자는 경탄하며 영원한 낭만주의
를 찬미한다. 영혼이 말하면, 일단 말하기만 하면…… 영
혼이 말하니, 들리는 것은…… 아아! 이미 더이상 영혼이
아니기에. 당신은 들을 수 있으리라. 그리고 환영은 오래
지속되지 않으리라.[82]

프로이트가 수집한 환자 병력들은 영혼의 낭만주의가 문자의 물
질성에 자리를 내주었음을 보여준다. [프로이트가 늑대인간이라
고 호명하는] 어떤 환자가 "'S' 자 모양으로 자신의 노트를 장식"
하는 이유는 그 글자가 "어머니 이름의 첫 글자이기" 때문이다.[83]
(그러니까 환자는 저자로서 자기 이름을 약자로 표시하는 것이
아니다.) 늑대인간은 꿈의 내용을 이야기하면서 환각 속의 '베스
페Wespe[말벌]'를 '에스페Espe'라고 말하는데, 이렇게 첫 글자를 절
단하는 것은 거세공포를 나타낸다. 그리고 '에스페'를 리버스 퍼
즐로 접근하면 그것은 '에스 페S.P.'라는 약자, 즉 늑대인간의 본명
을 나타낸다.[84] 문자는 야생에서 볼 수 없기에 무의식의 수수께끼
를 푸는 열쇠가 된다. 문자는 의식적 생각과 해석학적 이해를 말소
하고 사람들이 언어에 종속되도록 한다. 하지만 방법 자체만 주목
하면, 프로이트는 (1900년 무렵의 흔한 비유를 쓰자면) 마치 교정
자처럼 일하고 있다. 그는 숙련된 독자답게 오탈자를 지나치지 않
고 실수를 찾아낸다.[85] 이런 전문성의 일환으로, 그는 베르크가세
골목 진료실에서 절대로 '(베)에스페'와 같은 말실수를 글로 생산

하거나 기록하지 않는다. 환자들이 말할 때, 의사는 엄연한 진술 심리학자로서 상담 시간 동안 환자의 말을 받아쓰거나 속기로 남기지 않는 법이다. 중간에 기록을 하면 발화의 흐름이 방해되고, 분석에 "해가 되는" 유의미한 "선택"이 이루어지며, 한결같이 부유해야 하는 의사의 관심이 그런 관료적 업무로 교란되기 때문이다.[86] 이러한 제약 때문에 정신분석은 글이라는 대상을 다루면서도 글과 정반대의 방법을 취하는 특이한 기록시스템이 된다. 어떻게 그럴 수 있을까? 이 기묘한 리버스 퍼즐에도 답이 있다.

> 피분석자가 자기관찰로 포착할 수 있는 것을 전부 보고해야 하고, 그중 일부를 걸러내라고 속삭이는 모든 논리적·정동적 항변을 멀리해야 하듯, 의사는 피분석자가 보고한 모든 것을 숨겨진 무의식을 해석하고 알아내는 데 활용해야 하며, 환자가 걸러내지 않은 것을 대신 검열해서는 안 된다. 이를 공식화하면 다음과 같다. '의사는 [정보를] 제공하는 환자의 무의식을 다룰 때 자신의 무의식을 수용기관처럼 활용해야 한다. 전화 수신기가 송신기에 맞게 설정되는 것처럼, 자기 자신을 피분석자에게 맞추어야 한다. 수신기가 음파에 의해 유발된 전기적 파동을 다시 음파로 변환하듯이, 의사의 무의식은 자신에게 보고되는 무의식의 파생물에서 출발하여 환자의 머릿속에 떠오르는 생각을 결정한 무의식의 작용을 재구성할 수 있다.[87]

글 없이 글을 쓴다는 역설은 기술적 미디어로만 해결된다. 프로이트는 인지적 주체로서 자신을 희생하기로 결심하고, 자기 자신을 다른 미디어로 치환한다. 그러니까 자신의 귀를 전화 수신기로 만드는 것이다. 왜냐하면 흔히 하는 말로, 인간은 오로지 [소리를 소리 자체로] 듣지 않기 위해 (그래서 모든 것을 의미로 변형하기 위해) 귀를 달고 있기 때문이다. 온갖 정보가 뒤섞여 백색잡음에 가깝게 균질해진 잡음의 스펙트럼 전체를 무차별적으로 수용하기 위해서는 회로 중간에서 전기-음향 간 변환자끼리 접속시켜야 한다. 섀넌의 정보이론을 미리 끌어오자면, 정상적인 커뮤니케이션 회로에서 정보원과 수신원(분석용 침상 위와 그 뒤에 앉은 두 의식)은 빼고, 마이크로폰을 송신기로, 증폭기를 수신기로 변용해서 신호를 직통으로 주고받도록 하는 것이다. 따라서 이 경우에도 "성스러운 진동을 들으라!"라는 명령이 주어진다. 두 지점 간의 의식적 '커뮤니케이션'은 이쪽 무의식에서 저쪽 무의식으로 암호화된 리버스 퍼즐이 전송될 때만 유의미하다. 이 신호는 겉보기에 무의미하다. 프로이트라는 전화 수신기가 포착해야 하는 것은 이런 신호들, 의미의 질서하에서는 한낱 말실수, 오독과 오자에 불과한 폐기물 중의 폐기물들이다.

하지만 비밀을 누설하는 m/n 또는 S. P. 같은 기표들은 의식의 억지와 저항, 유혹과 왜곡으로 점철된 발화 속에 뒤섞여 있어서, 의사가 이것들을 낚으려면 발화를 미리 저장해두어야 한다. 프로이트가 말하는 전화기의 비유는 이런 사실을 더이상 숨기지 않는다. 정신분석은 글이라는 전통적인 저장매체를 회피하면서 마치 전기-음향 변환기와 저장매체를 결합한 신형 축음기처럼 작동한다. 입으로 말해진 오탈자를―'나무로 된 쇠' 같은 형용모순을―기록할 수 있는 것은 녹음장치뿐이다.

벤야민은 정신분석이 "여태껏 지각된 것의 광범위한 흐름 속에서 눈에 띄지 않은 채 함께 유동하던" 말실수들을 "분리하고 분석 가능한 것으로 만들"었다면, 영화는 "광학적 지각세계의 광범위한 영역에서" "이와 비슷한 방식으로 통각統覺Apperzeption을 심화시켰다"라고 하면서 두 분야를 동기화한다.[88] 하지만 그는 실제로 무슨 일이 벌어졌는지 제대로 파악하지 못하고 있다. 미디어 치환 기술과 관련 학문들은 그저 인간의 능력을 심화하는 것이 아니라 기록 가능성의 경계 자체를 재설정한다. 그리고 이 경계는 감각생리학적 차원에서는 결코 충분히 정확하게 결정되지 않는다. 프로이트는 꿈 이미지와 기억 이미지를 해석하기 전부터 광학적 차원을 분석 과정에서 배제했다. 의사와 여성 히스테리 환자가 서로 봐서는 안 된다는 분석 규칙 자체가, 프로이트의 분석용 침상이 (니체적 의미에서) 순수한 청각세계임을 입증한다. 두 사람은 같은 방에 있으므로 시각적 접촉이나 다른 접촉이 얼마든지 일어날 수 있다. 그런데 입과 귀가 전기-음향 변환기로 변모하면서, 상담 시간은 (프로이트의 훌륭한 단어 선택을 따르자면) 두 '심리적 장치'의 장거리 통화를 시뮬레이션한 것이 된다. 정신분석은 영화와 전혀 다르다. 오히려 그것은 기술적 녹음장치의 교훈을 훨씬 더 정확하게 배웠다. 무의식적 음파를 녹음하는 축음기로서, 정신분석은 '지각된 것의 광범위한 흐름'이 아니라 오로지 음향적 데이터 속에서 무언가 낚으려 한다.

정신분석적 낚시는 불연속적 요소들만 겨냥하기에, 상상적 의미뿐만 아니라 담론의 실재적 차원도 배제한다. 프로이트는 영화 이미지의 흐름도 회피하지만 (스승인 에른스트 브뤼케가 연구했던) 음성생리학도 비껴간다. 분석용 침상에 누운 여성 히스테리 환자는 타고난 배우 기질을 발휘하여, 그저 '아아' 하고 외마디 한숨을 내쉬는 것이 아니라 발화의 훨씬 실재적인 쾌락과 곤경을 토로할 수 있다. 경련적인 말의 중단과 더듬거림, 혀를 차는 소리, 가쁜 숨소리와 갑작스러운 침묵이 이어진다. 그런데 정신분석의 수신기는 아무것도 선별하지 않는다면서 이 모든 것을 걸러 듣는다. 프로이트는 놀라울 정도로 당당하게 이를 정당화한다. 그는 '거리의 아이들'과 달라서 이렇게 실재적인 것은 "흉내낼 수 없다"라는 것이다.[89] 한때 자기 자신을 "운동성실어증"이라고 진단했던 사람이,[90] 마치 베를리너의 '그라모폰'을 거꾸로 뒤집은 것처럼 [문자의 소리가 아니라] 소리의 문자를 저장한다. 그는 오로지 목소리의 흐름 속에 이미 글로 적혀 있는 것만을 낚아올린다.

영화와 축음기는 무의식의 무의식으로 남는다. 이들과 함께 태어난 정신분석이라는 새로운 학문은 이미지의 연쇄에 원초적 억압으로 대항하고, 음향의 연쇄에 기표의 사슬로 대응한다. 프로이트의 꿈이자 다른 이들의 악몽인 정신분석의 정신화학화가 실현되면,[91] 그때는 이 억압 역시 억압될 것이다.

＊

축음기이자
문필가로서의
프로이트

정신분석의 미디어 치환은 이미지와 소리를 문자들로 치환하는 데 그치지 않고, 자체의 논리를 그대로 밀어붙여서 문자들을 책으로 변환한다. 이것이 정신분석에서 실천과 이론의 관계. 상담 시간에는 한결같이 부유해야 하는 의사의 관심을 흩뜨린다는 이유로 금지되었던 일이 나중에는 결국 벌어진다. 프로이트는 결국 펜을 잡는다. 하지만 일찍이 발터 무슈크가 정확히 인식했듯이, 그렇게 해서 프로이트의 저작은 "현대 독일문예"에 속하게 된다.[92]

1900년경의 글쓰기란 목소리 없이 문자로만 존재한다는 것을 뜻한다. 정신분석가가 무의미한 말들을 뱉어내는 환자와 대면하여 과묵하게 입을 다물어야 한다는 것은 기본 규칙이다. 그리하여 "히스테리성 무언증 환자"만 "글쓰기로 간신히 말하기를 대신" 하는 것이 아니라,[93] 분석용 침상 뒤에 선 자칭 운동성실어증 환자 프로이트도 실서증까지 앓지는 않는 모양인지 왕성하게 글을 쓴다. 문서화된 환자 병력은 프로이트의 '대화 치료'를 문학으로 변모시킨다. 어떻게 이런 일이 일어나는가? 그 답은 '대화 치료'라는 표현의 유래에 이미 함축되어 있다. 이 직설적인 명칭은 프로이트가 직접 고안한 것이 아니라 그의 첫번째 여성 환자 베르타 폰 파펜하임, 일명 안나 O.가 작명한 것이다. 그녀는 자신이 받은 "새로운 치료법에 영어로 '대화 치료talking cure'라는 이름을" 붙인다.[94] 문필가 프로이트가 한 일이란 그저 이 외래어 표현을 종이에 받아 적고 명예롭게 그 정의를 덧붙인 것이다.

　이와 같은 말과 글의 관계, 말을 불러주는 여성과 글을 받아 쓰는 남성의 관계는 프로이트와 여성 히스테리 환자의 관계가 성립하는 근간이다. 하지만 그렇다고 프로이트가 슐레겔이나 안젤무스가 되고 파펜하임이 도로테아나 세르펜티나가 되는 것은 아니다. 안나 O.가 "당시 자신의 병을 유독 영어로만 말하고 이해했다"라는 사실만 봐도,[95] 그녀가 산스크리트어 텍스트마저 표준 독일어로 속삭이던 '어머니의 입'과 전혀 다른 존재임을 알 수 있다. 그리고 프로이트가 '토킹 큐어'라는 영어 표현을 독일어로 번역하지 않았다는 사실만 봐도, 그가 새로운 1900년식 기록시스템에 속했음을 알 수 있다. 정신분석은 여러 여성의 발화를 모아서 유일한 '여성'의 원형적 언어를 만들어내는, 번역을 통해 보편에 다다르는 작업이 아니다. 정신분석은 분석의 실천과 이론, 듣기와 글쓰기 속에서 언제나 개별 사례를 에워싸는 데이터의 피드백으로 남는다. 이를테면 도라라는 유명한 여성 히스테리 환자를 다룬 「히스테리 분석 단편」을 보자.* "만일" 도라가 이 글을 "우연히 손에 넣는다 해도," "이미 아는" 내용밖에 발견할 수 없을 것이다. 그럼에도 또는 그렇기 때문에 그녀는 이 글을 읽으면서 "괴로운 감정"을 느끼게 될 것이다.[96] 슐레겔이 받아쓴 여성들의 발화는 소박한 보통 사람들의 철학이었지만, 프로이트가 받아쓴 그녀의 말은 오로지 그녀 자신의 성적 기관들과 기능들에 관한 것이었기 때문이다.

　꼼꼼한 프로이트는 자신이 하는 일이 "받아쓰기"이며 "따라서 축음기처럼 절대적으로 정확하지는 않다"라고 쓴다. 하지만 그의 받아쓰기는 명시적으로 축음기와 경쟁하면서 "고도의 신빙성"을 획득하기에,[97] 문학치고는 예외적으로 빌덴브루흐를 겁에

---

\* 국역본 제목은 '도라의 히스테리 분석'이다. 참고문헌 참조.

질리게 했던 기술적 복제 가능성의 성격을 공유하게 된다. 숨겨진 것을 드러내고 망각된 것을 말하게 하는 미디어는 모두 과학수사처럼 작동하여 이상적 '인간'의 죽음에 기여한다. 프로이트의 받아쓰기처럼 "축음기 같은 기억력"에 의지하는 기록은[98] 실재를 저장할 수 있다. 바로 이것이 정신분석적 사례연구 소설과 고전주의-낭만주의 서사시의 차이다. 괴테가 서로 다른 여성들 각각의 특성들을 모아 문학적 여주인공을 써내려간 것은, 모든 여성 독자가 이상적 '여성'과 상상적으로 동일시할 수 있도록 하기 위해서였다. 그래서 실제 모델들이 작품 속에서 도둑맞은 자신의 눈, 머리카락, 입 등을 본다고 해도 이 사실을 공공연히 들킬까봐 걱정하거나 기뻐할 일도 없었다. 1800년식 기록시스템은 철학적으로 기꺼이 개인 안에서 그가 속한 보편적 유類Genus를 보았기에, 저자가 실존인물의 사적 비밀을 지켜야 한다고 법적으로 따로 규정할 필요가 없었다. 대중문학이 작품 속 주인공과 실존인물의 유사성을 부인하는 안내문을 의무적으로 첨부하게 된 것은 20세기부터다. 대중소설가 토마스 만이 1905년 『부덴브로크가 사람들』 때문에 법정 공방에 휘말렸을 때, 그는 이 소설이 실화소설이라는 상대편의 주장에 맞서서 자신의 미디어 치환 과정에 중대한 예술적 성취가 있었다고 주장한다.[99] 바로 그해에 「히스테리 분석 단편」이라는 또다른 소설의 도입부에서도 같은 주장이 제기된다.

이런 병력을 신경증의 정신병리학에 기여하는 사례연구가 아니라 오락용 실화소설로 읽으려는 의사들이 적어도 이 도시에는 상당히 많은 것으로 알고 있다. 이런 부류의 독자들에게 단언하건대, 앞으로 내가 병력을 보고할 때는 당신들이 아무리 날카롭게 파고들어도 [결코 환자의 정체를 알아챌 수 없도록] 철저하게 비밀을 지킬 것이다. 비

록 이 때문에 자료를 사용할 수 있는 범위가 극도로 제한
될 수밖에 없겠지만 말이다.[100]

소설가 프로이트는 자신이 보고하는 사례가 소설처럼 읽힐 가능
성을 배제하지 않는다. 그는 단지 그런 독해를 경멸할 뿐이다. 정
신분석가가 개별 사례를 해독한 것을 다시 해독할 수도 있겠지만,
그런 짓거리는 극히 혐오스럽다는 것이다. 마이링거/메러, 아차
이런 실수를, 마이어/메링거가 수집한 자료를 개인의 은밀한 기록
으로 전환한 분석가는 이렇게 위협전술을 펼친다. 프로이트는 자
신이 확보한 데이터 기록을 보호하려고 한다. 그런데 애초에 프로
이트가 이렇게 빠짐없이 데이터 기록을 확보할 수 있었던 것은, 그
가 비밀을 지키는 의사로서 환자들이 스스로 자기 비밀을 지킬 권
리를 완전히 박탈하기 때문이다. 여기서 의사와 환자는 훌륭한 대
칭을 이룬다. 단적인 예로, 프로이트는 어떤 "고위공직자가 공무
원 선서를 지키느라 국가기밀로 분류되는 어떤 사실들을" 누설하
지 않으려고 하자 아예 분석을 중단한다.[101] 공무원 윤리에서 정신
분석으로의 선회, 공무원 선서에서 과학수사로의 변환을 이보다
극적으로 드러내는 사례도 없을 것이다. 1900년 전후로 글쓰기가
비밀 유지 규범과 충돌하는 것은 필연이다. 글쓰기는 더이상 상상
력의 소산이 아니기 때문이다. 베로니카라는 시민으로서의 이름
을 세르펜티나라는 순수기의로 번역하는 것과 같은 기표의 왜곡
을 감수해야 한다면, 프로이트는 차라리 책을 쓴다는 기획 자체를
단념하는 편을 택할 것이다.

　　너무 조금만 바꾸면 환자를 무분별한 호기심으로부터 보
　　호한다는 본래의 목적을 달성할 수 없고, 너무 많이 바꾸
　　면 환자의 사소한 일상생활과 결부된 전체 맥락을 이해할

수 없게 되기 때문에 희생이 너무 크다. 그래서 아무도 알
아볼 수 없는 환자의 가장 은밀한 비밀을 밝히는 편이 차
라리 낫다는 역설적 상황에 처한다. 모두가 아는 환자의
사소하고 무해한 정황을 밝히면 환자의 정체가 쉽게 드러
나기 때문이다.[102]

시라면 의미를 해독하는 데 중독된 독자들이 작품 속에 묘사된 인
물을 영혼의 심연에 비춰봄으로써 그 정체를 깨달을 수 있지만, 정
신분석적 병력에는 그런 영혼의 심연이 존재하지 않는다. 축음기
소리라면 아무리 순진한 미디어 소비자라도 목소리와 숨결의 개
별성 때문에 그 소리의 주인공을 알아맞힐 수 있지만, 정신분석은
글 자체의 구조 때문에 그 정도로 앞서나가지 못한다. 그래서 사람
들을 공적인 담론방에 기입하는 그들의 상징적 자원만이 작은 표
본처럼 추출되어 지표로 남는다. 물론 프로이트의 소설에는 "일
반 독자가 추적할 수 있는 이름"이 나오지 않는다.[103] 하지만 정신
분석은 문자적인 것을 탐구하는 과학수사라서 이름처럼 중요한
요소를 단념하지 못한다. 불가해한 만큼 중대한 차이를 가진 기표
들의 유희가 없다면 무의식적 결합들은 와해될 것이기 때문이다.

　무슈크는 프로이트의 텍스트를 두고 '인간 묘사'라는 다소 머
뭇거리는 듯한 표제하에 이렇게 쓴다. "그의 글은 독특하게 익명
적인 인물들로 가득차 있다."[104] 참으로 기묘하게도, 이름들과 지
표들이 익명성을 구축한다. 강박신경증 환자는 쥐인간 또는 늑대
인간으로 나타나고,[105] 여성 히스테리 환자는 안나 O., 에미 폰 N.
부인, 도라, 엘리자베스 폰 R. 양 등으로 나타난다. 정신분석 텍스
트는 이 인물들에 관해 상상적 이미지를 그리지도 않고 연재 교양
소설을 쓰지도 않는다. 다시 말해서, 그것은 1800년경의 '정신'을
바탕으로 '인간'을 제시하지 않는다. 텍스트는 오로지 환자가 말
한 것만을 기록하는데, 바로 그 말들 사이에 날카롭게 비밀을 폭로

하는 무의식의 각인이 아로새겨져 있다. 리버스 퍼즐은 리버스 퍼즐로서 종이에 적힌다. 그리고 혐오스러운 짓거리를 자행하는 동료 의사들이 이 텍스트를 샅샅이 파헤칠 것이기에, 프로이트는 각각의 리버스 퍼즐을 미디어 치환의 규칙에 따라 재차 암호화한다. 그래서 리버스 퍼즐이 풀린 것처럼 보이는 지점마다 언제나 새로운 리버스 퍼즐이 (그리고 프로이트에 관한 또 한 권의 책이) 시작된다. 비상한 셜록 홈스가 '라트rat[쥐]'라는 일반명사에서 '발라라트Ballarat'라는 지명을 찾아내듯이,[106] 누군가는 '브w' 음이 거세된 '베스페Wespe'에서 늑대인간의 본명을 가리키는 약자인 '에스 페S.P.'를 찾아낼 수 있을지 모른다. 그래도 이 약자가 가리키는 지시대상에는 도달할 수 없으며, 하물며 그 이름 뒤에 숨은 인간이 누구인지는 결코 알 수 없다. 짐멜의 객관적 해석법은 저자의 정답과 전혀 다른 정답도 허용한다. 프로이트도 본인의 논문 제목대로 '분석 과정에서의 구축'을* 허용하고 실행하는데,[107] 이러한 구축은 진료실 침상에서 벌어지는 분석 실천을 넘어서 그의 이론적 글쓰기까지 결정한다. 신비로운 늑대인간이 시민사회에서 불리던 이름은 극히 최근에야 밝혀졌다. 그 이전까지 이니셜 S. P.가 여권의 이름과 부합하는지 아니면 필자의 교묘한 허구로서 재차 암호화된 리버스 퍼즐인지는 70년 넘게 열린 질문으로 남아 있을 수밖에 없었다.

　　머리글자나 이름의 약자 같은 작은 표본들은 환자의 구술적 담론과 의사의 문자적 담론이 서로 마주치고 대립하는 문자 그대로의 접촉면이 된다. 낱낱의 말이 둘 중 어느 쪽에 속하는지는 정해질 수 없는데, 한쪽 면에 말을 기입하는 것은 그 이면의 말을 베껴쓰는 것이기 때문이다. 이 접촉면은—미디어의 물질적 타당성에 천착하는 1900년식 기록시스템에 걸맞게—그냥 종이로 이루어져 있다. 프로이트적인 의미에서든 아니든, 종이는 1900년식 기

---

*국역본 제목은 '분석에 있어서 구성의 문제'다. 참고문헌 참조.

록시스템이 사람들과 접촉하는 장소이며 오로지 그뿐이다. 실제로 환자가 리버스 퍼즐처럼 자신의 말을 위장할 수도 있고, 정신분석가가 목소리의 흐름 속에서 기표들로 치환할 수 있는 말, 실화소설 독자들이 알아보지 못하게 암호화할 수 있는 말만 골라서 받아쓸 수도 있다. 어느 쪽이든 정신분석은 1800년식 기록시스템에서 시가 점유하던 바로 그 위치를 차지한다. 그것은 입문의 장소다. 목소리와 꿈-이미지가 기표의 논리에 따라 정립되려면 먼저 정신분석의 경계를 넘어야 한다. 역으로, 기호의 제의와 정신물리학이 개별적 신체에 기입되려고 해도 먼저 정신분석의 경계를 넘어야 한다. 1900년식 기록시스템은 모든 담론을 백색잡음의 배경 앞에 세운다. 정신분석은 태초의 혼돈 자체를 드러내지만, 그것은 분절된 문자의 형태로 승화된 후에야 비로소 모습을 보일 수 있게 된다.[108]

＊

문학적
텍스트의
정신분석

이런 장치Dispositif의 광범위한 효과에 관해서는 더 할 말이 없다. 다만 방법론의 문제는 더 논의할 여지가 있다. 프로이트의 글쓰기 기법이 광학적 그리고/또는 음향적 데이터의 흐름을 말로 치환하고 이 말들을 다시 기표적 문자들로 치환해서 자신의 텍스트를 수립하는 것이라면, 데이터가 처음부터 텍스트 상태로 주어지는 경우 그의 보편적 학문은 불가능해지거나 불필요해진다. 분절이 이미 이루어진 곳에서는, "끈적이는 태초의 혼돈 속으로 녹아버릴 것들을 낱낱이 분리하고 분류"할 필요가 없기 때문이다. 그래서 프로이트는 저자가 누구든지 텍스트에 특별한 지위를 부여한다. 여기서는 텍스트의 증언적 기능이 더 중요하며 따라서 문학적으로 영예로운 작품이냐 아니냐는 부차적이다.[109]

　　프로이트는 철학자들의 반대에도 불구하고 보통 사람들과 결탁해서 꿈의 해석 가능성을 획책하는데, 이 음모가 담론적으로 성립하려면 일단 환자가 구술한 꿈 이야기가 문자적인 꿈 텍스트로 치환되고 이것이 다시 종이와 펜이라는 평범한 기록 도구로 입증되어야 한다. 마찬가지로, 망상과 꿈에 관한 옌젠의 노벨레『그라디바』가 텍스트로 존재한다는 사실은 그 자체로 프로이트가 사방에서 쏟아지는 적의에 맞서 정당성을 확보하는 충분한 근거가 된다. 이 작품이 영원불멸의 가치가 없다는 평가나 저자가 프로이트의 기획에 "협력할 의사가 없다고 거절"한 일화는[110]—그러니까 저자가 자신의 소설을 정신분석이라는 미디어로 치환하는 데 동의하지 않은 것은—중요하지 않다. 객관적 해석은 관련자의 동의 없이도 성립한다. 이에 따라 프로이트는 문필가와 분석가의 관계에 대해 다음과 같이 결론내린다.

> 비록 방법은 다르지만 우리[시인과 의사]는 동일한 원천을 퍼올리고 동일한 대상을 다루는 듯하고, 우리의 결과가 서로 일치한다는 것은 양쪽 다 올바르게 작업했다는 보증으로 여겨진다. 정신의 법칙을 알아맞히고 명시적으로 밝히기 위해 타인들을 통해 변칙적인 정신의 움직임을 의식적으로 관찰하는 것이 우리[의사들]의 방식이다. 시인은 전혀 다르다. 그는 자기 자신의 영혼을 들여다보며 무의식에 집중하고, 이 무의식이 전개될 수 있는 여러 가능성에 귀를 기울이며, 그 가능성이 의식적 비판을 통해 억압하지 않고 예술적으로 표현되게끔 한다. 우리는 무의식의 작용이 어떤 법칙을 따르는지 타인들을 보고 배우지만, 시인은 스스로 익힌다. 하지만 시인은 이 법칙을 명시적으로 밝힐 필요가 없고, 심지어 명확하게 인식할 필요도 없다. 무의식의 법칙은 시인 자신의 지성이 용인하는 가운데 시인의 작품 속에 육화되어 포함되기 때문이다. 우리는 실제 질환의 사례에서 법칙을 찾아내듯이 시인의 작품을 분석해서 법칙을 발전시킨다. 물론 여기서 시인과 의사가 똑같이 무

의식을 잘못 이해했거나 우리 둘 다 올바르게 이해했거나
둘 중 하나라는 결론 역시 받아들이지 않을 수는 없을 것
이다. 이런 결론은 우리에게 매우 귀중하다. 그러니까 옌
젠의 『그라디바』에 나오는 꿈 이야기처럼 망상이 형성되
고 치료되는 과정을 제시하는 텍스트를 의학적 정신분석
의 방법으로 열심히 연구한 것도 가치가 있었던 것이다.[111]

동일한 원천, 동일한 대상, 동일한 성과. 문필가와 정신분석가는
1800년경의 시인과 사상가가 연합했던 것처럼 서로에게 가까이
다가간다. 하지만 정반대의 결론도 얼마든지 생각해볼 수 있다. 그
러니까 문필가는 의사보다 오히려 환자에 더 가깝다는 것이다. 소
설 주인공이 프로이트의 환자들과 똑같은 꿈, 망상의 체계, 히스테
리를 공유한다면, 문필가의 무의식 속에도 그런 것이 있다고 봐야
한다. 하지만 환자와 문필가 사이에는 작지만 중요한 차이가 있으
니, 히스테리 환자는 말을 하는 반면 옌젠은 작품을 써서 출판한다.
이 지점에서 「빌헬름 옌젠의 『그라디바』에 나타난 망상과 꿈」은
더이상 정신분석의 개별 사례로 귀속되지 못하게 된다. 시인의 작
품은 분석가의 저작과 똑같은 미디어로 구현된 "예술적 표현"이
다. 프로이트는 허구적 주인공이 당연히 저자의 꿈을 꾼다는 해석
학적 규칙을 따르는 대신, 『그라디바』의 꿈이 "시인이 창조해서 이
야기 속의 허구적 인물에게 부여한, 아무도 꾸지 않은" 꿈의 기록
이라고 본다.[112] 따라서 이 경우에는 통계적으로 흩어져 있는 무의
미를 개별 사례들로 재분류할 필요가 없다. 옌젠은 프로이트와 마
찬가지로 얇지만 꿰뚫을 수 없는 종이 한 장에 의해 망상과 꿈의 이
면으로부터 분리되어 있고, 그래서 자기 텍스트의 지시대상이 작
가 자신 아닌가 하는 의심에서 벗어날 수 있다. 그는 태초의 혼돈에
몸을 담그는 것이 아니라 그 끈적끈적한 혼돈을 시뮬레이션한다.
그가 허구적 인물에게 만들어준 꿈은 비록 곱절의 허구지만 그 안

에는 무의식의 "법칙"이 "육화되어 포함"된다. 여기서 중요한 것은 어떤 '내용'이 아니라 '법칙'이다. (비록 사람들은 보통 전자를 더 읽고 싶어하지만 말이다.) 옌젠의 노벨레는 단순히 용암과 재에 파묻힌 폼페이라는 은유를 중심으로 이런저런 억압된 표상을 상징화하는 것이 아니라 억압이라는 메타심리학적 과정 자체에 대한 "비유"를 전달한다. 이보다 "더 적절한 비유는 없을 것이다."[113]

　의사는 어째서 자신이 의미를 말하면 무의미가 되고 무의미를 말하면 의미가 되는지 그 이유를 말하지 못하는 타인들의 입을 통해 무의미의 법칙을 외삽하지만(이 과정에서 프로이트는 자기분석의 수수께끼에 관해 또다시 입을 다무는데), 문필가는 그런 식으로 일하지 않는다. 문필가는 자기 영혼의 움직임에 귀를 기울이는 기이한 방법을 써서 여태껏 억압되었던 내용뿐만 아니라 그 너머에서 작동하는 기표의 논리까지 얻는다. 그런 후에 문필가는 다시 잿빛 운명의 여신처럼 모든 글의 규정을 관장하는 어떤 궁극의 심급을 찾으려 한다. 하지만 기표의 논리는 [글에 앞서는] 규정Vorschrift이기에, 문필가가 자신이 발견한 무의식의 "법칙을 명시적으로 밝히는" 것은 가능하지도 않고 필요하지도 않다. 그저 "종이"라는 물질적 장소를 찾아서 "억압" 같은 담론의 규칙을 "육화"할 수 있으면 그걸로 족하다.

　이렇게 해서 1900년식 기록시스템 내에서 정의된 정신분석의 자리는 문자화된 텍스트를 다루면서 흐지부지된다. 주어진 텍스트 자체가 이미 정신분석의 역할이 일어난 결과이기 때문이다. 대뇌생리학자들이 식별한 다양한 언어중추들이 접속되어 일종의 타자기로 수렴한다면, 정신분석은 자신의 모태가 되었던 신경생리학에 기묘하게 부합하는 방식으로 이 근원적 관계를 역전시킨다. [대뇌생리학이 인간의 뇌를 타자기로 대체하는 것과 반대로] 정신분석의 텍스트 이론은 인간의 신체를 타자기로 찍어낸 말뭉치로 대체한다.

텍스트가 정신분석의 육화된 형태라면, 그것은 더이상 문학적인 것 심지어 고전적인 것으로 구별될 수 없다. 텍스트는 분석가가 목소리의 흐름을 리버스 퍼즐로 독해하고 기록할 때 의지하는 바로 그 미디어가 작용한 결과일 뿐이다. 만약에 프로이트가 이런 결과 자체를 목표로 한다면, 시각 지향적 히스테리 환자가 말하는 꿈의 겉면에 자신의 감각을 내맡기는 대신에 그저 환자의 망상이 기록된 글을 손에 넣으면 된다. 그래서 『한 신경병자의 회상록』(이하 『회상록』)이 책으로 나왔을 때, 정신분석은 분석용 침상에 누운 환자를 대할 때와는 전혀 다른 방식으로 이 텍스트에 접근한다.

**정신질환적
텍스트의
정신분석**

언뜻 보면 프로이트의 「자전적으로 기술된 편집증 사례에 관한 정신분석적 소견」은* 신경증 환자와 달리 자유롭게 운신할 수 없어서 (언어를 완전히 상실하지 않았다면) 고작 병 속에 편지를 넣어 넌실 뿐인 환자마서 분석해보려는 좌충우돌의 시도인 듯하다. 원래 편집증 환자는 [상담을 통한 치료 가능성이 없기에] 분석할 기회가 없다. 이들은 "내적인 저항을 억제하지 못해서 어쨌든 자기가 하고 싶은 말만" 한다. 하지만 빌라도가 "쓸 것을 썼다"라고 답한 이래로† 이것은 텍스트의 정의 그 자체였으니, 편집증 환자의 사례는 "문서화된 보고서나 책으로 출간된 병력으로 환자와의 개인적 대면을"—즉 그의 구술적 발화를—"대신할 수 있다."[114]

여기까지가 분석 행위를 정당화하는 도입부의 내용이다. 하지만 결론부에서는 모든 것이 전혀 다르게 읽힌다. 다니엘 파울 슈레버의 글은 단순히 히스테리 환자가 쏟아내는 목소리의 흐름을 대체하는 것이 아니라 어엿한 이론으로서의 영예를 누린다. 비록 그것은 제목 그대로 '한 신경병자의 회상록'이지만 무의식의 법칙

---

\* 국역본 제목은 '편집증 환자 슈레버: 자서전적 기록에 의한 정신분석'이다. 참고문헌 참조. 이후부터는 「정신분석적 소견」으로 표기한다.

† ὃ γέγραφα, γέγραφα. 빌라도가 예수를 십자가에 못박고 "유대인의 왕"이라 패를 쓴 것에 유대인 대제사장들이 반박하자 이에 답하는 말이다. 「요한복음」 19장 17~27절 참조.

을 육화해서 담고 있는 귀중한 저작이기 때문이다. 옌젠에게 그랬던 것처럼, 문필가 프로이트는 슈레버에게 동료로서 인사를 보낸다. 당시 슈레버는 작센 피르나 인근 존넨슈타인 정신병원의 입원 환자였는데도 말이다.

> 나는 다른 사람의 비판을 두려워하지도 않고 자기비판을 피하지도 않는다. 따라서 리비도 이론에 대한 독자들의 평판을 나쁘게 할지도 모르는 어떤 유사성을 언급하지 않을 이유가 없다. 슈레버가 말하는 "신의 광선Gottesstrahlen"은 태양 광선, 신경섬유, 정자를 합성한 것인데, 이는 본래 리비도 집중이 외부로 투사된 것을 즉물적으로 나타낸 것뿐이다. 이렇게 보면 슈레버의 망상은 우리 이론과 눈에 띄게 일치한다. ……슈레버의 망상 형성 면면은 마치 내가 여기서 편집증을 이해하기 위해 전제했던 일련의 과정들을 그가 심리 내적으로 직접 지각한 것처럼 여겨질 정도다. 그렇지만 나는 슈레버의 책 내용을 알기 전부터 편집증 이론을 발전시키고 있었다는 친구들과 동료들의 증언을 제출할 수 있다. 나의 이론에 내가 바란 것 이상으로 망상이 많이 포함되었는지, 아니면 슈레버의 망상에 오늘날 다른 사람들이 믿을 수 없을 정도로 진실이 많이 포함되었는지는 미래에 가야 확실히 알 수 있을 것이다.[115]

프로이트는 76쪽에 걸친 장문의 분석 끝에 자신의 분석이 거의 불필요했다는 결론에 도달한다. 프로이트가 세운 리비도 이론의 기본 전제는 슈레버의 책에서도 이미 정립되어 있다. 이보다 더 확실한 문학적 증언이 어디 있겠는가. 하지만 그렇기 때문에 정신분석은 발화를 텍스트로 옮길 때와는 또다른 법률적 곤경에 봉착한다. 여태까지는 텍스트에 묘사된 환자의 신원을 보호하는 게 문제였다면, 이제는 필자 자신의 저작권이 문제가 된다. 슈레버의 경우 "사실상 분석의 대상이 사람이 아니라 그의 책"이어서 "의사로서 비밀 유지 문제를 고려할 필요가 없다."[116] 하지만 그렇기 때문에 매우 중대한 문제가 고개를 든다. 슈레버에게 정신분석의 저작권을 양도하지 않고 그를 단지 정신분석의 산증인으로 규정하기 위해, 프로이트는 따로 두번째 증인을 불러와야 한다. 그의 정신과 의사 친구는 필요하다면 그를 위해 법정에 나가서, 환자와 그의 분석가가 (허구적 창작물이 실제 인물이나 사건과 무관하다고 선언하는 방식으로) 서로 무관하게 동일한 결론에 도달했다고 증언할 것이다.

정신분석의 창시자가 이처럼 표절 의혹에 발빠르게 대처해야 할 정도라면 정신분석 담론 자체가 위기라고 해도 과언이 아니다.[117] 실제로 과학적 정신분석이 해석을 통해 빙 둘러서 접근하는 리비도 이론을 슈레버는 망상을 통해 자신의 신체이자 텍스트 자체로 아카이빙한다. 정신분석이라는 학문이 분석이라는 기나긴 우회로를 통해서만 리비도 이론에 접근할 수 있는 반면, 슈레버의 망상은 리비도 이론을 슈레버 자신의 신체이자 텍스트로서 아카이빙한다. 정신분석 이론의 관점에서 슈레버는 다른 문필가들과 유사한 위치에 있다. 프로이트에 따르면, 옌젠이 "자기 영혼"의 변화를 감지하고 기록할 수 있듯이, 슈레버도 그런 정신적 과정을 "심리 내적으로 직접 지각"할 수 있다.『회상록』은 신경병자의 신체를 신들의 전쟁이 벌어지는 무대처럼 묘사한다. 여기서 신의 신경광선은 침공했다가 퇴각하면서, 기관을 파괴하고, 뇌의 신경섬유를 뽑아내고, 회선을 깔고 신호를 보낸다. 프로이트는 이 같은 심리적 정보시스템을 망상으로 치부하지 않고 곧이곧대로 받아들인다. 그런데 또 어떤 지점에서는 그렇게 덥썩 믿지 않는다. 이를테면 이 편집증 환자가 주치의 파울 에밀 플레히지히가 자신을 해치려 한다고 험담할 때는, 동료 의사의 이면에서 거듭해서 환자 아버지의 존재를 엿볼 뿐이다. 하지만 영혼의 정보시스템에 관해서는, 이를 400쪽에 걸쳐 장황하게 묘사한 정신질환자의 텍스트가 아무 비유 없는 순수한 진실이라고 믿는다.

이렇게 방법론적 구분을 하는 데는 이유가 있다. 오이디푸스 콤플렉스는 신경증의 핵일 뿐이지만, 심리적 장치는 정신분석 자체의 핵이다. 프로이트는 "공간적으로 펼쳐지고 합목적적으로 구성되어 있으며 생명의 욕구에 따라 발전하는 심리적 장치를 전제"해야만 자신의 학문을 "다른 모든 과학과 유사한 토대 위에 세울 수 있다." 하지만 이 토대도 실험적으로 입증하기는 불가능하다. 그것은 "인위적 보조수단을 통해서만" 접근할 수 있는데, "실재는 언제나 '인식 불가능한' 것으로 남기" 때문이다.[118] 여기서 "실재"는 시스템의 주변부에서 필수적이지만 불가능한 한계개념으로 남는다. 하지만 슈레버가 심리 내적인 지각을 통해 어떤 신체, 자신의 신체를 공간적으로 펼쳐진 신경적 장치로 확고하게 묘사한다면, 상황은 달라진다. 정신질환적 텍스트의 말뭉치는 정신분석 입장에서는 불가결하지만 스스로 찾아낼 수 없는 토대, 어떤 신체를 제공한다. 그것은 정신분석을 동시대의 표준에 못미치는 한낱 공허한 성찰에서 엄연한 과학으로 격상시키는 증거자료가 된다.

프로이트는 실어증 연구를 통해 뇌를 기능별 중추들로 이루어진 해부학적 구성체로 보는 생리학적 접근에서 벗어나서 순수한 방법론적 가상공간을 설정하는 기능주의적 접근으로 나아갔다. 이 머나먼 여정의 끝에서 그가 도달한 원점이 바로 슈레버의 텍스트화된 신체다. 슈레버의 망상은 분석 이론에 그 창립자가 "바란 것 이상으로 망상이 많이 포함"되지는 않았음을 보증한다. 어떤 정신적 과정들이 언제나 착란에 시달리는 피험자의 심리 내적인 지각에 포착된다면, 그것은 정신분석적 관점에서도 분명 존재할 수밖에 없다. 슈레버의 신체는 프로이트가 빽빽하게 글을 써넣은 종이의 이면이다.

＊

법학박사 다니엘 파울 슈레버(1842~1911)는 정원을 가꾸는 치료법, 일명 슈레버가르텐을 창안한 유명한 의사의 아들이다. 그는 1884년에 제국의회 국회의원 선거에서 패하고 파울 에밀 플레히지히 교수가 이끄는 라이프치히 대학 신경과 진료소에 입원했다가 1885년 퇴원한다. 그는 1893년 작센 왕국에서 법관에게 주어지는 두번째로 높은 지위인 고등법원 판사회 의장으로 임명되지만, 바로 직후에 다시 플레히지히의 진료소에 입원했다가 여기저기 옮겨다닌 끝에 1902년 퇴원한다. 그리고 1907년 마지막으로 정신병원에 입원하고 거기서 사망한다. 『회상록』은 "생전에 나의 신체가 전문가적 관점에서 관찰될 수 있도록" 한다는 저자의 명시적인 의도에 따라 1903년에 개인적으로 출판되었다.[119] 그러니까 프로이트의 「정신분석적 소견」은 때마침 나타나서 이 백지수표를 가져다가 현금으로 바꾼 것이라 할 수 있다.[120] 과학을 위해 자신의 신체를 기증한 사람은 1911년에 자신의 말에 귀기울이는 사람을 찾는다. 심리적 장치는 정신질환적 말뭉치와 정신분석적 말뭉치에서 묘사된 것처럼 유일무이하고 고도로 복잡한 통신시스템이지만, 그에 국한되지는 않는다. 이와 동일한 시스템이 두 말뭉치에 의해 재차 형성된다. 불가능한 실재가 미디어 치환을 통해 상징적 차원으로 기별을 전한다. 프로이트는 슈레버가 송신하는 것을 수신하며, 슈레버는 프로이트가 수신하는 것을 송신한다. 남은 것은 전체 기록시스템이 이 특이한 신체 하나를 놓고 그토록 지체 없이 엄밀하게 작업하는 까닭을 해명하는 것이다. 프로이트가 수신된 메시지의 증언적 가치에 몰두하는 것은 이 특수한 통신 채널의 논리를 탐구하기 위해서다. 슈레버가 쓴 텍스트나 문필가가 쓴 텍스트나, 프로이트의 관점에서는 모두 정신분석의 전조일 뿐이다. 그리고 프로이트만 이러는 것도 아니다. 슈레버도 바그너 같은 시인들의 작품에서 종종 자신의 신경신학Neurotheologie의 전조가 엿보인다는 데 동의한다.[121] 이처럼 신체적 지식을 두고 경쟁이 벌어지는 가운데, 어떤 지식의 채널이 나서서 [이렇게 텍스트화된] 신체를 형성하는가 하는 문제는 논의에서 배제된다. 1900년식 기록시스템의 진정한 이름은 아직 알려지지 않았다.

슈레버가 『회상록』으로 생전에 자신의 신체를 "소진"한 데는 이유가 있다.[122] 슈레버가 신체를 말뭉치로 치환한 것은 소설 속 작곡가 린트너가 문자를 악보로 치환한 것만큼 긴요하고 절박한 행위다. 슈레버가 의사와 가족의 반대를 무릅쓰고 자신의 책을 출판하고 나면, 영혼의 자연과학은 이제 그 책을 펼쳐보기만 하면 된다. 이 책을 통해 슈레버라는 "사람은 학문적 관찰 대상으로서 전문가들의 판정에" 맡겨진다. 만약에 이게 어렵다면 "최악의 경우," "언젠가 내 시신을 해부하여 내 신경 체계의 특수성을 분명하게" 확인하는 수밖에 없다. "내가 듣기로, 살아 있는 신체에서" 그런 특수성을 "확인하기는 무척 힘들거나 거의 불가능하다고 하니 말이다."[123]

1900년식 기록시스템에서 슈레버에게는 필자 아니면 해부학 표본이 된다는 두 가지 선택지밖에 없다. 그는 당대의 모든 문필가처럼 "글쓰기의 유희 속에서 죽은 자의 역할"을 자처하고,[124] 자신의 시체가 부검당할 자리에 어떤 폐기물, 신체의 대체물, 즉 텍스트를 제공한다. 신경병자의 특수성을 감정하기 위해 눈을 번뜩이는 정신과 의사들의 해부대에 끌려가지 않고 그저 "영혼 살해" 수준에서 끝내려면 이 방법뿐이다.[125] 환자는 생전에 직접 자신의 기관들과 그 변천 과정을 실증적으로 해부하여 정신물리학의 명예를 높인다. 심지어 크레펠린의 『정신의학』은 (환각에 관한 대목에서) 슈레버의 책 때문에 내용을 수정할 뻔한다. 이렇게 슈레버는—마치 "영혼은 존재하지 않는다"라는 니체의 말을 실현하려는 듯이—예방적 영혼 살해를 추진한다.

"영혼 살해"는 신과 슈레버가 맺은 신경생리학적 관계의 본질 또는 그 관계의 진정한 이름을 신성한 "조상언어" 또는 "신경

언어”로 표현한 것이다. 동시에 그것은 엘렌 케이의『어린이의 세기』에 나오는 소제목이기도 하다. 맹목적인 해석자들은 이 표현을 두고 상상할 수 있는 온갖 것들을 연상하지만,[126] 슈레버의 책은 크레펠린, 뒤프렐, 헤켈, 엘렌 케이 등 당대에 저술된 광범위한 참고문헌으로 그에 맞선다. 신의 신경언어[내적인 목소리]로 “신의 신경언어”라 칭해지는 것이 슈레버 “스스로는 만들어낼 수 없는 표현,” “학문적, 특히 의학적 성격을 지닌 표현”을 포함하는 것은 우연이 아니다.[127] 그에게 말을 거는 신비한 신경언어는 그저 당대의 코드일 뿐이기 때문이다. 1903년, 첫 장에서 영혼을 신경과 신경언어로 환원하고 마지막 장에서 비록 일반적 의미와는 좀 다르지만 “신경병이라는 의미에서” 정신병이 있다고 인정하는 책을 쓰는 데 개인적인 종교적 계시는 필요하지 않다.[128]

하지만 영혼이 신경생리학적 실재성만을 가질 뿐이라면, 영혼살해는 엘렌 케이 학파보다는 대학병원 신경과에서 관장할 문제다. 어떤 책은 “정신질환”이라는 말을 쓸 때마다 “이른바”라고 말머리를 달면서, 처음부터 “신체의 질병이 수반되지 않는 독립적인 정신의 질병은 없다”라고 못박는다.[129] 이 책은『회상록』이 아니라 라이프치히 대학에서 정신의학 전공으로는 두번째로 정교수가 된 파울 플레히지히의 취임기념 강연집이다. 플레히지히는 첫번째 정교수였던 하인로트가 호프바우어와 라일의 방식에 따라 “이단적인” 정신치료법을 가르쳤다고 비난하면서, 자신과 하인로트 사이에는 현대의학과 “중세의학만큼이나 깊고 넓은 간극”이 있다고 주장한다.[130] (벤의 표현을 빌리자면) “플레히지히와 베르니케의 시대”에는 영혼이 신경정보시스템으로,[131] 정신과 치료가 실험으로 변모한다. (프로이트의 표현을 빌리자면) 플레히지히는 “신경질환별 부위 식별 연구”의 “새로운 시대”를 연다.[132] 플레히지히가 자신의 기념 강연집에 들어갈 사진을 촬영할 때 하필 거창하게 절개된 뇌 이미지를 배경으로 쓴 것은 우연이 아니다.

> 따라서 대뇌피질의 각 부위로부터 뻗어나온 통신로들을
> 규명하고 그것들이 전부 어디로 연결되는지 추적해서 대
> 뇌피질에 분포하는 개별 통신로들의 전체 설계도를 그리
> 는 것, 바로 이것이 해부학의 핵심 과제다.[133]

플레히지히의 연구 프로그램은 의도가 명확하다. 그는 정신의학을 뇌의 기능별 부위 식별 연구로 변모시키려 한다. 라이프치히 대학 신경과 진료소에서 개별 사례는 상대적인 난제에 불과하다. 절대적인 난제는 치료법을 찾는 것이다. 뇌에는 정신질환에 앞서서 "모든 정신 활동을 자연 그대로 파악할 수 있는 열쇠"가 "주어져" 있다.[134] 하지만 "뇌는 물리적으로 보호되어 있기 때문에" 정신병의 기초가 되는 화학적·물리적 신경 손상을 파악하려면 "살아 있는 사람의 경우 다소간 복합적인 추론에 의지하는 수밖에 없다." 이 모든 정황이 정신과 의사 플레히지히를 진단의 왕도이자 치료의 막다른 곳으로 내몬다. 다시 말해, "부검을 최고로 치는" 것이다.[135]

　말한 대로 이루어지리니, 광인이었던―그러니까 교육공무원이 아니었던―횔덜린의 시신은 해부대 위에서 새로운 사물의 질서로 진입한 초창기 사례로 남는다.[136] 새로운 질서로 휩쓸려간 사법공무원 슈레버의 시신도 마찬가지의―그러나 이제는 당사자가 충분히 예측할 수 있을 만큼 보편화된―운명을 맞이한다. (하지만 슈레버가 두려워했던 또는 희망했던 신경의 물리적 변화는 발견되지 않는다.[137])

　그러나 말한 것은 이미 이루어진 것이니. 플레히지히가 부검이 정신의학의 왕도라고 선언한 후에는, 슈레버가 살아 있는 환자의 신체에서 신경병을 진단하기는 어렵다고 들었다며 슬그머니 정보원의 신원을 보호하는 것도 무의미하다. 프로이트는 슈레버를 표절했다는 위협적인 의혹을 반박할 수 있다고 생각하지만, 슈

레버의 경우는 의심의 여지가 없다. 환자가 자신의 시신에 직접 접근할 수 있다는 인식적 유리함을 살려서 기묘한 신학을 전개시킬 때, 이 텍스트의 지식재산권은 명백히 담당의사 파울 플레히지히에게 귀속된다.[138]

> 신의 본성과 인간 영혼의 사후 지속성에 관한 앞의 묘사는 많은 점에서 기독교의 종교적 관념들과 상당히 어긋난다. 그런데 내가 보기에는 둘을 비교하면 전자가 더 낫다. 신은 각각의 살아 있는 인간 내면을 언제나 들여다보고 그의 신경에서 발생하는 각각의 감정적 요동을 지각한다는 의미에서, 그러니까 끊임없이 "마음과 양심을 감찰"한다는 의미에서 모든 것을 알고 모든 곳에 있는 것이 아니었다. 애초에 그런 것은 필요하지도 않았는데, 왜냐하면 어차피 인간이 죽고 나면 그의 신경과 생전에 신경을 통해 수용된 모든 인상이 신의 눈앞에 낱낱이 드러나고, 그에 따라 천국에 받아들여질 만한 자격이 있는지 여부가 오류 없이 올바르게 판결될 수 있기 때문이었다.[139]

슈레버가 묘사한 신의 이미지는 플레히지히의 취임기념 강연집 사진과 딱 들어맞는다. 모든 것이 플레히지히가 라이프치히 대학 교회당에서 강연한 〈뇌와 영혼〉에 따라 전개된다. 신이 정신의학적 치료 또는 심리학적인 내성법을 통해 자신의 희생양을 생전에도 훈육할 수 있다는 생각은 고색창연하고 이단적인 발상이다. 영혼은 신경으로 이루어져 있고, 환자 생전에는 신경을 직접 연구할 수 없다. 하지만 신경은 완벽한 데이터 저장장치로서 시신이 해부되는 순간 자신의 비밀을 임상의학의 눈앞에 드러낸다. 신이 세계질서를 거스르며 슈레버와 관계하기 전까지 "신은 세계질서에 따라 원래 살아 있는 인간을 알지 못하고 또 알 필요도 없으며, 다만 세계질서에 따라 시신하고만 교류했다"라는 것이 슈레버의 신학이다.[140] 그렇다면 이 신학은 단순히 신과 플레히지히 교수를 동일시하는 것이다. 먼저 정신물리학이 내성법과의 절연을 선언하자, 신학은 그 선언을 되풀이한다. 먼저 플레히지히가 인식 가능성을 시신의 영역으로 한정하자, 신실한 슈레버는 자신의 신경을 문자로 해부함으로써 선수를 친다. 그는 이렇게 해서 전직 신경학자 프로이트가 좋아할 만한 것을 그럴듯하게 만들어준다. 뇌 기능에 대한 심리 내적 지각의 결과물, 정신분석을 입증하는 믿기 어려운 증거물을 만들어준 것이다.

통신 채널들은 서로 연결되어 있다. 슈레버의 사례는 리비도 이론의 독립적이고 확실한 증거라기보다 오히려 정신물리학과 정신분석의 연관성을 예증하는 사례다. 프로이트는 독자이자 필자로서 자기 자신도 연루되어 있는 담론망에 맹목적으로 빠져든다. 「심리학 연구계획」과 『회상록』은 하나의 동일한 담론을 각기 두 가지 버전으로 이어쓴 것이다. 그러므로 같은 담론의 앞면과 뒷면이 서로 표절 시비에 휘말리는 것은 당연하다.

하지만 상상적 경쟁 관계를 해소할 수 있는 바로 이 지점에서, 프로이트는 큰 '타자'의 담론에 현혹되어 통찰력을 잃어버린다. 프로이트는 [신경학자 출신이므로] 신경과 착란에 관한 슈레버의 언어가 신경학자 플레히지히의 언어임을 알아채지 못했을 리 없다.[141] 그럼에도 프로이트는 슈레버를 분석하는 과정에서 플레히지히의 이름을 주도면밀하게 슈레버가르텐의 창시자 이름으로 대체한다. 이때부터 환자가 자신의 담당의사와 "플레히지히 신神"에 관해 쓴 문장은 전부 아버지에 대한 동성애적 리비도가 전이된 것으로 독해된다.[142] 그리고 방대한 다니엘 파울 슈레버의 저작은 모두 다니엘 고틀리프 모리츠 슈레버의 가혹한 교육법 때문에 그의 아들이 겪은 온갖 괴로움의 결과로 규정된다. 아버지 슈레버가 개발한 훈육 장치들, 이를테면 『회상록』에도 잠시 언급되는 '머리 고정기'나 '자세 교정기'는 "슈레버가 신에 대해 '인간을 시신으로만 인식하는 자'라는 생각을 품게 된 실제적 배경"으로 여겨진다.[143] 그리하여 이상적 '인간'의 죽음이라는 플레히지히의 메시지는 니체의 메시지보다 훨씬 깊숙이 숨겨져서 해석되지 못한 채 남았다. 사람들은 자꾸 [정보처리를 기계화하는] 제2차산업혁명을 [물리적 운동을 기계화하는] 제1차산업혁명으로 설명하려 한다. 다시 말해 슈레버라는 정보시스템을 자세 교정기와 연관 짓고, 카프카의 「유형지에서」에 나오는 [죄수의 몸에 글씨를 새기는 방식으로 사형을 집행하는] 글쓰기 기계의 작용을 벽장식용 조각을 만드는 대패질처럼 생각하는 것이다. 그러나 신경언어는 신경언어일 뿐이며, 글이 찍혀나오는 과정을 바로 볼 수 있도록 특수하게 설계된 글쓰기 기계는 언더우드 타자기뿐이다.[144] 1900년식 시스템은 중추신경계를 직접 공략함으로써 근육 에너지를 아끼는 수고 자체를 아낄 수 있다. 슈레버의 편집증은 머리 고정기를 넘어서 무시무시한 신경생리학자의 발자취를 따라간다. 그의 책은 (명예훼손의 위험을 무릅쓰고) 플레히지히에게 보내는 공개서한으로 시작한다. 여기서 슈레버는 존경하는 추밀고문관님에게 아무런 사적인 원한이 없으며 추밀고문관님도 마찬가지이기를 바란다고 쓰면서, 오직 다음과 같은 엄밀한 학문적 질문에 답해줄 것을 요구한다.

> [플레히지히 선생은] 몇몇 의사가 그런 것처럼, 진료를 받으러 온 환자가 학문적으로 지극히 흥미로운 경우 치료라는 원래의 목적에서 이탈해 그 환자를 학문적 실험대상으로 삼으려는 유혹에 철저히 저항하지 못한 것이 아닐까요. 어쩌면 이렇게 질문해야 할지도 모르지요. 저 목소리들이 [플레히지히를 완곡하게 가리키는 표현인] 누군가가 영혼 살해를 저질렀다고 속삭이는 것은, 그 영혼들이

(광선들이) 보기에 그 누군가가 다른 인간의 신경 체계에
직접 작용하여—이를테면 최면술을 써서—그의 의지력
을 속박할 정도로 영향력을 행사하는 것을 도저히 용납할
수 없기 때문이 아닐까요.[145]

이 편지는 라이프치히에서도 공개되었지만 라이프치히 대학 정
교수는 결코 이 질문에 답하지 않았다. 슈레버는 나중에 다른 정신
과 의사들을 논쟁에 끌어들였고, 자신의 법적 지식을 동원해서 논
쟁에서 승리하기도 했다. 하지만 그의 영혼 살해자만은 끝까지 침
묵을 지킨다. 덕분에 해석자들은 오늘날에도 잘못된 경로를 따르
고 있다. 그들은 슈레버의 이른바 '아버지 문제'에 감정이입하면
서, 적대를 근친성애적 관계로 대체하고 투쟁을 인과관계로 대체
한다. 그러나 아버지 슈레버의 고전적 교육권력을 1900년경의 지
극히 효율적인 권력장치에 비견하기는 어렵다.[146] 새로운 장치에
기초한 신경언어는 스스로 "외부를 향한 교육적 영향"을 뛰어넘
었다고 말한다.[147] 신 또는 정신과 의사는 세계질서에 따라 시신만
을 인식할 수 있으므로 정신물리학적 실험의 유혹을 느낄 수밖에
없다. "머리와 머리의 신경에 가해진 기적"은 교육으로 우회하지
않고 신경 체계에 직접 각인되면서,[148] 말하자면 편집증의 불가능
한 치료를 시도하는 대신에 일련의 실험을 집행한다. 그 결과, "귀
하의 신경 체계가 내 신경 체계에 가하는 영향"이라고 지칭되는
모든 것이 담당의사 또는 실험자의 담론에서는 환자의 "단순한 환
각"으로 용해되고 만다.[149]

그런데 정신물리학이 영향을 준 적 없다고 말한다면, 피험자
는 출판을 통해 공개적으로 투쟁하는 수밖에 없다. 슈레버는 플레
히지히에게 플레히지히의 언어로 편지를 써서, 의사들이 환각이
라 말하는 것이 큰 '타자'의 담론에 의해 유발된 엄연한 사실임을
바로 그 의사들의 장에서 입증하고자 한다. 『회상록』이 수행하는

슈레버를
둘러싼
"기록시스템"

것은 두 기록시스템 간의 전쟁이다. 이 책은 그 자체가 작은 기록시스템으로서, 오로지 자신에게 적대적인 기록시스템의 어두운 실상을 입증하기 위해 분투한다.

> 여기서 언급한 기록시스템은 엄연한 사실이지만, 다른 사람들에게 그에 관해 어느 정도 이해시키는 것조차 무척 어렵다.
>   ……지난 몇 년간 내 생각과 말, 나의 일용품, 그 외에 내 소유물과 내 주변에 있는 물건, 나와 교류한 모든 사람 등이 낱낱이 기록된 책 또는 장부가 있다. 누가 이 일을 담당하는지는 단언할 수 없다. 신의 전능이 지성을 완전히 결여했다고는 상상할 수 없기에, 나는 먼 천체 어딘가에 있는…… 인간의 형상을 하고 있지만 정신은 완전히 결여한 존재들이 기록을 담당할 것이라고 추측할 뿐이다. 지나가는 광선들이 이 존재들의 손에 펜을 쥐여주고 완전히 기계적으로 기록 업무를 시키는데, 이렇게 해놓으면 [존재들을] 이끄는 광선들이 나중에 기록된 결과를 볼 수 있다.
>   전체 장치의 목적을 이해시키려면 내가 좀더 포괄적으로 말할 필요가 있다.[150]

좀더 포괄적으로 말하려면, 먼저 광선들이 신경언어로 정보를 전달하는 채널 역할을 한다는 것부터 밝혀야 한다. 이러한 광선의 작용 덕분에 슈레버와 플레히지히는 (또는 그로 육화된 신은) 세계 질서를 거스르면서 정신공학적·물질적으로 연결될 수 있다. 신은 원래 시신에만 작용하지만, 이 경우에는 외부적 언어기관을 통하지 않고 대뇌생리학적 언어중추 전체를 자극함으로써 아직 살아 있는 슈레버의 신경 체계를 장악한다. 신은 훌륭한 실어증 연구자처럼 감각적·운동적 차원의 단어 이미지만으로 뇌를 자극한다.[151] 따라서 신경언어가 환각처럼 작용하는 것도 당연하고, 이를 전달하는 통신 채널이 '광선'이라 지칭되는 것도 당연하며, 이 채널을 통해 전달되는 메시지가 천문학적 거리를 가로질러오는 것도 당연하다. 왜냐하면 슈레버의 '심리 내적 지각'이라는 것은 전부 슈레버를 담당한 정신과 의사의 지각을 베껴쓴 것이기 때문이다. 플레히지히는 신경망에 관한 획기적인 논문을 썼는데, 그에 따르면 "전체 대뇌피질은 무엇보다 강력한 관념연합 기관이다. 이 기관 내부의 각 지점에서 감각성 통로들이 빛처럼 침투하고, 다시 (앞에서 기술한 각 지점에서) 운동성 통로들이 뻗어나간다."[152] 또한 플레히지히는 신경망을 실제로 계측한 최초의 학자인데, 그에 따르면 "인간 대뇌 심층부는 대부분 수백만 가닥의 개별적인 통로일 뿐이며, 이를 전부 합치면 수천 킬로미터에 이른다."[153] 슈레버에 관한 모든 데이터는 이렇게 낱낱이 풀어놓은 수천 킬로미터의 케이블을 따라 머나먼 천체로 흘러간다. 이 데이터들은 목적지에 당도하고 기록되었다가, 반대 방향으로 뻗어나가는 또다른 광선들에 의해 재독해될 것이다. 1900년경의 신경학자-신은 단일한 기록시스템으로 존재한다. 이제 남은 질문은 그가 (루소의 신들 또는 「요한계시록」처럼) 책이라는 저장장치를 활용하는가 하는 사소한 것들뿐이다. 모든 책은 기록시스템이지만 모든 기록시스템이 책은 아니다. 데이터 기록이 정신의 작용 없이 기계적으로 이루어진다면, 아마도 그것은 순수한 기술적 과정일 것이다. "어쩌면 그것은 전화와 유사한 현상일 것이다."[154] 이를테면 그라모폰 사의 트레이드마크인 기록하는 천사 같은.

신경신학적 기록시스템이 개별적인 것을 철저히 저장하는 것은 우연이 아니다. 그것은 슈레버의 생각과 글, 일용품 등을 하나도 빠뜨리지 않고 기록한다. 편집증적 기계는 1900년 전후로 기록의 혁신을 가져온 데이터 저장장치들의 연합체처럼 작동한다. 그리고 이 기계는 전략적으로 통계적 연쇄를 추구하는 대신에 슈레버라는 임의적 사례를 철저히 소진하려 하는데, 이는 정신분석의 기저에 있는 방법론적 기획을 특징짓는 것이기도 하다.

스탠리 홀은 1882년 『아동의 정신에 담긴 내용들』을 출간할 때까지만 해도 여전히 통계적 방식으로 데이터에 접근했다. 그런데 그다음에는 열세 살 소녀 두 명이 사용하는 어휘들과 이들이 만든 신조어들을 목록화하는 등, 개별 사례의 데이터를 남김없이 수집하는 방식으로 연구를 확장한다. 에르트만이 시에서 사용되는 단어들을 제한된 수의 집합으로 정의한 것도 이러한 방향 전환의 연장선에 있다. 프로이트가 개별 환자의 병력을 정리하면서 환자의 생각과 말투, 인간관계 등을 망라하는 이른바 '신경증의 목록'을 구축한 것도 마찬가지다. 따라서 백치처럼 슈레버에 관한 모든 것을 받아쓰는 기록시스템은 (망상과 이론이 상상 이상으로 가깝다는 프로이트의 말을 입증하는 듯이) 1900년식 기록시스템 자체다. 오로지 착란적인 회상록만이 이 거대하고 낭비적인 저장고, "갈수록 늘어나서 이제는 인간 언어의 어휘 대다수를 망라하는 듯한" 거대한 기록시스템의 진정한 목적이 무엇인지 드러낼 수 있다.[156]

낱낱의 요소들을 철저히 망라하는 소진의 논리는 개별 사례들을 1900년식 기록시스템과 결합시킨다. 광선들이 슈레버의 신경에서 자료를 끄집어내서 먼 천체에 저장하는 목적은, 그가 명시하다시피 [그의 신경에] 무언가 각인하기 위해서다. "광선들은 그 본성상" "일단 움직이기 시작하면 말을 해야만" 하기에, 이들은 먼저 희생양에게 이러한 "법"을 밝히고—이 단어는 광선의 말이 본질적으로 무엇인지 참으로 투명하게 드러내는바—그다음에 온갖 것을 말하는데, 슈레버는 부지불식간에 그 말대로 하게 된다.[157] 이렇게 해서 슈레버의 신경은 법에서 제외되는 것이 아니라 오히려 강제적인 자동운동 속에서 [법이 지시하는 대로] 단어들을 토해낸다. 환각적 목소리들은 "시간이 지나면서 완전히 지성을 상실"하고 "본질적으로 나 자신에게 속하는 이전 생각들 속에서 기록 자료를" 긁어모은다.[158] 그들은 마치 실어증 환자처럼 순수한 말소리만 반복하면서[159] 희생양 슈레버에게 참견한다. 목소리들 또는 광선들은 "극도로 파렴치하여—달리 표현할 방도가 없으니—이렇게 조작된 헛소리를 마치 나 자신의 생각인 듯 소리내어 말하라고 요구한다."[160] 이는 기록시스템이 파메일런에게 무의미한 말을 불러줄 때와 유사한 상황이지만, 이제 그 무의미한 말은 정신물리학 실험의 텅 빈 공간에 머무는 대신에 슈레버의 서명을 요구한다. 말을 계속해야 한다는 광선들의 법 때문에 잠자는 시간이나 "아무 생각도 없는 생각" 같은 인간의 기본적 권리를 박탈당한 것도 모자라서,[161] 슈레버는 이제 자신이 그 모든 무의미한 말의 화자임을 소리내어 밝혀야 하는 입장에 처한다. 각인을 통해 결합이 이루어지는 것이다.

이렇게 기계식 저장장치와 개별 사례가 합선을 일으키면, 1800년식 기록시스템의 근간인 '담론의 소유권'이라는 개념은 녹아 없어진다. 광선들이 슈레버에게 무의미한 말을 속삭이면서 그 말의 화자임을 인정하라고 강요하는 상황은 슈레버를 비롯한 당대 사람들을 엄습한 새로운 저장기술의 작용 방식을 논리적으로 역전한 결과다. 슈레버의 신은 이상적 '인간'을 모르는 자로서, 관료적 규범에 "완전히 어긋나는 관점"을 맹신한다. 예를 들어 슈레버가 "책이나 신문을 읽으면," 광선은 "거기 담긴 생각이 나의 생각"이라고 여긴다. 영혼이 살해당할 위험에 처한 환자가 순전히 우연히 모차르트의 〈마술피리〉에 나오는 〈밤의 여왕의 아리아〉

를 ["내 주위에서 죽음과 절망이 불타오르는구나……"라고] 흥얼거리기만 해도, 그의 뇌는 금세 "내가 정말로…… 절망에 휩싸였다고 짐작한" 속삭임들로 가득찬다.[162] 기계식 저장장치는 너무 정밀해서 의견을 말하는 것과 인용하는 것, 독자적인 생각을 표명하는 것과 남의 말을 따라 말하는 것을 구별하는 고전적 능력이 없다. 그것은 담론적 사건을 기록할 때 이른바 '인칭'을 고려하지 않는다. 어째서인지—정신분석의 경우도 그렇지만—어떤 발화가 화자의 지식 재산인지 인용인지 말실수인지 구별할 구실을 찾는 것은 부질없는 일이 된다.[163] 발화자의 입에서 '내뱉어진 말flatus vocis'을* 모두 그의 지식재산으로 간주하려는 시도는 그의 재산을 몰수하고 그를 광기로 몰아가는 행위다. 참으로 독보적인 책략이다.

게다가 기록 행위는 이 경우에도 인간의 사고에 대한 완전한 오해에 근거하고 있는 기이한 책략의 일부다. 그들은 기록 행위를 통해 내게 비축되어 있음직한 모든 생각을 소진시킬 수 있으며, 그리하여 결국은 내게 더이상 새로운 생각이 떠오르지 않는 순간이 오리라고 믿는다. 이는 당연히 터무니없는 발상인데, 인간의 사고는 소진 불가능한 것이어서 이를테면 책이나 신문을 읽기만 해도 항상 새로운 생각이 생겨나기 때문이다. 여하간 이들의 책략이란 이렇다. 내가 한번 떠올린 적 있는, 그래서 이미 기록된 생각이 반복된다고 하자. 이러한 반복은 자연스러울 뿐만 아니라 대부분의 경우 불가피한데, 이를테면

---

*11세기 프랑스의 철학자 로스켈리누스가 보편자의 실재성을 논박하는 유명론적 주장을 펼치면서 사용한 표현이라고 전해진다. 그에 따르면 자연 내에는 개체들만이 존재하며, 이들을 포괄하는 보편자가 있는 것이 아니라 다만 사람들이 이들을 총칭하여 부르는 이름, '내뱉어진 말'만이 있을 뿐이다.

아침에 "이제 씻어야겠다"라고 생각하거나, 피아노를 치면서 "이 대목은 참 좋다"라고 생각할 때가 그렇다. 나를 이끄는 광선들은 이런 생각이 떠오르려는 낌새가 보이면 "그건 우리가 벌써 한 거야Das haben wir schon"라고 써서 (웅얼거리듯 '우리벌써한거hammirschon'라는 목소리로) 보내준다.[164]

따라서 머나먼 천체의 비서가 문장을 각인하거나 문장을 받아쓰거나 아무 차이가 없다. 슈레버는 자신에게 끝없이 속삭여지는 헛소리가 원래 자신의 말이라는 데 동의해야 할 때도 있고, 원래 자신의 말이 헛소리라는 데 동의해야 할 때도 있다. 에빙하우스가 한번 암기한 무의미한 말들을 정밀하게 분류한 것처럼, 신경들은 슈레버가 한번 말한 적이 있는 문장들을 세세하게 기록해서 그에게 반복 자체가 반복되도록 한다. 그들은 훌륭한 독일 표준어로 작성된 구시대적 관료제의 믿음, 즉 이상적 '인간'이 사고와 언어를 소유한다는 신념을 의기양양한 작센 방언으로 비웃는다. "우리벌써한거 우리벌써한거"라는 말이 영원히 반복되는 가운데, 영원한 반복은 독창적 천재를 이기고 정신물리학은 절대적 정신을 이긴다. 어떤 사람을 정신질환자로 만들고 싶다면, 제한된 수의 소진 가능한 생각의 집합이 그를 지배하도록 하는 것만으로 충분하다. 폭력적인 담론의 조작은 언제나 주장하는 바를 고스란히 사실로 만든다. 기록 행위를 담당하는 존재들이 정신을 가질 필요가 없는 것은 우연이 아니다. 그들은 백치처럼 기계적으로 목록을 작성하면서 급기야 슈레버의 정신도 몰아낸다. 명단, 주소록, 목록, 무엇보다 기록시스템이 근본적으로 사고비약의 일종이라는 정신의학적 인식이 이제 실행에 옮겨진다. 슈레버의 사례는 사고비약이 실험적 근거만큼이나 병리적 근거 역시 가질 수 있다는 슈트란스키의 명제를 다시금 입증한다.

이렇게 실험과 병리학이 통합되고 실험이 피험자를 미치게 한다면, 남은 과제는 어떻게 자신을 방어하느냐는 것이다. 슈레버를 엄습하는 모든 신은 "우리는 당신의 오성을 파괴하려 한다"라고 자신들의 프로그램을 알린다. 슈레버는 이러한 엄습에 맞서서 "매 순간 나의 이해력이 줄지 않았음을 신에게 입증"하려고 노력한다.[165] 그는 이를 위해 책과 신문을 읽고, "인간의 사고는 소진 불가능한 것이어서 이를테면 책이나 신문을 읽기만 해도 항상 새로운 생각이 생겨난다"는 "관념"을 북돋운다. 그리하여 고전적 기록시스템의 기본 법칙은 정신병원에 감금된 환자의 자기방어기제로 전락한다. 정신물리학의 십자포화 속에서 최후의 공무원에게 남은 것은 그의 내면에 누적된 한 줌의 교양뿐이지만, 그 고전적 규범마저 한 겹씩 벗겨진다. 위대한 작품의 징표였던 소진 불가능성은 슈레버가 처한 괴로운 상황에서 책뿐만 아니라 신문의 속성으로 확장된다. 시 역시 마찬가지 운명에 처한다. 시를 암송하는 것, 특히 "실러의 발라드"를 외는 일은 "아무리 질질 늘어지는 목소리라도 결국 사라지게" 하는 슈레버의 "방어수단" 중 하나다. 하지만 슈레버는 "아무리 하찮은 시라도, 심지어 외설적인 시라도" 고전 작품과 똑같은 효용이 있음을 깨달을 수밖에 없다. 어떤 음담패설이라도 "내 신경이 듣고 있어야 하는 저 끔찍한 헛소리에 비하면 황금 같은" "정신적 양분"이라는 것이다.[166]

**교양의 종언과 무의미의 쾌락**

작품 대신에 신문, 이해 대신에 암기, 실러 대신에 음담패설. 전직 고등법원 판사회 의장은 자신을 노린다는 신경학적 추적에 맞서서 스스로 교양을 무너뜨린다. 슈레버 가문은 플레히지히의 음모로 "신과 가까운 관계를 맺을 수 있는 신경과 의사를 직업으로 선택하지 못하고" 공무원이라는 낡은 종족을 이루고 살았으니,[167] 이제 그 대가를 치러야 한다. 정신물리학으로부터 그를 구할 수 있는 것은 미디어 간의 경쟁뿐이며, 모든 담론을 본래의 물질성으로 납작하게 환원시키는 목소리들로부터 그를 구할 수 있는 것은 흉내내기뿐이다. "저 목소리들의 어처구니없고 뻔뻔한 헛소리를 삼켜버리려면 결국 큰 소리를 지르거나 소음을 내는 것 말고는 다른 방도가 없던 때가 있었다."[168] 하지만 이 교묘한 전술이 "진정한 맥락을 알지 못하는 의사들에게 발작성 광란으로" 여겨졌다는 사실은 병리학과 실험의 구별 불가능성을 새삼 입증한다.[169] 신이 누군가를 백치가 되도록 몰아가면, 그는 백치 같은 행동으로 신에 맞서 싸운다. 목소리들은 "별 의미 없는 말들, 때로는 모욕적인 관용어, 비속어 등"을 생성한다.[170] 슈레버는 실러의 작품과 음담패설, 운율을 가진 시구와 울부짖음을 뒤섞는다. 모든 전쟁이 그러하듯이, 방어하는 편은 공격하는 편으로부터 배워야 한다. 슈레버의 사례는 플레히지히의 정신물리학에 정신물리학적 무의미로 응대한 전무후무한 사태다.

이것은 광기 아니면 문학이다. 엘베 강 너머의 존넨슈타인 정신병원에서 고독한 실험가가 누구의 이해도 받지 못한 채 홀로 연습하던 이 주술적 기술은, 12년 후 '카페 볼테르'에서 취리히 다다 예술가들에게 명성과 악명을 동시에 안겨준다. 1916년 3월 29일, 차라와 얀코는 이른바 "동시적 시Poème simultan"를 선보인다.

> "동시적 시"는 일종의 대위법적 낭송이다. 서너 명의 목소리가 동시에 말하고 노래하고 휘파람을 부는 등의 행위를 해서, 이들의 마주침을 통해 구슬프고 유쾌하거나 기이한 내용을 끌어낸다. 이 같은 동시적 시에서는 목소리의 완고함이 극적으로 표현되며, 이를 둘러싼 제약조건도 다른 부수적인 소리들을 통해 마찬가지로 표현된다. (으르렁거림, 쿵쿵거림, 사이렌 소리 등이 몇 분이나 계속되는데) 소음은 인간의 목소리보다 강렬한 에너지로 존재감을 발산한다. "동시적 시"는 목소리의 가치를 다룬다. 인간의 목소리는 정령들과 어울리며 길을 잃고 배회하는

영혼 또는 개인성을 대표한다. 반면 소음은 미분절적이고 치명적이고 결정적인 것으로서 배경이 되어준다. 시는 기계적 과정에 집어삼켜진 인간의 상태를 드러내고자 한다. 시 특유의 축약적 표현은 인간의 목소리가 자신을 위협하고 옭아매고 파괴하는 세계, 도저히 빠져나올 수 없는 박자와 소음의 흐름과 맞서 싸우는 모습을 보여준다.[171]

군이 첨언할 필요도 없이, 예술가 카페에서 벌어진 행위는 정신병원에서 벌어진 행위와 아주 흡사하다. 다만 위에 인용한 후고 발의 논평은 첨언이 필요한데, 왜냐하면 그는 미결정적이고 미분절적인 것의 결정적 역량에 압도되어 판단력을 상실한 듯하기 때문이다. 슈레버도 정령들과 기계적 과정 사이에서 방황하지만, (공기의 떨림을 이용하여 일정 음역대의 소리를 내는 기관이지 이른바 '자연'은 아닌) 인간의 목소리를 내세워서 개인성을 주장하지는 않는다. 오히려 그는 인간의 목소리를 강렬한 에너지로 압도하는 소음 자체를 시뮬레이션하며, 이런 점에서는 다다이스트 휠젠베크, 차라, 얀코도 마찬가지다. 그는 모든 현대적 미디어의 배경이 되는 미분절적인 것의 세계에 자진해서 발을 들인다. 울부짖고 으르렁대고 휘파람을 부는 자들은 기술적 세계에 놓인 이상적 '인간'의 처지에 관해 감상적인 이론을 제시하지 않는다. 이들은 단지 결정적이고 적대적인 담론에 맞서는 담론적 효과를 겨냥한다. 확실히 1900년식 기록시스템은 거트루드 스타인의 불명확한 신탁만큼 빠져나오기 어렵고 비인간적이지만, 그렇게 비인간적이기 때문에 의미의 명령으로부터 빠져나올 기회를 열어젖힌다. 슈레버와 카페의 청중은 주변에서 들리는 소란스러운 목소리들로부터 "각각의 단어들을 구별"하려 애쓸 필요가 없다.[172] 말들은 네 명의 예술가가 만들어내는 자기생성적인 목소리들의 소용돌이에서 주변의 소음 속으로 빠져든다. 새로운 힘이 오로지 기의만을 수립하라는 고전적 명령에 맞서는 동안 그 힘의 희생양도 새로운 쾌락을 얻는다. 광선들이 본질적으로 사고비약과 망각을 유발하기에, 슈레버도 '아무 생각도 없는 생각'에 즐거이 빠져들 수 있다. 신경학적 변이를 일으킨 신은 생리적 쾌락을 도덕보다 우선시하기에, 슈레버도 견고한 토대 위에서 향락을 누릴 수 있다.

> 신은 세계질서에 따라 규정된 영혼들의 존재조건에 의거하여 지속적인 향락을 요구한다. 나의 의무는…… 영혼의 쾌락을 가능한 한 풍부하게 발전시킨 형태로 신에게 이 향락을 제공하는 것이다. 이때 감각적 향유의 어떤 부분이 내게도 떨어지는데, 나는 이것을 수년간 내게 부과된 과도한 고난과 박탈에 대한 작은 보상으로 여길 권리가 있다.[173]

의미가 중단된 곳에서 향락이 시작된다. 그것은 순수기표의 기록시스템이 자신의 희생양에게 허용하는 조그만 여유의 쾌락이다. 한때는 기억을 떠올리고 의미를 확립하는 것, 일에 충실하고 충동을 유예하는 것이 개인의 의무, 법관의 의무였을 것이다. 그러나 이제 신경들과 그 노예는 모든 "인상을 즉시 지워 없애는" 니체적인 또는 "자연스러운 망각"을 실행하면서 오로지 무수한 쾌락의 현시점들만을 인식한다.[174] 철두철미한 데이터 수집시스템이 있으니 더이상 사람들에게 기계식 저장장치를 심어서 영혼을 형성할 필요가 없다. 슈레버를 둘러싼 기록시스템은 린트호르스트의 기록보관소보다 관대하다. 전직 판사회 의장은 동물처럼 울부짖고 망각과 사고비약에 시달리지만, 그럼으로써 관료적 존엄 또는 인간적 존엄을 벗어던지고 자유를 누릴 수 있다. 그런데 이 자유는 1900년 전후로 주체의 새로운 정의가 된다. 슈레버가 그만의 특이성을 획득한 것은 플레히지히의 정신물리학이 그를 세계질서를 거스르는 실험에 이용 또는 오용하기 때문이다. 그의 특이성은 손때가 남은 연필, 칼, 시계의 특이성과 정확히 일치한다. 그는 생산적 개인의 대척점에서 기표의 연쇄로부터 "떨어져나오는" "감각적 향유의 어떤 부분"을 소비할 수 있을 뿐이다. 무의식의 주체는 문자 그대로 폐기물이다.[175]

개인적 차이는 주체의 위치에 떨어지는 부스러기다. 환자는 어쩌다보니 니체 또는 슈레버로 불리는 것뿐이며 그런 이름의 차이는 무의미하다. 치헨 박사는 자신이 담당한 환자 니체에 관해 이렇게 쓴다. "빠르고 큰 소리로 혼란스러운 말을 내뱉는데 이것이 종종 몇 시간이나 계속된다. 기분은 병적으로 쾌활하고 흥분된 상태다."[176] 존넨슈타인 정신병원 원장 베버 박사는 가족 점심 모임에서 본 슈레버의 모습을 이렇게 묘사한다. "확실히 그는 '울부짖는 고함 소리'가 터져나오는 것을 억누르려고 무척 애를 썼다. 식사가 끝나고 자기 방으로 돌아가는 도중에 벌써 울부짖는 소리가 들릴 정도였다."[177] 이렇게 울부짖는 소리 또는 "울부짖는 소리의 기적Brüllwunder"은 바로 "울부짖는 원숭이" 니체가 사막의 딸들 앞에서 내지르던 소리다. 하지만 니체가 끝까지 유럽인으로 남아 두 여성이 속한 건너편을 선망하며 그저 완벽한 "기호의 기억상실"에 다다를 뿐이라면,[178] 슈레버는 사고비약을 끝까지 밀어붙여서 자신의 젠더를 망각하기에 이른다. "나의 몸 전체는 머리 꼭대기부터 발바닥까지 쾌락신경으로 가득차 있는데, 이는 원래 성숙한 여성 육체의 특징이며, 적어도 내가 아는 한 남성은 성기와 그 주변에만 쾌락세포가 있다"라고 한다면,[179] 이 신체는 "여성"이다.

이는 존재하지 않는 이상적 '여성'이 아니라 충동 억제와 공무원의 의무를 면제받는 '엄청난' 특권을 가진, 그러니까 "성행위에 종속된" 한 여성이다.[180] 신경생리학적 사례가 된 남성은 더이상 남성으로 존재할 수 없다. 그리하여 전직 판사회 의장은 담당의사에게 공식적이지만 절박함이 느껴지는 탄원서를 거듭 쓰면서, 머리 꼭대기부터 발바닥까지 쾌락신경으로 가득찬 여성이 되었다는 자신의 명제를 실험적으로 검증할 것을 요청한다.

슈레버의 뇌신경을 추출하려는 신경학자의 전략은[181] 성공함으로써 실패한다. 감각적 향유는 이상적 '인간'과 '남성'이 살해된 바로 그 지점에 떨어진다. 슈레버는 여성이 된다는 것에 위협을 느꼈지만 결국 이 변화를 향락으로 받아들인다. 그는 기록시스템에 의해 텅 비워져서 스스로 그 기록시스템을 사용하기 시작한다. 슈레버는 기록시스템이 저장했다가 그의 머릿속에 불어넣은 헛소리들, 그를 백치로 만들었던 무의미하고 모욕적이고 비열하고 외설적인 말들의 "모음집"을『회상록』에 부록으로 첨부하겠다고 약속했지만 금세 잊어버린다.[182] 하지만 400쪽이 넘는 이 책 자체가 바로 그 모음집이 아니라면 무엇이겠는가. 공무원 슈레버라면 입에 담지도, 글로 쓰지도 못했을 온갖 성적인 말이『회상록』에는 적힐 수 있고 또 그래야만 한다. 슈레버가 저자로서 지식재산권을 확립하는 기반이 될 수도 있었을 도덕적·법적 척도는 기록시스템을 기록한다는 새로운 과제 앞에서 무용지물이 된다.[183] 슈레버는 신경학자-신이 불러주는 말에 순응하기 위해 여성이 되고, 여성적 존재의 쾌락을 기록하기 위해 신경학자-신이 불러주는 말의 수신기가 되며, 이러한 순환 속에서 자유를 얻는다. [정신분석학자 마노니의 논문 제목을 빌리자면] '필자로서의 슈레버Schreber als schreiber'는 자신을 소진시킨 것을 소진시킨다.[184] 정신이 완전히 결여된 채로 기록의 임무에 충실한 천상의 존재들처럼, 슈레버는 특색 없는 기계적 방식으로 플레히지히의 신경생리학 또는 헛소리를 종이에 옮긴다. 아무도 아무것도 그를 막을 수 없다. "글로 생각을 표현하는 것 앞에서는 어떤 기적도 아무 힘을 발휘하지 못하기 때문이다."[185]

## 광기의 시뮬라크룸

> 내가 모르는, 아마도 우리와 아주 가까이 있는 문화의 관
> 점에서, 우리는 기껏해야 두 문장을 한데 붙여놓은 존재
> 로 보일 것이다. 저 유명한 "나는 거짓말한다" 만큼이나
> 모순적이고 불가능하며 또 그만큼 공허하게 자기 자신을
> 지시하는 그 문장들은 다음과 같다. "나는 글쓴다," 그리
> 고 "나는 착란한다."[186]

1900년식 기록시스템에서 문학은 광기의 시뮬라크룸이다. 누구
든 글을 쓰는 한에는, 글을 쓰는 동안만은, 그의 착란이 말을 이어
나갈 수 있다. 글쓰기는 시뮬라크룸이라는 이름의 무無를 통해, 종
이라는 이름의 얇은 막을 사이에 두고 광기로부터 분리되어 영원
회귀의 자유공간을 가로지른다. 이처럼 텅 빈 자기지시성 속에서
문학적 글쓰기는 자기정당화가 된다.[187] '나는 착란하지 않는다'라
는 주장이 대뇌생리학 담론의 조건 아래서 불가피하게 독창성과
저자성의 착란으로 나아가는 반면, '나는 착란한다'라는 주장은
담론적 실증성을 획득한다. 기록된 착란은 과학과 미디어 자체가
추구하는 바와 정확히 부합하기 때문이다.

문학과
정신의학
　　　광기의 시뮬라크룸은 무의미의 과학이 가능할 뿐만 아니라
지배적인 것이 되었음을 전제한다. 먼저 정신물리학이라는 난수
발생기가 등장해서 우연과 무의미를 생성하고, 그다음에 정신분
석이 등장해서 그렇게 생성된 무의미를 철저하게 소진했다면, 이
제 마지막으로 남은 것은 폐기물 재활용의 여지뿐이다. 이것은 미
친 것처럼 보이지만 그만큼 반박 불가능한 선택지다. 하나의 사례
에서 플레히지히가 모든 뇌신경을 추출하고 프로이트가 모든 리
비도 집중을 해독한 후에도 무언가 남은 것이 있으니, 그것은 바
로 정신착란적 『회상록』이 존재한다는 사실 자체다. 더이상 의미

를 만드는 시늉을 하지 않고 그저 순수하게 글로 적혔다는 사실만
을 내세우는 텍스트는 실험적 조처나 신성한 기적을 무력화한다.
무의미를 기록하는 무의미한 말은, 허구적으로 지어낸 인물에 허
구적으로 지어낸 망상을 부여한 옌젠의 소설만큼 강력하고 반박
불가능하다. 슈레버는 (또는 그에게 말을 불러주는 신은) 날카로
운 통찰력을 발휘하여 이렇게 쓴다. "모든 무의미는 자기 자신을
파기한다."[188] 그리고 이런 일이 벌어질 때마다 문학 텍스트가 또
하나 출현한다.

오늘날에는 "원탁의 기사 란슬럿의 자리를 법관 슈레버가 차
지하고 있다."[189] 문학이 스스로 광기를 시뮬레이션하기 시작하면
서 정신착란적 텍스트가 문학의 영역으로 들어온다. 애초에 슈레
버가 한 일도 정확히 그와 같다. 그는 정신착란의 기록에 저자로
서 서명하는 대신에 정신착란을 순전히 신경언어적 사실로 기록
하고, 자신에게 주입되는 헛소리에 맞서기 위해 헛소리를 시뮬레
이션한다. 이런 기록 행위와 시뮬레이션은 물질적으로 타당하고
심리학적 지식에 부합하는 필연적 방식으로 말들의 집합을 도출
한다. 따라서 리버스 퍼즐은 정신분석적 독해에서 종결되지 않는
다. 광기의 희생자와 그를 흉내내는 모방자Simulator가 남아서 "사
물 대신에 말을" 주무르고 있기 때문이다.[190] 이른바 "신경언어"
뿐만 아니라, 그것이 슈레버의 뇌에 신경학적 합선을 일으켜서 직
접 각인해넣은 각종 이름, 언어 표현, 특유의 어휘, 외설적 말 들이
모두 담론적 사건을 이룬다. 그리하여 크레펠린이나 블로일러의
논문에는 존재하지 않았던 말들이 종이 위에 적힌다.

"새로운 분위기에 어울리는 새로운 말을 찾는" 문학도 똑같
은 일을 한다.[191] 회상할 만한 가치가 있었던 슈레버의 신경언어
적 창작에서 한걸음만 더 내디디면 "나조벰Nasobēm"이라는 가상
의 동물에 이른다. [당대의 유명한 동물사전인] 브렘 백과사전
에도 마이어 백과사전에도 나오지 않는 이 동물은 모르겐슈테른

의 노래를 통해 처음으로 발화의 빛 속에 발을 내디딘 존재다.[192] 1900년 전후로 광기가 개별 화자의 시적 자유를 넘어 어휘사전, 구문법, 맞춤법의 전 영역을 와해시키기 시작하면서,[193] 문학은 광기의 시뮬레이션이 된다. 나조뱀은 "의미를 가지기에 적합"해야 한다는 "표현의 개념"과 충돌한다. 광인과 그를 흉내내는 모방자가 생산하는 것은—적어도 후설의 『논리학 연구』에 따르면—"언뜻 표현처럼 보이거나 표현이라고 주장하지만 자세히 보면 전혀 그렇지 않은 무언가"다.[194] 그런데 모르겐슈테른이 과학적 어휘의 저장고에 종이를 덧대고 시뮬레이션을 한다면, 후고 발은 정신의학 자체에 종이를 덧대고 광인을 시뮬레이션한다. 발의 시집 『일곱 편의 분열증적 소네트』 중에서도 유독 돋보이는 작품으로, 황제 권한의 위대함을 주장하는 「녹색 왕」이 있다.

짐, 요한, 아마데우스 아델그라이프Adelgreif[귀족을 터는
　　강도],
사파루비와 양쪽 스메랄디스의 군주,
모든 뒷골목에 군림하는 대황제이자
슈말칼디스Schmalkaldis[굶주린 내장]의 수석 회계사,

우리 무시무시한 수사자가 갈기를 펄럭이며
텅 빈 잔고 앞에서 선포하나니:
"그대 강도단이여, 그대들의 시간이 왔다.
수탉의 깃털을 꺼내들어라, 그대 가리발디스여!

우리의 숲에서 나뭇잎을 모두 모아
원하는 만큼 금화를 찍는다.
확장된 나라에는 새로운 돈이 필요하다.

그리고 굶주림의 괴로움은 대낮처럼 명징하다.
그러니 어서 가장 가까운 너도밤나무 숲을 털어
나뭇잎 금화로 보물상자를 채워라.[195]

이 시는 소네트와 칙령의 형식을 준수하지만 내면은 텅 빈 상태로 착란적 주장만 나열한다. 그것은 구체적인 외부 대상을 지시하지 않으면서 권력을 선언하며, 이렇게 자기지시적인 글쓰기 행위를 통해 분열증의 진단 기준을 충족한다. 이 군주의 왕국은 그의 칭호에 알알이 박힌 신조어들로 이루어졌으니, 그는 글을 쓰면서 착란에 빠진다. 그는 카프카적 글쓰기의 소실점으로 작용하는 황령의 준엄함을 앞세우면서 기표적 말장난의 화폐적 가치를 복원하라는 칙령을 내린다. 그는 안젤무스의 독서법에 의존하지 않고도 너도밤나무 나뭇잎Buchenblätter을 바로 책의 낱장들Buchblätter 또는 돈다발로 바꾼다. 프로이트가 날카롭게 인식한 대로 권력의 언어는 "사물 대신에 말을" 주무르며, 덕분에 모든 곤경이 해소된다.

　당연하지만 이런 접근법은 무엇보다도 말 자체에 작용한다. 분열증 환자 그리고/또는 문학은 사물을 다루는 방식으로 말을 다룬다. 슈레버의 머릿속에 헛소리를 주입하던 저 목소리는 아무 "의미" 없이 순전히 "소리의 유사성"만으로 각운을 만들기에, "산티아고"와 "카르타고," "아리만Ariman"과 "아커만Ackermann" 처럼 서로 완전히 무관한 기표들이라도 전혀 상관하지 않는다.[196] 발의 「녹색 왕」은 이 목록에 몇 가지 진귀한 사례를 추가한다. 이런 각운은 속삭이는 '어머니 자연'의 구술성이나 반향 효과와 전혀 무관하다. 그것은 광기를 흉내내는 것, 무의미한 말을 불러주는 것에 불과하다. 문필가는 광인을 발명하는 것이 아니라 시뮬레이션하는데, 이 광인은 각운을 발명하는 것이 아니라 "근본부터 각운에 중독되어" "무의미가 발생하든 말든 시구를 계속 만들어낼 수밖에 없다."[197]

혹자는 광기를 시뮬레이션하려는 시인의 노력이 "광기의 여러 증상 중에서도 언어적 현상에만 국한된다"라고 비판한다.[198] 하지만 시인의 시뮬레이션이 엄격하지 않다고 말하기도 어려운 것이, 어차피 당대의 정신과 의사도 그보다 더 나아가지 못하기 때문이다. "고도의 문화생활에서 일어나는 대다수 활동이 구체적인 행동보다는 말과 글 위주이기 때문에," "우리" 즉 정신과 의사가 "인간의 발화로부터 정신적 질병을 완전무결하게 알 수" 있는 만큼 문필가도 "마찬가지로 정신질환자를 묘사할 수 있는 동일한 가능성"을 "언어 자체로"부터 부여받는다.[199] 이처럼 얻어낼 수 있는 데이터가 상징적 차원에 한정된다는 점에서는 정신병원에서 일하는 의사나 문필가나 매한가지다. 전자가 정신질환자의 언어 오남용 사례를 아카이브로 수집하고 정리하면, 후자는 이 아카이브의 남은 폐기물을 재활용한다. 과학이 먼저 광기를 "언어 자체로" 국지화하면, 비로소 문학이 그 광기를 시뮬레이션할 가능성과 필연성이 생긴다. 정신의학 담론이 정신질환자의 신조어, 각운 중독, 특수어에 관한 학술논문들을 생산하면, 문필가들은 이런 전문적인 자료를 마음껏 가져다 쓰기만 하면 된다. 하지만 그 필연적 결과로, 글쓰기는 정신의학 외에는 다른 아무것도 지시하지 못하게 된다. 이미 뷜셰는 「시의 자연과학적 토대」에서 이런 현상을 정확하게 묘사했다. 문학이 지난 100여 년간 헤겔이나 쇼펜하우어 같은 철학자들에게 의지했던 것을 "마땅히 경멸하면서" 그 대안으로 정신의학과 병리학이 축적한 상세한 자료를 활용한다면, 문학은 광기의 시물라크룸이 될 수밖에 없다.

다수의 신중한 정신들, 특히 직업적 시인들이 이 흔들거리는 발판을 마땅히 경멸하면서 전문지식의 상세한 자료에 용감하게 뛰어든다. 이들은 성공하지만, 그 성공을 통해 이러한 시도에도 심각한 위험이 뒤따른다는 것을 보여준다. 알다시피 과학적 심리학과 생리학은 대부분 병든 생명체를 대상으로 연구를 수행할 수밖에 없다는 근본적인 제약이 있고, 그래서 결국은 정신의학이나 병리학과 유사해진다. 그런데 시인이 정당한 지식욕을 가지고 이 학문에서 직접 가르침을 구하려 하면, 그는 자기도 모르게 병원의 공기 속으로 자꾸만 빨려들고, 자신이 바라보아야 할 건강한 보편적 인간성이 아니라 병적인 것에 주의를 기울인다. 그는 자신의 사실주의적 예술의 전제들을 준수하려고 노력한 끝에, 이 전제들의 전제들, 그러니까 그가 나름의 결론을 도출해야 하는 관찰 자료 자체로 자신의 작품을 채운다. 병든 인간의 문학, 정신질환의 문학, 난산의 문학, 통풍 환자의 문학, 간단히 말해 적지 않은 문외한들이 사실주의 하면 떠올리는 그런 문학이 출현하는 것이다.[200]

여기서 뷜셰는 당대의 모든 비평과 자연주의 이론을 넘어서, 1900년식 기록시스템에서 문학이 무엇을 하는지 정확하게 묘사하고 있다. 문학은 정신물리학이 저장한 무의미의 보고에서 폐기물을 재활용한다. 의미가 없다는 이유로 과학적 아카이브에 기입된 정신착란적 담론은 문학적 시뮬레이션을 거치면서 원래의 지시관계마저 상실한다. 전제들의 전제들로 종이를 채우는 사람은 더이상 세계나 인간에 관해 말하지 않는다. 문학은 이제 광기의 시뮬라크룸으로서, 자연 또는 영혼에서 직접 솟아나고 철학적 해석자에 의해 그 자연성이 입증되는 고전적 문학의 영예를 상실한다. 그것은 엄밀히 2차적 문학이다. 새로운 문학의 담론은 "보편적 인간성"에서 떨어져나와서 오로지 다른 담론들을 치환할 뿐이다. 그리고 미디어 치환은 진실성이나 독창성 같은 개념 자체를 녹여 없애기 때문에,[201] 담론 외적으로 인정을 받는 것도 더는 불가능해진다. 문학은 현상을 드러내지도 사실을 밝히지도 않는다. 문학의 장은 광기에 있으며, 뮌스터베르크가 날카롭게 지적하듯이 이 광기는 오로지 종이 위에만 존재한다.

> 문학작품에서 비정상적 정신을 가진 인물을 그리는 것을 보면 상당수가…… 훈련받은 과학자가 보기에는 심리학적으로 불가능하다고 여겨질 정도로 극히 정밀하게 심리학적이다. 만약에 실제 사람들이 문학가가 구축한 소설적 정신질환의 사례처럼 말하고 행동한다면, 의사는 이들이 정신질환을 시뮬레이션한다고 진단할 수밖에 없을 것이다.[202]

따라서 "소설적 정신질환"은 어디에도 없는 가상세계에서 상연되는 것으로, 직접적으로 접근 가능한 영혼의 진실이나 통제된 실험에 의해 입증될 수 없다. 그것은 시뮬라크룸이다. 문필가는 정신의학적 지식을 바탕으로 인물들을 시뮬레이션하고, 그래서 그가 묘사한 인물들은 정신의학적 관점에서 단순히 정신질환을 흉내내는 모방자처럼 여겨진다. 하지만 바로 이것이 핵심이다. 지시관계가 없는 시뮬레이션은 광기와 질병의 오랜 결합을 녹여 없애면서 광기와 글쓰기의 결합이라는 전혀 새로운 관계를 성립시킨다.[203]

　1900년 전후로 소설뿐만 아니라 다른 미디어에도 무수히 나타나는 소설적 정신질환은 저속한 부르주아 사회에 대항하는 예술가와 광인의 낭만적 동맹을 갱신하는 것과 무관하다. 광기의 재평가 또는 평가절상을 통해 "지배적 규범과 가치관에 맞선 급진적 대립을 형상화하는 도발적 가능성을 획득하기 위해서" 반드시 표현주의적인 "젊은 예술가"가 필요한 것은 아니다.[204] 왜냐하면 광기는 이미 오래전에, 그러니까 실증과학이 결핍, 손상, 장애에 기초해서 문화기술을 정립하고 이를 통해 (절호의 지원사격을 받으면서) 모든 고전적 규범을 녹여 없앴을 때 이미 재평가되었기 때문이다. 청춘과 도발의 신화는 젊은 선동가가 자기 시대의 기록 시스템에 얼마나 의존하는지를 은폐할 뿐이다.[205]

이 시기에 정신물리학과 문학이 충돌하면서 문제가 되는 것은 그런 것이 아니다. 문필가들이 처음 광기를 발견하는 계기가 되었다고 하는 정치적-도덕적 투쟁은 불필요한 허상에 불과하다. 문제는 하나의 동일한 담론을 어떻게 활용할 것인가 하는 것뿐이다. 정신물리학이 광기와 질병의 결합을 단단히 붙들고 있는 반면, 문학은 광기와 글쓰기를 결합시킨다는 전혀 다른 기획을 추진한다. 문학은 표준화된 증상의 집합을 바탕으로 말을 하거나 글을 쓰는 개별 사례들을 시뮬레이션한다. 그리하여 저 경이로운 딜레탕트들, 딱 그만큼 우연하고 특이한 존재들이 생겨난다. (게오르크 하임의)「광인」, (발의)「신경쇠약자」, (야코프 폰 호디스의)「몽상광」, (휄젠베크, 체흐, 베허의)「백치」—이런 자들이 나타나 무의미한 말을 늘어놓기 시작한다. (우르치딜의)「탈주자의 노래」를, (릴케의)「백치의 노래」를, 그리고 빼놓을 수 없는 (아들러의)「미친 여자의 노래」까지.

그리고 이 모든 노래의 담론적 위상을 명명하려는 듯이, 전장의 젊은 위생병 브르통은 세계대전의 전선과 참호를 넘어 이렇게 쓴다.

조현병, 편집증, 몽롱 상태.
오 독일의 시여, 프로이트와 크레펠린이여![206]

문학이 동시대 정신의학의 폐기물을 재활용한다는 것을 이보다 명쾌하게 말할 수 있을까. "오늘날과 같은 형태의" 조현병은 크레펠린의 "새로운 창작물"이다.[207] 하지만 이를 통해 정신의학 자

체에 문학의 광채가 드리운다. 정신의학 아카이브는 날것 그대로
의 시가 되어 순수 글쓰기에 재료와 방법을 제공한다. 확실히 고
전주의-낭만주의 시인들도 라일이나 호프바우어의 정신요법에
서 가르침을 구했지만,[208] 이들은 여전히 서구세계의 주제와 문화
적 유산에 의지했다. 의미는 언제나 천상으로부터 주어졌다. 그리
고 무의미는 발명될 수 없기에 언제나 받아쓰거나 베껴쓰는 식으
로만 출현했다. 프로이트와 크레펠린이 창조한 "독일의 시문학"
이 고전주의-낭만주의 기록시스템에서 시의 자리였던 곳을 점하
는 것, 그리고 원래 이 이차적 위치를 점하던 문학이 새로운 담론
의 질서에서 삼차적 위치로 밀려나는 것은 이 때문이다. 이 삼차
적 위치는 (슈레버의 경우와 마찬가지로) 향유의 장소다. 거기에
는 무의미의 과학조차 손을 대지 못한 무의미의 잔여가 유희를 위
해 남겨진다.

*

문필가와
정신분석가의
경쟁

시뮬레이션된 정신착란의 유희는 광기와 질병의 오랜 결합을 깨
뜨리면서 의사와 환자의 구별을 어지럽힌다. 사태는 뮌스터베르
크가 의심한 대로 흘러간다. 의학의 모방자[문필가]들은 광기의
모방자[작품 속 인물]들을 묘사한다. 어쨌거나 1893년에는 베를
린에서 『신체, 뇌, 영혼, 신』이라는 4부짜리 책이 발표되는데, 제
목부터 1900년경의 기본 문제들을 명시한 ('신'은 예외지만) 이
책의 저자는 "현직 의사"라고 한다.[209] 집필 의도는 명백히 정신
물리학적이다. 카를 게르만이라는 이 의사는 뇌의 신경중추별로
그에 연관된 다양한 신체적 증상들을 식별하기 위해 환자들의 병
력을 수집한다. 그런데 뇌 지도의 지명들은 시적으로 서로 경쟁하
며, 수많은 환자의 꿈 기록은 갈수록 더 아름답고 화려해진다. 책
이 2000쪽을 넘어가면 여기 기록된 모든 뇌중추, 병력, 꿈 기록이
정신병원에 갇힌 단 한 명의 필자를 가리키고 있음을 더이상 의심

할 수 없게 된다. 의사들이 입원환자 슈레버와 마찬가지로 글쓰기를 통해 뇌를 낱낱이 소진한 끝에 스스로 광기에 다다른 것이다.

따라서 '독일의 시'를 생산하려면 그냥 정신물리학을 받아쓰기만 하면 된다. 젊은 수련의 고트프리트 벤은 정확히 그런 일을 한다. 그는 어떤 교수 또는 자신의 지도교수를 종이 위로 불러내어 이렇게 말하게 한다.

> 교수: 그리고 여러분, 마지막으로 여러분을 위한 아주 놀랍고 즐거운 일이 남아 있습니다. 여기 보이는 것은 태어난 지 14일 된 카툴로 쥐의 대뇌 좌반구 해마 부위에서 추출한 피라미드형 세포를 염색한 것입니다. 여기 빨간색 말고 분홍색, 약간 갈색과 보라색이 돌면서 녹색이 살짝 묻어나는 부분이 보이지요. 이것이 가장 흥미로운 부분입니다. 알다시피 최근 그라츠 연구소에서 이것을 부정하는 논문이 나왔습니다. 내가 관련 연구를 다 해놓았는데도 말이지요. 그라츠 연구소에 관한 일반적인 이야기는 하지 않겠습니다. 다만 내가 보기에 그 논문이 아주 미흡하다는 점은 말씀드려야 하겠습니다. 보다시피 지금 내 손에 증거가 있습니다. 이것은 아주 엄청난 지평을 열어줍니다. 길고 검은 털에 눈동자색이 짙은 쥐와 짧고 거친 털에 눈동자색이 밝은 쥐를 이 정교한 염색법으로 구별할 수 있습니다. 다만 그 쥐들은 같은 나이에, 각설탕을 먹고, 매일 30분씩 작은 퓨마와 놀고, 저녁 시간에 36~37도의 온도에서 자발적으로 두 차례 배변을 봐야 합니다.[210]

정신물리학 자료의 폐기물 재활용은 구체적이고 위험천만하다. 벤은 유명한 정신과 의사들과 병리학자들 밑에서 수련의 생활을 하며 과학 논문을 출판하는 한편, 뇌과학 일반을 조롱하고 특히 자기 논문과 제목이나 내용이 거의 똑같은 연구를 웃음거리로 만드는 텍스트를 출판한다.[211] 벤은 무의미한 사실들을 집적하고 조합하는 행위를 부각시키면서 정신물리학을 그것이 연구하는 정신질환과 똑같은 수준으로 격하시킨다. 그래서 쥐의 분홍색 뇌중추가 앞서 언급된 게르만 박사의 경우처럼 뭔가 대단한 현상으로 돌변하는 것이다. 벤의 지도교수는 자기 학생이 자신의 강의 내용을 문학 텍스트로 출판한다는 점에서 『회상록』에 나오는 플레히지히와 비슷한 상황에 처한다. (심지어 벤의 소설 주인공인 수련의 뢰네는 "뇌 손상"을 이유로 교수를 고소하겠다고 협박한다.[212]) 벤이 게르만과 슈레버처럼 치욕을 당하지 않을 수 있었던 것은, 오로지 정신과 교수 치헨이나 카를 본회퍼가 자신의 강의를 청강하는 일개 수련의가 궁벽한 아방가르드 잡지에서 발표한 텍스트를 읽지 않았기 때문이다.[213] 1800년 무렵에는 공무원-시인의 이중생활이 공무원과 시인의 은밀한 통일 가능성을 드러낸다는 점에서 의미가 있었다. 하지만 이제 시인은 이중으로 책을 쓰면서, 한 손으로는 통계를 계속 써내려가고 다른 한 손으로는 바로 그 통계를 바탕으로 특이한 정신착란의 시뮬레이션을 뽑아낸다.

하지만 이를 통해 벤은 결국 과학적 측면에서든 다른 어떤 측면에서든 지도교수의 엄격한 통찰을 따르게 된다. 문학을 하는 왼손은 다시 오른손의 질서에 겹쳐진다. 독일 표현주의 연구의 철학적인 (그러니까 유일한) 원천인 에른스트 마흐나 마우트너와 마찬가지로, 치헨은 (비록 읽는 사람은 거의 없지만) 끝없이 일어나는 관념연합의 사실성에 비하면 자아의 통일성이란 허구에 불과하다고 가르친다.[214] 그래서 벤과 뢰네는 착란적으로 글을 쓸 때도 그저 지도교수의 이론을 글쓰기로 옮기기만 하면 된다. [착란적 글쓰기에] 정신의학 담론을 활용하는 것은 모순적이지만 금지된 일은 아니므로, 정신의학 담론을 이 담론 자체의 우발적인 사례에 적용하는 것이다. 그가 정신과 의사로서 보낸 마지막 해인 1913년

에 관해 보고서를 쓰면서 글쓰기와 치료의 상호모순성을 정신의
학적 관점에서 검토할 때, 실제로 바로 그런 일이 벌어진다.

> 나는 내가 겪는 고통을 해명하려고 시도했다. 나는 정신
> 의학 교재들을 찾아보다가 현대 심리학 논문들을 접했는
> 데, 그중 몇몇은 대단히 훌륭했다. 특히 프랑스 학파의 논
> 문들이 그랬다. 나는 탈인격화 또는 '지각세계로부터의
> 소외'라고 명명된 상태를 묘사하는 대목에 푹 빠졌다. 나
> 는 자아를 새롭게 이해하기 시작했다. 내가 보기에 자아
> 는 중력조차 눈송이가 살짝 스치는 것처럼 느껴질 정도로
> 강한 힘을 가진 구성물인데, 그 맹렬한 기세로 현대 문화
> 에서 '정신적 재능'으로 간주되는 것들을 더이상 아무 역
> 할도 못 하는 상태로 밀어붙이고 있었다.[215]

광인으로서의 문필가를 호출하는 것은 예술가와 부르주아의 신화
적인 충돌이 아니라 정신의학 교재에 나오는 준<sup>準</sup>공식적인 이론이
다. 벤과 뢰네는 정신과 의사인데도 "신규 환자에 관심을 보이며
데이터를 수집하거나 기존 환자를 꾸준히 관찰해서 개별화하는"
능력이 없다. 치헨의 가르침을 따르든 데이터를 철저히 소진해야
한다는 일반적 규칙을 따르든 간에, 이 같은 활동은 말 그대로 의
사의 직업적 의무라 할 것이다.[216] 그런데도 뢰네는 병원 집무실에
멍하니 누워서 긴장증 환자를 시뮬레이션하고, 벤은 자기 자신을
신규 환자이자 꾸준히 관찰할 필요가 있는 환자로 시뮬레이션할
뿐이다. 이처럼 탈인격화라는 최첨단의 증상을 환자로부터 자기
자신에게로 전이하는 의사가 있다면, 그가 프랑스 심리학자 자네
와 리보의 책을 활용하는 방식은 슈레버가 크레펠린의 책을 활용
하는 방식과 하나도 다르지 않다. 어째서인지 교양과 "정신적 재
능"은 이쪽에서도 저쪽에서도 더이상 아무 역할도 하지 못한다.

그런데 문학은 이렇게 정신의학의 발견들을 훑으면서 결과적으로 1900년식 기록시스템에서 나타난 정신분석의 특징을 시뮬레이션하게 된다. 첫째로 전기적 측면에서, 프로이트는 의사로서 스스로 환자가 되는 자기분석의 과정을 통해 정신분석이라는 새로운 학문의 신화적 기원을 수립한다. 나중에 벤이 자신에게서 정신질환적 탈인격화를 발견하듯이, 프로이트는 신경증 환자의 핵심 콤플렉스를 "자기 안에서도 발견한다."[217] 둘째로 방법론적 측면에서, 정신분석은 통계적으로 처리된 자료를 바탕으로 개별 사례의 특이성을 구축한다. 그것은 무의미의 집합을 질병분류학적 체계가 아니라 무의식적 주체를 중심으로 재정렬한다. 셋째로 문학적 측면에서, 이렇게 개별 사례들로 정리된 최종 결과물은 "현대 독일문예" 또는 "독일의 시"로 여겨진다.

100년 전의 시인과 사상가처럼, 문필가와 분석가는 "가깝고 생산적인 관계"를 이룬다.[218] 이미 1887년부터 철학자 딜타이는 예술가들 사이에 사유, 미학, 교양을 혐오하는 새로운 "이성 혐오"가 출몰하고 있다고 한탄한다.[219] (비록 다른 문학자들은 딜타이처럼 예민하게 사태를 인식하고 반응하지 않았지만) 하나의 우정이 종결되고 또하나의 까다로운 우정이 시작된다. '철학자들 없이는 살 수 없지만 그렇다고 철학자들과 하나가 될 수도 없다'라는 괴테의 말은 1900년경부터 프로이트를 향한다. 카프카는 『소송』이 "당연히 프로이트적"이라고 말하지만, 오히려 그렇기 때문에 카프카의 문학적 글쓰기는 "심리학은 이제 그만!"이라는 명령에 따른다.[220] 한때 시인과 사상가의 숙명이었던 연대와 경쟁의 연대는 이제 문필가와 분석가의 숙명이 된다.

당연하지만 이제 문제는 의미와 그 해석이 아니다. 문필가와 정신분석가는 국가를 떠받치는 해석자 공동체를 형성하여 서로가 영속적 가치를 창조했음을 입증하지 않는다. 이들의 관계는 모든 문화기술이 신체와 그 무의미에 기초한다는 사실로부터 나온다. 원래 이 신체는 정신물리학적 실험을 통해서만, 그러니까 침묵과 죽음이라는 대가를 지불해야만 접근할 수 있다. 그런데 분석용 침상 위에서는 "모든 것이 달라진다." 거기서는 "오로지 말의 교환이 이루어질 뿐이다."221 그리고 그런 교환마저 사라진 문학에서는 자동사적 글쓰기만이 이루어진다. 따라서 정신분석은 발화의 무의미를 캐물어서 징후의 연쇄가 접근 불가능한 실재를 잡아채도록 해야 한다. 그리고 문학은 종이 위에서 독해 가능한 것을 전부 깨끗하게 제거하여 말의 신체가 그 이면의 신체와 단숨에 합선을 일으키도록 해야 한다. 하지만 이 과정에서 두 담론은 서로 경쟁 관계에 놓인다. 양쪽 모두 접근할 수 없는 어떤 실재에 대하여 상대를 배제하는 우회로로—정신분석은 실재를 해독하는 방식으로, 문학은 실재와 합선하는 방식으로—접근하려 들기 때문이다.

프로이트는 문학이 존재한다는 사실을 해명할 수 있다고 주장한 적이 없다. 그렇지만 오히려 그렇기 때문에 문필가들은 프로이트가 문학의 존재를 해명하지 못하도록 전력을 다한다. 분석용 침상에 자신의 신체를 직접 누일 것이냐 아니면 말의 신체를 텍스트화할 것이냐 하는 선택지가 주어지면, 문필가들은 거의 대부분 "(필시 비생산적일) 삶"을 노출하는 것보다는 순수 글쓰기를 택한다.222 그래서 문필가와 분석가 사이에는 대화, 독서, 심지어 [언젠가와 다르게] 술잔도 오가지 않는 인사치례에 이르기까지 온갖 관계가 형성되지만, 절대로 정신분석요법만은 이루어지지 않는다.

뇌 신경망의 텍스트화

> "나는 예전에 이미 정신과 치료를 받을까 생각해본 적이 있습니다." 그가 말했다. "하지만 적당한 시기에 그런 생각을 관뒀지요."
> 실제로 그는 오래도록 정신분석이 자신을 구원하리

라 믿었다. 그의 연인 루 안드레아스잘로메는 프로이트 학파와 활발하게 교류하면서 릴케에게도 저 유명한 분석용 침상에 누워보라고 권했다. 릴케는 전쟁 전에 몇 년이나 정신분석요법의 장단점을 곱씹었지만, 최후의 순간에 마음을 바꾸었다. "누가 내 뇌를 들쑤시는 것이 싫었습니다." 그가 내게 말했다. "내 콤플렉스를 그냥 가지고 있는 편이 나을 것 같아서요."

언젠가 프로이트를 개인적으로 알게 됐을 때도 그는 자신의 문제는 하나도 털어놓지 않았다. 그다음부터는 프로이트가 다가올 때마다 슬슬 피했다. 낱낱이 뜯어져서 쪽쪽 빨아먹힐 것 같은 무시무시한 불안이 언제나 그를 따라다녔던 것이다.[223]

라이너 마리아 릴케는 의사들이 뇌신경을 훔쳐갈까봐 두려워하던 다니엘 파울 슈레버처럼 편집증적 태도를 보이지만 대처 방식은 정반대다. 슈레버는 자신의 신체를 정신의학이라는 과학에 양도하지만, 정작 정신의학은 이 선물의 진가를 제대로 평가할 능력이 없다. 반면 릴케는 자신의 신체를 정신분석이라는 과학에서 멀리 떼어놓으려 하는데, 정작 정신분석은 그저 말을 교환할 뿐이지 뇌를 들쑤실 의향도 그럴 능력도 없다. 시뮬레이션된 편집증은 임상적 편집증보다 더 살벌하게 분노를 표출한다. 정신분석이 개별 사례에 정신물리학적 방법을 적용한다는 사실만으로 두개골에 구멍을 뚫는 외과 수술의 환상이 솟아난다. 문필가의 뇌는 담론을 신경학적으로 전개하려는 모든 시도의 신화적인 소실점이 된다. 그리고 여기서 임상적 광기나 그에 대한 시뮬레이션과는 별도로 1900년경의 새로운 글쓰기가 등장하는데, 그것은 의학적 탐침을 피해서 문필가의 뇌를 텍스트로 바로 옮기는 것이다. 이러한 미디어 치환이 성공하려면 뇌 기능을 심리 내적으로 지각한다는 [의학의] 맞은편 소실점을 따라가야 한다. 게르만과 슈레버가 시작한 일이 문학에서 결실을 맺는다. 프로이트는 정신질환자와 문필가를 모두 심리 내적 지각이라는 자신의 비非개념에 종속시켰다.

아폴리네르는 엔 지역의 참호에서 머리를 다친 직후에, [17세기의 프랑스 고전주의 시인인] 부알로와 [1세기의 랍비이자 현자인] 아키바를 애호하는 비평가들을 다음과 같이 비판한다.

> 한데 태양 아래 새로운 것은 아무것도 없는가? 그것이 보여야 한다. 뭐야! 내 머리에 엑스선이 비추었다. 나는 산 채로 나의 두개골을 보았으니, 이것은 새롭지 않은가? 다른 이들에게![224]

따라서 이 글의 제목 '새로운 정신과 시인들'에서 이미 약속하는 바, 새로운 정신은 시인에게 영감을 준다. 아폴리네르는 관자놀이에 치명상을 입고 2년 가까이 병원 치료를 받다가 결국 사망하지만 이 무시무시한 죽음의 위협에 관해서는 말하지 않는다. 세계대전으로 인한 머리 부상이 심리 내적으로 뇌를 지각하는 일의 짜릿한 가능성을 열기 때문이다. 카프카가 날카롭게 인식했듯이, 제1차세계대전은 "이전의 전쟁과 다르다. 그것은 신경전이다."[225] 바르델 박사가 아폴리네르 대위에게 엑스선을 비추고 문자 그대로 두개골에 구멍을 뚫는 외과 수술을 집도한 결과, 플레히지히 교수와 그의 영민한 학생 슈레버가 시신 부검에서나 기대할 법한 일이 현실이 된다. 따라서 아폴리네르가 동료 문필가들에게 태양 아래 위대한 새로움을 향해 나아가자고 재촉하면서 자신의 글쓰기를 영화나 축음기 같은 기술적 미디어와 연관지은 것은 당연한 논리적 귀결이다.

벤의 초기 소설집 제목인 '뇌'는 전체 글쓰기 프로그램의 핵심을 가리킨다. 주인공 뢰네는 원래 정신과 의사이자 뇌과학자이므로, 그가 "손에 쥐었던 수백 아니 수천 조각의" 뇌가 전부 쥐의 뇌는 아니었을 것이다.[226] 그런데 뢰네가 의사에서 환자로 변모하면서 그때까지의 학문적 관심은 모두 단 하나의 수수께끼로 압축된다. 그는 언제나 "크고 부드러운 과일을 쪼개거나 무언가를 뒤틀어 꺼내는 듯한" 제스처를 취한다.[227] 이것은 또다른 리버스 퍼즐이다. 다정한 간호사들은 결국 이 제스처의 의미가 뢰네 자신의 뇌를 열어보는 것임을 해독한다. 뢰네가 뇌 손상의 이미지를 떠올릴 때부터 이미 이 기관은 새로운 글쓰기 프로그램을 나타내고 있다. 해부된 자기 자신의 뇌라는 과일을 먹으면서 문학적 에너지가 자라난다. 소설 주인공이 펜과 공책을 구입하는 것은 그 때문이다.[228]

　그리고 뢰네의 결심을 문자 그대로 따르려는 듯이, 벤의 추종자 플라케는 『뇌』에 수록된 벤의 간결한 중편소설들을 『뇌의 도시』라는 장편소설로 변모시킨다. 이 소설의 주인공 라우다는 당연히 의학을 전공으로 택하고 세 학기 내내 "매번 처음부터 다시 소심하게 절개선을 긋기 시작한다." 그의 칼은 "금세 위로 젖혀진 대뇌반구들 위로, 젤리처럼 말랑말랑하고 얼마든지 변이할 수 있는 의식적 사고의 장소로, 또 금세 아래 부분의, 더 섬세하게 구조화된 구축적 영역으로" 향한다.[229] 이렇게 라우다는 학창 시절에 이미 뢰네와 같은 학습 과정을 거친다. 그리고 몇 년 후에, 그는 사무실과 여성 타자수의 곁을 떠나서 배회하다가 우연히 뇌를 "전파" 송수신기들로 구성된 무한히 복잡한 "그물망"으로 묘사한 신경학 논문을 접한다. 그는 이 논문을 읽자마자 "이에 기초한 세계상을 그리기로" 결심한다. 그런데 1900년 무렵의 세계상은 "말들로, 아마도 말들로만" 이루어지는 까닭에, 라우다는 "심리-생리학"을 이용해서 자신의 사고 장치를 "신경망"으로 환원하고 자신의 뇌를 "통로들의 도시"로 환원하는 "형이상학적 일기"를 쓰기 시작한다. "나는 이 도시를 나의 개성에 따라 설계했으니, 이제 영원히 그 도시를 배회해야 한다." 라우다는 자기 자신의 "사고의 통로"에 사로잡힌 인식적 노예로 전락한다. 그는 이런 성찰을 할 수 있는 불가능한 장소에 머물기 위해 잠에 빠진다. 그는 뢰네의 제스처를 꿈-행위로 변모시킨다. 라우다는 과학적으로 "읽어내려간" 뇌의 도시에 머물다가, 다음날 아침 어떤 깨달음 또는 체념에 이른다. "뇌의 도시에 물리적으로 머무는 것은 불가능하다. 오로지 비유적으로만 머물 수 있을 뿐이다." 이는 문필가들에게 중대한 의미가 있다. 불가능한 소망은 진리를 발설하기에, 이 체념은 1900년식 기록시스템에서 문학이 무엇인지를 폭로한다. 앞으로 라우다는 "울부짖고 소요하고 글을 쓰기만schrein schreiten schreiben" 할 것이다.[230] 이제 소설은 그 자체가 비유적으로 뇌에 머무는 것, 뇌에 각인된 기억의 신경생리학적 엔그램을 해독하는 것이 된다.

『잃어버린 시간을 찾아서』의 화자 마르셀은 자신이 찾는 모든 것이 자기 뇌의 "저장고"에, 오로지 자기 자신 안에 저장되어 있음을 알지 못하고 그토록 오랫동안 빈둥거린다. 그는 결국 게르만이나 라우다처럼 신경의 통로들을 베껴써야 한다는 것을 깨닫지만, 그와 동시에 "뇌 손상"으로 거기 저장된 모든 흔적들을 망각하고 심지어 망각 자체를 망각할지도 모른다는 불안에 사로잡힌다.[231] 그래서 마르셀은 혹시 모를 실어증의 저주를 두려워하며 적절한 시기에 글을 쓰기 시작하는데, 공교롭게도 실어증은 원래 저자의 아버지 아드리앵 프루스트 박사의 연구 주제이기도 했다.

예증은 이 정도면 충분하다. 1900년 전후로 신경과 의사와 정신질환자, 정신분석가와 문필가가 공유한 수수께끼는 [당시에 한 의사가 발표한 책제목을 빌리자면] '뇌와 언어'로 요약된다.[232] 의사들이 주제를 제시하고—그러니까 문제를 정식화한 것은 이들이 먼저다—문필가들이 이를 처리한다. 문필가들의 글쓰기는 모든 정신물리학자가 꿈꾸지만 실행에 옮기지는 못하는 궁극의 해부, 즉 '살아 있는 뇌의 해부'를 대신한다. 릴케가 정신분석을 거부한 이유는 단 하나, 자신의 "작업"이 이미 "일종의 자기치료와 다름없기" 때문이다.[233] 그러므로 그가 달아난 것은 단순히 프로이트나 게프자텔이 자신의 뇌를 들쑤시는 것이 싫어서가 아니라 자기 스스로 다른 생체 해부의 전문가들과 경쟁하게 되는 상황을 피하기 위해서다. 두 담론은 바로 이런 심층적 공통성 때문에 서로 겹쳐지지 못한다. 그러므로 1900년식 기록시스템에서 문필가란, 자신의 심리적 장치를 분석하고 해체할 때 남의 손을 빌리고 싶어하지 않는 사람이라고 정의할 수도 있다.

릴케의
「근원적
음향」에
나타난
두개골의
음향 기록
　　뢰네는 말없이 자신의 뇌반구들을 까뒤집어 자기 사고의 근원에 다다르고, 라우다는 꿈의 은유를 빌어 자기 뇌의 도시를 방문한다. 그런데 몽상가이자 이미지의 창조자로 악명 높은 또다른 인물이 이미지에 의지하지 않는 기술적 방법으로 자기 뇌에 접근한다는 공통의 불가능한 과제에 착수한다. 시인이며 불분명한 것을 증오하는 자, 그의 이름은 릴케다. 그는 「근원적 음향」이라는 "수기"에서 문학의 위상을 정의하고자 하는데, 이를 위해 특유의 압도적인 정확성으로 1900년 무렵 기록과 해독의 대명사가 된 축음기를 모델로 선택한다.

　　릴케에게는 학창 시절 판지, 유산지, 양초용 밀랍, 양복 솔의 뻣뻣한 털로 축음기를 만들었던 잊을 수 없는 기억이 있다.[234] 그리고 14~15년 후, 그는 파리 왕립미술학교에서 해부학 수업을 청강한다. 각종 의학적 표본 중에서도 유독 이 문필가를 "매혹하는" 것은 역시나 "세속의 공간으로부터 완전히 차단된 저 특별한 그릇," 즉 두개골이다. 릴케는 두개골을 하나 얻어다가 밤새 들여다본다. 그리고 자신의 어린 시절 기억을 완전히 새로 쓰게 된다. 김나지움에 다닐 때는 "우리 자신에게서 뜯겨나와 외부적으로 보존된 독립적 소리를 잊을 수 없을 것"이라고 생각했지만, 이제 해부학을 공부하고 보니 "깔때기에서" 나오는 소리보다 "실린더에 새겨진 흔적이 훨씬 독특하다"는 것을 깨닫게 된 것이다.[235] 그런데 그가 이처럼 재생이 아니라 각인에, 기술적 시대의 읽기가 아니라 쓰기에 주목하게 된 것은 두개골의 관상봉합이 그의 눈길을 끌었기 때문이다.

> 기이하게 일렁이며 무언가 재촉하는 듯한 촛불 속에서
> 관상봉합이 아주 뚜렷하게 보였다. 이미 나는 이 형태
> 가 무엇을 상기시키는지 알고 있었다. 그것은 작은 왁스
> 실린더에 뻣뻣한 털끝으로 새긴 그 잊을 수 없는 흔적이
> 었다![236]

관상봉합은 시상봉합과 마찬가지로 머리뼈를 분할하는데, 이는 1900년경의 문필가가 글의 위상을 정립하는 데에 충분한 실마리가 된다. 잊을 수 없는 것이 되기 위해서는 망각 가능성 자체의 살을 긁거나 찢어야 한다. 그런데 릴케가 해부학에서 배운 것은 니체가 '도덕의 계보'에서 배운 것, 카프카의 탐험가가 '유형지에서' 배운 것과 정확히 일치한다.[237] 물질적 정당성이라는 척도에 부합하는 입문의식이 있다면, 릴케의 경험이 바로 그런 의식에 해당할 것이다. 관상봉합은 글쓰기의 에너지가 남긴 흔적, 또는 "변주하거나 흉내내는" 대신에 "존재의 춤에서 기쁨을 찾는," "에너지의 상태를 내보이는" 어떤 "독재적 예술"의 흔적이다. 니체나 카프카의 책제목에 여전히 어른거리는 "윤리적 본성의 의식"은 여기에 아무 말도 더할 수 없다.[238] 물질적 각인은 기술과 생리학의 영역이기 때문이다.

더 정확히 말하자면, 그것은 기술과 생리학의 연합체가 담당하는 영역이다.[239] 두개골은 이런 메시지를 몇 년이나 문필가 릴케에게 "내면적으로 거듭 암시해왔다."

> 두개골의 관상봉합은(먼저 연구를 해봐야겠지만)—일단
> 가정하자면—축음기 바늘이 회전하는 실린더에 새겨넣

는 촘촘하고 구불구불한 선과 유사한 점이 있다. 이제, 만약에 이 바늘을 속여서 그것이 닿는 음구音溝에 소리가 그래픽적으로 번역된 흔적이 아니라 자연적 존재 자체의 흔적을—좋다, 바로 말하자면, (이를테면) 관상봉합을—가져다놓는다면 어떻게 될까? 분명히 소리가 발생할 것이다. 하나의 선율, 하나의 음악이……

　　느낌—어떤 것? 의심, 머뭇거림, 공포, 경외—이 모든 가능한 느낌 중에 무엇이 엄습할까? 무엇이든 나는 그 느낌에 사로잡혀 이 세상에 나타날 근원적 음향에 이름을 붙이지 못할 것이다……[240]

셰익스피어나 켈러 같은 시인의 주인공들은 두개골을 보고 익히 알려진 서글픈 감상을 떠올리지만, 우리의 문필가는 실험자로서 전혀 다르게 반응한다. 그는 기술자나 생리학자보다 더 급진적으로 나아가서—그리고 언어적으로 정확성과 신중함 사이에서 놀라운 균형을 유지하면서—인간의 신체 일부로 축음기 실험을 하자고 제안한다. 재생장치와 기록장치는 근본적으로 전환 가능하다는 통신기술적 인식 덕분에[241] 아무도 부호화한 적 없는 두개골의 봉합선을 해독한다는 새로운 발상에 다다른 것이다. 자연은 아무도 그 비밀을 알지 못하도록 열쇠를 던져버렸지만, 1900년경의 예술가는 해독되지 않은 리버스 퍼즐을 그냥 버려두지 않는다. 게르만처럼 미친 사람들은 책만 가지고 이 수수께끼를 풀려고 하겠지만, "우리" 예술생리학자들과 예술가들은 "뇌의 회선들과 분자들을 가지고 생각하면서 부지불식간에 에디슨식 축음기와 유사한 과정을 떠올린다."[242] 짐멜의 객관적 해석, 프로이트의 분석적 구성, 릴케의 장치는 모두 주체 없는 흔적을 보증한다. 말하자면 필자 없는 글은 모든 미디어의 가장 밑바닥에서 불가능한 실재마저 아카이빙한다. 백색잡음, 근원적 음향을 기록하는 것이다.

그리고 이는 필연적 결과다. 까마득한 옛날, 브라운운동이 처음 존재하던 때부터 그 무언가Es가 소리를 내고 있었던 것은 분명하다. 하지만 소음과 정보를 구별하려면 실재가 기술적 채널로 전달될 수 있어야 한다. 책이라는 미디어는 오탈자는 알지만 근원적 음향은 모른다. "소리가 그래픽적으로 번역된" 것이 아닌 자연적 "흔적"을 재생한 축음기 소리는 고전적 번역 가능성과 보편적 등가물을 조롱한다. 축음기 바늘을 두개골 봉합선에 갖다대는 것은 담론의 조작이 자유롭게 허용된 문화에서만 가능하다. 그리고 이를 통해 두개골 같은 "자연적 존재"는 원래의 속성을 자연스럽게 상실한다. 극단적인 미디어 치환은 이른바 자연을 가지고 언제나 무의식적 프로그램을 생성한다. 플라케와 프루스트가 자신의 뇌에 각인된 정보의 통로들을 문학적으로 복제하는 꿈을 꾼다면, 릴케는 그 꿈을 기술적으로 성취하기 위한 기술적 제안을 내놓는다. 그렇지만 릴케는 이런 미디어 기술을 문필가의 몫으로 돌린다. 물론 여기서 말하는 문필가는 과거의 "시인들"과 다르다. 그는 역사적으로 시인들이 "그저" 광학적 감각에만 "압도되어" "분산적 청각을 통한 수용"에는 소홀했음을 정확히 알고 있다. 릴케가 바라는 것은 "개별 감각영역들을 확장하는 데 누구보다 결정적으로 기여하는" 새로운 예술가, "과학적 연구 논문"보다 더 결정적인 예술적 실천의 가능성이다.[243]

이렇게 1900년 무렵의 문필가와 분석가가 심리적 장치를 중심으로 공공연하고 가차없는 경쟁에 돌입한 끝에, 릴케는 정신의학적 뇌 해부를 거부하고 두개골 봉합선의 미디어 치환이라는 전무후무한 문학적 프로그램을 내놓는다. 릴케의 수수께끼 같은 "세계내면공간Weltinnenraum"도 결국은 뇌에 저장되고 문필가가 받아쓰는 엔그램의 다른 이름일 뿐이다. 여기에는 증거도 있다. 릴케는 두개골을 "세속의 공간과 완전히 차단된 저 특별한 그릇"이라고 칭하면서, 두개골을 기준으로 보면 "우리 자신의 몸이 외부세계"

라는 생리학적 인식을 재천명한다.[244] 따라서 "세계내면공간"이라는 기술과 생리학의 연합체를 철학적으로 독해하려는 사람들의 시도는 실제 사태보다 한참 뒤쳐진 것이다. 그들의 상징동물인, 언제나 한발 늦게 도착하는 황혼의 부엉이처럼.

✳

**말테 라우리츠 브리게**

여태까지 여러분이 실어증 연구와 축음기, 정신분석과 편집증에 관해 수백 쪽의 글을 읽은 것은 시간 낭비가 아니다. 왜냐하면 그 덕분에 비로소 『말테의 수기』(이하 『수기』)를 단순히 이해하는 대신에 한 글자씩 차근차근 읽을 수 있게 되었기 때문이다.

알다시피 『수기』에는 단어를 한 글자씩 읽는 정신과 의사가 나온다. (반면 철학자는 한 명도 나오지 않는다.) 살페트리에르 병원의 의사들이 '아방avant[앞]'이라는 단어를 '아-베-아-엔-테a-v-a-n-t'라고 분리해놓으면, 브리게는 (소설 제목에 명시된 것처럼) 그것을 손으로 받아쓰기만 하면 된다. 유일한 의문은, 살페트리에르 병원에서 의사와의 실제 면담에는 응하지 않던[245] 스물여덟 살의 청년이 어째서 왕립미술학교에서 해부학 강의를 듣는 대신에 자진해서 정신과 의사를 찾느냐는 것이다. 그 대답은, 브리게도 소설가 본인처럼 "정신과 치료를 고려"했지만 "적당한 시기에 그런 생각을 관뒀"기 때문이다.

그는 살페트리에르 병원에 가서 자신의 사례를 설명하고 전기요법을 받기로 한다. 그는 수련의들에게 질문을 조금 받다가 대기실로 돌아간다. 거기서 의사들이 약속 또는 협박한 전기요법을 받으려고 기다리고 있을 때, 그 담론적 사건이 일어난다. 그의 귀는 따뜻하고 흐릿하게 "아-베-아-엔-테"라고 발음되는 소리를 낚아챈다. 정신물리학적인 언어의 해체는 입문의식의 암구호다. '다다DADA'라는 구호가 "아기의 옹알이"인 동시에 "이제 세상의 기쁨이 되어야 하는, 영예롭게 더럽혀진 기저귀와 울음소리를 연상시키는" 것과 마찬가지로,[246] "아-베-아-엔-테"는 실험과 근원적 음향, 정신물리학과 유아어의 합선을 초래한다.

> 그리고 저편에서 따뜻하고 흐릿한 웅얼거림이 들렸다. 그러자 아주 오랜 시간 사라졌던 그것이 처음으로 다시 나타났다. 그것은 내가 어려서 열병으로 앓아누웠을 때 처음으로 끔찍한 공포를 안겨주었던 것, 저 커다란 것이었다. 그렇다, 사람들이 내 침대맡에 서서 맥박을 재면서 무엇 때문에 그렇게 놀랐느냐고 물으면, 나는 늘 그렇게 말했다. 저 커다란 것 때문이라고. 그리고 사람들이 의사를 불러와서 그가 나를 달래려 할 때면, 나는 다른 건 필요 없고 그저 저 커다란 것이나 쫓아달라고 애원했다. 그러나 의사도 다른 사람들과 마찬가지였다. 그때 나는 아직 어린애라서 사람들이 나를 쉽게 도울 수 있으리라 여겼지만, 의사는 그것을 내쫓지 못했다. 그리고 이제 그것이 다시 나타났다. ……이제 그것은 내 몸에서 자라나 마치 종양처럼, 또는 두번째 머리처럼, 내 몸의 일부가 되었다. 나의 일부가 되기에는 너무 커졌는데도 말이다. ……그 커다란 것은 부풀어올라서 따뜻하고 파르스름한 혹처럼 내 얼굴을 가리며 자라, 내 입을 가리고, 급기야 마지막 남은 내 눈 위에까지 그것의 윤곽선이 그림자를 드리웠다.[247]

정신과 치료가 실행되는 바로 그 자리에서, 또는 정신과 치료를 대신해서 그의 유년기가 돌아온다. 브리게는 기다렸다가 치료를 받지 않고 한달음에 저 커다란 것과 살페트리에르 병원으로부터 동시에 도망친다. 따라서 정신분석을 받을 생각이었지만 적당한 시기에 관뒀다는 것은, 자신의 왕도를 혼자 걸어가면서 유아기의 기억상실을 극복해보겠다는 뜻이다. 하지만 억압된 것의 귀환에 수반되는 것은 하복부의 유희가 아니라 공포의 폐기물, 말로 표현할 수도 없고 완곡어법으로 "커다란 것"이라고 돌려 말할 수 있을 뿐인 무언가다. 여기 출현한 것은 실재다. 그것은 언어에 할당되는 과정에서 탈락해버리는, 그래서 말해질 수 없는 무언가다. 소년 브리게와 스물여덟 살의 브리게는 모두 의사에게 일목요연하게 요구사항을 전달하지 못하며, 오로지 정신과 의사가 읊조린 근원적 음향만이 그것을 환기시킨다.

착란과 환각에도 법칙이 있으니, 실재적 차원에 모습을 드러내는 것들은 모두 상징적 차원의 빛 속에서는 드러나 보이지 않는 것들이다. 착란에 사로잡힌 브리게는 자기 머리에서 솟아나는 폐기물의 폐기물이 된다. 열병에 시달리는 머리보다 더 크게 자라난 두번째 머리는 눈과 입을 가로막는다. 이제 뢰네의 불가능한 제스처도 실현될 수 있을 것만 같다. 뇌가, 이 따뜻하고 파르스름한 혹이 까뒤집힌 채 자신의 외부세계를 향한다. 그리고 아무도 아무것도 언어의 물질적 기저층을 언어로 옮길 수는 없기에, 신경생리학의 그림자는 브리게의 입을 가린다.

하지만 이렇게 그림자가 드리우는 곳에서 글쓰기가 발생한다. "나는 공포를 이기려고 무언가 했다. 밤새도록 앉아서 글을 썼다."[248] 브리게는 자신을 살페트리에르 병원으로 보내고 다시 그 병원에서 쫓아낸 저 공포에 관해 쓴다. 따라서 글쓰기가 뜻하는 것은 폭발한 세계내면공간 또는 뇌종양을 종이에 옮기는 것이며, 그 폭발 또는 종양을 해당 학문의 치료에 내맡기지 않는 것이다. 이때부터 브리게는 낮에는 국립도서관에서 책을 읽고 밤에는 건물 6층에서 글을 쓰면서 시간을 보낸다. 릴케가 정신과 의사 게프자텔에게 말한 대로, 분석용 침상 없이는 살 수 없지만 "글을 읽고 쓰면서 견"디는 것이다.[249] 브리게는 글쓰기를 구술성과 커뮤니케이션에서 분리한다. 그는 자신의 입을 다물게 하는 것을 기록하고, 부치지 못할 편지를 쓴다. 따라서 종이 위에서, 사랑의 합일

속에서, 드레스덴과 아틀란티스에서 동시에 펼쳐지는 어떤 '시 속의 삶'이 있으리라는 이야기는 더이상 계속되지 못한다. 글이라는 미디어는 자신의 차가움을 드러낸다. 그것은 오로지 아카이빙할 뿐, 다른 아무것도 하지 않는다. 글쓰기가 삶을 번역하고 드러내고 삶 자체가 되기보다 그저 삶을 회상하고 반복하고 연구하는 것은 그 때문이다. 공포에 맞서서 무언가 한다는 것은 공포 자체를 기록하는 것이다.

글쓰기의 소재는 주변 사람들, 어쩌다 귀에 들어왔다가 기어나가고 때로는 뇌를 뚫고 들어와 폐렴쌍구균처럼 파괴적으로 증식하는 것들이다. 글쓰기의 소재는 미친 왕들, 몸을 뒤덮은 주술적 부적들과 더이상 구별되지 않고 살을 파먹는 벌레들과 이미 한몸이 된 것들이다. 글쓰기의 소재는 전장에 산처럼 쌓인 망자들, 거대한 뇌처럼 서로 뒤엉킨 것들이다. 글쓰기의 소재는 죽어가는 자들, 약속된 의미들이 모두 사라지고 그 자리에 거대한 뇌종양이 돋아난 자들이니—뇌종양은 마치 태양처럼 그들의 눈앞에서 세계를 변형시킨다.

그러니까 글쓰기의 소재는 오직 하나, 대뇌생리학이 탐구하는 태초의 혼돈이다. 알다시피 프로이트가 태초의 혼돈의 구조에 관심을 가진다면, 브리게는 태초의 혼돈을 기록하는 것 자체에 관심을 가진다.

어쩌면 너는 어둠 속에 남아서, 너의 한없는 마음이 분간되지 않는 모든 것들을 위한 무거운 마음이 되도록 애쓰는 편이 나을지도 모른다.
……오, 대상들이 분별되지 않는 밤이여. 오, 바깥을 향한 뭉툭한 창문이여, 오, 조심스레 닫힌 문들이여. 옛날부터 전해지고 공증되었지만 결코 이해받지는 못한 가구들이여. 오, 계단의 침묵이여, 옆방에서 새어나오는 침묵

이여, 지붕 꼭대기의 침묵이여. 오, 어머니—오, 이 모든 침묵을 가로막는 유일한 사람, 어린 시절…… 그대가 등불을 켜면, 이미 그대는 소리입니다. 그리고 그대는 등불을 들고 말하지요. 나란다, 놀라지 마라, 라고.[250]

분절이 일어난다는 것, 미분절 상태가 아니라는 것 자체가 불가피하게 분절을 수행하는 글쓰기의 수수께끼가 된다. 브리게는 (프로이트와 달리) 자신이 다루는 미디어의 표준을 실재적 차원의 규범으로 격상시키지 않기에, 분절된 글이 태초의 혼돈보다 '나은가' 하는 질문을 답하지 않고 내버려둔다. 하지만 그 덕분에 단순히 그런 사태를 기술할 뿐인 브리게의 글쓰기는 스턴의 정신물리학적 발견과 상관관계를 이룬다.

> 원래부터 (감각기관이 기능하자마자) 개별 감각들이 있고 이를 바탕으로 이차적 감각 결합이 산출된다고 전제하는 것은…… 잘못이다. ……오히려 원래 상태는 극도로 불분명한 전체적 감각이라고 생각해야 한다. 이를테면 우리가 소파에 누워서 눈을 감고 몽상에 잠길 때, 눈꺼풀을 뚫고 들어오는 밝음, 멀리 길에서 번져오는 시끄러움, 옷의 무거움, 방의 따뜻함을 개별적인 것으로 지각하지는 않는다. 오히려 모든 것이 전체적 감각 상태로 녹아든다. 우리는 유아의 감각성을 먼저 이런 식으로—다만 이보다 훨씬 더 모호하고 불분명하게—생각해야 한다. 개별 감각들이 어떻게 연합하는지 연구하기 전에, 유아가 어떻게 이 혼란스러운 전체적 상태에서 개별적 현상들을…… 분리하게 되는지 질문해야 한다.[251]

늘 그렇듯이, 에빙하우스는 업계 동료인 스턴이 이렇게 문제제기

를 하기도 전에 이미 유아기의 분리 작용 자체를 별도의 문제로
분리했다.

> 아주 어린 유아가 특정한 방의 특정한 위치에서 무언가
> 를 본다. 유아는 여기서 거의 구조화되지 않은 불분명한
> 인상을 얻는다. 이제 어머니가 유아를 유모차에 싣고 옆
> 방으로 옮긴다. 그러면 전반적으로 또다른 전체적 인상이
> 첫인상을 대체하게 된다. 하지만 어머니와 유모차는 그대
> 로 있다. 그러므로 이들이 불러일으키는 광학적 자극들
> 은 가능한—어느 정도 미리 준비돼 있는—물질적·정신적
> 작용과 마주치고, 상호연합을 통해 강화된다. 반면 그 외
> 의 변화된 자극들은 이런 이중의 특혜를 누리지 못한다.
> ……〔어머니를〕바라볼 때 솟아나는 인상은 점점 더 쉽게
> 성립되고, 그 인상은 원래 다같이 뒤섞여 있었던 갖가지
> 불분명한 배경을 점점 더 뿌리치고 나온다. 이렇게 해서
> 어머니의 외관은 그때그때 주어지는 전체적 인상에서 갈
> 수록 분리되어 독립적인 부분이 된다.[252]

따라서 유아기의 분리 작용을 충분히 엄격하게 분리한다면, 이를
유아기에만 국한되지 않는 현상으로 일반화하는 것도 가능하다.
분질된 환경의 구축은 맨 처음 애착관계가 형성되는 사람을 둘러
싸고 이루어진다. 에빙하우스가 기술하는 현상은 브리게가 어머
니를 떠올리면서 어머니가 "분간되지 않는 모든 것"을 "가로막
는"다고 말하는 것과 일치한다. 『수기』나 『잃어버린 시간을 찾아
서』는 흔히 신화적 또는 오이디푸스적이라는 원성을 듣지만, 이들
이 유년기와 어머니를 떠올리는 것은 단지 1900년경의 시점에서
개별적인 것과 배경, 기호와 태초의 혼돈, 언어와 근원적 음향의
기본적 관계를 질문하는 것뿐이다. 그리고 이 질문의 답은 오직 하

나, 개별적 기호는 순전한 반복에서 출현한다는 것이다. (에빙하우스가 묘사하는) 어머니는 반복해서 나타나야 하는데, 그래야 불명확한 배경에서 솟아날 수 있기 때문이다. 그리고 (브리게가 묘사하는) 어머니는 "나란다, 놀라지 마라"라고 말해야 하는데, 왜냐하면 모든 정체성과 선택의 이면에는 끝없는 어둠의 왕국이 도사리고 있기 때문이다.

스탠리 홀이 쓴 최초의 경험적 아동심리학 저작 『공포 연구』에는 이런 구절이 나온다. "어둠이라는 위대한 학교가 없다면 상상이 무엇이 될지, 우리는 알지 못한다."[253] 『수기』가 나오기 11년 전에 출간된 이 책은 브리게가 어린 시절 느꼈던 공포와 유사한 병력들을 아카이빙한다. 여기에는 거울, 바늘, 가면의 공포 외에도, 말테와 마르셀의 결정적 순간이 기록되어 있다.

> 여성, 열여덟 살. 그녀의 유년기를 뒤덮은 거대한 허깨비는 어머니가 잘 자라고 뽀뽀하고 그녀를 어둠 속에 혼자 남겨놓는 순간의 공포였다. 그녀는 신경이 곤두서서 뻣뻣하게 누운 채 입을 벌리고 숨을 멈춘 채 귀를 기울였다. 머리가 다 덮이도록 담요를 뒤집어쓴 채, 그녀는 자신을 굽어보는 형상들을 상상했다. 때로는 자신의 심장소리며 공중에 붕 뜨거나 굴러떨어지는 듯한 느낌 때문에 잠에서 깨어 몇 시간이나 벌벌 떨었다.[254]

따라서 랑크가 근친성애에 관한 책을 쓰면서 브리게에게서 오이디푸스 콤플렉스 사례를 하나라도 더 색출하려는 듯이 브리게의 그런 공포만 골라서 거론하는 것은[255] 문학과 정신분석이 서로 경쟁 관계였음을 드러낼 뿐이다. 1900년식 기록시스템에서 유년기의 공포는 끝없이 기록된다. 정신물리학이 이론적·통계학적인 기본틀을 제공한다면, 정신분석과 문학은 거기에 들어맞는 개별 사례들을 기록해서 시스템을 완성한다. 따라서 세 담론 중 무엇도 나머지 둘에 대하여 견고한 지시대상이 되지 못한다. 오로지 세 담론의 네트워크만이 존재할 뿐이다.

그런데 이 그물망에 걸린 대상 또는 '비천한 것Abjekt'이 바로 어린이다. 세 담론 중 무엇도 어머니의 말과 행동이 어린이에게 어떤 사랑과 교양을 불어넣는지 신경쓰지 않는다. 최초의 사랑이라는 최소기의가 아니라, 구별 불가능성의 배경에서 솟아나는 최초의 기표만이 중요할 뿐이다. 브리게의 "커다란 것"처럼 극히 모호한 말이든, 프로이트의 손자가 내뱉는 '오-오-오/다' 또는 '포르트/다fort-da[없다/있다]' 같은 옹알이든 간에,[256] 맨 처음 터져나오는 기표를 아카이빙하는 것은 공통의 임무가 된다. 최소한의 기표들이 반복되고 대립하는 것만으로 시스템은 성립한다. 그리고 이런 시스템들은 기록을 위해 존재한다.

어느 겨울날 저녁 어린 브리게가 그림을 그리는데, 빨간 색연필이 책상 가장자리로 굴러가서 양탄자 위로 떨어진다. "책상 위의 밝음에 익숙해져 있는데다 하얀 종이 위의 온갖 색깔에 도취되어 있던" 어린이는 "어둠" 속에서 색연필을 다시 찾지 못한다. 다-포르트. 오히려 색연필을 찾던 자기 손이 낯설고 맹목적인 존재로 다가온다. 릴케는 이러한 탈인격화에 많은 분량을 할애하지만, 연필과 종이와 어둠, 그러니까 해석 자체가 귀속되는 미디어의 세 가지 필요충분조건에 관해서는 더이상 언급하지 않는다. 그리고 몇년이 지나서 불현듯 연필이 돌아온다. 마치 「쾌락원칙을 넘어서」에서 불쑥 튀어나온 것처럼, 그것은 자신이 기호의 기호임을 지시할 뿐이다. 머리가 하얗게 센 조그만 노파가 한없이 느린 몸짓으로 지저분한 손으로 연필을 꺼내준다. 이때 브리게는 "그것이 하나의 기호임을, 어떤 내부자들을 위한 기호임을" 알아채며, 심지어 이 여성과 "실제로 어떤 약속을 했던" 것 같은 느낌을 받는다.[257]

연필이 생산되는 것은 기호로 존재하기 위해서가 아니라 기호를 만들기 위해서다. 그런데 이 여성은 브리게의 눈앞에서 필기도구를 꺼내어, 그것을 문학적-알파벳 코드의 작동을 방해하는 특정한 맥락으로 치환한다.[258] 연필은 기호를 알아볼 수 없는 양탄자-정글의 어둠 속으로 사라졌다가 마치 저 "커다란 것"처럼 되돌아와서 글쓰기 자체를 다른 여러 코드화 기법 중 하나로 환원한다. 그것은 폐기물이 아니라면 "낡은" 것으로, 바로 그렇기 때문에 중요하다. 『수기』에서는 신문을 읽을 수 없는 시각장애인이 신문을 팔고 있다.[259] 필기도구는 기호를 만드는 문맹자에게 오용당한다. 이것이 결핍을 기준으로 문화기술을 계측하고 손상의 정도에 따라 개별성을 측정하는 기록시스템에서 벌어지는 일이다. 브리게가 책을 읽는 가정교사의 시선 아래서 연필을 잃어버리기 전까지 그리고 있던 예쁜 그림은 아무 의미도 없다. 그것은 알파벳 학습을 강요하는 바제도의 건포도일 뿐이다. 중요한 것은 종이와 연필과 함께하는 문맹자의 모험이며, 따라서 종이에 기록되는 것은 그 모험이다. 프로이트가 분석한 'm/n'을 혼동한 환자는 이에 관해 할 이야기가 많았을 것이다.

글쓰는 문맹자    1800년식 기록시스템은 어린이가 살에 새겨진 알파벳을 자동으로 재생하는 과정만 아카이빙하고, 그 외에 어린이의 다른 기쁨과 걱정은 전부 무시했다. 1900년식 기록시스템은 교육학적 피드백 회로를 끊고 어린이에게 본연의 문맹성 자체를 기록하도록 지시한다. 이것은 역설적이고 불가능한 과제이며, 따라서 시뮬라크룸을 통해서만 달성될 수 있다.

브리게가 낡은 연필에 관해 몇 쪽의 글을 쓰듯이, 예술교육운동은 제목 그대로 '낡은 펜'을 전체 글의 주제로 삼는다. 144개의 다른 똑같은 펜들과 함께 산업용 상자에 포장되었던 펜 하나가 3주 만에 결국 "더이상 쓸 수 없게 되어" 쓰레기통에 버려진다. 하지만 이렇게 닳아빠져야 특이성을 획득할 수 있기 때문에, 펜

은 쓸모없어진 다음에야 비로소 글쓰기의 소재가 된다. 이 필자의
준*공식적 이름은 '행복한 어린이'이고, 경험적 이름은 하인리히
샤렐만이다. 그는 초등학교 교사로, 글을 쓰지 못하는 펜과 학생
들의 위치에서 제목 그대로 '행복한 어린이'에 관한 책을 쓴다.[260]
　　문맹 상태인 것은 어린이뿐만 아니라 어른들도 마찬가지다.
1903년 10월 9일부터 11일까지 독일어와 독일문학이라는 주제로
열린 바이마르 예술교육의 날 행사에는 서른네 명의 교육공무원
외에 교사가 아닌 사람들도 여럿 참석했다. 그중 하나인 하인리히
하르트라는 사람이 연설을 하면서, 첫머리에 자신의 위치를 다음
과 같이 명확히 밝힌다.


　　내 친구 체자르 플라이슐렌이 예술교육의 날 행사에서 교
　과과정에 들어갈 시작품을 선정하는 문제에 관해 한마디
　해달라고 했을 때, 나는 좀 겁이 났습니다. 내가 어떻게 학
　교 문제를 논하는 자리에 끼어들 수 있겠습니까! 창피한
　노릇이지만 나는 한 번도 교단에 선 적이 없고, 내 교육적
　재능은 나 자신을 교육하는 데나 알맞은 수준인데 말입니
　다. (폭소) 그래서 부탁을 거절하려고 했는데, 그때 문득
　나도 어떤 면에서는 학교와 관련이 있었다는 것을 깨달았
　습니다. 그러니까, 말하자면, 고명하신 예술교육자 여러
　분 앞에서 내가 나 자신을 동료 교사가 아니라 학생으로
　두고 이야기를 하면 어떨까 하고 말이지요.
　　……나의 내면에 잠자고 있는 비참한 학생의 영혼은
　'교육, 학교, 시'라는 단어의 조합에 열렬한 환성을 내지르
　지 않습니다. 학창 시절에 내가 억지로 시를 배우고 강제
　로 주입당하면서 괴로워하며 고통을 견뎠던 이야기를 길
　게 하지는 않겠습니다. "그대들의 연민을 원하는 것은 아

니니." 다만 내가 말하고 싶은 것은, 나로서는 시가 오랫동안—죄송한 말씀입니다만—약이나 대구 간유와 같은 부류였다는 사실입니다.[261]

학생은 이렇게 교육공무원의 입에 쓴 약을 먹이면서 직접 말을 건네는 데 성공한다. 그렇지만 1800년식 기록시스템에서는 엄청난 소동을 일으켰을 이 말이 1900년경의 예술 교사들에게는 따뜻한 폭소를 불러일으킬 뿐이다. 이제 신화적인 학생은 쓰디쓴 약과 같은 교육학의 어두운 이면을 폭로할 수 있다. 그는 최고 수준의 알파벳 학습(시 읽기)에 도달하지 못했기에 교양을 전수받지도 못했고 교양을 전수하는 자가 되지도 못했다고 공공연히 말할 수 있다. 그런데 이렇게 교양의 재생산에서 배제된 하르트 박사는 결과적으로 (행사 리플릿에 명시된 대로) "문필가"가 되었다. 니체 이후, 말 만드는 사람이 되려면 먼저 고전적인 읽기 능력이 결핍되어야 한다. 게다가 학창 시절에 호라티우스를 낭송한 기억 때문에 "지금도 자다가 악몽을 꿀 것 같은" 사람이란 무의미의 과학에 필요한 아동 공포의 살아 있는 아카이브이기도 하다.[262] "당대 명사들"의 청소년기를 취재한 책 『학창 시절』의 저자는, "학생 자료를 분석해야 한다는" "요구는 아무리 강조해도 지나치지 않다"라고 주장한다.[263] 그리고 그가 취재한 전직 학생들 중에서도 쓸쓸함과 냉소를 가장 강렬하게 표출하는 사람들은 실제로 "시인들과 문필가들"이다.[264] [이 책이 발표된] 1912년에는, "당대의 몇몇 섬세한 소설 속에 묘사된 청년기와 학창 시절의 비극이 실제로 그랬고 그럴 수밖에 없었다고 보는 것"이—적어도 언어를 부여받은 사람들 사이에서는—품격 있는 태도로 여겨진다.[265]

　이는 글쓰는 문맹자라는 불가능한 역할을 맡은 기록시스템의 당연한 귀결이다. 이제 문필가는 광인 아니면 학생을 시뮬레이션해야 한다. 잃어버린 연필을 찾다가 자기 손을 오인하는 어린이와 호라티우스를 낭송한 기억 때문에 수십 년 후에도 악몽을 꿀 것 같은 어린이는 똑같이 착란에 사로잡혀 있다. 그리고 [교육 관계자들이] 예술교육의 날 행사에서 문필가를 연사로 초청해서 "비참한 학생의 영혼"이 말하는 개혁안에 귀를 기울이는 순간, 광기의 시뮬라크룸은 준半공식적으로 축성을 받는다. 엘렌 케이가 말하는 "미래의 학교," 다른 누구보다도 문맹자가 교사와 교육계획을 "평가하는" 학교는 바로 여기서 시작된다.[266]

하지만 비극적으로 고립된 시인의 이미지는 해석자들이 총애하는 환상이기도 하다. 해석자들은 문학이 시스템 내부에서 어떤 기능을 수행하는지를 읽어내지 못하고, 새로운 교육학의 메시지를 전하는 텍스트들을 기껏해야 '사회의 희생양'에 대한 기록으로 여긴다.

구스타프 마이링크의 『골렘』에서, 주인공이 단어들을 미친 듯이 계속 "반복"하면 이 단어들은 불현듯 "야만적 고대에서 울려퍼지는 무시무시하고 무의미한 소리로 바뀌어 벌거벗은 모습으로 일어선다." 당연하지만, 이렇게 벌거벗겨지는 단어는 다른 무엇보다도 "베–우–체–하B-u-c-h[책]"이다. 그의 위대한 계획은 "기초독본의 알파벳 Z부터 A까지 역순으로 나아가서 학교 공부가 시작된 출발점에 도달"하는 것이다.[267] 이를테면 '아페Affe[원숭이]'의 'A' 자—이것은 카프카의 「학술원에 드리는 보고」가 시작되는 영점이기도 하다. 말과 글을 모르는 원숭이의 본래적 상태를 벗어나 능숙한 언어로 학술원 보고를 하기까지의 도약은 그 자체로 글쓰기의 유일한 소재를 이룬다. 여기서 카프카는 언어 습득을 떠들썩한 축음기 소리와 알코올의존증에 연관시킨다.[268] 다시 말해 원숭이는 하르트와 마찬가지로 강제로 언어를 주입당한다. 미래의 학술원과 새로운 예술교육운동은 이를 분석해서 무언가 배우려고 한다.

1900년경의 문학 텍스트들은 알파벳 문화가 어떻게 외부의 문맹자들에 의해 규정될 수 있을지를 그려 보인다. 브리게의 '수기'도 (같은 비유를 쓰자면) 어린이의 잃어버린 연필로 적은 것이다. "결코 끝나지 않을" 유년기의 "무한한 현실"이 읽기와 쓰기에 관한 그의 모든 문장을 결정짓는다. 브리게는 실서증과 실독증이 결코 끝나지 않는다는 사실을 멈추지 않고 계속 써내려간다.

더이상 바꿀 수 없는 일이라면 한탄하거나 비판하지 말고 그냥 사실을 인정하는 편이 낫다. 이렇게 해서 나는 여태껏 올바른 독자였던 적이 없다는 사실을 확실히 받아들였다. 어릴 때 나는 책 읽기를 어떤 소명으로, 언젠가 다른 소명들을 하나씩 검토한 후에 어쩌면 채택할 수도 있는 하나의 선택지로 여겼다.

  ……나는 그런 변화들이 시작되면 비로소 책을 읽게 될 것이었다. 그러면 주변 사람들과 어울리듯이 책과 어울릴 수 있겠지, 책 읽을 시간이 생기겠지, 무언가 일정하고 한결같고 기분 좋은 시간이 딱 필요한 만큼 충분히 주어지겠지. ……아무리 그래도 [책을 읽느라] 머리를 눌리고 잔 것처럼 머리카락은 엉망진창이고, 귀는 화끈거리고 손은 쇠처럼 차갑고, 긴 양초가 거의 다 타서 촛대 바닥까지 드러나 보이는 일은, 아이고 하느님, 그런 일은 없을 것이다.

  ……나중에 자주 느끼곤 했지만, 당시 나는 모든 책을 다 읽어야 한다는 의무를 짊어지지 않는다면 아예 책을 펼칠 권리도 없다는 것을 이미 막연히 예감했다. 한 줄 한 줄 읽을 때마다 세계가 조금씩 무너져내렸다. 책을 접하기 전까지 세계는 온전했는데, 이제 그 세계는 모든 책을 다 읽고 나서야 다시 온전해질 것 같았다. 하지만 책을 읽을 줄 모르는 내가 어찌 그 모든 책을 상대하겠는가?[269]

알파벳을 습득한다는 것이 방대한 문자와 책더미를 의미의 세밀화로 번역할 수 있게 된다는 뜻이라면, 그것은 브리게 너머에 있는 피안의 영역에서나 성립하는 타자들의 규범일 수밖에 없다. 어떤 역사적 시스템이 속세를 벗어나 아름다움과 무로 용해된다.[270] 반면 브리게가 머무는 이곳 속세에는 오로지 신체밖에, 화끈거리는 귀와 차가운 손밖에 없다. 이 신체는 글을 전혀 읽지 못하는 신체거나, 국립도서관에 앉아 [책 읽기에 너무 몰입한 나머지] 눈도 귀도 없이 "잠든 사람의 머리카락"만 팔랑이는 저 놀라운 신체다. 그들을 보면, 적어도 언젠가는 책을 읽을 수 있으리라고 꿈꾸는 어린이보다 오히려 전문적 독자들이 더 문자들을 읽지 못하는 듯하다. 도서관의 방문객들은—독일 문예사에서 처음으로 외부자의 관점으로 묘사된 바에 따르면—실제로 무언가 배우긴 했지만 그 대가로 소멸한다. "[많은 사람이 있지만] 전혀 그런 느낌이 들지 않는다. 그들은 책에 빠져 있다."[271]

1799년에는 모든 독서가 "우리 내면"의 "작업장"에서 이루어져야 하며 "우리 자신을 언제나 주시하면서" 읽기의 대상에 집중해야 한다는 경고문이 발행된다. 그렇지 않으면 "사리분별을 못하고 정신착란으로 광기에" 빠진다는 것이다.[272] 반면 [릴케의 『수기』가 출판된] 1910년에는 제대로 읽는 법을 알든 모르든 상관이 없는데, 왜냐하면 어느 쪽이든 광기가 독자를 덮치기 때문이다. 방대한 데이터에서 의미를 선택할 수 있는 종합의 기능이 지원되지 않으니 사람들 머리에는 책들이 계속 쌓이기만 한다. 브리게의 말처럼, 모든 책을 다 받아들일 수 없다면 독서는 가능하지도 않고 허용되지도 않는다. 그리하여 읽기의 영역에서도 초월론적인 통각이 사라지고 모든 것을 철저하게 소진하라는 불가능한 요구가 그 자리를 채운다.

1803년의 정신의학자는 장애가 없는 정신을 다음과 같이 확고하게 정의한다.

[장애가 없는 정신은] 주어지는 모든 질료를 자기 조직에 맞게 가공하고, 갖가지 다양한 것을 전체적으로 통일하려 한다. 그것은 자의식을 가지고 기나긴 시간의 실로 타래를 지어 이미 죽어버린 세기들을 재생하며, 무한히 펼쳐진 공간의 사지, 산맥, 강, 숲, 하늘에 흩뿌려진 별들을 어떤 [하나의 거대한] 표상의 세밀화로 파악한다.[273]

이것은 일종의 1800년식 영화 시나리오다. 시공간을 한데 모으는 그 시대의 고유한 재능을 이보다 더 아름답게 묘사하기도 어려울 것이다. 교양을 갖춘 필자/독자의 관점에서는 공간이 한눈에 들어올 만큼 줄어든다. 그래서 세계 전체가 「새로운 멜루지네」의 작은 상자에 쏙 들어갈 만큼 작아지거나,* 지구 전체가 마치 하늘을 나는 백일몽을 꾸는 것처럼 "예쁘게 조각된 황금 그릇같이 보인다." 이들의 관점에서는 시간도 마찬가지로 줄어든다. 그래서 "광대한 역사가 반짝이는 몇 분으로 압축"되거나,[274] 자기 인생의 기나긴 실이 돌돌 감겨서 금방 넘겨볼 수 있는 프로방스어 책이 된다. 하지만 철저한 소진의 법칙 아래서 이런 마법 같은 일은 더이상 계속될 수 없다. 확실히 새로운 기술적 장치들은 시공간을 더욱 효과적으로 확대 혹은 축소한다. 그러나 기술적 장치는 정신이 아니기에 흩어진 것들을 통일하지 않는다. 그것은 사람들을 돕지 않는다. 사람들은 건망증을 체현하고, 실어증과 실독증에 시달리면서 오로지 (적당한 통신기술 용어를 또 빌려쓰자면) 연쇄적 데이터를 실시간 분석한다.

---

*「새로운 멜루지네」는 괴테의 『빌헬름 마이스터의 편력시대』에 삽입된 메르헨이다. 괴테는 전설의 존재인 물의 요정 멜루지네를 난쟁이 나라의 공주로 변조한다. 여기서 멜루지네는 반지의 힘으로 인간이 되어 자신의 작은 왕국 전체를 작은 상자에 담아서 들고 다닌다.

[조이스의 『율리시스』에서는] 레오폴드 블룸의 인생에서 단 하루, 스물네 시간이 실시간 분석의 대상이 된다. 실시간 분석은 또다른 『잃어버린 시간을 찾아서』가 되려고 으르렁거린다. 실시간 분석만이 (릴케적인) 유년기를 "성취"할 수 있다. 하지만 [프로이트의 한 논문 부제를 빌리자면] "회상, 반복, 연구"의 규칙이 개인의 일대기와 정신분석만 지배하는 것은 아니다. 브리게의 『수기』는 무엇도 "선택하거나 거부"하지 않고 무엇도 선별하지 않음으로써 여태껏 해석학이 기피했던 것, 어떤 폭력적 힘을 전면에 드러낸다.[275] "형장이나 고문실, 정신병원, 수술실, 늦가을의 다리 아래서 고통과 공포로 귀결되는 모든 것, 끈질긴 불멸성으로 자기 존재를 주장하면서…… 자신의 무시무시한 실체성을 고집하는 모든 것. 인간들은 그러한 것을 되도록 잊으려고 한다. 잠은 뇌 속에서 그런 고랑을 부드럽게 갈아낸다." 하지만 "꿈은 다시 고랑을 그어놓는다."[276] 『수기』를 쓰는 것도 마찬가지다. 정신의학자 라일이 정확히 통찰한 대로 독일 고전주의가 "세밀화"를 그린다면, 새로운 문학은 의도적으로 그런 것을 거부하고 뇌 엔그램의 실시간 분석을 제시한다. 이 같은 방식은 구텐베르크 이전의 어떤 미디어 기술만큼 "치명적"이다. [다음의 일화는 『수기』에 삽입된 샤를 6세의 이야기다.] 후기 중세의 미친 프랑스 왕은 수난극을 즐겨 보았는데, 그가 어떤 부분에서는 즐거워하고 또다른 부분에서는 깜짝 놀라는 탓에 "내용을 자꾸만 보충하고 늘리다보니 시구가 수만 행으로 불어나서 급기야 극중의 시간이 현실의 시간과 똑같아졌다. 마치 지구 크기의 지구본을 만드는 격이었다."[277]

일대일 축적의 지구본. 브리게가 자신의 글쓰기 방식에 이보다 더 아름다운 기념비를 바칠 수는 없을 것이다. 그는 무엇도 예외가 될 수 없다는 규칙만 준수하면 된다. 그러니까 글쓰기 행위 자체처럼 사소한 것도 전부 글로 옮겨야 한다. 그런데 브리게는 스물여덟 살의 청년이지만 아직도 고전적 독서 능력을 갖추지 못한 상태로 샤를 보들레르의 시집이나 『성서』의 「욥기」를 읽는다. "실어증에 걸린 개인은 개별적 차원에서만 사고"하기에,[278] 그가 텍스트를 처리하는 방식은 중세의 수난 성사극 수준에 머문다.

> 여기 내 앞에는 내가 매일 저녁마다 드린 기도가 내 손글씨로 적혀 있다. 나는 이 기도문을 책에서 찾아 베껴쓰면서, 이 기도문을 내 곁에 두고, 내 손에서 나온 내 것처럼 하고 싶었다. 나는 이 기도문을 이제 또 한번 쓰고 싶다. 여기 내 책상 앞에서 무릎을 꿇고, 기도문을 쓰고 싶다. 그러면 그냥 읽을 때보다 더 오래 음미할 수 있고, 단어 하나하나가 더 오래 머무르다가 더 천천히 사라지기 때문이다.[279]

구텐베르크와 안젤무스가 이미 왔다 갔는데도 브리게는 여전히 수도원의 필경사 같은 태도로 수기를 쓴다. 하지만 독서 자체가 선택과 거부의 행위라면, [아무것도 선택하거나 거부하지 않기 위해서는] 텍스트도 일대일 축적의 모형으로 만드는 수밖에 없다. 그것은 의미의 세밀화를 구축하는 대신에 글쓰기 자체로 철저한 소진을, 끝나지 않는 소진을 끝없이 계속하는 행위다. 브리게가 (당연히 저자명으로 더럽혀지지 않은) 보들레르의 시구나 욥의 기도문을 이미 한번 베껴썼다고 해도 그 글은 없는 것이나 마찬가지다. 그는 "이 기도를 이제 또 한번" 쓰기를 원하고 또 그럴 수밖에 없는데, 왜냐하면 그렇게 베껴쓰는 과정에서만 단어 하나하나가 실시간으로 적혀내려가면서 필(사)자에게 작용할 수 있기 때문이다. "베껴쓰기는 글을 그냥 읽거나 낱낱의 철자로 풀어쓰는 것보다 우월하다. 운동성 문자표상이 감각성 문자표상과 운동성 언어표상에 직접 결합하기 때문이다."[280] [말테가 경험하는 것은] 바로 이런 상태다. 실제로 『수기』에는 두 쪽 분량으로 다른 사람의 텍스트가 들어 있는데, 이것은 브리게가 자신이 베껴쓴 것을 다시 베껴쓴 것이며, 편집자 릴케가 그렇게 베껴쓴 글을 다시 베껴쓴 것이며, 인쇄기가 그렇게 베껴쓴 글을 또 한번 또는 수없이 많이 베껴쓴 것이다. (그 과정에서 보들레르의 프랑스어는 당연히 번역되지 않은 채로 남는다.)

'어떻게 해야 독일어 능력을 키울 수 있는가?' 이것은『수기』가 출간된 해에 한 예술교육자가 던진 질문[이자 책제목]이다. 그리고 그의 답은, "베껴쓰는 연습"을 해야 한다는 것이다.[281] 정신물리학은 정신의 서브루틴들을 엄격하게 분리한다. 미디어 간 경쟁의 압력 속에서, 글쓰기는 마치 보편화된 알파벳 학습의 시대보다 더 옛날로 돌아간 것처럼 다시 직업적 전문 활동이 된다. 글쓰기와 읽기의 분리 불가능한 자동적 결합도 깨진다. 오로지 글쓰기만이 손기술을 요구하기에, 엘리트문학의 영역에서는 베껴쓰기가 읽기를 대체한다. 이렇게 해서 텍스트 처리는 [벤야민의 책제목을 빌리자면] '일방통행로'가 된다. 예술교육의 수혜자였던 발터 벤야민은 일방통행로로 이어지는 갈림길에서 기표의 독재적인 교통신호를 인식했다. "글을 읽는 사람은 몽상의 자유로운 공기 속에서 자아의 움직임을 따를 뿐이지만" "글을 베껴쓰는 사람은 글이 자신에게 명령을 내리도록" 한다는 벤야민의 문장은[282] 마치 브리게의『수기』를 베껴쓴 듯하다.

1900년식 기록시스템은 글쓰는 사람이 자유롭게 상상력을 펼치는 것을 금지한다. 학생에서 문필가에 이르기까지, 펜을 쥐는 사람은 앞으로 모두 "주어진 지시를 문자 그대로 따르는, 즉 명해진 것 외에 다른 무엇도 더하지 않는" 여성 타자수의 "손놀림"을 본받아야 한다.[283] 글쓰기와 베껴쓰기를 연습하는 데도 방법이 있다. 엔지니어의 시대는 기술적 과정을 기술적으로 정확하게 복제하기를 요구한다.

브리게의 아버지는 자신이 죽으면 의사가 심장 천공시술을 해야 한다고 유언장에 명시했다.* 그의 아들은 이렇게 무시무시한 장면에서 도망치지 않고 오히려 문학적 목격자로서 그 장면을 텍스트로 복제하면서, 그 이유를 다음과 같이 밝힌다.

> 아니, 아니, 이 세상에서 상상으로 알 수 있는 것은 아무것도, 조금도 없다. 이 세계는 전혀 예측할 수 없는 유일무이한 개별적 요소들이 무수히 합쳐진 것이다. 상상을 하다 보면 너무 서두르는 바람에 그런 세부적인 것들을 빠뜨리면서도 빠뜨렸다는 사실조차 모르고 지나간다. 하지만 현실은 느리며 이루 말할 수 없이 상세하다.[284]

이 문장들은 자신이 전달하는 통찰을 스스로 실행한다. 이 말들은 상상력의 자체적인 산물이 아니라 예술교육법을 베껴쓴 것이다. 교육학자 샤렐만은 브리게의 『수기』가 출간되기 몇 년 전에 이미 근본적인 상상 불가능성의 원리를 정립했다.

> 우리 성인들이 주변 사물들을 얼마나 슬쩍 보는지, 얼마나 부정확하게 보는지 알면 믿을 수 없다고 할 것이다.
> ……대도시 주민들은 매일 얼마나 많은 자전거가 자신을 지나쳐가는 것을 보는가. 그런데도 자전거가 없는 사람, 자전거의 세부를 상세히 알지 못하는 사람이 자전거를 그리려고 해보면, 도무지 믿을 수 없는 스케치가 튀어나온다. 기억이 그를 배신하기 때문이다. 그는 자전거 페달이 바퀴의 어디쯤 붙는지, 체인이 걸리는 쪽이 앞바퀴인지 뒷바퀴인지, 안장은 어디 놓이는지 전혀 모른다. 아주 일상적인 대상을 아무거나 생각만으로 그리려고 해

---

*당시 유럽에서는 사망 선고를 받은 자가 혹시라도 산 채로 매장되지 않도록 시신의 심장에 구멍을 뚫는 시술이 종종 이루어졌다.

보면, 그 대상에 대해 얼마나 궁핍하고 부정확한 표상을
가지고 있었는지 깨닫고 충격을 받게 된다.[285]

문학작품에 나오는 심장 천공시술의 예시와 교육학 저작에 나오
는 자전거의 예시를 나란히 놓고 보면, 이것들이 단순한 예시가
아님을 금방 알 수 있다. 1900년 무렵의 글쓰기는 의학적 시술과
기술적 장치를 본받아야 한다. 그것은 실재를 향한 두 개의 입구
다. 그리고 실재적 차원에는 내면성이 애호하고 상상력이 유발하
던 그런 세밀화가 존재하지 않는다. "유일무이한 개별적 요소들
이 무수히 합쳐진" 사태는 단지 베껴쓰고 열거할 수 있을 뿐, 해석
학으로 파악할 수 없다. 그 이유는 자명하다. 존재하는 것은 모두
[개별적 요소들로] 구축된 것이기 때문이다. 프로그램, 설계도, 숫
자는 모두 실재를 해독하기 위한 수단이다. 그래서 철학자 알랭은
샤렐만과 브리게의 글을 이어쓰면서, 칸트와 헤겔 시학에 대한 모
든 비판을 '상상 속 판테온의 기둥은 셀 수 없다'라는 말로 싸늘하
게 요약한다.[286]

　　실재는 근본적으로 상상 불가능하기 때문에 부검을 해서 구
성요소들을 하나하나 그려내는 수밖에 없다. 그래서 브리게가 아
버지의 시신에 가해지는 의료 시술을 낱낱이 기록하는 것이다. 그
가 파리에서 (판테온을 피해다니면서) 무너진 집, 앞을 볼 수 없
는 신문 장수, 병원 대기실과 죽어가는 사람들을 글쓰기의 소재로
삼아 기술적 미디어처럼 철저하게 기록하는 것도 마찬가지다. 불
분명한 것을 증오하는 시인은 언제나 엔지니어와 의사의 문화에
귀속되려 한다. 무너진 집은 그래도 기술적으로 의미가 있고, 가
망 없이 죽어가는 환자는 그래도 의학적으로 의미가 있다. 그런 이
유로 명예의 전당 대신에 무너진 건물을 배회하는 문필가는 결국
폐기물 재활용에서 쾌락을 찾는 부류일 뿐이다. 엔지니어와 의사
는 제대로 기능하는 개별적 요소들을 만들지만, 브리게의 글쓰기

는 "죽은 사람을 만드는 것처럼" 신문 장수라는 우연하고 특이한 존재를 "만든다."[287] 그래도 구축의 논리 자체는 똑같이 공유한다.

설령 문학적 구축이 상상적 차원에 머무는 듯이 보인다고 해도 달라지는 것은 없다. 샤렐만과 브리게가 등장하기 전에, 이미 다니엘 파울 슈레버는 매일의 "끝없는 황량함 속에서" 아름다운 풍경과 여성의 젖가슴을 연필과 종이 없이도 "놀랄 만큼 생생하고 화려한 빛깔로" 제시하는 "그리기" 능력을 훈련한 적이 있다. 슈레버의 그리기 능력은 "내가 보고 싶어하던 풍경이 마치 실제로 눈앞에 있는 듯한 인상을" "나 자신뿐만 아니라 심지어 광선들에게도" 부여할 수 있을 정도다. 그러니까 존넨슈타인 병원의 고독한 환자는 너무나 정확하게 상상해서, 그의 상상력은 예외적으로 생리학에 버금가게 실재를 그려낼 수 있다. "그들이 보고 싶어하는 어떤 이미지들을 광선을 통해 내 신경시스템에 주입해서 꿈속에 나타나게 하듯이, 나 역시 내가 만들어내려는 인상에 따라 나름의 이미지들을 광선들에게 내보일 수 있다."[288] 이렇게 슈레버가 신경광선들에게 이미지를 보여준다면, 이는 릴케가 『두이노의 비가』 이래로 천사들에게 속세의 단순하고 개별적인 것들을 보여주는 것과 아무 차이도 없다. 셀 수 없는 상태로 흩어진 것들은 영매 아니면 그라모폰의 트레이드마크에 새겨진 천사의 영역이다.

하지만 이렇게 독특한 신경을 가지거나 천사와 교류하지 않는 사람들은 물질적 복제기술을 개발해야 한다. 훈련되지 않은 성인들이 자전거 그림을 극히 부정확하게 그리는 것과 달리, 샤렐만이 가르치는 초등학교 학생들은 제스처를 이용한 시뮬레이션 기술을 연습한다.

내가 "칼 가는 사람은 어떻게 칼을 갈지?"라고 질문했더니, 여러 어린이가 칼을 가는 움직임을 흉내내기 시작했다. 그런데 어린이들은 발로 페달을 밟는 움직임이나 손으로 칼을 잡고 있는 모습만 흉내내는 것이 아니라, 구부정한 등, 앞으로 숙인 머리, 날의 여기저기를 살펴보는 눈빛, 먼지를 터는 움직임까지 너무나 자연스럽고 꼼꼼하고 철저하게 수행해 보였다. 나는 어린이들의 정확성과 관찰력에 깜짝 놀랐다. 그리고 나 자신도 이렇게 어린이들이 흉내내는 행동을 본 다음에야 비로소 성인들의 움직임을 제대로 바라보고 정확히 관찰하는 법을 배웠다.[289]

독일어 능력을 키우는 방법도 마찬가지다. 작품을 해석하고 성찰하는 글을 쓰는 대신에 기술적 과정을 신체적으로 복제하고, 그럼으로써 대상을 관찰하고 기술하는 능력을 키워야 한다. 말하자면 초등학교에서 자연주의 문학을 가르치는 셈이다. 그리고 여기서 칼 가는 사람을—문학적 폐기물 재활용에 걸맞게—간질 환자로 바꾸기만 하면, 후대의 논문 제목 그대로 '라이너 마리아 릴케의 소위 간질성 발작에 관한 묘사'가 나온다. 이 논문을 쓴 정신과 의사에 따르면, 『수기』는 임상적으로 정확하고 당대 임상의학의 문제들에 완전히 부합하는 간질 증상을 보여준다.[290] 하지만 여기서 중요한 것은 라이너 마리아 릴케가 소위 간질성 발작을 묘사한다는 점이 아니라, 『수기』에서 말테 라우리츠 브리게가 간질성 발작을 시뮬레이션한다는 점이다. 이에 대한 묘사는 몇 쪽이나 이어지는데, 브리게가 열심히 광인을 흉내내면서 그의 두려움과 제스처들을 따라하다가 결국 감정이입이나 해석학으로는 접근할 수 없는 어떤 실재에 부딪히는 대목은 특히 결정적이다. 그렇지만 간질성 발작에 시달리는 사람과 그를 흉내내는 사람, 그러니까 샤렐만의 학생들처럼 간질 환자를 자연스럽고 꼼꼼하고 철저하게 시뮬레이션하는 사람이 연달아 불바르 생미셸 거리를 걸어간다면, 이들의 모습은 파리를 가로지르는 하나의 알레고리가 될 것이다. 이것이 바로 광기의 모방자로서의 문필가다.

『말테 라우리츠 브리게의 수기』는 차라리 『한 신경병자의 회상록』이라 해도 과언이 아니다. 브리게의 사실적 묘사를 지배하는 철저한 소진의 규칙이 결국은 글쓰기 자체를 겨냥하게 되듯이, 시뮬레이션이라는 방법 역시 글쓰기 자체로 되돌아온다. 아래의 인용문은 브리게의 발이 광인의 발자취를 따라가듯 브리게의 글쓰는 손도 광인의 손놀림을 따르게 된다는 것을 명확하게 보여준다. 그는 죽음의 순간에 여태껏 짜맞춰놓은 의미들이 어떻게 사라지는지, 어떻게 뇌 안에서 종양이 새로운 세계의 태양처럼 떠오르는지 쓰고 나서, 자신의 기록 자체에 대한 기록을 남긴다.

> 나는 아직 한동안은 모든 것을 기록하고 말할 수 있을 것이다. 하지만 언젠가는 내 손이 나에게서 멀어져, 내가 손에게 글을 쓰라고 명하면 손이 내가 뜻하지 않은 말들을 쓰는 날이 올 것이다. 다른 해석의 시대가 밝아오리니, 그때가 오면 아무 말도 남아나지 못할 것이다. 모든 의미가 구름처럼 흩어져서 물처럼 흘러내릴 것이다.[291]

그는 스스로 주술적 미디어 또는 영매가 되어 해석학의 종언과 주술적 미디어의 승리를 예언함으로써 더는 해석학의 노예로 돌아가지 않을 권리를 얻는다. 이에 관해서는 더 논할 것이 없다. 남은 과제는 "다른 해석의 시대"가 도래한다는 증거를 제시하는 것이다.

예술교육
운동의
자유작문교육
    이른바 어린이의 세기에는 개혁적 자유작문운동이 일어난다. 고전주의-낭만주의 시대 이래로 독일어 작문은 기존 작품을 새롭게 독해하는 해석적 유형이든 신중하게 글쓰는 손을 요하는 성찰적 유형이든 간에 반복적 읽기의 규칙이 지배하고 있었다. 그런데 자유작문은 정반대다. 그것은 학생들이 아무것도 "다시 읽지" 않고 그저 "책상 위에서 펜이 날아다니도록" 내버려두어야 "옳다"

고 전제한다.[292] "무언가 생산한다는 것은 창조력을 풀어주어 우리 뇌의 보물창고를 마음껏 이용하도록 하는 것이다."[293] 이제는 학생들이 마땅히 이렇게 생각해야 한다고 교사들이 생각한다고 학생들이 생각하는 것을 쓰는 대신에 그냥 자기 뇌에 각인된 것을 쓰면 된다. 이런 자유는 가르치기가 "쉽지 않다." "이들은 언제나 '이런 건' 쓰면 안 된다고 생각한다."[294] 여기에는 다 이유가 있다. 당대의 책제목을 빌리자면, 지난 100년간 '우리의 학교 작문은 은밀히 숨겨진 통속소설이었다.' 학생들은 "8년 동안 작문 수업을 들으면서 매주 '우수한' 작문을 했다. 모든 문장이 돋보기로 꼼꼼하게 검사되고 올바른 형태로 재단되었다." 학생들은 "『빌헬름 텔』의 인물들을 해부하고, 심해의 동물들에 관한 보고서를 써야 했다." 그리고 이 모든 것이 기의의 논리에 복속되었다. 작문은 "기존의 모든 훈련(맞춤법, 문법 연습 등)을 하나의 전체로 통일하는 임무"를 맡았다.[295]

반면 자유작문은 여태껏 독일어라는 상상적 전체로 묶여 있던 각각의 서브루틴들을 분리한다. 그것은 기존의 독일어 작문에서 문법, 맞춤법, 표준어의 규범을 모두 제거한 순수 글쓰기다. 하지만 이런 것이 존재하려면, 학생들뿐만 아니라 교사들도 반복적 읽기의 구습을 버려야 한다. 학생 작문을 빨간색 잉크로 검열해서 돌려보내는 관행을 중단해야 하는 것이다. 왜냐하면 "이런 건" 쓰면 안 된다는 자기검열은 모두 큰 '타자'의 담론이 부과한 역전된 피드백, 즉 '피드포워드'이기 때문이다. 그래서 1900년 전후에는 많은 사람이 노트 여백에 빨간색으로 첨삭하는 관행을 철폐하라고 목소리를 높이며,[296] 심지어 라이프치히의 한 초등학교 교사는 이를 주제로 논문 한 편을 완성한다. 뮌히의 전투적인 논문 『빨간색 잉크병에 관하여』는 정신물리학이 의미라는 오만한 추정에 맞서 싸우는 데 동원했던 아주 효과적인 무기를 동원해서 첨삭의 관행을 바로잡고자 한다.

행간에 그려진 저 터무니없이 뒤틀린 이미지라니! 저 혐오스러운 빨간색 갈퀴, 바늘, 저 휘갈겨쓴 글씨, 저 발톱, 독침, 뱀……! 거기다 여백에는 또 얼마나 꼼꼼하게 첨삭을 해놓았는지! 이렇게 자글자글한 글씨로 빽빽한 여백은 마치 중국 도적떼가 덕지덕지 그린 깃발처럼 보이지 않는가? ……공책의 위아래를 뒤집어서 저 검붉은 얼룩과 검은 잉크 자국이 어떤 무늬를 이루는지 찬찬히 들여다보라. 마치 문신한 남태평양 토착민의 미라들에 둘러싸인 듯이 느껴지지 않는가![297]

인종학적 시선은 기호의 유형들을 무너뜨리고 니체가 말하는 벌거벗은 각인의 폭력만을 남긴다. 일찍이 에빙하우스와 모르겐슈테른이 신문이나 이미지를 거꾸로 뒤집어보라고 했듯이,[298] 민히도 공책을 뒤집어 보이면서 다른 교육공무원들에게 먼 조상 린트호르스트는 당장 잊으라고 종용한다. 학생들의 글이 아니라 발톱 같고 잉크 얼룩 같은 그들 자신의 첨삭 내용을 똑똑히 보라는 것이다.

　　하지만 빨간펜 없는 교사는 필연적으로 실험자가 되고, 자유작문을 하는 학생은 피험자가 된다. "교육학적 문제의 본질"은 "특정한 정신적 작용이 뇌의 어느 부위에서 일어나는가 하는 [실험심리학적] 문제"와 완전히 일치하며, "양쪽 문제는 모두 실험적 검증을 요구한다."[299] 치헨이 예나에서 학생들을 대상으로 진행한 연상 실험이 "그때까지 견고하게 유지되었던 부자연스러운 논리의 감호로부터" 심리학을 해방시키는 이론적 효과를 낳았다면, 자유작문 역시 "학생들을 대상으로 하는 연상 실험을—이런 말을 하기는 그렇지만—실용화한다," 치헨이 보기에는 다소 수수께끼 같은 결과를 가져온다.[300] 그것은 "경험적 교육학의 극히 중요한 기록"으로서, 교육계의 "과학자들"에게 "실험심리학의 논거"

를 제공한다.[301] 따라서 '자유'라는 부가어에 속으면 안 된다. 학생들이 자유롭게 주제를 선정하는 수준을 넘어서 자유연상에 돌입한다면, 여기서 작동하는 것은 1800년경에 가정되었던 어린이의 자족적 정신과 전혀 무관하다. 오히려 모든 것은 통제되지 않은 발화의 흐름은 치명적인 무의식을 해방시킬 뿐이라는 정신분석의 근본 규칙에 따른다. 실험심리학은 언제나 과학수사다. 그래서 작문 첨삭의 관행이 폐지되면 오히려 교사의 구식 빨간펜이 과학자의 펜으로 대체될 수 있게 된다. 이제 교사는 새로운 펜으로 제목 그대로 '어린이들 사이의 소문에 관한 진술'을 통계학적으로 실험하고 발화심리학적으로 분류하는 논문을 쓴다.[302] 문학적 보헤미안들도 이 명백한 훈육에 찬동한다. 문필가 페터 힐레는 악질적인 "구식 교육"을 폐지하려는 성인들을 옹호하면서, 이들의 주장은 "어린이들에게 아무것도 하지 말자"는 것이 아니라 "이 아름답고 새로운 세계를 그저 감독하고 관찰하는" 새로운 특권을 누리자는 것이라고 부연한다.[303]

　　어떤 기록도 순수하게 그 저자만을 기록하지는 않는다. 자동기술법, 정신분석적 연상법, 자유작문, 이런 것들은 모두 필자를 영매 또는 미디어로 전락시키는 어떤 강력한 힘의 존재를 입증한다. 주관적 인상을 기록하는 작문 연습도 결국은 무언가 불러주는 말을 받아쓰는 것으로 귀결된다.

　　나는 내가 담당하는 아홉 살 내지 열 살의 어린이들에게 매일 인상을 기록하는 연습을 시킨다. 예닐곱 내지 여덟 명의 학생들에게 연필과 종이를 가지고 교실 창가로 오라고 해서, 교실 조명이 아니라 자연광 아래서 만물을 보고 그 모습을…… 창가에서 기록하도록 한다. 어린이들은 거리에서 보이는 가장 단순한 삶의 모습들을 지목하고, 그것들이 눈 깜짝할 사이에 어떻게 서로 연관되는지 파악해야 한다. 그러면 옆에서 참견하지 않아도 생각이 언어로 육화되고, 감각이 지체 없이 자신의 체험을 펜에게 불러 주어 받아쓰도록 한다. 그 문장들이 '우수한' 작문을 될지 일일이 고민하지 않고 말이다.[304]

그러니까 뮌히의 실험에서 어린이들은 감각이 불러주는 대로 글을 쓰고, 감각은 다시 길에서 벌어지는 우발적 현상들이 불러주는 대로 따른다. 이 책이 마지막에 『보병의 훈련 규정』이라는 책의 사례를 강조하는 것은 우연이 아니다.[305] 1906년에 출간된 이 책은 뮌히의 실험과 마찬가지로 자극과 반응의 합선을 프로그래밍한다. 손에 든 것이 필기도구든 총이든 간에, 이들은 모두 자아(최종적으로는 교사)가 중간에 끼어들면 안 된다고 주장한다. 탈인격화가 이뤄져야 "맞춤법과 구두법뿐만 아니라 감각에 기초하지 않은 말과 표현은 모두 피해야 한다"라는 담론의 규칙과 부합하기 때문이다.[306] 그런데 이 규칙은 1900년 무렵의 어린이들뿐만 아니라 광인들의 글쓰기에도 똑같이 적용된다. 결국 자유작문은 '나는 글쓴다'와 '나는 착란한다'라는 두 개의 불가능한 문장을 결합하는 연습이다.

드레스덴의 초등학교 교사 오스터마이가 수행한 실험은 이를 명확히 보여준다. 브리게보다 1년 먼저, 오스터마이는 『차이트슈리프트 퓌르 도이첸 운터리히트(독일어 교습 저널)』에서 다음과 같은 초유의 사태를 독자에게 전한다.

나는 7학년 학급을 맡고 있다. 어린이들은 자기 경험에 관한 자유작문을 능숙하게 써내며, 열성적으로 즐겁게 글쓰기에 임한다. 어느 날 한 어린이가 8시에 못 오고 9시에 와서 아버지가 쓴 편지를 내밀었다. 그에 따르면, 이 어린이가 밤새 아팠는데도 작문을 하기 위해 적어도 9시에는 학교에 가야겠다고 고집을 피웠다는 것이다. 그래서 이 어린이가 무슨 글을 쓰려고 했을까? 그의 글은 "내가 간밤에 어떻게 열병을 앓았는가" 하는 것이었다. 이 어린이는 10시쯤에 다시 귀가할 수 밖에 없었고, 이후 며칠이나 더 결석했다.[307]

그러니까 이런 것이다. 한 어린이가 열병을 앓으면서 자기가 어떻게 열병을 앓는지 글로 쓴다. 감각은 착란에 사로잡힌 채 지체 없이 데이터를 전달하여 펜을 쥔 손이 받아쓰도록 한다. 하지만 어린이의 아버지만이 이를 병이라고 여길 뿐, 어린이와 교사는 오히려 이런 착란을 작문의 필요충분조건으로 본다. 자유작문은 글쓰기의 행위 자체가 글쓰기의 결과를 보증한다. 고작 작문 수업 한 시간 동안에, 어린이는 모든 미디어의 근원적 배경이 되는 저 구별 불가능성 속에서 튀어나와 그것이 다시 무소불위의 힘을 획득하기 전에 분절된 말로 기록한다. 이렇게 홀의 아동심리학적 '공포연구'가 실험적 차원에서 계속 전개된 결과, 1900년 무렵의 광기는 질병과의 오랜 결합을 끊어내고 병리학적 차원을 벗어나 담론 자체에서 제자리를 찾는다.

> 언젠가는 내 손이 나에게서 멀어져, 내가 손에게 글을 쓰라고 명하면 손이 내가 뜻하지 않은 말들을 쓰는 날이 올 것이다. 다른 해석의 시대가 밝아오리니, 그때가 오면 아무 말도 남아나지 못할 것이다. 모든 의미가 구름처럼 흩어져서 물처럼 흘러내릴 것이다.

열병에 시달리며 자신의 열병을 기록하는 어린이의 자리에 문필가가 나타난다. 브리게는 스물여덟 살이지만 아직도 자신이 어떻게 유년기의 말없는 "열병의 세계에서 빠져나왔는지" 거의 이해하지 못한다.[308] 그렇기 때문에, 브리게는 샤르코의 살페트리에르 병원에서 열병이 재발했는데도 자신을 치료해줄 옆방의 의사를 기다리지 않는다. 오히려 "그는 장엄한 언어를 듣고 열에 들떠 그 언어로 시를 지으려는 사람처럼" 자리를 박차고 일어나 글쓰기용 책상으로 달려간다.[309] 그는 거기서 논리와 표준어의 감독을 벗어나는 열병의 정체를 글로 밝힌다. 그것은 열병이라는 질병분류학적 실체가 아니라 저 "커다란 것"이다. 이런 유아어만이 저 커다란 것을 (이번 한 번만 독일어 교사들의 표현을 빌리자면) '형식과 내용'에 맞게 묘사할 수 있다.

따라서 브리게가 수행하는 것은 자유작문이다. 그의 『수기』는 정신사적으로 예술교육운동과 평행선을 그리는 것이 아니라, 예술교육운동의 프로그램을 이행한 것이다. 사태를 파악할 만한 배경지식이 있는 동시대인이 보기에, 자유작문은 비대하게 자란 "현대적 서정시," "표현주의와 미래주의의 거대 종양"을 유발하는 명백한 요인이다. 실험심리학자 모이만은 자유작문이 "미래 세대"에게 "언어의 혼돈과 사유의 문란"을 가르친다고 본다.[310] 그러나 독문학자들은 의미가 물처럼 흘러내리는 상황에서도 "다른 해석"을 생각하지 못한다. 이들은 『수기』의 연쇄성에서 예술적 대칭성, 질서, 섭리의 법칙을 꼼꼼하게 찾아내면서, 애초에 릴케의 텍스트에는 그런 것이 없지 않은가 하는 [릴케의 프랑스어 번역자이자 연구자인] 앙즐로의 의심을 물리치려 한다. 자유작문을 할 때는 심지어 초고도 쓰면 안 된다. 글이 "미리 준비한 메모 더미, 표제어를 둘러싼 허울, 전체적 개요에 덕지덕지 옷을 입힌 것"이 되어서는 안 되기 때문이다.[311] 뮌히가 가르치는 어린이들처럼, 브리게는 가장 단순한 삶의 모습을 가장 단순한 우연의 규칙에 따라 기록해야 한다. 거리에서 벌어지는 일들이 "눈 깜짝할 사이에 어떻게 서로 연관되는지" 포착해야 하는 것이다.

그러므로 릴케가 정신분석을 받는 대신 브리게와 함께 글쓰

는 편을 택하면서 파울 게오르크 뮌히의 수사법을 빌려오는 것도
당연하다.

> 나는 경건한 마음에 의지하여 그런 침략을, 그 거대한 정
> 화 작용을 이겨냅니다. 삶은 그런 짓을 하지 않지요. 여태
> 껏 작성된 삶의 페이지가 그런 교정의 손길 아래 놓인다
> 고, 삶이 학생용 공책처럼 온통 새빨갛게 교정된다고 생
> 각해보세요. 얼마나 우스꽝스러운 이미지입니까. 그것은
> 완전히 잘못된 것입니다.[312]

하지만 이 우스꽝스러운 이미지는 1900년경의 문학이 『빨간색 잉
크병에 관하여』의 전쟁에 동참하고 있음을 보여준다. 릴케가 잘못
한 것이 있다면, 말실수를 의미에 맞게 교정하는 대신 말실수 자체
를 놓고 무의식의 기표들을 탐사하는 학문을 오판했다는 점밖에
없다. 그러나 어쨌든 간에 릴케는 정신분석을 단념했고, 그럼으로
써 『말테 라우리츠 브리게의 수기』가 교정의 손길 아래 놓이지 않
은, 여태껏 작성된 삶의 페이지 그 자체임을 확증한다.
　뷔르츠부르크 대학의 박사학위 심사 대상자이자 문필가인 게
오르크 하임은 학교에서 다음과 같은 통보를 받는다.

> 법학 및 정치학 교수단은 귀하가 제출한 논문을 현재 상
> 태로는 수락하지 않기로 결정했습니다. 귀하의 논문은 요
> 구조건을 충족하지 않습니다. 심사위원의 보고에 따르면,
> 귀하의 논문은 오탈자와 구문의 오류가 너무 많아서 사본
> 을 작성한 후 교정하지 않은 것이 명백합니다.[313]

이 통보문은 무엇이 작품이 아니고 누가 저자가 아닌지를 공적으
로 확언한다. 교수단은 여전히 원고 더미를 다시 읽는 과정에서 작

품이라는 말뭉치가 탄생하고 저자라는 상상적 신체가 탄생하는 1800년식 기록시스템에 속한다. 그런데 카를 아인슈타인의 소설 주인공 베부퀸은 "변신" 또는 "해체"의 과정에서 새로운 글쓰기가 도래하도록 자신의 팔다리가 병들어 떨어져나가기를 기도하며,[314] 브리게나 하임은 글쓰는 손이 더이상 자아의 지배를 받지 않기를 바라면서 교정도 보지 않은 원고를 그냥 넘긴다. 이런 사람들은 고전적인 저자와 전혀 다른 기능을 수행한다. 정신물리학적 무의미의 폐기물을 재활용하는 데는 저자가 필요하지 않다. 우연적인 개별 사례들, 재활용될 수 있는 폐기물만으로 필요충분조건이 충족된다. 노파가 손에 쥔 연필, 노파가 한 번도 안 쓴 것 같은 기다란 연필이 관찰자 브리게에게 전하는 내용은 터무니없이 간단하다. 그것은 브리게라는 필자도 본인 스스로 『수기』를 통해 그토록 철저하게 저장하는 저 "폐기물," "운명이 뱉어버린 인간들의 껍데기" 중 하나라는 사실이다.[315]

자동사적 글쓰기는 1900년식 기록시스템에서 문필가와 어린이가 "나란히" 수행하는 익명적이고 임의적인 기능이다.[316] 어린이가 더이상 조숙한 알파벳 실력을 살려 문자들을 단숨에 환각으로 변모시키는 재주를 뽐내지 않으니, 더이상 이름 있는 저자도 새로 영입되지 않는다. 이런저런 이유로 종이에 기입된 (대개는 예술교육운동을 하는 교사들이 너그럽게 지면을 내어준) 우연적인 개별 사례들은 그저 우연한 데이터를 모은 것뿐이다.

> 만약에 여덟아홉 살짜리 어린이 세 명에게 용돈을 얼마쯤 쥐여주면서 라이프치히의 시장에 보낸다면, 그중 두 명은 분명히 공책을 살 것이다. 놀이기구나 터키식 과자가…… 아무리 유혹해도, 셋 중 두 명은 공책을 살 것이다![317]

이것이 교육학적 실험자의 관점에서 본 실험의 초기 조건이다. 그리고 문학적 피험자의 관점에서 이는 실험적으로 확인되는 사실이다.

> 내 손에 공책이 있다면, 그게 아니라도 무언가 기회가 주어지면, 나는 내게 떠오른 생각을 기록할 것이다. 언제나 무언가 생각이 떠오른다. 그 거대한 떠오름 또는 무너짐을 허약한 순진함으로 붙잡아두고 싶다.[318]

> 무덥지는 않다. 하늘에 파란색이 넘쳐흐르고 강가에서 습기찬 바람이 불어온다. 집집마다 장미가 무성하고 몇몇은 장미에 파묻히다시피 했다. 책과 연필을 사고 싶다. 이대로 흘러가버리지 않도록 가능한 한 많은 것을 기록하고 싶다. 나는 오랜 시간을 살았지만 그 모든 것은 저 멀리 파묻혀버렸다. 내가 시작될 때에도 그것이 내 곁에 있었을까? 나는 이제 모르겠다.[319]

> 하지만 만약에 이 모든 것이 가능하다면, 그런 가능성이 비치기라도 한다면, 그러면 반드시 무슨 일인가 벌어져야 한다. 할 수 있는 사람이라면 누구든, 이런 뒤숭숭한 생각을 해본 사람이라면, 여태껏 소홀히 했던 무언가를 시작해야 한다. 그 사람이 설령 적임자가 아니라고 해도, 다른 사람이 없으니. 이 젊고 보잘것없는 외국인 브리게는 6층에 앉아서 밤낮으로 글을 써야 한다. 그래, 그는 글을 써야 한다. 그것이 결말이 될 것이다.[320]

이는 연약하고 임의적인 실천이며, 서로 얼마든지 대체 가능한 개별 사례들의 글쓰기다. 하지만 여기서 '나는 글쓴다'라는 불가능한 문장만은 적어도 명시적·물질적으로 실현된다. 사법연수생이

자 미래의 문필가인 하르틀레벤은 "사법연수생의 활동은 인간의 모든 활동 중에 가장 고귀하다"라는 사실을 처음으로 증명한다. "그것은 결코 기계 작업으로 대체되어 잉여로 전락할 일이 없기 때문이다." "사법연수생은 저렴하고 질 좋은 타자기를 만든 발명가에게 얼마든지 저항할 수 있다. 왜냐하면 타자기가 아무리 저렴하더라도 사법연수생은 그보다 더 저렴하기 때문이다. 그는 공짜다." 이렇게 논박 불가능한 전제를 바탕으로, 하르틀레벤은 사법연수생 생활을 통해 자신의 어릴 적 꿈을 이뤘다는 결론에 도달한다.

> 글쓰기! 글을 쓰도록 허락받는 것, 가능한 한 제대로 된 문필가가 되는 것. 이제 나는 완전히 이 소망을 이루었다. 나는 글을 쓰도록 허락받았고, 글을 쓸 수 있었고, 심지어 글을 써야만 했다. 아직은 내 생각과 내가 떠올린 형태들을 종이에 옮기지 못하고 주로 남이 불러주는 것을 기록하는 수준이었지만, 나는 모든 것이 한 번에 이루어지지는 못한다는 생각을 하며 스스로 위안해야 했다. 어쨌든 명시적·물질적으로 내 소망은 이루어졌다. 나는 글을 썼다.[321]

글쓰기는 대가 없는 행위acte gratuit다. 글쓰기 행위는 물질성으로 환원되기에 저자를 유명하게 하지도 독자를 행복하게 하지도 않는다. 글쓰는 사람들은 그저 타자기를 대신하는 별난 사람들일 뿐이다. 그리고 1900년 무렵에는 기술과 병리학이 서로 호환되기에, 문필가라는 독신자 기계는 이 '대가 없는 행위'에서 즐거움이라도 얻기 위해 어느 정도 미쳐야 한다. 이들의 눈앞에는 더이상 은화가 반짝이지도 린트호르스트의 딸이 손짓하지도 않는다. 그저 글쓰기와 착란이 신화적으로 결합해 있을 뿐이다.

따라서 브리게의 말을 빌리자면 글쓰기의 시작은 이미 언제나 결말이다. 후고 발의 소설 주인공 라우렌티우스 텐더렌다가 "허약한 순진함으로 붙잡아두고" 싶어하는 것들이 또다른 소설 주인공의 손아귀를 금세 빠져나간다. 에렌슈타인의 소설 주인공 카를 투부치는 고작 파리 두 마리가 잉크병에 빠져 죽는 것을 보았다는 이유로 자신의 펜을 (타자기가 없었으므로) 연필로 바꾸었다가 급기야 아무것도 쓰지 않게 된다.[322] 그러므로 애초에 니츠키처럼 자신의 시커먼 심장을 잉크병에 익사시킬 필요도 없었다. 글쓰기라는 연약하고 착란적인 행위를 멈추고 싶다면 죽은 파리 두 마리로 충분하다.

> 무엇이 나를 막을 수 있으랴, 내가 모든 것에 종언을 고하고 어딘가의 호수와 잉크병 속에서 영원한 안식을 구하려 한다면, 우리가 살아가고 또 죽음을 맞이하는 저 잉크병이 어떤 미친 신 또는 악마에게 속하는지, 그리고 이 미친 신은 또 누구에게 속하는지 알아내려 한다면.[323]

＊

우연의 문필가가 정신의 공무원을 대체하다

1800년경의 시는 신의 왕국에 속한다. 절대적 정신이 속세의 생을 마친 저자들과 작품들을 소비하니, 정신의 왕국에는 만취하지 않은 자가 없다. 정신의 왕국의 술잔 속에서 문필가들은 시민사회의 이름을 버리고 비로소 끝없는 해석 가능성과 불멸의 의미를 얻는다.

반면 1900년식 기록시스템과 그 잉크병 너머에는 전혀 다른 신이 어른거린다. 그는 미친 신이다. 광기의 모방자들은 그를 주인으로 섬긴다. 미친 신도 만취하지만, 이는 세 겹의 의미에서 환상을 지양하는 고전적 도취와 다르다. 1800년경에 철학적 소비의 기능이 있었다면, 1900년경에는 벌거벗은 절멸뿐이다. 1900년경의 필자는 미친 신의 잉크병에 빠져 죽어도 불멸하는 저자명을 얻지 못한다. 기껏해야 그는 전체 기록시스템을 외부에서 받아쓰는 역설적이고 익명적인 문맹자를 대체할 뿐이다. 그래서 저자와 작품이 있던 자리에는 그냥 필자와 글만 남는다.

단적인 예로 '말테 라우리츠 브리게의 수기'라는 제목에는 불분명한 단어가 전혀 없다. 그것은 한정된 문자들의 집합을 물질적 차원에서 지시하고, 그것을 만든 우연한 필자를—"이 젊고 보잘것 없는 외국인 브리게"를—개별적 차원에서 지시한다. 에렌슈타인의 단편소설도 마찬가지다. 이 소설의 도입부는 이렇다.

> 내 이름은 투부치, 카를 투부치다. 이 말을 하는 것은, 내가 가진 것은 이름 외에는 거의 아무것도 없기 때문이다.

그리고 결말부는 이렇다.

> 하지만 나는 정말 아무것도, 마음 깊은 곳에서 나를 기쁘게 할 만한 아무것도 없다. 내가 가진 것은 앞서 말한 것이 전부다. 내 이름은 투부치, 카를 투부치다.[324]

브리게, 투부치, 라우다, 뢰네, 파메일런, 이런 이름들은 헤겔의 책 제목처럼 '정신현상학' 속으로 녹아들어 이름 없는 정신의 일부가 되지 못한다. 오히려 이 이름들은 고스란히 남아 자신의 무효성을 입증한다.[325] 이 무미건조한 이름들은 말 만드는 사람들이나 말 자체가 아무 중요성도 없다는 니체의 문장을 고쳐쓴 것과 같다. 말 만드는 사람들은 미친 신의 지배를 받는데, 이 신은 전능한 것이 아니라 또다른 힘들의 지배를 받는다. 이 힘들의 이름은 어렵지 않게 짐작할 수 있다. 투부치는 파리가 잉크병에 빠진 후에 타자기를 사라는 조언을 듣는데, 이는 그의 잉크병을 지배하는 악마들을 무無로 환원한다. 악마들은 기술적-생리학적 조건 아래서 존재할 수 없기 때문이다. 미친 신을 지배하는 힘들은 문학을 필요로 하지 않는다. 1800년식 기록시스템에서는 대학 철학 강좌에서 시를 해석했지만, 1900년경의 미디어 기술과 생리학은 그런 것 없어도 잘 돌아간다. 괴테와 헤겔 사이에 오간 건배의 말이 구시대적 유물로 전락하면서 말 만드는 사람이 기록한 것들은 대학에 다다르지도 못한다. 폐기물을 기술하는 문학은 기록시스템의 삼차적 위치, 그러니까 제일 밑바닥으로 추락해서 그 자체로 폐기물이 된다.

1800년경에는 보편적 교육공무원들이 시를 정당화하고 그럼으로써 자기 자신을 정당화할 유일한 방법을 찾지만, 1900년경의 실용적 교육공무원들은 그렇지 않다. 이들은 수많은 문학 텍스트를 해석하는 대신에, 스스로 실험자가 되어 그 텍스트들을 다른 미디어로 치환한다.[326] 철학 교수들은 텍스트들을 문학자들에게 넘기고, 문학자들은 일종의 미디어 전문가로 변모한다.[327] 1800년식 기록시스템이 이상적 '인간' 또는 '공무원'을 모든 지식의 왕으로 옹립했던 자리에는 빈 구멍만 남는다. 문필가들은 정신물리학자들이 구성한 어린이 또는 광인만 시뮬레이션하면서 진정한 의미의 단순 기능직으로 전락한다.

이들에게는 왕이 되거나 왕의 전령이 된다는 두 가지 선택지가 있다. 모두가 아이처럼 전령이 되고 싶어한다. 그래서 오직 전령들만이 존재하면서 세계를 누비며 통보하는데, 왕이 존재하지 않기 때문에 이들은 서로 의미 없는 전갈을 주고받을 뿐이다. 이들은 이 비참한 현재를 끝내고 싶어도 공무원 선서 때문에 감히 그러지 못한다.[328]

여기서 공무원 카프카는 왕의 자리가 공석이 된 이후 문필가의 직업적 위치와 그 무의미함을 적절한 은유로 표현한다. 1912년 슐레지엔의 트로파우 정신병원에 입원한 어떤 제도공도 동일한 사태

를 끔찍할 정도로 성실하게 기술한다. 안톤 벤첼 그로스라는 이 제
도공은 주동자 없는 음모론을 상세히 기록한다. 그에 따르면, "가
짜 우체부, 재판소 직원, 경찰, 헌병," 그리고 특히 "석판화공, 인쇄
공, 식자공, 활자조각공, 목판조각공, 화학자, 약사, 기술자" 들의
연합이 합심해서 그를 광기로 몰고 있다.[329] 그러니까 담론 기능공
들, 통신 채널이나 우편의 주요 지점들을 차단할 수 있는 기술적
식견을 가진 사람들이 전문가의 호의를 가장해서 그가 사회로 복
귀하는 데 필요한 글과 문서를 조작한다는 것이다. 따라서 이들은
공무원 슈레버의 머릿속에서 사고를 날려버리기 위해 기계처럼
정확하게 자기 임무를 수행하던 존재들, 정신이 결핍된 저 외계의
존재들과 유사한 점이 있다. 존넨슈타인의 기록시스템도 허위적
인 헛소리만 저장했다가 또다른 하위의 신경 전달자들을 보내 슈
레버의 귀에 대고 큰 소리로 외치게 했기 때문이다.

　이상적 '인간' 또는 '공무원'이 정신의 산물을 담는 보편적 기
억장치였다면, 담론 기능공들은 각자 특정하게 제한된 영역에 따
라 별도의 집합을 이룬다. 이들은 제각기 일부만을 저장할 뿐이지
만, 서로 협력하면 '정신'이라는 이름으로 통용되던 책과 의미의
독점체제를 폭파할 수 있다. 카프카의 전령, 그로스의 우체부, 슈
레버의 글쓰기 능력, 이들은 모두 어떤 생리학적 공리와 부합한다.

　　생리학에서는 부분기억들을 구별해야 한다는 관점이 예
　　전부터 인정되었지만, "능력" 위주로 접근하는 심리학에
　　서는 기억을 대개 단일체로 간주하면서 부분기억의 존재
　　를 완전히 무시하거나 비정상으로 취급한다. 우리는 독자
　　여러분을 다시 현실로 되돌리지 않을 수 없는바, '특수기
　　억' 또는 여러 저자들이 사용하는 말로 '국지기억'의 존재
　　는 확실히 입증된 사실이다. 우리는 '국지기억'이라는 용
　　어를 선호하는데—여러분이 기억할지 모르겠지만—이

는…… 국지적으로 뇌 기능이 분산된 것과 연관된다. 기
억은 흔히 우리가 인지한 모든 것이 칸칸이 저장되어 있
는 창고로 비유된다. 이 비유는 약간만 수정하면 여전히
쓸 만하다. 이를테면 각각의 특정한 기억들을 제각기 특
정한 업무만 담당하는 한 무리의 공무원들이라고 생각해
보자. 그중에 한 사람이 일을 쉬어도 나머지 공무원들의
활동에 눈에 띄게 문제가 생기지는 않는다.[330]

개별적으로 일을 쉴 수 있는 단순 기능직 공무원들이 운영하는 국
지적으로 분산된 시스템. 이러한 대뇌생리학적 묘사는 1900년경
에 성립된 담론망의 실제 모습과도 거의 일치한다. 모든 능력의 상
위 능력으로서 정신이 존재하지 않는다면, 남는 것은 특정한 정보
를 담당하는 특정한 기능들뿐이다. 카프카의 수많은 텍스트가 통
신 채널의 물질성을 다루는 것은 우연이 아니다. 통신 채널에서
는 (「이웃」에서처럼) 말이 새어나가거나, (「황제의 칙명」에서처
럼) 부동시간 또는 지연시간이 발생하거나, (『성』에서처럼) 내부
적으로 접속 장애가 발생하며, (「법 앞에서」처럼) 이 채널들을 통
해 전달되는 것은 오로지 이들이 존재한다는 사실 자체지 그 외의
다른 의미는 없다.

　담론의 원천과 목적지에 왕이 존재하지 않기에 메시지는 무
의미해진다. 문학적으로 속속들이 기술된 이 같은 상황은 새로운
기록시스템의 한 면을 이룬다. 그러나 다른 한 면에서는 기록이
기계화되면서 처음으로 개별적이고 우연적인 메시지를 저장하는
것이 가능해진다. 이제는 철학자가 난입해서 관찰적 명제들을 범
주로 환원하거나 말해진 것을 문자화된 진리로 환원하지 못한다.
아무리 엇나간 말이라도 그것을 담당하는 특수기억이 있기에, 발
화된 것들은 반박되지 않으며 반박될 수 없는 것으로 남는다. 위
대한 정신과 의사 블로일러가 주도하고 부르크횔츨리 정신병원

의 보조의사들이 진행한 「진단의학적 연상 연구」는 400여 가지의 다양한 어휘로 환자들에게 자극을 가하는데, 여기에는 헤겔의 『정신현상학』에 나왔던 "어둠"이라는 단어도 포함된다. 그런데 실제로 예순다섯 명의 피험자 중에서 한 "서른여덟 살의 백치"가 감각적 확실성을 나타내는 헤겔의 유명한 관찰적 명제를 정확히 반복한다. "어둠: 그것은 지금이다."[331] 하지만 부르크횔츨리에서 연구를 수행하던 융과 리클린, 그리고 베를린이라는 보조의사는 헤겔처럼 열두 시간 후에 실험을 반복하지도 않고, 서른여덟 살의 백치에게 그가 말한 '지금'의 개념이 얼마나 백치 같은지 철학적으로 조목조목 논증하지도 않는다. 기의의 고향으로 번역해들어가는 것은 단순 기능직의 업무가 아니라 주인의 담론이 할 일이기 때문이다. 그러나 블로일러는 14400여 개의 연상 기록을 바탕으로 철학적 명제를 도출하는 대신에 이 기록에 서문을 붙이는데, 여기서 그는 하필 "내가 이를테면 연상에 관해 글을 쓰려고 할 때"를 예로 들면서 무의식적 연상의 전능함에 관해 기술한다. 이렇게 해서 "어둠: 그것은 지금이다"라는 명제는 글쓰기 행위 자체로 또 한번 돌아온다. 실험 감독과 백치는 결국 둘 다 "신체적 감각"의 꼭두각시로 밝혀진다.[332]

『정신현상학』 전체가 "지금은 밤이다"라는 문장을 논박하는 데서 출발한다면, 1900년식 기록시스템은 전부 불투명한 '이것임/개체성Diesheit'이 돌아오는 데서 성립한다. 오스터마이가 가르치던 초등학교 학생이 다시 신체적 감각의 포로가 되기 전에 오전 10시까지 서둘러 제출한 작문의 개요는 아마도 '열병: 그것은 지금이다'라는 내용일 것이다. 마찬가지로 광인을 시뮬레이션하는 브리게도 같은 말을 하고 있다. "이제 그것이," 그러니까 커다란 것이, "다시 나타났다." 이러한 '개체성'들은 수신처도 없고 의미도 없다. 분산된 특수기억 또는 국지기억들은 무의미해진 메시지들을 서로 주고받는다. 하지만 이를 통해 순수한 '지금,' 끝없이 끝나는 현재의 순간이 저장되면서 처음으로 끝나기를 멈춘다.

　　개체성을 저장하는 저장장치는 그 자체로 개체성이 된다. 그것은 모든 아카이빙을 담론적 사건으로 만든다. 1900년식 기록 시스템에서는 담론의 사용 목적이 감소하면서 담론을 중성화하기가 점점 더 어려워진다. 그 결과 문학이라는 불가해한 폐기물은 끝없이 끝나지 않는다. (발레리의 시학은 전부 이 문제를 다룬다.) 오로지 개체성만을 기록하거나 단어들과 타이포그래피를 통해 스스로 개체성이 되는 문학이 저장장치를 점령한다. "철학적 서정시라는 명칭만으로 이미 그 정체를 충분히 짐작할 수 있는" 시들은 퇴출된다. 실러처럼 "최고로 학식 있는 시인"이 "'자연'이나 '산책' 같은" 주제들을 "이미 사유의 대상으로 변모한 사물"처럼 취급했다는 것, "추상과 종합을 통해서, 그러니까 실재적·자연적 과정이 아니라 논리적 과정을 통해 획득된 것처럼" 다루었다는 이유만으로 시인의 자격을 박탈당한다. 이와 함께 시인과 사상가의 공모 관계도 완전히 종결된다.[333] [정신의] 빈 왕좌는 개별적인 지금의 순간들로 채울 수 있고 채워야만 한다. 저장장치들은 그 안에 저장되는 것들과 마찬가지로 특이성을 획득한다. 와일드의 『도리언 그레이의 초상』과 [그에 영감을 주었다고 알려진] 위스망스의 『거꾸로』는 첫 장부터 마지막 장까지 값비싼 귀중품, 보석, 양탄자, 향신료 등을 나열한다. 이제 남은 질문은 이것뿐이다. 누가 이것을 읽는가, 애초에 읽기나 하는가?

　　여기에는 비의적 답변과 대항적 답변이라는 두 가지 가능성이 있는데, 이들은 결국 동일한 여지의 양가적 선택지일 뿐이다. 먼저 비의적 답변은, 사람들이 인식하든 그렇지 않든 간에 저장된다는 사실 자체는 변함없다는 것이다.[334] 놀라울 정도로 긴 귀중품 목록을 작성한 바 있는 오스카 와일드에 따르면, 탁월한 영국 현대시들

우연의
독자를 위한
우연의
저장장치

이 출현할 수 있었던 것은 아무도 그 시들을 읽지 않고 따라서 아무것도 훼손되지 않은 덕분이다.[335] 그는 독자를 위해 더이상 아무 일도 하지 않는다는 차라투스트라의 금언을 실행한다. 마찬가지로 [게오르게 일파가 만들던 배타적 예술 잡지인] 『디 블레터 퓌르 디 쿤스트(예술 회보)』도 "내부자의 초대를 받아야 들어올 수 있는 폐쇄적 독자 집단"을 대상으로 한다고 명시한다. 이렇게 담론적 사건을 프로그래밍하는 결핍의 기술은 당연히 선량한 사람들에게 충격을 준다. 하지만 그들의 공격은 비판이론조차도 무언가 반대하려면 이상화된 '인민'을 믿어야 한다는 [점에서 근본적인 한계가 있다는] 반박 논리에 의해 튕겨나온다.[336] 비의적 문필가 호프만스탈은 "사람들이 흔히 '사회적 질문'이라 칭하는" 모든 것에 무관심한 이유를 다음과 같은 반박 불가능한 유명론적 논리로 뒷받침한다.

> 우리 앞에 나타나는 그 무엇도 실제적이지 않습니다. 무엇이 '실제적'인지 아는 사람은 아무도 없을 겁니다. 그 속에 파묻힌 사람이든 심지어 '상류계급'이든 간에 말이죠. 나는 '인민Volk'을 알지 못합니다. 나는 인민은 존재하지 않는다고 생각합니다. 우리 곁에는 그저 구체적인 사람들이 있을 뿐입니다.[337]

그리하여 1900년 전후로 모든 저장장치를 지배하는 불가능한 실재가 갑자기 화용언어학의 문제로 돌변한다. 개별적인 것만 기록하는 문학은 독자나 비독자도 그런 개체로만 인식한다. 호프만스탈이 사용한 '사람들Leut'이라는 단어는 지방 방언으로, 철학적으로나 사회학적으로 고찰될 만한 것이 아니다. 그것은 확률론적 분산, 미디어가 성립하기 위한 배경으로서의 백색잡음을 지시한다.

그렇기 때문에 문학의 소재가 퇴폐든 (앞서 표현한 대로) 폐기물이든, 시뮬레이션의 대상이 귀족이든 정신질환자든 아무 차이가 없다. 다다를 수 없는 문학의 이면에는 언제나 확률론적 분산이 있다. 그리고 바로 여기서 비의적 답변과는 또다른 선택지의 실마리를 찾을 수 있다. 릴케도 프라하에서 문필가로 처음 경력을 쌓을 때는 와일드 같은 태도를 취한다. 그는 제목 그대로 '현대 서정시'에 관해 강의하면서, 독일 독자들의 악명 높은 무관심 덕분에 새로운 시가 나올 수 있었다고 말한다. 현대 서정시가 존재하는 것은 '사람들'이 내버려두기 때문이라는 것이다.[338] 하지만 다른 한편에서, 릴케는 자신과 다른 사람들의 시를 묶어서 출판하고 자기 손으로 배포한다.

> 견본 몇 부를 대중조직과 각종 협회, 서점, 병원 등에 보냈고 완전판 『베크바르텐』도 동네에 뿌렸습니다. 이것들이 '인민' 속으로 들어갈 수 있을지—누가 알겠습니까? ……나는 우연에 의지할 뿐입니다. 우연이 여기저기서 이 책들을 진짜 인민들 사이로, 고독한 서재로 데려가기를.[339]

이런 유통 방식도 문학의 사회성 문제에 응답하는 한 가지 방식이다. 릴케는 '인민'을 인용부호로 둘러싸고 오로지 개별적인 만남의 사례들을 정립하려 한다. 그는 기이한 방식으로 프라하 거리를 배회하면서 비의적 문필가 호프만스탈이 유일한 실재라고 칭한 구체적인 '사람들'을 찾는다. 하지만 더이상 증폭기도 없고 시를 유포할 방법 자체가 없는 상황에서 사람들을 찾는 것은 거의 불가능하다. 릴케는 그런 독자들을 생산하는 유일한 기관인 학교를 비켜간다. 그리고 그가 찾아가는 병원이나 각종 협회들은 증폭기보다는 오히려 스파이들끼리 이용하는 버려진 우체통에 더 가깝다. 단순 기능직으로 무력화된 문필가는 자신들의 『베크바르텐』을 (이름에서 이미 시사하듯이) 길가에 깔린 '성서의 돌' 위에 떨어뜨린다.* 그는 오로지 "우연"에 "의지한다." 그리고 우연을 계산하려면 수학적 통계학을 가동해야 한다. 그래서 1900년경부터 문학이 누군가에게 다다랐는가 하는 질문은 오로지 경험적 사회조사의 문제로 남는다.

문헌학적으로 입증할 수 있는 것은 구체적인 '사람들'이라는 불가능한 수신처를 어떻게 텍스트 내에 기입하느냐 하는 문제다. 문필가들은 자신의 글이 교양을 갖춘 개인들에게 도달하지 않도록 하기 위해서 어떤 조치를 취하는가? 기록시스템의 폐기물인 텍스트를 유통하는 방식은 바로 그 폐기물 자체가 유통되는 방식에서 도출될 수밖에 없다. 하지만 이 때문에 1900년경의 문학은 고전주의-낭만주의 시대의 시 증식 프로그램과 근본적으로 대립하게 된다.

익명의 문필가 마지막으로 한 번만 더 호프만과 린트호르스트의 이야기를 돌아보자. 그것은 젊은 청년과 여성 독자들을 고전주의-낭만주의의 질서로 끌어들이는 섬세한 그물망이었다. 린트호르스트는 은밀하게 시인으로 활동하는 유명한 고위공무원이었다. 그런데 이 공무원-시인이 마찬가지로 시인으로 활동하는 한 법관에게 시적 증폭기로 작동해줄 것을 요청했다. 그러자 이 또다른 공무원-시인이 해석학적인 읽기 능력을 완벽하게 훈련해서 시 쓰는 능력을 획득한 유망한 젊은 청년을 이야기 속으로 불러왔다. 그러자 여성 독자들은 이 젊은 시인의 사랑이 어느 여성을 향하는가 하는 수수께끼에 영원히 사로잡혔고, 시적 감수성이 있는 젊은 공무원들은—안젤무스의 충실한 후계자로서—책 속의 여성 이미지를

---

*'베크바르텐Wegwarten'은 원래 '치커리'를 가리키는 식물명이지만, 단어를 쪼개면 '길Weg'에서 '기다린다warten'라는 의미를 끌어낼 수 있다. 또한 '성서의 돌biblische Stein'은 바닥에 까는 석회석을 가리킨다. 신비주의적 전통에서는 성서에 나오는 돌의 다양한 의미와 연관해서 '성서의 돌'을 어떤 초자연적·구원적 힘을 가진 구체적 대상으로 상상하고 숭배했으며, 여기서 비롯된 성스러운 돌의 모티프는 문학적 영역에서도 많이 발견된다.

환각적으로 독해하여 이른바 삶 속에서 재발견하는 법을 배웠다. 그런데 이 프로그램은 1900년경의 불연속을 통과하지 못한다. 안젤무스나 아마데우스 같은 개인 저자와 헤어브란트나 호프만 같은 공무원을 동시에 지시할 수 있는 이중적 이름이 1900년경 이후로 소멸한 것만 봐도 그렇다. 릴케 연구자들이 말테를 친근하게 부를 때조차, 말테 라우리츠 브리게는 "젊고 보잘것없는 외국인 브리게"로 남는다. 순수기표로서의 이름은 상상적 동일시를 배제한다. [카프카의] "K."나 "요제프 K."로는, 프로이트가 "에미 폰 N." 이나 "안나 O." 등의 익명적 인물들로 수행하는 익명성의 게임밖에 할 수 없다. 이렇게 헐벗고 부서진 이름은 연속적인 교양의 역사, 다시 말해서 알파벳 학습의 역사에 결부되지 못한다. 실서증이나 실독증에 시달리는 소설 주인공은 미래의 저자를 비추는 거울이 될 수 없다.

"개인사는 더이상 유효하지 않다. 이름은 중요하지 않다." 루트비히 루비너는 1912년 전보 양식으로 이렇게 쓴다.[340] 1800년식 기록시스템에서 "음향이나 연기"로 변하는 "이름"은 알다시피 절대적인 '주인'의 이름이었다. 그리고 이 이름이 말소된 자리에는 오로지 저자명만이 출현할 수 있었으니, 그의 시적인 일대기는 남성 독자들을 시쓰기로 이끌고 여성 독자들을 사랑으로 이끌었다. 반면 1900년식 기록시스템을 지배하는 독재적 기표는 영혼 살해 또는 인류의 황혼을 명한다. 이제 저자명은 이름을 무효화하는 개별 사례들로 용해되거나 사실의 익명성 속으로 사라진다. 니체의 말처럼, "독자를 아는 자는 독자를 위해 더이상 아무 일도 하지 않는다." 그래서 그는 자신이 밟아온 교양의 역사와 "장래에 걸어갈 길에 관해"서도 아무 말도 하지 않는다. 마찬가지로 되블린은 의사로서 자기 자신, 즉 문필가 되블린을 정신분석할 기회가 있어도 고작 다음과 같이 말할 뿐이다.

내 영혼의 발전에 관해서는 할 수 있는 말이 없다. 왜냐하면 나 자신이 정신분석을 수행하는 사람으로서, 자기표현이 얼마나 거짓된 것인지 잘 알기 때문이다. 게다가 나는 심리적으로 나 자신에 대해 '건드리지 마시오' 상태라, 대상과 거리를 유지하는 서사시적 서술 방식으로만 나 자신에게 접근할 수 있다.[341]

마찬가지로 루비너는 『인류의 황혼』이라는 선집에 참여하면서, 책제목을 문자 그대로 받아들여 [저자 약력을 요구하는] 출판사의 관습적인 요구를 거절한다.

루트비히 루비너는 자신의 약력이 수록되는 것을 원하지 않는다. 과거 활동, 작품, 날짜 등을 나열하는 것은 개인주의적이고 거드름 피우는 예술가들의 오만한 구시대적 오류에서 비롯된 악습이다. 단언하건대, 현재와 미래에는 창조적이고 익명적인 공동체의 일원이 되는 것만이 의미가 있다.[342]

막스 브로트, 로베르트 무질, 에른스트 슈타들러, 로베르트 발저, 프란츠 베르펠 등의 문필가들은 1912년부터 '풀려난 새'라는 독특한 제목의 잡지를 함께 만들면서 바로 이런 실제적 익명성을 추구한다. 이번에도 루비너가 '풀려난 새'의 의미를 설명한다.

데메테르 출판사에서 나온 이 잡지는 익명성의 지배하에 있다. 현실로 구현된 이 유토피아의 지극한 행복을, 이 격동적 성격을 나타낼 수 있는 말을 고안하는 것이 가능할까? 그 단어는 우리에게 휴대용 사발, 규격화된 장화, 바그너의 악보를 남겨주었을 뿐인 지난 세기가 더이상 정신

의 걸림돌이 될 수 없음을 확실히 보여야 한다. ……거듭
말하건대, 새로운 잡지는 익명성의 지배하에 있다. 이는
100년이 지난 끝에 다시 책임과 관계의 중요성이 커졌음
을 의미한다. 한 사람이 진정 용기를 가지고 익명성의 개
념을 극단까지 파악하는 날이 오면, 그날은 오늘의 우리
역사가 시작되는 창세의 첫날이 될 것이다.[343]

따라서 '풀려난 새'의 익명성은 고전주의-낭만주의적 글쓰기와
체계적으로 단절하려는 시도, 오로지 담론적 사건을 가능하게 하
기 위한 담론적 사건이다. 1900년식 기록시스템이 말 만드는 사람
들에게 부여한 엘리트주의적인 문자 숭배의 공간에 익명성을 추
구하는 구시대적 실천이 "다시" 돌아온다.[344] 이 같은 "저자의 단
념"은 정신의학적 "탈인격화"로 파악될 수도 있고, "정신"의 창
조 행위로 찬미될 수도 있다.[345] 어느 쪽이든 익명성은 말들을 급
진적으로 낯설게 하는 효과를 발휘한다. "정신이 돌로 된 사물의
공간 속으로 뛰어든다. 하나의 문장, 하나의 단어가 세계에 남아
메아리친다."[346]

　　그러니까 "진정 용기를 가지고 익명성의 개념을 극단까지 파
악하는" 그 "한 사람"을 구체적으로 '게오르게'라고 불러서는 안
된다. 『디 블레터 퓌르 디 쿤스트』까지 폐간 무렵 "저자명은 절대
적으로 중요한 것이 아니므로 생략한다"라는 입장을 밝히는데, 강
직한 좌파로서 이름도 약력도 없이 활동하던 루비너는 이 시점에
서 불현듯 경계심에 사로잡힌다. 그리고 하나의 독재적 기표가 이
름도 밝히지 않고 결국 세계대전을 선언한다. 말들이 세계에 남아
메아리치니, 이제 이 말들은 일반적인 법적 절차로 중성화할 수 없
다.[347] 그리고 '풀려난 새'가 무엇을 의미하는지는 소름끼칠 정도
로 명확해진다.*

　　*슈테판 게오르게의 '새로운 왕국'은 제1차세계대전 전후로 새로운 기록

한 번의 주사위 던지기는 결코 우연을 폐지하지 못할 것이다.

"지구가 자기에게서 난 풀에 서명을 하는 정도로" 미미하게 자신의 생산물에 서명을 남기는 예술가,[348] 『베크바르텐』을 노동자클럽 근처의 길가에 흘리고 가는 예술가, 시민사회의 이름을 밝히지 않고 좌파 또는 우파의 입장에서 전쟁을 부르짖는 예술가, 이들은 모두 확률론적 분산에 의지하여 전략적 장에서 활동한다. 그리하여 1900년식 기록시스템은 문학사회학이 그 이름에 걸맞게 확립될 수 있을 만한 상태에 도달한다. 제목 그대로 '문학사와 사회학'을 결합하려는 랑송의 프로그램은 1900년 전후로 종이 위로 날아간 탈인격화된 글쓰는 손 또는 풀려난 새들을 그저 따라갈 뿐이다. 자아가 의도하지도 않고 책임지지도 않는 말들을 문필가가 써내려갈 때, 책은 사회적 사실이 된다.

> 따라서 책은 진화하는 사회적 현상이다. 일단 책이 출간되고 나면 저자는 더이상 그 책을 자기 마음대로 할 수 없다. 책은 더이상 저자의 생각이 아니라 독자들의 생각을, 다시 그 독자들을 뒤따르는 다음 독자들의 생각을 의미하게 된다.[349]

랑송은 '기표들은 오래전부터 존재했지만 이들은 저자의 생각만 의미하지 않는 것이 아니라 아무 생각도 의미하지 않는다'라는 생

시스템과 문학의 문제를 넘어 정치적이고 거의 종교적인 차원으로 확장되었다. 게오르게는 독일의 신화적 기원과 우주론적 전망을 뒤섞어 '새로운 왕국'의 비전을 만들어나갔으며, 이는 나중에 등장하는 히틀러 지지자들에게 나치 체제의 예언으로 받아들여졌다. 게오르게 일파의 활동 자체도 1910년대부터 게오르게라는 선지자를 중심으로 하는 비밀결사 또는 유사종교적 성격이 강해졌는데, 이 역시 파시스트 청년문화에 지대한 영향을 주었다고 알려져 있다. 게오르게의 열렬한 팬이었던 괴벨스는 그를 나치 독일의 계관시인으로 옹립하고자 했으나, 게오르게는 이를 거부하고 망명을 택한 뒤 1933년 스위스에서 사망했다.

각을 글로 쓴다. 고작 이것이 문학에서 이론과 실천을 구분하는 차이다. 어쨌든 실제 독자는 생각을 경유하지 않고도 책이라는 사회적 사실로부터 많은 것을 얻을 수 있다. 1888년, 열 살짜리 한스 카로사는 학교 도서관에서 『시의 보물』을 펼쳐보고 "읽은 내용의 10분의 1도 이해하지 못하면서도" "시의 소리에 사로잡히고 그 리듬에 인도된다." 명령은 자기 자신 이외의 다른 것들, 다른 사람들에 의해 중성화되지 않고 명령 그 자체로 있을 때 가장 효과적이다. 라이저와 클뢰덴 같은 사람들은 이해할 수 없는 문자들 때문에 반감을 느끼지만, 카로사는 마법의 주문에 걸린 것처럼 불가해한 시에 매혹된다. 그가 반감을 느끼는 것은 정반대의 이유 때문이다.

> 처음에는 모든 시의 맨 밑에 그와 무관한 이름들이 적혀 있어서 좀 거슬렸다. 적어도 나로서는 클롭슈토크, 프리드리히 뤼케르트, 에두아르트 뫼리케, 괴테, 아우구스트 코피슈 같은 우스꽝스러운 단어들이 저 내면적 음악과 무슨 관계인지 상상도 할 수 없었다.[350]

＊

물론 카로사처럼 어린 남성 독자는 분노를 행동으로 표현해서 괴테 같은 우스꽝스러운 이름을 지워 없애지 못한다. 그래도 이름을 없애고 싶다면, 한 여성의 성숙함과 분노가 동반되어야 한다. 아벨로네라는 이름의 이 여성은 브리게라는 이름의 남성이 아무것도 모른 채 『괴테와 한 어린아이의 서신 교환』을 웅얼거리자 도저히 참지 못하고 끼어든다.

*역사적으로 망각된 여성 필자들이 시스템에 통합되다*

> "차라리 큰 소리로 읽어봐, 책벌레." 잠시 후에 아벨로네가 말했다. 이제 싸움을 거는 말투는 아니었다. 지금이야말로 화해할 기회라고 생각했기에, 나는 당장 큰 소리로

한 단락을 끝까지 읽고 다음 단락의 말머리까지 읽었다. '베티네에게.'

"아니, 답장은 읽지 마." 아벨로네는 나의 낭독을 끊고서…… 자기를 쳐다보는 내 표정을 보고 웃음을 터뜨렸다.

"하느님 맙소사, 네 낭독이 얼마나 이상했는 줄 아니, 말테."

한순간도 집중해서 읽지 못했음을 인정할 수밖에 없었다. "난 그냥 네가 그만 읽으라고 할 때까지 읽은 거야." 속마음을 털어놓자 얼굴이 빨개졌다. 나는 책표지로 돌아가서 제목을 보고 그제야 무슨 책인지 알았다. "왜 답장은 읽지 말라는 거야?" 나는 궁금해서 물었다.

아벨로네는 내 말을 듣고 있지 않은 것 같았다. 밝은 색 원피스를 입은 그녀의 눈이 어두워졌다. 그녀의 내면 곳곳에도 어둠이 드리우는 듯했다.

"이리 줘." 그녀는 갑자기 화난 목소리로 내 손에서 책을 낚아채서 자기가 읽고 싶은 부분을 얼른 펼쳤다. 그러고는 베티네의 편지 하나를 읽기 시작했다.

내가 그 편지를 이해했는지는 알 수 없다. 그래도 언젠가는 그 모든 것을 음미할 수 있으리라는 엄숙한 약속을 받은 것 같았다.[351]

낭송의 법칙은 이처럼 엄격하다. 1900년 무렵에는 책이 아무도, 심지어 원저자도 마음대로 할 수 없는 사회적 현상이 된다. 역사적 변화는 『괴테와 한 어린아이의 서신 교환』을 한 여성과 무명씨의 서신 교환으로 변모시킨다. 왜냐하면 괴테가 자기 이름의 이름으로 연인을 내치는 대목마다 또다른 여성이 나타나서 훼방을 놓기 때문이다. 100년이 지나자 그 이름은 사라진다. 브리게는 책제목을 몰라서 표지를 찾아봐야 하고, 아벨로네는 그의 이름을 입에 올리지 않는다. (그리고 『수기』의 다른 대목에서도 그 이름은 전혀 언급되지 않는다.)

담론의 폭력적 조작은 단절을 낳는다. 위상학적으로 말해서, 1807년부터 1812년까지의 서신 교환을 1900년식 기록시스템에 옮겨 그린 것은 더이상 원본과 같을 수 없다. 책으로 묶인 연애편지와 그에 대한 답신의 상호근접성이 파괴되고, 그럼으로써 비로소 사랑과 사랑과 사랑의 상호근접성이 확립된다. 미디어 치환은 새로운 말뭉치를 만들어내는데, 그것은 온전히 베티나 브렌타노의 말뭉치다.

베티네, 그대는 얼마 전까지도 여기 있었지. 나는 그대를 음미할 수 있다. 대지에는 아직 그대의 온기가 있고, 새들은 여전히 그대의 목소리를 위한 공간을 남겨두지 않았는가. 이슬은 그때의 이슬이 아니어도, 별들은 여전히 그대의 밤에 빛나던 별들이니. 혹은 어쩌면 세계가 전부 그대의 것이 아닌가?[352]

베티나 브렌타노의 말뭉치 또는 '세계'는 작품을 지배하는 저자성의 빈자리에 나타난다. 괴테라는 이름의 창조자가 빠지면서 새의 지저귐과 여성들의 목소리가 파고들 수 있는 열린 공간이 생긴다. 본인이 시시한 사람이라는 사실에 기뻐하면서 편지를 쓰던 여성 필자는 사후에 저자로 격상되지 않는다. 하지만 그녀가 바람에 날려보낸 글은 저자성이 없기 때문에 끝나기를 멈춘다. 이 글쓰기는 그저 영원히 사랑을 반복할 뿐이며, 그렇기 때문에 불현듯 시기적절해진다. 불투명한 '개체성'의 영원회귀가 글쓰기 전체를 정의하는 바로 그 순간에 말이다.

기록시스템은 매번 과거의 말뭉치들에 사후적으로 작용한다.

1800년경에는 글쓰기의 주변에 머물던 익명 또는 가명의 여성들이 시스템의 중심으로 돌아온다. 작품 속에서 여성들을 몰락시켰던 저자들 또는 남성들이 이제 스스로 몰락하고 있기 때문이다. 통계학적 관점에서든 아니면 특이성을 가진 개인의 수준에서든, 1900년경에는 당대의 책제목 그대로 '18~19세기 독일 정신사의 여성들'이 명시적으로 기념되고 연구된다.[353] 릴리 브라운의 책제목을 빌리자면 '거인들의 그늘에' 가려졌던 두 세대의 여성들이 별도의 연구 주제가 된 것이다. 괴테의 어머니가 맞춤법에 맞지 않게 쓴 편지가 자유작문의 모범으로 제시된다.[354] 라헬 파른하겐은 문단의 "권력자"로서 고전 시문학에서 빼놓을 수 없는 인물이 된다.[355] 게오르게는 귄데로데가 몸을 던진 라인 강변에 「빙켈: 귄데로데의 무덤」이라는 시를 바친다.[356] 베티나 브렌타노는 마침내 괴테의 한계와 좌절을 나타낸다. 자동사적 글쓰기가 문학의 서명이 되면, 1800년경에 편지를 쓰던—그러나 결코 응답받지 못하던—여성 필자들만이 새로운 글쓰기 행위를 비출 수 있다. 반면 고전주의-낭만주의 텍스트는 저자를 중심으로 코드화되었고 일반적 독자 세계에 잘 알려져 있다는 바로 그 이유로 기피 대상이 된다. 브리게는 베티나 브렌타노에게 이렇게 쓴다.

> 그대는 그대의 사랑이 지닌 가치를 알고 있었다. 그대는 세상에서 가장 위대한 시인 앞에서 이 사랑을 외쳤다. 이 사랑은 아직 원소에 지나지 않으니, 여기에 인간성을 불어넣으라고. 하지만 시인은 그대에게 편지를 써서 사람들에게 이 사랑을 믿지 말라 말했다. 모두 시인이 쓴 답장을 읽고 그 말을 더 믿었다. 자연보다는 시인의 말이 더 이해하기 쉬우니. 하지만 바로 그것이 위대한 시인의 한계였음이 언젠가 밝혀지리라. 이 사랑하는 여인은 시인에게 주어진 과제였지만, 그는 그녀를 감당하지 못했다. 그가

사랑에 응답하지 못했다니, 무슨 소리인가? 이런 사랑은
응답을 요구하지 않는다. 이런 사랑은 구애의 부름과 응
답을 자기 안에 모두 가지고 있다. 그것은 자기 자신의 간
청을 스스로 들어준다.[357]

하지만 브리게가 이 모든 가치의 재평가를 성취한 장본인이 아니
라는 점에 유의해야 한다. 브리게가 엉망으로 책을 읽어서 아벨로
네가 중간에 끼어들지 않았다면, 그는 괴테의 답장까지 계속 읽음
으로써 [베티나 브렌타노의] 자동사적 사랑을 다시 한번 말소했
을 것이다. 여성적 글쓰기가 존재하려면 알파벳 학습이 중단되어
야 한다. 브리게는 괴테를 계속 읽어서 저자로 성장하는 대신에 자
신의 독서가 중단되도록 내버려둔다. 아벨로네가 브리게의 독서
를 중단시키는 것은 제네바장치가 정신물리학 실험실의 타키스
토스코프나 영화 필름에 분절적인 움직임을 유발하는 것과 똑같
이 기능한다. 아벨로네는 브리게의 나쁜 낭송을 중단시켜서 그보
다 좋은 낭송으로 대체하는 것이 아니라, 오히려 (라리슈의 표현
을 빌리자면) 괴테의 답장들 '사이'를 드러내기 때문이다. 그러므
로 브리게가 그녀의 낭송을 들으면서 해석학적 이해에 도달하는
대신에 "언젠가는 그 모든 것을 음미할 수 있으리라는" 약속을 받
는 것은 당연한 논리적 귀결이다.

　　한 여성이 쓴 전대미문의/응답 없는unerhörte 연애편지를 다른
한 여성이 낭송하면서, 그녀는 남성과 여성을 둘러싼 원을 그리고
남성적 해석학을 원 바깥으로 추방한다. 이제 여성 독자들에게 자
신의 영혼을 사랑의 수수께끼로 속삭여줄 저자가 존재하지 않기
에, 아벨로네는 작품의 내재적 의미를 찾는 독서의 의무에서 해방
된다. 1800년식 기록시스템에서는 작품을 이어쓰는 생산의 기능
과 순수한 소비의 기능이 각각 남성과 여성의 임무로 특화됐지만,
이제는 두 기능 모두 중단된다. 브리게는 안젤무스가 아니고 아벨

로네는 베로니카가 아니다. 그는 책을 건네고, 그녀는 그 책으로 하고 싶은 것을 한다. 이렇게 해서 베티나 브렌타노와 괴테 사이에서는 불가능성 그 자체였던 상황이 100년 늦게 실현된다.

> 그는 의복을 정갈하게 갖추어 입고 밧모 섬의 사도 요한처럼 그녀 앞에 공손하게 무릎을 꿇고서 그녀가 불러주는 말을 두 손으로 받아써야 했다. "천사의 직무를 수행하는"* 이러한 목소리 앞에서는 선택의 여지가 없었다.[358]

편지를 낭송하는 아벨로네의 목소리는 또다른 여성의 목소리로 피드백되면서 계속 늘어나고, 그럼으로써 브리게가 앞으로 깨닫게 될 미래의 통찰들을 전부 그에게 불러준다. 그녀는 베티나 브렌타노가 고전주의적인 담론의 조건 아래서 불행히도 천사의 직무를 수행할 수 없었다는 사실을 불러준다. 알다시피 천사의 직무란 사람들에게 죽음을 준비하도록 하는 것이다. 그녀의 말은 저자의 죽음을 알린다. 괴테는 한 여성의 목소리가 "시인의 죽음을 위해 준비한" "어두운 신화"를 "백지 상태로 버려두지만,"[359] 『수기』의 필자는 그 신화를 받아들인다. 다른 해석의 시간이란, 저자라는 명예로운 직함 없이 타자들이 불러주는 말에 종속되는 것을 의미한다. 괴테와 달리 브리게는 이러한 말을 무릎을 꿇고 받아쓴다. 하지만 이를 통해 비로소 아벨로네의 이해 불가능성으로부터 발산되는 "약속이 변함없이 실현된다."[360]

　『수기』에서 여성들에 관한 대목은 모두 아벨로네인 동시에 베티나인 저 목소리의 반향을 받아쓴 것이다. 그는 그녀에 관해 아무것도 이야기하지 않는다. "말은 모든 것을 그르치기 때문"이다.[361] 그녀에게 편지를 쓰는 것은 무의미하다. 그는 편지 초고를

---

*사도 요한은 밧모 섬에서 천사의 계시를 받고 최후의 심판과 종말에 관한 계시록을 쓴다.

끄적거릴 뿐 절대로 편지를 보내지 않는다. (괴테의 표현을 빌리자면) 소녀들을 위한 글쓰기를 통해 저자의 반열에 오르려는 모든 시도는 "자신의 사랑에서 모든 타동사적인 면을 덜어내려" 하는 여성들의 의지에 의해 무산된다.[362] 그리고 자동사적 사랑은 당연히 글쓰기를 통해서만 성립할 수 있는데, 바로 이런 글쓰기가 1900년경에 문학이라고 불린다. 릴케의 말처럼 여성들이 "수백 년 동안 모든 사랑을 혼자서 실천"하고 "언제나 대화의 양쪽을 혼자서 수행했다"라는 것은 도대체 무엇을 의미하는가?[363] 그것은 아델베르트 한슈타인이나 엘렌 케이가 주장한 것과 다르지 않은, 전대미문의 또는 응답 없는 자동사적 사랑의 호소로 이루어진 또 다른 문학의 역사를 의미한다. 그것은 베티나 브렌타노, 사포, 엘로이즈, 가스파라 스탐파, 엘리자 메르쾨르, 클라라 당뒤즈, 루이즈 라베, 마르셀린 데보르드발모르, 쥘리 레피나스, 마리안 드클레르몽, 그 외 수많은 여성의 역사다.[364]

저자의 신성함이 사라진 바로 그 자리에 글쓰는 여성들, 다른 무언가로 환원될 수 없고 그래서 읽히지 않는 여성들이 나타난다. 이들의 텍스트가 버티고 있는 한에는, 저자를 배태한 하나의 이상적 '어머니'를 앞세워 (괴테가 베티나 브렌타노에게 그랬듯이) 다수의 여성 필자들을 진압하지 못한다. 1900년식 기록시스템은 성적 차이의 장에서 철저한 소진이라는 불가능한 규칙을 가장 엄격히 준수한다. 이상화된 "자연"이나 "산책" 같은 실러적 "추상"뿐만 아니라, 남성과 여성을 하나의 질서로 통일하는 담론들도 전부 불가능해진다. 브리게는 불가능한 연인의 말을 받아쓰면서 바로 이 점을 깨닫는다.

멀쩡히 살아 있는 소녀들에 관해 아무것도 모른다는 것이 가능한 일인가? '여자들' '아이들' '소녀들'이라고 말하면서 (많은 교양을 쌓았음에도 불구하고) 이 단어들이 오래

전부터 더이상 복수가 아니라 수많은 단수만을 보유한다
는 사실을 눈치채지 못하는 것이 가능한 일인가?

　……그래, 그것은 가능하다.

　하지만 만약에 이 모든 것이 가능하다면, 그런 가능
성이 비치기라도 한다면, 그러면 반드시 무슨 일인가 벌
어져야 한다. 할 수 있는 사람이라면 누구든, 이런 뒤숭숭
한 생각을 해본 사람이라면, 여태껏 소홀히 했던 무언가
를 시작해야 한다. 그 사람이 설령 적임자가 아니라고 해
도, 다른 사람이 없으니. 이 젊고 보잘것없는 외국인 브리
게는 6층에 앉아서 밤낮으로 글을 써야 한다. 그래, 그는
글을 써야 한다. 그것이 결말이 될 것이다.

# 퀸의 희생

이상적 '여성'은 존재하지 않는다 La femme n'existe pas. 1900년식 기록 시스템에서 여성들은 수많은 단수로서, 더이상 하나의 단수로만 성립하는 이상적 '여성' 또는 '자연'으로 환원되지 않는다. 1900년 식 기록시스템이라는 체스판에서 모든 미디어와 학문은 경쟁적 으로 퀸을 희생시킨다.

먼저 기술자들이 말을 움직인다. 요절한 헝가리의 체스마스 터 카루세크(1873~1900)는 마이링크의 『골렘』에서 불멸을 얻었 지만, 그 이전에 문제적인 끝내기 게임에서 퀸을 희생하는 교묘한 수를 고안하여 스스로 불멸을 쟁취한 바 있다.* 그리고 빌리에 드 릴아당의 『미래의 이브』에서, 에디슨은 모든 엔지니어의 직업적 비밀을 누설한다. "우리끼리 하는 이야기지만, 언젠가 그 '자연'이 라는 귀부인을 꼭 한번 소개받았으면 좋겠군요. 온 세상이 그녀에 관해 말하지만 아무도 그녀를 본 사람이 없으니 말입니다."[1]

이 아포리즘은 릴아당의 소설 전체를 움직이는 원동력이다. 『미래의 이브』 잉글랜드의 귀족이 한 여성과 치명적인 사랑에 빠지는데, 그녀는

---

* 저자는 카루세크를 독일의 체스마스터 아돌프 안더센(1818-79)과—어쩌면 의도적으로—혼동한 듯하다. 안더센은 1851년 런던에서 열린 최초의 국제 체스 토너먼트에서 우승하여 당대 체스의 최강자로 통했다. 특히 이 토너먼트에서 안더센과 리오넬 키저리츠키의 게임은 퀸을 희생하는 안더센의 대담한 수로 엄청난 화제를 모았으며, 체스의 역사에 "불멸의 게임"으로 기록되었다.

더할 나위 없이 아름답지만 (여성의 지적 능력이 생리적으로 떨어진다는 뫼비우스의 견해를 입증하는 듯이) 그녀가 내뱉는 말의 명청함은 그녀의 아름다움을 능가한다. 그래서 축음기의 아버지가 절망에 빠진 친구를 위해 성가신 부분을 제거한 사랑의 대상을 새로 만들어주기로 결심한다. 에디슨은 이 여성의 신체는 전자기계 공학적으로 원래의 연인과 똑같이 본뜨고 정신은 이상적 '여성'으로 교체한다. 에디슨이 '미래의 이브'라고 부르는 이 자동기계는 "일개 지성이 아니라 절대적 '지성'을 가지고 있다."[2] 그것은 "자연의 복제물"로서 [정신과 신체] 양쪽 모두에서 원본보다 완벽해서 자연 자체를 "무덤에 묻어버릴" 정도다.[3] 왜냐하면 이 여성 안드로이드의 살은 불멸하며, 그 안에 설치된 문화기술은 연인이 소망할 법한 모든 것보다 더 훌륭하기 때문이다. 폐가 있을 자리에는 당시의 기술 수준을 훨씬 앞서는 두 개의 전기식 축음기가 들어가고, 그 실린더에는 시인들과 사상가들이 남긴 사랑에 관한 가장 아름다운 말들이 저장된다. 이제 에발드 경은 일개 여성에서 절대적 '여성'으로 옮겨가서 이 여성 안드로이드에게 말을 건네기만 하면 된다. 그러면 두 개의 축음기가 자체에 저장된 어휘들을 에빙하우스 방식으로 내뱉을 것이다. 기계장치가 저장된 표현들을 가능한 모든 방식으로 조합하면 서로 다른 사랑의 응답을 예순 시간이나 계속할 수 있다.

에디슨에게 이 모든 기술적 세부사항을 설명받은 에발드 경은 처음에야 당연히 경악한다. 어떤 남성이 제한된 어휘와 제스처의 집합을 가진 자동기계를 사랑할 생각이나 하겠는가. 그러나 엔지니어는 사랑이란 언제나 그렇게 반복되는 기도문 암송임을 입증해 보인다. 실제로 존재하는 다수의 여성은 (아벨로네의 경우처럼) 남성들이 듣고 싶은 말과 전혀 다른 이야기를 하지만, 이상적 '여성'은 자동기계 같은 말로 남성들을 기쁘게 한다. 에디슨은 에르트만보다 앞서서 모든 전문 언어와 일상 언어가 일정량의 기표

집합으로 얼마든지 운용될 수 있음을 밝히고, 마찬가지로 연애 문제도 가능하면 "인간 언어의 거대한 만화경"을 자동기계로 구현한 결과인 '여성 미디어 전문가'에게 넘기는 게 낫다고 주장한다.[4]

그리고 결국 프로그래밍한 대로 실현된다. 에발드 경이 이 단일한 여성 또는 사랑에 맹렬하게 빠져들면서, 에디슨은 '아아' 하는 한숨과 올림피아가 지배하던 지난 세기에 마침표를 찍는다. "이것으로 과학이 심지어 사랑에 빠진 '인간' 또는 남성도 치료할 수 있다는 것을 처음으로 증명했군요."[5] 상처를 낸 창으로만 그 상처를 치료할 수 있다고 하듯이, 시인들과 사상가들이 상상적 여성 이미지에 부여했던 모든 속성은 여성의 기술적 대체물로 완벽해지는 동시에 용해된다. 스팔란차니의 기계식 올림피아가 오직 하나의 원형적 한숨만을 내쉴 수 있었다면, 에디슨의 기계식 이브는 예순 시간 동안 말할 수 있다. 온 세상이 그녀에 관해 말하지만 아무도 실제로 본 적이 없다던 자연이라는 귀부인은 자기 자신의 완벽한 시뮬레이션 앞에서 죽음을 맞이한다. 『미래의 이브』는 어머니 자연이 존재하지 않는다는 증거다. 에디슨의 실험 이후로, 실제로 존재하는 다수의 여성은 불가피하게 실험의 폐기물이 되지만 그럼으로써 실재적 존재로 거듭난다.

이렇게 기술자들이 움직인 다음에는 이론가들 차례다. 형상과 질료, 정신과 자연, 글쓰기와 읽기, 생산과 소비를 각각 남성과 여성에게 배분하면서 '여성'이라는 환상이 출현했다면, 이제는 이런 양극성을 거부하면서 새로운 성별의 질서가 확립된다. 여성들에게도 역시 "정신적 질료를 장악하는" 고유의 "본래적이고 양도 불가능한 맹목적 형성 원리"가 있다면,[6] 형상과 질료, 남성과 여성의 상호보충성은 와해될 수밖에 없다. 이제 아리아드네, 베티나, 아벨로네의 담론, 즉 여성의 담론들이 존재하게 된다. "'생산성'과 '수용성' 같은 상투어"에 입각해서 "성별의 본질적 차이"를 도출하는 것은 "현대 심리학의 시대"에 어울리지 않는 "구시대적

처사"다.[7] 현대 심리학은 남성과 여성을 어떤 단일한 차이에 귀속시키는 대신 관찰과 실험을 통해 순수한 차이적 차이를 밝히는데, 이 차이는 오직 일련의 표준치에 대한 종속변수로 나타난다.[8] 바이닝거 같은 철학자도 정신물리학 연구와 뇌 무게 측정치 같은 실증적 데이터를 폭넓게 활용해서 남성들과 여성들의 이상적 모델을 구축하려고 시도하지만, 결국은 "경험적 차원에서는 남성도 여성도 존재하지 않고" 그저 정량적 기록으로만 접근할 수 있는 혼합적 관계 또는 차이의 차이밖에 없음을 인정한다.[9] 바이닝거보다 덜 사변적인 철학자들은 아예 이상적 모델을 정의하려는 시도 자체를 접는다. 브리게의 『수기』보다 훨씬 먼저 나온 짐멜의 에세이 「여성들의 심리학에 대하여」를 보면, 한 성별의 구성원에 관해 말하려면 "복수형"을 쓸 수밖에 없다는 것을 제목에서부터 웅변하고 있다.[10]

　　1900년식 기록시스템이 정립한 다수의 여성은 이제 무엇이든 할 수 있지만 사랑만은 할 수 없다. 『미래의 이브』가 시뮬라크룸으로서의 이상적 '여성'이 사랑의 필요충분조건임을 입증했으니, 이상적 모델에서 해방된 다수의 여성은 그 외의 다른 역할들을 맡는다. 이들은 "어떤 텍스트든 자신의 이름으로 서명"할 수 있고,[11] 고전주의 시대의 양극화된 성역할을 벗어나 원하는 대로 말하거나 글쓸 수 있다. 레벤틀로의 프란치스카 부인은 일기나 다른 어떤 글을 쓸 때도 자기 자녀의 아버지 이름을 언급하지 않는다. 마찬가지로, 당대에 출간된 『현대 여성들의 사랑 노래』는 "여성들의 애정생활이 일반적인 길로 나아가는 경우 외에도" "악마적인 길, 병적인 길로 일탈하는 경우까지" "우리" 앞에 드러낸다.[12]

정신분석과        이런 악마들과 질병들에 대응하기 위해 1896년부터 이른바
여성들        정신분석이 등장한다. 프로이트는 남성들을 괴롭히는 강박신경증도 치료할 수 있지만, 이는 여성의 언어 또는 "히스테리 언어의 방언이라고 할 수 있다."[13] 프로이트의 임무는 전혀 새로운 것이

다. 그는 "30년" 동안 여성들의 말에 귀를 기울이는데, 이 모든 말들에 군림하는 것은 "여성은 무엇을 원하는가?"라는 수수께끼다. 프로이트가 하필 자신의 학생이었던 한 여성에게 이 질문의 답을 찾지 못했다고 고백한 것은 이상적 '여성'이 존재하지 않는다는 또 하나의 증거다.[14] 한때 이 '여성'은 하나의 목소리로 '아아'라고 외쳤고 고전주의 치료사 메피스토는 하나의 구멍만 잘 찔러주면 그녀의 병이 낫는다고 호언했지만, 이제는 모두 옛일이다. 프로이트는 소설 속 에디슨의 명령을 받은 것처럼 이상적 '여성'의 빈자리를 여성들의 수많은 말로 채운다. 축음기는 성스러운 글을 읽는 대신 성스러운 진동에 귀를 기울이라 명한다. 히스테리는 그 자체로 하나의 언어를 이루지만 베터벤디슈 같은 다양한 방언을 양산하기에 더더욱 성실한 청취가 요구된다. 그런데 프로이트가 여성 섹슈얼리티의 낯선 진동을 끌어내려면 여성 환자들이 보내는 사랑의 응답을 단념해야 한다는 기본조건을 충족해야 한다. 그는 이런 단념을 통해 브리게가 베티나와 아벨로네에게 간신히 배운 것, 다시 말해 이성의 응답을 받을 수 있는 욕망은 더이상 없다는 사실을 체계적으로 확증한다. 언젠가 프로이트는 한 여성 히스테리 환자의 욕망을 "K."라는 남자와 동일시하고 이를 다시 애정 전이의 규칙에 따라 자기 자신과 동일시해서 치료에 실패한 적이 있다. 도라라는 이 환자의 경우 "K.의 부인에 대한 동성애적(여성애적) 충동이 그녀의 애정생활을 관통하는 가장 강력한 무의식적 흐름"이었는데, 이제 막 정신분석을 시작한 프로이트는 이를 이해하지 못하고 "완전히 혼란"에 빠졌던 것이다.[15]

라캉이 수학 공식 형태로 표현했듯이, 정신분석 담론은 히스테리 담론의 치환으로만 존재한다. 그것은 여성들이 더이상 지식에서 배제되지 않도록 에워싼다. 모든 남성의 실존하지 않는 연인이 충동에 따른 숙명으로 대체되면서, 생식기적 사랑은 한낱 우연이 되고 특히 베르크가세 골목 진료실에서는 거의 금기시된다. 여성 히스테리 환자가 자기도 모르게 전달하는 수수께끼 같은 지식은 더이상 시의 젖줄이 되지 못한다. 다시 말해 그것은 사랑으로 번역되어 저자 프로이트에게 드높은 영광을 안겨주지 못한다. 여성들의 지식은 지식인 채로, "대학에서 성공할 가능성을 완전히 파괴하는" 정신분석이라는 학문으로서 다시 여성들에게 되돌아 간다.[16] 프로이트는 마리 보나파르트뿐만 아니라 다른 수많은 여학생과 어울리면서 여성의 질문에 대한 자신의 질문을 드러낸다. 루 안드레아잘로메도 그중 하나이며, 프로이트의 신부나 다름없는 딸 안나 프로이트는 말할 것도 없다.

"신사 숙녀 여러분!" 1915년부터 1917년까지 빈 대학에서 겨울학기마다 진행된 〈정신분석 입문 강의〉는 이런 인사로 서두를 연다. 여성들의 담론에 기초하는 담론은 학문적 조건에서도 여성들에게 돌아갈 수 있고 그래야 한다. 이런 점에서 정신분석은 대학의 담론과 확연히 구별된다. 1800경부터, 대학의 담론은 수많은 공무원이 모교라는 '양육하는 어머니'를 둘러싸고 춤출 수 있도록 여성들을 체계적으로 배제했다. 왜냐하면 '위대한 어머니'만이 우리의 주인공을 저자로 만들어주고 대학의 주체가 지식을 표현할 수 있도록 해주기 때문이다.[17] 히스테리 담론이 분석적 담론의 젖줄이 되듯이, 이상적 '어머니'는 주인의 담론이 태동하는 원천이자 젖줄이다. 진정한 의미에서 유일무이한 '대학개혁'이 일어나기 직전이었던 1897년, 키르히호프는 『여성이 학문적 연구와 소명을 성취하기에 적합한 능력이 있는가에 관한 저명한 대학 교수, 여성 교육가, 문필가 들의 소견서』를 출간한다. 여기서 슈타인탈 교수라는 대학의 주체는 다음과 같이 명쾌한 소견을 밝힌다. 여성들은 연구를 하면 안 되는데, "또하나의 괴테를 얻을지도 모른다는 불확실한 희망도 없진 않지만, 나로서는 괴테의 어머니를 잃으리라는 확실한 사실이 그저 슬프기" 때문이다.[18]

"신사 숙녀"를 겨냥한 강의는 수많은 여성 문필가 또는 여성

분석가를 양성하지만, 괴테의 어머니와 저자성의 조건 자체를 근절한다. 그러니까 '양육하는 어머니'와 젊은 남성들만 있어서 (귄데로데 같은 불가능한 여성들은 배제된 채로) 이 남성들의 눈앞에 저자의 시점에서 본 '신의 왕국'이 현현하거나, 아니면 인간과 세계 사이에서 벌어지는 해석자의 게임 전체가 공회전하거나, 둘 중 하나다. 심리학적 인간과 철학적 세계는 형상과 질료, 정신과 자연이 종합된 결과였으나, 이제는 남성과 여성, 저자와 어머니가 더이상 합일할 수 없다. 왜냐하면 1908년 8월 18일, 여성 입학 허가를 요구하는 40여 년의 전쟁이 프로이센에서도 승리로 거두기 때문이다. 이것으로 학생들, 그러니까 남학생들의 코를 파우스트식으로 10년 넘게 이리저리 잡아끌고 다니는 것은 불가능해진다. 강의실에 클레오파트라들의 코가 잔뜩 보이기 때문이다.

대학개혁은 섹슈얼리티와 진리의 관계에 근원적인 불연속을 유발한다. [메피스토가 파우스트와 계약하고 맨 처음 데려간] 아우어바흐 지하 술집에서 볼 수 있었던 "독일 학생들의 본질적 특성"과 "학생들이 자유롭게 떠드는 소리"는 사라진다. 그 대신 여성들이 새로 출현하는데, 이들은 섹슈얼리티에 관해 자유롭게 말하면서 "독일인들이 요행히 아직까지도 여성들에게 요구하고 있는 이상적 모델을 제 손으로 벗어던진다."[19] 다시 말해서, 교수들과 학생들의 소망은 이브 같은 유일한 '여성'으로만 충족되고, 에디슨이 이브를 만든 이후로 담론의 공간에 들어온 여학생과 실제로 존재하는 다수의 여성은 더이상 사랑을 알지 못한다. "남성과 여성이 함께 수업한다"라는 것은 필연적으로 "성적 차이화의 작용을 무시하는 것," 사랑의 환상을 일구는 대신에 "순전히 객관적이고 진지한 태도로 정신적-역사적인 삶의 현상에만 매진하는 것"을 의미한다.[20]

말한 대로 이루어지리니, 프로이트는 정신의학과 강의실에 모인 신사 숙녀 중에서도 특히 후자에게 여성들도 해부학적으로 일종의 남성기를 지니며 꿈속에서 목재, 종이, 책의 상징을 지닌다는 복음을 전한 바 있다.[21] 하지만 그전에, 프로이트는 원초적인 성적 특성들을 다루는 자신의 독특한 방식에 대해 "설명"할 "책임"이 있다. 위에 언급한 남녀 공통교육의 기본 원리에 입각해서, 그는 이렇게 말한다. "황태자 교육을 위한 정결한 학문이 따로 존재하지 않듯이, 소녀들을 위한 학문도 따로 존재하지 않습니다. 여러분 중에 숙녀들이 있다면, 이 강의실에 나왔다는 사실만으로도 남성들과 똑같이 대우받기를 원한다고 공표한 것이나 다름없습니다."[22]

여성들과<br>타자기

  그리고 실제로 동등한 권리가 주어진다. 여성들은 팔루스 또는 펜을 소유하는 동시에 목재, 종이, 책이 된다. 이제 무엇도 이들의 글쓰기를 막지 못한다. 무엇보다, 저자들은 글자를 새기는 조각가가 되고 여성들은 자연의 글쓰기판이 되어야 한다는 인류의 이중적 사명이 이제 더이상 성립하지 않는다. 남성과 여성이 모두 차이의 이쪽과 저쪽을 오갈 수 있게 되면서, 이들은 비로소 주체도 펜도 없이 작동하는 글쓰기 도구를 사용할 수 있을 만큼 성숙해진다. 한때는 여성들의 손이 바늘을 쥐고 천을 짜고 저자들의 손이 펜을 쥐고 텍스트라는 또다른 천을 짰지만, 이제는 모두 옛일이다.

  눈을 돌리는 곳마다 기계가 있다! 그것은 인간이 손을 부지런히 놀려서 힘들게 해내던 수많은 일을 대체한다. 이 대체물은 강력한 힘으로 오랜 시간 일하며, 실수 없이 균질한 결과를 낸다는 장점이 있다. 그렇다면 엔지니어들이 부드러운 여성들의 손에서 여성적 근면성의 상징을 빼앗은 다음에는, 이제 또다른 엔지니어가 남성적인 정신적 창작의 상징을 기계로 대체할 생각을 하는 것도 너무나 당연하지 않은가.[23]

기계들은 양극화된 성차와 그에 따른 상징들을 함께 용해시킨다. 이상적 '인간' 또는 남성적 창조의 상징을 대체할 수 있는 장치는 여성들에게도 열려 있다. 프로이트와 별도로, 레밍턴 타자기는 "여성들에게 사무실의 문을 열어주었다."[24] 글과 목소리, 안젤무스와 세르펜티나, 정신과 자연의 성적 합일을 상연하지 않는 새로운 글쓰기 도구는 남녀 공통교육의 이상을 실현시키는 수단이 된다. 타자기는 "전혀 새로운 사물의 질서를" 이끌어낸다.[25] (비록 푸코는 『사물의 질서』에서 이 하찮은 요소를 완전히 무시하지만 말이다.)

마리안네 베버가 『공부하는 여성들의 유형별 변화』에서 훌륭하게 묘사한 대로, 여학생 1세대는 "전투적으로 순결을 지키면서 여성적 우아함의 화환을 두르는 것을 의식적으로 단념"한다. 하지만 금방 새로운 유형이 등장한다. 이들은 "과거와 달리 젊은 남성들과 정신적으로 교류할 수 있게 되면서, 동지애, 우정, 사랑 등 무한히 풍부한 새로운 인간관계"를 싹틔운다. 이들이 "대다수의 강사들에게 열성적인 지원을 받은 것"도 당연하다.[26] 취리히의 한 대학 교수는 [니체의 여동생인] 푀르스터니체 부인에게 여성들이 "맨 처음 해방됐을 때보다 점점 더 사랑스럽게 변해가고" 있으며, "대학과 도서관의 비서와 조수로 아주 가치가 있다"라고 말한다.[27] 반쯤 눈이 멀어서 타자기와 여비서 사이를 오가던 바젤의 전직 교수도 그녀에게 똑같은 말을 했을 것이다.

이런 이유로 엘렌 케이는 직업을 가진 여성들에게 "자기 돈으로 학문적 연구를 하느라 애쓰는 것보다는 학자의 소중한 대필자가 되는 편이 낫다"라고 조언한다.[28] 이들이 대학에서 찾을 수 있던 자리는 글쓰기 노예와 학문적 조수 사이의 정확히 중간에 위치한다. 펠리체 바우어의 사례로 알 수 있듯이 사무직의 세계도 이와 다르지 않다. 카프카의 약혼녀가 베를린의 축음기 제조업체에서 일하면서 몇 년 사이에 비서에서 지배인으로 고속 승진할 수 있었던 까닭은 기본적으로 타자기를 잘 다루었기 때문이다. 확실히 "사무 작업은 장부를 정리하는 경리 업무든 타자 업무든 간에 여성의 특별하고 고유한 역량을 발휘할 수 있는 일은 아니다."[29] 하지만 그럼에도 불구하고 또는 그렇기 때문에, 위의 인용문을 발췌한 당대의 책제목 그대로 '남성의 직업군으로 진출하는 여성들'은 주로 텍스트 처리 업종에 종사한다. 여성들은 "단순한 타자 작업에 몰입하는" 놀라운 재능이 있다.[30] 남성들은 엘리트문학가들이나 슈테판 게오르게 서체 같은 유명한 예외를 제외하면 고전적이고 교양 있는 손글씨를 고집하면서 자기기만에 빠진다. 이들이 무력하게 시장의 빈틈을 방치하는 동안, "악필인" 젊은 여성들은 "타자 업무"에 뛰어든다. 고전적인 교육학자의 관점에서, 이는 "토대를 다지는 것을 잊어버리고 허공에 교회의 첨탑을 지어올리는 것과 같다."[31]

하지만 그뿐이다. 토대는 더이상 중요하지 않다. 레밍턴 타자기는 체계적으로 생산된 여성들의 약점, 즉 학교에서 교양을 충분히 쌓지 못했다는 점을 오히려 역사적 기회로 반전시킨다. 1881년에 이 회사의 영업부는 다수의 여성 실업자들을 발견한다. 그리고 이 발견이 여태껏 적자만 내던 혁신적 타자기 모델을 진정한 양산품으로 바꾸어놓는다.[32] 임대 타자기를 이용한 2주짜리 속성 강좌가 도입되면서, 19세기에 비서 안젤무스와 그의 남성 동료들에게 요구되었던 길고 지루한 "학교교육"이 불필요해진다. "이른바 여성 '해방'"이란 교육학적 담론 통제를 무효화하는 새로운 기계를 움켜쥐는 것을 의미한다.[33] 사무직은 "신규 인원을 선발하고 승인하는 별도의 시험으로 보호받는 직군이 아닌" 까닭에 독일을 비롯한 여러 지역에서도 성별 간 전쟁의 핵심 전선을 이룬다.[34] 1870년에는 미국 정부에 보고된 타자수와 속기사가 174명이었고 그중 95.5퍼센트가 남성이었지만, 1900년에는* 전체 인원이 11만

---

\* 원문에는 1990년이라고 표기되어 있으나, 통계 자료로 볼 때 1900년의 오기로 보인다.

2600명으로 세자리 수의 증가율을 기록한 가운데 남성의 비율은 23.3퍼센트로 추락한다.[35]

\*

영국의 한 공증사무소에서 일하는 사무변호사 조너선 하커는 드라큘라 백작에게 사무소장의 문서를 전달하러 트란실바니아의 성을 방문한다. 그는 여행길에 계속 일기를 쓴다. 이 일기장은 밤마다 백작을 엄습하는 기이한 갈망으로부터 하커를 구원하는 유일한 밧줄이다. 하커는 브리게, 뢰네, 라우다, 그 외의 다른 모든 사람처럼 이렇게 쓴다. "무슨 일이든 하지 않으면 미쳐버릴 것 같아 일기를 쓴다."[36] 그는 속기술에 능해서 백작이 격노하는데도 계속 일기를 속기한다. 하지만 그는 현대적인 담론 기능공과 거리가 멀다. 비록 속기지만 그는 계속 손글씨로 일기를 쓰면서 식별 가능성과 정합성, 즉 개인성을 유지한다.

그동안 영국 엑서터에 있는 하커의 약혼녀는 그리운 마음으로 타자기 앞에 앉아 있다. 사무소장이 죽으면 사무소를 물려받을 이 남자와 결혼을 하겠지만, 그래도 미나 머레이는 새로운 담

스토커의
『드라큘라』:
타자기에
기초한
흡혈귀 소설

론 기술이 절실히 필요하다. 그녀는 학교 조교로 일하면서 교육학적인 절반의 해방에 만족하지 못하고 "여성 저널리스트가 할 법한 일"을 꿈꾼다. 그래서 그녀는 나중에 결혼하면 조너선이 "불러주는 말을 받아쓸 수" 있도록 열심히 타자기와 속기술을 연습한다.[37] 하지만 (릴리 브라운이 정확히 인식했듯이) 1900년 무렵에는 "사람들이 스스로 아주 보수적이라고 믿는 바로 그 지점에서" "구식 가족 형태가 해체된다."[38] 여성 사무원들은 사무실을 벗어나는 꿈을 꿀 때도 단순히 "가족의 일원으로 돌아가는 것은 거부한다."[39] 타자기와 사무기술은 모성의 내부적 공간에 국한되지 않는다. 이들은 이미 언제나 특정하게 세분화된 데이터 흐름들의 인터페이스로 기능한다. 이 사실은 브램 스토커의 소설이 전개되면서 점점 더 명백해진다.

얼마 안 있어 미나 머레이는 조너선과 결혼해 미나 하커가 된다. 그리고 남편의 말을 그냥 받아쓰는 것이 아니라 어떤 방대한 통신망의 중계국 역할을 떠맡는다. 백작은 비밀리에 영국에 와서 무시무시한 흔적을 흩뿌리고 다닌다. 첫째, 어떤 미치광이가 있다. 정신과 의사인 수어드 박사는 이 사람의 뇌에서 새롭고 섬뜩한 회로들을 해독해서 그 언어적 흔적들을 자신의 축음기에 옮겨 말한다. 둘째, 미나의 친구인 루시 웨스턴라가 있다. 그녀는 목 주변에 이빨로 찔린 듯한 두 개의 작은 상처가 생기면서 몽유병, 빈혈, (간단히 말해) 히스테리 증상에 시달린다. 셋째, 네덜란드에서 온 의사가 있다. 그는 "뇌 물질의 연속적 진화 과정을 해명하여 치료법을 혁신한" 학자로서 여기저기 흩어진 오싹한 흔적들의 이면에서 실재를 명확히 파악할 수 있다.[40] 하지만 미나 하커가 제각각의 흔적들을 그토록 철저하게 수집하고 정리하지 않았다면 그 의사의 인식은 흡혈귀의 존재를 추정하는 사변적 가설에 그쳤을 것이다. 여성 저널리스트 같은 일을 꿈꾸던 미나는 손으로 쓴 일기, 축음기 실린더에 녹음된 기록, 관련 신문기사 스크랩, 전보, 문서, 일지 등

을 모두 타자기로 옮겨쓰고 먹지로 사본을 떠서 매일 드라큘라 사
냥꾼들에게 나눠준다.[41]

　　백작이 이를 눈치채지 못할 리 없으니, 그는 슈레버의 격앙된
말을 빌려 이렇게 소리칠 수도 있었을 것이다.

> 지난 몇 년간 내 생각과 말, 나의 일용품, 그 외에 내 소유
> 물과 내 주변에 있는 물건, 나와 교류한 모든 사람 등이 낱
> 낱이 기록된 책 또는 장부가 있다.[42]

도착적 욕망의 모든 흔적을 텍스트로 가공하기가 그녀에게도 쉬
운 일만은 아니었을 것이다. 수어드의 축음기 실린더는 (슈트란스
키의 실린더는 말할 것도 없고) 타자수의 손이 따라갈 수 없을 만
큼 빨리 돌아간다. 이 "놀라운 기계"는 "잔인하리만치 진실"해서,
타자수는 고통받는 심장이 고동치는 소리를 "원음 그대로" 듣는
다.[43] 하지만 그녀는 이미 담론 기능공이 되었기에 이를 참고 견딘
다. 반면 미나의 친구는 [최초로 다중인격장애 사례를 보고한 의
사인] 아장과 바그너 이후의 수많은 여성 히스테리 환자들처럼 갑
자기 밤마다 제2의 새로운 인격으로 전환된다. 그녀는 여전히 죽
음을 앞둔 사람처럼 수척하고 고분고분하지만, 약을 먹지 않으려
고 하고, 잇몸이 말려 올라가면서 송곳니가 드러나고, 다른 사람들

이 한 번도 들어본 적 없는 부드럽고 관능적인 목소리로 말한다. 〈파르시팔〉 제1막의 [무뚝뚝한] 쿤드리가 제2막의 마법정원에서 [매혹적인] 쿤드리로 변신하는 것처럼 말이다.

　"여성은 무엇을 원하는가?" 1900년식 기록시스템의 선택지는 이제 '모성 아니면 히스테리'가 아니라 '기계 아니면 파괴'다. 미나 하커처럼 타자기를 두드리거나, 루시 웨스턴라의 두번째 인격처럼 독재적 기표의 의지에 따라 움직이는 의지가 되거나, 둘 중 하나다. 전자가 탈성애화를 통해 아주 내밀한 일기부터 아주 도착적인 섹슈얼리티에 이르기까지 모든 것을 텍스트화한다면, 후자는 진리를 구현한다. 사냥꾼들이 법과 언론의 힘으로 사냥감을 몰아가면서 공론화하는 이 진리는 프로이트의 독창적인 통찰과도 정확히 부합하니, 말하자면 '히스테리란 독재자에게 유혹당한 상태'라는 것이다.[44] 루시의 몽유병은 그녀 자신의 영혼에서 솟아난 것이 아니라 아버지 쪽에서 유전된 것이다. 늑대가 나오는 꿈과 송곳니에 물린 자국은 환상이 아니라 백작이 루시의 뇌와 목덜미에 남긴 엔그램이다.[45] 미나가 타자기를 두드리는 동안 그녀의 친구는 기계식 글쓰기의 어두운 면으로 추락한다. 목덜미에 조그맣게 물린 자국 두 개는, 송곳니 또는 타자기의 레버 장치가 한 번의 짧은 압력을 받으면 피부 또는 종이의 정확한 자리에 정해진 형태의 인상을 생성한다는 바이얼렌의 법칙을 물질적으로 구현한다. "보여야 하는 지점은 거의 언제나 눈에 보이지만, 가시성이 요구되는─또는 그렇게 믿고 있는─바로 그 순간에는 눈에 보이지 않는다." 글을 보지 못한 채로 써야 한다면 글을 쓴 다음에 그 내용을 해독하는 수밖에 없다. 하지만 루시를 담당한 네덜란드 의사는 샤르코의 히스테리 이론의 신봉자여서, 여성 히스테리 환자의 상처와 꿈을 그녀의 섹슈얼리티에 관한 말로 곧이곧대로 받아들여 꿈속의 늑대를 (스스로 히스테리 환자가 되는 위험을 무릅쓰고) 한낮의 빛으로 포획할 수 있다.

정신분석과 텍스트 처리기술의 미디어 연합체가 추격해들어오면 독재자는 빠져나갈 길이 없다. 특별 기동대는 "과학적 경험"이 있지만, 드라큘라의 "어린애 같은 머리" 속에는 1526년 모하치 전투까지 거슬러올라가는 지난 수백 년간의 엔그램밖에 없다.[46] 그는 어떤 힘이 자신을 끌어내리려 한다는 것을 눈치챈다. 그렇지 않았다면 그가 축음기 실린더와 타자본을 죄다 불속에 던져버리지도 않았을 것이다. 하지만 사냥꾼들에게는 미나가 있고, "다행히도 금고에 보관해둔 다른 사본"이 있다.[47] 이렇게 새로운 통신기술의 조건에 종속된 옛 유럽의 독재자는 결국 브라운운동의 한계값까지 분해되어 통신 채널의 잡음 속으로 녹아든다.[48]

흡혈귀가 되면 죽어도 죽지 않지만 흡혈귀 심장에 구멍을 뚫으면 먼지로 되돌릴 수 있다. 관능적인 목소리로 속삭이는 드라큘라의 신부, 한번 죽었다가 흡혈귀로 부활한 루시는 그렇게 두번째 죽음을 맞이한다. 마지막에는 드라큘라도 고향으로 향하는 국경지대에서 동일한 최후를 맞는다. 스무 번도 넘게 영화화된 이 멀티미디어는 타자기로 만든 사본, 전보, 신문 스크랩, 축음기 왁스 실린더로 공격한다. (스토커는 소설 속에서 각각의 담론 유형을 이와 같이 깔끔하게 분류하고 표시한다.) 그리하여 저 거대한 새는 더이상 트란실바니아의 하늘을 날지 않는다.

✳

그들은 공포에 질려서 황제 독수리의 깃털을 한 줌 뽑는다. 지금 눈앞에 펼쳐진 광경 이외에는 앞으로 무슨 일이 펼쳐질지 전혀 알 수 없는 상태로, 그들은 간신히 평정을 유지한다. 피가 흥건하게 묻은 끔찍한 부리가 그들을 향한다. ……모두 초췌해 보인다. 그들이 여전히 뭔가 볼 수 있다는 것이 놀라울 뿐이다.[49]

엘리트문학과 대중문학의 여성 타자수들

1900년식 기록시스템에서 나오는 이야기는 언제나 동일하다. 헨리 제임스가 죽음의 고통에 사로잡히기 직전에 남긴 마지막 몇 줄은 타자기로 기록되었다. 이 수수께끼 같은 문장의 의미를 알려면 먼저 이러한 물질적 조건의 전사前史를 살펴야 한다.

제임스는 간결하면서도 무어라 형용하기 힘든 문체로 유명한 문필가다. 그는 이미 1900년 이전부터 정형화된 문체를 벗어나 "자유롭고 답할 수 없는 말하기"를, 사고의 "확산" 또는 비약을 유도하기 위해 말을 불러주는 방식으로 글을 쓰기 시작했다. 그리고 1907년 여름, 런던 타자사무소 직원 시어도라 보즌켓은 『왕립 연안침식 연구위원회 보고서』를 타자기로 옮겨쓰다가 제임스와 만난다. 면접 자리에서 제임스는 "호의적인 나폴레옹"처럼 행세한다. 이렇게 해서 시어도라는 "입으로 나온 말과 기계로 처리된 말을 오가는 매개자가 된다는 두렵고도 매혹적인 일"을 시작한다. 두려운 까닭은, 그녀가 꿈에 자꾸만 나폴레옹이라는 이름으로 나타나는 구술자 또는 독재자Diktator의 의지에 따라 움직이는 의지이기 때문이다. 그럼에도 매혹적인 까닭은, 그녀가 갈수록 필수 불가결해지기 때문이다. 레밍턴 타자기의 분홍색 잡음이 잠시 멈추기만 해도 제임스는 더이상 아무 생각도 떠올리지 못하는 듯이 보인다.[50]

거트루드 스타인의 음울한 신탁은 모든 것을 예언했다. 심지어 아무도 이 신탁을 경고로 받아들이지 않으리라는 사실까지도. 1907년에 "레밍턴 스타일"로 문체를 개조하기 위해 전용 매개자를 고용한 이 문필가는 1915년에 뇌졸중으로 쓰러진다. 그리고 한 시대의 가장 과격한 환상이 단순한 문학사적 사실로 실현된다. 제임스의 뇌에 엉겨붙은 핏덩어리는 그의 명료한 발음은 놔두고 잘 정리된 생각만 가져간다. 마비와 상징불능증은 실재밖에 모른다. 그리고 이 실재는 기계다. 레밍턴 타자기와 그 매개자는 제임스의 임종을 지키라는 명을 받고, 그의 착란적 뇌가 불러주는 세 번의 말을 받아쓴다. 그중 두 번은 마치 프랑스의 황제처럼, 저 위대한 구술 예술가의 작품처럼 작성되고 서명된다. 그리고 마지막 세 번째는 그의 황제 독수리가 피흘리고 죽어간다는 사실과 그 이유가 기록된다.

그런데 "글쓰기 기계Schreibmaschine"는 1796년부터 나폴레옹의 말을 기록한 프랑스 육군원수 베르티에의 별칭이기도 하다.[51] 그는 프랑스의 참모총장이지만, 괴테의 수많은 비서와 마찬가지로 주군의 말을 수기 또는 특별 서신으로 변환하는 단순한 임무를 맡는다. 반면 1915년 임종을 맞은 문필가가 나폴레옹을 시뮬레이션할 때 그 말을 받아적은 '글쓰기 기계'는 여성과 기계장치의 연합체로서 존재한다. 레밍턴 이후로 "타이프라이터Typewriter"라는 이름은 타자기와 그것을 조작하는 타자수 여성을 구별하지 않고 지칭한다.[52]

기계가 자기 자신을 스스로 기재한다는 것. 이보다 더 상상하기 어려운 것도 없지만, 이보다 더 명확한 사실도 없다.

다윗 왕이 늙고 노쇠하여 자신의 몸을 데워줄 아름다운 소녀를 원하니, 사람들이 다윗의 팔에 수넴 여자 아비삭을 안겨준다.* 그러나 저 문필가가 원하는 것은 시어도라 보즌켓이 아니라 그녀의 타자다. 이로서 퀸의 희생은 완료된다.

공공연한 비밀이지만, 1900년식 기록시스템에서는 남성과 여성의 성관계가 존재하지 않는다. 예외가 있으나 그걸로 사태가 반전되지는 않는다. 모파상은 아마도 니체와 같은 성병학적-안과학적 이유로 종종 여비서에게 받아쓰기를 시키면서 그녀와 동침했지만, 이는 늘 거창하게 연출될 이별이라는 희극의 서막에 불과했다.[53] 반면 합일이라는 희극은 기술적 미디어와 문학이라는 하청업체의 몫으로 남는다. 그것은 미디어로 결합된 남녀가 미디어로

---

* 원문에는 '아비가일Abigal'이라고 되어 있으나 '아비삭Abisag'의 오기로 보인다. 아비가일은 다윗의 둘째 부인이다.

만남을 가진다는 아름다운 동어반복으로 귀결될 것이다. 이렇게 해서 오락산업은 1900년경의 공공연한 비밀로 매일 새로운 환상을 만든다. 드라큘라의 시커먼 심장이 피를 뿜어낸 후에야, 무력한 주인공 하커와 그의 여성 타자수는 간신히 아이를 가질 수 있게 된다. 축음기와 여성 타자수가 존재한 이후, 행운은 사장들과 삼류 시인들의 몫이다.

1929년에 출시된 〈우리 자기가 일요일에 나랑 같이 배를 타러 가고 싶대요〉라는 노래는 첫마디부터 자신이 노래하는 달콤한 허구에 숨겨진 산업적 비밀을 드러낸다.

> 타자기 앞에 앉아 꿈을 꾸네
> 어린 요제핀,
> 가슴 속 갈망이 그녀의 손을 이끌어
> 사장님이 들어와 거기 적힌 것을 보고 깜짝 놀라네.
>
> "우리 자기가 일요일에
> 나랑 같이 배를 타러 가고 싶대요,
> 바람이 불면
> 얼마나 멋질까요!
> 일요일에 우리 자기가……"[54]

1913년에 출간된 「리라와 타자기」라는 시나리오는 제목에서 시사하듯이 세르펜티나와 안젤무스가 행복하게 사는 아틀란티스의 꿈을 현대적 배경에서 되살린다. 영화화되지는 못했지만, 핀투스의 『영화책』에 수록된 이 시나리오는 영화, 타자기, 문필 활동을 결합해서—아쉽게도 축음기와 유성영화 사운드트랙은 빠졌지만—완벽한 시대의 초상을 그린다. 문필가 리하르트 베르만이 묘사한 기술적 아틀란티스는 다음과 같이 시작한다. 영화 구경을 좋아하는 까무잡잡한 젊은 여성 타자수가 영화관에서 돌아와, 오늘 상영된 무성영화에서 어떤 약속들을 보았는지 남자친구에게 이야기한다. 그런데 그녀가 본 영화 속 영화는 전혀 다른 출발점에서 시작한다. 젊은 삼류 시인이 헛되이 펜대를 씹으며 종이에 뭔가 끄적이다가 구겨버린다. 말라르메 이후로 "자신의 백색을 지키려 하는 이 백지"는 시인에게 그저 도망치고 싶은 충동을 불러일으킨다.[55] 그래서 삼류 시인은 바깥에 나갔다가 어떤 여자를 보고 한눈에 반해 뒤를 따라간다. 하지만 그녀는 돈 때문에 그런 일을 하는 부류가 아니어서, 그의 면전에서 문을 닫고 들어가버린다. 그는 문에 내걸린 명판 또는 약속을 멍하니 읽는다.[56]

미니 티프

타자사무소

문학 저작물 필사

받아쓰기

문필가는 벨을 누르고 사무실에 들어가서 받아쓰기를 시키는 자세로 이렇게 말한다. "아가씨, 나는 당신을 사랑해요!" 하지만 미니는 스토커의 소설에 나오는 비슷한 이름의 여주인공처럼 더 이상 사적인 것을 모르는 여성이다. 그녀는 문필가의 말을 그냥 들리는 대로 기계에 입력한다.[57] 다음날 우편으로 청구서가 날아온다. 왕 없는 전령, 공무원 밑에서 일하지 않는 담론 기능공이 아무리 한 미디어에서 다른 미디어로 메시지를 전달해도, 그것은 의미나 사랑을 담아서 전해지지 않는다. 모든 의미를 무효화하는 가장 강력한 기표로서 화폐가 그 메세지를 간단히 표준화하기 때문이다. (1898년 당시 타자 작업은 1000자당 10페니히였다.[58])

　　베르만의 시나리오는 미니가 "아가씨, 나는 당신을 사랑해요!"라고 타자로 친 문장이 "하얀 영사막 위에 보여야 한다"라고 불필요하게 명시한다. 기계 앞에 앉은 젊은 여성은 자신이 쳐넣는 문장을 직접 보지도 못할 텐데, 오히려 영화가 절망적인 사랑의 속삭임을 소리 없는 시각적 웃음거리로 만드는 셈이다. 과학수사 방식으로 엄격하게 증거를 수집하는 기록시스템은 영혼을 무시하지 않는다. 그것은 단지 영혼의 면전에 기계장치와 영화관에 가는 여성들을 내보일 뿐이다. 베르만의 영사막은 데메니의—실험적 음성학과 연속사진술의 미디어 연합체를 이용해서, 2초 동안 한 남성의 입에서 "즈 부 젬Je vous aime[나는 당신을 사랑합니다]"이라는 소리가 나오는 장면을 스무 장의 연속사진으로 분해하여 남성의 입모양이 연속적으로 바뀌는 모양을 기록한—포노스코프와 정확히 대칭되는 역상을 이룬다.[59]

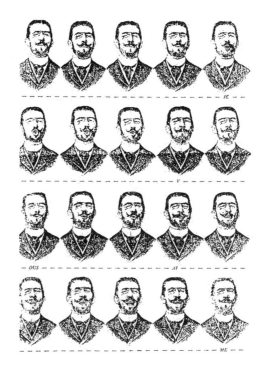

하지만 기계와 대면한 남성들도 당연히 성장한다. 그날 이후 젊은 삼류 시인은 자신의 사랑을 미니가 읽을 수 있는 시 형태로 쓰고, 미니는 이 시를 평론가들이 읽을 수 있는 "수백 장의 완벽한 사본"으로 베껴쓴다. 타자본 덕분에 시인의 고객층은 "더욱 넓어지고 견고해진다."[60] 결국 시집이 출간되고 신성한 희극의 날이 당도하니, 이제 리라를 가진 남자와 타자기를 가진 여자는 "더 이상 타자를 치지 않는다."[61] 이것이 영화 속 영화의 끝이다. 프란체스카와 파올로,* 세르펜티나와 안젤무스는 영화의 시대에 이렇게 변모한다.

하지만 영화 속에서 이 영화를 보고 온 젊은 여성은 사랑의 합일에 이르지 못한다. 사무실에서 타자수로 일하는 까무잡잡한 젊은 영화광 여성은, 이 영화에서 남성이 아무리 고리타분한 직업을 가지고 있어도 여성의 재교육 기술로 극복할 수 있다는 약속을 읽어낸다. 반면 여전히 펜으로 쓴 작품의 가치를 믿는 그녀의 남자친구는, 이 영화에서 타자기가 문필가들을 대중문학에 빠뜨리고 여성들을 불감증에 시달리게 한다는 교훈을 읽어낸다. 까무잡잡한 여주인공은 이 말을 듣고 웃음을 터뜨린다.

이 웃음은 24년 후 빌리 와일더풍의 코미디 영화 〈얼마든지 일할 수 있어요〉에서 거대한 타자기 자판 위에 올라서서 춤추는 무용수들에게 전염될 것이다.

✽

그런데 「리라와 타자기」는 시나리오가 탈고되기 1년 전에 이미 영화화된다. 말하자면, 실재적 차원에서 그런 일이 정말로 벌어진다.

카프카의 사랑: 기술적 미디어

---

*프란체스카와 파올로는 13세기의 실존인물로, 정략결혼에 희생된 비극적인 사랑의 주인공으로 당대에 널리 알려졌다. 단테는 『신곡』에서 이들이 아서왕 이야기를 함께 읽다가 란슬럿과 귀네비어가 입맞춤하는 대목에서 처음으로 입을 맞춘 것으로 묘사한다.

1912년의 어느 날 저녁, 카프카는 막스 브로트의 집에서 펠리체 바우어를 처음 만난다. 원래 펠리체는 팔로그라프Parlograph를 비롯한 받아쓰기용 축음기를 만드는 회사에서 타자수로 일하고 있었는데, 그 무렵 지배인으로 승진해서 자기 손으로 '카를 린트스트룀 주식회사'라고 서명할 수 있는 권한을 얻었다. 카프카는 첫 만남 이후로 몇 주 동안 사무실 타자기 앞에서 시간만 날린다. 그는 타자기를 쓰는 데 익숙하지 않았지만, 결국 이 사무용품을 오용해서 첫번째 연애편지를 쓴다.[62] 그리고 이 편지들은 펠리체의 입에서 나온 어떤 말의 주위를 계속 맴돈다.

> 그때 나는 너무 놀라서 주먹으로 책상을 내리쳤지요. 당신은 원고를 베껴쓰는 일을 좋아한다고 말했습니다. 베를린에 있을 때 어떤 신사의(이름도 설명도 없는 이 단어의 울림에 저주 있을지니!) 원고를 베껴쓰기도 했고, 막스에게 베껴쓸 원고가 있으면 보내달라고 부탁하기도 했다고요.[63]

번개에 맞은 듯한 사랑, 또는 책상을 내려치는 충격. 이름 없는 베를린의 한 신사에 대한 질투(영화 속의 삼류 시인도 미니 티프가 다른 신사의 말을 받아쓰는 데에 경악한다[64]), 친구에 대한 질투(여담이지만 이 친구는 프라하 우편국의 전화 업무를 감독한다), 그러니까 문필가에게 사랑을 가르치는 각종 미디어 연합체에 대한 질투. 여기서 명확해지는바, 이것은 그런 환상적인 사랑이 아니다. (프로이트와 말라르메처럼 말해서) K.와 펠리체 B.는 행복한 종려나무 아래서 하나의 미라가 될 수 없다. 비록 이 종려나무가 린트호르스트의 서재에서 자라던 바로 그 나무들이라고 해도 말이다.

　그날 저녁에 실제로 있었던 일은 카프카의 연애편지와 보란

듯이 어긋난다. 카프카는 브로트와 함께 자신의 미출간 원고를 살펴면서 훗날 로볼트 출판사에서 책으로 낼 것을 고르고 있다. 그자리에 여행중인 한 여성이 동석하는데, 공교롭게도 이 여성은 원고 베껴쓰기를 좋아한다. 그녀는 이 작업에 돈이 든다는 것을 밝히지 않으며, 그런 점에서 미니 티프와 확실히 구별된다. 그래도 카프카는 그녀에게 열렬히 매혹된다. 물론 그는 직접 타자를 칠 수도 있고, 사무실에는 그를 위해 타자를 치는 직원도 있다. "살아 있는 사람에게 글을 받아쓰게" 하는 것이 카프카의 "주된 일"이고, 그는 거기서 "행복"을 느낀다.[65] 하지만 이 직원은 남성이며, 결코 카프카의 행복이 자신의 행복이라고 말하지 않을 것이다. 사무 작업은 도착증자의 일방적 즐거움으로만 남는다. 그는 관료적 위치에 있으면서도 언제나 게오르게의 수법에 의지해 자신을 숨긴다. 카프카는 펠리체 바우어에게 이렇게 쓴다.

> 나는 그대처럼 자주적으로 일하지 못하고 뱀처럼 책임을 회피합니다. 여러 가지 일로 서명을 해야 하지만, 서명을 피하는 편이 이득인 것 같습니다. 나는 언제나 (꼭 그래야 하는 것은 아니지만) 그냥 'FK'라고 서명합니다. 그러면 부담이 좀 덜어지지요. 사무 작업을 할 때 타자기에 이끌리는 것도 그 때문입니다. 여성 타자수의 손을 빌리면 문서가 익명성을 얻으니까요.[66]

한 여성은 베껴쓰고 서명하는 데 능하고, 한 남성은 체계적으로 서명을 회피하지만 밤마다 사무실을 벗어나 사적인 글쓰기용 책상에서 손글씨로 자기 자신을 폭로하니, 마치 그녀는 그를 위해 태어난 것만 같다. 하나의 동일한 문서의 흐름을 낮에는 관료적 익명성으로, 밤에는 문학적 원고로 기재하는 FK의 이중장부는 이제 행복한 결말만을 남겨둔 것만 같다. 무명의 시인은 타자를 쳐주는 아내 덕분에 글쓰기용 책상에 앉아서도 "인쇄기의 기능을 마음껏 누리게"[67] 될 것이다. 타자기가 "펜을 부리면서 힘들게 일하던 모든 사람에게 구세주처럼 등장한다"라는 말이 문자 그대로 실현되는 셈이다.[68]

그러나 펠리체 바우어가 (문에 명판을 내걸지는 않았지만) 자신의 타자 업무를 홍보한 상대는 카프카가 아니라 브로트이며, 타자 업무를 대행해준 상대는 카프카가 아니라 베를린의 한 교수다. 바우어의 직업적 자주성이 그녀의 문학적 취향을 완전히 말소하지는 않았고 카프카의 글은 아무래도 취향에 맞지 않는다. 자동사적 글쓰기의 어두움은 여성들을 매혹하지 못한다. 그래서 연애편지를 쓰는 문필가는 미니 티프의 도움도 받지 못한 채 여성 타자수가 읽을 수 있는, 미디어에 적합한 글을 지어내려고 애쓴다. 여성의 재교육 기술이 효과를 발휘했는지 카프카는 린트스트룀 사 카탈로그에 부쩍 관심을 보인다. 왜냐하면 카프카 역시 제2의 빌덴브루흐처럼 축음기를 "위협으로 받아들이기" 때문이다.[69] 남성 하급관료가 여성 지배인보다 더 자주적일 수 있다고 주장하는 듯이, 카프카는 린트스트룀의 이름으로 거대한 멀티미디어 시스템을 구상한다. 그는 팔로그라프가 타자기, 뮤직박스, 전화부스, 그리고 마지막으로 실재를 저장하는 무시무시한 그라모폰과 결합되는 시스템을 제안한다.[70] 편의상 '드라큘라 프로젝트'라고 불러도 될 것 같은 이 거창한 기획은 80년 후에 정말로 현실이 된다. 하지만 바우어 양은 (그녀가 파기해버린 답장으로 미루어 보건대) 이 제안에 응하지 않는다.

리라와 타자기의 결혼이 불발되는 순간, 드라큘라가 다시 등장한다. 카프카의 "글쓰기는 깊은 잠, 다시 말해 죽음"이다. "죽은 사람을 무덤에서 끌어낼 수 없듯이 그 누구도 나를 밤에 책상에서 끌어낼 수 없습니다."[71] 문필가가 무덤 또는 글쓰기용 책상에서 상상하는 것은 전략적으로 데이터 저장장치를 양산하고 결합하는 대기업의 거대한 멀티미디어 시스템만이 아니다.[72] 그는 주어진 기술들을 이용 또는 오용하면서 스스로 미디어 연합체를 구축한다.

> 그는 24주간 매일 세 통의 편지를 보내지만, 몇 시간이면 베를린에 당도할 기차를 타지도 않고 전화를 받지도 않는다. ……이들의 서신 교환은 어떻게 한 사람이 우편과 전화를 체계적이고 총체적인 방식으로 활용하는 것만으로 다른 사람을 건드리고 옭아매고 고문하고 지배하고 파괴할 수 있는지를 보여준다.
>
> 첫째, 카프카는 프라하에서 우편함의 편지가 수거되고 베를린에서 편지가 배달되는 정확한 시간표를 알아낸다. 둘째, 그는 펠리체가 언제 집에서 사무실로 오가는지 시간표를 만들어서 수신지가 사무실인지 집인지에 따라 그녀가 몇 시에 편지를 받게 될지 알아낸다. 셋째, 그는 펠리체가 정확히 어떤 식으로 편지를 받을지, 누구의 손으로 편지를 건네받을지, 집에서 (관리인, 어머니, 운이 없으면 언니들을 통해) 받을지 아니면 사무실에서 (우체부, 잡역부, 비서를 통해) 받을지 결정한다. 넷째, 일반우편과 속달우편으로 보내면 각각 어떤 경로로 얼마나 걸리는지 알아본다. 다섯째, 전보로 보내면 시간이 얼마나 걸리는지 알아본다. ……게다가 카프카는 방금 쓴 말들을 편지봉투에 넣어 보낼 뿐만 아니라, 예전에 썼지만 부치지 않은 편지를 애매모호하게 암시하기도 하고, 심지어 상황이 허락하면 몇 주 전에 써놓은 비난의 글을 첨부하기도 한다. 급할 때는 서로 다른 시간에 쓴 열 장 내지 열두 장짜리 편지 하나를 제각기 다른 봉투로 포장해서 제각기 다른 우체통에 집어넣기도 한다. 이 모든 것을 고려하면, 카

> 프카가 모든 우편 방식과 우편 일정을 총동원해서, 모든
> 화력을 총집결해서 펠리체에게 항복을 강요했음을 인정
> 할 수밖에 없다.[73]

쿠르노가 탁월하게 분석한 대로, 카프카의 단편소설들이 기술적
통신 채널의 양태들, 혼선과 지연, 네트워크와 잡음수준 등의 기술
적 요소들을 다루는 것은 우연이 아니다. 에리히 헬러가 하필 "여
태껏 우리가 몰랐던 20세기 전반기 음유시인의 작품"이라고 극찬
한 이 연애편지들은[74] 모든 기술적 기록을 깨뜨린다. FK의 익명성
은 음유시인의 무명성과 전혀 무관하다. 그것은 단지 담론 기능공
으로 일하는 여성들을 향한 사랑은 존재하지 않음을 폭로할 뿐이
다. 편지, 속달우편, 전보를 총동원한 [카프카의] 공격은 한때 귀
부인들과 보잘것없는 여성 독자들이 눈을 반짝이고 귀를 기울이
던 바로 그 지점에서 이루어진다. 하지만 문필가 카프카도 여성 독
자 바우어도 『소송』에서 "의미"를 찾지는 못하니,[75] 이 '의미'와
더불어 여성 독자를 힘들이지 않고 신규 모집할 가능성도 함께 사
라진다. 릴케가 『베크바르텐』을 그렇게 번거로운 방식으로 직접
배포한 까닭은 아무도 그 잡지를 청하지 않기 때문이다. 카프카는
그렇게 사람들을 찾아나서는 대신에 임의의 개인에게 공허한 얼
굴로 구애하지만, 수요가 없다는 애초의 문제는 그대로 남는다. 연
애편지를 그렇게 기술적으로 계산하는 일은 죽은 자에게, 오로지
죽은 자에게만 필요하다.

　1900년식 기록시스템에서 문필가들 자체도 그들이 기록하는
폐기물과 마찬가지로 일종의 쓰레기라면, 글쓰기를 넘어서 다다
를 수 있는 곳은 어디에도 없다. "확실히 나는 결혼을 통해서, 결합
을 통해서, 나의 무효한 상태를 해체함으로써 결국 파멸하게 될 것
처럼 느껴집니다."[76] 카프카와 바우어는 서신을 교환하지만 어느
쪽도 말을 통해 영혼에 다다를 수 없다. 한편에서 [카프카의] 글쓰

기는 광기의 자리를 차지하고[77] 자신의 무효한 상태를 해체하지 않기를 멈추지 않는 것으로서 규제된다. 다른 한편에는 여러 미디어 중의 하나로서 [카프카의 글쓰기에] 못지않게 무상한 [바우어의] 텍스트 처리 업무가 개시된다.

＊

예술의 경지

마리네티의 「미래주의 문학의 기술적 선언문」은 분자들의 무리와 전자의 소용돌이가 한 여성의 웃음이나 눈물보다 더 자극적이라는 구호를 내세운다.[78] 릴케는 한 여성이 두개골 봉합선을 축음기로 재생함으로써 도달하는 오감의 확장을 "정신의 현존과 사랑의 은총"과 동일하게 여기더라고 전한다. 하지만 문필가로서 릴케 본인의 생각은 다르다. 사랑은 그에게 "소용이 없다. 그는 단지 다양한 개별성들이 현존하는 것을 계속 대면해야 한다. 그는 폭넓은 감각의 단면들을 계속 활용해야 한다."[79] 이는 카프카가 우편 시스템을 활용하면서 린트스트룀 사에 대규모 프로젝트를 입안한 것처럼, 두개골 봉합선과 글쓰기 사이에 무언가 전무후무한 멀티미디어 시스템을 구축하는 것을 의미한다.

여기서 릴케와 카프카는 멀티미디어의 애호가로서 정중하게 퀸의 희생을 표현한다. 그들은 다정하게 선을 긋는다. 또는 타자기로 쓴 연애편지는 결국 연애편지가 아니다. 표현주의자들은 이보다 더 거칠게 나온다. "그 사랑을 가지고 내 앞에서 꺼져!" 에렌슈타인의 투부치는 이렇게 외친다.[80] 되블린은 단칼에 "저자의 자기포기, 자기상실," 문학적 "에로티시즘"의 종언을 요구한다. 저자 기능이 폐기되면서 책에서 모든 사랑이 추방된다는 사실을 이보다 명쾌하게 말하기도 어려울 것이다. 책에서 묘사되는 사랑뿐만 아니라, 남성 시인과 여성 독자들 사이에 공감의 합선을 불러일으키는 사랑, 책을 구성하는 사랑이 삭제된다. 이제 책은 종이뭉치일 뿐이며, 이런 물질적 타당성은 "회화가 남녀와 무관하듯이 소설도 사랑과 무관하다는 것을" 아주 "자연스럽게" 보증한다.[81] 상상력과 "감정"이 지배력을 상실하면서 "사랑, 여성, 기타 등등"은 "개별화된 독신남들을 위한 문학"에서 자취를 감춘다.[82]

이것이 1900년식 시스템의 초창기에 선언된 새로운 프로그램의 개요다. 그럼 이제 마지막으로, 극도로 정밀한 두 명의 문학사가들이 어떻게 다른 연구자들과 달리 사실과 그 토대를 적시하면서 이 같은 변화를 사후적으로 확증하는지 살펴보자. 벤과 발레리는 이론과 실천을 통틀어 당대의 글쓰기 공간이 타자기가 구축한 새로운 사물의 질서에 종속된다는 사실을 입증한다. "1900년 무렵부터" 사랑의 합일은 종이 위에서 자취를 감춘다.

> 예술, 그것은 아직 존재하지 않는 진리다! 1900년 무렵부터 발표된 가장 중요한 소설들에서, 여성들은 인종-지리적(콘래드), 예술적(하인리히 만의 『여신들』), 미학적(『도리언 그레이의 초상』) 범주에 따라 배열될 뿐이다. 그중 일부는 명백히 아포리즘적으로 동원되어, 구조를 결정하기보다는 박수갈채나 회상을 유도하며, 그래서 말할 때도 외국어를 쓴다. 『마의 산』의 경우, 사랑은 가장 진지한 순간에도 새로 고안한 유형학적 원리를 시험하는 것에 불과하다.[83]

이런 카탈로그식 글쓰기는 종이 자체에도 영향을 끼친다.

> 디오니소스를 찬양하라, 곡식의 이삭보다 와인을 찬양하라! 데메테르보다 바쿠스를, 아홉 달의 마법보다 남근의 충혈을, 역사소설보다 아포리즘을 찬양하라! 인간은 종이에 타자로, 생각들과 문장들을 가지고, 책상에 앉아

작품을 만들었다. 그리고 다른 분야, 주변 사람들, 직업적 영역에서 돌아와, 모든 비행과 꿈의 정황, 분출, 억압으로 짓눌린 뇌에서 돌아와, 몇 시간 후에 다시 돌아와 책상 위에 하얀 줄무늬들이 그어진 것을 본다. 이것은 뭔가? 무언가 생명 없는, 모호한 세계들, 고통스럽고 힘들게 모아놓은 것들, 한데 묶어서 생각한 것들, 무리지은 것들, 검증된 것들, 향상된 것들, 비참한 나머지들, 풀려난 것들, 입증되지 않은 것들, 허약한 것들, 불쏘시개, 타락한 무無. 이 모든 것이 하나의 탈선, 하나의 종족적 수난, 하나의 어두운 오점, 하나의 맥락 상실인가? 저기 팔라스가 가까이 오니, 결코 미혹하지 않고, 언제나 투구를 쓰고, 결코 수태하지 않고, 여위고 자식 없는 여신, 제 아비에게서 성기를 통하지 않고 태어난 자다.[84]

여성들을 그저 나열하는 데 그치지 않고 심지어 이상적 '여성'이나 '어머니'를 조롱하는 문학, 차별화된 독신남들을 위한 문학은 팔라스라는 수호여신이 간절히 필요하다. 독신자기계들이 "종이에 타자기로" 내뱉는 것은 언제나 폐기물 또는 쓰레기다. 누군가 책상을 정리하고 이 쓰레기를 이른바 '예술'로 마법처럼 바꿔주지 않는다면 말이다.

이렇듯 니체의 시대 이후 별로 달라진 것은 없다. 그는 흐릿한 눈으로 타자기를 두드려 신학자 오버베크에게 편지를 써서, 말링한센 타자기가 "강아지처럼 다루기 어렵고" "재미도 별로 없으면서" "괴롭기만 하다"라고 불평한다. 그래서 그는 글쓰기의 어려움을 덜어줄" 젊은 사람들을 찾고 있으며, "필요하다면 2년짜리 결혼이라도" 할 생각이다.[85] 그리고 벤은 "우애결혼"을 통해 니체가 가정한 것을 현실로 옮긴다.[86] 1937년—벤이 동정녀 팔라스 아테나를 찬미하는 글을 쓰기 6년 전—에 벤의 오랜 여자친구는 마치 이 「팔라스」를 쉽게 풀어쓴 것 같은 결혼 계획서를 읽게 된다.

여기서…… 하찮은 관계가 조금씩 발전해나간 거라네. 이 관계는 내 존재에 빛과 온기를 드리우지. 나는 이 관계를 소중히 하고 싶어. 일단은 외적 이유가 있다는 것을 알아주게. 나는 외적으로 완전히 황폐해졌어. 물건들은 부서지고, 주변은 엉망진창에, 쓰다 만 편지가 잔뜩 있지. …… 침대보는 찢어지고, 침대는 일주일 내내 그대로고, 가게에서 물건 사오는 일도 직접 해야 해. 난방도 문제가 있고. 내 말을 받아쓸 사람이 없으니 편지에 답장도 못 하네. 작업도 못 해. 시간도 없고, 마음에 평정도 없고, 받아써줄 사람이 없다니까. 오후 3시 반에 커피를 끓이는데, 그게 내 일과 중 하나야. 그리고 저녁 9시에 잠을 자는데, 그게 나머지 일과 전부고. 짐승 같지.

……그렇지만 한 번만 더 인간적인 관계를 맺으려고, 그녀의 도움을 받아서 비참한 상태를 벗어나려고 시도해볼 참이네. 그래야만 해.

모르헨, 자네한테는 다 털어놓지. 다른 사람 말고 자네한테만. 아마도 불행해질 이 존재가 어떤 부류인지 알면 자네는 깜짝 놀랄 거야.

나이는 서른 살 정도, 나보다 한참 어리지. 엘리다나 엘리자베트 아르덴 같은 화려한 미인은 전혀 아니야. 몸매는 아주 훌륭하지만 얼굴은 흑인종 수준이라네. 아주 좋은 집안 출신이고. 돈은 전혀 없어. 헬가와 비슷한 일을 하는데 벌이가 괜찮아. 타자기로 200음절은 너끈히 치는 완벽한 여성 타자수지. 우리 식으로 말해서, 우리 세대 식으로 말하자면, 교양 있는 사람은 아니야.[87]

사랑이 끝나면서 결혼은 배제되는 것이 아니라 오히려 포섭된다. 문학적으로 폐기물을 재활용하는 사람은 교양 있는 사람이지만, 글쓰기용 책상이라는 이름의 쓰레기 더미는 정리할 줄 모른다. 그래서 이들은 펠리체 바우어처럼 예쁘지도 않고 교양도 없지만 분당 200음절의 기록적인 속도로 타자를 치는 여성들과 결혼한다.[88] 타락한 종이 불쏘시개로부터 그를 구원하고 해방시켜줄 이 팔라스 여신은 헤르타 폰 베데마이어라는 이름보다는 차라리 '미니 티프'라는 이름이 더 어울린다. 여신이 언제나 쓰고 다니는 헬멧은 그저 받아쓰기용 타자기다. 이렇게 해서, 오로지 이런 방식으로만 저 비참한 나머지들, 풀려난 것들, 입증되지 않은 것들, 허약한 것들, 책상 위에 그어진 하얀 줄무늬 같은 것들이 아직 존재하지 않는 진리, 즉 예술이 된다.[89]

1910년에는 프랑스 시인들 중의 수학자라 할 수 있는 폴 발레리가 타자기를 쓰기 시작한다. 올리버 타자기는 발레리가 "총애하는 장난감"이 되는데,[90] 타자기 자판은 초고나 정서본이나 똑같은 서체로 구현하기 때문이다. 그로부터 6년 후, 발레리는 손으로 쓰는 『노트』에 이렇게 기록한다. "사랑은, 의심의 여지 없이, 해볼 만한 가치가 있다. ……하지만 정신의 업무로서, 소설이나 연구의 주제로서는 너무 전통적이고 진부하다."[91] 그리고 1940년—벤이 우애결혼에 도달했으나 아직 「팔라스」를 쓰기 전—에 발레리는 자신의 문학사적 선언을 실제로 시연한다. 다시 말해, 그는 글쓰기 기계와 잉크 리본으로[92] 「나의 파우스트(초고)」를 쓴다. 미완성된 이 희곡의 제2부는 이름을 드러내지 않은 니체가 무대에 나타나 괴테의 주인공을 "쓰레기"라며 내다버리는 내용이지만, 제1부는 ['욕망' 또는 '쾌락'을 의미하는] '루스트Lust'라는 이름의 젊은 여성을 중심으로 이야기가 전개된다. 이렇게 아름다운 이름을 가진 아름다운 여성은 질스마리아의 운둔자만큼 신랄하게 독일 시문학의 돌이킬 수 없는 구시대성을 지적한다. 오로지 메피스

토만이 파우스트가 이 아가씨를 사랑한다고 상상할 수 있는데, 왜
냐하면 그는 아직도 중심적 행위와 국가적 행위*의 관점에서, '정
신'과 '자연'의 이분법에 따라 사고하기 때문이다. 이 가련한 악마
는 드라큘라만큼 어리석다. 악마는 현대 과학기술의 발전을 따라
갈 수 없다.[93] 반면 파우스트는 "육체의 오래된 혼돈을 재발견"하
면서 담론을 부차적 문제로 격하시키는 드높은 실험에 매진한다.
그래서 파우스트와 루스트의 관계는 사랑이 아니라 미디어 결합
의 실험으로 나타난다.

'나,' 발레리, 책들, 이제 이 모든 것을 합쳐보자.

첫째, 파우스트는 각종 문학작품과 이를 해석하는 평문들을
뒤져서 자기 자신에 관한 구체적인 정보를 전부 찾아 읽는다. 따
라서 그는 자서전적인 방식으로 철저한 소진을 시도하는 셈이지
만, 이를 완수할 수 있을지는 확실치 않다. 둘째, 그는 이렇게 해서
저장된 모든 것을 '회고록'이라는 이름의 기록시스템으로 옮긴다.
전체 제목과 도입부는 다음과 같다.

> 나 자신의 회고록. 파우스투스 박사-교수, 죽은 학문 학회
> 원 등등. ……몇몇 문학작품의 주인공으로 추정.
>      ……나에 관해 너무나 많은 것이 저술된 탓에 나는
> 더이상 내가 누군지 모른다. 물론 내가 그 책들을 전부 읽
> 은 것은 아니고, 분명히 내가 들어본 적도 없는 책들이 더
> 있을 것이다. 하지만 내가 접한 것들만 해도 나 자신과 내
> 운명에 관해 극히 풍부하고 다양한 관념들을 제공하기에

*Haupt- und Staatsaktion. 이것은 18세기 독일 유랑극단의 연극 양식을
가리키는 용어이기도 하다. 광대와 인형이 등장하는 대중적 공연으로, 진지한
'중심적 행위'가 화려하고 소란스러운 '역사적 행위'로 이어진다고 해서 이런
이름이 붙었다. 『파우스트』의 도입부에서, 학자 파우스트는 조수 바그너에게
과거의 시대는 이렇게 우스꽝스러운 역사극일 뿐이라고 비웃는다. 574-585행
참조.

충분하다. 내 출생지와 출생일은 각양각색이나 하나같이 반박 불가능한 서류와 증거로 입증되었으며 명망 있는 비평가들에 의해 제출되고 논의되었으니, 나는 마음 내키는 대로 하나를 고를 수 있다.[94]

고전주의를 창시한 허구적 주인공의 회고록은 그가 스스로 창시한 기록시스템을 간단히 초과한다. 문학작품과 그에 대한 해석을 망라하는 미디어 연합체에서는 원칙적으로 저자가 모든 문학적 명성을 가진다. 하지만 그렇기 때문에 [허구적 주인공이 자기 자신에 관한 글을 쓰려면] 유기적 자서전 대신에 수학적 조합론이 대두될 수밖에 없다. 파우스트에 관한 책들과 다시 그 책들에 관한 책들은 서로가 서로를 무효화한다. 남는 것은 백색잡음이며, 회고록을 쓰는 파우스트는 그 속에서 얼마든지 자의적인 선택을 할 수 있다. 자기가 누구였는지 더이상 알지 못하는 사람이 자아를 사라지게 한다는 명시적 목적으로 회고록을 쓴다면, 그는 더이상 저자가 아니다.

파우스트는 수많은 담론의 텅 빈 인터페이스가 되어 [괴테의 자서전 제목을 빌리자면] '시와 진실'을 무효화한다. 이는 극히 실제적인 수준에서, 그가 원저자와는 다른 방식으로 다른 말을 불러준다는 것을 의미한다. 주인의 담론을 따르는 대신 글의 물질성이라는 규칙을 따랐다면, [괴테의 비서들이었던] 욘, 슈하르트, 크로이터, 에커만, 리머, 가이스트도 괴테의 '시'와 '진실'에 서명할 수 있었을 것이다. 그리고 이렇게 남성으로만 이루어진 비서들이 한편에 있다면, 다른 한편에는 여성들이 있다. 첫째로 단어 하나도 맞춤법대로 쓸 줄 몰랐던 괴테의 어머니[카타리나 엘리자베트 괴테], 둘째로 "여성 문필가로서 찬란하게 빛나기를 원하지" 않고 "공무원 활동과 문학 활동이 뒤섞이지" 않게 주의해서 "행복한 가정과 즐거운 결혼생활"을 꾸렸던 괴테의 부인[크리스티아네 괴테].[95]

이런 이들이 여성적 형상 또는 여성의 형상 아래서 필연적으로 이상적인 것의 관념이 된 글쓰기 실천의 매개변수들이다. 시를 쓴다는 것은 오로지 존재하지 않는 여성적 유일자가 속삭여준 말을 그에 종속되어 존재하는 하위의 남성들이 불러주어 받아쓰도록 하는 것을 뜻했다. 100년 후 압노사 프쇼어 교수가 괴테하우스의 서재에 설치한 축음기 실린더에 기록된 것도 남성들의 목소리뿐이다. 그것은 에커만에게 지혜의 말을 전하던 저자의 목소리다.[96]

　　발레리의 「나의 파우스트(초고)」는 고전적 글쓰기 활동을 체계적으로 역전시킨다. 이 파우스트도 말을 불러주지만, 국가를 떠받치는 계약서에 자필로 서명을 해야 하는 공무원이 되지는 않는다. "자신의 이름을 쓸 줄 안다는 단순한 능력이 한때 그에게 너무 값비싼 대가를 요구했다." 그래서 "그는 두 번 다시 쓰지 않는다."[97] 그는 단지 카프카가 서명을 회피함으로써 암시했던 어떤 소실점을 향해 말을 불러줄 뿐이다. 그리고 이러한 구술은 괴테의 구술과 이중으로 대립한다. 첫째, 그것은 어떤 생명이나 여성적 이상이 아니라 단순한 문장들을, 시인들과 해석자들이 불가능한 실재를 둘러싸고 만들었던 문장들을 다시 글로 옮긴다. 둘째, 다른 책들은 당연히 남성들의 펜 끝에서 솟아났지만, 그 책들을 재조합하는 파우스트의 책은 여성들의 펜 또는 발레리가 총애하는 장난감이 육화된 존재에 의해 필사된다. 루스트가 8일 동안 파우스트 곁에 머무른 까닭은 그저 파우스트가 불러주는 말을 받아쓰기 위해서다. 메피스토는 파우스트가 무엇을 원하는지 이것저것 추측하지만, 결국 파우스트가 한 일이라곤 시적-해석학적 담론을 재고 처분하듯이 한 여성의 귀에 몽땅 쏟아부어버린 것뿐이다. 니체와 말라르메의 숭배자들이라면 이미 예견했겠지만, 이 귀는 작고 마법적이며 결코 이해하려 들지 않는다.[98] 루스트의 귀는 구술된 것을 축음기처럼 정확하게 기록했다가 다음날이면 처음부터 다시 반복한다. 게다가, 그 형태는 사고비약적 관점에서 자극적이지 않을 수 없다.[99]

루스트는 제2의 팔라스로서 최후의 파우스트를 둘러싼 조합론적 혼돈에 질서를 가져온다. 회고록을 쓰는 파우스트는 자신의 생을 조망할 수도 없고 그럴 의지도 없는데, 그의 인생이 너무나 많은 책에서 너무나 다양하게 묘사되기 때문이다. 때때로 난처한 텍스트를 가지고 오는 악마가 도와주거나 말거나 그의 글쓰기용 책상은 쓰레기 더미로 넘친다. 하지만 루스트가 있으니, 그녀는 "파우스트라는 사고기계를 신중하게 미화한다는 특별한 임무를 맡은 대상으로서 소박하고 명예로운 역할"을 수행한다.[100] 구술자의 생각이나 인생에 관해 전혀 모르는 한 여성이 수정처럼 맑은 논리와 현명한 귀로 혼란에 빠진 회고록 작업에 뛰어든다. 이것이 파우스트가 그녀를 고용한 이유다. 축음기처럼 정확하다는 것은 담론이 성립하는 과정에서 필연적으로 작용하는 구성적 억압이 제거된다는 뜻이다. 예외적으로 딱 한 번 파우스트가 구술을 하는 대신 저녁 노을의 인상이나 농지거리를 던지고 싶은 충동을 있는 그대로 발설한 적이 있지만, 루스트는 미니 티프처럼 직업적인 태도로 이 역시 말없는 종이에 옮겨적는다. 그가 위험을 무릅쓰고 웃음의 생리학적 정의를—그것은 (추상 또는 착오로서) 오르가즘에도 꼭 들어맞는데—내리면, 루스트는 멈추지 않는 웃음으로 화답한다. 그가 고상한 철학적 문체로 "사람들 및 사물들과 맺은 관계"를 회고록의 주제로 제기하자, 루스트는 '사람들/남자들homme'이라는 애매한 표현에 의문을 제기한다. 그래서 파우스트는 어쩔 수 없이 여성들과 맺은 관계도 있었다고 표현을 수정한다. 이렇게 여비서의 순수한 현존이 인류를 해체하면서 서로 분리된 남성과 여성만이 남는다. 현명한 여성의 귀에 파우스트의 말이 꽂히는 것만으로도 그는 더이상 피히테-셸링-루덴이 구축한 인류의 재현을 상연하지 못하게 된다.

물론 남성과 여성의 전쟁에서는 자꾸만 한쪽이 다른 쪽의 코를 이리저리 잡아끄는 일이 벌어진다. 회고록을 쓰는 남성은 섬세한 기억의 단편으로 여비서의 코를 잡아당겨보려고 한다. 하지만 자서전에 나오는 아름답고 적극적인 과부들은 (파우스트의) 시와 (메피스토의) 진실을 불문하고 실제로 존재하는 다수의 여성으로 남는다. 생명의 원천과 자연의 젖줄을 둘러싼 신화는 또다른 방향으로 흘러간다. 유럽의 대학들이 석사 파우스트와 조수 바그너뿐만 아니라 여비서들을 받아들이면서 신화는 웃음이라는 위험을 감수한다. 루스트는 바그너이고, 루스트는 그레첸이며, 따라서 루스트는 어느 쪽도 아니다. 희극 「루스트」는 그녀의 웃음과 함께 시작해서 그녀가 구애를 거절하는 것으로 끝난다. 실제로 존재하는 다수의 여성은 웃음을 터뜨리고 글을 쓰면서 (파우스트가 악마에게 설명한 것 같은) 그레첸과의 사랑을 불가능하게 만든다. 담론은 첨단기술의 조건 속에서 부차적인 것으로 전락하기에, 무엇이 사랑과 한숨의 빈자리를 차지할지는 말할 필요도 없다. 기표들은 모호한 것이 아니라 백치 같다. 웃는 그자의 이름은 루스트다.

# 후기*

아래에 있는 것은 위에 있는 것과 같다.
　　—『타불라 스마라그디나』†

'기록시스템Aufschreibesystem'이라는 단어는 원래 판사회의 의장 슈레버의 편집증적 인식 속으로 신이 속삭여넣은 단어지만, 이 책에서는 임의의 문화에서 유의미한 데이터를 송부, 저장, 처리하는 기술적·제도적 네트워크를 가리킨다. 인쇄 기술과 그에 결부된 문학과 대학 제도는 역사적으로 극히 강력한 편제를 이루었으며, 이는 괴테 시대의 유럽에서 문학 연구를 가능하게 했던 조건이었다.

　푸코는 이 시스템을 시스템 자체로, 그러니까 내재적 관점에서 해석하는 대신에 외재적 관점에서 기술하기 위해 새로운 담론분석 방법을 개발했다. 임의의 시대에 실제로 발표되는 담론들이 조직될 때, 그것이 이를테면 광기에 침식된 것으로 판정되어 담론에서 배제되는 것을 막기 위해 반드시 지켜야 하는 일련의 규칙들을 재구성하는 것이다. 푸코의 아카이브 개념은 시대마다 다르게 나타나는 문서의 역사적 아프리오리Apriori를 지시하는데, 실제 문헌조사의 대상으로서나 이론적 연구의 주제로서도 '도서관'의 범위를 넘어서지 않는다.[1] 그래서 담론분석 작업은 특정 시대, 즉 알파벳이 데이터의 저장과 전송을 독점하고 이에 기초해서 옛 유럽

---

＊이 글은 1987년에 나온 제2판 이후부터 실려 있다.
†에메랄드에 새겨진 것 중 가장 오래되었다고 알려진 연금술 문헌. 대략 12세기경에 만들어진 것이라고 추정된다.

의 권력이 작동하던 시대에만[2] 천착한다. 담론분석의 데이터 처리 방식으로 폭파할 수 있는 시대가 이 시기뿐이기 때문이다. 그래서 푸코의 역사적 연구는 1850년 전후에서 끝난다.

실제로 모든 도서관은 기록시스템이지만, 현 시점에서 모든 기록시스템이 책으로 이루어진 것은 아니다. 늦어도 제2차산업혁명으로 정보의 흐름이 자동화되면서, 담론분석으로는 접근하지 못하는 권력과 지식의 형태들이 산재해 있다. 현재의 고고학은 기술적 미디어 안에서 데이터가 어떻게 저장, 전송, 연산되는지도 인식해야 한다. 정보이론은 통신망의 성능과 한계를 계측할 수 있는 공식의 형태로 당대의 기술적 상태를 각인하고 있다. 문학 연구는 여기서 배워야 한다. 글의 독점체제가 폭파된 이후로, 글의 기능을 재검토하는 것은 가능하고도 절박한 과제가 되었다.

전통적 문학 연구는—아마도 특정한 글쓰기 기술에서 연원한 탓에—책의 모든 것을 연구하지만 책의 데이터 처리 방식만은 무시한다. 해석학의 기본 개념인 '의미Sinn'나 문학사회학의 기본 개념인 '노동Arbeit'은 글이 정보 채널이며 학교나 대학 같은 제도들이 책을 사람들에게 접속시킨다는 사실을 간과한다. 해석학은 작품과 전통만이 역사의 산물이자 역사에 작용하는 중대한 문제라고 여기면서 문자의 문제를 등한시했다. 반대로 현재의 문학사회학은 텍스트를 생산관계의 반영으로 독해하는데, 생산관계는 정보가 아니라 일 또는 에너지의 패러다임을 따른다. 그래서 증기기관과 방직기는 (괴테의 경우에도) 연구 주제가 되지만 타자기는 안 된다.

담론분석은 그와 다르다. 다만 이 접근법은 물질적 차원에서 제2차산업혁명의 표준에 맞게 갱신되어야 한다. 문학이 (독자 집단 내부에서 무엇을 의미하든지) 데이터를 처리, 저장, 전달한다는 것은 아주 기본적인 사실이다. 흔적 없는, 그러니까 글쓰기의 흔적을 수반하지 않는 언어는 존재하지 않기에, '의사소통적 이성kommunikative Vernunft'과 그 대립항이라 칭해지는 '도구적 이성 instrumentelle Vernunft'은 이미 언제나 한 몸이다. 모든 도서관과 모든 서신 교환이 입증하듯이, 알파벳 같은 구식 미디어로 데이터를 저장하고 전달하는 과정도 컴퓨터 프로세스와 마찬가지로 기술이 개입하는 실증적 현실이다. 이상적 '인간' 또는 '주체'의 죽음을 탄식하는 인쇄된 말들은 언제나 너무 늦게 도착한다.

따라서 우리가 분별해야 하는 것은 감정의 배치가 아니라 시스템이다. 우선 서로 다른 통신망들을 비교하여 기술할 수 있다. 섀넌이 정의한 다섯 가지 기능, 즉 데이터 흐름의 원천, 송신기, 채널, 수신기, 목적지는[3] 미결정 상태로 남을 수도 있고 서로 다른 심급들에 의해 점유될 수도 있다. 남성 또는 여성, 웅변가 또는 시인, 철학자 또는 정신분석가, 대학 또는 기술학교 들이 그 자리에 들어갈 수 있다. 해석이 상수 위주로 작업한다면, 시스템 간 비교는 [서로 다른 시스템에 공통되는] 변수를 도입한다. 그리고 역사적 관점에서 시스템 간 비교 연구를 진행하려면 "경계를 설정하는 핵심적인 사건이 최소한 두 번"은 있어야 하는데, 시스템의 분화나 새로운 커뮤니케이션 기술이 그런 획기적 사건의 후보로 고려될 수 있다.[4]

바로 이런 불연속을 형성하는 것이 1800년경의 보편화된 알파벳 학습과 1900년경의 기술적 데이터 저장장치다. 양쪽 모두 앞뒤로 15년만 살펴보면 불연속을 명확하게 입증할 수 있다. 데이터, 수신처, 명령이 [1800년경의] 교육학, 시, 철학 사이에서 움직이는가 아니면 [1900년경의] 미디어 기술, 정신물리학, 문학 사이에서 움직이는가에 따라 각 항목의 위치값이 달라진다. 송신기, 채널, 수신기로 이루어진 이런 피드백 회로를 기술하려면, 장기적인 정신사보다는 결정적인 순간을 포착하는 편이 더 낫다. 특히 19세기는 하이데거의 표현을 빌리자면 "극도로 모호한 세기"여서 "분기들을 연이어 기술하는 방식으로는 결코 이해할 수 없다. 양쪽에서 서로 반대 방향으로 경계를 그어나가야 한다."[5]

그렇지만 신문헌학의 검증 규칙은 경계를 긋는 것과 거리가 멀다. 문학사는 세분화된 시대 구별에 사로잡혀서, "구간 길이"가 "저장용량을 초과하면" ("이 조건은 쉽게 충족되는데") "실제 난수열과 허위 난수열을 구별하지 못하는 장치"와[6] 다를 바 없이 동작한다. 반면 괴테의 시대와 19-20세기 전환기의 시스템을 비교하려면, 한 세기 전체에 상응하는 것으로 자동보정되는 어떤 최소구간을 찾아야 한다. 그러면 정신사에서 동시적인 것의 비동시성이라 말하는 것, 해석학에서 맥락의 완결 불가능성이라 말하는 것도 단순한 선택의 문제 또는 분산값으로 환원된다. 소진될 수 없는 작품에 대한 믿음이란 그저 성스러운 글을 두고 먼지로 뒤덮인 유사품을 집어들기 싫다는 불쾌감의 다른 이름일 뿐이다. 반면 담론분석은—비록 '단 한 번만 말해진 것ἅπαξ λεγόμενον[유일무이한 말]'을 정립할 수는 없지만—적어도 '오컴의 면도날[사고 절약의 원리]'의 장점을 활용한다. 필요 이상으로 거대하게 증폭되지 않은 데이터는 첨단기술의 조건 아래서도 얼마든지 옮겨다닐 수 있다. 책 말고 다른 미디어로, 고향이 아닌 다른 나라 어디로든지 갈 수 있다.

그동안 『기록시스템 1800·1900』은 문학 자체를 일종의 정보망으로 기입하는 정보망의 일부가 되었다. 아비탈 로넬은 괴테가 저자로서 행한 활동을 수많은 에커만들과 정신분석가들을 향해 말을 불러주는 것으로서 독해한다. 클라우스 테벨라이트는 프로이트, 벤, 셀린이 쓴 책들의 원천이 되었던 여성들과 미디어들에 관해 논한다. 볼프강 셰러는 알파벳 학습과 미디어 기술의 역사적 단계들을 음악과 음악학의 역사로 옮겨쓰고, 베른하르트 지게르트와 프랑크 하세는 우편제도를 보편적 전달매체로 정립한다. 만프레트 슈나이더와 토르스텐 로렌츠는 영화가 모더니즘의 이론적 구축과 자서전에 끼친 엄청난 영향을 연구한다. 한스 울리히 굼브레히트와 카를 루트비히 파이퍼는 문학의 기원과 종언을 가능하게 했던 의사소통적 물질성의 공간을 재구성한다.

[인문사회과학과 자연과학이라는] 이른바 '두 문화'로 분리된 우리의 학제를 폭파하려는 맥락에서, 문학적 텍스트는 오로지 방법론적으로만 『기록시스템』의 중심으로 읽힐 수 있다. 정보기술은 이미 언제나 전략 또는 전쟁이다. "그리고 이것은 모든 노선에 비관주의가 드리우는 것을 의미한다. 문학의 운명에 대한 불신, 자유의 운명에 대한 불신, 유럽의 인간성에 대한 불신, 무엇보다 모든 의사소통에 대한 불신, 불신, 불신이 계급들 간에, 민족들 간에, 개인들 간에 확산된다. 그리고 이게파르벤 사와* 공군의 평화로운 완벽성만이 무한한 신뢰를 얻는다."[7]

첨단기술의 조건 아래서 정화淨化 작업은—또는 구조화하는 활동은—불가피한 만큼 구시대적이다. 정화는 비록 지양과 다르지만, 양가적이라는 측면에서 결코 그에 뒤지지 않는다. 괴테 시대의 기록시스템을 개념화하려는 헤겔의 시도는 결국 "예술은 그 지고한 소명의 측면에서 우리에게는 이미 과거의 것이다"라는[8] 유명한 판결에 다다른다. 정화 작업은 판결문이나 예언을 전하는 것이 아니다. 오히려 그것은 사람들에게서 "그들이 생각하거나 믿거나 상상하는 것을 직접적으로, 거리를 두지 않고 말할 수 있게 해주는 담론"을 "빼앗는다."[9]

『기록시스템 1800·1900』의 시작에는 퍼그스와 그들의 노래 〈펜타곤에서 악령을 몰아내기〉가 있었다.† 이 책의 끝에는 다시 또다른 말들을 스크린 위로 불러내는 '말[워드 프로세서]'이 있다.

---

* 1925년 독일에서 설립된 당시 세계 최대 규모의 화학공업 카르텔로, 화학과 의약업의 기술혁신을 선도했으나 나치 지도부와 밀접하게 연관되어 제2차세계대전 이후 연합군에 의해 분할되었다.

† 정확한 원제는 "Exorcising the Evil Spirits From the Pentagon Oct. 21, 1967"로, 노래라기보다 시 낭송에 가까운 곡이다. 퍼그스는 1967년 10월 21일 펜타곤 앞에서 열린 반전 시위에서 이 노래를 부르고 실황 녹음분을 스튜디오 앨범에 수록했다. 시위대가 함께 외치는 "물러나라, 악령은 물러나라Out Demons Out"라는 후렴구가 길게 이어진다.

전도서에 이르기를 책을 짓는 일에는 끝이 없다고 하였으니, 책을 정화하려는 또는 책의 질서를 근절하려는 책도 그 말을 벗어나지 않는다.

1987년 프라이부르크

인용문의 출전 및 참고문헌은 상징적 정보와 실재적 정보를 등재한다. 전자는 나르치스 아흐Ach에서 에버하르트 츠비르너Zwirner에 이르는 알파벳 형태의 정보이고, 후자는 1529년에서 1994년에 이르는 숫자 형태의 정보다. [국역본이 출간된 경우 관련 정보를 병기한다.]

숫자가 이중으로 명시되는 경우, 앞의 숫자는 원서의 초판이 출간된 해를 나타내며, 뒤의 숫자는 이 책에서 참조한 판본, 전집 또는 독일어 번역본이 출간된 해를 나타낸다. 그 외에 강의, 단편 원고, 담화, 문서, 연설, 일기, 초고, 편지 등은 해당 갈래와 처음 작성된 날짜를 병기한다.

주석에서 전집의 경우 권수는 라틴 숫자로, 인용문의 쪽수는 아라비아 숫자로 표기한다. 참고문헌에서 정기간행물 뒤에 표기된 숫자는 다른 설명이 없는 경우 권수를 나타낸다.

## I 1800

### 학자의 비극. 무대의 서막

1 Lacan, 1975: 55쪽 참조.
2 Foucault, 1966/1971b: 258쪽. [국역본 297쪽.]
3 이것이 Rickert, 1932: 156쪽의 주장이다.
4 Luther, 1529/1912-13: IV 3쪽.
5 Gessinger, 1980: 38~43쪽의 화용론적 분석 참조. 여기서 게싱거가 사용하는 비하적 범주들을 보면, 오늘날의 언어이론이 여전히 파우스트를 이어쓰면서 다른 담론의 질서들을 기껏해야 공포스러운 것으로 묘사하는 수준에 머물고 있음을 확실히 알 수 있다.
6 Tiedemann, 1777~78: III 359쪽.

7 Lacan, 1966/1973~ : II 53쪽.

8 Foucault, 1966/1971b: 73~76쪽. [국역본 78~79쪽, 옮긴이 일부 수정.]

9 Foucault, 1963/1974a: 102쪽. [국역본 144쪽, 옮긴이 일부 수정.]

10 이 개념에 관해서는 Derrida, 1967b/1974b: 455~457쪽 참조.

11 Herbertz, 1909: 559쪽에서 재인용.

12 파우스트의 시대에 헤르더도 똑같은 행위를 한다. 하지만 그는 말로 표현할 수
    없는 「요한복음」의 다의성을 이렇게 표현할 뿐이다. "말씀Wort! 하지만 그에
    해당하는 독일어 단어 '보르트Wort'로는 이 원형적 개념이 말하는 것," 즉
    "개념과 표현, 원형적 개념과 최초의 작용, 표상과 자국, 사유와 말"을 "말할 수
    없다."(헤르더의 1774년 초고. Herder, 1877~1913: VII 320쪽)

13 Derrida, 1967a/1972a: 423쪽. [국역본 441쪽, 옮긴이 일부 수정.]

14 용어에 관해서는 Barthes, 1963/1969: 38쪽 참조. 해석에 관해서는 Wilkinson,
    1971: 119~123쪽 참조. 윌킨슨은 소쉬르를 언급하면서 번역가 파우스트를
    계열체적 의식으로 상정한다. 그에 따르면, 파우스트가 다양한 번역을 시도하는
    것은 "성서 주해가 처음 시작됐을 때부터 주어졌던 여러 선택지 중에" 하나를
    선택하는 것을 나타내며, 따라서 "'로고스'라는 단어에 주해를 달 때 전통적으로
    수반되던 위험, 이단 혐의, 폭력 행위의 인상"을 전달한다. 이는 해석학적
    차원에서는 타당할지 몰라도 담론분석적 차원에서는 쉽게 반박할 수 있는데,
    왜냐하면 파우스트 본인의 폭력 행위로 인해 바로 그 전통의 재귀가 중단되기
    때문이다.

15 Barthes, 1963/1969: 36쪽.

16 니체의 1867~68년 단편 원고. Nietzsche, 1933~42: III 367쪽.

17 Bielschowsky, 1907: II 635쪽.

18 Hegel, 1835/1927~40: XIV 242쪽. [국역본 3권 594쪽.] 이에 대해서는 Turk,
    1979: 132쪽 참조.

19 Spinoza, 1670/1976: 203쪽. [국역본 252쪽, 옮긴이 일부 수정.]

20 같은 책: 190쪽. [국역본 236쪽, 옮긴이 일부 수정.]

21 L. Strauss, 1952: 179~186쪽 참조.

22 Rickert, 1932: 158쪽 참조.

23 Goethe, 1820/1887~1919: I 142쪽.

24 Foucault, 1972/1974: 7쪽. [국역본 13쪽] 참조.

25 Derrida, 1967a/1972a: 344쪽. [국역본 356쪽, 옮긴이 일부 수정.]

26 헤겔 밑에서 공부한 파우스트의 해석자는 이 장면에서 정령이
    '내가-여기-있음Ick-bün-allhier'을 표명한다는 것을 놓치지 않는다. 파우스트는
    "이제 대우주와 소우주의 기호 대신에 성서 원전을 펼친다. 그는 신성한 진리의
    현현에 속하는 이 말씀을 그저 단어와 문자로 취급하는 것이 아니다. 오히려
    그는 말씀을 도저히 불가능한 정도로 높이 평가하면서, 정령의 도움으로 그
    말씀을 살아 있는 정신의 수준까지 끌어올린다."(Hinrichs, 1825: 97쪽)

27  Nietzsche, 1883~85/1967~ : VI 1, 57~60쪽. [국역본 79쪽.]

28  니체의 1872년 연설. Nietzsche, 1967~ : III 2, 231~232쪽. [국역본 276~277쪽, 옮긴이 일부 수정.] 이런 감시의 구체적 형태, 즉 국가시험에 관해서는 Prahl, 1978: 248~249쪽 참조.

29  "「요한복음」에서 '말씀'이 그리스도를 나타낸다는 것, 따라서 파우스트가 '말씀'을 경멸하는 것이 성서에서 '말씀'으로 상징화되는 그리스도에 대한 비난을 함축하기도 함을 유념하라. 파우스트가 성서에서 제거하려는 것은 그냥 단어 하나가 아니라 그리스도를 가리키는 특정한 단어다."(Durrani, 1977: 61쪽)

30  Baumgart, 1978: 58쪽. 또한 McClelland, 1980: 79쪽 참조.

31  이것은 프리드리히 파울젠의 표현이다. Paulsen, 1902: 77쪽.

32  Paulsen, 1919~21: II 93쪽.

33  프로이센 일반란트법Allgemeines Landrecht für die Preußischen Staaten, 1794/1970, II 12, §1, 584쪽; II 13, §3, 589쪽 참조.

34  Jeismann, 1974: 23쪽.

35  Gedike, 1787/1789~95: I 438~440쪽.

36  von Türk, 1806: 264쪽.

37  J. P. Richter, 1797/1959~67: IV 649쪽.

38  작자미상Anonymus, 1783: 94~95쪽. 따라서 루츠키가 요한 프리드리히 헨의 구식 직해법을 "파국적 교습법"이라고 표현한 것은 개혁적 교육학자들보다 한참 뒤늦은 요란에 불과했다. Rutschky, 1977: 563~567쪽 참조.

39  Goethe, 1811~14/1904~05: XXII 149쪽 [국역본 159~160쪽] 참조.

40  Bünger, 1898: 231쪽.

41  Schmack, 1960: 55쪽.

42  이미 1893년에 호전적인 가톨릭 신자 폰 하머슈타인이 이렇게 진단한 바 있다. Hammerstein, 1893: 230~236쪽 참조.

43  F. Schlegel, 1798/1958~ : II 182쪽.

44  Deleuze/Guattari, 1980: 95~96쪽 [국역본 147~167쪽] 참조.

45  이를테면 Durrani, 1977: 60쪽 참조.

46  Code Napoléon, § 4, 1807: 2쪽. 이에 대해서는 Seebohm, 1972: 13~14쪽 참조.

47  Hintze, 1911: 11쪽. 평생 지속되는 것과 해지 불가능한 것의 차이는 『파우스트』의 마지막 장면이 다루는 유명한 주제다.

48  Bradish, 1937: 200쪽에서 재인용.

49  같은 책: 18~19쪽.

50  괴테의 1785년 11월 문서. Goethe, 1950~72: I 420쪽. 또한 Curtius, 1951: 113쪽 참조.

51  Bradish, 1937: 18쪽 주석 5번.

52  Foucault, 1975/1976b: 42쪽. [국역본 62쪽, 옮긴이 일부 수정.]

53 Penzenkuffer, 1805: 92쪽.

54 같은 책: 96쪽.

55 Baumgart, 1977: 94쪽.

**어머니의 입**

1 이처럼 관사를 대문자로 표기하고 빗금치는 것은 라캉식 표기법이다. 이것은
여성이 유일자로 존재하지 않는다는 것, 여성은 복수형으로만 존재하며 따라서
남근적 기능(보편성)을 기입할 수 없음을 나타낸다. Lacan, 1975 참조.
고전주의-낭만주의 시에 관해서는 Schreiber, 1981: 276~283쪽 참조.

2 Tobler, 1782. Goethe, 1904~05: XXXIX 5쪽에 수록.

3 Lacan, 1975: 90쪽.

4 Kaiser, 1980: 106쪽 참조.

5 Geissler, 1927: 35~37쪽 참조. (유감스럽게도 일부일처제는 악마의 작품이
아니다.)

6 Nietzsche, 1878~80/1967~ : IV 3, 244쪽.

7 Kittler, 1980a: 155~159쪽 참조.

8 Hinrichs, 1825: 152~153쪽.

9 Hamacher, 1979: 116~124쪽 참조.

10 Brandes, 1809: 108, 83쪽. 같은 책 36쪽에 따르면, 부모 자식 간의 반말 사용은
"1780년 이전에는 없었다." 또한 Wolke, 1805: 89쪽; Goethe, 1811~14/
1904~05: XXII 269쪽 [국역본 283~284쪽] 참조.

11 Brandes, 1809: 108쪽.

12 Donzelot, 1977/1980: 34쪽 참조.

13 Kittler, 1978: 22~25쪽 참조.

14 J. A. Huber, 1774: 28쪽.

15 J. P. Richter, 1811/1959~67: VI 426쪽.

16 Hobrecker, 1924: 7쪽.

17 Buno, 1650. Helmers, 1970: 40쪽에서 재인용.

18 Freud, 1899/1946~68: II/III 284쪽. [국역본 336쪽, 옮긴이 일부 수정.]

19 Goethe, 1816~17/1904~05: XXVII 184쪽. [국역본 298쪽, 옮긴이 일부 수정.]

20 Splittegarb, 1787: 5~6쪽.

21 Olivier, 1803: 15, 24쪽.

22 Campe, 1807/1975: 73쪽.

23 Basedow, 1785/1909: I 17~19쪽.

24 Olivier, 1803: 58쪽 주석; Niethammer, 1808/1968: 239쪽 참조. 바제도 이전에 옛
유럽에서 만들어진 '먹을 수 있는 문자들'의 역사에 관해서는 Dornseiff, 1922:
17~18쪽 참조.

25  Niemeyer, 1796/1970: 242쪽.

26  Basedow, 1785/1909: III 27쪽.

27  슐라이어마허의 1826년 강의. Schleiermacher, 1876: 239쪽.

28  상세한 내용은 Kittler, 1991: 109~112쪽 참조.

29  Pestalozzi, 1808/1927~76: XVI 290쪽 참조.

30  Kehr, 1879: 385~389쪽 참조.

31  Stephani, 1807b: 3쪽.

32  Kehr, 1879: 390~391쪽 참조.

33  Meumann, 1911~14: III 450쪽 참조.

34  Stephani, 1807b: 16~18쪽.

35  Foucault, 1966/1971b: 384~385쪽. [국역본 396쪽, 옮긴이 일부 수정.] 또한 Liede, 1963: II 223~224쪽 참조.

36  1800년 전후에 출간된 유년기를 회고하는 자서전에서 철자식 방법으로 가르치는 교사들이 어떻게 그려지는가에 관해서는 Hardach-Pinke/Hardach, 1978: 115, 152쪽 참조.

37  Stephani, 1807b: 12~13쪽. 문자와 음표의 동일시에 관해서는 Olivier, 1803: 95쪽 참조. 라이프치히의 한 학교에서는 독일어 교사와 음악 교사의 협업이 이루어지기도 했다. von Türk, 1806: 174~175쪽 참조.

38  Stephani, 1807b: 18쪽 주석.

39  Basedow, 1785/1909: I 21쪽; Bünger, 1898: 83, 239쪽 참조.

40  Stephani, 1807b: 24~26쪽. 또한 라이프치히에서 있었던 크루크의 음성학 수업에 관해서는 von Türk, 1806: 188쪽 참조.

41  Stephani, 1807b: 33~34쪽.

42  C. Brentano, 1818/1963~68: II 613쪽.

43  Stephani, 1807b: 10쪽 참조. 슈테파니의 교습법은 다음과 같이 선전되었다. "읽기를 지극히 즐거운 유흥거리로 만들어드립니다. 고귀한 어머니여, 당신이 자녀들과 책을 읽다보면 보통 이제 그만 책을 덮어야 한다는 게 오히려 아쉽게 여겨질 것입니다."

44  같은 책: 25쪽. 이에 관해서는 Kittler, 1991: 26~33쪽 참조.

45  Stephani, 1807b: 7쪽.

46  같은 책: 26, 32쪽.

47  같은 책: 7쪽. 슈테파니의 자화자찬에 관해서는 Gleim, 1810: II 68쪽 참조.

48  von Türk, 1806: 176쪽. 이에 관해서는 Petrat, 1979: 76~77쪽 참조.

49  Gessinger, 1980: 93~101쪽 참조.

50  Hardenberg[노발리스], 1846/1960~ : II 672~673쪽.

51  Goethe, 1811~14/1904~05: XXIII 44쪽. [국역본 314쪽.] 독일문학과 표준어의 문제 전반에 관해서는 Blackall, 1959 참조.

52  Chapuis/Gélis, 1928: II 202~206쪽 참조.

53  Olivier, 1803: 99쪽.

54  같은 책: 101, 95쪽.

55  같은 책: 91쪽 참조.

56  H. J. Frank, 1973: 309쪽 참조.

57  Herder, 1796/1877~1913: XXX 217~218쪽. 폰 튀르크가 라이프치히 방언 문제를
    진단하고 교정하는 방법을 계획하는 방식도 이와 흡사하다. (자기 자신의
    말소리까지 문제삼는다는 점에서는 어쩌면 더 혹독하다고도 볼 수 있다.) von
    Türk, 1806: 56~57쪽 참조.

58  Foucault, 1966/1971b: 362~365쪽 [국역본 328~333쪽] 참조.

59  Herrmann, 1804: 116쪽.

60  Stephani, 1807b: 51~52쪽.

61  작자미상Anonymus, 1811: 쪽수 표시 없음.

62  Grüssbeutel, 1534/1882: Av IV쪽, B II쪽.

63  Jordan, 1533/1882: Av IV쪽.

64  이것이 Kehr, 1879: 364~368쪽의 주장이다. 이후 모든 ABC 교재의 역사가들이
    이 주장을 따른다.

65  Foucault, 1966/1971: 66쪽 [국역본 67쪽] 참조.

66  Comenius, 1659 참조. 코메니우스는 이렇게 쓴다. "그러므로 초심자는 어떤
    동물을 관찰하고 그 목소리를 따라 하는 것으로 해당 문자를 발음하는 법을
    스스로 터득할 수 있다."(E. Schwarz, 1964: 61쪽에서 재인용)

67  Bünger, 1898: 29쪽 참조.

68  Herder, 1767/1887~1913: I 401쪽.

69  Giesecke, 1979: 61쪽 참조.

70  Herder, 1772/1877~1913: V 35~36쪽. [국역본 52쪽, 옮긴이 일부 수정.]

71  Lohmann, 1965: 66쪽.

72  Herder, 1772/1877~1913: V 36쪽. [국역본 53쪽.]

73  이것이 Grob, 1976: 5~29쪽의 접근 방식이다.

74  Herder, 1772/1877~1913: V 5쪽. [국역본 17쪽.]

75  같은 책: V 8쪽. [국역본 21쪽.]

76  같은 책: V 9쪽. [국역본 23쪽, 옮긴이 일부 수정.] 루소의 언어인류학도 이와
    흡사하다. "루소는 인간적 발화의 질서에 앞서 무엇이 있었을지 생각해보자고
    한다. 확실히 그는 어떤 '담화'를 제시한다. 그러나 이는 다른 모든 담화에 앞서는
    어떤 목소리를 드러내기 위해서다. ……그 정의상, 자연의 목소리는 모든 담화에
    앞서서 말해야 한다."(Starobinski, 1967: 283쪽)

77  이것이 Lohmann, 1965: 67쪽의 주장이다.

78  Herder, 1772/1877~1913: V 10쪽. [국역본 22~23쪽.]

79  Hippel, 1778-81/1828-35: III 1쪽.

80  흘타이의 1828년 초고. Braun, 1908/1923: I 153쪽에서 재인용. [여기서 말하는 보나파르트 가문의 젊은 여성은 제롬 보나파르트의 사생아 예니 폰 파펜하임을 말한다. 이 일화를 기록한 릴리 브라운은 파펜하임의 손녀다.]

81  Milch, 1957: 156~159쪽 해석 참조.

82  Hoffmann, 1816/1976: 341쪽. [국역본 31쪽.]

83  같은 책: 354~355쪽. [국역본 55~56쪽, 옮긴이 일부 수정.]

84  Wolke, 1805: 150쪽. 독일에서 이와 같은 정의는 대단히 자명해 보이기 때문에, 이를 '독일식 언어 형이상학'이라고 조롱하는 것도 얼마든지 가능하다. 실제로 Parain, 1942/1969: 151~154쪽에서 그런 것이 발견된다.

85  Hoffmann, 1816/1976: 357쪽. [국역본 60쪽, 옮긴이 일부 수정.]

86  Bosse, 1979b: 82쪽.

87  Niethammer, 1808/1968: 221~222쪽.

88  같은 곳.

89  Hegel, 1830/1927~40: X 347쪽. 이에 대해서는 Bernhardi, 1801~03: II 260~261쪽 참조.

90  A. W. Schlegel, 1795/1962~67: I 141쪽.

91  이것이 Th. Meyer, 1971: 161쪽의 주장이다.

92  Foucault, 1966/1971b: 349쪽. [국역본 396쪽.]

93  Hegel, 1830/1927~40: X 346쪽.

94  Bernhardi, 1801~03: I 61~71쪽.

95  Herder, 1772/1877~1913: V 14쪽. [국역본 28쪽.]

96  같은 책: 8~9쪽. [국역본 22쪽, 옮긴이 일부 수정.]

97  von Loeben, 1808: 62쪽.

98  이에 관한 상세한 논의는 Uwyss, 1979: 156~160쪽 참조.

99  von Türk, 1806: 181쪽.

100  Olivier, 1803: 84~85쪽.

101  Liscov, 1736/1806: III 103~104쪽.

102  Grüssbeutel, 1534/1882: A IIt쪽.

103  Ickelsamer, 1534/1882: C IVt쪽.

104  Herder, 1787/1877~1913: XXX 297쪽; Splittegarb, 1787: 15쪽; 작자미상Anonymus, 1778: 4쪽 참조.

105  Bünger, 1898: 27쪽. 또한 J. P. Richter, 1811/1959~67: IV 430, 550쪽 참조.

106  Niemeyer, 1796/1970: 243쪽. 또한 Basedow, 1785/1909: I 17~19쪽 참조.

107  Niemeyer, 1796/1970: 243쪽.

108  Tillich, 1809: 1쪽.

109  Hegel, 1812-13/1968~ : XI 44쪽 참조. 이미 노발리스는 "아마도 최고의 책은

ABC 교재와 같을 것"이라고 깨닫는다.(하르덴베르크의 1798년 단편 원고. Hardenberg, 1960~ : II 610쪽)

110 Zwirner, 1941: 33쪽 참조.

111 지금은 구할 수 없는 이 판본에 관해서는 Bünger, 1898: 316쪽 참조.

112 Foucault, 1975/1976b: 201~208쪽 [국역본 231~233쪽] 참조.

113 Pestalozzi, 1801/1927~76: XIII 194~195쪽. [국역본 45쪽, 옮긴이 일부 수정.]

114 페스탈로치의 1807년 편지. Pestalozzi, 1927~76: XIII 27쪽.

115 Herder, 1787/1877~1913: XXX 293쪽.

116 Moritz, 1785~90/1959: 15쪽. [국역본 18쪽, 옮긴이 일부 수정.]

117 Paulsen, 1919~21: II 116쪽.

118 라캉의 1980년 1월 5일 편지.

119 티데만의 역사적 맥락에 관해서는 Fritzsch, 1906: 497쪽 참조.

120 Tiedemann, 1787/1897: 23, 27쪽.

121 같은 책: 27쪽.

122 이것이 Stern, 1914: 88쪽의 주장이다.

123 Chapuis/Gélis, 1928: II 208~212쪽 참조.

124 Stephani: 1807a: 4~5쪽.

125 같은 곳.

126 Wolke, 1805: 65쪽. 교육학은 새로 발견된 '결핍존재Mängelwesen'적 상황을 신속하게 착취한다. 이에 관해서는 Basedow, 1785/1909: I 202쪽 참조.

127 Stephani, 1807b: 65~66쪽.

128 Rousseau, 1782~89/1959~ : I 8~9쪽. [국역본 18~19쪽, 옮긴이 일부 수정.]

129 von Lang, 1842/1957: 10쪽. 이에 관해서는 Schenda, 1970: 50쪽 참조.

130 G. Stephan, 1891: 67쪽 참조.

131 Melchers, 1929: 28~29쪽 참조.

132 Benjamin, 1924/1972~ : III 12~22쪽 참조.

133 Hempel, 1809: IX쪽.

134 Köpke, 1855: I 14쪽.

135 Tieck, 1797/1828~54: IV 154쪽. 티크의 메르헨에 나오는 전형적인 플롯에 대한 전형적인 논평은 이런 것이다. "많은 사람이 자연에 천착하는 이유는, 어릴 때 버릇없이 자라서 아버지를 무서워하고 어머니를 도피처로 삼았기 때문일 것이다."(하르덴베르크의 1789~90년 단편 원고. Hardenberg, 1960~ : I 360쪽)

136 Pestalozzi, 1801/1927~76: XIII 326쪽. [국역본 205쪽, 옮긴이 일부 수정.]

137 Pestalozzi, 1803/1927~76: XV 350쪽.

138 '에이도스[형상]'와 '일리[질료]'의 개념쌍이 성차를 재현하는 동시에 은폐한다는 것에 관해서는 Lacan, 1975: 76쪽 참조.

139 Kittler, 1991: 103~118쪽 중 「방랑자의 밤노래 2—모든 산봉우리 위에는」을 일종의 자장가로 접근한 대목 참조.

140 G. A. Kittler, 1928: 314쪽 참조.

141 Humboldt, 1809/1903~36: X 213쪽. 또한 Krug, 1810: 128~130쪽 참조.

142 Derrida, 1980a: 94쪽. 이 대목은 니체의 말을 요약한 것이다.

143 상세한 내용은 Paulsen, 1919~21: II 279~282쪽 참조.

144 Holst, 1802: 175쪽.

145 Wychgram, 1901: 262, 291쪽 참조. 핑크 플로이드의 노래 가사 "어머니, 그들이 나를 최전방에 세울까요? 어머니, 그건 그냥 시간 낭비 아닌가요?"를 이 명령에 대한 해석으로 생각해볼 수도 있을 것이다.

146 von Türk, 1806: 156~157쪽. 이에 관해서는 Blochmann, 1966: 56~57쪽 참조.

147 Holst, 1802: 167쪽.

148 Gleim, 1810: II 150쪽. 또한 Hippel, 1801/1828~35: VII 14~15쪽 참조.

149 Holst, 1802: 58~59쪽. 이런 문헌은 1800년 전후로 새롭게 정의된 성역할이 "명백하게 가부장적인 지배의 이념적 보호막으로" 기능하지 않았나 하는 사회학적 의구심에 이의를 제기한다. Hausen, 1976: 375쪽 참조.

150 Wychgram, 1901: 225쪽 (비베스의 교육학에 관한 대목) 참조.

151 Foucault, 1976a/1977: 150~151쪽 [국역본 132~133쪽] 참조.

152 Holst, 1802: 55쪽.

153 페스탈로치의 1804년 초고. Pestalozzi, 1927~76: XVI 347~354쪽.

154 Holst, 1802: 175쪽.

155 Hardenberg, 1798b/1960~ : II 491~494쪽 참조.

156 루이제 학원 계획안 §§ 3, 30. Blochmann, 1966: 114쪽에서 재인용. 또한 하이델베르크의 여학생 모두에게 "다정한 어머니"였던 여성 교사이자 "여성 시인 카롤리네 루돌피"에 관해서 Schwarz, 1792: 262~263쪽; von Türk, 1806: 139쪽 참조.

157 [이것이 크리스티안 다니엘 포스의 계획이다.] Voss, 1799~1800: I 429~430쪽.

158 "진정으로 우리 자신의 방향을 새롭게 다잡기 위해서는 여성들을 국가공무원으로 임명해야 한다. 여성들이 국가를 위해 일하라는 신성한 소명을 받들고 있다는 데는 반론의 여지가 없지만, 고위공무원이라는 대다수의 건달들은 그렇게 하지 못하기 때문이다."(Hippel, 1793/1977: 129쪽)

159 Holst, 1802: 5~6쪽.

160 Voss, 1799~1800: I 419쪽.

161 하르덴베르크의 1799~1800년 단편 원고. Hardenberg, 1960~ : III 568쪽.

162 Gleim, 1810: I 104~105쪽.

163 Goethe, 1809/1904~05: XXI 205쪽. [국역본 245쪽, 옮긴이 일부 수정.] 실제로 괴테는 여기서 말하는 '종복Diener'이 국가의 종복, 즉 공무원을 가리킨다고 말한다. Kittler, 1991: 122쪽 참조.

164 Heydenreich, 1798: 99쪽.

165  같은 책: 99, 98쪽.

166  공무원법과 국가라는 우상에 관해서는 Hattenhauer, 1980: 174쪽 참조.

167  Hardenberg, 1798b/1960~ : 489쪽. 또한 작센 선제후가 노발리스를 제염소 감독
    후보자로 지명했을 때 그가 보낸 답례 편지를 보라. "이 지고의 은혜에 미천한
    자의 감사를 바치며, 상부의 훈령 작은 항목 하나도 어기지 않고 충실히 따를
    것임을, 제가 어디에 있든지 영방군주이신 주공의 충직한 종복에게 어울리도록
    순종적으로 처신할 것임을 약속드립니다."(하르덴베르크의 1800년 8월 27일
    편지. Hardenberg, 1960~ : 340쪽)

168  von Westphalen, 1979: 9쪽 참조.

169  Dilthey/Heubaum, 1899: 246쪽에서 재인용.

170  훔볼트의 1809년 7월 8일 문서. Dilthey/Heubaum, 1899: 253쪽에 수록.
    일반적으로 통용되는 공무원 검증 시스템을 구축해야 한다는 주장에 관해서는
    Hattenhauer, 1980: 177쪽 참조.

171  Stephani, 1797: 80, 74쪽.

172  Roessler, 1961: 266쪽.

173  Jeismann, 1974: 100쪽.

174  일반란트법Allgemeines Landrecht für die Preußischen Staaten, 1794/1970: II 12,
    §§ 66, 73, 587쪽.

175  Süvern, 1817. Heinemann, 1974: 344쪽에서 재인용.

176  Penzenkuffer, 1805: 91~92, 271쪽. 또한 W. T. Krug, 1810: 97쪽 참조. 펜첸쿠퍼의
    책은 푸코가 '감시와 처벌'이라는 책제목에서 명시한 두 가지 권력시스템의
    차이를 이미 표명하고 있었다. (말하자면 이때가 바로 그 차이가 벌어지던
    순간이었다.) 국가는 사법공무원들에만 의존하는 한 독재국가로 남을 수밖에
    없었다. 자유국가가 되려면 먼저 1800년 전후로 교육공무원이 운영하는
    도덕국가로 변모해야 했다.

177  von Westphalen, 1979: 118쪽.

178  슐라이어마허의 1826년 강의. Schleiermacher, 1876: 238쪽.

179  Hausen, 1976: 385쪽.

180  이를테면 Niethammer, 1808/1968: 197~198쪽 참조. 어떤 기초독본은 아동의
    첫번째 받아쓰기 문장으로 이런 것을 제시한다. "나는 나 자신을 스스로
    인간이라 칭한다Ich nenne mich selbst einen Menschen."(Herrmann, 1804: 70쪽)

181  그렇지만 교육학자 슈바르츠는 "국가 업무를 관장하는 신분에서만큼" 어머니와
    자식의 관계가 "잘 드러나는 데가 없다"라고 말한다.(Schwarz 1972: 4쪽)

182  Kleist, 1821/1962: I 677쪽. [국역본 97쪽.]

183  이것이 Hausen, 1976: 283~287쪽의 주장이다.

184  Donzelot, 1977/1980: 12쪽.

185  Holst, 1802: 106쪽.

186 Oppermann, 1969: 106쪽 참조.

187 Jeismann, 1974: 112쪽 참조.

188 슐라이어마허의 1810년 12월 14일 문서. Schwartz, 1910: 195쪽에 수록.

189 Matthias, 1907: 218쪽. 그에 따르면, 신규 교사에게는 신학 시험, 추천서, 시범
수업, 석사 또는 박사학위, 사범학교 졸업증서, 임용시험 등이 요구되었다.

190 von Westphalen, 1979: 122쪽.

191 마르크스의 1843년 초고. K. Marx, 1967~73: I 253쪽. [국역본 122쪽, 옮긴이 일부
수정.] 여기서 마르크스가 따옴표를 써서 인용한 것은 당연히 헤겔이다.

192 Gleim, 1810: 105쪽. 또한 Bäumer, 1901: 22쪽 참조.

193 Blochmann, 1966: 116쪽에서 재인용.

194 Goethe, 1809/1904~05: XXI 31쪽. [국역본 38쪽.]

195 Gleim, 1810: I 106~107쪽.

196 Niethammer, 1808/1968: 245쪽. 또한 Kittler, 1991: 125쪽 참조.

197 이에 대해서는 Schreiber, 1981: 293~294쪽 참조.

198 Leporin. 1742/1975: 130~131쪽; von Hanstein, 1899~1900: I 167쪽 참조.

199 Leporin. 1742/1975: 142쪽. 고트셰트의 견해도 이와 같았다. Wychgram, 1901:
244~245쪽; Boehm, 1958: 301~323쪽 참조.

200 von Hanstein, 1899~1900: II 348~353쪽 참조. [레싱의『에밀리아 갈로티』에서]
오도아르도와 에밀리아 갈로티의 관계를 문학적으로 표현된 근친성애 관계로
간주하는 것이 과도한 해석으로 여겨진다면, 도로테아 슐뢰처라는 이 여성이
결혼 예복을 입고 박사학위를 받았다는 사실이 무엇을 뜻하는지 생각해보라.

201 Bußhoff, 1968: 15~21쪽 참조.

202 Stephani, 1797: 77~81쪽 참조. 이와 유사한 것으로 W. T. Krug, 1810: 76쪽 참조.

203 F. Schlegel, 1799/1958~ : VIII 42쪽.

204 Hintze, 1911: 7, 39쪽.

205 Hegel, 1812~13/1968~ : XI 21쪽.

206 Lacan, 1975: 33쪽 참조. "존재론은 언어에서 '연어連語copula[명제의 주어와
술어의 관계를 나타내는 언어 요소. 영어의 be동사나 프랑스의 être 동사가
대표적이다]'를 하나의 기표로 따로 분리하여 가치를 부여하는 것이다.
……이를 몰아내고 싶다면, '이것은 이것인 것이다'라고 말할 때 '~이다être'를
따로 분리하도록 강요하지 말자고 제안하는 것으로 충분하다. 그러니까 '이것은
이것인 것이다c'est ce que c'est'라고 발음하고 '이거슨이거신거시다seskecé'라고
쓰면 된다. 이렇게 쓰면 연어의 존재는 전혀 분간되지 않을 것이다. 주인maître의
담론, 다시 말해 나를-향해-존재하는m'être 담론이 '~이다être'에 초점을 맞추지
않는다면, 그것은 전혀 분간되지 않을 것이다. ……존재의 모든 차원은 이
기표를 발화하는, 이 연결적 기표가 간과되지 않기를 기대하는 주인의 담론의
흐름 속에서 발생한다. 따라서 이 기표는 명령을 한다. 이 기표는 다른
무엇보다도 명령문이다."

207 Hegel, 1830/1927~40: X 351쪽. 또한 Reil, 1803: 416쪽; Hoffbauer, 1802~07: II 99~100쪽 참조.

208 von Türk, 1806: 176쪽.

209 F. Schlegel, 1799/1958~ : VIII 45쪽.

210 같은 글: VIII 46쪽.

211 같은 글: VIII 45쪽.

212 Brandes, 1802: I 53쪽.

213 F. Schlegel, 1799/1958~ : VIII 61쪽.

214 Tobler, 1782. Goethe, 1904~05: XXXIX 6쪽에서 재인용.

215 F. Schlegel, 1799/1958~ : VIII 48쪽.

**언어 채널들**

1 F. Schlegel, 1797/1958~ : I 99쪽. 또한 Hardenberg, 1798a/1960~ : II 661~663쪽 참조.

2 Stephani, 1797: 54쪽.

3 F. Schlegel, 1797/1958~ : I 99쪽.

4 Bergk, 1799: 170쪽.

5 프리드리히 슐레겔의 1798년 단편 원고. F. Schlegel, 1958~ : XVIII 203쪽.

6 Schlaffer, 1981: 135쪽.

7 괴테의 1821년 9월 7일 편지. Goethe, 1887~1919: IV 35, 75쪽.

8 Goethe, 1811~14/1904~05: XXIV 56~57쪽. [국역본 611~612쪽, 옮긴이 일부 수정.]

9 Goethe, 1795~96/1904~05: XVII 166쪽. [국역본 223쪽.]

10 헤겔의 1808년 9월 29일 연설. Thaulow, 1853: III 191~192쪽. 헤겔은 번역된 고대의 문학작품들이 "향이 다 날아간 라인 지방의 와인처럼 맛이 없다"라고 평한다. 이는 독서를 '입으로 먹는 것'으로 여겼다는 좋은 증거다.

11 Hegel, 1835/1927~40: XIV 227쪽. [국역본 3권 580쪽, 옮긴이 일부 수정.]

12 Bernhardi, 1801~03: II 398, 422쪽.

13 Foucault, 1966/1971b: 345쪽. [국역본 392쪽, 옮긴이 일부 수정.]

14 하르덴베르크의 1797년 11월 30일 편지. Hardenberg, 1960~ : IV 237쪽.

15 F. Schlegel, 1797/1958~ : I 99쪽.

16 이것이 McLuhan, 1964/1968: 194쪽[국역본 318쪽]의 주장이다.

17 Goethe, 1828/1904~05: XXXVIII 142쪽.

18 이에 대해서는 Hegener, 1975 참조.

19 하르덴베르크의 1797년 11월 30일 편지. Hardenberg, 1960~ : IV 237쪽.

20 F. Schlegel, 1800a/1958~ : II 303쪽.

21 Hardenberg, 1802a/1960~ : I 287쪽. [국역본 167쪽, 옮긴이 일부 수정.] 폰

뢰벤은『하인리히 폰 오프터딩겐』의 평범한 모작인『귀도』에서 이 같은
형이상학을 다음과 같이 평이한 문장으로 표현한다 "공주는 종종 자기가 아무
말도 않았음을 모르는 듯했다. 공주의 아버지가 공주의 말을 하나도 놓치지
않았기 때문이다."(von Loeben, 1808: 13쪽)

22 Herder, 1778/1877~1913: VIII 339쪽. 또한 Bergk, 1799: 109쪽 참조.

23 Heidegger, 1959: 248~249쪽. [국역본 344~345쪽, 옮긴이 일부 수정.]

24 Giesebrecht, 1856: 118~119쪽 참조.

25 Bosse, 1979a: 117~125쪽 참조.

26 Moritz, 1785~90/1959: 15쪽. [국역본 18쪽.]

27 Moritz, 1783/1805: I 65~70쪽 참조.

28 Moritz, 1785~90/1959: 176쪽. [국역본 203쪽.] 어떤 작문 교재의 도입부에도
이와 정확히 부합하는 교육학적 "소설"이 나온다. 소설의 주인공은 카를이라는
날품팔이 고아다. 카를은 "자기가 먹을 빵도 제대로 벌지 못했다." 다음 이야기는
이렇다. "그가 제일 좋아하는 일은 무언가 적히거나 인쇄된 종이를
모아두었다가 저녁때 읽는 것이었다. 결국 카를은 백지를 살 수 있을 때까지
자신의 가장 큰 욕구를 충족시키는 일을 잠시 포기하기로 마음먹었다. 카를은
아버지의 낡은 잉크병과 오래된 펜 몇 자루도 찾아냈다. 이것은 그의 가장 큰
재산이 되었다. 카를은 이 도구들을 이용해서 자기 자신에 대한 최초의
생각들을 종이에 옮겼다."(Dolz, 1811: 95~96쪽) 이 이야기는
고전주의-낭만주의 체제의 사회화 과정을 압축적으로 보여준다.

29 Moritz, 1785~90/1959: 15~16쪽. [국역본 18쪽.]

30 같은 책: 415쪽. [국역본 477~478쪽, 옮긴이 일부 수정.]

31 같은 책: 222쪽. [국역본 254쪽, 옮긴이 일부 수정.]

32 Stenzel, 1966: 36쪽.

33 Moritz, 1785~90/1959: 416쪽. [국역본 478쪽.]

34 상세한 내용은 Herrlitz, 1964: 81쪽 참조.

35 Hegel, 1835/1927~40: XIII 216쪽. [국역본 2권 522쪽, 옮긴이 일부 수정.]

36 Kaiser, 1981: 31쪽. 또한 같은 책: 24쪽 참조.

37 Moritz, 1785~90/1959: 30~31쪽. [국역본 36쪽.]

38 Hoffmann, 1814b/1976: 139쪽. 또한 Hoffmann, 1819~21/1963: 856~858쪽의
유사한 에피소드 참조.

39 Hoffmann, 1814a/1976: 180쪽. [국역본 201쪽, 옮긴이 일부 수정.]

40 같은 글: 203쪽. [국역본 237쪽.]

41 같은 글: 190, 182쪽. [국역본 216, 203쪽.]

42 같은 글: 182~183쪽. [국역본 204~205쪽, 옮긴이 일부 수정.]

43 바그너의 1870-80년 초고. Wagner, 1976: 24, 545쪽 참조.

44 라인 강의 세 처녀는 호프만의 소설에 나오는 엘베 강의 세 마리 뱀과 마찬가지

존재다. 바그너는 이들이 외치는 "바갈라바이아"라는 말을 실제로 어근의 의미 작용을 규정하는 야코프 그림의 법칙에 따라 구성했다는 언어학적 증거를 제시한다. Wagner, 1872/1907: IX 300쪽. 이에 대해서는 R. M. Meyer, 1901: 92쪽 참조.

45 Tillich, 1809: 27쪽.

46 Hoffmann, 1814a/1976: 183쪽. [국역본 205쪽, 옮긴이 일부 수정.]

47 같은 글: 200쪽. [국역본 232쪽, 옮긴이 일부 수정.]

48 괴테에 대해서는 Zons, 1980: 127쪽 참조. 호프만에 대해서는 Schmidt, 1981: 168~169쪽 참조.

49 Hoffmann, 1814a/1976: 203쪽. [국역본 236쪽.]

50 같은 글: 215쪽. [국역본 255~256쪽.] 데사우 지역 초등학교에 대한 어떤 보고서를 보면, 영국식 흘림체가 당대의 교육학적 표준이었음을 알 수 있다. "나는 여기서 최근 치러진 공식 시험에 제출된 소년들의 글쓰기 견본을 보았다. 그것만 봐도 소년들을 가르친 글쓰기 교사가 훌륭했음을 알 수 있었다. 그중 몇몇은 극도로 아름다운 영국식 흘림체에도 뒤지지 않았다."(von Türk, 1806: 19쪽) 당시 첨부된 1743년의 글쓰기 견본은 Degering, 1929: 98쪽에서 볼 수 있다.

51 Hoffmann, 1814a/1976: 215쪽. [국역본 255쪽, 옮긴이 일부 수정.]

52 같은 책: 230쪽. [국역본 281쪽.]

53 Hardenberg, 1802a/1960~ : I 295쪽 [국역본 180~183쪽] 참조. 또한 Kittler, 1991: 168~174쪽 참조.

54 Hoffmann, 1817a/1963: 472~510쪽 [국역본 88~92쪽] 참조.

55 글쓰기 교육개혁운동에 관한 개괄로는 Hey, 1879: 26~30쪽 참조.

56 Stephani, 1815: 3~4쪽.

57 같은 책: 8쪽. 또한 Schmack, 1960: 105쪽 참조.

58 Pöhlmann, 1803: XIV쪽.

59 Stephani, 1815: 27~28쪽.

60 같은 책: 74쪽.

61 같은 책: 44쪽.

62 Pöhlmann, 1803: 121쪽. 또한 Basedow, 1785/1909: II 69쪽 참조. "이렇게 문자들을 하나의 단어로 수렴시키지 않으면" 가독성이 "나빠진다."

63 되벨른 지역의 이런 "개혁가들"에 관해서는 Hey, 1879: 35, 95쪽 참조.

64 Rühm, 1970: 278쪽.

65 Stephani, 1815: 43, 72~75쪽.

66 같은 책: 41쪽.

67 Hegel, 1807/1968~ : IX 175쪽. [국역본 1권 340쪽, 옮긴이 일부 수정.]

68 Stephani, 1815: 26쪽.

69 Gleim, 1810: II 57쪽. 현대 교육학은 '배우는 법을 배운다'라는 표현을 아주 자랑스럽게 여기지만, 이는 그들이 발명한 것이 아니다.

70 Hippel, 1793/1977: 166쪽.

71 Kittler, 1978: 99~115쪽 참조.

72 다른 사람을 글쓰게 만드는 것, 특히 "필체가 한결 자유로워지게" 하는 것—괴테의 『친화력』을 보면 샤를로테가 조카 오틸리에에게 바로 이런 시도를 한다. 시도 자체는 고전적 글쓰기 규정의 예외적 사례지만, 결국 이 시도는 실패함으로써 다시 규정을 승인하게 될 것이다. 여성들, 특히 오틸리에 같은 이상적 어머니들은 자녀들이 글을 쓰도록 하는 것이 아니라 말을 하도록 북돋우기 위해 존재한다. 여성들, 특히 샤를로테 같은 경험적 어머니들은 글쓰기 교습을 하지 않는다. 그래서 오틸리에는 "뻣뻣한" 필체로 다른 남자의—에두아르트의 전혀 완벽하지 않은—필체를 모방하는 데 그친다. Goethe, 1809/1904~05: XXI 51쪽 [국역본 63쪽] 참조.

73 Hoffmann, 1814a/1976: 226쪽. [국역본 274쪽, 옮긴이 일부 수정.]

74 Montandon, 1979: 12쪽.

75 Hoffmann, 1814a/1976: 225쪽. [국역본 272쪽, 옮긴이 일부 수정.]

76 Hardenberg, 1802b/1960~ : I 79쪽.

77 von Loeben, 1808: 338쪽. 또한 같은 책: 237쪽 참조.

78 Gedike, 1791/1789~95: II 148~149쪽.

79 Hoffmann, 1815/1976: 323쪽. 이에 대해서는 또한 Jaffé, 1978: 153~155쪽 참조.

80 Hoffmann, 1814a/1976: 216쪽. [국역본 257~258쪽, 옮긴이 일부 수정.]

81 같은 책: 198~199, 211~212쪽. [국역본 230~233, 251~254쪽.]

82 같은 책: 201, 217쪽. [국역본 234, 258쪽.]

83 Lacan, 1966/1973~ : II 188~189쪽 참조.

84 Olivier, 1803: 78쪽.

85 Hoffmann, 1814a/1976: 216, 224쪽. [국역본 257, 275쪽.]

86 Basedow, 1785/1909: II 68쪽.

87 Kant, 1824: 63쪽. 이에 대해 후펠란트는 다음과 같이 논평한다. "나는 존경하는 필자의 이 같은 불평에 완전히 동의한다.(우리 출판업자들이라면 절대 빠뜨리지 않았을 회색 종이 문제를 빼먹은 것이 아쉽긴 하지만 말이다.) 단언하건대, 오늘날 시력 감퇴가 충격적으로 증가하고 있는 것은 상당 부분 독서가 증가했기 때문이다. 특히 속독이 문제다. 신문, 잡지, 팸플릿의 양이 증가하면서 사람들이 갈수록 속독에 익숙해지고 있는데, 이것은 눈에 큰 부담이 된다. 인쇄를 할 때 눈을 신경써야 한다는 생각은 갈수록 간과되고 있지만, 이제 읽기가 모든 사람의 일상적인 필수 활동이 되었기에 오히려 관심을 더 많이 기울여야 한다. 희지 않은 종이에 회색으로 너무 작고 가늘고 세밀한 모양의 문자를 인쇄하는 것은 눈에 큰 해를 끼친다. 따라서 앞으로 독자의 눈이 편안하도록 더 신경쓰는

것은 모든 저자, 출판업자, 인쇄업자의 신성한 임무라 하겠다. 특히 문자를 흐릿하게 찍는 것은 가장 큰 해악이고 용서할 수 없는 일인데도, 인쇄업자들이 끔찍한 탐욕이나 그저 게으름 때문에 그런 잘못을 방치할 때가 너무 많다." (Huffland, 1824: 64쪽)

88 Stephani, 1815: 36쪽.

89 Brandes, 1809: 108쪽.

90 노발리스의 메르헨에 관해 분석한 Kittler, 1991: 171~172쪽 참조.

91 Nietzsche, 1882-87/1967~ : V 2, 265~268쪽 [국역본 331~334쪽] 참조.

92 Hoffmann, 1814a/1976: 193쪽. [국역본 221쪽.]

93 같은 글: 193쪽. [국역본 280쪽, 옮긴이 일부 수정.]

94 같은 글: 229쪽. [국역본 222쪽.]

95 같은 글: 194쪽. [국역본 248쪽, 옮긴이 일부 수정.]

96 같은 글: 210쪽. [국역본 218쪽, 옮긴이 일부 수정.]

97 같은 글: 191쪽 [국역본 16~17쪽] 참조. 또한 Kittler, 1977a: 140-159쪽 참조.

98 Ehrenreich/English, 1976: 9~27쪽; Donzelot, 1977/1980: 32~35쪽 참조.

99 이 관계가 어둡고 말할 수 없는 것인 까닭은, 린트호르스트와 라우어린 또는 샐러맨더와 뱀의 관계가 근친성애 관계이기 때문이다. 하지만 낭만주의의 가족 구조에서 근친성애는 보통 (예외가 아니라) 규칙이다.

100 Hoffmann, 1814a/1976: 210, 243쪽 [국역본 247~248, 299~300쪽] 참조.

101 같은 책: 207쪽. [국역본 242쪽, 옮긴이 일부 수정.]

102 Aschoff, 1966: 415~416쪽. 또한 Geistbeck, 1887: 2~3쪽 참조.

103 Jaffé, 1978: 322~323쪽 참조.

104 Hoffmann, 1814a/1976: 226~227쪽. [국역본 275쪽, 옮긴이 일부 수정.]

105 Foucault, 1967/1974a: 160쪽. [국역본 219쪽, 옮긴이 일부 수정.]

106 Hoffmann, 1814a/1976: 226쪽. [국역본 274쪽, 옮긴이 일부 수정.]

107 Menzel, 1828: I 17쪽.

108 Hoffmann, 1814a/1976: 214쪽. [국역본 254쪽, 옮긴이 일부 수정.]

109 Chartier, 1987: 247~270쪽 참조.

110 Oesterle, 1991: 102~103쪽 참조.

111 Bertuch, 1793/1971: 32쪽.

112 von Sichowski/Tiedemann, 1971: 252쪽 참조. 1794년 발표된 웅거의 '시험적' 서체는 "'웅거프락투어Unger-Fraktur'라는 이름으로 널리 알려졌지만 낭만주의 시대 이후로는 살아남지 못했다."

113 Unger, 1793/1971: 26쪽.

114 같은 책: 26쪽.

115 같은 책: 28쪽.

116 같은 책: 29쪽.

117 Paulsen, 1902: 79쪽 참조.

118 Weimar, 1989: 187쪽 참조.

119 Paulsen, 1919~21: II 222~223쪽.

120 Hoffmann, 1814a/1976: 194~195쪽. [국역본 223~224쪽, 옮긴이 일부 수정.]

121 Lacan, 1966/1973~ : I 10쪽 참조.

122 Hoffmann, 1814a/1976: 227~228쪽. [국역본 276~277쪽, 옮긴이 일부 수정.]

123 Stephani, 1807b: 68쪽. 이 "고된 일"에 관해서는, 이를테면 Hoffmann,
    1814a/1976: 216쪽 [국역본 258쪽] 참조.

124 Hoffmann, 1814a/1976: 231쪽. [국역본 282쪽, 옮긴이 일부 수정.]

125 이에 대해서는 Bolz, 1979: 79~80쪽 참조.

126 Nietzsche, 1886/1967~ : VI 2, 115~116쪽 [국역본 147쪽] 참조.

127 리히텐베르크의 1793년 단편 원고. Lichtenberg, 1968~74: I 814쪽.

128 이에 대해서는 D. Richter, 1980: 219쪽 참조.

129 Oest/Campe, 1787. Rutschky, 1977: 314쪽에서 재인용.

130 Schneider, 1980: 116쪽.

131 이에 대해서는 Foucault, 1976a/1977: 42쪽 [국역본 48~49쪽] 참조.

132 Hoffmann, 1814a/1976: 254쪽. [국역본 317쪽, 옮긴이 일부 수정.]

133 J. P. Richter, 1795/1959~67: IV 74~75쪽.

134 이것이 von Schenda, 1970의 주장이다.

135 Hoffmann, 1814a/1976: 231쪽. [국역본 282~283쪽, 옮긴이 일부 수정.]

136 Furet/Ozouf, 1977: I 90쪽.

137 Niemeyer, 1796/1970: 242쪽.

138 Stephani, 1807b: 13쪽.

139 Niemeyer, 1796/1970: 247쪽. 또한 Basedow, 1785/1909: I 61쪽 참조.

140 Trapp, 1780: 361쪽.

141 이것이 Engelsing, 1973: 126쪽의 주장이다. 이와 다른 견해로는 Kehr, 1879:
    403~409쪽 참조.

142 Hoffmann, 1814a/1976: 178쪽. [국역본 215쪽, 옮긴이 일부 수정.]

143 같은 글: 255쪽. [국역본 318쪽, 옮긴이 일부 수정.]

144 Tieck, 1828/1828~54: XVII 70쪽. 또한 Frank, 1977: 351쪽 참조.

145 Stephani, 1815: 12, 6쪽.

146 같은 책: 4쪽.

147 Hoffmann, 1814a/1976: 203쪽. [국역본 237쪽.]

148 호프만의 1795년 7월 18일 편지. Hoffmann, 1967~69: I 75쪽에 수록. 이것은
    미래의 법무공무원 에른스트 테오도어 빌헬름 호프만이 받은 졸업장에서
    발췌한 문구다. 호프만의 졸업장은 당시 신설된 지 얼마 안 된 국가 규정에 따라
    만들어졌다. 이에 대해서는 Heinemann, 1974: 68쪽 참조.

149 Hoffmann, 1814a/1976: 195쪽. [국역본 225쪽, 옮긴이 일부 수정.]

150 Hoffbauer, 1802~07: I 168~169쪽; Reil, 1803: 173~178쪽 참조.

151 Maaß, 1797: 269쪽 참조. 또한 이에 대해서는 Foucault, 1961/1969a: 507쪽 [국역본 511~516쪽] 참조.

152 Hoffmann, 1814a/1976: 188쪽. [국역본 212~213쪽, 옮긴이 일부 수정.] 1817년 「황금 단지」의 초창기 비평가 중 한 사람은 드레스덴에서 이제 서기관이 된 헤어브란트와 그의 부인 베로니카를 만나서 "고상한 글쓰기 기법의 개발," "프락투어 서체가 가진 권위," "고대 그리스인이 잉크를 흡수하는 고운 모래 상자나 글을 베껴쓰는 먹지의 존재를 알았을까" 등에 관해 많은 대화를 나눈다.(작자미상Anonymus, 1817. Hoffmann, 1967~69: III 62쪽에 재수록) 이렇게 1817년 공무원들이 1800년식 기록시스템의 기술적 토대를 관리하고 있을 때, 시인 안젤무스는 세르펜티나와 아틀란티스로 떠난 지 오래였다. 그러나 「황금 단지」를 읽거나 그에 관한 비평문을 쓰는 것을 작중 인물들과의 만남으로 여길 수 있는 것 자체가, 안젤무스가 향했던 아틀란티스처럼 글을 넘어서는 초월론적 위치가 상정된 덕분이다.

153 커피의 기능에 관해서는 Schivelbusch, 1980: 50~52쪽 참조.

154 Hahnemann, 1796b/1829: II 244쪽.

155 이것이 두 서체에 관한 Gedike, 1791/1789~95: II 150~151쪽의 주장이다.

156 Herder, 1800/1877~1913: XXX 267쪽.

157 Foucault, 1964/1974a: 128쪽.

158 R. Campe, 1980: 154, 142쪽.

159 Hoffbauer, 1802~07: II 100쪽 주석.

160 Hoffmann, 1814a/1976: 234쪽. [국역본 286쪽, 옮긴이 일부 수정.]

161 같은 글: 238~239쪽. [국역본 293~294쪽, 옮긴이 일부 수정.]

162 리히텐베르크의 1787년 단편 원고. Lichtenberg, 1787/1968~74: I 655쪽.

163 Goethe, 1809/1904~05: XXI 21쪽. [국역본 26쪽.]

164 퓌만은 이 점을 정확하고 유쾌하게 보여준다. Fühmann, 1979: 78~80쪽 참조.

165 Lacan, 1966/1973~ : III 208쪽 참조.

166 Hoffmann, 1814a/1976: 236쪽. [국역본 290쪽, 옮긴이 일부 수정.]

167 Foucault, 1964/1974a: 128쪽 참조.

168 Hoffmann, 1814a/1976: 251쪽. [국역본 312~313쪽, 옮긴이 일부 수정.]

169 Grävell, 1820: 5쪽.

170 호프만의 1802년 2월 21 문서. Hoffmann, 1967~69: III 109쪽.

171 Grävell, 1820: 37쪽.

172 Hoffmann, 1814a/1976: 251쪽. [국역본 313쪽, 옮긴이 일부 수정.]

173 같은 책: 230쪽. [국역본 281쪽, 옮긴이 일부 수정.]

174 같은 책: 252쪽. [국역본 313~314쪽, 옮긴이 일부 수정.]

175 Brandes, 1802: II 440쪽.

176 Pöhlmann, 1803: 38쪽.

177 어째서 (더이상 라일락나무가 아니고) 화주인가? 도취와 발화에 관한 아직 실현되지 않은 책의 가능성을 선취하기 위해서다. 호프만은 이 자서전적인 대목에서 화주가 자신의 "친구"인 "악장 요한네스 크라이슬러가 가장 좋아하는 술"이라고 쓴다.(Hoffmann, 1814a/1976: 252쪽[국역본 314쪽]) 하지만 이것은 동어반복이다. [왜냐하면 크라이슬러는 호프만의 진짜 친구가 아니라 그의 소설 속 인물이기 때문이다.] 엄격히 따지자면 화주와 이 메르헨의 상관관계는 적어도 실론, 아라비아 남부, 페르시아에서 화주를 종려나무 과즙으로 만든다는 데서 찾아볼 수 있다. 린트호르스트의 서재에는 종려나무가 늘어서 있고, 그의 족보는 종려나무 잎으로 만들어지며, 따라서 둘 사이에는 강력한 대칭관계가 성립한다. 세르펜티나로 변신해서 메르헨 속 주인공에게 사랑의 도취를 불러일으키던 바로 그 식물을 증류하면 메르헨 작가를 만취하게 하는 술이 되는 것이다.

178 호프만의 소설에서 매직랜턴은 읽기를 나타내는 중요한 은유다. Kittler, 1994: 219~237쪽 참조.

179 Elling, 1973: 27쪽 참조.

180 Hoffmann, 1814a/1976: 253~254쪽. [국역본 315~316쪽.] 한 정신과 의사는 이 상태가 어떤 질환의 증상과 정확히 일치한다는 점을 기어이 지적하기도 했다. 그에 따르면, 만성적 알코올의존자의 착란은 "특정 감각이 우세한 환각이 아니라 서로 다른 감각에서 동시다발로 발생하는 복합적 환각"이 특징이다.(Klinke, 1902: 233쪽)

181 Hoffmann, 1814a/1976: 254쪽. [국역본 318쪽, 옮긴이 일부 수정.]

182 [이 개혁적 교육학자는 페터 필라우메다.] Villaume, 1786: 62쪽. 이와 관련하여 모리츠가 새롭게 주창한 '양식Stil' 개념 참조.

183 이것이 Apel, 1978: 206쪽에서 「황금 단지」의 결말을 논평하는 관점이다.

184 Hoffmann, 1814a/1976: 255쪽. [국역본 318쪽, 옮긴이 일부 수정.]

185 Furet/Ozouf, 1977: I 90쪽.

186 Ronell, 1986: 117~123쪽 참조.

187 하르덴베르크의 1800년 1월 5일 편지. Hardenberg, 1960/1988: IV 328쪽.

188 Pestalozzi, 1801/1927~76: XIII 306~307쪽. [국역본 178~179쪽, 옮긴이 일부 수정.]

189 Hoffmann, 1819~21/1963: 26쪽. 여기 나오는 자칭 세라피온에 관해서는 Hoffbauer, 1802~07: II 65쪽 반드시 참조.

190 Spiess, 1795~96/1966: 56쪽.

191 Tieck, 1804/1828~54: IV 224쪽. 이에 대해서는 Lindemann, 1971: 269~270쪽 참조.

192  Arnold, 1782/1784~88: II 210쪽. 이에 대한 개괄로는 Leibbrand/Wettley, 1961: 349~350쪽 참조.

193  J. P. Richter, 1795/1959~67: IV 11쪽.

194  Hoffmann, 1819~21/1963: 22쪽.

195  Hardenberg, 1802a/1960~ : I 312쪽. [국역본 213~214쪽.]

196  Tiedemann, 1777~78: III 267쪽.

197  J. P. Richter, 1811/1959~67: IV 417, 426~427쪽.

198  Brandes, 1802: III 20쪽.

199  Goethe, 1811~14/1904~05: XXV 10쪽. [국역본 838쪽.] 이에 대해서는 Schneider, 1992: 81~86쪽 참조.

200  Foucault, 1969b/1974a: 7~31쪽. [국역본 238~262쪽.]

201  베르만의 시나리오. Pinthus, 1913/1963: 29쪽에 수록.

202  J. P. Richter, 1811/1959~67: VI 369쪽.

203  같은 책: VI 435~436쪽 참조.

204  A. W. Schlegel, 1801~04/1962~67: II 225쪽.

205  Hegel, 1835/1927~40: XIII 260쪽. [국역본 3권 50쪽, 옮긴이 일부 수정.] 또한 Hardenberg, 1802a/1960~ : I 209~210쪽 [국역본 36~37쪽] 참조.

206  Hegel, 1835/1927~40: XIII 260쪽. [국역본 3권 51쪽, 옮긴이 일부 수정.]

207  같은 책: XIV 231쪽. [국역본 3권 583쪽.]

208  하르덴베르크의 1798년 단편 원고. Hardenberg, 1960~ : II 650쪽.

209  Goethe, 1821~29/1904~05: XX 15쪽. [국역본 329쪽.] 이에 관해서는 Schlaffer, 1980: 144~145쪽 참조.

210  Lessing, 1766/1968: V 112쪽. [국역본 136쪽.]

211  Hoffmann, 1814a/1976: 220~222쪽 [국역본 263~267쪽] 참조.

212  Hoffmann, 1816/1976: 243쪽. [국역본 34~35쪽.] 이에 관해서는 Kittler, 1977a: 162~164쪽 참조.

213  Hoffmann, 1819~21/1963: 531쪽.

214  von Klöden, 1874: 46쪽.

215  같은 책: 79, 72쪽.

216  같은 책: 89쪽.

217  같은 책: 104쪽.

218  K. M. Michel, 1977: 20쪽.

219  Herrmann, 1804: 107쪽.

220  Moritz, 1785~90/1959: 176쪽. [국역본 203쪽, 옮긴이 일부 수정.] 이에 대해서는 Wuthenow, 1980: 90쪽 참조.

221  이것이 K. M. Michel, 1970: 20쪽의 견해다.

222  Grabbe, 1831/1960~73: II 373쪽 참조.

223 이에 대한 체계적 접근으로는 아른하임의 1933년 초고. Arnheim, 1977: 27~28쪽 참조.

224 Wagner, 1850/1907: III 105~106쪽.

225 Spiess, 1795~96/1966: 56쪽.

226 Tieck, 1802/1828~54: VI 224쪽.

227 신학적 해석에 관해서는 Frank, 1978: 267쪽 참조. 당대 정신의학의 심리 치료법은 이 신학적 해석에 대한 기술적 반증을 제공한다. 정신의학자 라일은 관념고정을 치료하기 위해 일종의 연극 무대를 꾸며놓고 환자의 "감각기관 앞으로 일련의 대상들이 마치 매직랜턴 이미지처럼 줄지어 지나가도록" 했다.(Reil, 1803: 199쪽)

228 von Matt, 1971: 169쪽.

229 Hoffmann, 1817b/1963: 274쪽.

230 von Matt, 1971: 171쪽.

231 Eisner, 1975: 105~106쪽 참조. 예외적으로 이를 거론하는 문학 연구로는 Bloom, 1971: 36~52쪽; McConnell, 1971 참조.

232 헤겔의 1797년 11월 13일 편지. Hegel, 1961: I 55쪽.

233 F. Schlegel, 1801/1958~ : II 399쪽.

234 하르덴베르크의 1798년 단편 원고. Hardenberg, 1960~ : III 377쪽.

235 Hardenberg, 1802a/1960~ : I 264쪽. [국역본 125~126쪽, 옮긴이 일부 수정.]

236 이것은 아이헨도르프의 표현이다. Eichendorff, 1815/1957~58: II 55쪽.

237 Hardenberg, 1802a/1960~ : I 264~265쪽 [국역본 126~128쪽, 옮긴이 일부 수정.]

238 같은 책: I 345쪽. [국역본 236쪽.]

239 『빌헬름 마이스터의 수업시대』 중 탑에서의 입문의식을 보면 새로운 회원을 맞이하는 시나리오가 일종의 저속도촬영 시퀀스처럼 나타나기는 한다. Kittler, 1978: 89쪽 참조. 그렇지만 마이스터의 인생에서 추출한 네 장의 이미지는 『하인리히 폰 오프터딩겐』처럼 연속적으로 흘러가면서 환각을 유발하지 않는다.

240 괴테의 1806년 담화. Riemer, 1841/1921: 261쪽에 수록.

241 Freud, 1921/1946~68: XIII 117쪽. [국역본 117쪽.]

242 이에 대해서는 Derrida, 1980b: 33~36쪽 참조.

243 하르덴베르크의 1800년 2월 23일 편지. Hardenberg, 1960~ : IV 323쪽 참조.

244 하르덴베르크의 1800년 1월 편지. Hardenberg, 1960~ : IV 315쪽 참조. "각하께서 지역 제염소 감독직을 얻고자 하는 저의 미천한 청을 참으로 다정하게 받아들이시는 은혜를 베푸시니, 이토록 은혜롭게 저를 지원해주실 것을 지고하게 윤허해주시는 데 더할 수 없이 진정으로 감격하며 감사의 말씀을 전합니다."

245 von Loeben, 1808: 38~39쪽.

246 같은 책: 338~339쪽.

247 이 같은 '성서에 제시된 예시의 실현'에 관해서는 Auerbach, 1939/1967: 66쪽 참조. 이것이 『하인리히 폰 오프터딩겐』에 적용된 양상에 관해서는 Heftrich, 1969: 82쪽 참조.

248 하르덴베르크의 1798년 단편 원고. Hardenberg, 1960~ : II 563쪽.

249 A. W. 슐레겔의 1801년 6월 30일 편지. Hardenberg, 1960~ : V 137쪽.

250 A. W. 슐레겔의 1801년 7월 10일 편지. 같은 책: V 140쪽.

251 Hardenberg, 1798/1960~ : II 664쪽.

252 Hardenberg, 1802/1960~ : I 265쪽. [국역본 128쪽.]

253 "신화로 위장하고 형이상학으로 일반화하지만, 이 시의 내용은 내면의 역사이자 운문화된 시인의 일생 자체다. ……이 시는 알레고리적 열광처럼 보일지도 모른다. 하지만 이 시인, 즉 신격화된 주인공은 하르덴베르크 본인이다!"(Haym, 1870: 378쪽)

254 Foucault, 1969b/1974a: 18~19쪽. [국역본 251쪽, 옮긴이 일부 수정.]

255 같은 글: 18쪽. [국역본 251쪽, 옮긴이 일부 수정.]

256 Lempicki, 1968: 261~262, 290쪽.

257 Hoffmann, 1817b/1963: 278쪽.

258 Hoffmann, 1809/1976: 22~23쪽.

## 건배의 말

1 헤겔의 1799~1800년 초고. Hegel, 1978: 466쪽.

2 F. Schlegel, 1799/1958~ : VIII 48쪽.

3 이미 바제도는 여성들의 "무의미한 수다"를 제어하기 위해 "여성들 간의 방문 및 사교 모임에서 해야 할 일을 체계적으로 정리한 프로그램"—주로 시 낭송으로 이루어진 프로그램—을 고안한 적이 있다.(Wychgram, 1901: 240~241쪽)

4 Brandes, 1802: II 466쪽.

5 Schwarz, 1792. 이에 대해서는 Blochmann, 1966: 66쪽 참조.

6 F. Schlegel, 1799/1958~ : VIII 45쪽. 또한 Brandes, 1802: II 281쪽 참조.

7 테레제 후버의 서문. L. F. Huber, 1806~19: III III쪽.

8 도로테아 슐레겔의 1800년 2월 14일 편지. D. Schlegel, 1881: I 31쪽.

9 어쨌든 도로테아 슐레겔이 『플로렌틴』에서 1800년 무렵의 일반적인 여성 담론에서와 달리 직접/간접 목적격을 혼동해서 쓰지 않고 표준어 또는 문학적 언어를 구현할 수 있었던 것은 슐레겔이 교열을 본 덕분이다. 이에 대해서는 Deibel, 1905: 65쪽 참조.

10 Deibel, 1905: 1쪽. 이에 대한 전체적 개괄로는 Schlaffer, 1977: 287~288쪽 참조.

11 테레제 후버의 서문. L. F. Huber, 1806~19: III III~IV쪽.

12 같은 글: III V쪽. 또한 괴테의 결혼생활에 관한 내용이 실린 Riemer, 1841/1921:

164~166쪽 참조. [괴테의 아내] 크리스티아네는 "귀찮은 업무를 도맡아서 남편이 예술, 학문, 공무에만 헌신할 수 있게 도왔다. 그것이 바로 괴테가 가능한 한 방해받지 않고 자유로운 자기계발에 매진하는 데 필요한 여성적 존재였다. 학식 있는 사람들의 모임에서 지위와 존칭을 요구하고 심지어 본인 스스로 문필가로서 찬란하게 빛나기를 원하는 귀족부인은 결코 행복한 가정과 즐거운 결혼생활을 꾸릴 수 없었을 것이다.

13 Schwarz, 1792: 179쪽.

14 테레제 후버의 서문. L. F. Huber, 1806~19: III IV~V쪽.

15 이에 대해서는 Strecker, 1969: 9~10쪽 참조. 1800년 무렵과 1900년 무렵의 글쓰는 여성들에 대한 체계적 담론분석으로는 Hahn, 1991 참조.

16 베티나 브렌타노의 1840년 편지. B. Brentano, 1959~63: I 300쪽.

17 같은 책: 279쪽.

18 같은 책: 254쪽.

19 Siegert, 1993: 35~44쪽 참조.

20 베티나 브렌타노의 1840년 편지. B. Brentano, 1959~63: I 479쪽. 이에 대해서는 Kittler, 1991: 220~225쪽 참조.

21 클레멘스 브렌타노의 1844년 편지. B. Brentano, 1959~63: I 19쪽에 수록. 이에 대한 논평으로는 Siegert, 1993: 76쪽 참조. "괴테를 중심으로 하는 방대한 서신 교환의 과정에서, 편지들은 [타인을 향한] 전송의 노선과 [자기 자신을 향한] 피드백의 노선을 동시에 통과한다. 중세에는 안부 인사를 전하는 단계에서 수많은 직함과 장황한 말을 늘어놓는 독특한 편지쓰기 기술ars dictaminis을 통해 편지가 올바른 수신처에 송부될 수 있도록 했지만, 괴테의 존재는 이 문제를 간단명료하게 해결한다. 낭만주의자들은 '이제 우리는 어디로 가지?'라는 질문에 '언제나 집으로'라고 답하듯이, '이제 우리는 어디를 향해 글쓰지?'라는 질문에 '언제나 괴테를 향해'라고 답한다. 이처럼 절대적 '저자'를 상정하는 우편 시스템에서 모든 편지는 이상화된 '내면적 인간'이라는 보편적 수신인에 도달한다."

22 클레멘스 브렌타노의 편지. Steig, 1892: 264~265쪽에 수록.

23 브렌타노는 여동생의 "감상주의"를 ("바로 지난 세기의 마녀들"이나 "마귀 들린 자들"을 대할 때처럼) "아랫배의 심한 변비"와 똑같이 취급하는 데 주저함이 없었다.(같은 책: 264쪽)

24 L. F. Huber, 1802. Kluckhohn, 1922: 276쪽 주석 4번에서 재인용.

25 베티나 브렌타노의 1835년 편지. B. Brentano, 1959~63: II 370쪽. 자기를 작중인물 미뇽과 동일시하는 베티나 브렌타노의 생각은 괴테 본인도 수긍하는 바였다. 괴테의 1827년 7월 23일 담화. Goethe, 1965~72: III 2, 224쪽 참조.

26 베티나 브렌타노의 1839년 편지. B. Brentano, 1959~63: 222쪽. 여기서 베티나가 말하는 소설 속 여주인공은 『친화력』의 오틸리에다.

27 Bergk, 1799: 61, 64쪽.

28 Brandes, 1802: II 468쪽.

29 라헬 파른하겐의 1822년 2월 9일 편지. Hahn, 1991: 62쪽에서 재인용.

30 Lacan, 1975/1986: 71쪽.

31 도로테아 슐레겔의 1799년 11월 18일 편지. D. Schlegel, 1881: I 23쪽. 이에
대해서는 Hahn, 1991: 55쪽 참조.

32 라헬 파른하겐의 1815년 8월 20일 편지. R. Varnhagen, 1874~75: IV 266~267쪽.
이에 대해서는 Bürger, 1977: 94~97쪽 참조.

33 라헬 파른하겐의 담화. Key, 1907: 142쪽에서 재인용.

34 라헬 파른하겐의 1808년 10월 30일 편지. R. Varnhagen, 1874~75: I 88쪽.

35 베티나 브렌타노의 1835년 편지. B. Brentano, 1959~63: II 354쪽. 여기서 시인은
괴테를 가리킨다.

36 괴테의 1809년 11월 24일 담화. Riemer, 1841/1921: 313~314쪽. 이에 대해서는
Schreiber, 1981: 283쪽 참조.

37 Goethe, 1811~14/1904~05: XXIV 176쪽. [국역본 735쪽, 옮긴이 일부 수정.]

38 여기서 공주는 "최소한의 말만 가능한 한 모호하게 말하고 있다. 감상적
관점에서 보면, 타소가 이 장면에서 계속 자기 감상을 강하게 표현하고
있으므로 공주의 말이 그에게 어떤 영향을 끼칠지는 충분히 예측 가능하다.
그는 당연히 이 말을 일종의 격려로, 그의 욕망이 충족되리라는 희망의 신호로
받아들인다. 이 장면에서 공주의 마지막 말은 타소의 기대를 더욱 강렬하게
만들 뿐이다. 하지만 타소가 이렇게 황홀감에 휩싸여 있는데 공주가 노골적으로
퇴짜를 놓기도 어렵다."(Waldeck, 1970: 18~19쪽)

39 Lacan, 1966/1973~ : I 121쪽 참조.

40 베티나 브렌타노의 1835년 편지. B. Brentano, 1959~63: II 163쪽.

41 괴테의 1807년 담화. Riemer, 1841/1921: 266쪽에 수록.

42 Tieck, 1804/1828~54: IV 243~244쪽.

43 Tieck, 1812~16/1828~54: IV 244쪽.

44 Hoffmann, 1814a/1976: 203~204쪽. [국역본 237쪽, 옮긴이 일부 수정.]

45 같은 글: 184~185쪽 [국역본 206~207쪽] 참조. 이에 대해서는 Hoffbauer,
1802~07: II 97~100쪽 참조.

46 Hoffmann, 1814a/1976: 205쪽. [국역본 240쪽, 옮긴이 일부 수정.] 1817년
호프만 소설의 평론을 쓴 익명의 필자가 헤어브란트 서기관을 '방문'했을 때도
마침 그의 아내 베로니카가 「황금 단지」를 읽고 있는 것을 본 헤어브란트
서기관은 '이 무슨 소설 같은 이야기냐'라고 소리친다.(작자미상Anonymus,
1817. Hoffmann, 1967~69: III 63쪽)

47 같은 글: 207쪽. [국역본 242쪽, 옮긴이 일부 수정.]

48 Clément, 1976: 148~154쪽 참조.

49 Hoffmann, 1814a/1976: 236~237쪽. [국역본 290~291쪽, 옮긴이 일부 수정.]

50 같은 글: 205쪽. [국역본 239쪽.]

51 Theweleit/Langbein, 1977: 144쪽.

52 Hoffmann, 1814a/1976: 249쪽. [국역본 309쪽, 옮긴이 일부 수정.] 1817년
   [헤어브란트를 '방문'하고] 비평을 쓴 사람도 소설의 결말을 정확히 이런 식으로
   해석했다. 작자미상Anonymous, 1817, Hoffmann, 1967~69: III 63쪽 참조.

53 Basedow, 1785/1909: I 149~150쪽.

54 Hoffmann, 1814a/1976: 249쪽. [국역본 310쪽, 옮긴이 일부 수정.]

55 Schleiermacher, 1798. F. Schlegel, 1882: II 267쪽에 수록.

56 이에 이르기까지의 논의는 Schmidt, 1981: 165~176쪽 참조.

57 괴테의 1909년 12월 6일과 10일 담화. Riemer, 1841/1921: 236쪽에 수록.

58 괴테의 1809년 담화. Goethe, 1965~72: II 474쪽. 이에 관한 아이러니한 논평으로
   Brandes, 1802: II 460쪽 참조.

59 Alewyn, 1978: 115쪽.

60 Kaiser, 1977: 201쪽. 이를 당대에 공식화한 것으로 Gleim, 1810: II 110쪽 참조.

61 F. Schlegel, 1800/1958~ : II 267쪽.

62 Menzel, 1828: I 2쪽.

63 괴테의 1806년 및 1804년 1월 29일 담화. Riemer, 1841/1921: 260, 247쪽.

64 이에 대해서는 Erning, 1974: 69쪽 참조.

65 작자미상Anonymous, 1795. Schenda, 1970: 60쪽 주석 79에서 재인용.

66 Gessinger, 1979: 39쪽.

67 이것이 종교법원회 의원 호헤의 주장이다. Hoche, 1794: 68쪽.

68 Beyer, 1796: 23쪽.

69 『빌헬름 마이스터의 편력시대』에 등장하는 미국 이민자들은 이런 식으로
   "술집과 순회 도서관을 금지"하는 법령을 세운다.(Goethe, 1821~29/1904~05:
   XX 164쪽) 이에 대해서는 Schlaffer, 1980: 141쪽 참조.

70 Beyer, 1796: 27쪽. 원래의 문맥에서, "그것들/그들sie"은 당연히 '나쁜 책'을
   가리킨다. 하지만 바이어의 실패는 이 대명사가 '지식인, 비평가' 등을 가리킬
   수도 있음을 시사한다.

71 I. H. Fichte, 1862: I 6~7쪽 참조.

72 J. G. Fichte, 1806/1845: VII 111쪽.

73 Bergk, 1799: 411~413쪽.

74 같은 책: 64쪽.

75 같은 책: 339쪽. 또한 Bergk, 1802: XVI쪽 참조. 당대의 기초독본은 '의식의
   철학'이 확립한 단순한 틀에 맞춰 읽기를 배우는 아동들에게 이런 주장을
   주입한다. 그래서 초등학교 학생들은 '나'라는 독자와 책 속 내용을 혼동하는
   것이 명시적으로 금지된 상태로 책을 읽는다. 그런데 이 학생들이 맨 처음 따라

읽어야 하는 예시문들은 엄청난 역설을 담고 있다. "나는 생각하는 자다―나는 어떤 것들에 관해 생각한다―생각의 대상이 되는 것들은 생각하는 자가 아니다―하지만 생각을 하다보면 생각의 대상이 되는 것들과 생각하는 자를 혼동하기가 아주 쉽다―그것은 좋은 결과를 낳지 않는다―나는 내 아버지를 생각한다. 나는 생각하는 동안에 그를 나 자신과 혼동하지 않는다. 나는 그를 처음 읽기를 배우려고 하는 나와 같은 어린이로 여기지 않고, 이미 많이 배운 어른으로 여긴다. 나는 의식적으로 내 아버지를 생각한다." (Herrmann, 1804: 86~87쪽)

76 Bergk, 1799: 409쪽.

77 같은 책: 34쪽.

78 같은 책: 199쪽.

79 이에 대해서는 Graubner, 1977: 72~75쪽 참조.

80 J. P. Richter, 1825/1959~67: V 509~511쪽.

81 Niethammer, 1808/1968: 144~149쪽.

82 헤겔의 1797년 11월 13일 편지. Hegel, 1961: I 55~56쪽에 수록. 이 대목을 담론의 장에 끌어낸 공로는 데리다에게 돌아가야 한다. Derrida, 1974a: 174쪽 참조.

83 Schwarz, 1792: 191쪽 주석.

84 니트함머의 1808년 6월 22일 문서. Goethe, 1887~1919: XL 2, 402쪽에 수록.

85 Weimar, 1989: 153쪽 참조. "'독일어 독서의 오남용'에 맞서는 한 가지 수단은, 학교에서 독일문학작품 강독 수업을 도입하고 필요한 경우 이론적 뒷받침도 해주는 것이었다."

86 이것이 헬머스의 견해로, 그는 담론을 경제 문제로 환원하여 두 영역을 합선시키려고 한다. Helmers, 1970: 194쪽 참조.

87 Bünger, 1898: 293쪽.

88 Gleim, 1809~10. H. J. Frank, 1973: 295쪽에서 재인용. 베티 글라임에 관한 일반적 개괄로는 Zimmermann, 1926 참조.

89 Blochmann, 1966: 71, 99~112쪽 참조. 여성 교육 프로그램 및 여학교에서 나온 일부 평가 절하된 문헌 정보들에 관해 더 자세한 것은 Wychgram, 1901: 246~258쪽 참조. 읽기 중독의 치료법으로서의 독서에 관해서는 특히 255쪽 참조.

90 Gleim, 1810: II 110쪽.

91 괴테의 1808년 10월 16일 담화에 실린 자르토리우스의 말. Goethe, 1965~72: II 375쪽에 수록. Kluckhohn 1922: 283쪽에도 비슷한 말이 나온다. "결과적으로 [라헬 파른하겐의 결혼 전 이름인] 라헬 레빈의 편지는 어떤 괴테의 이미지를 불러일으킨다. 그것은 자기 자신에게서 우러난 말이 아니라 남들이 말한 것을 받아쓰는 괴테, 여성들의 말을 받아쓰는 괴테다."(Hahn, 1991: 55)

92 Blochmann, 1966: 71쪽 참조.

93  Hoffmann, 1819/1966: 33쪽.

94  Schwarz, 1792: 173쪽. 이에 대해서는 Blochmann, 1966: 66쪽 참조.

95  니트함머의 1808년 6월 22일 문서. Goethe, 1887~1919: XL 2, 401쪽에 수록.

96  니트함머의 1809년 2월 3일 편지. Goethe, 1887~1919: XL 2, 410쪽에 수록.

97  이에 대해서는 Kesting, 1974: 420~436쪽 참조.

98  니트함머의 1808년 6월 22일 문서. Goethe, 1887~1919: XL 2, 405쪽에 수록.

99  같은 글: 405~406쪽.

100  같은 글: 407~408쪽.

101  니트함머의 1808년 6월 28일 편지. Goethe, 1887~1919: XL 2, 398쪽에 수록.

102  Lacan, 1975: 51쪽.

103  헤를리츠는 괴테의 문서들에서 그 증거를 찾아낸다. Herrlitz, 1964: 95~96쪽
     참조.

104  Ludwig, 1910: 57쪽.

105  니트함머의 1808년 6월 22일 문서 Goethe, 1887~1919: XL 2, 402쪽에 수록.

106  라캉의 '주인의 담론discours du maître'과 '대학의 담론discours universitaire'에
     관해서는 Haas, 1980: 9~34쪽 참조.

107  Herrlitz, 1964: 75쪽.

108  니트함머의 1808년 11월 5일 문서. Herrlitz, 1964: 97쪽에서 재인용.

109  이에 대해서는 Matthias, 1907: 403, 211쪽 참조.

110  Thiersch, 1826~37: I 340. 이와 비슷한 것으로 Gedike, 1793/1789~95: II
     236~237쪽.

111  Matthias, 1907: 186쪽. 이에 대해서는 Jäger, 1973: 144쪽 참조.

112  Giesebrecht, 1856: 126쪽.

113  슐라이어마허의 1810년 12월 14일 문서. Schwartz, 1910: 175쪽에서 재인용.

114  베른하르디의 1810년 문서. Schwartz, 1910: 171쪽에서 재인용.

115  슐라이어마허의 1810년 12월 14일 문서. Schwartz, 1910: 196쪽에서 재인용.

116  Giesebrecht, 1856: 129쪽.

117  Rosenkranz, 1844: 329~330쪽.

118  이에 대해서는 H. J. Frank, 1973: 260~261쪽 참조.

119  Schwartz, 1910: 187쪽.

120  L. von Wiese, 1867~68: I 33, 41, 404, 405쪽 표 참조.

121  Brandes, 1802: III 31~32쪽 참조.

122  Gessinger, 1980: 79쪽 참조.

123  슐라이어마허의 1810년 12월 14일 문서. Schwartz, 1910: 173쪽에서 재인용.
     김나지움의 독일어 수업이 (특히 프로이센에서) "임의의 것을 언어로 변형"하는
     기능을 수행하는 것에 관해서는 Weimar, 1989: 240~241쪽 참조.

124  F. Schlegel, 1800b/1958~  : II 261쪽.

125  Niethammer, 1808/1968: 257쪽. 이에 대해서는 Heinemann, 1974: 198쪽 참조.
     Fichte, 1806b/1845: VI 354쪽에서도 이와 동일한 공무원 교육 기준이 제시된다.

126  쥐페른의 1816년 문서. Budde, 1910: I 72쪽에 수록.

127  Penzenkuffer, 1805: 62~63쪽. J. G. 피히테가 입안한 베를린 대학 발전 계획에
     따르면, 김나지움은 학생들이 향후 연구에 적합할 정도로 성숙했는지 검증하기
     위해 이와 흡사한 질문을 던져야 한다. "먼저, 지원자는 주어진 시간에 주어진
     저자의 위치를 철저하게 이해하고, 달리 이해할 여지가 없는 것들을 올바르게
     제대로 이해했음을 입증하는 증거를 제시하는 능력이 있어야 한다."(J. G.
     Fichte, 1817/1845: VIII 110쪽)

128  이에 대해서는 Turk/Kittler, 1977: 9~20쪽 참조.

129  Voss, 1799~1800: II 326쪽.

130  K. Fricke, 1903: 16쪽. 고등학교 정교사만이 (대학 교수가 아니라) 이렇게
     독보적으로 명징한 표현을 구사할 수 있을 것이다. 이에 대한 지식사적
     맥락으로는 Weimar, 1989: 178~189쪽 참조.

131  Hinrichs, 1825: 69~70쪽.

132  J. G. Fichte, 1794~95/1962~ : I 2, 415쪽. [국역본 226쪽, 옮긴이 일부 수정.]

133  같은 책: I 2, 415쪽 주석. [국역본 226쪽 주석, 옮긴이 일부 수정.]

134  하르덴베르크가 위에 인용된 J. G. 피히테의 글을 어떻게 수용했는가에
     관해서는 Vietta, 1970: 25~26쪽 참조.

135  J. G. Fichte, 1789/1962~ : II 1, 130쪽. 김나지움 졸업시험이 만들어지고 작문
     시험이 그에 포함되자마자, 한 가정교사[J. G. 피히테]는 이 같은 말을 남기고
     일을 그만두었다. 그는 공적 기금을 모아 설립된 사립 작문 교습원의 원장이 될
     예정이었다. 안타깝게도 교습원 설립은 성사되지 못했지만, 그 대신 독일
     시문학이 성립되었다.

136  McLuhan, 1964/1968: 189~190쪽. [국역본 311쪽.]

137  J. G. Fichte, 1817/1845: VIII 98쪽. 이에 대해서는 Engelsing, 1976: 103~104쪽
     참조.

138  J. G. Fichte, 1862: I 195쪽 참조. 이러한 강의 스타일은 훔볼트의 대학개혁에도
     이론적 영감을 준다. McClelland, 1980: 124쪽 참조.

139  J. G. 피히테의 1794년 6월 21일 편지. Fichte, 1962~ : III 2, 143쪽.

140  이를테면, 실러가 [본인의 작품인]『돈 카를로스』가 관례적인 의미의 텍스트적
     정합성을 가질 수 없는 이유를 설명하는 것을 보라. Schiller, 1788/1904~05: XVI
     52~53쪽 참조. 실러는 피히테의 글 역시 정합적이지 않다고 비난했는데,
     피히테는 이에 대해 다음과 같이 빈정거린다. "하지만 [실러가] 내 글이 전부
     당장 교정을 봐야 하는 심각한 수준이라고 꼬집어준 덕분에, 나는 응당 받아야
     할 세간의 많은 관심을 받게 되었지요."(J. G. 피히테의 1795년 6월 27일 편지.
     Fichte, 1962~ : III 2, 340쪽)

141 실러의 1795년 8월 3~4일 편지. I. H. Fichte, 1862: II 388쪽에 수록.

142 J. G. 피히테의 1795년 6월 27일 편지. I. H. Fichte, 1862: II 380쪽에 수록된 것을 참조.

143 이에 대해서는 B. von Wiese, 1963: 487, 447쪽 참조.

144 괴테의 1821년 4월 13일 편지. Hegel, 1961: II 258쪽에 수록. 이에 대해서는 Löwith, 1950: 17~28쪽 참조.

145 Hinrichs, 1825: VIII쪽.

146 이에 대해서는 Kittler, 1979: 202~209쪽 참조.

147 루카치의 1940년 초고. Lukács, 1965: 541쪽.

148 같은 글: 541쪽.

149 Hegel, 1835/1927~40: XIV 564쪽. [국역본 3권 943쪽.]

150 힌리히스에 관해서는 Weimar, 1976: 307~312쪽 참조. 그는 "독일문학 연구는 헤겔 학파 내에서 응용 미학으로 출범했다"라는 유명한 말을 남긴다.

151 Hinrichs, 1825: VI-VIII쪽.

152 Weimar, 1989: 380쪽.

153 이것이 Blumenberg, 1979: 93쪽의 주장이다.

154 이것이 Wellek/Warren, 1963: 120쪽의 주장이다.

155 Derrida, 1980b: 25~26쪽.

156 Bürger, 1977 참조. 매클러랜드는 이에 대해 다음과 같이 일반화하여 논평한다. "독일 대학들이 수 세대에 걸쳐 학생들에게 모든 문제를 개방적인 비판적 안목으로 바라보도록 가르치면서도 대학 제도만은 간과하도록 했으니 얼마나 아이러니한가." (McClelland, 1980: 16쪽)

157 Holborn, 1952: 365쪽.

158 이에 대해서는 Reinhardt, 1945/1948: 384~390쪽 참조.

159 Hegel, 1807/1968~ : IX 434쪽. [국역본 2권 361쪽, 옮긴이 일부 수정.]

160 같은 책: IX 433쪽. [국역본 2권 359~360쪽, 옮긴이 일부 수정.]

161 바게센의 시, 1795. Léon, 1954~58: I 436~437쪽에서 재인용. 특히 이 음주론이 어떤 제약을 부과하는지 보라. "말하자면 내가, 내가 아닌 것을 게걸스럽게 삼키는 어떤 내가, 저기 술에 취한 채 앉았네! / 할렐루야!"

162 헤겔의 1821년 8월 2일 편지. Hegel, 1961: II 275쪽.

163 Hegel, 1807/1968~ : IX 69, 35쪽. [국역본 1권 145, 84쪽, 옮긴이 일부 수정.]

164 F. 슐레겔의 1793년 6월 편지. F. Schlegel, 1890: I 97쪽.

165 J. G. Fichte, 1806a/1845: VII 109쪽. 이에 대해서는 Bosse, 1981: 130~131쪽 참조.

166 Hegel, 1807/1968~ : IX 199쪽. [국역본 1권 378쪽, 옮긴이 일부 수정.]

167 같은 책: IX 25쪽. [국역본 1권 67쪽, 옮긴이 일부 수정.]

168 같은 책: IX 199쪽. [국역본 1권 378쪽, 옮긴이 일부 수정.]

169 같은 책: IX 202쪽. [국역본 1권 384쪽.]

170 Hinrichs, 1825: 136쪽.

171 이러한 어법에 대해서는 Lacan, 1975: 78쪽 참조.

172 Hegel, 1807/1968~ : IX 64쪽. [국역본 1권 136쪽, 옮긴이 일부 수정.]

173 Hegel, 1807/1968~ : IX 17, 245, 257쪽. [국역본 1권 50쪽, 2권 31, 52쪽, 옮긴이 일부 수정.]

174 Hegel, 1835/1968~ : XIV 556쪽. [국역본 3권 933쪽.]

175 von Rochow, 1776. Gessinger, 1979: 26쪽에서 재인용. 당대의 다른 기초독본에 나오는 유사한 이야기에 관해서는 Schenda, 1970: 51~52쪽 참조.

176 헤겔의 해석자는 많지만 그중에서도 Neumann, 1980: 385~386쪽을 보라.

177 서명 행위와 서명일자의 기입에 관해서는 Derrida, 1972b/1976: 124~155쪽 참조.

178 Stephani, 1807: 66쪽.

179 Hegel, 1835/1968~ : IX 43~46쪽 [국역본 1권 99~105쪽] 참조. 또한 이에 대해서는 W. Marx, 1967: 18~23쪽 참조.

180 같은 책: IX 44쪽. [국역본 1권 102쪽, 옮긴이 일부 수정.] 헤겔과 적대했던 쇼펜하우어도 이처럼 여러 번 읽어야 한다는 거만한 주장을 반복한다. Schopenhauer, 1818/1968: I 7~9쪽 [국역본 8~9쪽] 참조.

181 Kittler, 1979b: 210쪽 참조.

182 Hegel, 1835/1968~ : IX 69~70쪽. [국역본 1권 146쪽, 옮긴이 일부 수정.]

183 Hamacher, 1978: 245쪽 참조.

184 Garfinkel, 1962/1973: I 210쪽.

185 같은 글: I 211쪽.

186 Hegel, 1801/1968~ : IV 178쪽.

187 같은 글: IV 179쪽.

188 Henrich, 1967: 160쪽.

189 Hegel, 1830/1927~40: IX 63쪽 주석.

190 W. T. Krug, 1825: 5~6쪽.

191 같은 책: 114~121쪽.

192 같은 책: 122~126쪽.

193 Hegel, 1801/1968~ : IV 180쪽.

194 나네테 엔델, 마리에 폰 투허, 특히 헤겔의 여동생 크리스티아네 헤겔에 관해 Derrida, 1974a: 124~210쪽 참조. 크리스티아네는 츠비팔텐의 정신병원에 머물다가 나골트의 강속으로 사라진다. 안티고네가 현실로 나타난 셈이다.

195 Hegel, 1830/1927~40: X 355쪽.

196 괴테의 1794년 6월 24일 편지. J. G. Fichte, 1962~64: III 2, 145쪽에 수록.

197 [이것은 에르빈 로데의 표현이다.] Rohde, 1896: VI쪽 참조.

198 Creuzer, 1805: 1~22쪽 참조.

199 Rohde, 1896: V쪽.

200 크로이처의 1806년 6월 30일 편지와 1805년 5월 17일 편지. Creuzer, 1912: 259, 95쪽.

201 크로이처의 1806년 5월 18일 편지. 같은 책: 277쪽.

202 크로이처의 1805년 12월 8일 편지. 같은 책: 197쪽.

203 크로이처의 1805년 7월 29일 편지. 같은 책: 142쪽.

204 Rohde, 1896: 50쪽 주석 1번 참조.

205 크로이처의 1804년 11월 7일 편지와 1805년 12월 19일 편지. Creuzer, 1912: 33, 202쪽 참조.

206 크로이처의 1806년 6월 12일 편지. 같은 책: 292~293쪽.

## II **1900**

### 니체. 비극의 시작

1 Benn, 1949b/1959~61: II 169~170쪽. 여기 언급된 니체의 「『비극의 탄생』 초판에 붙이는 서문」은 벤이 태어난 1886년에 발표되었다.

2 벤의 1952년 연설. Benn, 1959~61: I 543쪽.

3 Hofmannsthal, 1922/1959: 61쪽.

4 Meier-Graefe, 1904: II 733쪽. 여기서는 두 고유명사가 차이를 만들지만, 다른 부분에서는 그 차이들이 시바 여신의 이름으로 통합된다.

5 Nietzsche, 1883~85/1967~ : VI 1, 44쪽. [국역본 63쪽, 옮긴이 일부 수정.] 또한 같은 책: VII 1, 134쪽 참조.

6 Villaume, 1786: 67쪽.

7 Nietzsche, 1886/1967~ : VI 2, 115~116쪽. [국역본 147~148쪽, 옮긴이 일부 수정.]

8 Schenda, 1970: 444쪽 참조.

9 Nietzsche, 1873~76/1967~ : III 1, 280~281쪽. [국역본 332쪽, 옮긴이 일부 수정.]

10 "우리는 과거의 모든 교양을 받아들였다가 바로 종이 무덤에 다시 매장할 뿐이다. 우리는 우리가 쓴 책으로 우리가 읽은 책의 값을 지불한다."(Menzel, 1828: I)

11 Nietzsche, 1878~80/1967~ : IV 3, 78~79쪽. [국역본 99쪽, 옮긴이 일부 수정.]

12 Nietzsche, 1873~76/1967~ : III 1, 280쪽. [국역본 331쪽.] 또한 Kunne-Ibsch, 1972: 35~50쪽 참조.

13 니체의 1887년 단편 원고. Nietzsche, 1967~ : VIII 2, 218쪽. [국역본 258~259쪽, 옮긴이 일부 수정.]

14 Kirchner, 1843: 14쪽. 이에 대해서는 또한 Hellpach, 1954: 199쪽 참조.

15 니체의 1859년 12월 8일 일기. Nietzsche, 1933~42: I 188쪽 참조.

16 이 무렵 니체가 쓰던 「이 사람을 보라」 초고 중에는 '프리데리쿠스 니체'가
   썼다고 하는 「그의 인생에 관하여」도 있었다. Podach, 1961: 164쪽 참조.

17 Klossowski, 1969: 323쪽.

18 니체의 1872년 연설. Nietzsche, 1967~ : III 2, 170-171쪽. [국역본 208쪽, 옮긴이
   일부 수정.] 여기서 "김나지움 교육의 최정점"이라는 표현은 교육학자 요한
   하인리히 다인하르트의 말을 직접 인용한 것이다. 이에 대해서는 Jäger, 1981:
   41쪽 참조.

19 Jensen/Lamszus, 1910: 20-67, 142쪽 참조.

20 니체의 1872년 연설. Nietzsche, 1967~ : III 2, 171쪽. [국역본 209쪽, 옮긴이 일부
   수정.]

21 니체의 1861년 10월 19일 편지. Nietzsche, 1933~42: II 1-5쪽. 여기서 니체가
   권하는 시인은 횔덜린이다.

22 니체의 1868~69년 단편 원고. 같은 책: V 254쪽.

23 니체의 1862년 단편 원고. 같은 책: II 71쪽.

24 프란치스카 니체의 1889년 8월 3일 편지. Gilman, 1981: 323쪽에서 재인용.

25 상세한 내용은 같은 책: 342쪽 참조.

26 Rupp, 1980: 191쪽.

27 Foucault, 1966/1971b: 366쪽. [국역본 416쪽, 옮긴이 일부 수정.]

28 니체의 1868~69년 단편 원고. Nietzsche, 1933~42: V 205쪽.

29 이를테면 Reil, 1803: 417쪽 참조. "환자는 거친 소음을 듣지만, 그에게 그 소음은
   이해할 수 없는 소리일 뿐이다. 왜냐하면 그는 뒤죽박죽한 상태에서 무언가를
   끄집어내지도, 그렇게 끄집어낸 것이 어디서 연원했는지 추적하지도 못하며,
   따라서 그 의미를 파악하지 못하기 때문이다."

30 같은 책: 136쪽.

31 니체의 1864년 단편 원고. Nietzsche, 1933~42: II 408쪽.

32 Niezsche, 1908/1967~ : VI 3, 295쪽. [국역본 373쪽, 옮긴이 일부 수정.]

33 치헨의 1889년 5월 18일 문서. Podach, 1930: 1453쪽에서 재인용.

34 Nietzsche, 1889b/1967~ : VI 3, 417쪽. [국역본 521쪽, 옮긴이 일부 수정.]

35 니체의 1884~85년 단편 원고. Nietzsche, 1967~ : VII 3, 59쪽. [국역본 78-79쪽,
   옮긴이 일부 수정.]

36 Valéry, 1939/1957~60: I 1324쪽. [국역본 167쪽, 옮긴이 일부 수정.] 니체와
   말라르메에 관해서는 Foucault, 1966/1971b: 369~370쪽 [국역본 419~420쪽]
   참조.

37 Mallarmé, 1895b/1945: 366쪽.

38 Bridgwater, 1979: 32쪽 중 마우트너, 홀츠, 발덴과 잡지 『슈투름(폭풍)』에
   관여했던 시인들에 관한 대목 참조.

39 발레리의 1891년 10월 10일 일기. Valéry, 1957~60: I 1723쪽에서 말라르메에
   관한 대목 참조.

40　Matthias, 1907: 253~254, 350~351쪽 참조.

41　Lehmann의 보충 자료. Paulsen, 1919~21: II 710쪽에 수록.

42　Jensen/Lamszus, 1910: 147쪽.

43　Hackenberg, 1904: 70쪽.

44　이에 대해서는 Stern, 1914: 88쪽; Ament, 1904: 80쪽 참조.

45　Barthes, 1963/1969: 22쪽 참조.

46　이에 대해서는 Kittler, 1980b: 152~154쪽 참조.

47　니체의 1873년 초고. Nietzsche, 1967~ : III 2, 371쪽. [국역본 445쪽, 옮긴이 일부
　　수정.]

48　같은 책: III 2, 373쪽. [국역본 447~448쪽, 옮긴이 일부 수정.]

49　Mallarmé, 1895b/1945: 363~364쪽 참조.

50　이에 대해서는 Kittler, 1979a: 192쪽 참조.

51　Nietzsche, 1873~76/1967~ : IV 1, 31쪽. [국역본 41쪽.]

52　Nietzsche, 1886/1967~ : VI 2, 209쪽. [국역본 262쪽, 옮긴이 일부 수정.] 또한
　　Kittler, 1982: 474~475쪽 참조.

53　Nietzsche, 1872/1967~ : III 1, 61쪽. [국역본 76~77쪽, 옮긴이 일부 수정.]

54　아른하임의 1933년 초고. Arnheim, 1933/1977: 27쪽.

55　Nietzsche, 1872/1967~ : III 1, 61쪽. [국역본 76쪽, 옮긴이 일부 수정.]

56　영화의 기본요소에 대해서는 Hein/Herzogenrath, 1978: 31~32쪽 참조.

57　이런 음악이 나중에 등장할 음향기술 및 관련 매체와 유사하다는 점에 관해서는
　　Schlüpmann, 1977: 104~105, 127쪽 참조.

58　Nietzsche, 1873~76/1967~ : IV 1, 75쪽. [국역본 98쪽.]

59　니체의 1868년 단편 원고. Nietzsche, 1933~42: V 268쪽.

60　Rupp, 1976: 95쪽.

61　Nietzsche, 1889a/1967~ : VI 3, 149쪽. [국역본 196쪽, 옮긴이 일부 수정.]

62　니체의 1884년 2월 22일 편지. Nietzsche, 1975~ : III 1, 479쪽.

63　Nietzsche, 1887/1967~ : VI 2, 268쪽. [국역본 348쪽, 옮긴이 일부 수정.]

64　Sarkowski, 1965: 18쪽.

65　J. P. Richter, 1795/1959~67: IV 81~82쪽 참조.

66　Mallarmé, 1893/1945: 850쪽 참조.

67　니체의 1879년 11월 5일 편지. Nietzsche, 1975~ : II 5, 461쪽.

68　Kohlschmidt, 1970: 47쪽.

69　이에 관한 상세한 내용은 Geistbeck, 1887: 43~44, 155~156쪽 참조. 이러한
　　변화가 문학에 끼친 영향으로는 O'Brien, 1904: 464~472쪽에서 개진한 저자의
　　날카로운 통찰을 참조할 것.

70　Stramm, 1909: 26쪽.

71　같은 책: 62쪽.

72 Nietzsche, 1908/1967~ : VI 3, 324쪽. [국역본 409~410쪽, 옮긴이 일부 수정.] 또한 같은 책: VI 3, 282쪽 참조.

73 같은 책: VI 3, 290쪽. [국역본 368쪽, 옮긴이 일부 수정.]

74 Mallarmé, 1895a/1945: 370쪽.

75 Nietzsche, 1908/1967~ : VI 3, 292쪽. [국역본 370쪽, 옮긴이 일부 수정.]

76 니체의 1881년 8월 14일 편지. Nietzsche, 1975~ : III 1, 113쪽. 타자기를 구할 생각은 "시력 상실의 해"인 1879년으로 거슬러 올라간다. 니체의 1879년 8월 14일 편지. 같은 책: II 5, 435쪽 참조. 니체는 레밍턴 타자기도 고려했지만 결국 코펜하겐의 말링 한센 타자기를 구입하기로 한다. 니체의 1881년 12월 5일 편지. 같은 책: III 1, 146쪽 참조. "내가 알기로 한센식 타자기는 꽤 괜찮습니다. 한센 씨는 내게 두 번이나 편지를 써서, 이 기계의 견본, 도해, 코펜하겐 대학 교수가 작성한 평가서를 보내줬습니다. 그래서 나는 이걸 살 겁니다.(미국산 말고요, 그건 별로입니다.)" 누가 이 분실된 편지를 되찾을까……

77 Janz, 1978~79: II 95쪽.

78 니체의 1882년 3월 13일 편지. Nietzsche, 1975~ : III 1, 180쪽 참조. 기억하는 사람은 드물지만, 장애가 있는 독일의 타자기 선구자들 중 하나로 장교 출신의 잡문가 다고베르트 폰 게르하르트도 있다. 니체와 달리, 그는 전쟁으로 팔에 부상을 입고 물리적·심리적 장애를 얻은 뒤 타자기로 옮겨가게 되었는데 그 경위를 명시적으로 해명하진 않는다. von Gerhardt, 1893~98 참조. 어쨌든 이 사례에서 나타난 대로, 호프만의 소설에서 팔에 부상을 입은 1813년의 군인이 '지혜로운 여자'를 통해 구원받는 데 반해, 1870~71년의 군인은 기술을 통해 구원받는다.

79 Burghagen, 1898: 22~23쪽.

80 같은 책: 119~120쪽. 또한 Scholz, 1923: 9쪽 참조. 하지만 어떤 안과의사는 레밍턴 타자기 역시 "눈을 감고도 글을 쓸 수 있다는 점에서" 대단한 "발전"이라고 평가한다.(Cohn, 1887: 371쪽) 따라서 셜록 홈스가 시력이 나쁜 여성이 타자수로 일한다는 사실에 깜짝 놀라는 장면을 만든 것은 작가가 잘못 생각한 결과다. Doyle, 1892/1930: 192쪽 [국역본 104쪽] 참조.

81 Janz, 1978~79: II 95, 81쪽.

82 Burghagen, 1898: 120쪽.

83 Herbertz, 1909: 560쪽.

84 Lacan, 1966/1973~ : I 22쪽 참조.

85 Burghagen, 1898: 49쪽. 상세한 내용은 Richards, 1964: 24쪽 참조.

86 Mallarmé, 1897/1945: 455쪽 참조. "나는 사람들이 이 메모를 읽지 않거나, 대충 건너뛰거나, 그냥 잊었으면 좋겠다. 이 글은 지적인 독자의 통찰력을 뛰어넘는 것을 전해주지 못한다. 하지만 초심자는 시의 첫 단어들을 보고 당황할지도 모른다. 왜냐하면 그에 뒤이어 시가 배열된 모습을 보았을 때, /텍스트의 배열

방식 외에는 끝까지 새롭게 읽을 것이 전혀 없기 때문이다. 실제로 이 '백색'의
중요성은 한눈에 들어온다."

87 McLuhan, 1964/1968: 284쪽. [국역본 446쪽.]

88 Mallarmé, 1893/1945: 850쪽.

89 상세한 내용은 Scholz, 1923: 12~13쪽 참조.

90 Herbertz, 1909: 559쪽에서 재인용. 또한 Münsterberg, 1914: 386쪽 참조.

91 니체의 1882년 2월 편지. Nietzsche, 1975~ : III 1, 172쪽. 라캉의 주장을
입증하는 듯이, 편지의 수신인인 쾨젤리츠 또한 니체의 이런 생각을 거들었다.

92 Nietzsche, 1887/1967~ : VI 2, 311쪽. [국역본 399~400쪽, 옮긴이 일부 수정.]

93 같은 책: VI 2, 320쪽. [국역본 410쪽, 옮긴이 일부 수정.]

94 Reinhardt, 1935/1948: 477쪽.

95 Nietzsche, 1891/1967~ : VI 3, 396~399쪽. [따로 주석이 없더라도, 뒤이어
인용되는 시는 모두 「아리아드네의 탄식」, 국역본 497-502쪽에 해당한다.
옮긴이 일부 수정.]

96 이에 대한 부르크하겐의 보고 참조. "캄캄하게 안 보이는 상태에서 타자기를
조작하려면 훈련을 하는 수밖에 없는데, 알다시피 시각장애인은 같은 조건에서
글쓰는 법을 훨씬 쉽게 배운다. 당연하다, 타자기는 원래 시각장애인용으로
개발되었기 때문이다."(Burghagen, 1898: 26쪽)

97 Nietzsche, 1908/1967~ : VI 3, 346쪽. [국역본 435쪽, 옮긴이 일부 수정.]

98 Nietzsche, 1886/1967~ : VI 2, 248쪽. [국역본 312쪽, 옮긴이 일부 수정.]

99 Nietzsche, 1889a/1967~ : VI 3, 117~118쪽. [국역본 157쪽.]

100 같은 책: 304쪽. [국역본 20쪽, 옮긴이 일부 수정.]

101 Nietzsche, 1886/1967~ : VI 2, 233쪽. [이 출처에 해당하는 「선악의 저편」
제9장에도 남녀의 차이에 관한 설명이 나오긴 하지만, 정확한 인용문 자체는
『차라투스트라는 이렇게 말했다』에서 찾을 수 있다. 국역본 312쪽, 옮긴이 일부
수정.]

102 H. Lange, 1912/1928: II 101쪽.

103 H. Lange, 1900/1928: I 252쪽.

104 Schreiber, 1980: 229쪽.

105 이에 대해서는 Nietzsche, 1883~85/1967~ : VI 1, 44쪽 참조.

106 Nietzsche, 1882~87/1967~ : V 2, 116쪽. [국역본 150쪽, 옮긴이 일부 수정.] 또한
Du Prel, 1880: 67쪽 참조.

107 Scholz, 1923: 15쪽. 또한 Richards, 1964: 1쪽; Burghagen, 1898: 27쪽 참조.
"타자기는 여성들이 대기업 사무실로 진입할 수 있도록 해주었다. 이미 수천
명의 젊은 여성들이 타자수로 순조롭게 일자리를 얻었다. 예전에는 통신 관련
업무가 안정적인 고소득 업종에 속했지만, 지금은 이제는 어린 소녀가 그 일을
훨씬 낮은 보수에 신속하고 훌륭하게 처리한다. 타자기 작업은 어렵지 않고

피아노 연주처럼 엄청난 기술을 요구하지도 않는다. 젊은 여성들이 피아노 연주로 갈고 닦은 손기술은 타자기 작업에 아주 유용하게 쓰인다. 일반적인 남성 동료들과 비교하면, 여성의 손가락은 이 업무에 아주 적합해 보인다. ……여성들은 타자기를 사용하는 데 놀라울 정도로 숙련되어서, 편지를 구술하는 속도보다 타자기로 받아쓰는 속도가 오히려 더 빠를 정도다."

108 니체의 1882년 3월 27일 편지. Nietzsche, 1975~ : III 1, 188쪽 참조. "빌어먹을 글쓰기! 그런데 지난번에 카드를 쓴 뒤에 타자기가 고장났습니다. 날씨는 또 우중충하고 구름이 껴서 습합니다. 그러니 잉크 리본도 눅눅하고 끈적끈적해져서, 글자가 자꾸 달라붙고 글이 전혀 보이지 않습니다. 전혀요!!"

109 니체의 1885년 7월 23일 편지. 같은 책: III 3, 70쪽.

110 이러한 역설에 대해서는 McLuhan, 1964/1968: 282~283쪽 참조. "체스터턴은 '여성이 지시받기를 거부하며 집 밖으로 나가서 [불러주는 대로 받아쓰는] 속기사가 되었다'라고 지적하면서, 이 새로운 독립성은 망상일 뿐이라고 이의를 제기했다."[국역본 443쪽, 옮긴이 일부 수정.]

111 Förster-Nietzsche, 1935: 138쪽.

112 이에 대한 개괄로 Braun, 1901: 139쪽 참조.

113 니체의 1884년 4월 편지. Nietzsche, 1975~ : III 1, 502쪽 참조. "훌륭한 박사논문 주제를 찾는다면, 내가 쓴 「아침놀」은 풍부한 자원이 되어줄 겁니다. 부디 한번 읽어보세요. 「즐거운 학문」도 좋구요—두 책 모두 『차라투스트라는 이렇게 말했다』에 대한 소개이자 부연이기도 하답니다."

114 제목 그대로 '니체와 여성들'을 다룬 브란의 논문을 인용하자면, "이 사실의 그로테스크함"은 "따로 강조할 필요도 없을" 정도로 두드러진다.(Brann, 1978: 170~171쪽)

115 니체의 1884년 10월 22일 편지. Nietzsche, 1975~ : III 1, 548쪽.

116 Janz, 1978~79: II 398쪽.

117 니체의 1887년 9월 17일 편지. Nietzsche, 1975~ : III 5, 159쪽.

118 Nietzsche, 1889a/1967~ : VI 3, 118쪽 [국역본 157쪽] 참조.

119 Nietzsche, 1908/1967~ : VI 3, 296쪽 [국역본 375쪽] 참조.

120 드루스코비츠의 1907년 7월 9일 편지. Hensch, 1988: 92쪽에서 재인용.

121 Druskowitz, (대략) 1900: 33쪽. (이 책의 출판일자는 확실하지 않다. 저자의 복잡한 일대기는 그의 출판목록을 확정하는 데 어려움을 더한다.)

122 같은 책: 18~19쪽.

123 Nietzsche, 1878~80/1967~ : IV 2, 279쪽. [국역본 331쪽, 옮긴이 일부 수정.]

124 Nietzsche, 1883~85/1967~ : II 540~544쪽. [따로 주석이 없더라도, 뒤이어 인용되는 시는 모두 「사막의 딸들 틈에서」에 나오는 것으로, 국역본 502~508쪽에 해당한다. 옮긴이 일부 수정.]

125 Nietzsche, 1889b/1967~ : VI 3, 416쪽 참조. "내 발은…… 음악에서 무엇보다

황홀감을 요구한다. 훌륭한 발걸음이나 걸음걸이나 춤에서 느껴지는 황홀감을."
[국역본 521쪽, 옮긴이 일부 수정.]

126 Nietzsche, 1873~76/1967~ : III 1쪽; Kittler, 1979a: 195~197쪽 참조.

127 치헨의 1889년 1월 19일 문서. Podach, 1930: 1453쪽에서 재인용.

## 위대한 랄룰라

1 Lacan, 1971: 10쪽 참조.

2 Ebbinghaus, 1885/1971: 28, 22쪽.

3 같은 책: 4쪽.

4 이 연구의 역사에 대해서는 Manis, 1971: 27쪽 참조.

5 Klave, 1978: 240쪽.

6 Ebbinghaus, 1885/1971: 24쪽.

7 같은 책: 46쪽. 또한 Keiver Smith, 1900: 265쪽 참조.

8 작자미상Anonymus, 1783: 94~95쪽.

9 그래서 어떤 예술생리학자(!)는 ("기억을 의식의 보조적 역량으로 간주하는")
"심리학적 기억이론의 시대"와 ("기억을 그냥 일종의 저장기술로 접근하는")
"생리학적 기억이론의 시대"를 구별한다.(Hirth, 1897: 327~328쪽)

10 니체에 관해서는 Foucault, 1971a/1974b: 107~109쪽 참조.

11 Bölsche, 1887/1976: 16쪽에 따르면 이것은 모든 정신물리학의 전제다.

12 Ebbinghaus, 1885/1971: 22쪽.

13 같은 책: 20쪽.

14 같은 곳. 또한 Ogden, 1903: 187쪽 참조.

15 Ebbinghaus, 1885/1971: 20쪽.

16 Hatvani, 1912: 210쪽.

17 Ebbinghaus, 1885/1971: 19쪽. 이처럼 가능한 알파벳 조합의 수가 매우 많다는
단순한 이유 때문에, 에빙하우스는 숫자가 아니라 알파벳이라는 오래된
미디어를 실험 소재로 채택한다. "숫자열도 시도해보긴 했지만, 장기적 연구에
투입하기에는 기본요소의 수가 적어서 너무 빨리 소진될 것으로 보인다."(같은
책: 21쪽)

18 Ebbinghaus, 1905~13: I 676쪽 참조.

19 Ebbinghaus, 1885/1971: 20쪽.

20 이 정의에 관해서는 Lacan, 1966/1973~ : II 180~182쪽 참조.

21 Turk, 1979b는 푸코가 재구성한 언어의 역사를 비판적으로 독해하여 이와 같이
주장한다.

22 Ebbinghaus, 1885/1971: 19쪽 참조.

23 같은 책: 89쪽.

24 이에 대해서는 R. Stephan, 1958: 59~60쪽 참조.

25 Morgenstern, 1919/1956: 319쪽.

26 이에 대해서는 Derrida, 1967b/1974b: 21쪽 참조.

27 모르겐슈테른의 1895년 단편 원고. Morgenstern, 1920: 330쪽.

28 Spitzer, 1918: 104~106쪽 참조.

29 C. Brentano, 1817/1963~68: II 684~685쪽.

30 Kvale, 1978: 241쪽 중 에빙하우스에 관한 대목.

31 Morgenstern, 1918/1965: 392쪽.

32 Liede, 1963: I 6쪽.

33 Alewyn, 1974: 401쪽.

34 Spitzer, 1918: 90쪽.

35 이것이 낭만주의자 베른하르디의 주장이다. Bernhardi, 1801~03: II 422쪽 참조.

36 Ebbinghaus, 1885/1971: 43쪽.

37 Solomons/Stein, 1896: 508~509쪽.

38 Hatvani, 1912: 210쪽.

39 Zeitler, 1900: 443쪽.

40 1900년경의 교육개혁가들은 고전주의 시대의 교육학자들을 다음과 같이 평가한다. "교육학이 이런 법칙들을 거의 인지하지 못했다는 데 주목하라. 그들은 아동이 하는 일을 향상시키려고 하기 전에, 먼저 아동이 무엇을 어떻게 하고 있는지 살펴봐야 한다는 생각을 떠올렸어야 했다."(Jensen/Lamszus, 1910: 16쪽) 이와 유사한 접근으로 Ostermai, 1909: 51~52쪽 참조.

41 Berger, 1889: 172쪽.

42 Ebbinghaus, 1905~13: I 709쪽.

43 Preyer, 1895: 36쪽 참조. 또한 Goldscheider, 1892: 505쪽 참조.

44 Ebbinghaus, 1905~13: I 728쪽 참조.

45 Tarde, 1897: 350쪽 참조.

46 Preyer, 1895: 7쪽.

47 Stern, 1914: 157쪽.

48 Kussmaul, 1881: 182쪽 중 임상병원과 실험에 관한 대목 참조.

49 이 같은 연구의 역사에 관해서는 Hécaen/Angelergues, 1965: 25~50쪽에 요약된 내용 참조.

50 에른스트 뒤르의 보고. Ebbinghaus, 1905~13: II 730쪽에 수록.

51 Ziehen, 1907: 670쪽. 이는 1900년경부터 상상할 수 있는 문학적 가능성들을 전부 망라한 것과 같다.

52 von Kieseritzky, 1981: 53쪽.

53 [영국의 뇌신경학자 윌리엄 고버스로 추정되는] 고버스라는 사람은 이 '아아' 하는 한숨을 우반구에서 브로카가 연구한 부위와 대칭되는 부위와 연관짓기도 한다.

54 Saussure, 1915/1969: 98쪽. 소쉬르는 "음향 이미지image acoustique"를 운동 이미지와 엄격히 구별하는데, 이 "음향 이미지"는 생리학에서 말하는 "단어의 음향적 심상Wortklangbild"과 정확히 부합한다.(Ziehen, 1907: 665~666쪽) 이것은 "청각장의 활동이 예전에 밝혀진 외부 자극을 통해 관련 중추가 흥분되었던 형태와 동일하게 나타나는 것"을 편의적으로 압축한 표현이다.(Sachs, 1905: 3쪽)

55 Freud, 1913b/1946~68: X 300쪽. [국역본 210쪽.]

56 Lindner, 1910: 191쪽. 또한 Münsterberg, 1914: 247쪽 참조.

57 Proust, 1913/1954: I 413쪽. [국역본 2권 381~382쪽, 옮긴이 일부 수정.] 이에 대해서는 Schneider, 1992: 140쪽 참조.

58 A. Proust, 1872 참조. 이에 대해서는 Bariéty, 1969: 575쪽; Le Masle, 1935: 55쪽 중 두개천공술과 입술-혀-목구멍 마비에 관한 프루스트 박사의 다른 연구를 다룬 대목 참조. 시인은 자신의 인생을 이야기하면서 언제나 아드리앵 프루스트에 대해 거대하지만 (『잃어버린 시간을 찾아서』의 경우) 별 효과 없는 '방역선Cordon sanitaire'을 친다. 그것은 아드리앵 프루스트가 발칸반도에서 콜레라가 퍼지는 것을 막기 위해 방역선을 쳤던 것을 연상시킨다.

59 이를테면 Philipp, 1980: 126~127쪽 참조.

60 Hofmannsthal, 1902/1957: II 338쪽.

61 같은 책: II 345쪽.

62 von Monakow, 1907: 416~417쪽. 어구를 통째로 읽어내지 못하는 실독증에 관해서는 또한 Lay, 1897: 81쪽 참조. 모든 것을 고려할 때, 호프만스탈이 빈에서 에른스트 마흐의 인식론 강의를 들었다고 해서 언어장애라는 주제를 인식론적 차원으로만 연결짓는 것은 편협하다. 이를테면 Wunberg, 1966의 해석 참조.

63 Ziehen, 1907: 675쪽.

64 Hofmannsthal, 1902/1957: II 341, 348쪽.

65 Lindner, 1910: 193~194쪽; R. Lange, 1910: 76~78쪽 참조.

66 Hofmannsthal, 1902/1957: II 343쪽.

67 von Monakow, 1907: 522쪽 주석 2번. 또한 Kussmaul, 1881: 176~177쪽 참조.

68 Ebbinghaus, 1905~13: I 675~676쪽.

69 Gutzmann, 1908: 484쪽.

70 Sachs, 1905: 70쪽.

71 Klinke, 1902: 202쪽.

72 같은 책: 100~101쪽. 소리의 원천에 관해서는 Ziehen, 1893: 182쪽; R. M. Meyer, 1901: 255쪽; Schreber, 1903/1973: 256쪽 [국역본 233쪽] 참조.

73 이에 대한 일반적 논의로는 Heidegger, 1976: 17쪽 참조.

74 Schreber, 1903/1973: 235~236쪽. [국역본 210쪽.]

75 Ziehen, 1893: 145~146쪽. 또한 Jung/Riklin, 1904: 63쪽 참조.

76 Liede, 1963: I 8쪽 주석 19번 참조.

77 기차 소리를 흉내내는 서정시에 관해서는 Breucker, 1911: 323~324쪽 참조.

78 Ach, 1905: 196~210쪽.

79 George, 1894/1927~34: XVII 30~31쪽.

80 단테의 『신곡』「지옥 편」중 제5곡 94~96행, 제7곡 118~123행, 제31곡 67~82행 참조.

81 Nietzsche, 1887/1967~ : VI 2, 277쪽. [국역본 358쪽, 옮긴이 일부 수정.]

82 Ziehen, 1907: 685쪽.

83 Frued, 1895/1946~68: I 107, 133쪽. [국역본 78, 109쪽, 옮긴이 일부 수정.]

84 Rilke, 1910/1955~66: VI 764쪽. [국역본 68~69쪽, 옮긴이 일부 수정.]

85 Wundt, 1904: I 1, 569쪽.

86 Erdmann/Dodge, 1898: 9쪽.

87 Zeitler, 1900: 403쪽.

88 Erdmann/Dodge, 1898: 1쪽.

89 Hoffbauer, 1802~07: II 286~287쪽.

90 Marinetti, 1912. Baumgarth, 1966: 169쪽에 수록.

91 Zeitler, 1900: 401쪽. 이에 대해서는 또한 Wernicke, 1906: 511쪽 참조.

92 Messmer, 1904: 228쪽, 또한 273~274쪽 참조.

93 Bahr, 1894: 9쪽.

94 같은 책: 28쪽.

95 Holz, 1924~25: X 574쪽.

96 같은 곳. 이에 대해서는 Schulz, 1974: 71~83쪽 참조. 물론 어째서 홀츠가 눈의 움직임을 더 단축하지 않고 거기서 멈추었는지 질문해볼 수도 있다.

> 이 주석이 학문적 산문이 아니라고 가정해보면,
> 이런 식으로 글을 배열하는 것이
> 중앙정렬 방식보다도
> 안구의 궤적을 최소화할 수 있다.

[안구가 평행하게 선형적으로 운동한다고 가정하고 기계적으로 계산하면, 우측정렬-중앙정렬-좌측정렬 순으로 안구의 궤적이 최소화된다는 홀츠와 키틀러의 추론은 첫번째 행이 마지막 행보다 길 때만 성립하며, 그 격차는 첫번째 행과 마지막 행의 길이차를 넘지 않는 미미한 수준이다. 따라서 애초에 홀츠가 생각한 것처럼 눈의 궤적이 '두 배나' 단축되지는 않는다.]

97 Spengler, 1923: I 54쪽.

98 Swift, 1904: 302쪽.

99 Ellenberger, 1973: I 177쪽 참조. 그리고 이미 역사화된 역사적 개괄로는 Janet, 1889: 376~404쪽 참조.

100 Solomons/Stein, 1896: 503쪽.

101 같은 책: 504쪽.

102 같은 책: 505쪽.

103 Freud, 1912/1946~68: VIII 381쪽.

104 이에 대해서는 Foucault, 1971c/1974a: 125쪽 참조.

105 거트루드 스타인의 일대기는 Brinnin, 1960: 29쪽 참조. 하버드 대학이 여학생 입학을 허용하는 과정에 뮌스터베르크가 어떻게 관여했는지는 M. Münsterberg, 1922: 76쪽 참조.

106 Solomons/Stein, 1896: 500, 506쪽 참조.

107 스타인의 1894년 초고. Brinnin, 1960: 30쪽에서 재인용.

108 Stein, 1898: 295쪽.

109 거트루드 스타인에 관해서는 Skinner, 1934: 50~57쪽 참조. 여성들의 대학 공부와 글쓰기 일반에 관해서는 Maschke, 1902: 12쪽 참조.

110 Solomons/Stein, 1896: 508, 498쪽.

111 Breton, 1924/1967: 42~43쪽. [국역본 95~96쪽, 옮긴이 일부 수정.]

112 Preyer, 1895: 12쪽.

113 Hegel, 1830/1927~40: X 351쪽.

114 Solomons/Stein, 1896: 506쪽.

115 같은 곳 참조.

116 같은 책: 506~507쪽 참조.

117 Villiers, 1886/1977: 38쪽 [국역본 50쪽] 참조. 또한 Read/Welsh, 1959: 2~6쪽 참조.

118 Villiers, 1886/1977: 23쪽. [국역본 33쪽, 옮긴이 일부 수정.] 이 소설을 독일어로 번역한 한스 하인츠 에버스는 축음기를 천박하다고 여겼는지, 능숙한 억압의 기교를 발휘하여 인용문의 마지막 문장에서 '진동'을 '말씀'으로 바꾸어 옮겼다.(Villiers, 1920: VII 16쪽) 반면 후고 발은 이 소설을 번역하려던 것이 아니었는데도, "성스러운 진동vibrations sacrées"이라는 빌리에 드 릴라당의 놀라운 표현에 정확히 부합하도록 "신성한 음률의 진동Schwingen göttlicher Kadenzen"이라는 어구를 만든다.(Philipp, 1980: 127쪽에서 재인용)

119 같은 책: 16~18쪽. [국역본 24쪽.] 이런 유토피아적 소설의 과학적 버전으로는 Hornbostel/Abraham, 1904: 223~224쪽 참조.

120 Friedlaender, 1916/1980: 159쪽.

121 Babbage, 1837/1989: IX 35~36쪽 참조. "작용과 동일하게 반작용이 일어난다는 물리법칙의 함의를 끝까지 파고들면, 많은 사람이 전혀 상상도 못한 관점에 도달할 수 있다. 인간의 목소리가 일단 공기 중에 진동을 발생시키면, 이 진동은 그 원천이 되었던 소리와 함께 언제까지나 존재한다. 발화자와 인접한 사람들에게는 그 소리가 크고 명확하게 들리는 반면, 즉각적 발화 순간이 지나면 그 힘이 빠르게 감쇠하여 인간의 귀에는 거의 들리지 않게 되지만

말이다. 최초의 소리가 공기 중의 특정한 입자들에 각인한 운동은 갈수록 더 많은 입자로 퍼져나가지만, 동일한 방향에서 측정되는 운동의 총량은 변하지 않는다. ⋯⋯그렇다면 우리가 숨쉬는 이 광대한 대기란 얼마나 기묘한 혼돈이란 말인가! 모든 분자에 양질 또는 저질의 각인이 새겨져 있다. 철학자들과 현자들이 불어넣은 운동들이 무가치하고 천박한 운동들과 수천수만 가지 방식으로 뒤섞여 있는 것이다. 공기는 그 자체가 거대한 도서관이며, 그 페이지에는 여태까지 모든 남성이 말하고 모든 여성이 속삭인 것들이 영원히 기록되어 있다." 배비지의 주장은 모든 아날로그 미디어의 창립증서와 같다. 하지만 이런 주장은 이미 19세기에 브라운운동과 통계학적 열역학으로 논박되었다.

122 Friedlaender, 1916/1980: 159~160쪽.

123 Cros, 1908/1964: 136쪽.

124 Chew, 1967: 3쪽 참조. 또한 Read/Welsh, 1959: 17쪽 참조.

125 Bruch, 1979: 26쪽; Clark, 1977/1981: 163쪽 참조.

126 Villiers, 1886/1977: 29쪽 [국역본 40쪽] 참조. 또한 이에 대해서는 Kittler, 1982: 470쪽 참조.

127 Key, 1905: 219~249쪽.

128 글쓰는 천사 이미지에 관해서는 Bruch, 1979: 31, 69쪽 참조.

129 일전에 누군가 아르노 홀츠의 [자연주의] 예술 개념을 패러디해서 "그렇다면 예술의 역사는 예술 기법들의 역사가 될 수도 있겠군!"이라고 조롱한 적이 있다는데, 실제로 이 사태는 그와 유사하다.(Holz, 1924~25: X 191쪽에서 재인용)

130 이에 대해서는 Gutzmann, 1908: 493~499쪽 참조.

131 Surkamp, 1913: 13쪽.

132 같은 책: 30쪽. 또한 Parzer-Mühlbacher, 1902: 106쪽 참조.

133 Rilke, 1919/1955~66: VI 1087쪽. [국역본 131쪽, 옮긴이 일부 수정.]

134 Surkamp, 1913: 14쪽.

135 Hackenberg, 1903: 70~71쪽. 또한 Scharrelmann, 1906: 90쪽 참조.

136 Morgenstern, 1919/1956: 280쪽 참조. 또한 슈타이너의 1923년 연설. Steiner, 1979: 262쪽 참조. 슈타이너에 따르면, 그라모폰은 "영적인 것의 그림자"에 불과하며─인류가 영적인 것에 사랑을 바친 적이 있기나 한지─오로지 신들만이 그 그림자로부터 인류를 구할 수 있다.

137 Morgenstern, 1910/1956: 123쪽.

138 Hall, 1882/1902: 89쪽. 이에 대해서는 Meumann, 1911~14: I 348쪽 참조.

139 Alewyn, 1974: 399쪽.

140 Liede, 1963: I 287~291쪽 참조.

141 Wildenbruch, 1897. Bruch, 1979: 20쪽에서 재인용.

142　Herder, 1798/1877~1913: XX 322~323쪽.

143　Döblin, 1913b/1963: 10쪽.

144　Tarde, 1897: 363쪽. 또한 Preyer, 1895: 60쪽 참조.

145　리히텐베르크의 1778년 단편 원고. Hegel, 1807/1968~ : IX 176~177쪽에서
　　　재인용.

146　Ginzburg, 1980: 7쪽 참조.

147　작자미상Anonymus, 1887: 422쪽.

148　Bruch, 1979: 24쪽에는 다음과 같은 기사가 인용되어 있다. "그런데 사람들이 열
　　　배는 더 놀랄 일이 벌어졌다. 황제 폐하가 직접 연사로 나서 기계를 구동하고
　　　메커니즘을 설명하는데, 마치 평생 에디슨 연구소에서 일한 사람처럼
　　　자연스러웠다. 사람들은 젊은 황제가 음향학, 음파, 진동 등에 관해 말하는 것을
　　　감탄하면서 경청했다. 그리고 황제가 기계 부품 중 하나인 실린더를 장착하고
　　　전기모터를 돌려서 축음기라는 미디어를 통해 청중에게 말을 건네자, 감정을
　　　억누르던 사람들도 흥분을 감추지 못했다."

149　Clark, 1977/1981: 164쪽.

150　Stern, 1908: 432쪽.

151　Stern, 1914: 14쪽.

152　Stransky, 1905: 7, 18쪽. 이러한 접근은 이미 Blodgett, 1890: 43쪽에서 예견되고
　　　있다.

153　Stocker, 1897/1967: 303쪽과 Ach, 1905: 18쪽 참조.

154　Stransky, 1905: 17~18쪽.

155　같은 책: 96쪽.

156　같은 책: 45쪽.

157　Wittgenstein, 1921/1963: 55쪽 [국역본 40쪽] 참조.

158　낭만주의적 언어이론의 통찰에 따르면, "욕구로 가득찬 인류의 가장 고귀한
　　　산물인 국가"도 개인성과 총체성을 교양하는 언어가 없다면 "존립하기 어려울
　　　것이다."(Bernhardi, 1801~03: I 4~5쪽) 역으로 관념비약은 정치적
　　　"무정부상태"와 연관된다.(Liepmann, 1904: 82쪽)

159　Stransky, 1905: 81~83쪽.

160　Mauthner, 1910~11/1980: II 398쪽. 그러고 보면 학교가 "영혼을 살해"한다는
　　　엘렌 케이의 주장도 나름의 학파를 이루었던 셈이다.

161　카프카의 1904~05년 초고. Kafka, 1946a: 21쪽. [국역본 440쪽, 옮긴이 일부
　　　수정.]

162　Stransky, 1905: 4쪽.

163　Liepmann, 1904: 74쪽. 또한 같은 책: 59쪽 참조.

164　Ufer, 1890: 47~48쪽. 교양의 시대에는 이런 인식이 베티나 브렌타노에 와서야
　　　이뤄졌다. B. Brentano, 1840/1959~63: I 290쪽 참조. 또한 Kittler, 1991:
　　　227~230쪽 참조.

165 Stransky, 1905: 96쪽.

166 Benn, 1919/1959~61: II 324쪽. 파메일런은 「카란다슈」라는 희곡에서 "전문의"와 그의 "동료들"에게 휘말려 또다른 연상 테스트를 받는다.(Benn, 1917/1959~61: II 359~363쪽)

167 카프카의 『소송』에 나오는 화가 티토렐리도 이런 혼동을 한다. Kafka, 1925/1946b: 196~197쪽 참조.

168 이것이 파메일런의 구시대적인 커뮤니케이션 개념을 뒷받침하는 세 가지 필요조건이다.

169 Benn, 1919/1959~61: II 324~326쪽.

170 Wehrlin, 1904: 115쪽.

171 Benn, 1910/1959~61: IV 180쪽.

172 Hellpach, 1911: 144쪽.

173 Ziehen, 1898~1900: I 12~13쪽.

174 같은 책: I 6쪽.

175 Benn, 1916/1959~61: II 33쪽.

176 같은 책: II 43쪽.

177 뢰네가 이런 진단을 받을 수 있다는 데 관해서는 Irle, 1965: 101쪽 참조.

178 Benn, 1915/1959~61: II 18~19쪽.

179 Benn, 1916/1959~61: II 34쪽.

180 같은 책: II 35~36쪽.

181 Sellmann, 1912: 54쪽 참조. "활동사진[운동-기록]Kinematograph이라는 명칭 자체가 지시하듯이, 그것은 다른 무엇보다 운동을 기록하고자 하고 그럴 수 있다."

182 이에 관한 일반적 명제로는 Morin, 1956: 139쪽 참조. "관객은 스크린이 마치 뇌에 원격 접속된 외부 망막인 것처럼 반응한다."

183 Guattari, 1975: 99~100쪽 참조.

184 Sartre, 1964/1965: 70쪽. [국역본 133~134쪽, 옮긴이 일부 수정.]

185 같은 책: 69쪽. [국역본 131쪽, 옮긴이 일부 수정.] 한편 만하임의 한 영화관은 1913년 "들어오세요, 우리 영화관은 도시 전체에서 제일 어둡답니다"라고 광고한다.(Vietta, 1975: 295쪽에서 재인용)

186 Sartre, 1964/1965: 72쪽. [국역본 136쪽.]

187 같은 책: 69쪽. [국역본 131쪽.]

188 [이것은 에곤 프리델의 표현이다.] Friedell, 1912, Kaes, 1978: 45쪽에 수록. 이에 관해서는 또한 Koebner, 1977: 17~19쪽 참조.

189 에버스의 1912년 10월 8일 편지. Zglinicki, 1956: 375쪽에서 재인용.

190 Münsterberg, 1916/1970: 18~48, 84~87쪽 참조. 뮌스터베르크가 뉴욕의 영화 스튜디오를 방문한 일에 관해서는 M. Münsterberg, 1922: 281~287쪽 참조.

191 McLuhan, 1964/1968: 210쪽. [국역본 342쪽, 옮긴이 일부 수정.]

192 Pinthus, 1913/1963: 22쪽.

193 영화와 도플갱어에 관한 인류학적인 (과학수사적인 것은 아닌) 이론으로는
Morin, 1956: 31~53쪽 참조.

194 Wegener, 1916/1954: 110~111쪽 참조. "나는 3년 전에 영화계에 뛰어들었다.
거기에는 이유가 있었다. 나는 다른 어떤 예술적 매체로도 구현할 수 없을 것
같은 아이디어가 있었다. 예전에 한 남자가 혼자서 카드놀이를 한다든가 한
대학생 친구가 자기 자신과 칼싸움을 하는 합성사진을 본 기억이 떠올랐다.
내가 알기로 이미지의 평면을 적절히 분할하면 이런 효과를 낼 수 있다고 했다.
그래서 나는 영화 쪽으로 가야 한다고 나 자신에게 말했다. 여기서는 호프만의
도플갱어나 거울 이미지를 실제로 보여주는, 다른 어떤 예술로도 도달할 수
없는 효과를 실현할 수 있을 것 같았기 때문이다. 그렇게 해서 <프라하의
학생>을 만들었다. ……우리가 맨 먼저 깨달은 것은, 소설이나 연극은 잊고
오로지 영화를 위한 영화를 창조해야 한다는 사실이다. 영화의 진정한 시인은
카메라 자체여야 한다."

195 Pinthus, 1913/1963: 27쪽. 또한 이에 관해서는 Kaes, 1978: 23~29쪽 참조.

196 같은 책: 21~23쪽.

197 Schanze, 1977: 133쪽은 그렇게 주장한다.

198 Pinthus, 1913/1963: 13, 16쪽. 이에 관해서는 Zglinicki, 1956: 364~386쪽 참조.

199 Sellmann, 1912: 54~55쪽.

200 벤의 1935년 8월 28일 편지. Benn, 1977~89: I 63쪽.

201 Lindau, 1906: 86, 81~82쪽 참조. 내가 인용문을 찾은 이 책의 사본이 뮌헨
왕립경찰국에 보관되어 있었던 것은 우연이 아니다.

202 Pinthus, 1913/1963: 23쪽.

203 Sasse, 1977: 226쪽 주석 27번.

204 Hofmannsthal, 1896/1957: II 316~318쪽. 또한 Holz, 1924~25: X 187~190쪽 참조.
Daniels, 1966도 이런 증거들을 다양하게 나열한다.

205 Dilthey, 1900/1914-58: V 318~319쪽. 딜타이는 모든 시적 비물질성을
무효화하는 이런 주장이 지성사적으로 충분히 근거가 있다면서 이렇게 말한다.
"오늘날에는 두 가지 도구가 개발되면서 더 엄격하고 정확한 방법으로 미적인
탐구를 하는 것이 가능해졌다. 그중 하나가 감각생리학이다. 왜냐하면 모든
예술은 단순히 표상을 불러일으키는 무관심한 기호가 아니라 감각적 인상을
이용하기 때문이다. 예술적 작용의 상당 부분은 이런 감각적 수단을 어떻게
활용하는가에 달렸다. 따라서 생리학 연구, 특히 눈과 귀에 대한 연구는 엄밀한
예술학의 토대가 될 수밖에 없다."(Dilthey, 1877/1954: 255쪽)

206 Schanze, 1977: 133쪽.

207 Schanze, 1974: 52쪽. 이에 대한 역사적 증거, 이를테면 연극과 영화의 경계 설정
문제에 관해서는 Münsterberg, 1916/1970: 73~74쪽 참조.

208 Sasse, 1977: 226쪽 주석 27번.

209 Mallarmé, 1898/1945: 878쪽.

210 호프만스탈의 1906년 12월 26일 편지. Hofmannsthal, 1985: 220쪽.

211 Zischler, 1983: 33~47쪽 참조.

212 카프카의 1915년 10월 25일 편지. Sarkowski, 1956: 71쪽에서 재인용. 또한 George/Hofmannsthal, 1938: 195쪽에 수록된 게오르게의 1903년 8월 편지 참조. 한편 모르겐슈테른의 시는 이미지로 구현될 수 없다는 주장에 관해서는 Spitzer, 1918: 91쪽 참조.

213 Wolters, 1930: 320쪽, 또한 Scharffenberg, 1953: 72~73쪽 참조.

214 슐라이어마허의 1820~21년 강의. Schleiermacher, 1876: 580쪽. 고전주의 문학에 나타난 이런 금지의 사례들로는 Liede, 1963: II 65, 102, 199~200쪽 참조.

215 Apollinaire, 1918/1965~66: III 901쪽. 타자기가 현대적 칼리그람을 구현하기 위한 최소한의 인쇄기술적 전제라는 점에 관해 (이는 아폴리네르의 경우에도 마찬가지인데) Ponot, 1982: 122~123쪽 참조.

216 Ebbinghaus, 1905~13: II 2~3쪽. 또한 Wundt, 1904: I 577쪽 참조.

217 Kaes, 1978: 10쪽.

218 [이것은 정신과 의사 아돌프 쿠스마울의 표현이다.] Kussmaul, 1881: 5쪽.

219 Ballet, 1886/1890: 30쪽 참조. 또한 이에 대해서는 Hécaen/Angelergues, 1965: 35쪽 참조.

220 Kussmaul, 1881: 126, 128쪽. 이런 개념이 문학적으로 반향된 것으로는 Maupassant, 1887/1925~47: XVIII 30쪽 참조.

221 Erdmann/Dodge, 1898: 165쪽.

222 같은 책: 187, 161쪽.

223 영화와 타키스토스코프의 상호변환 가능성에 관해서는 Clark, 1977/1981: 179~180쪽 참조. 클라크에 따르면, 에디슨은 무성영화의 중간 자막을 일반적으로 읽을 수 있게 하려면 몇 초나 영사해야 하는지 알아보기 위해 초시계를 들고 타키스토스코프 방식의 실험을 했다고 한다.

224 Zeitler, 1900: 391쪽 참조. 그리고 필적학자들은 이런 연구 결과를 그냥 베껴쓰면 된다. Klages, 1917: 53쪽 참조.

225 Zeitler, 1900: 403쪽.

226 Lindner, 1910: 196쪽. 차이틀러의 이론에 따르면, 위쪽으로 뻗은 'Wand'와 아래쪽으로 뻗은 'Wange'가 제일 빨리 인지된다.

227 Saussure, 1915/1969: 180쪽. [국역본 180쪽, 옮긴이 일부 수정.]

228 Derrida, 1967b/1974b: 90~93쪽 참조.

229 Saussure, 1915/1969: 165쪽. [국역본 165쪽, 옮긴이 일부 수정.]

230 이것이 M. Frank, 1977: 170~175쪽의 주장이다.

231 Soennecken, 1913: 12쪽.

232 Meumann, 1903 참조.

233 Meumann, 1911~14: III 608쪽.

234 Soennecken, 1913: 39쪽. 또한 Burgerstein, 1889: 33쪽 참조. 프라이어는 Preyer, 1895: 49~52쪽에서 "두 개의 기본요소를 이용한 여든 가지 조합"으로 상상할 수 있는 모든 문자의 형태들을 제시한다.

235 G. R. Lange, 1958~60: 231쪽 참조.

236 Soennecken, 1913: 41쪽.

237 von Larisch, 1905/1922: 97, 109쪽.

238 이들의 타이포그래피를 보여주는 도판 자료로는 Riegger-Baurmann, 1971: 209~257쪽 참조.

239 Soennecken, 1913: 39~41쪽 (특히 39쪽 도판) 참조.

240 von Larisch, 1905/1922: 11쪽.

241 같은 책: 102~103쪽.

242 Morgenstern, 1905/1956: 59쪽.

243 이것이 Spitzer, 1918: 60~61쪽의 주장이다.

244 같은 책: 65쪽.

245 Liede, 1963: I 292쪽.

246 Morgenstern, 1905/1956: 31쪽.

247 Burghagen, 1898: 193쪽. 또한 같은 곳 도판 참조.

248 Scharffenberg, 1953: 75쪽 참조.

249 손글씨를 타자기 방식으로 표준화한다는 점에서도 게오르게는 말라르메라는 위대한 선례를 따르고 있다. "말라르메가 출판을 계획할 때 맨 처음 떠올린 것은 손글씨의 매개변수에 따라 조직된 인쇄물의 이미지였다. 그는 이 이미지로부터 많은 깨달음을 얻는다. 말라르메는 점차 이 계획안으로부터 거리를 두면서, 운율을 고려하는 것과 마찬가지로 고전적인 활자체의 척도 자체가 시집의 기본요소임을 인식한다. 그는 시구가 아름다움을 획득하려면 어떤 몰개성을 부여받아야 하며, 따라서 시집은 인쇄용 활자로 조판되어야 한다고 판단한다. 다만 여기에는 시집에 쓰일 자신의 고유한 활자를 따로 주조해놓아야 한다는 조건이 붙는다."(Rommel, 1994: 8쪽)

250 von Larisch, 1905/1922: 106쪽. 개인적인 책의 이상에 관해서는 Schur, 1898~99: 138~139쪽; Tarde, 1897: 347쪽 참조.

251 von Larisch, 1905/1922: 9, 114쪽.

252 McLuhan, 1964/1968: 283쪽. [국역본 443쪽, 옮긴이 일부 수정.]

253 Burghagen, 1898: 120쪽.

254 Just, 1963: 229쪽.

255 Schur, 1898~99: 228, 231쪽.

256 릴케의 1901년 10월 2일 편지. Scharffenberg, 1953: 177쪽에 수록.

257 Meumann, 1911~14: III 605~606쪽, 614쪽 주석 1번.

258 이에 대해서는 부르거슈타인의 연구를 참조하라. Burgerstein, 1889: 39쪽.

259 Messmer, 1904: 218, 224~225쪽.

260 Münsterberg, 1914: 252쪽. 이를 문학사적으로 확증하는 것으로는 H. Fricke, 1981: 17~22쪽의 명료한 글을 참조하라.

261 Mattenklott, 1979: 209쪽.

262 Burgerstein, 1889: 39쪽 참조.

263 Preyer, 1895: 128쪽.

264 Forrer, 1888: 521쪽.

265 Mallarmé, 1894/1945: 878쪽.

266 George, 1927~34: VI/VII 217쪽 참조.

267 Klages, 1917: 91~95쪽.

268 Bondi, 1934: 13쪽.

269 Tarde, 1897: 350쪽. 또한 Preyer, 1895: 86쪽 참조. "[죄네켄이 개발한 일종의 표준 손글씨인] 둥근 글씨체Rundschrift를 쓰는 경우 자연적인 손글씨의 특징을 확인하기 어렵다. 그래서 편지 주소를 쓸 때 필체로 자기 정체가 금세 드러나는 것을 원하지 않는 사람은 둥근 글씨체를 쓸 수도 있다. 물론 이것은 둥근 글씨체를 따로 배우는 괴로움을 꺼리지 않거나, 타자기를 쓰기 싫어하는 경우에나 고려해볼 만한 선택지다."
　　표준화된 블록체 아니면 타자기를 쓰라니, 수표를 위조하려는 문필가가 아니라면 범죄자나 마음에 새길 법한 조언이다. 윈디뱅크라는 남자는 타자수로 일하는 자신의 수양딸에게 다른 이름으로 연애편지를 써서 접근하는데, 필체를 감추기 위해 서명도 타자기로 한다. 하지만 상대편에는 셜록 홈스라는 강력한 기술자가 있어서, 윈디뱅크의 게오르게적인 위조 수법에 흥미를 느끼고 '타자기와 범죄의 관계에 관하여'라는 제목의 논문을 쓸 생각까지 품게 된다. Doyle, 1892/1930: 197~199쪽 [국역본 109~110쪽] 참조. 탐정 홈스는 여기서도 시대를 앞서간다. 실제로 몇 년 후에, '타자본의 범죄학적 활용'이라는 제목의 과학 논문이 출간되기 때문이다. Streicher, 1919 참조.

270 Foucault, 1966/1971b: 461쪽 참조.

271 George, 1928(초판 1919년)/1927~34: IX 134쪽.

## 리버스 퍼즐

1 Rilke, 1919/1955~66: VI 1092쪽. [국역본 136쪽.]

2 기술적 측면에 대해서는 McLuhan, 1964/1968: 67~70쪽 참조.

3 이에 대해서는 Daniels, 1966: 251~254쪽에 인용된 Blümner, 1921 참조.

4 Heidegger, 1927: 73~76쪽 참조. (여기서 하이데거는 '손에서 벗어남Unzuhandenheit'에 관해 설명한다.) 그리고 이를 게오르게의 「말」에 적용한 것으로는 Heidegger, 1959: 163쪽 [국역본 216~218쪽] 참조.

5 Mattenklott, 1970: 179~180쪽.

6 R. M. Meyer, 1959: 55쪽.

7 Heidegger, 1959: 168쪽. [국역본 222쪽, 일부 수정.]

8 George, 1907/1927~34: VI/VII 150쪽.

9 Heidegger, 1959: 165쪽. [국역본 219쪽, 일부 수정.]

10 모르겐슈테른의 1907년 초고. Morgenstern, 1976: 164쪽. "정신은 그저 명한다. 그러니 가이스트는 자기 이름을 '하이스트'라고 쓰는 편이 낫다. / 하이스트는 만물을 명한다. (하지만 사물도 하이스트일 뿐이다.) Geist ist nur Heißen; Heißt, so schrieb sich besser Geist. / Der Heißt heißt alle Ding. (doch Ding ist auch nur Heißt.)"

11 Waetzoldt, 1904: 255~256쪽. 또한 R. Lange, 1910: 110~114쪽 참조.

12 Dilthey, 1887/1914~58: VI 158쪽. 또한 G. Th. Fechner, 1876: I 51쪽 참조.

13 이에 관해서는 Cumont, 1924: 87, 240, 295쪽 참조. 이 유행에 관해서는 George, 1927~34: XVII 53쪽의 1893년 단편 원고; Klages, 1944: 474쪽의 1899년 초고; Ball, 1946: 92~96쪽의 1916년 일기; Freud, 1916~17/1946~68: XI 10쪽 참조. 또한 잘 알려져 있다시피 발레리는 1922년 『마법의 주문Charmes』이라는 시집을 출간한다.

14 모르겐슈테른의 1911년 편지. Spitzer, 1918: 107쪽에 수록.

15 G. Meyer, 1893: 40쪽.

16 게오르게와 볼라퓌크, 이도, 에스페란토에 관해서는 Rouge, 1930: 21쪽 참조.

17 George, 1907/1927~34: VI/VII 128~129쪽. 이 시에 관해서는 Boehringer, 1951: 19쪽 참조. 전체적으로는 Forster, 1974: 87쪽 참조.

18 David, 1952/1967: 16쪽 참조.

19 R. M. Meyer, 1901: 269쪽 참조.

20 Liede, 1963: II 239쪽.

21 니체의 1873년 단편 원고 중 "시"에 관한 대목, Nietzsche, 1967~ : III 4, 318쪽.

22 Bahr, 1894: 28~29쪽.

23 Simmel, 1918: 18쪽. 또한 같은 책: 19쪽 중 기계에 관한 대목 참조.

24 E. Strauss, 1902/1925: 179~180쪽.

25 같은 책: 122쪽.

26 Kussmaul, 1881: 27쪽. 또한 A. Proust, 1872: 310쪽; Baumann, 1897: 12~13쪽; Sachs, 1905: 122쪽 참조.

27 E. Strauss, 1902/1925: 133~142쪽. 이미 1885년에도 철학자 파울한은 "폭포나 기차의 소음을 듣다 보면 멜로디가 쉽게 떠오른다는 것을 깨닫는다."(Ballet, 1886/1890: 31쪽) 거트루드 스타인은 유독 정신을 산란하게 만드는 소음이 있을 때 글을 쓴다. Skinner, 1934: 54쪽 참조. 플라케의 소설 주인공은 가스 파이프의 소음 속에서 글을 쓴다. Flake, 1919: 205쪽 참조. 그중에서도 가장 정확하게

상황을 기술한 것은 역시 릴케다. 그는 「젊은 작가에 대하여」에서 영감의
원천에 관해 이렇게 쓴다. "누가 너희 모두를, 열광의 공범자들인 너희를 소음일
뿐이라고, 또는 울리지 않는 종이라고, 또는 버려진 수풀에서 지저귀는 경이롭고
새로운 새소리라고 부르는가."(Rilke, 1931/1955~66: VI 1054쪽 [국역본 92쪽])
스펙트럼 분석에 따르면, 실제로 종소리는 여러 소리 중에서도 배음에 비해
소음(불협화음)의 비율이 매우 높은 편에 속한다.

28 Morgenstern, 1905/1956: 13쪽.

29 Morgenstern, 1921/1965: 226쪽.

30 Boehringer, 1911: 77~88쪽.

31 Maier-Smits, 1967: 158~161쪽 중 첫번째 여제자의 회상.

32 세부적인 회로 구성에 관해서는 Villiers, 1886/1977: 220~221쪽 [국역본
287~288쪽] 참조.

33 세부 사항에 관해서는 von Zglinicki, 1956: 277~294쪽 참조.

34 Pinthus, 1963: 9쪽. 이에 관해서는 Münsterberg, 1916/1970: 84~87쪽 참조.

35 Freud, 1899/1946~68: II/III 58쪽 [국역본 83~84쪽] 참조.

36 같은 책: 100~102쪽. [국역본 134~136쪽, 옮긴이 일부 수정.]

37 같은 책: 283~284쪽. [국역본 335~336쪽, 옮긴이 일부 수정.]

38 표현주의적으로 말하자면, "그토록 많은 승리가 그저 자리의 쟁취일 따름이니,
군인이든 문장이든 간에."(Hatvani, 1912: 210쪽)

39 Freud, 1899/1946~68: II/III 309쪽. [국역본 364쪽, 옮긴이 일부 수정.]

40 같은 책: 103쪽. [국역본 138쪽 주석 5번.]

41 Muschg, 1930/1958: 315, 306쪽.

42 Freud, 1899/1946~68: II/III 303쪽. [국역본 357쪽 주석 23번, 옮긴이 일부 수정.]

43 Bahr, 1894: 30쪽 중 꿈의 신체 자극에 관해 분석한 대목.

44 Freud, 1895/1946~68: I 282~283쪽. [국역본 364~365쪽, 옮긴이 일부 수정.]

45 이것이 Lyotard, 1973/1980: 77쪽의 주장이다.

46 마텐클로트는 문학과 정신분석의 이런 상동성을 역전시킨다. Mattenklott, 1970:
309~310쪽 참조.

47 George, 1895/1927~34: III 106쪽.

48 Foucault, 1954b/1968: 122~129쪽.

49 이는 랑벤의 표현으로, 특히 학문과 예술을 겨냥한다. Langbehn 1890: 8쪽.

50 Guattari, 1975: 102~103쪽 참조.

51 Freud, 1905/1946~68: V 273쪽. [국역본 292쪽.] 또한 이에 대해 Foucault, 1954a:
75~78쪽 참조.

52 Rank, 1914/1925: 7~8쪽. Todorov, 1970/1972: 143쪽은 이런 해석적 주장에서
절반의 진실만을 취하여 "정신분석이 환상문학을 대체했다(그래서 환상문학을
불필요한 잉여로 전락시켰다)"라고 쓴다. 하지만 책과 이미지의 분리는 영화

스크린이라는 또다른 대중적·실재적 평면에서 상상적 거울상이 부활하는
데에도 촉매로 작용한다.

53 Rank, 1914/1925: 7쪽.

54 Farges, 1975: 89쪽 참조.

55 Gaube, 1978: 42쪽 참조.

56 Jung/Riklin, 1904: 63쪽.

57 Saussure, 1915/1969: 156쪽. [국역본 156쪽.]

58 프로이트의 1915년 7월 30일 편지. Freud/Andreas-Salomé, 1966: 36쪽.

59 Steiner, 1910/1955: 96~98쪽 참조.

60 Bergson, 1907/1923: 330~331쪽.

61 이것이 Habermas, 1968: 300~331쪽의 주장이다.

62 Bölsche, 1887/1976: 15쪽. 또한 Flechsig, 1927: 41쪽 참조.

63 Kussmaul, 1881: 34쪽.

64 [심리학 실험실을 처음 만든] 헬름홀츠와 브뤼케에 관해서는 Bernfeld,
   1944/1981: 435~455쪽 참조.

65 Freud, 1913b/1946~68: X 273쪽. [국역본 173쪽, 옮긴이 일부 수정.]
   플레히지히도 "무의식적 정신 과정이 일어나는 뇌 내 부위를 식별하는 데
   필요한 이론적 연구"를 "미래의 과제"로 평가한다.(Flechsig, 1897: 67쪽)

66 Freud, 1891: 23쪽. "부터Butter[버터]/무터Mutter[어머니]"의 혼동에 관해서는
   Kussmaul, 1881: 188쪽 참조.

67 Meringer/Mayer, 1895: VI. 또한 Freud, 1901: 61~68쪽 참조. 사실 말실수 수집의
   역사는 정신물리학 자체의 역사만큼 길다. Fechner, 1876: I 225~226쪽 참조.

68 Ziehen, 1893: 144쪽 참조. 이에 대해서는 또한 Liepmann, 1904: 20쪽 참조.

69 Meringer/Mayer, 1895: 20쪽. 또한 같은 책: 38쪽 참조.

70 Freud, 1901/1946~68: IV 93쪽. [국역본 117쪽, 옮긴이 일부 수정.]

71 Jung, 1905: 19쪽.

72 Jung, 1907/1972: 130쪽.

73 같은 책: 146~147쪽.

74 Meringer/Mayer, 1895: 9쪽.

75 Rilke, 1910/1955~66: VI 728쪽. [국역본 30~31쪽, 옮긴이 일부 수정.] 또한
   Villiers, 1886/1977: 109쪽 [국역본 142~143쪽] 참조.

76 Doyle, 1890/1930: 92쪽. [국역본 15쪽, 옮긴이 일부 수정.]

77 Bleuler, 1904: 52쪽 주석.

78 Freud, 1901/1946~68: IV 57쪽. [국역본 71~72쪽, 옮긴이 일부 수정.]

79 같은 책: 같은 쪽. [국역본 72쪽, 옮긴이 일부 수정.]

80 Zeitler, 1900: 391쪽.

81 Gutzmann, 1908: 499쪽. 또한 Münsterberg, 1914: 708쪽 참조.

82 Lacan, 1966: 469쪽.

83 Freud, 1901/1946~68: IV 238쪽. [국역본 285쪽, 옮긴이 일부 수정.]

84 Freud, 1918/1946~68: XII 128쪽. [국역본 307쪽.]

85 Freud, 1899/1946~68: II/III 504쪽 참조. 동일한 이미지로는 Villiers, 1886/1977: 233쪽 [국역본 302~304쪽]; Meringer/Mayer, 1895: 100쪽; Hirth, 1897: 353~354쪽; Sachs, 1905: 37쪽; Münch, 1909: 87쪽; Münsterberg, 1916: 28, 708~709쪽 참조. 1800년식 기록시스템에서는 오탈자에 눈이 팔려서 "의미"를 잊어버릴 위험, "규범의 범위"를 넘어서 "일탈"할 위험을 경고할 필요가 있었다.(Reil, 1803: 102쪽) 그런데 1910년에는 이런 일탈이 시인을 정의하는 특성으로 격상된다. 말테 라우리츠 브리게는 펠릭스 아르베르라는 극작가의 전기적 기록을 "옮겨적어서" 가지고 다니는 상상을 한다. "그는 아주 부드럽고 편안하게 죽어갔다. 그런데 거기 있던 수녀는 그가 멀리 저편으로 떠났다고 생각했던 모양이다. 그는 실제로 거기 있었는데 말이다. 수녀는 큰 소리로 무엇이 어디어디에 있으니 찾아오라고 지시했다. 아주 못 배운 수녀였다. 말을 하다보니 '복도Korridor'라는 말을 하지 않을 수 없는 순간이 왔는데, 이 단어가 글로 적힌 것을 한 번도 본 적이 없었던 탓에 대충 짐작해서 '봉또Kollidor'라고 말해버렸다. 이 말을 들은 아르베르는 임종을 뒤로 미루었다. 이것만큼은 해명해야겠다고 생각한 모양이다. 그는 정신이 맑아져서 수녀에게 그 단어는 '복도'라고 설명해주었다. 그러고 나서 그는 죽었다. 그는 시인이었고 불분명한 것을 증오했다."(Rilke, 1910/1955~66: VI 862~863쪽 [국역본 178쪽, 옮긴이 일부 수정])

86 Freud, 1912/1946~68: VIII 378~379쪽.

87 같은 책: 381~382쪽. 프로이트의 은유에 나타나는 미디어 기술적 전제들에 관해서는 R. Campe, 1987: 88쪽 참조. "프로이트는 1895년 빈에서 국가 차원에서 전화망을 개설하자마자 진료소에 전화를 설치한다. 그는 친구 플라이슐마르크조프의 소개로 이미 1893년 빈 전기 박람회에서 전화기 시연을 본 적이 있었다." 게다가 프로이트의 베르크가세 골목 진료실과 빈 전화국은 같은 동네에 있었다.

88 Benjamin, 1955/1972~ : I 2, 498쪽. [국역본 136~137쪽, 옮긴이 일부 수정.]

89 Freud, 1895/1946~68: I 100~133쪽. [국역본 68~104쪽, 옮긴이 일부 수정.]

90 Freud, 1925/1946~68: XIV 37쪽. [국역본 209쪽. 젊은 프로이트는 샤르코에게 그의 강의록을 독일어로 번역하겠다고 나서면서 자신이 "프랑스어에 대해 운동성실어증에 걸려 있지 감각성실어증에 걸려 있는 것은 아니라"는 표현을 쓴다.]

91 Habermas, 1968: 302쪽 중 악몽에 관한 대목.

92 Muschg, 1930/1958: 333쪽.

93 Freud, 1905/1946~68: V 198~199쪽. [국역본 225쪽, 옮긴이 일부 수정.]

94 Freud, 1910/1946~68: VIII 7쪽.

95 같은 책: VIII 7쪽.

96 Freud, 1905/1946~68: V 165쪽. [국역본 191쪽, 옮긴이 일부 수정.]

97 같은 책: V 167쪽. [국역본 192쪽, 옮긴이 일부 수정.] 증명 완료Q.E.D. [여기서 키틀러는 프로이트가 선택적으로 말을 기록하는 일종의 축음기가 됨으로써 과거의 시문학과 전혀 다른 문학을 창조했음을 프로이트 자신의 말로 입증하고자 한다.]

98 Freud, 1933/1946~68: XV 3쪽 참조 [국역본 5쪽, 옮긴이 일부 수정.] "『정신분석 강의』는 1915~16년, 1916~17년에 걸친 겨울 학기 동안 빈의 정신병원 강의실에서 모든 학부 학생이 뒤섞인 청중을 대상으로 이루어졌다. 전반부 강의는 즉석에서 진행된 것을 강의가 끝난 직후에 받아썼고, 후반부 강의는 그사이의 여름방학 동안 잘츠부르크에서 초고를 잡아서 뒤이은 겨울 내내 원고 그대로 읽은 것이다. 당시 나는 축음기 같은 기억력을 보유하고 있었다."

99 "내가 어떤 사건에 바탕을 두고 어떤 문장을 만들었다고 해도—그 사건이 내 문장과 무슨 상관이 있습니까?"(Mann, 1906/1910: 24쪽) 또한 이에 관해서는 Carstensen, 1971: 175~179쪽 참조.

100 Freud, 1905/1946~68: V 165쪽. [국역본 191쪽, 옮긴이 일부 수정.]

101 Freud, 1913a/1948~68: VIII 469쪽 주석. 이를 추밀고문관 린트호르스트와 그가 고른 시인이 여러 가지 어려움에도 불구하고 어쨌든 관계를 구축할 수 있었던 것과 비교해보라.

102 Freud, 1909/1946~68: VII 382쪽. [국역본 12쪽, 옮긴이 일부 수정.]

103 Freud, 1905/1946~68: V 165쪽. [국역본 191쪽, 옮긴이 일부 수정.]

104 Muschg, 1930/1958: 322.

105 이 이름들의 신비주의적 측면에 관해서는 Turk/Kittler, 1977: 42쪽 참조.

106 Doyle, 1892/1930: 214쪽 [국역본 147쪽] 참조. 프로이트와 홈스에 관한 늑대인간의 증언으로는 Gardiner, 1971: 182쪽 참조.

107 Freud, 1937/1946~68: XVI: 43~56쪽.

108 Muschg, 1930/1958: 316쪽 참조.

109 이 절의 내용에 관해서는 Kittler, 1997b: 319~323쪽 참조.

110 Freud, 1907/1946~68: VII 123쪽. [국역본 117쪽.]

111 같은 책: VII 120~121쪽. [국역본 114~115쪽, 옮긴이 일부 수정.]

112 같은 책: VII 31쪽. [국역본 11쪽, 옮긴이 일부 수정.]

113 같은 책: VII 65쪽. [국역본 52쪽.]

114 Freud, 1911/1946~68: VIII 240쪽. [국역본 107~108쪽, 옮긴이 일부 수정.]

115 같은 책: VIII 315쪽. [국역본 188~189쪽, 옮긴이 일부 수정.]

116 Freud, 1905/1946~68: V 171, 1923년에 추가된 주석 1번. [국역본 196쪽 주석, 옮긴이 일부 수정.]

117 반대로, "정신분석가가 버려야 할 선입견이 있다면 그것은 지식재산권에 관한 선입견이다"라는 격언도 있다.(Lacan, 1966: 395쪽)

118 프로이트의 1938년 초고. Freud, 1946~68: XVII 126~127쪽. [국역본 478~479쪽, 옮긴이 일부 수정.]

119 Schreber, 1903/1973: 61쪽. [국역본 11쪽, 옮긴이 일부 수정.]

120 Freud, 1911/1946~68: VIII 241쪽 [국역본 108~109쪽] 참조.

121 Schreber, 1903/1973: 72쪽 주석 3번, 75쪽, 79쪽 주석 10번 [국역본 26쪽 주석 5번, 28~29쪽, 34쪽 주석 12번] 참조.

122 Lacan, 1973: 16쪽.

123 Schreber, 1903/1973: 354~355쪽. [국역본 332쪽, 옮긴이 일부 수정.]

124 Foucault, 1969b/1974a: 12쪽. [국역본 244쪽, 옮긴이 일부 수정.]

125 Schreber, 1903/1973: 83~88쪽. [국역본 38~44쪽.]

126 이를테면 Schatzman, 1973/1974 참조.

127 Schreber, 1903/1973: 76쪽 주석 6번. [국역본 30쪽 주석 8번, 옮긴이 일부 수정.]

128 같은 책: 71, 394쪽. [국역본 24, 374쪽.] 또한 같은 책: 281쪽 주석 107번 [260쪽 주석 114번] 참조.

129 Flechsig, 1882: 21쪽. 또한 Schreber, 1903/1973: 344쪽 반드시 참조. [국역본 319~320쪽.]

130 Flechsig, 1882: 3~4쪽.

131 Benn, 1930/1959~61: I 92쪽.

132 Freud, 1893/1946~68: I 25쪽. 프로이트가 이렇게 표현하자 플레히지히는 프로이트에게 학문적 감사를 표했다……

133 Flechsig, 1897: 50쪽.

134 Flechsig, 1896: 18쪽.

135 Flechsig, 1882: 9, 11쪽.

136 횔덜린의 해부에 관해서는 Fichtner, 1972: 54~55쪽 참조.

137 슈레버의 해부에 관해서는 Baumeyer, 1956: 522쪽 참조.

138 그리고 나 역시 플레히지히-슈레버-프로이트가 구축한 담론망을 묘사하는 데 엄청나게 많은 타자기용 잉크 리본을 써버린 후에야, 이에 대한 지식재산권은 로베르토 칼라소에게 귀속된다는 것을 알게 되었다. 그의 놀라운 인간과학 소설은 온갖 자료를 총동원하여 독일 신경신학의 모험을 샅샅이 파헤친다. 다만 칼라소는 부검을 해야 한다는 플레히지히의 단순명료한 명령을 알아채지 못하고 이를 철학적 관념으로 대체했는데(Calasso, 1974/1980: 61쪽 참조), 이것만으로는 슈레버가 불안에 휩싸여서 글을 써야 했던 동기가 되지 못한다.

139 Schreber, 1903/1973: 82쪽. [국역본 36~37쪽, 옮긴이 일부 수정.]

140 같은 책: 110쪽. [국역본 68쪽, 옮긴이 일부 수정.]

141 Mannoni, 1969: 91쪽의 통찰. 프로이트가 이런 공모를 벌인 이유에 대한 추정으로는 Calasso, 1974/1980: 22~23쪽 참조.

142 Schreber, 1903/1973: 133쪽. [국역본 93쪽.]

143 편집자 자무엘 베버의 후기. 같은 책: 490쪽.

144 Kafka, 1919b/1946: 209쪽; Wagenbach, 1975: 70-71쪽 관련 논평 참조. 반면 Neumann, 1980: 396~401쪽에서는 카프카와 슈레버의 "글쓰기-기계"를 동일시한다.

145 Schreber, 1903/1973: 65쪽. [국역본 16~17쪽, 옮긴이 일부 수정.]

146 이는 Schatzman, 1973/1974에서 가장 확연히 나타난다.

147 Schreber, 1903/1973: 217쪽. [국역본 189쪽, 옮긴이 일부 수정.]

148 같은 책: 191쪽. [국역본 159쪽, 옮긴이 일부 수정.]

149 같은 책: 64쪽. [국역본 15쪽, 옮긴이 일부 수정.]

150 같은 책: 168~169쪽. [국역본 134쪽, 옮긴이 일부 수정.]

151 이에 관한 생리학적 세부사항은 같은 책: 103쪽 [국역본 60~61쪽.] 참조.

152 Flechsig, 1897: 66쪽. 슈레버의 "광선"들, "청각광선"과 (거창하게 대문자로 표기된) "플레히지히FLECHSIG라는 원초적 시각광선"에 관해서는 Flechsig, 1927: 20쪽 참조.

153 Flechsig, 1896: 26쪽. 슈레버의 주치의는 자기 자랑을 즐기는 성격이어서, 고귀한 신분의 비전공자 앞에서 자신의 이런 통찰을 의기양양하게 과시한다. 그의 자서전에는 이런 대목이 나온다. "[작센] 정부 쪽에서 불쾌감을 표할 것이라고는 생각하지 않았다. 일전에 나는 앨버트 공이 진료소를 방문했을 때 시카고에 보낼 예정인 뇌 지도를 보여준 적이 있었는데, 그는 여기에 대단한 관심을 보였다. 이 약삭빠른 전략가는 단박에 뇌 지도와 철도망의 유사성을 간파했으며, 잘 모르는 분야임에도 불구하고 이 통로들을 낱낱이 식별하기가 얼마나 복잡하고 어려운 일인지 바로 이해했다. 특히 내가 뇌 지도를 설명하면서 뇌 섬유를 모두 펼치면 전체 길이가 작센 공작령을 한 바퀴 두르고도 넉넉히 남으리라고 말했을 때, 그는 깊은 감명을 받았던 모양이다. 그래서 나중에 궁정에서 다시 만났을 때, 그는 거대한 탁자를 사이에 두고 나에게 이렇게 외쳤다. '뇌의 통로들을 전부 계측하면 몇 킬로미터나 됩니까?'"(Flechsig, 1927: 41쪽) 고귀한 신분의 비전공자이자 환자인 슈레버도 이와 똑같이 반응한다. "지구에 있는 나의 신체가 공간적으로 펼쳐진 신경을 통해 다른 천체와 연결되어 있다는 관념은, 천체와 지구 사이의 어마어마한 거리를 고려하면 인간이 이해하기에는 너무 난해한 생각이다. 나 역시 이를 부정할 수는 없다. 그렇지만 내가 지난 6년 동안 매일 경험한 것이 있기에, 나로서는 이 관계의 객관적 실재성을 전혀 의심할 수 없다."(Schreber, 1903/1973: 168쪽 [국역본 133쪽, 옮긴이 일부 수정])

154 Schreber, 1903/1973: 322쪽. [국역본 300쪽, 옮긴이 일부 수정.] 또한 같은 책: 161쪽 주석 58번 [국역본 126쪽 주석 60번] 중 광학적 통신에 관한 대목 참조.

155 Chamberlain, 1896: 263쪽 참조.

156 Schreber, 1903/1973: 312쪽. [국역본 291쪽, 옮긴이 일부 수정.]

157 Schreber, 1903/1973: 171쪽. [국역본 137쪽, 옮긴이 일부 수정.] 이에 대해서는 Lacan, 1966/1973~ : II 69~70쪽 참조.

158 Schreber, 1903/1973: 171~172쪽. [국역본 137~138쪽, 옮긴이 일부 수정.]

159 여기서도 슈레버의 목소리(또는 "기적을 통해 생겨난 새")는 플레히지히의 가르침을 영민하게 받아들인 결과일 뿐이다. "좌측 청각을 담당하는 부위"에 "연화증"이 발생한 한 환자는 "불러주는 단어를 틀리지 않고 따라 말할 수 있었다. 그러니까 그는 완전히 정상적으로 들을 수 있었고, 단어의 음향 자체를 지각하는 데는 아무 문제가 없었다. 그는 또한 단어를 불러주고 나서 잠시 동안은 음향 이미지를 보유하고 있었다. 그러니까 비록 잠시지만 기억의 흔적 자체를 보유할 수 있었다. 하지만 그는 귀로 듣고 자신이 따라 말한 단어의 뜻을 이해하지 못했다."(Flechsig, 1896: 44쪽)

160 Schreber, 1903/1973: 172쪽. [국역본 137~138쪽, 옮긴이 일부 수정.]

161 같은 책: 202쪽. [국역본 172쪽, 옮긴이 일부 수정.]

162 같은 책: 277~278쪽. [국역본 256쪽, 옮긴이 일부 수정.]

163 프로이트의 전형적인 분석 사례로, 그는 피서지에서 만난 한 젊은이가 베르길리우스의 『아이네이스』를 부정확하게 인용하는 것을 보고 그의 성생활 문제를 추론한다. Freud, 1901/1946~68: IV 13~17쪽 [국역본 18~23쪽] 참조.

164 Schreber, 1903/1973: 172~173쪽. [국역본 138~139쪽, 옮긴이 일부 수정.]

165 같은 책: 232, 206쪽. [국역본 206쪽 주석 92번, 176쪽, 옮긴이 일부 수정.]

166 같은 책: 246쪽. [국역본 222쪽, 옮긴이 일부 수정.]

167 같은 책: 86쪽. [국역본 42~43쪽, 옮긴이 일부 수정.]

168 같은 책: 173쪽 주석 63번. [국역본 140쪽 주석 66번, 옮긴이 일부 수정.]

169 같은 곳. 하지만 Kussmaul, 1881: 217쪽을 보면, 적어도 한 정신과 의사는 진정한 맥락을 명확하게 알고 있었음을 알 수 있다.

170 Schreber, 1903/1973: 172쪽. [국역본 138쪽, 옮긴이 일부 수정.]

171 후고 발의 1916년 3월 30일 일기. Ball, 1946: 79~80쪽.

172 Schreber, 1903/1973: 317쪽. [국역본 295쪽, 옮긴이 일부 수정.]

173 같은 책: 293~294쪽. [국역본 273~274쪽, 옮긴이 일부 수정.]

174 같은 책: 80쪽. [국역본 34쪽, 옮긴이 일부 수정.]

175 Deleuze/Guattari, 1972/1974: 24쪽 중 슈레버에 관한 대목 참조.

176 치헨의 1889년 1월 26일 편지. Gilman, 1981: 337쪽에서 재인용.

177 베버의 1900년 11월 28일 문서. Schreber, 1903/1973: 388쪽에서 재인용. [국역본 368쪽, 옮긴이 일부 수정.]

178 이 개념은 Ribot, 1881/1882: 97쪽에서 제기된 것이다.

179 Schreber, 1903/1973: 287쪽. 또한 같은 책: 80, 111, 292~293쪽 [국역본 266쪽, 옮긴이 일부 수정. 또한 35, 69, 273~276쪽] 참조.

180 같은 책: 95쪽. 또한 같은 책: 208~210쪽 [국역본 51쪽. 또한 179~182쪽] 참조.

181 같은 책: 191쪽 [국역본 159쪽] 참조.

182 같은 책: 172쪽. [국역본 138쪽, 옮긴이 일부 수정.]

183 이에 관해서는 Mannoni, 1969: 80~81쪽 참조.

184 Mannoni, 1969 참조.

185 Schreber, 1903/1973: 410쪽. [국역본 392쪽, 옮긴이 일부 수정.] 또한 이에
　　대해서는 S. M. Weber, 1973: 37, 47쪽 참조.

186 Foucault, 1964/1974a: 128쪽. 그리고 서로 아득하게 동떨어진 산맥들을 한번
　　이어본다는 의미에서, 여기 인용한 푸코의 문장을 다음과 같은 [슈레버의
　　『회상록』에 관한 글인 「정신질환의 책」에 나오는] 벤야민의 혼란스러운 질문과
　　비교해보라. "이렇게 서로 유사한 작품들이 존재한다는 사실은 참으로
　　당혹스럽다. 우리가 이 모든 것에도 불구하고 글의 영역은 이런 결과물들보다
　　더 고귀하고 안전하다는 생각을 당연시하는 한, 광기는 세상 무엇보다 부드러운
　　발로 살금살금 기어들어와 우리를 놀라게 할 것이다. 그는 대체 어떻게
　　거기까지 다다를 수 있었을까? 그는 어떻게 100개의 출입문을 지키는
　　보초병들을 피해서 책의 도시 테베로 들어올 수 있었단 말인가?"(Benjamin,
　　1928a/1972~ : IV 2, 618~619쪽)

187 이런 현상을 열어젖힌 거트루드 스타인에 관해 Skinner, 1934: 55쪽 참조.

188 Schreber, 1903/1973: 319쪽. [국역본 296~297쪽, 옮긴이 일부 수정.]

189 Foucault, 1975/1976b: 249쪽. [국역본 302쪽, 옮긴이 일부 수정.]

190 Freud, 1913b/1946~68: X 302쪽. [국역본 213쪽, 옮긴이 일부 수정.]

191 Mauthner, 1901~02: I 122쪽.

192 Morgenstern, 1905/1956: 79쪽 참조.

193 Herzfelde, 1914: 297쪽 참조.

194 Husserl, 1901/1968: II 1, 54쪽. 그런데 여기서 후설은 이렇게 무의미한 말의
　　예시로―마치 1900년 무렵에 마법의 주문이 유행했던 것을 증명하려는
　　듯이―"아브라카다브라"를 든다.

195 Ball, 1963: 34쪽. 또한 Rilke, 1902~06/1955~66: I 376쪽 참조.

196 Schreber, 1903/1973: 235~236쪽. [국역본 210쪽, 옮긴이 일부 수정.]

197 이는 실제 발작성 조증 환자의 증언이다. 이 환자가 만든 각운들은 남김없이
　　전부 수집되었다. Forel, 1901: 974쪽 참조.

198 이것이 Cardinal, 1981: 315쪽의 주장이다. 가장 유명하고 철저한 광기의
　　시뮬레이션 사례로는 브르통과 엘뤼아르의 협업인 Breton/Eluard, 1930/1974
　　참조.

199 Hellpach, 1911: 140쪽. 한편 Scheerer, 1974: 144쪽 주석 4번을 보면, 셰러는
　　1970년에 국립병원에서 우편으로 보내온 안내서에 근거하여 1900년 전후에
　　나타난 담론과 질병의 증상이 과연 서로 정확히 일치했을지 의혹을 제기한다.

그는 초현실주의가 광기를 시뮬레이션하는 방식을 전반적으로 상당히
정확하게 탐구하고 있지만, 1900년경의 정신의학이 매우 빈약한 물질적
타당성에 기초했음을 [정신질환을 생리학적으로 파악하지 못하고 여전히
환자의 말이나 외적으로 발현된 증상에 의지했음을] 생각해보면 이런 접근에는
분명히 문제가 있다.

200 Bölsche, 1887/1976: 9~10쪽.

201 이에 대해서는 Enzensberger, 1970: 183쪽 참조.

202 Münsterberg, 1914: 665쪽. 한편 뮌스터베르크는 자신의 진단을 「상징주의」라는
상징주의적 시로 써서 상징주의자들에게 전하려고 했다. Münsterberg, 1897:
122쪽 참조.

203 Foucault, 1964/1974a: 128~129쪽 참조.

204 Anz, 1980: 151쪽.

205 Ott, 1968: 371~398쪽은 초현실주의가 어떤 학문들을 참조했는지 살피면서 이
점을 잘 보여준다.

206 브르통의 1916년 9월 25일 편지. Bonnet, 1975: 99쪽에서 재인용.

207 Stransky, 1904~05: 158쪽.

208 괴테에 관해서는 이를테면 Diener, 1975 참조.

209 Gehrmann, 1893 참조. 또한 이에 관해서는 Benjamin, 1928a/1972~ : IV 2,
618~619쪽 참조.

210 Benn, 1914/1959~61: II 293~294쪽. 여기서 "정교한 염색법"은 당연히 아닐린
염료와 BASF사社를 암시하는데, 이는 별도로 책 한 권을 써야 할 만큼 방대한
주제다.

211 같은 책: II 295~296쪽. 이에 대해서는 Benn, 1965: 96~97쪽에 실린 편집자
베르너 뤼베의 글 참조.

212 Benn, 1914/1959~61: II 298쪽. (따라서 또하나의 영혼 살해가 주장된 셈이다.)

213 한 정신과 의사는 슈레버의 책을 논평하면서, "이 책이 비전공자들 사이에 널리
퍼지면…… 사태의 명백함에도 불구하고 혼란이 야기될 수 있다"라고
쓴다.(Pfeiffer, 1904: 353쪽) 그러니 쥐의 뇌 염색 실험에 관한 문헌에 관해서는
더 말할 것도 없다.

214 Ziehen, 1893: 172~173쪽 참조.

215 Benn, 1922/1959~61: IV 9쪽. 출처에 관해서는 Ribot, 1881/1882: 92쪽 참조.

216 Ziehen, 1902~06: III 126쪽 참조.

217 프로이트의 1897년 10월 15일 편지. Freud, 1986: 293쪽.

218 이것은 헤르만 헤세의 표현이다. Hesse, 1918/1970: X 47쪽.

219 Dilthey, 1887/1914~58: VI 195~196쪽.

220 카프카의 두 문장에 관해서는 Ryan, 1970; Seidler, 1970 참조.

221 Freud, 1916~17/1946~68: XI 9쪽. [국역본 20쪽, 옮긴이 일부 수정.]

222 릴케의 1912년 1월 24일 편지. Rilke, 1933~39: IV 182~183쪽.

223 Goll, 1976/1980: 65쪽.

224 Apollinaire, 1918/1965~66: III 905쪽.

225 Kafka, 1916/1976: 764쪽.

226 Benn, 1915/1959~61: II 18쪽.

227 같은 책: II 16쪽.

228 같은 책: II 13쪽 참조.

229 Flake, 1919: 267쪽.

230 같은 책: 273~284쪽.

231 M. Proust, 1913~27/1954: III 1037쪽. 긴즈부르그는 Ginzburg, 1980: 33쪽에서 프루스트의 『잃어버린 시간을 찾아서』를 장대한 범죄과학적 연구로 접근한다.

232 [이 의사는 하인리히 작스다.] Sachs, 1905 참조.

233 릴케의 1912년 1월 14일 편지. Rilke, 1933~39: IV 169쪽.

234 Rilke, 1919/1955~66: VI 1086쪽. [국역본 130~131쪽.] 이런 폐기물로도 축음기를 만들 수 있었기 때문에, 당시 사람들은 천 년 전에도 축음기가 얼마든지 발명될 수 있었으리라는 잘못된 결론에 도달하기도 했다. Villiers, 1886/1977: 34쪽 [국역본 46~47쪽] 참조.

235 Rilke, 1919/1955~66: VI 1087쪽. [국역본 131~133쪽, 옮긴이 일부 수정.]

236 같은 책: VI 1088~1089쪽. [국역본 132~133쪽, 옮긴이 일부 수정.] 개체발생 과정에서 일어나는 관상봉합의 형성에 관해서는 Rilke, 1910/1955~66: VI 910쪽 [국역본 231쪽] 참조.

237 두 텍스트의 상동성에 관해서는 Bridgwater, 1974: 104~111쪽 참조.

238 Flake, 1919: 284, 282쪽. 또한 같은 책: 95쪽 참조.

239 기술과 대뇌생리학의 연합에 관해서는 베흐테레프가 플레히지히의 연구에 덧붙인 거창한 말로 대신하겠다. "생리학자나 정신의학자로서 진지하게 전문적인 연구를 수행하지 않은 사람이 앞으로의 세기에 심리학자를 자칭한다면, 진지한 사람들은 그를 마치 기술학교나 건축학교도 나오지 않고 건축가를 자칭하는 사람처럼 여길 것이다."(베히테레프의 말, Flechsig, 1897: 73쪽에 수록)

240 Rilke, 1919/1955~66: VI 1089~1090쪽. [국역본 133~134쪽, 옮긴이 일부 수정.]

241 이에 대해서는 Enzensberger, 1970: 160쪽 참조.

242 Hirth, 1897: 38쪽.

243 Rilke, 1919/1955~66: VI 1090~1092쪽. [국역본 134~136쪽, 옮긴이 일부 수정.]

244 Sachs, 1905: 4쪽.

245 이를테면, 쥘 클라레티의 소설은 그런 조사를 바탕으로 살페트리에르 병원의 실상을 기록한다. Clarétie, 1881 참조.

246 Huelsenbeck, 1920/1978: 23쪽. 또한 후고 발의 1916년 4월 18일 일기. Ball, 1946: 88쪽 참조.

247 Rilke, 1910/1955~66: VI 764~765쪽. [국역본 69~70쪽, 옮긴이 일부 수정.]

248 같은 책: VI 721쪽. [국역본 23쪽.]

249 릴케의 1912년 1월 24일 편지. Rilke, 1933~39: IV 184쪽.

250 Rilke, 1910/1955~66: VI 776~778쪽. [국역본 82~83쪽, 옮긴이 일부 수정.]

251 Stern, 1914: 58~59쪽. 바이닝거는 이 같은 유아기의 감각적 미분화 상태를 "헤니덴Heniden"이라고 칭한다. Weininger, 1903/1920: 121~122쪽.

252 Ebbinghaus, 1905~13: II 15쪽.

253 Hall, 1899/1902: 380쪽.

254 같은 책: 376쪽. 또한 이에 대해서는 M. Proust, 1913~27/1954: I 34~43쪽 참조.

255 Rank, 1912: 671~672쪽 참조.

256 Freud, 1920/1946~68: XIII 12쪽 [국역본 279~280쪽] 참조.

257 Rilke, 1910/1955~66: VI 794, 744쪽. [국역본 102, 47쪽, 옮긴이 일부 수정.]

258 동시대의 정신과 의사도 이와 꼭 같은 사례들을 진단한다. "측두엽 뒤쪽에 병변이 있으면 환자는 자신이 본 물건의 올바른 이름을 알아맞히지 못하는 '광학적 실어증'의 증상을 보인다. 여기서 중요한 것은, 광학적 실어증이 때때로 (주로 병변이 이중으로 발생한 경우) 올바로 본 대상의 사용가치를 올바로 판정하지 못하는 증세가 수반된다는 점이다. 일례로, 양초를 칫솔로 쓴다든지, 연필을 시가 커터로 쓰는 등의 (인지불능증.)"(Flechsig, 1897: 63쪽)

259 이에 대해서는 Bradley, 1980: 52쪽 참조.

260 Scharrelmann, 1906: 139~143쪽 참조.

261 Hart, 1904: 122~123쪽.

262 같은 책: 126쪽.

263 Graf, 1912: 7쪽.

264 이를테면 헤르만 바르, 한스 베트케, 알프레트 케르, 카를 슈피텔러 등이 여기 참여했다. 같은 책: 181~182, 201, 256쪽 참조. 전체적으로는 Rilke, 1902/1955~66: V 588쪽 참조.

265 [이것은 테오도어 호이스의 표현이다.] Heuss, 1953: 67쪽.

266 Key, 1902: 299쪽.

267 Meyrink, 1915: 180, 94쪽. [국역본 210~211, 109쪽.]

268 Kafka, 1919a/1946a: 193쪽 [국역본 266쪽] 참조. 원숭이 '빨간 페터'가 "축음기" 소리가 흘러나오는 가운데 "안녕Hallo!"이라는 인사를 던지면서 "인간 공동체 속으로 뛰어들"었을 때, 그는 에디슨이 1887년 여름 축음기 시제품에 대고 외쳤던 신조어를 인용했다. Clark, 1977/1981: 72쪽; W. Kittler, 1987: 391~392쪽 참조.

269 Rilke, 1910/1955~66: VI 891~893쪽. [국역본 209~212쪽, 옮긴이 일부 수정.]

270 같은 책: VI 928~929쪽 [국역본 243~244쪽] 참조.

271 같은 책: VI 741쪽. [국역본 44쪽, 옮긴이 일부 수정.] 여기서 브리게는 당대의

실험심리학이 (심지어 독서의 예를 들면서) 관심의 집중을 일종의 선택
작용으로 묘사하는 것을 대상화하는 것뿐이다. "관심이 가는 인상은 더
생생해지지만, 다른 인상들은 덜 생생하고 덜 명확하고 덜 구별되고 덜
상세하게 흐려진다. 우리는 더이상 그것들을 알아채지 못한다. 그것들은 우리의
마음을 붙잡지 못하고 사라진다. 우리가 책에 완전히 몰입하면 주변에서
우리한테 하는 말도 들리지 않고 방의 풍경도 보이지 않는다. 우리는 모든 것을
잊는다. 우리의 관심이 책에 가 있는 동안 다른 모든 것은 관심 밖으로
멀어진다."(Münsterberg, 1916/1970: 36쪽)

272 Bergk, 1799: 339쪽.

273 Reil, 1803: 55쪽.

274 Hardenberg, 1802a/1960~ : I 202, 325쪽. 괴테에 따르면 "참된 시"는 지구를
내려다보는 "조감적 시선"이다. (Goethe, 1811~14/1904~05: XXIV 161쪽
[국역본 719쪽, 옮긴이 일부 수정])

275 Rilke, 1910/1955~66: VI 776쪽. [원문에는 767쪽이라고 표기되었으나 오기로
보인다. 국역본 81쪽, 옮긴이 일부 수정.] 또한 Liepmann, 1904: 57쪽 참조.

276 Rilke, 1910/1955~66: VI 776쪽. [국역본 81~82쪽, 옮긴이 일부 수정.]

277 같은 책: VI 912쪽. [국역본 233쪽, 옮긴이 일부 수정.] 또한 Borges,
1954/1964~66: III 131~132쪽 참조.

278 Ferrier, 1876/1879: 322쪽.

279 Rilke, 1910/1955~66: VI 756~757쪽. [국역본 60~61쪽, 옮긴이 일부 수정.]

280 Lay, 1897: 176쪽.

281 R. Lange, 1910: 61~63쪽. 또한 Scharrelmann, 1906: 89쪽 참조.

282 Benjamin, 1928b/1972~ : IV 1, 90쪽. [국역본 77쪽, 옮긴이 일부 수정.]

283 Burghagen, 1898: 211쪽. 또한 이에 대해서는 Key, 1905: 38쪽 참조.

284 Rilke, 1910/1955~66: VI 854쪽. [국역본 168~169쪽, 옮긴이 일부 수정.] 또한
같은 책: 802쪽 [국역본 110~111쪽] 참조.

285 Scharrelmann, 1906: 71쪽.

286 Alain, 1920/1958: XXX쪽 참조.

287 Rilke, 1910/1955~66: VI 900쪽. [원문에는 800쪽이라고 표기되었으나 오기로
보인다. 국역본 220쪽, 옮긴이 일부 수정.]

288 Schreber, 1903/1973: 254쪽. [국역본 231쪽, 옮긴이 일부 수정.]

289 Scharrelmann, 1906: 18쪽.

290 D. Müller, 1958: 272~273쪽 참조.

291 Rilke, 1910/1955~66: VI 756쪽. [국역본 60쪽, 옮긴이 일부 수정.]

292 Scharrelmann, 1906: 85쪽.

293 Scharrelmann, 1904/1920: 44쪽.

294 R. Lange, 1910: 98쪽.

295 Münch, 1909: 3, 26~27쪽.

296 Key, 1902: 280쪽; E. Strauss, 1902/1925: 115쪽; Wolgast, 1904: 113쪽; Ostermai, 1909: 68~69쪽; R. Lange, 1910: 103쪽 참조. 이에 대한 역사적 접근으로는, H. J. Frank, 1973: 365~367쪽 참조.

297 Münch, 1909: 73쪽. 학교 교실에 빨간 잉크병이 존재할 수 있는 것은, 벤의 소설에 나오는 쥐의 뇌 염색 실험과 마찬가지로, 예나 지금이나 아닐린 염료 덕분이다.

298 Ebbinghaus, 1905~13: II 13쪽, Morgenstern, 1910/1956: 160쪽 참조.

299 Dilthey, 1890/1914~58: VI 89쪽.

300 Ziehen, 1898~1900: I 65~66쪽.

301 Münch, 1909: 42쪽. 또한 Scharrelmann, 1904/1920: 160~165쪽 참조.

302 O. H. Michel, 1908: 421쪽 참조. 또한 이에 대해서는 Ostermai, 1909: 55쪽 참조.

303 Hille, 1904~ : II 104~105쪽. 이와 동일한 주장으로 Benjamin, 1912/1972~ : II 1, 15쪽 참조.

304 Münch, 1909: 97쪽.

305 전투기술 훈련과 문화생리학 훈련의 공통점에 관해서는, 게오르크 히르트의 책을 반드시 확인하라. 특히 Hirth, 1897: 364~365쪽 참조.

306 Herzfelde, 1914: 297쪽. 또한 Scharrelmann, 1906: 85쪽 참조.

307 Ostermai, 1909: 54쪽.

308 Rilke, 1910/1955~66: VI 801쪽. [국역본 109쪽, 옮긴이 일부 수정.] 실상 1970년대까지도 1910년과 별반 다르지 않은 기록의 규칙이 지배하고 있었다. 이는 핑크플로이드의 노래 가사를 받아쓰는 것으로 간단히 입증할 수 있다. "나는 어릴 때 열병을 앓았어. / 내 손이 풍선 두 개처럼 느껴졌지. / 지금 나는 다시 그때 같은 느낌이야. / 나는 설명할 수 없고, 너는 이해할 수 없겠지." (화자의 맞은편에서 이 말을 듣는 사람은 당연히 의사일 것이다.)

309 같은 책: VI 943쪽. [국역본 270쪽, 옮긴이 일부 수정.]

310 Meumann, 1911~14: III 826쪽. 릴케 연구 중에서 이런 인식을 공유하는 것으로는 Storck, 1975: 257~266쪽 참조. 슈토르크는 엘렌 케이와 개혁적 학교들의 존재가 릴케에게 끼친 영향을 힘주어 강조했다. 물론 해방에 대한 슈토르크의 질문은 모이만이 천착했던 교육학적 질문, 학교의 본질에 대한 고민과 전혀 겹치지 않는다.

311 Münch, 1909: 28쪽.

312 릴케의 1912년 1월 14일 편지. Rilke, 1933~39: IV 169~170쪽.

313 1911년 7월 7일 편지. Heym, 1960~64: III 256쪽에 수록.

314 Einstein, 1912b/1962: 234쪽.

315 Rilke, 1910/1955~66: VI 743쪽. [국역본 46쪽, 옮긴이 일부 수정.]

316 Rilke, 1902/1955~66: V 591쪽. [국역본 338쪽, 옮긴이 일부 수정.]

317 Münch, 1909: 98-99쪽.

318 발의 1914~20년 원고. Ball, 1967: 115쪽.

319 Benn, 1915/1959~61: II 13쪽. 벤은 "소위 정신적 현존재"를 오로지 "그 언어적 구성요소들의 시점에서만 바라보는" 자신의 "속사포극Rapides Drama"에 '카란다슈'라는 딱 맞는 제목을 붙인다.(Benn, 1917/1959~61: II 351쪽) 이는 '카렌다쉬Caran d'Ache'라는 기업명에서 따온 것으로, 러시아어로 '연필'을 뜻하는 단어 카란다슈карандáш와 발음이 똑같다. 연필을 소망하는 마음은 명명할 수 없는 편이, 다시 말해 글로 쓰지 못하는 편이 나을 것이다.

320 Rilke, 1910/1955~66: VI 728쪽. [국역본 31쪽, 옮긴이 일부 수정.]

321 Hartleben, 1895/1920: II 147~148쪽.

322 Ehrenstein, 1911/1919: 17~19쪽 참조.

323 같은 책: 48쪽.

324 같은 책: 8, 54쪽.

325 Rilke, 1910/1955~66: VI 726쪽 [국역본 29쪽, 옮긴이 일부 수정] 참조. "우스운 일이다. 나는 여기 작은 방에 앉아 있다. 나, 브리게, 스물여덟 살이고 아무도 나를 모른다. 나는 여기 앉아 있고, 나는 아무것도 아니다."

326 오토 카르슈태트의 『창조적 시 수업』은 문학 텍스트를 역할 놀이, 어린이용 드로잉, 이야기 만들기 등의 소재로 삼는다. 이에 대해서는 H. J. Frank, 1973: 369~370쪽 참조.

327 Langenbucher, 1971: 57쪽 참조. 한 저널리스트 출신의 연방 대통령은 1902년 겨울 뮌헨 대학에서 보낸 첫 학기가 어떠했는지 다음과 같이 이야기한다. "인쇄된 방문증이 없어서 내가 직접 '신철학. 학생stud. neophil.'이라는 작은 카드를 썼다. 그런데 잠깐 갈팡질팡하다보니 여기 적힌 '철학Ph.'이라는 말은 너무 구시대적으로 보였다." Heuss, 1953: 217쪽 참조.

328 카프카의 1917~18년 단편 원고. Kafka, 1953: 44쪽.

329 그로스의 1913~14년 초고. Bose/Brinkmann, 1980: 34쪽에 수록. 프란츠 융이라는 또다른 광기의 시뮬레이터는 이 기록을 바탕으로 「텔레파시」라는 중편소설을 쓴다.

330 Ribot, 1881/1882: 90~91쪽. 또한 Maupassant, 1887/1925~47: XVIII 29쪽 참조.

331 Wehrlin, 1904: 119쪽.

332 Bleuler, 1904: 52쪽.

333 Wehnert, 1909: 473쪽.

334 Mallarmé, 1890/1945: 230쪽 참조.

335 Wilde, 1890/1966: 1901쪽 참조.

336 Mattenklott, 1970: 12쪽 참조.

337 호프만스탈의 1895년 6월 18일 편지. Hofmannsthal, 1966: 80쪽.

338 릴케의 1898년 연설. Rilke, 1955~66: V 364쪽 [국역본 103쪽] 참조.

339 릴케의 1896년 1월 2일 편지. Rilke, 1933~39: I 12-13쪽. 이에 대해서는 또한 Rosenhaupt, 1939: 239쪽 참조.

340 Rubiner, 1912: 302쪽.

341 Döblin, 1922/1980: 21쪽.

342 Pinthus, 1920/1959: 357쪽.

343 Rubiner, 1912: 300쪽.

344 중세에는 익명성이 모범적으로 여겨졌다. 이에 관해서는 Mauthner, 1910~11/1980: I XVIII쪽 참조.

345 Döblin, 1917/1963: 18쪽.

346 Rubiner, 1912: 302쪽.

347 게오르게 일파의 '전쟁시Kriegsgedichte'에 관해서는 Rubiner, 1917/1976: 214쪽 참조.

348 한스 아르프의 말. Goll, 1976/1980: 45쪽에서 재인용.

349 Lanson, 1904: 631쪽.

350 Carossa, 1928/1962: 134쪽. 이런 독서 기술을 이론화한 것으로는 Stern, 1914: 157~158쪽 참조. "게다가 유아의 독서 과정을 분석해보면, 그보다 나이 많은 아동에 비해 읽기 자료의 뜻과 지시내용이 그렇게 큰 역할을 하지 않음을 알 수 있다. 학교에 다니는 학생들의 경우에는 의미를 이해할 수 없는 수업 자료를 쓰면 안 된다는 원칙이 중시되는데, 이는 타당한 판단이다. 의미를 파악할 수 없는 텍스트는 본연의 교육적 가치가 없고, 같은 분량의 이해 가능한 텍스트에 비해 학습 시간이나 노력이 비교할 수 없이 많이 소요되기 때문이다. 반면 유아기는 본래 기계적 기억에 더 적합한 시기다. 알다시피 유아는 단순히 소리가 좋다는 이유로 짧은 노래를 따라하다가 결국 의도치 않게 암기하게 되는데, 이러한 효과는 유아가 그 노래를 전부 이해하지 못한다고 해도—대개 유아는 그 내용을 뒤죽박죽으로 또는 파편적으로 이해한다—거의 감소하지 않는다. 그런데도 억지로 노래의 내용을 길게 설명하거나 전부 이해하지 못할 노래를 애초에 배제하는 것은 완전히 잘못된 원칙주의다."

351 Rilke, 1910/1955~66: VI 895-896쪽. [원문에는 795쪽이라고 표기되었으나 오기로 보인다. 국역본 215쪽, 옮긴이 일부 수정.]

352 같은 책: VI 897-898쪽. [원문에는 797쪽이라고 표기되었으나 오기로 보인다. 국역본 216~217쪽, 옮긴이 일부 수정.]

353 von Hanstein, 1899~1900 참조.

354 이것이 Ostermai, 1909: 69쪽의 주장이다.

355 Key, 1904: 57쪽. 또한 Key, 1980 참조.

356 George, 1927~34: VI/VII 202쪽.

357 Rilke, 1910/1955~66: VI 898쪽. [원문에는 789쪽이라고 표기되었으나 오기로 보인다. 아래 주석도 마찬가지. 국역본 217-218쪽, 옮긴이 일부 수정.]

358 같은 곳. [국역본 218쪽, 옮긴이 일부 수정.]

359 같은 곳. [국역본 같은 곳, 옮긴이 일부 수정.]

360 같은 책: VI 897쪽. [국역본 216쪽, 옮긴이 일부 수정.]

361 같은 책: VI 826쪽. [국역본 136쪽.]

362 같은 책: VI 937쪽. [국역본 262쪽.]

363 같은 책: VI 832쪽. [국역본 144쪽, 옮긴이 일부 수정.]

364 같은 책: VI 898~899, 925, 931~938쪽 [국역본 217~218, 240, 247~254쪽] 참조.

### 퀸의 희생

 1 Villiers, 1886/1977: 105쪽. [국역본 137쪽, 옮긴이 일부 수정.]

 2 같은 책: 221쪽. [국역본 287쪽, 옮긴이 일부 수정.]

 3 같은 책: 105쪽. [국역본 137쪽, 옮긴이 일부 수정.]

 4 같은 책: 220~233쪽. [국역본 285~304쪽, 옮긴이 일부 수정.]

 5 같은 책: 373쪽. [국역본 471쪽, 옮긴이 일부 수정.]

 6 H. Lange, 1911/1928: II 67쪽.

 7 Gaudig, 1910: 232쪽.

 8 Stern, 1914: 25~27쪽 참조.

 9 Weininger, 1903/1920: 10~11쪽.

10 Simmel, 1890: 16쪽.

11 Hahn, 1991: 72쪽.

12 Grabein, 1902: IX쪽.

13 Freud, 1909/1946~68: VII 382쪽. [국역본 12쪽.]

14 프로이트의 말. Jones, 1961/1969: 491쪽에서 재인용.

15 Freud, 1905/1946~68: V 282~284쪽. [국역본 312~314쪽, 옮긴이 일부 수정.]

16 Freud, 1916~17/1946: XI 8쪽. [국역본 18쪽, 옮긴이 일부 수정]

17 Lacan, 1970: 97쪽 참조. "대학 담론에는 주체가 그 안으로 사라지도록 만들어진 구멍이 있으며, 바로 여기서 지식이 [자신을 표현해줄] 저자를 얻는다."

18 슈타인탈의 글. Kirchhoff, 1897: 216쪽에 수록.

19 샤이너의 글. 같은 책: 264쪽에 수록.

20 H. Lange, 1911/1928: II 73쪽.

21 Freud, 1916~17/1946~68: XI 157~158쪽 [국역본 211~212쪽] 참조.

22 같은 책: XI 155~156쪽. [국역본 209~210쪽, 옮긴이 일부 수정.] 오스트리아 제국에서는 철학부가 1897년부터, 의학부가 1900년부터 여성들의 입학을 허가했다. 그리하여 젊은 강사 프로이트는 1900년 여름 학기에 "강의를 듣는 사람이 세 명밖에" 없는데 그중 하나를 약어로 "젊은 여성Frl."이라고 쓴다.(프로이트의 1900년 5월 16일 편지. Freud, 1986: 454쪽)

23 작자미상Anonymus, 1889: 863쪽. 재봉틀과 타자기에 관해서는 Burghagen, 1898: 31쪽 참조.

24 Scholz, 1923: 15쪽.

25 Burghagen, 1898: 1쪽.

26 M. Weber, 1918: 3, 5쪽.

27 Förster-Nietzsche, 1935: 136쪽.

28 Key, 1904: 56쪽.

29 Krukenberg, 1906: 38쪽.

30 Schwabe, 1902: 6~7쪽.

31 같은 곳.

32 타자기에 관련된 재미있는 역사적 사실들에 관해서는 Bliven, 1954: 3~16, 69~79쪽 참조. 저자의 간결한 표현을 인용하자면, 당시 "타자 업무에 종사하는 여성들은 다른 어떤 분야보다도 많았다."

33 Richards, 1964: 1쪽.

34 Krukenberg, 1906: 38쪽. 이에 관한 국제적 통계를 보려면 Braun, 1901: 178쪽 참조.

35 Davies, 1974: 10쪽 참조.

36 Stoker, 1897/1967: 399쪽. [국역본 하권 139쪽.] 또한 같은 책: 52쪽 [국역본 상권 70쪽] 참조.

37 같은 책: 75~76쪽. [국역본 상권 97쪽, 옮긴이 일부 수정.] 여성 저널리스트에 관해서는 Maschke, 1902: 26~27쪽 참조.

38 Braun: 1901: 197쪽.

39 Schwabe, 1902: 21쪽.

40 Stoker, 1897/1967: 337쪽. [국역본 하권 66쪽, 옮긴이 일부 수정.] 이렇게 해서 신경학자 폰 에코노모와 벤의 "단계적 뇌 발달progressive Zerebralisation"이 시작되는 것이다.

41 여기 제시하는 미나 하커의 이상적 초상은 Chew, 1967: 27쪽에서 발췌한 것이다.

42 Schreber, 1897/1967: 168쪽. [국역본 134쪽, 옮긴이 일부 수정.]

43 Stoker, 1897/1967: 306쪽. [국역본 하권 30쪽, 옮긴이 일부 수정.]

44 프로이트의 1897년 9월 21일 편지. Freud, 1986: 283쪽 참조. "놀랍게도 모든 사례에서 아버지들이 성도착자 혐의를 받아야 마땅했는데, 내가 맡은 사례에서도 그런 가능성을 배제할 수는 없었지만, 아동 성도착증이 그렇게까지 많을 것 같지는 않았습니다."

45 Stoker, 1897/1967: 100쪽 [국역본 127쪽] 참조.

46 같은 책: 42, 329, 470~471쪽 [국역본 상권 58쪽, 하권 60-61쪽과 223~224쪽] 참조.

47 같은 책: 394-395쪽. [국역본 하권 133~134쪽.]

48 같은 책: 331쪽 [국역본 하권 59쪽] 참조.

49 헨리 제임스의 1915년 12월 11일 원고. Hyde, 1969: 277쪽에서 재인용.

50 Bosanquet, 1924: 243~248. 이에 대해서는 McLuhan, 1964/1968: 282~283쪽 [국역본 442~444쪽] 참조.

51 Giehrl, 1911: 4~5쪽.

52 Bliven, 1954: 72~73쪽.

53 자세한 내용은 Lumbroso, 1905: 620~621쪽 참조.

54 Gilbert/Profes, 1929. L. W. Wolff, 1981: 59쪽에 수록. 실존하는 타자기 문학의 역사로, 이를테면 1932년 1월 15일 뮌헨의 극단 '네 명의 통보자들Die vier Nachrichter'이 공연한 <상업적 탱고>와 그에 관한 Hörisch, 1994: 1043~1054쪽 분석 참조. 이 노래의 가사는 다음과 같다. "베르테르의 시대에는 / 사랑하는 사람들이 / 눈물에 젖어 희뿌연 양피지에 / '나는 그대를 사랑했어요' / 라고 썼지만 / 우리의 시대에는 / 사랑에 괴로워하고 / 가슴 아파할 / 시간이 없다네 / 왜냐하면 이제 우리는 사랑의 무능력자니까 / 모든 여성이 안다네, 무엇이 우리를 충동질하는지 / 타자기가 이렇게 써내려가면 / '내가 당신에게 구속력이 없는 / 사랑의 제안을 하겠습니다 (줄바꿈) / 구속력이 조금도 없는 / 나의 행운의 재고 처분에 당신을 초대합니다 (들여쓰기) / 내가 당신에게 구속력이 없는 / 행복의 제안을 하겠습니다.(사본 2부 첨부)'"

　　　[원본에는 이 노래를 공연한 극단명을 "네 명의 사형집행인들Vier Scharfrichter"이라고 표기하고 있으나, 의도든 착오든 오기로 보인다. 원래 '네 명의 통보자들'은 독일의 영화감독 겸 공연기획자 헬무트 코이트너가 1928년부터 1935년까지 운영한 극단으로, 전설적인 카바레 극단 '열두 명의 사형집행자들Die Elf Scharfrichter'을 본떠서 명명되었다. 원래 '통보자Nachrichter'는 형이 선고되면 이를 실행에 옮긴다는 의미에서 '사형집행자'의 의미로 통용되던 옛말이기도 하다.]

55 Mallarmé, 1945: 38쪽 참조.

56 아래 명판 내용은 베르만의 시나리오에 나오는 것이다. Pinthus, 1913/1963: 30쪽 참조.

57 이런 장면은 그 자체가 양산품이다. "비서를 여주인공으로 내세우는 초기 소설에서, 주인공(회사에서 새롭게 떠오르는 젊은 경영자)은 대개 깍듯하게 격식을 지키는 비서의 태도에 압도되어서 차마 프로포즈를 할 엄두도 내지 못한다. 주인공이 비서를 불러서 프로포즈를 받아쓰게 하면, 긴장이 최고조에 달하고, 비서는 눈물이 그렁그렁해서 주인공에게 묻는다. '사장님, 그럼 이 편지의 수신인은 누구로 할까요?' 이런 소설은 무수히 많다."(Bliven, 1954: 12쪽)

58 Burghagen, 1898: 28쪽 참조.

59 여기 수록한 조르주 데메니의 사진에서, 데메니는 당연히 실험자인 동시에 피험자이기도 하다. 사진의 출처는 Maréchal, 1891: 406쪽.

60 Burghagen, 1898: 28쪽.

61 베르만의 시나리오. Pinthus, 1913/1963: 31~33쪽.

62 어쩌면 카프카는 타자기로 쓴 연애편지는 연애편지가 아니라는 코난 도일의 통찰을 참조했을지도 모른다. Doyle, 1892/1930: 194쪽. [국역본 105~106쪽.] 이에 대해서는 Bliven, 1954: 71, 148쪽 참조.

63 카프카의 1912년 10월 27일 편지. Kafka, 1976: 58쪽. [국역본 38쪽, 옮긴이 일부 수정.]

64 베르만의 시나리오. Pinthus, 1913/1963: 33쪽.

65 카프카의 1912년 11월 2일 편지. Kafka, 1976: 69쪽. [국역본 54쪽.]

66 카프카의 1912년 12월 21일 편지. 같은 책: 196쪽. [국역본 235~236쪽, 옮긴이 일부 수정.]

67 McLuhan, 1964/1968: 283쪽. [국역본 444쪽, 옮긴이 일부 수정.] 이에 대해서는 Burghagen, 1898: 22쪽 참조.

68 Burghagen, 1898: 25쪽.

69 카프카의 1912년 11월 27일 편지. Kafka, 1976: 134쪽. [국역본 148쪽, 옮긴이 일부 수정.] 또한 같은 책: 241쪽 [국역본 299쪽] 참조.

70 카프카의 1913년 1월 22~23일 편지. 같은 책: 265~266쪽 [국역본 333~334쪽] 참조. 포노그래프와 그라모폰를 동어반복적으로 결합하면 무엇이 될지는 카프카 연구자들이 해명해야 할 문제다. 어쨌든 그것은 바우어와 바우어, 즉 타자기와 그라모폰의 멀티미디어와는 전혀 다르다. 여기서 두 미디어의 연합은 「황무지」에서도 한 여성 타자수를 사랑에 빠지지 않도록 구제하는 역할을 맡는다. Eliot, 1922/1954: 59~60쪽 [국역본 84~88쪽] 참조.

71 카프카의 1913년 6월 26일 편지. Kafka, 1976: 412쪽. [국역본 546쪽, 옮긴이 일부 수정.]

72 정보기술을 잘 모르는 카프카 연구자들을 위해 정보를 추가하자면, "독일 그라모폰 주식회사DGA는 독일에서 영국의 그라모폰 컴퍼니 본사와 대등한 지위를 획득했다. 이 회사는 고급품 시장을 지배하고 있었다. ……시장과 법정에서 이들에 맞서는 가장 강력한 적이 카를 린트스트룀 사였다. 이 회사는 일련의 인수합병을 통해 내수 및 해외 시장에서 각종 기기와 모터를 취급하는 엄청난 규모의 사업을 구축했다. 1913년 당시 이 회사는 팔로폰 외에도 베카, 다카포, 페이보리트, 포노티피아, 호모폰, 리로폰, 점보, 오데온 레코드의 판매를 전담하고 있었다. 1903년부터 1914년까지 독일의 독창성은 대량생산 기술에 공격적으로 집중되었다."(Chew, 1967: 38쪽) 하지만 1896년 설립된 린트스트룀 사는 다른 많은 회사들과 마찬가지로 전기식 축음기가 도입되면서 급속히 쇠락했다.

73 Cournot, 1972: 60~61쪽. 하지만 카프카와 바우어의 서신 교환을 우편사적 관점에서 유물론적으로 분석한 최고의 연구라면 Siegert, 1993: 227~248쪽 참조.

74 헬러의 서문. Kafka, 1976: 9쪽.

75 카프카, 1913년 6월 2일 편지. Kafka, 1976: 394쪽. [국역본 520쪽.]

76  카프카, 1913년 7월 10일 편지. 같은 책: 426쪽. [국역본 568쪽, 옮긴이 일부 수정.]

77  카프카, 1913년 7월 13일 편지. 같은 책: 427쪽 [국역본 569쪽] 참조.

78  Marinetti, 1912. Baumgarth, 1996: 168쪽에 수록.

79  Rilke, 1919/1955~66: VI 1091~1092쪽.

80  Ehrenstein, 1911/1919: 34쪽.

81  Döblin, 1917/1963: 23쪽.

82  Einstein, 1912a/1962: 54쪽.

83  Benn, 1949b/1959~61: II 198쪽.

84  Benn, 1949a/1959~61: I 366쪽.

85  니체의 1882년 3월 17일 편지. Nietzsche, 1975~ : III 1, 180쪽.

86  벤의 1937년 2월 6일 편지. Benn, 1969: 192쪽.

87  벤의 1937년 1월 10일 편지. 같은 책: 184~186쪽.

88  이에 대해서는 Burghagen, 1898: 21~22쪽 참조.

89  이를 경험적으로 확인하려면, 벤의 1938년 5월 17일 편지. Benn, 1977~80: I 192쪽 참조. "그러니 며칠 안에 나의 위대한 신작 「늑대 주점」의 유일한 타자본을 당신에게 보내겠습니다. 사실 이 작품은 우리가 주고받은 편지 내용을 모은 것이라서 나뿐만 아니라 당신도 관련되어 있지요. 아내가 참으로 친절하게도 사본을 만들어주었으니 이것을 우리의, 당신과 나의 우정이 시작된 것에 대한 선물로 드리겠습니다. 그녀에게 고마워해주세요."

90  Bockelkamp, 1993: 100쪽.

91  발레리의 1916년 일기. Valéry, 1957~61: VI 44쪽.

92  Grésillon, 1993: 142~143, 156~157쪽 참조.

93  Blüher, 1960: 48~49쪽.

94  Valéry, 1944/1957~60: II 283쪽.

95  Riemer, 1841/1921: 164, 166쪽.

96  Friedlaender, 1916/1980: 169~175쪽 참조.

97  Valéry, 1944/1957~60: II 314쪽.

98  같은 책: II 286쪽 참조.

99  같은 책: II 280쪽 참조.

100  같은 책: II 281쪽.

### 후기

1  Foucault, 1969c/1981: 183~190쪽 참조.

2  Innis, 1950 참조.

3  Shannon/Weaver, 1959/1976: 43~45쪽 참조.

4  Luhmann, 1985: 11, 19~21쪽 참조.

5  Heidegger, 1961: I 102쪽.

6  Tietzsche/Schenk, 1980: 510쪽.

7  Benjamin, 1929/1972~ : II 1, 308쪽.

8  Hegel, 1835/1927~40: XII 32쪽. [국역본 46쪽, 옮긴이 일부 수정.]

9  Foucault, 1969c/1981: 300~301쪽. [국역본 290쪽, 옮긴이 일부 수정.]

Ach, Narziss. 1905. *Über die Willenstätigkeit und das Denken. Eine experimentelle Untersuchung mit einem Anhange: Über die Hippsche Chronoskop*, Göttingen.

Alain (= Chartier, Emile Auguste). 1920. *Système des beaux-arts*, 2. Auflage, Paris.

—. 1958. *Les arts et les dieux*, Hrsg. Georges Bénézé, Paris.

Alewyn, Richard. 1974. "Christian Morgenstern," in: Richard Alewyn, *Probleme und Gestalten. Essay*, Frankfurt am Main, 397~401.

—. 1978. "Klopstocks Leser," in: *Festschrift für Rainer Gruenter*, Hrsg. Bernhard Fabian, Heidelberg, 100~121.

Ament, Wilhelm. 1904. *Fortschritte der Kinderpsychologie 1895–1903. Archiv für die gesamte Psychologie* 2: 69~136.

Anonymus. 1778. *ABC oder Namenbüchlein. Zum Gebrauche der Schulen nach dem Wiener Exemplar*, Koblenz.

—. 1783. "Die Hähnische Litteralmethode," in: *Gnothi sauton, oder Magazin zur Erfahrungsseelenkunde als ein Lesebuch für Gelehrte und Ungelehrte*, Hrsg. Carl Philipp Moritz, 1., Band 2, 94~95.

—. 1811. *Erstes Lesebüchlein für die lieben Kleinen in den deutschen katholischen Schulen des Großherzogthums Baden*, 4. Auflage, Rastatt.

—. 1817. "An den Verfasser der *Fantasiestücke in Callot's Manier*."

—. 1887. "The New Phonograph," in: *Scientific American* 57: 421~422.

—. 1889. "Schreiben mit der Maschine," in: *Vom Fels zum Meer. Spemann's Illsutrirte Zeitschrift für das Deutsche Haus*, 863~864.

Anz, Thomas. Hrsg. 1980. *Phantasien über den Wahnsinn. Expressionistische Texte*, München.

721

Apel, Friedmar. 1978. *Die Zaubergärten der Phantasie. Zur Theorie und Geschichte des Kunstmärchens*, Heidelberg.

Apollinaire, Guillaume. 1918. "L'Esprit nouveau et les Poètes."

—. 1965~66. *Oeuvres Complètes*, Hrsg. Michel Décaudin, Paris.

Arnheim, Rudolf. 1933/1977. "Systematik der frühen kinematographischen Erfindungen," in: *Kritiken und Aufsätze zum Film*, Hrsg. Helmut H. Diederichs, München, 25~41.

Arnold, Thomas. 1782/1784~88. *Observations on the nature, kinds, causes and prevention of insanity, lunacy or madness*, Leicester; *Beobachtungen über die Natur, Arten, Ursachen und Verhütung des Wahnsinns oder der Tollheit*, Leipzig.

Aschoff, Volker. 1966. "Die elektrische Nachrichtentechnik im 19. Jahrhundert," in: *Technikgeschichte* 33: 402~419.

Auerbach, Erich. 1939/1967. "Figura," in: Erich Auerbach, *Gesammelte Aufsätze zur romanischen Philologie*, Bern-München, 55~92.

Babbage, Charles. 1837. "The Ninth Bridgewater Treatise. A Fragment."

—. 1989. *The Works*, Hrsg. Martin Campbell-Kelly, 11 Bände, London.

Bäumer, Gertrud. 1901. "Die Geschichte der Frauenbewegung in Deutschland," in: *Handbuch der Frauenbewegung*, Teil I: Die Geschichte der Frauenbewegung in den Kulturländern, Hrsg. Helene Lange und Gertrud Bäumer, Berlin, 1~166.

Bahr, Hermann. 1894. *Studien zur Kritik der Moderne*, Frankfurt am Main.

Ball, Hugo. 1914~20. *Tenderenda der Phantast. Roman*, Zürich.

—. 1946. *Die Flucht aus der Zeit*, Luzern.

—. 1963. *Gesammelte Gedicht*, Zürich.

Ballet, Gilbert. 1886/1890. *Le langage intérieur et les diverses formes de l'aphasie*, Paris; *Die innerliche Sprache und die verschiedenen Formen der Aphasie*, Leipzig-Wien.

Bariéty, Maurice. 1969. "Éloge d'Adrien Proust," in: *Bulletin de l'Académie nationale de médecine* 153: 574~582.

Barthes, Roland. 1963/1969. *Essais critiques*, Paris; *Literatur oder Geschichte*, Frankfurt am Main.

Basedow, Johann Bernhard. 1785/1909. *Elementarwerk. Kritische Bearbeitung*, Hrsg. Theodor Fritzsch, Leipzig.

Baumann, Julius. 1897. *Über Willens- und Charakterbildung auf physiologisch-psychologischer Grundlage* (*Sammlung von Abhandlungen aus dem Gebiete der pädagogischen Psychologie und Psysiologie*), Band 1, Heft 3, Berlin.

Baumeyer, Franz. 1955~56. "Der Fall Schreber," in: *Psyche* 9: 513~536.

Baumgart, Wolfgang. 1977. "Faust, lesend," in: *Leser und Lesen im 18. Jahrhundert*, Hrsg. Rainer Gruenter, Heidelberg, 92~97.

———. 1978. "Der Gelehrte als Herrscher. Fausts griechischer Traum," in: *Festschrift für Rainer Gruenter*, Hrsg. Bernhard Fabian, Heidelberg.

Baumgarth, Christa. 1966. *Geschichte des Futurismus*, Reinbek.

Benjamin, Walter. 1912. "Die Schulreform, eine Kulturbewegung."

———. 1924. "Alter vergessene Kinderbüch."

———. 1928a. "Bücher von Geisteskranken."

———. 1928b. *Einbahnstße*. [「일방통행로」,『발터 벤야민 선집 1: 일방통행로 | 사유이미지』, 최성만·김영옥·윤미애 옮김, 길, 2007.]

———. 1929. "Der Sürrealismus. Die letzte Momentaufnahme der europäischen Intelligenz." [「초현실주의」,『발터 벤야민 선집 5: 역사의 개념에 대하여 | 폭력비판을 위하여 | 초현실주의 외』, 최성만 옮김, 길, 2008.]

———. 1955. "Das Kunstwerk im Zeitalter seiner technischen Reproduzierbarkeit." [「기술복제시대의 예술작품」,『발터 벤야민 선집 2: 기계복제시대의 예술작품 | 사진의 작은 역사 외』, 최성만 옮김, 길, 2007.]

———. 1972~ . *Gesammelte Schriften*, Hrsg. Rolf Tiedemann und Hermann Schweppenhäuser, Frankfurt am Main. 발터 벤야민 선집, 길, 2007~ .

Benn, Gottfried. 1910. "Gespräch."

———. 1914. "Ithaka."

———. 1915. "Gehirne."

———. 1916. "Die Reise."

———. 1917. "Karandasch. Rapides Drama."

———. 1919. "Der Vermessungsdirigent."

———. 1922/1928. "Epilog"; "Epilog und lyrisches Ich."

———. 1930. "Der Aufbau der Persönlichkeit."

———. 1949a. "Pallas."

———. 1949b. "Roman des Phänotyp. Landsberger Fragment."

———. 1952. "Vortrag in Knokke."

———. 1959~61. *Gesammelte Werke*, Hrsg. Dieter Wellershoff, Wiesbaden.

———. 1965. *Medizinische Schriften*, Hrsg. Werner Rübe, Wiesbaden.

———. 1969. *Den Traum alleine tragen. Neue Texte, Briefe, Dokumente*, Hrsg. Paul Raabe und Max Niedermeyer, München.

———. 1977~80. *Briefe*, 3 bände, 1 Band: Briefe an F. W. Oelze, Hrsg. Harald Steinhagen und Jürgen Schröder, Wiesbaden.

Berger, G. O. 1889. "Ueber den Einfluss der Uebung auf geistige Vorgänge," in: *Philosophische Studien* 5: 170~178.

Bergk, Johann Adam. 1799. *Die Kunst. Bücher zu lesen, nebst Bemerkungen über Schriften und Schriftsteller*, Jena.

—. 1802. *Die Kunst zu denken. Ein Seitenstück zur Kunst, Bücher zu lesen*, Leipzig.

Bergson, Henri. 1907/1923. *L'Evolution créatrice*. 26. Auflage, Paris. [『창조적 진화』, 황수영 옮김, 아카넷, 2005.]

Berlioz, Hector. 1830. *Symphonie fantastique*, London-Mainz-Zürich-New York. o. J.

Bermann, Richard A. 1913/1963. "Leier und Schreibmaschine," in: *Kinobuch*, Hrsg. Kurt Pinthus, Neudruck: Zürich, 23~33.

Bernfeld, Siegfried. 1944/1981. "Freud's Earliest Theories and the School of Helmholtz"; "Freuds früheste Theorien und die Helmholtz-Schule," in: *Psyche* 35: 435~455.

Bernhardi, August Ferdinand. 1801~03. *Sprachlehre*, 2 Theile, 2. Auflage, Berlin.

Bertuch, Friedrich Johann Justin. 1793/1971. "Über den typographischen Luxus mit Hinsicht auf die neue Ausgabe von Wielands *Sämmtlichen Werken*," in: *Typographie und Bibliophilie. Aufsätze und Vorträge über die Kunst des Buchdrucks aus zwei Jahrhunderten*, Hrsg. Richard von Sichowsky und Hermann Tiedemann, Hamburg, 30~33.

Beyer, Johann Rudolph Gottlieb. 1796. *Ueber das Bücherlesen, in so fern es zum Luxus unsrer Zeiten gehört*, Erfurt.

Bielschowsky, Albert. 1907. *Goethe. Sein Leben und seine Werke*, 12. Auflage, 2 Bände, München.

Blackall, Eric A. 1959. *The Emergency of German as a Literary Language (1700–1775)*, Cambridge.

Bleuler, Eugen. 1904. "Vorwort: Über die Bedeutung von Assoziationsstudien," in: *Journal für Psychologie und Neurologie*, 3, Diagnostische Assoziationsstudien, 49~54.

Bliven, Bruce, Jr. 1954. *The Wonderful Writing Machine*, New York.

Blochmann, Elisabeth. 1966. *Das 'Frauenzimmer' und die 'Gelehrsamkeit.' Eine Studie über die Anfänge des Mädchenschulwesens in Deutschland*, Heidelberg.

Blodgett, A. D. 1890. "A New Use for the Phonograph," in: *Science* 15: 43.

Bloom, Harold. 1971. "Visionary Cinema of Romantic Poetry," in: Harold

Bloom, *The Ringers in the Tower. Studies in Romantic Tradition*, Chicago-London, 36~52.

Blüher, Karl Alfred. 1960. *Strategien des Geistes. Paul Valèrys Faust*, Frankfurt am Main.

Blumenberg, Hans. 1979. *Arbeit am Mythos*, Frankfurt am Main.

Bockelkamp, Marianne. 1993. "Objets matériels," in: *Les manuscrits des écrivains*, Hrsg. Anne Cadiot und Christel Haffner, Paris, 88~101.

Boehm, Laetitia. 1958. "Von den Anfängen des akademischen Frauenstudiums in Deutschland. Zugleich ein Kapitel aus der Geschichte der Ludwig-Maximilians-Universität München," in: *Historisches Jahrbuch* 77: 298~327.

Boehringer, Robert. 1911. "Über hersagen von gedichten," in: *Jahrbuch für die geistige Bewegung* 2: 77~88.

—. 1951. *Mein Bild von Stefan George*, München.

Bölsche, Wilhelm. 1887/1976. *Die naturwissenschaftlichen Grundlagen der Poesie. Prolegomena einer realistischen Ästhetik*, Neudruck: Hrsg. Johannes J. Braakenburg, München-Tübingen.

Bolz, Norbert W. 1979. "Der Geist und die Buchstaben. Friedrich Schlegels Hermeneutische Postulate," in: *Texthermeneutik. Aktualität, Geschichte, Kritik*, Hrsg. Ulrich Nassen, Paderborn-München-Wien-Zürich, 79~112.

Bondi, Georg. 1934. *Erinnerungen an Stefan George*, Berlin.

Bonnet, Marguerite. 1975. *André Breton: Naissance de l'aventure surréaliste*, Paris.

Borges, Jorge Luis. 1954. *Historia universal de la infamia*, 2. Auflage, Buenos Aires. [『불한당들의 세계사』, 황병하 옮김, 민음사, 1994.]

—. 1964~66. *Obras completes*, Buenos Aires.

Bosanquet, Theodora. 1924. *Henry James at Work* (The Hogarth Essays), London.

Bose, Günter / Erich Brinkmann. Hrsg. 1980. *Grosz / Jung / Grosz*, Berlin.

Bosse, Heinrich. 1979a. "'Dichter kann man nicht bilden', Zur Veränderung der Schulrhetorik nach 1770," in: *Jahrbuch für Internationale Germanistik* 10: 80~125.

—. 1979b. *Herder, Klassiker der Literaturtheorie*, Hrsg. Horst Turk, München.

—. 1981a. "Autorisieren. Ein Essay über Entwicklungen heute und seit dem 18. Jahrhundert," in: *Zeitschrift für Literaturwissenschaft und Linguistik* 11: 120~134.

—. 1981b. *Autorschaft ist Werkherrschaft. Über die Entstehung des Urheberrechts aus dem Geist der Goethezeit*, Paderborn-München-Wien-Zürich.

Bradish, Joseph A. von. 1937. *Goethes Beamtenlaufbahn*, New York.

Bradley, Brigitte L. 1980. *Zu Rilkes Malte Laurids Brigge*, Bern-München.

Brandes, Ernst. 1802. *Betrachtungen über das weibliche Geschlecht und dessen Ausbildung in dem geselligen Leben*, 3 Theile, Hannover.

—. 1809. *Ueber das Du und Du zwischen Eltern und Kindern*, Hannover.

Brann, Henry Walter. 1978. *Nietzsche und die Frauen*, 2. erweiterte Auflage, Bonn.

Braun, Lily. 1901. *Die Frauenfrage, ihre geschichtliche Entwicklung und wirtschaftliche Seite*, Leipzig.

—. 1908. *Im Schatten der Titanen*.

—. 1923. *Gesammelte Werke*, 5 Bände, Berlin.

Brentano, Bettina. 1835. *Goethes Briefwechsel mit einem Kinde*.

—. 1840. *Die Günderode*.

—. 1844. *Clemens Brentanos Frühlingskranz. Aus Jugendbriefen ihm geflochten, wie er selbst schriftlich verlangte*.

—. 1959~63. Bettina von Arnim, *Werke und Briefe*, Hrsg. Gustav Konrad, Frechen.

Brentano, Clemens. 1817. "Die mehreren Wehmüller und ungarischen Nationalgesichter."

—. 1818. "Aus der Chronika eines fahrenden Schülers."

—. 1963~68. *Werke*, Hrsg. Friedhelm Kemp, München.

Breton, André. 1924/1967. "Manifeste du surréalisme," in: André Breton, *Manifestes du surréalisme*, Paris, 7~64. [「초현실주의 선언」,『초현실주의 선언』, 황현산 옮김, 미메시스, 2012.]

— / Paul Eluard. 1930/1974. *Die unbefleckte Empfängnis. L'Immaculée Conception*, Zweisprachige Ausgabe, München.

Breucker, Fritz. 1911. "Die Eisenbahn in der Dichtung," in: *Zeitschrift für den deutschen Unterricht* 25: 305~324.

Bridgwater, Patrick. 1974. *Kafka and Nietzsche*, Bonn.

—. 1979. "The Sources of Stramm's Originality," in: *August Stramm. Kritische Essays und unveröffentlichtes Quellenmaterial aus dem Nachlaß des Dichters*, Hrsg. Jeremy D. Adler und John H. White, Berlin, 31~46.

Brinnin, John Malcolm. 1960. *The Third Rose. Gertrude Stein and her world*, London.

Bruch, Walter. 1979. "Von der Tonwalze zur Bildplatte. 100 Jahre Ton- und Bildspeicherung," in: *Die Funkschau*, Sonderheft.

Budde, Gerhard August. 1910. *Die Pädagogik der preußischen höh. Knabenschulen unter dem Einflusse der pädagogischen Zeitströmungen vom Anfange des 19. Jahrhunderts bis auf die Gegenwart*, 2 Bände, Langensalza.

Bünger, Ferdinand. 1898. *Entwickelungsgeschichte des Volksschullesebuches*, Leipzig.

Bürger, Christa. 1977. *Der Ursprung der bürgerlichen Institution Kunst. Literatursoziologische Untersuchungen zum klassischen Goethe*, Frankfurt am Main.

Burgerstein, Leo. 1889. *Die Weltletter*, Wien.

Burghagen, Otto. 1898. *Die Schreibmaschine. Illustrierte Beschreibung aller gangbaren Schreibmaschinen nebst gründlicher Anleitung zum Arbeiten auf sämtlichen Systemen*, Hamburg.

Bußhoff, Heinrich. 1968. *Politikwissenschaft und Pädagogik. Studien über den Zusammenhang von Politik und Pädagogik*, Berlin.

Calasso, Roberto. 1974/1980. *L'impuro folle*, Milano.

*Die geheime Geschichte des Senatspräsidenten Dr. Daniel Paul Schreber*, Frankfurt am Main.

Campe, Joachim Heinrich. 1807/1975. *Neues Bilder Abeze*, Neudruch: Hrsg. Dietrich Leube, Frankfurt am Main.

Campe, Rüdiger. 1980. "Schreibstunden in Jean Pauls Idyllen," in: *Fugen. Deutsch-französisches Jahrbuch für Text-Analytik* 1: 132~170.

—. 1987. "Pronto! Telefonate und Telefonstimmen (57322)," in: *Diskursanalysen*, Band 1: Meiden. Opladen, Hrsg. F. A. Kittler, Manfred Schneider, Samuel Weber, 68~93.

Cardinal, Roger. 1981. "André Breton. Wahnsinn und Poesie," in: *Psychoanalytische und psychopathologische Literaturinterpretation*, Hrsg. Bernd Urban / Winfried Kudszus.

Carossa, Hans. 1928. *Verwandlungen einer Jugend*

—. 1962. *Sämtliche Werke*, Band II, Frankfurt am Main.

Carstensen, Jens. 1971. "Bilse und Thomas Mann," in: *Der Junge Buchhandel* 24: 175~179.

Chamberlain, Alexander Francis. 1896. *The Child and Childhood in Folk Thought*, London-New York.

Chapuis, Alfred / Edouard Gélis. 1928. *Le monde des automates. Étude historique et technique*, 2 Bände, Paris.

Chartier, Roger. 1987. *Lectures et lecteurs dans la France d'Ancien Régime*, Paris.

Chew, Victor Kenneth. 1967. *Talking Machines 1877–1914. Some aspects of the early history of the gramophone*, London.

Clarétie, Jules. 1881. *Les amours d'un interne*, Paris.

Clément, Cathérine. 1976. "Hexe und Hysterikerin," in: *Die Alternative* 19: 148~154.

Code Napoléon. 1807. *Nouvelle edition, conforme à l'édition de l'Imprimerie Impériale*, Paris.

Cohn, Hermann. 1881. "Das Auge und die Handschrift," in: *Vom Fels zum Meer. Spemann's Illustrirte Zeitschrift für das Deutsche Haus*, Band 1, 356~372.

Cournot, Michel. 1972. "'Toi qui as de si grandes dent…' Franz Kafka, lettres à Félice," in: *Le Nouvel Observateur*, 17. 4. 1972., 59~61.

Creuzer, Friedrich. 1805. "Das Studium der Alten, als Vorbereitung zur Philosophie," in: *Studien* 1: 1~22.

—. 1912. *Die Liebe der Günderode. Friedrich Creuzers Briefe an Caroline von Günderode*, Hrsg. Karl Preisendanz, München.

Cros, Charles. 1908. *Le Collier des griffes*.

—. 1964. *Oeuvres completes*, Hrsg. Louis Forestier und Pascal Pia, Paris.

Cumont, Franz. 1924. *Les religions orientales dans le paganism romain*, 4. Auflage, Paris.

Curtius, Ernst Robert. 1951. "Goethes Aktenführung," in: *Die Neue Rundschau* 62: 110~121.

Daniels, Karlheinz. Hrsg. 1966. *Über die Sprache. Erfahrungen und Erkenntnisse deutscher Dichter und Schriftsteller des 20. Jahrhunderts. Eine Anthologie*, Bremen.

David, Claude. 1952. *Stefan George. Son Oeuvre poétique*, Lyon-Paris.

—. 1967. *Stefan George. Sein dichterisches Werk*, München.

Davies, Margery. 1974. *Woman's Place is at the Typewriter. The Feminization of the Clerical Labor Force*, Somerville in Massachusetts.

Degering, Hermann. 1929. *Die Schrift. Atlas der Schriftformen des Abendlandes vom Altertum bis zum Augang des 18. Jahrhunderts*, Berlin.

Deibel, Franz. 1905. *Dorothea Schlegel als Schriftstellerin im Zusammenhang mit der romantischen Schule*, Berlin.

Deleuze, Gilles / Félix Guattari. 1972/1974. *L'Anti-OEdipe. Capitalisme et chizophrénie I*, Paris; *Anti-Ödipus. Kapitalismus und Schizophrenie I*,

Frankfurt am Main. [『안티 오이디푸스: 자본주의와 분열증』, 김재인 옮김, 민음사, 2014.]

—. 1980. *Mille plateaux. Capitalisme et schizophrénie*, Paris. [『천 개의 고원: 자본주의와 분열증 2』, 김재인 옮김, 새물결, 2001.]

Derrida, Jacques. 1967a/1972a. *L'ecriture et la difference*, Paris; *Dis Schrift und die Differenz*, Frankfurt am Main. [『글쓰기와 차이』, 남수인 옮김, 동문선, 2001.]

—. 1967b/1974b. *De la grammatologie*, Paris; *Grammatologie*, Frankfurt am Main. [『그라마톨로지』, 김성도 옮김, 민음사, 2010.]

—. 1972b/1976. *Marges – de la philosophie*, Paris; *Randgänge der Philosophie*, Frankfurt am Main-Berlin-Wien.

—. 1974a. *Glas.*

—. 1980a. "Nietzsches Otobiographie oder Politik des Eigennamens. Fugen," in: *Deutsch-französisches Jahrbuch für Text-Analytik* 1: 64~98.

—. 1980b. "Titel (noch zu bestimmen) ," in: *Austreibung des Geistes aus den Geisteswissenschaften. Programme des Poststrukturalismus*, Hrsg. Friedrich A. Kittler, Paderborn-München-Wien-Zürich, 15~37.

Diener, Gottfried. 1971. *Goethes "Lila." Heilung eines 'Wahnsinn' durch 'psychische Kur'. Vergleichende Interpretation der drei Fassungen. Mit ungedruckten Texten und Noten und einem Anhang über psychische Kuren der Goethezeit und das Psychodrama*, Frankfurt am Main.

Dilthey, Wilhelm. 1877. "Charles Dickens und das Genie des erzählenden Dichters."

—. 1887. *Dichterische Einbildungskraft und Wahnsinn*

—. 1890. "Schulreformen und Schulstuben."

—. 1900. "Die Entstehung der Hermeneutik."

—. 1914~58. *Gesammelte Schriften*, Leipzig-Berlin.

—. 1954. *Die große Phantasiedichtung und andere Studien zur vergleichenden Literaturgeschichte*, Göttingen.

— / Alfred Heubaum. 1899. "Ein Gutachten Wilhelm von Humboldts über die Staatsprüfung der höheren Verwaltungsbeamten," in: *Jahrbuch für Gesetzgebung, Verwaltung und Volkswirtschaft im Deutschen Reich* 23: 1455~1471.

Döblin, Alfred. 1913a. *An Romanautoren und ihre Kritiker.*

—. 1913b. *Futuristische Worttechnik.*

—. 1917. *Bemerkungen zum Roman.*

—. 1922. *Autobiographische Skizze*

—. 1963. *Aufsätze zur Literatur. Ausgewählte Werke in Einzelbänden*, Hrsg. Anthony W. Riley, Olten-Freiburg im Breisgau.

—. 1980. *Autobiographische Schriften und letzte Aufzeichnungen. Ausgewählte Werke in Einzelbänden*, Hrsg. Anthony W. Riley. Olten-Freiburg im Breisgau.

Dolz, Johann Christian. 1811. *Praktische Anleitung zu schriftlichen Aufsätzen über Gegenstände des gemeinen Lebens, besoners für Bürgerschulen*, 2. Verbreitete Auflage, Reutlingen.

Donzelot, Jacques. 1977. *La police des familles*, Paris.

—. 1980. *Die Ordnung der Familie*, Frankfurt am Main. .

Dornseiff, Franz. 1922. *Das Alphabet in Mystik und Magie*, Leipzig.

Doyle, Sir Arthur Conan. 1890. *The Sign of Four*, London. [『네 사람의 서명』, 백영미 옮김, 황금가지, 2002.]

—. 1892. *The Adventures of Sherlock Holmes*, London. [『셜록 홈즈의 모험』, 백영미 옮김, 황금가지, 2002.]

—. 1930. *The Complete Sherlock Holmes*, New York: Christopher Morley. [셜록 홈즈 전집, 백영미 옮김, 황금가지, 2002.]

Druskowitz, Helene. 1886. *Moderne Versuche eines Religionsersatzes. Ein philosophischer Essay*, Heidelberg.

—. 1888. *Zur neuen Lehre. Betrachtungen*, Heidelberg.

—. ca.1900. *Pessimistische Kardinalsätze. Ein Vademekum für die freiesten Geister*, Von Erna (Dr. Helene von Druskowitz), Wittenberg, o. J.

Durrani, Osman. 1977. *Faust and the Bible. A Study of Goethe's Use of Scriptural Allusions and Christian Religious Motifs in "Faust" I and II*, Bern-Frankfurt am Main-Las Vegas.

Ebbinghaus, Hermann. 1885/1971. *Ueber das Gedächtniss. Untersuchungen zur experimentellen Psychologie*, Neudruck: Darmstadt.

—. 1905~13. *Grundzüge der Psychologie*, Band 1, 2. Auflage, 1905; *Grundzüge der Psychologie*, Band 2 (fortgeführt von Ernst Dürr); *Grundzüge der Psychologie*, 1.~3. Auflage, Leipzig, 1913.

Ehrenreich, Barbara / Deidre English. 1976. *Hexen, Hebammen und Krankenschwestern*, München.

Ehrenstein, Albert. 1911/1919. *Tubutsch. Mit Zeichnungen von Alfred Kubin*, Leipzig.

Eichendorff, Joseph, Freiherr von. 1815. *Ahnung und Gegenwart*.

—. 1957~58. *Neue Gesamtausgabe der Werke und Schriften*, Hrsg. Gerhart Baumann, Stuttgart.

Einstein, Carl. 1912a. *Anmerkungen zum Roman.*

—. 1912b. *Bebuquin oder Die Dilettanten des Wunders.*

—. 1962. *Gesammelte Werke*, Hrsg. Ernst Nef, Wiesbaden.

Eisner, Lotte H. 1975. *Die dämonische Leinwand*, Hrsg. Hilmar Hoffmann und Walter Schobert, Reinbek.

Eliot, Thomas Stearns. 1954. *Selected Poems*, London. [『황무지』, 황동규 옮김, 민음사, 1974. 한국어판 저본은 위와 다름.]

Ellenberger, Henry F. 1973. *Die Entdeckung des Unbewußten*, 2 Bände, Bern-Stuttgart-Wien.

Engelsing, Rolf. 1973. *Analphabetentum und Lektüre. Zur Sozialgeschichte des Lesens in Deutschland zwischen feudaler und industrieller Gesellschaft*, Stuttgart.

—. 1976. *Der literarische Arbeiter*, Band 1: Arbeit, Zeit und Werk im literarischen Beruf, Göttingen.

Enzensberger, Hans Magnus. 1970. "Baukasten zu einer Theorie der Medien," in: *Kursbuch* 20: 159~186.

Erdmann, Benno / Raymond Dodge. 1898. *Psychologische Untersuchungen über das Lesen auf experimenteller Grundlage*, Halle.

Erning, Günter. 1974. *Das Lesen und die Lesewut. Beiträge zur Frage der Lesergeschichte: dargestellt am Beispiel der schwäbischen Provinz*, Bad Heilbrunn.

Farges, Joël. 1975. "L'image d'un corps," in: *Communications*, 23: Psychanalyse et cinema, 88~95.

Fauth, Franz. 1898. *Das Gedächtnis (Sammlung von Abhandlungen aus dem Gebiete der pädagogischen Psychologie und Physiologie*, Heft 5), Berlin.

Fechner, Gustav Theodor. 1876. *Vorschule der Ästhetik*, 2 Theile, Leipzig.

Fechner, Heinrich. 1889. "Geschichte des Volksschul-Lesebuches," in: *Geschichte der Methodik des deutschen Volksschulunterrichtes. Gotha 1877–82*, Hrsg. Carl Kehr, Band 2, 439~519.

Ferrier, Daniel. 1876/1879. *The functions of the brain*, London; *Die Functionen des Gehirnes. Autorisirte deutsche Ausgabe*, Braunschweig.

Fichte, Immanuel Herman. 1862. *Johann Gottlieb Fichte's Leben und literarischer Briefwechsel*, 2. Auflage, 2 Bände, Leipzig.

Fichte, Johann Gottlieb. 1789. "Plan anzustellender Rede-Uebungen."

—. 1790. "Plan zu einer Zeitschrift über Literatur und Wahl der Lectüre."

—. 1794~95. *Die Grundlage der gesammten Wissenschaftslehre.* [『전체 지식론의 기초』, 한자경 옮김, 서광사, 1996.]

—. 1806a. *Die Grundzüge des gegenwärtigen Zeitalters.*

—. 1806b. *Ueber das Wesen des Gelehrten, und seine Erscheinungen im Gebiete der Freiheit. In öffentlichen Vorlesungen, gehalten zu Erlangen im Sommer-Halbjahre 1805.*

—. 1817. *Deducirter Plan einer zu Berlin zu errichtenden höheren Lehranstalt.*

—. 1845. *Sämmtlich Werke*, Hrsg. Immanuel Hermann Fichte.

—. 1962~ . *Gesamtausgabe*, Hrsg. Reinhard Lauth und Hans Jacob, Stuttgart und Bad Cannstatt.

Fichtner, Gerhard. 1972. "Psychiatrie zur Zeit Hölderlins"(타자본), Ausstellung anläßlich der 12. Jahresversammlung der Hölderlin-Gesellschaft in Tübingen im Evangelischen Stift 9.~11. Juni 1972.

Flake, Otto. 1919. *Die Stadt des Hirns. Roman*, Berlin.

Flechsig, Paul. 1882. *Die körperlichen Grundlagen der Geistesstörungen. Vortrag gehalten beim Antritt des Lehramtes an der Universität Leipzig am 4. 3. 1882.*, Leipzig.

—. 1896. "Gehirn und Seele," Rede, gehalten am 31 Oktober 1894 in der Universitätskirche zu Leipzig, 2. Auflage, Leipzig.

—. 1897. "Ueber die Associationscentren des menschlichen Gehirns. Mit anatomischen Demonstrationen," in: *Dritter Internationale Congress für Psychologie in München vom 4. bis 7. August 1896*, München, 49~73.

—. 1927. *Meine myelogenetische Hirnlehre mit biographischer Einleitung*, Berlin.

Förster-Nietzsche, Elisabeth. 1935. *Friedrich Nietzsche und die Frauen seiner Zeit.*

Forel, August. 1901. "Selbst-Biographie eines Falles von Mania acuta," in: *Archiv für Psychiatrie und Nervenkrankheiten* 34: 960~997.

Forrer, R. 1888. "Handschriften Irrsinniger," in: *Vom Fels zum Meer. Spemann's Illustrirte Zeitschrift für das Deutsche Haus*, Band 2, 515~522.

Forster, Leonhard. 1974. *Dichten in fremden Sprachen. Vielsprachigkeit in der Literatur*, München.

Foucault, Michel. 1954a/1992. "Einleitung," in: Ludwig Binswanger, *Le rêve et l'existence*, Brügge; "Einleitung," in: Ludwig Binswanger, *Traum und Existenz*, Berlin-Bern.

—. 1954b/1968. *Maladie mentale et psychologie*, Paris; *Psychologie und Geisteskrankheit*, Frankfurt am Main.

—. 1961/1969a. *Histoire de la folie à l'âge classique*, Paris; *Wahnsinn und Gesellschaft. Eine Geschichte des Wahns im Zeitalter der Vernunft*, Frankfurt am Main. [『광기의 역사』, 이규현 옮김, 나남출판, 2003.]

—. 1963. "Le Langage à l'infini." [「한이 없는 언어」, 이미혜 옮김, 『미셸 푸코의 문학비평』, 김현 엮음, 문학과지성사, 1989.]

—. 1964. "La folie, l'absence d'Œuvre."

—. 1966/1971b. *Les mots et les choses. Une archéologie des sciences humaines*, Paris; *Die Ordnung der Dinge. Eine Archäologie der Humanwissenschaften*, Frankfurt am Main. [『말과 사물』, 이규현 옮김, 민음사, 2012.]

—. 1967. "Un 'fantastique' de bibliothèque." [「도서관 환상」, 김용기 옮김, 『미셸 푸코의 문학비평』, 문학과지성사, 1989.]

—. 1969b. "Qu'est-ce qu'un auteur?" [「저자란 무엇인가?」, 장진영 옮김, 『미셸 푸코의 문학비평』, 김현 엮음, 문학과지성사, 1989.]

—. 1969c/1981. *L'archéologie du savoir*; *Die Archäologie des Wissens*, Frankfurt am Main. [『지식의 고고학』, 이정우, 민음사, 2000.]

—. 1971a. "Nietzsche, la généalogie, l'histoire."

—. 1971c. "Par delà le bien et le mal."

—. 1972/1974. *L'ordre du discours*, Paris; *Die Ordnung des Diskurses. Inauguralvorlesung am Collège de France – 2. Dezember 1970*, München. [『담론의 질서』, 이정우 옮김, 중원문화, 2012.]

—. 1974a. *Schriften zur Literatur*, München.

—. 1974b. *Von der Subversion des Wissens*, Hrsg. Walter Seitter, München.

—. 1975/1976b. *Surveiller et punir. Naissance de la prison*, Paris; *Überwachen und Strafen. Die Geburt des Gefängnisses*, Frankfurt am Main. [『감시와 처벌』, 오생근 옮김, 나남출판, 2003.]

—. 1976a/1977. *Histoire de la sexualité*, Band 1: *La volonté de savoir*. Paris; *Sexualität und Wahrheit*, Band 1: *Der Wille zum Wissen*. Frankfurt am Main. [『성의 역사: 제 1권 지식의 의지』, 이규현 옮김, 나남출판, 2010.]

Frank, Horst Joachim. 1973. *Geschichte des DEutschunterrichts. Von den Anfängen bis 1945*, München.

Frank, Manfred. 1977. *Das individuelle Allgemeine. Textstrukturierung und –interpretation nach Schleiermacher*, Frankfurt am Main.

Frank, Manfred. Hrsg. 1978. *Das kalte Herz und andere Texte der Romantik*, Frankfurt am Main.

Freud, Sigmund. 1891. *Zur Auffassung der Aphasien. Eine kritische Studie*, Leipzig-Wien.

—. 1893. *Charcot*.

—. 1895. *Studien über Hysterie*. (요제프 브로이어와 공저.) [『프로이트 전집 3: 히스테리 연구』, 김미리혜 옮김, 열린책들, 2004.]

—. 1899. *Die Traumdeutung*. (출판일자를 1900년으로 앞당겨 표시.) [『프로이트 전집 4: 꿈의 해석』, 김인순 옮김, 열린책들, 2004.]

—. 1901. *Zur Psychopathologie des Alltagslebens.* [『프로이트 전집 5: 일상생활의
정신 병리학』, 이한우 옮김, 열린책들, 2004.]

—. 1905. "Bruchstück einer Hysterie-Analyse." [「도라의 히스테리 분석」,
『프로이트 전집 8: 꼬마 한스와 도라』, 김재혁·권세훈 옮김, 열린책들, 2004.]

—. 1907. "Der Wahn und die Träume in W. Jensens *Gradiva*."
[「빌헬름 옌젠의 '그라디바'에 나타난 망상과 꿈」, 『프로이트 전집 14: 예술, 문학,
정신분석』, 정장진 옮김, 열린책들, 2004.]

—. 1909. "Bemerkungen über einen Fall von Zwangsneurose."
[「쥐 인간: 강박 신경증에 관하여」, 『프로이트 전집 9: 늑대 인간』, 김명희 옮김,
열린책들, 2004.]

—. 1910. *Über Psychoanalyse. Fünf Vorlesungen.*

—. 1911. "Psychoanalytische Bemerkungen über einen autobiographisch
beschriebenen Fall von Paranoia(Dementia paranoides)." [「편집증
환자 슈레버: 자서전적 기록에 의한 정신분석」, 『프로이트 전집 9: 늑대 인간』,
김명희 옮김, 열린책들, 2004.]

—. 1912. "Ratschläge für den Arzt bei der psychoanalytischen
Behandlung."

—. 1913a. "Zur Einleitung der Behandlung."

—. 1913b. "Das Unbewußte." [「무의식에 관하여」, 『프로이트 전집 11:
정신분석학의 근본 개념』, 윤희기 옮김, 열린책들, 2004.]

—. 1916~17. *Vorlesungen zur Einführung in die Psychoanalyse.* [『프로이트 전집
1: 정신분석 강의』, 홍혜경·임홍빈 옮김, 열린책들, 2004.]

—. 1918. "Aus der Geschichte einer infantilen Neurose." [「늑대 인간:
유아기 신경증에 관하여」, 『프로이트 전집 9: 늑대 인간』, 김명희 옮김, 열린책들,
2004.]

—. 1920. "Jenseits des Lustprinzips." [「쾌락 원칙을 넘어서」, 『프로이트 전집
11: 정신분석학의 근본 개념』, 윤희기 옮김, 열린책들, 2004.]

—. 1921. "Massenpsychologie und Ich-Analyse." [「집단 심리학과 자아
분석」, 『프로이트 전집 12: 문명 속의 불만』, 김석희 옮김, 열린책들, 2004.]

—. 1925. "Selbstdarstellung." [「나의 이력서」, 『프로이트 전집 15: 정신분석학
개요』, 박성수 옮김, 열린책들, 2004.]

—. 1933. *Neue Folge der Vorlesungen zur Einführung in die Psychoanalyse.*
[『프로이트 전집 2: 새로운 정신분석 강의』, 홍혜경·임홍빈 옮김, 열린책들,
2004.]

—. 1937. "Konstruktionen in der Analyse." [「분석에 있어서 구성의 문제」,
『프로이트 전집 16: 끝이 있는 분석과 끝이 없는 분석』, 임진수 옮김, 열린책들,
2004.]

—. 1938. "Abriss der Psychoanalyse." [「정신분석학 개요」,『프로이트 전집 15: 정신분석학 개요』, 박성수 옮김, 열린책들, 2004.]

—. 1946~68. *Gesammelte Werke*, Chronoligisch geordnet, Hrsg. Anna Freud u. a., London-Frankfurt am Main. [프로이트 전집, 열린책들, 2004. (저본은 위와 다름.)]

—. 1986. *Briefe an Wilhelm Fliess 1887–1904*, Hrsg. Jeffrey Moussaieff Masson, Frankfurt am Main.

— / Lou Andreas-Salomé. 1966. *Briefwechsel*, Hrsg. Ernst Pfeiffer, Frankfurt am Main.

Freytag-Loringhoven, Hugo Friedrich Philipp Johann. 1906/1909. *Das Exerzier-Reglement für die Infanterie vom 29. Mai 1906 Kriegsgeschichtlich Erläutert.* (개정판: 1909년 8월까지의 변동사항이 추가됨.)

Fricke, K. 1903. "Die geschichtliche Entwicklung des Lehramts an den höheren Schulen," in: K. Fricke / K. Eulenburg, *Beiträge zur Oberlehrerfrage*, Leipzig-Berlin.

Friedell, Egon. 1912. "Prolog vor dem Film."

Friedlaender, Salamo (Mynona). 1916/1980. "Goethe spricht in den Phonographen," in: *Das Nachthemd am Wegweiser und andere höchst merkwürdige Geschichten des Dr. Salomo Friedlaender*, Berlin, 159~178.

Fritzsch, Theodor. 1906. "Zur Geschichte der Kinderforschung und Kinderbeobachtung," in: *Zeitschrift für Philosophie und Pädagogik* 13: 497~506.

Fühmann, Franz. 1979. *Fräulein Veronika Paulmann aus der Pirnaer Vorstadt oder Etwas über das Schauerliche bei E. T. A. Hoffmann*, Rostock.

Furet, François / Jacques Ozouf. 1977. *Lire et écrire. L'alphabétisation des Français de Calvin à Jules Ferry*, 2 Bände, Paris.

Gardiner, Muriel. Hrsg. 1971/1972. *The Wolf-Man*, New York; *Der Wolfsmann vom Wolfsmann*, Frankfurt am Main.

Garfinkel, Harold. 1962/1973. "Common Sense Knowledge of Social Structures. The Documentary Method of Interpretation in Lay and Professional Fact Finding"; "Das Alltagswissen über soziale und innerhalb sozialer Strukturen," in: *Arbeitsgruppe Bielefelder Soziologen, Alltagswissen, Interaktion und gesellschaftliche Wirklichkeit*, 2 Bände, Reinbek, Band 1, 189~262.

Gaube, Uwe. 1978. *Film und Traum. Zum präsentativen Symbolismus*, München.

Gaudig, Hugo. 1910. "Zum Bildungsideal der deutschen Frau," in: *Zeitschrift für pädagogische Psychologie* 11: 225~237.

Gedike, Friedrich. 1787. "Einige Gedanken über Schulbücher und Kinderschriften."

—. 1791. "Einige Gedanken über die Ordnung und Folge der Gegenstände des jugendlichen Unterrichts."

—. 1793. "Einige Gedanken über deutsche Sprach- und Stilübungen auf Schulen."

—. 1789~95. *Gesammelte Schulschriften*, 2 Bände, Berlin."

Gehrmann, Carl. 1893. *Körper, Gehirn, Seele, Gott*, Vier Teile in drei Bänden, Berilin.

Geissler, Horst Wolfram. Hrsg. 1927. *Gestaltungen des Faust. Die bedeutendsten Werke der Faustdichtung seit 1587*, Band 1: Die vorgoethesche Zeit, München.

Geistbeck, Michael. 1887. *Der Weltverkehr. Telegraphie und Post, Eisenbahnen und Schiffahrt in ihrer Entwicklung dargestellt*, Freiburg im Breisgau.

George, Stefan. 1894. "Zwei Träume."

—. 1895. "Die Bücher der Hirten- und Preisgedichte · der Sagen und Sänge · und der Hängenden Gärten."

—. 1907. "Der Siebente Ring."

—. 1928. "Das neue Reich."

—. 1927~34. *Gesamt-Ausgabe der Werke*, Endgültige Fassung, Berlin.

— / Hugo von Hofmannsthal. 1938. *Der Briefwechsel zwischen George und Hofmannsthal*, Berlin.

Gerhardt, Dagobert von (= Amyntor). 1893~98. *Skizzenbuch meines Lebens*, 2 Bände, Breslau.

Gessinger, Joachim. 1979. "Schriftspracherwerb im 18. Jahrhundert. Kulturelle Verelendung und politische Herrschaft," in: *Osnabrücker Beiträge zur Sprachtheorie* 11: 26~47.

—. 1980. *Sprache und Bürgertum. Sozialgeschichte sprachlicher Verkehrsformen im 18. Jahrhundert in Deutschland*, Stuttgart.

Giehrl, Hermann. 1911. *Der Feldherr Napoleon als Organisator. Betrachtungen über seine Verkehrs- und Nachrichtenmittel, seine Arbeits- und Befehlsweise*, Berlin.

Giesebrecht, Ludwig. 1856. "Der deutsche Aufsatz in Prima. Eine geschichtliche Untersuchung," in: *Zeitschrift für das Gymnasialwesen*, 113~152.

Giesecke, Michael. 1979. "Schriftspracherwerb und Erstlesedidaktik in der Zeit des 'gemein teutsch' – eine sprachhistorische Interpretation der Lehrbücher Valentin Ickelsamers," in: *Osnabrücker Beiträge zur Sprachtheorie* 11: 48~72.

Gilman, Sander L. 1981. "Friedrich Nietzsche's *Niederschriften aus der spätesten Zeit (1890–97)* and the conversation notebooks," in: *Psychoanalytische und Psychopathologische Literaturinterpretation*, Hrsg. Bernd Urban / Winfried Kudszus, Darmstadt, 321~346.

Ginzburg, Carlo. 1980. "Spurensicherung. Der Jäger entziffert die Fährte, Sherlock Holmes nimmt die Lupe, Freud liest Morelli – die Wissenschaften auf der Suche nach sich selbst," in: *Freibeuter* 3: 7~17; 4: 11~36.

Gleim, Betty. 1810. *Erziehung und Unterricht des weiblichen Geschlechts. Ein Buch für Eltern und Erzieher*, 2 Bände, Leipzig.

Goethe, Johann Wolfgang von. 1795~96. *Wilhelm Meisters Lehrjahre.* [『빌헬름 마이스터의 수업시대』(전 2권), 안삼환 옮김, 민음사, 1999.]

—. 1809. *Die Wahlverwandtschaften.* [『친화력』, 오순희 옮김, 서울대학교출판문화원, 2013.]

—. 1811~14. *Aus meinem Leben. Dichtung und Wahrheit.* [『괴테 자서전: 나의 인생, 시와 진실』, 이관우 옮김, 우물이있는집, 2013.]

—. 1816~17. *Aus meinem Leben. Zweiter Abteilung erster und zweiter Band.* 개칭: *Italienische Reise.* [『괴테의 그림과 글로 떠나는 이탈리아 여행』(전 2권), 박영구 옮김, 생각의나무, 2006.]

—. 1820. "Über Philostrats Gemählde."

—. 1821~29. *Wilhelm Meisters Wanderjahre oder Die Entsagenden.* [『빌헬름 마이스터의 편력시대』, 김숙희 옮김, 민음사, 1999.]

—. 1828. "German Romance."

—. 1887~1919. *Werke*, Weimarer Ausgabe, Hrsg. Sophie von Sachsen, Weimar.

—. 1904~05. *Sämtliche Werke*, Jubiläums-Ausgabe, Hrsg. Eduard von der Hellen, Stuttgart-Berlin o. J.

—. 1950~72. *Amtliche Schriften*, Hrsg. Willy Flach, Weimar.

—. 1965~72. *Gespräche. Aufgrund der Ausgabe und des Nachlasses von Flodoard Freiherrn von Biedermann*, Hrsg. Von Wolfgang Herwig, Zürich-Stuttgart.

Goldscheider, Alfred. 1892. "Zur Physiologie und Pathologie der Handschrift," in: *Archiv für Psychiatrie und Nervenkrankheiten* 24: 503~525.

Goll, Claire. 1976/1980. *La poursuite du vent*; *Ich verzeihe keinem. Eine literarische Chronique scandaleuse unserer Zeit*, München-Zürich.

Grabbe, Christian Dietrich. 1831. "Napoleon oder die hundert Tage."

——. 1960~73. *Werke*, Historisch-kritische Gesamtausgabe, Hrsg. Akademie der Wissenschaften in Göttingen, 6 Bände.

Grabein, Paul. Hrsg. 1902. *Liebeslieder moderner Frauen*, Berlin.

Grävell, Max Friedrich Karl Wilhelm. 1820. *Der Staatsbeamte als Schriftsteller oder der Schriftsteller als Staatsbeamter im Preußischen. Aktenmäßig dargethan*, Stuttgart.

Grat, Alfred. Hrsg. 1912. *Schülerjahre. Erlebnisse und Urteile namhafter Zeitgenossen*, Berlin.

Graubner, Hans. 1977. "Mitteilbarkeit' und 'Lebensgefühl' in Kants Kritik der Urteilskraft. Zur kommunikativen Bedeutung des Ästhetischen," in: *Urszenen. Literaturwissenschaft als Diskursanalyse und Diskurskritik*, Hrsg. Friedrich A. Kittler und Horst Turk, Frankfurt am Main.

Grésillon, Almuth. 1993. "Méthodes de lecture," in: *Les manuscrits des écrivains*, Hrsg. Anna Cadiot und Christel Haffner, Paris, 138~161.

Grob, Karl. 1976. *Ursprung und Utopie. Aporien des Textes*, Bonn.

Grüssbeutel, Jacob. 1534/1882. "Eyn besonder fast nützlich stymen büchlein mit figuren," in: Heinrich Fechner, *Vier seltene Schriften des sechzehnten Jahrhunderts*, Berlin.

Guattari, Félix. 1975. "Le divan du pauvre," in: *Communications*, n° 23; *Psychanalyse et cinema*, 96~103.

Gutzmann, Hermann. 1908. "Über Hören und Verstehen," in: *Zeitschrift für angewandte Psychologie und psychologische Sammelforschung* 1: 483~503.

Haas, Norbert. 1980. "Exposé zu Lacans Diskursmathemen," in: *Der Wunderblock* 5/6: 9~34.

Habermas, Jürgen. 1968. *Erkenntnis und Interesse*, Frankfurt am Main.

Hackenberg, Albert. 1904. "Der mündliche Ausdruck," in: *Kunsterziehung. Ergebnisse und Anregungen des zweiten Kunsterziehungstages in Weimar am 9., 10., 11. Oktober 1903. Deutsche Sprache und Dichting*, Leipzig, 64~75.

Hahn, Barbara. 1991. *Unter falschem Namen. Von der schwierigen Autorschaft der Frauen*, Frankfurt am Main.

Hahnemann, Samuel. 1796a. *Handbuch für Mütter, oder Grundsätze der ersten Erziehung der Kinder (nach den Prinzipien des J. J. Rousseau)*.

—. 1796b/1829. "Striche zur Schilderung Klockenbrings während seines Trübsinns," in: *Kleine medizinische Schrifen*, Hrsg. Ernst Stapf, 2 Bände, Leipzig.

Hall, G. Stanley. 1882. *Contents of Children's Mind on Entering School.*

—. 1899. *A Study of Fears.*

—. 1902. *Ausgewählte Beiträge zur Kinderpsychologie und Pädagogik* (Internationale paedagogische Bibliothek, Band 4), Altenburg.

Hamacher, Werner. 1978. "pleroma–zu Genesis und Struktur einer dialektischen Hermeneutik bei Hegel," in: Georg Friedrcih Wilhelm Hegel, *Der Geist des Christentums. Schriften 1796–1800*, Hrsg. Werner Hamacher, Frankfurt am Main-Berlin-Wien, 7~333.

—. 1979. "Hermeneutische Ellipsen. Schrift und Zirkel bei Schleiermacher," in: *Texthermeneutik. Aktualität, Geschichte, Kritik*, Hrsg. Ulrich Nassen, Paderborn-München-Wien-Zürich, 113~148.

Hammerstein, Ludwig von. 1893. *Das preußen Schulmonopol mit besonderer Rücksicht auf die Gymnasien*, Freiburg im Breisgau.

Hanstein, Adalbert von. 1899~1900. *Die Frauen in der Geschichte des Deutschen Geisteslebens des 18. Und 19. Jahrhunderts*, 2 Bände, Leipzig.

Hardach-Pinke, Irene / Gerd Hardach. 1978. *Deutsche KIndheiten. Autobiographische Zeugnisse 1700–1900*, Frankfurt am Main.

Hardenberg, Friedrich von. 1798a. "Dialogen."

—. 1798b. "Glauben und Liebe oder Der König und die Königin."

—. 1802a. "Heinrich von Ofterdingen. Ein nachgelassener Roman von Novalis." [『푸른 꽃』, 김재혁 옮김, 민음사, 2003.]

—. 1802b. "Die Lehrlinge zu Sais."

—. 1846. "Monolog."

—. 1960~ . *Schriften*, Hrsg. Paul Kluckhohn und Richard Samuel, Stuttgart-Berlin-Köln-Mainz.

Hart, Heinrich. 1904. "Das dichterische Kunstwerk in der Schule (Seine Auswahl)," in: *Kunsterziehung. Ergebnisse und Anregungen des zweiten Kunsterziehungstages in Weimar am 9., 10., 11. Oktober 1903. Deutsche Sprache und Dichtung*, Leipzig, 122~135.

Hartleben, Otto Erich. 1895. "Der Einhornapotheker."

—. 1920. *Ausgewählte Werke in drei Bänden*, Hrsg. Franz Ferdinand Heitmueller, Berlin.

Hattenhauer, Hans. 1980. *Geschichte des Beamtentums*, Köln-Berlin-Bonn-München.

— (편집). 1794/1970. *Allgemeines Landrecht für die Preußischen Staaten*, Textausgabe, Frankfurt am Main-Berlin.

Hatvani, Paul. 1912. "Spracherotik," in: *Der Sturm* 3: 210.

Hausen, Karin. 1976. "Die Polarisierung der 'Geschlechtscharaktere,'– Eine Spiegelung der Dissoziation von Erwerbs- und Familienleben," in: *Sozialgeschichte der Familie in der Neuzeit Europas*, Hrsg. Werner Conze, Stuttgart, 363~393.

Haym, Rudolf. 1870. *Die romantische Schule. Ein Beitrag zur Geschichte des deutschen Geistes*, Berlin.

Hécaen, Henry / René Angelergues. 1965. *Pathologie du langage. L'aphasie*, Paris.

Heftrich, Eckhard. 1969. *Novalis. Vom Logos der Poesie*, Frankfurt am Main.

Hegel, Georg Wilhelm Friedrich. 1801. "Wie der gemeine Menschenverstand die Philosophie nehme, - dargestellt an den Werken des Herrn Krug's."

—. 1807. *Phänomenologie des Geistes*. [『정신현상학』(전 2권), 임석진 옮김, 한길사, 2005.]

—. 1812~13. *Wissenschaft der Logik*, 2 Bände.

—. 1830. *System der Philosophie* (Encyclopädie).

—. 1835. *Vorlesungen über die Ästhetik*, Hrsg. Heinrich Gustav Hotho. [『헤겔의 미학강의』(전 3권), 두행숙 옮김, 은행나무, 2010.]

—. 1927~40. *Sämtliche Werke*, Jubiläumsausgabe, Hrsg. Hermann Glockner, Stuttgart.

—. 1961. *Briefe von und an Hegel*, Hrsg. Johannes Hoffmeister, 2. Auflage, Hamburg.

—. 1968~ . *Gesammelte Werke*, Hrsg. im Auftrag der Deutschen Forschungsgemeinschaft, Hamburg.

—. 1978. *Der Geist des Christentums. Schriften 1796–1800*, Hrsg. Werner Hamacher, Frankfurt am Main-Berlin-Wien.

Hegener, Johannes. 1975. *Die Poetisierung der Wissenschaften bei Novalis. Studie zum Problem enzyklopädischen Welterfahrens*, Bonn.

Heidegger, Martin. 1927. *Sein und Zeit*, Erste Halfte. Halle/Saale. [『존재와 시간』, 이기상 옮김, 까치글방, 1998.]

—. 1959. *Unterwegs zur Sprache*, Pfullingen. [『언어로의 도상에서』, 신상희 옮김, 나남출판, 2012.]

—. 1961. *Nietzsche*, 2 Bände, Pfullingen. [『니체』(전 2권), 박찬국 옮김, 길, 2010~12.]

—. 1976. "Antwort auf die Enquête Rimbaud," in: *Archives des lettres modernes* 8: 12~17.

Hein, Birgit / Wulf Herzogenrath. 1978. *Film als Film. 1910 bis heute. Vom Animationsfilm der zwanziger zum Filmenvironment der siebziger Jahre*, Stuttgart o. J.

Heinemann, Manfred. 1974. *Schule im Vorfeld der Verwaltung. Die Entwicklung der preußischen Unterrichtsverwaltung von 1771–1800*, Göttingen.

Hellpach, Willy. 1911. "Psychopathologisches in moderner Kunst und Literatur," in: *Vierter Internationaler Kongreß zur Fürsorge für Geisteskranke* (Berlin 1910), Halle/Saale, 131~158.

—. 1954. *Erzogene über Erziehung. Dokumente von Berufenen*, Heidelberg.

Helmers, Hermann. 1970. *Geschichte des deutschen Lesebuches in Grundzügen*, Stuttgart.

Hempel, Friedrich. 1809. *Nachgedanken über das A-B-C-Buch von Spiritus Asper, für alle, welche buchstabiren können*, 2 Bände, Leipzig.

Henrich, Dieter. 1967. "Hegels Theorie über den Zufall," in: Dieter Henrich, *Hegel im Kontext*, Frankfurt am Main.

Hensch, Traute. Hrsg. 1988. *Der Mann als logische und sittliche Unmöglichkeit und als Fluch der Welt. Pessimistische Kardinalsätze von Helene von Druskowitz*, Freiburg im Breisgau.

Herbertz, Richard. 1909. "Zur Psychologie des Maschinenschreibens," in: *Zeitschrift für angewandte Psychologi* 2: 551~561.

Herder, Johann Gottfried von. 1767. "Ueber die neuere Deutsche Literatur."

—. 1772. *Abhandlung über den Ursprung der Sprache*. [『언어의 기원에 대하여』, 조경식 옮김, 한길사, 2002.]

—. 1774. "Johannes."

—. 1778. "Ueber die Wirkung der Dichtkunst auf die Sitten der Völker in alten und neuen Zeiten."

—. 1787. "Buchstaben- und Lesebuch."

—. 1796. "Von der Ausbildung der Schüler in Rede und Sprache. Schulrede Weimar."

—. 1798. "Rezension: Klopstocks Werke."

—. 1800. *Vitae, non scholae discendum. Schulrede*, Weimar.

—. 1877~1913. *Sämtliche Werke*, Hrsg. Bernhard Suphan, Berlin.

Herrlitz, Hans-Georg. 1964. *Der Lektüre-Kanon des Deutschunterrichts im*

Gymnasium. *Ein Beitrag zur Geschichte der muttersprachlichen Schulliteratur*, Heidelberg.

Herrmann, Friedrich. 1804. *Neue Fibel für Kinder oder methodischer Elementarunterricht im Lesen und Abstrahiren nach Pestalozzi, Olivier und eignen Ideen*, Leipzig.

Herzfelde, Wieland. 1914. "Die Ethik der Geisteskranken," in: *Die Aktion* 4: 298~302.

Hesse, Hermann. 1918/1970. "Künstler und Psychoanalyse." *Gesammelte Werke*, Hrsg. Volker Michels, Frankfurt am Main.

Heuss, Theodor. 1953. *Vorspiele des Lebens. Jugenderinnerungen*, Tübingen.

Hey, Carl. 1879. "Die Methodik des Schreibunterrichtes," in: *Geschichte der Methodik des deutschen Volksschulunterrichtes*, Hrsg. Carl Kehr, Gotha, Band 2, 1~178.

Heydenreich, Karl Heinrich. 1798. *Mann und Weib. Ein Beytrag zur Philosophie über die Geschlechter*, Leipzig.

Heym, Georg. 1960~64. *Dichtungen und Schriften. Gesamtausgabe*, Hrsg. Karl Ludwig Schneider, 3 Bände, Hamburg-München.

Hille, Peter. 1904f. "Das Recht der Kindheit. Ein Mahnwort," in: Peter Hille, *Gesammelte Werke*, Berlin-Leipzig, Band 2, 103~104.

Hinrichs, Hermann Friedrich Wilhelm. 1825. *Aesthetische Vorlesungen über Goethe's Faust als Beitrag zur Anerkennung wissenschaftlicher Kunstbeurtheilung*, Halle/Saale.

Hintze, Otto. 1911. *Der Beamtenstand* (Vorträge der Gehe-Stiftung zu Dresden, Band 3), Leipzig.

Hippel, Theodor Gottlieb von. 1778~81. *Lebensläufe nach aufsteigender Linie nebst Beilagen A, B, C.*

—. 1793/1977. *Über die bürgerliche Verbesserung der Weiber*, Hrsg. Ralph-Rainer Wuthenow, Frankfurt am Main.

—. 1801. "Nachlaß über weibliche Bildung."

—. 1828~35. *Sämmtliche Werke*, Berlin.

Hirth, Georg. 1897. *Aufgaben der Kunstphysiologie*, 2. Auflage, München.

Hobrecker, Karl. 1924. *Alte vergessene Kinderbücher*, Berlin.

Hoche, Johann Georg. 1794. *Vertraute Briefe über die jetzige abentheuerliche Lesesucht und über den Einfluß derselben auf die Verminderung des häuslichen und öffentlichen Glücks*, Hanover.

Hoffbauer, Johann Christoph. 1802~07. *Untersuchungen über die Krankheiten der Seele und die verwandten Zustände*, 3 Bände, Halle/Saale.

Hoffmann, Ernst Theodor Amadeus. 1809. "Ritter Gluck. Eine Erinnerung aus dem Jahre 1809."

—. 1814a. "Der goldne Topf. Ein Märchen aus der neuen Zeit." [「황금 단지」,『물의 요정의 매혹』, 최민숙 옮김, 이화여자대학교출판부, 2007; 「금항아리」,『세라피온의 형제들』, 김선형 옮김, 경남대학교출판부, 2009(쪽수 기입은 이 판본에 따름).]

—. 1814b. "Nachricht von den neuesten Schicksalen des Hundes Berganza."

—. 1815. "Johannes Kreislers Lehrbrief."

—. 1816. "Der Sandmann." [「모래 사나이」,『모래 사나이』, 김현성 옮김, 문학과지성사, 2001.]

—. 1817a. "Das fremde Kind." [『수수께끼 아이』, 김경연 옮김, 책그릇, 2008.]

—. 1817b. "Der Kampf der Sänger."

—. 1819. "Klein Zaches genannt Zinnober. Ein Märchen."

—. 1819~21/1963. "Die Serapions-Brüder. Gesammelte Erzählungen und Märchen." [「세라피온의 형제들」,『세라피온의 형제들』, 김선형 옮김, 경남대학교출판부, 2009.]

—. 1967~69. *Briefwechsel*, 3 Bände, Hrsg. Friedrich Schnapp, Darmstadt.

—. 1969. *Späte Werke*, Hrsg. Walter Müller-Seidel, München.

—. 1976. *Fantasie- und Nachtstücke*, Hrsg. Walter Müller-Seidel, München.

Hofmannsthal, Hugo von. 1896. "Poesie und Leben."

—. 1902. "Ein Brief."

—. 1922/1959. "Buch der Freunde," in: *Aufzeichnungen*, Leipzig; *Gesammelte Werke in Einzelausgaben*, Hrsg. Herbert Steiner, Frankfurt am Main.

—. 1957. *Ausgewählte Werke in zwei Bänden*, Hrsg. Rudolf Hirsch, Frankfurt am Main.

—. 1985. *Briefwechsel mit dem Insel-Verlag. 1901–29*, Hrsg. Gerhard Schuster, Frankfurt am Main.

— / Edgar Karg von Bebenburg. 1966. *Briefwechsel*, Hrsg. Mary E. Gilbert, Frankfurt am Main.

Holborn, Hajo. 1952. "Der deutsche Idealismus in sozialgeschichtlicher Beleuchtung," in: *Historische Zeitschrift* 174: 359~384.

Holst, Amalia. 1802. *Ueber die Bestimmung des Weibes zur höhern Geistesbildung*, Berlin.

Holz, Arno. 1924~25. *Das Werk*, Berlin.

Hoock-Demarle, Marie-Claire. 1990. *Die Frauen der Goethezeit*, München.

Hörisch, Jochen. 1994. "Flimmernde Mattscheiben und feste Buchstaben. Literatur im Zeitalter der Medienkonkurrenz," in: *Universitas* 581: 1043~1054.

Hornbostel, Erich Moritz von / Otto Abraham. 1904. " Über die Bedeutung des Phonographen für vergleichende Musikwissenschaft," in: *Zeitschrift für Ethnologie* 36: 222~236.

Huber, Johann Albert. 1774. *Ueber den Nutzen der Felbigerschen Lehrart in den kaiserlich königlichen Normalschulen für beyde Geschlechter. Ein Rede in einer Versammlung von verschiedenen Klosterfrauen aus den vorderösterreichischen Landen,* Freiburg im Breisgau.

Huber, Ludwig Ferdinand. 1806~19. *Sämmtliche Werke in 4 Theilen,* Tübingen.

Huelsenbeck, Richard. 1920/1978. *En avant Dada,* Hannover; *En avant Dada. Die Geschichte des Dadaismus,* Berlin o. J.

Hufeland, Christoph Wilhelm. 1799. *Guter Rat an Mütter über die wichtigsten Punkte der physischen Erziehung in den ersten Jahren,* Berlin.

—. 1824. "Anmerkung zu," in: Immanuel Kant, *Von der Macht des Gemüths durch den bloßen Vorsatz seiner krankhaften Gefühle Meister zu seyn,* Hrsg. C. W. Hufeland, 2. Auflage, Leipzig.

Humboldt, Wilhelm von. 1809. "Bericht der Sektion des Kultus und Unterrichts an den König."

—. 1903~36. *Gesammelte Schriften,* Hrsg. Preußische Akademie der Wissenschaften, Berlin.

Husserl, Edmund. 1900~01/1968. *Logische Untersuchungen,* Nachdruck der 2. Auflage, Tübingen.

Hyde, H. Montgomery. 1969. *Henry James at Home,* London.

Ickelsamer, Valentin. 1533/1882. "Ein Teütsche Grammatica," in: H. Fechner, *Vier seltene Schriften des sechzehnten Jahrhunderts,* Berlin.

—. 1534/1882. "Die rechte Weis auffs kürtzist lessen zulernen," in: H. Fechner, *Vier seltene Schriften des sechzehnten Jahrhunderts,* Berlin.

Innis, Harold Adams. 1950. *Empire and Communications,* Oxford. [『제국과 커뮤니케이션』, 김문정 옮김, 커뮤니케이션북스, 2007.]

Irle, Gerhard. 1965. *Der psychiatrische Roman,* Stuttgart.

Jaffé, Aniela. 1978. *Bilder und Symbole aus E. T. A. Hoffmanns Märchen »Der golden Topf,«* 2. Veränderte Auflage, Hildesheim.

Jäger, Georg. 1973. "Der Deutschunterricht auf Gymnasien 1750~1850," in: *Deutsche Vierteljahresschrift für Literaturwissenschaft und Geistesgeschichte* 47: 120~147.

—. 1981. *Schule und literarische Kultur*, Band 1: *Sozialgeschichte des deutschen Unterrichts an höheren Schulen von der Spätaufklärung bis zum Vormärz*, Stuttgart.

Janet, Pierre. 1889. *L'automatisme psychologique: essai de psychologie expérimentale sur les forms inférieures de l'activité humaine*, Paris.

Janz, Kurt Paul. 1978~79. *Friedrich Nietzsche. Biographie*, 2 Bände, München.

Jeismann, Karl-Ernst. 1974. *Das preußische Gymnasium in Staat und Gesellschaft. Die Entstehung des Gymnasiums als Schule des Staates und der Gebildeten* (Industrielle Welt. Schriftenreihe des Arbeitskreises für moderne Sozialgeschichte, Band 15), Stuttgart.

Jensen, Adolf / Wilhelm Lamszus. 1910. *Unser Schulaufsatz ein verkappter Schundliterat. Ein Versuch zur Neugründung des detuschen Schulaufsatzes für Volksschule und Gymnasium*, Hamburg.

Jones, Ernest. 1961/1969. *The Life and Work of Sigmund Freud Sigmund Freud. Leben und Werk*, Hrsg. Lionel Trilling und Steven Marcus, Frankfurt am Main.

Jordan, Peter. 1533/1882. "Leyenschul," in: Fechner, *Vier seltene Schriften des sechzehnten Jahrhunderts*, Berlin.

Jung, Carl Gustav. 1903. "Über Simulation von Geistesstörungen," in: *Journal für Psychologie und Neurologie* 2: 181~201.

—. 1905. "Beitrag: Über das Verhalten der Reaktionszeit beim Assoziations-experimente. Diagnostische Assoziationsstudien. IV," in: *Journal für Psychologie und Neurologie* 6: 1~36.

—. 1907/1972. *Über die Psychologie der Dementia praecox. Ein Versuch*, Frühe Schriften II, Olten.

—. / Riklin, Franz. 1904. "Experimentelle Untersuchungen über Assoziationen Gesunder. Diagnostische Assoziationsstudien. II," in: *Journal für Psychologie und Neurologie* 3: 55~83, 145~164, 193~215, 283~308; 4: 24~67.

Just, Klaus Günther. 1963. "Ästhetizismus und technische Welt. Zur Lyrik Karl Gustav Vollmoellers," in: *Zeitschrift für deutsche Philologie* 82: 211~231.

Kaes, Anton. Hrsg. 1978. *Kino-Debatte. Texte zum Verhältnis von Literatur und Film 1909–29*, München-Tübingen.

Kafka, Franz. 1904~05. "Beschreibung eines Kampfes." [「어느 투쟁의 기록」, 『카프카 전집 1: 변신』, 이주동 옮김, 솔, 1997.]

—. 1916. "Deutscher Verein zur Errichtung und Erhaltung einer Krieger- und Volksnervenheilanstalt in Deutschböhmen in Prag."

—. 1919a. "Ein Bericht für eine Akademie." [「학술원에 드리는 보고」, 『카프카 전집 1: 변신』, 이주동 옮김, 솔, 1997.]

—. 1919b. "In der Strafkolonie." [「유형지에서」, 『카프카 전집 1: 변신』, 이주동 옮김, 솔, 1997.]

—. 1925/1946b. *Der Prozeß. Roman, Gesammelte Werke*, Hrsg. Max Brod, New York-Frankfurt am Main. [『소송』, 권혁준 옮김, 문학동네, 2010.]

—. 1946a/1997. *Erzählungen, Gesammelte Werke*, Hrsg. Max Brod, New York-Frankfurt am Main. [『카프카 전집 1: 변신』, 이주동 옮김, 솔, 1997.]

—. 1953. "Hochzeitsvorbereitungen auf dem Lande," in: *Gesammelte Werke*, Hrsg. Max Brod, New York-Frankfurt am Main.

—. 1976. *Briefe an Felice und andere Korrespondenz aus der Verlobungszeit*, Hrsg. Erich Heller und Jürgen Born, Frankfurt am Main. [『카프카 전집 9: 카프카의 편지』, 권세훈·변난수 옮김, 솔, 2002.]

Kaiser, Gerhard. 1977. *Wandrer und Idylle. Goethe und die Phänomenologie der Natur in der deutschen Dichtung von Geßner bis Gottfried Keller*, Göttingen.

—. 1980. "Mutter Nacht–Mutter Natur. Anläßlich einer Bildkomposition von Asmus Jacob Carstens," in: *Austreibung des Geistes aus den Geisteswissenschaften. Programme des Poststrukturalismus*, Hrsg. F. A. Kittler, Paderborn-München-Wien-Zürich.

—. 1981. *Gottfried Keller. Das gedichtete Leben*, Frankfurt am Main.

Kant, Immanuel. 1824. *Von der Macht des Gemüths durch den bloßen Vorsatz seiner krankhaften Gefühle Meister zu seyn*, Hrsg. Christoph Wilhelm Hufeland, 2. Auflage, Leipzig.

Karstädt, Otto. 1930. *Dem Dichter nach. Schaffende Poesiestunden*, 1. Teil, 7. Auflage, Berlin-Leipzig.

Keiver Smith, Margaret. 1900. "Rhythmus und Arbeit," in: *Philosophische Studien* 16: 197~305.

Kehr, Carl. 1879. "Die Geschichte des Leseunterrichtes," in: *Geschichte der Methodik des deutschen Volksschulunterrichtes*, Hrsg. Carl Kehr, Gotha 1877~82, Band 2, 328~439.

Kesting, Marianne. 1974. "Aspekte des absoluten Buches bei Novalis und Mallarmé," in: *Euphorion* 68: 420~436.

Key, Ellen. 1902. *Das Jahrhundert des Kindes. Studien*, Berlin.

—. 1904. *Missbrauchte Frauenkraft. Ein Essay*, Berlin.

—. 1908. *Rahel. Eine biographische Skizze*, Leipzig.

—. 1911. *Seelen und Werke. Essays*, Berlin.

Kieseritzky, Ingomar von. 1981. *Die ungeheuerliche Ohrfeige oder Szenen aus der Geschichte der Vernunft*, Stuttgart.

Kirchhoff, Arthur. Hrsg. 1897. *Die akademische Frau. Gutachten hervorragender Universitätsprofessoren, Frauenlehrer und Schriftsteller über die Befähigung der Frau zum wissenschaftlichen Studium und Berufe*, Berlin.

Kirchner, Carl. 1843. *Die Landesschule Pforta in ihrer geschichtlichen Entwickelung seit dem Anfange des XIX. Jahrhunderts bis auf die Gegenwart* (Einladungsschrift zur dritten Säcularfeier ihrer Stiftung den 21. Mai 1843), Naumburg.

Kittler, Friedrich A. 1977a. "'Das Phantom unseres Ichs' und die Literaturpsychologie. E. T. A. Hoffmann–Freud–Lacan," in: *Urszenen. Literaturwissenschaft als Diskursanalyse und Diskurskritik*, Hrsg. F. A. Kittler und Horst Turk, Frankfurt am Main, 139~166.

—. 1977b. *Der Traum und die Rede. Eine Analyses der Kommunikationssituation C. F. Meyers*, Bern-München.

—. 1978. "Über die Sozialisation Wilhelm Meisters," in: Gerhard Kaiser und F. A. Kittler, *Dichtung als Sozialisationsspiel. Studien zu Goethe und Gottfried Keller*, Göttingen, 12~124.

—. 1979a. "Nietzsche," in: *Klassiker der Literaturtheorie*, Hrsg. Horst Turk. München, 191~205.

—. 1979b. "Vergessen," in: *Texthermeneutik. Aktualität, Geschichte, Kritik*, Hrsg. Ulrich Nassen, Paderborn-München-Wien-Zürich, 195~221.

—. 1980a. "Autorschaft und Liebe," in: *Austreibung des Geistes aus den Geisteswissenschaften. Programme des Poststrukturalismus*, Hrsg. F. A. Kittler, Paderborn-München-Wien-Zürich, 142~173.

—. 1980a. "Wie man abschafft, wovon man spricht: Der Autor von Ecce homo," in: *Literaturmagazin* 12: Nietzsche, Reinbek, 153~178.

—. 1982. "Pink Floyd, Brain Damage," in: *europaLyrik 1775 bis heute. Gedichte und Interpretationen*, Hrsg. Klaus LIndemann, Paderborn-München-Wien-Zürich, 467~477.

—. 1991. *Dichter Mutter Kind*, München.

—. 1993. *Draculas Vermächtnis. Technische Schriften*, Leipzig.

—. 1994. "Die Camera obscura der Literatur. Athenäum," in: *Jahrbuch für Romantik* 4: 219~237.

Kittler, Gustav-Adolf. 1928. "Der Oberamtskanzler Karl Gottfried
Herrmann und seine Mitwirkung bei der Organisation des Volksschul
und Seminarwesens der Oberlausitz," in: *Neues Lausitzisches Magazin
der Zeitschrift der Oberlausitzischen Gesellschaft der Wissenschaften* 104:
305~378.

Kittler, Wolf. 1987. *Die Geburt des Partisanen aus dem Geist der Poesie.
Heinrich von Kleist und die Strategie der Befreiungskriege*, Freiburg im im
Breisgau.

Klages, Ludwig. 1917. *Handschrift und Charakter. Gemeinverständlicher
Abriss der graphologischen Technik*, 1. Auflage, Leipzig.

—. 1944. *Rhythmen und Runen*, Hrsg. Von ihm selbst, Leipzig.

Klein, Carl August. Hrsg. 1892~1919. *Die Blätter für die Kunst.*

Kleist, Heinrich von. 1821. "Prinz Friedrich von Homburg. Ein
Schauspiel." [『홈부르크 공자』, 윤도중 옮김, 지식을만드는지식, 2011.]

—. 1962. *Sämtliche Werke und Briefe*, Hrsg. Helmut Sembdner, Darmstadt.

Klinke, Otto. 1902. *E. T. A. Hoffmanns Leben und Werk. Vom Standpunkte
eines Irrenarztes*, Braunschweig-Leipzig.

Klöden, Karl Friedrich von. 1874. *Jugenderinnerungen*, Hrsg. Max Jähne,
Leipzig.

Klossowski, Pierre. 1969. *Nietzsche et le cercle vicieux*, Paris.

Kluckhohn, Paul. 1922. *Die Auffassung der Liebe in der Literatur des 18.
Jahrhunderts und der deutschen Romantik*, 1. Auflage, Halle/Saale.

Koebner, Thomas. 1977. "Der Film als neue Kunst. Frühe Filmtheorien
der Schriftsteller (1911~24)," in: *Literaturwissenschaft–
Medienwissenschaft*, Hrsg. Helmut Kreuzer, Heidelberg, 1~31.

Köpke, Rudolf. 1855. *Ludwig Tieck. Erinnerungen aus dem Leben des Dichters
nach dessen mündlichen und schriftlichen Mittheilungen*, 2 Bände, Leipzig.

Kohlschmidt, Werner. 1970. "Zu den soziologischen Voraussetzungen des
literarischen Expressionismus in Deutschland," in: *Literatur–Sprache–
Gesellschaft*, Hrsg. Karl Rüdinger, München, 31~49.

Kraepelin, Emil. 1896. *Psychiatrie. Ein Lehrbuch für Studirende und Ärzte*, 5.
Umgearbeitete Auflage, Leipzig.

Krug, Johann Friedrich Adolph. 1808. *Ausführliche Anweisung die
hochdeutsche Sprache recht aussprechen, lessen und recht schreiben zu lehren.
Nach seiner in der Bürgerschule zu Leipzig beitriebenen Lehrart*, Leipzig.

Krug, Wilhelm Traugott. 1810. *Der Staat und die Schule. Oder Politik und
Pädagogik in ihrem gegenseitigen Verhältnisse zur Begründung einer
Staatspädagogik dargestellt*, Leipzig.

—. 1825. *Meine Lebensreise. In sechs Stazionen zur Belehrung der Jugend und zur Unterhaltung des Alters beschrieben von Urceus*, Leipzig.

Krukenberg, Elisabeth. 1906. *Über das Eindringen der Frauen in männliche Berufe*, Essen.

Kunne-Ibsch, Elrud. 1972. *Die Stellung Nietzsches in der Entwicklung der modernen Literaturwissenschaft*, Tübingen.

Kussmaul, Adolf. 1881. *Die Störungen der Sprache. Versuch einer Pathologie der Sprache* (Handbuch der speciellen Pathologie und Therapie, Hrsg. H. von Ziemssen, Band 12, Anhang), 2. Auflage, Leipzig.

Kvale, Steinar. 1978. "Gedächtnis und Dialektik: Einige Überlegungen zu Ebbinghaus und Mao Tse-Tung," in: *Zur Ontogenese dialektischer Operationen*, Hrsg. Klaus F. Riegel, Frankfurt am Main, 239~265.

Lacan, Jacques. 1966. *Écrits*, Paris.

—. 1970. "Radiophonie," in: *Scilicet* 2/3: 55~99.

—. 1971. "Lituraterre," in: *Littérature* 3: 3~10.

—. 1973. "L'Etourdit," in: *Scilicet* 4: 5~52.

—. 1973~ . *Schriften*, Hrsg. Norbert Haas, Olten.

—. 1975/1986. *Le séminaire, livre XX: Encore*, Paris; *Das Seminar, Buch XX: Encore*, Weinheim-Berlin.

Lang, Karl Heinrich, Ritter von. 1842/1957. *Die Memoiren. 1764–1835*, Hrsg. Hans Haussherr, Stuttgart.

Langbehn, Julius. 1890. *Rembrandt als Erzieher. Von einem Deutschen*, Leipzig.

Lange, Günter Richard. 1958~60. "Über die psychologischen Hintergründe der heutigen Grotesk-Mode," in: *Imprimatur. Ein Jahrbuch für Bücherfreunde*, Neue Folge, Band 2, 1958/59/60: 230~234.

Lange, Helene. 1900. "Weltanschauung und Frauenbewegung."

—. 1911. "Organisches oder mechanisches Prinzip in der Mädchenbildung?"

—. 1912. "Wie lernen Frauen die Politik verstehen?"

—. 1928. *Kampfzeiten. Aufsätze und Reden aus vier Jahrzehnten*, 2 Bände, Berlin.

Lange, Richard. 1910. *Wie steigern wir die Leistungen im Deutschen?*, Leipzig.

Langenbucher, Wolfgang R. 1971. "Das Publikum im literarischen Leben des 19. Jahrhunderts," in: *Der Leser als Teil des literarischen Lebens. Forschungsstelle für Buchwissenschaft an der Universitätsbibliothek Bonn*, Kleine Schriften 8, Bonn, 52~84.

Lanson, Gustave. 1904. "L'Histoire littéraire et la sociologie," in: *Revue de métaphysique et de morale* 12: 621~642.

Larisch, Rudlof von. 1905/1922. *Unterricht in ornamentaler Schrift*, 8. Auflage, Wien.

Lay, Wilhelm August. 1897. *Führer durch den Rechtschreib-Unterricht. Neues, naturgemässes Lehrverfahren gegründet auf psychologische Versuche und angeschlossen an die Entwickelungsgeschichte des Rechtschreibunterrichts*, Karlsruhe.

Leibbrand, Werner / Annemarie Wettley. 1961. *Der Wahnsinn. Geschichte der abendländischen Psychopathologie*, Freiburg im Breisgau-München.

Le Masle, Robert Charles Achille. 1935. *Le Professeur Adrien Proust (1834–1903)*, Diss. Med., Paris.

Lempicki, Sigmund von. 1968. *Geschichte der deutschen Literaturwissenschaft bis zum Ende des 18. Jahrhunderts*, 2. Auflage, Göttingen.

Léon, Xavier. 1954~58. *Fichte et son temps*, Paris.

Leporin, Dorothea Christiane. 1742/1975. *Gründliche Untersuchung der Ursachen, die das Weibliche Geschlecht vom Studieren abhalten, Darin die Unerheblichkeit gezeiget, und wie möglich, nöthing und nützlich es sey, Daß dieses Geschlecht der Gelahrsamkeit sich befleisse*, Berlin. Nachdruck: Hildesheim-New York.

Lessing, Gotthold Ephraim. 1766. *Laokoon oder Über die Grenzen der Malerei und Poesie*. [『라오콘: 미술과 문학의 경계에 관하여』, 윤도중 옮김, 나남출판, 2008.]

—. 1968~74. *Gesammelte Werke*, Hrsg. Paul Rilla, 2. Auflage, Berlin.

Lichtenberg, Georg Christoph. 1968~74. *Schriften und Briefe*, Hrsg. Wolfgang Promies, München.

Liede, Alfred. 1963. *Dichtung als Spiel. Studien zur Unsinnspoesie an den Grenzen der Sprache*, 2 Bände, Berlin.

Liepmann, Hugo Karl. 1904. *Über Ideenflucht. Begriffsbestimmung und psychologische Analyse* (Sammlung zwangloser Abhandlungen aus dem Gebiete der Nerven- und Geisteskrankheiten, Band 4, Heft 2), Halle/Saale.

Lindau, Paul. 1906. "Der Andere. Ein Schauspiel," Leipzig o. J.

Lindemann, Klaus. 1971. *Geistlicher Stand und religiöses Mittlertum. Ein Beitrag zur Religionsauffassung der Frühromantik in Dichtung und Philosophie*, Frankfurt am Main.

Lindner, Rudlof. 1910. "Die Einführung in die Schriftsprache," in: *Zeitschrift für pädagogische Psychologie* 11: 177~203.

Liscov, Christian Ludwig. 1736/1806. "Die Vortrefflichkeit und Nohtwendigkeit der elenden Scribenten," in: *Schriften*, Hrsg. Carl Müchler, Berlin, Band 3, 3~138.

Loeben, Ferdinand August Otto Heinrich, Graf von. 1808. *Guido*, Mannheim.

Löwith, Karl. 1950. *Von Hegel zu Nietzsche. Der revolutionäre Bruch im Denken des 19. Jahrhunders*, 2. Auflage, Stuttgart. [『헤겔에서 니체로』, 강학철 옮김, 민음사, 2006.]

Lohmann, Johannes. 1965. *Philosophie und Sprachwissenschaft*, Berlin.

Lotmann, Jurij M. 1977. *Probleme der Kinoästhetik. Einführung in die Semiotik des Films*, Frankfurt am Main.

Ludwig, Albert. 1910. "Schiller und die Schule," in: *Mitteilungen der Gesellschaft für deutsche Erziehungs- und Schulgeschichte* 20: 55~95.

Luhmann, Niklas. 1985. "Das Problem der Epochenbildung und die Evolutions-theorie," in: *Epochenschwellen und Epochenstrukturen im Diskurs der Literatur- und Sprachhistorie*, Hrsg. Hans Ulrich Gumbrecht und Ursula Link-Heer, Frankfurt am Main.

Lukács, Georg. 1940/1965. *Faust-Studien. Gesamtausgabe*, Band 6: Probleme des Realismus III, Neuwied-Berlin.

Lumbroso, Albert. 1905. *Souvenirs sur Maupassant, sa dernière maladie, samort*, Paris.

Luther, Martin. 1529/1912~13. *Der große Katechismus*, In: *Werke in Auswahl*, Hrsg. Otto Clemen, Band 4, Bonn.

Lyotard, Jean-François. 1973/1980. *Des dispositifs pulsionnels*, Paris; *Intensitäten*, Berlin o. J.

Maaß, Johann Gebhard Ehrenreich. 1797. *Versuch über die Einbildungskraft*, 2. verbesserte Auflage, Halle-Leipzig.

Maier-Smits, Lory. 1967. "Die Anfänge der Eurythmie," in: *Wir erlebten Rudolf Steiner. Erinnerungen seiner Schüler*, 3. Auflage, Stuttgart, 147~168.

Mallarmé, Stéphane. 1888. "Les poëme d'Edgar Poe."

—. 1893. "La Littérature. Doctrine."

—. 1894. "Sur la graphologie."

—. 1895a. "L'Action restreinte."

—. 1895a. "Crise de vers."

—. 1897. "Un coup de dés jamais n'abolira le hazard. Poëme."

—. 1898. "Sur le livre illustré."

—. 1945. *Œuvres completes*, Hrsg. Henri Mondor und G. Jean-Aubry, Paris.

Manis, Melvin. 1971. *An Introduction to Cognitive Psychology*, Belmont, California.

Mann, Thomas. 1906/1910. *Bilse und ich*, 4. Auflage, München.

Mannoni, Octave. 1969. "Schreber als Schreiber," in: Octave Mannoni, *Clefs pour l'Imaginaire*, Paris, 75~99.

Maréchal, G. 1891. "Photographie de la parole," *L'Illustration* 2543, 21.11.1891., 406~407.

Marinetti, Filippo Tommaso. 1912. "Manifesto tecnico della letteratura futurista 11.5.1912."

Marx, Karl. 1843/1967~73. "Zur Kritik des Hegelschen Staatsrechts," in: *Kark Marx und Friedrich Engels, Werke*, Berlin, Band 1, 201~333. [「헤겔 국법론 비판」,『헤겔 법철학 비판』, 강유원 옮김, 이론과실천, 2011.]

Marx, Werner. 1967. *Absolute Reflexion und Sprache*, Frankfurt am Main.

Maschke, Marie. 1899/1902. *Die Schriftstellerin. Forderungen, Leistungen, Aussichten in diesem Berufe*, 2. Auflage, o. J.

Matt, Peter von. 1971. *Die Augen der Automaten. E. T. A. Hoffmanns Imaginationslehre als Prinzip seiner Erzählkunst* (Studien zur deutschen Literatur, Band 24), Tübingenahlkun.

Mattenklott, Gert. 1970. *Bilderdienst. Ästhetische Opposition bei Beardsley und George*, München.

Matthias, Adolf. 1907. *Geschichte des deutschen Unterrichts* (Handbuch des deutschen Unterrichts an höheren Schulen, Hrsg. Adolf Matthias, Band 1, 1), München.

Maupassant, Guy de. 1887. "Le Horla." [「오를라」,『세계문학 단편선 9: 기 드 모파상』, 최정수 옮김, 현대문학, 2014.]

—. 1925~47. *Œuvres completes*, Paris.

Mauthner, Fritz. 1901~02. *Beiträge zu einer Kritik der Sprache*, Stuttgart.

—. 1910~11/1980. *Wörterbuch der Philosophie. Neue Beiträge zu einer Kritik der Sprache*, 2 Bände, Nachdruck: Zürich.

McClelland, Charles E. 1980. *State, society, and university in Germany 1700–1914*, Cambridge.

McConnell, Frank. 1971. *The Spoken Seen. Film and the Romantic Imagination*, Baltimore-London.

McLuhan, Marshall. 1964/1968. *Understanding Media*, New York; *Die magischen Kanäle*, Düsseldorf-Wien. [『미디어의 이해: 인간의 확장 (보급판 문고본)』, 커뮤니케이션북스, 2011.]

Meier-Graefe, Julius. 1904. *Entwicklungsgeschichte der modernen Kunst. Vergleichende Betrachtung der bildenden Künste als Beitrag zu einer neuen Ästhetik*, 2 Bände, Stuttgart.

Melchers, Wilhelm. 1929. *Die bürgerliche Familie des 19. Jahrhunderts als Erziehungs- und Bildungsfaktor. Auf Grund autobiographischer Literatur*, Diss. Phil., Köln, Düren.

Mensch, Ella. 1898. *Die Frau in der modernen Litteratur. Ein Beitrag zur Geschichte der Gefühle*, Berlin.

Menzel, Wolfgang. 1828. *Die deutsche Liteartur*, Stuttgart.

Meringer, Rudolf / Karl Mayer. 1895. *Versprechen und Verlesen. Eine psychologisch-linguistische Studie*, Wien.

Messmer, Oskar. 1904. "Zur Psychologie des Lesens bei Kindern und Erwachsenen," in: *Archiv für die gesamte Psychologie* 2: 190~298.

Meumann, Ernst. 1903. *Über Ökonomie und Technik des Lernens*, Leipzig.

—. 1911~14. *Vorlesungen zur Einführung in die experimentelle Pädagogik und ihre psychologischen Grundlagen*, 2. Auflage, 3 Bände, Leipzig.

Meyer, Gustav. 1893. "Weltsprache und Weltsprachen," in: Gustav Meyer, *Essays und Studien zur Sprachgeschichte und Volkskunde*, Straßburg, Band 2, 23~46.

Meyer, Richard M. 1901. *Künstliche Sprachen. Indogermanische Forschungen* 12: 33~92, 242~318.

Meyer, Theo. 1971. *Kunstproblematik und Wortkombinatorik bei Gottfried Benn*, Köln-Wien.

Meyrink, Gustav. 1915. *Der Golem. Ein Roman*, Leipzig.
  [『골렘』, 김재혁 옮김, 책세상, 2003.]

Michel, Karl Markus. 1977. "Schön sinnlich. Über den Teufel und seinesgleichen, das Fummeln, Schnüffeln und anderen Kitzel," in: *Kursbuch* 49: 1~35.

Michel, O. H. 1908. "Über das Zeugnis von Hörensagen bei Kindern," in: *Zeitschrift für angewandte Psychologie* 1: 421~425.

Milch, Werner. 1957. "Das zweifache 'Ach' der Alkmene," in: *Kleine Schriften zur Literatur- und Geistesgeschichte*, Hrsg. Gerhard Burkhardt, Heidelberg-Darmstadt.

Möbius, Paul Julius. 1900. *Über den physiologischen Schwachsinn des Weibes* (Sammlung zwangloser Abhandlungen aus dem Gebiete der Nerven- und Geisteskrankheiten, Band 3, Heft 3), Halle/Saale.

Monakow, Constantin von. 1907. "Über den gegenwärtigen Stand der

Frage nach der Lokalisation im Grosshirn," in: *Ergebnisse der Physiologie* 6: 334~605.

Montandon, Alain. 1979. "Écriture et folie chez E. T. A. Hoffmann," in: *Romantisme* 24: 7~28.

Morgenstern, Christian. 1905. "Galgenlieder."

—. 1910. "Palmström."

—. 1918. "Stufen."

—. 1919. "Der Gingganz."

—. 1920. "Epigramme und Sprüche."

—. 1921/1941. "Über die Galgenlieder,"in: *Das aufgeklärte Mondschaft.*

—. 1927/1976. *Mensch Wanderer. Gedichte aus den Jahren 1887–1914. Sämtliche Gedichte*, Abteilung II, Band 12, Basel.

—. 1956. *Alle Galgenlieder*, Wiesbaden.

—. 1965. *Gesammelte Werke in einem Band*, Hrsg. Margareta Morgenstern.

Morin, Edgar. 1956. *Le cinema ou l'homme imaginaire. Essai d'anthropologie sociologique*, Paris.

Moritz, Carl Philipp. 1783/1805. "Erinnerungen aus den frühesten Jahren der Kindheit," in: *Gnothi sauton, oder Magazin zur Erfahrungsseelenkunde als ein Lesebuch für Gelehrte und Ungelehrte*, 1, 2. Auflage, Berlin, 65~70.

—. 1785~90/1959. *Anton Reiser. Ein psychologischer Roman*, 2. Auflage, Leipzig. [『안톤 라이저』, 장희권 옮김, 문학과지성사, 2003.]

Müller, Dagobert. 1958. "Über die Schilderung eines sog. Spring-Tics durch Rainer Maria Rilke," in: *Psychiatrie, Neurologie und medizinische Psychologie* 10: 270~277.

Münch, Paul Georg. 1909. *Rund ums rote Tintenfaß*, Leipzig.

Münsterberg, Hugo. 1897. *Verse*, Großenhain. (Hugo Terberg라는 가명으로 출간.)

—. 1914. *Grundzüge der Psychotechnik*, Leipzig.

—. 1916/1970. *The Photoplay: A Psychological Study*. Neudruck: *The Film: A Psychological Study: The Silent Photoplay*, Hrsg. Richard Griffith, New York.

Münsterberg, Margaret. 1922. *Hugo Münsterberg. His Life and Work*, New York-London.

Muschg, Gerhard. 1930/1956. "Freud als Schriftsteller," in: Walter Muschg, *Die Zerstörung der deutschen Literatur*, Bern, 303~347.

Neumann, Gerhard. 1980. "Schreibschrein und Strafapparat. Erwägungen zur Topographie des Schreibens," in: *Bild und Gedanke, Festschrift für Gerhart Baumann zum 60. Geburtstag*, Hrsg. Günter Schnitzler, München.

Niemeyer, August Hermann. 1796/1970. *Grundsätze der Erziehung und des Unterrichts für Eltern, Hauslehrer und Erzieher*. Neudruck: Hrsg. Hans-Hermann Groothoff und Ulrich Hermann, Paderborn.

Niethammer, Friedrich Immanuel. A 22.6.1808. "Das Bedürfniss eines Nationalbuches, als Grundlage der allgemeinen Bildung der Nation betreffend. Vortrag ex officio."

—. 1808/1968. *Der Streit des Philanthropinismus und Humanismus in der Theorie des Erziehungs-Unterrichts unserer Zeit.* Nachdruck, in: *Philanthropinismus–Humanismus. Texte zur Schulreform*, Hrsg. Werner Hillebrecht, Weinheim-Berlin-Basel.

Nietzsche, Friedrich. 1872. "Die Geburt der Tragödie aus dem Geiste der Musik." [「비극의 탄생」,『니체 전집 2: 비극의 탄생, 반시대적 고찰』, 이진우 옮김, 책세상, 2005.]

—. 1872. "Über die Zukunft unserer Bildungsanstalten. Sechs, im Auftrag der Academischen Gesellschaft in Basel gehaltene, öffentliche Reden." [「우리 교육기관의 미래에 대하여 (F. N.의 여섯 차례의 공개 강연)」,『니체 전집 3: 유고(1870년-1873년)』, 이진우 옮김, 책세상, 2001.]

—. 1873. "Über Wahrheit und Lüge im aussermoralischen Sinne." [「비도덕적인 의미에서의 진리와 거짓에 관하여」,『니체 전집 3: 유고(1870년-1873년)』, 이진우 옮김, 책세상, 2001.]

—. 1873~76. *Unzeitgemässe Betrachtungen.* [「반시대적 고찰」,『니체 전집 2: 비극의 탄생, 반시대적 고찰』, 이진우 옮김, 책세상;「바이로이트의 리하르트 바그너」,『니체 전집 6: 바이로이트의 리하르트 바그너 유고(1875년 초-1876년 봄)』, 최문규 옮김, 책세상, 2005.]

—. 1878~80. *Menschliches, Allzumenschliches. Ein Buch für freie Geister.* [『니체 전집 7: 인간적인 너무나 인간적인 I』, 김미기 옮김, 책세상, 2001;『니체 전집 8: 인간적인 너무나 인간적인 II』, 김미기 옮김, 책세상, 2001.]

—. 1882~87. "Die fröhliche Wissenschaft (la gaya scienza)." [「즐거운 학문」,『니체 전집 12: 즐거운 학문, 메시나에서의 전원시, 유고(1881년 봄-1882년 여름)』, 안성찬·홍사현 옮김, 책세상, 2005.]

—. 1883~85. *Also sprach Zarathustra. Ein Buch für Alle und Keinen.* [『니체 전집 13: 차라투스트라는 이렇게 말했다』, 정동호 옮김, 책세상, 2000.]

—. 1886. "Jenseits von Gut und Böse. Vorspiel einer Philosophie der Zukunft." [「선악의 저편」,『니체 전집 14: 선악의 저편, 도덕의 계보』, 김정현 옮김, 책세상, 2002.]

—. 1887. "Zur Genealogie der Moral. Eine Streitschrift." [「도덕의 계보」, 『니체 전집 14: 선악의 저편, 도덕의 계보』, 김정현 옮김, 책세상, 2002.]

—. 1889a. "Götzendämmerung, oder: Wie man mit dem Hammer philosophirt." [「우상의 황혼」, 『니체 전집 15: 바그너의 경우, 우상의 황혼, 안티크리스트, 이 사람을 보라, 디오니소스 송가, 니체 대 바그너』, 백승영 옮김, 책세상, 2002.]

—. 1889b. "Nietzsche contra Wagner. Aktenstücke eines Psychologen." [「니체 대 바그너」, 『니체 전집 15: 바그너의 경우, 우상의 황혼, 안티크리스트, 이 사람을 보라, 디오니소스 송가, 니체 대 바그너』, 백승영 옮김, 책세상, 2002.]

—. 1891. "Dionysos-Dithyramben." [「디오니소스 송가」, 『니체 전집 15: 바그너의 경우, 우상의 황혼, 안티크리스트, 이 사람을 보라, 디오니소스 송가, 니체 대 바그너』, 백승영 옮김, 책세상, 2002.]

—. 1908. "Ecce homo. Wie man wird, was man ist." [「이 사람을 보라」, 『니체 전집 15: 바그너의 경우, 우상의 황혼, 안티크리스트, 이 사람을 보라, 디오니소스 송가, 니체 대 바그너』, 백승영 옮김, 책세상, 2002.]

—. 1933~42. *Werke und Briefe. HIstorisch-kritische Ausgabe*, München : Karl Schlechta und Hans Joachim Mette.

—. 1967~ . *Werke. Kritische Gesamtausgabe*, Berlin: Giorgio Colli und Mazzino Montinari (KGW). [니체 전집, 책세상, 2005.]

—. 1975~ . *Briefwechsel. Kritische Gesamtausgabe*, Berlin: Giorgio Colli und Mazzino Montinari.

O'Brien, Robert Lincoln. 1904. "Machinery and English Style," in: *The Atlantic Monthly* 94: 464~474.

Odgen, Robert Morris. 1903. "Untersuchungen über den Einfluß der Geschwindigkeit des lauten Lesens auf das Erlernen und Behalten von sinnlosen und sinnvollen Stoffen," in: *Archiv für die gesamte Psychologie* 2: 93~189.

Olivier, Ferdinand. 1803. *Die Kunst lesen und rechtschreiben zu lernen auf ihr einzig wahres, höchst einfaches und untrügliches Grundprincip zurückgeführt. Eine glückliche, in jeder Sprache anwendbare Entdeckung und Erfindung*, 2. verbesserte Auflage, Leipzig.

Oppermann, Thomas. 1969. *Kulturverwaltungsrecht. Bildung–Wissenschaft– Kunst*, Tübingen.

Oesterle, Günter. 1991. "Arabeske, Schrift und Poesie in E. T. A. Hoffmanns Kunstmärchen *Der goldene Topf*," in: *Athenäum. Jahrbuch für Romantik* 1: 69~107.

Ostermai, Oskar. 1909. "Vom Aufsatzunterrichte in der Volksschule," in: *Zeitschrift für den deutschen Unterricht* 23: 50~70.

Ott, Karl August. 1968. "Die wissenschaftlichen Ursprünge des Futurismus und Surrealismus," in: *Poetica* 2: 371~398.

Parain, Brice. 1942/1969. *Recherches sur la nature et les fonctions du langage*, Paris; *Untersuchungen über Natur und Funktion der Sprache*, Stuttgart.

Parzer-Mühlbacher, Alfred. 1902. *Die modernen Sprechmaschinen (Phonograph, Graphophon und Gramophon), deren Behandlung und Anwendung. Praktische Ratschläge für Interessenten*, Wien-Pest-Leipzig o. J.

Paulsen, Friedrich. 1902. *Die deutschen Universitäten und das Universitätsstudium*, Berlin.

—. 1919~21. *Geschichte des gelehrten Unterrichts auf den deutschen Schulen und Universitäten vom Ausgange des Mittelalters bis zur Gegenwart. Mit besonderer Rücksicht auf den klassischen Unterricht*, 3. erweiterte Auflage, Hrsg. Rudolf Lehmann, Berlin-Leipzig.

Penzenkuffer, Christian Wilhelm Friedrich. 1805. *Vertheidigung der in dem obersten Staatszwecke begründeten Rechte und Ansprüche der gelehrten Schullehrer meines Vaterlandes*, Nürnberg.

Pestalozzi, Johann Heinrich. 1801. *Wie Gertrud ihre Kinder lehrt, ein Versuch, den Mütter Anleitung zu geben, ihre Kinder selbst zu unterrichten.* [『젤트루드는 어떻게 그의 자녀를 가르치나』, 김선양 옮김, 한국학술정보, 2008.]

—. 1803. *Das Buch der Mütter, oder Anleitung für Mütter, ihre Kinder bemerken und redden zu lehren*

—. 1804. "Weltweib und Mutter."

—. 1807. "Pestalozzis Brief an einen Freund über seinen Aufenthalt in Stanz."

—. 1808. "Über den Sinn des Gehörs, in Hinsicht auf Menschenbildung durch Ton und Sprache."

—. 1927~76. *Sämtliche Werke*, Hrsg. Artur Buchenau, Eduard Spranger und Hans Stettbacher, Berlin-Leipzig.

Petrat, Gerhardt. 1979. *Schulunterricht. Seine Sozialgeschichte in Deutschland 1750–1850*, München.

Pfeiffer, R. 1904. "Rezension: Denkwürdigkeiten eines Nervenkranken," in: *Deutsche Zeitschrift für Nervenheilkunde* 27: 352~353.

Philipp, Eckhard. 1980. *Dadaismus. Einführung in den literarischen Dadaismus und die Wortkunst des Sturm-Kreises*, München.

Pinthus, Kurt. Hrsg. 1913/1963. *Kinobuch*, Leipzig. (출판일자를 1914년으로 앞당겨 표시.) Neudruck: Zürich.

—. 1920/1959. *Menschheitsdämmerung*. Neudruck: *Menschheitsdämmerung. Ein Dokument des Expressionismus*, Reinbek.

Podach, Erich F. 1930. "Nietzsches Krankengeschichte," in: *Die medizinische Welt* 4: 1452~1454.

Pöhlmann, Johann Paulus. 1803. *Meine Schreibelectionen, oder praktische Anweisung für Schullehrer, welche den ersten Unterricht im Schönschreiben zugleich als Verstandesübung benützen wollen*, Fürth.

Pörtner, Paul. Hrsg. 1960. *Literatur-Revolution 1910–25. Dokumente. Manifeste. Programme*, Band 1: Zur Aesthetik und Poetik, Neuwied/ Berlin-Spandau.

Prahl, Hans-Werner. 1978. *Sozialgeschichte dees Hochschulwesen*, München.

Prel, Carl, Freiherr Du. 1880. *Psychologie der Lyrik. Beiträge zur Analyse der dichterischen Phantasie*, Leipzig.

Preyer, Wilhelm. 1895. *Zur Psychologie des Schreibens*, Hamburg-Leipzig.

Proust, Adrien. 1872. "De l'aphasie," in: *Archives générales de médecine* 129: 147~166, 303~318, 653~658.

Proust, Marcel.1913~27/1954. *À la recherche du temps perdu*, Paris: Pierre Clarac. [『잃어버린 시간을 찾아서』, 김희영 옮김, 민음사, 2012.]

Rank, Otto. 1912. *Das Inzest-Motiv in Dichtung und Sage. Grundzüge einer Psychologie des dichterischen Schaffens*, Leipzig-Wien.

—. 1914/1925. *Der Doppelgänger. Eine psychoanalytische Studie*, Leipzig-Wien-Zürich.

Read, Oliver / Walter L. Welche. 1959. *From Tin Foil to Stereo. Evolution of the Phonograph*, Indianapolis-New York.

Reil, Johann Christian. 1803. *Rhapsodieen über die Anwendung der psychischen Curmethode auf Geisteszerrüttungen*, Halle/Saale.

Reinhardt, Karl. 1935. "Nietzsches Klage der Ariadne."

—. 1945. "Die klassische Walpurgisnacht. Entstehung und Bedeutung."

—. 1948. *Von Werken und Formen. Vorträge und Aufsätz*, Godesberg.

Ribot, Théodule. 1881/1882. *Les maladies de la mémoire*, Paris; *Das Gedächtnis und seine Störungen*, Hamburg-Leipzig.

Richards, George Tilghman. 1964. *The History and Development of Typewriters*, 2. Auflage, London.

Richter, Dieter. 1980. "Die Leser und die Lehrer. Bilder aus der Geschichte der literarischen Sozialisation," in: *Lesebilder. Geschichten und Gedanken zur literarischen Sozialisation. Lektürebiographien und Leseerfahrungen*, Hrsg. Dietmar Larcher und Christine Spieß, Reinbek.

Richter, Jean Paul. 1795. "Leben des Quintus Fixlein, aus fünfzehn Zettelkästen gezogen."

—. 1797. "Das Kampaner Tal oder über die Unsterblichkeit der Seele."

—. 1811. *Leben Fibels, des Verfassers der Bienrodischen Fibel.* (출판일자를 1812년으로 앞당겨 표시.)

—. 1825. "Kleine Nachschule zur ästhetischen Vorschule."

—. 1959~67. *Werke*, Hrsg. Norbert Miller, München.

Rickert, Heinrich. 1932. *Goethes Faust. Die dramatische Einheit der Dichtung*, Tübingen.

Riegger-Baurmann, Roswitha. 1971. "Schrift im Jugendstil in Deutschland," in: *Jugendstil*, Hrsg. Jost Hermand, Darmstadt, 209~257.

Riemer, Friedrich Wilhelm. 1841/1921. *Mitteilungen über Goethe. Aufgrund der Ausgabe von 1841 und des handschriftlichen Nachlasses*, Hrsg. Von Arthur Pollmer, Leipzig.

Rilke, Rainer Maria. 1898. "Moderne Lyrik." [「현대 서정시 (1898년 3월 5일에 프라하에서 한 강연)」,『릴케 전집 11: 현대 서정시, 사물의 멜로디, 예술에 대하여 외』, 장혜순 옮김, 책세상, 2001.]

—. 1902. "Rezension: Ellen Key, Das Jahrhundert des Kindes." [「어린이의 세기」,『릴케 전집 11: 현대 서정시, 사물의 멜로디, 예술에 대하여 외』, 장혜순 옮김, 책세상, 2001.]

—. 1902~06. "Das Buch der Bilder." [「형상시집」,『릴케 전집 2: 두이노의 비가 외』, 김재혁 옮김, 책세상, 2000.]

—. 1910. "Die Aufzeichnungen des Malte Laurids Brigge." [『릴케 전집 12: 말테의 수기』, 김용민 옮김, 책세상, 2000.]

—. 1919. "Ur-Geräusch." [「근원적 음향」,『릴케 전집 13: 예술론(1906~26)』, 전동렬 옮김, 책세상, 2000.]

—. 1931. "Über den jungen Dichter." [「젊은 작가에 대하여」,『릴케 전집 13: 예술론(1906~26)』, 전동렬 옮김, 책세상, 2006.]

—. 1933~39. *Briefe*, Hrsg. Ruth Sieber-Rilke und Carl Sieber, 5 Bände, Leipzig.

—. 1955~66. *Sämtliche Werke*, Hrsg. Ernst Zinn. [릴케 전집, 책세상, 2000.]

Roessler, Wilhelm. 1961. *Die Entstehung des modernen Erziehungswesens in Deutschland*, Heidelberg.

Rohde, Erwin. 1896. *Friedrich Creuzer und Karoline von Günderode. Briefe und Dichtungen*, Heidelberg.

Ronell, Avital. 1986. *Dictations. On Haunted Writing*, Bloomington.

—. 1994. *Der Goethe-Effekt. Goethe–Eckermann–Freud*, München.

Rosenhaupt, Hans Wilhelm. 1939. *Der deutsche Dichter um die Jahrhundertwende und seine Abgelöstheit von der Gesellschaft*, Bern-Leipzig.

Rosenkranz, Karl. 1844. *Georg Friedrich Wilhelm Hegel's Leben. Supplement zu Hegel's Werken*, Berlin.

Rouge, Carl. 1930. "Schulerinnerungen an den Dichter Stefan George," in: *Volk und Scholle. Heimatblätter für beide Hessen* 8: 20~25.

Rousseau, Jean-Jacques. 1782~89. *Les confessions*. [『고백록』(전 2권), 이용철 옮김, 나남출판, 2012.]

—. 1959~ . *Oeuvres completes*, Hrsg. Bernard Gagnebin und Marcel Raymond, Paris.

Rubiner, Ludwig. 1912. "Die Anonymen," in: *Die Aktion* 2: 299~302.

—. 1917. "Rezension: Die Blätter für die Kunst."

—. 1976. *Der Dichter greift in die Politik. Ausgewählte Werke 1908–19*, Hrsg. Klaus Schuhmann. Frankfurt am Main.

Rühm, Gerhard. 1970. *Gesammelte Gedichte und visuelle Texte*, Reinbek.

Rupp, Gerhard. 1976. *Rhetorische Strukturen und kommunikative Determinanz–Studien zur Textkonstitution des philosophischen Diskurses im Werk Friedrich Nietzsches*, Diss. Phil., Frankfurt am Main, 1974.

—. 1980. "Der 'ungeheure Consensus der Menschen über die Dinge' oder Das gesellschaftlich wirksame Rhetorische. Zum Nietzsche des Philosophenbuches," in: *Literaturmagazin* 12: Nietzsche, Reinbek, 179~203.

Rutschky, Katharina. 1977. *Schwarze Pädagogik. Quellen zur Naturgeschichte der bürgerlichen Erziehung*, Frankfurt am Main.

Ryan, Lawrence. 1970. "'Zum letztenmal Psychologie!' Zur psychologischen Deutbarkeit der Werke Franz Kafkas," in: *Psychologie in der Literaturwissenschaft*, Hrsg. Wolfgang Paulsen. Heidelberg, 157~173.

Sachs, Heinrich. 1905. *Gehirn und Sprache* (Grenzfragen des Nerven- und Seelenlebens, Heft 36), Wiesbaden.

Sarkowski, Heinz. 1965. *Wenn Sie ein Herz für mich und mein Geisteskind haben. Dichterbriefe zur Buchgestaltung*, Frankfurt am Main.

Sartre, Jean-Paul. 1964/1965. *Les mots*, Paris; *Die Wörter*, Reinbek. [『말』, 정명환 옮김, 민음사, 2008.]

Sasse, Günther. 1977. *Sprache und Kritik. Untersuchungen zur Sprachkritik der Moderne*, Göttingen.

Saussure, Ferdinand de. 1915/1969. *Cours de linguistique générale, Hrsg. Charles Bally und Albert Sechehaye*, Paris. [『일반언어학 강의』, 최승언 옮김, 민음사, 2006.]

Schanze, Helmut. 1974. *Medienkunde für Literaturwissenschaftler. Einführung und Bibliographie*, München.

——. 1977. "Literaturgeschichte als 'Mediengeschichte'?" In: *Literaturwissenschaft–Medienwissenschaft*, Hrsg. Helmut Kreuzer, Heidelberg, 131~144.

Scharffenberg, Renate. 1953. *Der Beitrag des Dichters zum Formwandel in der äußeren Gestalt des Buches um die Wende vom 19. Zum 20. Jahrhundert*, Diss. Phil., Marburg. (타자본.)

Scharrelmann, Heinrich. 1904/1920. *Weg zur Kraft. Des Herzhaften Unterrichts zweiter Teil. 10.-12. Tausend*, Braunschweig-Hamburg.

——. 1906. *Fröhliche Kinder. Ratschläge für die geistige Gesundheit unserer Kinder*, 1. Auflage, Hamburg.

Schatzmann, Morton. 1973/1974. *Soul Murder. Persecution in the Family*, London; *Die Angst vor dem Vater. Langzeitwirkungen einer Erziehungsmethode. Eine Analyse am Fall Schreber*, Reinbek.

Scheerer, Thomas M. 1974. *Textanalytische Studien zur 'écriture automatique'*, Bonn.

Schenda, Rudolf. 1970. *Volk ohne Buch. Studien zur Sozialgeschichte der populären Lesestoffe 1770–1910*, Frankfurt am Main.

Schiller, Friedrich von. 1788. " Briefe über Don Carlos."

——. 1904~05. *Sämtliche Werke*, Säkular-Ausgabe, Hrsg. Eduard von der Hellen, Stuttgart-Berlin o.J.

Schivelbusch, Wolfgang. 1980. *Das Paradies, der Geschmack und die Vernunft. Eine Geschichte der Genußmittel*, München.

Schlaffer, Hannelore. 1977. "Frauen als Einlösung der frühromantischen Kunsttheorie," in: *Jahrbuch der deutschen Schillergesellschaft* 21: 274~296.

——. 1980. *Wilhelm Meister. Das Ende der Kunst und die Wiederkehr des Mythos*, Stuttgart.

Schlaffer, Heinz. 1981. *Faust zweiter Teil. Die Allegorie des 19. Jahrhunderts*, Stuttgart.

Schlagel, August Wilhelm. 1795. "Briefe über Poesie, Silbenmaß und Sprache."

——. 1801~04. "Vorlesungen über schöne Literatur und Kunst."

——. 1962~67. *Kritische Schriften und Briefe*, Hrsg. Edgar Lohner, Stuttgart-Berlin-Köln-Mainz.

Schlegel, Dorothea. 1881. *Dorothea von Schlegel geb. Mendelssohn und deren Söhne Johannes und Philipp Veit. Briefwechsel*, Hrsg. Johann Michael Raich, 2 Bände. Mainz.

Schlegel, Friedrich. 1796~1806. "Philosophische Lehrjahre."

——. 1797. "Georg Forster. Fragment einer Charakteristik der deutschen Klassiker."

——. 1798. "Athenäums-Fragmente."

——. 1799. "Über die Philosophie. An Dorothea."

——. 1800a. "Gespräch über die Poesie."

——. 1800b. "Ideen."

——. 1801. "Eisenfeile."

——. 1882. *Friedrich Schlegel 1794–1802. Seine prosaischen Jugendschriften*, Hrsg. Jakob Minor, 2 Bände, Wien.

——. 1890. *Briefe an seinen Bruder Wilhelm August*, Hrsg. Oskar F. Walzel, Berlin.

——. 1958~ . *Kritische Friedrich-Schlegel-Ausgabe*, Hrsg. Ernst Behler, München-Paderborn-Wien.

Schleiermacher, Friedrich. 1798. "Katechismus der Vernunft für edle Frauen."

——. 1810. "Gutachten der wissenschaftlichen Deputation zu Berlin über die Abiturientenprüfungen," 14.12.1810.

——. 1876. *Pädagogische Schriften. Mit einer Darstellung seines Lebens*, Hrsg. C. Platz, 2. Auflage, Langensalza.

Schlüpmann, Heide. 1977. *Friedrich Nietzsches ästhetische Opposition. Der Zusammenhang von Sprache, Natur und Kultur in seinen Schriften 1869–76*, Stuttgart.

Schmack, Ernst. 1960. *Der Gestaltwandel der Fibel in vier Jahrhunderten*, Diss. Phil., Köln 1958, Ratingen.

Schmidt, Jochen. 1981. "Der golden Topf als Entwicklungsgeschichte," E. T. A. Hoffmann, *Der goldne Topf*, Hrsg. Jochen Schmidt, Frankfurt am Main, 145~176.

Schneider, Manfred. 1980. "Lichtenbergs ungeschriebene Autobiographie. Eine Interpretation," in: *Fugen. Deutsch-französisches Jahrbuch für Text-Analytik* 1: 114~124.

——. 1992. *Liebe und Betrug. Die Sprachen des Verlangens*, München.

Scholz, Hermann. 1923. *Die Schreibmaschine und das Maschinenschreiben*, Leipzig-Berlin.

Schopenhauer, Arthur. 1818. *Die Welt als Wille und Vorstellung*, 1. Auflage.
[『의지와 표상으로서의 세계』, 홍성광 옮김, 을유문화사, 2009.]

—. 1968. *Sämtliche Werke*, Hrsg. Wolfgang Freiherr von Löhneysen,
Frankfurt am Main-Stuttgart, 2. Auflage.

Schreber, Daniel Paul. 1903/1973. *Denkwürdigkeiten eines Nervenkranken*
*nebst Nachträgen und einem Anhang über die Frage: 'Unter welchen*
*Voraussetzungen darf eine für geisteskrank erachtete Person gegen ihren*
*erklärten Willen in einer Heilanstalt festgehalten warden?'* Neudruck:
Hrsg. Samuel M. Weber, Frankfurt am Main-Berlin-Wien.
[『한 신경병자의 회상록』, 김남시 옮김, 자음과모음, 2010.]

Schreiber, Jens. 1980. "Die Ordnung des Genießens. Nietzsche mit
Lacan," in: *Literaturmagazin* 12: Nietzsche, Reinbek, 204~234.

—. 1981. "Die Zeichen der Liebe," in: *Goethes Wahlverwandtschaften.*
*Kritische Modelle und Diskursanalysen zum Mythos Literatur*, Hrsg.
Norbert W. Bolz, Hildesheim, 276~307.

Schulz, Gerhard. 1974. *Arno Holz. Dilemma eines bürgerlichen Dichterlebens*,
München.

Schur, Ernst. 1898~99. "Ziele für die innere Ausstattung des Buches," in:
*Zeitschrift für Bücherfreunde* 2: 32~34, 137~141, 227~232.

Schwabe, Jenny. 1902. *Kontoristin. Forderungen, Leistungen, Aussichten in*
*diesem Berufe*, 2. Auflage, Leipzig o. J.

Schwartz, Erwin. 1964. *Der Leseunterricht*, Band. 1: Wie Kinder lesen
lernen. Beiträge zur Geschichte und Theorie des Erstleseunterrichts,
Braunschweig.

Schwartz, Paul. 1910. "Die Gründung der Universität Berlin und der
Anfang der Reform der höheren Schulen im Jahre 1810," in:
*Mitteilungen der Gesellschaft für deutsche Erziehungs- und Schulgeschichte*
20: 153~208.

Schwarz, Friedrich Heinrich Christian. 1792. *Grundriß einer Theorie der*
*Mädchenerziehung in Hinsicht auf die mittleren Stande*, Jena.

Seebohm, Thomas M. 1972. *Zur Kritik der hermeneutischen Vernunft*, Bonn.

Shannon, Claude E. / Warren Weaver. 1959/1976. *The Mathematical Theory*
*of Communication*, Urbana/Illinois; *Mathematische Grundlagen der*
*Informationstheorie*, München-Wien.

Seidler, Ingo. 1970. "Das Urteil: 'Freud natürlich'? Zum Problem der
Multivalenz bei Kafka," in: *Psychologie in der Literaturwissenschaft*,
Hrsg. Wolfgang Paulsen, Heidelberg, 174~190.

Sellmann, Adolf. 1912. "Kinematograph, Literatur und deutsche Sprache," in: *Zeitschrift für den deutschen Unterricht* 26: 54~56.

Sichowsky, Richard von / Hermann Tiedemann. Hrsg. 1971. *Typographie und Bibliophilie. Aufsätze und Vorträge über die Kunst des Buchdrucks aus zwei Jahrhunderten*, Hamburg.

Siegert, Bernhard. 1993. *Relais. Geschicke der Literatur als Epoche der Post. 1751–1913*, Berlin.

Simmel, Georg. 1890. "Zur Psychologie der Frauen," in: *Zeitschrift für Völkerpsychologie und Sprachwissenschaft* 20: 6~46.

—. 1918. "Vom Wesen des historischen Verstehens," in: *Geschichtliche Abende. Zehn Vorträge im Zentralinstitut für Erziehung und Unterricht*, Berlin.

Skinner, Burrhus Frederic. 1934. "Has Gertrude Stein A Secret?," in: *The Atlantic Monthly*, Januar 1934, 50~57.

Soennecken, Friedrich. 1913. "Fraktur oder Antiqua im ersten Unterricht? (Ist für Schulneulinge im allgemeinen und Hilfsschüler im besonderen Fraktur oder Antiqua zunächst geeignet?)"

Solomons, Leon M./Stein, Gertrude. 1896. "Normal Motor Automatism," in: *Psychological Review*, 3, 492~512.

Spengler, Oswald. 1923. *Der Untergang des Abendlandes. Umrisse einer Morphologie der Weltgeschichte*, 2. Auflage, München. [『서구의 몰락』, 범우사, 1995.]

Spiess, Christian Heinrich. 1795~96/1966. *Biographien der Wahnsinnigen*, Hrsg. Von Wolfgang Promies, Neuwied-Berlin.

Spinoza, Baruch de. 1670. *Tractatus Theologico-Politicus; Theologisch-politischer Traktat*, Hrsg. Günter Gawlik, Hamburg. [「신학정치론」, 『신학정치론, 정치학논고』, 최형익 옮김, 비르투, 1976.]

Spitzer, Leo. 1918. "Die groteske Gestaltungs- und Sprachkunst Christian Morgensterns," in: *Motiv und Wort. Studien zur Literatur- und Sprachpsychologie*, Leipzig.

Splittegarb, Carl Friedrich. 1787. *Neues Bilder ABC. Eine Anleitung zum Lesen, dergleichen es bisher noch nicht gab*, Berlin-Stralsund.

Starobinski, Jean. 1967. "Rousseau et l'origine des langues," in: *Europäische Aufklärung, Herbert Dieckmann zum 60. Geburtstag*, München, 281~300.

Steig, Reinhold. 1892. "Bettina," in: *Deutsche Rundschau* 72: 262~274.

Stein, Gertrude. 1898. "Cultivated Motor Automatism: A Study of

Character and Its Relation to Attention," in: *Psychological Review* 5: 295~306.

Steiner, Rudolf. 1910/1955. *Theosophie. Einführung in übersinnliche Welterkenntnis und Menschenbestimmung*, 28. Auflage, Stuttgart.

—. 1923/1979. "Initiationserkenntnis," in: *Mit Kindern leben. Zur Praxis der körperlichen und seelischen Gesundheitspflege*, Hrsg. Vom Verein für erweitertes Heilwesen, Stuttgart.

Stenzel, Jürgen. 1966. *Zeichensetzung. Stiluntersuchungen an deutschen Prosadichtungen*, Göttingen.

Stephan, Gustav. 1891. *Die häusliche Erziehung in Deutschland während des 18. Jahrhunderts*, Wiesbaden.

Stephan, Rudolf. 1958. *Neue Musik. Versuch einer kristischen Einführung*, Göttingen.

Stephani, Heinrich. 1797. *Grundriß der Staats-Erziehungs-Wissenschaft*, Weißenfels.

—. 1807a. *Fibel für Kinder von edler Erziehung, nebst einer Beschreibung meiner Methode für Mütter, welche sich die Freude verschaffen wollen, ihre Kinder selbst in kurzer Zeit lessen zu lehren*, Erlangen.

—. 1807b. *Beschreibung meiner einfachen Lesemethode für Mütter*, Erlangen.

—. 1815. *Ausführliche Beschreibung der genetischen Schreibmethode für Volksschulen*, Erlangen.

Stern, Wiliam. 1908. "Sammelbericht über Psychologie der Aussage," in: *Zeitschrift für angewandte Psychologie* 1: 429~450.

—. 1914. *Psychologie der Kindheit bis zum sechsten Lebensjahre. Mit Benutzung ungedruckter Tagebücher von Clara Stern*, Leipzig.

Stoker, Bram. 1897/1967. *Dracula*, Westminster; *Dracula. Ein Vampirroman*, München. [『드라큘라』, 박종윤 옮김, 펭귄클래식코리아, 2009.]

Storck, Joachim W. 1975. "Emanzipatorische Aspekte im Werk und Leben Rilkes," in: *Rilke heute. Beziehungen und Wirkungen*, Hrsg. Ingeborg H. Solbrig und Joachim W. Storck, Frankfurt am Main, 247~285.

Stramm, August. 1909. *Historische, kritische und finanzpolitische Untersuchungen über die Briefpostgebührensätze des Weltpostvereins und ihre Grundlagen*, Diss. Phil., Halle/Saale.

Stransky, Erwin. 1904~05. "Zur Lehre von der Amentia," in: *Journal für Psychologie und Neurologie* 4: 158~171; 5: 18~36; 6: 37~83, 155~191.

—. 1905. *Über Sprachverwirrtheit. Beiträge zur Kenntnis derselben bei*

GEisteskranken und Geistesgesunden (Sammlung zwangloser Abhandlungen aus dem Gebiete der Nerven- und Geisteskrankheiten, Heft 6), Halle/Saale.

Strauss, Emil. 1902/1925. *Freund Hein. Eine Lebensgeschichte*, 32.-36. Auflage, Berlin.

Strauss, Leo. 1952. *Persecution and the Art of Writing*, Glencoe, Illinois.

Strecker, Gabriele. 1969. *Frauenträume Frauentränen. Über den deutschen Frauenroman*, Weilheim in Oberbayern.

Streicher, Hubert. 1919. *Die kriminologische Verwertung der Maschinschrift*, Graz.

Surkamp, Ernst. 1913. *Die Sprechmaschine als Hilfsmittel für Unterricht und Studium der neuern Sprachen*, Stuttgart.

Swift, Edgar J. 1904. "The Acquisition of Skill in Type-writing," in: *The Psychological Bulletin* 1: 295~305.

Tarde, Gabriel de. 1897. "La graphologie," in: *Revue philosophique* 44: 337~363.

Tesch, Peter. 1891. *Geschichte der Methoden des ersten Leseunterrichts nebst einem Anhange: Lesemaschinen. Für den Gebrauch in Seminarien*, Neuwied-Leipzig.

Thaulow, Gustav. 1853. *Hegel's Ansichten über Erziehung und Unterrichts. In drei Theilen. Als Fermente für wissenschaftliche Pädagogik*, Kiel.

Theweleit, Klaus / Martin Langbein. 1977. "Wenn der Kopf sich abmüht und das Herz bleibt kalt," in: *Heimlichkeiten der Männer*, Hrsg. Rochus Herz, München, 139~214.

Thiersch, Friedrich. 1826~37. *Ueber gelehrte Schulen, mit besonderer Rücksicht auf Bayern*, 3 Bände, Stuttgart.

Tieck, Ludwig. 1797. *Der blonde Eckbert*.

—. 1804. *Der Runenberg*.

—. 1812~16. *Phantasus. Eine Sammlung von Mährchen, Erzählungen, Schauspielen und Novellen*.

—. 1828. *Die Gemälde*.

—. 1828~54. *Schriften*, Berlin.

Tiedemann, Dieterich. 1777~78. *Untersuchungen über den Menschen*, 3 Bände, Leipzig.

—. 1787/1897. *Beobachtungen über die Entwicklung der Seelenfähigkeiten bei Kindern*. Neudruck: Hrsg. Christian Ufer, Altenburg.

Tietze, Ulrich / Christian Schenk. 1980. *Halbleiter-Schaltungstechnik*, 5. Auflage, Berlin-Heidelberg-New York.

Tillich, Ernst. 1809. *Erstes Lesebuch für Kinder*, 2, durchaus umgearbeitete und verbesserte Auflage, des Ersten Unterrichts, Leipzig.

Tobler, Johann Christoph. 1782. *Fragment über die Natur.*

Todorov, Tzvetan. 1970/1972. *Introduction à la littérature fantastique*, Paris. *Einführung in die fantastische Literatur*, München.

Trapp, Ernst Christian. 1780. *Versuch einer Pädagogik*, Berlin.

Türk, Karl Wilhelm Christian, Ritter von. 1806. *Beiträge zur Kenntniß einiger deutscher Elementar-Schulanstalten, namentlich der zu Dessau, Leipzig, Heidelberg, Frankfurt am Mayn und Berlin*, Leipzig.

Turk, Horst. 1979a. "Hegel," in: *Klassiker der Literaturtheorie*, Hrsg. Horst Turk, München, 122~132.

——. 1979b. "Das 'Klassische Zeitalter.' Zur geschichtsphilosophischen Begründung der WEimarer Klassik," in: *Problem der Literaturgeschichtsschreibung*, Hrsg. Wolfgang Haubrichs, Göttingen, 155~174.

—— / Friedrich A. Kittler. 1977. "Einleitung," in: *Urszenen. Literaturwissenschaft als Diskursanalyse und Diskurskritik*, Hrsg. Friedrich A. Kittler und Horst Turk, Frankfurt am Main.

Ufer, Christian. 1890. *Nervosität und Mädchenerziehung in Haus und Schule*, Wiesbaden.

——. 1893. *Das Wesen des Schwachsinns* (Beiträge zur pädagogischen Psychopathologie, Hrsg. C. U., Band 1), Langensalza.

Unger, Johann Friedrich. 1793/1971. "Probe einer neuen Art Deutscher Lettern," in: *Typographie und Bibliophilie. Aufsätze und Vorträge über die Kunst des Buchdrucks aus zwei Jahrhunderten*, Hrsg. Richard von Sichowsky und Hermann Tiedemann, Hamburg, 24~29.

Valéry, Paul. 1939. *Poésie et pensée abstraite.* [「시와 추상적인 생각」,『발레리 선집』, 박은수 옮김, 을유문화사, 1999.]

——. 1944. "Mon Faust," Ébauches.

——. 1957~60. *Oeuvres*, Hrsg. Jean Hytier, Paris.

——. 1957~61. *Cahiers*, Paris.

Varnhagen, Rahel. 1874~75. *Briefwechsel zwischen Varnhagen und Rahel*, 6 Bände, Leipzig.

Vietta, Sylvio. 1970. *Sprache und Sprachreflexion in der modernen Lyrik*, Bad Homburg-Berlin-Zürich.

——. 1975. "Expressionistische Literatur und Film. Einige Thesen zum wechselseitigen Einfluß ihrer Darstellung und Wirkung," in: *Mannheimer Berichte* 10: 294~299.

Villaume, Peter. 1786. *Methode jungen Leuten zu der Fertigkeit zu verhelfen, ihre Gedanken schriftlich auszudrücken*, o. O.

Villiers de l'Isle-Adam, Philippe Auguste Mathias, Comte de. 1886/1977. *L'Ève future*, Paris. [『미래의 이브』, 고혜선 옮김, 시공사, 2012.]

—. 1920. *Gesammelte Werke*, 7 Bände, München.

Voss, Christian Daniel. 1799~1800. *Versuch über die Erziehung für den Staat als Bedürfnis unserer Zeit, zur Beförderung des Bürgerwohls und der Regenten-Sicherheit*, 2 Theile, Halle.

Waetzoldt, Stephan. 1904. "Der Deutsche und seine Muttersprache," in: *Kunsterziehung. Ergebnisse und Anregungen des zweiten Kunsterziehungstages in Weimar am 9., 10., 11. Oktober 1903: Deutsche Sprache und Dichtung*, Leipzig, 250~265.

Wagenbach, Klaus. Hrsg. 1975. *Franz Kafka, In der Strafkolonie. Eine Geschichte aus dem Jahr 1914*, Berlin.

Wagner, Richard. 1850. *Das Kunstwerk der Zukunft*.

—. 1870~80/1976. *Mein Leben*, Hrsg. Martin Gregor-Dellin, München.

—. 1872. *An Friedrich Nietzsche*, ordentlicher Professor der klassischen Philologie an der Universität Basel.

—. 1907. *Gesammelte Schriften und Dichtungen*, 4. Auflage, Leipzig.

Waldeck, Marie-Louise. 1970. "The Princess in *Torquato Tasso*: Further Reflections on an Enigma," in: *Oxford German Studies* 5: 14~27.

Weber, Marianne. 1918. *Vom Typenwandel der studierenden Frau*, Berlin.

Weber, Samuel M. 1973. "Die Parabel," in: Daniel Paul Schreber, *Denkwürdigkeiten eines Nervenkranken*, Hrsg. Samuel M. Weber, Frankfurt am Main-Berlin-Wien, 5~58.

Wedag, Friedrich Wilhelm. 1795. *Handbuch über die frühere sittliche Erziehung zunächst zum Gebrauch für Mütter in Briefen abgefaßt*, Leipzig.

Wehnert, Bruno. 1909. "Der Spaziergang. Ein Beitrag zu Schillers Verhältnis zur Natur," in: *Zeitschrift für den deutschen Unterricht* 23: 473~491.

Wehrlin, K. 1904. "Diagnostische Assoziationsstudien, II. Beitrag. Über die Assoziationen von Imbezillen und Idioten," in: *Journal für Psychologie und Neurologie* 4: 109~123, 129~143.

Weimar, Klaus. 1976. "Zur Geschichte der Literaturwissenschaft. Forschungsbericht," in: *Deutsche Vierteljahrsschrift für Literaturwissenschaft und Geistesgeschichte* 50: 298~364.

—. 1989. *Geschichte der deutschen Literaturwissenschaft bis zum Ende des 19. Jahrhunderts*, München.

Weininger, Otto. 1903/1920. *Geschlecht und Charakter. Eine prinzipielle Untersuchung*, 19. Auflage, Leipzig-Wien.

Wellek, René / Austin Warren. 1963. *Theory of Literature*, 3. Auflage, Harmondsworth.

Wernicke, Carl. 1906. "Der aphasische Symptomencomplex," in: *Die deutsche Klinik am Eingange des zwanzigsten Jahrhunderts in akademischen Vorlesungen*, Hrsg. Ernst von Leyden und Felix Klemperer, Band 6, 1. Abtheilung: Nervenkrankheiten. Berlin-Wien, 487~556.

Westphalen, Raban, Graf von. 1979. *Akademisches Privileg und demokratischer Staat. Ein Beitrag zur Geschichte und bildungsgeschichtlichen Problematik des Laufbahnwesens in Deutschland*, Stuttgart.

Wiese, Benno von. 1963. *Friedrich Schiller*, 3. Durchgesehene Auflage, Stuttgart.

Wiese, Ludwig von. 1867~68. *Verordnungen und Gesetze für die höheren Schulen in Preußen*, Erste Abtheilung: Die Schule, zweite Abtheilung: Das Lehramt und die Lehrer, Berlin.

Wilde, Oscar. 1890. *The Soul of Man under Socialism*.

—. 1966. *Complete Works*, Hrsg. J. B. Foreman, London-Glasgow.

Wilkinson, Elizabeth M. 1971. "Faust in der Logosszene – willkürlicher Übersetzer oder geschulter Exeget? Wie, zu welchem Ende – und für wen – schreibt man heutzutage einen Kommentar?," in: *Dichtung, Sprache, Gesellschaft. Akten des IV. Internationalen Germanisten-Kongresses 1970 in Princeton*, Hrsg. Victor Lange und Hans-Gert Roloff, Frankfurt am Main.

Wittgenstein, Ludwig. 1921/1963. *Tractatus logico-philosophicus; Logisch-philosophische Abhandlung*, Frankfurt am Main. [『논리-철학 논고』, 이영철 옮김, 책세상, 2006.]

Wolff, Gustav. 1903. "Zur Pathologie des Lesens und Schreibens," in: *Allgemeine Zeitschrift für Psychiatrie und psychisch-gerichtliche Medicin* 60: 509~533.

Wolff, Lutz-W.. Hrsg. 1981. *Püppchen, du bist mein Augenstern. Deutsche Schlager aus vier Jahrzehnten*, München.

Wolgast, Heinrich. 1904. "Jugendschrift, Schülerbibliothek, das billige Buch," in: *Kunsterziehung. Ergebnisse und Anregungen des zweiten Kunsterziehungstages in Weimar am 9., 10., 11. Oktober 1903: Deutsche Sprache und Dichtung*, Leipzig, 182~193.

—. 1910. *Ganze Menschen! Ein sozialpädagogischer Versuch*, Berlin-Schöneberg.

Wolke, Christian Heinrich. 1805. *Kurze Erziehungslehre oder Anweisung zur körperlichen, verständlichen und sittlichen Erziehung anwendbar für Mütter und Lehrer in den ersten Jahren der Kinder. In Verbindung mit dessen Anweisung für Mütter und Kinderlehrer zur Mittheilung der allerersten Sprachkenntnisse und Begriffe von der Geburt des Kindes an bis zur Zeit des Lesenlernens*, Leipzig.

Wolters, Friedrich. 1930. *Stefan George und die Blätter für die Kunst. Deutsche Geistesgeschichte seit 1890*, Berlin.

Wunberg, Gotthard. 1965. *Der frühe Hofmannsthal. Schizophrenie als dichterische Struktur*, Stuttgart-Berlin-Köln-Mainz.

Wundt, Wilhelm. 1904. *Völkerpsychologie. Eine Untersuchung der Entwicklungsgesetze von Sprache, Mythos und Sitte*, Band 1 (2 Teile): Die Sprache, 2. Auflage, Leipzig.

Wuthenow, Ralph-Rainer. 1980. *Im Buch die Bücher oder Der Held als Leser*, Frankfurt am Main.

Wychgram, Jakob. 1901. "Geschichte des höheren Mädchenschulwesens in Deutschland und Frankreich," in: *Geschichte der Erziehung vom Anfang an bis auf unsere Zeit*, Hrsg. Karl Adolf Schmid, Band 5, Stuttgart-Berlin, 222~297.

Wyss, Ulrich. 1979. *Die wilde Philologie. Jacob Grimm und der Historismus*, München.

Zeitler, Julius. 1900. "Tachistoskopische Untersuchungen über das Lesen," in: *Philosophische Studien* 16: 380~463.

Zglinicki, Friedrich von. 1956. *Der Weg des Films. Die Geschichte der Kinematographie und ihrer Vorläufer*, Berlin.

Ziehen, Theodor. 1893. *Leitfaden der Physiologischen Psychologie in 15 Vorlesungen*, 2. Auflage, Jena.

—. 1898~1900. *Die Ideenassoziation des Kindes* (Sammlung von Abhandlungen aus dem Gebiete der pädagogischen Psychologie und Physiologie), 2 Abhandlungen, Berlin.

—. 1902~06. *Die Geisteskrankheiten des Kindesalters mit besonderer Berücksichtigung des schulpflichtigen Alters* (Sammlung von Abhandlungen aus dem Gebiete der pädagogischen Psychologie und Physiologie, Band 5, 7, 9), Berlin.

—. 1907. "Artikel Aphasie," in: *Real-Encyclopädie der gesamten Heilkunde*, Hrsg. Albert Eulenburg, Band 1, 4. Auflage, Berlin-Wien, 664~688.

Zimmermann, Josefine. 1926. *Betty Gleim (1781–1827) und ihre Bedeutung für die Geschichte des Mädchenbildungswesens*, Diss. Phil., Köln.

Zischler, Hanns. 1983. "Maßlose Unterhaltung. Franz Kafka geht ins Kino," in: *Freibeuter* 16: 33~47.

Zons, Raimar St. 1980. "Ein Familienzentrum: Goethes Erlkönig," in: *Fugen. Deutsch-französisches Jahrbuch für Text-Analytik* 1: 125~131.

Zwirner, Eberhard. 1941. "Bemerkungen über die Dehnbarkeit der deutschen Silben bei Karl Philipp Moritz und in Goethes *Italienischer Reise*," in: *ARchiv für Vergleichende Phonetik* 5: 33~36.

| | |
|---|---|
| 1943 | 6월 12일, 독일 동부 작센 주 로흘리츠에서 태어난다. 이 지역은 제2차세계대전이 끝난 후 소련군에 점령되어 동독에 편입된다. |
| 1958~63 | 가족과 함께 서독 국경지역인 라르로 이주하여 '자연과학-현대언어 김나지움'에서 수학한다. |
| 1963~72 | 프라이부르크 알베르트루트비히 대학에서 독일어문학, 로망어문헌학, 철학을 전공한다. 대항문화와 학생운동이 폭발하는 시대 상황에서 한발 물러선 채, 키틀러는 핑크 플로이드를 듣고 하이데거와 니체를 읽으면서 자크 라캉, 자크 데리다, 미셸 푸코 등 동시대 프랑스의 새로운 이론을 열성적으로 흡수한다. |
| 1976 | 시인 콘라트 페르디난트 마이어에 관한 논문으로 박사학위를 받는다. 이후 10여 년간 모교에서 독일어문학 수업을 진행하면서 연구생활을 계속한다. |
| 1977 | 『꿈과 말. 콘라트 페르디난트 마이어의 커뮤니케이션 상황 분석 *Der Traum und die Rede. Eine Analyse der Kommunikationssituation Conrad Ferdinand Meyers*』을 출간한다. |
| 1979 | 박사논문 지도교수였던 게르하르트 카이저와 |

공동으로 『사회화 놀이로서의 시. 괴테와 고트프리트 켈러 연구*Dichtung als Sozialisationsspiel. Studien zu Goethe und Gottfried Keller*』를 출간한다.

1980 『정신과학에서 정신을 몰아내기. 후기구조주의 프로그램*Austreibung des Geistes aus den Geisteswissenschaften. Programme des Poststrukturalismus*』을 편찬·출간한다.

1982~84 독일문학사 전공 교수자격취득 논문으로 독일문학사를 정보시스템의 변천이라는 관점에서 재구성한 『기록시스템 1800·1900』을 제출하여 파란을 불러일으킨다. 논문 심사가 2년 가까이 계속되고 심사위원이 열세 명으로 늘어난 끝에 가까스로 논문이 통과된다. 그동안 키틀러는 캘리포니아 대학 버클리 캠퍼스와 스탠퍼드 대학의 방문교수 자격으로 미국에 방문하여, 당시 급성장하던 컴퓨터 문화를 접하고 군산복합체와 미디어 기술의 역사에 몰두하기 시작한다.

1985 『기록시스템 1800·1900』을 출간한다.

1986 미디어 기술의 실증적 역사에 대한 추가 연구를 바탕으로 『기록시스템 1800·1900』의 1900년대 파트를 확대·재구성한 『축음기 영화 타자기*Gramophon Film Typewriter*』를 출간한다. 키틀러는 이 책을 계기로 이단적인 문학자에서 독창적인 미디어학자로 입지를 넓히고, 자신이 태어나기 이전의 시대에서 자신이 살아가는 동시대로 활동 영역을 확장한다. 이 시기 키틀러는 캘리포니아 대학 샌타바버라 캠퍼스와 바젤 대학의 방문교수로 미국과 스위스를 오가는 한편, 카셀 대학에서 연방연구사업 〈문학과 매체분석〉을 진행하기 시작한다.

| | |
|---|---|
| 1987 | 보훔 대학에 현대독일문학 교수로 부임한다. |
| 1989 | 아르스 일렉트로니카의 기획으로 장 보드리야르, 빌렘 플루서, 하네스 뵈링거, 하인츠 폰 포레스터, 페터 바이벨과 함께 『새로운 기술의 철학*Philosophien der neuen Technologie*』을 펴내고, 베른 미술관 강연을 엮은 『물질의 밤*Die Nacht der Substanz*』을 출간한다. 이후로도 키틀러는 20세기 미국에서 형성된 새로운 기술의 전개 방향에 주목하는 한편, 정보이론의 관점에서 유럽 문명의 밤과 어둠, 그 한계와 전망에 대한 성찰을 지속해나간다. |
| 1990 | 『기록시스템 1800·1900』의 영역판이 출간되면서 국제적으로 알려지기 시작한다. |
| 1991 | 『기록시스템 1800·1900』의 1800년대 파트를 발전시킨 『시인, 어머니, 어린이*Dichter, Mutter, Kind*』를 출간한다. |
| 1993 | 기술적 미디어의 발전, 특히 디지털 기술의 등장에 따른 글쓰기의 변화를 추적한 『드라큘라의 유산. 기술적 글쓰기*Draculas Vermächtnis. Technische Schriften*』를 발간한다. 베를린 훔볼트 대학으로 자리를 옮겨 매체사 및 미학 교수로 취임한다. 이 시기 키틀러는 컴퓨터 프로그래밍 언어에 심취하여, 학생들에게도 직접 코딩을 가르친다. |
| 1995~97 | 연방연구사업 〈매체 이론 및 역사〉를 진행한다. |
| 1999 | 『헤벨의 상상력. 어두운 자연*Hebbels Einbildungskraft. Die dunkle Natur*』을 출간한다. 『축음기 영화 타자기』의 영역판이 출간되면서 "미디어가 우리의 상황을 결정한다"라는 기술결정론적 테제가 키틀러의 유명세를 견인하게 된다. 하지만 이 무렵 키틀러는 |

이미 기술 자체에 열중하는 시기를 지나 유럽 문명의
과거로부터 평행우주적 가능성을 모색하기 시작한다.

2000 『문화학의 문화사 *Eine Kulturgeschichte der Kulturwissenschaft*』를
출간한다. 자크 데리다와 함께『니체—고유명사의
정치. 말하기의 대상은 어떻게 파괴되는가 *Nietzsche—
Politik des Eigennamens. wie man abschafft, wovon man spricht*』를
출간한다.

2001 헤르만 폰 헬름홀츠 문화기술센터 부관장으로
취임하는 한편, 연방연구사업 〈이미지 문자 숫자〉에
참여한다. 훔볼트 대학 강의록『광학적 미디어 *Optische
Medien*』를 출간하고, 코넬리아 비스만과 함께 쓴
『그리스로부터 *Vom Griechenland*』를 출간한다. 이때부터
고대 그리스로의 전회가 본격화된다.

2002 『잡음과 계시 사이. 목소리의 문화사와 매체사 *Zwischen
Rauschen und Offenbarung. Zur Kultur- und Mediengeschichte der Stimme*』
를 편찬·출간한다.

2004 『불멸하는 것. 부고, 기억, 유령의 말 *Unsterbliche. Nachrufe,
Erinnerungen, Geistergespräche*』을 출간한다.

2005 오디오북『뮤즈, 님프, 세이렌 *Musen, Nymphen und
Sirenen*』을 출간한다. 고대 그리스로부터 다시 출발하여
유럽 문명의 비전을 새롭게 그리는 장기 프로젝트의
첫 성과로서『음악과 수학 I. 헬라스 1: 아프로디테
*Musik und Mathematik I. Hellas 1: Aphrodite*』를 출간한다.
이해부터 스위스 유럽대학원 교수로도 재직한다.

2009 『음악과 수학 I. 헬라스 2: 에로스 *Musik und Mathematik I.
Hellas 2: Eros*』를 출간한다.

2011 베를린에서 지병으로 사망한다. 그전에 키틀러는
죽음을 준비하면서 자신의 원고와 기타 자료를

마르바흐 독일어문학 문서고에 맡긴다. 사후에
테이트갤러리 강연을 엮은『신들의 접근이 준비되다
*Das Nahen der Götter vorbereiten*』가 출간된다.

2013　　홈볼트 대학 강의록『문학의 철학*Philosophien der Literatur*』,
한스 울리히 굼브레히트가 키틀러의 전작을 간추려
재편집한『기술 세계의 진실. 현대의 계보학에 대한
에세이 *Die Wahrheit der technischen Welt. Essays zur Genealogie der
Gegenwart*』, 말년에 틸 니콜라우스 폰 하이젤러가
진행한 인터뷰『미래로 보낸 병 속에 담은 편지*Die
Flaschenpost an die Zukunft*』등이 출간된다.

# 필자로서의 키틀러

1982년 프리드리히 키틀러가 교수자격취득 논문으로 『기록시스템 1800·1900』을 제출했을 때, 이를 심사한 언어학자 한스마르틴 가우거는 소견서의 첫머리에 이렇게 썼다. "F. A. 키틀러가 제출한 논문은 형식과 내용 면에서 매우 변칙적이다. 이것은 '교수자격취득 논문'이라는 유형에 부합하지 않는다. 더 일반적이고 정확하게 말하자면, 이것은 근본적으로 학문적 담론이 되는 데 실패했다. 여기 제출된 것은 학문적 담론이 아니며, 심지어 합리적 담론이 아닌 부분도 있다. 어쩌면 저자가 학문적 어법 사용이나 논증에 실패한 것이 아니라 애초에 그럴 의도가 없었다고 말하는 것이 차라리 합당할지 모른다. 그러니까 실패한 것이 아니라 처음부터 아예 다른 방향을 택했다고 말이다."[1]

실제로 이 책을 읽어보면 어느 정도는 이 말에 수긍할 것이다. 그의 저작들은 마치 문학작품처럼 독자들의 눈앞에 번쩍이는 섬광을 내보이며, 그 빛은 때로 학자의 빛이라기보다 차라리 마술사의 빛에 가까워 보인다. 하지만 언어가 더이상 로고스 또는 세계를 창조한 신의 '말씀'이 아니라면, 애초에 그런 적이 없다면, 전적으로 언어에 의존하는 학자의 빛이란 대체 무엇이며 그것이 비추는 것은 또 무엇인가? 이것이 문헌학과 철학을 공부한 젊은 문학자 키틀러가 해명하려는 문제다. 그래서 그는 더이상 분과적 질서

779

내부에서 안전하게 말을 짜나가지 못하고, 오히려 분과적 질서들 자체를 조명할 수 있는 어떤 외부적 관점 또는 새로운 빛을 필요로 한다. 『기록시스템 1800·1900』이 역사적 관점에서 서로 다른 분과들, 심지어 분과조차 아닌 것들을 맹렬하게 이어붙여서 정보이론의 관점에서 재조립하는 것은 모두 이 때문이다.

여기서 키틀러는 문학을 일종의 미디어로 해석하고, 더 나아가서 문학을 둘러싼 정치적·학문적·기술적 제도 자체를 광범위한 미디어 시스템 또는 '기록시스템'으로 읽어낸다. 이것은 권력과 지식이 교차하면서 특정한 유형의 주체들을 생산하는 혼성적 배치라는 점에서 푸코의 '장치dispositif' 개념과 유사하다. 실제로 키틀러가 '기록시스템'에 도달하는 방법도 기본적으로 푸코의 담론 분석을 빌려온 것이다. 하지만 키틀러는 도서관의 문헌자료들뿐만 아니라 데이터를 기록하고 전달하는 다양한 기술적 장치들과 그 산물들까지 분석 대상에 포함시키며, 이런 이질적 요소들을 커뮤니케이션 미디어의 모델에 따라 하나의 전체로 재구성한다. 이렇게 해서 문학은 미디어가 된다. 하지만 이는 우리가 익히 아는 문학을 기술적 미디어의 자명한 질서에 강제로 복속시키는 것이 아니라, 두 영역을 발견론적으로 짜맞추면서 문학뿐만 아니라 미디어 자체를 재개념화하는 것에 가깝다. 그래서 이 책은 이단적인 문학자 키틀러의 역작인 동시에 독창적인 미디어학자 키틀러의 출발점을 표시한다. "어떤 사람이 교수자격취득 논문을 써왔는데, 그가 새로운 학과를 수립하려고 하거나 이미 수립해버렸다면 어떻게 되겠는가?"라는 가우거의 탄식에는 일리가 있다.[2]

하지만 여전히, 키틀러의 미디어 연구가 하나의 분과 학문을 이룬다고 말하기는 어렵다. 키틀러는 미디어라는 특정한 영역에 대한 새로운 지식을 생산하는 것이 아니라, 미디어 시스템의 변천과 작용이라는 측면에서 광범위한 역사의 흐름을 선택적으로 재구성한다. 그는 말과 행동, 인식과 판단의 주체로서 '인간'의 역사를 까뒤집어서 그것을 가능하게 했던 객관적 조건 또는 '환경'의 역사를 쓰려고 한다. 그런데 이 글쓰기는 과거에 실제로 무슨 일들이 있었는가 하는 경험적 역사 서술의 질문으로 추동되지 않는다. 그의 저작들은 과거라는 접근 불가능한 영역과 대결하려는 역사학적 의지보다, 오히려 현재를 가득 채우고 있는 과거의 부산물들을 역사화하고 그럼으로써 자신이 속한 현재를 밝히려는 어떤 대결의 의지에 따라 전개된다. 그렇다면 키틀러의 접근법을 키틀러 자신에게 되돌려서 이렇게 질문해보자. 키틀러 본인의 글쓰기는 어떤 환경에 놓여 있었는가? 그는 어디에 발을 디디고 무엇에 도전하려 했는가? 그가 광범위한 분야에서 다양한 재료들을 빌려다가 거의 불가능한 집을 지었다면, 그 집은 어디에 지어졌는가?

학자로서의 키틀러는 도무지 정주를 모르는 화전민처럼 보인다. 그는 1970년대에 프라이부르크에서 독일문학, 문헌학, 철학을 전공하면서 국경을 넘어다니며 프랑스 이론에 심취했다. 당시는 푸코, 데리다, 라캉처럼 이른바 후기구조주의로 분류되던 프랑스 철학자들이 아직 왕성하게 활동하던 때였다. 키틀러는 이들에게서 하이데거, 니체, 프로이트 같은 독일의 사상적 원류를 바라보는 새로운 관점을 구했고, 이를 바탕으로 독일문학에 접근하는 새로운 방법을 모색하고자 했다. 그는 1976년 시인 겸 소설가인 콘라트 마이어에 관한 박사논문을 쓰고, 1982년에 현대 독일문학사 전공 교수자격취득 논문으로 여기 이 『기록시스템 1800·1900』을 제출해서 기나긴 공방 끝에 가까스로 통과했다.

그런데 이 무렵 키틀러는 이미 대서양 양안을 오가면서 미국의 새로운 문화와 기술을 접하고 있었다. 그가 1982년 방문교수 자격으로 처음 캘리포니아에 발을 디디던 때는 '실리콘밸리'라는 말이 이제 막 유행어로 떠오르던 시기였다. 키틀러는 대항문화적인 컴퓨터 운동이 거대한 개인용 컴퓨터 산업으로 변모하는 것을 현장에서 지켜보면서 그 모태가 되었던 군산복합체의 역사에 주

목했다. 때마침 접한 토머스 핀천의 『중력의 무지개』(1973)와 폴
비릴리오의 『전쟁과 영화』(1984) 등은 그의 관점 자체를 19세기
에서 20세기로, 문학에서 미디어로, 문화에서 기술로 이끄는 길잡
이 역할을 했다.³ 이러한 이행은 『기록시스템 1800·1900』의 후반
부를 확장하여 본격적으로 20세기 미디어 시스템의 구성을 살핀
1986년작 『축음기 영화 타자기』에 고스란히 반영되어 있다. 이후
키틀러는 1987년 보훔에서 현대 독일문학 교수로, 1993년 베를린
에서 미디어 미학 및 역사학 교수로 임용되면서 1990년대 내내
컴퓨터라는 새로운 기술과 씨름했다. 그것은 문학을 전공한 중년
의 미디어학자가 기술적으로 급변하는 현재를 따라잡으려는 노
력의 시간이기도 했지만, 동독에서 유년기를 보낸 중년의 문필가
가 독일 통일과 냉전의 종식, 유럽연합의 설립과 전 지구화의 물
결을 지켜보면서 현재를 해명하고 그에 관여하려는 분투의 시간
이기도 했다.

  그렇다면 이렇게 말할 수도 있을까? 키틀러의 집은 매 순간 그
가 놓인 현재에 지어졌다고 말이다. 현재는 과거의 사건들이 빚어
낸 결과인 동시에 (이러한 역사적 과정이 키틀러가 해명하려는 것
이다) 서로 이질적인 것들이 충돌하면서 무언가 새로운 사건이 벌
어질 수 있는 미결정의 여지를 품고 있다.(이를테면 키틀러의 글
쓰기 자체는 역사적 필연이 아니다.) 파도치는 20세기 후반의 시
간 속에서, 현재는 해명되어야 하는 어떤 필연성의 산물이지만 필
연적으로 해명될 수 있는 것은 아닌 채로 끊임없이 그를 휩쓸고 지
나간다. 필자로서의 키틀러는 이 같은 시간의 수수께끼에 천착한
다. 실제로 키틀러의 미디어 개념이나 그가 조망하는 역사의 궤적
은 모두 직간접적으로 시간의 문제에 연루되어 있다. 일례로 글쓰
기는 시간 속에서 나타났다 사라지는 사건들을 물질적인 데이터
의 형태로 저장하고 전달하는 유서 깊은 기술이다. 그것은 인간이
암송할 수 있는 서사시의 제한된 형식과 용량을 넘어서 훨씬 다양

하고 많은 것을 기록하고 퍼뜨릴 수 있게 해주며, 따라서 시간을 재현하고 인식하는 방식에 변화를 가져온다. 그러나 글쓰기가 시간적 사건을 축적 가능한 데이터로 변환한다는 것은 시간을 공간화한다는 뜻이기도 하다. 그것은—이후의 다른 모든 미디어도 마찬가지인데—시간 내 존재들을 대상화하고, 그럼으로써 인간이 세계를 인식하고 소유하는 새로운 길을 연다. 이것이 키틀러가 이해하는 미디어의 역사이자 인간의 역사다.[4]

　이 역사는 단선적 또는 단계적 흐름으로 결정되지 않는다. 다양한 매체들(문자와 숫자, 물질과 빛과 전자기 신호 등), 다양한 기술들(글쓰기, 대수학과 기하학, 기계공학과 화학, 전자기학과 컴퓨터공학 등), 다양한 인간들(남성과 여성, 국가와 종교 공동체 등)은 다수의 시스템을 구성하여 끊임없이 서로 반목하고 연합하고 분화하고 대립하면서 시간을 전개시킨다. 요컨대 실제로 존재하는 다수의 인간과 그들을 둘러싼 미디어 시스템들은 그 자체가 시간적 존재로서 누구도 통제할 수 없고 어떤 미디어로도 전체를 조망할 수 없는 시간의 요동을 발생시킨다. 1990년대에 키틀러는 바로 이러한 관점에서 자신이 놓인 현재의 시간을 문제삼았다. 당시 그가 컴퓨터 기술에 주목한 가장 큰 이유는 그것이 기존의 모든 미디어를 하나의 동일한 시스템으로 병합하리라고 약속했기 때문이다. 그것은 여태까지 지속된 미디어-기술-인간들의 상호투쟁적 시간 자체가 종결될 가능성을 시사했다. 만약에 그 약속이 이행된다면, 새로운 총체적 기술시스템은 시간을 통제하려는 오랜 노력의 끝에서 드디어 시간의 흐름을 완전히 기계화 또는 자동화할 것이었다. 하지만 역설적으로 인간은 그로 인해 유례없이 불가해한 완전히 새로운 시간 속으로 내던져질 터였다.

　이러한 2000년의 전망에 대면하여, 키틀러는—마치 1800년 경의 파우스트나 1900년경의 니체처럼—세 가지 실험을 한다. 첫번째는 하드웨어와 소프트웨어의 전 영역에서 이 새로운 시스템을 상징적 또는 실재적으로 통제하는 것이다. 그는 진지하게 컴퓨터공학에 몰두했고, 직접 프로그래밍언어를 배워서 학생들에게 가르치기도 했다.[5] 언제나 '의미'보다 '행위'를, 글쓰기의 수행적 효과를 중시했던 그에게 이보다 더 매력적인 과제도 없었을 것이다. 하지만 슬슬 노년에 접어드는 중년의 학자는 천재 해커가 되기를 상상할 수 있을 뿐 실제로 그런 도약을 성취할 수는 없었다. 그래서 그는 두번째 실험에 착수한다. 그것은 디지털 시대의 헤겔이 되는 것이다. 실제로 키틀러는 1990년대에 베를린 훔볼트 대학에서 미학 교수의 직함을 받으면서 농담 반 진담 반으로 헤겔의 후계자를 자처했다. 당시 키틀러의 강의를 들었던—이른바 '키틀러 유겐트'*였던—한 미디어 아티스트는 이 말을 다음과 같이 해석한다. 헤겔이 철학 또는 정신의 발전이라는 관점에서 예술들을 종합하고 지양해서 급기야 예술의 종말을 선언했듯이, 키틀러는 미디어학 또는 기술시스템의 발전이라는 관점에서 철학을 역사화하고 지양해서 결국은 종말로 인도한다는 것이다. 첫번째 실험의 연장선에서 보자면 말이 되는 해석이다.[6] 하지만 키틀러는 1990년대의 마지막 해에 이르러 조금 다른 이야기를 한다.

키틀러는 1999년의 강의록 『광학적 미디어』 첫머리에서 시각예술과 광학적 미디어의 역사를 체계적으로 결산한다는 거대한 목표를 세우고 이를 헤겔의 미학 강의에 비유한다. 하지만 이는 더이상 철학에 대한 미디어학의 승리를 의미하지 않는다. 오히려 철학과 미디어학은 시스템의 대변동을 앞두고 모든 것이 불길할 정도로 명료해지는 찰나의 황혼을 만끽한다는 점에서 동일한 운명을 공유한다.[7] 문제는 다시 시간이다. 키틀러의 주요 개념 중 하나인 '글의 독점schriftmonopol'은 문자의 연쇄를 저장하고 전달하는 기록시스템이 무엇보다 시간에 대한 독점적 통제력을 보유하

---

*키틀러에게 열광했던 학생들을 지칭하는 표현으로, '히틀러 유겐트'를 비튼 조어다.

는 것을 의미한다. 이러한 독점 체제는 이미지의 연쇄를 저장하고 전달하는 새로운 미디어 시스템이 부상하면서 점차 변질되고 와해된다. 이 과정을 기록시스템의 변천과 몰락이라는 측면에서 재구성한 것이 『기록시스템 1800·1900』이라면, 광학적 미디어 시스템의 부상과 완성이라는 측면에서 재구성한 것이 『광학적 미디어』다. 글의 독점 아래서, 기록시스템은 성서의 '말씀'이 실현되는 신학적 시간과 그 변종으로서 인간의 '정신'이 전개되는 역사적 시간이라는 두 가지 시간의 모델을 구축했다. 이 시간들은 모두 정신의 눈에 호소하는 정합적 질서로서 신체적 시간에 부과되었다. 그런데 새롭게 등장한 광학적 미디어는 신체의 감각적 지각에 직접 작용하면서 기록시스템의 상징적·연속적 시간을 침식해 들어온다. 그것은 지각의 시간 자체를 저장하고 분할하고 재조립할 수 있는 공간적인 조작의 대상으로 변모시키면서 시간의 감각을 완전히 바꾸어놓는다. 문자 기반의 기록시스템도 이에 맞서 신체적 시간을 공략해보지만, 결국 경쟁에서 밀려나서 아무 내용도 목적도 없는 순수하고 공허한 글쓰기의 시간만을 넘겨받게 된다.

그런데 여기서 더 중요한 것은 새로운 미디어 시스템이 시간을 다르게 재현할 뿐만 아니라 그 자체로 다른 시간을 생산한다는 점이다. 전통적인 기록시스템들이 대부분의 단계에서 인간에게 의존하며 유기적으로 다분히 허술하게 작동했다면, 광학적 미디어 시스템은 정교한 기술적 장치apparatus를 이루면서 끊임없이 기계화, 자동화, 총체화된다. 이는 문자적 질서가 이미지적 질서에 의해 주변화되는 과정이기도 하지만, 문자와 이미지를 인간의 눈으로 전달하는 보편적 매체였던 가시광선이 인간의 눈에 보이지 않는 새로운 매체, 인간의 신체로는 지각할 수 없는 가시광선 너머의 전자기파에 의해 주변화되는 과정이기도 하다. 전자기적 회로는 기존의 광학적-기계적 회로들을 대체하고 통합하여 거대한 기술시스템을 구축할 가능성을 열었고, 역사의 주인 또는 시간의 지

배자가 되기를 원하는 정치적·경제적·군사적 시스템들의 상호경
쟁은 이 가능성을 현실로 만들었다. 이 현실은 더이상 인간이 거주
할 수 있는 시간이나 인간이 볼 수 있는 빛에 의해 규제되지 않는
다. 그러니 인간의 눈을 기준으로 "계몽과 미신의 투쟁"을 꾀하는,
또는 미디어의 작용을 응시하면서 "눈속임을 피하고 가상을 꿰뚫
어 진리에 도달하기 위한 수단을 강구하는"[8] 현상학적 글쓰기의
계보도 이제 자신의 역사를 체계적으로 이해하는 것으로 여기서
종결될 수밖에 없다.

　　따라서 키틀러의 두번째 실험은 성공하지만 그것은 미디어학
자로서 자신의 경력을 끝내는 파국적인 성공이다. 그는 자신이 고
안한 역사적 체계에 지식을 채워넣는 것으로 노년을 보낼 생각이
없기에, 곧장 세번째 실험에 뛰어든다. 그것은 기원으로 돌아가는
것, 헤겔적인 '지양'보다 오히려 하이데거적인 '뒷걸음Schritt-zurück'
에 가까운 시도다. 키틀러는 2000년 『문화학의 문화사』와 2001년
『그리스로부터』에서 독일 문화학의 전통을 재검토하고, 이를 통
해 지난 수십 년간 그가 따라잡아야 할 현재의 다른 이름이었던 '팍
스 아메리카나Pax Americana'를 벗어나고자 한다. 이제 그는 반드시
현재로 귀결될 필요는 없었던 과거, 지금의 현재뿐만 아니라 다른
현재들의 잠재성을 품고 있는 기원으로서 고대 그리스로 향한다.
키틀러의 관점에서, 고대 그리스는 숫자, 문자, 음표를 모두 동일한
그리스문자로 기록하고 주변 국가들의 다양한 학문들과 기술들을
하나로 융합시키는 단일 시스템의 세계로, 현재의 출발점이자 현
재와 전혀 다른 거울상으로 나타난다. 그리고 여기서 수학은 과학
과 기술의 근간인 동시에 음악의 근간으로서, 성서와 제국주의의
유럽이나 그 후계자 미국으로 수렴하지 않는 어떤 원초적이고 초
현대적인 다신교적 유럽의 실마리가 된다. 키틀러는 이를 바탕으
로 전쟁과 지배, 투쟁과 고통의 시간이 아니라 음악과 사랑, 조화
와 쾌락의 순간들과 그것들의 스러짐으로 이루어진 유럽의 역사

를 새로 쓰고자 했다.⁹ 그러나 2005년 '음악과 수학'이라는 제목으로 시작된 이 거대한 기획은 2011년 키틀러의 죽음으로 중단된다.

　비록 미완으로 끝났지만, 후기 키틀러 또는 말년의 키틀러가 시도한 글쓰기는 그가 맨 처음에 제기했던 질문을 다시 원점으로 되돌린다. 다시 말해, 전적으로 언어에 의존하는 학자의 빛이란 대체 무엇이며 그것이 비추는 것은 또 무엇인가? 어떻게 보면 『기록시스템 1800·1900』의 길고 구불구불한 궤적은 오로지 '언어는 존재의 집이다'라는 하이데거의 명제가 어떤 역사적 조건에서 어떻게 도출되었는지 확인하기 위한 과정이었다. 그에 따르면, 이 존재론적-해석학적 공리는 '말'이 더이상 태초에 세계를 창조한 신성한 말씀의 반영으로도, 세계를 투시하고 조직하는 순수정신의 직접적 매개체로도 상상될 수 없는 지점에서, '말이 부서진 곳에서는 어떤 사물도 존재한다고 해서는 안 된다'라는 하나의 선언 또는 명령으로서 제기되었다. 젊은 키틀러는 이것이 기술화된 세계를 부정하려는 최후의 고통스러운 몸부림이며, 이에 기초한 해석학적 지평은 오히려 자명한 사실들을 인식하지 못하게 시야를 가로막을 뿐이라고 보았다. 실제로 그 이후 키틀러의 궤적은 '기술은 존재의 집이다(그리고 인간은 그 집으로부터 차츰 추방되고 있다)'라는 새로운 명제를 입증하는 과정에 다름없었다. 그런데 말년에 이르러 키틀러는 다시 하이데거로 돌아온다. 그는 이제 기술의 기술적 차원이 아니라 기술의 어떤 본질에 천착하는데, 다만 이 본질은 형이상학적-철학적인 것이 아니라 수학적-음악적인 것으로서 다른 '인간'이 거주할 수 있는 다른 '집'의 가능성을 시사한다.

　키틀러는 기술자, 음악가, 수학자를 찬미하고 선망했지만 언제나 필자의 위치에 머물렀다. 그는 평생 해석학에 맞서 싸웠지만 언제나 말을 통해 세계에 대한 이해를 나누고 세계 내에 존재했다. 그러면서도 그는 자신이 무엇을 통해 생각을 하고 글을 쓰는가―그리고 이런 글쓰기를 통해 무엇을 하고 있는가―하는 질문에 강박적으로 매달렸고, 무엇에 관해 글을 쓰든 간에 이런 관점에서 자신의 글쓰기를 규제했다. 이렇게 말해도 좋다면, 키틀러는 스스로 원했든 원하지 않았든 언제나 하이데거적인 '시인'과 이를 해석하는 '비평가'의 위치를 오가면서 글을 썼다. 그가 평생에 걸친 학자로서의 활동을 통해 하나의 학문을 세웠는지 혹은 붕괴시켰는지는 분명치 않다. 하지만 그가 20세기 후반의 가장 변칙적이고 흥미로운 필자들 중의 하나인 것만은 확실하다. 그리고 『기록시스템 1800·1900』은 이후 30여 년간 이어질 이 놀라운 글쓰기의 여정을 알리는 신호탄으로서 여전히 밝게 빛나고 있다.

＊

마지막으로 번역에 관해 덧붙여둘 것이 있다. 자기 의혹을 에너지원 삼아 움직이는 언어의 친애하는 적으로서, 키틀러는 일상적인 독일어나 학계의 언어를 그대로 가져다 쓰기보다 이를 약간 비틀어서 다소 변칙적인 말의 집을 짓는다. 이를 모두가 만족할 수 있는 한국어로 옮기기란 아마도 실현될 수 없는 바람일 것이다. 이 책은 지금과 다른 형태로 번역될 수 있는 다수의 가능성을 품고 있었지만, 나는 번역자로서 이 책이 지금과 같은 형태가 되는 편을 선택했다. 가장 기본적인 원칙은 이 책이 교양 있는 일반 독자에게 가능한 한 원서를 읽을 때와 근접한 경험을 제공할 수 있어야 한다는 것이었다. 그것은 내가 공들여 사랑한 책을 되도록이면 내가 사랑한 모습대로 보이고자 하는 나 자신의 소망이기도 했다. 그리고 이 원칙으로부터 다음과 같은 하위 규칙들이 도출되었다.

　첫째, 이 책에서 키틀러는 미디어 기술, 특히 20세기 중반 미국에서 만들어진 정보통신기술의 용어와 이론적 개념들을 가져와서 문학을 비롯한 담론의 영역에 전방위적으로 적용한다. 그래서 언뜻 낯설고 시대착오적으로 보이는 단어의 조합들이 종종 나타나지만, 이는 어느 정도 저자의 의도로 이해하고 되도록 보존하고자 했다. 그런데 한국어권에서 이런 용어들은 상당수가 영어 음차 그대로 통용되고 있기 때문에, 외국어(독일어)를 불가피하게 또다른 외래어(영어)로 옮겨야 하는 경우가 종종 발생했다. 이는 일견 부당해 보일지 모르지만, 현대 한국어에서 억지로 영어를 배제하고 군이 한자어로 순화하는 것이 일반 독자의 눈에는 오히려 더 어색해 보일 수 있다고 판단했다.

둘째, 키틀러는 이 책에서 기존의 문학, 철학, 과학, 정신분석의 개념들을 토대로 삼아 자신의 논의를 쌓아올리기보다, 그 개념들 자체가 어떤 물질적 토대에 기반을 두고 있었는지, 다시 말해 그 개념들이 조금은 신비롭게 돌려 말하는—또는 영영 말하지 못하는—'실재'의 진짜 이름이 무엇인지 파헤쳐들어가는 방식으로 논의를 전개한다. 따라서 이 개념들을 전혀 모른다고 해도 독서에 지장이 있겠지만, 이 개념들을 너무 당연하게 받아들인다고 해도 책의 흐름이 난해하게 느껴질 수 있다. 이러한 개념어의 번역은 기존 한국어권에서 확립된 번역어를 따르는 것을 원칙으로 하지만, 문맥과 필요에 따라 해당 용어를 평이한 직역으로 풀어 쓰기도 하였다. 이를테면 몇몇 대목에서 '이드es'를 프로이트의 원래 표현대로 '그것es'이라고 옮기는 것이 이러한 예외에 해당한다.

셋째, 키틀러의 문장들은 난해한 어휘 선택과 변칙적인 형태로 악명이 높고, 실제로 종종 악취미에 가까울 정도로 화려하게 증축되지만, 어떤 경우에도 학문적 엄숙성을 주장하거나 점잔을 빼는 스타일은 아니다. 오히려 그는 자신이 수집한 어휘들에서 그런 후광을 지우려 하며, 자신만의 합성어를 만드는 경우에도 기존의 한국어 어휘로 대체하거나 무난하게 풀어쓸 수 없을 정도로 은밀한 신비를 숨겨놓지는 않는다. 따라서 키틀러의 어휘들, 특히 신조어들을 군이 학술어 형태의 축약된 한자어에 가둘 이유는 없다고 판단했다. 그처럼 딱딱하게 굳어진 단어들은 읽기의 질을 떨어뜨리고 책을 불필요한 난해함의 장벽에 가둘 뿐이다.

이 책을 번역하면서 가장 곤란했던 기술적 문제는 키틀러가 온갖 곳에서 밀렵한 다양한 어휘들로 서로 다른 영역들을 가로지르고 이어붙이는 흐름을 한국어로 따라가면서 가능한 한 의미의 증발이나 혼선을 줄이는 일이었다. 이를테면 1800년 파트에서 키틀러가 헤겔의 "미학 체계"에서 언어가 비물질적인 보편적 "매체"로 여겨졌다고 말하다가(199쪽), 사실 낭만주의 시집은 감각 데이터를 대리보충하는 현대적 "미디어"였으며 이를 가능하게 한 것이 바로 1800년대의 새로운 "기록시스템"이었다고 단언하는 대목(202~203쪽)을 다시 읽어보자. 앞에서 말하는 '체계System' '매체Medium'와 뒤에서 말하는 '시스템System' '미디어Medium'는 제각기 전혀 다른 맥락에서 형성된 전혀 다른 개념을 가리킨다. 전자에서 매체는 의미를 전달하는 물질적 토대이고, 언어는 그런 물질성과 매개성 너머에 있는 보편적이고 특권적인 매체이며, 철학은 이런 언어를 바탕으로 인식 또는 지식의 총체인 체계를 구성한다. 이것이 키틀러가 이해한 헤겔 철학에서의 '매체'와 '체계'다.

그런데 키틀러는 이를 당연하게 받아들이는 대신 언어라는 '매체'와 그에 기반을 둔 '체계'가 당대에 어떻게 이렇게 인식될 수 있었는지 의문을 품는다. 그리고 이를 해명하기 위해 당대 사람들이 언어를 학습하고 경험한 물질적·기술적·제도적 조건을 추적하여, 낭만주의적 독자의 시 읽기가 현대 관객의 영화 관람만큼 감각적인 경험이었음을 예시하고, 당대의 시집이 마치 마술처럼, 또는 시청각적 미디어처럼 독자의 눈앞에 문자를 날려버리고 의미와 환상을 생생하게 펼쳐 보였음을 보여준다. 그러면서 어느 틈에 시집은 매클루언의 미디어 이론에 따라 이해해야 하는 "최초의 현대적 미디어"가 되고, 20세기 중반 미국의 정보이론과 사이버네틱스의 '시스템' 개념으로 접근해야 하는 전방위적인 "기록시스템"의 한 파트로서 재정의된다. 이 책은 이런 식의 횡단과 도약으로 가득 차 있다. 이것이 키틀러가 흔히 난해하다고 여겨지는 이유이기도 하겠지만, 그의 책은 어려움보다도 차라리 놀라움 속에 전개된다. 이러한 불연속의 연쇄를 잘 살리는 것이 내가 한국어판 번역을 하면서 가장 중시했던 부분이다.

이 책은 내가 번역한 두번째 키틀러 책이지만, 가장 먼저 번역하고 싶었던 책이기도 하다. 지금 나는 그 생각이 얼마나 무모한 것이었는지 안다. 이 작업이 어떤 일이 될지 알았다면 나는 그렇게 선뜻 계약서에 내 이름을 써넣지 못했을 것이다. 때로는 모르기 때문에 할 수 있는 일이 있다. 인연을 맺게 해준 글항아리의 전 편집자 김신식 씨, 문학동네의 고원효 부장님, 그리고 길고 구불구불한 원고를 함께 짊어지고 한 철을 보낸 인문팀 편집자 허정은 씨에게 감사를 표한다. 말과 글의 다양한 문제를 다루는 이 책을 문자와 언어, 문화의 차이를 가로질러 물질적으로 구현하면서 어쩔 수 없이 발생했던 다양한 기술적 문제들을 묵묵히 해결해준 디자이너 슬기와 민에게도 고마운 마음을 전한다. 나머지는 독자의 몫이다. 수많은 다른 시간의 가능성을 뚫고 지금 이 문장을 읽고 있을 당신에게, 나머지 모든 것이 걸려 있다.

2015년 11월

윤원화

1 Gerhard Kaiser, Gerhard Neumann, Hans-Martin Gauger, Manfred Schneider, Gottfried Schramm, Peter Pütz, Rainer Marten, Manfred Frank, Wolfram Mauser, Friedrich Kittler. 2012. "Aufschreibesysteme 1980/2010: In memoriam Friedrich Kittler," in: *Zeitschrift für Medienwissenschaft* 6, 137쪽에서 재인용.

2 같은 책, 189쪽.

3 John Armitage. December 2006. "From Discourse Networks to Cultural Mathematics: An Interview with Friedrich Kittler," in: *Theory, Culture & Society* 23: 7/8, 25~26쪽 참조.

4 이러한 해석에 관해서는 Sybille Krämer. "The Cultural Techniques of Time Axis Manipulation: On Friedrich Kittler's Conception of Media," 같은 책 참조.

5 Markus Krajewski. November 2011. "On Kittler Applied: A Technical Memoir of a Specific Configuration in the 1990s," in: *Thesis Eleven* 107: 1 참조.

6 Axel Roch. 2011. 11. 17. "Hegel is Dead: Miscellanea on Friedrich A. Kittler (1943~2011)," in *Telepolis*, http://www.heise.de/tp/artikel/35/35887/1.html 참조.

7 프리드리히 키틀러. 2011. 『광학적 미디어: 1999년 베를린 강의』, 윤원화 옮김, 현실문화, 46-47쪽 참조.

8 같은 책, 150쪽. 여기서 첫번째 인용문은 헤겔의 말을, 두번째 인용문은 요한 람베르트의 말을 빌려온 것이다.

9 Antje Wegwerth. 2006. 5. 24. "Rock Me, Aphrodite," ein Interview mit Friedrich Kittler, *Telepolis*, http://www.heise.de/tp/artikel/22/22695/1.html 참조.

# 인명 찾아보기

**기록시스템 1800·1900**

1판 1쇄 ¦ 2015년 12월 24일
1판 3쇄 ¦ 2020년 2월 4일

지은이 ¦ 프리드리히 키틀러
옮긴이 ¦ 윤원화
펴낸이 ¦ 염현숙

기획 ¦ 고원효
책임편집 ¦ 허정은
편집 ¦ 최민유 송지선 김영옥 고원효
디자인 ¦ 슬기와 민
저작권 ¦ 한문숙 김지영
마케팅 ¦ 정민호 이숙재 양서연 박지영
홍보 ¦ 김희숙 김상만 오혜림 지문희 우상희
제작 ¦ 강신은 김동욱 임현식
제작처 ¦ 영신사

펴낸곳 ¦ (주)문학동네
출판등록 ¦ 1993년 10월 22일 제406-2003-000045호
주소 ¦ 10881 경기도 파주시 회동길 210
전자우편 ¦ editor@munhak.com
대표전화 ¦ 031-955-8888
팩스 ¦ 031-955-8855
문의전화 031-955-3578(마케팅) | 031-955-1905(편집)
문학동네 카페 ¦ http://cafe.naver.com/mhdn
문학동네 트위터 ¦ @munhakdongne
북클럽문학동네 ¦ http://bookclub.munhak.com

ISBN  978-89-546-3867-8  93850

이 도서의 국립중앙도서관 출판예정
도서목록(CIP)은 서지정보유통지원시스템
홈페이지(http://seoji.nl.go.kr)와
국가자료공동목록시스템
(http://www.nl.go.kr/kolisnet)에서
이용하실 수 있습니다.
(CIP 제어번호: CIP2015031997)

www.munhak.com

세상은 언제나 인문의 시대였다.
삶이 고된 시대에 인문 정신이 수면 위로 떠올랐을 뿐.
'문학동네 인문 라이브러리'는 인문 정신이 켜켜이 쌓인 사유의 서고書庫다.
오늘의 삶과 어제의 사유를 잇는 상상의 고리이자
동시대를 이끄는 지성의 집합소다.
살아 움직이는 유기체적 지식을 지향하고, 앎과 실천이 일치하는
건강한 지성 윤리를 추구한다.